U0451598

汉译世界文学名著丛书

萨迦选集

上 册

石琴娥 等译

ÚRVAL ÚR ÍSLENDINGASÖGUM

汉译世界文学名著丛书
出版说明

1902年,我馆筹组编译所之初,即广邀名家,如梁启超、林纾等,翻译出版外国文学名著,风靡一时;其后策划多种文学翻译系列丛书,如"说部丛书""林译小说丛书""世界文学名著""英汉对照名家小说选"等,接踵刊行,影响甚巨。从此,文学翻译成为我馆不可或缺的出版方向,百余年来,未尝间断。2021年,正值"汉译世界学术名著丛书"出版40周年之际,我馆规划出版"汉译世界文学名著丛书",赓续传统,立足当下,面向未来,为读者系统提供世界文学佳作。

本丛书的出版主旨,大凡有三:一是不论作品所出的民族、区域、国家、语言,不论体裁所属之诗歌、小说、戏剧、散文、传记,只要是历史上确有定评的经典,皆在本丛书收录之列,力求名作无遗,诸体皆备;二是不论译者的背景、资历、出身、年龄,只要其翻译质量合乎我馆要求,皆在本丛书收录之列,力求译笔精当,抉发文心;三是不论需要何种付出,我馆必以一贯之定力与努力,长期经营,积以时日,力求成就一套完整呈现世界文学经典全貌的汉译精品丛书。我们衷心期待各界朋友推荐佳作,携稿来归,批评指教,共襄盛举。

商务印书馆编辑部

2021年8月

代序：中世纪北欧文学的瑰宝

本书是冰岛萨迦的第一个中文版本。对于创作它们的民族来说，冰岛萨迦具有不可估量的价值；在世界古典文学的殿堂里，冰岛萨迦也为自己赢得了一席之地。

由于有了冰岛萨迦以及冰岛丰富多彩的文学遗产，冰岛人——居住在欧洲最西端、位于北极圈上的岛国的居民——比那些对自己的祖先仅有泛泛了解的民族更清楚自己1100年历史的起源以及祖先们的生活。冰岛萨迦使冰岛语得以保存下来。这一具有强大生命力、形象生动、娓娓动听的语言为冰岛人度过那些饱受外族统治、瘟疫肆虐、气候恶劣、火山爆发之害的漫长而又艰难的岁月作出了重要的贡献。毋须赘言，在广播电视出现以前，在每天仅有四小时阳光照射的北方黑暗而又严寒的冬季里，冰岛萨迦还给人们带来了消遣。也许可以这样说，在塑造冰岛的民族特征方面，冰岛萨迦和冰岛语所发挥的作用是其他任何因素都无法比拟的；它们使冰岛人深信，尽管他们在众多的地球居民中属于少数，但他们完全有权利作为一个独立的民族存在下去。

但是，对于其他民族，尤其是对于居住在地球另一面的中国人来说，冰岛萨迦会给他们带来什么启示呢？这本书的读者自然会作出最好的评判。我们将拭目以待。

与此同时，我们可能还会想起一位智者的话。他说，冰岛萨迦展示了人际关系的各个方面。许多冰岛人一遍又一遍地阅读这些萨迦，每次都能获得对人生和人性的新的认识。20世纪冰岛最重要的诗人之一托马斯·古德蒙德松（1901—1983）在其一首脍炙人口的诗中描绘了美丽的中国和她辉煌的皇家宫殿。在这首诗中，他认为人都是相似的，不管居住在什么地方。若果真如此，我们便可期望中国读者也会喜爱冰岛萨迦。在历史上，曾有一些挪威人不愿屈从于暴君的统治，不愿向他纳税，因而逃离了挪威，建立了古老的"冰岛共和国"（930—1262）。在同一时期，中国的著名诗人范成大（1126—1193）也关注着类似的问题，写下了反对苛捐杂税的诗篇。这也许表明，居住在世界上不同地方的人在情感上是相通的。尽管中国读者可能会对某些方面或细节感到陌生，但我们希望他们将会发现，把自己的哲学和知识与本书所体现的精神进行比较是一件颇有意义的事。

我们都喜欢感人的语言和优美的文学风格，冰岛萨迦在这两方面都颇为著名。西方小说的传统就根植于冰岛萨迦之中。

正是出于这个原因，世界上一些最著名的作家和文学家都感到有必要阅读冰岛萨迦，既是为了消遣，更是为了接受教育。作曲家理查德·瓦格纳的著名歌剧《尼伯龙根的指环》在很大程度上就是以冰岛文学为创作基础的。阿根廷著名诗人豪尔赫·路易斯·博尔赫斯（1899—1986）曾经指出，古代冰岛文学最著名的作家、据信创作了《埃吉尔萨迦》的斯诺里·斯图鲁松（1178—1241）驾驭文字的技巧在某些方面甚至超过了威廉·莎士比亚（1564—1616）。博尔赫斯为此举了个例子：在斯诺里的历史著作

《海姆斯克林拉》描述的斯沃尔德之战（约公元1000年）中，挪威国王奥拉夫·特莱格瓦松和坚守国王军舰的最后一名弓箭手之间有一段对话。当时，敌方一名士兵瞄准弓箭手的弓弦射了一箭。弓弦断了，并发出一声巨响。"是什么东西这么响？"国王问道。"哦，陛下，是从您手中滑落的挪威。""可损失并不大啊。"奥拉夫答道。但实际上，在这场战斗中，挪威人战败，国王也阵亡了。

在出版的这些萨迦中，这样简洁的画龙点睛之笔随处可见。我仅举两个例子。一个见于《尼雅尔萨迦》：主人公赫利扎伦迪的贡纳尔的敌人袭击他的农庄，要杀死他。他们派了一个人爬到屋顶，看看贡纳尔是否在家。以擅长使用戟为武器而著称的贡纳尔迅速出击，刺伤了那个人的腰部。那个人踉踉跄跄地从屋顶上摔下来之后，那些人问他贡纳尔在不在家。"我不知道，但他的那杆戟肯定在家。"那个人说道，然后就倒在地上死了。另一个例子见于《埃吉尔萨迦》：主人公埃吉尔的父亲斯卡拉格里姆对照看他儿子的保姆大发雷霆，吓得她跳进海里企图逃走。斯卡拉格里姆并未就此罢休，朝她扔了一块大石头，打中了她的肩胛骨，结果石头和保姆"哪个都没有再浮上水面"。

以上这些主要都是关于战争的描写。同时在这些萨迦中也不乏关于和解、妥协与高尚品格的传奇，其语言同样令人难忘。这更加真实地体现了多个世纪以来在北欧国家——冰岛、丹麦、芬兰、挪威和瑞典——中占主导地位的价值观。回首过去，他们把维京时代屡次发生的激烈冲突及其后果作为重要的经验教训，从而把维护和平放在最重要的位置。在联合国大会这个承担着缔造世界和平艰巨任务的全球性机构开会的时候，用来主持会议的木槌是冰岛赠送的礼物，槌头上是一个维京海盗祈祷和平的图案。

在维京时代（793—1066），来自斯堪的纳维亚、追求声望与财富的勇士们足迹遍及四海，向西到过苏格兰、英格兰和爱尔兰，向东到过俄罗斯，向南到过地中海和君士坦丁堡，他们身后所留下的辉煌的文化传统，现在正备受世人瞩目。从公元874年起，冰岛人的祖先开始在冰岛定居；公元986年，一些无畏的冰岛人移居格陵兰岛；大约在公元1000年，他们发现了美洲东海岸，并在那里进行了几次探险航行。在这些事件中，从维京时代发展起来的航海技术及形成的无畏精神发挥了举足轻重的作用。在目前出版的萨迦中，《红色埃里克萨迦》和《格陵兰萨迦》讲述的就是这些非凡的成就。比如，中国读者将会认识一位名叫古德里德·索尔比约纳多蒂尔的女性，在与其同时代的女性中，据信她走过的路途最远。她曾多次横渡汹涌澎湃的大西洋。她在美洲生了个儿子，名叫斯诺里·索尔芬松，据说他就是在美洲大陆上出生的第一个欧洲人后裔。传奇还讲述到古德里德后来不远万里去了罗马和梵蒂冈以及最终返回她的出生地冰岛的故事。在经历了风风雨雨之后，她要在那里安度晚年。冰岛萨迦尤为不凡的是它们第一次为人类用文字记录了欧洲人和北美土著之间的交往。标志着人类第一次环绕地球，画了一个完整的圆圈。

对这些事件，大多数人依然不甚知晓；最近发现的证据表明，早在秦朝之前，也就是在公元前221年之前，中国就有人从地球的另一个方向航行到了美洲（《中国日报》1999年8月27日），这一事件也同样鲜为人知。尽管如此，人们还是相信，与中国人的早期接触影响了很多美洲土著部落的文化。中国人和冰岛人的这些航行都远远早于哥伦布所生活的时代（1451—1506）；而且，尽管哥伦布曾四次穿越大西洋，到过加勒比地区，但他却从来没有踏上过北美大陆的土地。

今年是冰岛人的地理大发现航行（包括"幸运儿莱夫·埃里克松"的美洲之行）1000周年，冰岛和美洲都将举行纪念活动。这些活动包括：在华盛顿市著名的史密斯研究所举行一个重要的展览："维京：北大西洋萨迦"；另外，一艘仿制的维京海盗船将从冰岛启航，经格陵兰驶往美洲。这一庆祝活动也是为了颂扬今天依然存在的、关乎人类在地球及太空未来命运的那种勇于开拓的精神。

在文章的最后，我必须以深切的感激之情提及我们与商务印书馆的密切合作。在我们同他们联系之后不久，他们就大胆地决定出版这套萨迦，这是使冰岛文学遗产走向世界的最重大的步骤之一。该馆总经理杨德炎先生、副总编辑徐世谷先生以及外语编辑室主任韩文殿先生对萨迦中文版的出版都投入了极大的热情。责任编辑鲍静静小姐在指导出版的每个细节上都认真仔细、一丝不苟，发挥了非常重要的作用。冰岛萨迦的中文译者们从事了一项开拓性的、远非简单的事业，在此向他们表示衷心的感谢。其中一位是年轻的口译译员周景兴先生，在访问冰岛之后，他被冰岛萨迦深深地吸引住了。正是他对冰岛萨迦的浓厚兴趣才促使冰岛驻华大使馆和商务印书馆开始商谈该书的出版事宜。石琴娥女士以其深厚的文学修养和对冰岛及其他北欧文学的长期研究为本套书的审订做出了贡献。另外，在这里还要提到的有林桦先生、陈文荣先生和金冰小姐，他们为本书的翻译倾注了不少心血，其中林桦先生已经从事北欧文学译介多年。阿尔尼·马格努森所长韦斯泰恩·奥拉松博士为本书写下了详尽透彻的前言，并介绍了每部萨迦的内容，其深厚的学术造诣跃然纸上。六位冰岛画家专为萨迦的中文版创作了精美插图，为本书添色不少。这里要特别感谢为这项活动提供资金支持的冰岛房地产基金公司。最后，还应感谢为本项目提供宝贵支持和帮助的、在比约恩·比亚尔纳松部长领导下的冰岛教育文化部，以及该部常秘古德里德·西古尔达多蒂尔女士和处长凯瑞塔丝·古纳思多蒂尔女士。

这个项目的目的是把冰岛人民的骄傲——冰岛文化传统——介绍到世界上最大的、拥有自己丰富的文化传统并将其与世界各国人民共享的国家。冰岛大使馆的有关人员，拉格纳尔·鲍德松参赞、翻译兼秘书张琳女士及我本人为能够参与到这一项目中感到由衷的高兴。

冰岛驻华大使奥拉夫·埃吉尔松（Ólafur Egilsson）
2000年1月于北京

主编序[*]

《萨迦选集》在新千年里出版了,这真令人十分高兴,因为它是外国文学的译介活动中翘待企盼已久的一桩大事。既是"十分高兴",又是"翘待企盼",莫非是故作隆重之状聊表祝贺之意的客套辞令耶?不是,并不是题跋作序的应景文章,而是欣逢文坛盛事心里确有所感的由衷之言。

冰岛萨迦是一种散文叙事文学,这类作品是氏族社会末期的产物,它们的内容多以历史事件和人物为依据,反映了处在氏族社会末期的各族部落和家庭的生活,歌颂了部落的贵族英雄。大部分萨迦叙述的是部落或氏族,甚至家庭内部的仇杀纠纷,而英雄的悲剧性格十分突出。这些故事大多在民间口头久为流传,写定的人往往无从考稽。

冰岛萨迦虽然具有这个名称,然而它的意义和价值决不局限于冰岛,仅表明反映欧洲氏族社会末期生活的文学以冰岛最为丰富,这是因为最早从挪威迁徙来的定居者把古代北欧和日耳曼人地区的历史英雄传说带到这里,形成独特的冰岛文学。从形式上它可分成诗歌和散文两种,诗歌就是埃达,散文则是萨迦。北欧

---

[*] 《萨迦选集》由石琴娥担任主编并组织翻译。

海盗时期甚至在此之前亦即公元9世纪之前，在斯堪的纳维亚地区和日耳曼人地区广泛流行讲故事或吟诵，逐渐形成了民间喜闻乐见的口述萨迦传统，它比由行吟诗人吟诵带韵律的埃达诗歌更易为人接受亦更能发挥讲故事者的才能，而且经过表演者的加工，故事情节更跌宕起伏，脉络更错落有致，而人物更鲜明突出。简而言之，口述萨迦大致类似我国从宋朝到清朝广泛流行的而且至今仍保存这一传统的韵散文兼用连讲带唱的说唱文学或者是说书，而萨迦作品则相当于说唱的底本，比方说是：《清平山堂话本》、《全相平话五种》等一类的话本。其实，冰岛萨迦和宋代话本在表达叙述艺术上确有异曲同工之妙，非但两者写成的年代相去不算太远，而且后来也殊途而同归：萨迦开创了欧洲中世纪骑士文学长篇小说的先河，而宋代话本则发展成为演义小说。当然两者也存在着不同，冰岛萨迦叙述的故事中心内容仍不外乎仇杀纠纷，因为氏族社会末期血缘关系依然高于一切，而氏族社会中最富有戏剧性的事件便是冲突和仇杀；而宋代话本则更着重宣扬忠君报国，因为那时候早已进入高度中央集权的封建社会。

《萨迦选集》所收辑的都是冰岛人的萨迦，这些家族萨迦都是叙述冰岛的人和事，这些萨迦都是产生于北欧海盗时期的文学作品，颂扬的人物上至国王下到农夫都是身兼海盗或者当了海盗才发迹起家的，因而作品中反映的意识形态和人物的观念全是北欧海盗式的。它们很容易使人联想到《大宋宣和遗事》，两者讲的都是"强人好汉"的故事，前者叙述冰岛海盗驾舟出没横行于海上，后者讲的是宋江等三十六人结拜聚义梁山泊的前后经过。

冰岛萨迦是欧洲中古年代独秀一枝的文学瑰宝，在它的身上融合保存着欧洲古代多神教文化的精髓。基督教势力的扩张和对"异教"文化的排斥压制以及这些地区的动乱和战争使得保留明显"异教精神"的氏族社会文化在欧洲大陆上消亡殆尽，而冰岛受到基督教的侵袭时间很晚，因而这些文化遗产得以较完整地保留下来，并且对后来欧洲文艺产生重大影响。正因如此，冰岛萨迦在世界文学史上享有崇高的声誉，占有十分显眼的地位，而"萨迦"一词在后来欧洲许多民族的语汇中成为通用名词，意为长篇英雄冒险故事，或写家族兴衰的长篇小说。也正因为这个原因，《萨迦选集》的出版是件令人高兴的大事，因为它填补了外国文学翻译介绍中的一项空白。

严格地讲"填补空白"的说法并不准确，甚至可以被斥之为谬误与无知，因为这部选集中的一篇——《尼雅尔萨迦》已在1983年由上海译文出版社出版。侯焕闳先生翻译的《尼亚尔传说》功底深厚，语言朴实，不失大家风范，惜乎根据转译的俄译本似乎有点先天不足。《萨迦选集》收辑了久负盛名的三部长篇、一部中篇和两部短篇，它们都是冰岛散文叙事文学中熠熠发光的精粹珍品，在一定程度上可以概括冰岛萨迦的全貌。从这个意义上看填补空白的说法好像还讲得过去。如果说冰岛萨迦的题材大多是仇杀纠纷的话，也不尽然每篇都以仇杀为内容。选集中的《贡恩劳格萨迦》便是一部近似欧洲中世纪的骑士爱情悲剧作品。《红色埃里克萨迦》更是别开生面叙述了整整一千年前具有大无畏精神的冰岛人驾着原始的木船行驶在汹涌浩瀚的大海上，不但发现了格陵兰还远到美洲东海岸。这类探险壮举持续了前后近三十年之久，冰岛人的足迹踏上了北美洲的巴芬岛和纽芬兰，据说还南下弗吉尼亚、乔治亚和佛罗里达，冰岛人发现新大陆比哥伦布1492年才抵达巴哈马群岛要早出几乎五百年之久。这真是何等了不起的丰功伟绩。而冰岛人的这些业绩除了见诸于《王鉴》、《冰岛人记》这类编年史料外，主要是记载在《红色埃里克萨迦》之中，使我们能够在一千年后又能亲历其境般阅读到这类探险壮举，岂不是值得拊掌而笑的赏心乐事？

冰岛萨迦以往虽则在我国译介不多，但是我国的文人学者、骚士墨客对它并不陌生。早在40年代中叶，上海、重庆等地出版物中已经有关于冰岛萨迦的介绍。记得大概是1979年阳春，著名诗人冯至先生有一天晚上留笔者在他家吃便饭。就像往常一样，饭后清茶一杯促膝长谈，这是令人向往而兴奋的时刻，可以如同醍醐灌顶般蒙受先生谆谆教诲启蒙。那天晚上先生谈到他1977年访问北欧五国之行，讲到他在旅途上写的两首关于冰岛的诗章。（后来拜读了这两首诗：《冰岛养羊歌》和《小广寒》。《小广寒》诗云：

明月何年陨一角？
大洋拥向北极圈。
冰川流下清凉水，
地热喷出蒸汽泉；
雾港晴时招远客，
熔岩隙处建家园。
嫦娥回首应含笑，
喜见尘寰小广寒。

附注

冰岛地面大部分被熔岩覆盖，据云与月球表面相似。冰岛首都雷克雅未克，有"雾港"意义，冰岛居民的祖先多系挪威、爱尔兰的移民。

1977年9月25日，冰岛[①]

这首律诗寥寥数笔便把冰岛那个奇特而遥远的国家惟妙惟肖地勾画出来，活龙活现地呈现在我们眼前，真不禁令人拍案称绝。）

我们也谈到了冰岛的埃达和萨迦，笔者对尚无中文译本颇失诸焦躁。说来汗颜，笔者虽忝列门墙，并且本人又从事北欧文学研究工作，却想不到先生对冰岛萨迦如数家珍，有精辟深湛的真知灼见，原来先生30年代负笈德国研究德国文学之余还涉猎北欧文学，尤其是冰岛的埃达和萨迦。在谈及如何译介冰岛萨迦时，先生表示看起来还是以先出一部选集为好，等时间较适宜些即可着手选题[②]。后来由于种种原因，这项工作拖延下来，想不到一耽搁便拖过千年之交，这真是始所未料的。如今《萨迦选集》首次在国内付梓，而哲人却已乘鹤归去，缅怀先师之余，不禁想到正是改革开放创造了条件，使这部世界文学的宝贵遗产得以翻译出版。宏愿既酬，亦可告慰冯至先生一二。

[①] 见《冯至选集》第一卷《诗·梦幻剧·历史故事》第243页，四川文艺出版社，1985年于成都出版。

[②] 冯至先生时任中国社会科学院外国文学研究所所长。

《萨迦选集》的翻译出版是有关各个方面通力合作的硕果。资深的商务印书馆的出版家们在电视文化和俗文化夹击之下文学书籍市道不振的今天，决定出版这样一部欧洲中古文学作品是需要深远的眼光和果敢的胆识，是为了振兴事业而并不着重于急功近利的效益。这本选集的责任编辑鲍静静可谓人若其名，像空谷幽兰一般文静娴雅。说实话，笔者在起初时颇为担心这样年轻的姑娘能否担当起皇皇巨著的责编重任，亦不免有几分埋怨商务印书馆既然决定出版萨迦，怎么不派一位老成的长者来主持其事。孰料这位文静的年轻姑娘好生了得，工作起来风风火火，钉是钉、铆是铆地一丝不苟，而且认真得几乎近于苛求，岂止"不让须眉"简直让须眉折腰。这才让人安下心来竟至刮目相待，不由得从心底里称赞：如今后生果真可畏！

冰岛《萨迦选集》的翻译出版自始至终都得到了冰岛共和国驻华大使奥拉夫·埃吉尔松先生（H. E. Amb. ÓLAFUR EGILSSON）和大使馆参赞拉格纳尔·鲍德松先生（Mr. RAGNAR BALDURSSON）的积极推动和亲切关怀。虽说这也部分地可算是他们的"分内之事"，不过他们高素质的文化修养和学识，以及待人接物的诚恳坦率和经百问犹不惮其烦的工作热忱都给人留以十分深刻的印象。这本选集的顺利出版是和他们两位来自冰岛萨迦的故乡的使者鼎力相助分不开的。在此谨向奥拉夫·埃吉尔松大使先生和拉格纳尔·鲍德松参赞致以衷心感谢和良好祝愿。

石琴娥
2000 年 1 月 12 日于北京

中文版前言

一 冰岛和萨迦

冰岛社会的由来和特征

博学者阿里·索吉尔松在1125年前后所著的《冰岛人记》是保存至今的最古老冰岛语的文字记载，他在书中写道："冰岛最初系金发王哈拉尔德在位期间由来自挪威的移民所定居……当时，多毛的拉格纳尔的儿子伊瓦尔已将英格兰国王圣埃德蒙德弑杀。这是基督降生后的八百七十年。"

9世纪中叶后不久斯堪的纳维亚的航海者们发现了冰岛。约公元870年之后，从挪威迁徙而来的移民们开始抵达。到了公元930年左右这个国度已人满为患。前来冰岛拓殖定居的人数大约在一万至二万之间，而自公元1100年以后人口的总和按保守的估计约在四万至七万之间。这些人居住在沿海或者峡湾谷地的农庄上。由于土地以前未曾被开垦种植，渔场亦未曾遭过捕捞，因而物产十分富饶，这就无疑使得早期的定居者生活容易得多。冰岛受到墨西哥湾流的影响，那时（并且至今如此）天气相对来说颇为温和，然而气候变化无常，再加间歇性的火山喷发，还有北冰洋漂流过来的浮冰堆积，以至于人畜在忍受日常的困苦之外还会遇到突如其来的灾祸。幸运的是，最初的定居者和他们的子嗣在前几个世纪都遇上了比较温和的好天气，可是从12世纪以后天气就开始大大地变坏。

斯堪的纳维亚诸国的基督教化大抵发生在10至11世纪。公元999年或1000年冰岛人在冰岛的阿耳庭（即国民大会或议会）正式接受基督教。皈依基督教彻底改革了文化，其影响不仅仅局限在宗教领域亦涉及世俗社会。然而，这些变革并不是朝夕之间就发生的，人们亦不会突然一下子就把头脑里的异教思想彻底肃清。相反地，基督教只剪除那些与之水火不容的思想，因而人们对基督教的理解和接受无疑地总是受到以前思想上的习惯所制约。

从拓殖定居伊始直至12、13世纪冰岛人着手撰写文学作品之间，斯堪的纳维亚半岛的大陆上发生了重大的社会变革。以自由农为主体阶级而中央集权仅仅萌生于原始概念之中的各地小王国逐渐兼并成为全民族的王国，其疆域大致和今日诸国国界相同。中央集权的君主政体得到稳步加强，而与此同时自由农阶级却分裂成为不同社会地位的群体，而在其顶端则是一个类型各异的贵族群体。挪威在13世纪后半叶老王哈康·哈康纳尔逊（卒于公元1263年）以及他的儿子和孙子在位期间，这一变革达到了高潮。

正当斯堪的纳维亚诸国发生这一连串变革时，冰岛社会却独辟蹊径另走自己的道路。自由农保持住了他们的自由，直到1262年，它的社会特征是既没有王室也没有号令天下的君威王权，更未设立各种制度机构。全国居民仅仅靠一部不成文的习惯法律联系结合在一起。这部法律给予"戈多尔德"（按字面上的本义是：

神圣的话）的拥有者戈狄以特有的权利。戈狄们也许有某些宗教上的职司，但是他们可以任命当地法庭的法官也可以任命阿耳庭的法官，他们拥有立法的职能。每个农夫务必宣布他效忠于某个特定的戈狄，不过至少在理论上他们可以自由地放弃这一效忠而去依附另一个戈狄。除了在法律上规定的职司之外，戈狄们常常在解决怨仇纠纷中起重大作用，或是作为诉讼双方中的一方领袖，或者是作为仲裁者。这样的政治制度必然很不稳定牢靠。在12和13世纪里，真正的权力聚集到不多的几个家族手里，于是权力均势被扰乱了。这个国家还十分依赖对外贸易，只有保持住对外贸易，才能保持住他的人民尤其是头领们所须臾不可缺的那种文化，而贸易却逐渐地被挪威人接手过去，这个国家其实或多或少是被挪威国王控制住了。冰岛内部的倾轧冲突造成了政局混乱不堪，而恰恰在这段时期里挪威的君主政体正在日益加强，国家机构得到了发展。这种形势为哈康·哈康纳尔逊国王提供了方便，使他终于在1262—1264年期间成功地迫使冰岛人宣誓臣服于挪威国王。自此之后，冰岛便朝着封建主义方向发展；这一发展进程彻底改变了社会的某些方向，尽管从未走得很远。

旧的社会和伦理秩序意味着：不论地位高低，自由人的生命只能由他们自己负责，可是每逢他们自己的，或者是家族或戈狄的利益和荣誉处在危急之中时，他们常常不得不挺身而出用他们自己的生命去冒风险。众所周知，凡是在行政权力薄弱甚至毫无行政的权力的社会里，男人们英雄行为的严密准则很可能为编写故事提供了许多素材，而冰岛的情况恰恰如此。

由挪威迁徙来的定居者们所带到冰岛来的诗歌和传奇流传下

来能被我们念到的，都只是后来几个世纪里后人用文字记载下来的。可是，它们谅必都是更早时候在挪威，或者挪威人所到的任何地方，甚至是其他日耳曼人所创作的。到了这些口头传说终于被笔录成文的时候，它们早已由冰岛人经过几世纪的改编和重新创作，毫无疑问受到了这个国度的自然条件、社会和文化的其他方面的影响。因而无法得知在把定居者们所带来的口头传说笔录成文这段时期里究竟有多少文化遗产得到了切实的保存。毋庸置疑，有不少内容是后来才流传开来的，也肯定有些别的东西是在这个国度里增添进去的，更何况基督教的传播引发了一场文化上的革命。

在异教时代里，集政治和宗教功能于一身的戈狄们在基督教普及之后仍然保持住了对世俗事务的影响力。这个国家里最重要的一些家庭派出他们的子弟前往欧洲大陆或不列颠群岛在那里的教权机构里留学，冰岛不久（1056年）就有了出身于这样一个家庭的本地出生的主教。不消多久，学问便如同斑斓的鲜花般在这个国家里繁茂起来，而且从12世纪初叶开始结出了文学作品的丰实硕果。

冰岛虽然面临种种不利条件，然而它的口头文学极其丰富多彩。对历史所作的比较分析表明它拥有深远的渊源。众多的线索可以追溯到日耳曼各民族邈远的往昔——北欧海盗时代的初期（约公元800年），甚至民族大迁移时期（约公元400年）。在这个僻居一隅而自然条件十分严峻的岛屿上竟然有如此众多的诗歌不仅以口头吟诵的形式得以保存下来，而且还笔录成为书面的文学作品，这真是件不可思议的奇事！

冰岛古诗乃是得以保存至今的日耳曼各民族的先基督教时期的神话以及日耳曼各民族的英雄史诗和传奇的最为丰富的来源。从挪威徙迁到冰岛来的定居者们非但将古诗和古传奇爱惜珍藏下来，他们亦抱着强烈的兴趣关注着斯堪的纳维亚和周围国家所发生的事件，并且用这些事情来创作出新的诗歌和故事。直接专注于用当代事件为题材创作出新诗的是那些号称为"行吟诗人"的歌者，这些冰岛诗人往来于斯堪的纳维亚各个国王和其他王公贵族的宫廷之中，吟唱出赞美他们的诗歌，这些诗歌的诗体独特、诗节与众不同而音韵格律异常抑扬顿挫。他们诗篇的有些章节得以保存到书面写作的年代。有一种论证断言：这些诗节常常伴有与诗中描叙的国王和英雄有关的简短散文，这也不是不可能的。

各种类型的萨迦

中世纪冰岛的手稿保存了数目众多的叙事散文，有些作品篇幅相当冗长，所有这些作品统统被称为"萨迦"。在这个概括性的类别之中还可以分成几个重要的类型，其中有：国王萨迦、主教萨迦、北欧古代传奇英雄萨迦、武士萨迦和圣贤萨迦等等。还有一种称为《冰岛人萨迦》或是冰岛人的家族萨迦，所有这些作品都统称为冰岛萨迦。

冰岛语中的"萨迦"一词是由动词"说、讲"衍变而来，它的本义简而言之就是"叙述"或者是"讲故事"，姑且勿论它的长短、新旧、是真事还是杜撰。这个名词有时候也用来作为描写一个故事中按顺序讲述到的一连串事件。在许多欧洲语言中，"萨迦"已成为一个标准名词,用来指描写中世纪冰岛或者挪威的英雄故事,或者指的是讲述一个家庭超过一代人以上重大事件的长篇记叙作品。

由佚名作者所著,叙述一个特定时期的冰岛人的故事以被称为《冰岛人萨迦》而闻名于世。在现代学术的应用之中发现,"冰岛人萨迦"这一名词已不敷囊括中世纪手稿保存着的卷帙浩繁的所有冰岛人的故事。它只能用于专指有相当长度的、集中于描述相对来说一小批冰岛家族的人物生活的记叙故事。这类记叙故事的情节重要部分发生在约公元930年随着阿耳庭的设置旧社会得以确立,直至约公元1030年基督教开始影响到社会结构的这一段时间里。然而开场的楔子片段可能会述及挪威和冰岛在金发王哈拉尔德和他的儿子们在位统治期间所发生的事件,也就是约公元870—930年来冰岛拓殖定居的主要时期。萨迦中的英雄或许会邀游外国,最频繁的是斯堪的纳维亚诸国和不列颠群岛,但主要情节通常发生在冰岛而且扎根于男人们殚精竭虑进行仇杀所用的方式手段,纠纷闹得不可开交时最终可能通过司法审判系统来解决他们的冲突,尽管它的法庭并没有任何公众行政权力机关撑腰。虽然偶尔也有女人们卷进仇杀活动,然而在械斗冲突中和继之而来的解决则往往由男人们出面代替她们行动。任何一个自由人都可以在一场仇杀的起始阶段扮演主动攻击或者受害牺牲的角色,然而愈是到后来愈是由有势力影响的人来率众行事,此类人物通常是一位戈狄。

大约有四十部左右的萨迦可以从讲述冰岛事情的记述作品中区分出来,它们都是较为简短的故事,通常称为"塞蒂尔",主人公都是冰岛人，情节更为集中。还有神职人员和教堂里讲述的萨迦。最后，还有一种讲述12和13世纪冰岛头领们之间冲突的萨迦，它们大多被搜集在以《斯图隆萨迦》而闻名的汇编之中。如果把这些作品划归成为单独的流派类别，前文提到的对"冰岛人萨迦"所下的定义几乎无法自圆其说。不过总起来看，它们独特的面目特征对其他冰岛萨迦和传说显然并没有多大影响，因而有充分理由按照存在已久的传统让这批萨迦另立门户自成一个单元，把它们看成是同一部落里的离群索居的一个家庭。这些理由在下文中自会见到分晓。

《冰岛人萨迦》的由来

除了有少数残篇断章已查明系来自13世纪下半叶之外，《冰岛人萨迦》或是保存在14、15、16世纪的小牛皮手稿里，或是在更晚时候的纸张手稿里。所有这些版本都是抄本，有时候甚至是按一个早期抄本几经辗转誊录，因而没有一个萨迦的幸存版本可以说成是作者原著的手抄本。然而，有充分理由可以相信多数的萨迦，也许几乎占全集的三分之二的版本，尤其是主要作品的大部分，都是在1262年冰岛人宣誓臣服于挪威哈康国王之前，也许更多的是稍后的这段时间里写出来的。因而现在留存下来的版本是在14世纪里誊写出来的，偶尔也有的甚至是15世纪誊写而得的。

萨迦学者们久已非常关注《冰岛人萨迦》同口头传说之间的关系。根本的问题是：我们现在看到的萨迦究竟是否或多或少地逐字逐句地体现了早先存在的口头传说，抑或它们是另起炉灶的独立文学创作。这个问题一直争论了一两个世纪，尚未能达成共识，然而它仍然作为争端的中心问题而继续存在。

在13世纪的冰岛，描叙10世纪和11世纪初期的口头传说谅必依然生气蓬勃地存在着。《冰岛人萨迦》的许多叙述素材，诸如人物的姓名、他们之间的关系、事件的详情细节以及它们的发生地点等等，都是从这类口头传说中因袭而来，并且沿用成为萨迦的叙事常规。虽然这些叙述一定程度上就是讲解历史，可经过几个世纪的发展，它们不可避免地受到神话和民间故事影响，而技巧炉火纯青的说书人亦势必会留下他们技艺的痕迹，对叙述的素材或增添内容或修饰风格。至今尚无迹象表明存在某种口头讲述的萨迦，其长度和情节的错综复杂足以同书写成文的萨迦相提并论而它的讲述却僵化固定一成不变的。很有可能这类传说是随机应变的。讲故事者或者萨迦说书人一边讲述一边就顺口把"口述萨迦"创作出来。他们会十分注意按当时的场合和听众的性质，将这些片断掺融到传说之中再以传统的方式讲述。书面萨迦所形成的体裁乃是一种文学现象，它衍生于冰岛人从其他类型的文学作品中所得知的叙事格式。这种体裁深受书面文字交流的基本性质所制约，在讲故事者与听众之间缺少直接的沟通。

我们显然会作出这样的设想，即：口头传说和文学著作活动并肩繁荣了很长一段时间，彼此影响相得益彰，然而从长远来看终究是书籍以及笔录成文的思想赢得了胜利。那些得以保存流传到我们手中的萨迦无一不是文学述著的作品，亦即由作者来决定何时开始何时结束，有哪些事情需要收录入篇，并且由这个作者字斟句酌著写成文。尽管后来流传的抄本也许会作出重大的修改，然而原著仍然功不可没。不过，我们在承认萨迦的基本文学性质的同时，应该注意到萨迦作为"文学著作"同另一个文学作品类型——长篇小说之间的差异，因为现代读者几乎会本能地把这两者相互比较。萨迦的作者并不是构思创作出一个故事，而是编排复述一个他并不拥有最终权威的故事。他挖空心思运用想象力进行加工时，不论是增添独白、对话，还是对人物、地点的描写，或者是讲述事件的补白表叙，他或许并不觉得自己在构思出什么新东西，而是"发现"或者挖掘出他的故事里本来就潜藏内在的段落而把它添加进去，不管情况如何，均可以此类推。这些加工是使得他的讲述从表达形态到实质内容都更为精彩，甚至同他的表演风格互相呼应从而把某一个特定的主题烘托得更为鲜明突出。显然有的作者会比他的同行或者竞争对手更为技巧娴熟和才华横溢，他编写萨迦时能够将必需的素材发现出来并且描述得淋漓尽致，即便如此仍然不可以把记叙的成品算成是他自己的。没有一个萨迦作者敢于自称说哪一部萨迦是他自己的文学创作，亦不会直截了当地在手稿里署上自己的大名，或者更为重要的是不敢迂回间接地试图在萨迦里硬打上自己个人特征的烙印。

上述对萨迦和口头传说两者关系的描叙，以及萨迦的文学性质均可以在萨迦的主体部分得到印证，这些萨迦数量很大并可以推测是在大约不迟于13世纪所写成的。而在13世纪左右到14世纪所写的萨迦之中，自由创造发挥的因素十之八九被萨迦作者更广泛地和更有意识地运用。不过在表面上，这些萨迦继续因袭沿用13世纪里形成的常规表现手法。

如同上文所说，《冰岛人萨迦》主要讲述10世纪和11世纪初期所发生的事件。在许多部此类作品里，到冰岛拓殖定居成了一个重要的早期历史参考点，而基督教的来到已赫然耸现在"萨迦时期"的末尾，标志出了新时代的曙光。看来正因如此，新社会里的异教年代及其由于皈依基督教而结束才会在冰岛人的头脑里具有神话般的重要意义，因为他们在13世纪里亲眼目睹了定居时期才刚建立起来的社会制度崩溃倒坍。于是，在13世纪的动荡骚乱的几十年里，那些接受过教育而又愤世嫉俗的人士便着手编写《冰岛人萨迦》，这是一种讲述他们祖先的新的萨迦类型，它受到当时见得到的各种文学雏形的启示鼓舞又汲取了传统的叙事素材。在这些作品里，他们表达了对往昔的理想主义观念；而且旁敲侧击地表达出他们面对变化无常的未来所抱着的不断滋长的忡忡忧心。这些萨迦描绘出——常常是相当细腻详尽地——旧社会的内在活动方式，几乎仿佛是打开钟表的后盖把齿轮的运转展示给大家观看。最终结局的画面并不能容许自由想象力任意摆布，因为这类作品的基本故事情节并不仅仅由所有的《冰岛人萨迦》来叙述，它们也要被那些对历史真实性有更强烈要求的文本所使用，如法律和编年史。

故事和情节

构成《冰岛人萨迦》脊梁骨的故事情节核心存在于荣誉甚至性命存亡攸关的冲突争斗之中。萨迦的人物往往是十分与众不同而又引人瞩目的个人。他们的行动（如同叙述中所揭示的）同他们的性格完全一致，至于人物虽具有却不能在情节中展现的那些气质则很少提及。地点环境用来为事件的展开提供框架，而它们本身并不引人瞩目。事件的功能在于使得人物个人的品格和当时流行的社会制度得以展现，而恰恰是事件本身才使得讲述这个故事成为必要。

无论冲突的起因如何，它们总会给人物的荣誉和社会地位施加基本的影响。这类冲突一律由受害者的荣誉被认为是遭到损害的大小争端或事件所引起，不管它是不是肇事者的初衷本意。这些冲突的性质受到故事所描绘的那个社会的社交和伦理规范的条件制约。我们所见到的画面大约已经被传说所理想化了。13世纪的冰岛人在回首往昔时，谅必看到一个有可能荣誉地活着或者死去的社会，虽则如愿以偿的代价绝不低廉和轻而易举。他们之中多半人或许已经觉察出来，想在他们自己那个骚乱的时代里荣誉地生存下去的机会十分渺茫。

古典的家族萨迦是在冰岛社会历经深刻危机之后正在彻底变革的年代里写成的。在定居之后不久建立起来的社会机制尽管似乎曾有效地运行了三个世纪也遭到了扰乱，冰岛通过将自己臣服于挪威国王而举步朝向欧洲形式政府的主流迈进。家族萨迦从整体上看体现了一个神话，即冰岛是那些不肯要国王和国家的、经常是英雄般的自由农夫的坚固堡垒。这一神话的根源已难于追溯，不过人们觉得一个纪元行将终结之际，这个神话便自然而然地更趋于强劲。

对于一个萨迦英雄人物来说，追求和保持家族的和他自己的荣誉乃是一项绝对必须履行的责任，远比保全身家性命重要得多。

如同其他应酬交际一样，荣誉亦是一个家庭中成年男人的责任，而女人也许是因为受到活动范围有限的阻挠，经常是在紧要关头站出来按荣誉准则的要求点破迷津的那个人。萨迦描绘了一个在社会地位、财富和权力方面都存在着相当大差异的社会。然而在这个社会里，每个自由人都有权选择光荣地活下去，或者起码是光荣地死去。毋庸讳言，并非萨迦中每一个人都能够实践这一理想的。

在维护荣誉之时，一个男人也许被迫使用暴力甚至动手杀人。然而凌辱漫骂或者不正当地虐待他人借以挑起一场冲突则不会被看成是荣誉体面的。凡有此类行径者在冰岛语中被称为"乌雅夫纳瑟尔"人（即"不正大光明的人"），而且被认为是大可被人卑视的。一个正直高尚的体面人不会轻易自乱方寸狂躁冒进，他通常能够处之泰然并不急于报复，要一直等到当地的公众舆论开始对他的韬光养晦啧有烦言时，他才毫不留情地出手打击，不过总是为求得可能的解决而敞开活路，只要这种解决不会招致大丢脸面的话。萨迦里的冲突通常是由那些狂妄、贪婪、鲁莽或者是轻率的人所挑起的。最初的起因是各种各样的争执，如财产纠纷、使家庭的女成员蒙垢受辱的行为、无缘无故的寻衅攻击、出口伤人等等。然而，重要的是要认识到，这类纠纷几乎立即被按照同荣誉攸关的思路来作出解释。

必须强调，就在荣誉准则成为萨迦伦理学的核心之际，有些萨迦已显露出来它们各自在不同程度上受到基督教价值观念的影响，这部选集中也有几篇这样的萨迦，它们反映出基督教的宽容饶恕思想同陈旧的报仇责任之间的抵触。

在大部分萨迦里，我们看到了个人或者同胞兄弟之间的冲突，往往先发生磕碰撞击再痛下决心，通常以杀戮人命和随之而来的报仇来达到高潮，而又以通过中间人调解斡旋或者在法庭上冲突得以解决为结局。在一场仇杀过程中纠纷也会得到解决，但是往往被当事的一方认为不能满足从而使得冲突进入新的阶段。不管怎样，到了一部萨迦结尾时，所有的仇杀都已经得到和解。一般来说，中间人和调解者在解决典型的仇杀之中都起到重要的作用。

在有些萨迦里，冲突发生在近亲或者在姻亲之间，创造出了所谓的"悲剧性的血亲仇杀"。描叙这类仇杀的萨迦是同英雄史诗密切相关的，大概还受到了它的影响。在这些萨迦里，主人公面临着一个悲剧性的局面：非此即彼的或者是可供选择的所有出路都在他们面前畅通无阻，然而却又全是灾难性的。在《拉克斯峡谷萨迦》里，克雅丹一再向他的堂兄弟（也是螟蛉兄弟）伯利挑衅，直到伯利的妻子和内兄内弟逼得伯利将克雅丹杀害。而伯利又遭到他的堂弟们复仇袭击杀害。在《尼雅尔萨迦》里，报仇的渴望与由友谊和养育之恩所结成的纽带之间发生了冲突，从而创造出了类似的悲剧感觉。

为了实行仇杀行动，同一位戈狄或者一位有权势的头领结成同盟乃是必不可少的。通常仇杀的最终结局都会将这类人物卷入进来，虽然冲突也许从社会的较低层次开始。不平等的人物之间的冲突总是在一个重要人物被杀之前就已结束，或者是以身份较低的人物遭到失败而告终。在《埃吉尔萨迦》里，描述了克维尔杜尔夫一家同挪威几代国王之间的冲突，然而它只是非典型性的，因为国王们由于这个头领家庭的种种行动而蒙受沉重损失，却并没真正得到一笔赔偿。不管怎样双方毕竟在约克达成了装扮门面的和解，埃吉尔提头去见血斧王埃里克，并且以一首诗歌赎回了自己的头颅。克维尔杜尔夫和他的子孙们并不承认那种君临天下的新类型的国王，在他们眼里国王只不过是同僚侪辈中居于首位者而已，如同以前占地自立的老式国王们那样。于是他们便逃离开去，因为他们在冰岛找到了避难所，亦因为他们在王宫里有权势强大的援手。

在尼雅尔被烧死之后，尼雅尔的亲戚和纵火者之间曾商谈一项解决办法。然而，他的女婿卡里，也就是在伯格索斯沃尔庄园罹难的男孩索尔德的父亲，却拒绝参与和解。他自行其是，残酷地进行报仇，直到萨迦结尾时，卡里同纵火者们的首领弗洛西·索尔德松才达成了和解。

当有人被杀害而血债血还的要求依然不可遏制，尽管这桩公案已经了结，事情到了这个阶段，仇杀便会继续下去。直到双方所遭受的伤害如此严重以致不得不罢休，这时候最后的解决终于姗姗来迟。只有到了这个节骨眼上，萨迦才可以收尾结束。

萨迦的命运

萨迦原先书写在犊皮纸上，再一次又一次誊写出抄本，到了1600年以后当需要新书时，便誊写在纸张上。这些手抄本十之八九由富有的农庄主和头领制作和收藏，并且在他们的农庄上或者是民众集会的场所朗诵评说供作助兴娱乐。这样一来，那些自己添置不起一部手抄本的人们亦可聆听到萨迦，对它们的内容亦耳熟能详。到了18、19世纪，人们对《冰岛人萨迦》的兴趣大大增长，于是它们被翻译成了欧洲许多国家的语言。它们对读者最有感染力之处在于清晰地毫不感情用事地勾勒出难忘的英雄人物的形象，以及他们在一个同其余地方迥为殊异的社会里所遭遇的命运。直到20世纪，萨迦始终是大众喜闻乐见的作品，读者们已愈来愈喜好品味鉴赏它们的面面俱到的叙事艺术，这种艺术以难以觉察的手段捕捉住读者的注意力和兴趣，使得他们上瘾着迷。

为什么这些起源于僻隅之地的为数很少的人群之中的故事能吸引住公元2000年前后的现代读者，或者说为什么这些故事著写成篇七百年之后和事件发生一千年之后依然会有感染力呢？至今尚作不出明确的回答。仅仅说是伟大的艺术所具有的吸引力并不能够充分地作出解释。无论如何，我们可以说传统的讲叙艺术同13世纪欧洲流行的文学技巧碰巧结合得天衣无缝，于是就创造出了一种新的文学流派类别。在那些最上乘的萨迦佳作之中，作者们得心应手地把这门讲叙艺术运用自如，用以回顾一个行将消亡的年代和文化。这个世界是充满危险的，它生来与俱的问题足以把心地善良的好人摧残殆尽，而与此同时它又是一个容许个人不失尊严地活着，为他自己的和那些他身边最贴近的人的生命而承担起责任的世界。这个世界毫无疑问是昔日那个真实世界的理想化了和简单化了的画面。可是它的基本价值观念却对世间人生十分重要，直到写作成篇时亦未曾被忘诸脑后，尽管另一种观念，即基督教的价值观念正在把它取而代之。

萨迦的感染力是无法令人满意地描写出来的，只能通过阅读各个萨迦作品才能亲身体会得到个中滋味。本书所收录的各篇萨迦便会证实上文的论述并非虚妄之词。

二 这部选集中的萨迦

驶往渺茫未知的远航——《文兰萨迦》

关于去西半球远航的萨迦《文兰萨迦，或称红色埃里克萨迦和格陵兰萨迦》无疑是选集中最古老的萨迦。它们写成于公元1200年左右或稍后，两者自成篇章互不依存，均在口头传说基础上编写而成。两者都讲述红色埃里克在10世纪末被卷入一场仇杀纠纷遭到放逐，于是便向西航行去寻找陆地。他发现了一块陆地，起名为"格陵兰"，便返回冰岛，率领了一些人前去这个新国度定居。后来，人们在去格陵兰途中朝西南漂流得更远，发现了另一块新的陆地。格陵兰人，亦即埃里克的子孙和其他的人多次远航前往，对这片被他们称为"文兰"（意为"产葡萄之地"）的陆地进行勘察，这就是两篇萨迦的主题。其内容包含了对富饶而吸引人的土地和到达那里路途艰辛的描述。它们也描写了同那块陆地上的土著人的邂逅遭遇。那些土著人起先十分友好，并且对交易买卖饶有兴趣，可是后来变得抱有敌意寻衅滋事起来。他们同土著人众寡过于悬殊，于是这些从格陵兰去的人只得撤走离去。他们终究未能成功地在文兰建立起一个永久的定居点，而这段经历只能存活在到那里去过的人们子孙后代的记忆之中。

鉴于这些萨迦中最动人心弦的活动多半发生在这个社会的疆

域之外的地方，我们并未在其中发现仇杀行动的惯常不变的模式，即：寻衅滋事、报复雪耻和调解讲和等，除了在开端描述埃里克徙迁移居的原因之时。《文兰萨迦》是一部海外奇谈式的游记，通篇充满了种种荒诞不经的异国怪事的描写。我们可以念到有个人发现了葡萄，他竟然被熏得酩酊大醉！在一个地方，探险者们看到了海岸上有一条腿的人，萨迦里还描写了那些身著皮衣的土著人的怪僻行径。探险者们在对付大自然时有他们自己的种种困难，而且羁旅他乡，久留在如此遥远的天涯海角未免使有些人滋长出残忍心情和野蛮行为。

在《红色埃里克萨迦》里有一个主要的正面人物起了特别杰出的作用，而且在《格陵兰萨迦》里亦占有重要位置，这是一位冰岛女性，名叫古德里德·索尔比约纳多蒂尔。她从冰岛来到格陵兰，嫁给了红色埃里克的一个儿子为妻。在她的丈夫死后，她又再醮嫁给了一个把她带出去远航到文兰的冰岛人，并且在那边生下了他们的儿子。他们夫妻俩后来回到了冰岛，据《格陵兰萨迦》记述说她在过了不惑之年后还前往罗马去朝圣。据说有不少个主教都是她的子嗣。有不少关于文兰的回忆似乎是由她的子孙所保存下来的。倘若萨迦的记载着实不谬的话，谅必她比她那个时代的任何别的欧洲妇女到过更远为辽阔的地区。

农庄主、头领——埃吉尔·斯卡拉格里姆松和他的萨迦

《埃吉尔萨迦》是一部关于一个令人望而生畏的人物的扣人心弦而又饱经沧桑的传记萨迦。然而细细探究之下，我们不难发

现它通过男主人公的一生展现出束缚个人的所有社会联系和一个聚居地区的所有社会反差,而正是这些反差才以按年代顺序的横切面形式刻画出北欧海盗时期和中世纪冰岛的聚居区的社会特征。这部萨迦是以农庄主、头领的观念来写作的,他们对自己的家族、祖传的土地和功业成就抱有强烈的认同感。他们自以为地位显赫又握有生杀予夺的大权,连国王都无能力向他们提出挑战。可是他们更无法容忍地位较卑贱的人悖逆这些权力。在这部萨迦所描叙的骚乱年代里,家族已风光不再,早已不是毕生围绕着祖传土地而运转的那时候一样的毫无破损的完整统一体了。北欧海盗时期打乱了它的稳定,松弛了确立已久的人和土地的联系,开辟了攫取财富活动的新领域和新来源,而正是由于如此才导致了兄弟相残、父子失和一类的纠纷冲突,同时也为用金钱和交情来拉拢新关系而建立了外部环境。

这部萨迦的前三分之一篇幅叙述了埃吉尔的祖父、父亲尤其是他的伯父索罗尔夫。所有这些过场楔子都是用于介绍和确认潜在的冲突的特性。这部萨迦一开头讲述了克维尔杜尔夫的海盗生涯和之后的农庄生活,尤其着重强调了他同贝尔勒的卡里之间的友好情谊,此人曾经是他充当海盗的搭档,后来又成了他的岳父。直到金发王哈拉尔德成为一统挪威的国王之前,一切倒还顺遂。开场的篇章将主要焦点集中在国王与这个农庄主、头领的交往状况上。索罗尔夫求仕心切,想伺候哈拉尔德国王一段时间就能使他施展抱负飞黄腾达。然而他的亲身经历却并不成功,他同国王君臣失和、反目成仇,以至于招来杀身之祸。索罗尔夫的父亲一直反对他儿子去为王室效命的决心,因而索罗尔夫的弟弟斯卡拉格里姆宁愿在家隐居。这标志着家庭之内已不和谐协调，尽管一个家庭成员对另一个的最深刻的义务依然完整地存在，最惹人瞩目的就是血亲报仇以及所有与此有关的事情。这部萨迦展示了家庭内不和谐的根源在于北欧海盗时期的经济性质。出任头领的农庄主本人也是个海盗，他并不被束缚在他家庭所拥有的土地上，而是汲汲于通过海盗行为或者买卖交易在海外攫取名誉和大发横财。克维尔杜尔夫和他的儿子索罗尔夫就是这样地度过他们的青年时代。相反地，斯卡拉格里姆却埋头于耕耘土地，寄信赖于祖传的基业，成为农夫们的旗手。当他们父子俩在为索罗尔夫复仇之后不得不仓皇从挪威出逃时，正是斯卡拉格里姆才建立起了新的农庄之际，这部萨迦把这些反差描绘得淋漓尽致。

　　这些反差在埃吉尔自己一生的故事里反映得更为清晰透彻。他身上体现出了家族内部和那个年代的紧张关系，他集农庄主、海盗和诗人于一身，是一个国王的朋友却又是另一个国王的敌人，最后除了他自己和他的家庭出身之外没有一个人能够依赖。时常有论证说《埃吉尔萨迦》对挪威的国王们基本上都抱有敌意。这部萨迦无疑着笔于揭示国王对任何一个不情愿无条件地臣服于君主权威的人来说都是十分危险的。可是他们也确实值得令人肃然起敬。金发王哈拉尔德不擅长政治权术，似乎也还识不透人，以至于听信希尔迪里德的儿子们所进的谗言，然而他在攻击索罗尔夫时却显出了王者的风范气度。血斧王埃里克很容易摇摆不定、恩威莫测，不过他毕竟宽恕了埃吉尔饶下他的性命，这一举动维持住了他的尊严，而且一旦他宣布表明了他的打算便容不得任何人横加阻挠。埃吉尔从父辈手里承袭了同国王家族的争执抗衡，挪威的头领里有两个人挺身出来充当调停人，力图化解这场争端，他们是索里尔·赫罗阿尔德松和他的儿子阿里恩比约恩，然而争端却屡次三番地迸发出刺眼的火焰。十分重要的是，这部萨迦从总体上看，尤其是在描写埃吉尔其人的时候，写出了他从不曾起过念头要把自己的权利屈从于君主的淫威强权，但并不能因此说埃吉尔仇恨所有的国王。他是英国国王阿特尔斯坦的忠心耿耿的追随者，而这位国王也俯允埃吉尔可以任意来去自由，从而证明他是一个宽厚为怀的真朋友。《埃吉尔萨迦》揭示了这些既是影踪飘忽的江洋大盗又是耕耘稼穑的农庄主的杰出人物身上的好坏各个方面，它们构成了冰岛全体国民的思想意识的中心，当然也不仅囿于冰岛的思想意识。它的根源和由来需要追溯到埃吉尔的祖辈，而且毫无疑问必定以某种形式在周围各国民众之中留存下来，很有可能留存在封建时期欧洲的贵族思想意识之中。

如果将《埃吉尔萨迦》和同时期其他欧洲文学作品或者和冰岛早些时候写成的文学作品相比较的话，它的独到之处尤其在于栩栩如生地塑造出一个敢于面对国王、抗命违从的农庄主、头领的形象。这个人物形象在书中两段情节里特别回肠荡气，令人无法忘怀。其一是：埃吉尔在他的兄长死后出席了阿特尔斯坦国王所举行的一次酒宴，在阿特尔斯坦体力不支而逊让王位时接受了国王为索罗尔夫之死所付的赔偿，从而同国王释隙言欢并且向他致意问候。情节之二是：埃吉尔作为一个已经判以死罪的阶下囚徒出现在埃里克国王面前。如同埃吉尔的《阿里恩比约恩颂歌》所表达的那样，"我把壮胆的大帽，扣在我黑发之上"，他居然顺口朗诵了一首歌颂国王的长诗，而这首诗歌的报酬便是饶恕了他的性命。这桩事情显示出埃吉尔独特个性的力量，同时也显示出了世上没有人是如同孤岛一般不可沟通。阿里恩比约恩既是国王的宠臣又是埃吉尔的姻亲，埃吉尔同阿里恩比约恩的交往和友谊搭救了他的性命。

这部萨迦强调了埃吉尔一家世代务农。我们注意到他们父子俩不仅在他们庄园上组织经营各色活计，而且他们自己亦身体力行参与劳动。不过他们不是寻常的农夫而是农庄主、头领，他们要求在他们的势力范围之内的其他农夫们接受他们的领导并且顺从他们的权威。也许在描写了埃吉尔如何同海外的有财有势者发生冲突和其他交道往来之后，这部萨迦的作者有了要把这个显而易见的主题进一步发挥下去的想法，所以便增添了索尔斯坦恩·埃吉尔松和斯坦纳尔·斯约纳松之间发生冲突的一段叙述，以及最后由埃吉尔出面干预平息事端。这一段情节的描叙固然显示出了索尔斯坦恩尚不堪与其父相提并论，然而亦是诸多陪衬因素之一，更有助于烘托出埃吉尔作为定居时期的神话般的象征，其本身应是一个何等令人可敬可畏的人物，而且也旁衬表明在涉及对付不论身份高低的闯入者，保卫家族地位的时候，这一家族的自豪感和齐心团结仍然是最为强大的势力。

《埃吉尔萨迦》的思想性十分鲜明清晰，即不遗余力地鼓吹自由的农庄主、头领的英勇事迹。书中思路脉络如此地层次分明，令人不禁联想到在这部萨迦编写成篇的时候，这些首领们的地位或者毋宁说他们所生活的那个社会大概已岌岌可危了。倘若没有某个知道另有一条出路可以取而代之的人在某种程度上冷眼旁观的话，想把这个社会的真实状况反映得如此有条有理几乎是不可能的。这部萨迦大概是13世纪上半叶的作品，那时候，定居年代的旧社会基础早已遭到侵蚀损坏，可是变更之后的社会究竟前途凶吉如何，一时尚看不清楚。在这样动荡不定的时势下，人们禁不住要对那些他们以往从没有觉得需要想一想的问题认真反思起来，这是十分顺乎自然的。

《埃吉尔萨迦》的思想轮廓并不装腔作势地要对整部著作进行巨细无遗的分解剖视。在这部萨迦里，埃吉尔这个人物具有多重性格，而且并不符合于任何一种类型。这部萨迦的喜剧因素和男主人公的反英雄传统的平淡而颇为窝囊的死法，这两者都给故事的叙述投下了暧昧不明的光束，从而引起了一连串的对故事的不同理解，在这里就不逐一详作介绍。那首名为"赎头之歌"的长诗传统上是在故事展开到描述创作出这首诗的环境之际归在正文主体之中的。诗篇为埃吉尔的一生增添了精神生活的一面，也把他同管辖诗歌和北欧海盗的主神奥丁联系在一起。尽管几乎已是众所周知，这首诗歌大概并不是这部萨迦原著的文字，因而作者也许不曾打算过增添上同奥丁主神心灵相感应的情节。不过从更冗长的篇幅里不难察觉出来比信奉古北欧神祇们更为原始的，或许是存在得更长久的宗教信仰的影响何等之大。克维尔杜尔夫和他的子孙后代似乎同大自然的力量之间存在着某种秘密关系，而且从这一来源吸取得到他们的超自然的力量。这就使我们断定这部萨迦中的人物所信仰的不是别人而正是他们自己，或许也包括他们的祖先，因为斯卡拉格里姆竟然拜托其父克维尔杜尔夫的亡灵来为全家选择盖房的宅基地点，而不是去向异教的神祇们祈求襄助。

埃吉尔性格中的半超自然因素反映在他通晓北欧的鲁纳古文

字知识，还有他在战斗之时会被突如其来的强烈的狂暴情绪所支配。这在阿特尔斯坦的酒宴上表现得最为明显，而他同贡希尔德王后交往时的那副腔调也十分引人瞩目。因而只把埃吉尔当作一个特定的社会阶级的代表人物来看待必然是过于简单化了。他固然起到了这个作用，然而他也代表了来自超越日常世界的各种古老势力。当然，在一个中世纪的基督徒眼里看来，这类势力本身和它们的来源必定都是十分邪恶的。《埃吉尔萨迦》的作者在描写克维尔杜尔夫和他的子孙斯卡拉格里姆和埃吉尔的时候，居然敢于显示他们的半兽性的性格在为生存而斗争时为他们提供了力气，虽然这类蛮力之中也可以包含着毁灭性的破坏力，如斯卡拉格里姆竟然要亲手杀害自己的儿子。

埃吉尔同阿里恩比约恩之间的真诚友谊在某种程度上恰好和埃吉尔同他的父亲、兄弟和儿子祖孙三辈人之间狂风骤雨般的关系形成了对照。他们父子之间在斯卡拉格里姆生命即将终结之时重新言归于好，那至多只不过可以被称为是一种武装的休战——各人手里依然紧握着不管什么样的武器。尽管他们都有强烈的家族观念，可是这对父子的个性却迥为各异。他亲生儿子要求他做父亲就要像个父亲样子，而埃吉尔无法向这个愿望作出任何让步。他最疼爱的儿子一心想要同他和好，可是年纪轻轻便死于非命。埃吉尔从孩提时代起就同他的哥哥索罗尔夫争个高低，直到他被大家公认为首领时，他们兄弟关系才和睦起来。曾经有过论证说是埃吉尔必存愧疚，觉得对索罗尔夫之死自己难辞其咎。至于究竟是否如此，尚有争议并无定论，不过他娶了他的寡嫂为妻之后，对索罗尔夫身后的遗孀和孤女倒的确当好了丈夫和父亲，非常疼爱怜惜她们寡母弱女。这部萨迦着力描叙的纷争不已的父子或者兄弟关系，使我们得以通过揭示一个由以自我为中心而又具有令人可怕的智力和体魄的个人所组成的家庭，观察到了一个以家族血统为基础的社会所存在的根深蒂固的顽疾。

埃吉尔和他的儿子索尔斯坦恩之间的差异有助于把克维尔杜尔夫和埃吉尔的半神话时代甩到后面去，而使得整个故事同世间人生的现实联系到一起。索尔斯坦恩是一个出色的头领，而且在为维护自己的财势去对付那些缺少钱财的人的时候总是足够幸运屡屡得手，可是他却没有他父亲、祖父和曾祖父的那种狂暴斗士的气概。他缺乏那股超自然和神话般的魄力，因而也未必敢于同国王作对。随着他的出现，冰岛的迁徙定居年代一去不复返，整个社会呈现了一种新的均衡，不管是多么不牢靠。

头领作为对付邪恶的保护者——《瓦特恩峡谷萨迦》

《瓦特恩峡谷萨迦》叙述了冰岛北部瓦特恩峡谷一个头领之家的五代人的故事。这个故事始于9世纪的挪威，主人公英吉蒙德·索尔斯坦恩松的英雄祖先乃是挪威国王的亲信盟属，深受国王的宠爱。有预言启示说他将会移民到冰岛去，他果然迁徙而去，这部萨迦便描叙了他和他的子孙后代在长达一个多世纪里的荣枯兴衰由极盛到败落的经过。

这部萨迦着重勾画了一个富贵之家的命途多舛。显贵的头领英吉蒙德竭力保护一个无赖使他免遭自己儿子的正当惩罚，然而到头来却被那个无赖所杀死。英吉蒙德的几个儿子继承了他的逆来顺受和与世无争的超然态度，以至于他们中最勇敢的那一个想要忍气吞声而不得，成为飞来横祸的牺牲。这部萨迦描写了英吉蒙德家族出的最后一个头领，据说他的气质和英吉蒙德和他儿子索尔斯坦恩如出一辙，虽然他远优于他们，因为他已是一个基督教徒，而从这位基督教徒的作者的观点看来，他必定是个称心如意的头领。

《瓦特恩峡谷萨迦》比大多数冰岛人萨迦更为松散而不精练。书中为数众多的事件多半互不关联仅靠主要人物串联到一起，可是又缺少旷时日久的冲突情节把那些主要人物捏合起来。书里开头介绍挪威发生的事件颇为矫揉造作以致令人难于置信，还沿袭着往昔的萨迦和传奇故事的俗套。其后续部分似乎也是套用了口头传说中描写当地的零碎龃龉口角的叙述手法，可是它们杂乱无章难于组合起来形成一个令人信服的统一整体。

《瓦特恩峡谷萨迦》中所描述的冲突的主导类型是好人们齐心勠力将盗匪、窃贼、无赖等异己和破坏性分子从这个国度里清除出去。这类分子接二连三地在主人公的家族所控制的地盘上出现，并且胡作非为起来。这个家族的头领们成功地将这些为非作歹者们驱赶出去或者就地将他们消灭，不过通常是在蒙受了惨重损失之后。这个家族的两个首领就是被这类人物所杀害的。书中描叙的许多事件读来饶有兴趣，因为我们从中可以发现民间相信的不同种类的法术存在的证据。

《瓦特恩峡谷萨迦》要比大多数冰岛人萨迦更少抑制情感，有时甚至流露出多愁善感的伤感味道；而人物性格的塑造却多少有点肤浅表面，他们得到不少溢美之词的夸奖却总不大有机会能让这些赞美得到证实。作者把他们描绘成为传统的英雄，却如此半心半意以致令人一眼看透，因为他自己的价值观念根本上是基督教的，所以他更留神关注那些以和为贵的人们而并不是那些打打杀杀的武士们。

《瓦特恩峡谷萨迦》大概是近13世纪末在事件发生的地方的一个修道院里写成的。

相互抵触的命运——《拉克斯峡谷萨迦》的结局和情节

《拉克斯峡谷萨迦》被邪恶势力的巨大幽影所笼罩，整个萨迦的中间部分都为无妄灾祸和乖蹇时运所支配，我们在这部萨迦里看到了如同《瓦特恩峡谷萨迦》里的同样嘴脸的张牙舞爪的命运闯入者。可是旧世界的黑暗毕竟在衰退，这部萨迦宣扬了基督教，书中所讲到的事件延伸到冰岛皈依基督教以后第一个世纪的前一二十年。对书中人物角色的理解演绎，是可以用古代英雄史诗作为框架来参照，然而亦无法以此来解释每一桩事情。孔雀奥拉夫·霍斯库尔德松这个给整个家族带来好运气的人物就是来自于另一个世界；他母亲的娘家是爱尔兰的基督教徒。他的儿子克雅丹是个远比史诗谣曲中所歌唱的传奇英雄更具复杂心理的人物。作为基督教徒，克雅丹和古德隆这对情侣的命运结局也不同于屠龙壮士西古尔德和瓦尔基里氏仙女布隆希尔德。克雅丹之死部分地是英雄就义而部分地是烈士殉教，而古德隆·奥斯维夫斯多蒂尔的暮年岁月使人回想起圣徒们所生活的世界。

《拉克斯峡谷萨迦》的作者似乎十分卖力地想把他的英雄们升

华到贵族和国王的水准之上。把克雅丹打倒击垮的并不是那个社会，亦不是别人的妒忌，就像《尼雅尔萨迦》里所描述的赫利扎伦迪的贡纳尔那样。在这部萨迦的世界里，如同在英雄史诗的世界里一样，有一种坚定不变的观念，即运气的轮子总是不会停止旋转，最交好运者也是最脆弱易损者。在《拉克斯峡谷萨迦》里，凡是着力落笔描叙深厚友谊、巨大荣誉或者众望所孚时，便潜藏着即将到来的不幸。好事情本身也孕育着邪恶的种子。个人性格上的微小瑕疵、抑制不住的感情冲动或者急功近利的抱负和决心都足以把一个好人摧毁掉。

这部萨迦说克雅丹是一位谦谦君子，然而这种谦虚似乎是建立在十分强烈的自尊情结上的。他来到挪威之后，发现自己身在异国的全新环境之中，他的优越地位根本不是不言而喻的。这对他的自尊心是一次莫大的打击，于是谦虚转化成为可怕的狂狷恣傲，幸而聪颖睿智而又相貌英伟的奥拉夫·特莱格瓦松国王不露痕迹地将这个年轻人的进取抱负引导到积极方面，以至有一段时间事情发展得比似乎应该出现的模样更好些。他在挪威受到了像他父亲以往那样地被当作贵族来尊重的款待，而当他满怀着这种辉煌踌躇满志地返回故里时，他这才不得不面对他生平遇到的第一次重大挫折。那个曾经同他订了婚的、全冰岛最出色的佳人竟已另嫁他人，而嫁的不是别人正是他的螟蛉兄弟、堂弟伯利·索尔莱克松。随之而来的在洛加庄园和赫尔霍尔特庄园之间所爆发的冲突是在《冰岛人萨迦》的世界里所绝无仅有的。在所有别的萨迦之中（或许除了《贡恩劳格萨迦》之外）我们还没有发现为荣誉而冲突这个老生常谈的主题如此细腻而水乳交融地同恋爱和妒忌的情感交织在一起。

可以想象，克雅丹丧生的故事对人们具有强烈的感染力，因为他们自觉地（也许宁可说是不自觉地）察觉到任何一个个人或者家族享有过多好运和成功将会使得整个社会走向不稳定，然而造成克雅丹毁灭的却并不是人们的妒忌而是在单一一个家族里的不和谐。克雅丹和伯利既是嫡堂兄弟又是螟蛉兄弟。孔雀奥拉夫抚养伯利为的是试图治愈家族的心腹之患：雄心勃勃的同父异母的兄弟之间的手足相残乃至同室操戈，他下定这个决心之后，伯利的惹是生非的父亲便抽身撤离出这部萨迦，从舞台上倏然消失掉了。而这一对同父异母的兄弟的儿子又生活在一起而且是兄弟和战友，这对克雅丹和伯利来说都是致命的，因为他们之间的倾轧争斗必定会严重地威胁到整个家族的生死存亡。然而在萨迦里，兄弟之间亲睦谐和实在是稀罕少见的，或者是这个或者是那个兄弟总要用他的优势来凌驾在别的兄弟之上并且控制支配他们，不管这个人的血亲关系是多么令人钦佩。克雅丹和伯利之间所显露出来的也正是这样的一场冲突。除了具有先见之明的盖斯特·奥德莱夫松之外，这场冲突的结果如此深藏不露以至于人人都觉得它在意料之外。克雅丹在如此彻底地控制支配伯利之前恐怕亦未曾想到过到头来竟是这一个把另一个杀掉，从而犯下了骨肉相残的可耻行径。他们两人之死理所当然地使我们感觉到一个家庭对其他所有家庭作威作福的社会危险得以消弭，然而好运和厄运总是交迭地在这个家庭里来回转悠。有很好的理由表明，《拉克斯峡谷萨迦》里并不是每件事情都受到厄运所支配。霍斯库尔德·达拉考尔松、孔雀奥拉夫以及萨迦结尾部分的主要角色伯利都受到了好运的庇佑。再者，在萨迦的开端和结尾时显得十分突出的那些令人敬畏的妇女，如深思者乌恩和古德隆·奥斯维夫斯多蒂尔，都有各自的哀怨悔恨，然而她们却端庄尊严地走向她们自己生命的终结。

克雅丹之所以忽视了伯利和伯利的情感，从人际交往上其道理是完全显而易见的。克雅丹被他自己的卓尔不群和频交好运弄得眼花缭乱，眩惑得不能自持。他把伯利身上的种种美德长处都看成是他自己的延伸部分，所以对他的这位伙伴的独立的意志和抱负根本不屑于一顾。这两个男人都被古德隆·奥斯维夫斯多蒂尔所魅惑住。而克雅丹却并不肯让古德隆跟随他一起去海外。答案大概在于这次远航将为他的崇高声望提供明确的实证，而他的荣誉对他来说是远比任何一个别人更为重要。按照古老的英雄社会的传统观念，克雅丹无须斤斤计较同一个女人争出风头，虽然婚礼本身总是要拿双方荣誉作比较来看的，就像孔雀奥拉夫和索尔盖尔德·埃吉尔斯多蒂尔在婚礼前再三推拒相互试探那样。古德隆自己在几个方面都是不符合常规的。她曾经两次当过寡妇，在人生阅历上远较克雅丹丰富。她要比大多数别的妇女享有更多的独立自主，而且往往代替她的兄弟们说话。其实克雅丹的挪威之行部分地是为了增添他的荣誉，使他足以与古德隆相互匹配，正因如此他只得独自前去，或者至少不让她偕行——克雅丹虽有伯利作为搭档伙伴，可是他心目中仍认为是他独自去远航。而古德隆或许把克雅丹的行为看成是他需要重新确信他是包括她在内的冰岛人之中最卓越杰出的人物的一种反映。

在他出海远行期间，克雅丹显露出自己是个骄恣专横而又乳臭未干的公子哥儿。他在同有才华的年轻人不止一次的对峙交锋中生平头一回弄得狼狈不堪，幸亏国王已经认定了他的才华，而且相信自己能提携克雅丹成熟起来，各桩事情才变得顺遂起来，而且很可能会导致这个年轻的英雄赢得更为巨大的好运气。这时候厄运已开始露面，伯利对于被笼罩在那个拥有超凡魅力的堂兄弟的阴影之下已经不胜厌烦，他不情愿再屈居人下充当帮闲了。他改弦更张，按自己的意愿去行事，先把古德隆娶到了手。这一下骰子掷得又准又妙，恰好利用了克雅丹延误返回冰岛的这段空隙。接踵而来的冲突之中，克雅丹和古德隆是主要角色而伯利则重新退居到配角的位置上。《拉克斯峡谷萨迦》这段情节在所有冰岛人萨迦之中显得异常精彩夺目，因为在这一部分里，人物角色的内心情绪被白描勾勒得淋漓尽致，其着笔落墨之处在于描绘人物的一举一动，而通过这些行动将人物的喜怒哀乐感情好恶展示无遗。且看这一段落：

> 古德隆无法再追究下去，可是看得出来她仍为克雅丹而受到痛苦煎熬，虽然她尽力装得若无其事，脸上却阴郁憔悴。

这里如同在《冰岛人萨迦》所写到的其他许多紧要时刻一样，书中人物的心绪状态和外表的行为举止之间浮现出明白无误的区别，虽则如同通常一样很难于辨别出来这种心绪究竟是爱情上的失意还是自尊心遭受创伤。

赫尔霍尔特和洛加两个庄园之间发生冲突的奇特之处在于：它是由受人尊敬的体面人所一手操纵的，然而却使出了有损尊严的卑劣手段。古德隆唆使她的兄弟们去把克雅丹出游海外携带回来的宝物偷盗到手，仿佛她真的相信只要把这些荣誉的象征物毁掉，她就可以把在海外所发生的一切统统化为乌有，从而在他们两人之间重新建立起平衡均势。而克雅丹将洛加庄园的人反锁在屋里，使得他们无法到外屋茅厕去解手方便，后来他又横生枝节阻拦伯利和古德隆买到他们所需要的土地。他毫不含糊地声称这样做无非在于显示一下谁是确凿无疑的占支配地位的人物。而一旦正当的体面人物开始采用不正当的武器来战斗之时，厄运便会控制住他们的生命，而等待着他们的也只有死亡。

在许多萨迦里都写到好运和厄运的神力触及个人的一生。我们或许可以说，在一个命运劫数无所不能的世界里，用厄运降临的措辞来解释一个人物的丧生未免是毫无意义的，因而十分顺乎自然的是，从人物个人的性格上去寻求解释。在《拉克斯峡谷萨迦》里我们不难找到途径，使我们能够铁面无情地对克雅丹和古德隆作出判断，如果我们运用时至今日仍然是世俗道理的基石的基督教道德标准来评判的话。他们两人都犯有致命的罪孽，那就是骄横恣肆（或者说是唯我独尊），克雅丹虽则虔诚斋戒，却并没有把他的这个大毛病戒掉。古德隆是个了不起的女人，娇艳而意志坚强，能够勇敢地面对她自己的人生。她想要什么就非要弄到手不可，毫不在乎别人的情感如何。为了要嫁给她的第二个丈夫，她竟然密谋策划唆使那个男人同他的妻子离异。她一生之中仅有过一次克制住了自己，那就是她同意不跟随克雅丹远行去挪威，可是她生平未曾对自己的几个丈夫屈服退让过。然而，《拉克斯峡谷萨迦》尽管毫不讳言地揭示了她所有的显而易见的缺陷过失以及一些不光彩的勾当（诸如她指使盗窃等等），但是古德隆仍被描写得非常不同于某些劝喻世人避恶扬善的告诫性故事里的那种因袭俗套的邪恶刻毒的女人。

《尼雅尔萨迦》里，哈尔盖尔德最后一次出现是在一段十分暧昧的情节之中，她同斯卡普赫丁发生争吵，她被人骂作婊子。而古德隆却十分光荣体面地告别这个世界。且看这一段：

> （古德隆）如今已经鹤发童颜老态龙钟。如同上文所说，她整日郁郁寡欢、愁肠百结，心如槁木死灰一般。于是她遁世脱俗，当上了冰岛第一个修女。众人竞相传诵说：古德隆是冰岛与她出生门第相当的妇女中品德最高贵者。

在回答她儿子伯利时，她讲出了她那句含意晦涩的至理名言：

> 我对哪个男人最狠心便是我对此人爱得最深。

古德隆·奥斯维夫斯多蒂尔一生之中忍受过许多巨大的悲哀，其中有一部分或许要归咎于她自身的毛病，尤其是她的飞扬跋扈。不过她是个才华出众的奇女子，没有在厄运困境面前怨天尤人或者逆来顺受。她尊严地面对她的命运，从来不同任何人商量有关她命运的事，除了上帝，正如书里所说："她在夜间常常在教堂里消磨很长时间诵读经文"。

尽管《拉克斯峡谷萨迦》比起大多数萨迦来说，要更为注意人物的感情生活，然而即使在《拉克斯峡谷萨迦》里描写情绪也只是三言两语一笔带过。我们是借有先见之明的贤哲所作出的预言，或者是参照和印证了民间的舆论和传闻，才能够对人物的心绪知道得稍多几分。显而易见的是，在紧要关头支配人物作出行动的是强烈的情绪冲动而不是理智良知。在这方面，《拉克斯峡谷萨迦》要比许多别的萨迦更为接近于同时代的中世纪欧洲文学的理性概念世界。它是按照贵族式的思维方式来描绘塑造书中主要人物的。因而，外在的表明身份地位和荣誉的象征、爱情和妒忌如同雄心抱负一样地被突显出来；尚可争议的是，这部萨迦从未拿定主意究竟书中最高贵的人物应该作为一个英雄还是作为一个烈士而死去。从另外一方面来说，重点放在个人和家庭的命运遭遇身上就势所难免和有些比《拉克斯峡谷萨迦》更为古老的萨迦有雷同类似之处，尽管这部萨迦大概写成于13世纪中叶。

《尼雅尔萨迦》——自相矛盾的报仇

正如我们所见，冰岛人萨迦里有许多例证表明在非履行不可的报仇义务面前，主人公内心充斥种种似是而非的反论。有复仇权乃是一个想过和平生活的家庭的必不可少的防御手段和安全保障，因而应该是有助于促进社会和谐的。可是它也能驱使人们用一些足以招致他们自己和家庭毁灭的方式去进行，从而威胁危及社会整体。这个问题以及它对个人和家庭等等所形成的威胁，如同我们所见到的那样，已在《吉斯拉萨迦》里表述得十分明白。可是《尼雅尔萨迦》更为深入地探讨了厄运的起因和后果，而且揭示出它对社会的侵染影响，而在这部萨迦的稍后部分我们瞥见了另一个世界的曙光，那是另一个价值观念相当不同的社会。

《尼雅尔萨迦》是冰岛家族萨迦之中篇幅最长也最受到广泛赞扬的杰作。它是一个描述冰岛南部两个朋友，贡纳尔和尼雅尔以及他们家庭的故事，可是有一大批别的人直接地或间接地卷入进来，故事情节也在冰岛许多地方，甚至斯堪的纳维亚地区和英伦三岛等地徐徐展开。这部萨迦在开端部分介绍了通加的"庭"的大会领袖和精通法律的诉讼能手。随后话题一转，立即引到西部的布雷扎湾山谷，我们在那边同《拉克斯峡谷萨迦》中已为读者和听众所熟悉的头领们相遇会面。于是我们便可说道，这部萨迦从第一页起便展示了视野十分广阔的冰岛全貌，而且也把已经或者不曾笔录成文的冰岛萨迦口头叙事传统展现在世人面前。这部萨迦的第一部分描叙了三门婚事，而每门婚事结果都很糟糕。假如我们把婚姻看成是打算用以确保家庭兴旺发达和社会繁荣昌盛的最为重要的事情的话，那么这类婚变事故必定是预示凶兆的。

《尼雅尔萨迦》共有一百五十九章。书中主要人物赫利扎伦迪庄园的贡纳尔·哈蒙达尔松和伯格索斯沃尔庄园的尼雅尔·索尔盖尔松直到第十九和二十章才得以露面。贡纳尔被杀殒命于第七十七章，而尼雅尔、他的妻子和他们的儿子们在第一百三十章里才活活地被烧死在他们家里。这部萨迦余下的章节用来叙述纵火案引起的报复行动的后果，而以这场冲突的主要幸存者，斯维纳费德的弗洛西·索尔德松和尼雅尔的女婿卡里·索尔蒙达松远行前去罗马忏悔他们的罪孽并获得赎罪之后两人重新释隙和好来结束这部萨迦。这一和解更由一门婚事所进一步敲定：仇家的一方卡里娶了他的死对头霍斯库尔德的一心想替夫报仇的遗孀为妻。

因而，这部萨迦在它的篇幅冗长的开场楔子和结尾部分涉及到十分广泛的范围。书中有两场旷时日久的漫长冲突，而以贡纳尔被杀和尼雅尔举家被焚达到高潮。贡纳尔招来杀身之祸是由于同他邻居的一场冲突，冲突的星星火花被他的兄弟莫德煽动点旺起来，尽管莫德他自己并没有亲身参与这些行动。那些点燃这场冲突火焰的都是微不足道的小人物，其动机显然或是出于对贡纳尔所享有的成功和荣誉怀有妒忌，或者纯粹出于恶意伤害，虽然最后领导突击的人是白色吉祖尔，此人是当地最杰出的人物之一。这仅仅突出地表明那种认为在所有萨迦叙述的冲突之中都是好人整齐划一地摆开阵势去对付坏人的想法是多么令人产生误解的。在冲突的双方我们都可以找出一些令人钦佩的人物违心情愿地被拖进争执中去。往往是卑劣小人的坏心眼挑起事端，而好人却被迫违反他们的善良性情去蹚浑水。

这一连串坏事的演变在导致尼雅尔被烧死的事件中重复发生了。其实，在这部萨迦的开端部分很早就埋下了杀机，因为我们已经看到贡纳尔和尼雅尔两人的妻子都各自用唇舌作刀枪格斗起来。只要两个男人尚还活着，他们有能力遏制住冲突。可是贡纳尔一死，再加尼雅尔的儿子们对他们的父亲愈来愈桀骜悖逆，厄运便愈来愈得势，控制了事态的发展，直到最后尼雅尔的儿子们犯下了一个令人惊骇的罪行，他们竟然把惠塔内斯岬角的头领霍斯库尔德杀掉了。这就转过来向另一个杰出的头领，斯维纳费德的弗洛西·索尔德松挑衅叫阵，以致激怒得他发动突击把他们活活烧死在伯格索斯沃尔庄园。尼雅尔、他的妻子和他们的孙子全都葬身火窟，因为虽然提供给他们逃生的机会，他们却拒不肯逃离已经熊熊燃烧的房屋。他们的三个儿子不是在厮杀中毙命便是在火窟中丧生。

为何像白色吉祖尔和弗洛西·索尔德松这类杰出的头领们竟然肯挺身而出去攻击赫利扎伦迪的贡纳尔和尼雅尔的儿子们这类人物，其中的道理同个人之间的憎恶仇恨无关，而是更多地同旧社会的意识观念有关系，这种意识观念要求不管发生什么事情，家庭和兄弟必须站在一起，而且相信在危急时刻替血亲报仇是毫无选择余地的唯一出路。也正是同一意识观念控制支配着尼雅尔的思路，驱使他最终选择了慨然赴死而不情愿屈辱含垢地偷生，因为他明白自己没有能力为他的儿子们报仇。如同我们已经看到的那样，这类报复性文化乃是一个没有行政权威的社会的基本要求，因为这些问题的出现是那个社会的根本结构所造成的。可是在尼雅尔自己对他的行为所作出的解释背后却还蕴藏着更为意味深长的激昂情绪，他知道凡是能听见他的话的人必定能理解他这番举动有不得已的苦衷：他想要同他儿子死在一起，希望他们因此而全都能够得到赦免他们罪孽的宽恕。他的死亡是抛弃旧社会的信号，也是朝向新秩序迈出一步的标志。

在《尼雅尔萨迦》里，我们看到了对许多战役和其他悲剧事件的难忘的描叙，不过全都没有比那场大火描叙得更为出神入化的。然而所有这些暴力场面都不会把在萨迦里许多场合可以见到的为和平奔走和为调解所做的主动努力遮蔽掉。《尼雅尔萨迦》比其他任何一部《冰岛人萨迦》更为明确地显示出，在旧社会里，好人情愿不遗余力地为建立巩固持久的和平而奋斗。若是两个真正的朋友卷入了争端之中，是最容易重新和解言归于好的。当贡纳尔和尼雅尔的妻子各自派人去把对方的雇工杀死之后,丰厚的赔偿金立即得到支付而两个丈夫之间的诚笃友谊得以继续保持。当贡纳尔和他的仇家之间出现冲突时,尼雅尔既精明机灵又劲头十足地致力于调停纠纷,纵然这些相同的仇家总是成功地使争端死灰复燃,直到最后和解的条件变得如此苛刻以致贡纳尔不堪其苦只得愤而拒绝遵照他们的索取行事。这部萨迦第一部分可得出的结论大概是:只要报仇的需要仍是社会的基础,人类的本性归根到底是过于邪恶以至于仲裁公断无法持久有效。

这部萨迦的后面一部分有迹象看得出来,尼雅尔已意识到传统方法毫不灵验。所以当斯卡普赫丁杀死了斯莱恩·西格福松之后,尼雅尔便动了念头要收领霍斯库尔德为养子,用作一劳永逸解决争端的另一条出路。他打算让霍斯库尔德成为他的儿子们的一个兄弟,大体上就如同孔雀奥拉夫希望克雅丹和伯利之间的关系那样。可惜这两对难兄难弟的命运竟然同出一辙,这大概因为尼雅尔的儿子们在心目里无法认为或者相信,正统规矩的报仇已经被舍弃不用,而这种缺乏信任恰恰是旧文化的病态。

在《冰岛人萨迦》之中,一心报仇的愿望和想要和解的冲动两者之间的紧张关系能像惠塔内斯岬角的戈狄霍斯库尔德遇害引起的一连串轩然大波的那几段情节一样,描叙铺垫得如此扣人心弦又令人回肠荡气。显现在我们眼前,一边是霍斯库尔德身份高贵虽清白无辜却蒙冤屈死,听凭希尔迪贡鼓起如簧之舌进行令人骇然的煽动唆使,另一边是许多好人孜孜不倦地折冲樽俎为求得解决而汲汲奔走。而存亡攸关的,一方面是缔造和平避免更多好人送命的愿望,另一方面是直接卷入事端之中的那些人的荣誉。希尔迪贡在煽风点火之中把目标对准弗洛西，使出了传统价值观念的所有威势，以至于不难看出他在到达"庭"的大会会场时，他的荣誉和好汉气概已危如累卵。然而尼雅尔的儿子们的荣誉也同样处于一触即溃的地步。那么，是不是有可能以他们为杀害霍斯库尔德付出巨大丰厚的赔偿来达成折中妥协而使他们的荣誉不遭受损害呢？

在阿耳庭的大会上，这出戏分成三幕来演出，它对整个冰岛社会的重要性由于全岛各地最有权势的领袖们都赶来参加而变得十分突出。在第一幕里，我们见到尼雅尔的儿子们到处寻找援手以增加他们的支持者。他们的地位难于经受得住同有权有势的头领持续较量，因而他们若是不想让事情出现对他们不利的逆转，他们必须尽力扩大自己的势力。可是他们寻求支持的努力的结果要比起初预计的相去甚远。不过在很大程度上是由于斯卡普赫丁对于暗示的过于敏感以致他的殊为可耻的行径败露，结果导致头领们加快了他们的行动。第一幕看起来不大有指望能最后以重新和好的方式解决纠纷。接下来一幕详情细节地陈述了正式法庭的诉讼官司。这桩公案最终因为莫德施展了阴谋诡计而不了了之，而莫德·瓦尔加尔德松自始至终扮演着一个两面派的角色。弗洛西丢脸出丑，不得不含辱蒙垢退出这场官司，这逼得他除了铤而走险报仇雪耻之外已别无退路可走。最后一幕以尼雅尔自己出面要求发言开始。他提出把这桩官司交由仲裁公断，这表明他愿意接受条件求得解决，并且为此而向双方最可尊敬的头面人物呼吁求助。判决终于如期作出，在"庭"的大会上应该支付的赔偿金额幅度也确定下来。头领们和平民们对这桩官司和解决办法的重视程度可以从这件事情上看得出来。他们都情愿往尼雅尔的儿子们带到"庭"的大会的金钱上再增加数目。最后解决的支付金额终于确定下来：在立法会议的空地上六百马克白银垛成一大堆。

事态仍然处在一个十分微妙的阶段。弗洛西的正派体面的意识观念受到了深深的伤害。而另一方面，我们看到斯卡普赫丁在这件事情上使得自己十分丢脸，他倾向于厮杀一场而不是忍受耻辱，不过出于对他父亲的尊敬他仍能控制得住自己。尽管已经发生了这一切，尼雅尔的荣誉仍然是同他儿子们不可分割的。

尼雅尔怀着最善良的意愿在那一堆愈积累愈多的钱财上增添了一件丝绸长袍和一双靴子。他无意之中造成了一种十分危险的局面。那堆银子是象征着和解的标志，在那些在场的人目光之中是一个明白无误的信物，它一方面代表了金钱，而另一方面代表了荣誉和精神价值。尼雅尔放到那堆银子上去的馈赠固然增添了看得见的信物，然而却使得它变得不稳定。那件猩红色的长袍放在那堆银子旁边似乎格格不入，它看起来代表了奢侈豪华和懒散悠闲而不是厮杀搏斗和英雄主义。添加上去的东西使得整个赔偿的含义都发生了问题。弗洛西不免疑窦顿生，怀疑那些居心叵测的人会将它理解成使他蒙垢受辱的信号。他同斯卡普赫丁口角顶撞起来，随后接着是滔滔不绝的破口辱骂。脆弱的和平被摧毁夭折，而事到如此尼雅尔被烧死也就不可避免了。

《尼雅尔萨迦》里有许多起在法庭上正经八百地打的官司到头来却是毫无结果一场空。全体国民通过的法律不再能够带来和平，于是人们转而寻求仲裁公断。在《冰岛人萨迦》中，没有任何地方像《尼雅尔萨迦》一样，用如此多的笔墨来描述人们孜孜不倦、努力不懈，将尼雅尔被烧死事件诉诸于法律，希望通过法庭达成和平解决。我们可以说《尼雅尔萨迦》的作者情绪激昂地企图在叙述之中使法律的法典、法规、条文通过艺术加工能生动形象地运行起来,而与此同时整个社会正在狂热地力图通过法律带来它按理应该保卫住的和平,可是大概只能说两者都没有取得成功,一场全武行的大打出手在"庭"的大会上爆发了。在尼雅尔被烧死之后,新的一轮讲和活动马上着手进行,部分地是由于来自锡达的哈尔主动提出他儿子之死不必支付赔偿便可了结。这种甘心情愿给予饶恕的宽容代表了一种全新的态度。哈尔是从桑布伦德传教士[①]手上接受洗礼的第一个头领,紧随其后尼雅尔也作了仿效。

尼雅尔寻求和平的努力终于在同弗洛西的和解一筹莫展之时出现了转折点。在此之后,尼雅尔被烧死已不可避免,而这部萨迦所描绘的那个世界也随之毁灭。在那举家赴难的大火之前所发生的预兆凶祸的咄咄怪事烘托出一种气氛,令人不禁缅怀联想到史诗《女占卜者的预言》[②](或译瓦洛斯帕)所预测的世界末日[③](拉格纳罗克)的来临。可是历史和生活本身毕竟在滚滚向前,《尼雅尔萨迦》向我们揭示了正在发生的这一切。新世界的根苗可以在旧世界里寻找到,正如我们所见:贡纳尔不情愿参与杀戮,尼雅尔渴求和平与博爱,并且身体力行作出范例,即收领了霍斯库尔

---

① 德意志传教士,曾到冰岛传教,对冰岛全国于公元1000年改信基督教起过作用。——译注

② 冰岛著名的埃达神话诗,它描述了北欧多神教的神的由来、创世和毁灭。——译注

③ 即《女占卜者的预言》史诗中所预言的众神祇创造的旧世界的末日,众神的乐园被大火焚毁,众神亦全都被大火烧死。——译注

德·斯莱恩松为养子。可是停留在荣誉和报仇意识观念基础上的旧世界是和持久和平水火不相容的。新世界是随着基督教进入冰岛而得以展开的，这就说明了这部萨迦何以不惜笔墨地详尽描叙皈依基督教的细节。基督教通过几个途径展现出它的轮廓：在整个和解过程之中，在尼雅尔解囊捐助之中，尤其在他热切劝说他的儿子们陪他一起活活烧死的农舍之中，还有在来自锡达的哈尔拒绝为儿子之死索取赔偿以利于求得和平之中。

尽管大火过后随之而来的报复篇幅冗长而且本身尚嫌过分激烈，可是读者们依然能够觉察得出来那股崇尚暴力的劲头正在被从萨迦里拔除掉。这一报仇的过程从艺术加工上来看有其重要性，因为萨迦中已形成了对尼雅尔和他的一家所产生的巨大同情心。在这部萨迦的范围之内似乎每个人都承认这场报复是不可避免的，甚至那些遭受它荼毒伤害最深的人亦如是说。在某种程度上，这一段情节象征着血亲复仇的旧世界的终结。除了尼雅尔在他临死之前所讲的那些话之外，新的基督教意识观念支配了萨迦的结尾部分，它的高潮可以从弗洛西和卡里的行动之中观察出来。这两个主要的死对头都去了罗马，获得了对自己罪愆的赦免，在此之后终于尽释前嫌重新和解。那个毫不留情的复仇者卡里同那个愤怒无法平息的仇恨煽动者希尔迪贡竟然结成连理，和平这才终于得到了保障。

然而除了这一基督教景象之外，在这部萨迦的最后几个章节里并未为传教士们节节胜利而高唱凯旋的曲调。相反地，我们倒可以察觉到作者对已发生的一切所抱有的无可奈何的心情。《尼雅尔萨迦》论述的是一个失去的社会，它将一去不复返。它毁灭的种子是深埋在它的根基之中，而同一的种子又发芽抽长成一棵茁壮的参天大树。《尼雅尔萨迦》展示出这棵大树是如何被折断推倒的。萨迦作者毫不怀疑，丧失掉一个人的性命而拯救一个人的灵魂，要远比为了追求个人和家族的荣誉而牺牲灵魂好得多。这一观念最为明显地贯穿于处置尼雅尔和他的全家被大火烧死之后所遗留下来的骨殖残骸的对话之中。可是这部萨迦似乎要让这种思想给人留下激动人心的印象，即是旧社会的生活里充满了辉煌和神效，它们随着那个社会灭亡而烟飞灰灭。贡纳尔和尼雅尔以及他们惨遭横死的英雄传奇就是这样的一个悲剧。这部著作可以当作新旧交迭的风云际会的记载来阅读，它讲到了正式接受基督教之后旧世界的立即崩溃以及这个联邦式的国家的垮台在那些仍旧要在新的变更了的时代里生活下去的人们心底里触发的感情。这部萨迦仿佛是公元1300年的冰岛同生活在第一个千年末期的祖辈们的冰岛之间所进行的一场对话。

《尼雅尔萨迦》描绘到的人物数目浩繁众多，而且三教九流无所不包，人物的个性性情都勾画得轮廓分明往往还带有几分幽默感，在这方面它胜过其他萨迦而居于鳌首。连贡纳尔这个接近于金发英雄陈调俗套的人物，也通过他所表达出的他对残杀的憎恶反感以及阐明虽已被宣布放逐而仍待在家里不走的那几番激情洋溢而活力充沛的言论，而具有了自己独特的个性。尼雅尔则是一个非英雄主义的、可是精明而有时甚至狡黠的人物，恰好与贡纳尔形成了对照。斯卡普赫丁亦是如此，他那巨人般的身材、他那丑陋难看的龇牙咧嘴，还有妙趣横溢而又讽刺挖苦的言辞使得他成为这部萨迦中最令人难忘的人物，他居然保守住他的秘密直到在火里烧死都不曾泄露出半句。这几个庄园的主妇们,哈尔盖尔德和贝格索拉,也是使人无法忘怀。她们两人都不是无瑕可谪的,而哈尔盖尔德其实是坏人之一,可是她们都是骄傲自尊而又积极灵敏的女人,毫无畏惧去干对她们自身有好处的事情。性行为被视作洪水猛兽般的危险或导致毁灭的力量,在这部萨迦里议论得比大多数、甚至所有的萨迦更为公开。

不管是什么人写成的《尼雅尔萨迦》,那个作者谅必对于他的年代里的叙述体传说,无论是口头的还是文人笔录的,都能够逐句背诵。贡纳尔和尼雅尔确有其人这已毫无疑问,而绝大可能是关于贡纳尔和尼雅尔的故事亦早已在讲述流传。萨迦的作者大概是讲述这个故事的说书人之一。不过显而易见,这部作品是作者呕心沥血以高超的艺术技巧从大多如今已无从查考的素材里凝练精华而创作出来的一部伟大的文学作品。

这部萨迦里的法律和司法诉讼显示了自1271年冰岛采用法律以来所产生的影响。最古老的手稿抄本和手稿残卷所注明的日期是1300年。因而这些手稿连同其他一些论据都被用来确定这部萨迦成篇于1275—1290年之间。中世纪的手稿抄本几乎有20部,而后基督教改革运动年代(16世纪——译注)留下的纸张稿本数量非常多。这证实了一个事实:《尼雅尔萨迦》一书始终是家族萨迦之中在民间流传最广的扛鼎之作。

爱情悲剧——《贡恩劳格萨迦》

蛇舌贡恩劳格和金发美女海尔嘉萨迦写的是一对杰出的年轻

情侣的悲剧性爱情故事。他们俩在年纪很轻时就坠入爱河。这部萨迦在形容当时海尔嘉的容貌时这样写道：

> 海尔嘉是如此的美丽动人，一些有名望的人都说她是全冰岛最漂亮可爱的姑娘。她那金黄色的头发犹如金箔，长得能够盖过她的整个身体。在整个博尔加峡湾，甚至更远一些地方，再也找不到一个可以和美丽的海尔嘉相媲美的姑娘。

贡恩劳格既是个诗人又是个海盗，他在相貌和性情两方面都远非如此完美。早在少年时代他就同他的父亲有过几次厉害的冲突。他要忤逆反抗他的父亲，却又缺少完全地我行我素的力量和智慧。后来他在生活中同海尔嘉的父亲还有外国的王子们发生了冲突。他的勇气是不消怀疑的，然而他有勇无谋，鲁莽得屡屡惹是生非。他向海尔嘉求婚有点粗鲁无礼，甚至放出口风说在她的求婚者远航海外时她必须等候三年。可是到了约定的日子贡恩劳格却仍羁旅异乡未能及时赶回，于是海尔嘉便出嫁给了贡恩劳格的情敌赫拉弗恩，一个在大多方面似乎比贡恩劳格更出色的人物。可是萨迦却写道："这样的婚事安排一点也不合海尔嘉的心意。"贡恩劳格对自己的命运怨天尤人之余便殚精竭虑来阻挠破坏这门婚事，而且还得到了海尔嘉的从旁相助。萨迦的读者们往往忽视了海尔嘉在这桩事情上执拗任性到何等程度，她已经尽其所能地蔑视违抗夫权的威势。不妨引用一些这部萨迦中的段落来作出解释，而这些引文同时还向我们揭示清楚：萨迦并非只是一味地因袭俗套、沿用陈词滥调，萨迦有时也会相当周密仔细地留心注意它们的人物的感情生活。且看海尔嘉和赫拉弗恩的婚礼是怎样写的：

> 参加婚宴的好多人都看得出，新娘情绪很低落。这也应验了这样一句古话：青少年时代美好的事物往往能够永驻心中。目前海尔嘉就属于这样一种情况。

在婚礼过后不久，赫拉弗恩梦见自己躺在妻子的怀里便被人杀死，伤势是如此严重以至于不消再包扎裹伤，而她却对这个梦甚以为然。他用诗句讲出了梦幻所见。

> "我决不会为此而哭泣。你如此卑鄙地欺骗了我。我相信，贡恩劳格一定回来了。"说完，海尔嘉痛苦地哭了起来。

果真如此，不久之后便传来贡恩劳格已经返回故里的音讯。海尔嘉闻听之后对赫拉弗恩变得脾气如此强犟以至于他根本无法把她留住在家里。于是他们俩便到博尔加去。赫拉弗恩亦不曾享受到多少肌肤亲昵的乐趣。

不久有一场婚礼盛典，贡恩劳格和海尔嘉两人都出席了。在这个婚礼上，他们两人倾诉衷情，最后海尔嘉终于接受了贡恩劳格馈赠的珍贵信物：一件长袍。从那时候起她似乎完全同她的丈夫离心离德、形同陌路。正因如此，她毫不看重自己的婚姻而独善其身，或者换言之根本不考虑对她丈夫应尽的义务。结果终于逼得贡恩劳格和赫拉弗恩彼此残杀同归于尽而海尔嘉再次婚嫁。她同她新的丈夫生儿育女，然而这是一场没有爱情的姻缘。她郁郁而终，对她自己的爱情也是唯一的一次爱情坚贞不渝，且看这部萨迦是怎样写的：

> 海尔嘉最大的快乐，就是展开贡恩劳格赠送给她的那件珍贵的大氅，久久地凝视着它……一个星期六的晚上，她坐在客厅里，头枕在她丈夫索尔凯尔的膝上。这时，她请求丈夫把贡恩劳格送给她的大氅取来。她的丈夫遵照她的心愿，替她取来大氅。她把它铺展在面前，凝视了很久很久。然后，她倒在她丈夫的怀里，离开了人世。

海尔嘉可以说成是热恋之中（或者被人热爱）的妇女的化身，她决不容许自己怯弱而被人吓倒，她终生不渝坚贞于自己的爱情至死方休。她对爱情的赤忱至诚是容不得怀疑的。她始终处于火热奔放的情欲的支配掌握之中。可是萨迦文学作品都因袭依从这样的惯例俗套，即是萨迦中的主要事件或功迹必须由男人出头露面或者由他们来担当：于是我们看到了贡恩劳格同父辈之间的争执过节，同他自己的父亲伊鲁吉、同海尔嘉的父亲博尔加的索尔斯坦恩，还有挪威的埃里克雅尔，后来又同赫拉弗恩发生了冲突。就《贡恩劳格萨迦》写到男人的情节来看，一方面是由抱负和荣誉所支配的，而另一方面是受爱情和妒忌所影响的事件，这两者是容易区别开来的。十分清楚的是，贡恩劳格直到生命结束之时都非常难于控制住他的妄自尊大，而这也正是他无法通过婚姻来得到海尔嘉的一个原因。然而他也忠贞于他的爱情，决不始乱终弃作诗玷污亵渎她的名声，从未像别的萨迦里有些诗人那样，在向他们曾作诗颂扬的女子求婚时做轻浮的勾当。

《贡恩劳格萨迦》的构思相当简单，情节主要集中在爱情故事上。整个情节用叙述表白手法从故事开端就在索尔斯坦恩的梦境里概括扼要地描述出来，并且将那段爱情着重突出。这种叙述表白手段也把这部萨迦同《拉克斯峡谷萨迦》联系起来。《贡恩劳格萨迦》大概写成得较晚，约在13世纪的最后30年里成篇。

这本选集中所收集刊印的几部萨迦将13世纪写成的冰岛人的萨迦以线条清晰而又类型多样的形象介绍给读者，而且这几部萨迦都是所有萨迦之中最有价值的珍品。无论如何，必须强调的是，任何选集都无法将这个风格类型五花八门的文学流派勾画出一幅逼真的画面，所以希望在不太长久的时间里，这些作品全都有中文版本可供阅读。

韦斯泰恩·奥拉松（Vésteinn Ólason）[①]

石琴娥　译

[①] 韦斯泰恩·奥拉松（Vésteinn Ólason, 1939— ）教授，自1999年起任冰岛古籍手稿馆馆长。曾任丹麦哥本哈根大学冰岛语讲师（1968—1972）、挪威奥斯陆大学冰岛语教授（1985—1991）、加利福尼亚大学客座教授（1988—1989）和冰岛大学冰岛文学教授（1991—1999）等。曾获瑞典乌普萨拉古斯塔夫·阿道尔夫皇家学院奖（1990）和冰岛文学奖（1993）。著有冰岛文学史（I-II, 1992—1993）等。

目　　录

上　册

文兰萨迦 …………………………………………… 1
埃吉尔萨迦 ………………………………………… 73
贡恩劳格萨迦 ……………………………………… 347

中　册

瓦特恩峡谷萨迦 …………………………………… 407
拉克斯峡谷萨迦 …………………………………… 525

下　册

尼雅尔萨迦 ………………………………………… 773

附录　主要人名译名中英对照表 ………………… 1203

文兰萨迦

石琴娥 译

一
格陵兰萨迦

1

从前有个人名叫索尔瓦尔德，他是红色埃里克的父亲。因为伤了人性命，埃里克父子俩不得不从挪威的雅德伦弃家出走，逃到冰岛谋求生路。那时候冰岛拓殖日久，凡可居住的地方早已都有人定居。他们只好在德伦加尔的霍恩荒滩上栖身。索尔瓦尔德经受不住风霜之苦，竟然染病亡故。红色埃里克娶了个名叫肖德希尔德的姑娘为妻，往南迁徙到瓦特恩岬角的埃里克农庄上安置下来。夫妻俩有一个儿子，名叫莱夫。

埃里克又杀了埃约尔夫·索尔和决斗者赫拉弗恩，于是他被放逐出赫伊卡峡谷。他只得朝着布雷达峡湾一路西行，后来总算在奥克森岛上定居下来，重新盖造了埃里克农庄。他曾经把一些可用来打造高背座椅的雕花木板借给了布雷达博尔农庄的索尔盖斯特。当他前去索回这些木板的时候，却遭到那人一口拒绝。由此引起了他们之间争吵，而后又动手厮杀。埃里克的支持者是：斯蒂尔·索尔格里姆松、斯汶岛的埃约尔夫、索尔比约恩·维弗尔松以及阿尔普塔峡湾的索尔布伦德的儿子们；索尔盖斯特得到希塔尔峡谷的索尔盖尔和索尔德·吉列尔的儿子们的支持。

在索尔海湾"庭"的大会上，埃里克被判处放逐。于是他在埃里克峡湾购买船只准备出海亡命。一切就绪之后，斯蒂尔和别的几个人前来相送，他们陪伴着他驶出沿海岛屿群。埃里克告诉他们说他要去寻找乌尔夫·克劳的儿子贡比约恩曾经看见过的那片陆地，那次贡比约恩被风吹得驶离航线朝向西行发现了贡比约纳尔礁石岛群，并且在远处瞥见那片土地。他又加上一句话说：倘若他能够找得到那片土地便可以重返乡里遍访故旧。

他绕过斯纳弗尔冰川①向大海驶去。他终于找到了那片梦寐寻求的土地。他在被他命名为"中冰川"的那处冰川附近弃舟登陆，这片土地如今名叫布莱塞尔克。他又从那里沿海岸南下，想要弄清楚这片土地究竟是否适合居住。第一个冬天他在"东移民区"中部附近的埃里克岛上度过。到了开春后，他来到埃里克峡湾，并且决定在此处安家。那年夏天他向西部旷野荒原跋涉探险，并且为许多标界性的地点起了名字。第二年冬天他在瓦尔弗峰不远处的埃里克霍尔姆群屿度过。第三个夏天他扬帆北上一直驶到斯纳弗尔并驶进赫拉弗恩峡湾，他这才发觉自己已不在埃里克峡湾的岬角上，大概已深入腹地。于是他便转身折回，并且在埃里克峡湾入海口外的埃里克岛上度过了第三个冬天。

---

① 当时利用堆垛层积有如山丘般浮现海面上的冰川作为起始或终点的识别标志是北欧人惯常使用的航海术之一。由于北极漂浮下来的冰层不断南移，这种识别航线的方法于14世纪起逐渐被废弃。

来年夏天他驾舟返回冰岛驶进布雷达峡湾。他把已经发现的那片土地取名为格陵兰（绿岛），因为他认为起个有吸引力的名字便会有更多的人抵挡不住诱惑而甘愿冒险一行。埃里克在冰岛过冬之后，第二年夏天又前去格陵兰拓土殖民，这一回他在埃里克峡湾的布拉特里德安了家。

据学问渊博的人士言之凿凿，那年夏天红色埃里克动身去格陵兰殖民的时候，从布雷达峡湾和博加尔峡湾追随他启碇出海的船只共有二十五艘。然而到达彼岸的却只有十四艘，有些在中途折回，也有些在海上遇险罹难。这一壮举发生在冰岛通过法律皈依基督教之前十五年左右[1]，那时候弗里特里克主教和索尔瓦尔德·考德拉伦松都已远扬海外[2]。

跟随埃里克出海的那些人都在格陵兰占有了土地：赫尔约夫·巴达尔松占有了赫尔约夫峡湾，并且在赫尔约夫岬角安了家；凯蒂尔占有了凯蒂尔峡湾；赫拉弗恩占有了赫拉弗恩峡湾；索尔维占有了索尔维峡谷；海尔吉·索尔布伦德松占有了阿尔普塔峡湾；索尔比约恩·格罗拉占有了西格鲁弗峡湾；埃纳尔占有埃纳尔峡湾；哈弗格里姆占有哈弗格里姆峡湾和瓦特纳地区；阿恩劳格占有阿恩劳格峡湾。别的一些人则到西移民区去了。

---

[1] 这次航行在公元985或986年，而冰岛正式皈依基督教在公元1000年。

[2] 据博学者、冰岛历史学家阿里·索吉尔松（1067—1148年）记载：从德国来的弗里特里克主教在冰岛北方移民索尔瓦尔德·科德拉伦松的协助之下在冰岛建立第一个教会。这个教会前后共存在5年（981—986年）。索尔瓦尔德在阿耳庭上杀了两人后即同弗里特里克一起逃往海外。

(Valgerður Bergsdóttir)

那年夏天红色埃里克动身去格陵兰殖民的时候，从布雷达峡湾和博加尔峡湾追随他启碇出海的船只共有二十五艘。

2

赫尔约夫·巴达尔松以前曾经在德雷普斯托克居住过一段时间。他的妻子名叫索尔盖尔德,他们生了一个儿子名叫比约恩尼。

比约恩尼是个大有出息的人。从年青时候起他就急切渴望出海到外国去。他为自己挣得了财富并且赢得了好名声。冬天他或是在海外度过,或是回到冰岛陪伴父亲,年年如此轮流交替。他很快就拥有了一艘属于他自己的商船。

比约恩尼在挪威度过的最后一个冬天里,他的父亲赫尔约夫卖掉了农庄,跟随红色埃里克移居格陵兰。在赫尔约夫的船上,有个从赫布里底群岛来的基督教徒,他是著写《大海翻腾的谣曲》的那个诗人。这首谣曲的迭句唱道:

> 我恳求圣洁的僧侣之主,
> 　为我指点出旅程的航向,
> 　但愿崇高的上帝在天空,
> 　伸出有力的手将我庇护。

赫尔约夫在赫尔约夫岬角建造起了家园,他是个很有身份的头面人物。

埃里克居住在布拉塔里德。他赢得了极大的尊重,在格陵兰,人人对他莫不肃然起敬,并且承认他的权威。他有三个儿子:莱夫、索尔瓦尔德和索尔斯坦恩，还有一个女儿名叫弗蕾迪丝。弗蕾迪丝早已出阁，嫁给一个名叫索尔瓦尔德的人为妻，夫妻俩居住在加尔达尔，如今主教宅邸就在那里。弗蕾迪丝是个蛮横无礼、事事要由她做主的悍妇，好在她的丈夫是个优柔寡断的孱头。她之所以肯下嫁给他无非看中了他的钱财。

那时候格陵兰仍然是个异教徒的国度。

比约恩尼那年夏天来到冰岛在艾尔拉尔靠岸之时，他的父亲早已动身去了格陵兰。比约恩尼闻听到这一音信震惊得非同寻常，他拒绝将他船上的货物卸下。他手下那帮人问他究竟有何打算，他坦然回答说他仍打算一成不变地保持历来的习惯，同父亲在一起过冬共享天伦之乐。"所以我打算把我的船驶向格陵兰，如果你们情愿跟我一起闯闯的话。"

他们回答说愿意唯命是从，只要他觉得这是最佳出路。可是比约恩尼说道："我们的这次航行在别人看来简直是莽撞的蛮干，因为我们之中没有一个人曾经在格陵兰海航行过。"

不管怎样，他们草草收拾就绪便启碇出海。在大海上行驶三天之后，陆地完全沉没到地平线下，在视野中消失殆尽。这时候顺风徐徐停止，代之而来北风大作浓雾弥漫。他们在海上漂流了不知多少时日，也不知航向路线朝向何方。直到有一天忽然雾散天晴，太阳露出脸来，他们方始弄得明白方向。他们赶紧升起风帆，又航行一天之后，终于隐隐约约瞅见陆地。

水手们之间喊喊喳喳议论起来究竟到了什么地方。比约恩尼说道他以为绝对不会是格陵兰。水手们问他想不想靠岸登陆，比约恩尼回答道："我想我们应该更靠近一点再说。"

他们如此做了，不久之后入目所见那片陆地林木茂盛，丘岗连绵，然而并无高山峻岭的踪影。于是他们掉转船身重返深海，那片土地在他们的左舵船尾渐渐不见。航行两天之后，他们又一次见到了陆地。

比约恩尼的手下人问他说，他是否认为到了格陵兰。他说他根本不认为这是格陵兰，如同上一回也不是。"因为据说格陵兰堆满了高大的冰川。"他说道。

他们很快靠近那片陆地，极目眺望但见地势平坦且无树木覆盖。这时候风信止息，水手们说他们以为最好还是在此地靠岸登陆，可是比约恩尼断然不许。他们又口口声声说船上已经断水缺柴。比约恩尼却斩钉截铁说道："这两者船上都不短缺。"为此众皆哗然，他被非难抨击得体无完肤。

他吩咐他们升起风帆，他们遵命照办无误。他们掉转船头驶向深海，抢在一阵西南风前头航行了三天，终于第三次见到了陆地身影。这一回见到的陆地都是陡峭壁立，山高岭险，峰顶上有一个冰湖。他们又询问比约恩尼是否要登陆。可是他回答说："不，在我眼里这片土地似乎毫无用处。"

他们这一回没有落篷收帆，而是顺着海岸线绕了一圈，看出这是一个岛屿。于是他们又把这片土地弃之身后，想再搭上那同一阵顺风驶回深海，却不料陡然刮起了狂风。比约恩尼吩咐他们赶紧降低风帆，免得被风吹坏船只和帆缆索具。他们减速缓行，又足足航行了四天这才第四次见到陆地。

水手们问比约恩尼这块陆地是不是他心目中的格陵兰。

"它的模样倒同我听说到的格陵兰差不多，"比约恩尼回答道，

"我们不妨在此地登陆上岸。"

他们遵命而行，在薄暮黄昏之际登上了一个岬角。岬地上有一艘船只拖曳到陆上停泊。原来这里就是比约恩尼的父亲赫尔约夫栖身的所在，正是这个缘故，那个地方自此之后被人叫作赫尔约夫峡湾。

比约恩尼放弃了海上的营生陪伴在他父亲身边，在他父亲死后他仍居住在那里耕作不辍。

3

过了一段时间后，比约恩尼·赫尔约夫松从格陵兰乘船驶至挪威，并且谒见了埃里克雅尔[①]。他被待若上宾，在交谈中，比约恩尼向那位雅尔叙说了他的旅程还有他途中见到的那些陆地。然而大家都认为他太缺少好奇心，竟然过门而不入，以至于对那些陆地的地形地貌说不出个所以然来，为此他落了许多不是。比约恩尼在雅尔的宫中充当侍从家臣，直到来年夏天才返回格陵兰。

发现新陆地的消息不胫而走，被议论得沸沸扬扬。居住在布拉塔里德的红色埃里克的儿子莱夫登门拜访比约恩尼·赫尔约夫松，从他手里买下他的那艘船，并且招募了一支大约三十五人的

---

① 雅尔为北欧海盗时期国王手下宰辅政务或主持地方行政的高级官吏。他们是贵族，拥有国王封赠的领地，有的还拥有军队。这一头衔往往为世袭。这一称号到 13 世纪初才被废除。埃里克·哈康纳逊雅尔于公元 1000—1014 年治理挪威。

水手队伍。

莱夫还请求他的父亲埃里克来率领这次探险,可是埃里克却不太情愿。他说他已渐入老境,不能再像往常那样轻易地忍耐得住艰难困苦。莱夫回答说道:埃里克亲自出海仍然要比他的随便哪个至亲骨肉都会带来好运气。埃里克推辞再三最后仍只得依从了莱夫所言。

他们收拾停当一切就绪。埃里克骑马驰向那艘大船,路途很短却不知怎地骏马忽然闪失前蹄,他从马上摔了下来扭伤腿脚。

"除了我们现在居住的这个地方之外,我无意于再发现更多的陆地,"埃里克说道,"这里是我们父子俩所一起来到的最远之处。"

埃里克折身返回布拉特里德,可是莱夫仍率领着他的三十五名水手登上了那艘船。在他们之中有一个是南方人名叫蒂尔基尔。

他们把船只收拾就绪便启碇出海。他们在海上行驶许多天,第一次靠岸登陆的地点就是比约恩尼最后见到的那块陆地。他们把船笔直驶到岸边再抛锚下碇,旋即放下一艘舴艋小艇划水登岸。岸上濯濯童山,见不到寸草茎缕,悬岩壁立,危岩嶙峭,极目望去但见高山峻岭都被皑皑冰川所覆盖。在冰川与海岸之间是一大片砾石巉岩。看样子,这片土地对他们来说是毫无价值的。

于是莱夫说道:"就这块陆地来说,我们起码做得远远胜过比约恩尼,我们毕竟脚踏实地站在这里了。我要给这片土地起个名字,把它叫作'赫卢兰'[①]。"

[①] 石板地之意,如今的巴芬岛。

他们回到船上，继续在海上航行，过了许多日子又瞅见第二片陆地。他们又一次笔直驶到岸边抛锚下碇，然后放下小艇登陆上岸。这片土地地势平坦，树木丛生，他们所到之处都是大片的白沙沙滩，海滩缓缓倾斜入海。

莱夫说道："这片土块应该依据它的自然资源而命名，不妨叫它'马克兰'①。"

他们匆匆返回到船上，抢在一阵东北风之前又行驶了两天，直到又有一片陆地映入他们的眼帘。他们如法炮制又放下小艇登陆，来到陆地以北的一个岛屿上。

他们走上岛屿，环视四周。天气晴朗融和，青草上仍然露华凝结。他们所做的第一件事便是伸出双手，舀一些露水放到双唇上去吮吸它的芬芳，对他们来说这似乎是生平从未尝到过的最甜的甘霖。然后他们回到船上，将船驶到这个岛岬和北面突出在外的岬头之间的海峡里。

他们把船朝西驶去，绕过岬头，这里景色更是怡人：到处是宽阔的浅滩。时值落潮，海水低得把船帮显露在水面之上，又高又干燥。而大海几乎消失在视野之外。可是他们如此性急想要早点踏上陆地，以致他们失掉耐性，等不及涨潮把大船再漂浮起来。他们蜂拥奔向岸上有一处豁口，一条河流从上游湖泊处缓缓流过来。当潮水把大船重新漂浮起来之时，他们就乘上小艇，划到大船旁边，把船拖曳进那条河里，逆流而上将船停泊在湖里，然后将船抛锚下碇。他们把吊床扛到岸上，立即动手搭了几间草棚。

---

① 森林平原之意，如今的内恩岛。

过不多久，他们决定在这里过冬，于是盖造了几座大的房屋。

河流湖泊里都是鲑鱼，他们从未见过有如此大的鲑鱼。那地方的气候如此温和，冬天不必为牲畜积攒干饲料，因为整个冬天都没有霜冻，青草几乎不会枯萎。

在这片土地上昼夜的长度要比格陵兰或者冰岛更加均匀。一年中最短的那一天，太阳早上九点钟就露出脸来，直到下午3点钟才落山。

当他们把房屋盖造起来之后，莱夫便向他的伙伴们宣布说道："现在我把我们全体分成两半去探查这片土地。有一半人要留在营地里看守房屋，另一半人出去探测。可是他们决计不可以走得太远，务必要在当天天黑之前赶回营地。还有他们不能分散行动。"

有很长一段时日，他们遵照这一训令行事。莱夫本人则轮流外出探查，或者留在营地看家。

莱夫身材高大魁梧，强健有力，而且相貌堂堂。他是个精明干练的人，行为举止却处处谦虚克制。

4

一天晚上，有人来报告了一个消息，说是少了一个人，而失踪者正是南方人蒂尔基尔。莱夫一听顿时非常生气，因为蒂尔基尔在他家伺候了很多年头，莱夫还是个孩子的时候就很听他的话。莱夫把他手下人狠狠训斥一番，然后带上十二个人去搜寻他的下落。

他们刚出房屋走不多远,但见蒂尔基尔消消停停朝他们走来。他们向他打招呼热情地欢迎他归来。莱夫一眼看出蒂尔基尔兴高采烈情绪高涨。

蒂尔基尔前额凸出、双目歪斜、面貌丑陋。他身材矮小,看样子颇为瘦弱,可是双手却十分灵巧。

莱夫对他说道:"你为什么这样晚才回来,养父?你怎么会同大家分散?"

起先蒂尔基尔用德语说了长长一串,眼睛朝向四面翻动,还做出种种鬼脸,没有一个人能听懂他在说些什么。过了半晌他才用冰岛语说道:

"我其实没有比你走得更远,"他说道:"我带来了新鲜事儿。我找到了蔓藤和葡萄。"

"是真的吗,养父?"莱夫问道。

"当然是真的,"他回答说道,"我出生的那个地方满山遍野都生长着蔓藤和葡萄。"

一宵无话,第二天早晨莱夫吩咐他的手下人说道:"我们手头上有两件任务要做。从现在起我们隔天就去采集葡萄和割蔓藤,还有砍树木,把我的船装满。"

他们按照吩咐行事,把那艘舴艋小艇装满葡萄,又装载了满满一船的木材。开春之后他们收拾停当便扬帆出海掉棹返归。莱夫按照它的自然特征命名这个地方为"文兰"①。

他们在大海上行驶,一路上都是顺风,直到他们瞥见格陵兰

---

① 即"葡萄酒之地",如今的纽芬兰岛。

的陆地踪影和它的严冰覆盖的山峰。忽然有一个船员高声喧嚷，对莱夫说道："你怎么掌的舵，竟然把船引向如此靠近大风中央？"

"我一直在留神着航向，"莱夫答道，"可是我还注意到了别的事情，难道你们没有看到有件不寻常的东西？"

他们异口同声回答说周围并无特殊的动静。

"我亦看得不大真切，"莱夫说道，"看不清楚究竟是一条船还是一条触礁遇险的破船。"

如今他们已看清楚，说那是一艘破船，而莱夫的目光要比手下人犀利得多，他不仅看到了破船，还能数出破船上站着的人数。

"我之所以想要如此靠近大风中央航行，为的是行驶到这些人的身边，"他说道，"倘若他们需要帮助救援，我们责无旁贷。可是如果他们怀有敌意，那么好处尽在我们一边，他们占不到什么便宜。"

他们驶近那艘破船，降低帆篷，抛下碇石，然后放出他们船上携带的另一艘小艇。蒂尔基尔高声询问他们的头领是何人。

那个头领回答说他名叫索里尔，生来是个挪威人。"请问你的尊姓大名？"他询问道。

莱夫亦礼尚往来，通报了自己的姓名。

"莫非你是布拉特里德的红色埃里克的儿子？"

莱夫回答说他正是。"如今之计，"他说道，"我邀请你们船上所有的人都到我的船上来，随身尽量携带行李细软，只要我的船能装载得下。"

他们求之不得便欣然接受这番美意。于是那艘船满载人货沉甸甸地朝向埃里克峡湾进发。不消多时便驶抵布拉特里德，将船

(Valgerður Bergsdóttir)

"幸运儿"莱夫从"文兰"返回途中搭救了一批船只失事遭受海难的水手。他说:"我邀请你们船上所有的人都到我的船上来……"

上货物卸下。

莱夫邀请索里尔和他的妻子古德里德还有别的三个人与他同住。并且为船上其余人张罗住处，直到索里尔和他自己的手下人都安排停当馔食歇息的地方。

莱夫又从破船的那一帮人里招收了十五个人手。从此以后他便被人称呼为"幸运儿莱夫"。他既发了一笔大财又博得了名声。

那年冬天索里尔带来的水手之间突然发生了严重的疫病，索里尔自己还有好几个手下也都殁于疫病。红色埃里克亦在那个冬天亡故。

如今莱夫的文兰之行成了人们奔走相告的话题。他的弟弟索尔瓦尔德以为那片土地尚未广泛地进行探测。

莱夫对索尔瓦尔德说道："如果你想要去，你可以用我的船驶往文兰。不过我先要派它去把索里尔留在那艘破船上的木材装运回来。"

兄弟俩依计而行。

5

索尔瓦尔德在他兄长莱夫的指导之下着手准备探险之行的一切事宜，并且招收了三十名水手。在船只准备就绪之后他们便启程出海。他们途中的行程未见有记载叙说，直至有一天他们抵达莱夫在文兰盖造的那几座房屋。他们把船拖曳上岸，安顿下来过冬，并且捕捞游鱼为食。

来年开春，索尔瓦尔德吩咐众人把船只收拾停当，同时派出一小部分人乘大船上的舴艋小艇沿海岸往西而行。夏天便在那一带地区展开探测。

他们发现十分吸引人的土地：林木葳蕤繁茂，枝丫往四处伸展，几乎低垂匝地，沿海岸白沙沙滩一望无际。那里有数不清的小岛屿，还有宽阔的浅滩。他们没有发现人类居民或者动物的踪迹，只有在西边一个岛屿上他们发现了一个木制的棚架。这是他们所发现的唯一的人工制造物。到了秋天他们才返回莱夫斯布迪尔营地。

第二年夏天索尔瓦尔德乘着大船往东驶去，然后又沿海岸折向北行。不料他们在一处角地附近撞进了猛烈的狂风里，船被冲到岸上，龙骨被震得散架，他们不得不在那里停留很长一段时间把船修好。

索尔瓦尔德说道："我要在这块角地上把古老的龙骨竖立起来，所以这地方叫作克雅拉海湾。"

他们把船修复后沿海岸往东行驶。不久就发现他们来到了两个峡湾交汇的入海口，他们驶至突出在两个峡湾之间的那块角地。那里树木无数，森林连绵，浓荫茂密得遮蔽天日。他们把船横靠过去系泊停当放下跳板。索尔瓦尔德与手下一众人等舍舟登岸。

"这里风光旖旎无比，"索尔瓦尔德说道，"我务必在这里安家。"

在他们返回船上去的时候，他们猛可注意到在那块角地前面的沙滩上隆起了三个小圆丘。他们走近一看，这才看出原来是三艘皮划子，每艘皮划子底下躲藏着三个男人。索尔瓦尔德和他的手下人立即分散队伍前去兜捕,只有一个人驾舟逃走外,其余的全都被逮住。他们杀掉了那八个人,重新返身回到那块角地,细细搜索探寻附近四周。他们发现在峡湾上首的远处竟然星罗棋布着许多个小圆丘,于是得出结论说这里早已有土著居民定居。

四周沉寂,天气融和,一切都那么懒洋洋,令他们顿生睡意,于是他们个个觉得困倦不堪,竟自盹睡过去。不知过了多少时候,他们被一个声音的怒喝所惊醒。那个声音说道:"快醒醒,索尔瓦尔德和所有你的手下人!若是你们想要活命,赶快退回到大船上去,同其余的人汇合,尽快离开此地!"

但见一大群皮划子正从峡湾的溪流里直扑他们蜂拥而来。

索尔瓦尔德吩咐道:"我们赶快在船舷上缘筑起胸墙,尽量保全我们自己,愈少反击愈好。"

他们遵令而行,那些土著斯克莱林人[①]朝他们围了上来,一时间利箭如飞蝗般飕飕地射了过来,他们掉转船头尽快地逃之夭夭。

索尔瓦尔德询问他的手下人是否有人受伤。他们回答说所有的人都安然无恙。

"我在腋窝里有一处创伤,"索尔瓦尔德凄然说道,"有一支箭从船舷上缘和我的盾牌之间的缝隙里穿进来射到我的腋下,就在这里。这处创伤将使我身亡。"

"我奉劝诸位从速返回家去。可是在此之前,我要你们把我运载到那块我觉得十分适宜于安家的角地。我似乎不幸言而中之,

---

① 北欧海盗时代对美洲印第安土著人的贬称,原意为"尖叫者"或"丑陋者"。

因为我说要在那里安居下去。把我埋葬在那里,在我头顶和双脚都放上十字架,并且自此之后那块地方永远叫作克洛萨海湾。"

(格陵兰此时已皈依了基督教,而红色埃里克死于皈依之前。)

言罢索尔瓦尔德气绝身亡。他的手下人遵照他所要求的那样分厘不差地办理了丧事。然后他们掉棹而返,同看守营地的那些人汇合在一起,相互叙述了这次探测的种种消息。

他们在那里过了冬,采集了葡萄和蔓藤作为装船的货物。开春之后便动身返回格陵兰。他们在埃里克峡湾停泊靠岸,他们确实有不少沉痛的消息要及时禀告莱夫。

6

与此同时在格陵兰,埃里克峡湾的索尔斯坦恩·埃里克松娶了索尔比约恩的女儿古德里德为妻,她就是前文提到的东方人索里尔的遗孀。

索尔斯坦恩·埃里克松十分渴望到文兰去把他哥哥索尔瓦尔德的遗骸运回来。他弄到了同样的船只,挑选了可以招收到的最高大强健的好汉。他组成了一支二十五人的水手队伍,他的妻子古德里德也偕行同往。

他们准备就绪后就启碇出海,过不多久从陆地上便看不见他们的踪影。说也可怜,整个夏天他们都任凭天气摆布,说不出究竟朝着何处去。后来终于在冬天来到前一星期才抵达格陵兰的西移民区并且在吕苏峡湾登陆上岸。索尔斯坦恩为寻找食宿之处而碌碌奔走，总算给所有的船员都找到了房子住，可是他和他妻子却找不到房屋，这两口子只得在船上暂住数日。

在这时候，基督教在格陵兰还处于幼婴时代。

一天清晨，有几个人来到他们两口儿的圆形小帐篷跟前，为首的那一个开口询问帐篷里住着何人。

"住着两个人，"索尔斯坦恩回答说，"问话的是何人？"

"我的名字是索尔斯坦恩，"另一个说道，"人人都叫我黑色索尔斯坦恩。我特地前来邀请你和你妻子去和我同住。"

索尔斯坦恩回答说他要同他妻子商量一下，可是古德里德要他来做主，于是他接受了邀请。

"那么明天我套车来接你们，"黑色索尔斯坦恩说道，"我家里什么都不缺，足够你们俩吃用。不过你们会觉得我家里生活很沉闷，因为只有我和我的妻子两个人居住，而我又很孤僻不大同人家交往。再说我和你们又信仰不同，虽说我以为你们的信仰要比我们的好得多。"

翌日清晨，他果然套着马车前来迎接他们。于是他们夫妻俩便搬到他的家里去住，受到了无微不至的照料。

古德里德是个容貌艳丽、引人注目的女人，而且慧黠聪颖，知道在陌生人面前如何言谈举止。

入冬后不久索尔斯坦恩·埃里克松的手下人染上了瘟疫，许多人都病死。索尔斯坦恩吩咐为死者做了棺材，把尸体停放在船上。"因为今年夏天我要把所有的尸体都运回埃里克峡湾。"

过不多时瘟疫蔓延到黑色索尔斯坦恩的家里。最先病倒的是他的妻子格里姆希尔德。她是个高大硕美的女人，同任何男人一样粗壮有力，可是这场疾病照样使她趴下。不久之后，索尔斯坦恩·埃里克松亦染上了瘟疫。有一段时间，这两个人都卧床不起，直到格里姆希尔德咽气身亡。她的丈夫黑色索尔斯坦恩便走出屋去找块木板来放置尸体。

"不要去得太久，亲爱的朋友。"古德里德说道。

他回答说马上就回来。

片刻后索尔斯坦恩·埃里克松忽然说道："且看看格里姆希尔德，真是怪得出奇。她居然用手肘撑着抬起身来，把双脚伸出床外去寻找鞋子。"

就在这时候，黑色索尔斯坦恩回到了屋里。格里姆希尔德立即仰面往后倒在床上，如此沉重以至每根房梁都吱嘎作响。

黑色索尔斯坦恩给格里姆希尔德钉了口棺材，把她扛出去准备下葬。他是个高大强壮的男子汉，可是也用尽了全身力气才把尸体扛出门外。

索尔斯坦恩·埃里克松病入沉疴，不久便病殁身亡，他的妻子古德里德为他的亡故而哀痛不已。他断气之际，三个人都在屋里，古德里德坐在矮凳上守在她丈夫的病榻前。待到索尔斯坦恩·埃里克松刚一咽气，黑色索尔斯坦恩立即张开双臂把古德里德抱了过去，拥坐在自己的双腿上，他坐的长凳刚好在她死去的丈夫的正对面。他千方百计安慰她，用尽了他所想得出的一切办法来劝她顺变节哀。他答应她要把她丈夫和他手下人的遗骸运回埃里克峡湾。

"我会找几个仆佣到这里来，"他说道，"既伺候你又使你得到宽慰。"

她向他表示感谢。两人正在说话之间,索尔斯坦恩·埃里克松的尸体猛然坐起身来说道:

"古德里德在哪里?"

他一迭声说了三遍,可是古德里德却不吱声。俄而她转过身体问黑色索尔斯坦恩说:"我究竟要回答他还是不吭声。"

他告诉她不要接茬儿答话。他穿过房间走到床前那张矮凳上将身坐定,古德里德仍坐在他的双膝上。他说道:

"你想干什么,我的同名者?"

停顿片刻之后,索尔斯坦恩·埃里克松回答说:"我急于要告诉古德里德她今后的命运,这样她同我生死诀别亦会好受一些,因为我毕竟得到解脱长眠于地下。我有这几句话告诉你,古德里德:你将会嫁给一个冰岛人为妻,夫妇俩厮守到白头,都会活得很长寿。你将会子孙满堂,他们个个都魁梧健壮、聪明而且大有出息,个个讨人喜欢孝顺父母。你和你的丈夫将从格陵兰去挪威,再从那里到冰岛去。在冰岛你们把家安顿下来,要居住很长岁月。你的丈夫将先你而去,你独自一人去罗马朝圣,然后再返回冰岛,在你的农庄上兴建起一座教堂。你将被委任为本堂修女,一直在那里主持直到寿终正寝。"

话刚说完,索尔斯坦恩便往后仰倒下去。他的尸体被扛出去,停放在船上。

黑色索尔斯坦恩果然说到做到,言出必行。来年开春他卖掉了他的农庄和牲畜,把古德里德连同她的随身细软都运到船上。他把船打点停当,招收了水手人等,便驾舟直驶埃里克峡湾。所有亡灵的遗骸得以返回故土,埋葬在那里的一个教堂墓地里。

古德里德回到布拉特里德住在她的大伯子莱夫·埃里克松家里。黑色索尔斯坦恩在埃里克峡湾重新安了家，他后半辈子就一直居住在那里，是一个受到器重的人。

7

同年夏天有一艘船从挪威来到格陵兰，船东名叫索尔芬·卡尔塞夫尼。他是一个十分富有的人。当年冬天他住在布拉特里德同莱夫·埃里克松做伴。

卡尔塞夫尼对古德里德一见钟情不能自已，便向她求婚。可是她却要莱夫替她作出回答。她终于同卡尔塞夫尼订了婚，同年冬天他们举行了婚礼。

那时候，文兰仍像以前一样是人们的热门话题。所有人，包括古德里德在内，都极力劝说卡尔塞夫尼做此一行。他到底给说动了心，最后下决心前去一行。他聚集一批人，总共有六十个男人和五个女人。他同他的船员们达成一个协议：这次远征不管盈利多少必须人人均摊，每人都能拿到相同的一份。他们带上了各种家畜，因为若是做得到的话，他们打算在那里长久定居下去。

卡尔塞夫尼询问莱夫他是否可以占用在文兰的那些房屋。莱夫回答说他乐于出借，但是不情愿奉送这些房屋。

他们出海航行，一路上顺利。平安抵达莱夫斯布迪尔营地后，便把吊床运到岸上。不久之后他们便得到充足而良好的食品供应：有一条鲲鲸被冲上岸，他们来到搁浅的地方把鲲鲸宰割开来。再说这里也不会有缺少食物的后顾之忧。

牲畜都放牧在青草地里。那些雄性牲畜不久就精力旺盛春情勃发,以致很难驾驭。他们带了一头公牛来。

卡尔塞夫尼吩咐众人去伐树,把树干砍短到适宜于船上装载的长度,然后放置在岩石上晾晒吹干。他们尽量把这块土地上能够取得的统统都利用起来,如葡萄、各种野味猎物、还有其他种种出产。

第一个冬天过去,夏天来到,他们这才第一次同土著斯克莱林人偶然相遇。有一天,他们成群结队从森林里跑了出来。那时牲畜在附近草地吃草,那头公牛起先哞哞地叫,后来就大声吼叫起来,声震原野惊天动地,那些斯克莱林人吓得不知所措,便拿起装着裘毛、貂皮和各色兽皮的捆束逃了出来。他们直奔卡尔塞夫尼的房屋而来,而且想要推门而入,可是卡尔塞夫尼早有准备,把大门上了门闩。双方都听不懂彼此的语言。

于是,斯克莱林人放下捆束,把它们打开,展示一件件的东西,看样子大概想要做交易换回武器。可是卡尔塞夫尼早已有令在先,不许手下人出卖武器。他忽然想出了一个主意,告诉女人们把牛奶抬出来给斯克莱林人。斯克莱林人一见牛奶别的什么东西都不想买了。这次交易的结果是:斯克莱林人用肚皮装走了他们买进的货物,而把成捆成束的皮毛留给了卡尔塞夫尼和他手下的人。

在这件事情发生之后,卡尔塞夫尼吩咐在房屋四周竖起一圈高大结实的栅栏,这样他们可以安心居住。

大概就在这时候卡尔塞夫尼的妻子古德里德生下一个儿子,

起名叫斯诺里。

来年初冬,斯克莱林人去而复来,这一回人数要多得多,携带着和以前相同的货物。卡尔塞夫尼关照女人们说:"你们不妨将上一回需求最多的货物抬出来给他们,用不着别的。"

那些斯克莱林人一见牛奶便纷纷把他们的捆束从栅栏上抛了进来。

古德里德坐在门口,身边的摇篮里躺着她的儿子斯诺里。一个人影遮住了门洞,原来有个土著女人溜到房前。她身材短小,穿着一件黑色紧身的束腰外衣,栗褐色头发上箍着带子,皮肤很苍白,一双眼睛是她所见到过的人类之中最大的。她径直走到古德里德眼前,开口说道:

"你叫什么名字?"

"我的名字叫古德里德。你叫什么?"

"我的名字叫古德里德。"她回答说。

于是卡尔塞夫尼的妻子古德里德招呼那个女人过来坐到她身边。就在这片刻之间,她耳中传来一阵喧声,那个女人倏忽不见了。原来就在这个时候有个斯克莱林人企图偷窃兵器,被卡尔塞夫尼的手下人杀了。斯克莱林人一哄而散,尽快逃跑,他们的捆束和衣物抛了一地。除了古德里德之外,竟没有一个人看见过那个女人。

"现在我们必须划策设谋,"卡尔塞夫尼说道,"我预计他们还会第三次找上门来,不过这一次是来寻仇作对,人数会非常多。我们必须这样做:这里留下十个人在岬头一带招摇耳目。我们其余的人全都撤走,在树林里砍伐出一片空地来隐蔽我们的牲畜。

(Valgerður Bergsdóttir)

　　古德里德坐在门口,身边的摇篮里躺着她的儿子斯诺里。一个人影遮住了门洞……

当斯克莱林人一走出大森林,我们就依计埋伏起来,还要带上那头公牛,让它打头阵。"

他们打算埋伏起来对付斯克莱林人的地点一边是湖泊,另一边是树林。

卡尔塞夫尼的计谋付诸实施果然奏效。斯克莱林人径直来到卡尔塞夫尼选定埋伏的战场。鏖战一场,许多斯克莱林人被杀死。在斯克莱林人之中有一个身材颀长、面貌英俊的人,卡尔塞夫尼猜度他谅必是他们的头领。有个斯克莱林人捡到了一把战斧,他翻来覆去查看了半晌便朝着站在身边的人挥舞过去,这一劈不打紧,那人却应声而倒。于是那个身材颀长的人一把抓起战斧,用足力气把它扔进水里。这一回厮杀,斯克莱林人没有占到便宜,他们只好远远地逃进大森林。

卡尔塞夫尼和他的手下人整个冬天都是这样度过。到了开春,他宣布说已经毫无兴致,不想再在这地方久待下去,打算还是返回格陵兰。于是他们为航行准备就绪,把诸如葡萄、皮毛等值钱的土产装到船上。他们扬帆而归,平安抵达埃里克峡湾,并且在那里过冬。

8

文兰之行重又成了挂在人们嘴头上的话题,因为这些远征都被看成是发财成名的大好手段。

卡尔塞夫尼从文兰返回的那年夏天,有一艘船从挪威驶抵格陵兰，船上由兄弟俩指挥，他们名叫海尔吉和芬博基。他们在格陵兰过了冬，兄弟俩其实是冰岛人，都出生在伊斯特峡湾。

有一天，红色埃里克的女儿弗蕾迪丝从她在加尔达尔的家来登门拜访海尔吉和芬博基兄弟俩。她询问他们是否情愿用他们的那艘船同她合伙去文兰做一次远航，若是此行盈利则同她平均分摊。他们俩表示愿意效劳。于是她去看她的哥哥莱夫，央求他把在文兰盖造的那几幢房屋送给她，可是莱夫的答复和以前一样：他乐意借给她用，但不奉送。

那两兄弟同弗蕾迪丝达成一项协议，即是每一方各自在船上有三十名身强力壮的船员，妇孺不计算在内。可是弗蕾迪丝从一开始就破坏这项协议，她多带了五个人，把这些人藏匿在船上。那兄弟俩毫不知情，直到他们抵达文兰才觉察出来。

他们出海航行，在启程之前他们一致同意旅途中结队而行可以相互有个照顾。他们的船只之间相距并不很远，不过那两兄弟还是比弗蕾迪丝稍早一点抵达文兰。当弗蕾迪丝登陆的时候，他们已经把自己的货物搬运进了莱夫斯布迪尔营地的那几幢房屋。弗蕾迪丝的手下人也照样卸货并且将货物搬运到那几幢房屋去。

"你们为什么要把你们的东西放到这里来？"弗蕾迪丝厉声喝道。

"那是因为，"兄弟俩回答说，"我们一直以为我们的整个协议会得到切实兑现。"

"可是莱夫只把房屋租借给我用，而没有给你们。"她说道。

这时海尔吉说道："早知你心眼如此邪恶，我们兄弟俩决不会同你合伙。"

他们把自己的货物搬了出来,在一个湖泊的湖岸上为自己另盖起了一座房屋,安顿得倒还舒适惬意,不过却更深入腹地,离海岸更远。与此同时,弗蕾迪丝吩咐她的手下去砍树伐木,来补充她的货物。

入冬之后闲来无事,两兄弟提议举行游艺比赛和其他娱乐活动。这些活动热闹了一阵子,可是不久就引起了纠纷,闹得不欢而散伤了和气。游艺比赛不再举行,两家的房屋之间断绝了一切往来,这种局面延续了几乎整个冬天。

有一天清晨,弗蕾迪丝早早起床,穿着整齐,但没有穿鞋。屋外露水很大,她披上丈夫的披风,径直走到那两兄弟的房屋跟前。有人似乎刚从房里出去,房门虚掩半开。她排闼直入,在门口站立半晌默默无言。芬博基睡在离门口最远的一张床上,他早已醒着,张口问道:"你到这里来有何贵干,弗蕾迪丝?"

"我要你起来陪我出去走走,"她回答说,"我有话要同你说。"

他立即起身,他们走到屋墙旁边横放着的一根树干跟前坐了下来。

"你们日子过得怎么样?"她问道。

"我喜爱这块富饶的土地,"他回答道,"可是我不喜欢我们之间失和,彼此抱有戒心,因为我看不出有什么道理要这样做。"

"你说得很对,"她叹息说道,"我和你一样亦抱有同感,可是我来找你是因为我想同你和你哥哥互换船只,因为你们的船要比我的大一些,我想要离开这里。"

"我会同意交换的,"他说道,"只要能使你高兴的话。"

他们这样说定之后就分手了。芬博基回到他的床上,弗蕾迪丝走回家里。当她爬上床去的时候,她的双脚如此冰冷以致她丈夫索尔瓦尔德一下子惊醒过来,问她为什么身上这般冰凉潮湿。她怒气冲天地回答说道:

"我登门去拜访那两兄弟出好价钱买他们的船,因为我想要一艘大点的。想不到这就触犯了他们,他们暴跳如雷,还用拳头拼命揍我。而你,你这个窝囊的草包,你决计不敢为我或者你自己吃亏受辱而站出来找人家算账。我现在才明白过来我离开格陵兰自己的家有多遥远。除非你替我出了这口恶气,否则我要同你离婚[①]。"

他无法再忍受她的讥嘲辱骂,立即吩咐他的手下人马上起床拿好兵器。他们遵命行事,这支队伍直扑那两兄弟的房子,他们冲了进去,那些人个个都在睡梦之中便被生擒活捉了。他们把那些人捆绑结实,一个个地拖出屋外。弗蕾迪丝叫他们拖出来一个便杀掉一个。

所有的男人都被用这种办法杀个精光,临到后来只剩下妇女,没有哪个人愿意杀戮妇女。

弗蕾迪丝说道:"给我一把战斧。"

斧头拿来了,弗蕾迪丝亲自动手把妇女杀死,一共有五个女人,一个不剩。

干完了这桩罪恶滔天令人发指的血案之后,他们返回到自己的营地去。弗蕾迪丝以为这一手干得非常聪明而自鸣得意。她对

[①] 按照当时冰岛法律,女人在婚姻中具有同等权利,可以向"庭"的大会申诉离婚,若判决同意,她可索取丈夫一半的财产。

众人说道：

"若是有人敢将刚刚发生的事情走漏半点风声，等我们回到了格陵兰我必定叫人将他杀掉，不管他是谁。我们的故事是：在我们离开的时候，这些人仍逗留在这里。"

早春刚到，他们便动手将曾经属于那两兄弟的船只准备出来，在船上载满他们能到手而船只又装载得动的各种土产。于是他们启碇出海，一路上风平浪静，在初夏时分就抵达埃里克峡湾。

他们抵达之时卡尔塞夫尼仍在格陵兰。他的船只早已收拾停当随时准备出海，只是在等待顺风。据说从格陵兰驶出去的任何一艘船只都比不上卡尔塞夫尼所指挥的这艘船那样满载着值钱的宝物。

9

弗蕾迪丝返回她的农庄，在她离开期间这个农庄倒丝毫没有窳败荒芜。她赏赐给所有的手下人大笔金钱，她借此来要大家对她的罪行严守秘密。此后她就一直居住在她的农庄上。

可是她的手下人却不大谨慎，对那桩滔天罪行忍不住脱口而出讲上一言半语。渐渐地有些话传到了她的哥哥莱夫的耳中。他起初不大相信这桩骇人听闻的可怕血案真有其事。他抓住了三个弗蕾迪丝的手下人，严刑拷打追查审问此事。那三个人忍受不住酷刑便全都招供了。他们所讲的事情经过竟完全一模一样。

"我不忍心，"莱夫说道，"给我妹妹罪有应得的惩罚。不过我可以预言她的子孙后裔人丁不会兴旺。"

自此之后,没有人再对她和她家趋之若鹜,说道的也都是她和她家作恶多端的行径。

与此同时,卡尔塞夫尼准备停当船只出海远航。他一路顺利,平安无恙抵达挪威。他在那里过冬,脱手了他的货物。他和他妻子受到当地最显贵的人物的推崇,同他们结交往来。来年开春他收拾船只准备远航去冰岛。正当一切就绪整装待发,他的船只也停泊在码头上静候顺风之际,一个南方人前来登门造访,那个人来自萨克森的不来梅。

那人询问卡尔塞夫尼是否愿将船上精雕细刻的山墙前端部分出售。

"我没有打算将它卖掉,"卡尔塞夫尼回答说道。

"我愿意出半个金马克买下它,"那个南方人说道。

卡尔塞夫尼斟酌一番,觉得这是个好价钱,于是买卖成交,南方人便把那雕刻的山墙前端取走。卡尔塞夫尼根本没有弄明白那是什么木头做的,其实那是槭木,产自文兰。

卡尔塞夫尼启碇远航,抵达冰岛北部,在斯卡加峡湾靠岸登陆,他把船只拖上岸来过冬。第二年开春他买下了格劳姆比的土地,在那里安了家,后半辈子就一直在那里经营农庄耕耘为生。他是一位德高望重的长者,许多位高权重的大人物都是他和他妻子古德里德的子孙后代。

在卡尔塞夫尼去世之后,古德里德和出生在文兰的儿子斯诺里接手经营农庄。斯诺里娶亲成婚之后,古德里德便远赴海外到罗马去朝圣。当她重返故里回到儿子的庄园的时候,他已经在格劳姆比建造起一座教堂。自此之后古德里德便成为修女，潜心隐居于教堂之中直到寿终正寝。

斯诺里生下一个儿子，名叫索尔盖尔。他的孙女英格维尔德日后生下的儿子便是布伦德主教①。斯诺里还有一个女儿，名叫哈尔弗里德，嫁与鲁诺尔夫为妻，生下的儿子是索尔拉克主教②。

卡尔塞夫尼和古德里德老两口儿还有一个儿子名叫比约恩。他的女儿索鲁恩日后生下的儿子便是比约恩主教③。

卡尔塞夫尼的子孙后裔人丁兴旺，香火绵绵不断，他成了一个人广众众的家族的祖先。

只有卡尔塞夫尼本人才能巨细无遗地娓娓道来，将这些远航的故事讲述得比任何别人更为脉络清楚。本文记载必定挂一漏万，语焉不详。

---

① 布伦德·塞蒙德松（1163—1201），冰岛北部霍拉尔地区的主教。
② 索尔拉克·鲁诺尔弗松（1118—1133），冰岛南部斯卡霍尔德地区主教。
③ 比约恩·吉尔松（1147—1162），霍拉尔地区主教。

二

红色埃里克萨迦

1

从前有个挪威海盗国王名叫白肤王奥拉夫[①]，他乃是英杰尔德国王[②]之子。奥拉夫前往英伦三岛进行海盗远征。他征服了都柏林和毗邻的地区，便自立为王成为统治这些地方的君主。他娶了扁鼻子凯蒂尔的女儿沉思者奥德为妻。他们夫妻俩生下一个儿子，名叫红色索尔斯坦恩。

奥拉夫在爱尔兰阵亡殒命，奥德带着红色索尔斯坦恩逃亡到赫布里底群岛。索尔斯坦恩在那里娶了东方人埃温德之女苏里德为妻，他们生了许多子女。

红色索尔斯坦恩亦成长为一个海盗国王，他同权势者西古尔德雅尔将兵力汇合在一起，共同征服了凯斯内斯、萨瑟兰、罗斯

[①] 白肤王奥拉夫系英雄传奇中有名的挪威海盗国王，正史中并无此人。他与奥拉夫·阿姆莱布并非一个人，但英雄传奇往往将他们混为一谈，因为后者于853年征服爱尔兰并称王。

[②] 恶人英杰尔德亦是一个英雄传奇中人物，名不入正史。

和莫拉一带，还占有了大半个阿盖尔地区。他自立为王统治这大片领土，后为苏格兰人背叛出卖了他，他在战场上死于非命。

沉思者奥德闻听到索尔斯坦恩的死讯之时也在凯斯内斯。她让人在森林里秘密建造一艘船，等到船一造好，她就悄然远扬到奥克尼岛。她在那里把红色索尔斯坦恩的女儿格罗阿嫁了人，算是有个着落。

在办完这件事之后，她就将船驶往冰岛，船上有二十个自由民充当水手。抵达冰岛之后，她在比亚尔纳哈根她哥哥比约恩家里度过了第一个冬天。后来她把多古达尔河和斯克劳牟勒奥河之间的达勒溪谷地区全都买了下来，并且在华姆安了家。她叫人在克罗斯山上竖立起许多十字架①，她经常到克罗斯山去做祷告，她早已领过洗礼，是个虔诚的基督教徒。

那时候英伦三岛有许多出身名门世家的子弟被北欧海盗当作奴隶掳掠到冰岛来。有不少人在她家里当奴隶。他们之中有一个名叫维弗尔的，是个贵族后裔，在英伦三岛上被俘，当了奴隶，直到奥德赐给他自由。

当奥德把土地分赠给她的手下人时，维弗尔问她为什么她不像对待别人一样也分给他一块土地。奥德回答说这无关紧要，因为不管他在什么地方总会被人认为是个品质高贵的人。她把维弗尔峡谷那块土地送给了他。他就在那里定居下来成家立业。婚后

---

① 据冰岛《拓土记》记载：沉思者奥德在华姆峡湾华姆附近的克罗斯山上立了许多基督十字架，埋葬死者于高水位标志的遍地沙土的无人区。这样她就不致同异教徒死后为邻，长眠在不圣洁的地方。

生了两个儿子,名叫索尔比约恩和索尔盖尔。他们在父亲身边熏陶成长,后来都大有出息。

2

且说挪威有一个名叫索尔瓦尔德的汉子,他是红色埃里克的父亲。他和儿子埃里克因为伤人性命而不得不背井离乡从雅德伦亡命到冰岛。他们在德伦加尔重新安了家。索尔瓦尔德老死在那里。红色埃里克娶了肖德希尔德为妻,往南迁徙到霍奥卡峡谷,他在那里开拓垦荒,建造家园,在靠近瓦特恩岬角的埃里克农庄上安了新家。

埃里克的奴隶在垦荒时造成塌方,把瓦尔特约夫农庄庄主瓦尔特约夫的土地压垮毁坏。纠纷之中,瓦尔特约夫的一个至亲埃约尔夫·索尔在瓦特恩岬角上端的斯凯德布雷克将那个奴隶杀掉。为了这个缘故,埃里克在雷克斯卡拉尔把埃约尔夫·索尔杀死,还一口气杀了决斗者赫拉弗恩。埃约尔夫的至亲,约尔维的盖尔斯坦恩和奥德在"庭"的大会上对埃里克无端连伤二命提出诉讼,于是埃里克被判放逐,从霍奥卡峡谷赶了出来。

埃里克转而占有了布鲁克和奥克森岛。第一年冬天他在索德尔岛上特拉迪尔过冬。他把高背座椅的木板借给布雷达博尔农庄的索尔盖斯特。后来,埃里克搬到奥克森岛上去住,并且在埃里克农庄安了家,他便要索回木板,可是有借无还。埃里克赶到布雷达博尔农庄去夺木板,可是索尔盖斯特拒绝交还,于是他们在特伦加尔的农庄附近厮杀起来。索尔盖斯特的两个儿子还有别的几个人在械斗中丧生。

此后，埃里克和索尔盖斯特都在自己庄园上豢养了一支打手队伍。埃里克受到这些人的支持：斯蒂尔·索尔格里姆松、斯汶岛的埃约尔夫、索尔比约恩·维弗尔松，还有阿尔普塔峡湾的索尔布伦德的儿子们。索尔盖斯特的支持者是希塔尔峡谷的索尔盖尔、兰加峡谷的阿斯拉克和他的儿子伊鲁吉，还有索尔德·吉列尔的儿子们。

索尔海湾"庭"的大会判处将埃里克和他的手下人统统放逐。他在埃里克峡湾收拾停当船只。当索尔盖斯特和他的手下人四出搜寻他的下落时，斯汶岛的埃约尔夫便将他藏匿在迪姆岛纳尔峡湾。

索尔比约恩·维弗尔松、斯蒂尔和埃约尔夫三人一直把埃里克相送到沿海岛屿之外，他们依依惜别，友情深重。埃里克说道，他将尽力图报他们的大力援助，倘若他日需要他效劳之时只要他力所能及的话，无不听从他们的吩咐。他告诉他们说他此次出海亡命，乃是前去寻找乌尔夫·克劳的儿子贡比约恩曾瞅见过一眼的那片土地。那一回贡比约恩的船被风吹离航道驶向西去，结果发现了贡比约恩礁石岛群。他又加上一句说道，若是能发现这片土地，他将返回乡里遍访故旧相知。

埃里克航海远行，绕过斯纳弗尔冰川，在离开冰川不远处的一处如今被称为布莱塞尔克的地方靠了岸，而后他又从那里往南行驶去探索这片土地究竟能否适合人居住。他第一个冬天在埃里克岛度过，这个岛位于东移民区中部。在春天他到了埃里克峡湾，并且决定把家安在那里。那年夏天他往西探查了广袤的荒原，并且给许多带有明显地形标志的地方起了名字。第二个冬天他在瓦尔弗峰下的埃里克霍尔姆岛屿群上度过。第三个夏天他往北驶入斯纳弗尔,并且驶进埃里克峡湾。转了一个圆圈之后返回身来在埃里克峡湾入海口的埃里克岛上过冬。

来年夏天他驶回冰岛,在布雷达峡湾入港。那个冬天他待在霍尔姆拉图尔的英戈尔夫家里。到了来年开春,他同布雷达博尔的索尔盖斯特拼搏厮杀一场结果却吃了败仗,后来他们之间经过调解而讲和。

那年夏天,埃里克又动身出海,前往那片他所发现的土地去殖民。他把那个地方起名叫格陵兰(绿岛),他说起个有吸引力的名字,人们就更忍不住要到那里去。

3

索尔盖尔·维弗尔松娶了劳加布雷卡坡地的埃纳尔的女儿阿诺拉为妻。

索尔比约恩·维弗尔松则娶了埃纳尔的另一个女儿哈尔维格,他们俩分得在劳加布雷卡坡地上赫里斯威利尔的一块土地,便把家搬了过去。索尔比约恩渐渐成为一个很有身份的人,他是一位"戈狄"[①],手头拥有一个大庄园。他有个女儿名叫古德里德,她非

---

① 冰岛独特的世俗教士的称号,意为"神圣的人"。930年冰岛的中央权力归36个戈狄。戈狄亦相当于首长或头领,一般都管辖一个很大的地区。

但美艳绝伦，而且各个方面都是一个异同凡响的女人。

在阿尔纳斯塔比居住着一个名叫乌尔姆的人，他的妻子名叫哈尔迪丝。乌尔姆是个好农夫，他同索尔比约恩·维弗尔松是多年契友，交情深厚，所以古德里德成了乌尔姆的养女，她在阿尔纳斯塔比庄园上生活居住很长时间。

有个名叫索尔盖尔的人，居住在索尔盖尔荒原，他是个获得自由的奴隶，如今已家财不赀很为富有。他有个儿子名叫埃纳尔，是个英俊倜傥、谦恭殷勤的人，对装饰打扮口味很高。埃纳尔对海上贸易很懂门道，经营得法。他轮流在冰岛和挪威过冬。

有一年秋天埃纳尔恰好在冰岛，他沿着斯纳弗尔内斯峡湾顺流而下做生意推销他的货物。他途经阿尔纳斯塔比庄园，乌尔姆挽留他在庄上小住，埃纳尔盛情难却，便接受了邀请。他的货物被堆在正房附近的一间棚屋里。

埃纳尔打开他的货物包，把里面的货物拿出来给乌尔姆和他的眷属逐一观赏，并且请乌尔姆任意拿走他中意的东西。乌尔姆接受了这番好意，夸奖他是个出人头地和财运亨通的生意人。正当他们在观看货色之际，有一个女人从门口走过。埃纳尔便询问刚从门口走过的那个绝色丽姝是何人，并说："我过去来这里从未看见过她。"

"那是我的养女古德里德，"乌尔姆回答说道，"是劳加布雷卡的索尔比约恩的女儿。"

"她真是个梦寐难求的佳偶，"埃纳尔说道，"我料想必有一长串求婚者想博取她的青睐。"

"求婚者当然有不少，"乌尔姆回答说，"可是一厢情愿苦苦追求是得不到她欢心的。显而易见她对选择丈夫是十分挑剔的,她的父亲择婿亦颇苛求。"

"这亦是情理中事,"埃纳尔说道,"尽管如此,她正是我物色已久求娶为妇的佳人。我想烦请你代表我去向她父亲提出这门婚事,但求你尽力撮合玉成好事,我必将以最坚定的友谊对你鼎力促成作出补报。索尔比约恩应该明白事理,要知道这两家结亲联盟对彼此都大有好处相得益彰。他是个位高权重的敦厚长者,又经营着上好的农庄,可是我亦风闻他的钱财已花销在农庄上乃至入不敷出,手头上竟十分拮据。而我既不少地又不缺钱,我父亲亦是家财雄厚,所以这门婚事果然能够撮成对索尔比约恩说来亦不无小补。"

"我当然自认为是你的朋友,"乌尔姆说道,"可是要我前去做媒却令人犯难,因为索尔比约恩不大好说话,他既骄傲又雄心勃勃。"

埃纳尔仍央求不已,定要提出这门亲事,乌尔姆无奈只得同意,于是埃纳尔南下返回家中静候佳音。

不久之后索尔比约恩按照他的惯例举行秋季酒宴,因为他素来是个慷慨大方的人。阿尔纳斯塔比的乌尔姆亦应邀前往,同索尔比约恩的许多别的朋友欢聚一堂。其间,乌尔姆告诉索尔比约恩说索尔盖尔荒原的埃纳尔最近刚去拜访过他,倒是一个很有出息的年轻人。乌尔姆旋即代表埃纳尔提出结亲之事,说道这门亲事从诸多原委着眼都颇为适合人意,"对你来说,索尔比约恩,在钱财上亦会有不小的补贴。"

索尔比约恩勃然答道:"我竟未曾料想到这样的求婚出自于你

的口中。想叫我的女儿嫁给一个奴隶的儿子！既然在你的心目之中她只配嫁给如此出身卑贱之人，那么她就不必再随你返回到你家去。"

酒阑人散，乌尔姆和其余宾客陆续回家，可是古德里德却滞留下来，那年冬天她陪伴着她的父亲。

到了春天，索尔比约恩又大飨宾客，举行一次豪奢酒宴来款待他的朋友，筵席上众皆尽欢，宾主畅饮之际，索尔比约恩忽然叫大家静一静，说有话要讲。他说道：

"我已在此地度过了大半生，得到了别人的情谊友爱，我可以说我们一直和睦相处融洽交往。

"可是如今我钱财亏损陷入困境。这幢房子至今从未被人看成是卑微低贱之地。所以我宁可放弃我的庄园，也不情愿丧失我的尊严；我宁可背井离乡去闯荡天涯，也不情愿使我的亲戚丢脸受辱。所以我已经下了决心，接受我的朋友红色埃里克的好意，我们在布雷达峡湾分手时他曾相邀我一起前去。我打算如果诸事顺遂的话今年夏天便动身去格陵兰。"

这一决定对在座每个人都不啻于晴天霹雳，因为他一直受到众人的热爱。不过他们都心里明白，既然他已如此当众宣布，他便会义无反顾成行而去，决计不会听从别人劝阻。

在说完这番话之后，索尔比约恩向客人们馈赠了礼品。酒宴结束，宾客各自归家，不再赘述。

索尔比约恩卖掉他的土地，买了一艘船，那艘船就停泊在劳恩哈弗纳尔港湾。有三十个人决定跟随他前往格陵兰，其中有阿尔纳斯塔比农庄的乌尔姆和他的妻子，还有不肯同索尔比约恩分开的别的朋友。

他们启碇扬帆，出海之时天气非常好。可是他们刚到深海，天公就作色变脸，顺风倏然消失得毫无踪影，随之而来的是一场接着一场的暴风雨，整个夏天他们几乎都瘫在海上动弹不得，几乎分厘不曾前进。船上疾病传染开来，有半数人包括乌尔姆和他的妻子哈尔迪丝都相继病殁。海上气候愈变愈坏，他们裸露在海面上日晒雨淋，还要忍受其他种种艰难折磨，真是苦不堪言。总算在快要入冬的头几天他们才在赫约尔夫峡湾登陆上岸。

赫约尔夫峡湾居住的那户农夫名叫索尔凯尔，他为人能干，家道殷实。他邀请索尔比约恩和他的手下人在那里度过整个冬天，慷慨大方地接待了他们。索尔比约恩和他手下人对此感激涕零。

4

那时候格陵兰正好遇上一连串严重的饥荒。那些冒着风险外出到远处狩猎的人往往空手而返，甚至一去不归。

移民居住区里有个名叫索尔比约格的女人，她是个女占卜者，素有小西比尔之称。她有九个姐妹，但别人都已相继亡故，只有她一人还活在人世。到了冬天她习惯于到处出席飨筵，因为她总是被人以贵宾之礼邀请去款待一番，尤其是被那些对自己的流年凶吉或是对季节收成丰歉好奇心十足的人。索尔凯尔既然是赫约尔夫峡湾的首富农户，大家都认为他责无旁贷应该弄个明白眼下这场灾祸究竟到何月何日才能够挨到尽头。

索尔凯尔将女占卜者邀请到自己家里,按照规矩,这样的女人到来通常必须礼仪隆重酒宴丰盛排场很大。厅堂正中早已置放一张专供她坐的高背座椅,座椅上还有一只塞满鸡毛的坐垫。

黄昏时分,她随同派去迎接她的那个家丁来到农庄上。但见她穿着装束这般模样:身披一袭用细带和宝石从领口直到下摆全都镶边的蓝色大氅,颈上挂着一串琉璃念珠项链,头上戴着一顶黑色羔羊皮内衬白色猫皮裘毛的兜帽、手持一根顶端有个嵌有宝石作装饰的黄铜圆球的棍杖。她腰间围着一根朽木做成的腰带,腰带上挂有一只很大的口袋,里面装着作法施魔时需要用的符咒。她双脚上穿着一双带毛的小牛皮鞋,鞋的尖端饰有宽厚皮带和锡纽扣。她双手戴着猫皮手套,白色裘毛朝外翻出。

当她步入厅堂时,人人肃然起敬对她致辞表示欢迎。她则按照自己对每个人的印象作出应答。索尔凯尔搀着她的手把她引领到为她准备的高背座椅上入座。他请求她察看他家的宅第、眷属、下人和牲畜。她却对任何事情都不置一词。

当天晚上大摆筵席,女占卜者的晚餐有这两样菜肴:用山羊奶烹调的薄粥,主菜是当地出产的各色飞禽走兽的心肝。她进食时使用一柄黄铜匙和一把刀,那把刀的海象牙刀柄上镶嵌有两圈青铜圆环,刀刃有一个缺口。

待到饭桌上剩羹残肴撤席之后,索尔凯尔走到索尔比约格跟前,询问她究竟她对他的家和人们的举止行端有何想法,还有他所提出的问题大家也想要知道她究竟作何回答。她答复说如今先安歇睡眠,一切等来朝再说。

第二天稍晚时分,她要求为施展法术做好准备,一切皆安排就绪。于是她请求女人们帮忙，在她作法时需要她们吟唱那种古老的咒语，可是竟然无人会唱。于是又遍问农庄上所有的人，看看究竟有没有人知道这些歌。

问到古德里德的时候，她回答说："我既不是女占卜师，也不是女巫，可是我在冰岛的时候，我的养母哈尔迪丝曾经教会我唱这些歌。"

索尔比约格大喜说道："你的知识正好派上用场。"

"这类知识和仪式恰恰是我最不愿与闻的，"古德里德说道，"因为我是个基督教徒。"

"那倒没有关系，"索尔比约格说道，"反正你这样做了便是助人为乐，再说这也无损于你做一个女人。可是我还是去找索尔凯尔，要他提供所需要的任何东西。"

索尔凯尔来对古德里德施加了压力，她只得同意按照他的愿望行事。

女人们围在仪式的祭台四周形成一个圆圈，索尔比约格端坐在中央。于是古德里德便唱起那几首歌，歌声如此优美动人，以至在场的人们都觉得从未听见过如此可爱的歌声。女占卜者为她的歌唱对她表示感谢。

"许多神灵精怪已经下凡降临，"她念念有词，"他们被咒语的歌声所魅惑弄得心醉神迷。他们过去都避开我们，不情愿听从我们的吩咐行事。如今许多事情已经显露出端倪，以前这些事情对我还有对诸位都神秘隐晦弄不明白的。

"我如今可以明白直说这场饥荒不会持续得太久长，开春之后条件会渐渐改善。一直流行至今的瘟疫已经拖了很久，它马上就

(Valgerður Bergsdóttir)

古德里德对着女占卜者索尔比约格唱起那几首歌……

会渐渐减退，销声匿迹得比人们预料得要快得多。

"至于你，古德里德，你帮了我们大忙，我马上就会酬报你，因为我能非常清晰地看到你未来的命运。你在格陵兰将会有一桩显赫的婚事，可惜这场婚姻不会持续太长久。你的人生道路注定要回到冰岛，在那里你重新嫁人，组成一个人多势众而又名声显赫的家族，有一道明亮耀眼的光芒会照耀着你的子孙后代。如今我们分手告别吧，我的孩子。"

每个人都拥到女占卜者面前，问她自己急于想知道的一生凶吉祸福。她明白无误地告诉了他们。后来她所预言的事情果真几乎多半应验。

仪式刚刚完毕，邻近农庄派来迎接她的使者已经抵达，她便跟随他而去。这事结束之后，他们打发人去把索尔比约恩叫回来，因为在这类异教活动进行之际，他不情愿待在这幢屋子里。

果真如同索尔比约格预言所说，随着春天来到，天气迅速变好起来。索尔比约恩把他的船只打点收拾停当，驶往布拉特里德，红色埃里克在那里张开双臂欢迎他们，说有他来到此地真是天大的好事。索尔比约恩和他全家同埃里克住在一起过冬。

第二年春天，埃里克把斯托卡峡湾的土地给了索尔比约恩。索尔比约恩在那里修盖一幢精舍，从此终生居住在那里。

5

红色埃里克娶了一个名叫肖德希尔德的女子为妻，生有两个儿子索尔斯坦恩和莱夫。他们两人都是很有出息的年轻人。索尔斯坦恩陪着他父亲住在家里，当时在格陵兰没有比他更有指望的年轻人。

莱夫远航到挪威，侍奉在奥拉夫·特莱格瓦松国王①身边。可是当他扬帆从格陵兰驶到中途，他的船曾被大风吹离航线驶到赫布里底群岛。他和他的手下人在那里度过了大半个夏天直到等来了顺风。

莱夫在那里同一个名叫索尔贡娜的女子热恋。她出身于高贵门第，莱夫逐渐才明白过来她不仅美丽而且才智非同凡响。在他即将动身起程之前，索尔贡娜询问她究竟能否随他同行。莱夫反问说她的至亲是否赞成这一举动。她回答说她已顾不得许多。莱夫说道，在外国诱拐一个出生于如此名门的妇女，他认为这不是明智之举，"我们的人手实在太少了。"

"我敢肯定你宁可做另一种取舍。"索尔贡娜说道。

"我愿意冒冒风险。"莱夫回答说。

"那么我必须告诉你，"索尔贡娜说道，"我已身怀有孕，我身上怀的孩子便是你的亲骨血，种种迹象表明分娩时我会生下一个儿子。尽管你眼下怕惹出麻烦而不肯过问此事，可是我还是要把孩子抚养成人，等他长大到能同别人一起远行时，我自会打发他到格陵兰去找寻你。我有个预感：我们分手在即，你既然能硬起心肠撇得下我，对我生的孩子必定也不会顾惜，不过我还是打算

---

① 奥拉夫·特莱格瓦松（约995—1000年在位），挪威国王，以海盗掠劫活动闻名。

我终究要到格陵兰去找你的。"

莱夫给了她一枚黄金戒指，一件家织布做的格陵兰大氅和一根海象牙的腰带。

那个孩子名叫索尔吉尔斯，后来果真到了格陵兰，莱夫承认他是他的儿子。按照有的记载说是索尔吉尔斯先到了冰岛再去格陵兰。不过，这个人及他的一生似乎神秘得不可思议。

回过头来再说那一年莱夫和他手下人困居赫布里底群岛许多时日，终于等到了顺风驶离了赫布里底群岛，当年秋天抵达挪威。他曾居住在奥拉夫·特莱格瓦松国王宫中当了相当一段时间侍从，国王赏赐给他莫大的荣誉和恩宠，并且认为他是个出类拔萃的人物。

在有一次见面时，国王同莱夫交谈了几句，说道："你打算今年夏天远航去格陵兰？"

"是的，"莱夫回答道，"若是蒙您恩准的话。"

"我想这倒不失为一个好主意，"国王说道，"我将派个布道团与你同行，到格陵兰去传布基督教。"

莱夫说一切听从国王旨意，可是又加了一句话说在他看来这个布道团在格陵兰恐怕很难大有作为。国王回答说他认为最胜任的人选非莱夫本人莫属，"你的好运气必将使你通行无阻。"

"倘若果真如此，"莱夫回答说。"那也托福于我得到您的恩宠。"

待到准备就绪，莱夫启程出海远航，不料一到海上便遇到连绵不断的困难，后来总算登陆上岸，可是那片土地莱夫却从未猜想到它的存在。那里沃土绵延，野生小麦生长得喜人，葡萄到处可见，在各类树木之中还有槭树。他们采集了一些这类东西的标本。

在驶离那片不知名的土地前往格陵兰途中，莱夫搭救了一批船只失事遭受海难的水手，把他们带回家来，慷慨大方地招待他们度过冬天。从把基督教传播到格陵兰和搭救这些遇险船这两件事已可以看出他善良高尚、宽容大量的品德。当时他被称为"幸运儿莱夫"。

莱夫抵达格陵兰后便在埃里克峡湾登陆上岸，径直前往布拉特里德。他回到家中受到了热烈欢迎。他立即着手布道，把基督教和对天主的信仰传布到各地。他把奥拉夫·特莱格瓦松的口谕晓示一众人等，并告诉大家这个信仰优越完美，无比荣耀。

埃里克对放弃旧教态度十分勉强，可是他的妻子肖德希尔德却立即皈依了新教，她还叫人在离开农庄不太靠近的地方兴建起一座教堂。这座建筑物便是肖德希尔德教堂，她和别的已经接受基督教的信徒们一起在这座教堂里祈求祷告。自从肖德希尔德皈依新教后，她便不肯再同埃里克一起生活，这使得埃里克大为烦恼。

这时候大家议论纷纷，想要去寻找莱夫发现的这片土地。最起劲带头的便是他的弟弟索尔斯坦恩·埃里克松——一个消息灵通、人缘很好的人物。红色埃里克十分为难，人们一再规劝他出来率船远航，因为大家都对他的运气和卓识远见抱有莫大信心，他起初十分勉强，可是朋友们竭力催促之下，他不便一口拒绝，逆拂他们的好意，终于勉为其难答允下来。

索尔比约恩·维弗尔松从冰岛驶来的船只如今已检修收拾停当，他招收了二十个水手作此远航。他们携带很少的牲畜，却带足了武器和给养。

那天清早，埃里克离家前往船上。他悄悄地在胸前塞了一捧黄金白银，他把这些财物隐藏得很严密，家人都不知晓。他策马疾驰，刚走不多远便从马上摔了下来，几根肋骨断裂，肩胛亦有损伤，他疼痛得龇牙咧嘴，哇哇大叫。结果只好派人去给他妻子送了个音讯，叫她前来把他秘密藏匿起来的钱财再运回去。他说道他不该隐匿钱财，为此他已受到上苍惩罚。

他们扬帆驶出埃里克峡湾，船上每个人都情绪高涨，对美好前景憧憬不已。可是他们却陷入连绵不断的逆风和气候困扰之中，根本没有驶进他们想去的海域。有时候他们驶在冰岛的视野之内，另一段时候却又看到了爱尔兰的海鸟在翱翔。这艘船被风浪推操得前后打来回，到了秋天他们只好掉棹而归返回格陵兰，在初冬时分抵达埃里克峡湾。船上人人都被日晒雨淋和辛苦劳累折磨得疲乏不堪。

于是埃里克发话说道："你们夏天从这个峡湾开船出海之时未免太兴高采烈，而眼下却又过于无精打采。其实还有不少好事情在等着我们哪。"

索尔斯坦恩回答说："对于眼下生计无着的船员来说，为他们提供饮食和找到过冬的寓所，是一种高尚的行为。"

"这类谚语里包含着不少真理，你起先或许并不知道，等到对方答话这才恍然大悟，"埃里克说道，"眼下的情形就是如此。你说该怎么办？"

结果凡是无处可去的船员都上了岸，跟随埃里克父子俩回家去。

6

话说索尔斯坦恩返回家园后便向索尔比约恩的女儿古德里德提出求婚。这门婚事得到了古德里德和她父亲的应允，达成了婚约。于是索尔斯坦恩便迎娶了古德里德。婚礼是秋天在布拉特里德举行的，婚宴宾客如潮，凡有头有脸的人物无不前来贺喜，真可谓极一时之盛。

索尔斯坦恩在西移民区的吕苏峡湾有一处农庄。这个农庄的合伙拥有者是另一个也叫索尔斯坦恩的人。他的妻子名叫西格里德。

在秋天，索尔斯坦恩·埃里克松偕同新婚燕尔的娇妻古德里德搬迁到吕苏峡湾来和他的同名者一起居住。他们受到了良好的接待，安顿下来准备过冬。

岂知刚入冬不久，一场疾病在农庄上迅速蔓延开来。最先患病死去的是农庄监工，一个名叫加尔蒂的很不得人心的家伙。很快许多人染上疾病，接二连三地死去。后来，索尔斯坦恩·埃里克松和他同名者的妻子西格里德也病倒了。

有一天傍晚西格里德要出屋外到正门对面的厕所去。古德里德陪她一起去。当她们走到屋外，面朝大门时，西格里德忽然打个寒噤，"哇"的一声叫了起来。

古德里德说道："我们委实太粗心大意，你病体虚弱不应该到寒风中来。我们务必快点回屋去。"

"我现在不回屋里去,"西格里德说道,"所有的死人都排列得整整齐齐躺在门前。我看到你丈夫索尔斯坦恩亦在其间。我甚至看见自己也在这堆尸体里。多么可怕的景象!"

而这仅仅是一闪而过的事情,接着她又说道:"现在我看不见他们了。"

刚才她似乎还看见那个死去的工头在举着鞭子抽打身旁的死人,顷刻间也已倏然消失踪影。两个女人折身返回到屋里。

天亮前后,西格里德咽气身亡。众人为她钉造棺材准备入殓。

那天,庄上男人出海捕鱼,吕苏峡湾的索尔斯坦恩引领他们到上船地点。黄昏时分他又去到那里验看捕捞的鱼类,正在此时索尔斯坦恩·埃里克松派人送来口信说是家里出了麻烦叫他火速返回,那是西格里德的僵尸忽然竖起身体想要钻到索尔斯坦恩·埃里克松的床上。当他回到家里的时候,她已经快爬到索尔斯坦恩的床边。于是他的同名者一把抓住了她,并且在她胸前搠入一把斧头。

索尔斯坦恩·埃里克松在黄昏时分死去。另一个索尔斯坦恩叫古德里德去躺下睡觉,说道那两具尸体由他来看守值夜。她躺下后很快就睡熟了。入夜不久,索尔斯坦恩·埃里克松的尸体忽然坐起身来开口说话。他说他要找人去把古德里德找到他身边,因为他有话要同她讲:"这是上帝的旨意,恩准我重新返回人生片刻。"

另一个索尔斯坦恩匆匆走到古德里德房里把她叫醒。他告诉她赶快往身上画十字并且祈求上帝庇护。"索尔斯坦恩·埃里克松告诉我他要同你谈谈,"他说道,"你务必自己来决定,我无法越俎代庖,要你这样或者那样做。"

古德里德回答说道:"这类极少发生的咄咄怪事说不定会引出什么永志于后世的大事来,亦未可知哩。不过我总相信上帝会保护我。仰仗上帝怜悯,我甘冒风险同他谈谈,因为他倘若果真打算伤害我的话,我即便想躲过祸祟亦难免遭受荼毒。至少我可以要他的僵尸走到远处去,听说以前也曾有过这类事情。"

古德里德走进去招呼索尔斯坦恩,看样子他大概刚流过眼泪。他朝她耳中低声细语说了几句话,那只有她一个人才能听得见,然后又说道:只有真心信仰上帝才会成为有福之人,因为这样上帝才会赐予保佑和宽恕。他说道:可是眼下有不少人尚未一本正经地遵循这一信仰。

"尽管基督教已经传到了此地,然而格陵兰沿袭已久的坏习俗却仍旧照搬不误依然故我。人死之后草草掩埋,葬在不圣洁的土地上,下葬时几乎没有仪式可言。我和死在这里的所有人都要抬到教堂里去埋葬,只有加尔蒂除外,我要你们把他尽快放在火堆上烧掉,因为他是今冬这一带地方遭殃的祸首。"

他还向她叙述了她的未来,说她的命运富贵得不可言,但是他告诫她千万不可以嫁给格陵兰人。

他还鼓励她把他们的钱财捐献给教堂或者给穷人。说完之后,他又第二次往后倒下咽气身亡。

当时虽则基督教已在格陵兰得到传播,可是仍因循旧习,沿袭约定成俗的做法:人死之后在农庄附近草草埋掉,而且是埋在未经圣化的不洁之地。埋完之后,在死者胸口上面的地面上打下一根木桩,等到牧师来到时,把木桩拔掉,顺着洞穴朝下灌注圣水并且举行殓葬仪式,不管那时已离开下葬有多么久远。

索尔斯坦恩·埃里克松和其余人的遗体被抬到埃里克峡湾的教堂,由牧师为他们举行了安葬仪式。

过了一段时间后,索尔比约恩·维弗尔松去世,古德里德继承了全部家当。红色埃里克仍让她居住在布拉特里德,他把她的一切事务照料得井然有条。

7

话说有个名叫索尔芬·卡尔塞夫尼的人,他是马头索尔德的儿子,居住在北部斯卡加峡湾的雷纳岬角的一个名叫斯塔德的地方。卡尔塞夫尼出身名门,十分富有,他的母亲名叫索鲁恩。

卡尔塞夫尼是个经营海上贸易的商人,而且还是个信誉卓然的公平买卖人。有个夏天,他准备好船只打算远航前往格陵兰。阿尔普塔峡湾的索尔布伦德松也合伙参与,他们俩招收了四十个人手上船。

事有凑巧,当时有个名叫比约恩尼·格里莫尔弗松的人,来自布雷达峡湾,他同来自伊斯特峡湾的一个名叫索尔哈尔·加姆拉松的人合伙打造了一艘船,在那年夏天也准备停当要远航去格陵兰,船上也是四十个人。

当诸般事宜皆已就绪之后,这两艘船启碇出海。他们在海上究竟漂流多少日子已无记录可查,反正这两艘船都在秋天抵达埃里克峡湾。

红色埃里克和别的移居者都骑马前往那两艘船的停泊地。交易买卖进行得十分顺利,两艘船的船东都邀请埃里克任意拿走他所看得中意的货色。埃里克当然亦不肯别人在慷慨大方上胜过自己一筹,于是他邀请那两艘船的所有船员都作为他的客人到布拉特里德过冬。这些商人们恭敬不如从命,都跟随埃里克回家去了。他们的货物亦搬运到那里去,因为农庄上有足够的宽敞高大的棚屋可以堆放货物。

那些商人在埃里克家里过冬,生活得很愉快。可是随着圣诞节临近,埃里克却没有往常那样高兴。有一天,卡尔塞夫尼同埃里克交谈说道:"莫非有什么事情出了差错,埃里克?我觉得你不像以往爽朗,心情似乎十分低沉。你一直殷勤周到地款待我们,我们责无旁贷理应尽我们所能来报答你的仁慈。快告诉我,究竟什么事情使你烦恼不已?"

"你们在我家做客谦恭有礼、通情达理,"埃里克回答说,"我亦然坚信无疑我们之间的交易买卖不曾使你丧失对我的信用。我如今心里发愁而又不便启齿的是:我不情愿被人家说三道四,说道即将来临的圣诞节是他们所不得不忍受的最寒酸匮乏的过节。"

"不必为此而烦恼,埃里克,"卡尔塞夫尼说道,"我们的货物包里有的是麦芽、面粉和小麦,你要用多少只管去拿。这样你可以按照你慷慨好客的需要准备出丰富的节日酒宴。"

埃里克接受了他的这番好意,圣诞节酒宴得以着手准备。那一年圣诞节的筵席如此丰盛以致有不少人说他们过去不曾见过这般豪华的大场面。

欢度圣诞之后,卡尔塞夫尼找埃里克商量,说是想求娶索尔比约恩之女古德里德为妻,既然埃里克是监护她的长辈,所以他不揣冒昧提出这门婚事。他说他对这个女人爱慕已深,觉得她非但姿容绝色而且精明强干。埃里克回答说他愿意全力支持这一求婚并且她亦是难于寻觅的佳偶,"再说若是她嫁给了你,似乎亦是她命中注定的。"他说据他所知卡尔塞夫尼的人品是有口皆碑的。

求婚之请提到她的面前,她略作权衡便接受了埃里克的劝说。长话短说,细节略过不表,这次求婚的结果是很快举行婚礼,圣诞酒宴还未结束喜庆酒宴就接连下去,众人好不快活。

那年冬天,布拉特里德庄园里喜气洋洋,众人个个兴高采烈,下棋、讲故事还有其他许多娱乐活动,庄园里真是热闹非凡。

8

那年冬天,布拉特里德庄园一带议论纷纷,人们都在商谈去寻找文兰的事情,说是那里有上好的膏腴土地等着去占有。结果卡尔塞夫尼和斯诺里·索尔布伦德松收拾停当船只准备当年夏天就去寻找文兰。

比约恩尼·格里莫尔弗松和索尔哈尔·加姆拉松亦决定参加这次远征,他们使用自己从冰岛带来的船只和船员。

闻讯而来的还有红色埃里克的女婿索尔瓦尔德。

还有另一个人,名字亦叫索尔哈尔,人称狩猎者索尔哈尔。他在埃里克手下当差已有许多年头,夏天替他照料猎犬和围场,还担当其他许多杂役差使。他是个身材高大的魁梧汉子,肤色黝黑、相貌粗鲁。如今他已上了点岁数,平素沉默寡言说话不多,但一开口又往往出口伤人语带辱骂,再者他为人狡诈且脾气暴烈乖戾,是个惹是生非的行家。虽则基督教已在格陵兰传播开来,他却置若罔闻亦不去理睬。此人的人缘很坏,可是埃里克同他却是亲密的朋友。他亦跟随了索尔瓦尔德和其他一众人等上船远航,因为他对毫无人烟的蛮荒之地很有经验。

他们乘坐的船只是索尔比约恩·维弗尔松从冰岛行驶前来的那一艘。当他们同卡尔塞夫尼汇合时,船上几乎都是格陵兰人,虽则这次远征共有一百六十人参加。

他们先航行至西移民区,然后再驶至比亚尔恩群岛稍作停留。从那里趁着一股北风航行两天后,他们看见海面上浮出一脉陆地。于是他们放下小艇划到岸边前去探测。他们看到海岸上大片砾石堆星罗棋布,砾石堆大得足够两个人脚对脚地伸直身体仰卧其上。陆地上有无数狐狸出没。他们给这片土地起了名字,叫作赫卢兰。

从那里他们又顺着北风继续航行两天,前头又浮现出陆地,这里森林茂密,草木葱茏,飞禽走兽无奇不有。他们在东南面的一个小岛上看见了熊,于是便把那座岛屿起名为比约恩岛(熊岛),而把这片森林茂盛的内陆叫作马克兰。

从那里再航行两天后,他们又见到了陆地,便拨转船头朝它驶去,原来这是一个突出在外的岬角。他们顺风转舵,陆地便到了他们的右舷,他们沿着海岸行驶过去。

这是一片宽广开阔的土地,海滩漫长铺着极细的白沙。他们划着小船上岸,在角地上发现有一艘船只的龙骨,所以他们把那个地方起名为克雅拉岬角,把那一段海滩叫作佛都斯特海滨,因为它很漫长,要花很长时间才能驶离开去。后来海岸线呈锯齿形,海水和海湾犬牙交错。他们便选了一个海湾将船驶了进去。

当年莱夫·埃里克松在奥拉夫·特莱格瓦松国王身边伺候的时候，他曾接受国王的谕旨叫他到格陵兰来传播基督教，国王还送给了他一对苏格兰夫妻，男的名叫哈基，女的名叫赫克雅。国王告诉莱夫说倘若他有万分紧急之事需要火速办理可以差遣他们，因为他们奔跑得比鹿还要快。此次莱夫和埃里克把他们俩转让给了卡尔塞夫尼，让他们参加远征。

当船驶过佛都斯特海滨时，他们把苏格兰夫妻俩放到岸上，叫他们往南奔跑去探查这片土地的出产，并且限令他们在三日之内务必返回。那夫妇俩各自穿了一件名为"比雅法尔"的大氅，顶端有兜帽，两侧开叉而无袖，下摆在两腿之间用纽扣扣住还用细带扎牢。这就是他们的全部装束。

所有的海船都在那里抛锚停泊，静候等待。三天之后，那对苏格兰夫妻果然如期归来，疾步流星般奔下海滩，一人手里捧着葡萄，另一个拿着野小麦。他们告诉卡尔塞夫尼说道，他们已经寻找到膏腴沃土。

他们回到船上，整个船队朝着他们所指引的方向进发，直到他们来到一处峡湾。他们把船径直驶入峡湾之中。在峡湾的入海口，有一个岛屿，四周水深浪急，湍流汹涌。他们把这个岛命名为斯特劳姆岛。岛上各种飞禽海鸟多得令人吃惊，以至于他们举步艰难，竟在鸟蛋之间找不到插足的缝隙。

他们驾船在峡湾里转了一圈之后将它命名为斯特劳姆峡湾。于是他们便卸船上岸，在这里安营扎寨。各种牲畜他们都已带来，如今之计要赶快察看四周寻找当地的出产。这里远山如黛，近峰尖仞，风光委实旖旎美丽，可是他们却无心观景赏致，只想探明它的物产，因为举目所见，身边毕竟只有高可及人的蓬蒿杂草。

他们在那里过冬，殊不料冬天严寒竟然会出奇地酷冷。在夏天的时候，由于动身仓促，粮食给养未免贮备得不足。这时候便有了缺粮断炊之虞。他们四出狩猎，然而所得到的猎物亦不足以果腹。于是他们搬到那个岛上去居住，冀希那里能寻找到猎物，或者有鲸鱼搁浅。可是那里也难找到多少食物，而他们的牲畜倒是添犊长膘一派兴旺气象。他们只好祈求上帝降恩赐福来缓解缺粮之急，然而一时之间似乎亦听不到他们所盼的回音。

在此同时狩猎者索尔哈尔忽然失踪，他们便四出搜寻。他们寻找了三天，却找不见踪影。直到第四天，卡尔塞夫尼和比约恩尼才在一个峭壁顶上发现了他。他双目凝视仰望着天空，嘴巴张开，鼻孔翕动，若有所思般出神发呆，不时抓搔自己或者拧自己一把，嘴里念念有词。他们问他在那地方做什么。他回答道这不关他们的事，不必大惊小怪，又说道他已这般年纪用不着有人看着他。他们劝他跟随他们回家去，他倒听从了。

过不多久，一条鲸鱼被海浪冲了过来。他们赶紧过去将它屠宰，切割成小块。没有人认识这是一条什么鲸鱼，连捕鲸行家卡尔塞夫尼也说不出个名堂。厨子便煮了鲸鱼肉给大家吃，众人饱啖一顿甚为欢畅，却不料过不多久个个腹痛肚胀呻吟不已。

这时候狩猎者索尔哈尔走过来，大声说道："且看看红胡子雷神岂不比你们的基督更有能耐？这场无妄之灾便是他的神灵显圣，我方才给他吟唱了咒歌，托尔神果真不辜负我，使我亲眼看到了结果。"

其余人明白过来是怎么回事后，都拒绝吃鲸鱼肉，把那条鲸鱼的残骸扔到一处巉岩背后。他们还为这次罪孽祈求上帝宽恕。于是天气忽然好转,他们可以出海捕捞,这样他们便不再有缺顿断炊的后顾之忧。

到了开春之后,他们又回到斯特劳姆峡湾。在那里收集食物,到腹地去狩猎,还到岛上拣鸟蛋和出海捕鱼。

9

如今他们聚在一起商讨下一步该往何处去,各自提出了自己的设想方案。狩猎者索尔哈尔要北上越过佛都斯特海滨和克雅拉岬角去那里寻找文兰,而卡尔塞夫尼主张沿着海岸再往南去,因为他相信愈往南走土地会愈肥沃。他还认为北上南下都有好处,不妨兵分两路把这两面的地方都探查一遍。

索尔哈尔在小岛的避风处收拾好船只,只有九个人跟随他前往北方,其余人都追随卡尔塞夫尼南下。

有一天,索尔哈尔把水抬到船上,他喝了点水唱起歌谣:

> 这些栎木般黑心肠的武士,
> 哄骗诱惑我来到这块地方,
> 答应说是各种美酒喝不完。
> 可是我这个戴头盔的武士,
> 在春天就卑躬屈膝不争气,
> 竟然拎着一个水桶到处跑,

我的嘴唇一滴酒都未喝到。

于是他们启碇出海,卡尔塞夫尼相送他们到小岛尽头之处。在升起帆篷之前,索尔哈尔唱道:

让我们回首极目眺望远方,
看看家乡父老梓里和同胞。
让我们劈波斩浪的大海船,
把四周的海域都探查明白。
这些战士渴望着翻江倒海,
他们曾经赞美过这片土地。
在佛都斯特海滩安居下来,
却只落得吃煮鲸鱼肉充饥。

歌曲唱毕,两支人马各自分手。索尔哈尔率领他的船员扬帆北上,越过佛都斯特海滩和克雅拉岬角,想要从那里顺着冲浪掉棹西去。可惜他们命运乖蹇,竟自落入猛烈的顶头风暴之中,这股强劲风暴把他们笔直吹到了爱尔兰。他们在那里惨遭重创,活着的人则被俘当了奴隶。索尔哈尔亦是这样在那里终其一生。

10

卡尔塞夫尼沿海岸南下,跟随他的有斯诺里和比约恩尼,还有远征队的部众。他们航行了很长时间才来到一条河流跟前,那条河流注入一个湖泊,再从那个湖泊流入大海。河流入海口外面有广阔的沙洲,只有在涨潮之时船只才能驶入。

卡尔塞夫尼和他的手下众人驶入那个河口湾,并且起名叫霍比湖(潮汐湖)。在这里他们发现低地上到处长遍野小麦,谅必是非常肥沃的土地而高地上满山满谷是葡萄。每一条溪流里都有鱼儿游来涌去。他们在潮水最高处的水痕附近挖了沟壕,待到潮水退去沟壕里填满了被海潮冲进来的比目鱼。在森林里还见到了各类野兽。

他们在那里停留了半个月,享受大自然给予的各种乐趣而没有觉得有任何不惬意之处。他们带着牲畜住在那里。可是有一天清早当他们举目环顾时,他们视线之中忽然多了九个皮筏,站在皮筏上的人们挥舞着棍杖,那些棍杖都顺向转动发出像连枷一般的噪音。

卡尔塞夫尼问道:"那些动作表示什么意思?"

"大概是和平的表示,"斯诺里说道,"我们不妨拿一面白色盾牌前去会见他们。"

他们依计行事。刚来的土著人把皮筏划到他们面前,土著人走上海滩时惊愕地瞪大了双眼目不转睛地盯住他们看。土著人的身材很矮小,相貌十分邪恶猥琐,头发粗硬、双眼巨大、颧骨高耸、面孔宽阔。他们在那里停留了一会儿,对一切都啧啧称赞,然后就绕过角地往南而去。

卡尔塞夫尼和他的手下人在朝向湖边的一个斜坡上安下营寨,建立移民区。有些房屋紧靠在湖边,而另一些房屋则要稍远些。

他们在那里过冬，而整个冬天连一场雪都未下，所有的牲畜都能找到吃食，养得十分肥壮。

11

开春过后有一天清晨，他们看见一大群皮筏子自南而来，围绕在角地四周。它们结集得如此稠密以至于河口湾看起来仿佛铺满了一层木炭。每只皮筏上的人都在挥舞棍杖。卡尔塞夫尼手下人举举他们的盾牌，于是双方开始交易买卖。

土著人最想买到手的是红布，他们也想买利剑和长矛，可是由于卡尔塞夫尼和斯诺里严禁出售，只得作罢。他们用未经鞣制的灰色生皮来换回布匹，每块生皮换一拃宽①的红布。他们买到红布后就立即缠在头上。交易进行不大工夫，布匹就显得拮据不足起来。于是卡尔塞夫尼把布裁成只有一个指头宽窄的布条来出售，可是那些斯克莱林人照样乐此不疲地交易，愿意支付同样多的生皮来换布，到了后来甚至支付更多生皮。

这时忽然有一条属于卡尔塞夫尼和他部众的公牛从森林里蹿出来，激怒得暴烈异常，哞哞狂吼不已。斯克莱林人被惊吓得魂不附体，赶快飞奔到他们的皮筏子上，绕过角地往南划去逃命要紧。

在这以后足足三个星期，土著人没有露面。后来卡尔塞夫尼

---

① 一拃之距为手掌张开时，大拇指和小指两端的距离，通常为9吋或23厘米。

手下人又看到无数皮筏自南而来,如同激流狂澜汹涌奔腾。这一次斯克莱林人把棍杖逆向挥舞,他们高声尖嚎,喧闹震天。卡尔塞夫尼率领众人高举起红色盾牌迎上前去。

两军相遇各不退缩,一场鏖战只杀得天昏地暗。大小石块如同冰雹飞蝗凌空呼啸,因为斯克莱林人使用的是投石器。卡尔塞夫尼和斯诺里看见他们抬起一块足足有羊胃大小的暗蓝颜色巨石放到投石器的发射杆上。那块巨石呼啸飞过卡尔塞夫尼部众的头顶,砰然砸地发出震耳欲聋的轰鸣。这一下把卡尔塞夫尼和他的手下人吓慌了神,他们只想到逃命要紧,于是他赶快撤离那条河流向纵深腹地逃去,直到奔至一处峭壁方才止住脚步,他们准备在那里再坚决抵抗。

弗蕾迪丝早已走出屋外,亲眼目睹了这场狼狈的撤退。她高声喊叫道:"你们为什么在这些可鄙的坏人面前逃跑,像你们这样勇敢的人难道不觉得可耻?你们应该像屠宰家畜一样把他们杀戮干净。如果我有武器,我保准比你们任何一个战斗得更勇猛。"

那些男人们对她说的话不予理睬。弗蕾迪丝想要跟上他们,却追赶不上脚步,因为她身怀有孕。她紧随在他们后面进入森林,可是已经来不及了,斯克莱林人追上来将她团团围住。在她面前横陈着一具尸体,那是索尔布伦德·斯诺拉松,他的头顶上揳入了一片燧石,他的利剑撂在他身边。弗蕾迪丝一把捡起利剑准备殊死抵抗。当斯克莱林人朝她蜂拥过来时,她撩开背心袒露出一只乳房,用利剑猛捆袒露的胸乳。斯克莱林人见此情景,大惑不解顿生恐惧,便逃回到皮筏上匆匆离去。

卡尔塞夫尼和他手下都来到她面前,交口称赞她的勇气。他们有两个人被害，斯克莱林人死了四个，尽管卡尔塞夫尼这一边同土著人的人数悬殊。

他们返回到自己营地里。进屋之后，便议论探讨起来，究竟是一股什么兵力在这块陆地上从背后攻打他们，使他们吃了大亏。渐渐地他们明白过来：原来唯一的进攻力量只有乘皮筏来的人，另一股兵力只是他们的虚妄幻觉。

斯克莱林人在另一个阵亡的北欧人身边找到了一把战斧。有一个土著人举起战斧朝一块岩石猛劈下去，那柄战斧顿时裂刃断柄。于是土著人便觉得战斧毫无用处，因为它还没有石头硬，经不住石头的碰击，于是他们把战斧扔掉了。

卡尔塞夫尼和他的部众商量之后明白过来，纵然这片土地有千般好，他们决计不会在此地过上太平日子，也不会毫不提心吊胆地生活，因为既然已有土著居民住在此地，他们绝不肯拱手让出地盘。所以他们打算离开此地返回家园。他们沿海岸朝北航行。他们看到有五个斯克莱林人身上披着生皮在睡觉，他们身边的器皿里盛着掺和着鹿血的鹿骨髓。卡尔塞夫尼的手下人料定这五个土著人必定是不法歹徒便把他们统统杀掉了。

他们来到一个角地，那里有无数麋鹿，那个角地看起来似乎像是一个大的粪堆，因为那些动物就在角地上过冬。

过后不久，卡尔塞夫尼一行抵达斯特劳姆峡湾，他们在那里找到了所有想要的东西，供应充裕，没有食品匮乏之虞。

据有些人回忆说，比约恩尼·格里莫尔弗松和弗蕾迪丝裹足不前，率领了一百个人在此地停留下来，而卡尔塞夫尼和斯诺里则率领四十个人往南行驶，在霍比几乎只停留了两个月便在当年夏天扬帆回来。

卡尔塞夫尼派出一艘船去寻找狩猎者索尔哈尔,而其余部众停留在原地等待他们。他往北驶过克雅拉岬角,然后转弯往西去,陆地在他们的左舷。那是一片寂静无声、荒凉阴森的林地,他们行驶了很长的路途才来到一条自东向西流入大海的河流。他们缓缓将船驶进河流的入海口,并且把船靠南岸停泊。

12

一天早晨,卡尔塞夫尼和他手下人看见森林中的空旷地远处有个东西在蠕动。他们朝它喊叫呼唤,那东西仍在移动。原来那是个尤尼帕德野人,朝着他们停船的地方而来。红色埃里克的儿子索尔瓦尔德恰好坐在掌舵的位置上,那个尤尼帕德野人射出一箭,不偏不倚正中他的腹股沟。索尔瓦尔德拔出箭来,说道:"我们发现的这片土地真是丰饶富庶,可是我肚里的五脏六腑倒也淌着肥油。"说毕,由于伤重失血太多,须臾气绝身亡。

那个尤尼帕德野人向北逃窜,卡尔塞夫尼率领众人追赶上去兜捕,可是哪里追赶得上,但只偶尔能瞥见它逃跑的背影。它很快跳进一条小河里消失得无影无踪,追赶者只得无功而返。有一个好汉禁不住悲歌一曲,他唱道:

这是千真万确的事,
我们的好汉去追逐,

> 一只尤尼帕德猿人，
> 一直追赶到大海里。
> 那怪诞似鬼的畜生，
> 奔跑得像风一般快，
> 出没在崎岖的地方，
> 只能听见它的声音，
> 卡尔塞夫尼。

他们往北行驶过去，想要亲眼看看尤尼帕德猿人麇集的所在，不过他们已决心不让船员们的生命再冒任何风险。他们推断眼前能见到的那几座高山大致同霍比那里的山岭互相对应，而且他们估计这两处山脉离开斯特劳姆峡湾是等距离的。

他们返回斯特劳姆峡湾，在那里度过第三个冬天。可是如今生活并不安宁，龃龉口角时常发生，甚至争吵得不可开交。那些没有娶过亲的人对已婚男人羡慕不已，往往同他们纠缠不休。

在那一年初秋时，卡尔塞夫尼的儿子斯诺里呱呱坠地。等到他们离开文兰之时，他已长到三岁了。

他们抢在一阵南风的前头到达马克兰；在那里他们同五个斯克莱林人邂逅相遇——一个长胡须的男人、两个女人和两个儿童。卡尔塞夫尼和他的手下人逮住了那两个孩子，可是其他人却逃跑了，他们钻入地下消失得无影无踪。

他们让那两个孩子同他们在一起生活，教会他们语言，并且还让他们领受了洗礼。那两个孩子告诉说：他们的母亲叫作凡蒂尔德，父亲叫作乌凡吉尔。他们说斯克莱林人的地方由两个国王所统治，一个叫阿瓦达蒙，另一个叫瓦尔迪蒂达。他们说那里没有房屋，大家都居住在窑洞或者地洞里。他们说在他们居住的地方越海过去对面有另外一个国度，那里的人都身穿白衣、手持挂着碎布片的杆杖。据说叫作维特拉蒙国①。

最后，他们终于抵达格陵兰，同红色埃里克一起过冬。

13

回过头来再表述一下比约恩尼·格里莫尔弗松的下落。他们的船被狂风吹进格陵兰海。他们发现水里有大批蛆虫，等他们明白过来之前，那艘船已被蛀蚀得七穿八孔船底布满窟窿。那艘船开始渗水，徐徐往下沉。

他们讨论究竟该如何办？船上有一艘小艇，艇身涂敷用海豹脂熬炼出来的焦油。据说用这种焦油涂敷过的木材蛆虫无法蛀蚀。大部分船员说应该让尽量多的人乘坐，把小艇挤满。可是几经试乘，那艘小艇连一半人都容纳不下。

于是比约恩尼说道：哪些人可以登艇应该拈阄来选定，而不能按照地位的高低决定。

每个人都争先恐后要挤上小艇，而小艇无论如何塞不下所有的人。于是他们只得同意早先的建议用拈阄来决定是否能在艇上

---

① 即"白人国"之意。一般认为是指大爱尔兰，即爱尔兰和从那里再往西航行六天可抵达的中欧地区。

得到容身之地。当拈阄见出分晓时，比约恩尼和将近半数的船员得到了小艇上的一席之地。于是他们这些人都撤离大船登上小艇。当他们已经在小艇里坐定身躯时，有个一直追随比约恩尼左右的年轻冰岛人发话说道："你就这样离我而去——走了之？"

"看样子不得不如此。"比约恩尼回答说。

那个冰岛人说道："可是当我离开我父亲的农庄跟随你来的时候，你亲口答允却并非那样。"

"我看别无他法，"比约恩尼说道，"你有何高招儿不妨直说。"

"我建议我们俩互换一下位置，你到船上来，我下去登艇。"

"随你的便，"比约恩尼说道，"我可以看得出来你是个偷生怕死之徒。"

结果他们相互更换了位置，那个冰岛人下去跨入小艇，比约恩尼重新回到船上。据说比约恩尼和滞留在船上的人全部在这个布满蛆虫的海域里覆舟罹难。

那些登上小艇的人行驶开去，终于抵达陆地侥幸逃生。这个故事便是他们所叙述的。

14

在这以后的第二个夏天，卡尔塞夫尼全家返回冰岛，来到他在雷纳岬角的农庄。卡尔塞夫尼的母亲嫌恶儿子的亲事门户不当，以为娶了地位卑贱的女子未免有失身份，所以第一年冬天她就搬出去自己在别处举炊独过。可是当她明白过来古德里德是一个何等非凡出众的女子，她就回心转意，搬回来和他们同住，一家人相处融和，共享天伦之乐。

卡尔塞夫尼和古德里德生了儿子斯诺里之后，又生了个儿子名叫索尔比约恩，索尔比约恩的女儿索鲁恩所生的儿子便是比约恩主教。

斯诺里·卡尔塞夫尼松生有一子一女。女儿哈尔弗里德生下了儿子，便是索尔拉克·鲁诺尔弗松主教。儿子索尔盖尔生下女儿英格维尔德，外孙便是第一位布伦德主教。

埃吉尔萨迦

林桦 译

1

从前有个名叫乌尔夫·比雅尔法松①的人，是比雅尔菲和无畏乌尔夫的女儿哈尔贝拉的儿子；哈尔贝拉是赫拉夫尼斯塔地方的半妖霍尔比约恩的妹妹；霍尔比约恩则是凯蒂尔·哈恩的父亲。乌尔夫·比雅尔法松魁梧强壮，臂力过人，没有人能比得上他。年纪轻轻的时候，他就当上海盗，四处抢劫。和他搭伴抢劫的是贝尔勒的卡里，是个出身高贵、有力量有勇气做大事业的人。卡里是火暴性子。他和乌尔夫共有他们的一切，是很亲密的朋友。

他们停止抢劫之后，卡里返回贝尔勒，成了一个很富有的人。卡里有三个孩子：两个儿子分别叫绵羊埃温德和驼背奥尔维尔，一个女儿叫萨尔比约格。她是一个美貌、性格坚定的女人。乌尔夫娶了她，也返回自己的农庄。他拥有大量的财产和土地。他和他的先人一样成了一个行政吏②，是一个很有势力的人。

据说乌尔夫是一个很精明的农民。他养成了早起的习惯，以便起来查看给他干农活的帮工和他的工匠都在干什么，查看他的牲畜和长着粮食的土地。有的时候他和需要他的意见的人谈谈，因为他很有见识，总是乐意提出一些有用的意见。但是一到

---

① 比雅尔法松的意思是比雅尔菲的儿子。"松"就是冰岛文的儿子（son）。"菲"变为"法"则是语音的要求。

② 当地最高头领或长官。

晚上,他就变得极其暴躁,甚至很少有人敢和他讲话。晚上他总是很早就睡觉。大伙儿说他是个变脸人[1],把他叫作克维尔杜尔夫(夜狼)。

克维尔杜尔夫和他的妻子有两个儿子。大儿子叫索罗尔夫,小儿子叫格里姆。他们长大后都和他们的父亲一样,魁梧强壮。索罗尔夫是个很有魅力、多才多艺的人。他随他母亲,是一个开朗、慷慨的人,一个充满活力、渴望证明自己价值的人。格里姆长得又黑又丑,外貌和性格都像他父亲。他长成为一个很活跃的人,精于木工和铁活,成了一个了不起的工匠。一到冬天,他就常常带上很多干农活的帮工,乘上渔船出海下网捕鲭鱼。

索罗尔夫二十岁的时候,就要出去抢劫了,克维尔杜尔夫给了他一艘长船[2]。卡里的儿子埃温德和奥尔维尔带了一大帮人和另外一艘长船随他一起去。夏天,他们在外面抢劫,有大量的掳获,他们大伙儿就分这些掳获。他们好几个夏天都在外抢劫,到了冬天就回家与各自的父母一起过。索罗尔夫带回很多很珍贵的东西给他的父母;因为在那个年代,获得财富和声名都是轻而易举的事情。克维尔杜尔夫那个时候已经很老了,他的儿子也都完全长大成人了。

---

[1] 欧洲民间传说中提到的一种带有妖性的人物,白天是人样,夜间则呈兽(如狼)样。

[2] 北欧海盗时期的一种大型战船。这种船有至少32个桨位。

2

当时,奥德比约恩是费约尔丹讷的国王。他的一位雅尔叫作赫罗尔德。赫罗尔德有个儿子叫作索里尔。

瘦个子阿特利是另外一位雅尔,住在高拉尔,有三个儿子:哈尔斯坦恩、霍尔姆斯坦恩和赫尔斯坦恩;有一个女儿:美貌的索尔维格。

一年秋天,在高拉尔举行了一次盛大的秋节聚会;驼背奥尔维尔遇见了索尔维格,开始追求她。后来,他向她求婚;但是雅尔觉得他配不上,不肯把索尔维格嫁给他。后来,奥尔维尔作了很多情诗,他深深地被她迷住了,他放弃了抢劫,让索罗尔夫和埃温德他们自己干去了。

3

哈拉尔德国王从他父亲黑哈尔夫丹那里继承了多种尊号;他发下了誓,不成为一统挪威的国王他就不剪发也不梳头。人们叫他为乱发哈拉尔德。就像好多故事讲到的那样,他和邻近的几个国王多次交战,并打败了他们。后来他拿下了奥普兰,向北去攻打特隆德海姆,在那边多次征战之后,完全控制特隆德海姆整个地区。

那以后，他打算往北去垴姆达尔，要攻打那边的两位国王——赫尔劳格和赫络劳格兄弟；但是，听说了他已经踏上征途之后，赫尔劳格就带上他的十一个人走进了他们在过去三年的时间里修建的墓冢，然后就把冢封死了。赫络劳格放弃了王位，改当雅尔，臣服于哈拉尔德，把自己的王国拱手让给了哈拉尔德。哈拉尔德国王接管了垴姆达尔省和哈罗嘎兰，指派人代表他统治那里。

随后，哈拉尔德带领他的舰队离开特隆德海姆往南到了摩尔，并在那里打败了洪斯约夫；洪斯约夫战死。于是，哈拉尔德拿下了北摩尔和罗姆斯达尔。

同时，洪斯约夫的儿子阔斧索尔维逃脱掉了，他跑到南摩尔阿尔恩维德国王那里，请求他的帮助。

"虽然这种不幸现在降临在我们的头上，"他说道，"同样的不幸要不了多久也会落到你身上，因为我想，在哈拉尔德为所欲为地奴役了北摩尔和罗姆斯达尔的每一个人、给他们带来灾难之后，不久他就会来到这里。你就会面临我们作出过的同样抉择：要么豁出你能聚齐的人（我也把我的力量提供来抵抗这种侵略，反对这样的不公），来保卫你的财产和自由，要么仿效垴姆达尔的人，甘愿效忠哈拉尔德，当他的奴隶。我父亲认定在高龄的时候不臣服别的国王、作为自己国家的国王而高贵地死去就是胜利；我想你会有同样的感觉，拥护你的人们，也会这样来证明自己的价值。"

这些话说服了那位国王，他决定召集力量保卫他的国家。他和索尔维立誓结盟，并且派人送信给统治费约尔丹讷的国王奥德比约恩，请求他和他们联合。信使把这个信息带给奥德比约恩之后，奥德比约恩和他的朋友们讨论了这件事情；他的朋友们都建议他答应阿尔恩维德国王的请求，把他的力量和摩尔人联合在一起。奥德比约恩国王把一支战争之箭送往各地，号召全国各地的人拿起武器，还派人送信给四处有势力的人，请他们来和他会合。

但是当信使对克维尔杜尔夫说，国王希望他带上他农庄所有的人去和国王会合的时候，他回答说："要是国王必须保卫他的国土，而且必须在费约尔丹讷地方作战，他可以认为我与他并肩作战是我的责任；但是要往北到摩尔，在那边作战保卫别人的国土，我认为那不是我的责任。你见到你的国王的时候，对他直说，在他匆匆出去打仗的时候，克维尔杜尔夫要留在家里，不会召集力量，也不会出发去攻打乱发哈拉尔德。我觉得哈拉尔德的运气很好，但是我们国王的运气却有限得很。"

信使回到国王那里，告诉他出使的结果，克维尔杜尔夫便留在了他的农庄里。

4

奥德比约恩带上他召集到的人往北去了摩尔，在那里他与阿尔恩维德国王和阔斧索尔维会了面，把他们的人都集合在一起成为一大股力量；这时哈拉尔德国王已经带着他的人从北面来到；双方在索尔丝凯尔岛相遇。一场恶战随即打了起来，双方的损失都很惨重。在哈拉尔德一方，阿斯高特和阿斯比约恩两位雅尔和拉德的雅尔哈康的两个儿子，格里约特嘎尔德和赫尔劳格以及其他很多大人物都战死了；在摩尔一方，阿尔恩维德国王和奥德比约恩国王都战死了。阔斧索尔维则逃之夭夭，成了一个很有名的海盗，经常劫掠哈拉尔德的王国，那也正是他得了阔斧这一绰号的原因。后来哈拉尔德国王征服了南摩尔。

奥德比约恩国王的弟弟维蒙德还控制着费约尔丹讷地方，成了那里的国王。这事发生在深秋时节，哈拉尔德国王的人劝他那个时候不要南下经过斯塔德地方。于是哈拉尔德国王便指派雅尔罗根瓦尔德统治北摩尔和南摩尔以及罗姆斯达尔；他自己回到了特隆德海姆，保存着一支很大的队伍。

同一个秋天，阿特利的儿子攻打了驼背奥尔维尔的农庄，企图杀掉他。他带去的人太多，奥尔维尔无法抵抗，于是就逃掉了。他来到摩尔，见到了哈拉尔德国王，成了他的人。接着那年秋天，他随国王北上到了特隆德海姆，成了国王的密友。他待在国王那里很长时间，成了他的诗人。

那年冬天，罗根瓦尔德雅尔穿过爱德斯约湖，经内地南下到费约尔丹讷，并得知了维蒙德国王的动向。一天夜里罗根瓦尔德出现在一个叫塸斯塔德的地方，维蒙德在那里举行宴会。他攻击了那所房子，把国王和九十个人烧死在房里。贝尔勒的卡里带着一艘人力齐全的长船与罗根瓦尔德雅尔会合，一起去了摩尔。罗根瓦尔德夺走了维蒙德国王的长船以及所有能拿走的财物。之后，卡里北上到特隆德海姆会见哈拉尔德国王，为他效忠。

次年春天，哈拉尔德国王带领他的舰队沿海岸南下，征服了费约尔丹讷和费雅勒尔两处，指派亲信进行统治。他让赫罗尔德雅尔掌管费约尔丹讷地方。

哈拉尔德国王一旦控制了他新近征服的各王国，就严密监视行政吏、有权势的农民以及每一个他怀疑可能反叛的人；他让他们选择：或是为他效力，或是离开这个国家，或者是第三个选择，即受尽苦难甚至送掉性命。有的人被砍掉了胳臂和腿脚。国王把所有的庄子和土地，不管有人居住的还是无人居住的，甚至海和湖，统统据为己有。所有的农民都成了他的佃农，在森林里劳作的、晒盐的、打猎的、捕鱼的，人人都要向他纳贡。

许多人为躲避这个暴君而逃离这个国家，定居到许多无人居住的地方去，东边到雅姆特兰和哈尔辛兰，西边到了赫布里底群岛、都柏林郡、爱尔兰、法国的诺曼底、苏格兰的凯斯内斯、奥克尼群岛、设得兰群岛和法罗群岛。这时，冰岛已经被人发现了。

5

哈拉尔德国王统率他的军队驻跸费约尔丹讷，他派信使到全国各地去会见那些他认为应该联系但是没有来与他联合的人。

国王的信使来到克维尔杜尔夫那里，受到了热烈的欢迎。

他们讲清了来意，说国王要克维尔杜尔夫去见他："他听说你是一位出身高贵、有声望的人，"他们说，"你有机会得到国王赐予的巨大荣誉，因为他渴望由于野心都坚强有力而著名的人加入他。"

克维尔杜尔夫回答说，他已过于年迈，不能乘战船①了，"所

---

① 北欧古代国王或者大首长使用的一种特定的作战船只。

以我现在要留在家里,不去效力国王了。"

"那么,让你的儿子去见国王吧,"信使说道,"他是一个魁梧勇敢的人。如果你为国王效力,他会让你当他的行政吏的。"

"我父亲还健在的时候,我不想成为行政吏,"格里姆说道,"因为只要他还健在,他总是我的长者。"

信使们告辞回去,见到国王的时候,便把克维尔杜尔夫对他们说的一切都汇报了。国王大为不快,说这些人一定都很妄自尊大,他说不清他们的动机是什么。

驼背奥尔维尔当时也在场,他劝国王不要生气。

"我去见克维尔杜尔夫,"他说道,"他知道你多么看重他以后,会想来见你的。"

于是奥尔维尔去见克维尔杜尔夫,他讲罢国王的恼怒以后,就对他说他别无选择,必须到国王那里去,或者把他的儿子送去替代他;如果他们服从他的话,国王会对他们表示极高的尊敬的。关于国王将会给他的人以财富和地位的回报,他说得很多,而且说得很得体。

克维尔杜尔夫说他有一种直觉,"这位国王不会给我的家庭带来多少好运。我不会去见他,但是要是索罗尔夫今夏回家的话,说服他去成为国王的人要容易些。所以,请对国王讲,我会对他很友好,还会鼓励每一个尊重我的话的人也这样做的。至于代表他行事,我将按照他的要求,坚持以往我在前国王手下那样为他做事,然后再看我们相处得如何。"

奥尔维尔回到国王那里,汇报说克维尔杜尔夫将派他的一个儿子前来,但是当时那个比较适合的儿子不在家。国王于是把这桩事情搁在一边。夏天,他穿过了松讷费约尔德;秋天到来的时候,他准备北上去特隆德海姆。

6

克维尔杜尔夫的儿子索罗尔夫和绵羊埃温德那年秋天从事海盗劫掠之后回来了,索罗尔夫到他父亲那里与他住在一起。

他们一起谈话的时候,索罗尔夫问起哈拉尔德的信使来干什么。克维尔杜尔夫告诉他,国王派人来传话,命令他或者他的一个儿子去加入他的队伍。

"你怎么对他们说的?"索罗尔夫问道。

"我讲了我当时想的,我决不去加入哈拉尔德国王的队伍,你们兄弟俩也决不会,如果我在你们的事情上有发言权的话。我想,因为这个国王,我们结果都要丢掉性命。"

"这和我预想的完全不一样,"索罗尔夫说道,"因为我觉得我会从他那里得到极大的荣誉。我决定去见国王,加入他的队伍。因为我知道的事实是,追随他的人都是很勇敢的人。如果他们接纳我,参加到他们的行列中去是很有吸引力的事情。他们过的生活比这个国家任何人的都要好。我听说国王对他的人很慷慨,对于他认为应该提升、授予权力的人,他也很大方。我还听说,那些反对他并拒绝他的友情的人,绝对成不了气候——有的被迫逃往异国他乡,有的被迫成了他的雇工。父亲,我觉得十分奇怪,像你这样一个明智、有雄心的人,竟会不心怀感激地接受国王给你的这种荣誉。但是，既然你断言你预感这个国王会给我们带来不幸，会成为我们的敌人，那你为什么又不去联合你们一起发誓结盟的人，去和他作战呢？既不当他的朋友，又不当他的敌人，我觉得这是最不光彩的事情了。"

"我曾预言在摩尔反抗乱发哈拉尔德的战争中谁也不会获胜，这个预言应验了。"克维尔杜尔夫回答说道，"同样，哈拉尔德会严重伤害我的亲人的话也会应验的。但是，你自己决定你要干什么，索罗尔夫。要是你参加到哈拉尔德的行列中去，我一点也不担心你会得不到和其他人同样的地位；在面临危险的时候，你一定是他们当中最好样的。目标不要太高，也不要去和比你强大的人比高低，但是也决不要对他们卑躬屈节。"

索罗尔夫准备妥当要离开的时候，克维尔杜尔夫陪送他上船，拥抱了他，祝他好运，说他们会健健康康地再见的。

7

哈罗嘎兰的托尔嘎尔岛上住着一个名叫比约尔戈尔夫的人，是个非常有势力、极为富有的行政吏。他是山中巨人族①的后裔；他的力量和魁梧可以作为见证。他的儿子布里恩约尔夫和他十分相像。比约尔戈尔夫老年丧妻以后，就把一切事务都交给他的儿

---

① 北欧神话说，天地间三界形成的时候，与神、人共存的还有一个霜巨人族。霜巨人族总是给神祇们惹麻烦。

子掌管，还为他找了一房妻子。布里恩约尔夫娶了赫拉夫内斯塔地方的凯蒂尔·哈恩的女儿海尔嘉。他们的儿子巴尔德很早就长得高大英俊，成了一个很有作为的人。

一年秋天，比约尔戈尔夫和他的儿子宴请许多人，他们自己则是出席者中最高贵的人。按照习惯，他们每天晚上都要抽阄，决定哪些男女结对在宴会上坐在一起，共饮一个羊角酒杯。客人当中有一位名叫霍格尼的人，他在列卡地方有一个农庄。他很富有，非常英俊、聪明，但是出身于一般家庭，完全是靠自己的努力得到他的地位的。他有个很诱人的女儿，名叫希尔迪里德。她抽阄坐在比约尔戈尔夫旁边。那天晚上他们在一起谈得很多，比约尔戈尔夫觉得这个女子很美丽。不久宴会就结束了。

同年秋天，老比约尔戈尔夫带上三十个人，乘上自己的船离家外出了。抵达列卡的时候，他们有二十个人上岸去了那个农庄，留下十个人守船。霍格尼出来在农庄的房舍里会见了比约尔戈尔夫，热情地欢迎他，并邀请他和他的人在那里住下。老比约尔戈尔夫接受了邀请，他们住进了主屋。他们脱下航海的衣着、换上常服之后，霍格尼拿来几大桶啤酒，他的女儿来为客人斟酒。

比约尔戈尔夫把霍格尼叫到一边说道："我来是为了接你的女儿回去的，我现在要在这儿举行我们的婚礼。"

霍格尼看出除了满足比约尔戈尔夫的愿望之外，他别无选择。比约尔戈尔夫为希尔迪里德付了一盎司金子，之后就和她同床了。她跟随他回到了托尔嘎尔，可是他的儿子布里恩约尔夫很不赞成他的整个做法。

比约尔戈尔夫和希尔迪里德生有两个儿子——哈里克和赫莱

里克。

不久比约尔戈尔夫就去世了。安葬完他以后，布里恩约尔夫就让希尔迪里德和她的两个儿子离开托尔嘎尔；她回到列卡她父亲那里，在那里把两个儿子抚养大。他们长成了非常英俊的男子，个子不大，但是非常聪明，很像他们母亲家族的人。人们都叫他们希尔迪里德的儿子[①]。布里恩约尔夫很瞧不起他们，不让他们得到任何遗产。希尔迪里德是霍格尼的继承人，她和她的儿子继承了列卡的农庄，日子过得很富裕。布里恩约尔夫的儿子巴尔德和希尔迪里德的两个儿子年龄相近。有很长一段时间，布里恩约尔夫和他的父亲比约尔戈尔夫曾经一起出门到芬马克去收贡税。

在北边，在哈罗嘎兰地方的维夫斯纳海湾有一个很大很好的岛屿名叫阿罗斯特，上面有一个农庄名叫桑德内斯。有一个名叫西古尔德的很聪明的行政吏住在那里；他是北方那一带最富有的人。他的女儿西格里德被认为是哈罗嘎兰最好的婚配对象。因为她是他唯一的孩子，所以是他的继承人。

布里恩约尔夫的儿子巴尔德乘坐一艘船，带领三十个人从家里出发，向北航行到阿罗斯特，在桑德内斯拜访了西古尔德。巴尔德说他去那里是为了向西格里德求婚。他的求婚得到了同意的答复，她答应巴尔德做他的新娘。婚礼定在次年的夏天；届时，巴尔德再北上娶他的新娘。

[①] 有的英文版本译为希尔迪里德松。它是在母亲的本名之后加上"松"字。就是这里的希尔迪里德的儿子，这种称呼在冰岛比较少见。

8

那年夏天,哈拉尔德国王派人送信给哈罗嘎兰有权势的人,召所有那些还没有会见过他的人到他那里去。布里恩约尔夫决定去,并带上了他的儿子巴尔德。夏天,他们南下到特隆德海姆去会见国王。国王欢迎了他们,让布里恩约尔夫做行政吏,除他已有的以外,又给了他很多地,还给了他在芬马克收贡、贸易、在山区收税的权利。之后,布里恩约尔夫回到了自己的家里,把巴尔德留在了国王那里。

在所有随从中,国王最看重他的诗人,他让他们坐在他御座对面的凳子上。坐在最里边的是无灵感的奥顿;他最年长,曾经是哈拉尔德国王的父亲、黑哈尔夫丹的诗人。他身旁坐的是渡鸦索尔比约恩,之后是驼背奥尔维尔。在他之后就是赐给巴尔德的座位。人们给他取的绰号是白巴尔德或称壮巴尔德。他很受大家的欢迎,成了奥尔维尔的好伙伴。

同年秋天,克维尔杜尔夫的儿子索罗尔夫和贝尔勒的卡里的儿子绵羊埃温德来到国王那里,受到他很好的接待。他们乘坐一艘他们当海盗抢劫时使用的有二十个座位的快速战船。他们和他们带去的人被安顿在接待宾客的住所里。

在他们住了一段他们认为合适的时间之后,他们决定去见国王,卡里和驼背奥尔维尔陪伴着他们。他们向国王问了好。

奥尔维尔告诉国王,克维尔杜尔夫的儿子来了,"夏天的时候我对你说过，克维尔杜尔夫会送他儿子来的。他信守了对你的一切承诺，现在你可以看到他把他的儿子——你自己可以看出是一个很好的人物——送来为你效力，这是他愿意和你保持充分的友谊的最明智的信物了。克维尔杜尔夫和我们大家都请你以他应得的荣誉接见索罗尔夫，让他成为为你效力的重要一员。"

国王肯定地回答了他的请求，说他会这样做的，"只要索罗尔夫能证明，他有和他那勇敢的长相同样的素质。"

于是索罗尔夫宣誓效忠国王，加入到他的随从中间；而卡里和他的儿子绵羊埃温德乘上索罗尔夫来时乘坐的船返回南方去了。卡里回到他的农庄，埃温德也回去了。

索罗尔夫待在国王那里，国王在驼背奥尔维尔和巴尔德之间赐给他一个座位，他们都成了亲密的伙伴。

人人都同意，索罗尔夫和巴尔德在长相、体态、力量和所有各方面的素质都是一样的。索罗尔夫留在国王那里，国王对他很有好感，对巴尔德也一样。

冬去夏来，巴尔德向国王告假，要去娶回前一个夏天和他订过婚的新娘。国王知道了巴尔德的婚约之后，马上就准了他的假，让他回家。巴尔德请假得到批准之后，请索罗尔夫和他一起北上，他说得很对，索罗尔夫会在那里见到很多他以前没有见过或听说过的出身高贵的亲朋好友。索罗尔夫觉得这是个好主意。他们都得到了国王给他们的假期，准备了一艘旅行用的很好的船，带上船员，准备停当后便出发了。他们一到达托尔嘎尔岛，就遣人去告诉西古尔德，说巴尔德到了，来完成他们前一个夏天安排好的婚事。西古尔德回答说他一定会完全按照他们谈定的办。他们商定了婚礼的日子，到那天巴尔德和他的人就到桑德内斯去完婚。到了日子，布里恩约尔夫和巴尔德就出发了，并带上了许多重要的人物随行，其中有他们的本家亲戚，也有姻亲。正如巴尔德所说，索罗尔夫见到了以前他从来没有见过的巴尔德的亲戚。他们一路赶到桑德内斯，在那里举行了盛大宴会。完婚后，巴尔德带上他的妻子回家，在家里度过了一个夏天，索罗尔夫也和他在一起。秋天，他们南下回到国王那里，又和他一起度过了一个冬天。

那年冬天，布里恩约尔夫去世了。巴尔德听说他要继承遗产，就请假回家去，国王准允了他。在他们动身之前，巴尔德和他的父亲一样，被批准成了行政吏。国王批准他得到他父亲以前得到的全部收入。巴尔德回到自己的家园，很快就成了一个很重要的人物，而希尔迪里德的儿子和以前一样，什么遗产也没有得到。巴尔德和他的妻子有一个儿子，叫格里姆。索罗尔夫留在国王那里，得到了很大的荣誉。

9

哈拉尔德国王组织了一次重大的远征，召集一支有许多舰只组成的舰队，把全国各地的军队都集合起来。之后，他离开特隆德海姆向南挺进。他听说在阿格德尔和罗嘎兰以及霍尔达兰那边已经聚集了内陆各地和维克的人，并组成了一支庞大的军队，许多有地位的人要用这支军队来反对他以保护他们的土地。

国王乘着自己的船指挥军队南下。克维尔杜尔夫的儿子索罗尔夫、白巴尔德、贝尔勒的卡里的儿子驼背奥尔维尔以及绵羊埃温德都在船首，国王的十二位熊皮武士掌握着舷缘。双方的军队在罗嘎兰的豪斯费约尔德遭遇上了，打了一场哈拉尔德国王从未打过的恶战，双方的损失都很惨重。国王的船在酣战中始终处在前线。最后哈拉尔德国王战胜了。阿格德尔的国王长下巴索里尔战死在那里，富者克约特维带领战争结束时还没有投降的人逃遁了。在检查哈拉尔德国王的人马时，发现也有许多人战死，有的受了重伤。索罗尔夫的伤势很重，巴尔德的情况甚至更坏。国王船上船首的人，除了那些刀枪不入的熊皮武士以外，没有一个不受伤的。国王让部下的伤得到治疗，感谢了他们所表现的英勇，馈赠了他们，并挑出那些他认为值得的人，对他们特别表扬，答应给他们更大的荣誉。他提到驾驶船舰的人员，然后是在船首以及所有在船的前部的人员。

这是哈拉尔德国王在挪威打的最后一仗，因为那以后他再没有遇到什么抵抗，就统治了整个国家。他那些能够幸存下来的人都得到了治疗，战死的人都按照当时的习惯得到了安葬。

索罗尔夫和巴尔德都在养伤。索罗尔夫的伤慢慢地好了起来。但是巴尔德的伤势却是致命的。

他叫人把国王请到他那里，对他说："如果我因为这些伤而死，请你容许我自己来处理我的遗产。"

国王同意以后，他就继续说道："我要我的亲人和同伴索罗尔夫来继承我所有的一切，我的土地，我的财产；我还要把我的妻子和儿子交给他照料，因为在这件事情上，我最信任他。"

经过国王的同意，他把这些安排都按照法律的要求记录下来。

此后他就去世了。为他准备了葬礼，大家都极为悲恸。索罗尔夫伤后康复，陪伴国王度过了那个夏天，他的声望很高。

秋天，国王北返特隆德海姆的时候，索罗尔夫告假去哈罗嘎兰照料夏天他从他的亲人巴尔德那里得到的遗产。国王准了他的假，并给他口谕，说索罗尔夫接管巴尔德留给他的一切，不但得到国王的批准，也是国王的意愿，国王还给了他作为凭证的信物。之后国王让索罗尔夫当了行政吏，让他拥有巴尔德以前拥有的一切土地，授给他以同样的条件向芬马克人收税的权利。他给了索罗尔夫一艘很漂亮的有桅帆的长船，尽可能为他上路装备妥当。之后，索罗尔夫动身了，他和国王分别的时候表示了深厚友谊。

索罗尔夫到达托尔嘎尔岛的时候，受到了衷心的欢迎。他对那里的人讲了巴尔德亡故的情况，以及巴尔德如何把他的土地、财产留给他并把妻子托付给他。索罗尔夫讲了国王说的话，拿出了国王给他做凭证的信物。

西格里德听说了这个消息，认为她丈夫的死是很大的损失，但是因为她早已了解索罗尔夫，知道他是个很有名望的人，和她很匹配，既然国王已经下了命令，她和她的朋友决定，要是她的父亲不反对，她就同索罗尔夫结婚。之后，索罗尔夫接管了那里的一切责任，包括接管国王的代理一职。

索罗尔夫准备离开，他备了一条长船，带上了差不多六十个人。他准备停当之后，就沿着海岸往北航行，一天夜里到达桑德内斯的阿罗斯特。他们进港用遮篷把船盖妥之后，索罗尔夫便带领二十个人上岸到了农庄。西古尔德热情地欢迎他，请他住下，因为从巴尔德和他们家族结了姻亲的时候起，他们就很亲近了。

赫罗尔德和他带来的人来到了主房，在那里住下。

西古尔德坐下和索罗尔夫聊天，问他有什么新消息。索罗尔夫对他讲了那年夏天在挪威南部打的那场大仗，说西古尔德认识的许多人都战死了。他也告诉了他他的女婿巴尔德在战斗中负了重伤死去，他们一致认为那是重大的损失。索罗尔夫随即告诉他巴尔德在弥留之际和他做的安排，重复了国王同意的口谕，并拿出国王给的信物来证明。之后索罗尔夫请西古尔德同意他和他的女儿结婚。西古尔德很同意他的请求，说他有好几条同意的理由：那是国王的愿望，也是巴尔德的要求，此外他很了解索罗尔夫，认为他很配得上他的女儿。西古尔德很乐意地同意了。俩人订了婚，婚礼定在当年秋天在托尔嘎尔岛举行。

之后，索罗尔夫和他的人返回他的农庄，在那里举行了一个盛大的宴会，邀请了许多人，包括他的很多身份高贵的亲戚。西古尔德从北方前来，带来了一艘很大的长船和很多重要的人物。这是一次很大的聚会。

人们很快就明白，索罗尔夫是一位多么慷慨、了不起的人。他收留着一大群人。要维持这么多人的生活，很快就被证明花费巨大，供应起来很是费事。不过收成很好，得到所需的一切并不太难。

那年冬天，桑德内斯的西古尔德去世，索罗尔夫从他那里继承了一切，那是一笔极大的财富。

希尔迪里德的儿子来见索罗尔夫，向他索要他们父亲比约尔戈尔夫的遗产。

"我很了解布里恩约尔夫，更了解巴尔德，"索罗尔夫回答说，

"他们都是刚正的人,他们知道按权利属于你们的那份比约尔戈尔夫的遗产,他们一定会给予你们的。我听说你们向巴尔德提出过同样的要求,他没有搭理你们,好像他并不认为你们有这样的权利。他说你们是私生子。"

哈里克说他可以拿出证明,他们的父亲是为他们的母亲付了聘金的。"这是真的,我们起初没有向我们的哥哥提这件事,因为当时那还是我们的家事。除了要巴尔德体面地对待我们之外,我们别无要求,但是我们和他没打多久交道。可是现在遗产已经到了我们家族以外的人手里,我们不能完全不顾我们的损失。我们低下的地位可能又是障碍,也妨碍我们从你那里得到公道,如果你听不进我们说的话,我们可以拿出证据,证明我们的高贵出身。"

"我甚至不认为你们有任何出生权利,"索罗尔夫很粗暴地答道,"因为我听说,你们的母亲是被用暴力抢到你们父亲家里的。"

到这里,他们中断了对这件事情的讨论。

10

那年冬天,索罗尔夫带上了不少于九十人的一大队人进山。以前,国王的代理人一般只带三十个人随从,有时甚至更少一些。他还带上了很多货物去卖。他很快就安排好和芬马克人的会见,收了税,和他们做了买卖。一切交易都进行得诚挚而且友好,尽管部分原因是芬马克人对他们有顾虑。

索罗尔夫自由自在地穿过森林，走到山东边很远的地方的时候，他听说屈尔封人在和芬马克人做生意，也在那边抢劫。他安排了几个芬马克人探听屈尔封人的行踪，然后就前去搜寻他们。他在一个地方发现了三十个，把他们全部杀死，没有让一个逃脱，接着又找到十五或者二十多个的一股人。他总共杀掉他们将近一百人。在春天动身返回的时候，他已经虏获了大量战利品。索罗尔夫回到桑德内斯他的农庄，在那边住了一段时间。那年春天他还建造了一艘长船，在船首安放了一个龙头，把船装备得极为豪华，乘上它从北方出行。

索罗尔夫在哈罗嘎兰收获了大量的给养，并派他的人去捕捞鲭鱼和鳕鱼。猎海豹也很有收获，还收集到大量鸟蛋。他叫人把这些东西都带回到他那里。在索罗尔夫的农庄里工作的自由民从来没有少于一百个。他很慷慨，很舍得送礼物，并且广泛地结交当地身份高贵的人。他变得十分强大。他很重视装备最华贵的船只和武器。

11

那年夏天，哈拉尔德国王前往哈罗嘎兰，在他自己的土地上以及别的行政吏和重要的农民，都举行了盛大的宴会来欢迎他。

索罗尔夫举行了一个宴会来欢迎国王，不惜一切花费。国王到达的日期一经决定，索罗尔夫就给许多客人，包括所有的头面人物，发出了邀请。国王带领将近三百人来赴宴，索罗尔夫邀请的有五百人。索罗尔夫在他的一个大粮仓里摆上长凳，这样客人就可以在那里喝酒，因为他没有一间能够容纳那么多人的屋子。粮仓周围围起了挡板。

国王坐在主座上，上上下下的长凳都被坐满之后，他四下扫了一眼，便脸色通红，一言不发了，但是很显然他生气了。尽管宴会上摆的尽是珍馐佳肴，国王始终阴沉着脸。他按计划在那里逗留了三天。

国王预定离开的那天，索罗尔夫走到他跟前，请他来到海边。国王同意了。索罗尔夫建造的那艘船首安装龙头的长船停泊在近岸地方，船帆缆索一概装备妥当。索罗尔夫把船送给国王，请国王顾念他邀请那么多人来参加宴会是出于他对国王的尊敬，而不是挑战。国王认可了他的解释，态度变得友好了，也很高兴。许多人适时地帮着称赞精美的宴会，称赞国王在分别时给他们的赠品，说他们那样的人真是国王最可靠的支柱。他们友好地分了手。

国王按计划去了哈罗嘎兰；随着夏天过去，他回到南方。他还参加了为他举行的其他宴会。

12

希尔迪里德的儿子们去谒见国王，邀请他参加一个连续三夜的宴会。国王接受了邀请，指定了日期，到时带上他的人来了。别的人不多，不过宴会安排得很好，国王很开心。哈里克开始和国王谈话，那年夏天的旅行成了话题。国王回答了他的问题，把他处处受到人们力所能及的欢迎的情形讲述了一番。

"托尔嘎尔的宴会一定是自成一格的了,"哈里克说道,"参加的人比别的地方都要多。"

国王说是这样。

"料想只能是这样,"哈里克说道,"因为那个宴会花费的也比别处的多得多。但是万幸的是,你的性命最终没有遇到危险。当然,像你这样聪明绝顶、幸运万分的人看到有那么多人聚在那里的时候,大约会想到有阴谋。我听说你让你所有的人全都配备武器,日夜守卫防范。"

国王看着他说:"你是什么意思,哈里克?关于这件事,你有什么要对我说的?"

"你允许我照直说吗,国王?"哈里克问道。

"说下去。"国王说道。

"我不能想象,你会高兴听到人们在家里毫无顾忌地说你对他们进行残暴统治的话,"哈里克说道,"但是,说实话,普通老百姓之所以没有起而反对你,只不过是因为缺乏勇气和领导。像索罗尔夫这样的人自认为了不起,是一点也不奇怪的。他体力充沛,又十分俊雅,像国王那样养了一大帮追随他的人。不管怎么说,他会成为巨富,是他的当然都是他的,就连属于别人的东西他也不交出来,就好像也是他的。你给了他大量的钱财,他的回报真是可怜得很。说真的,这里的人听说你只带三百人北上去哈罗嘎兰的时候,他们决定要聚集力量,把你这个国王和所有你的人全部杀掉。索罗尔夫是这个计划的主谋,因为有人提议他做哈罗嘎兰和垴姆达尔等地的国王。他在每一个峡湾来回奔走,到过所有的海岛，尽力收罗人员和武器，毫不掩饰自己要派兵和哈拉尔德国王开战的计划。但是，即使你只带着很少的人，两军相遇的时候，那些农民看见你乘船来了，就会吓破胆，这也是真的。他们制订了另外一个计划：欢迎你，邀请你参加宴会。他们计划在你们都喝醉睡熟的时候放火，拿起武器攻击你。把你们全都安顿在粮仓里就是证据；要是我听说的是实话，那是因为索罗尔夫不想让他漂亮的新房被烧掉。另一个证明是，每一间屋子都放满了武器和盔甲。但是，全部加害于你的阴谋没能得逞的时候，他们作出了最好的选择，即隐瞒整个阴谋。我想他们全都会把阴谋隐瞒起来的，因为要是这个阴谋泄露，他们许多人都不敢坦然说自己是清白无辜的。国王，现在我给你的忠告是，把索罗尔夫召到你身边，让他做你的执旗官，把他安置在船首；那是非常适合他干的事情。但是，要是你想让他做行政吏，那你应该把费约尔讷南边他的老家的土地收益给他。这样，你就能进行监视，不让他过于强大。然后你可以指派那些不太喜欢挥霍、又能忠实地为你效劳的人做你在哈罗嘎兰的代理，那人要老家在这里，他们的亲人以前曾很好地完成过这样的职责。我哥哥和我都愿意做你希望我们做的任何事情。我们的父亲曾经长期是国王在这里的代理，尽职尽责。国王，你在指派人照料你在这里的事务方面要小心，因为你很少到这里来。这里不是那么重要的地方，不值得你派兵驻扎；但是，你来这里巡视带的人千万不要太少，因为这里有很多不值得信任的人。"

听到这番话，国王勃然大怒，但是讲话依然和他往常听到重要消息时一样平静。他问索罗尔夫是不是在托尔嘎尔岛上的家里。

哈里克说他未必在家——"索罗尔夫非常机灵，他知道他要避免和你的队伍遭遇，国王，因为他不能指望人人都能严守秘密，让你永远无法得知。他听说你北来之后，就到阿罗斯特去了。"

国王没有和别人讨论这件事情，但是，他显然对他听到的话深信不疑。在他继续往前巡视的时候，希尔迪里德的儿子们带着礼物毕恭毕敬地为他送行，他允诺和他们友好。兄弟俩找了个借口去墦姆达尔，绕道和国王相遇，在他们前去向他问候时，国王对他们总是很友好。

13

索罗尔夫家庭的所有成员中他最看重的是一个名叫大嗓门索尔吉尔斯的人。在出海行劫的时候他总是做索罗尔夫的旗手，索罗尔夫让他守在船首。在豪斯费约尔德的战斗中他在哈拉尔德国王一边作战，驾驶索罗尔夫曾用于劫掠的那艘船。他是一个非常强壮勇敢的人；在那场战斗之后，国王赠给了他许多礼物，并答应与他友好。索罗尔夫不在家的时候，索尔吉尔斯为他照顾他在托尔嘎尔的农庄，代替他管理事务。

索罗尔夫离开之前，把他在山区为国王征收到的贡品都交给索尔吉尔斯，叮嘱他，要是国王从北边来之前他还没有回来，就请他把全部贡品都交国王。索尔吉尔斯装备了索罗尔夫的一艘很漂亮的大货船，把贡品全都装在船上，带上了差不多二十个船员。他驶往南方，在墦姆达尔遇见了国王。

索尔吉尔斯去见国王,代替索罗尔夫问候国王,禀告国王他带来的是索罗尔夫交给国王的贡品。

国王在那里注意到了他,但是什么也没说;很显然他恼怒了。

索尔吉尔斯走了,想另外找个更恰当的时间和国王谈话。他去看望驼背奥尔维尔,把发生的一切都对他讲了,问他有什么看法。

"我不知道,"奥尔维尔说道,"但是我注意到,自从我们一起去列卡那次以后,每回提到索罗尔夫,国王便沉默不语;这叫我怀疑有人在诽谤他。我知道希尔迪里德的儿子们私下和国王谈了很久。从他们谈的那些事情来看,他们是索罗尔夫的敌人。我要从国王本人那里弄清楚这件事。"

奥尔维尔去见国王,说道:"你的朋友大嗓门索尔吉尔斯带着从芬马克那边收来的贡品献给你,比哪一回都多,质量也比任何一回都好。他急切希望完成他的使命,请你去看一看,因为那么好的皮革是从来也没有见过的。"

国王什么也没有说,去到那艘船泊靠的码头。索尔吉尔斯马上搬出货物给国王看。国王看到贡品确实比以前多,质量比以前好,他的眉头舒展了一点,索尔吉尔斯能够和他谈话了。索尔吉尔斯把索罗尔夫送的好些海狸裘皮呈给国王,还有他从山里收来的珍贵物品。国王变得高兴起来,问起他们在路上有些什么事情,索尔吉尔斯把一切都细细讲了。

接着国王说道:"索罗尔夫好像不忠于我,想杀死我,真可耻。"

在场的许多人都对国王的这种看法作出了反应,而且他们的反应都是一致的。他们说,不管国王听到了些什么,那都是恶人的诽谤，对那样的指责索罗尔夫是无辜的。最后国王说，他可以相信他们。在那以后，他和索尔吉尔斯谈话时，显得很高兴；分别的时候，他们彼此十分友好。

索尔吉尔斯见到索罗尔夫的时候，把发生的事情统统都告诉了他。

14

那年冬天，索罗尔夫又前往芬马克，带去差不多一百个人。他又一次和芬马克人做生意，在芬马克四处旅行。

他走到紧东边的时候，他到来的消息传开了；有克文人来对他说，他们是他们的国王法拉维德派来的。他们告诉索尔吉尔斯，卡里利亚人如何劫掠他们的国家，给他带来国王的口信，请他去给予支持。索罗尔夫将因此得到和国王同样份额的贡品，他带去的每个人得到的酬劳将会是克文人的三倍。

克文人有一条法律，规定国王得到他的人所掠获的东西的三分之一，但是海狸皮、黑貂皮和貂皮则要全部留给国王。

索罗尔夫把这一提议告诉了他的人，让他们选择是不是去。他们大多数接受了挑战，因为此行关系到极大的一笔财富；于是他们决定和信使们一起出发东去。

芬马克地域极辽阔，西面和北面临海，往东去尽是峡湾，而挪威则在它的南面。它沿着山一直往南延伸，就像哈罗嘎兰一样延伸到海岸边。埇姆达尔的东边是珈姆特兰，然后是哈尔辛兰、克文兰、芬兰和卡里利亚。芬马克在所有这些国家以外的地方。好些地方有人们殖居在山中，有些在河谷里，有些在湖边。芬马克有四周尽是大森林的大得令人难于置信的湖泊，有一条叫作基约塄的长岭从这片土地的一端一直延伸到另一端。

索罗尔夫到达克文兰，见到了法拉维德国王。他们做好了出发的准备，带上了三百克文人和一百挪威人。他们走山路穿过芬马克到达掠夺克文人的那部分卡里利亚人居住的那个山居点。卡里利亚人看出要受到攻击，就都聚集到了一起，朝他们逼来，以为又会获胜。但是，一交上手，挪威人就战斗得十分勇猛，他们的盾比克文人的结实得多。这一回轮到卡里利亚人遭受伤亡了；许多人被杀死，其余的逃跑掉了。法拉维德国王和索罗尔夫获得大量战利品，回克文兰去了。索罗尔夫和国王极友好地分手，带着他的人继续前往芬马克。

索罗尔夫在维夫斯纳下山，回到了他在桑德内斯的农庄，在那里逗留了一段时间，春天才南下托尔嘎尔岛。他回到那里的时候，听说希尔迪里德的儿子们和哈拉尔德国王一起在特隆德海姆过冬，他们没有放过在国王面前诽谤他的任何机会。他得知了他们对他的许多诽谤。

"尽管国王听到这些诽谤，但他决不会相信的，因为我没有必须反对他的理由，"索罗尔夫说道，"他在很多方面都对我很好，从来没有坏的地方。说我会伤害他简直是无稽之谈，即便我有这样的机会。我宁愿做他的行政吏，也不愿带着国王的头衔和另外一个高兴时就可以让我做他的奴隶的人同在一个国家里。"

15

希尔迪里德的儿子们和哈拉尔德国王一起度过了那个冬天。他们从农庄带来的人以及邻居,总共十二个人。兄弟俩对国王说了许多话,总用同样的言辞来说索罗尔夫。

"你对索罗尔夫送来给你的芬马克人的那些贡品感到高兴吗?"哈里克问国王。

"非常高兴。"国王回答道。

"要是你得到应该得的全部贡品,你一定会更加高兴,"哈里克说道,"但是情形完全不是那样。索罗尔夫给自己留下了更多的一份。他给你送来了三张海狸皮,但是我确切知道,他把理当属于你的三十张皮留给了自己。我想别的东西也会一样。要是你把收贡的事情交给我和我的弟弟,我们一定能给你带来更多的财富。"

他们数落索罗尔夫时,他们的同伴都附和着;到后来国王对索罗尔夫愤懑极了。

16

夏天索罗尔夫前往特隆德海姆见国王,随带着所有的贡品,此外还有大量的财宝。与他同行的共九十个人,全都装备得很好。来到国王那里时,他们被领到接待客人的住所,让他们过十分豪华的生活。

那天稍晚的时候,驼背奥尔维尔去看望他的亲戚索罗尔夫。奥尔维尔告诉索罗尔夫,有大量对他的诽谤,而且国王相信了对他的那些指责。

索罗尔夫请奥尔维尔代表他向国王解释。"因为,要是国王宁愿听用心邪恶的人的诽谤而不愿听我的实话和诚恳的话,那么他决不会用很长时间听我解释的。"

第二天奥尔维尔见到索罗尔夫,告诉他已经和国王讨论了他的事情。

"现在我一点也搞不清楚国王到底是什么心情了。"他说道。

"那么,我要自己去见他。"索罗尔夫说道。

他这样做了,在国王用晚餐的时候去见了他,进去的时候便问候了国王。国王也向他问好,叫人给索罗尔夫拿来了饮料。

索罗尔夫告诉国王,他给他带来了从芬马克收回来的贡品。"我还带来了更多的东西,以表示对你的崇敬。我知道不论我做了多少,都不足以表示我对你的感激之情。"

国王说,除了要索罗尔夫对他好,并无其他指望,"因为我应该得到的不少。可是关于你是多么小心地讨好我,倒是有一些相反的说法。"

"要是有人说我有对你不忠的地方,那就冤枉我了,"索罗尔夫说道,"我认为,在你跟前那样指责我的人比起我来更算不上是你的朋友。很显然,他们的目的是要成为我最大的敌人。但是,要是我们碰上了面,他们也会付出昂贵代价的。"

索罗尔夫说完就走开了;第二天,他当着国王的面把贡品移交了。在一一点清之后,他又拿出几张海狸皮和黑貂皮,说要把它们献给国王。

在场的许多人说这是很高贵的姿态,应该得到友好的回报。国王说索罗尔夫已经自己拿了回报了。

索罗尔夫说,他为了取悦国王已经尽自己所能忠实地作了一切,"要是他还不满足,我也没有办法了。国王知道,在我是他手下的一员时,我是如何对待他的;要是他觉得现在的我比起当时的我已经变成另外的人,我觉得那真是太奇怪了。"

"索罗尔夫,你在我这里的时候,表现很好,"国王说道,"我想,你最好的做法是留在我这里做我手下的一员,来做我的执旗官,在其他人面前证明自己。要是我日日夜夜都可以看到你的表现,就没有人能诽谤你了。"

索罗尔夫看了看左右站着的他自己的手下。

"我不愿离开这一队人,"他说道,"你给我的头衔和特权由你决定,国王,但是只要我能养着他们,即使我只能靠自己的力量活下去,我就不会交出我的这一队人。我希望你,我恳求你,到我那里去,听听你信得过的人是怎么说我的,然后再做你认为恰当的事。"

国王回答说,他再也不接受索罗尔夫的款待了。索罗尔夫于是离开,准备启程回家。

他离开之后,国王委任希尔迪里德的儿子们为索罗尔夫以前担任的哈罗嘎兰的代理,从芬马克人那里收贡。国王收回了托尔嘎尔岛上的土地和布里恩约尔夫以前的全部财产,全部委托希尔迪里德的儿子管理。

国王派人带上他的作为凭证的信物到索罗尔夫那里，把他作出的安排告知索罗尔夫。索罗尔夫登上属于他的船，尽可能地在船上装满东西，带上他的人，带上奴隶和赎身的奴隶，北上去了他在桑德内斯的农庄，在那里和以前一样人口众多的家人，一起过着同样奢华的生活。

17

希尔迪里德的儿子们担任了国王在哈罗嘎兰的代理。由于害怕国王的势力，没有人开口反对这种改变，尽管索罗尔夫的很多亲戚和朋友都强烈地不赞同。冬天兄弟俩进山去，带着三十个人。芬马克人对国王的这两个代理的印象远不如他们对索罗尔夫的印象，他们应该交纳的贡品也十分难于收集到。

同年冬天，索罗尔夫带上一百个人进山了，他径直前往克文兰去见法拉维德国王。他们订出他们的计划，决定像前一年一样深入山中。他们带上四百个人来到卡里利亚，在那边攻击他们认为有足够人力对付的居住点。他们劫掠了这一居住点，并且掳获了大量战利品，在冬天一天天过去的时候，他们回到了芬马克。

春天，索罗尔夫回到农庄，他派人到瓦甘捕捞鳕鱼，又派另外一些人去捕捞鲭鱼，他用各种办法储备食品。

索罗尔夫有一艘适于远洋航行的船；船上装备极其豪华，测深铅锤索漆得很漂亮；船上装配的是红黑条纹的船帆。船上的装备都是精心设计。索罗尔夫给船作好出航的准备，派人去照料，在船上装上鱼干、兽皮、貂皮和大量松鼠皮以及他从山地带回来的其他毛皮;一船非常值钱的货物。他让大嗓门索尔吉尔斯驾船到英国去买布以及他需要的其他货物。他们顺着海岸往南行驶,然后驶进大海到了英国。在那里做了大量生意,之后他们把小麦、蜂蜜和布匹装到船上,到秋天他们又驶回挪威。他们赶上了顺风,在霍尔达兰上了岸。

同一个秋天,希尔迪里德的儿子们带上他们收到的贡品去交给国王。国王看着他们交割。

"那么,你们把从芬马克收到的贡品都交了吗?"他问道。

"是的。"他们回答道。

"贡品比索罗尔夫往常收的少得多,也差得多。可你们对我说他管理得很糟。"

"国王,你想到芬马克那里通常有多少贡品,这很好,"哈里克说道,"因为这样一来,要是索罗尔夫把你这一切都破坏掉,你对你的损失会有多大就有一个清楚的概念了。像收贡的人通常的做法一样,去年冬天我们去芬马克一共是三十个人。接着索罗尔夫带上一百个人来了。我们听说他计划杀死我弟弟和我以及我们所有的人,理由是因为国王你,把他想担任的职务给了我们。我们除了避免和他发生冲突和离开之外别无选择。就是因为这个,我们才只能到达离居住点不远的地方,而索罗尔夫却带领他的人把那一片地方全跑了个遍。他控制了那边的全部买卖,芬马克人把贡品交给他,向他保证你的收贡人不能进入他们的土地。他打算自己做芬马克和哈罗嘎兰两处北部疆土的国王。他干了这一切,你却让他跑掉,真叫人吃惊。索罗尔夫从山区拿走了巨大财富的证据是：哈罗嘎兰最大的一艘克诺尔①今年春天在桑德内斯装货，索罗尔夫宣称他是船上货物的唯一主人。我觉得船上装的几乎全是兽皮，其中的海狸皮和黑貂皮比索罗尔夫让你得到的多得多。大嗓门索尔吉尔斯上了船，我猜他驶去了英国。要是你想知道实情，应该暗暗地查看索尔吉尔斯回来以后的行踪，因为我不能想象，我们这个时代还有任何一艘其他商船装载过这么丰富的货物。要是这是事实，那么我认为，船上的钱每一分都是你的。"

哈里克的人附和着说，他说的每一个字都是实话，没有一个人讲话反对他。

18

当时有两兄弟，名叫行动敏捷的西格特里格和行动艰难的哈尔瓦德；他们是维克人，也是哈拉尔德国王的部下。他们的母家是维斯特佛尔德人，和国王是亲戚。他们的父亲在郭塔河两岸都有亲戚。他曾是西幸地方富有的农民，兄弟俩继承了他。他们总共是四兄弟，最小的两个叫索尔德和索尔盖尔，留在家里照料农庄。西格特里格和哈尔瓦德负责处理国王交办的挪威国内外的一切任务，作过许多次危险的航行，去处决人，也去没收国王命令攻击其家园的那些人的财产。他们每去一处都带上一大帮人，在普通老百姓中都不受欢迎；但是国王非常看重他们。他们是奔跑

---

① 北欧古代海盗使用的战船，比长船略小，但比长船先进。

和滑雪的好手，能超赶其他人，几乎各方面都很精明能干。

发生这些事情的时候，他们都在国王身边。秋天，国王去霍尔达兰参加宴会。

一天，国王把哈尔瓦德和西格特里格兄弟召到跟前。他们来到后，他要他们带上他们的人去暗探大嗓门索尔吉尔斯驾驶的那艘船。他说："他夏天驶去了英国。把船和船上的东西，除开船员，全部带到我这里来。让船员平安回去，只要他们不企图捍卫他们的船。"

兄弟俩立刻答应下来，他们各人驾了一条长船，便找索尔吉尔斯和他的人去了。他们听说他已经从英国回来，沿着海岸往北驶去了。两兄弟便出发驶往北方去追索尔吉尔斯和他的人；他们在弗拉海峡遇到了他们。认出了那艘船之后，他们的一艘船从临海的一侧对它发起攻击，同时他们的一部分人上了岸，顺着舷梯登上了船。索尔吉尔斯和他的人没有想到会有麻烦，没有安排一个人守卫。等到他们发觉，他们的船已经被武装了的人占领了。他们在船上全都被俘，被带到岸上，留在那边，没有武器，只有身上穿的衣服。哈尔瓦德和他的人把舷梯从船上扔掉，起了锚，把船拖到海上，然后改变航向驶往南方到了国王那里。他们把船以及船上的一切都交给了国王。

船上的东西全卸下来之后，国王看见货物真是十分值钱，知道哈里克没有撒谎。

索尔吉尔斯和他的伙伴自己找到了交通工具，去见克维尔杜尔夫和格里姆，对他们讲了那场冲突。他们还是受到了热烈的欢迎。

克维尔杜尔夫说一切都和他预料的一样：索罗尔夫不会享有

国王永远对他友好的好运。

"我并不太在乎索罗尔夫刚刚遭到的那点损失,要是不发生更多的事就算好了,"他说道,"我还是认为,索罗尔夫根本认识不到自己无法面对他面前的巨大势力。"

他要索尔吉尔斯告诉索罗尔夫:"我的唯一的劝告是,离开这个国家,因为去为英国、丹麦或者瑞典国王效力,他都会更有利。"

然后,他给了索尔吉尔斯一条帆桅齐全的船,给了他帐篷、食品以及他们一路上需要的一切东西。他们动身以后,一路不停地回到北方索罗尔夫那里,把发生的事情告诉了他。

索罗尔夫把他的损失看得很淡,说他不会缺钱的,"有一个国王和你一块儿花你的钱是不错的。"

接着索罗尔夫买了一些粮食、啤酒以及养活他的人所需要的其他供应,他说他的帮工的穿着在一段时间里不能像他原来计划的那样好了。

索罗尔夫卖掉了他的一部分土地,把另一部分抵押出去,但是他还保持着和以前一样的生活方式。比起前一个冬天来,他的人一点也不少——甚至事实上还要多一些,他在安排宴会邀请朋友方面依然挥霍如故。整个冬天他都待在家里。

19

春天一到,冰雪融化的时候,索罗尔夫把他的一艘长船放下了水,准备要去航海,他一共带上了一百多人,非常壮观,装备

(Guðjón Ketilsson)

冰雪融化的时候,索罗尔夫把他的一艘长船放下了水,准备要去航海……

得非常完善。

刮起顺风的时候，索罗尔夫就紧靠海岸南下。到了毕尔达的时候，他就掉转船头驶向大海；他驶到了所有岛屿的外面，有时候远到只能看见山的上半截。他们继续南下，在他们到达维克之前，他们听不到任何人的消息。在那里，他们听说国王正在维克，夏天要到奥普兰去。岸上的人谁也不知道索罗尔夫的所在。他趁着顺风驶向丹麦，从那里进入波罗的海，夏天就在那里劫掠，没有俘获多少。

秋天，他驶回丹麦，正是庞大的挪威舰队像往常一样整个夏天驻扎在奥宇尔之后撤出的时候。索罗尔夫让他们全都驶了过去，没有让他们发现；之后他驶到了摩斯特拉尔默。有一艘很大的克诺尔在从奥宇尔驶来的途中曾在那里停泊。那艘船的主人是索里尔·斯鲁马，他是国王哈拉尔德的一位代理人。他负责国王在斯鲁马的土地，那是国王到维克来的时候要待很长时间的一个大庄园。因为庄园需要大量给养，索里尔便去奥宇尔采办货物、啤酒和面粉以及蜂蜜，把国王的大量钱花在这上面。

索罗尔夫和他的人攻打了那艘船，他让索里尔的船员作出选择、捍卫他们的船，但是因为没有力量来抵御这样强大的攻击，索里尔投降了。索罗尔夫抓住了那艘船，抢走了全部货物。他们把索里尔放到陆地上，然后驾着两艘船沿海岸往北面去了。

到达郭塔河的时候，他们抛锚等待黄昏来临。天黑下来的时候，他们把长船划进河里，去攻打哈尔瓦德和西格特里格在那里拥有的农庄。他们在天明之前到达，包围了农庄，大声地喊战。农庄里面的人醒了过来，抓过了武器。索尔盖尔逃离夜宿的地方，跑到了围着农庄的木栅栏那边,抓住一根桩子,跃了过去。站在附近的大嗓门索尔吉尔斯挥刀砍向索尔盖尔,斩断了他抓住木桩的手。索尔盖尔逃进林子里面,他的弟弟索尔德和二十多个人被杀死在农庄里。抢劫的人掠走了所有值钱的东西,放火烧掉了农庄,然后沿河回到海上,从那里他们趁着顺风驶到了维克。在那里他们又遇到了一个维克人所有的一艘满载着啤酒和面粉的大船。索罗尔夫和他的一帮人攻击了那艘船,那艘船的船员觉得没法抵挡这场攻击,便投降了。他们抛下了所有的东西被逐上了岸,而索罗尔夫和他的人则带走了那艘船以及船上的全部货物继续往前驶去。所以索罗尔夫从东方驶进佛尔德的时候,已经有三艘船了。他和他的人沿着主航道驶向林德内斯,他们尽可能地快速航行,到可以上岸抢劫的地方他们就上岸抢劫。过了林德内斯往北以后,他们又在远海的航道上行驶,但是也上岸抢劫。

到了费约尔丹讷北面的时候,索罗尔夫驶向了陆地,去看望他的父亲。他的父亲欢迎了他。索罗尔夫把夏天他出海途中发生的事情告诉了他的父亲。他在那里没有待多久,他的父亲和弟弟陪着他回到船上。

他们分手之前,索罗尔夫和他的父亲单独谈了话。

克维尔杜尔夫说道:"你加入哈拉尔德国王的时候,我对你说的话并没有太离谱:你遇到的事情对我们谁都没有好处。现在,你走上向哈拉尔德国王挑战的路是我劝告你最不该干的事情。你勇敢、有成就,但是你缺乏和哈拉尔德国王比高下的运气。别的人不管有多大权势和军力,在这个国家只有他能控制。我的直觉是,这一回是我们最后一次相聚了。看看我们的年纪,你应该活得更长一些，但是我怕情形不会是这样的。"

之后，索罗尔夫上船继续往前驶去。在回到桑德内斯家里以前，一路上没有发生什么大事情。他把掠取的东西全都搬到农舍里，把船搁了起来。整个冬天他都不缺给养供应他收留的人。索罗尔夫一直都在家中，他收留的人一点不比前几个冬天的少。

20

那时，有个很有势力而且很富有的人，名叫英格瓦尔，在先王时代，他曾经做过行政吏。哈拉尔德掌权的时候，英格瓦尔留在家里，没有到他麾下服务。他结了婚，有个女儿名叫贝拉。他居住在费约尔茨。贝拉是他唯一的孩子，是他的继承人。

克维尔杜尔夫的儿子格里姆向贝拉求婚，定下了婚约。格里姆和贝拉在他和索罗尔夫分手之后的那个冬天结了婚。他当年二十五岁，可是已经秃了顶。所以人家给他取了个绰号叫斯卡拉格里姆（秃头格里姆）。他负责管理他和他父亲居住的那个地方的整个农庄和一切给养，尽管他父亲的身体依然硬朗。他们收留着许多赎身的奴隶，他们家里还有许多在那里长大、和斯卡拉格里姆年纪仿佛的人。他们当中许多都是极有力量的人，因为克维尔杜尔夫和他的儿子总是挑选非常强壮的人留在他们那里，把他们养育成为能比得上自己的气质的人。

斯卡拉格里姆在体质和力量方面都像他的父亲，在外貌性格方面也是这样。

21

索罗尔夫进行抢劫的时候,哈拉尔德国王正在维克,后来在秋天,他前往奥普兰,从那里北上到特隆德海姆。他和一帮子人在那里过冬。

在国王那里的西格特里格和哈尔瓦德听说了索罗尔夫给他们在西幸的家园带去的损失和破坏。他们不断地对国王提这件事情,还提到索罗尔夫也抢了他和他的臣民,在他的国家里掠夺。兄弟俩要求国王准他们带领他们通常带的那帮子人,动身去攻打索罗尔夫。

"你们可以认为有理由要索罗尔夫的命,但是我觉得你们很缺乏完成这件事情的运气。"国王回答他们说,"索罗尔夫比你们强多了,虽然你们自认为是很强大很有作为的人。"

两个兄弟说,这很快就可以得到检验,只要国王允许他们离去。他们还补充说,他们常常冒着很大的危险去和没有很多理由要攻打的人较量,但是通常结果都很不错。

春天来临,大家都准备离开了,哈尔瓦德和他的弟弟又一次向国王提到这件事情。

这一回国王准许他们去杀索罗尔夫。"我知道你们要给我带回他的脑袋和大量值钱的东西。"国王说道,"但是有人认为,要是你们向北航行,回来的时候你们也用得上你们的桨和帆的。"

他们立刻开始做航行的准备,备了两艘船和一百五十个人。

他们准备停当的时候，一开出峡湾就遇上了东北风，但有些顶风，因为他们是沿海岸北去。

22

哈拉尔德国王在拉德住到哈尔瓦德和他的弟弟离开，他们一走，他也准备离开。他和他的人登上他的几艘船，在斯卡尔恩松德海湾里朝陆地划去，然后穿过贝特滩到达艾尔都埃德的岬角。他把他的船安顿在那里，穿过岬角到达埦姆达尔，在那里他征用当地农民的长船，让他的人乘上。他带着他自己的人，此外还有别的差不多三百人，总共用了五六条船，全都是很大的。他们碰上了顶头风，昼夜尽力地划；那时候晚间已经很明亮，可以夜航了。

到达桑德内斯已是日落之后夜晚到来的时候。他们看见有一条长船没有张帆在农庄外面漂着；他们认出那是索罗尔夫的船。他装备好了船要航行到国外去，正在为远行祝酒。国王命令他的人全部下船，高举起他的旗帜。到索罗尔夫的卫士在喝酒的农舍没有多少路。那里没有守卫，外面一个人都没有，所有的人全都坐在农舍里面喝酒。

国王让他的人把那所房子包围起来，大声叫战，号角也吹响邀战。索罗尔夫和他的人一听到号角声，都去拿他们各自放在自己床上的武器。国王手下有一个人向房子里喊话，命令妇女、孩子、老人、奴隶和农奴都离开。

索罗尔夫的妻子西格里德，和农舍里面的妇女以及其他得到允许出去的人走了出去。她问贝尔勒的卡里的儿子是不是在那里，他们站了出来问她要干什么。

"带我到国王那里去。"她说道。

他们照办了，她来到国王跟前问道："陛下，在你和索罗尔夫之间谋求和解，是不是还有什么余地？"

"要是索罗尔夫准备投降，顺从于我，求我宽恕，"国王回答说，"那么可以留下他的性命和躯体，但是要给他的人以应得的惩罚。"

驼背奥尔维尔走进屋子去，喊索罗尔夫来和他说话，告诉他国王给他的选择。

索罗尔夫回答说："我不接受国王强加于我的解决办法。叫他让我们离开，我们将听天由命。"

奥尔维尔回到国王那里，对他说了索罗尔夫的请求。

"放火烧房子。"国王命令道，"我不想和他作战使我的人受损失。我知道，要是我们在外面攻打他，他会使我们受到重大损失。他在里面，要打败他很困难，尽管他的人比我们的少。"

于是开始火攻，火焰一下子包围了房子，因为木材都很干而且涂了沥青，屋梁还覆盖着树皮。索罗尔夫命令他的人拆掉主屋和门厅之间的隔墙，这很容易。他们取下那里的大梁，凡是能抓住大梁的人都抓住它，把大梁的一头朝屋子的一角猛撞，一下子把房角外面的连接处撞开，也把墙撞破，给他们提供了一条出路。索罗尔夫第一个出去，后面跟着大嗓门索尔吉尔斯，其余的人也一个跟一个出去。

随后就交上火了。有一会儿时间，农舍在背后成了索罗尔夫和他的人的防卫，但是大火一烧起来，火就逼向了他们，许多人被烧死。索罗尔夫向前跑去，左冲右砍，朝国王的旗手奔去。接着大嗓门索尔吉尔斯被杀死。索罗尔夫冲到国王周围的护墙的时候，他用剑刺透了那个旗手。

索罗尔夫喊道："我少跨了三步。"

他受到刀剑和长矛的夹攻。国王本人给了他致命的一击，索罗尔夫倒下了。国王于是喊话了，命令他的人不要再戮杀别人，他们停止了攻击。

接着，他命令他的人都回到船上。他对奥尔维尔和他的弟弟说："把你们的亲戚索罗尔夫的尸体收了，为他和其他死去的人一起举行一个合适的葬礼，然后把他们埋了。能救活过来的都好好给他们治一治。不许在这里抢劫，因为怎么说这些财富都是我的了。"

之后，国王和他的大多数人都回到了船上，在船上医治他们的伤。

国王在船上四处走动，查看他的人所受的伤，看见有一个人在包扎所受的皮伤。

国王说，那伤不是索罗尔夫造成的，"因为他的武器是以完全不同的方式伤人的。我不相信有多少人被他伤了以后还用得着包扎。失去他那样的人实在是大损失。"

清晨，国王命令升起船帆，径直朝南驶去。在那天航行途中，国王和他的人注意到在各岛之间的海峡里有许多划艇。艇上的人都是去看索罗尔夫的，因为索罗尔夫在通往堉姆达尔的路上以及许多岛上都安置了探子，他们注意到哈尔瓦德和他的弟弟带着大队人马往北去攻打他。那两兄弟碰到的一直是顶头风,多次被迫在几个港口停泊。消息一直传到陆地上很远的地方,也传到了索罗尔夫的探子耳中;这就是为什么他们都划船赶去帮他的原因。

国王一路顺风回到垴姆达尔,离船走陆路去特隆德海姆。在那里,他又回到了他早先搁下的船上,一帮人就动身回拉德去了。关于这场战斗的消息很快就传开了。哈尔瓦德和他的弟弟在他们停泊的地方听到了这个消息,在一场看来很是丢脸的航行之后,他们又回到了国王那里。

驼背奥尔维尔和他的弟弟绵羊埃温德留在桑德内斯一段时间,料理阵亡者的后事。按照对待出身高贵的人的习惯安葬了索罗尔夫的遗体,为他立了一块纪念他的墓碑。他们医治好了那些受伤的人,帮助西格里德把农庄收拾好。一切财产都没有被触动;家具、餐具和衣物大部分都烧掉了。

奥尔维尔和他的弟弟把一切都处理停当之后,就从北方出发,在哈拉尔德国王回到特隆德海姆的时候,他们去见了国王。他们和国王在一起,保持了一种低调,很少和别人说话。

一天兄弟俩去见国王,奥尔维尔说道:"我弟弟和我想向你告假回我们的农庄去,因为经过了最近发生的那些事情,我们没有心情和杀死我们的亲戚索罗尔夫的人一起吃吃喝喝了。"

国王看看他,有点简慢地说道:"那我不能准许你们;留在我这里。"

兄弟俩退开并回到他们的座位上。

第二天,国王把奥尔维尔和他的弟弟叫到他房里。

"现在,你们会知道你们要我允许你们告假回家那件事情的答复了。"国王说道，"你们在我这里很有一些时间了，你们的行为很有教养。你们一贯很好地为我效力，我对你们的各方面都有很高的评价。埃温德，现在我要你到北边哈罗嘎兰去，娶下索罗尔夫的遗孀、桑德内斯的西格里德。我把属于索罗尔夫的全部财富都给你，要是你明白怎么样处理这些事情的话，你也会得到我的友谊的。奥尔维尔要留在我这里；因为他的诗才，我不想让他走。"

兄弟俩感谢国王对他们所表示的器重，说他们愿意接受。埃温德开始准备，找了一条很好很合适的船。国王给了他此行的信证。埃温德一路顺利，到达桑德内斯的阿罗斯特，西格里德在那里热情地欢迎了他和他的人。之后，埃温德把国王的信证出示给西格里德，对她讲了国王的意思，说国王命令她必须答应这个婚事。看到所发生的一切，西格里德感到，除了接受国王的意愿之外再无别的选择。婚礼安排停当，埃温德娶了西格里德为妻。他掌管了桑德内斯的农庄以及属于索罗尔夫的全部财产。埃温德出身高贵。他和西格里德的孩子有斜眼芬（他是剽窃者埃温德的父亲），有盖尔劳格（她的丈夫是红色西格瓦特）。斜眼芬娶了贡希尔德。贡希尔德的父亲是雅尔哈尔夫丹，她的母亲是美发王哈拉尔德的女儿英吉比约格。

绵羊埃温德和国王终生保持着友谊。

23

那时，有一个人名叫凯蒂尔·哈恩，他的父亲是垆姆达尔的雅尔索尔凯尔,母亲是赫拉夫尼斯塔的凯蒂尔·哈恩的女儿赫拉弗恩希尔德。哈恩的名声很好,而且出身高贵;他和亲戚索罗尔夫·克维尔杜尔夫松是很要好的朋友。前面提过,在哈罗嘎兰大家号召拿起武器聚集起来支持索罗尔夫的时候,他也参加了。在哈拉尔德国王离开北方、索罗尔夫被杀的消息传开以后,聚集起来的力量散了。哈恩带着六十个人回到了托尔嘎尔,在那里他遇到了希尔迪里德的儿子,他们只有很少的人。到达农庄以后,哈恩攻击了他们。希尔迪里德的儿子和其他大多数人一起被杀死在那里,哈恩和他的人把能带走的战利品全带走了。

事后,哈恩备了两条他能够找到的克诺尔,把他能带走的东西全部装船。他把他的妻子和儿子以及参加过那次攻击的人全都带上。哈恩的结拜兄弟鲍格,是一个出身望族的有钱人,掌管一条克诺尔。一切准备停当之后,刮起了顺风,他们便扬帆出海。

此前几年,英戈尔夫和赫约尔莱夫①到了冰岛定居。他们的海上经历人们谈论得很多,说那边有很多很好的土地。

哈恩往西航行,去找寻冰岛。在南面海岸外的时候,他和他的人看到了陆地。但是,因为风暴天气,又有巨浪拍打海岸,港湾的情况很坏,他们便沿着冰岛的海岸朝西驶去,穿过了沙区。在风暴开始减弱、大海平静下来的时候,他们来到一个很广阔的河口,他们驶进河口,停靠在河的东岸。这条河现在叫作嗣约尔

---

① 他们两人被认为是最早定居冰岛的人。英戈尔夫于874年到达冰岛东南部。但是,他们并不是最早到达冰岛的人,另有一些早于他们到达的人。但那些人都没有定居下来。

萨河，当年它要窄得多深得多。他们把东西卸下船，开始探查河东岸的土地，之后把他们的牲口也带到那边。哈恩在外冉嘎河西岸过了冬；春天来到的时候，他又探查了那里东岸的土地，占领了嗣约尔萨河和马尔卡尔弗里奥特河之间从山脉到海边的整片土地，在东冉嘎河边的霍夫地方建立起一个农庄。

他们在冰岛的第一年春天，凯蒂尔·哈恩的妻子英贡恩生下一个男孩，他们给他取名叫赫拉弗恩。后来他们把那里的房子拆了，那个地方后来被人叫作赫拉弗恩托夫蒂尔（赫拉弗恩的宅地）。

哈恩把弗里奥特斯赫里德从麦尔基亚河直到布雷达波尔斯塔德西边那条河的全部地方给了鲍格。鲍格居住在赫里达伦坻，那个地方的那个大家族是他的后裔。哈恩把地送给他的一些船员，又以低价把一些地卖给另外一些船员。他们都被认为是最初的定居者。

哈恩的一个儿子斯托尔奥尔夫，拥有赫沃尔和斯托尔奥尔夫斯沃尔的土地，他是壮汉乌尔姆的父亲。哈恩的另一个儿子赫尔约夫，拥有与鲍格的土地接界的弗里奥特斯赫里德直到赫沃尔斯莱克的那条小河的全部土地。他居住在布里库尔山坡脚下，是苏马尔利迪的父亲；苏马尔利迪的儿子是诗人维吐利迪。哈恩的第三个儿子海尔吉，居住在维利尔，他拥有那里一直到他的哥哥们在东冉嘎河的农庄的边界。哈恩的第四个儿子维斯塔尔，拥有冉嘎东边那条河与嗣维拉之间，以及斯托尔奥尔夫斯沃尔较低的那部分土地。他的妻子是西尔迪塞的西尔迪尔的女儿摩爱德；他们生有一个女儿名叫阿丝妮，嫁给了奥菲格·格里蒂尔。维斯塔尔居住在摩爱达尔赫沃尔。哈恩的第五个儿子赫拉弗恩，成为冰岛的第一位法律宣讲吏。他父亲去世之后，他居住在霍夫。赫拉弗恩的女儿索尔劳格，嫁给了戈狄尤隆德；他们的儿子是霍夫的瓦尔加尔德。赫拉弗恩是哈恩的儿子中最杰出的。

24

克维尔杜尔夫听到他儿子索罗尔夫的死耗时，伤心至极，悲哀和年迈把他压倒了。斯卡拉格里姆定期去看他，并试图劝解他。斯卡拉格里姆劝他振作起来，说净躺在床上对他一点益处都没有。

"现在最适合我们的做法是为索罗尔夫报仇，"他说道，"我们有一个机会可以接近对索罗尔夫的死负有责任的某些人，甚至我们还可以搞掉一些人，让国王不痛快。"

这时克维尔杜尔夫吟诵一首诗：

> 结命运之绳的神[①]对我过于残忍：
> 我听说在北边的一个岛上
> 索罗尔夫已将性命丧失；
> 奥丁[②]的剑啊，举得太早。

---

① 北欧神话中有三位诺娜女神专司凡人的命运。
② 北欧神话中的主神，也是战神。

> 当年勇于和索尔①拼搏的我,
> 已经年迈力衰,
> 再无力与瓦尔库里②较量。
> 尽管戮杀的愿望强烈,
> 复仇还有待日时。

那年夏天哈拉尔德国王去了奥普兰,秋天他往西到了瓦克德里斯,从那里一直到了沃斯。奥尔维尔跟随着国王,不断建议他要考虑为索罗尔夫之死进行补偿,赐给克维尔杜尔夫和斯卡拉格里姆钱财或者他们能接受的别的荣誉。国王说没有完全排除这样的可能,如果克维尔杜尔夫父子能去见他的话。

于是奥尔维尔动身往北去了费约尔丹讷,一路不停地赶去,直到一天晚上他到达克维尔杜尔夫和他的儿子那里。他们感谢他的来访,他在那里逗留了一段时间。

克维尔杜尔夫向奥尔维尔问起索罗尔夫被杀时在桑德内斯发生的整个事件的情形,问起他死前在战斗中的英勇行为,问起是谁把他砍倒,他最重的伤在什么地方以及他是如何死的。奥尔维尔把他问的事情全告诉了他,提到哈拉尔德国王给了他重重的一击,单是那一击就足以杀死一个人,提到索罗尔夫是朝前扑倒在国王脚前的。

---

① 北欧神话中的另一主神,也是战神。
② 北欧神话中的女战神,专门为奥丁将在人间战场上战死的英魂找回天上奥丁的瓦尔哈尔宫中。

克维尔杜尔夫说道:"你讲得很好,因为老人们说过,如果一个人是朝前扑倒的话,那他的仇定会得报的;他在哪个人的脚前倒下,那仇就在那个人身上报;但是好像我们没有那样好的运气。"

奥尔维尔告诉克维尔杜尔夫父子,他认为国王会给他们很大的荣誉,要是他们能去他那里要求赔偿的话。他讲了许多,劝他们冒一冒这个险。

克维尔杜尔夫说由于他已年迈,什么地方也不去。

"我要留在家里。"他说道。

"你想不想去,格里姆?"奥尔维尔问道。

"我觉得我没有什么理由要去,"格里姆说道,"国王不会喜欢我讲话,我也不认为我要为他的补偿花费许多时间。"

奥尔维尔说,不管怎么说,他并不是非去不可的——"我们会代表你去说的,尽我们的力好好说。"

由于奥尔维尔一再劝说,格里姆终于答应在他想去的时候去。他们两人商定格里姆去见国王的日子以后,奥尔维尔便离开他回去了。

25

斯卡拉格里姆为他的远行作着准备,从他的人和邻居中挑选最强壮、最有胆量的和他同行。其中有一个名叫阿尼,是个有钱的农民;另一个名叫格拉尼;还有格里莫尔夫和他住在斯卡拉格里姆的农庄里的兄弟格里姆;又有驼背索尔比约恩和跛子索尔德两兄弟，大家都说他们是住在斯卡拉格里姆家附近的巫婆索拉尔娜的儿子。跛子是个改邪归正的二流子。这帮人中的其他人有巨人索里尔和他的弟弟大高个子索尔盖尔，一个奴隶名叫奥德和一个赎了身的奴隶名叫格里斯。

一行人总共有十二个，全都是杰出的有力量的人，好几个还是变脸人。

他们登上斯卡拉格里姆的一条桨船，沿海岸南下，在奥斯特费约尔德靠了岸。然后走陆路到沃斯，走到他们选择的那条路上他们必须渡过的那个湖。他们在那里弄到一条合适的桨船，划过湖来到距国王正在参加宴会处不远的地方。格里姆和他的人在国王就席时到达。他们在院子里遇到几个人，和这几个人交谈，还问有什么消息。听说那里的情况之后，格里姆请人把奥尔维尔叫出来和他谈话。

这个人走进奥尔维尔就座的房间，对他说："发现一伙十二个人——如果人这个词没用错的话。比起一般身材的人来，他们更像巨人。"

奥尔维尔立即站起身走了出去，猜想来的是谁。他迎接他的亲戚格里姆，请他进屋去和他们一起参加宴会。

格里姆对他的同伴说："据说这里的习惯是不能带武器见国王。我们六个人进去，余下的六个人留在外面，照看我们的武器。"

说完他们就进屋去了。奥尔维尔走到国王跟前，斯卡拉格里姆站在他后面。

"克维尔杜尔夫的儿子格里姆现已来到，"奥尔维尔说道，"你若能使他不虚此行——我们相信你会如此，我们将十分感激你。

许多不如他的人，而且许多人技艺远不如他，都从你这里得到了很大的荣誉。国王，如果你觉得这事很重要，那你可以为我做一些更重要的事情。"

奥尔维尔讲得很多，也很巧妙得体，因为他是一个很善辞令的人。奥尔维尔的许多其他朋友也都来到国王跟前，也对国王提起同样的事。

国王环顾四周，看到奥尔维尔身后站着一个人，那人比在场的任何人都高出一头，头是秃的。

"那个身材高大的人就是格里姆吗？"他问道。格里姆说国王认出他来了。

"如果你是为索罗尔夫来要补偿的，"国王说，"那我要你成为我的一员，加入到他们当中去，为我效力。由于你的效力，说不定我会很乐意把补偿你哥哥索罗尔夫的给你，或者把不低于给他的荣誉赐给你。但是，若是我使你成为他那样的大人物，那你一定得做到你的行为比他更加谨慎。"

斯卡拉格里姆说道："人人都知道，索罗尔夫各方面都比我能干得多，但是他没有好好为你效力的运气。我不要走那条路。我不要为你效力，因为我知道我缺乏以我愿意以及你应得的那种方式为你效力的运气。我认为我肯定缺乏索罗尔夫所具有的许多品质。"

国王沉默下来，满脸通红。奥尔维尔马上走开了，并要格里姆和他的人也离开。他们照办了，离开并拿上他们的武器，奥尔维尔要他们越快离开越好。奥尔维尔带上了一大帮人，陪格里姆他们来到那个湖边。

分手时，奥尔维尔对斯卡拉格里姆说："你这次见国王的结果，和我所希望的完全不同，亲戚。我曾敦请你来这里，而现在我必须要你尽快回家去，也不要再见哈拉尔德国王，除非你们两人的关系比现在好。好好提防着国王和他的人。"

格里姆和他的人随即渡湖而去，奥尔维尔的人则来到有船停靠的地方，对船一阵乱砍，使船再也不能下水，因为他看到有一大队人离开国王住所，全副武装飞奔而来。哈拉尔德国王派他们来追赶格里姆，要杀掉他。

格里姆和他的人离开不久，国王就开始说道："我看得出那个秃头大个子恶毒得像一头狼，要是我的人落到他手上，他就会伤害他们，而损失这样的人会令我很悲伤。不要指望那个秃头家伙会饶你们这些委屈了他的人，只要有机会，他就会拿你们算账的。快去追他，把他杀掉。"

接着他们出发来到湖边，但是他们找不到可以下水的船。于是他们回到国王那里，对他讲了所发生的事情，说格里姆和他的人那时大约已经渡过湖了。

斯卡拉格里姆和他的人一路趱行，径直赶到了家；他对克维尔杜尔夫讲了他此行的结果。克维尔杜尔夫很高兴格里姆没有留在国王那里为他效力，重复从国王那里除了受到伤害以外一无所得的遭遇，连补偿都得不到。

克维尔杜尔夫和斯卡拉格里姆反复讨论了他们该怎么办，两人一致认为，他们和其他那些与国王发生争执的人一样，不能再留在这个国家里了。他们的唯一抉择是离开挪威；他们被去冰岛的想法所吸引，他们听说过那边有很好的土地。他们的朋友和熟人英戈尔夫·阿尔纳尔松及其伙伴已经去了冰岛，在那边开垦土地，定居下来。他们已经找到了安家的地方，可以随便选择想住的地方。他们讨论的结果是放弃他们的农庄，离开这个国家。索里尔·赫罗阿尔德松还很小的时候就被克维尔杜尔夫收为养子抚养成人，他和斯卡拉格里姆同年。他们既是好伙伴，又是奶兄弟。在这些事情发生的时候，索里尔是国王的一个行政吏，但是他和斯卡拉格里姆一直保持着友谊。

一开春，克维尔杜尔夫和他的人便动手准备他们的船只。他们有许多很好的船，他们选了两艘很大的克诺尔，为每一艘船各配备了三十个很能干的人，还不计算妇女和孩子在内。他们带上他们能带的财产，但是因为害怕国王的势力，没人敢买他们的土地。

准备停当之后，他们扬帆朝索垅德群岛驶去。那里有很多大岛，大大小小的海湾多极了，很少有人说得上那边究竟有多少港口。

26

当时有一个人名叫古托尔姆，是哈拉尔德国王的舅舅，西古尔德·哈尔特的儿子。他曾是哈拉尔德的养父，又当过摄政王，因为哈拉尔德登基的时候年纪很小。哈拉尔德国王在挪威到处征讨的时候，古托尔姆掌管着哈拉尔德的军队，还参加过国王征讨控制全国的战役。在哈拉尔德成为挪威唯一的君主、停止了征战之后，他把维斯特佛尔德、东阿格德尔和林格里克的领土以及他的父亲黑哈尔夫丹拥有的土地全都给了他的舅舅。古托尔姆有两个儿子分别叫西古尔德和拉格纳尔，有两个女儿叫朗恩希尔德和阿丝劳格。

古托尔姆染病在床，临终时派人送信求哈拉尔德国王照顾他的孩子和土地。不久他就去世了。

国王听到他的死耗的时候，召行动艰难的哈尔瓦德和他的弟弟来见他，让他们代表他到维克去完成一项使命。当时国王在特隆德海姆。

兄弟俩为这一趟远行准备得十分丰富，挑选了随行的队伍，选了能到手的最好的船。他们选了那艘一度属于克维尔杜尔夫的儿子索罗尔夫、从大嗓门索尔吉尔斯那里夺来的船。他们准备停当要离开的时候，国王命令他们往东边去屯斯贝。那里是古托尔姆居住过的小镇。

"把古托尔姆的儿子带到我这里来，"国王说道，"不过让他的女儿留在那里长大，等我把她们嫁出去。我会指派人去保护他的土地，抚养他的女儿。"

兄弟俩一准备好便起航，他们遇上了顺风。春天他们来到维克，驶向屯斯贝，说明了他们的来意。哈尔瓦德和他的弟弟带走古托尔姆的儿子和大量的钱。使命完成以后，他们便动身返回，但是由于风不顺，他们走得很慢。在他们往北航行到松讷费约尔德之前，一路上没有发生过什么大事，他们趁着顺风和好天气把船驶进了松讷费约尔德，这时他们的心情极佳。

27

整个夏天,克维尔杜尔夫、斯卡拉格里姆和他们的人一直密切注意着主航线的情况。斯卡拉格里姆的视力极好,他看见了哈尔瓦德一行人驶过,认出了那只船,因为他有一次曾经看见过索尔吉尔斯驾驶过那只船。斯卡拉格里姆密切地注意着他们的行动,看到他们在那里停泊过夜。他回到他自己人那里,告诉克维尔杜尔夫他所看到的情形。他告诉克维尔杜尔夫,他认出了那艘本属于索罗尔夫、后来被哈尔瓦德从索尔吉尔斯那里夺去的船,有好些值得把他们截下的人也在船上。

接着他们就开始准备,把他们的船武装了一番,每只船上配备了二十个人。克维尔杜尔夫带领一只船,斯卡拉格里姆带领另一只。他们把船划了出去找寻那条船;他们到达那条船泊靠的地方就上了岸。

哈尔瓦德和他的人用帆布篷盖好了船,都睡下了。但是当克维尔杜尔夫和他的人到达他们那里的时候,坐在船头舷梯那里守卫的人一下子跳了起来,高声喊叫,要船上的人起来,因为他们要受到攻击了。哈尔瓦德和他的人赶忙抓起了武器。

克维尔杜尔夫和他的人一到达舷梯,就爬上船来到船尾,斯卡拉格里姆则朝船头跑去。克维尔杜尔夫手持一柄双刃巨斧。他一到船上,便命令他的人沿着舷缘,把帆布篷从桩上砍下来,他往回猛冲到守望台那里。据说他当时狂怒得就像一头野兽。他的其他人也都愤怒得发狂，他们见一个杀一个，斯卡拉格里姆在船上东奔西跑也是见一个杀一个。一直到这只船完全被捣毁，克维尔杜尔夫父子才住手。在他回到守望台的时候，克维尔杜尔夫猛地朝哈尔瓦德砍去，一下子砍透他的头盔和头，他的武器全砍进了哈尔瓦德的身体，只有柄露在外面。他猛力把斧子往回拖，他的力量如此之大，竟把哈尔瓦德一下子带到了空中，把他甩到了海里。斯卡拉格里姆把船头扫清，杀掉了西格特里格。许多船员跳进海里，但是斯卡拉格里姆的人登上他们来时乘的船，划过去把他们一个个都杀死在水里。

哈尔瓦德的五十个人被杀死在那里；斯卡拉格里姆掳走了船和船上全部财物。

他们抓住两三个无关紧要的人，饶了他们的命，问他们船上都是什么人，他们的任务是什么。了解了情况以后，他们检查了被他们杀死的人，他们觉得跳到海里死掉的人比被杀死在船上的要多。古托尔姆的儿子跳海死了。他们那时一个十二岁，另一个十岁，两个都是很有前途的孩子。

接着，斯卡拉格里姆把他饶了命的那几个人释放了，要他们到哈拉尔德国王那里去，详细报告所发生的事情，并告知是谁干的。

他说道："你还要把这首诗念给国王听。"

  那位武士的仇
  向国王报了，
  狼和鹰

在悄悄追踪国王的儿子；

哈尔瓦德的尸首

一片片飞进了海里，

灰鹰撕啄着

西格特里格的伤口。

斯卡拉格里姆和克维尔杜尔夫带上船和船上的财物回到了他们自己的船上。他们换了船，把东西都搬到他们劫到的船上，清理了他们自己的船。他们自己的船要小一些，他们搬了些大石块到船上，在船上凿了几个洞，把船弄沉了。接着在刮起顺风的时候，他们起航朝大洋驶去。

据说，要是一个人发兽性，或者发了狂，那么在兽性或是狂病发作的时候，他的力量是别人无法相比的。但是一旦兽性或者狂病退去，那么他会比平时虚弱得多。克维尔杜尔夫就是这样，所以在他的兽性发作过后，因为使出蛮力弄得精疲力竭，一点余力也没有了，不得不躺下休息。

一阵顺风把他们带进大海，克维尔杜尔夫指挥着他们从哈尔瓦德和西格特里格那里夺来的船。他们的航行很顺利，他们的船靠得很近，这样在大部分时间里他们都知道彼此的位置。但是到大海更深的地方的时候，克维尔杜尔夫病倒了。在他快要亡故时，他把他的人叫到跟前，告诉他们，他觉得自己大约不久就要和他们分手了。

"我是轻易不生病的，"他说道，"但是，如果我死了——我想我大概是要死了，那就给我做一口棺材，把我放进海里。如果我到不了冰岛,不能在那里安身,那么一切就会和我设想的不一样。你们见到我的儿子格里姆的时候,向他致意,还告诉他,要是他到了冰岛而且我已经在那里了——看来这不太可能,他就要尽可能在离我到岸处不远的地方安他的家。"

不久克维尔杜尔夫就死了。船员们按照他的遗愿做了:把他装在一口棺材里,投到海里去了。

当时有一个人名叫格里姆,是个出身名门的富人,他的父亲是随大溜的凯蒂尔的儿子索里尔。格里姆是克维尔杜尔夫的船员之一。他是克维尔杜尔夫父子的老朋友,曾经和他们以及索罗尔夫一起航行,激怒了国王。克维尔杜尔夫死后,他掌管了那艘船。

他们接近冰岛的时候,从南面朝陆地驶去,然后沿海岸西边航行,他们听说英戈尔夫已经在那边定居。他们到达雷克雅内斯附近时,看到宽阔的峡湾,便将两艘船都驶了进去。这时,刮起了一阵风暴,随之而来的是倾盆大雨和浓雾,两艘船各不相见了。克维尔杜尔夫的水手穿过许许多多的悬崖岛,沿着波尔嘎尔费约尔德驶着;他们下锚一直等到风暴停息天气晴朗起来。他们等着潮水进来,把他们的船漂进一条叫古弗阿河(水汽河)的河口。他们尽可能地把船拉往上游,卸下了他们的货物,在那里度过了他们的第一个冬天。

他们查看了沿海岸的土地,查看了山那边以及靠近海边的地方,他们没走多远就发现一个峡湾,克维尔杜尔夫的棺材在那里被冲到了岸上。他们把棺材抬到岬角,把它放在那里,在棺材上面码上了石块。

28

斯卡拉格里姆在一个有很大的半岛伸到海里的陆地上岸,那里水下有一条狭窄的暗礁。他和他的人在那里卸下了他们的货物,把那个地方叫作克纳尔拉尔内斯。

之后,斯卡拉格里姆查看了那个地方。那里很广阔,从海岸一直延伸到山边,有一大片沼泽和野林,有很多海豹可捕,又是很好的渔场。他和他的人在查看南面的海岸的时候,来到了一个很大的峡湾,他们不停地顺着峡湾走,找到了他们的伙伴——哈罗嘎兰的格里姆和他的伙伴。这是令人高兴的重逢。他们告诉斯卡拉格里姆,克维尔杜尔夫的遗体已经被冲到了岸上,他们已经把他埋了,然后陪着他前往那个地方;斯卡拉格里姆觉得那里离可以修建一个农庄的地方不远。

格里姆回到他自己的人那里,两拨人便各自在他们抵岸的地方过了冬。

斯卡拉格里姆占用了从山边一直到海岸的那片地,包括整个米拉尔沼泽外扩到瑟拉隆(海豹潟湖),高处到波尔嘎尔赫饶恩熔岩地带,往南到哈夫纳尔费奥尔山地;几条河流经该处的全部土地,注入大海。翌年春天,他驾船往南驶入峡湾距克维尔杜尔夫被冲上岸最近的地方,在那里修起了一个农庄,把它叫作波尔格(堡),他把那个峡湾叫作波尔嘎尔费约尔德,也用这个名字来称呼整个地区。

他把波尔嘎尔费约尔德南面的一块叫作赫宛内里（白芷坑）的地方给了哈罗嘎兰人格里姆。那里附近有一个伸进陆地的海湾，因为他们看到那里有许多鸭子，便把它叫作安达基尔（鸭子水湾），把在那里入海的那条河叫作安达基尔萨河。格里姆把位于那条河和另外一条叫作格里姆萨河之间的内地归为己有。

春天，斯卡拉格里姆沿着海岸赶他的牲口到野外的时候，来到了一个小岬角，他们在那里捉到了几只天鹅，便把那里叫作阿尔夫塔内斯（天鹅岬角）。

斯卡拉格里姆把地分给了他的船员。阿尼得到兰嘎河和哈夫斯莱克河之间的地，在阿纳布列卡住下；他的儿子是锐眼奥努恩德。格里莫尔夫最先住在格里莫尔夫斯塔坻尔；格里莫尔夫斯费特和格里莫尔夫斯莱克都是按他的名字取名的地方。他的儿子格里姆住在峡湾南面；格里马尔的父亲住在格里马尔斯塔坻尔，他后来被卷入了索尔斯坦恩和通古-奥德之间的纷争之中。格拉尼定居在迪格拉内斯岛上的格拉纳斯塔坻尔。驼背索尔比约恩和跛子索尔德得到古弗阿以外的高地。驼背定居在克鲁姆斯霍拉尔（驼背的山），索尔德则定居在贝嘎尔坻（跛子）。巨人索里尔和他的弟弟们得到爱因崆尼尔和沿兰嘎河岸一直到海边的地方。巨人索里尔住在索尔斯塔坻尔（巨人的庄子）。他的女儿叫细高个儿索尔迪丝，她后来居住在斯坦嘎尔霍尔特。索尔盖尔定居在贾尔德朗斯斯塔坻尔。

斯卡拉格里姆查看了那一带地方的高地，沿波尔嘎尔费约尔德一直走到峡湾的顶端，然后沿着他取名叫维塔河（白河）的西岸走。他把那条河叫作维塔，是因为他和他的同伴都从来没有看见过从冰原流下来的水，他们觉得那水有一种特别的颜色。他们溯维塔河而上，来到一条从北面山里流淌出来的河那里。他们把那条河取名叫诺尔都拉河，顺河又走到另外一条河，那条河里没有什么水。他们穿过了那条河，继续探寻诺尔都拉，不久就看到了一条小河从一个山石的裂缝里流出来，于是他们便把那条小河取名叫格流夫拉河（裂缝河）。他们随即横穿诺尔都拉，回到维塔河，并溯河而上。不久他们又遇上横挡他们去路并汇入维塔河的另一条河，他们把这条河叫作斯维拉河（横河）。他们注意到，每条河里都有许多鱼。之后，他们就返回波尔格了。

29

斯卡拉格里姆是一个很勤奋的人。他总是收留着许多人，把能收集到的可以维持生活的一切物资都尽量收集起来，因为开始的时候家畜太少，他们无法养活许多人。他的那一点家畜整年都不加约束地放养在林地里。斯卡拉格里姆是个造船能手，在米拉尔西边有的是漂来的木头。他在阿尔夫塔内斯建起了农舍，在那里又经营一片农田，从那里划船去捕鱼、捉海豹、收集鸟蛋，那里所有这些东西丰富极了。那里有很多漂来的木头，可以都搬回他们的农庄。那里还有很多鲸搁浅在海岸边。在他们的狩猎点，也有很多野物可供捕猎。动物不太熟悉人类，它们从来不躲。他在海边米拉尔的西部还有第三个农庄。那里收集漂来的木头更加方便，他在那里种植农作物，给那里取名叫阿克拉尔（田地）。那里离海岸不远处有一群海岛，叫作赫瓦尔斯埃亚尔（鲸岛），因为鲸在那一带繁殖。斯卡拉格里姆也派他的人到河的上游去捕马哈鱼。他把隐士奥德安置在格流夫拉那边照看马哈鱼的捕捉。奥德住在埃因布阿布雷库尔（隐士的山坡）脚下，埃因布阿内斯岬角就是以此得名的。那时有一个人名叫西格蒙德，斯卡拉格里姆派他到诺尔都拉，住在西格蒙达尔斯塔坻尔，那地方现在叫作豪嘎尔。西格蒙达尔内斯便是按他的名字命名的。后来他把家迁到姆纳达尔内斯，那是一个更好的捕马哈鱼的地点。

斯卡拉格里姆的牲口数量增加起来，整个夏天牲口都可以在山上牧场自由活动。[①] 他看到在山野草地里长起来的一只只牲口的膘都很肥，也长得很壮，看到冬天无法赶下山来的羊在山谷里都活得不错，便在山上羊过冬的地方建了一个养羊场。养羊场由格里斯经营，那块狭长地带便按他的名字取名为格里萨通嘎。斯卡拉格里姆就是这样从多方面来保证他们的生活。

斯卡拉格里姆来到冰岛不久，有一艘船停靠到了波尔嘎尔费约尔德。船是奥莱夫·赫雅尔蒂的，他带着妻子、儿子以及其他亲戚，要在冰岛找一个生活的地方。他很富有，很聪明，出身于望族。斯卡拉格里姆邀请奥莱夫和他的人全都住到他那里。奥莱夫接受了邀请，在那里度过了他们的第一个冬天。

---

① 冰岛农民有自己的养羊办法。他们春末将羊赶到牧草茂盛的山中。不用人照管，任它们自由生活。秋末天寒的时候再把羊赶回自家的羊圈。他们也从来不怕自己的羊与别人的羊混在一起。因为各家都为自己的羊作了特殊记号。冰岛农民极诚实，他们以冒领人家的羊为耻辱。

来年夏天,斯卡拉格里姆赠给他维塔河南面格里姆萨河和弗罗卡达尔萨河之间的土地。奥莱夫接受了这块土地,搬往那边,在一条名叫瓦尔玛莱克的小溪那里建起了农庄。他出身高贵。他的一个儿子是劳嘎尔达尔的拉吉,另外一个是索拉林,他接替了赫拉弗恩·哈恩松担任法律宣讲吏。索拉林住在瓦尔玛莱克,和奥拉夫·菲兰的女儿、大喊大叫的索尔德的妹妹索尔迪丝结了婚。

30

美发王哈拉尔德国王没收了克维尔杜尔夫和斯卡拉格里姆在挪威的全部土地以及他们留在挪威的一切能找到的财产。他还搜寻所有与斯卡拉格里姆和他的人结过伙、与他们有牵连,或者在他们离开挪威之前帮过他们行事的人。国王对克维尔杜尔夫父子的仇恨日深,他憎恨他们的亲戚和其他接近他们的人,憎恨他知道与他们相当亲近的每一个人。他惩罚了其中的一些人,其中许多人于是纷纷在挪威另找地方栖身,或者永远离开了挪威。

斯卡拉格里姆的岳父英格瓦尔就是其中的一个。他把他的一切都卖掉,弄了一条可以航行大海的船,配备了船员,要驶向冰岛,到他听说斯卡拉格里姆定居的有大片土地的那个地方。当他的船员都准备停当可以出发、又遇到顺风的时候,他们便驶往大海,顺利地渡过大海。他们从南面驶向冰岛,到达波尔嘎尔费约尔德,驶进了兰嘎河,一直抵达瀑布那里,在那里卸下了他们的东西。

听说英格瓦尔到来，斯卡拉格里姆径直去会见他，邀请他到自己那里住下，他想带多少人都可以。英格瓦尔接受了邀请，把船拖上岸，带上许多人去了波尔格，在斯卡拉格里姆那里过了冬。斯卡拉格里姆赠给他土地，把他在阿尔夫塔内斯建的农庄和一直向内地延伸到雷鲁莱克的小溪以及沿海岸到斯特饶姆费约尔德的全部土地都给了他。英格瓦尔到那个现成的农庄，把农庄接收过来，他是一个极为能干的人，很快便富起来。接着斯卡拉格里姆在克纳尔拉尔内斯建了一个农庄，他经营那个农庄很长时间。

斯卡拉格里姆是一个打铁能手，冬天他要打造大量粗糙的铁器。考虑到树林离开波尔格太远，他便在很远的地方，在海边一个叫饶法尔内斯的地方建了一座炼铁炉。但是找不到硬度和平滑度都适用于打铁的岩石（因为那里没有大卵石，岸上只有细砂），一天晚上，斯卡拉格里姆在其他人睡下以后，乘上他的一条八桨船出海，划到米德费约尔德群岛。他把石锚从船头抛下，从船舷跳下去，潜入海底，抱上来一块大岩石放到船上。然后他爬上船，把船划回岸边，把岩石带到他的炼铁炉那里，把它安放在门口的地方；以后他就一直在那上面打铁。那块岩石现在还在那里，旁边有一大堆铁渣，岩石顶上还有榔头敲打过的痕迹。岩石已经被海浪浸蚀过，和那里的其他岩石不一样；今天，四个人都搬不动它。

斯卡拉格里姆专心致志地锻冶着他的铁，但是他的农工对要早起怨气冲天。于是，斯卡拉格里姆吟唱了这么一首诗：

(Guðjón Ketilsson)

他把石锚从船头抛下,从船舷跳下去,潜入海底,抱上来一块大岩石放到船上。

炼铁的人必须早起
用风箱，从海的弟弟
风的那里
赚取财富。
我不断地用锤子
锻打火红的铁，
风箱贪婪地呼吸着海风。

31

斯卡拉格里姆和贝拉生了许多孩子，但是最早生的几个全都夭折了。后来他们生下一个儿子，他们用水泼他，①给他取名叫索罗尔夫。这孩子从小就长得个子高大，容貌俊秀；人人都说他很像克维尔杜尔夫的儿子索罗尔夫。他就是以索罗尔夫的名字命名的。索罗尔夫的力气远远超过所有同龄的男孩子，长大以后，对一般有才能的人通常能够掌握的大多数技能都很娴熟。他性格开朗，年轻时力气就极大，大家都认为他绝不逊于任何成年人。他和所有的人都处得很融洽，他的双亲很喜欢他。

斯卡拉格里姆和贝拉有两个女儿，一个叫塞薇，一个叫索隆，她们也都是很出色的孩子。

---

① 基督教传入挪威以及冰岛之前，挪威和冰岛信奉原始的多种教时期的习俗，为的是让孩子长命有福。

斯卡拉格里姆和贝拉还有一个也泼过水的儿子，取名叫埃吉尔。人们不久就看出他长大的时候会长得奇丑无比，像他的父亲一样，头发是黑的。三岁的时候，他就长得和一个六七岁的男孩子一样高大强壮。年纪很小的时候他就能说会道，表达力极强，但是在和其他孩子玩耍的时候，他表现得极难对付。

那年春天，英格瓦尔来到波尔格，邀请斯卡拉格里姆到他的农庄里去赴宴，说也要他的女儿贝拉和她的儿子索罗尔夫同去，她和斯卡拉格里姆还可以带上任何他们想带的人一道去。斯卡拉格里姆答应下来以后，英格瓦尔就回去准备宴席和酿造啤酒。

到了时间，斯卡拉格里姆和贝拉要动身赴宴，索罗尔夫和要去的帮工也都准备好了，他们一共是十五个人。

埃吉尔对他的父亲说他要和他们一起去。

"他们是索罗尔夫的亲戚，也是我的亲戚。"他说道。

"你不能去，"斯卡拉格里姆说道，"因为你酒一喝多了就不懂得规矩。清醒的时候你就够麻烦的了。"

斯卡拉格里姆说完就上马走了，留下埃吉尔在那里嘟嘟囔囔。埃吉尔走出农庄，找出斯卡拉格里姆的一匹驮马，骑上就追他们去了。他在过沼泽地的时候有了些麻烦，因为他对这条路不太熟悉。但是只要斯卡拉格里姆和他的一帮人的身影没被山丘和树木遮挡，他常常还可以跟得上。天色很晚的时候他才到达阿尔夫塔内斯。他走进屋子的时候，满屋子的人都坐在那里饮酒。英格瓦尔看见了埃吉尔，就欢迎他，问他为什么这么晚才到达。埃吉尔把他和父亲说的话对英格瓦尔讲了。英格瓦尔让埃吉尔坐在他身旁，面对着斯卡拉格里姆和索罗尔夫。所有的男人都在那里一面

喝酒一面作诗取乐。于是埃吉尔就吟唱了这样一首诗:

> 我骑着骏马来到英格瓦尔的家,
> 他把双眼闪光的巨蟒盘守①着的
> 金银赠给众人;
> 我急于会见他,
> 慷慨的施主啊,
> 你哪能找到比我更好的
> 三岁吟诗高手。

英格瓦尔把这首诗复诵一遍,还为这首诗感谢了埃吉尔。第二天,英格瓦尔为这首诗回赠埃吉尔三个贝壳和一个鸭蛋。于是,那天他们喝酒的时候,埃吉尔又吟唱了另外一首诗,是关于为他的诗而回赠他的礼物的。

> 打制武器的能人回赠给
> 能说会道的埃吉尔

---

① 北欧英雄传说讲到沃伊尔松王族的许多故事。其中的一段讲道:沃伊尔松王族的重要成员西古尔德的先人的财宝全被他的叔父法伏尼尔霸占。法伏尼尔自己变成一条巨蟒在山上守护着这些财宝。后来西古尔德杀死了巨蟒,夺回全部财宝。沃伊尔松王族的故事来源于日耳曼民族。这从日耳曼的长篇史诗《尼伯龙根之歌》可以看出。后世文人在以不同文艺形式重写这个故事的时候,除了使用《尼伯龙根之歌》外,还取材于北欧文献。德国音乐大师瓦格纳就是据此写成他的歌剧《尼伯龙根的指环》。

狂涛深处的
三个贝壳。
这位海浪调教过的骁勇骑士
深懂如何博得埃吉尔欢心；
他还有礼物第四件，
小溪鸭子的蛋一枚。

埃吉尔的诗大受夸奖。那次出行再没有什么别的值得一提的事情，埃吉尔随着斯卡拉格里姆回家了。

32

在松讷费约尔德有个很有势力的头领，名叫比约恩，他住在奥尔兰；他的儿子布里恩约尔夫继承了他的所有财产。布里恩约尔夫有两个儿子——比约恩和索尔德。我们这里讲的这些事发生的时候，他们都还很小。比约恩是个喜欢到处闯荡的人，也非常有成就，有时出海抢劫，有时经商。

一年夏天，他正巧来到费约尔丹讷参加一个有很多重要人物参加的宴会；在宴会上他看到一个他十分倾心的美貌姑娘。他打听了她的身世，有人告诉他，姑娘是头领索里尔·赫罗阿尔德松的妹妹，名叫刺绣能手索拉。比约恩向索拉求婚，但是索里尔拒绝了他，他们便分手了。

同年秋天，比约恩纠集满满一船人，出发往北驶到费约尔丹讷,趁索里尔不在家时来到索里尔的农庄。比约恩劫走了索拉,把她带回奥尔兰。他们在那里过冬,比约恩希望举行婚礼。他的父亲布里恩约尔夫不同意比约恩的所作所为,认为这给他和索里尔的长远友谊带来了耻辱。

"没有得到她的哥哥索里尔的允许,休想在我的家里和索拉结婚,"布里恩约尔夫对比约恩说道,"她在我这里要受到完全是我的女儿和你的妹妹的对待。"

不管比约恩喜欢不喜欢,布里恩约尔夫在家里说的话,是必须得到服从的。

布里恩约尔夫遣人去索里尔那里,为比约恩干的事情请求和解,并愿作出补偿。索里尔要布里恩约尔夫送索拉回家,说否则便没有和解。但是,比约恩坚决拒绝把她送回去,不管布里恩约尔夫怎么说。那年冬天就这么过去了。

春天日渐临近的时候,有一天,布里恩约尔夫和比约恩在一起讨论他们的计划。布里恩约尔夫问比约恩打算做什么。

"我最希望的是,"他说道,"请你给我一艘长船和船员,我就可以打劫去了。"

"你别指望我会给你一艘作战的船和那么多船员,"布里恩约尔夫说道,"因为我完全知道,你就会去干我最不愿意你干的事情。你惹的麻烦已经够多的了。我给你准备一艘商船和货物,去都柏林,这是现今最有收益的航行了。我安排最合适的船员和你一起去。"

比约恩说他只得接受布里恩约尔夫希望他做的。于是他父亲给他准备了一艘很好的商船,配备了船员。比约恩开始准备他的航行，花了很多的时间。

比约恩准备完毕，刮起顺风的时候，他带上十二个人登上一条桨船，划到奥尔兰。他们前往农庄，来到他母亲住的屋子。她和很多妇女坐在屋里，索拉是其中的一个。比约恩说索拉必须跟他一起走。她们让索拉走了，这时比约恩的母亲让妇女们不要马上让农庄里其他地方的人知道，因为要是让布里恩约尔夫发现，他会很恼怒，父子之间会有大麻烦的。她们把索拉的衣物、她的东西都准备好，比约恩和他的人带上索拉和她的东西离开了。夜里他们回到自己的船上，扬帆驶出松讷费约尔德，到了大海之上。

天气不适于航行，刮起强劲的顶头风。他们在海上漂荡了很久，因为他们决定要尽可能远地离开挪威。一天，他们从东边在强风里驶向设得兰的时候，在莫萨靠岸时把船碰伤了。他们卸下货物，带上了他们的所有货物进了城，然后把船拖上岸，开始修理损坏之处。

33

冬天到来之前不久，有一艘船从奥克尼群岛来到设得兰。水手们报告说，那年秋天有一艘长船到群岛靠岸，船上载着哈拉尔德国王派出的使者，来通知雅尔西古尔德，国王希望不论在哪里捉到比约恩·布里恩约尔夫松，都要把他杀掉。同样的信息已经传到赫布里底群岛，还一直传到了都柏林。比约恩一到设得兰，就和索拉结了婚，他们还留在莫萨度过那个冬天。

春天，在大海平静一些的时候，比约恩把他的船放进水里，十分仓促地准备起航。他一准备就绪并刮起顺风的时候，就把船驶向大海。在一股强劲的风的推动下，他们在海上没有多久就驶近冰岛南面。风从岸上吹来，把他们刮到冰岛西边，又回到大海上。在顺风再度刮起的时候，他们才驶向陆地。船上的人以前都没有来过冰岛。

他们驶进了一个大得难以置信的峡湾，被吹送到峡湾的西岸。在陆地方向，除礁岩和没有港口的海岸之外，什么也看不见。于是，他们沿着陆地朝东行驶，一直到抵达一个峡湾，他们驶进峡湾并且一直驶到不再有孤岩和波浪打不到的地方。他们在一个伸到海湾里的海岬那里靠了岸。那海岬被一条很深的海峡与一个海岛隔开，他们把他们的船停泊在那里。海岬的西岸有一个湾，湾上面有一块巨大的岩石。

比约恩带着几个人乘一艘小船来到了陆地。他告诉他的同伴当心，不要讲起他们的航行，怕会引起麻烦。比约恩和他的人划船来到一个农庄，和那里的几个人交谈。他们问的头一件事情是他们上岸的是什么地方。人们说那地方叫作波尔嘎尔费约尔德，那个农庄叫作波尔格，农民的名字叫斯卡拉格里姆。比约恩马上明白斯卡拉格里姆是谁，便去看望了他，他们在一起谈话。斯卡拉格里姆问他们是谁。比约恩告诉他自己和父亲的名字；斯卡拉格里姆和布里恩约尔夫很熟，于是说不论比约恩需要什么他都可以帮忙。比约恩高兴地接受了他的好意。接着斯卡拉格里姆问船上还有什么重要的人。比约恩提到赫罗阿尔德的女儿和头领索里尔的妹妹索拉。斯卡拉格里姆听到这个很高兴，说为他的奶兄弟索里尔的妹妹提供这样的帮助是他的责任,也是他的荣幸。他邀请她和比约恩以及他们的人到他那里去住。比约恩接受了他的邀请。于是他们便把船上的东西卸下,都搬到波尔格的干草场上。他们在那里搭起了帐篷,把船从流经农庄的那条河拖上去。比约恩搭帐篷的那个地方叫作比亚尔纳尔图都尔(比约恩之野)。

比约恩和他的全部船员都住到了斯卡拉格里姆那里。他的人有六十多个。

34

那年秋天有船从挪威来到冰岛,比约恩没有得到索拉的亲人同意就带上她逃走的消息传开了。为了这桩罪过,国王把他逐出了挪威。

斯卡拉格里姆听到这一传言以后,便把比约恩叫来,问起他的婚事是不是得到她的亲人的同意。

"我没有料到布里恩约尔夫的儿子会不对我讲真话。"他说道。

比约恩回答说:"我告诉你的都是实话,格里姆;你不应该批评我没有讲你没有问到的事情。但是,我承认你听到的传言是真的,这桩婚事并没有得到她哥哥索里尔的认可。"

斯卡拉格里姆听后非常生气地说:"你怎能厚颜无耻地来我这里?你不知道我和索里尔的友情多深吗?"

比约恩回答说:"我知道你们是奶兄弟和亲密的朋友。但是我来看你的原因是我的船来到了这里,我知道想躲开你没有意义。

我的命运现在在你的手里，但是我想我是你家的客人，我盼望得到善待。"

这时斯卡拉格里姆的儿子索罗尔夫走上前来，长篇大论地讲了一番话，恳请他的父亲既然已经欢迎了比约恩来到家里，就不要拿这件事来反对他。还有许多人也都替他讲了好话。

斯卡拉格里姆最终怒气平息下来，说一切由索罗尔夫决定——"你可以照顾比约恩，要是你愿意，你随便把他照顾得多好都可以。"

35

那年夏天，索拉生了一个女儿。他们用水泼这个女儿，还给她取名阿斯盖尔德。贝拉指定了一位妇女照顾她。

比约恩和他的人在斯卡拉格里姆那里度过了那个冬天。索罗尔夫成了比约恩的好朋友，跟随他到处走动。

早春的一天，索罗尔夫和他的父亲交谈，问他打算拿他冬天来的朋友比约恩怎么办，他能给比约恩什么帮助。斯卡拉格里姆问索罗尔夫有什么想法。

"我想比约恩最希望的是回挪威去，"索罗尔夫说道，"要是他在那边能有安宁的话。最好的办法是你派人到挪威去，代表比约恩提出请求和解。索里尔准会尊重你的话。"

索罗尔夫的话很有说服力，斯卡拉格里姆让了步，那年夏天便找几个人到海外去。他们把他的书信和信物带给索里尔·赫罗阿尔德松，为他和比约恩安排和解。布里恩约尔夫听到了他们带来的书信之后，就盘算着为比约恩作出赔偿。索里尔接受了与比约恩的和解，了结了这件事情，因为他看出在当时的情况下，比约恩对他是无所畏惧的。布里恩约尔夫代表比约恩承认和解，斯卡拉格里姆的送信人在索里尔那里过冬，比约恩则在斯卡拉格里姆那里度过了那年冬天。

来年夏天，斯卡拉格里姆的送信人动身回家。秋天时回到家里，他们通报了在挪威为比约恩达成了和解。比约恩在斯卡拉格里姆那里度过第三个冬天，来年春天他便准备带领和他一起来的人离开。

比约恩准备好要动身的时候，贝拉说她希望她的干女儿阿斯盖尔德留下。比约恩和他的妻子同意了，那女孩便留下来由斯卡拉格里姆一家抚养。

索罗尔夫随比约恩同行，斯卡拉格里姆为索罗尔夫的航行装备了他的船。索罗尔夫和比约恩在那年夏天动身。他们遇到了顺风，在松讷费约尔德那里驶离了大海。他们到松讷费约尔德去看望了比约恩的父亲。索罗尔夫陪他一起去，布里恩约尔夫亲切地欢迎了他们。

他们派人送信给索里尔。他和布里恩约尔夫安排了一次会面，比约恩也参加了。他们最后达成了和解。索里尔把他留给索拉的钱给了比约恩，他和比约恩成了好朋友，成了姻亲。比约恩在奥尔兰住在布里恩约尔夫那里，索罗尔夫也和他们住在一起，受到了很好的对待。

36

哈拉尔德国王大部分时间住在霍尔达兰或者罗嘎兰，住在乌特斯腾、阿瓦尔德斯内斯、费恰尔、阿尔斯塔德、吕格拉和塞姆那边他的庄园里。然而，那一年的冬天，他却住在北方。在挪威度过了那个冬天和春天之后，比约恩和索罗尔夫开始准备他们的船，挑选了一批人，夏天他们就到波罗的海做海盗打劫去了，秋天他们带回来大量财富。在归途中他们听说哈拉尔德国王在罗嘎兰，还要在那儿过冬。当时哈拉尔德国王已经十分年迈。他的儿子大多已经长大成人。

哈拉尔德的儿子埃里克，绰号叫血斧，那时还年轻。他由头领索里尔抚养。在众多的儿子中，国王最爱埃里克，索里尔和国王相处得也最融洽。

回到挪威的时候，比约恩和索罗尔夫首先到费约尔丹讷去看望头领索里尔。他们有一艘战船，是那年夏天他们在海上抢劫的时候劫到的，由每侧十二或者十三个船员划动。船上还可以容纳差不多三十个人。船水线以上的部分油漆得十分精细，特别漂亮。他们到达的时候，索里尔热情地欢迎了他们。他们在那里住了一段时间。他们的船则停泊在农庄附近，甲板由帆布盖着。

一天，索罗尔夫和比约恩从农庄来到他们的船那里。他们看见国王的儿子埃里克在那里，一再上船又下船，还在岸上欣赏那条船。

比约恩于是对索罗尔夫说:"国王的儿子好像被那条船迷住了。让他把它当作你的礼物接受下来,因为我知道,要是埃里克能为我们说话,那对我们是十分有利的。我听说,由于你父亲的缘故,国王很讨厌你。"

索罗尔夫说这是一个好主意。

于是他们走到船那里,索罗尔夫说道:"王子,你对这条船看得好仔细。你觉得它怎么样?"

"我喜欢它,"他回答说,"这是一条很美的船。"

"那我就把它送给你,"索罗尔夫说道,"要是你接受的话。"

"我会接受它的,"他回答道,"你不要认为,我承诺用来作回报的友谊眼下会有多大价值,不过我活得越长,那友谊就可能越有价值。"

索罗尔夫说,他认为那样的回报比一艘船的价值更高。他们说完便分手了,后来那位王子对他们非常好。

比约恩和索罗尔夫问索里尔,国王是不是真的对索罗尔夫没有好感。索里尔没有隐瞒他听到过这样的事。

"那么我想请你去见国王,"比约恩说道,"为索罗尔夫向国王说情,因为索罗尔夫和我将永远共命运。我在冰岛的时候,他就是这样对待我的。"

索里尔最后答应去谒见国王,要他们两人去说服埃里克和他一起去。比约恩、索罗尔夫和埃里克商量这件事情的时候,埃里克答应在他父亲面前为他们说项。

接着索罗尔夫和比约恩就到松讷费约尔德去了。索里尔和埃里克王子为他新近得到的船配备好船员,便往南到霍尔达兰去进见国王。国王热烈地欢迎他们。他们在那里停留了一段时间，等待国王心情好的机会和他谈。

后来他们和国王谈到了这件事情，告诉他有一个叫索罗尔夫的人来了，他是斯卡拉格里姆的儿子，"我们请国王记住他的亲人为你做的一切好事，但是不要让他因为他的父亲曾为其兄长报仇而受苦。"

尽管索里尔讲得很委婉，国王的回答依然有点儿严厉，说克维尔杜尔夫父子曾给他们造成巨大的威胁，他认为这个索罗尔夫的脾气会和他的亲人一样。

"他们全都十分专横，从不知道罢休，"他说道，"而且他们从来不考虑他们是在和谁打交道。"

于是埃里克出来说话，他告诉国王索罗尔夫如何和他交上朋友，并把他带来的一艘漂亮的船送给了他，"我答应和他保持亲密的友谊。要是我说的话不算数，那么就不会有人和我交朋友了。父亲，你一定不会愿意这样的事情发生在第一个把这样贵重的礼物送给我的人的身上。"

最后国王答应让索罗尔夫过安稳的日子。

"但是，我不要他到我这里来看我，"他说道，"埃里克，你可以随便和他以及他的人有多么亲密的友情，但是，不是他对待你比对待我更友好些，便是将来你后悔今天的这次求情，特别是如果你让他们在你的身旁待得太久的话。"

之后，血斧埃里克和索里尔以及他的人便回到费约尔丹讷去了，他们派人给索罗尔夫送信，告诉他他们和国王会见的结果。

索罗尔夫和比约恩在布里恩约尔夫那里过了冬。一连好几个夏天，他们都出海打劫，在布里恩约尔夫那里过了几个冬天，还在索里尔那里也过了几个冬天。

37

血斧埃里克登上王位，统治着霍尔达兰和费约尔丹讷。他召集他的人为他效力，把他们留在他身旁。

一年春天，血斧埃里克准备前往帕尔米亚，他为此次出行精心挑选随从。索罗尔夫参加了埃里克一行，在埃里克的船首当上了执旗手。就像他的父亲一样，索罗尔夫的身材非常高大、健壮。

那次出行，一路上出了不少大事。埃里克在帕尔米亚的德汶纳河畔打了一场大战，就像一些写他的诗中说的那样，他是这场战争的胜利者；在这同一次出行中，他和猪鼻奥祖尔的女儿贡希尔德结了婚，把她带回家。贡希尔德长得非常动人、聪明、精通巫术。索罗尔夫和贡希尔德成了亲密的朋友。索罗尔夫在埃里克那里过冬，夏天他则到海上去抢劫。

发生的另外一件事情是比约恩的妻子索拉生病死了。不久之后，比约恩娶了另外一个妻子奥洛芙，她是奥斯特罗富人厄尔林的女儿。比约恩和奥洛芙生有一个女儿叫贡希尔德。

当时有一个人叫作刺脚索尔盖尔，住在霍尔达兰的芬令一个叫作阿斯克的地方。他有三个儿子，一个叫哈德，另一个叫贝格-奥努恩德，第三个叫矮子阿特利。贝格-奥努恩德非常强壮，爱出风头，爱惹麻烦。阿特利短矬，敦实有力。索尔盖尔非常富有，花很多钱财祭神，精通巫术。哈德常在外面抢劫，很少在家。

38

一年夏天，索罗尔夫·斯卡拉格里姆松准备出去做生意。他计划去冰岛看望他的父亲，他已经离开父亲很长一段时间了。他动身了，随身带上了很多钱财和珍贵的东西。

他在准备停当要离开的时候，去看望了埃里克。他们分别的时候，埃里克递给他一把斧子，说他希望送给斯卡拉格里姆。斧子形如新月，很大，镶着金子。斧柄镀银，是一件很精致的东西。

索罗尔夫准备好船便起航了，一路顺利，在到达波尔嘎尔费约尔德的时候，他径直来到他父亲的家里。这是一次愉快的重逢。斯卡拉格里姆同索罗尔夫一起来到停船处，把船拖到岸上，接着索罗尔夫和他的十一个人去了波尔格。

来到斯卡拉格里姆的家之后，他转达了埃里克国王的问候，把国王送给斯卡拉格里姆的斧子交给了他。斯卡拉格里姆接过斧子，拿着它看了一会儿，没有说话，然后把它挂在他的床上。

在波尔格，秋季的一天，斯卡拉格里姆把一大群牛赶往农庄屠宰。他把其中两头牛靠墙系住，头拴在一起，用一大块厚岩石垫在它们的脖子下面。接着他拿着那把"国王的赠品"斧子走上前去，用它朝两头牛砍了一斧。斧子把两头牛的头砍下来了，但是在它再往下砍到岩石的时候，斧子松开了，刃也砍缺了。斯卡拉格里姆审视了一会斧子的口，一语不发。他走到他的厅里，爬上一张凳子，把斧子拴在门上方的一根椽子上，那年冬天它都挂在那里。

春天到来的时候，索罗尔夫宣称，那年夏天他打算到国外去。斯卡拉格里姆试图劝阻他，提醒他"最好赶一辆完完整整的四轮马车回家"。"你的确有过一次光辉的旅行，"他说，"俗话说，'走动越多，去的方向也越多。'这里的家财，你想拿多少尽管拿去显示你的身份。"

索罗尔夫回答说，他还是想再走一趟，"我有很迫切的原因要走一趟。下一次回到冰岛来，我就留在这儿了。你的养女阿斯盖尔德得随我去见一见她的父亲。我离开挪威的时候他要我这么办的。"

斯卡拉格里姆说，全由他自己决定，"但是我有预感，要是我们现在分手，我们就再也见不着了。"

然后索罗尔夫就去收拾他的船，做离开的准备。他完全准备停当之后，便把船驶到迪格拉内斯，把它停泊在那里等候刮起顺风。阿斯盖尔德随同他来到船上。

在索罗尔夫离开波尔格之前，斯卡拉格里姆到他的大厅里把国王送的那把斧子从门上取下来；那斧子的柄已经被烟熏黑，斧头也生满了锈。斯卡拉格里姆看了看斧刃，然后把斧子交给索罗尔夫，吟了这样几句诗：

　　这可怕的斧刃上
　　尽是缺口；

斧子钝,
砍什么也不行。
把这又缺又钝的新月斧
连同上面的黑烟退回去;
我用不着它,
国王的这种礼物。

39

一年夏天,索罗尔夫还在国外,斯卡拉格里姆住在波尔格的时候,有一艘商船从挪威来到波尔嘎尔费约尔德。那时,商船来了大多要停泊在河上、溪口或海峡的许多地方。这条船的船主是一个名叫凯蒂尔的人,他的诨名叫瞌睡虫凯蒂尔。他是挪威人,出身望门,极其富有。他的儿子盖尔已经成年,跟着他在船上。凯蒂尔有意在冰岛定居;他是夏末到达冰岛的。斯卡拉格里姆对凯蒂尔的家世背景很了解,他邀请凯蒂尔及其旅伴在他那里住下。凯蒂尔接受了他的好意,在他那里度过那个冬天。

那个冬天,凯蒂尔的儿子盖尔向斯卡拉格里姆的女儿索隆求婚,两家谈定了婚事;他娶了她。来年春天,斯卡拉格里姆把从奥莱夫定居处——在弗罗卡达尔河口和雷克雅达尔河口之间的维塔河沿岸,和到饶德斯基尔的全部舌形地带的土地,连同弗罗卡达尔谷口的全部土地,一起分给凯蒂尔定居。凯蒂尔居住在嗣兰达尔霍尔特,盖尔则住在盖尔斯赫里德,并在上雷基尔另有一个农庄；人们把他叫作富绅盖尔。他的儿子分别叫瞌睡虫凯蒂尔，索尔盖尔瞌睡虫和居住在赫里萨尔的瞌睡虫索罗德。

40

斯卡拉格里姆极其热衷于与人较量力量和竞技体育，喜欢谈论这类事情。那时大家都喜欢玩球，那个地区有不少极其健壮的人长于此道。没有人能在力量上胜过斯卡拉格里姆，尽管他们当时大大年长于他。

格拉纳斯塔坻尔的格拉尼的儿子索尔德，是一个很有出息的年轻人，很喜欢埃吉尔·斯卡拉格里姆松。埃吉尔很喜欢摔跤，他很鲁莽，性子很急躁，人人都懂得必须告诫他们的儿子输给他。

初冬时候，在维塔河边的旷野上安排了一场球赛，全区的人都涌到那里。斯卡拉格里姆的许多人都来了，索尔德·格拉纳松是他们的领头人。埃吉尔问索尔德，是不是可以随他去看比赛，当时埃吉尔七岁。索尔德同意了埃吉尔，骑马的时候他让埃吉尔坐在他身后。

他们到达比赛场的时候，参加的人都分成了队。有一大群小孩也到了那里，他们也分成队玩他们自己的。

埃吉尔要和赫格斯塔坻尔的赫格的儿子格里姆对赛。格里姆大约十岁或者十一岁，在他那个年纪而言长得很强壮。他们开始比赛的时候，格里姆使出了浑身的力量，埃吉尔表现出来比格里姆弱。埃吉尔发脾气了，他拿起球棒打了格里姆；格里姆抓住他，把他猛地摔倒在地，并且警告他，若是不守规矩，他会遭殃的。埃吉尔爬起来走开，男孩子们都嘲笑他。

埃吉尔去见索尔德·格拉纳松，告诉他发生的事情。

索尔德说："我和你一起去，我们去报仇。"

索尔德把手里拿着的斧子递给埃吉尔，那种斧子在当时是人们通常用的武器。他们来到了孩子们玩的地方。格里姆抓到了球，正在那里和那些追他的孩子们一起奔跑着。埃吉尔向格里姆跑去，把斧子砍在他的头上，劈开了他的脑袋。接着埃吉尔和索尔德就走开了，回到他们的人那里去。米拉尔的人拿起了他们的武器，其他的人也同样拿起了武器。奥莱夫·赫雅尔蒂带着他的人赶来加入波尔格人一边。他们的人要多得多，这样两边的人就分开了。

结果是，在奥莱夫和赫格之间发生了争执。他们在格里姆萨河边的拉克斯费特地方打了一次群架，死了七个人。赫格受了致命的重伤，他的弟弟克维格被杀死。

埃吉尔回到家里，斯卡拉格里姆对发生的事情好像无动于衷，但是贝拉说埃吉尔有成为一个真正海盗的条件；等他长大后一定可以委以领导战舰的任务。接着埃吉尔吟唱了下面这首诗：

> 我妈妈说，
> 要给我买一艘
> 有漂亮船桨的船；
> 运载海盗开往海上，
> 我挺立船首，
> 指挥着心爱的战舰，

> 冲进海港，
> 杀死一人又一人。

埃吉尔十二岁就长得非常高大强壮，很少有长得足够高大强壮的成年男人在比赛中能够不被他打败的。十二岁那年，他用了许多时间和人比赛。索尔德·格拉纳松那年也是十二岁，也很强壮。那年冬天，埃吉尔常和索尔德合起来与斯卡拉格里姆对赛。

冬天里，有一次在桑德未克南面的波尔格举行一场球赛，埃吉尔和索尔德一起与斯卡拉格里姆对赛，斯卡拉格里姆渐渐地累了，他们两人占了上风。但是那天晚上日落以后，埃吉尔和索尔德开始输了。斯卡拉格里姆的力气极大，他抓住了索尔德，把他狠狠摔在地上，索尔德挨了这一摔，当下就摔死了。接着他抓住了埃吉尔。

斯卡拉格里姆有一个女仆名字叫索尔盖尔德·布拉克，埃吉尔小的时候是她带的。她是一个非常魁梧的女人，壮实得和男人一样，而且很懂得魔法。

布拉克喊道："你就像野兽一样在攻击你的亲生儿子，斯卡拉格里姆。"

斯卡拉格里姆放掉了埃吉尔，但是却去抓她。她逃开了，斯卡拉格里姆在后面追。他们跑到迪格拉内斯尽头的岸边，她跳下悬崖，游走了。斯卡拉格里姆搬起一块大石块朝她扔去，石块打中她两肩中间的肩胛骨。女人和大石块哪个都没有再浮上水面。那个地方现在叫作布拉卡尔松德（布拉克湾）。

那天晚上，他们回到波尔格时，埃吉尔愤怒极了。斯卡拉格里姆和家里的其他人都坐到桌边的时候,埃吉尔没来到他的座位那里。他进屋里走到斯卡拉格里姆很宠信的一个人那里;这个人负责管理工人,和他一起管理着他的农庄。埃吉尔一下重击就把那个人打死,然后才来到他的座位上。斯卡拉格里姆没有提这件事,后来这件事情也就被搁下了。不过父子两人不说话了,不说好听的,也不说难听的;一整个冬天都是如此。

第二年夏天,索罗尔夫回来了,就像前面讲过的那样。他在冰岛度过了冬天之后,春天在布拉卡尔松德准备他的船。

一天,索罗尔夫就要试帆的时候,埃吉尔去见他父亲,请求为他的出行提供装备。

"我要和索罗尔夫一起到国外去。"他说道。

斯卡拉格里姆问他他是不是和索罗尔夫商量过这件事情。埃吉尔说还没有,于是斯卡拉格里姆对他说,他应该首先去商量。

埃吉尔对索罗尔夫提起这件事的时候,索罗尔夫说他不可能带埃吉尔走,"要是你父亲都认为他在自己家里管不住你,我也没有信心把你带到国外去,因为在国外你像在这儿这么干,那你是逃脱不了惩罚的。"

"这么说,"埃吉尔说道,"说不定我们谁也去不成。"

那天夜里刮起了强烈的风暴,是西南阵风。天黑时,潮水正在最高潮位,埃吉尔摸到岸边,在船篷边上转来转去。他把朝海一边的锚索全都砍断。然后奔上舷梯,把舷梯推到海里,并把船拴牢在岸上的系泊索具都砍断。船就漂到了峡湾里。索罗尔夫和他的人得知船漂走了,便跳上小船,但是风浪太大,他们一点办法也没有。那艘船漂到了安达基尔,一直漂到那里的沙嘴上,埃吉尔便返回波尔格。

这件事的经过被人们弄明白以后，大多数人都责备埃吉尔搞的这种恶作剧。但是他回答说，要是索罗尔夫不答应带他走，他还要毫不犹疑给他制造更多的麻烦和破坏。有些人出面干预，调解他们之间的纷争；最后，那年夏天，索罗尔夫终于带埃吉尔到外国去了。

他们一到船上，索罗尔夫就把斯卡拉格里姆给他的那柄斧子从船上抛到海里，它从此再也没有出现过。

索罗尔夫那年夏天起航，一路平稳，在霍尔达兰靠过岸，便向北驶往松讷费约尔德。他们在那里听说布里恩约尔夫在冬天里生病去世了，他的几个儿子分了他的遗产。索尔德得到了奥尔兰——他父亲在那里生活过的那个农庄。他已经宣誓效忠国王并且代表他管理他的土地。

索尔德有个女儿名叫朗恩维格；她有两个儿子：索尔德和海尔吉。小索尔德有个女儿，也叫朗恩维格，是嫁给奥拉夫国王的英吉里德的母亲。海尔吉的儿子名叫布里恩约尔夫，是松讷费约尔德的塞尔克和斯文的父亲。

41

比约恩得到另外一个农庄，那是一个很好很富裕的农庄。因为他没有宣誓效忠国王，人们把他叫作地主比约恩。他是一个相当有钱有势的人。

索罗尔夫上岸以后,直接去看比约恩,他带上了他的女儿阿斯盖尔德和他一起去那里。这次重逢是愉快的。阿斯盖尔德是一个很温柔很有出息的女人,很聪明,知识很丰富。

索罗尔夫去看望埃里克国王。他们会见的时候,索罗尔夫代替斯卡拉格里姆向他问候,说斯卡拉格里姆很感激国王送给他的礼物,他献给国王一副长船的帆,说是斯卡拉格里姆送的。埃里克国王对礼物很高兴,请索罗尔夫那年冬天住在他那里。

索罗尔夫感谢了国王的邀请,说道:"但是我必须先去看望索里尔。我有急事要和他处理。"

然后,索罗尔夫像他说的那样去看望索里尔,他在那里受到了热烈的欢迎。索里尔要索罗尔夫住在他那里。

索罗尔夫告诉索里尔,他愿接受邀请,"我身边有一个人,我必须随时带着。他是我弟弟,以前从来没有离开过家,所以他需要我时时照看着点。"

索里尔说,他随便想带多少人都可以,"我们认为接待你的弟弟是一种荣幸,要是他像你一样的话。"

索罗尔夫回到停船处,把船拖上岸,进行了必要的处理。然后他和埃吉尔一起住到了索里尔那里。

索里尔有个儿子名叫阿里恩比约恩;他比埃吉尔大一些,小小年纪就已经表现出很有主见的性格,很有出息。埃吉尔要和阿里恩比约恩交朋友,跟着他到处跑;但是两兄弟之间的关系却相当紧张。

42

索罗尔夫·斯卡拉格里姆松问索里尔,要是他提出娶他的侄女阿斯盖尔德,他会怎么想。索里尔表示赞许,说他支持这件事情。索罗尔夫于是带上一大帮很体面的人往北去松讷费约尔德,来到了比约恩的家。他在那里受到了很热情的欢迎,比约恩邀请他住下,随便住多少日子都可以。不久,索罗尔夫就向比约恩提出和阿斯盖尔德结婚的事情。比约恩对这个建议很高兴,这事轻而易举地就决定下来。结果是双方当即立了誓约,选定了成婚的地点和日子,婚礼定在当年秋天在比约恩的农庄举行。索罗尔夫回到索里尔那里,把这次旅行达成的结果对他讲了。索里尔很高兴婚事安排定了。

索罗尔夫去参加婚礼的日子快到的时候,他邀请人们和他一起去,首先邀请了索里尔和阿里恩比约恩带上他们的帮工以及很多显要人物,很多很富有的人。索罗尔夫邀请的人都聚齐陪他,就在他要离家的时候,埃吉尔病了,不能和他一起去。索罗尔夫和他的一帮人乘上一艘装备精良的很大的长船,按计划上路了。

43

有一个叫奥尔维尔的人,为索里尔工作,替他管理农庄和帮工。他也为他收债，管理他的钱财。他的年纪已经不轻了，但是还很活跃。

有一次，奥尔维尔出去收那年春天之后索里尔应该收的租息。他乘了一艘桨船，带上十二个帮工。那时埃吉尔的病已经痊愈，可以起床了。大家都走了，他一个人觉得无聊，就走到奥尔维尔那里说他想和他一起去。奥尔维尔心想，船上有足够的地方容得下这么一位贵人，于是埃吉尔就一起去了。埃吉尔拿上了他的武器——一把剑、一支矛和一个小盾。他们把船准备妥当以后便出发了；但是，他们遇到了非常恶劣的天气，刮着对他们极为不利的大风。但是他们还是努力进发，在需要的时候他们就奋力往前划去。

途中，他们在傍晚时分来到阿特罗伊岛，在那里抛了锚。就在那里的岸边，有一座属于埃里克国王的很大的农庄。农庄由一个叫作阿特罗伊-巴尔德的人管理着。巴尔德是一位很好的管家，对国王伺候得也很好。他并非出身于贵族，但是埃里克国王和贡希尔德王后很看重他。

奥尔维尔和他的人把船拖到岸边潮水涌不到的地方之后，便来到那个农庄，在那里遇见了巴尔德。他们对他讲清了他们是干什么的，请求在那里过夜。看见他们浑身湿淋淋，巴尔德便把他们领到一间有炉火的房子里，那房子和其他的建筑不连在一起。他为他们把火生旺，让他们烤干衣服。

他们把衣服穿好以后，巴尔德返回来了。

"现在我们得在这里准备开饭了，"巴尔德说，"我知道你们一定想睡觉了。看你们被浇得那么湿，你们一定精疲力竭了。"

奥尔维尔对这个主意很满意。于是有人摆上一张桌子，给他们准备了面包、黄油和大碗大碗的凝乳。

巴尔德说："很惭愧屋里没有啤酒，不能像我希望的那样欢迎你们。这里有什么，你们只得将就吃了。"

奥尔维尔和他的人渴极了，他们喝完了那些凝乳。之后巴尔德给他们添了乳清，他们也喝了。

"要是我有的话，我很愿给你们更好的。"巴尔德说道。

那里有很多垫子，他请他们躺下睡觉。

44

埃里克国王和贡希尔德同一天晚上来到阿特罗伊。巴尔德为他们准备了筵席，因为要准备祭祀命运之神。筵席丰盛极了，在主厅里尽是喝的。

国王问巴尔德哪里去了。

"我怎么没有看见他。"他说道。

"巴尔德在外面，"有人告诉他说，"在招待客人。"

"都是些什么样的客人，竟会叫他不待在我们这里，而要去照料他们？"国王问道。

那个人告诉他头领索里尔的人在那里。

"快去把他们叫到这里来。"国王说道。

他们照办了，告诉客人国王要见他们。

他们进去之后，国王欢迎了奥尔维尔，请他在自己的主坐对面的桌前坐下,他的人则坐在后边。他们都入了坐,埃吉尔坐在奥尔维尔身边。

随即上了啤酒。他们轮番祝酒,每次都喝一满角杯。夜渐渐深了,奥尔维尔的许多伙伴都不能自持了;有几个在主厅里就吐了,有几个则吐在门外。巴尔德坚持不断地给他们上酒。

埃吉尔接过巴尔德端给奥尔维尔的角杯,喝尽了里面的酒。巴尔德说埃吉尔显然非常渴,立刻又端给他满满一角杯酒,要他也喝了。埃吉尔接过角杯,吟唱了这样一首诗:

> 讨好女神的时候
> 你对贵人说
> 你没有上等的饮料;
> 掘墓的家伙,你欺骗了我们。
> 巴尔德,你对不认识的人
> 故意隐瞒你的打算:
> 你可恶地
> 作弄了我们。

巴尔德提醒埃吉尔不要嘲弄他,让他继续喝酒。埃吉尔把端给他的每一角杯酒都喝掉,还把端给奥尔维尔的酒也喝了。

于是巴尔德走到王后跟前,对她说这个人让他们蒙受了羞辱,不管喝多少,他都嚷嚷他渴。王后和巴尔德便把毒药掺在酒里把酒送进大厅。巴尔德在那一角杯上做了记号,把它交给使女,让使女把酒送给埃吉尔喝。埃吉尔拿出他的刀,划破自己手掌,然后拿过角杯，在角杯上刻上鲁纳文，把血抹在鲁纳文上。他吟唱了一首诗：

> 我在这只角杯上刻了鲁纳文，
> 用我的鲜血把文字抹红，
> 我要用这些字来镇住野兽头上的耳根；
> 尽情自在地喝
> 欢快的使女送来的蜜酒吧，
> 让我们看看巴尔德祝福过的酒
> 把我们带向何处。

角杯碎裂了，酒洒到麦秸上。奥尔维尔几乎要呕吐，埃吉尔便站起来，把他扶到门口去。他把自己的大氅摔到肩上，握住了大氅下面的剑。他们走到门口的时候，巴尔德端着满满一角杯酒追上去，要奥尔维尔为告别干杯。埃吉尔站在门口，吟唱了这首诗：

> 我醉了，酒
> 使奥尔维尔面色苍白，
> 我让角杯里的泡沫
> 沾满我的胡须。
> 呼风唤雨者，你已经
> 无计可施；
> 上天的雨现在要
> 倾泻到你身上。

埃吉尔扔掉角杯，抓住他的剑，把它拔出来。大门口很暗；他猛地把剑深深刺进巴尔德的上腹部，剑尖戳穿了他的身躯，巴尔德倒下死去，血从伤口涌出。这时，奥尔维尔也倒在门口，呕吐不止。埃吉尔跑出大厅，外面一片漆黑，他冲出了农庄。

人们离开主厅，看见巴尔德和奥尔维尔一起倒在地上，起初以为他们两人互相杀死了对方。因为很黑，国王叫人拿灯来，他们看出奥尔维尔是呕吐失去知觉，但是巴尔德已被杀死，他的血淌了一地。

国王问，当天晚上喝酒最多的那个大汉哪里去了，他被告知那个人是在奥尔维尔的前面走出主厅的。

"搜他去，"国王命令说，"把他带到我这里来。"

国王的人在农庄到处搜他，但是什么地方也找不到他。他们走进那天晚上他们吃东西的那间有炉火的屋子的时候，奥尔维尔的许多人在里面，有的躺在地上，有的靠墙坐着。国王的人问他们埃吉尔是不是到过那里。他们告诉国王的人，他曾经跑进来过，拿了他的武器又跑出去了。

于是他们回到主厅，把他们听到的报告了国王，国王命令他的人迅速行动，把岛上所有的船都管起来，"明天天一亮，我们要把整个岛子彻底搜查一遍。"

45

埃吉尔是夜里跑的，跑向停船的地方，但是不论他跑到哪个海边，那里总有人。他整夜不停地跑着，什么地方也找不到船。

天开始亮的时候，他站到一个海岬上，看见海的远处在一个很长的海岬那边有一个岛。他决定带上他的头盔、剑和矛，他把矛尖掰下来，把矛柄扔到海里。然后，他把他的武器包在大氅里，打成一个包袱系牢在背上。之后他纵身入海，不停地游到那个岛。那个岛叫作埚多伊，是个长满灌木丛的小岛。岛上放养着许多牛羊，是属于国王在阿特罗伊的农庄的。埃吉尔一到岛上，就把衣服拧干，并穿戴好；那时已是大白天，太阳已经升得很高了。

天亮以后埃里克国王把阿特罗伊彻底搜查过。那是件很费时间的工作，因为那是一个很大的岛；什么地方都找不到埃吉尔。

之后，国王派一队队的人到别的岛上去找他。天色很晚的时候，有十二个人乘了一只船来到埚多伊找埃吉尔，他们还要带一些牛羊回去屠宰。埃吉尔看见那只船向这个岛驶来，在船抵岸以前，他躺下藏在灌木丛里。

有九个人上了岸，分成三队分头搜索，留下三个人守船。当这些上岸的人走到一个山丘背后，看不见他们的船的时候，埃吉尔站起来，准备好了他的武器。他径直来到海边，沿海滩走了过去。埃吉尔扑到他们身上之前，守船的人都没有注意到他。他一下就打死其中的一个。另外一个人想逃，往山丘上跑去。埃吉尔赶上去砍掉他的一条腿。第三个跳上船，把船推到海上，但是埃吉尔拉住缆索，把船又拉回来，跳了上去。两人没有交手几个回合，埃吉尔就把对手杀死，把他抛到了海里。他拿起桨，把船划走了，他划了一整夜和第二天一整天，在回到头领索里尔那里之前一刻也没有停过。

宴会之后，奥尔维尔和他的人起初什么事也做不成。他们开始觉得好一点的时候,便动身回家了。国王没有指责他们,允许他们走。

被困在埽多伊岛上的人在那里滞留了好几天;他们宰牲口吃,在岛上朝阿特罗伊的那边架起一个大篝火烧肉吃,然后把火堆成一个信号。阿特罗伊的人看见之后,便划船过来把活着的人带了过去。那时国王已经离开阿特罗伊,赴别处的宴会去了。

再说奥尔维尔,他在埃吉尔之前回到家里,而索罗尔夫和索里尔都已在家了。奥尔维尔把杀死巴尔德和所发生的一切对他们讲了,但是他不知道事后埃吉尔到哪里去了。索罗尔夫心里乱极了,阿里恩比约恩也是这样。他们没料到埃吉尔会再回来;但是第二天天亮的时候,有人发现埃吉尔躺在他的床上。索罗尔夫听说之后,他便起床去看埃吉尔,问他是怎么逃脱掉的,还问他在路上是不是还发生了什么别的值得注意的事情。这时,埃吉尔吟唱了下面这首诗:

> 我干得十分精彩,我从
> 挪威国王及贡希尔德的
> 王国里溜掉。
> ——我没有夸大,
> 我把国王的三名武士
> 送往阴界,
> 让他们待在
> 死神的厅堂里。

阿里恩比约恩为他的行为欢呼，说他的父亲有责任去和国王讲和。

索里尔说或许人们会同意：巴尔德是死有应得。

"但是，埃吉尔，你继承了你们家的天性，那就是对于会惹得国王愤怒的事太不注意了，这对绝大多数人来说都会是难以承受的负担，"索里尔说道，"但是，我要想法让你和国王和解。"

不久，索里尔就去见了国王，阿里恩比约恩则留在家里照顾自己和埃吉尔，说大家都会遭遇同样的命运。索里尔见到国王的时候，他代埃吉尔向国王说情，发誓遵从国王的发落。埃里克国王愤怒极了，简直无法和他说话；他说他父亲的意见是对的，这家人发的誓是不可信的。他要索里尔确保不让埃吉尔在他的王国里久留。

"不过索里尔，看在你的面上，我可以接受钱来抵偿这些人的命。"他说道。

国王提出他认为抵偿被杀的那些人的合适款额，他们便分手了。索里尔回到家里，索罗尔夫和埃吉尔在他和阿里恩比约恩那里度过了那年冬天，受到很好的款待。

46

春天，索罗尔夫和埃吉尔装备了一艘很大的长船，当年夏天带领一批人员，到波罗的海打劫去了。他们劫到大批财物，在那边打了好几仗；同年夏天，他们还去了库尔兰，在那里的海岸外作了暂短停泊。他们向那边的人提出两周的和平期，和他们做生意，和平期过完之后，他们又开始抢劫。库尔兰人在岸上聚结起队伍，但是索罗尔夫和埃吉尔抢劫了他们认为更吸引人的地方。

一天，他们进入一条河的河口，河口上方的高地上有一大片树林。他们在那里上了岸，分成十二人的几个小队。他们走进树林，起初人迹全无，没走多远便有了人烟。海盗们立刻开始了掳杀，那边的人都逃开了。居住点被树林分隔开来。强盗们没有遇到什么抵抗，便分成更小的小组。一天将尽的时候，索罗尔夫吹响号角，召集他的人回来，他们回到了原先出发的树林，因为只有回到船那里才能查清他们是不是都回来了。在他们查点人数的时候，发现埃吉尔和他那一队人没有回来。那时，天已经黑下来，他们认为去找他没有什么意义。

埃吉尔带领他的十二人穿过一片树林，发现了大片大片的平地。许多地方有人居住。靠近他们那里有一个很大的农庄，离开树林不太远，他们便走了过去。走到农庄跟前的时候，他们就跑了进去，发现里面没有人。他们把能拿得走的财物都拿上，但是因为要搜的房子太多，他们花的时间相当多。他们再出来要离开农庄的时候，在他们和树林之间已经聚集了一大帮人，正朝他们走来。

有一道栅栏从农庄一直伸展到树林。埃吉尔说，他们要沿着栅栏走，免得四面受敌，他的人就照做了。埃吉尔在前面领路，大家一个紧靠着一个，不让有人插进来。库尔兰人用箭射他们，没有和他们交手。靠着栅栏走的时候，埃吉尔和他的人起初并没有注意到他们的另一侧还有另外一道栅栏，两道栅栏渐渐接近形成了一个死角，叫他们再也无法前进。库尔兰人追到了这块死角。他们有的人从栅栏外面用剑和矛刺他们，另外有些人没有伤害他们，只是用毯子来蒙住他们的武器。他们受了伤，被俘了，全都被捆了起来带回农庄。

那个农庄的主人是个有钱有势的人，他有一个成年的儿子。他们讨论了怎么发落这些囚犯。庄主主张把他们一个个都杀掉；但是他的儿子说，夜已来临，没法子拿他们施刑取乐，他要庄主等到早晨。囚犯们都被关进一间屋子里，被结结实实地绑着。埃吉尔的手脚都被绑在一根柱子上。那所房子随即被牢牢地锁起来，库尔兰人都到主厅吃东西去了，在里面饮酒取乐。埃吉尔在那里紧靠着柱子挣扎，直到那根柱子从地上松脱开来。接着柱子倒了。他从柱子上脱身出来，用牙咬开捆住双手的绳索，手一松开，他便解开自己的脚。接着他把他的伙伴都解开来。

他们松绑之后，便把那所房子环顾一周，以便找一个合适的地方逃跑。那所屋子的墙是用大圆木砌起来的，一头用平板镶成。他们撞击平板，把它撞破，发现他们已在另一所房子里，那所房子也是木板墙结构。

他们随即听到下面传来了声音。他们检查了屋子，发现地板上有一个暗门，便把它打开了，下面是一个很深的坑，他们听到里面有声音。埃吉尔问里面是谁，有一个叫阿基的人对他说话。埃吉尔问他是不是想从坑里出来，他说他们当然都想出去。埃吉尔和他的人把捆过他们的绳索放到坑里，拽上来三个人。

阿基告诉他们，那两个是他的儿子；还说他们是丹麦人，是去年夏天被逮住的。

"冬天我得到了很好的照顾，"他说道，"他们让我负责看管这里的农民们的牲口，但是我的孩子们不喜欢让人当奴隶使唤。春天我们决定逃走,但是我们被抓住,关进了这个坑里。"

"你对这所房子的布局一定很熟悉,"埃吉尔说道,"从哪儿出去最好?"

阿基告诉他们,还有一道平板墙,"你们把平板墙打破,就进入谷仓,你们可以从那里出去。"

埃吉尔和他的人撞破那面平板墙,进入谷仓,从那里出去。天色漆黑。他们的伙伴告诉他们要冲往树林。

埃吉尔问阿基:"既然你熟悉周围这些房子,你一定能指点我们哪里有东西可抢。"

阿基告诉他们有许多财宝可以拿走,"还有一间农民们睡觉的很大的阁楼,里面有的是武器。"

埃吉尔让他们去阁楼。他们走上楼梯的时候,看见阁楼门是开着的,里面有灯光,有仆人在里面铺床。埃吉尔让他的几个人守在外面,设法一个人也不让逃掉。他跑进阁楼,抓起几件武器,因为里面有的是武器。他把里面的人全都杀死。他的人全都把自己全副武装起来。阿基走到地板上的一块活板那里,打开活板,说他们应该下去到底下的屋子里。他们拿起一盏灯下去。庄主装财宝的箱子就存放在那里,里面装着珍贵的东西和许多银子。他们拿上一切拿得动的东西走了。埃吉尔提起一口大箱子,把它夹在胳臂下面,他们便朝树林走去。

到了树林里,埃吉尔停下说道:"这种抢法很糟糕,是胆小鬼的做法。我们没让庄主知道,就偷走了他所有的财宝。我们不应该背上这样的耻辱。让我们返回去,让他们知道发生了什么事情。"

大伙儿都想劝阻他,说他们想回到船上去。但是,埃吉尔撂下了箱子,急匆匆地跑回农庄去了。到达农庄的时候,他看到仆人们正在离开那间有炉火的屋子,拿着木盘走进主厅去。埃吉尔看见屋子里有一个大炉子,顶上有一口锅。他走上前去。一根根大圆木被搬进屋里,炉子是按传统方式生的,点着一头,圆木便可以整根烧完。埃吉尔抓起圆木,拿着它来到主厅,他把点着的一头从屋檐下面插到椽子上。火很快就把易燃的东西都点着了。坐在里面饮酒的人发觉的头一件事情是椽子着了。他们朝门那边跑去,但是要逃走并不是一件容易的事情,因为那里有一堆木头,而且埃吉尔把守在门口。他把他们杀死在门道里和门外,那是在主厅突然燃起大火并坍塌之前的短短一刻。屋里的人全都被烧死,埃吉尔回到树林里找到他的伙伴。他们一起回到船上。埃吉尔把他带回的那个装财宝的箱子看成是他私人的战利品,箱里装的全是银子。

埃吉尔回到船上的时候,索罗尔夫和其他人都松了一口气。天亮的时候他们离开了。阿基父子加入了埃吉尔一伙。那年夏末,他们乘船来到丹麦,埋伏着等待商船,哪里能抢他们便在哪里抢。

47

哈拉尔德·髡尔姆森[①]在他的父亲髡尔姆国王死后登上王位。

[①] 丹麦人称呼的构成最初也是在本名后加上缀有 sen(森,儿子的意思)的父名,表示是某人的儿子。但一当带"森"的名字形成后,它也就成了姓,代代相传下去。

丹麦当时处在战事不断的情况，海岸一带有大量的海盗。阿基对那边的海陆都很熟悉。埃吉尔逼迫他找出能够抢得着大宗财物的地方。

他们来到厄勒海峡①的时候，阿基告诉他岸上有一个很大的城镇叫作隆德，那里有大量财富可以劫掠，但是很可能遇到市民的抵抗。当他们被问及是不是应该上岸去抢劫的时候，大家的意见各不一样。有的主张去抢，但是有的反对。后来这个问题交由统领他们的人来决定。索罗尔夫赞成上岸。接着询问埃吉尔的意见，他吟唱了一首诗：

> 让我们的出鞘的剑闪亮，
> 用血染过狼牙的勇士；
> 夏天山谷里的鱼②已经繁衍，
> 让我们勇敢行事。
> 我们队伍中的每个人
> 都要大步朝隆德进发，
> 在那边，日头落下之前
> 我们要让兵器铿锵作响。

接着，埃吉尔和他的人做好准备上了岸，来到了城边。城里的人发觉受到威胁的时候，便都朝他们涌来。城的周围有一座木

---

① 丹麦瑞典之间的海峡，隆德是瑞典城市。
② 即蛇。

堡,他们安置了人守卫在那里。接着战斗开始了。埃吉尔第一个冲进木堡,城里的人逃走了。埃吉尔和他的人杀戮了大量的人,洗劫了那座城,离开之前还放火把城烧了。然后他们回到自己的船上。

48

索罗尔夫带领他的人北上哈兰;坏天气妨碍他们前进,于是他们就在一个港口停泊;不过他们没有在那里打劫。那里的内地住着一位名叫阿尔恩芬的雅尔。得知有海盗上岸,他便遣人去会他们,了解他们的目的是为了和平呢,还是要来打劫。

他派去的人见到索罗尔夫,向他说明来意;索罗尔夫说他们不需要攻打和抢劫那里,再说他们反正也不是什么富饶的村子。

派去的人回到雅尔那里,向他报告他们会见的结果。雅尔知道不需要聚结武装,他没有带一个人,只身骑马去海边会见那些海盗。他们在一起相处很融洽,雅尔邀请索罗尔夫赴宴,带上他要带的人。索罗尔夫答应赴宴。

到了约定的时间,雅尔派人带马匹去接他们。索罗尔夫和埃吉尔都去赴宴,带去三十个人。他们到达的时候,雅尔友好地欢迎他们,把他们领进主厅。啤酒已经摆在桌上,主人用酒招待他们。他们在那里一直待到夜里。

在要撤桌子的时候,雅尔说他们要抽阄把男人和女人配对一起喝酒,如果人数不够配对,配不上对的人就独自喝酒。他们都把自己写成阉放在一块布中，雅尔一张张拈出来。他有一个很迷人很性感的女儿，和埃吉尔配成了一对，那夜坐在一起喝酒。她在那里走来走去，很高兴；但是埃吉尔站起来，走到白天她坐的那个位子坐下。大家都入座的时候，雅尔的女儿走到她的位子那里。她吟诵了一首诗：

> 你占我的位子干什么？
> 你并不曾经常
> 用热肉喂狼；
> 我宁愿自己添我的火。
> 今年秋天你没有看见乌鸦
> 在被砍碎的尸体上方尖叫，
> 锋利的刀剑碰击的时候
> 你不在那里。

埃吉尔拽住她，拉她在身旁坐下，吟唱了一首诗：

> 我用的是一把血迹斑斑的剑
> 和一杆会呼啸的矛；乌鸦
> 跟着我，
> 随着海盗向前压去；
> 在愤怒中我们打了一仗又一仗，
> 烈火扫过房屋一座座，
> 我们制造了满身是血的躯体

在城门前死得僵硬。

那一夜他们在一起喝酒，相处得很融洽。宴席很精美，第二天又有酒宴。之后海盗们回到他们的船上。他们友好地离开雅尔，还交换了礼物。索罗尔夫和埃吉尔带领他们的人去了布朗诺岛，那是当年海盗们惯常埋伏的地方，因为有很多商船驶经那里。

阿基父子回他们农庄的家去。他是个很有钱的人，在日德兰有很多个农场。他们和索罗尔夫及埃吉尔亲切道别，相互允诺保持牢固的友谊。

秋天到来的时候，索罗尔夫和埃吉尔往北航行到挪威，停靠在费约尔丹讷，他们去看望了头领索里尔。他热情地接待了他们，他的儿子阿里恩比约恩比他更热情。阿里恩比约恩邀请埃吉尔在他那里过冬，埃吉尔接受了邀请。

但是索里尔听说了之后，认为这个邀请太轻率。

"我不知道埃里克国王对此会怎么想，"他说道，"因为，自从巴尔德被杀死以后，国王说过不要埃吉尔留在这个国家里。"

"父亲，你可以轻而易举地运用你的影响，让国王不反对埃吉尔待在这里。你可以邀请你的姻亲索罗尔夫待在这里，埃吉尔和我两人冬天也可以待在这里了。"

从阿里恩比约恩说的话里，索里尔看出他想决定这件事情。他们俩邀请索罗尔夫在那里过冬；他接受了邀请。有十二个人在那里度过了冬天。

当时有两个兄弟，名叫专横的索尔瓦尔德和壮汉索尔芬，是地主比约恩的近亲，他们是和他一起长大的。他们都很魁梧，很强壮,都是了不起的斗士,还很自大。他们曾经随比约恩当海盗,进行过抢劫;比约恩安定下来以后,两个兄弟就参加索罗尔夫的队伍,跟随他出去抢劫。他们守着他的船首,在埃吉尔接手指挥他自己的船之后,索尔芬就负责掌管船首。索罗尔夫所到之处两兄弟都形影不离地跟随着,在他所有的船员中,他最喜欢他们两人。那年冬天他们加入他的一伙,上桌的时候,他们总是坐在索罗尔夫和埃吉尔的下手。索罗尔夫坐在主坐上,和索里尔共同饮酒,而埃吉尔的饮酒伙伴是阿里恩比约恩。客人们每次离席跳舞的时候,总要祝一次酒。

秋天,头领索里尔去见埃里克国王,国王给了他很好的款待。索里尔一开始就请国王不要对埃吉尔在他那里过冬这件事见怪。

国王很友好地回答了他,说索里尔要他怎么样都可以,"尽管要是别人留下埃吉尔,那么事情就会不同了。"

但是,贡希尔德听到他们讲的事情,说道:"我想,你又一次让自己轻易地被人说服,很快就忘记了被人伤害过。你还要继续容忍斯卡拉格里姆的儿子,好让他们再杀掉你的几个近亲。即便你认为巴尔德之被杀是微不足道的事情,我却不是这么看。"

国王说道:"贡希尔德,你比任何人更怀疑我的勇气,你曾经比现在更喜欢索罗尔夫。但是我一旦允诺了他和他的弟弟,我就不会反悔。"

"在埃吉尔把事情破坏之前,索罗尔夫是受欢迎的,"她说道,"现在他们两人之间已经没有什么不同了。"

索里尔准备停当之后就回去了;他把国王和王后说的话告诉了那两个兄弟。

49

贡希尔德有两个弟弟，名叫埃温德·布拉嘎尔特和阿尔夫·阿斯克曼，是猪鼻奥祖尔的儿子。他们都很魁梧，都很有力，都是了不起的武士，国王和贡希尔德都很器重他们，尽管大多数人都不喜欢他们。此时他们都还年轻，但是都完全长大成人了。

那年春天，安排好那年夏天要在高拉尔地方举行一个大规模的祭祀盛典，高拉尔有一座很好的庙子。费约尔丹讷、费雅尔勒和松讷费约尔德诸地方的很多人都来参加，他们大多数都是出身高贵的人。国王也去了。

贡希尔德对她的两个弟弟说："我要你们利用这里人多的机会，把斯卡拉格里姆的随便哪个儿子杀掉，把两个都杀死最好。"

他们说他们一定照办。

头领索里尔准备停当要出行了。他把阿里恩比约恩叫来谈话。

"我要去参加祭祀了，"他说道，"我不想让埃吉尔去。我知道贡希尔德的狡诈、埃吉尔的鲁莽和国王的严厉，我们没法子同时注意三个人。可是，除非你也留下，否则无法说服埃吉尔不去。索罗尔夫和他的伙伴要跟我一道去。索罗尔夫要做牺牲，为他自己和他的弟弟求个好运。"

阿里恩比约恩随即告诉埃吉尔，他要留在家里。

"我们两人留在这里。"他说道。

埃吉尔同意了。

索里尔和其他人去参加祭祀,那里人很多,大家喝酒都很凶。索里尔不论到哪里,索罗尔夫都跟着他,他们从不分开,不论白天还是夜晚。

埃温德对贡希尔德说他没有机会对索罗尔夫下手。

她命令他杀死他手下的另一个人:"总不能让他们都逃掉。"

一天夜里,国王已经就寝,索里尔和索罗尔夫也都睡了,但是索尔芬和索尔瓦尔德还没有睡。埃温德和阿尔夫走来和他们坐在一起玩乐,起初他们用同一个角杯喝酒,后来用两个角杯,各喝一个角杯的一半。埃温德和索尔瓦尔德共喝一杯,阿尔夫和索尔芬喝另外一杯。夜渐渐深了,他们饮酒开始作弊,引起一场争吵,结果打了起来。埃温德一下跳起来,拔出他的短剑,朝索尔瓦尔德刺去,不难看出那是致命的一刺。接着,国王的人和索里尔的人都跳了起来,不过他们谁都没有武器,因为他们都是在神庙里。人们把最愤怒的那些人拉开。那天夜里,再没有发生什么别的大事情。

因为埃温德在神圣的地方杀了人,他被宣布为亵渎神灵的人,立刻被放逐。国王提出对死者赔偿,但是索罗尔夫和索尔芬说从不接受对谁的赔偿,拒绝了国王的提议,便离开了。接着索里尔、索罗尔夫和其他人便回家了。

埃里克国王和贡希尔德把埃温德送到丹麦的哈拉尔德·骁尔姆森国王那里,因为他被逐离开挪威任何法律生效的地方。丹麦国王热烈地欢迎了他和他的伙伴。埃温德带上一艘大型长船去丹麦,国王让他负责保卫国土,抵御海盗。埃温德是一个了不起的武士。

冬尽春来，索罗尔夫和埃吉尔又一次准备出海抢劫。他们准备好后，又驶往波罗的海去了；但是，在到达维克的时候，他们转朝南驶经日德兰，在那里抢劫。之后，他们去了弗里西亚群岛，夏天大部分时间他们都待在那里，然后返回丹麦。

一天夜里，他们在丹麦和弗里西亚边界一个地方抛锚，准备上床的时候，有两个人登上埃吉尔的船，他们说他们找埃吉尔有话说。他们便被带去见他。

来人说，是富人阿基派他们来告诉他，"埃温德·布拉嘎尔特停泊在日德兰海岸外，计划等你从南方回来，对你进行伏击。他召集起大量的人员，你要是与他遭遇，那你必败无疑。埃温德亲自指挥着两艘轻船，离这儿不远。"

听到这些消息，埃吉尔命令他的人揭掉船篷，不要出一点声音。他们照办了。天亮的时候，他们在埃温德和他的人停泊的地方发现了他们。埃吉尔他们用抛掷石块和矛枪攻击他们。埃温德的许多人都被杀死在那里，但是埃温德本人和另外一些逃脱的人跳下船，游上了岸。

埃吉尔和他的人缴获他们的船、衣服和武器，之后就回到了索罗尔夫那里。索罗尔夫问埃吉尔去哪里了，他们驶回来的船又是哪里来的。埃吉尔告诉他，他们是从埃温德·布拉嘎尔特那里缴来的。接着埃吉尔唱了一首诗：

> 我们在日德兰海岸外
> 发动猛烈的进攻。
> 防守丹麦的那个海寇

打得挺漂亮，
直打到利索的埃温德·布拉嘎尔特
和他的一帮人
一个个从他们海马的背上[①]摔落
游着逃出东边的沙滩。

索罗尔夫说："我认为，你干的蠢事使我们今秋不能去挪威了。"

埃吉尔说，去找别的地方，对他们来说倒也不坏。

50

在挪威美发王哈拉尔德统治的日子，阿尔弗烈德大王统治着英格兰，那是他的亲人中在那边独自统治的第一人。他的儿子爱德华继承他登上了王位；他是胜利者阿特尔斯坦的父亲；阿特尔斯坦抚养了善人哈康。此时，阿特尔斯坦继承了他的父亲登上王位。爱德华另有儿子，是阿特尔斯坦的兄弟们。

阿特尔斯坦登基之后，一些自己的领地落入阿特尔斯坦家族手中的贵族开始对他发动战争，想利用一位年轻国王开始统治的机会，夺回他们的地盘。他们有的是英格兰的，有的是苏格兰和爱尔兰的。但是阿特尔斯坦国王召集了一支军队，还用钱招募愿

---

① 指船只。

意为他效力的人，英格兰人或外国人都要。

索罗尔夫和埃吉尔往南航行，驶过萨克森和佛兰德斯，他们听说英格兰国王需要士兵，那里有望得到丰富的战利品。他们决定带领他们的人去那里。秋天他们出发去见阿特尔斯坦国王。国王热烈地欢迎他们，觉得他们的支持会大大地加强他的力量。在谈话的过程中，国王很快就邀请他们留在他那里，为他效力，保卫他的国家。达成协议后，他们成为阿特尔斯坦国王的人。

在这件事情发生之前很久，英格兰就已经信奉基督教了。阿特尔斯坦国王是个虔诚的基督徒，人们称他为忠诚的阿特尔斯坦，国王让索罗尔夫和埃吉尔手持十字架标志，因为那是当时的商人和雇佣兵与基督徒打交道时的通常习惯。任何手持十字架标志的人都可以自由地和基督徒及异教徒交往，而保持着自己愿意信奉的宗教。应国王的要求，索罗尔夫和埃吉尔照做了，都拿起了十字架标志。三百名他们的人都去为国王效力。

51

红色奥拉夫是苏格兰国王。他的父系是苏格兰人，母系是丹麦人，是破裤拉格纳尔的后人。红色奥拉夫是个很强大的人；苏格兰国的疆域估计是英格兰的三分之一。

诺森伯里亚估计是英国的五分之一。那是最北的地区，东面紧邻苏格兰，古代属于丹麦国王。主要的城市是约克。诺森伯里亚属于阿特尔斯坦，他指派名叫阿尔夫盖尔和戈德里克的两位雅尔统治那里。他们在那里防御苏格兰人、丹麦人和挪威人的进犯;这些人经常来犯,提出很强烈的土地要求,因为当地有声望的人不是父辈是丹麦人,就是母辈是丹麦人,有很多父辈母辈都是丹麦人。

当时,名叫赫林和阿迪尔斯的两兄弟统治着不列颠。他们向国王阿特尔斯坦进贡,因此,在参加国王的战争的时候,他们及其手下的人就和国王的旗手一起被派作先锋。这两兄弟都是伟大的战士,尽管他们都已经不再是年轻人了。

阿尔弗烈德大王当年废除了他们附属国王的头衔,剥夺了他们的权力。过去的那些国王或王子现在都成了雅尔。在阿尔弗烈德大王及其儿子爱德华在世的时候一直沿袭着这个做法;但是在阿特尔斯坦年纪轻轻登基的时候,人们觉得他是个形象不够威严的人,许多一度为国王效力的人开始对他不忠起来。

52

苏格兰的奥拉夫国王聚结了一支很大的军队,南下英格兰,一到达诺森伯里亚,他就开始劫掠。统治该地的雅尔听到这个消息,就召集队伍迎战国王。一场恶战开始,结果奥拉夫国王得胜,戈德里克战死,阿尔夫盖尔逃遁,他和随从他的大部分军队逃离了战斗。由于阿尔夫盖尔没有抵抗,奥拉夫国王便征服了整个诺森伯里亚。阿尔夫盖尔来到了阿特尔斯坦国王那里,告诉他自己的不幸遭遇。

听到如此庞大的军队已经进入他的国家，阿特尔斯坦立即派出信使，聚集力量，给各雅尔和其他领头人送信。国王立即带领他召集起来的军队去和苏格兰人对阵。

奥拉夫国王得胜，控制了英格兰的很大一部分，拥有一支比阿特尔斯坦大得多的军队，这种消息一传播开来，许多有势力的人都投到了他这一边来。赫林和阿迪尔斯听到了这个消息，聚集起一支队伍，投到奥拉夫国王一边，使得他的军队更加庞大。

阿特尔斯坦听说了这一切，便召集他下属的首领们和参事，问他们什么是最好的行动办法，他详细地向他们通报了他听说的苏格兰国王及其大队人马的行动。他们一致认为雅尔阿尔夫盖尔败得很惨，他的头衔应该被削掉。他们制定了一个计划，阿特尔斯坦国王返回英格兰南部，从南向北穿越整个国家以聚集军队，因为他们认为除非国王本人亲自统领军队，否则他们召集所需规模的军队的过程会太费时。

国王指派索罗尔夫和埃吉尔出任已经聚集在那里的军队的领袖。他们要掌管海盗们带给国王的那些力量。国王指派了他认为合适的其他人统领各部队。埃吉尔回到他的同伴那里的时候，他们问他关于苏格兰国王有些什么消息。他吟唱了一首诗：

> 战斗很激烈，
> 　奥拉夫赶跑了一个雅尔，
> 　结果了另一个；我听说
> 　这个武士很难对付。
> 　戈德里克在战场上。

> 丢掉了他的性命；
> 蹂躏英格兰人的家伙
> 夺走了阿尔夫盖尔一半疆土。

后来，他们派信使去奥拉夫国王那里，说阿特尔斯坦国王向他挑战，提议以汶森林的汶荒丘作为战场；他要他们停止在他的国家掠夺，战斗的得胜者来统治英格兰。他建议一周之后双方在战场上见，先到一方应等待另一方一周。当时的习惯是，一个受到约定挑战的国王如果在交战之前继续掠夺的话，他就是可耻的。奥拉夫国王作出了答复，命令他的军队在约定交战那天之前停止抢劫和进攻。接着他就移师去了汶荒丘。

在荒原之北有一座堡垒，奥拉夫国王在那里驻跸，也让他的大部分军队驻扎在那里，因为那后面有一大片乡村，他认为那里更合适为他的军队运送给养。他派人到被指定为战场的那片荒丘上，在那里安营，在对方的军队来到之前做好准备。他们来到被指定作为战场的那个地方的时候，那里已经插好榛条，标出交战的地方。战场是经过精心挑选的，因为战场必须是平坦的，必须很大，足以容得下两支军队集结。战场那里有一片平坦的漠泽，一边是一条河，另一边是一片大树林。

阿特尔斯坦国王的人已经在树林和河之间最窄的地方很长的一条地带安营。帐篷一直从树林延伸到河边；他们的帐篷是这样布置的，他们让每三个中的一个空着，其他的两个里面每个也只有很少的人。

国王奥拉夫的人到达的时候，阿特尔斯坦的军队已经聚集在帐篷前面，阻止他们进入那个地区。阿特尔斯坦的军队说他们的帐篷里满是人，那附近已经再没有容得下他们的地方了。帐篷搭在很高的地方，奥拉夫的人无法看过去，说不清帐篷是不是一个紧挨一个扎起来的，于是他们便认为那是一支很大的军队。

奥拉夫国王的人把他们的帐篷扎在划出战场的榛条的北面一片很陡的坡上。此外，阿特尔斯坦的军队每天要不是说他们的国王已经在路上，就说已经到达漠泽南面的堡垒。日夜都有军队参加进来。

指定的日子来到的时候，阿特尔斯坦的人派使者告知奥拉夫国王，他们的国王已经准备好进入战斗，他有一支庞大的军队，但是他希望避免战斗可能导致的那种大规模的伤亡。因而他提议他们回苏格兰去，答应给他国家里的每一把犁头支付一枚一先令的银币，作为愿意和好的一种姿态。

使者到达的时候奥拉夫国王已经让他的军队准备好作战，正要进发。使者们把信息传达了之后，他急令那天暂停前进，他和他的军队领导人讨论了这个信息。他们提出了各种建议。有些人渴望接受那个提议，认为从阿特尔斯坦那里得到这样一个补偿回去，他们一定可以赢得很大的声望。另外一些人劝他不要接受，说如果他们拒绝这个表示，阿特尔斯坦第二次一定会出得更多。他们就是按照这个意见决定的。

使者们要奥拉夫国王给他们时间去见阿特尔斯坦国王，看他是不是愿意偿付更多以维持和平。他们要求离开一天赶回去，第二天讨论这个问题，第三天回来，国王同意了。使者们依约在第三天回来了，他们告诉奥拉夫国王，阿特尔斯坦重复了他先前的提议，并且愿意额外支付给军队里的每位自由人一先令，每位带领十二个或者更多的士兵的官长一马克①，每位队长一马克的金子，每位雅尔一枚五马克的金币。

奥拉夫把提议交给他的人讨论，又是有一些人反对，有一些人渴望接受。最后，国王宣布他可以接受这一提议，条件是，阿特尔斯坦国王必须把诺森伯里亚连同诺森伯里亚的收入和应得的贡奉也一起给他。

使者们再要求离开三天时间，还要求奥拉夫的一些人同去，去听听阿特尔斯坦国王是不是愿意接受这个选择的答复，说他们认为他不会让什么事情阻碍达成协议。奥拉夫国王同意了，派他的人去阿特尔斯坦国王那里。使者们一起骑马在漠泽南面最近的那个堡垒里会见了阿特尔斯坦国王。

奥拉夫国王的人陈述了他们解决问题的提议。阿特尔斯坦的人也把他们向奥拉夫国王的提议告知阿特尔斯坦，还补充说，有聪明人劝他们拖延打仗，等着阿特尔斯坦国王的到来。

阿特尔斯坦国王很快对此事作出了决定，他告诉使者们说："把我的话告诉奥拉夫国王，说我要他带领军队回苏格兰去，交还他在这个国家掠夺的所有钱财。然后让我们宣布我们两国保持和平，允诺互不攻击对方。此外，奥拉夫国王应宣誓效忠于我，以我的名义作为我的属王治理苏格兰。回去照这个样子对他讲。"

同一天傍晚使者赶了回去，半夜回到了奥拉夫国王那里。他们唤醒他，立刻把阿特尔斯坦国王的答复对他讲了。国王把他的

---

① 北欧国家古代衡量金银重量的单位。一马克约为214至217克。

雅尔和其他头领都召集起来,让使者重复了他们出使的结果和阿特尔斯坦国王的答复。他们听完一致认为,下一步是准备作战。使者们补充说,阿特尔斯坦有一支庞大的军队,已经来到他们刚才去过的那个堡垒。

雅尔阿迪尔斯说:"国王,我对你讲的话应验了:你会发现英格兰人很狡猾。我们花许多时间在这里等候的同时,他们已经集结起他们所有的军队;而我们到达这里的时候,他们的国王还不知在哪里呢。我们在这里安营之后,他们已经集结了一支庞大的军队。现在我的意见是,我和我的哥哥带领我们的军队今夜就骑马去作战。在他们听说他们的国王带着庞大的军队就在附近的时候,他们现在可能会不提防。我们攻打他们,他们一逃窜便会溃散,以后就再没有多少勇气和我们作战了。"

国王认为这是个好计划,说道:"我们会让军队天明的时候准备好来支援你。"

在决定了他们的行动计划之后,他们就散会了。

53

雅尔赫林和他的兄弟阿迪尔斯把他们的军队准备好,当晚就往南朝漠泽出发了。拂晓的时候,索罗尔夫和埃吉尔的哨兵看到有军队接近。军号吹响,军队都披上甲带上盔,然后分成两队。雅尔阿尔夫盖尔指挥其中的一队,旗帜飘扬在队首。在这一队里有他自己带来的军队和从乡村前来参加的人。这一队的人比索罗尔夫和埃吉尔指挥的那一队多得多。

索罗尔夫使用一项又宽又厚的盾,头戴一顶很结实的头盔,腰佩一柄他称之为长剑的剑,是一柄打造精良的牢靠武器。他手拿一支投枪。枪头有两厄尔①长,是四方形的;一头很细,呈尖形;另一头则很粗。枪柄在把它和枪头连接在一起的那个栓子的下面,只有手掌那么长,但是却是异常的粗。栓子用的是一根铁签,整根枪柄都是用铁包起来的。这样的投枪人们都称之为"穿甲戟"。

埃吉尔的装备与索罗尔夫一样,他腰间佩着一柄他称之为蜷蛇的剑,是在库尔兰得到的,是一件很了不起的武器。他们两人都没有披甲。

他们举起了旌旗,旗是由壮汉索尔芬举着的。他们的军队全都使用海盗用的盾以及其他的海盗武器,军队里的海盗全都在他们这一队里。索罗尔夫和他的人聚结在树林附近,而阿尔夫盖尔的人沿河岸行进。

看到无法对索罗尔夫发动突然袭击,雅尔阿迪尔斯和他的兄弟开始分成两队,竖起两面大旗。阿迪尔斯的一队对付雅尔阿尔夫盖尔,赫林的一队对付海盗们。战斗随即开始,双方都勇武地向前挺进。

雅尔阿迪尔斯向前逼近,逼迫阿尔夫盖尔退却。于是他们更加勇敢地前进,没有多久阿尔夫盖尔就逃掉了。他的下场是:他

---

① 北欧古代的一种长度单位。在不同时期厄尔的长度有些差别。大体上是55至62公分。

带领一小股人从漠泽骑马往南逃窜，一直逃到国王驻跸的那个堡垒。

雅尔阿尔夫盖尔那时说："我不想到城里去。上一回我们败在奥拉夫国王手里回到国王那里的时候，受尽了指责，阿特尔斯坦国王也不会认为这次出征我们的素质提高了多少。我不必指望他会给我多少荣誉。"

接着他起程前往英格兰的南部，他和他的人后来骑马日夜兼程来到了西面的伊尔斯内斯。他乘了一条船渡过海峡去法兰西，他家族的一方是从那里来的，后来他再也没有返回英格兰。

阿迪尔斯起先追赶逃窜的军队一小程，然后回到战场又发起进攻。

看见这种情形，索罗尔夫蓦地转过身来对着这位雅尔；他命令他的人把大旗带到那里，保持警觉，并紧紧聚在一起。

"我们要慢慢地挪往树林，"他说道，"利用树林来掩护我们的背面，不教他们从四面八方来攻击我们。"

他们就这样做了，挪到树林那边。一场恶战开始了。埃吉尔对阿迪尔斯发动了进攻，他们打得很费力。尽管人数悬殊，阿迪尔斯的人死得更多。

接着索罗尔夫开始猛烈进攻，他把他的盾甩到了身后，用双手紧握着他的投枪向前逼近，朝身子两侧又劈又刺。他身子周围的人都逃开了，但是他还是杀死了许多人。他杀开一条血路，来到雅尔赫林的旗手跟前，谁也抵挡不住他。他杀死雅尔赫林的旗手，砍倒了旗杆。接着他用投枪刺穿雅尔的铠甲，刺进他的胸腔，刺穿了他的身躯，投枪从肩胛骨中间穿出。他把投枪高举过头，再把枪头插到了地里。他自己的人以及敌人，人人都看到了雅尔是怎么死在投枪之下的。之后索罗尔夫拔出他的剑向两侧劈去，他的人也猛烈攻击着。许多英格兰人和苏格兰人都战死了，另外那些人都转身逃窜。

雅尔阿迪尔斯看到他的弟弟战死，看到他的队伍损失惨重，看到那些逃窜的人，他知道被打败了。他也转身逃走，朝树林跑去，和他的一队人一起藏在那里。跟随他的军队也全都逃走了。逃走的人损失很重，他们在漠泽上四散奔逃。雅尔阿迪尔斯丢掉了他的旗子，没有人能认出到底是他还是别的什么人在逃。天很快黑下来了，索罗尔夫和埃吉尔回到了他们的营地，这时正好国王阿特尔斯坦和他的军队到来了，他们搭起了帐篷，安顿下来。

之后不久，奥拉夫国王和他的军队出现了。他们就在他的军队已经安营的地方搭起帐篷安顿下来。奥拉夫国王得知他的两个雅尔——赫林和阿迪尔斯以及他们的许多人都被杀死了。

54

前一天夜里，阿特尔斯坦国王驻跸在前面提到的那个堡垒里，他在那里听说了漠泽上的战斗。他以及他的军队立刻准备好，沿着漠泽北上，在漠泽他听到战斗结果的明确报告。索罗尔夫和埃吉尔去见国王，他感谢他们的勇猛和作战的胜利，允诺对他们绝对友好。他们那一夜都一起留在那里。

第二天早晨，阿特尔斯坦国王一早就唤醒他的人。他告诉他的头领们应该如何部署军队。他命令他自己的队伍开路，领头的都是最精良的战士，由埃吉尔指挥。

"索罗尔夫和他的人要和我部署在那里的另外一些人在一起，"他说道，"那是我们的第二支队伍，由他指挥，因为苏格兰人的意图是冲破我们的队伍，来回四处攻打。要是你不提高警觉，他们会是很危险的，如果碰上他们，你们就只得撤了。"

埃吉尔回答国王说："在战斗中，我不愿和索罗尔夫分开，不过我认为我们应该被部署在最需要的、战斗最激烈的地方。"

索罗尔夫说道："让国王决定他想把我们部署在什么地方吧。我们应该依照他的需要支持他。我可以去指派给你的地方，要是你愿意的话。"

埃吉尔说："你可以这样决定；但是这是我会抱憾终生的安排。"

战士们按照国王的命令分成队，举起了旗帜。国王的队伍列在朝着河的平原上，索罗尔夫的队伍则靠着上面的树林。

奥拉夫国王看见阿特尔斯坦部署了他的军队，他也开始照样做了。他也组成两个队，把他的旗帜和他指挥的一队部署在国王阿特尔斯坦和他的军队对面。双方的军队都很庞大，很难说出哪一边的人数更多。奥拉夫国王的另一支军队移动到靠近树林的地方，面对着索罗尔夫指挥的军队。那支队伍由苏格兰的雅尔带领，人数众多，大多数是苏格兰人。

接着军队遭遇上了，一场恶战马上开始了。索罗尔夫勇猛地向前杀去，让他的旗子在树林边上高高飘扬，力图从国王易受攻击的一侧靠上去。他和他的人都把盾拿在胸前,利用树林掩护右侧。索罗尔夫在不经意间前进得很远,他的前面已经没有什么自己人了。雅尔阿迪尔斯和他的人冲出树林。索罗尔夫身上立刻中了许多枪,死在树林边上。他的旗手索尔芬退到他的军队聚得更紧的地方,但是阿迪尔斯攻击了他们,一场恶战又开始了。苏格兰人杀死那位首领的时候,为他们的胜利大声欢呼。

埃吉尔听到喊声,看到索罗尔夫的旗帜退下,他意识到索罗尔夫不可能跟在旗帜之下。于是他从队伍中跑出来,一和索罗尔夫的人会合,他就明白了所发生的事情。他鼓舞他的人鼓起勇气,亲自带领他们。埃吉尔手持蝰蛇剑英勇向前,左砍右劈,杀死许多敌人。索尔芬举着大旗紧跟埃吉尔,其他的人也都跟随在旗子的后面。这是一场惨烈的战斗,埃吉尔奋力向前,一路厮杀到阿迪尔斯跟前。他和阿迪尔斯只交手几个回合,便把阿迪尔斯及其周围的许多人都杀死,阿迪尔斯一死,他带领的人便逃向四野。埃吉尔和他的人追赶他们,把捉到的人全都杀死。谁想求免一死,都是徒劳的。苏格兰的雅尔看到他们的同伴们在逃窜,没等多久他们也都逃掉了。

埃吉尔和他的人冲向奥拉夫国王的军队,从他们薄弱的一面向他们进攻,立刻给了他们严重的打击。敌阵被冲破,队伍被打散了。奥拉夫的许多人逃走了,海盗们高呼着胜利。阿特尔斯坦国王得知奥拉夫国王的队伍垮了的时候,鼓励他的人冲向前去,让他的大旗举在前面。他发动的进攻猛烈极了,敌人的队伍被冲破,遭到了极大的损失。奥拉夫国王和他的许多人被杀死在那里,那些逃走的人,只要被赶上,也都被杀掉了。阿特尔斯坦国王在那里赢得了巨大的胜利。

55

  阿特尔斯坦国王离开战场,他的人则在追赶那些逃走的人。国王骑马一刻不停地赶回那个堡垒过夜,而埃吉尔则长久地继续追赶那些逃走的军队,杀死每一个被他捉住的人。然后他带领他的一队人回到战场,找到了他死去的哥哥索罗尔夫。他抱起索罗尔夫的尸体,把他洗净,然后按照习俗给他穿好衣服。他们在那里掘了一个墓穴,把索罗尔夫连同他的全部戎装和兵器安葬在里面。在告别的时候,埃吉尔给他的两只胳臂各戴上一个金圈,然后在墓上堆上石块,在石块上面撒上土。接着埃吉尔吟唱了一首诗:

    杀死雅尔的人,毫无畏惧,

    在战场上

    勇往直前:

    胆壮的索罗尔夫倒下了。

    汶地的土地会在

    我伟大的哥哥上面增生;

    我的哀伤无限

    我必须留它在心底。

他还吟唱了另一首诗：

> 在标志疆场的旗杆的西边，
> 我堆砌起了体冢。
> 用黑蝰蛇我的砍杀
> 雨点般地落向阿迪尔斯。
> 年轻的奥拉夫向
> 英格兰人挑起战争；
> 赫林落到了武器之下，
> 渡鸦再不愁饥肠辘辘。

之后埃吉尔和他的一队人去见阿特尔斯坦国王，在国王饮酒处走到他跟前。那里充满了欢乐。国王看见埃吉尔到来，他命令在下席为他的人腾出位子，让埃吉尔面对他坐在主座上。

埃吉尔坐了下来，把他的盾放在他的脚旁。他带着头盔，把剑摆在他的膝上，不时地把剑半拔出鞘，然后又把它推回去。他笔直地坐着，但是头却是垂着的。埃吉尔有非常突出的特征。他前额很宽，眉毛密浓，鼻子不算长但是极宽。他的脸庞大部分长满胡子，他的面颊和整个下巴都特别宽大。他的脖子细长，双肩宽阔，比旁人高出一大截。他愤怒的时候，他的脸会变得很严酷和凶狠。他体魄魁梧，比别人高很多，深灰色头发很浓密，虽然他年轻时就已开始秃顶。现在他在这种特定的场合坐着的时候，他的一边眉毛往下皱到了面颊，另外一边的一角抬到了发根上。埃吉尔的眼睛是黑的，脸黝黑黝黑。给他斟酒他也不喝，只是轮

(Guðjón Ketilsson)

他的一边眉毛往下皱到了面颊,另外一边的一角抬到了发根上。

流地皱低抬高他的眉毛。

阿特尔斯坦国王坐在主座上,他的剑也横搁在他的膝上。他们像这样在那里坐了一阵之后,国王拔出了他的剑,从他的胳臂上褪下一只上好的臂圈,把它套在剑尖上,然后站起身来,走过地面,隔着炉子把它递给了埃吉尔。埃吉尔站了起来,拔出他的剑,走到地上。他把他的剑伸进臂圈里,把它朝自己拽了过来,然后他回到了自己的座位上。国王坐到了他的主座上。埃吉尔坐下的时候,他把臂圈套在他的胳臂上,他的眉毛恢复了平常的样子。他把他的剑和头盔放下,拿起了为他斟好的角杯,把酒饮尽了。接着他吟唱了一首诗:

> 身着戎装的国王把丁零当啷的圈圈
> 套在我的手上,
> 猎鹰和猛隼歇脚的地方。
> 我取过那套在
> 劈开盾牌的武器上的臂圈,
> 把它套在我的剑上,
> 以颂扬哺养渡鸦的勇士。

从那以后,埃吉尔才尽情饮酒,并和别人交谈起来。

之后,国王令人搬进来两只箱子,各由两个人抬着。两只箱子里全都装满了银子。

国王说:"这两只箱子是你的了,埃吉尔。要是你回冰岛去,你要把这些钱交给你的父亲,这是我送给他作为对他失去儿子的补偿。分一些钱给索罗尔夫的亲人——你认为是最好的那些人。从财富之乡这里,拿上我给你兄长的补偿,随你的心愿,要是你希望长期留在我这里,我会赐予你你希望得到的荣誉和尊敬。"

埃吉尔收下了钱,对国王的赠与和友谊表示了感谢。从那时起,他开始高兴起来,吟唱了一首诗:

> 悲伤教我突出的眉毛
> 耷拉到了眼皮上,
> 现在我有了一位能熨平
> 我眉头的人:
> 国王把我脸上的山丘,
> 推回到我眼的上方。
> 他赠送臂圈毫不吝惜。

之后,国王命人对那些有望活下来的人的伤口都做了包扎处理。

索罗尔夫死后,埃吉尔在阿特尔斯坦国王那里留了一个冬天,在他那里受到了很大的尊敬。所有跟随他们俩兄弟的战后活下来的人,都留在他那里。埃吉尔作了一首赞扬国王的得劳帕①,其中包括以下诗篇:

> 屹立在国土之上

---

① 古冰岛诗歌的一种颂歌,用以褒颂英雄和伟大人物事迹的长歌。

> 对战事运筹帷幄的君主，
> 击倒了三个国王；
> 他们的国土来自埃拉①。
> 阿特尔斯坦还有别的业绩，
> 出身高贵的国王征服了一切。
> 这君王，我发誓，
> 伟大又慷慨。

得劳帕的副歌是这样的：

> 就连高原麋鹿的路
> 现在也属于强大的阿特尔斯坦。

作为对埃吉尔的诗的报答，阿特尔斯坦赠给他两只各重一马克的金环，随赠的还有一件国王自己披过的价值昂贵的大氅。

春天来到的时候，埃吉尔对国王说夏天他打算去挪威，他要去了解清楚阿斯盖尔德的情形，"她是我哥哥索罗尔夫的妻子。他们有大量钱财，可是我不知道他们的孩子是不是还活着。如果他们还活着，我得抚养他们；但是，要是索罗尔夫身后没有孩子，那我得继承他的一切。"

国王说道："如果你觉得有应尽的义务而要离开这里，这当然由你来决定，埃吉尔。我倒希望你选择别的——永远留在我这里，

---

① 可能指诺森伯里亚的国王，死于867年。

接受你提出的任何东西。"

埃吉尔感谢了国王的好意，说道："我必须立即离开，因为那是我的责任。但是只要我能安排得过来，我极有可能回来取你允诺给我的东西。"

国王邀请他再来。接着埃吉尔就作好了与他的人离开的准备，虽然有不少人留在了国王那里。埃吉尔有一艘大型长船，船上有一百多人。当准备停当又刮起了顺风的时候，他便出海了。他和阿特尔斯坦国王在深切的友好气氛中分了手。国王请埃吉尔尽快回来。埃吉尔说他会这样做的。

之后，埃吉尔就朝挪威进发了，在他到达陆地的时候，他就径直航行去费约尔丹讷。他得知头领索里尔已经去世，头领的儿子阿里恩比约恩继承了他的头衔，已经成了国王的人了。埃吉尔去看望了阿里恩比约恩，受到了他很好的接待。阿里恩比约恩邀请埃吉尔住在他那里，埃吉尔接受了他的好意。他把自己的长船拖上岸，他的人也得到了安顿。阿里恩比约恩请埃吉尔和他的十一个人住进他的家，埃吉尔和他在一起度过了那个冬天。

56

刺脚索尔盖尔的儿子贝格-奥努恩德娶的是地主比约恩的女儿贡希尔德，她和他居住在阿斯克。索罗尔夫·斯卡拉格里姆松的遗孀阿斯盖尔德和亲属阿里恩比约恩住在一起。她和索罗尔夫有一个年轻女儿索尔迪丝，她和母亲一起生活。埃吉尔把索罗尔夫的死耗告诉了阿斯盖尔德,提出要供养她。阿斯盖尔德听到这个消息后心乱如麻,但是她恰当地回答了埃吉尔,减低了这件事情的重要性。

秋天渐深,埃吉尔变得闷闷不乐,常常坐在那里,把头垂到大氅里。

一次,阿里恩比约恩去到他那里,问他是什么事情让他变得这么郁郁寡欢,"尽管你遭到兄长亡故的重大损失,男子汉应该做的是勇敢地承受它。一个男人在别人死后还得活下去。你作了什么诗?吟诵给我听听。"

埃吉尔告诉他,下面这首是他最近作的诗:

> 女人啊
>
> 女人,该忍耐我的粗野;
>
> 年轻的时候,
>
> 我可以随便抬起我的目光。
>
> 现在,她,女人,
>
> 搅乱诗人心田的时候,
>
> 我却不得不把我忧郁的面孔
>
> 掩在大氅里。

阿里恩比约恩问他,他为之赋情诗的这个女人是谁,"诗里好像藏有她的名字的暗示。"

于是埃吉尔吟唱了这首诗:

> 我从不在巨人亲人的酒①里
> 隐藏我这位女眷
> 的名字；
> 她的哀伤已渐渐褪去。
> 有人搅得瓦尔库里的
> 武器乱响
> 他就有参透战神的蜜醪的
> 本领。

"这里用得上'无事不可对朋友说'这句俗话了，"埃吉尔说道，"我要回答你的问题：我为之赋诗的女人是谁。她是你的亲戚阿斯盖尔德，我需要你的支持来安排这门婚事。"

阿里恩比约恩说，他觉得这是一个很好的主意，"我一定美言几句来促成这桩好事。"

之后，埃吉尔向阿斯盖尔德提出这桩事情，但是她说要听听她父亲和她的亲人阿里恩比约恩的意见。接着阿里恩比约恩同阿

---

① 巨人亲人的酒，指诗。北欧神话中原有两类神祇。一类是阿斯神祇，另一类是莞讷神祇。两类神祇间经常交战。后来两类神祇间讲和休战。为了表示各自的承诺是庄严的，他们分别站在一口大瓮的两侧，各自对瓮吐了一口唾沫。阿斯神祇把瓮变成一位名叫柯瓦西尔的神作为这次议和的证人。柯瓦西尔非常聪明，能回答任何向他提出的问题，会各种手艺。有一次，他们来到生活在乌兹郭的矮人族那里。有两个矮人知道他是聪明绝顶的柯瓦西尔之后便把他杀死，在他的血中注入蜜，酿出蜜醪。要是有人喝了这种蜜醪，他便有作诗的才能。酒后来被巨人抢走，最后又被奥丁抢到手喝掉。这样奥丁在北欧神话中也就成了诗神。

斯盖尔德商量了这件事，她的回答和先前一样。阿里恩比约恩敦请她接受这门婚事。在此之后，阿里恩比约恩和埃吉尔去见了比约恩，埃吉尔提出和他的女儿结婚的事情。比约恩欣然同意了这门婚事，说由阿里恩比约恩来决定。阿里恩比约恩非常赞同，于是他们终于订了婚，并且决定在阿里恩比约恩家举行婚礼。约定的时间到来的时候，在那里举行了盛大的宴会，埃吉尔娶阿斯盖尔德为妻。那年冬天余下的日子里，他的情绪一直很好。

春天，埃吉尔装备了一艘商船，要去冰岛。阿里恩比约恩劝他在贡希尔德王后掌权的时候不要待在挪威。

"她对你居心不良，"阿里恩比约恩说道，"你在日德兰海岸外碰上了埃温德，使事情变得更糟糕了。"

埃吉尔准备停当，在刮起顺风的时候，他起航出海，一路很顺当。秋天他到达冰岛，径直朝波尔嘎尔费约尔德走去。他离开那里已经十二年了。斯卡拉格里姆那时已经很老了，见到埃吉尔回来，十分高兴。埃吉尔带上壮汉索尔芬和他的许多人在波尔格住下。他们和斯卡拉格里姆一起度过了那个冬天。埃吉尔有大量的钱财，但是没有记载提过他是否和斯卡拉格里姆或者任何别人分享了国王阿特尔斯坦赠送给他的那些银子。

那年冬天索尔芬娶了斯卡拉格里姆的女儿塞蓊，次年春天斯卡拉格里姆在兰嘎尔佛斯给了他们一块地方生活；那块地方从兰嘎尔和阿尔夫塔河之间的雷鲁莱克小溪往内地一直伸到山那边。索尔芬和塞蓊生了一个女儿叫索尔迪丝，她嫁给了霍尔姆的阿尔恩盖尔，他是不敬神的贝斯的儿子。他们的儿子叫比约恩，是西塔尔达尔地方的头领。

埃吉尔在斯卡拉格里姆那里住了好几个冬天，就像斯卡拉格里姆那样照料着家产，管理着农庄。埃吉尔的头秃得更加厉害了。

接着，那个地区的许多地方都有人定居了。哈罗嘎兰人格里姆的弟弟赫罗蒙德是贡恩劳格的父亲，贡恩劳格的女儿苏里德·德拉是黑色伊鲁吉的母亲。

57

埃吉尔在波尔格居住许多年后的一个夏天，有一艘船从挪威来到冰岛，带来消息说头领比约恩去世了。消息还说，比约恩的儿子[①]贝格-奥努恩德获得他的全部财富。他把贵重的东西全都搬到了他自己家里，为农庄安排了佃户，从他们那里收取佃租。他占有了比约恩生前拥有的全部地方。

埃吉尔听说这些消息之后，又详细地询问是贝格-奥努恩德自己主动这样干的呢，还是更有势力的人支持他这样干的。人们告诉他，奥努恩德是埃里克国王的好朋友，而且更加接近贡希尔德王后。

秋天，埃吉尔把这件事情搁在一边。但是在冬末春初的时候，他把他那艘放在兰嘎尔佛斯一个棚屋里的船拖了出来，把它装备好准备出海，并召集起船员。他的妻子阿斯盖尔德参加了这次航行，但是索罗尔夫的女儿索尔迪丝则留下没有去。埃吉尔一准备

---

① 原文是儿子，但从上下文看，应为女婿。

好就出海了,到达挪威以前一路上没有什么特别的事情。一有机会他就径直去看望阿里恩比约恩。阿里恩比约恩欢迎了埃吉尔,邀请埃吉尔在他那里住下。埃吉尔接受了,阿斯盖尔德和他一起去,同去的还有其他一些人。

不久,埃吉尔就对阿里恩比约恩提出了要收回在这个国家里的财产的问题。

"这件事看来不那么乐观,"阿里恩比约恩说道,"贝格-奥努恩德这个人很强硬,爱惹事、不公正,还贪得无厌,现在国王和王后又给他很大的支持。你是知道的,贡希尔德王后是你最大的敌人,她是不会教奥努恩德让步的。"

埃吉尔说道:"在这件案子上,国王会容许我得回我的合法权利的;有你的支持,我毫不犹豫地要依法控诉奥努恩德。"

他们决定埃吉尔要准备一艘船,由他为船配备了差不多二十个船员。他们朝南驶向霍尔达兰,在阿斯克上岸,见到贝格-奥努恩德。埃吉尔把这件事提出来,向奥努恩德要求他那份比约恩的遗产,说两个女儿按法律都有同等的权利得到比约恩的遗产。

"再说,我认为阿斯盖尔德的出身比起你的妻子贡希尔德来,还要高贵呢。"他接着说道。

"你的胆子真不小,埃吉尔,"奥努恩德反驳,"你是被埃里克国王放逐的,现在你竟到他的国家里来欺侮他的人。告诉你,像你这样的人我打败过很多,而且我认为你要求让你的妻子继承财产,更是没有道理,因为人人都知道她是一个女奴的女儿。"

奥努恩德口出秽言,诟骂不休。

埃吉尔看出奥努恩德不准备解决问题,就要他到议事庭上,听从古拉议事庭的法律裁决。

奥努恩德说:"我会到古拉议事庭去的,要是我胜了,你就休想完整地离开。"

埃吉尔说,不管会出什么事情他甘冒危险去议事庭,"看我们的案子有什么结果吧。"

埃吉尔和他的人离开了,回到家以后,他对阿里恩比约恩讲了他此行的情形以及奥努恩德的答复。阿里恩比约恩听到把他的婶母索拉说成女奴,大怒起来。

阿里恩比约恩去见埃里克国王,向他禀告了这件事情。

国王对这件事情的态度很坏,说阿里恩比约恩长久以来一直偏袒埃吉尔,"是冲着你,我才让他留在这个国家里的,可是要是他一冒犯我的朋友你就支持他,那就太难办了。"

阿里恩比约恩说道:"在这个案子上,你应该容许我们得回我们的权利。"

国王在整个事情上很固执,但是,阿里恩比约恩看得出王后的反对还更加厉害。阿里恩比约恩回到家里,说前景十分令人沮丧。

冬天过去了,参加古拉议事庭的时间快到了。阿里恩比约恩带上了一大队人,其中也有埃吉尔。埃里克国王也在那里,有一大队人和他在一起。贝格-奥努恩德和他的弟弟们都在国王一方。讨论这个问题的时间到了,双方都走到设立法庭的地方,提出他们各自的证词。奥努恩德自吹自擂了一番。

法庭设在一片平地上,那地方用榛条围着,榛条则由绳索揽着。那就是一般说的划出一片禁区。法庭就在圈子里,其成员十二位是费约尔丹讷地区的，十二位是松讷费约尔德地区的，还有十二位是霍尔达兰地区的。这三打人裁决所有的案子。阿里恩比约恩选择了费约尔丹讷一边的成员，奥尔兰的索尔德选择了松讷费约尔德一边的，他们都站在同一边。

阿里恩比约恩带上了一大帮人来到议事庭，一艘快船装满了人，还有许多农民乘着他们的小船、轻便船和渡船来。埃里克国王也带来了很大一伙人，装满了六七条长船，其中还有许多农民。

埃吉尔开始他的陈述，要求法庭的判决维护他，制裁奥努恩德。他陈述了他要求继承比约恩·布里恩约尔夫松的遗产的理由。他说他的妻子阿斯盖尔德理应继承她的父亲比约恩的财产，她不论从父系还是母系讲都完全是财产主人的纯正后裔。他要求法庭判决阿斯盖尔德应该继承比约恩的财产，钱财和土地都如此。

埃吉尔讲完之后，贝格-奥努恩德讲开了。

"我的妻子贡希尔德是比约恩及其合法妻子奥洛芙的女儿，"他说道，"贡希尔德因此是比约恩的合法继承者。我要求得到比约恩拥有的一切，理由是虽然比约恩有另外一个女儿，但是她无权继承。她的母亲是被俘的，是没有经过她的亲人同意就当上了小妾的，是被从一个国家带到另一个国家来的。而你，埃吉尔，想在这里像你在你所到的其他地方那样无理取闹，耍横蛮。但是你的那种行径这回不会得逞了，因为埃里克国王和贡希尔德王后答应我，在他的国家里，我的所有案子的裁决都会维护我。我向国王和王后以及法庭的所有成员提出无可辩驳的证据，证明阿斯盖尔德的母亲绣花女索拉，是从她的哥哥索里尔的家中被俘的，后来又一次从布里恩约尔夫在奥尔兰的家中被俘。她与比约恩和一些海盗以及一些被国王放逐的人从一国来到另一国，她在外国的时候怀上了比约恩的女儿阿斯盖尔德。令人惊讶的是，你，埃吉尔，竟想无视埃里克国王的一切裁决。首先，在埃里克国王放逐了你之后，你竟来到了这个国家，更有甚者，尽管你娶了一个女奴，你还要求她有权继承。我要求法庭的成员判给我比约恩所有的遗产，宣布阿斯盖尔德是国王的女奴，因为她是她的父母在被国王放逐的时候生的。"

接着阿里恩比约恩说道："我们要请出证人，他们可以发誓我的父亲索里尔和比约恩有声明认可比约恩和索拉的女儿阿斯盖尔德是她父亲的继承人之一，而你，国王，也给了他生活在这个国家的权利，而你自己也知道，那些一度妨碍他们达成协议的问题都得到了解决。"

国王用了很长的时间来回答他的陈述。

随后，埃吉尔吟唱了一首诗：

> 这个别着胸针的人说
> 拿着我的角杯的我的妻子，
> 是女奴的孩子；
> 这是自私的奥努恩德的见解。
> 长矛的铸造者——我的妻子
> 生来有权继承。
> 有誓言可以做证，
> 古王的后裔：接受这证言吧。

阿里恩比约恩于是请十二位高贵的人做证，他们听过索里尔和比约恩协议的内容，他们都愿意为此向国王和法庭发誓。法庭希望听他们发誓，要是国王不禁止的话。国王回答说，他既不命令也不阻止他们发誓。

这时王后贡希尔德说话了："你好奇怪，国王，竟让这个大个子埃吉尔在你跟前纠缠不休。要是他要你手上的王冠，你也不会反对吗？你可以拒绝作出有利于奥努恩德的裁决，但是我绝不能容忍埃吉尔践踏我们的朋友，错误地从奥努恩德那里夺走这份钱财。你在哪里，阿尔夫·阿斯克曼？把你的人带到法庭，防止这个不公正的裁决通过。"

阿斯克曼和他的人奔向法庭，砍断了标出禁区的绳索，冲破榛条，赶走了法庭成员。议事庭上发生了骚乱；那里的人都没有带武器。

于是埃吉尔说道："贝格-奥努恩德听得见我吗？"

"我听着呢。"他回答道。

"我向你提出决斗，就在议事庭这里。胜者得到全部钱财、土地和贵重物品；如果你不敢，你会成为公众唾骂的人。"

接着国王埃里克说道："要是你想打，埃吉尔，我可以为你安排。"

埃吉尔回答说："我不准备和国王的人打，你们人数超过我，但是，要是条件对等，我就决不会逃掉。不管来者是谁，我都会同样对待。"

接着阿里恩比约恩说道："走吧，埃吉尔。暂时这里没有我们的事了。"

阿里恩比约恩说完就走了，带走了他所有的人。

埃吉尔转回身来，大声说道："你们都是见证，阿里恩比约恩、索尔德和所有现在听见我说话的人。我禁止任何人——地主们、法官们和普通人——在一度属于比约恩·布里恩约尔夫松的土地上居住、劳动或者干什么别的。我禁止你，贝格-奥努恩德以及任何其他人——外来的或者本地的、出身高贵的或者出身低下的——这样干；否则，我要宣布他违反了本国的法律，引起了神的恼怒，搅乱了和平。"

之后，埃吉尔随阿里恩比约恩离开了。他们翻过稍远处一个挡住他们不被议事庭那边看见的山丘，朝他们的船走去。

他们回到泊船的地方的时候，阿里恩比约恩对他的人说道："你们都看到这个议事庭的结果了。我们没有能够赢得我们的权利，国王愤怒极了，我猜测只要有机会国王就会最严厉地对待我们。我要每一个人都登上这艘船，立刻回家去。谁也不要等候人。"

接着阿里恩比约恩登上了他的船，他对埃吉尔说："你登上拴在长船靠海那边的那条船，尽快地离开。要是可能的话，在夜间行驶，不要在白天行驶，还要躲好，因为国王会想办法找到你。不管发生什么事情等一切都过去之后到我这里来。"

埃吉尔照着阿里恩比约恩对他说的话做了。有三十个人登上了那条船，他们尽可能快地划走了。那是一艘异常快的船。阿里恩比约恩的许多人乘着小船和渡船划出了港口；阿里恩比约恩指挥的长船最后离开那里，那是最难划动的船。埃吉尔所在的船很快就行驶在其他船的前面。接着，埃吉尔吟唱了一首诗：

> 刺腿的伪继承权
> 毁掉了我对遗产的要求。
> 从他那里我得到的
> 是威吓和欺凌,
> 我要取回我劳作耕耘的土地。
> 有争议的范围很大
> 是蟒蛇守护着的: 金子。

埃里克国王听到埃吉尔离开议事庭时的那番话, 十分恼怒。但是因为出席议事庭的人都没有带武器, 他没有在那里就攻击埃吉尔。国王命令他的人登上他们的船, 他们照做了。

在他们到达岸边的时候, 国王召集了一个会, 讲了他的计划: "我们要收起我们的船篷, 划船去追赶阿里恩比约恩和埃吉尔。我们要把埃吉尔杀掉; 站在他一边的人我们一个也不饶过。"

他们登上了他们的船, 迅速地准备好了出发, 把船划到阿里恩比约恩的船停泊的地方, 但是那个时候他已经离开了。国王命令他的人穿过海峡的北部追赶他, 国王到松讷费约尔德的时候, 阿里恩比约恩的人正划进埽顿斯松德海峡。国王紧随其后, 在海峡里赶上了阿里恩比约恩的船。两边的船并行的时候, 他们喊了起来, 国王问埃吉尔是不是在船上。

阿里恩比约恩回答说: "埃吉尔不在这里, 国王, 一会儿你自己就会看到。船上的人你都是知道的, 即使往舱里查, 你也会看到那里面没有他。"

国王问阿里恩比约恩, 埃吉尔在什么地方。他回答说, 埃吉尔带着三十个人乘了一艘船划向斯泰因斯松德去了。

于是国王命令他的人沿着海峡从最靠近陆地的地方划，想拦截埃吉尔。他们照做了。

有一个名叫屠杀者凯蒂尔的奥普兰人，他是国王法庭的成员之一。他指挥着国王的船的航行和航向。凯蒂尔是个魁梧英俊的人，是国王的亲戚。许多人说他们两人的相貌很相似。

埃吉尔在去议事庭之前，搬走了船上装载的东西，让他的船在海上漂着。在离开阿里恩比约恩之后，他和他的人划到了斯泰因斯松德他的船那里，登上了船。小船漂在他的船和海岸之间，船舵是安放好了的，船桨也都拴牢在桨位上。

第二天清早，天还没有完全亮，哨兵发现有几艘船正朝他们划来，埃吉尔一醒过来，立刻就站了起来，命令他的人都登上小船。他迅速拿上武器，其他的人也都照做了。埃吉尔拿上了国王阿特尔斯坦给他的、他到哪都带着的那两箱银子，他们登上了小船，把船划到那艘战船靠海岸的那一边最接近陆地的地方；那艘战船是埃里克国王的。

因为这一切发生得非常迅速，天还没有完全亮，两船便相擦而过。在两船船尾相并的时候，埃吉尔把一支矛投了出去，刺中了舵手屠杀者凯蒂尔，刺透了他的腰部。国王下令划船追赶埃吉尔。船经过那艘商船的时候，国王的人登上了它。埃吉尔留在后面的那些没有登上小船的人，只要被国王的人逮住，便被杀死；有几个逃到陆地上去了。埃吉尔的十个人被杀死在那里。有的船划着追赶埃吉尔，另外的船则在那里抢那条商船。他们拿走了所有值钱的东西，然后把它烧了。

追赶埃吉尔的那一伙人,拼命地划,每把桨上有两个人。他们的船上有的是人,而埃吉尔的船上只有为数很少的十八个人,国王的人眼看就要赶上他们了。那个岛靠岸的地方是一片没有什么水的浅滩,连接着另外一个岛。那时正是退潮的时候。埃吉尔和他的人划向那片浅滩,战船则在那儿搁了浅再也看不见他们了。于是国王返回了南方,埃吉尔则朝北去看阿里恩比约恩。他吟唱了一首诗:

> 手持利剑耀武扬威的人
> 在刀光剑影的战斗中
> 砍倒了我们的十八个;
> 但是我清算了这笔账,
> 我亲手掷出的锐利武器
> 径直刺透了凯蒂尔的肋骨;
> 他的血染红了
> 我的投枪。

埃吉尔去见阿里恩比约恩,把发生的事情告诉他。

阿里恩比约恩说他那样对待埃里克国王,结果只能是如此,"但是,钱你是不会缺的,埃吉尔。我会赔偿你的船的,我会给你另外一艘,装备得好好的,让你顺利地回到冰岛。"

埃吉尔的妻子阿斯盖尔德在他们去议事庭的时候留在阿里恩比约恩的家里。

阿里恩比约恩给埃吉尔一艘很适合在大海上航行的船,上面

装满木材。埃吉尔为船出海做着准备,差不多配备了三十个人。他和阿里恩比约恩在浓浓的友好气氛中分别,埃吉尔吟唱了一首诗:

> 让神惩罚国王,
> 教他为偷窃我的财富作出赔偿,
> 让他招致奥丁以及
> 诸神祇的愤怒。
> 弗莱尔和尼约尔德①,
> 教这个暴君逃离他的国土,
> 教土地之神索尔对他的敌人——
> 搅乱他神圣的和平的人恼怒。

58

美发王哈拉尔德年事渐高,他指定了他的儿子们为挪威的统治者,让埃里克国王为他们之首。在统治了挪威七十年之后,哈拉尔德把整个王国都交给了埃里克。那时,贡希尔德为埃里克生下一个儿子。哈拉尔德为他泼了水,以他自己的名字为孩子命名,

---

① 北欧神话中阿斯神祇中的两位重要的神。弗莱尔是尼约尔德的儿子,是丰收之神;尼约尔德本是莞讷神祇中最重要的一员,但后来也被看成是阿斯神祇。尼约尔德是掌管风、海和火的神。

还说，要是这孩子能活那么长久，在他的父亲之后，就由他继承王位。之后哈拉尔德就退了位，去过平静的生活了，主要居住在罗嘎兰或者霍尔达兰。三年之后，哈拉尔德国王死在了罗嘎兰，被埋葬在豪格松德的一个坟冢里。

他死了之后，他儿子们之间发生了严重的争执，因为维克的人民把奥拉夫奉为他们的国王，特隆德海姆的人则奉西古尔德为王。哈拉尔德死后一年，埃里克在潼斯贝格之战中把这两兄弟都杀死了。就在埃吉尔和贝格-奥努恩德在古拉议事庭争吵和上面讲的那些事情发生的同一个夏天，他挥师从霍尔达兰往东去奥斯陆征讨他的兄弟们。

国王出征的时候，贝格-奥努恩德留在家里，因为埃吉尔还在国内，他不放心离开。他的弟弟哈德和他在一起。

当时有一个人名叫弗罗迪，是埃里克国王的亲戚，也是他的养子。他是一个很漂亮的人，年纪很轻，但是体格很好。埃里克国王让他留下，给贝格-奥努恩德一点额外的支持。弗罗迪住在国王在奥斯塔德的农庄里，有一帮子人和他在一起。

埃里克国王和贡希尔德王后有一个儿子名叫罗根瓦尔德。那时他大约是十岁或者十一岁，是一个很有前途、很吸引人的孩子。这些事情发生的时候，他住在弗罗迪那里。

埃里克国王出海征讨之前宣布，把埃吉尔放逐出全挪威，人人可诛之而无罪。阿里恩比约恩随同国王出征，但是在他出发之前，埃吉尔乘船去了阿尔登外面一个叫作维塔尔的渔场，那个地方远离船只来往的航道。那里有渔民，他们对最新的事件都有很灵通的消息。在埃吉尔听到国王宣布他被放逐的时候，他吟唱了这首诗：

> 法律的破坏者，
> 土地上的精灵，
> 逼着我流落他乡；
> 他的妻子欺骗了
> 这个屠杀手足的人。
> 暴戾的贡希尔德要为她
> 把我逐出这里付出代价。
> 我年幼的时候就能克服犹疑
> 并对被欺诈进行报复。

气候很好，晚间有山里刮来的风，白天有从海上吹过来的微风。有一天晚上，埃吉尔和他的人出了海，被派来探察埃吉尔行踪的渔民划船回了大陆。他们报告说，埃吉尔已经出海离开了这个国家。这些话被传给了贝格-奥努恩德。奥努恩德听到以后就把他留下来在他那里做保卫的人全都打发走了。之后他划船到了奥斯塔德，邀请弗罗迪去他那里住，说他那里有很多啤酒。弗罗迪随他去了，还带上了几个人。他们举行了很丰盛的宴会，玩得很快乐，没有任何顾虑。

罗根瓦尔德王子有一艘小战船，船的两侧各有六个桨位，水线之上是漆过的。他不论到哪里总是把他那十个或者十二个人带在船上。弗罗迪离开以后，罗根瓦尔德就带着他那十二个人登上船划到赫尔德拉去了。国王在那里有一座很大的农庄，农庄由一个叫作大胡子索里尔的人经营着。罗根瓦尔德小的时候就是在那里被抚养的。索里尔欢迎王子到来,给了他们很多喝的。

埃吉尔在夜间出了海,这在前面说过,第二天清早风停了,海上风平浪静。他们让船在起风以前在海上漂了几夜。

后来,刮起了海风,埃吉尔对他的人说:"现在我们要驶回岸上去。因为,要是海上刮起了大风,就说不清我们会在哪里登岸了。这里的绝大多数地方的人都是和我们作对的。"

船员们都说,他们去哪里由埃吉尔决定。接着他们扬帆驾船去了赫尔德拉的渔场。找到一个适合抛锚的地方后,他们就拉上船篷,把船停泊在那里过夜。在他们的船上有一条小船,埃吉尔和另外两个人坐上了那只小船。在夜色的掩护之下他们划到了赫尔德拉,埃吉尔派一个人上岛去探听消息。

那人回来报告说,埃里克的儿子罗根瓦尔德和他的人在那里的一个农庄里,"他们坐在那里喝酒。我碰到了一个喝得烂醉的农工,他说他们要喝得一点不比弗罗迪和他的四个人在贝格-奥努恩德家喝下的少。"

那人说,除了弗罗迪和他的人,那里只有住在农庄的人。

于是,埃吉尔把他的船划回去,叫起他的人,让他们带上武器。他们把船停泊好,埃吉尔留十二个人守船,然后坐上小船。小船上共有十八个人,他们划过海峡。他们定好夜间登陆到达汾翎的时间,并且隐藏在一个小海湾里。

之后,埃吉尔说:"现在我要到岛上去看看我能发现点什么。在这儿等我。"

埃吉尔带上他通常用的武器:一顶头盔、一副盾牌,腰间佩一把剑，手上拿了一柄戟。他到了岛上沿着一个树林的边缘走，头盔上套了一顶很大的风帽。他来到一个地方，那里有几个少年带着很大的放羊狗。一搭上话，他便问他们都是从哪里来的，为什么带着这么大的狗。

"看来你很蠢，"他们说道，"难道你没有听说过在这个岛子上转悠的那头带来灾祸、咬死人畜的熊？正悬赏抓它呢。在阿斯克这里，我们每天夜里都要不睡觉守护围栏里的羊群。那么，你为什么带着武器在夜里到处走动？"

"我也怕那头熊呢，"埃吉尔回答道，"这一阵子好像没有什么人不带着武器到处走动的。那头熊今天夜里追了我很长时间。瞧，它就在树林的边上。农庄里的人都睡了吗？"

一个少年说，贝格-奥努恩德和弗罗迪一定还在那里饮酒呢，"他们整夜都不睡。"

"跟他们说熊在什么地方，"埃吉尔说道，"我得赶着回家去。"

他走开了，那个孩子跑回农庄，进了他们在里面喝酒的那间屋子。那时候，除了奥努恩德、弗罗迪和哈德三个人之外，其余的人全都睡了。孩子告诉他们熊在什么地方，他们就拿起挂在墙上的武器，跑出屋子直奔树林里去。有一块长着一丛丛灌木的狭长土地，从树林里延伸出来。孩子告诉他们熊就在灌木丛里，他们看见枝条在动，就以为熊就在那里。贝格-奥努恩德要哈德和弗罗迪走到灌木丛和主树林之间，不要让熊到主树林里去。

贝格-奥努恩德跑到灌木丛那边。他戴着头盔，一手拿着一副盾牌，另一手拿着一杆矛，腰间佩一把剑。但是，藏在灌木丛中的是埃吉尔，不是熊。他一见贝格-奥努恩德就去拔剑。他的剑柄上拴着一根带子,他伸手到带子与剑柄的连接处。他拿着他的戟朝贝格-奥努恩德冲了过去。贝格-奥努恩德一看见他,就加快了步伐,把盾牌拿在他的身前。在交手之前,他们都把各自的投枪朝对方掷去。埃吉尔把他的盾伸出去挡住了奥努恩德的投枪,他的盾有一个角度,奥努恩德的投枪碰到盾之后就滑开,插到了地上。埃吉尔的戟则击中了奥努恩德的盾牌的正中,穿透得极深,死死地戳在奥努恩德的盾上,重得使奥努恩德拿不动。这时埃吉尔迅速握住他的剑柄。奥努恩德开始拔他的剑,可是剑才只拔出一半,埃吉尔就持剑朝他刺了过来。奥努恩德退了一步,躲过了这一击。但是埃吉尔迅速地抽回他的剑朝奥努恩德砍去,差不多把他的头削了下来。接着,埃吉尔就把他的投枪从奥努恩德的盾牌上拔了出来。

看到贝格-奥努恩德倒下,哈德和弗罗迪都朝他跑了过来。埃吉尔转过身子朝着他们。他用他的戟刺弗罗迪,刺透他的盾一直深深地刺进了他的胸膛,戟尖竟从他的背上透了出来。他倒在那里死了。埃吉尔随即持剑去砍哈德,他们交手不到几个回合,哈德就被杀死了。

那几个孩子过来了。埃吉尔对他们说:"守卫住你们的主子奥努恩德和他的伙伴,一定不要让野兽或者鸟来吃他们的尸体。"

埃吉尔走开了,没有走多远,他的人就从对面过来了。来了十一个,其他六个守着船。他们问发生了什么事情。他吟唱了一首诗:

    我被那个守财奴

（Guðjón Ketilsson）

埃吉尔迅速地抽回他的剑朝奥努恩德砍去，差不多把他的头削了下来。

欺凌的时间
太久了；
要保卫我的钱财，
我就杀死了
贝格-奥努恩德，还有哈德和弗罗迪。
我为奥丁的妻子①——大地——
披上了一件血衣。

接着埃吉尔说道："走，回到农庄上去，做得像真正的武士：把抓着的都杀掉，把能拿的值钱东西都拿走。"

他们过去洗劫了农庄，杀死了十五六个人，有几个逃脱了。他们拿上了所有值钱的东西，把他们带不走的全都破坏掉。他们把牲口赶到了海边，把它们都宰了，把船装得满满的，然后继续上路，精疲力竭地划过了海峡。

埃吉尔愤怒极了，没有人敢和他说话。他坐在船舵那里。

他们把船划进峡湾的时候，罗根瓦尔德王子和他那十二个人乘着那艘涂漆的战船已经在他们的航线上划行。他们听说了埃吉尔的船在赫尔德拉的渔场附近，想为奥努恩德打探他的所在。埃吉尔一看见那条战船便认出了它。他把船径直朝着那条战船划过去，用船头去撞它的一侧。那条战船被撞得猛烈摇晃，海水从一侧灌进去，把船灌满了。埃吉尔跳了过去，拿着他的戟，鼓励他的人不要让那条船上的任何一个人活着逃掉。没有遇到任何抵抗，

---

① 奥丁的妻子是芙里格，也是丰收之神。

船上的人全部被杀死,没有一个能逃脱。罗根瓦尔德和他的人都死在了那里,一共十三个。埃吉尔和他的人把船划到了赫尔德拉岛上。接着埃吉尔吟唱了一首诗:

> 我们战斗;我一点不顾及
> 我会为我的暴行付出代价。
> 我的闪电般的剑被
> 血斧埃里克和贡希尔德的儿子染红。
> 十三个人
> 个个穿金戴银
> 倒在那条战船那里;
> 这戮杀之手,该多么忙碌。

埃吉尔和他的人到达赫尔德拉的时候,直奔农庄,一个个都是全副武装。索里尔和他的人看见他们,不论男女,凡是能逃的都立刻从农庄逃掉了。埃吉尔和他的人把他们能找到的贵重物品都拿走,带到了船上。没有多久,陆地上便刮起了对他们有利的风,他们作好了航行的准备。他们一升起船帆,埃吉尔不久就到了岛上。

他拿起一根榛条,走到一块向着内地的岩石边上。然后他拿起一个马头,把它安在榛条上。

之后他开始祈祷,他说道:"我在这里立起这根诅咒之柱,我诅咒埃里克国王和贡希尔德王后。"然后,他把马头转过来朝着大陆,继续说道:"我诅咒居住在这个岛上的守护精灵,让他们全都迷失方向，让他们在把埃里克国王和贡希尔德赶出这个国家之前，不论是有意还是无意，全都找不到他们的居所。"

然后，他把榛条深深地插在那块岩石的缝中，把他的祈祷全用鲁纳文刻在榛条上面。

做完这些之后埃吉尔回到了船上。他们升起船帆，把船驶进大海。开始起风了，刮起了一阵强劲的顺风。船疾速地往前驶去，埃吉尔吟唱了这首诗：

> 紧逼着我的船桅的锐利的风，
> 用它的凿刀
> 在我的海牛头前
> 划开了一条道。
> 在阵阵疾风里，
> 那刺骨寒冷
> 损坏船板的波涛
> 回旋在我的船头
> 拍击着那里的船板。

然后，他们驶进了大海，一路都很顺畅，到达冰岛，在波尔嘎尔费约尔德上了岸。他驶向了那里的港口，把船上装载的东西都搬上了岸。埃吉尔回到了波尔格的家里，他的船员都找了别的地方住下。那个时候斯卡拉格里姆已经很老了，年高体弱，埃吉尔因而开始掌管起家产，经营起了农庄。

59

那时有个人名叫索尔盖尔。他娶了索尔迪丝,索尔迪丝是英格瓦尔的女儿,埃吉尔的母亲贝拉的妹妹。索尔盖尔居住在兰巴斯塔坻尔内地的阿尔夫塔内斯,是和英格瓦尔一起来冰岛的。他很富有,很受人尊敬。他的儿子索尔德从他那里继承了兰巴斯塔坻尔,埃吉尔回到冰岛的时候他正居住在那里。

那年秋天,在冬天来临之前不久,索尔德骑马到波尔格来会见他的亲人埃吉尔,并且请他去赴宴。他在家里酿了些啤酒。埃吉尔答应前往,他们把时间定在过后的一周。预定的时间快到的时候他准备去了,带上了他的妻子阿斯盖尔德。他们一共是十一二个人。

埃吉尔准备好了的时候,斯卡拉格里姆和他一起走了出来,在埃吉尔上马之前拥抱了他,对他说:"你好像不那么急着把阿特尔斯坦国王送我的钱给我。现在你是不是准备把它拿出来了?"

埃吉尔说:"你是不是很缺钱,父亲?我没有注意到。只要你需要,我马上就把银子给你,不过我知道你保存着一两口箱子,里面装满了银子。"

"你好像以为我们已经平分了我们的钱财,"斯卡拉格里姆说道,"那么,我高兴怎么处理我存下的钱你是不会在乎的。"

埃吉尔说道:"别装着你要得到我的同意一样,因为不管我说什么,你还是会想怎么干就怎么干的。"

埃吉尔随即上马去了兰巴斯塔坻尔。他受到了热情友好的欢迎，他要在那里逗留三夜。

埃吉尔离开家的同一夜，斯卡拉格里姆把他的马备上了马鞍，在别人就寝以后，骑马离开了家。他走的时候，把一口很大的箱子搁在膝上，一只胳臂下面还夹着一口铁锅。后来人们说他把其中的一件或者把两件东西都埋在了克鲁姆斯凯尔达沼泽里，并用一块大石头压在上面。

斯卡拉格里姆半夜回到家里，上了床躺下，身上还穿着衣服。第二天拂晓，大家都把衣服穿好了的时候，斯卡拉格里姆坐在他的床沿上死了，他僵硬得不管别人费多大的劲，也无法把他伸直或抬起来。

底下人马上备了一匹马，骑马的人快马加鞭一直赶去兰巴斯塔坻尔。他径直来到埃吉尔跟前，把消息对他讲了。埃吉尔拿上他的武器、衣服，骑上马，当天夜里就赶回波尔格。他下马进了屋子，来到有炉火的那个屋子的一个凹室，那里有一道门通到一个有供人睡觉和坐的条凳的地方。埃吉尔走到条凳那里，抓住斯卡拉格里姆的双肩，把他向后拖去。他把他放倒在条凳上，堵住他的鼻孔，把他的眼皮和嘴都合上。然后他命人拿来铁锨把南墙掘倒。墙被掘倒以后，他抓住斯卡拉格里姆的头和双肩，其他人抓着他的双脚。他们就这样抬着他径直穿过屋子，从墙上挖开的地方出去。他们一直把他抬到塙斯塔内斯，夜里把他的尸体遮盖起来。早晨涨满潮的时候，斯卡拉格里姆的尸体被安放在一艘船里，他们把船划往迪格拉内斯。埃吉尔在海角边上修了一个坟冢，把斯卡拉格里姆和他的马、武器以及工具一起安葬在里面。没有记载提到是不是把钱安放在他的坟冢里。

埃吉尔继承了他父亲的土地和值钱的东西,经营着农庄。阿斯盖尔德为索罗尔夫生的女儿索尔迪丝和他们一起住在那里。

60

在他的父亲死后,埃里克国王统治了挪威一年,这时,国王哈拉尔德的另外一个儿子哈康从英格兰来到了挪威,他在英格兰的时候被寄养在阿特尔斯坦国王那里。那是埃吉尔·斯卡拉格里姆松回冰岛的同一年夏天。哈康往北来到特隆德海姆,被接受为那里的国王。那年冬天,他和埃里克都是挪威的国王。次年春天,他们各自都聚集了军队,哈康的军队数量要大得多。看到除了逃避国外已别无选择,埃里克便带着妻子贡希尔德以及他们的孩子离开了。

头领阿里恩比约恩是埃里克国王的奶兄弟,是他儿子的养父。在所有为国王掌管土地的人当中,埃里克国王最喜欢他,让他当了费约尔丹讷地区的头领。阿里恩比约恩随同国王离开了这个国家,渡海前往奥尔克莱斯。在那里,国王把他的女儿朗恩希尔德嫁给雅尔阿尔恩芬。然后带着他所有的人南下到了苏格兰,在那里抢劫,从那里继续往南到了英格兰,也在那里抢劫。

阿特尔斯坦听到这事以后,聚集了一支大军去抵抗埃里克。他们相遇的时候,双方达成协议,阿特尔斯坦国王指定埃里克统治诺森伯里亚,抵挡苏格兰人和爱尔兰人,保卫英格兰。在奥拉夫死后，阿特尔斯坦国王定苏格兰为附属王国，但是那里的人民始终不忠顺他。

据说贡希尔德练过巫术，诅咒埃吉尔·斯卡拉格里姆松，教他在她见到他之前在冰岛永不得安宁。那年夏天，在哈康和埃里克相遇为控制挪威发生争执之后，从挪威去冰岛的一切航行都被禁止，之后就再没有船航行去冰岛，再没有消息从挪威传过去。

埃吉尔·斯卡拉格里姆松留在他的农庄里。斯卡拉格里姆死后埃吉尔在波尔格的第二年，随着冬天一天天过去，他变得坐立不安起来，越来越忧郁。夏天来到的时候，埃吉尔宣布他要准备船航行到海外去。他招募了一批船员，计划航行到英格兰去。船上一共有三十个人。阿斯盖尔德留在冰岛照顾农庄，而埃吉尔则计划去看阿特尔斯坦国王，去要他们分手的时候国王答应他的东西。

埃吉尔准备得很慢，在他出海的时候，已经赶不上顺风了，秋天和坏天气快来了。他们航行到了奥尔克莱的北面。埃吉尔不打算在那里停留，因为他认为统治那些海岛的是埃里克国王。他们沿着苏格兰的海岸往南前进，虽然有很大的风暴和侧风，可是他们还是驾驭住了，经过苏格兰的南面到了英格兰的北部。到了晚上天黑下来的时候，风暴越刮越紧了。他们发觉这种情况之前，海浪猛烈地冲击着他们向海一侧和前方的沙滩，所以唯一的路是朝陆地驶去。他们这样做了，让他们的船在亨伯河的外面搁了浅。除去船之外，所有的人和他们的绝大部分财物都得救了。船被撞得粉碎。

他们和遇见的人交谈，听到一些使埃吉尔觉得很不吉利的事情：血斧埃里克国王和贡希尔德在那儿，统治着那个王国，他所停留的地方离约克不远。他还听说头领阿里恩比约恩和国王在一起,和他们相处得不错。

查明这些消息之后,埃吉尔定下了他的计划。他认为,即便他在埃里克的这个王国里想尽办法躲躲藏藏,乔装打扮,也没有更多可能逃脱。任何人看见他,都会认出他来的。考虑到逃跑中被抓住太可耻,他壮起胆子,下决心就在他们到达的那天,弄到一匹马,骑往约克。他夜里到达那里,径直进了城。他在头盔上加了一顶大风帽,而且全副武装。

埃吉尔问清何处是阿里恩比约恩在城里的家;人家告诉了他。他便骑马前往。他到了那所房子,下马和一个人谈话,那个人告诉他阿里恩比约恩正在进餐。

埃吉尔说:"我的好人,我请你进去,问一问阿里恩比约恩,他是想在家里,还是想在外面见埃吉尔·斯卡拉格里姆松。"

那人说道:"这对我算不上什么麻烦。"

他进到大厅里面,大声地说:"外面来了一个人,又高又大,像个山精。他要我进来问一问,你是想在家里,还是想在外面见埃吉尔·斯卡拉格里姆松。"

阿里恩比约恩回答说:"去叫他等在外面。他不会等很久的。"

他照阿里恩比约恩说的做了,出来把阿里恩比约恩说的告诉了埃吉尔。

阿里恩比约恩命人收拾好桌子,然后带上他家里所有的人一起走了出来。他问候了埃吉尔,并问他为什么到这里来。

埃吉尔简单地对他讲了讲他一路上的重大情况——"现在你决定吧,我该怎么办,若是你想帮我的话。"

"你来到这个住所之前,在城里遇见过什么认得出你的人没有?"阿里恩比约恩问道。

"一个也没有。"埃吉尔说道。

"那么,你们大家都拿上武器。"阿里恩比约恩说道。

他们照做了。埃吉尔、阿里恩比约恩和他的人都拿上武器之后,前往国王的住所。他们来到了大厅,阿里恩比约恩敲了门,讲清了他是谁,要求进去。门卫马上把门打开了。国王正在进餐。

阿里恩比约恩说可以进去十二个人,他指定了埃吉尔和其他十个人。

"埃吉尔,现在你要进去,把你的头伸向国王,拥抱他的脚。由我来对他讲你的事情。"

说完他们就进去了。阿里恩比约恩走到国王跟前,问候了他。国王对他表示了欢迎,问他有什么事情。

阿里恩比约恩说道:"我给你带来了一个人,他老远赶来看望你,与你和解。我的君主,你的敌人从别的国家自愿来看你,这是对你的莫大尊敬;他觉得即使你不在,只要你仍对他们恼怒,他们就没法生活。请以高贵的精神对待这个人。他远渡重洋,不辞千难万险,远离他的家乡,表现了对你的莫大尊敬,请公正地与他和解吧。他此行除了向你表示善意之外,再无别的企图。"

国王环顾四周,看到了高出众人一头的埃吉尔站在那里,他盯着埃吉尔说道:"你为什么这么大胆,敢来见我,埃吉尔?我们上次分手以后,你已没有希望让我饶你的命了。"

于是埃吉尔走到桌前,抱住了国王的脚。他吟唱了一首诗:

> 我乘着海神的坐骑穿过惊涛骇浪，
> 千里迢迢
> 来看望高坐在掌管
> 英格兰国土宝座上的君王。
> 斗胆万分，
> 舞弄利剑的勇士，
> 会见了哈拉尔德国王
> 的血脉。

埃里克国王说道："我用不着历数你干的所有坏事。那是太恶劣、太多了，任何一件都足以叫你不能活着离开这里。除去死之外，你在这里什么也得不到。事前你就该知道，你从我这里一点谅解也得不到。"

贡希尔德说道："为什么不立刻把埃吉尔杀掉。你记得吗，国王，埃吉尔都干了些什么？他杀死了你的朋友和亲人，甚至你自己的儿子，还诅咒了你。还有什么人胆敢这样对待君王？"

"要是埃吉尔讲过国王的坏话，"阿里恩比约恩说道，"那么他可以用流传万世的颂扬作为补偿。"

贡希尔德说道："我们不要听他的颂扬。把埃吉尔带出去杀掉，国王。我永远也不要听见他说话或看到他。"

这时阿里恩比约恩回答道："国王不会按照你的恶毒请求行事。他不会在夜里把埃吉尔杀掉。因为在夜里杀人是谋杀。"

国王说道："就按你说的，阿里恩比约恩：埃吉尔可以活过今夜。你把他带回去，明天早晨把他带回来。"

阿里恩比约恩感谢国王的话："我希望埃吉尔的事将来会有好的转机，我的君主。虽然埃吉尔可能伤害了你，但是你应该想一想你的亲人让他遭受的损失。你的父亲哈拉尔德国王因为听信谗言而把他的伯父索罗尔夫——一位极好的人——杀掉。你自己偏袒贝格–奥努恩德而破坏了法律，而且你要把他杀掉，你杀戮他的人，抢走了他所有的财产。而且，你还放逐了他，把他赶出了那个国家。埃吉尔不是那种能容忍挑衅的人。任何案子都要根据具体情况来作出判断。"阿里恩比约恩说道，"现在我要把埃吉尔带回我的家里去了。"

他把埃吉尔带走了。两个人一回到家里，就来到顶层一间小屋里谈这件事情。

阿里恩比约恩说道："国王很生气，但是看来他的火到后来消了一些。结果会如何，要看运气了。我知道贡希尔德会竭尽一切来害你。我劝你今夜通宵不眠，作一首诗来颂扬埃里克国王。我觉得二十节的得劳帕很合适。你可以在明天我们去见国王的时候吟唱它。我的亲戚布拉吉在得罪了瑞典比约恩国王的时候这样做了；他用了一整夜做了一首二十节的长歌颂扬他，得到了保住脑袋的回报。用这个和国王打交道，以求得你和他之间的和解，我们或许会有此幸运。"

埃吉尔说："我会按照你的劝告办，但是我从来没有想到过，我能作一首颂扬埃里克国王的歌。"

阿里恩比约恩要他试一试，之后就去找他的人去了。他们不睡觉，喝酒一直喝到半夜，阿里恩比约恩和他的人才回到他的寝室。阿里恩比约恩脱衣之前来到顶楼上埃吉尔那里，问他诗作得怎么样了。

埃吉尔说他一点也没有作出来,"一只燕子停在窗口叽叽喳喳叫了一整夜,我得不到一刻的安宁。"

阿里恩比约恩从通向屋顶的门那里走了出去。他在靠近顶楼窗口、燕子曾停过的地方坐了下来。他看见有一个鸟形的东西飞到屋子的另一边去了。阿里恩比约恩在那里守了一整夜一直到天明。阿里恩比约恩守候在那里以后,埃吉尔就把整首诗作出来了。他把诗背了下来,这样他在第二天早晨见到国王的时候就可以吟唱给他听了。他们注意按时去会见国王。

61

埃里克国王和往常一样,带上许多人在那里进餐。阿里恩比约恩注意到这一情况,带上了所有他的人,都全副武装,在国王坐下进餐的时候来到了大厅。阿里恩比约恩请求放他进去,他得到了进去的允许。他和埃吉尔带着他们的一半人进去了。其余的一半人在门外等候。

阿里恩比约恩向国王致意,国王欢迎了他。

"埃吉尔来了,我的君主,"他说道,"夜里他没有试图逃掉。我们想知道他的命运将会如何。我希望你能对我们施恩。我为你做了一切,在言行中竭尽全力提高你的威望。在你的其他所有为你掌管土地的人都背叛你的时候,我放弃了我在挪威的全部财产、所有的亲人和朋友来跟随你。我认为你值得我这样做,因为你在很多方面超乎寻常地善待我。"

贡希尔德接着说道:"别再说那些了,阿里恩比约恩,你在很多方面对待埃里克国王很好,他充分报答了你。你欠国王的比你欠埃吉尔的多得多。你不能要求埃里克国王不惩罚埃吉尔对他干下的那么多坏事就放过他。"

阿里恩比约恩说道:"国王,如果你和贡希尔德已经决定,不能给埃吉尔任何宽宥,那么,高尚的做法是给他一周的宽限离开,因为他是自己来希望得到和平的谅解的。在此之后,你们想怎么办都行。"

贡希尔德回答说:"我完全看得出,你对埃吉尔忠诚的程度大过了对埃里克国王,阿里恩比约恩。要是给埃吉尔一周的时间让他平平安安地从这里骑马跑掉,他就有时间跑到阿特尔斯坦国王那里。埃里克不可能忽略不论哪个国王现在都比他强大这个事实,尽管不久以前埃里克国王还不像是缺乏意志和勇气对埃吉尔之流给他的凌辱作出报复。"

"如果埃里克杀死一个来自投罗网的外国农民的儿子,任何人都不会觉得他伟大。"阿里恩比约恩说道,"要是他寻求的就是那样的名声的话,那我可以帮他让人们永远记住这件事,因为埃吉尔和我准备站在一起。不论什么人都要面对我们两个人。国王会因为杀死我们所有的人,我和我的人,而为埃吉尔的性命付出很大的代价的。在我请你留下一个人的性命的时候,我希望的是别的更多的东西,而不是选择看着我死。"

于是,国王说道:"为了帮助埃吉尔,阿里恩比约恩,你冒了极大的危险。要是你宁愿丢掉你的性命,也不愿看见埃吉尔被杀死,那么,在不得已的时候,我不得不伤害你。但是,不论我决定如何处理埃吉尔,他对我的伤害是罄竹难书的。"

国王一说完,埃吉尔就走到他跟前,高声吟唱起他的得劳帕①,所有的人一下子都安静了下来:

> 我带着诗神奥丁
> 的诗歌蜜醪
> 远渡重洋西来;
> 我的道路已定。
> 我破冰发舟
> 在我的橡木长船上
> 满载着
> 我的颂扬。

> 那武士欢迎了我,
> 我要给他奉上我的颂扬。
> 我带着奥丁的蜜醪
> 来到英格兰的绿茵。
> 我要赞颂的首领
> 理应得到颂扬。
> 请接受
> 我吟唱的这首颂歌。

---

① 这首得劳帕后来被冰岛人称为《赎头之歌》,是埃吉尔最著名的诗作之一。

请相信,君主——
句句都恰如其分——
请听一听
我的吟唱如何。
国王的战绩
几乎人人皆晓,
战神见证了
那倒在疆场的躯体。

刀剑和盾牌碰撞
铿锵之声震耳欲聋,
国王身旁争战越来越烈,
他勇猛冲杀向前。
血流成河,
杀声四起,
激烈如斯,
实是前所未有。

枪矛密织如网
从不与
国王有序的
盾列偏离。
受到血红波涛的拍击,
海岸在呻吟,

在前进的大旗下
回响。

枪矛如雨落下,
武士尸横泥沼。
是日也,
埃里克声名大振。

然而我还要说
如果你愿听,
我闻知的那许多
著名行止。
国王所到之处
砍杀更加凶猛,
刀剑砍到了
盾的黑边。

刀剑在碰撞,
刀来剑往;
致命的匕首,
刀尖饱含毒汁,
勇猛的武士,
在兵铁的交往中
一个个

横尸疆场。

刀刃往来如嬉戏,
剑戟伤人无数。
斯日也,
埃里克威名大振。

群群渡鸦
飞往血染的剑旁,
窥伺着利刃
杀死的尸体。
苏格兰人敌人
喂着巫女骑来的野狼,
珞基①的女儿——黑尔②,
踏过了饿鹫的餐食。

饿鸟成群地在
横陈疆场的尸体上盘旋,
可食可吸的肉血

---

① 珞基是北欧神话中的一个奇特的神。他是巨人族的后裔,但又是奥丁的奶兄弟。他生活在阿斯神祇中间。他干尽了坏事,可是他也干过一些好事。在神的劫难到来的时候,他站在巨人和阿斯神祇的敌人一边,反对阿斯神祇。
② 黑尔是珞基的女儿,掌管地狱。

满山遍野皆是。
野狼撕着骨肉，
渡鸦用它们锐利的喙
在血海中到处觅食。

巫女野狼的贪欲
完全得到满足。
埃里克把尸肉
抛去填喂它们。

女武士瓦尔库里们
不教士兵们入睡，
手盾柄柄裂；
刀光闪，
剑影舞，
更有利箭离弦射来
如雨如雹。

铿锵的枪戟
刺破了和平；
饿狼竖直耳朵
在榆林边守候。
善战的国王
鼓舞着他的兵士；

利箭呼啸
飞驰在疆场的上空。

好似黄蜂嗡嗡,
利箭飞驰离弓。
埃里克把尸肉
抛去填喂野狼。

可是我更愿意
世人认识
他的大度;
我竭力为他颂扬。
他从不吝惜金银;
可是牢牢地掌握着他的土地,
他值得歌颂。

他大把地
散发金子。
从不吝惜金圈金环,
他慷慨如斯。
他视金圈如沙土,
随时将它们从腕上褪下,
众人得金获银
个个欢欣雀跃。

这位善战者
金圈灼眼的臂上的盾
指向了敌人；
但他的交游一直伸向天际。
我衷心歌唱：
他所到之处，
远至东方的海岸，
埃里克的业绩无人不闻。

国王，请牢记心上，
我这段颂歌；
我欣慰
你赐听我唱。
我口唇流出的
发自我的肺腑，
来自奥丁颂扬战艺的
诗歌的海洋。

一片寂静中
我把国王颂扬，
我把我的言辞献给
在场诸君；
从我思想的深处涌出了

> 我对斯人的赞扬,
> 这些原本是
> 人人都知道的事实。

62

在埃吉尔高声吟唱他的诗的时候,埃里克国王直直地坐着,盯着他。他吟唱完之后,国王说话了:"颂歌唱得很好。阿里恩比约恩,我思考过我与埃吉尔的关系。你十分热烈地为埃吉尔的案子说项,你甚至准备和我发生冲突。看在你的面上,我允准你的要求,让埃吉尔离开,安全而不受到伤害。你,埃吉尔,马上安排,一离开这里以后,再别教我或者我的儿子们再看到你。再不要让我或者我的人遇上。此刻我让你保住你的头。因为你是自己来的,我不愿对你干出叫别人责备的事情。但是你要明白,这既不是与我或者我的儿子们的和解,也不是与我那些想讨个公道的亲人的和解。"

于是埃吉尔吟唱了一首诗:

> 我的脑袋——那戴盔的家什,
> 可能有点丑,
> 我也不会不感谢
> 国王把它留住。
> 哪里还有别人

> 能从一位伟大统治者的
> 高贵的儿子那里得到
> 比这更加贵重的礼赠?

阿里恩比约恩谢过国王给予他的荣誉和对他所表现的友谊。之后,阿里恩比约恩带着埃吉尔骑马返回了他的住所。阿里恩比约恩为他的人准备好了马匹,有一百人之多,都是全副武装,然后陪着埃吉尔一起离开。阿里恩比约恩陪着他一起来到阿特尔斯坦国王那里,阿特尔斯坦欢迎了他们。国王邀请埃吉尔留在他那里,并问起了他和埃里克国王相处的情况。

于是埃吉尔吟唱了一首诗:

> 那个一点不公正
> 以尸体喂养渡鸦的家伙,
> 让埃吉尔保住了他的头;
> 我亲戚的勇气给了我有益的帮助。
> 尽管有那位伤人的国王,
> 我一如往常,
> 依然托着
> 我惯戴头盔的颅壳。

埃吉尔和阿里恩比约恩分手的时候,埃吉尔把阿特尔斯坦国王以前赠给他的两个各重一马克的金圈送给了他,阿里恩比约恩则送给埃吉尔一把叫作"切片者"的剑。这把剑是埃吉尔的哥哥索罗尔夫送给阿里恩比约恩的。在那以前，又是埃吉尔的叔叔索罗尔夫送给斯卡拉格里姆的，索罗尔夫又是从凯蒂尔·哈恩的儿子络腮胡格里姆手中得到的。这是凯蒂尔的剑，十分锋利，他决斗的时候用它。埃吉尔和阿里恩比约恩分别时表现了巨大的友谊。阿里恩比约恩回到了约克埃里克国王那里，而埃吉尔的伙伴们和他的船员，都在阿里恩比约恩的保护之下在那里和平地进行着贸易。深冬时分，他们南下来会见埃吉尔。

63

那时在挪威有个名叫万事通埃里克的行政吏，娶了索里尔的女儿、阿里恩比约恩的妹妹索拉。他在维克东部拥有土地，非常有钱、有地位，而且头脑聪明。他们的儿子索尔斯坦恩是在阿里恩比约恩的家里长大的，虽然还很年轻，但已经完全成人了。他和阿里恩比约恩一同往西到了英格兰。

埃吉尔去英格兰的同年秋天，从挪威传来消息说万事通埃里克死了，王室的代理人以国王的名义霸占了他的遗产。阿里恩比约恩和索尔斯坦恩听到这个消息以后，决定索尔斯坦恩应该回去要回他的遗产。

春天快要到来的时候，那些计划上路的人开始准备船只，索尔斯坦恩往南到伦敦，去见阿特尔斯坦国王。他向国王呈递了信物和阿里恩比约恩的一封信，也给埃吉尔带来口信，请他向国王建议运用国王对他的养子哈康的影响帮助索尔斯坦恩要回他在挪威的遗产和财物。阿特尔斯坦国王那里没有费多少唇舌，他说他知道阿里恩比约恩是个好人。

之后埃吉尔去见了阿特尔斯坦国王，对他讲了他的计划。

"今年夏天我要去挪威，"他说道，"去收回埃里克国王和贝格-奥努恩德夺走的我的财产。贝格-奥努恩德的弟弟矮子阿特利还霸占着我的财产。我知道有你的支持，我在这件事上会赢得公道的。"

国王说，埃吉尔要去哪里，全由他自己决定，"但是我更希望你能留下来保卫我的国家，指挥我的军队。我会赐给你很多钱财的。"

埃吉尔说："你的提议很有吸引力，我很愿接受，但是我首先必须去冰岛接我的妻子和带上我在那边的财产。"

阿特尔斯坦国王给了埃吉尔一艘很好的商船，装上了一船货物。货物主要是小麦和蜂蜜，不过其他的货物也很值钱。埃吉尔在准备他的船要出发的时候，阿里恩比约恩的亲戚索尔斯坦恩也来加入；前面说过，索尔斯坦恩是埃里克的儿子，但是后来使他的名气更大的是他是索拉的儿子。准备好了以后他们就出航了。阿特尔斯坦国王和埃吉尔分手的时候都表现了深厚的友情。

埃吉尔和他的船员们一路都很顺利，到了挪威，他们在东边维克一带驶近了陆地，然后一直驶向奥斯陆峡湾。索尔斯坦恩在那边的内陆有一个农庄，农庄一直伸到饶马里克。索尔斯坦恩上了岸后，他向霸占他的土地的国王的代理提出要回他的遗产。有许多人帮着索尔斯坦恩立了案。索尔斯坦恩有许多出身高贵的亲威。最后这个案子被提到国王那里去裁决，索尔斯坦恩得回也保住了他父亲拥有的财产。

埃吉尔在索尔斯坦恩那里度过了那个冬天,在那里他们一共是十二个人。小麦和蜂蜜都搬到了索尔斯坦恩的家里;整个冬天他们都在庆祝,索尔斯坦恩有很多给养,生活过得很阔绰。

64

阿特尔斯坦国王的养子哈康,当时统治着挪威。这在前面讲过。这位国王在北面特隆德海姆度过了冬天。

冬天一天天过去,索尔斯坦恩由埃吉尔陪同又出发了。他们共有大约三十个人。准备好了以后,他们先到了高地地区,然后往北翻过窦弗费尔山来到特隆德海姆,去见哈康国王。他们把信交给了国王。索尔斯坦恩陈述了整个案子,提出支持他拥有整个遗产的证据。国王作了对他有利的处理,容许他收回他的财产,从而像他的父亲一样成了国王的行政吏。

埃吉尔去见哈康国王,向他陈述了他的案子,还把阿特尔斯坦国王的信和信物递给了他。他讲述了以前属于比约恩的财产,有的是土地,有的是钱财,提出他和他的妻子阿斯盖尔德应该得到一半。他提出了支持他的案子的证据和证人的誓言,他说他也曾经向埃里克国王提出过这个案子,还说由于埃里克国王的严厉和贡希尔德的挑唆,他没有讨到公道。埃吉尔把在古拉议事庭上发生的事情讲述了一遍,请求国王对这件事给他公正的处理。

哈康国王说:"我听说过,我的哥哥埃里克和他的妻子贡希尔德都认为，你对他们的攻击太激烈了，埃吉尔。我想我不掺和到这件事里去，你一定会同意的，尽管埃里克和我不幸没法很好地相处。"

埃吉尔回答："在这么一件大事情上你不能不说话，国王，因为在这个国家里的人，本土的和外国的都得服从你的命令。我听说你定下了一个法律准则，要让这个国家的每一个人都享受到公正。我肯定你会让我像任何别人一样得到我的财产的。我认为在这里在力量和亲戚方面，我都是可以和矮子阿特利相比的。至于我和埃里克国王的关系，我可以告诉你，我去见了他，在我们分手的时候，他对我说，我可以平安地到我想去的地方。我可以保证效忠于你，为你效劳，君主。我知道，你这里有在战争中比我更无畏的人。我又预感，用不了多久你又会遇上埃里克国王的，要是你们两人都活到那一天的话。要是有一天你感到贡希尔德野心勃勃的儿子颇多，我一点也不会觉得奇怪。"

"埃吉尔，你不要来为我效劳，"国王说道，"你和你的亲人给我们家刻上了一道太深的伤痕，叫你无法在这个国家安顿下来。离开这里，去冰岛照顾你父亲在那里的遗产。在那里，你不会落到我或者我的亲人的手里，不会受到伤害；但是在你有生之年你会看到我的家族会是这个国家里最有势力的。然而，看在阿特尔斯坦国王的份上，让你平平安安地在这儿讨得个公正，讨回你的权利，因为我知道，阿特尔斯坦国王是多么喜欢你。"

埃吉尔感谢了国王的这一番话，请求给他证信，以便出示给奥尔兰的索尔德或者他在松讷费约尔德和霍尔达兰的其他行政吏看。国王说他会这么办的。

65

索尔斯坦恩和埃吉尔在国王那里的事情一办妥,便着手准备远行。他们动身回去。在他们南下通过窦弗费尔的时候,埃吉尔说他要到罗姆斯达尔去,然后沿着海岸返回南方。

"我想结束我在松讷费约尔德和霍尔达兰的生意,因为我想把船准备好,今年夏天去冰岛。"他说道。

索尔斯坦恩告诉他,他想去哪儿尽管去。索尔斯坦恩和埃吉尔分手后,向南穿过谷区,径直回到了他的地方。他出示了国王的信证,把国王的口信讲给了那些代理人听,要他们把他们所霸占的索尔斯坦恩应得的财产交还给他。

埃吉尔和十一个人一起上路。一到罗姆斯达尔,他们就动手安排他们的运输工具;然后他们往南到了摩尔。到达霍德,在他们在那里一个叫作布兰英德海姆的农庄住下之前,一路上没有发生什么事情。那是一个很好的农庄,一个叫弗里德盖尔的行政吏住在那里。他是一个年轻人,新近从他的父亲那里继承了产业。他的母亲是尤达,是头领阿里恩比约恩的妹妹,是一个很好的有主见的妇人。她和她的儿子弗里德盖尔一起经管着农庄,生活很舒适。埃吉尔和他的人在那里受到了很好的接待。到了晚上,埃吉尔坐在弗里德盖尔的旁边,埃吉尔的人都在桌子旁依次坐着。酒很多,筵席很丰盛。

尤达——农庄的主妇那天晚上找埃吉尔谈了话。她问起她的哥哥阿里恩比约恩以及随他一起去了英格兰的其他亲友。埃吉尔——作了回答。她问埃吉尔，他的多次旅行中是不是发生了什么值得一提的事情。他直率地回答了她。之后，他吟唱了一首诗：

> 我忍受不了那个
> 敛夺土地者的丑陋的怒状；
> 知道有呱呱吵闹的鹰在走动，
> 一只杜鹃也不会落下。
> 在那边，一如既往，我得到
> 阿里恩比约恩的呵护。
> 一路上有这样忠诚的保护人，
> 谁也不会有苦受。

埃吉尔那天晚上情绪很好，但是弗里德盖尔和农庄里的人却相当郁郁寡欢。埃吉尔看见那里有一个穿着讲究的美貌姑娘，有人告诉他，她是弗里德盖尔的妹妹。她很不快乐，整个晚上都在那里哭泣，客人们觉得很奇怪。

他们在那里过了夜。第二天早上刮起大风，海浪太大，不适于航行；而他们需要一艘船把他们从岛上送走。弗里德盖尔和尤达去找埃吉尔，挽留他和他的伙伴留下，等到天气转好适合航行的时候再走，他们会提供他所需要的任何运输工具。埃吉尔接受了他们的好意，天气把他们困在那里，在欢宴中度过了三夜。过后，天气平静下来。那天早晨埃吉尔和他的人很早就起身了，做好了上路的准备之后，他们去吃饭，有啤酒招待他们，他们吃了一会儿饭。饭后,他们拿上他们的罩衣,埃吉尔起身感谢那位农庄主和他的母亲对他们的款待,然后走到了外面。弗里德盖尔和尤达陪着他们一路走去,后来尤达把她的儿子拉到一边,悄悄地对他讲话。

埃吉尔站在那里等着的时候,他问那个女孩:"你为什么哭?我没有看见你高兴过一小会儿。"

女孩无法回答,哭得越发厉害了。

弗里德盖尔大声地回答他的母亲:"我不想求他们那样干。他们已经准备好要走了。"

于是,尤达走到埃吉尔跟前,说道:"我要告诉你这里发生的事情。有个人名叫苍白脸约特,他是个头领,是个爱与人决斗的人。大家都十分恨他。他到这儿来,要娶我的女儿,可是我们当即就回绝了他。于是他就提出要和我的儿子弗里德盖尔决斗。他明天要来瓦尔德洛岛决斗。我想请你和弗里德盖尔一起去决斗的现场,埃吉尔。要是阿里恩比约恩在这儿的话,我们是不会容忍约特这种人的横蛮行径的。"

"为了你的哥哥阿里恩比约恩,我有责任和你儿子一起去,"埃吉尔说道,"要是他认为我对他能有所帮助的话。"

"你很高贵,"尤达回答说,"让我们进主厅里去,在这里一起度过今天。"

埃吉尔和他的人进入主厅,开始喝起酒来。他们在那里坐了一整天,到了晚上,弗里德盖尔的朋友和那些要陪他去的人都来了。那天夜里,大家聚在一起尽情饮宴。

第二天,弗里德盖尔准备好了出发,他带上了一大帮人,埃吉尔也在里面。天气很适于航行,他们乘船来到了瓦尔德洛岛。离开海岸不远有一块很好的场地,决斗就要在那里进行。石头都已经摆好,划出了决斗的场地。

约特和他的人来了,准备好了要决斗。他带着一个盾和一把剑。约特是个魁伟强壮的人。进入决斗场的时候,他那凶残的性格发作了,他开始威胁地大喊大叫,拍打着他的盾。弗里德盖尔的个子不大,不强壮,但是长得清瘦英俊,不善于打斗。

看到这些,埃吉尔吟唱起一首诗:

>弗里德盖尔斗不过
>一个好斗的凶徒,
>弄枪舞盾
>活像一个杀神——
>我们不要他接近我们的贞女。
>那个可憎的家伙
>用凶残的眼光看着我们;弟兄们,
>让我们迈向决斗场。

约特看见埃吉尔站在那里,还听到了他的话,便对他说:"进场子来,大个子,你那么着急,那就来跟我打吧。让我们比试比试我们的力量。比起和弗里德盖尔决斗,这要更加对等一些,因为,要了他的命,我的名声也高不起来。"

接着埃吉尔吟唱了一首诗:

拒绝约特的小小请求
　　不对头。
　　我要用我的兵器改变一下
　　这个苍白人的颜色。
　　准备斗一斗,
　　这个人我饶他不过。
　　来吧,我们就在这个岛上
　　较量几手。

　　接着,埃吉尔就做好了和约特决斗的准备。他拿着他那时刻不离身的盾,腰上挎着他的利剑蝰蛇,一只手上拿着他另外那把叫作切片者的剑。他走进划出来做决斗场的圈子里的时候,约特还没有准备好。埃吉尔挥舞着他的剑,吟唱了这一首诗:

　　让磨光的刀剑搏击,
　　让剑刃砍打铁盾,
　　让刀光剑影照亮盾牌,
　　让鲜血染红刀刃。
　　把约特的性命结果掉,
　　让这个面无血色的家伙完蛋,
　　用铁刃干掉这个搞乱鬼,
　　把他的肉拿来喂雕。

　　这时约特进到了决斗场里,两人就朝对方扑去。埃吉尔砍向约特，约特拿盾来抵挡；可是埃吉尔连续砍杀不断，约特只有招架之功，毫无还手之力。每一回约特刚一腾出手来要还手，埃吉尔紧跟上去就又是猛击一剑。约特跳出了石头圈子，在野地里乱跑。起初，打斗就这样进行着。后来约特请求休息，埃吉尔答应了他。他们停下来歇了一会儿，埃吉尔便吟唱了这首诗：

耍刀玩枪的家伙
看来挡不住我的劲击，
命运乖戾的敛财凶神
害怕我的猛杀。
那狠心的吸血鬼左摇右晃
哪里能还手抵抗。
这秃头老头定教他
命丧黄泉。

按照当时的决斗法律规定，提出为什么东西决斗的一方，在决斗中胜利就可以得到那东西，但是如果他败了，那他就得按照事前的商定赔一笔钱。要是他在决斗中被杀死，那他就要拿他的全部财产来赔偿，归杀掉他的人所有。法律还规定，如果一个没有继承人的外国人在这个国家里死于决斗，那他的遗产就要交给国王。

埃吉尔要约特做好准备——"现在我要和你决斗了。"

接着，埃吉尔冲向了他，向他砍去。他的攻击沉重如山，约特跌跌撞撞，盾也丢了。埃吉尔朝他一边的膝盖上方砍去，他的剑一下子削掉了他的一条腿。约特当即倒地毙命。埃吉尔走向弗里德盖尔及其他人，他们感谢他所做的事。于是，埃吉尔吟唱了一首诗：

> 那喂狼的，
> 那制造邪恶的，倒下了。
> 诗人砍断了约特的腿，
> 让弗里德盖尔有了和平。
> 我不要从那吸血鬼那里
> 讨报酬一分。
> 这场决斗，
> 和那面无血色的人的较量
> 实在有趣之至。

大多数人对约特之死毫不惋惜，因为他实在是个制造麻烦的人。他是瑞典人，在挪威没有亲人，他来挪威靠和人决斗发了家。他向许多有钱人挑衅以引起决斗，从而杀死他们，攫取了他们的农庄和土地，敛得了大量的产业和钱财。

决斗之后，埃吉尔和弗里德盖尔回了家。在往南去摩尔之前他在弗里德盖尔那里住了一段时间。埃吉尔和弗里德盖尔分手时表现了深厚的友情，埃吉尔要他去索取约特拥有的土地。之后埃吉尔动身上路，到达了费约尔丹讷。他从那里前往松讷费约尔德，在奥尔兰会见了索尔德；索尔德热烈地欢迎了他。埃吉尔讲了他的事情和哈康国王的口信。索尔德对他所说的作了很好的反应，答应在这件事情上帮助他。春天的大部分时间,埃吉尔都住在索尔德那里。

66

埃吉尔南行去霍尔达兰,乘的是一艘桨船,船上有三十个人。一天他们到达汾翎的阿斯克。埃吉尔带领二十个人上岸去了那个农庄,留下十个人守卫着船。矮子阿特利带着一些人在那里,埃吉尔命人告诉他,埃吉尔·斯卡拉格里姆松有事情要找他,把他叫了出来。阿特利带上了武器,其他可以打斗的人也都这样做了,他们走了出来。

"我听说,你霸占着按理属于我和我妻子阿斯盖尔德的钱,"埃吉尔说道,"你听人说过,我曾要求从地主比约恩那里继承被你哥哥贝格-奥努恩德霸占着的一份遗产。现在我来收回这份财产、土地和钱财了,要你交出来立刻归还给我。"

阿特利回答说:"我们早就听说你很专横,埃吉尔。现在你想从我这里要走埃里克国王赠给我哥哥奥努恩德的钱,那我自己算是领教了。那个时候埃里克国王的话在这个国家里就是法令。我以为你会来这里,为杀死我哥哥、为抢夺阿斯克这里的财产对我作出赔偿。要是你想纠缠这件事,我可以奉陪,但是我不能在这儿作出回答。"

"我给你的条件和我给奥努恩德的条件一样,"埃吉尔回答道,"按照古拉议事庭的法律来解决。我认为你哥哥用他们的行为破坏了议事庭的权威。我有国王的允准,要求法律重新决断。我要你出席古拉议事庭,听取对这件事情的裁决。"

"我要去古拉议事庭,"阿特利说道,"我们可以在那里谈这件事情。"

之后,埃吉尔和他的伙伴就离开了。他回到北面的松讷费约尔德,回到奥尔兰,他住在那里他的亲戚索尔德家里,一直到古拉议事庭举行的时候。

大家来参加集会的时候,埃吉尔也来了。矮子阿特利也已经到了。他们开始对他们的案子进行陈述,讲给要对这个案子作出裁决的人听。埃吉尔提出要求收回钱财,而阿特利则拿十二个人的证词为自己并没有占着埃吉尔的财产辩护。

阿特利带着他的证人来到法庭的时候,埃吉尔走到他跟前,说不接受他的证词,只要他的钱财,"我要求你接受另外一种公正的裁决,就在这个集会上决斗,谁赢那财产就归谁。"

埃吉尔说的也是一种法律;根据古代的习惯,人人都有权向另外一个人提出决斗,不论他是起诉一个案子,还是为一个案子进行辩护。

阿特利说他不拒绝和埃吉尔决斗——"你把我要说的话都说了。我要向你报仇的理由太多了。你杀死了我的两个哥哥。要是我不接受你决斗的挑战,违背这种习惯法律,把我的钱拱手交给你,那我就一点公正也得不到了。"

埃吉尔和阿特利握了手,以确定他们中的胜者将得到他们争执的土地。

之后,他们为决斗作了准备。埃吉尔来的时候,头上戴着一顶头盔，身前是一块盾牌，手里拿着一把戟，右手套着他的剑切片者。决斗者习惯手里拿着剑，准备在需要的时候使用，而不是在决斗的时候去拔剑。阿特利的装备和埃吉尔一样。他又强壮又勇敢，是个有经验的决斗者。

接着，一头很壮实的公牛被牵了出来，那是献祭用牛，由胜利者来宰杀。有时只是一头牛，有时两个决斗者有各自的牛。

他们准备妥当以后，就开始角逐起来，开始用他们的枪扎对方，可是有时扎到了盾上，有时落到了地上。接着他们就握紧他们的剑，接近对方，开始交手。阿特利没有退让。他们斗得很猛烈，动作快捷，不久他们的盾就裂了。阿特利的盾从正中裂开，他就把它丢掉；他双手握着他的剑，使尽全力劈砍。埃吉尔一剑砍着了他的肩头，但是他的剑没有砍伤他。因为阿特利没有了保护，他又另找地方砍了第二剑，第三剑。他使出了全身的力量，可是不管他砍到哪里，他都砍不伤他。

埃吉尔看到这样砍没有什么意义，因为这时他自己的盾也同样裂开了。他便把他的剑和盾都丢到地上，扑向阿特利，用双手抓住了他。埃吉尔力气极大，他一下子就把阿特利向后推倒，接着，他扑到他的身上，咬断了他的喉咙。阿特利当即就死掉了。埃吉尔一下子站了起来，冲到献祭用牛那里，一只手拉住牛的鼻子，另外一只手抓住牛的犄角，一下跳到牛背上，扭断了牛的脖子。然后埃吉尔走到他的同伴那边。他吟唱了这首诗：

> 我挥动黑色切片者
> 可是它咬不住盾牌。

(Guðjón Ketilsson)

他扑到他（阿特利）的身上，咬断了他的喉咙。

> 矮子阿特利用魔法
> 教我的剑刃迟钝。
> 我用我的力气来对付
> 那个吹牛的家伙,
> 我的牙齿助我大力,
> 结果了那头猛兽。

之后,埃吉尔得回了他为之斗争的全部土地,这是他妻子从她父亲那里继承来的遗产。据说,议事庭上再没有什么别的重大事情。埃吉尔首先到松讷费约尔德,安置了他应得的财产;在那里一直住到了春天。然后他带着他的同伴往东到了维克,去看望索尔斯坦恩,在他那里住了一阵子。

67

那年夏天,埃吉尔准备了他的船,一准备妥当就出海了。他朝冰岛驶去,一路上很顺利;他驶到了波尔嘎尔费约尔德,在他的农庄附近靠岸。他搬运货物回家,然后把船拖上海滩。埃吉尔在他的农庄里度过那年冬天。他带了巨大的财富回到冰岛,现在他十分富有,在农庄里过着豪华的日子。

埃吉尔是那种不干涉别人的事务的人,一般说来,在冰岛他的为人也不那么咄咄逼人。然而,也没有人敢干预他的事务。于是埃吉尔在冰岛好好地过了许多年。

埃吉尔和阿斯盖尔德的孩子们的名字分别是：第一个儿子伯德瓦尔，第二个儿子贡纳尔，他们的女儿是索尔盖尔德和贝拉，他们最小的儿子是索尔斯坦恩。埃吉尔所有的孩子都很有出息，而且聪颖。最大的孩子是索尔盖尔德，其后是贝拉。

68

埃吉尔听到从挪威传来的话，血斧埃里克在不列颠一次海盗抢劫中被杀死了，贡希尔德和他的儿子去了丹麦，和他们在一起的人都已经离开了英格兰。阿里恩比约恩回到了挪威。他以前统管的土地和他代收的贡税现在都给了他，他和诸国王的关系都很好，所以埃吉尔觉得现在再去挪威情形会不错。他也听说阿特尔斯坦国王已经去世，英格兰现在由他的弟弟埃德蒙德在统治着。

埃吉尔开始准备他的船，募集船员。阿纳布列卡的阿尼的儿子锐眼奥努恩德跟随了他。他长得很魁梧，是那一带最强壮的人。对于他是不是一个变脸人，大家的看法不一致。奥努恩德常常远行到外国去。他稍微比埃吉尔年长一点，他们长久以来就是好朋友。

埃吉尔一准备好了以后就出海了，一路都很顺利，走了一半路程来到挪威海岸。他们看见陆地的时候，就朝费约尔丹讷航行。上岸之后，他们听说阿里恩比约恩在他的农庄里。埃吉尔把船驶到那里，船泊在阿里恩比约恩的农庄附近。

然后，埃吉尔去看望阿里恩比约恩，他们两人热烈地互致问候。阿里恩比约恩邀请埃吉尔带上他想带的人住在他那里。埃吉尔接受了他的好意，把船拖上了岸，给他的船员们找好了地方住下。他带上了另外十一个人住到了阿里恩比约恩那里。他曾经为自己的长船做了一块装饰得非常漂亮的船帆，他把它和其他非常适合的礼物一起送给了阿里恩比约恩。埃吉尔在那里舒舒服服地过了一冬，不过他也去了南方松讷费约尔德他的农庄那里一次，在那里住了相当长的时间才回到费约尔丹讷。

阿里恩比约恩安排了一个盛大的圣诞宴会，邀请了他在当地的朋友和邻居来参加。宴会操办得很好。来参加的人很多。他给埃吉尔赠送的圣诞节惯常送的礼品，是一件丝质长袍，绣有金线花饰，从上到下的扣子全是金的。长袍是按照埃吉尔的身材剪裁缝制的。他还送给埃吉尔一整套用各种花色的英格兰料子做成的衣服。阿里恩比约恩在圣诞节送给来看望他的人各种礼品，表示了他对他们的友情。因为他是一个非常慷慨和性格坚定的人。

于是埃吉尔吟唱了一首诗：

  完全出于善意
  那高贵的人送给诗人一件
  缀有金扣子的丝袍；
  我不会有朋友比他更好。
  无私的阿里恩比约恩
  赢得了王一般的尊位
  ——或许更高。
  要再过多少年啊，
  他这样的人才能再生。

69

圣诞节盛宴之后,埃吉尔变得十分忧郁,他竟连一句话都不说。注意到这一点后,阿里恩比约恩去找他谈话,问他为什么这么忧郁。

"我要你告诉我,你是不是病了,还是有什么别的原因,"他说道,"我们好想法子医治。"

埃吉尔说道:"我没有什么病。我只是对如何收回我杀死北方摩尔那里的苍白脸约特之后我赢得的财产很感焦虑。我听说国王的代理人已经以国王的名义,将那份财产全部占为己有。我想请你帮助收回我的财产。"

"我认为,这个国家没有任何法律不让你收回那些财产,"阿里恩比约恩说道,"但是,那些财产好像是掌握在很麻烦的人的手里。国王的宫廷是个易进难出的地方。虽然我得到了国王的很大的信任,我去那里我那些霸道的人收债,还是遇到过许多麻烦,因为我和哈康国王只是新交。但是我还是要像老话说的那样:'要把橡树管得枝繁叶茂,你才能在树下安身'。"

"我很有兴趣试一试,"埃吉尔回答道,"看看法律是不是在我们一边。说国王会容许我得到这里我有权得到的,因为我听说他是一个公正的人,他遵循自己在这个国家制定的法律。我很想去见国王把这个案子提交给他。"

阿里恩比约恩说,他认为不要急着这么做——"我不觉得你的脾气和急躁与国王的性格及他的严厉有多少可能协调起来，因为我不认为他是你的什么朋友，而且也不认为有什么理由他会是你的朋友。我想我们最好把这件事情放下，不再提它。但是，如果你一定想提这件事情，埃吉尔，我会去见国王把这件事情提交给他。"

埃吉尔表示了他的感谢和感激，还表示急于要试试那样做。那个时候，哈康在罗嘎兰，不过有时也住在霍尔达兰，所以去见他并不难。这是他们两个人谈话以后不久的事。

阿里恩比约恩准备出行，告诉大家他要去见国王。他为自己的二十个桨位的桨船从自家人中挑选了船员。按照阿里恩比约恩的愿望，埃吉尔留下没有去。阿里恩比约恩一准备停当便出发了，一路很顺利。他见到了哈康国王，受到了很好的接待。

到达那里不久，他把他此行的使命对国王讲了，告诉他埃吉尔·斯卡拉格里姆松在这个国家里，要求收回一度属于苍白脸约特的那些钱财。

"我听说法律是支持埃吉尔的，国王，但是你的代理占着那些钱财，归在了你的名下。我请求你给埃吉尔公正。"

在长时间的停顿之后，国王回答他说："我不知道你为什么代表埃吉尔提出这样一个要求。他来看过我一次，我告诉他，由于你知道得非常清楚的原因，我不希望他待在这个国家里。埃吉尔没有必要像向我哥哥埃里克那样向我提出这样一个要求。我要告诉你一件事情，阿里恩比约恩：你只能在一种条件下待在这个国家里，那就是你对外国人不得比对我或者我的话更尊重。我知道你的忠诚是冲着你的养子、我的侄子哈拉尔德·埃里克松的。对你来说最好的办法是到外国去，和埃吉尔以及他的弟兄们待在一起，因为我非常怀疑，在我和埃里克的儿子们发生冲突的时候，像你这样的人会是可靠的。"

因为国王在这件事情上态度非常坚决，阿里恩比约恩看出再争论下去是没有用处的；他便准备回家。国王在知道了阿里恩比约恩这次来看他的原因之后非常恼火，态度非常粗鲁。阿里恩比约恩也不是那种在国王面前会卑躬屈节的人。他们就在这种状态下分手了。

阿里恩比约恩回到家中，把他得到的结果告诉了埃吉尔。

"我不会再就这类事情去向国王求情了。"他补了一句。

埃吉尔听到这个消息闷闷不乐，觉得他丢失了一大笔属于自己的钱财。

几天后的一个清晨，阿里恩比约恩一个人在屋子里，四周也没有多少人，他把埃吉尔叫到他那里。

埃吉尔来到的时候，阿里恩比约恩打开一个柜子，拿了四十马克银子给他，说道："我付给你这笔钱，埃吉尔，赔偿苍白脸约特的那些土地。我觉得你从约特手里保全我的亲人弗里德盖尔的性命而得到这些酬谢，是公平的。我知道你做这件事是为了对我好，而我的责任是根据法律确保你应有的东西不被剥夺。"

埃吉尔接下钱，感谢了阿里恩比约恩。他的情绪恢复了。

70

阿里恩比约恩在他的农庄里度过了那个冬天，次年春天他宣布，他想出去做海盗打劫。他有各种各样的船。为了那个春天的航行他挑选了三艘长船，都很大，还带上了三百人。他的船上配备的人都很精干，是他自己家的和当地农民的孩子。埃吉尔参加了他的行动，掌管他的一艘船。他带上他从冰岛带来的一大帮人里的许多人。埃吉尔把他从冰岛乘坐来的商船送到了维克，安排人在那里守护船上的货物。阿里恩比约恩和埃吉尔驾驶他们的长船，带领他们的人沿海岸朝萨克森驶去，夏天他们就在那里抢劫，掳掠了大量的财富。秋天到来的时候，他们驶向北方进行多次抢劫，然后在弗里西亚停泊下来。

一天晚上，天气平静无风，他们在一个很大的河口抛下了锚，因为那里没有地方停泊，海潮又已经远远退去。陆地上绵延着大片的丘陵，不远处有一片树林。当时雨下得很大，四野都很潮湿。

他们在那里上了岸，留下三分之一的人守卫着他们的船。他们沿着河岸往前走，河对岸是树林。不久他们来到了一个村庄，那里住有许多农民。村民得知来了抢劫的人，便纷纷逃命；海盗们在后面追赶。接着他们发现了另外一个村子，又发现第三个。能逃的人都逃掉了。那里的土地平坦，是大片的平原。很多地方挖了沟渠，里面满是水。这种水渠是用来分隔土地和草地的，不过在一些地方有桥可以通过；桥是用原木搭成的，原木上面铺着木板。村民全都逃进树林里去了。

当海盗们一冒险深入内地，弗里西亚人就在树林里聚集成一股力量，等到他们有三百多人的时候，他们便出来迎击海盗们。一场恶战随即展开，结果是弗里西亚人逃走了，海盗们在后面追赶他们。逃跑的村民们四散而去，追赶他们的人也照样散开。结果，人们都分散成人数很少的许多小股。

埃吉尔带着自己的一小股人追赶着一大股人。弗里西亚人到达了一条水渠，便跑了过去，然后把桥拆了。埃吉尔同他的人到达渠边的时候，他飞身一纵过了水渠。但是水渠对其他人来说太宽了些，没人敢试。看到这种情形，弗里西亚人攻击了埃吉尔，他进行了防卫。攻击他的人有十一个，但是最终全被他杀了。埃吉尔随即把桥安好，回到水渠这边来，他发现他的人全都折回船上去了。这时他已经靠近了树林，于是他便挨着树林往船那边走，这样在需要的时候，树林可以给他提供保护。

海盗们在内地大肆掠夺，还抢了牲口。他们回到他们的船的时候，有的人忙着宰牲口，或者忙着把他们掠夺来的东西搬到船上；另外一些人则在他们的前面组成一道盾墙，因为有一大队弗里西亚人已经回到海岸边，正在用箭射他们。弗里西亚人得到更多的支援。埃吉尔来到海岸边，看到那里发生的事情，便大步奔跑到人群之中，把戟拿在身前，把盾甩在身后。在他挥戟往前冲的时候，人人都朝后躲闪，为他让出一条路来。这样他便一直冲到他的人中间，他的人原以为他死了。

他们回到船上，驶向丹麦。他们来到林姆峡湾，在哈尔斯抛锚的时候，阿里恩比约恩召集他的人开了一个会，对他们讲了他的计划。

"我要去会见埃里克的儿子们，"他说道，"我可以带上所有愿意去的人。我听说那几个兄弟都在丹麦，带领着很大的军队。他们夏天出去抢劫，冬天就待在丹麦。若是有人不跟我而想回挪威去，我同意。埃吉尔，我觉得你最好回挪威去，在我们分手的时候你径直回冰岛去。"

人们开始换船,愿回挪威的跟埃吉尔。多数人选择跟着阿里恩比约恩走。埃吉尔和阿里恩比约恩在极亲切友好的气氛中分了手。阿里恩比约恩去看望了埃里克的儿子们,参加了他的养子灰大氅哈拉尔德的军队,后来他们在一起度过了余生。

埃吉尔往北来到维克,驶进了奥斯陆峡湾。那年春天他送往南方的那艘商船连同船上的货物以及船员现在都在那里。

索拉的儿子索尔斯坦恩,去看望埃吉尔,邀请他带上他择选的人去他那里过冬。埃吉尔接受了他的好意,他把他的船都拉上了岸,把货物搬到城里存起来。和他一起的人有几个留在那里,其他的人则回北方他们的家去了。埃吉尔住在索尔斯坦恩那里;他们一共是十个,或者是十二个。他在那里热热闹闹地度过了那个冬天。

71

美发王哈拉尔德统治的区域从挪威往东最远达到瓦尔姆兰。第一个统治瓦尔姆兰的是白脚杆哈尔夫丹的父亲刻木者奥拉夫,他是他们家族第一个成为挪威国王的人。哈拉尔德是他的嫡系后裔。这一系人一直统治着瓦尔姆兰,在那里收贡物,派人统管着那里。

哈拉尔德国王老年的时候,瓦尔姆兰是由雅尔阿尔恩维德统管着。和哈拉尔德还年轻的时候大多数地方的情形一样,那个时候收贡物是件相当难的事情；现在他的儿子们在为统治挪威而斗争着。对边远的附属地的监督就更加松了。

哈康的统治一达到太平状况，他就想在他父亲统治过的整个挪威重新建立统治。哈康国王派出十二个人的一队人往东到了瓦尔姆兰。他们从雅尔那里收取贡税之后，穿过埃德斯可格森林的时候，他们被强盗伏击，全部被杀。哈康国王派去瓦尔姆兰的第二队人也遭到同样的伏击：人被杀死，钱财也丢了。有人认为是雅尔阿尔恩维德派他的人伏击了国王的人，把钱财夺回自己手里。

于是，在哈康国王驻跸在特隆德海姆的时候，他派了第三队人去那里。给他们的命令是往东到维克去索拉的儿子索尔斯坦恩那里，给他送去最后通牒，命令他去瓦尔姆兰为国王收贡物，如果不这样，他将被逐出王国。那个时候，国王已经听说索尔斯坦恩的舅舅阿里恩比约恩在丹麦埃里克的儿子们那里，也听说他们在那边有庞大的军队，夏天的时候他们在外面抢劫。哈康国王觉得他们任何一个都不可信任，因为他认为埃里克的儿子若是有了足以反对他的力量，那么他们就会与他为敌。他对阿里恩比约恩的所有亲人、姻亲以及朋友，都是这样处理的：他驱逐了他们不少人，给其他许多人下了最后通牒。索尔斯坦恩得知国王给他下最后通牒的原因就在这里。

为国王带去命令的差使是一个闯荡江湖的人。他在丹麦和瑞典住过很长的时间，对那边的路径和人情都很熟悉。他还走遍了挪威。在他把国王的命令传达给索尔斯坦恩·索鲁松的时候，索尔斯坦恩把这位差使的使命告诉了埃吉尔，问他该如何作答。

"我觉得很清楚，国王要你像阿里恩比约恩家族的其他人那样，也离开这个国家，"埃吉尔说道，"对你这样有声望的人，这样的使命是危险的。我建议你把国王的差使们叫来和你谈谈，你们谈的时候，我也参加。我们看看会是什么情形。"

索尔斯坦恩按照埃吉尔说的行事。他把差使们叫来和他谈话。差使们直截了当地讲了他们来找他的原因，告诉他国王的命令，要是索尔斯坦恩不愿意接受这项使命，他就要被逐出国去。

于是埃吉尔说道："我看得出，你们这样干的背后是什么。要是索尔斯坦恩不想去执行这项任务，你就会自己去收贡税。"

差使说他的猜想一点不错。

"索尔斯坦恩不去执行这项使命，"埃吉尔宣布说，"一个他这样身份的人不是必须去作这种微不足道的奔波的。另外一方面，要是国王要求他，他会尽他对在挪威和在国外的国王的责任的。要是你们想带上一些索尔斯坦恩的人随你们去完成使命，他会给你们人，还会给你们提供你们此行需要的任何东西。"

差使们讨论了这个意见，他们同意了，条件是，埃吉尔要和他们一起去。

"国王恨他，要是我们能想办法把他杀掉，那国王对我们完成使命一定会感到高兴的，"他们说，"以后他就可以在觉得合适的时候把索尔斯坦恩逐出这个国家。"

于是他们告诉索尔斯坦恩，要是埃吉尔和他们一起去，他们可以同意让他留下来。

"那就这么办吧，"埃吉尔说道，"我代替索尔斯坦恩去完成这项使命。你们想从这儿带上多少人？"

"我们有八个，"他们说道，"我们要从这儿带上四个，凑足十二个。"

埃吉尔说这可以办到。

锐眼奥努恩德和埃吉尔的另外几个人到海上去检查他们的船和他们那年秋天存下的货物去了,还没有回来。埃吉尔觉得那是一个很大的损失,因为国王的人急于要上路,不愿意等下去。

72

埃吉尔和他要带的其他三个人为这趟出行做了准备。他们带上了马和雪橇,国王的人也是这样。那时已经下过大雪,大雪改变了他们的路线。一俟准备停当,他们便上路朝内地走去。在他们去埃德的路上,有一夜雪下得非常大,叫他们连道都找不着了。第二天他们行进得非常缓慢,因为只要他们一偏离道路,他们就陷到积雪里。

白天,他们在一个有树林的山脊附近歇下来,让他们的马休息。

"山路在这儿分岔了,"他们对埃吉尔说道,"山脊下面的那个农庄主名叫阿尔纳尔德,是我们的一位朋友。我们要到他那儿住下,你们要到山脊上面。上到那里以后,你们不久就可以看到一个很大的农庄,你们在那里一定会有地方住的。一个名叫大胡子阿尔莫德的很有钱的人住在那里。我们明天清早先会齐,晚上到埃德斯可格去。那里住着一位农庄主,一个很好的人,名叫索尔芬。"

于是，他们分手了。埃吉尔和他的伙伴走上山脊。至于国王的人，一到埃吉尔看不见他们的时候，他们便坐上他们带的雪橇，尽快地往回滑去。他们日夜兼程回到高地，往北穿过窦弗费尔山，一路不停，一直回到国王哈康那里，对他报告了事情的经过。

埃吉尔和他的同伴那天晚上翻过了山脊，他们在大雪中一下子就迷了路。他们的马匹一再陷到积雪里，得把他们拉出来。那一带是多岩石的斜坡，有灌木林，很难通过。马匹让他们耽误了很多时间，步行也极艰难。他们精疲力竭，终于找到路下了山脊，看到了一个大农庄，便朝那农庄走去。

他们到达农舍前面的田地的时候，看见阿尔莫德和他的人站在外面。他们互致了问候，相互打听有什么新闻。阿尔莫德听说这些人是国王的差使，便邀请他们住下，他们接受了他的邀请。阿尔莫德的帮工牵上了他们的马，搬走了他们的行李，那位农庄主把埃吉尔请进了主厅，他和他的人便进到里面。阿尔莫德让埃吉尔坐在他下手的一张长凳上，让他的伙伴顺着往下在桌旁坐下。他们详述了他们那夜一路的艰难情形，住在那里的人都十分惊讶他们竟能走过来；他们说就连没有雪的时候，那山脊也是很难翻过来的。

"你是不是觉得，现在我摆好桌子让你们吃顿晚饭然后上床睡觉，会是对你们最好的招待？"阿尔莫德问道，"这样你今夜会休息得最好。"

"那很好。"埃吉尔说道。

于是阿尔莫德让人为他们摆好桌子，端上大钵大钵的干酪。阿尔莫德表示很抱歉他没有啤酒款待他们。埃吉尔和他的人经过一天的艰苦跋涉之后都非常口渴，他们拿过碗，使劲地吞着干酪，埃吉尔比别人吃得更多。没有上别的食物。

农庄里住着许多人,有许多人在那里劳动。农庄主的妻子坐在一张榻上,有其他几个妇女坐在她身边。他们的女儿,大约十岁或者十一岁,坐在地上。农庄主的妻子把女儿叫了过去,在她耳边悄悄说了几句。姑娘随即转过身走到桌旁埃吉尔坐的地方。她吟唱了这首诗:

> 我妈妈叫我来
> 告诉你,
> 带话给你埃吉尔,
> 要你提防着点。
> 给上啤酒的使女交代
> 要让你们痛饮,
> 就好像还有好东西
> 要奉献给你。

阿尔莫德打了他女儿一个耳光,要她闭嘴——"你总是在不该说的时候乱说。"

姑娘走开了,埃吉尔放下了干酪钵,那钵已经差不多空了。之后,钵被撤掉,这家的男子也都入了座。主厅里摆上许多桌子,桌上摆了很多食物。为埃吉尔和他的同伴,为每一个人准备了精美的食物。

接着,送来了啤酒,是酿造得特别浓烈的那种。给每人一只角杯用于喝酒,主人特别提到要让埃吉尔和他的人喝个够。起初,埃吉尔不停地喝了很长时间,他的同伴喝不下的时候,他也把他们喝不完的接过来喝掉。这一直继续到桌子收拾干净的时候。

主厅里所有的人都醉了,每次阿尔莫德敬酒的时候,他都说:"祝你健康,埃吉尔。"

这个家里的人都举杯祝他的同伴健康,用的都是同样的话语。有一个人负责让人一次次地为埃吉尔和他的同伴敬酒。他每次都催他们马上喝掉。埃吉尔告诉他的同伴不要再喝了。在无法避免的时候,他也为他们的健康敬酒。

埃吉尔感觉到他不能再这样下去了。他站起来走了过去,来到阿尔莫德坐的地方,抓住他的肩膀,把他向一根墙柱推去。接着埃吉尔开始不停地呕吐,把吐出来的东西都喷在阿尔莫德的脸上,沾满了他的眼睛、鼻孔和嘴,一直流到他的胸口上。阿尔莫德差一点给闷死,在他能够喘气的时候,他也呕吐起来了。主厅里阿尔莫德的人都说埃吉尔要吐的时候没到外面去吐,实在很下流很卑鄙;不过,他在喝酒的房间里的表演确实也很壮观。

埃吉尔说:"别责怪我效法东道主的榜样。他吐的和我吐的一样多。"

之后,埃吉尔回到他的位置上坐下,要了点喝的。接着,他吟唱了这首诗:

> 我两腮鼓胀,
> 回敬了你的奉承。
> 走过大厅可不那么容易,
> 这人人都可以看到。

> 许多宾客用甜言
> 回报主人；但是我们难得一见。
> 阿尔莫德的大胡子
> 沾满着啤酒的渣子。

阿尔莫德跳起来跑了出去，但是埃吉尔还要喝。农庄主的妻子告诉那个整夜给他们送酒的人，只要他们要喝，就不断给他们送酒。他拿来一只大角杯，给它斟满酒，端去给埃吉尔。埃吉尔痛饮了一阵，接着吟唱了这首诗：

> 喝尽敬酒一次又一次，
> 哪管得着水手
> 给诗人送来满满的角杯
> 一只又一只。
> 我一滴酒也不剩下，
> 即便寻衅的人
> 不停地送角杯
> 一直到清晨。

埃吉尔继续喝了一阵子，把送到他面前的角杯一只只全都喝干，尽管屋子里还有几个人在喝，可是那里已经没有了那么多的欢乐。后来，埃吉尔和他的伙伴站起身来，从他们挂武器的墙上取下了各自的武器，走到他们拴马的仓棚，倒到干草上，在那里睡了一夜。

73

第二天清晨天明的时候,埃吉尔起来了。他和他的伙伴准备要离开。准备停当之后,他们回到农庄去找阿尔莫德。阿尔莫德和他的妻子及女儿还在睡眠中,埃吉尔猛地推开房门,走到他的床边。埃吉尔拔出剑,用另一只手揪住阿尔莫德的大胡子把他拽到床沿。阿尔莫德的妻子和女儿赶忙爬起来,请求埃吉尔不要杀死他。

埃吉尔说他看在她们的面上饶他一命——"便宜了他,本来我满可以宰了他的。"

于是他吟唱了一首诗。

> 他的老婆和女儿
> 为这个慷慨大方
> 的臭嘴家伙讨了情。
> 我毫不畏惧他的挑衅。
> 就凭你招待诗人的
> 那点酒,你不会觉得你配受
> 他的这种回报。
> 我们要远行了。

接着埃吉尔贴着他的脸割掉了他的胡子,用他的指头挖出了他的一只眼珠,让它吊在脸颊上。之后,他就向他的同伴走去。

他们往前走去,清早就到达了索尔芬的农庄。索尔芬居住在埃德斯可格。埃吉尔和他的人要了早饭,请他找地方让马休息。索尔芬招待了他们,埃吉尔和他的人便走进主厅。

埃吉尔问索尔芬是不是知道他的另外那些伙伴的事。

"我们约好在这里会面的。"他说道。

索尔芬回答说:"天明前不久有六个人经过这里,他们全都带着足够的武器。"

索尔芬的一位帮工补充说:"夜里我出去拉木材,遇到了六个人,好像要往什么地方去。他们是阿尔莫德的帮工,那是天明前很久的事。我不知道他们是不是就是你说的那六个人。"

索尔芬说他看见六个人经过的时间,比他的帮工拉木材回来的时间晚。

埃吉尔和他的伙伴坐下来吃饭的时候,看见有个生病的女子躺在榻上。埃吉尔问索尔芬那妇女是谁,她的状况为什么那么不好。

索尔芬说是他的女儿海尔嘉——"她病了很长一段时间了。"

她患的是一种消耗体力的虚弱病,有一种精神错乱的毛病叫她夜里不能入睡。

"有人为她查过病因没有?"埃吉尔问道。

"我们为她刻过鲁纳文,"索尔芬说道,"是住在附近的一个农民的儿子刻的,此后她的病情更重了。你是不是有什么治疗办法,埃吉尔?"

埃吉尔说:"我试一试,大约不会坏事的。"

埃吉尔吃完饭后,到那妇女躺的地方和她谈话。他吩咐他们把她从床上抬起来,把她身下的床单换成干净的,他们照做了。之后他开始查看她躺的那张床,找到了一块刻有鲁纳文字的鲸骨。埃吉尔读了那些鲁纳文字,把它们都刮到火里。他把那块鲸骨烧掉,把她的床单晾起来。然后他吟唱了一首诗:

> 除非你能读懂,
> 否则你哪能刻鲁纳文。
> 太多的人
> 被这种魔字毁掉。
> 在那块鲸骨上我看见
> 刻了十个魔字,
> 这些字使姑娘
> 久久地遭受折磨。

埃吉尔刻了另外一些鲁纳文,把它们放在她躺的床上的枕头下面。她觉得自己好似从一场长眠中醒了过来;她说她又好了,可是还很虚弱。然而,她的父亲和母亲都高兴极了。索尔芬把他觉得埃吉尔需要的东西,都为他准备好了。

74

埃吉尔告诉他的同伴他想继续前进,不再等下去了。索尔芬提出要和他的儿子海尔吉陪埃吉尔走过树林。海尔吉是个勇敢的小伙子。他们对埃吉尔说他们很肯定大胡子阿尔莫德派了六个人在树林里伏击他们,要是第一次伏击没有成功,后面一定还会有更多的伏击。索尔芬和另外三个人要陪他们去。于是埃吉尔吟唱了一首诗:

> 你晓得,
> 要是我带上四个人,
> 六个家伙哪里配
> 和我交手。
> 要是我有八个人,
> 哪怕来了十二个,
> 交起手来也吓不住
> 我这黑眉毛汉子一分。

索尔芬和他的人决定陪埃吉尔进树林,所以他们一共是八个人。来到伏击点的时候,他们看见那里有人躲着。阿尔莫德的六个帮工躲在那里,但是当他们看见来的是八个人,他们觉得没有力量和这些人较量,便进树林里溜走了。埃吉尔和他的人走到那些帮工藏过的地方,看得出身边确实是有危险。埃吉尔让索尔芬和他的人回去,但是,他们还想再陪着他们。埃吉尔拒绝了,坚持要他们回家去,他们终于回去了;而埃吉尔和他的三个人则继续上路。

这天白天在慢慢过去,埃吉尔和他的人注意到树林里有六个人,猜到他们是阿尔莫德的帮工。这些奸人跳出来攻击他们,但是埃吉尔进行了回击。他们一交手，埃吉尔就把袭击者中的两个杀死了。其余人都逃到树林里去了。

于是埃吉尔和他的人又往前走去，在他们走出树林到达附近一个农庄以前，再没有发生什么别的事情。他们在那里过了夜。农庄主人名叫阿尔夫，绰号叫富翁阿尔夫。他年纪很大了，可是他很不喜欢社交，只有很少几个人在他的农庄干活，他忍受不了人多。埃吉尔在那里受到了很好的接待，阿尔夫对他显得很健谈。埃吉尔问了他许多事情，他都一一回答。他们谈的主要是关于那个雅尔和挪威国王派到东边来收贡税的那些差使的事情。从阿尔夫说的来看，他和雅尔的关系并不友好。

75

第二天清晨，埃吉尔和他的伙伴准备离开。埃吉尔送给阿尔夫一件裘皮大衣作为他们分别的礼物，他很感激地收下了。

"我可以把它改成一件裘皮披风，"他说道，同时还邀请埃吉尔在回来的时候再来看他。

分手的时候，他们成了好朋友。埃吉尔继续赶路。傍晚时他们到达了雅尔阿尔恩维德那里，受到了很好的接待。埃吉尔及其伙伴被安排在紧挨餐桌首位的座位依次坐下。

在那里过夜之后，埃吉尔和他的伙伴对雅尔讲明了他们的使命，把国王的口信告诉了他，说他要收取瓦尔姆兰地方自从阿尔恩维德被指定在那里统治以来一直没有缴纳的贡税。

雅尔告诉他们，他已经把贡税都交给国王的差使了，"我不知道他们收了贡税以后都怎么处理了，不知道他们是把它们交给了国王，还是带上它们逃往他国去了。因为你有真正的信证证明是国王派你来的，我可以缴纳他应得的全部贡税，把它们交给你。但是你怎么照管它们，我可不负责任。"

埃吉尔和他的人在那里停留了一些时间，在他们离开之前，雅尔把贡税交给了他们。贡税有的是银子，其余的是裘皮。

埃吉尔和他的人准备好以后，就出发了。

在他们分手的时候，埃吉尔对雅尔说道："我们会把我们从你这里收到的贡税交给国王的，但是你要知道，这比起国王对这里要求的钱来说，可是少得太多了。这还不算你应该对他的差使损失性命所应付的赔偿，因为有人说是你差人把他们杀掉的。"

雅尔说这是谣言，不是真的，他们便分别了。

埃吉尔一走，雅尔就把一对兄弟叫了来，那两人都叫乌尔夫。

他对他们说道："在这儿待了些时候的那个大个子，埃吉尔，——我想要是他回到了国王那里，那给我们的麻烦就大了。从他刚才对杀死国王的差使的指责判断，我可以想象他会怎么对国王讲对我的印象。你们去追杀他们，制止他们向国王散布那样的诽谤。我的意见是埋伏在埃德斯可格。带上足够的人去，保证一个也不让他们逃掉，你们也不要在他们的手里受到伤害。"

两兄弟准备好离开，带上了三十个人。他们进入了树林，这些人对那边的每一条小径都很熟悉，注意着埃吉尔的行动。

有两条路穿过树林。其中短的一条要翻过山脊，有很陡的坡，上面有一条很窄的小路。另一条是绕过山脊，一路有许多沼泽，上面铺有一些砍倒的树干让人通过，也只有一条小路。每条路上埋伏了十五个人。

76

埃吉尔往前走去，来到阿尔夫的农庄，在那里过了夜，得到了很好的照顾。第二天早晨天亮以前他就起身了，准备离开。他们正在吃早饭的时候，阿尔夫来到他们那里。

"你们要赶早动身啊，埃吉尔，"他说道，"可是我劝你们不要急着赶路。要小心，因为我觉得有人埋伏在树林里等你们，我没有能帮得上忙的人可以跟你去，但是我邀请你留在我这里，等到我告诉你什么时候可以安全通过树林时再走。"

"太荒唐，"埃吉尔说道，"我要按计划上路。"

埃吉尔和他的人准备动身，但是阿尔夫还想劝阻他，要他如果发现路上有脚印，就折回来，他说自从埃吉尔去了那边以后，还没有人从东边回来过，"我预料，除非是找你的那些人到过那里。"

"假定你说的是对的，那你说他们会有多少人？"埃吉尔问道，"他们不能把我们怎么样，即便他们的人比我们多几个。"

"我和我的帮工走到树林附近，"阿尔夫说道，"我们发现有人的脚印延伸到树林里面。他们一定有一大帮子人。如果你不相信我说的，亲自去那里看看那些脚印。可是要是你觉得我对你说的对，你就回来。"

埃吉尔上路了。他们一行来到穿过树林的那条路的时候，看到了人和马留下的脚印。埃吉尔的人说他们想折回去。

"我们要继续前进，"埃吉尔说道，"有人走过埃德斯可格，我一点儿也不觉得惊讶，因为这是人人都走的路。"

他们又动身了，那些脚印继续出现，而且很多，他们一直来到一个岔路那里，脚印在那里也分成同样多的两群。

"看来阿尔夫说得不错，"埃吉尔说道，"让我们准备迎接突然的攻击。"

埃吉尔和他的人脱下了他们的披风并解开身上的衣服，把它们放在雪橇上。他的雪橇带有一根韧皮长索；带一根备用绳索以供修理缰绳之用是长途旅行的习惯。然后他搬起一大块石板，把它安在他的胸腹部，再用那根皮索牢牢绑住，往上裹住他的身体一直到他的肩部。

埃德斯可格有一片极茂密的树林，两边都一直延伸到居民点，但是密林深处却是些矮灌木和杂丛，有些地方还一点树木都没有。

埃吉尔和他的人走了翻过山脊的那条短道。他们都拿着盾，戴着头盔，还有斧和投枪。埃吉尔在前面开路。山脊的脚下有树木，但是峭壁上是光秃秃的，没有树木。

他们来到峭壁上的时候，有七个人从林子里蹿出来爬上山岩来追赶他们，朝他们射箭。埃吉尔和他的人转过身来把整个路都挡住。有另外的一些人从山脊顶上下来，从上面朝他们扔石块，那更加危险。

埃吉尔对他的人说："你们过去，在峭壁脚下找地方躲一躲，尽可能防护自己，我到顶上看看去。"

他们照做了。埃吉尔上到峭壁顶上的时候,有八个人等在那里。他们立刻向他攻击。不用赘述他们的厮杀了,结果是埃吉尔把他们全都杀死。然后他来到峭壁边上,往下扔石块,那是根本没法躲得开的。瓦尔姆兰的人有三个被砸死在那里,另外四个带伤逃进了树林。

之后,埃吉尔和他的人回到了他们放马处,继续赶路,一直走到他们翻过了山脊。那几个逃脱的瓦尔姆兰人把发生的事情告诉了他们埋伏在沼泽边上的伙伴。他们从山下的小路赶去,出现在埃吉尔和他的人前面的路上。

乌尔夫两兄弟当中的一个对他的人说道:"我们得想个计策,安排好不让他们逃掉。这儿这条路是沿着山脊走的,上面有一片悬崖,沼泽一直伸到那里。那里的路很窄,只容得下单人行走。我们当中得有人绕着山脊过去插到他们的前面挡住他们的进路。我们其余的人则藏在这里的林子里,在他们经过这里的时候跳到他们的后头。我们要做到不让他们逃掉一个。"

他们就按乌尔夫说的做了。乌尔夫带上十个人,过了山脊。

埃吉尔和他的人往前走着,没有意识到有这样的计策,这样,他们就来到那条窄道那里,一到那里他们就受到了手拿武器的人的攻击。在埃吉尔和他的人回击并保卫自己的时候,在山脊前的人爬到了山脊上。埃吉尔看到这个情形就回过头来对付他们。仅仅快速的几下重击,他就杀死了他们几个,其他的人退回到比较平坦的地方。埃吉尔朝他们追去。乌尔夫死在了那里;结果埃吉尔杀死了大约十一个人。接着他急急赶到他的伙伴在路上低洼处抵挡八个人的地方。双方的人都受了伤。埃吉尔来到的时候,瓦尔姆兰人立刻逃进附近的树林里去。五个受重伤的人逃脱,三个人当即被杀死。

埃吉尔身上受了好几处伤,但都不严重。他们继续上路,埃吉尔为他的同伴护理了伤处,他们的伤都不重。接着他们坐上了雪橇,那一天就在赶路中过去了。

那些侥幸逃脱的瓦尔姆兰人带上他们的马,挣扎着从树林里回到东边有人居住的地方,他们的伤在那里得到护理。他们在那里又找到几个人一起回去见他们的雅尔,对他讲了他们遭到的不幸。

他们报告说乌尔夫两兄弟都被杀死,总共死了二十五个人,"只有五个人得以逃命,但都受了伤。"

雅尔问起埃吉尔和他的人的情况。

"我们不知道他们有多少人受伤,"他们回答说,"他们极勇猛地攻击我们。在我们八个他们四个的时候,我们逃走了。我们五个逃到树林里了,三个被杀死,据我们所见,埃吉尔和他的人一点没有受伤。"

雅尔说,他们这一趟行动的结果简直太糟糕了。

"要是你们杀掉了那个挪威人,你们的重大损失我还能忍受,"他说道,"可是现在,他们到了树林的西边,把这些事情告诉了挪威国王,我们将会受到他的可以想象的最严厉的惩治的。"

77

埃吉尔继续赶路,一直赶到树林西边。他和他的人晚间来到索尔芬那里，受到了热忱的欢迎。埃吉尔和他的人在那里治疗了他们受的伤，还在那里住了好几夜。那时索尔芬的女儿海尔嘉已经能够起来走路了，病已经好了，她和所有的人都为此感谢埃吉尔。这伙赶路的人也在农庄里调养了他们的马匹。

那个为海尔嘉刻鲁纳文的人就住在附近。透露出来的情形是，他曾向她求婚，但是索尔芬回拒了他。后来，那个农民的儿子想引诱她，但是她不愿要他。后来他装作为她刻求爱的鲁纳文，但是他不懂怎么刻，结果他刻的那些字给她带来了病痛。

埃吉尔要走的时候，索尔芬和他的几个儿子陪着他上了路。他们一共是十个或者十二个。他们一起走了一整天，以防备阿尔莫德和他的人。在听说埃吉尔和他的人与压倒多数的人对抗，而且取得了胜利之后，阿尔莫德便认识到他和埃吉尔对抗是没有什么希望的，所以他和他的人就留在了家里。埃吉尔和索尔芬在分手的时候交换了礼物，还允诺相互保持友谊。

接着埃吉尔和他的人继续走他们的路，在回到索尔斯坦恩那里以前，一路上没有发生别的事情。那时他们的伤也都好了。埃吉尔在那里一直住到春天。索尔斯坦恩派差使去见哈康国王，交了埃吉尔在瓦尔姆兰收取到的贡税。他们见到国王，把贡税交给他的时候，他们对国王讲了一路发生的事情。国王认识到他的怀疑是真事，雅尔阿尔恩维德把他派往西边的两队差使都杀了。国王告诉索尔斯坦恩，他可以留在挪威，他与他和解了。于是差使们回家去了，回家以后，他们告诉他，国王对这趟出使很高兴，答应和索尔斯坦恩和解，保持友谊。

夏天，哈康国王带上一支很大的军队去了维克，从那里往东到了瓦尔姆兰。雅尔阿尔恩维德逃跑了；国王根据收税人的报告，向那些对他干了错事的农庄主强制课以重税。他在那里封了另外一个雅尔，给他和农庄主们明确了他们应有的责任。

这一次出行，哈康国王巡遍了西哥特兰，就像讲述他的萨迦和关于他的诗里所描写的那样，他把西哥特兰纳入了他的统治之下。也讲到他去了丹麦，抢劫了那边许多地方。他只带了两艘船就摧毁了十二艘丹麦船，他封了他的侄子特里格威·奥拉夫松为国王，让他统治东边的维克。

埃吉尔收拾好他的商船，募集了船员，他送给索尔斯坦恩那年秋天他从丹麦带来的那艘长船作为道别礼物。索尔斯坦恩给埃吉尔送来许多精美礼物。他们相互允诺保持最好的友谊。埃吉尔派人给他在奥尔兰的亲戚索尔德送信，让他管理埃吉尔在奥尔兰和霍尔达兰拥有的土地，要他如果能找到合适的买主就把那些地卖了。

埃吉尔和他的人准备好了启程，刮起顺风的时候，他们沿着挪威海岸驶离了维克，然后进入大海驶往冰岛。他们一帆风顺一直回到了波尔嘎尔费约尔德。埃吉尔把他的船沿峡湾驶到离开他的农庄很近的地方抛下锚。他把他的货物都搬回了家，把船拉上了岸。埃吉尔回到他的农庄，人人见到他都非常高兴。他要在那里过冬。

78

埃吉尔这次航海归来，那个地区已经处处有人居住了。最初来到的定居者已经全都过世了，现在居住在那里的是那批人的儿子和孙子了。

凯蒂尔·古法（蒸汽）来冰岛的时候，那里已经有很多人定居了。他在罗斯姆赫瓦尔拉内斯的古弗斯卡拉尔度过了第一个冬天。凯蒂尔是从爱尔兰坐船来的，带来了许多爱尔兰的奴隶。因为那个时候罗斯姆赫瓦尔拉奈斯的全部土地上已经都有人定居，凯蒂尔便迁往内斯，在古弗内斯度过了第二个冬天，可是他在那里找不到可以安家的地方。后来他来到波尔嘎尔费约尔德，在一个今天叫作古弗斯卡拉尔的地方度过了第三个冬天；他把船停泊在从那边山里流下来的古弗阿河上。

索尔德·拉姆巴松那时居住在拉姆巴斯塔坻尔。他已经结了婚，有一个儿子叫拉姆比，那个时候，他已经完全长大了，按他那个年纪，他算是很高大很强壮的。夏天，人人都骑马去议事庭的时候，拉姆比也去了。那时，凯蒂尔已经西迁到了布雷达费约尔德，去找可以生活的地方。

凯蒂尔的奴隶逃跑了，夜里，他们在拉姆巴斯塔坻尔遇到了索尔德。他们放火点燃了房子，把索尔德和他的所有帮工都烧死，打破了他的棚子，把他的牲口和物品都弄到外面。他们拉来马匹，把抢掠的东西都让马驮上，朝阿尔夫塔内斯而去。

那天早晨太阳快要升起的时候，拉姆比动身回了家，因为头一天夜里他看到了火焰。他随身带着好几个人，他立即骑马来找他家的奴隶，其他农庄的人加入他一伙。奴隶们看到有人追赶他们，便放弃他们抢到的东西，找藏身的地方去了。有的逃到了米拉尔，有的逃向海边来到一个峡湾。

拉姆比和他一伙人追赶他们，在叫作科伦内斯的地方杀死了一个叫科里的奴隶。斯科里、索尔莫德和斯瓦尔特跳进海里，游水离开了陆地。拉姆比和他一伙人在附近找到几条船，划船追赶他们。他们在斯科莱岛找到了斯科里，把他杀死在那里。接着他们划往礁石岛，在那里杀死了索尔莫德，那个地方后来一直被人叫作索尔莫德斯科尔（索尔莫德礁石岛）。他们抓到了其他奴隶，他们抓到奴隶的那些地方，现在也都按奴隶的名字命了名。

拉姆比那以后就居住在兰姆巴斯塔坻尔，成了一位富有的农庄主。他是个很有势力的人，但并不惹是生非。

蒸汽凯蒂尔往西到了布雷达费约尔德，在索尔斯卡费约尔德定居下来。古弗达尔谷和古弗费约尔德都是由他而得名的。他娶了黑皮肤盖尔蒙德的女儿玉尔，他们有一个儿子叫瓦利。

当时有一个叫格里姆的人，是斯维尔汀的儿子，他住在一个叫作海迪的漠泽的脚下的莫斯费尔的地方。他很富有，家世也好。他的同父异母妹妹叫朗恩维格，是奥尔弗斯的戈狄索罗德的妻子，他们的儿子是法律宣讲吏斯卡弗蒂。格里姆后来也成了法律宣讲吏。他提出要娶索罗尔夫的女儿、埃吉尔的侄女和养女索尔迪丝。埃吉尔喜爱索尔迪丝一点不亚于喜爱自己的孩子；她是一个极为诱人的妇女。因为埃吉尔知道格里姆的出身很好，他们很匹配，婚事便定了下来。索尔迪丝嫁给格里姆的时候，埃吉尔把她的父亲遗留下来的产业都交给了她。她去了格里姆的农庄，他们在莫斯费尔住了很久。

79

那时有个人名叫奥拉夫,是霍斯库尔德的儿子和达利尔的考尔的孙子。他的母亲麦尔科尔卡是爱尔兰梅尔克雅丹国王的女儿。奥拉夫住在拉克萨尔达尔的希雅尔达尔霍尔特,在布雷达费约尔德的山谷里。他非常富有,是冰岛当时最英俊的人之一,是一个思想执着的人。

奥拉夫提出要娶埃吉尔的女儿索尔盖尔德。索尔盖尔德是一个很优秀的妇女,聪明、性格坚强,但是通常很安静。埃吉尔了解奥拉夫的家庭背景,知道这是一门很好的婚事;于是她就嫁给了他,去和他一起生活在希雅尔达尔霍尔特。他们的孩子是克雅丹、索尔贝格、哈尔多尔、斯坦恩多尔、苏里德、索尔比约格和贝格索拉。贝格索拉做了索尔哈尔·奥达松戈狄的妻子。索尔比约格先嫁给阿斯盖尔·克纳塔尔松,后来又嫁给了维尔蒙德·索尔格里姆松。苏里德嫁给了索尔蒙德的儿子古德蒙德,他们的儿子名叫哈尔和杀人者巴尔迪。

奥祖尔是埃温德的儿子和奥尔弗斯的索罗德的弟弟,娶了埃吉尔的女儿贝拉。

这个时候,埃吉尔的儿子伯德瓦尔已经长大成人。他非常有出息,很英俊,个子高大强壮,和埃吉尔以及索罗尔夫在他这个年龄的时候一样。埃吉尔非常喜欢他,同样,伯德瓦尔也很依恋他的父亲。

一年夏天，来了一艘船泊在维塔河上，那儿形成了一个很大的集市。埃吉尔买下了一大堆木材，安排要把那些木材用船运回到他的农庄。他的家人驾了埃吉尔的一艘有八个桨位的船，去把木材从维塔河运回来。伯德瓦尔要求和他们一起去办这件事情，他们允许他一起去。他和帮工们一起去了维利尔，那里他们一共六个人乘上了那艘八个桨位的船。他们准备好要启程的时候，下午涨起了大潮。因为他们需要等到潮水退去，他们一直到夜里很晚的时候才启程。逆向潮水刮起了一阵猛烈的西南风。就像惯常发生那样，峡湾里海水波涛汹涌。结果他们的船翻在了汹涌的波涛里，船上的人全部葬身大海。第二天尸体都被冲刷到岸上。伯德瓦尔的尸体被冲刷到了英纳斯奈斯的海岸上，其他一些尸体被冲到了南边更远一些的地方，船也漂到那里的岸上。船被人们发现被冲到了雷克雅尔哈马尔岸边。

那天埃吉尔听到这个消息，立刻骑马去寻找尸体。他找到了伯德瓦尔的尸体，把他抱起来放在膝上，然后带着尸体骑马来到迪格拉内斯斯卡拉格里姆的坟冢那里。他挖开那座坟冢，把伯德瓦尔的尸体安放在里面斯卡拉格里姆的身边，然后又把坟冢堆好；这件事一直进行到了日落。之后埃吉尔骑马回到了波尔格；回家后，他径直走到了他通常睡觉的卧室，拴上门，上床躺下。没有人敢和他说话。

据说在埋葬伯德瓦尔的时候，埃吉尔穿着紧身裤和一件红色的粗布束腰外衣。人们看见他肿胀得很厉害，他的外衣和紧身裤都被撑破了。

那天晚些时候，埃吉尔把他卧室的门闩上，不吃不喝。那天

(Guðjón Ketilsson)

他找到了伯德瓦尔的尸体,把他抱起来放在膝上……

他躺在卧室里，第二天他也在那里躺着。没有人敢和他说话。

第三天天亮后，阿斯盖尔德派人骑马出去。那个人往西向希雅尔达尔霍尔特疾驰；下午到达的时候，他把这件事情原原本本地对索尔盖尔德讲了。他还把阿斯盖尔德的口信告诉了她，要她尽快赶往波尔格。

索尔盖尔德立即牵马套鞍，和另外两个人上路了。那天晚上他们骑马飞奔，深夜才到达波尔格。索尔盖尔德直接来到有炉火的屋子里。阿斯盖尔德欢迎了她，问他们是不是吃过晚饭了。

索尔盖尔德大声回答说："我没有吃过晚饭，不到芙丽娅①那里我是不吃的。我完全懂得我父亲的行动是再好不过的了。父亲和我弟弟死后，我是再也不想活了。"

她走到埃吉尔卧室的门前喊道："爸爸，开门，我想我们俩一块儿走。"

埃吉尔打开了门。索尔盖尔德走了进去，把门又拴上了。之后她在卧室里的另外一张床上躺了下来。

于是，埃吉尔说道："你做得好，我的女儿，想跟随你的父亲。你表现了对我莫大的爱。遇到这么悲痛的事情，我怎么会还想活下去？"

随后，他们都沉寂了一会儿。

接着，埃吉尔说道："我的女儿，你在做什么？你是在嚼什么吗？"

"我在嚼红皮藻，"她回答道，"因为我觉得它会教我心情更

---

① 即死亡女神。

坏。否则，我怕我会活得太长。"

"那东西让你很不好受吗？"

"不好受极了，"索尔盖尔德说道，"你要点儿吗？"

"会有什么不同吗？"他说道。

过了一会儿，她叫喊要点什么喝的，有人给她送来了一些水。

于是埃吉尔说道："嚼红皮藻就是这样，让你更渴。"

"你要不要喝一点儿，爸爸？"她问道。

她把那只角杯递给了他，他喝了一大口。

于是索尔盖尔德说道："我们上当了。这是牛奶。"

埃吉尔在角杯上咬下一块，让自己的牙齿尽可能深地咬下去，然后把角杯扔掉。

于是索尔盖尔德说道："我们现在怎么办？我们的计划落空了。现在，我想我们要活着，父亲，等你作出一首悼念伯德瓦尔的诗来，我把它刻在一根鲁纳杖上。到那个时候，如果我们想死，我们就可以死了。我怀疑你的儿子索尔斯坦恩是否能为伯德瓦尔写出什么诗来；而且好像也不会不为他举行祭宴仪式，我想即使举行那样的仪式的时候，我们大概也不会出席了。"

埃吉尔说好像他不大可能做出什么诗来，即使他想试试。

"但是，我要试试。"他说道。

埃吉尔的另外一个叫贡纳尔的儿子，不久以前也已经死了。

于是埃吉尔吟唱了这首诗：

> 我的舌迟钝了
> 我动它不得，

我的诗的韵律
迟迟不能扬起。
诗的蜜醪
不能为我所及。
从我的头脑里,
溢不出诗意。

因为巨大的悲伤痛泣
的梗阻——
实在难于
从思想深处
把弗里格的后裔奥丁
从霜巨人
那里劫来的蜜醪
吐出。

最纯洁的情感,
是诗神以矮子的生命
练就的
诗歌精髓。
巨人颈子那里
涌出的血
猛击着矮子
藏蜜醪的山岩。

我的诗情泛到了
我的头脑的边缘,
犹如森林边上的树木
在猛烈地飘摇。
哪有抱送
自己亲人尸骨
去到坟冢的人
会有闲情丝毫。

然而我
要把我丧失父尊
失去母慈的经过
首先表过;
用我从语言圣殿
搬来的木材
构筑诗文把他们
赞扬。

海浪袭击
我父亲家室的墙壁,
那裂痕叫人
惨不忍睹。
我知道狂涛

带给我的孩子
的损伤,
犹未得到平熨。

海的女神沉重地
打击了我,
夺走了众多
我钟爱的亲人;
大海割断了
我家族的练带,
叫我失去了
那牢固的根基。

要是用剑能
对那种行为报复,
掀起狂涛者
早已被诛丧命。
我会猛击
祭风者,
我要讨伐
众海神。

然而,我乏力
向海上众生的

谋害者
讨回公道；
很清楚
人人都可以见到
老耄的人
实是孤掌难鸣。

海夺去我的
太多太多，
我亲人的殒命，
实在难以启口讲述，
我家室的
荫佑
已经走上
黄泉之路。

我自己深知，
在我的儿子的身上
蕴存有一切
高贵的因素。
那荫佑若能
长大成材，
他无疑必定是
一名勇猛的武士。

他对自己父亲的言辞
永远最尊重，
哪怕世人的见解
与之大相径庭。
他把我支撑起，
他将我荫佑，
给我支持，
叫我力量增长。

我常思忖，
我别无叔季伯仲，
这思绪总如狂风
在我的脑中呼啸。
我总念及斯人，
即使在枪林箭雨中
我也在闯荡，
把他寻找。

再无任何
威武勇士，
能在危难中
直起把我保护；
在面对强敌的时候，

我需要的是他。
身边同伴已经不多，
我岂能临阵退缩。

奥丁绞索架之下
的人群中，
实难有人
可依可靠；
扼杀了他的亲人
的黑手，
用他的兄长的性命
交换来了财富。

我常常觉得
财富的统治者①
……

人言也道，
人子的价值
无复能得到，
除非再生出
后裔一个；

---

① 此处手稿残缺。

他人对他

又恰如对他的兄长

一样尊重。

人人诚然都

和睦对我,

我却未获得

与他们相处的趣乐;

我的妻子所生之子

已去瓦尔哈尔

寻求与独眼神①

结伴为伍。

海的主宰

兴风作浪的元首,

却决心

做我的对头。

我无法

昂起头,

消不去

---

① 指奥丁。北欧神话说,奥丁为了获得更大的智慧,要饮用约屯海姆能叫人聪明的水。掌管约屯海姆的水的米默要求奥丁用一只眼睛做抵押。奥丁舍去了他的一只眼睛,饮了约屯海姆的水。成了最有智慧的神。

苦脸愁容。

汹涛狂浪
无情地
夺去了我的
高贵的儿子;
我深知
他总是远避邪恶,
从来也不
惹是生非。

一切犹
历历在目:
奥丁如何
将我家园中的
幼木,
我妻子的骨肉
劫往神祇的
城郭。

我一向
与奥丁为伍,
对他忠诚不渝
信从始终;

到头来,
断情绝义的
却是他:
武士的护卫,
构筑胜利的人。

我并不崇敬
维利尔①的兄长,
众神之主。
以我的渴求;
做法倒也算得体,
智慧之友
总算补偿了我所
遭受的苦楚。

征战四方,
制伏地狱恶狼的
神祇②,
赋予我
无可非议的诗力;
教我得以揭露

---

① 在阿斯神祇中维利尔是奥丁的弟弟。
② 亦指奥丁。

谋划与我作对的人

　　是我的死敌。

　　我的旅程中布满荆棘、

　　死亡，

　　奥丁的敌人的手足，

　　正在那里把我守候。

　　坚定，

　　决无悔恨，

　　我会满心喜悦地

　　把那时刻迎接。

　　随着作诗的进展，埃吉尔的情绪开始恢复；诗一完成，他就把它交给阿斯盖尔德、索尔盖尔德以及他的帮工，然后从床上起来，坐到了他的主座上。他把他的诗题名为《失子之歌》。之后，埃吉尔按照古老的习俗举办了一个祭宴。索尔盖尔德回家的时候，埃吉尔送给了她告别礼物。

80

　　埃吉尔在波尔格住了很长时间，活到很大年纪。没有提及他和任何冰岛人有过争执。也没有说过在他在冰岛定居以后，有过和任何人决斗或者杀死任何人的事情。

人们还说，在发生了前面讲的那些事件之后，他就再也没有离开过冰岛，主要原因是，国王觉得他对国王干了前面提到的那些错事，他不能住在挪威。埃吉尔过着十分奢侈的生活，因为他有钱过这种生活，他也有过这种生活的脾气。

阿特尔斯坦国王的养子哈康国王，统治了挪威很长一段时间。在哈康的晚年，埃里克的儿子返回挪威和他争夺统治权。他们打过多次战，但是总是哈康得胜；他们之间的最后一战是在霍尔达兰，在费恰尔的斯托尔德那里打的。哈康国王胜了，不过他受了很重的伤。那以后，埃里克的儿子接管了对国家的统治。

头领阿里恩比约恩留在埃里克的儿子哈拉尔德那里，成为他的参事，他赠给阿里恩比约恩大量的财富。阿里恩比约恩掌管着他的军队和负责防卫。阿里恩比约恩是一位杰出的长胜武士。他靠在费约尔丹讷省的收入生活。

埃吉尔·斯卡拉格里姆松听说挪威有了一位新国王，听说阿里恩比约恩已经回到了他那边的老家，很是受到尊重。于是埃吉尔作了一首诗来赞美阿里恩比约恩：

> 赞美一位高贵的人
> 我的诗情如潮激涌。
> 但面对吝啬鬼，
> 我却钝于言辞。
> 我自如地
> 讲述一位国王的行径，
> 但对人们的谎言

我却缄口不言。

我尽情嘲笑
制造谎言的人,
痛快歌颂
朋友的好处;
怀着一个诗人
的诚意,
我造访过众多
平和的国王。
曾有一时
我开罪于
一位有权势的国王——
郧陵①家族的一个后裔。
我把壮胆的大帽
扣在我黑发之上,
来到了这位勇猛君王
的面前。

这位威武的
人主
以恐怖

---

① 这是北欧最古老的王族。这里指阿里恩比约恩。

维持着他的统治；

在约克，

这位国王

以僵直不易的思想

治理着潮湿的国土。

一双大眼

在这位暴君的脸上

像蛇眼那样

发出可憎的光芒；

埃里克眉下的

目光，

预示的是

危险和恐怖。

然而我冒险

把我的诗——奥丁化为蛇[①]

劫得的蜜醪，

奉给了这位君主；

给他的颂诗

回荡绕梁

深深贯进

---

① 奥丁是化为蛇才钻进山里劫得诗的蜜醪的。

众人之耳。

无人称道
我的诗的美,
在豪华的宫殿里
那美赢不来一声赞叹。
我从国王那里得到的
对我的诗的报酬,
是留住我的脑袋
给我的帽子留个安身之处。

我保住了我的脑袋,
和我浓眉下的
那黝黑的
一对宝石,
以及我那张嘴,
是它
把我脑袋的赎金
奉在国王的膝下。

我那一腔牙齿,
还有那三寸舌头,
还有一双耳朵,
全都得到保全;

一位大名鼎鼎的国王
赠与这样多,
这奖赏远比金银财宝
高贵得太多太多。

在我身旁的他,
胜过任何其他
慷慨解囊者,
他是我最信得过的
忠诚的朋友,
他的每个行为
都使他的形象
不断高大巍峨。
阿里恩比约恩,
最完美的人杰,
只身护卫我,
战胜国王的愤怒;
他是国王的朋友,
在好战的统治者的
厅堂中
一句不真的话也未吐。

还有……,
……庭柱,

为我的行为

增光者,

我的行为……

……哈尔夫丹家族

的祸端。①

若是我不能报偿

他的盛情,

我便辜负了

我的朋友,

也不配吹响

奥丁的号角,

不值任何赞扬,

只算得是违背誓言之徒。

此时此刻,已经清楚,

向何处:

在众人之前,

把我对这位威武的

领袖的赞颂倾吐,

把我的诗织成的

崎岖路径

---

① 此处手稿残缺。

展现在他们眼前。

我先要指出——
大家本来很清楚,
它早已伫留
众人的心中
这头火熊
为人慷慨仗义,
这品德
常青永绿。

他疏财济人
无度,
赢得人人
仰慕;
弗利亚和尼约尔德
赋给他
阿里恩比约恩
财宝不计其数。

钱财源源不断
流到赫罗尔德
这位优秀后裔
的手中;

他的慷慨豪爽
吸引诸多朋友
不远万里
赶来与他相就。

他穿戴豪华
宛如君王,
他腰悬利剑
可削铁如泥。
他带领众人
对诸神恭敬备至;
他是神祇的朋友,
是穷者的支柱。

他的行为将与世永存,
胜过任何他人,
即便他们也
拥有大量财富;
天下这样慷慨疏财者
为数已寥寥,
能解囊济贫的人
更无几稀疏。

不论何人,

若是他期望

阿里恩比约恩

给予帮助,

他决不会

遭到他的嘲笑,

受到他恶言相待,

或是回来两手空空。

费约尔丹讷的此公

从无吝惜钱财之时,

他不贪恋

那能滴出金环的臂圈,

他藐视那位带着金臂圈

偷盗诗的蜜醪的窃贼,

他手掰金子,

他足践首饰。

在他充实的生命的

土壤里,

播下的

常是征战的种子。

……①

---

① 此处手稿残缺。

那该是何等的不公啊，
若是这位
疏财济世之人
竟葬身大海，
让海神
淹没掉
他对我的
那种种恩德。

我清晨醒来
让我的舌头
把语言的功夫
勤恳操练。
我修起了
一座赞美的坟冢，
它将在诗的天地里，
永垂不朽。

81

　　那时有个人名叫埃纳尔，是海尔吉·奥塔尔松的儿子，是在布雷达费约尔德落户的东方人比约恩的重孙。埃纳尔是智者奥斯维夫的弟弟。很小的时候，埃纳尔就很高大强壮，是一个很有出息的人。他年轻的时候就开始作诗，很喜欢学习。

一年夏天在全民庭①集会上，埃纳尔来到埃吉尔·斯卡拉格里姆松的帐篷里，他们开始交谈起来。谈话很快就转到诗文上来，他们两人对这次讨论都很高兴。

从此以后，埃纳尔就经常和埃吉尔交谈，他们之间结下了很深厚的友谊。埃纳尔刚从海外航行归来，埃吉尔问起埃纳尔近来的新闻和他在挪威的朋友，也问到他视为仇敌的那些人的近况；他还多次问起那边的头面人物。埃纳尔则问埃吉尔的航行情况和他的收获；埃吉尔很喜欢谈这些，他们之间相处极为融洽。埃纳尔要埃吉尔对他讲他最艰难的战斗，埃吉尔给他吟唱了一首诗：

> 我单独对付过八个，
>
> 两次和十一个交手。

---

① 庭是早期冰岛的比家庭大的社会单位。一个庭的领袖是戈狄，戈狄并无行政权力，只是协调本地居民间关系的代表人物。相邻近的庭联合在一起组成更大的单位——区。公元930年，冰岛建立了全岛统一的"全民庭"即阿耳庭。全民庭不是权力机构，而只是立法机构。930年夏，全民庭举行了第一次全民会议。会议决定由各地族长36人组成国民法院，设法律宣讲吏一人，由族长们推举产生，任期三年。他没有行政权力，只是宣布全民必须共同遵守的统一的不成文法律。930年标志了古冰岛共和国的诞生。举行第一次全民庭的地点在冰岛东南部一个水草茂盛的坦原。坦原的东北面是一条长岭。这个地方也是以后历年举行全民庭的地方。后来冰岛人把这个地方叫作"庭谷"。这是冰岛的第一圣地。人们在庭谷的岭上安放了一块石头，法律宣讲吏一贯立在这块巨石上宣讲法律。这块石头被冰岛人称为"法律岩石"。

> 我把尸体扔去喂狼，
> 全都被我亲手杀掉。
> 我们的剑
> 猛击着盾牌。
> 我的铁臂
> 挥舞着闪亮的兵器。

埃吉尔和埃纳尔分手的时候相互允诺保持友谊。埃纳尔在别的国家和有地位的人在一起生活了很久。他很慷慨，但是往往钱财不足。他性格坚定，是个高尚的人。他是雅尔哈康·西古尔达松手下的人。

那时，挪威很不平静。雅尔哈康在和埃里克的儿子交战，许多人逃离了这个国家。哈拉尔德·埃里克松国王被人出卖，死在丹麦的林姆峡湾的哈尔斯。他对抗那个叫作金发哈拉尔德的克努特的儿子哈拉尔德，他也和雅尔哈康对抗。

头领阿里恩比约恩随哈拉尔德·埃里克松一起死在那场战斗中。埃吉尔听说阿里恩比约恩的死耗的时候，他吟唱了这首诗：

> 戎马倥偬的斗士
> 仗义疏财的贵人
> 已日渐稀少。
> 慷慨之士何处觅，
> 斯人在海之彼方
> 把银子雪花似地散给

> 这只猛鹫栖息的手，
> 换得我赞扬的诗一篇？

诗人埃纳尔·赫尔伽松的绰号是叮当响的碗。他作了一首赞扬雅尔哈康的得劳帕，题目叫《短缺金子》，诗很长。在很长一段时间里，这位雅尔对埃纳尔有很大的气，他拒不听他的诗。于是埃纳尔吟唱了这一首诗：

> 更深人静，我用战神的蜜醪
> 把统治国土的高贵勇士
> 歌颂——
> 如今我懊悔万分。
> 我过于热衷于把他见；
> 而那位散财的人，
> 那位名扬遐迩的领袖，
> 看来视我为最劣等的歌手。

他还吟唱了另外一首诗：

> 让我们另寻找敢于用剑
> 给恶狼喂食的雅尔，
> 懂得用胜利的盾牌
> 装点船舷的能手，
> 那用剑砍杀

如蟒蛇飞舞的勇士；
　　看他冷落我不，
　　当我与他会晤。

　　这位雅尔当时并不愿埃纳尔离开，听了他的诗之后，赠给他一面盾作为报偿，那是一件十分珍贵的宝物。盾上刻着许多描述传说的画，画间镶嵌有金银宝石。后来埃纳尔去了冰岛，和他的哥哥奥斯维夫住在一起。

　　秋天，埃纳尔骑马来到波尔格，在那里逗留。埃吉尔不在家，去了北方，不过人们说他很快就会回来。埃纳尔在那里住了三夜等他；习惯上拜访朋友是不停留超过三夜的。埃纳尔于是准备动身；离开之前，他来到埃吉尔的床前，把他那面珍贵的盾牌挂在那里，他嘱咐那里的家人说，那是赠给埃吉尔的。

　　之后，埃纳尔骑马走了，同天，埃吉尔回到家里。他来到床前的时候看见了那面盾牌，问这么宝贵的东西是谁的。人家告诉他，是叮当响的碗埃纳尔到过他的床边，把那面盾牌送给他当礼物。

　　于是埃吉尔说道："这个该死的家伙。他是要我不睡觉给他的盾牌作诗吗？把我的马牵来。我要去追赶他，把他宰掉。"

　　他的家人告诉他，埃纳尔是那天清早骑马走的，——"现在他应该已经回到达利尔了。"

　　于是埃吉尔吟唱了一首得劳帕，它是以这段诗开始的：

　　赞扬赠与我的坚盾

> 此其时也。
> 慷慨赠与者的信息
> 径直送到我的家里。
> 我定会好好地驾驭
> 我的歌船,
> 我的诗帆,
> 让他尽情欣赏。

埃吉尔和埃纳尔终身保持深厚的友谊。关于那面盾牌的命运有传说讲到,埃吉尔带着它和索尔凯尔·贡瓦尔德松往北去维坻米里。索尔凯尔去那儿迎接他的新娘。同行的还有红色比约恩的儿子斯卡尔夫和海尔吉。后来这块盾牌损坏了;它被扔进了一个乳清桶里。后来埃吉尔把装饰盾的东西都弄下来。盾上使的金子就有十二盎司。

82

埃吉尔的儿子索尔斯坦恩长大成了一个很英俊的人,头发是浅色的,皮肤白皙。他很高大强壮,虽然不如他的父亲。索尔斯坦恩是一个聪明平和的人,是谦恭和能自我约束的楷模。埃吉尔不太喜欢他。另外一方面,索尔斯坦恩也不那么喜欢他的父亲;可是阿斯盖尔德和索尔斯坦恩却很亲近。这个时候埃吉尔已经很老了。

一年夏天，索尔斯坦恩骑马去全民庭，埃吉尔留在家里。索尔斯坦恩离家之前，他和阿斯盖尔德决定把阿里恩比约恩的礼物，那件丝袍从埃吉尔的箱子里取出来，让索尔斯坦恩穿上去参加全民庭。那袍子太长，一直拖到了地上，在去法律岩石的路上袍子的边被弄脏了。他回到家以后，阿斯盖尔德又把它放回原来搁它的地方。很久以后一次，埃吉尔打开他的箱子，发现袍子被弄坏了，他问阿斯盖尔德是怎么回事。她把实情对他讲了，埃吉尔吟唱了一首诗：

> 这样的传人，
> 于我没有用处。
> 尚在我有生之年
> 他就违迕于我。
> 驰骋四海之人，
> 好似要另寻战友
> 为我的尸骨
> 堆坟砌墓。

索尔斯坦恩娶的是贡纳尔·赫利法尔松的女儿尤弗里德。她的母亲海尔嘉是奥拉夫·菲兰的女儿，是大喊大叫的索尔德的妹妹。尤弗里德先前嫁给过通古地方的奥德的儿子索罗德。

不久之后，阿斯盖尔德去世了。于是埃吉尔放弃了他的农庄，把它交给了索尔斯坦恩，便南下去莫斯费尔他的女婿格里姆那里，因为在所有他的活着的亲眷当中，他最喜欢的就是他的妻子和她的前夫的女儿索尔迪丝了。

一年夏天，有一艘船来到雷路沃格，驾船的人名叫索尔莫德。他是挪威人，居住在索拉的儿子索尔斯坦恩的农庄里。他带来了索尔斯坦恩送给埃吉尔·斯卡拉格里姆松的一面盾牌，那是一面工艺很精的盾牌。索尔莫德把盾牌交给了埃吉尔，他接受下来，感谢了索尔莫德。那年冬末，埃吉尔为送给他的那面盾牌作了一首得劳帕，他把这首得劳帕叫作《盾牌之歌》。它是以这段诗开始的：

> 听着，国王的臣民，
>
> 长发奥丁——祭祀之火的守卫者，
>
> 赐我的这首颂歌：
>
> 请大家保持安静。
>
> 我的颂扬，
>
> 神鹰的赞美，
>
> 总要在霍尔达兰的
>
> 土地上回响。

埃吉尔的儿子索尔斯坦恩居住在波尔格。他有两个非婚生子赫里弗拉和赫拉弗恩，他和尤弗里德结婚后生了十个孩子。他们的女儿中的一个名叫俊美的海尔嘉。她成了诗人赫拉弗恩和蛇舌贡恩劳格两人争夺的对象。他们的长子名叫格里姆，其后是斯库利、索尔盖尔、考尔斯文、赫约尔莱夫、哈利、埃吉尔和索尔德。他们还有另外一个女儿叫索拉，她嫁给了索尔莫德·克利普雅尔恩松。从索尔斯坦恩的孩子们那里传下来很大的一个家族，其中有许多了不起的人物。人们认为从斯卡拉格里姆那里传下来的人全都是米拉尔部族的。

83

埃吉尔居住在波尔格的时候，锐眼奥努恩德居住在阿纳布列卡。他的妻子是斯奈伊费尔斯特隆德的胖子比约尼的女儿索尔盖尔德。他们的孩子是斯坦纳尔和达拉，达拉嫁给了奥格蒙德·加尔塔松，他们有两个儿子，分别名叫索尔吉尔斯和考尔马克。奥努恩德年迈而且双眼开始失明的时候，把他的农庄交给了他的儿子斯坦纳尔。他们两人都非常富有。斯坦纳尔长得特别高大、壮实，是个很丑陋的人，腰是弯的，腿很长，但是上身短矬。他是一个很能惹是生非的人，高傲自大，很难与人相处，残暴，总爱和人吵嘴。

埃吉尔的儿子索尔斯坦恩居住在波尔格的时候，和斯坦纳尔合不来。哈夫斯莱克河南面是一片沼泽，叫作斯塔克斯米里，冬天的时候那里被淹没，可是到了春天冰雪消融的时候，那里是一大片非常好的放牛的草地，人们估量那相当于一大垛干草。哈夫斯莱克河从很久远的时候起，便是农场的界河。春天，斯坦纳尔的牛被从哈夫斯莱克赶来的时候，它们便在斯塔克斯米里吃草。索尔斯坦恩的帮工很有怨言，但是斯坦纳尔从来不理睬他们。这事情头一个夏天没有得到解决。

第二年春天，斯坦纳尔继续把他的牛赶到那里去。索尔斯坦恩很平和地和他谈了这件事情，请他在原有的界内放他的牛。斯坦纳尔回答说牛总是去它们高兴去的地方。他用很强硬的口吻谈话，他们便相互恶言相加。接着，索尔斯坦恩便把那些牛赶回到河的那边去。斯坦纳尔发觉了这种情形，便教他的奴隶格拉尼去照看在斯塔克斯米里的牛，格拉尼每天都到那里去。那是夏末的时候，哈夫斯莱克南边的草已经被完全吃光了。

一天，索尔斯坦恩走上一块岩石朝四周观望，看看斯坦纳尔的牛往哪里去。他走到沼泽那边。那时天已经晚了。他看到那些牛已经朝山丘间那片地走了很长一段路。索尔斯坦恩跑到了草地上，格拉尼看到这个情形，便拼命地把牛赶回到挤奶圈去。索尔斯坦恩紧紧地追赶着，在通往农场的大门那里赶上了格拉尼。索尔斯坦恩把他杀死在那里，那个堆干草的地方从那以后便被人叫作格拉纳赫利德（格拉尼之门）。索尔斯坦恩把墙推倒，盖住他的尸体，然后返回波尔格。妇女们去挤奶圈的时候发现了格拉尼的尸体，她们回到农庄把发生的事情告诉了斯坦纳尔。斯坦纳尔把他埋在山丘上，指定了另外一个奴隶去跟随他的牛，这个奴隶叫什么名字没有提到。那个夏天余下的时间里，索尔斯坦恩装做不在意那些牛在那里吃草。

初冬，斯坦纳尔去斯奈伊费尔斯特隆德，在那里住了一段时间。他看见那里有个叫作斯伦德的奴隶，非常魁梧强壮。斯坦纳尔提出用高价把这个奴隶买下；他的主人索要了三马克的银子。那是一个普通奴隶身价的两倍。成交以后，斯坦纳尔便把斯伦德带回家了。

他们回到家以后,斯坦纳尔对斯伦德说:"我要你为我干些活,但是碰巧所有的活都分配完了。我想要你干一件对你并不很难的活。你去照看我的牛。我认为让它们能好好地吃草是很重要的。我要你自己独立判断在沼泽上哪里是最好的草地。我很不善于判断人的性格,想必你是有勇气有力量和索尔斯坦恩的任何帮工对抗的。"

斯坦纳尔给了斯伦德一把很大的斧子,斧子的刃有一条鳗鱼那么长,锋利得像剃须刀一样。

"从你的样子看,要是你和索尔斯坦恩面对面碰在一起,你不会那么在意他是一个头领的。"斯坦纳尔加了一句。

斯伦德回答说:"我不欠索尔斯坦恩什么,不过我想我意识到了你要我做的事情。你认为在我身上你不会损失多少。但是,在索尔斯坦恩和我较量的时候,不管我和索尔斯坦恩谁赢,赢者都是一位当得起的胜利者。"

接着斯伦德就开始照管起牛来了。虽然他是新来乍到,他已经知道斯坦纳尔要他把牛赶到哪里去。他待在斯塔克斯米里照料着它们。

索尔斯坦恩注意到了这个情形。他派了一个帮工去见斯伦德,告诉他他的土地和斯坦纳尔的土地的界线在哪里。这个帮工见到斯伦德,把要他把牛放到界线的另外一边的话告诉了他,因为那些牛现在在索尔斯坦恩·埃吉尔松的这一边。

"我不管它们在谁的土地上,"斯伦德说道,"我要把牛放到我认为草长得最好的地方。"

那个帮工回到家里把那个奴隶回答的话告诉了索尔斯坦恩。

索尔斯坦恩把这件事情搁了下来,斯伦德日夜照管着那些牛。

84

一天早晨,索尔斯坦恩在日出的时候就起床,来到一块岩石顶上。看到斯坦纳尔的牛在那里,他便昂首阔步地向沼泽走去,一直到那些牛跟前。那里有一片树木繁茂的悬崖俯瞰着哈夫斯莱克河,斯伦德赤脚睡在悬崖顶上。索尔斯坦恩走到悬崖顶上,手里拿着一把不很大的斧子,没带其他武器。他用斧柄碰了碰斯伦德,要他醒过来。斯伦德一下子站起来,双手抓住他的斧子并把它举起来。他问索尔斯坦恩要干什么。

索尔斯坦恩说道:"我要告诉你,这是我的土地,你们的草地在河的那面。你不知道边界在哪里,我并不觉得奇怪。"

"我不管是谁的土地,"斯伦德回答说,"我要让牛想在哪里就在哪里。"

"我更愿意对我的土地自己做主,而不是让斯坦纳尔的奴隶来做主。"

"你比我想的蠢得多,索尔斯坦恩,你是否想拿你的荣誉冒险,在我的斧子下面找个睡觉过夜的地方,"斯伦德说道,"我猜想我的力气要比你的大两倍,我也不缺胆量。我的武器比你的也要好些。"

索尔斯坦恩说道:"要是你不对那些吃草的牛另想办法的话。我真想冒一冒这个险。我想我们的运气有很大的不同,就像我们对这件事情的要求有极大的不同一样。"

斯伦德说道:"现在让你看看我是不是害怕你的威胁,索尔斯坦恩。"

接着斯伦德坐下穿他的鞋,这时索尔斯坦恩便高举起斧子朝他的脖子砍去,一下子把他的头砍断掉在他的身上。索尔斯坦恩捡了些石块盖住他的尸体,然后就回波尔格他的家去了。

那天斯坦纳尔的牛迟迟没有回家,眼看没有希望会回来的时候,斯坦纳尔牵来马备好了鞍。他骑马往南去了波尔格,全副武装;到达那里之后,他和几个人谈了话。他问起索尔斯坦恩,人们告诉他,索尔斯坦恩在家里。斯坦纳尔对他们讲,他要索尔斯坦恩出来有事情。索尔斯坦恩听说以后,拿上他的武器,来到门前,问斯坦纳尔有什么事。

"是你杀死了我的奴隶斯伦德吗?"斯坦纳尔问道。

"不错,"索尔斯坦恩说道,"你用不着以为是别人干的。"

"我看你是下定决心要用强硬手段来保卫你的土地了,因为你已经杀死了我的两个奴隶了,"斯坦纳尔回答说,"但是我不认为那算得什么本事。要是你决心勇敢地保卫你的土地,我可以让你有个更好的机会。从现在起,我再也不依赖任何旁人来照料我的牛,你可以肯定,它们会白天黑夜都在你的土地上的。"

"去年夏天,我杀死了你派来把牛赶到我的土地上吃草的那个奴隶,"索尔斯坦恩说道,"之后我让你的牛像你想的那样在草地上吃草,一直吃到了冬天。现在出于杀死头一个奴隶的同样原因,我又杀死了你的另外一个奴隶。你可以在这整个夏天得到你想要的草地;但是,过后要是你让你的牛再在我的草地上吃草,让你的人把你的牛赶到我这里来,那我就要把照看牛的人一个个全都杀掉,即便是你自己看牛也一样。只要你继续让你的牛在这里吃草,我年年夏天都会这么干。"

之后,斯坦纳尔骑马回布列卡去了,不久又去了斯塔法霍尔特。有一个名叫埃纳尔的头领居住在那里。斯坦纳尔要求他支持,提出给钱报答他的支持。

埃纳尔说道:"我的支持于你无大补益,除非另外有人在这件事情上支持你。"

在这之后,斯坦纳尔骑马到雷克雅达尔去见通古地方的奥德,请求他支持,提出给钱来回报他的支持。奥德收下钱,答应支持斯坦纳尔,在反对索尔斯坦恩的事情上帮助他得到他的权利。于是斯坦纳尔就回去了。

那年春天,奥德和埃纳尔带上一大队人四处走动,宣布他们的要求。斯坦纳尔控告索尔斯坦恩杀死了他的奴隶,要求处罚他每桩案子三年不受法律保护,那是当时对杀死别人的奴隶的惩罚,除非当事人在第三个日出之前作出赔偿。双重的三年不受法律保护就等于永远取消法律对他的保护。

索尔斯坦恩没有反指控,但是在那以后不久派了几个人去内斯。他们到莫斯费尔的格里姆那里,对埃吉尔讲了这个消息。埃吉尔没有表现出多大兴趣,但是却悄悄地详细问了索尔斯坦恩是如何对付斯坦纳尔的,是哪些人在这个案子上支持斯坦纳尔。然后,差使就回家去,索尔斯坦恩对他们此行很满意。

索尔斯坦恩·埃吉尔松带上一大队人去参加春季议事庭,在所有别人到达之前一夜先到达。他们在他们的议事席那里搭起帐篷，支持他们的农民也在他们的议事席搭起了他们的帐篷。在他们把一切都准备好的时候，索尔斯坦恩叫支持他的人为议事席建起一道大墙来，在那里他搭起一个比别的都要大得多的帐篷来遮住那个议事席。那个议事席里没有任何人。

斯坦纳尔带领一大帮子人去参加议事庭。通古地方的奥德带着他自己的一帮人，斯塔法霍尔特的埃纳尔也带领一大帮人。他们把他们的帐篷搭在他们的议事席的对面。参加这次议事庭的人很多。在开始审议案子的时候，索尔斯坦恩自己没有提出要和解，他还告诉想为他调解的人，他要等着听裁决，因为他并不重视斯坦纳尔对他杀死他的奴隶的指控，因为那是他们所作所为的应得的下场。斯坦纳尔为他的指控大做文章，说他的指控是有效的，他有足够的支持可以赢得他的权利，在整个案子上他咄咄逼人。

那天所有的人都到集会坡那里各陈己见，晚间他们才去听法庭的裁决。索尔斯坦恩带着他的人来到那里。他在那里对审理的过程有很大的影响，就像当年埃吉尔还是头领的时候那样。双方都是全副武装。

议事庭这边，大家看到有一队人马沿着格流弗拉河赶来，来人手中盾牌闪亮。他们骑马来到了议事庭，带领他们的是一个身穿黑色大氅，戴着镀金头盔，身边带有金饰盾牌的人。他的手里拿着一杆有倒钩的枪，枪头和枪杆接口处用金子包着，他的腰上挂着一柄剑。埃吉尔·斯卡拉格里姆松戴着八十个人来了，全都装备齐全准备战斗。那是精心挑选的一队人，埃吉尔把内斯南面的农民的最优秀的儿子都带来了，他们都是他认为最善战的。埃吉尔和他的一帮子人来到索尔斯坦恩已经搭好帐篷并留下空着的议事席。他们都下了马。

索尔斯坦恩认出了他的父亲,他带着他所有的人来到他父亲那里,热烈地欢迎他父亲。埃吉尔和他的人把他们带来的衣物都搬进他们的议事席,把马赶到外面吃草去了。这一切都安顿好以后,埃吉尔和索尔斯坦恩带着他们所有的人来到集会坡上在他们通常坐的地方坐下。

接着,埃吉尔站了起来高声喊道,"锐眼奥努恩德是不是在坡上?"

奥努恩德回答说他在坡上,"我很高兴你来了,埃吉尔。这对解决这场争执会有很大的帮助。"

"是不是你让你的儿子斯坦纳尔对我的儿子索尔斯坦恩提出指控的,是不是你让他集合那么多人要宣布索尔斯坦恩为不法分子的?"

"他们的争吵不关我的事,"奥努恩德说道,"我费尽了口舌劝斯坦纳尔与索尔斯坦恩和解,因为我一直不愿意让你的儿子蒙受任何耻辱。理由就是从我们一起在这儿长大起,我们之间就结下了终身友谊,埃吉尔。"

"很快就会明白,"埃吉尔说道,"你的话是认真的还是些空话,虽然我想后者的可能性小些。我记得从前我们两人谁也没有想过我们两人会发生争吵,或者会出来制止我们的儿子干出马上会发生的这种蠢事。我觉得最好的办法是,趁我们还活着,见证了他们的争执,我们最好自己来处理,来解决它;不要让通古地方的奥德和埃纳尔挑唆我们的儿子像马打架一样相互争斗。他们可以找到别的活路,那要比掺和到这种事情里来好得多。"

奥努恩德站起来说道："你说得对，埃吉尔。参加一个我们的儿子在争执的议事庭，对我们是不合适的。我们决不应该蒙受这样的耻辱，我们竟软弱到无法让它们和解的程度。斯坦纳尔，我要你把这件事情交给我来处理，让我按照我愿意的方式来解决它。"

"有大人物的支持，我不知道我是不是要撤回我的案子。我要求立即处理这个案子，达到让奥德和埃纳尔满意。"

于是奥德和斯坦纳尔商量一番，奥德说道："我一定给你答应过的支持，斯坦纳尔，来赢得你的权利，或者得到你可以接受的解决办法。要是埃吉尔来裁决，那么责任主要就是你自己的了。"

接着奥努恩德说道："我不想把这件事情由奥德的舌头来解决，因为他对待我不好也不坏。但是，埃吉尔却对我做了许多好事。我信任他胜过信任其他人。我现在要按照我的办法行事。你最好不要和我们大家作对。现在我代表我们作出决定，事情就该这样。"

"你坚持这样，父亲，"斯坦纳尔说道，"但是，我怕我们以后会后悔的。"

于是斯坦纳尔就把这件事情交给奥努恩德处理，由他按照法律的规定来起诉或者寻得和解。

奥努恩德一接手处理此事，便去看索尔斯坦恩和埃吉尔。

奥努恩德说道，"现在我让你，埃吉尔，按照你的希望来裁决，因为我信任你能最好地决定我的以及所有其他人的这类事情。"

接着，奥努恩德和索尔斯坦恩握手，指定了证人，他们还补充说，此案应该由埃吉尔·斯卡拉格里姆松按照他认为合适的方式在议事庭独自裁决，无任何保留。这事就这样结束了。大家都回到他们的集合地。索尔斯坦恩牵了三头牛到埃吉尔的集合地，把牛宰了，为他们在议事庭安排了宴席。

通古的奥德和斯坦纳尔回到他们的集合地，奥德说道："你和你的父亲已经决定你的案子该怎样了结，斯坦纳尔。我答应过给你支持，现在我不再受约束了，因为我们同意的是我帮助你处理你的案子，或者让它有一个你认为满意的结果，不管埃吉尔的裁决如何。"

斯坦纳尔告诉奥德，说他已经以高贵的姿态支持了他，他们会成为比以前更亲密的朋友。

"我宣布你不再受你先前对我承诺的责任的约束了。"他说道。

那天夜里，法庭开了会，据说没有出什么大事。

85

埃吉尔·斯卡拉格里姆松和索尔斯坦恩以及他们所有的人次日来到了议事坡，奥努恩德和斯坦纳尔也在那里，还有通古地方的奥德和埃纳尔。

在大家都作完了各自的陈述以后，埃吉尔站了起来问道："斯坦纳尔和他的父亲奥努恩德是不是在这里，能听到我说的吗？"

奥努恩德说他们都在那里。

"那么我将要宣布斯坦纳尔和索尔斯坦恩之间的解决办法：我

要从我的父亲格里姆来到冰岛开始我的陈述，那时他占有米拉尔地区以及那个地区附近的全部地方，在波尔格居住下来。他选定那个地方作为他的农庄，但是他把边远的土地都给了他的朋友，后来他们都在那些地方定居了。他把阿纳布列卡的一块地分给了阿尼让他定居，奥努恩德和斯坦纳尔一直到现在都居住在那儿。斯坦纳尔，我们都知道，波尔格和阿纳布列卡的分界线在哪里：哈夫斯莱克河把它们分开了。你在索尔斯坦恩的地上放你的牛，斯坦纳尔，你夺取他的财产，想着在你抢劫他以后会放过你，而让你给他的家庭蒙受耻辱，都不是偶然的。斯坦纳尔和奥努恩德，你们都知道，阿尼是从我父亲格里姆那里接受那片土地的。索尔斯坦恩杀死了你的两个奴隶，大家都很清楚，他们是自作自受，不应该得到赔偿；即便他们是自由人，他们也应该被看成是罪犯，因而也不应该得到赔偿。由于你计划抢夺我儿子索尔斯坦恩得到我的许可而接受我从我父亲那里继承的土地，你将丧失在阿纳布列卡的土地，而且不能得到任何补偿。此外，你不得在兰嘎河以南地区安家或者接受别人提供的地方居住，并且要在搬迁期限结束之前离开阿纳布列卡；如果你拒绝离开阿纳布列卡或者不遵从我对你作出的这些规定，在那个时间之后，任何准备帮助索尔斯坦恩的人都可以合法地把你杀掉。"

埃吉尔坐下之后，索尔斯坦恩指定了这个解决办法的证人。

于是奥努恩德·西约尼说道："埃吉尔，任何人都会同意，你的裁决是不公正的。在我这方面，我已经尽力阻止他们之间发生麻烦，但是从现在起，我将不再说我不可能给索尔斯坦恩带来不便。"

"相反,"埃吉尔说道,"只要我们之间的争执继续下去,我预期你和你的儿子的命运会越来越糟糕。我原该想到,奥努恩德,你了解我一直是看不上像你和你的儿子这样的人的。至于对这个案子这么感兴趣的奥德和埃纳尔,已经得到了他们从这个案子中应得的那种荣誉。"

86

埃吉尔的侄子瞌睡虫索尔盖尔,也参加了那次议事庭,在这个案子上坚决支持索尔斯坦恩。他要求埃吉尔和索尔斯坦恩给他一些在米拉尔的地;他一直住在维塔河的南面,在叫作布隆德斯瓦塘(小睡)湖的下面。埃吉尔认真考虑了他的请求,索尔斯坦恩催他父亲让他搬到那边去。他们让索尔盖尔住在阿纳布列卡,斯坦纳尔则搬到了兰嘎河对岸,在雷鲁莱克定居下来。埃吉尔骑马返回内斯,他和他的儿子亲热地分了手。

当时有个人名叫伊里,他是索尔斯坦恩的家人之一。腿脚十分麻利,眼力也特别好。虽然他是外国人,可是他是个自由人,负责看管索尔斯坦恩的羊群;他的主要任务就是在春天把不适合挤奶的羊撺集在一起赶到山里去,到了秋天又把羊撺集在一起赶回来收在栏里。在搬迁日之后,索尔斯坦恩把春天留下的羊撺集起来,计划把它们赶上山去。索尔斯坦恩和他的帮工一共八个人骑马上山的时候,伊里在羊栏里。

索尔斯坦恩在兰嘎瓦塘和格流弗拉之间修了一道棚栏横穿格

里萨尔通嘎。春天,他派一些人到那边去干活。检查了他的帮工干的活之后,他便骑马回家,就在他经过议事庭的那个地方的时候,伊里从对面方向跑来,说要单独和他谈谈。索尔斯坦恩要他的同伴们在他们谈话的时候先走。

伊里告诉索尔斯坦恩,那天早些时候,他到英空尼尔查看他们的羊。

"在冬天走的那条道上面的树林里,"他说,"我看见里面有十二支枪和一些盾的光亮。"

索尔斯坦恩用他的同伴们能清楚听得见的声音回答说:"他为什么那么急着要见我?连让我先回家都不行。不过,奥尔瓦尔德应该知道,他生病的时候,我大概是不会拒绝去和他谈的。"

伊里尽可能快地跑上山去。

然后索尔斯坦恩对他的伙伴说:"我要绕道,骑马往南去奥尔瓦尔德斯塔坻尔。奥尔瓦尔德送信给我要我去会见他。他认为单为了去年秋天他送给我的那头牛,在他认为很重要的时候,我也该去看他。"

说完之后,索尔斯坦恩和他的伙伴们便骑马往南穿过斯坦嘎尔霍尔特上面的沼泽地,然后往南去古法,沿河边的马道走去。在他们从瓦塘往下走的时候,他们看见河的南面有一大群公牛,有一个人看着牛。那是奥尔瓦尔德的帮工。索尔斯坦恩问他,大家是不是都很好,那人说大家都很好,奥尔瓦尔德在树林里伐木。

"那你去告诉他,要是他有事情要和我谈,请他到波尔格来,"索尔斯坦恩说道,"现在我要骑马回去了。"

随即他就走了。

后来传说斯坦纳尔·斯约纳松就在那天带了十一个人在英空尼尔守候。索尔斯坦恩装作不知道，后来就平安无事了。

87

那时有个人名叫索尔盖尔，是索尔斯坦恩的亲戚和好朋友。当时他居住在阿尔夫塔内斯。索尔盖尔有每年秋天举行一次大宴会的习惯。他去看索尔斯坦恩·埃吉尔松，并邀请他。索尔斯坦恩接受了邀请，索尔盖尔就回家去了。

在约定的那天，索尔斯坦恩准备好了上路；那时离冬天还有四周。有一个挪威人和他的两个帮工随他一起去。索尔斯坦恩有一个十岁的儿子名叫格里姆，也和他一起去。所以他们一共是五个人骑马出发穿过兰嘎去佛斯，然后直奔奥里多河走去。

斯坦纳尔、奥努恩德和他们的帮工在河对岸干活。他们认出了索尔斯坦恩，就跑去拿起武器来追赶。索尔斯坦恩看到斯坦纳尔在追赶他们，他和他的伙伴便从兰嘎霍尔特朝附近的一座很高很窄的山骑去。索尔斯坦恩和他的人下了马往山上爬去，他教格里姆躲开他们的打斗，进树林里去。斯坦纳尔和他的人一到山那里，就攻击索尔斯坦恩和他的人，一场打斗开始了。斯坦纳尔一方有六个成年人，还有他十岁的男孩。附近农庄在草地干活的人看到双方的打斗，便跑来劝阻他们。在双方的人被劝开来的时候，索尔斯坦恩有两个帮工被打死了。斯坦纳尔的帮工有一个死了，好几个受了伤。

打斗停下来以后,索尔斯坦恩到处找格里姆。他们找到他的时候,他受了很重的伤。斯坦纳尔的儿子则死在他的身旁。

索尔斯坦恩跳上马的时候,斯坦纳尔对他喊道:"现在你逃跑了吗,白色索尔斯坦恩?"

索尔斯坦恩回答道:"不等这一周过完,你就会逃跑得更远。"

接着索尔斯坦恩和他的同伴骑马穿过了沼泽地,索尔斯坦恩带着格里姆。他们来到山丘前的时候,孩子死了。他们把他埋在山丘那里。后来那里就被人叫作格里姆斯霍尔特;他们打斗的那个山就叫作奥鲁斯图赫沃尔(打斗山)。

那天晚上,索尔斯坦恩按计划骑马到达阿尔夫塔内斯,在那里逗留三天参加宴会,之后便准备回家。人们提出要陪他,但是他拒绝了,和那个挪威人动身了。

斯坦纳尔在他预期索尔斯坦恩要回家的那天,他骑马前往海岸。他在兰巴斯塔坻尔下面沙地开始的地方坐下。他带有一柄叫作斯克吕米尔①的剑,是一件非常杰出的兵器。他看见索尔斯坦恩沿着沙岸边缘骑马走来的时候,便站立起来,拔出剑,把眼睛盯住索尔斯坦恩。

拉姆比住在兰巴斯塔坻尔,看到了斯坦纳尔在干什么。他从家里出来,来到沙丘那里。他走到斯坦纳尔身后的时候,从背后一把把斯坦纳尔的胳膊抓住。斯坦纳尔想把他甩开,可是拉姆比把他抓得很紧;他们两人打了起来,从沙丘上滚到平沙上,这时

---

① 在北欧神话中,这原是霜巨人罗棘的化名。罗棘即斯克吕米尔用障眼法欺骗了索尔。这里转义为精锐的意思。

索尔斯坦恩和他的同伴正好骑马经过下面那条路。斯坦纳尔是骑马去的,他的马沿着海岸飞奔。索尔斯坦恩和他的伙伴看见奔马的时候吃了一惊,因为他们没有看到斯坦纳尔的行动。斯坦纳尔没有看到索尔斯坦恩骑马经过,他们又争打着回到了沙丘那里,当他们到达沙丘的边上的时候,拉姆比猛一下把他推下了沙丘,他跌在沙上,拉姆比则跑回家去。待斯坦纳尔站稳之后,就朝拉姆比追去。拉姆比跑到家门口,就跑进去,砰地一下把门关上。斯坦纳尔使劲朝他刺去,但是他的剑却被防水的椽子卡住。他们在那里的那场打斗就这样了结了,斯坦纳尔也就回家去了。

索尔斯坦恩回家后的次日,派他的帮工去雷鲁莱克告诉斯坦纳尔,叫他把家搬到波尔嘎赫饶恩外面去,否则他就会让他看看谁更厉害一些。"待我动起手来,你就没有走脱的机会了。"

斯坦纳尔搬出去到了斯纳伊费尔斯特隆德的海岸那边,在一个叫作埃利坻的地方建立一个农庄,他和索尔斯坦恩·埃吉尔松的争执就这样结束了。

瞌睡虫索尔盖尔居住在阿纳布列卡,他事事都要和索尔斯坦恩争吵。

一次,埃吉尔和索尔斯坦恩相见的时候,他们花了很长的时间谈他们的亲戚瞌睡虫索尔盖尔,两人对他的看法完全一致。于是埃吉尔吟唱了这首诗:

> 先前我用话把
> 斯坦纳尔手里的土地拿回,
> 以为我是

> 照顾索尔斯坦恩。
> 我姐姐的儿子叫我失望,
> 满嘴甜言蜜语,
> 可是,这个瞌睡虫
> 老是惹是生非找麻烦。

瞌睡虫索尔盖尔离开阿纳布列卡,往南去弗罗克达尔,因为尽管他表示要悔改,索尔斯坦恩还是拒绝再和他往来。

索尔斯坦恩是个直率、正直、从不强人所难的人,但是若是有人要强迫他,他却是从不让步的,有人向他挑衅,他可是一个难对付的对手。

那时奥德是维塔河南面波尔嘎尔费约尔德的头领。他是那里一所寺庙的牧师,居住在斯卡尔德斯黑坻的人都出资贡献维持。

88

埃吉尔·斯卡拉格里姆松寿命很长,但是晚年的时候,他身体很衰弱,视力和听力都丧失了。腿脚僵硬的毛病也缠着他。那时埃吉尔随格里姆和索尔迪丝住在莫斯费尔。

一天,埃吉尔在外面沿着墙走,在那里摔倒了。

有几个妇女看见了,她们笑他说:"你完全不行了,埃吉尔,现在你会不由自主地摔倒了。"

格里姆回答说:"我们年轻的时候,女人是不那么笑话我们的。"

于是埃吉尔吟唱了一首诗:

> 我的脑袋摇摇晃晃像匹套了笼头的马,
> 猛地就栽进了麻烦里。
> 那阳刚之物牵拉黏糊糊,
> 两只耳朵只能做摆设。

埃吉尔完全瞎了。冬季里的一天,天气很冷,他摸到火边烤火。那个厨娘说,真叫人吃惊,像埃吉尔这样一位了不起的人竟会躺在人们的脚下,让人们没法干活。

"别嫌我在火旁暖和暖和身子,"埃吉尔说道,"我们大家得相互让点地盘。"

"站起来,"她说道,"躺到你的床上去,让我们干活。"

埃吉尔站了起来,回到他的床铺那里,他吟唱了这首诗:

> 我瞎摸着坐到火旁,
> 求做饭女人发善心;
> 这种年迈的苦楚
> 我强忍在眉间。
> 想当年,势大地广的国王
> 听到我的诗高兴不已,
> 赠与我
> 金银财宝不计其数。

又有一次，埃吉尔走到火边烤火取暖，有人问他是不是感到脚冷，叫他不要把腿伸得靠火太近。

"我会注意的，"埃吉尔说道，"可是我觉得现在我看不见。控制腿脚不是那么容易了。眼瞎实在令人沮丧。"

于是，埃吉尔吟唱了一首诗：

> 独卧床头
> 日时漫漫，
> 老迈的人
> 有赖国王。
> 我的两腿，
> 好似衰寡妇一双，
> 这样的老太婆，
> 需要添点火力。

那是强悍哈康国王开始统治的时期。埃吉尔那时已经年过八旬，除去失明外，他还很活跃。

夏天，大家准备骑马去议事庭，埃吉尔要格里姆和他一起骑马到那边去。格里姆很不情愿。

格里姆在和索尔迪丝谈话的时候，把埃吉尔要他干的事告诉她。

"我想请你去弄明白他到底为什么要这么做。"他说道。

索尔迪丝去见她的亲人埃吉尔；那个时候除了和索尔迪丝说说话之外，埃吉尔在生活里已经再没有什么别的大乐趣了。

她见到他的时候问他："我的亲人，你想骑马去议事庭，这是真的吗？我想请你告诉我你是怎么打算的。"

"我告诉你我是怎么想的，"他说道，"我想带上阿特尔斯坦给我的那两口满装英格兰银子的箱子到议事庭上去。我要把两口箱子在法律岩石人最多的时候搬到那里。我要把银子都抛给他们，要是他们都能大家公平地分这些银子的话，那我真会大吃一惊。我估计那会引起一大场推推搡搡。也可能其结果是大家大打一场。"

索尔迪丝说："这个计划听上去是太了不起了。它会跟冰岛岛上的人一样永远都活着。"

之后，索尔迪丝去和格里姆说，告诉了他埃吉尔的打算。

"简直是疯了，绝对不能让他去。"格里姆说道。

埃吉尔提出要和格里姆骑马去议事庭的事，可是他没有去成，于是举行议事庭的时候，埃吉尔就留在了家里。他很不高兴，摆出一副极为生气的嘴脸。

莫斯费尔的牛是养在一个牛棚里的，议事庭在进行的那个时候，索尔迪丝就住在那边。

一天晚上，莫斯费尔一家都要入睡的时候，埃吉尔把格里姆的两个奴隶叫去。

他叫他们给他备马，"因为我要到水塘那边洗澡去。"

准备好了以后，他把他那两箱银子带上。他上了马，穿过了干草地到了从那里开始的山坡，然后就不见了。

早晨，大家起身以后，人们看见埃吉尔在农庄东边的山丘上漫无目的地走着，牵着一匹马，马在他的身后。他们走到他那里把他带回了家。

但是那两个奴隶和那两箱银子都再没有出现。关于埃吉尔把他的宝藏藏在哪里，有很多说法。农庄东边是从山上通过来的一道峡谷。在突发的雷阵雨引起的山洪退掉的时候，在峡谷里发现过英格兰银币。有人认为埃吉尔一定把他的宝藏藏在那边了。在莫斯费尔干草地的下面有特别深的沼泽，有人说埃吉尔把他的财宝扔进了那里面。河的南面是热水泉，泉的附近有很大的坑洞，有人认为埃吉尔把他的财宝藏在那里的什么地方，因为那边常常有阴火幻影出现。埃吉尔说他杀死了格里姆的奴隶，把他的财宝藏在了某个地方，但是他从来没有对任何一个人说过在哪里。

秋天，埃吉尔染上了致命的病死了。他死后，格里姆为他穿上很好的衣服，把他送到恰尔达内斯，在那里为他修了一冢坟墓，把埃吉尔和他的武器衣物都埋在那里。

89

冰岛法定接受基督教的时候，莫斯费尔的格里姆受了洗，他在莫斯费尔修起了一座教堂。据说索尔迪丝把埃吉尔的尸体迁移到了教堂那里。后来人们把格里姆在赫里斯布鲁修建的一座教堂拆掉，在莫斯费尔另修一座教堂，在建一块墓地撅土的时候，在祭坛的地下发现了人骨；这事情支持了索尔迪丝迁移埃吉尔的尸体的说法。那些人骨比常人的大了许多。根据古老的传说，人们确信那就是埃吉尔的骨头。

牧师斯卡弗蒂·索拉林松是一位很富智慧的人，那时他也在那里。他把埃吉尔的颅骨拣起来安置在教堂的墙上。那颅骨大得惊人；更令人难于置信的是它的重量。外面处处都是有棱有角的，像一个大扇贝。出于对它的厚度的好奇，斯卡弗蒂一只手拿了一把不小的手斧使劲地砍了它一下，想把它砍破。在他砍到的那里遗下的只是一个白印，它既没有凹，也没有裂。这就证明这样一个颅骨，在上面有皮有发的时候，一个不强壮的人是很难伤害它的。埃吉尔的骨头被安葬在莫斯费尔教堂的墓地里。

90

埃吉尔的儿子索尔斯坦恩在基督教来到冰岛的时候受了洗礼，他在波尔格修建了一座教堂。他是一个很虔诚很有条理的人。他活到了很高的年纪，后因疾而终，被埋葬在波尔格他修建的教堂那里。

索尔斯坦恩身后传下一个很大的家系，其中有很多杰出的人和诗人。索尔斯坦恩的后裔和斯卡拉格里姆的其他的后人一样都属于米拉尔家族。在很长的时间里，这个家族的特征是强大好斗，有一些则是很有智慧的人。这是一个充满对比的家族。冰岛最有名的美貌的人有的就是出自这个家族，譬如索尔斯坦恩·埃吉尔松、他的外甥克雅丹·奥拉夫松、哈尔·古德蒙达尔松，还有索尔斯坦恩的女儿，蛇舌贡恩劳格和诗人赫拉弗恩都争着要赢得她的爱情的美人海尔嘉。但是米拉尔家族的大多数人都特别的丑。

　　索尔斯坦恩的儿子当中，索尔盖尔是最强大的，但是最伟大的是斯库利。他父亲死后，他居住在波尔格，用很多的时间干海盗的打劫勾当。在国王奥拉夫·特里格瓦松被杀的战役中他在雅尔埃里克的"铁船头"号船上把守船头。斯库利在海岛打劫中一共打过七次仗。

贡恩劳格萨迦

陈文荣 译

1

从前，有一个人叫索尔斯坦恩，他是埃吉尔的儿子，挪威贵族斯卡拉格里姆·克维尔德-乌尔夫松的孙子。他的母亲叫阿斯盖尔德·比约尔纳多蒂尔。

索尔斯坦恩住在位于博尔加峡湾的博格镇。他是一个非常富有而且地位显赫的首领，聪明勤奋，为人随和，时时处处都与世无争。他虽不像他的父亲埃吉尔那样身材高大，体魄强壮，但却是一个非常出众的人物，深受普通百姓的尊敬和喜爱。索尔斯坦恩还是一个俊美的男子，长着一头白色的头发，一双英俊的黑眸炯炯有神。他的妻子名叫尤弗里德，是贡纳尔·赫利法尔松的女儿，以前曾和一个名叫索罗德·通克-奥德松的人结过婚，生有一个女儿叫洪盖尔德，是在博格的索尔斯坦恩家里长大的。尤弗里德也是一个气质高贵的女人，她和索尔斯坦恩生了许多孩子，但是只有极少数几个在这个故事中将会提到。他们的长子叫斯库利，次子叫考尔斯文，三子叫埃吉尔。

2

据说有一个夏天，一条商船从海外来到居菲奥斯。船长是一位名叫贝格芬的挪威人，他很富有，中等年纪。他还是一个非常有才智的人。

农夫索尔斯坦恩对有关贸易的地点最有发言权了，这一次也不例外。东方人①已经适应了冬季。索尔斯坦恩来到船上，非常热情地把船长接到家里。整个冬天，贝格芬一直寡言少语，但索尔斯坦恩却对他招待得非常好。那位东方人对梦特别感兴趣。

第二年春天的一天，索尔斯坦恩要求贝格芬和他一起骑马到南部的瓦菲德，博尔加峡湾的"庭"的会议当时就设在瓦菲德。他听说自己棚屋的墙开始倒塌了，就想去修一下。挪威人同意和他一起去。他们是三个人一起去的，随行的还有索尔斯坦恩的一个佣人。他们来到了一个叫格伦贾的农场。一个名叫阿特利的穷人就住在那里，他是索尔斯坦恩的佃户。索尔斯坦恩要他带上泥瓦刀和耙子，和他们一块儿去修棚屋。他照办了。他们一到瓦菲德的索尔斯坦恩的棚屋前就开始工作，对墙体进行加固。太阳非常炽热，索尔斯坦恩和那个挪威人都觉得干这活挺累的。他们干完活就在房子里休息，索尔斯坦恩很快就睡着了。他睡得很不踏实，总是翻来覆去的。坐在他身边的东方人没有去干扰他，让他在一旁继续做他的美梦。当他醒来的时候，显得非常苦恼。

东方人见他睡梦中总是翻来覆去的，就问他梦见什么了。

索尔斯坦恩回答说："梦中的事并不可信。"当天晚上，他们回到家的时候，挪威人又问他做了什么梦。

"如果我把梦中的事告诉你，"索尔斯坦恩说，"你必须给我参详这个梦。"挪威人说他会试着去照办。

---

① 此处指挪威人。

(Helga Ármanns)

东方人问索尔斯坦恩梦见了什么,他回答说:"梦中的事并不可信。"

索尔斯坦恩就接着说:"我梦见我在博格的家里,站在我家大门外。我抬起头看看房屋,无意中发现屋脊上有一只非常美丽漂亮的天鹅。我是说,对我来说那是一只天鹅,我为此而感到兴奋不已。然后,我发现一只很大的鹰从山岗上飞过来,落在天鹅的旁边,对她发出柔情的呼唤,那天鹅似乎也很喜欢他。我看见那只鹰长着一对乌黑的眼睛和一双铁爪,看上去非常的凶猛。这时我看见又有一只鸟从南边飞过来。这只鸟也飞到了博格,在屋顶上落下来,站在天鹅的旁边,向她献媚。这也是一只大老鹰。过了一会儿,我发现先到的那只鹰对后来的那只鹰很气愤,两只鹰就开始激烈地斗起来,还斗了好长一段时间。我看见两只鹰斗得鲜血直流。不久两只鹰停止了搏斗,双双从房顶上掉了下来,摔在地上死了。而那只天鹅蜷缩在屋顶上,对两只为她搏斗至死的鹰发出悲哀的叫声。不一会儿,我看见第三只鸟从西边飞过来,这一次是一只隼。他停在天鹅旁边,对她柔情脉脉,极力讨好她。此后他们离开屋顶,双双朝同一个方向飞去。这时我也醒了。但这个梦不值得回味。"他还说:"刚才我在梦中见到那几只鸟从不同方向飞到一起,就当它是从不同方向吹来的风交汇在一起。别当真!"

"我可不这么认为。"挪威人说。

索尔斯坦恩说:"那你就把你对这个梦的理解说出来给我听听。"

挪威人说:"那几只鸟将是男人和女人的魂。现在你的妻子已经有了身孕,她将生下一个非常美丽可爱的女孩,你也会特别喜欢这个女孩。一些显贵的男人会向你的女儿求婚,就像你在梦中所见到的那些鸟一样,他们来自不同的地方。他们是如此强烈地爱着你的女儿，并为了她不惜进行决斗，两个男人因此而献出了生命。之后，如同你梦见的第三只隼，第三个男人会从西边过来，向你的女儿求婚，她最终和他结了婚。这是我对你的梦的理解，我相信事实将是如此。"

索尔斯坦恩回答说："你对这个梦的理解不正确，而且不怀好意。"他还说："看来你不会解读别人的梦。"

挪威人却答道："你会亲眼看到梦中的结局的。"

从此，索尔斯坦恩对挪威人产生了厌恶感，两人再也不是好朋友。那年夏天他离开了索尔斯坦恩。

3

夏天，索尔斯坦恩准备到"庭"开会去。临走之前，他对妻子尤弗里德说："事情是这样的，你现在已经怀孕了，如果你生的是个女孩就把她遗弃，而如果是个男孩，就把他留下。"

当时，异教徒在冰岛全国仍占多数，因此盛行着这样一种习俗：如果有一户人家不太富裕，而孩子又太多的话，会把他们新生的女婴遗弃在荒山野岭，让她死去。尽管人们觉得这样做不人道，但好多家境贫困的人确实是这样做的。

因此，当听到索尔斯坦恩说出这样的话，尤弗里德马上回答道："这些话不应该从你的嘴里说出来。以你的地位和财富，你不应该想出要做这样的事情。"

索尔斯坦恩却说："你知道我的脾气，希望你好好地照我说的去做。"

说完,他就翻身上马,直奔"庭"的会议去了。

尤弗里德生下了一个美丽无比的女孩。接生婆要把女孩交给她,但她却说没有这个必要了。暗地里,她却差人把她那位名叫索尔瓦尔德的羊倌找来。她告诉他说:"你用我的马,给它备上马鞍,然后带上这个婴儿到一个叫夏尔扎霍特的地方,把她交给索尔盖尔德·埃吉尔斯多蒂尔,让她把这个孩子偷偷地抚养成人,不要让任何人知道,连索尔斯坦恩也不要让他知道。因为我太喜欢这个孩子了,实在不忍心把她遗弃。这是3马克的银币,是对你完成这一任务的报酬。索尔盖尔德会帮你在一艘往西开的船上安排一个铺位,并且还会给你一些旅途上用的盘缠。"

索尔瓦尔德按照她的吩咐去做了。他带着婴儿一直来到西部的夏扎尔霍特,并把婴儿交给了索尔盖尔德。索尔盖尔德又把婴儿交给了她在华姆峡湾莱辛亚镇的一个佃户抚养。当时,正好有一艘船停靠在北部斯坦格里姆峡湾里的斯凯利亚维克,她为索尔瓦尔德在船上安排了一个舱位,并给了他一些钱。索尔瓦尔德乘这艘船到了海外。

当索尔斯坦恩从"庭"开完会回到家里的时候,尤弗里德告诉他说,她已经按照他的吩咐把女婴遗弃了,而且羊倌也偷了她的马跑掉了。

索尔斯坦恩夸奖她做得很好,并且又另外为她找了一个羊倌。

六年过去了,从来没有人提起这件事。后来,有一天,索尔斯坦恩骑马来到夏尔扎霍特,参加他的妹夫奥拉夫·皮考克举办的一个宴会。皮考克是当时西部地区最负盛名的首领。索尔斯坦恩在那里受到了最热烈的欢迎。

据说，有一天，在宴会上，索尔盖尔德和她的哥哥索尔斯坦恩坐在一起聊天。索尔斯坦恩被安排在主宾的位置上，奥拉夫也在和其他一些宾客闲聊。在他们对面的位置上坐着三位年轻美貌的姑娘。

这时，索尔盖尔德开口道："哥哥，你觉得坐在我们对面的几位姑娘怎么样？"

索尔斯坦恩回答说："我觉得她们一个个都长得貌若天仙，但其中的一位更加出众。她既有奥拉夫的秀丽端庄，又有我们平原人的风度和气质。"

"哥哥，你说得很对，她确实具有我们平原人的风度和气质，"索尔盖尔德回答说，"但却没有奥拉夫的秀丽端庄，因为她不是他的女儿。"

"那怎么可能，难道她不是你的女儿吗？"索尔斯坦恩问道。

索尔盖尔德回答说："实话告诉你吧，这个漂亮的女孩，她不是我的女儿，而是你的女儿。"接着她就把事情的来龙去脉告诉了他，并请求他原谅她和他妻子的过错。

索尔斯坦恩说："我不会因为这件事而责怪你们，很多事情我们都应该顺其自然。事实上，你们做了一件非常对的事情，并且弥补了因为我的短见而造成的过错。我现在为能拥有这样一个美丽漂亮的孩子而感到非常的幸运。但不知她叫什么名字？"

"她叫海尔嘉。"索尔盖尔德说。

"美丽的海尔嘉，"索尔斯坦恩说，"现在你该准备行装和我一起回家去。"

海尔嘉照她父亲的盼咐去准备行装，索尔斯坦恩也准备了许多珍贵的礼物。随后，海尔嘉和她的父亲一起回到自己的家乡，在她的爸爸、妈妈和父老乡亲们无微不至的关怀和爱抚下成长。

4

在那个年代，哈尔凯尔·赫罗斯凯尔松的儿子伊鲁吉住在赫维塔·锡德附近的一个叫杰尔斯班的地方，他的母亲叫苏里德·迪拉，是蛇舌贡恩劳格的女儿。伊鲁吉是博尔加峡湾地区位居索尔斯坦恩·埃吉尔松之后第二个最有名望的首领。

伊鲁吉非常富有，脾气也很固执，但对待朋友他是真心实意的。他的妻子叫英吉比约格，是奥诺夫斯达尔一个名叫阿斯比约恩·哈达尔松的女儿。英吉比约格的母亲叫索尔盖尔德，祖父叫密德菲尔斯-斯凯吉。

英吉比约格和伊鲁吉生了好几个孩子，但只有少数几个将在这个故事里提到。其中有一个儿子叫赫尔蒙德，另一个叫蛇舌贡恩劳格。他们都是很有出息的人，当时他们正值青壮年。

据说贡恩劳格是一个早熟的年轻人，身材高大，体魄强壮，长着一头非常漂亮的浅栗色头发，一双眼睛炯炯有神，大大的嘴巴，美中不足的是他的鼻子不怎么好看。他腰细肩宽，作为男人，他算是一个很有才华的人。他性格刚强，童年时代就很有抱负，因此长大以后任何事情都争强好胜，有的时候近乎残暴。同时他也是一个小有名气的诗人，尽管他的诗有些庸俗。人们都称他为蛇舌贡恩劳格。兄弟两人中赫尔蒙德更受人们的喜爱，因此他被选为首领。

贡恩劳格还只有十二岁的时候，就向他的父亲要货物，说是要到国外去做生意。他还说，这样他就可以了解其他国家人民的风俗习惯。但身为庄园主的父亲伊鲁吉不同意他去，说既然连他自己的父亲都管不了他，他到了国外也不可能有所作为。

在这之后不久的一天早晨，庄园主伊鲁吉早早就出门了。当他来到一间仓库时，发现仓库的门开着，几袋货物和几个马鞍堆放在仓库外面的台阶上。他感到特别的奇怪。这时，他看到一个人牵着四匹马出来了，这个人不是别人正是他的儿子贡恩劳格。

贡恩劳格马上说："是我把这些东西搬出来的。"

伊鲁吉就问他搬这些东西干什么用。他回答说这些都是他准备出去做生意用的东西。

伊鲁吉严厉地说："你不能代替我来做出决定。在我认为你适合出去闯荡之前，你哪儿也不准去。"说完，他又把那几袋货物拖回了仓库。

于是贡恩劳格离家出走了。那天晚上他骑马来到博格，庄园主索尔斯坦恩让他暂时先住在他家，贡恩劳格同意了，还把他和他父亲之间发生的事告诉了索尔斯坦恩。索尔斯坦恩允许他愿住多长时间就住多长时间。

贡恩劳格在索尔斯坦恩家住了有一年时间，而且从索尔斯坦恩那里学到了许多为人处世的道理。那儿的人对他似乎也非常友好。海尔嘉和贡恩劳格两人年龄一样大，他们经常在一起下棋玩耍，非常快乐，两人很快变得离不开彼此了。

海尔嘉是如此的美丽动人,一些有名望的人都说她是全冰岛最漂亮可爱的姑娘。她那金黄色的头发犹如金箔,长得能够盖过她的整个身体。在整个博尔加峡湾,甚至更远一些地方,再也找不到一个可以和美丽的海尔嘉相媲美的姑娘。

有一天,好多人坐在棚屋里议事。贡恩劳格对索尔斯坦恩说:"还有一样东西你没有教给我,那就是如何去讨好取悦一个女人。"

"这太容易了。"索尔斯坦恩说。然后他就告诉贡恩劳格如何去取悦女人的方法。

贡恩劳格随后又说:"现在我要求你鉴定一下我是否正确地理解了你的方法。请让我抓住你的手,就当作我是在向你的女儿求婚。"

"我想没有这个必要吧。"索尔斯坦恩说。

然而,贡恩劳格抓住他的手央求道:"答应我吧。"

索尔斯坦恩无可奈何地回答说:"那就随你的便吧。"他又对在场的众多贵人头领说:"在座的各位就当刚才的话没说,我们之间也没有什么秘密协定可言。"

贡恩劳格于是就请了几个证人,为他向海尔嘉求婚做证。他还问索尔斯坦恩这样做是否合适,弄得在座的人都感到非常好笑。

5

那个时候,一个叫奥努恩德的人住在南部的莫斯费尔。他非常富有,是南部峡湾地区的一个首领。他同一个叫盖尔妮的女人结了婚。她的父亲叫格努普，她的祖父莫尔达-格努普住在南部的格林达维克。奥努恩德和他的妻子生了三个儿子，一个叫赫拉弗恩，另两个分别叫索拉林和艾恩德里迪，他们都是非常有出息的人，但其中又数赫拉弗恩更加出众。他身材高大，体魄强壮，一表人才，而且还是一个挺不错的诗人。他长大以后，周游四海，所到之处都受到当地百姓的喜爱。

在南部奥尔福斯的夏德利，住着一位名叫索尔罗德·埃温达尔松的智者以及他的儿子斯卡普蒂。斯卡普蒂是当时冰岛的法律宣讲吏①。斯卡普蒂的母亲是格努普·莫尔达-格努普松的女儿，因此，斯卡普蒂和奥努恩德的三个儿子是表兄弟。除了这一层亲戚关系外，他们彼此还是非常要好的朋友。

索尔芬·塞尔-索里松当时住在一个叫兰达梅尔的地方。他有七个儿子，都非常有出息。其中，索尔吉尔斯、埃约尔夫和索里尔是当地很有名望的人。

故事中刚才提到的几个人都生活在同一个年代。

也就在这个年代，冰岛发生了一件最振奋人心的事。那就是，全冰岛人放弃了他们原来的宗教信仰，全部皈依基督教。

前面故事中提到的蛇舌贡恩劳格，他有时在博格和索尔斯坦恩住在一起，有时和他父亲伊鲁吉一起住在杰尔斯班。一晃六年过去了，他已经长成十八岁的年轻小伙子了。他和他父亲之间的关系也随着时间的推移而和好如初。

---

① 法律宣讲吏为"阿耳庭"（即全体自由民大会）的庭长所兼任，其责任是每年在阿耳庭当众宣布三分之一的法律。

有一个叫黑皮肤索尔凯尔的人是当时伊鲁吉家的管家。他从小就在他们家长大，和贡恩劳格也非常要好。他从北方瓦特斯达尔的奥斯一个亲戚那里继承了一笔遗产，他要求贡恩劳格和他一起去认领那一笔财产，贡恩劳格同意和他一起去。他们俩骑马向北部的奥斯行去。多亏了贡恩劳格的帮忙，那些保管财产的人才很快把财产转交给了他。在回家的路上，他们在格里姆斯通加的一个富有的农夫家借宿。第二天早晨，贡恩劳格的马被这一家的牧羊人借去了。当牧羊人回来的时候，那匹马汗流浃背，就像刚从河里爬起来一样。贡恩劳格看了很心痛，就打了那个牧羊人，结果把他打昏过去了。那农夫不愿就这样不了了之，要求贡恩劳格赔偿。贡恩劳格就提出赔他1个马克，但农夫认为太少了。于是，贡恩劳格就作了一首诗来回答他：

> 为了这区区小事
> 对一个微不足道的下人
> 我最多赔偿1个马克。
> 要么接受蛇舌的这个银币
> 要么眼看着它从钱包里流失，
> 勇士，拒绝这个公平的交易
> 让它从手中失落，
> 你将会遗憾无比。

最后，他们还是达成了妥协，农夫接受了贡恩劳格的赔偿。这件事情了结后，贡恩劳格和索尔凯尔又上路向南方的家乡进发。

过了不久，贡恩劳格又第二次向他的父亲提出要一些货物，好让他出国去做生意。

伊鲁吉答应道："现在我会尊重你的意愿，因为你已经长大了，也更懂事了。"

说完后他立即骑马出发，将停靠在居菲亚港的一条船上的半船货物全都买了下来送给贡恩劳格。伊鲁吉是从一个名叫奥顿·加博-霍恩德的人手中买下这批货的。霍恩德在杀了克雅丹·奥拉夫松以后，又拒绝让奥斯维夫的儿子搭乘他的船，但这是后话了。

当伊鲁吉回到家的时候，贡恩劳格对他的父亲表示非常感谢。黑皮肤索尔凯尔和贡恩劳格一起出国做生意。当货物在装船准备出发的时候，贡恩劳格却还待在博格的家里，他觉得和海尔嘉一起聊天比和商人们一起干活更有趣。

有一天，索尔斯坦恩问贡恩劳格是否愿意和他一起去看看他在朗加湖附近养的一批马。贡恩劳格说他很愿意去。他们一起骑马来到了一个叫索吉尔的小镇，这里有索尔斯坦恩的一个奶牛场，他在这里还养了四匹马。这四匹马都长着棕色的毛，其中有一匹雄马更是令人喜爱。索尔斯坦恩想把这几匹马都送给贡恩劳格，但贡恩劳格说他马上就要远渡重洋到国外去，要这些马也没有用。然后，他们又骑马来到另一个马场，这里有四匹雌马和一匹雄马，这些马在博尔加峡湾地区都是最优良的，索尔斯坦恩又想把它们送给贡恩劳格。但贡恩劳格回答说："我也不想要这些马，你为什么不给一些我想要的东西呢？"

"那你想要什么东西呢？"索尔斯坦恩问他。

"我想要你的女儿，美丽的海尔嘉。"贡恩劳格说。

索尔斯坦恩回答说："这件事情不宜仓促做出决定。"于是，他又换了另外一个话题。

他们沿着朗加湖，骑着马不紧不慢地返回家。这时，贡恩劳格又开口了。

"我想知道你将如何答复我的求婚请求。"他问道。

索尔斯坦恩答道："我不会把你的幻想当真。"

贡恩劳格却说："这不是我的幻想，而是我真诚的愿望。"

索尔斯坦恩还是没有答应他的要求。他说："首先你应该想想清楚你想要的是什么。你不是准备出国吗？而你现在又谈论起什么结婚之类的事情！既然连你自己都那么优柔寡断，让海尔嘉和你结婚对她是不合适的，所以这件事现在根本不予考虑。"

"那你对海尔嘉有什么打算呢？难道你不想把她嫁给伊鲁吉的儿子吗？"贡恩劳格问道，"在博尔加峡湾地区，还有谁比他更有名望呢？"

"我不想作任何比较，"索尔斯坦恩说，"但如果你和伊鲁吉一样是个真正的男子汉，你是不会遭到拒绝的。"

"你不想把你的女儿嫁给我，那你准备把她嫁给谁呢？"贡恩劳格又问道。

"在这里不乏年轻人供我选择，"索尔斯坦恩答道，"兰达梅尔的索尔芬有七个儿子，各个都很有教养。"

"无论是奥努恩德还是索尔芬，都无法和我父亲相提并论，而你的地位也毫无疑问在我的父亲之下，"贡恩劳格说，"在索尔斯内斯，他单枪匹马，一人独斗索尔格里姆·克雅拉克松首领父子数人,并赢得胜利。你有什么可拿得出手的业绩和他比较呢?"

索尔斯坦恩答道:"我赶走了千里眼奥努恩德的儿子斯坦恩纳尔,这也被传为佳话。"

"那是因为你得到了你父亲埃吉尔的帮助,"贡恩劳格说,"我可以告诉你,没有几个农夫会拒绝和我联姻的。"

"留着你的夸夸其谈去跟山里人说吧,"索尔斯坦恩说,"我们平原上的人不吃你这一套。"

当天晚上,他们回到了家里。第二天早晨,贡恩劳格回到杰尔斯班他自己的家,去向他父亲求情,请他到博格来,出面为他向索尔斯坦恩提亲。

伊鲁吉回答说:"你马上就要出海到别的国家去,经常漂泊不定。而你现在却突然提出向人家求婚,我相信索尔斯坦恩肯定不会喜欢的。"

贡恩劳格答道:"我确实准备到国外去,但是,除非你在这件事上帮助我,否则我是不会满足的。"

伊鲁吉经不住儿子的软磨,带着十一个人来到博格,替他向索尔斯坦恩求情。索尔斯坦恩对他们的到来表示热烈的欢迎。

第二天一早,伊鲁吉对索尔斯坦恩说:"我想跟你说件事。"

索尔斯坦恩知道伊鲁吉的来意,提议说:"让我们到那边的山上去谈吧。"于是,他们就上山去了,贡恩劳格也随他们同行。

到了山上后,伊鲁吉说:"贡恩劳格,我的儿子告诉我说,他已经亲自对你提起向你美丽的女儿海尔嘉求婚的事。现在,我想知道事情进展得怎么样了。你非常了解他的家庭背景及财产状况。就我而言,在向他提供住房和管理权方面,我是不会吝啬的,如果这对你的决定能起到影响的话。"

索尔斯坦恩回答说:"唯一促使我反对贡恩劳格的原因是,我认为他现在还漂泊不定,居无定所。如果他具有和你一样的秉性,我是不会反对他和海尔嘉结婚的。"

伊鲁吉说:"如果你拒绝承认我和我的儿子之间的平等关系,我们之间的友谊也就只好到此结束了。"

"就冲着你这一句话,也为了我们之间的友谊,"索尔斯坦恩答道,"海尔嘉和贡恩劳格就此定下婚约,但还不是正式订婚,她将等他三年时间。让贡恩劳格到国外去闯荡一番,也学一学上等人的言谈举止。但是,如果三年之后他不能按时回来,或者他的身份不能让我满意,我就可以解除这个婚约。"

他们一致同意就这么办。伊鲁吉和索尔斯坦恩分了手。伊鲁吉回到了自己的家,贡恩劳格则上了他的船。这时,习习海风从西边刮来,他们起锚升帆,向着挪威的北部驶去,他们的船沿着桑德海姆到尼达罗斯的海岸行驶。在尼达罗斯,他们在一个港口靠了岸,卸下了货物。

6

当时,挪威由一个叫埃里克·哈康纳尔松的雅尔[①]和他的弟弟

---

① 雅尔为国王的宰辅行政官吏,他们都是贵族,有自己的领地,有的雅尔还有军队。

斯文统治着。埃里克雅尔是个非常强大的首领,他的王宫就设在他家的私人庄园所在地——夏迪尔。斯库利·索尔斯坦恩松是雅尔的贴身卫队成员之一,而且深受雅尔的宠信。

据说,贡恩劳格、奥顿·加博-霍恩德和其他十个人一起来到夏迪尔。贡恩劳格当时穿着一件灰色紧身上衣和一条白色紧身裤子。他的脚背上长了一个疖,他每走一步,脓血就会从疖中流出。尽管如此,他还是和奥顿以及其他十个人一起前往谒见雅尔,向他致以衷心的问候。雅尔和奥顿以前早就相识,他向奥顿问起有关冰岛的情况,奥顿就将他所了解的情况告诉了雅尔。雅尔又问贡恩劳格是谁,贡恩劳格把他的姓名和家庭情况一一向雅尔禀报。

"斯库利·索尔斯坦恩松,他在冰岛是个什么样的人物呢?"雅尔问道。

"我的君主,"他回答说,"请不要小看他。他是冰岛最有威望的人物杰尔斯班的伊鲁吉的儿子,也是我的螟蛉兄弟。"

"你的脚怎么啦,冰岛人?"雅尔又问道。

"我的君主,我的脚上长了个疖。"他答道。

"但你走起路来并不跛?"雅尔说。

"一个真正的男人是不会跛脚的,只要他的两腿一样长。"贡恩劳格回答说。

这时,雅尔一位名叫索里尔的侍卫站出来说话了。他说:"这个冰岛人太趾高气扬了,不妨考验考验他。"

贡恩劳格看了他一眼,说:

雅尔手下有一个人,

> 一个平庸低贱的小人；
>> 他既邪恶又狠毒，
>>> 赤头赤尾似魔鬼。

索里尔听罢气愤至极，他抓起斧子就要砍贡恩劳格。但雅尔马上制止了他，说："算了吧，一个男人不应该为了这几句话而大动肝火。"雅尔还问道："冰岛人，你今年多大了？"

他回答说："我今年十八岁了。"

"我的意思是，你活不到三十六岁。"雅尔说。

贡恩劳格低声答道："请不要诅咒我，还是为你自己祈祷吧。"

"你说什么，冰岛人？"雅尔问。

"我是说，你最好不要诅咒我，还是为你自己去祈祷吧。"贡恩劳格提高嗓门回答说。

"祈祷什么呢？"雅尔又问道。

"祈祷你自己不会像你的父亲那样惨遭厄运。"

雅尔听了这话肺都要气炸了，脸上红一块紫一块。他立即命令手下的人把那个傻瓜抓起来。这时，斯库利来到雅尔跟前，为贡恩劳格求情。他说："我的君主，依我看，还是饶了这个人，让他马上离开吧。"

雅尔同意了他请求，说："只要他立即离开，而且绝不再踏上我的领地一步，我就饶了他。"

斯库利赶紧领着贡恩劳格离开了王宫，并且带他来到了一个码头。那里正好有一条船准备起航到英国去，斯库利还为他和他的亲戚索尔凯尔在船上安排好了位置。贡恩劳格把他在他自己那条船上所占的份额，还有他无法带走的货物一起交给奥顿保管。

就这样，他们离开了挪威，开始前往英国的航行。同年夏天，他们所乘的船停靠在伦敦港。

7

那个年代，埃德加的儿子埃塞尔雷德国王统治着英国。他是一个非常富有的王子。那一年冬天，他的王宫就建在伦敦城。

当时，英国人和挪威人、丹麦人使用的是同一种语言。但威廉王征服这个国家以后，这种情况改变了。从此，人们开始使用法语，因为威廉王就是来自那个地方。

贡恩劳格马不停蹄地直奔王宫拜见国王，向他致以最诚挚和热切的问候。

国王问贡恩劳格是从哪个国家来的。贡恩劳格告诉他是从冰岛来的。他还说：

"陛下，我今天来拜见你，是因为我特地为你作了一首诗，而且希望你能听一听它。"

国王说他非常乐意。贡恩劳格就温文尔雅地为国王吟诵了他的诗歌。诗歌这样唱道：

  上帝派开明的君主
  做英格兰的主人；
  皇族在埃塞尔雷德面前

屈膝下跪惶恐不安。

国王对他作的这首诗大加赞赏。作为报答，国王赠给他一件用最昂贵的皮毛镶边的猩红色大氅，还让他当自己的贴身侍卫。那年冬天，贡恩劳格留在国王身边服侍他，并深得国王的宠信。

有一天一大早，贡恩劳格在一条大街上遇见三个人，为首的一个名叫索罗姆。他身高体壮、力大无比，但也是一个蛮不讲理、臭名昭著的人。

他拦住贡恩劳格说："北方人，借我点钱用用。"

贡恩劳格说："把钱借给一个毫不相识的陌生人是不明智的。"

他又说："我会在我们说好的日期把钱还给你的。"

"那好吧，我就冒一次险吧。"贡恩劳格说罢就把钱借给了他。

过了一会儿，贡恩劳格见到了国王，就把借钱给陌生人的事告诉了他。

国王告诉他说："这一次，你可犯了一个大错。那个人是一个可恨的恶棍，是一个十足的强盗，你不应该和他打交道。这样吧，这一次由我来把钱还给你。"

贡恩劳格赶紧回答说："如果这样，我们就大错特错了。我们是您的仆人，怎么能让您无缘无故地替他还我钱，而让那样的无赖肆无忌惮地掠夺我们的钱财呢。绝对不能允许这样的事情发生。"

过了没几天，贡恩劳格又遇见了索罗姆，便要他把钱还给他。可他却说他是不会把钱还给他的。贡恩劳格于是就以诗作答：

> 从我的手中掠夺钱财,
> 是很不明智的举动,
> 一个专作剑之歌的诗人,
> 在这刀剑出鞘的一瞬间。
> 你必须时刻记住,
> 我的名字叫蛇舌,
> 我当初取这个名字,
> 就是为了此时此刻。

说罢,贡恩劳格提议道:"我现在提出解决这个问题的条件,要么你把钱还给我,要么三天之后我们俩进行一场决斗。"

索罗姆听完他的话不禁哈哈大笑起来。他说:"到目前为止,还没有哪一个人敢和我决斗。而且因为这个原因,许多人在和我较量中都惨遭厄运。不过,你要和我进行决斗,我随时奉陪。"

贡恩劳格把发生的一切告诉了国王。国王说:"现在看来,事情对你很不利。这个人几乎刀枪不入。你必须听从我的劝告。我这里有一把剑准备送给你,你必须用这把剑来对付他。但是,你在和他决斗的时候,必须亮给他看另一把剑。"

贡恩劳格对国王表示了深切的谢意。他和索罗姆决斗的一天来到了。索罗姆问他准备用什么剑来和他决斗。贡恩劳格抽出一把剑来给他看,但把国王送给他的那把剑藏了起来。

索罗姆看了贡恩劳格的剑根本没把它放在眼里。他说:"我对这把剑不屑一顾。"说着,他就挥刀向贡恩劳格砍去,还把贡恩劳格的盔甲削去了一大片。正当索罗姆得意扬扬、毫无防备的时候,贡恩劳格随即抽出国王送给他的剑进行反击，而索罗姆还以为那把剑就是他刚才看到的那一把。结果，贡恩劳格给了他致命的一剑。臭名昭著、不可一世的索罗姆就这样在机智的贡恩劳格面前一命呜呼、命归黄泉了。

国王对他的举动大加赞赏。贡恩劳格也因此在英国和其他地方出了名。

春天来了。航行在各国之间的船只也多了起来。贡恩劳格就向国王提出要求，希望允许他外出游历。国王问他到底要去哪里。

贡恩劳格回答说："我想去履行我的诺言。"他随即又即兴作了一首诗：

> 我是到处漂泊的人，
> 是三个君主，
> 和两个雅尔的客人，
> 我曾经这样说过。
> 你将再也见不到我，
> 我尊敬的国王，
> 除非你把我召回，
> 赠给我金光闪闪的戒指。

国王听了他的诗，说："就照你说的办吧，诗人。"于是，他就把一枚重六盎司的金戒指送给了贡恩劳格。国王补充说："但你必须在明年秋天回来。你是一个既聪明又有勇气的人，我不希望失去你。"

8

贡恩劳格搭乘商船从英国来到了爱尔兰首都都柏林。当时，爱尔兰的国王名叫西格特里格·西尔克伯德，他是奥拉夫·克瓦伦国王和考姆洛德王后的儿子。当时他才继位不久。贡恩劳格一到都柏林，立刻前往王宫拜见国王，向他致以诚挚和友好的问候，西尔克伯德国王也对他的到来表示欢迎。

贡恩劳格对国王说："我专门为你作了一首诗，希望你聆听这首诗。"

国王回答说："还从来没有人为我作过诗呢，我倒很愿意听一听。"

于是，贡恩劳格向国王朗诵了他的诗。诗中唱道：

> 西格特里格国王，
> 大方豪爽世人皆知。

诗中还唱道：

> 在我所知的国王中
> 我只想说一句：
> 一个高贵的人，
> 他就是克瓦伦之子。

> 我敢断定,
> 他会毫不犹豫地
> 向我馈赠一只金戒指,
> 并且决不吝惜。
> 如果世上还有
> 比这更加美妙的诗句,
> 就请国王来裁定。

国王听了他的这首诗以后非常高兴,就把他的司库叫来。国王问司库:"我该赠给他什么礼物,以报答他为我所作的这首诗呢?"

司库问:"你希望给他什么礼物呢,陛下?"

"我想给他两条商船,你觉得怎么样?"国王又问道。

"陛下,这太多了吧。"司库说,"作为对一首诗的报答,其他国家的国王一般都给一件稍微值钱一点的礼物,比如一把宝剑或一枚金戒指。"

国王向他赠送了一套他自己的用高档新面料缝制的衣服,一条绣花边的紧身短上衣,一件镶有名贵皮毛的大氅,还有一只重一马克[①]的金戒指。贡恩劳格非常感谢国王送给他这么珍贵而又丰厚的礼物。他留下来在国王身边服侍了一段时间。然后,他又到了奥克尼。

当时,西古尔德·赫洛德维松雅尔统治着奥克尼。他对冰岛

[①] 金银的重量单位(约等于八盎司,旧时用于欧洲大陆)。

人非常友好。贡恩劳格向雅尔致以诚挚的问候,告诉他说他有一首诗要向雅尔吟咏。雅尔就说,既然他出生于冰岛一个有名望的家庭,他很愿意听一听他作的诗。在得到雅尔的首肯之后,贡恩劳格朗诵了他的诗。这是一首叙事诗,情节引人,很有韵味。作为回报,雅尔赠给他一把镶银宽斧子,并且要求他留下来。贡恩劳格对雅尔的馈赠和盛情邀请表示感谢,但他说他不得不到东方的瑞典去。

不久,他又乘上了一艘开往挪威的商船,同年秋天,他们的船驶抵金斯顿。管家索尔凯尔自始至终和贡恩劳格在一起。在金斯顿,他们雇用了一名向导,请他带路到西哥特兰,然后又到了一个名叫斯卡拉的商业小镇。

斯卡拉小镇的首领是西古尔德雅尔,看上去年纪已经挺大了。贡恩劳格来到西古尔德面前,向他致以诚挚的问候,并且说他为西古尔德专门作了一首有关他的诗。雅尔听了这首叙事诗以后非常高兴,对贡恩劳格表示感谢,向他赠送了好多礼物以示谢意,还邀请他留下来待在他身边。贡恩劳格非常乐意地接受了邀请。

那年冬天,西古尔德雅尔准备举行一个盛大而隆重的圣诞节宴会。圣诞节前夜,挪威雅尔埃里克的使节来到斯卡拉,专门来向西古尔德雅尔赠献礼品,他们一共有十二个人。雅尔对他们的到来表示欢迎,并把他们安排在贡恩劳格的边上,请他们一起参加宴会。

人们畅饮鲜美的淡啤酒,一起共庆佳节。席间,哥特兰人声称,世界上没有哪一位雅尔比西古尔德更加伟大,更有名望。而挪威人却认为他们的埃里克雅尔在各方面要更胜人一筹。他们双方为此争论不休，互不相让。因此，他们要求贡恩劳格为他们作出裁决，到底谁是谁非。于是，贡恩劳格以诗作答：

> 你们所谈论的雅尔，
> 虽然已经白发苍苍，
> 但却依然精神焕发，
> 精力充沛不减当年。
> 勇猛的埃里克雅尔，
> 崇尚武学英勇善战，
> 曾经经历风风雨雨，
> 千锤百炼无往不胜。

挪威人和哥特兰人，尤其是挪威人对他的评判十分满意。圣诞节过后，埃里克雅尔的使节带着西古尔德雅尔回赠给他的礼品启程回国了。回国之后，他们把贡恩劳格对他们和哥特兰人争论作出的评判告诉了埃里克雅尔。雅尔听了以后认为，贡恩劳格明断是非，并对他显示出一种坦诚和友好的姿态。于是，他就派人向贡恩劳格传话，表示贡恩劳格可以自由出入他的领地，随时都会受到欢迎。贡恩劳格后来也得知埃里克雅尔对他的一片诚心。

根据贡恩劳格的请求，西古尔德雅尔向他派遣了一个向导，带他一起到东部瑞典的蒂恩达兰。

9

那个时候,瑞典由奥拉夫国王统治。他是"常胜王"埃里克和"野心家"西格里德的儿子。西格里德是斯考古尔·托斯蒂的女儿。奥拉夫国王是一位很有才华、有抱负、深受人们喜爱的国王。

在瑞典阿耳庭春季会议开始前夕,贡恩劳格来到乌普萨拉。贡恩劳格到了王宫以后,向国王致以最诚挚的问候。国王非常友好地接见了他,并问他是什么地方人。贡恩劳格回禀国王说他是冰岛人。当时,赫拉弗恩·奥努恩达松与国王在一起。国王说:

"赫拉弗恩,他在冰岛是个什么样的人呢?"

这时,一个身材高大、外貌神勇的人从后排座位上站了起来,恭恭敬敬地走到国王面前回答说:

"陛下,他出身于一个最负名望的家庭,而他自己也是一个最勇敢的人。"

"那就让他坐在你的边上吧。"国王说。

贡恩劳格开始说话了。他说:"陛下,我有一首诗要向您吟诵,并且希望得到您的指教。"

国王说:"你先去坐下,现在不是听你吟诗的时候。"

他们按照国王的旨意坐下了。贡恩劳格和赫拉弗恩坐在一起,互相倾诉各自在旅途中的种种经历。赫拉弗恩告诉贡恩劳格说,他是前年夏天离开冰岛到达挪威的,当年冬天的早些时候来到了瑞典。他们俩很快成了非常要好的朋友。

有一天,"庭"的会议终于开完了。贡恩劳格、赫拉弗恩和国王在一起。这时,贡恩劳格说:

"陛下,现在我请求您听一听我作的诗。"

"那好吧。"国王说。

这时,赫拉弗恩也开口说话了。他说:

"陛下,也请允许我吟诵我作的诗。"

国王说:"那很好啊。"

贡恩劳格说:"陛下,如果您允许的话,我想首先吟诗。"

赫拉弗恩却说:"陛下,既然我先来到您的身边,就应该先由我来吟诗。"

贡恩劳格说:"从我们的父辈开始,就没有听说过我家排在你家后面,从来就没有的事,我们之间也是这样。"

赫拉弗恩回答说:"让我们说话都讲究点礼貌,不要为了这件事而伤了我们之间的和气。我们还是请国王来决定到底由谁先来吧。"

国王说:"还是让贡恩劳格先诵吧,如果不让他先诵的话,他会觉得很难受的。"

贡恩劳格朗诵了他专为奥拉夫国王所作的抒情诗。国王听了以后说:

"赫拉弗恩,你觉得这首诗作得怎么样?"

赫拉弗恩回答说:"这是一首非常夸张的诗,讲的是一个有点残酷、又有些趾高气扬的人物,就像贡恩劳格他自己。"

国王说:"现在该轮到你来朗诵你的诗了。"

(Helga Ármanns)

贡恩劳格朗诵了他专为奥拉夫国王所作的抒情诗。

赫拉弗恩遵旨照办。当他朗诵完了以后，国王问贡恩劳格："贡恩劳格，你觉得他的诗怎么样？"

贡恩劳格回答说："陛下，这是一首很漂亮的诗，就像赫拉弗恩的外表一样。遗憾的是，这首诗没有给人留下深刻的印象。你为什么要为国王作一首叙事诗呢？难道你觉得国王不应该得到一首抒情诗吗？"

赫拉弗恩回答说："我们再也不要为此争论不休了。我们以后会有机会了断这件事的，尽管可能会在稍微晚些时候。"

此后不久，赫拉弗恩当了奥拉夫国王的贴身侍卫。他请求国王允许他离开，国王御准了他的请求。正当他准备离开时，他对贡恩劳格说："既然你不遗余力地在国王和众多贵族面前诋毁我，我们之间的友谊也就至此结束了。总有一天，我会像你今天对待我一样，把你所带给我的羞辱回报予你。"

贡恩劳格回答说："你的恐吓不会使我惶恐不安的。而且我还可以告诉你，无论何时何地，我在任何方面决不会比你逊色。"

奥拉夫国王向赫拉弗恩馈赠了许多珍贵的礼品，赫拉弗恩接受国王的馈赠之后离开了。

这一年春天，赫拉弗恩离开东方的瑞典，来到了斯朗达海姆。在斯朗达海姆，他为自己准备了一条船，然后在夏天乘船离开瑞典，向冰岛驶去。他驾船一直来到莫斯费德山脚下的莱吕瓦格。他的亲朋好友看到他平安归来都非常高兴。那年冬天，他一直和他父亲住在一起。

夏天来到了。有一天，赫拉弗恩在阿耳庭里见到了他的表兄、法律宣讲吏斯卡普蒂。

赫拉弗恩对他说:"我准备向索尔斯坦恩·埃吉尔松的女儿海尔嘉求婚,我希望得到你的帮助。"

"她不是已经和蛇舌贡恩劳格有婚约了吗?"斯卡普蒂问道。

"他们双方原来约定的时间不是已经过了吗?"赫拉弗恩反问道,"再说他这个人向来刚愎自用,也许他早就记不得他和海尔嘉有一个婚约,或者他不愿意恪守这个婚约。"

"但愿如你所想象的那样。"斯卡普蒂说。

然后,他们带了一批亲朋好友,一起来到索尔斯坦恩的棚屋。索尔斯坦恩对他们的到来表示真诚的欢迎。

斯卡普蒂首先开口了。他说:"我的表弟赫拉弗恩,他想向你的女儿海尔嘉求婚。你也知道他家的情况。他本人也是腰缠万贯,善解人意,而且拥有众多亲朋好友。"

索尔斯坦恩回答说:"可她已经许配给了贡恩劳格。我必须遵守我们之间达成的协议。"

斯卡普蒂又说:"你们之间约定的三个冬天的时间不是已经过了吗?"

索尔斯坦恩回答说:"是的,但夏天还没有结束,他也许会回来的。"

斯卡普蒂又问道:"如果他今年夏天还不回来,那又该怎么样呢?"

索尔斯坦恩回答说:"让我们明年夏天再到这里来吧。到时我们再看看我们该怎么办。但现在我们再谈论这个问题毫无实际意义。"

他们同意了他的说法。于是,他们就此分手,各自回家去了。从此,人人都知道,赫拉弗恩在向海尔嘉求婚。

那一年夏天，贡恩劳格没有回到冰岛。第二年夏天，斯卡普蒂和赫拉弗恩在阿耳庭大会期间又再次要求索尔斯坦恩同意赫拉弗恩的求婚，并且说，索尔斯坦恩已经没有义务遵守他和贡恩劳格达成的协议。

索尔斯坦恩回答说："我没有更多的女儿可供男人们挑选。我也不希望男人们为了我唯一的女儿而相互争斗。因此，首先我希望见一见伊鲁吉。"

于是，他们去见了伊鲁吉。索尔斯坦恩对伊鲁吉说："你是不是也认为，我现在已经没有义务遵守我和你的儿子贡恩劳格达成的协议了？"

"那是当然的了。"伊鲁吉回答说，"如果你现在就解除婚约，我也无话可说。因为连我自己都不知道我儿子现在的情况。"

然后，索尔斯坦恩去找斯卡普蒂，并且和他达成如下协议：如果贡恩劳格这一年夏天还不回来，那么赫拉弗恩和海尔嘉的婚礼就在冬季到来之前在博格举行。同时，索尔斯坦恩也声明，如果贡恩劳格这一年夏天回来，并且娶海尔嘉为妻，那么索尔斯坦恩也就有权解除和赫拉弗恩之间的协议。

然后，他们各自离开了阿耳庭。但贡恩劳格这一年夏天还是没有回来。这样的婚事安排一点也不合海尔嘉的心意。

10

现在，我们再来说说贡恩劳格。据说，在赫拉弗恩返回冰岛的那年夏天，贡恩劳格也带着奥拉夫馈赠给他的大批贵重礼品，离开瑞典来到英国。他受到了埃塞尔雷德国王的热烈欢迎。那年冬天，他一直待在国王的身边，深得国王的信任。

当时，克努特·斯文松大王统治着丹麦。刚继承王位不久的克努特大王信誓旦旦要征服英国。他的父王斯文死之前在英国的西部地区拥有大片领地。况且，在英国的西部地区，还有一支丹麦人组成的军队，一位名叫海明的将领统率着这支军队，并占领着斯文国王征服的领地。海明将军是斯特鲁特-哈拉尔德雅尔的儿子，也是西格瓦尔蒂雅尔的兄弟。

到了春天，贡恩劳格请求埃塞尔雷德国王恩准他离开。

国王说："眼看英国就要爆发战争，你是我的贴身侍卫，你现在离开我不太合适吧。"

贡恩劳格回答说："陛下，我听从您的吩咐。但如果丹麦人今年夏天还不来入侵的话，请允许我离开。"

"我们到时候再说吧。"国王答道。

夏天很快过去了。直到第二年冬天，丹麦人仍然没有来。仲夏节过后，贡恩劳格得到国王的恩准，离开英国，乘船向东驶往挪威，来到斯朗达海姆的赫拉迪尔。在赫拉迪尔，他拜见了埃里克雅尔。埃里克雅尔热烈欢迎他的到来，并且盛情邀请他留下。贡恩劳格对雅尔的盛情邀请表示感谢，但说他必须先回冰岛去见他的未婚妻。

雅尔说："所有开往冰岛去的船都已经起航了。"这时，雅尔手下的一个人说："'烦恼诗人'哈尔弗里德的船昨天停靠在阿格达尼斯海湾。"

雅尔说："也许是吧。但他的船五天以前就离开港口了。"

埃里克雅尔于是就派人将贡恩劳格送到哈尔弗里德的船上。哈尔弗里德对贡恩劳格乘坐他的船表示欢迎。他们借着阵阵微风收锚起航了。这时已经是夏末季节了。

在船上，哈尔弗里德问贡恩劳格："你听到赫拉弗恩·奥努恩达松向美丽的海尔嘉求婚的消息了吗？"

贡恩劳格回答说他已对此有所风闻，但不敢完全肯定。于是，哈尔弗里德就把他所了解到的有关情况告诉了贡恩劳格，他还补充说，许多人都认为赫拉弗恩一点也不比贡恩劳格逊色。

贡恩劳格于是用一首诗来回答：

只要东风劲吹，
吹向彼岸的峡湾，
吹向彼岸的河溪，
我会毫不介意。
地位显赫的贵人
尽管他黑发依旧，
当听到臣民赞扬时，
会更加惧怕赫拉弗恩。

哈尔弗里德告诫他说："你和赫拉弗恩打交道时必须小心，别跟我一样。几年前，我驾船来到莱吕瓦格，欠下了赫拉弗恩的一位管家半个马克的银币。我当时没有马上还给他。赫拉弗恩带着六十个随从，气势汹汹地找到我，二话没说就砍断了我船上的缆绳。结果，我的船随风漂流，在海岸上撞了个粉碎。更可气的是，我还不得不向赫拉弗恩赔礼道歉，又还给他一个马克。我现在再也不愿意跟他打交道了。"

贡恩劳格和哈尔弗里德谈论的话题只是海尔嘉。哈尔弗里德对海尔嘉的美貌大加赞赏。而贡恩劳格也为海尔嘉作了一首赞美诗：

> 真正的勇士，
> 他会言而有信，
> 而会去追求
> 另一位勇士
> 衣着艳丽的情人。
> 在我年轻的时候，
> 我曾与一位
> 披银戴金的小姐长相伴，
> 轻轻抚弄她那纤纤细手，
> 而她也沉浸在我的爱抚之中。

哈尔弗里德听了以后大加赞赏，说："这首诗写得太好了。"

在离冬天到来还有两个星期的时候，他们在北部的梅尔拉卡平原上了岸，又一起来到赫伦哈温。

当时，有一个名叫索尔德的年轻人住在梅尔拉卡，他是农夫的儿子。他向船员们挑战，要和他们进行摔跤比赛。船员中间没有一个是他的对手。最后，他要和贡恩劳格较量一番。在进行比赛的头一天晚上，索尔德发誓他一定能获胜。比赛当天，他们俩施展出各自的高招，但贡恩劳格出其不意，来了个螳螂扫腿，把索尔德重重地摔倒在地。而贡恩劳格自己因为立足未稳，脚脱了臼，也随他一起摔倒了。

这时，索尔德幸灾乐祸地说："也许你在另一件事情中不会有这么好的运气了。"

"什么事？"贡恩劳格问。

"你和赫拉弗恩之间的事。他在今年冬天到来时就要和美丽的海尔嘉结婚了。他们是在今年夏天作出的决定，我当时也在场。"

贡恩劳格没有回答。他把脱臼的脚复了位，然后进行了简单的包扎。但那只脚仍然肿得很厉害。

贡恩劳格和哈尔弗里德骑马离开了梅尔拉卡，前往南部博尔加峡湾的杰尔斯班，他们一行共有十二个人。在一个星期六的晚上，他们到达了目的地。在这同一时刻，在博格，参加赫拉弗恩和海尔嘉婚礼的人们正载歌载舞，畅饮婚宴上的美酒。

贡恩劳格的父亲伊鲁吉见到他和他的同伴终于平安归来非常高兴。贡恩劳格得知人们正在博格举行婚礼，提出要马上过去看看。但伊鲁吉阻止了他，说那样做不可取。贡恩劳格也觉得他父亲说的有道理。一想到自己的心上人正在和另外一个男人举行婚礼，贡恩劳格心里难以平静。但因为他的脚还肿得厉害，行动不方便，也就只好作罢。

第二天早晨，哈尔弗里德告别了贡恩劳格，回到赫雷杜瓦特恩他自己的家。他的哥哥加尔蒂负责管理家产，他也是一个非常勇敢好胜的人。

11

现在我们再来谈谈赫拉弗恩。他把他的婚宴设在博格。参加婚宴的好多人都看得出,新娘情绪很低落。这也应验了这样一句古话:青少年时代美好的事物往往能够永驻心中。目前海尔嘉就属于这样一种情况。

说来也凑巧,有一个名叫斯维尔汀的小伙子也在向索罗德和尤弗里德的女儿洪盖尔德求婚。他是巴克-比约恩·莫尔达-格努普松的儿子。他们准备在圣诞节后在斯康尼举行婚礼。他表兄索尔凯尔的家就在斯康尼。

赫拉弗恩和新娘海尔嘉一起回到莫斯费尔。他们刚回到新家后不久的一天早晨,海尔嘉因为睡不着觉而早早起来了,赫拉弗恩还在睡觉。但他在睡梦中翻来覆去,很不踏实。他醒来以后,海尔嘉问他梦见了什么。赫拉弗恩用下面的这首诗回答她:

我睡在你身旁,
　我的新娘,
睡梦中辗转反侧,
　梦中利剑刺中我身,
血流满地,
　伤口疼痛难忍。
我的鲜血染红了你的闺床。

只要能使心上人高兴，

即使鲜血盛满酒缸，

赫拉弗恩也决不屈服。

海尔嘉却回答说："我决不会为此而哭泣。你如此卑鄙地欺骗了我。我相信，贡恩劳格一定回来了。"说完，海尔嘉痛苦地哭了起来。不久，贡恩劳格已经回来的消息传了开来。海尔嘉得知这一消息以后，对赫拉弗恩更加怨恨在心。赫拉弗恩再也无法把她留在莫斯费尔他自己的家里了。出于无奈，他们不得不一起回到了博格，但赫拉弗恩从此再也享受不到新婚的甜美和幸福。

那年冬天，斯维尔汀和洪盖尔德的婚礼已经准备完毕。索尔凯尔也邀请了伊鲁吉和他的几个儿子参加婚礼。伊鲁吉庄园主欣然接受了邀请，当他们准备出发赴宴的时候，贡恩劳格坐在房间里没有想走的意思。伊鲁吉走到他的跟前，对他说："你怎么还不赶紧准备呢，我的儿子？"

"我不想去。"贡恩劳格回答说。

伊鲁吉说："你当然得去。你不应该为了一个女人而终日魂不守舍。要勇敢起来，就当你什么都不知道。世界上有的是漂亮姑娘。"

贡恩劳格听从了他父亲的劝告，随父亲和其他兄弟一起赴宴去了。宴会上，伊鲁吉和他的儿子们被安排在主宾席上，索尔斯坦恩和他的女婿赫拉弗恩，还有伴郎们，被安排在伊鲁吉父子对面的位置上。一群妇女坐在婚礼台上，美丽的海尔嘉陪伴在新娘身旁。海尔嘉秀目含情，时不时地向贡恩劳格投来脉脉目光。古

(Helga Ármanns)

海尔嘉对丈夫赫拉弗恩说：如果贡恩劳格杀了他，她决不会为此而哭泣。

人说：当一个女人深深地爱着一个男人的时候，她那秀目中的温情流露无遗。当时的贡恩劳格衣冠楚楚，他身穿西格特里格国王馈赠给他的漂亮礼服，看上去勇猛剽悍，气宇轩昂，犹如鹤立鸡群，在众多男人中独放异彩。

宴会上，气氛沉闷，毫无婚庆的喜悦。宴终席散的时候，客人们纷纷准备离开，女宾们也纷纷和朋友们辞别。贡恩劳格乘此机会上前和海尔嘉倾诉两人离别后彼此的思念。他们谈了很长时间。然后，贡恩劳格吟诵了下面这首诗：

> 得知美丽的海尔嘉，
> 另嫁他人为妻之后，
> 蛇舌从此与快乐告别，
> 从未有过幸福的一天。
> 她那白发苍苍的父亲，
> 把自己心爱的女儿，
> 嫁给另外一个男人，
> 全然不顾我的诉说。

贡恩劳格接着说：

> 你使我心碎，
> 你的父亲和你的母亲。
> 他们终将得到报应，
> 为了对我所做的一切。

> 他们无视诺言,
> 也不顾女儿的幸福,
> 私下与他人结盟,
> 祸种终将降临在头。

贡恩劳格将埃塞尔雷德国王送给他的一件名贵的大氅赠给了海尔嘉。对海尔嘉来说,这是一件最宝贵的财物。她非常感谢贡恩劳格把这件大氅送给她。然后,贡恩劳格告别了他昔日的情人。这时,仆人已经给马匹备好了鞍,有雄马也有雌马,都是纯种好马。贡恩劳格翻身上了一匹雄马,急速驰过一片田园,奔向赫拉弗恩站立的地方。赫拉弗恩不得不迅速让开道路,才避免了被撞的危险。

贡恩劳格说:"不用害怕,赫拉弗恩。我现在不想伤害你。但你自己很清楚你对我造成的伤害。"

赫拉弗恩用一首诗作回答:

> 利剑自有坚盾来挡,
> 为了一个漂亮姑娘,
> 我们大动干戈,
> 不值也不合适。
> 在南方的海滩边,
> 美貌姑娘不胜枚举,
> 就像大海中的波涛,
> 你可尽情挑选。

贡恩劳格回答说:"也许确实像你所说的那样,世上美貌姑娘多得数不胜数。但对我来说事实并不如此。"

这时,伊鲁吉和索尔斯坦恩看见贡恩劳格和赫拉弗恩在争吵,赶紧跑过来阻止他们。贡恩劳格就用一首诗回答:

夸夸其谈的人,
为了点点金银财宝,
把原属蛇舌的姑娘,
嫁给了赫拉弗恩。
而我却是事出有因,
当我还在遥远的东方,
因为狂风肆虐,
埃塞尔雷德国王
不让我在汹涌浪涛中航行,
就此耽误了我的行程。

此后,双方人马各自回家,整个冬天平安无事。自从海尔嘉遇见贡恩劳格以后,赫拉弗恩和海尔嘉在一起的生活再也没有幸福的感觉了。

第二年夏天,阿耳庭又要开会了,好多有地位的人都去了。伊鲁吉以及他的儿子贡恩劳格和赫尔蒙德,索尔斯坦恩和他的儿子考尔斯文,莫斯费德的奥努恩德和他的儿子,以及斯维尔汀·巴克-比约纳松都去了。斯卡普蒂当时仍然是法律宣讲吏。

阿耳庭会议期间的一天，法律岩石周围挤满了人。当庭长宣布裁决结束时，贡恩劳格站出来要求说几句话。他说："赫拉弗恩在场吗？"

赫拉弗恩回答说在。

贡恩劳格又说："你知道，你把一个和我已经有婚约的女人抢走了，因此也在我们俩人之间挑起了敌意。为此，我要在大会期间向你挑战，三天之后，我们在阿克塞河的一个岛上进行决斗。"

赫拉弗恩回答说："这是一个非常公平的交易。我早就料到你会向我挑战的。无论你走到哪里，我都会奉陪到底。"

双方的亲朋好友并不觉得这有什么好玩的。但当时盛行这样一种规矩：如果某一个人认为他被另外一个不怀好意的人侵犯，他就有权向他提出挑战，和他进行决斗。短短的三天时间很快就过去了。在这三天里，贡恩劳格和赫拉弗恩都在为殊死的决斗作准备。伊鲁吉带着一大帮人辅助他的儿子，法律宣讲吏斯卡普蒂、赫拉弗恩的父亲和一些亲朋好友则辅佐赫拉弗恩。在他们出发前往岛上去的时候，贡恩劳格作了这样一首诗：

我已利剑出鞘，
　胸有成竹驶向河中岛，
　在今天的决斗中，
　上帝也将助我成功。

为了海尔嘉的爱，
　我会毫不手软，
　用我手中的利剑，

将他尸首分离。

赫拉弗恩也以诗作答:

> 既然剑已出鞘,
> 谁也无法肯定,
> 谁会赢得这场决斗,
> 尽管有人跃跃欲试,
> 磨刀霍霍急不可待。
> 决斗的结果
> 将使艳妇美女
> 成为孤女寡妇。
> 即使身受重伤,
> 我也毫无怨言。

赫尔蒙德为他的哥哥贡恩劳格持着盾牌,斯维尔汀·巴克-比约纳松则为赫拉弗恩持着盾牌。按照当时的规矩,由被挑战者首先向挑战者发动进攻,谁要是在决斗中受伤,他就应该向胜者支付三个马克的银币,这样他才能退出决斗。由于是贡恩劳格提出的挑战,因此按规矩赫拉弗恩首先进攻。他手持利剑,朝着贡恩劳格盾牌的顶端猛力刺去。由于用力过猛,他的剑在剑把的根部折断了,但同时也在贡恩劳格的面颊上划了轻轻的一道口子。

他们俩的父亲见此情景,急忙跑上前去,把他们分开了。

贡恩劳格说:"鉴于赫拉弗恩已丧失了手中的武器,我宣布他被打败。"

可赫拉弗恩却说:"由于你已经受伤,我宣布你被打败。"

贡恩劳格气得都快发疯了,说他们之间毫无公平竞争可言。但他的父亲伊鲁吉说,他们现在最好还是终止决斗。

贡恩劳格说:"下次我和赫拉弗恩决斗的时候,你们最好离我们远远的。"

说完,他们退出决斗,各自回家了。第二天,立法会议通过了一项法律,从那天起禁止任何决斗。这是根据一些有识之士的建议制定的,当时全国所有有识之士聚首在阿耳庭会议上。这一法律的通过,使得贡恩劳格和赫拉弗恩之间的决斗成了冰岛的最后一场决斗。这也是继火烧尼雅尔和希思战役之后,出席会议制定立法人数最多的一次。

一天早晨,赫尔蒙德和贡恩劳格兄弟俩在阿克塞河边散步。这时,一群妇女从对岸路过,美丽的海尔嘉也在她们中间。

赫尔蒙德问道:"你有没有看见河对岸你的朋友海尔嘉?"

贡恩劳格说:"我看见了。"同时,他又诗兴即发:

> 这个艳丽的女人,
> 她生来就是
> 男人们竞猎的对象。
> 拥有如此美貌女子,
> 我如火中烧。
> 她已为他人妻,
> 我再虎视眈眈,

> 两眼紧盯她那
> 仙女般的脸颊，
> 实属无理之举。

说完，他们越过河去。海尔嘉和贡恩劳格在一起说了好长时间的话。当他们回到河的东岸时，海尔嘉仍秀目含情，盯着贡恩劳格，目送他离去。而贡恩劳格也不时地回过头去，向她投去温情的目光。贡恩劳格又发诗兴：

> 她是个如此艳丽的女子，
> 身着华丽令人耀眼。
> 她那明月般的秀目，
> 向我投来无限柔情，
> 似鹰爪摄人心肺。
> 她那勇敢的目光，
> 带给我还有她自己的
> 却是不幸和痛苦。

在这之后不久，阿耳庭会议结束，人们都各自骑马回家了。

贡恩劳格也回到了他在杰尔斯班的家。一天早晨，当他醒来的时候，其他人都已经起床了，他独自一人躺在床上。这时，十二个全副武装的人走进他的小房间，为首的正是赫拉弗恩·奥努恩达松。贡恩劳格以为赫拉弗恩要来向他挑战，立即从床上跳了起来，一把抓过武器准备自卫。

赫拉弗恩却说:"你不会有危险的。但你给我好好听着。去年夏天,你向我挑战,和我决斗。但你认为我们没有决出胜负。现在,我提议,明年夏天我们离开冰岛到国外去,在挪威进行单对单决斗。在那里,我们的亲人也不会干预。"

贡恩劳格回答说:"这才像是有身份的人说的话。我非常乐意接受你的提议。赫拉弗恩,你现在可以在这里尽情玩乐,不必拘于礼节。"

赫拉弗恩答道:"感谢你的好意。但我们马上就要上路了。"

说完,他们就离开了贡恩劳格的家。

他们俩的亲朋好友都坚决反对这一安排。但贡恩劳格和赫拉弗恩主意已决,他们也无能为力,只好由他们去。

12

现在,我们先说说赫拉弗恩。据说,他在莱吕瓦格专门为自己准备了一条船。另外还有两个人和他一起去。他们是他姑妈的两个儿子,一个叫格里姆,另一个叫奥拉夫。两人都是勇猛剽悍的家伙。赫拉弗恩的家人对他决意离开冰岛,漂洋过海到国外十分痛心。但赫拉弗恩却说,他要和贡恩劳格进行决斗,是因为他和海尔嘉在一起已经毫无幸福可言。他还说,他和贡恩劳格必须有一个倒下。

赫拉弗恩借着顺风出海了。他驾着船一直来到斯朗达海姆,并在那里度过了一个冬天。那一年冬天,他没有听到任何有关贡恩劳格的消息，于是他就在那里等他，一直等到第二年夏天。随后，他又到斯朗达海姆一个叫利范居尔的地方度过了整个冬天。

蛇舌贡恩劳格和烦恼诗人哈尔弗里德是从北部的弗拉茨起航的。他们出发的时候已经很晚了。但他们凭借着一路顺风，也在这一年的冬天到来之前抵达奥克尼。

西古尔德·赫洛德松雅尔当时统治着这些岛屿。贡恩劳格抵达之后，立刻就去拜见他，并在那里过了一个冬天，和雅尔成了好朋友。春天来临，雅尔准备出去征讨，贡恩劳格也随雅尔一起去征战。那年夏天，他们东征西讨，一直打到南部的赫布里底群岛和苏格兰湾，打了许多胜仗。贡恩劳格用他的实际行动证明，他是人们所见过的最勇敢，同时也是最善战的人，他也因此赢得了雅尔的信任。

那年初夏，西古尔德雅尔结束征战返回自己的家乡。贡恩劳格依依不舍地告别了雅尔，踏上了一艘开往挪威的商船。

贡恩劳格坐船一直来到北部的斯朗达海姆，找到了赫拉迪尔的埃里克雅尔。那时已经是初冬了。雅尔欢迎贡恩劳格的到来，并邀请他住下来。贡恩劳格非常高兴地接受了雅尔的邀请。雅尔已经听说他和赫拉弗恩要决斗的事，但禁止他们在他的领地上决斗。贡恩劳格说一切由雅尔来决定。那年冬天，贡恩劳格住在雅尔那里，一直平安无事。

春天的一天，贡恩劳格和他的亲戚索尔凯尔外出散步。他们走出城外，来到一块空旷的空地，只见一群人正围在一起看热闹。出于好奇，他们走上前去想看个究竟，却发现人群中有两个人在比剑。旁观者把他们中的一个称作赫拉弗恩，把另一个叫作贡恩劳格,并且还说这两个冰岛人行动迟缓,打得软弱无力。贡恩劳格觉得非常滑稽可笑和无聊,就默默地走开了。

此后不久,贡恩劳格对雅尔说,他的臣民以他和赫拉弗恩之间的恩怨为题,取笑戏弄他,他再也无法忍受下去了。他要求雅尔给他派一个向导,带他到利范居尔去。雅尔得知赫拉弗恩已经离开利范居尔,到了瑞典。于是,他就同意贡恩劳格离他而去,并且派了两个向导与他同行。

贡恩劳格离开赫拉迪尔,前往利范居尔,和他同行的还有其他六个人。贡恩劳格一行抵达利范居尔的时候已是傍晚时分了。而在同一天早晨,赫拉弗恩和他的四个随从刚刚离开利范居尔到了维拉达尔。于是,贡恩劳格又带着他的随从奔赴维拉达尔。可是,他和赫拉弗恩似乎在捉迷藏,贡恩劳格晚上刚到一个地方,赫拉弗恩却已在早晨离开了那个地方。因此,两个总是碰不到一起。他们两个,你前脚走我后脚到,直至到了一个叫苏拉的农庄。贡恩劳格没有像以前那样每到一地过一夜再说,而是马不停蹄地继续夜行,在第二天早晨太阳即将升起的时候,终于追上了赫拉弗恩。

赫拉弗恩一行此时已经抵达一个叫格雷普内尔草原的地方。这里景色秀丽,风景宜人。草原两侧有两个湖泊,一小块陆地直插其中的一个湖中,形成一个岬角。人们把这块地方叫丁加内斯。赫拉弗恩一行共五个人已在岬角的尽头占领了有利位置。他的表兄弟格里姆和奥拉夫也在其中。

贡恩劳格说:"我们终于在此相见了。"

赫拉弗恩回答说那不是他的过错。他还对贡恩劳格说:"我们是单打独斗呢，还是双方各出同样数目的人进行决斗，现在由你来选择。"

贡恩劳格回答说他对采用哪种形式进行决斗无所谓，但赫拉弗恩的表兄弟格里姆和奥拉夫却说不会眼看着他们俩决斗而袖手旁观的。贡恩劳格的表弟索尔凯尔也这么说。

于是，贡恩劳格对埃里克雅尔的两位向导说："你们就坐在边上吧，但不许帮任何一方。你们还要把我们决斗的情况记下来。"

两位向导欣然同意了。

决斗开始了。双方人马你刺我杀，都无所畏惧，异常勇猛。格里姆和奥拉夫两人合力向贡恩劳格发起进攻，但双双惨死在贡恩劳格的剑下，贡恩劳格自己却丝毫未损。目击这场决斗的索尔德·考尔贝恩松用这样一首诗来描述蛇舌贡恩劳格：

> 迎战赫拉弗恩之前，
> 蛇舌贡恩劳格
> 手持锋利的武器，
> 将格里姆和奥拉夫
> 双双送归西天。
> 勇者的利剑，
> 将三人的性命结果；
> 上帝也可做证。

与此同时，赫拉弗恩与贡恩劳格的亲戚索尔凯尔厮杀在一起。索尔凯尔也倒在赫拉弗恩的剑下，一命呜呼了。结果，贡恩劳格和赫拉弗恩两人的同伴都在决斗中丧命。他们俩此时此刻如同冤家见了死对头,分外仇恨。两人刀光剑影,打得难分难解。贡恩劳格手握埃塞尔雷德国王赠给他的那把利剑,向赫拉弗恩频频出击。这是一把锋利无比的宝剑。不久,贡恩劳格就给了赫拉弗恩致命的一击,砍下了他的一条腿。但赫拉弗恩并没有倒下,而是用他剩下的那条腿立即跳到附近的一根树桩旁,把自己的身体靠在树桩上。

这时,贡恩劳格开口说话了:"你已经残废了。我不会和一个缺一条腿的人决斗。"

赫拉弗恩回答说:"我承认我很不走运。但如果我能喝口水的话,我仍然能够决斗。"

贡恩劳格说:"我用我的头盔去给你取水,但你不能玩花招。"

"我不会耍任何花招的。"赫拉弗恩回答说。

于是,贡恩劳格来到附近的一条小溪,用他的头盔替赫拉弗恩取水。他端着水走到赫拉弗恩跟前,赫拉弗恩假装用左手接水的同时,右手挥剑向贡恩劳格的头部猛刺过去。顿时,鲜血从贡恩劳格的头部喷射而出。

贡恩劳格说:"我相信你,还替你去取水,而你却如此卑鄙地欺骗了我,做出这种背信弃义的事情。"

赫拉弗恩回答说:"你说得一点不错。我这样做的目的是不想让你拥有海尔嘉,独享她的拥抱和柔情。"

两人又重新开始了殊死的决斗。但最后,还是贡恩劳格占了上风,结果了赫拉弗恩的性命。这时,埃里克雅尔的向导赶紧过来,替贡恩劳格包扎好头部的伤口。贡恩劳格一边让他们包扎伤

(Helga Ármanns)

贡恩劳格对赫拉弗恩说:"我用我的头盔去给你取水,但你不能玩花招。"

口，一边吟诗曰：

> 赫拉弗恩向我挑战
> 与我进行殊死决斗，
> 我明白无误地知道，
> 这是你死我活之战。
> 一场激烈的决斗，
> 今晨在丁加内斯展开，
> 无数刀光剑影，
> 在贡恩劳格眼前飞舞。

向导们把死者埋藏以后，把贡恩劳格放到他的马上，回到了利范居尔。他在那里度过了生命的最后三天，牧师为他作了最后的祷告，最后终于因为伤势严重，流血过多而死去。他死了以后，人们把他埋在利范居尔教堂。

贡恩劳格和赫拉弗恩为了一个女人而进行决斗，结果双双命归黄泉，人们都觉得非常可惜。

13

那年夏天，贡恩劳格和赫拉弗恩进行决斗双双惨死的消息传到冰岛之前，正在杰尔斯班家中急切盼望儿子归来的伊鲁吉做了个噩梦。睡梦中，他梦见贡恩劳格满身是血地走到他跟前，并给

他吟诵了一首诗。伊鲁吉醒了之后,仍然清楚地记得这首诗的词句,他又把这首诗复述给别人听。诗中这样写道:

> 狠毒的赫拉弗恩
> 用他手中的利剑
> 刺中了我的头颅;
> 但我也用手中宝剑,
> 劈下了他的一只脚。
> 卑鄙无耻的小人,
> 谎称口渴要喝水,
> 我真心诚意
> 替他取水来解渴。
> 他却恩将仇报,
> 举剑把我头来砍。

而在同一天晚上,在南部的莫斯费德,奥努恩德也梦见了赫拉弗恩。只见他满身血污来到他跟前,也吟诵了一首诗:

> 我的利剑已被鲜血染红,
> 剑神已经把我刺伤。
> 妖魔挥舞手中的宝剑,
> 将我刺伤。
> 我猜想,食血鹅喝足了我的鲜血,
> 心满意足站在一旁。

> 那只受伤的鸟,
>
> 可再一次涉过血河。

第二年夏天,伊鲁吉在阿耳庭大会上责问奥努恩德。

他说:"你的儿子赫拉弗恩背信弃义,你将用什么来赔偿我儿子的死呢?"

奥努恩德回答说:"当然不应该由我来赔偿你的损失。我也因为他们的决斗而遭受悲惨的损失。然而,我并不要求你为我儿子的死作出赔偿。"

伊鲁吉又说:"这样的话,你家的某一个人或者亲戚将为此付出代价。"那一年的整个夏天,伊鲁吉整天郁郁寡欢,沉浸在失去儿子的痛苦之中。

据说,那年秋天,有一天早晨,伊鲁吉带着三十个人,从杰尔斯班直奔莫斯费尔。当时,奥努恩德和他的几个儿子都在教堂。伊鲁吉就抓了他的两个亲戚。这两个人一个叫比约恩,另一个叫索尔格里姆。伊鲁吉把比约恩杀了,把索尔格里姆的一条腿给砍了。他们回到杰尔斯班后,奥努恩德并没有因此对他们进行报复。

赫尔蒙德·伊鲁加松对他哥哥的死一直怀恨在心。尽管他们已经报了仇,但他仍觉得不满足。

奥努恩德有一个侄子,也叫赫拉弗恩。他是一个大商人,他有一条商船经常停泊在赫卢塔峡湾。有一年春天,赫尔蒙德·伊鲁加松独自一人骑马离家往北经过霍尔塔瓦尔达·希思,来到赫卢塔峡湾,并径直闯到船上。这时,商人们正忙着装货,船主赫拉弗恩不在船上,他和几个朋友还在岸上。赫尔蒙德又回身上岸找到赫拉弗恩，二话没说，就向赫拉弗恩袭击，把利矛向他掷去，然后迅速逃离现场。在场的人对他的这一行动惊恐不已，但奥努恩德还是没有为这次谋杀要求赔偿。伊鲁吉和奥努恩德两家之间的恩恩怨怨从此告一段落。

在这期间，索尔斯坦恩·埃吉尔松把他的女儿嫁给了一位名叫索尔凯尔·哈尔凯尔松的人。他住在赫劳恩斯达尔。海尔嘉虽然不怎么爱他，但还是和他一起生活在他的农场上。尽管贡恩劳格早已不在人世，可是海尔嘉却无法把他从她的记忆中抹去。索尔凯尔家庭殷实，受人尊敬，也是个小有名气的诗人。他们生了好几个孩子，其中有一个儿子叫索拉林，另一个儿子取名叫索尔斯坦恩。

海尔嘉最大的快乐，就是展开贡恩劳格赠送给她的那件珍贵的大氅，久久地凝视着它。突然有一天，一场大病袭击了整个农场，许多人都得了这种病。海尔嘉也未能幸免，但她没有卧床休息。一个星期六的晚上，她坐在客厅里，头枕在她丈夫索尔凯尔的膝上。这时，她请求丈夫把贡恩劳格送给她的大氅取来。她的丈夫遵照她的心愿，替她取来大氅。她把它铺展在面前，凝视了很久很久。然后，她倒在丈夫的怀里，离开了人世。

索尔凯尔用下面的一首诗怀念他的妻子：

> 可心的人儿，
> 静静地躺在我怀中。
> 我美丽的妻子，
> 被夺去了生命。

她的死似霹雳，
　　我简直难以置信。
　　没有了她的生活，
　　令人更加艰难。

　　海尔嘉被埋在了教堂。正如人们想象的那样，索尔凯尔对失去海尔嘉极度悲痛，一直生活在对海尔嘉的怀念和追忆中。

　　故事讲到这儿也就结束了。

汉译世界文学名著丛书

萨迦选集
中册

石琴娥 等译

商务印书馆
The Commercial Press

瓦特恩峡谷萨迦

金 冰 译

1

从前有一个名叫凯蒂尔的人，绰号"大个"。他强壮有力，居住在挪威北部一个叫作罗姆斯峡谷的村庄里。他是赫罗斯比约恩之子"老水手"乌尔的儿子；而乌尔则是来自挪威北部的巨人比约恩的孙子。这篇萨迦故事所描述的事件发生在挪威地方国王割据的时代。凯蒂尔是一个高贵而富有的人，力大无穷，英勇善战。他年轻时一直在海上劫掠，但随着年事渐高，他开始在自己的庄园过起安定的生活。他娶弓箭手之女莫乔为妻，并与她生了一个儿子取名为索尔斯坦恩。

那时人们已开始确信，一定有强盗恶棍出没于通往罗姆斯峡谷的道路上，因为所有踏上这条大路的人都有去无回，即使十五或二十人结伴同行，也没有一人能幸免于难。因此人们得出结论，认为那一带必定居住着某个不同寻常的人。凯蒂尔家族的人无论是从人员伤亡还是财产损害来看，遭到强人侵扰的损失都最小。一时责备之声四起，大意是说这片地区的首领名不符实，面对如此恶行竟然束手无策。人们断言，凯蒂尔已经年老体衰。对此议论，凯蒂尔表面不动声色，但暗地却沉思许久。

2

一次，在一个重大的酒会上，凯蒂尔对他的儿子索尔斯坦恩说："如今的年轻人，行为已大不如前，也无法与我们那时的人相媲美。那时候，人们追求大胆英勇的行为，他们或是出海劫掠，或是通过冒险建功立业获得财富和荣誉。但今天的年轻人却只想在家中的火炉旁消磨时光，靠饮酒作乐来填补空虚。我之所以赢得了财富和荣誉是因为我不畏艰险，敢于单枪匹马地战斗。而你，索尔斯坦恩，老天没有赐给你高大的身材与力量，很显然你的行为也可能十分平庸，如出一辙。你的勇气和身高是相称的。因为你没有超越前人去建立功业的渴望。你证明了自己就是外表看起来的那副样子，你的精神与你的身材拥有同样的高度。那些与我们地位相同的强大有力的人，国王或者雅尔们，曾经奉行这样一种习俗：他们外出劫掠为自己赢得财富与名誉。但这些财富既不算作任何形式的遗产，子孙也不能继承，而是随雅尔本人一起埋入坟墓。事实上，如果荣誉也有价值，那么即使子孙继承了地产，他们也无法维护其崇高的地位。除非他们及其族人敢于冒险参加战斗，每个人为自己赢来财富与荣誉，追寻亲人的足迹。我相信旧时武士的这种风俗你是不知道的，我希望我能教给你。现在你已经到了让自己去接受考验的适当的年龄了，应该去发现命运为你准备了些什么。"

索尔斯坦恩回答道："如果说有什么事情能使人愤怒，这就足够了。"

他站起身，生气地走掉了。

在罗姆斯峡谷和奥普兰之间分布着一大片森林。一条公路穿行而过，但却无法通行。因为人们认为那里隐伏着强盗，虽然对此无人能下断言。当时谁若能提出任何一种解决方法似乎都是一个了不起的成就。

3

父子二人谈话后不久，索尔斯坦恩就独自离开了酒宴。他最大的愿望就是验证一下父亲所说的机遇，并且决心不再忍受他的奚落，去做出一番冒险的事业。他牵来马独自骑向那片森林，来到他认为最有可能与强盗遭遇的地方。虽然与如此强大的力量对抗，成功的希望微乎其微，但此时他宁拼一死也不愿虚枉此行。

他将马拴在树林边上，徒步前行。他发现一条偏离大道的小路，沿着小路走了一段时间后，他看见一座构造精美的大房子。索尔斯坦恩确信这座房子的主人就是使公路无法通行的强盗。索尔斯坦恩随后走进厅房，在那里发现了许多大木箱和财宝。在一大堆木柴的对面，是装满各种物品的大麻袋。索尔斯坦恩看见那儿有一张床，比他从前见过的任何一张床都要大，床的四周垂着光彩夺目的帷帐。在他看来，能躺进这张床的人一定十分高大强壮。还有一张铺着干净亚麻布的桌子，上面摆着精美奢侈的食物与上好的美酒。索尔斯坦恩没有碰这些东西。他想设法使自己不被住在房里的人马上发现。因为索尔斯坦恩希望在彼此发现对方之前先弄明白自己面临的究竟是什么。他穿过堆积的麻袋，在杂物堆中坐了下来。

后来直到晚上，索尔斯坦恩听见外面一阵喧闹。然后一个人走了进来，身后牵着一匹马。他身材高大，金黄色的头发一缕缕披在肩头。索尔斯坦恩私下认为，这是一个漂亮的家伙。这个人拨了拨火，先把他的马关进马厩，然后取出一只洗脸盆，洗净双手，在一块白布上擦干。接着他又用一个大的高脚杯从一只木桶中倒酒，然后开始吃饭。这个人的一举一动在索尔斯坦恩看来都十分优雅出众。他比父亲凯蒂尔还要高大，似乎也的确是一个山一般的巨人。

当这间屋子的主人吃完饭之后，他在火边坐下来盯着火苗说："这儿一定出了什么乱子，火苗比预料的微弱得多。我想一定有人刚刚拨过火，我不懂这是怎么一回事。也许有人刚刚来过这儿图谋我的性命——这并非不可能。我要搜查一下我的房子。"

他随即拿起一块燃着的木头开始搜寻，来到堆放货物的地方。但恰巧人从这里可以爬进一条通入房间的烟囱。当这个强盗开始搜查货堆的时候，索尔斯坦恩已经爬到房子外面了，无法被找到。因为索尔斯坦恩命中注定不会在此地丧生。房子的主人搜查了三次，却一无所获。

于是他对自己说："暂时听其自然吧。情况还不是很清楚，俗话说'是祸躲不过'，事情最终会水落石出的。"

说完他摘下佩剑上床睡觉了。索尔斯坦恩认定这是一把十分锋利的宝剑。他暗想若能得到这把剑，用起来必然会得心应手。他想起父亲对自己的激励——力量与勇气是成就任何英勇事业所必不可少的，而获得的回报将是荣誉和耀眼的财富。并且那样人们就不会再认为他一事无成，只知道陪着母亲在火炉边消磨时光了。他也记起父亲曾经说过，若论使用武器，他与女人不相上下。家族的系谱即使出现断代也比拥有他这样的人更能为族人增光。这些念头驱使着索尔斯坦恩决心伺机单枪匹马地为人们报仇雪耻，但另一方面他也觉得杀掉这样的人令人惋惜。

房子的主人终于睡着了，索尔斯坦恩弄出些动静试探他是否睡熟。那个人听到声音醒过来，翻了个身又睡了。过了一会儿，索尔斯坦恩又试了一次，那个人又动了动，但次数明显减少了。第三次索尔斯坦恩走近一些，并用力击打床柱，发现那人依然没有反应。于是索尔斯坦恩把火苗拨旺，走到床边，想看一看那个人是否还睡在那儿。索尔斯坦恩看到他仰面朝天躺在床上，穿着绣金的丝绸衬衫。索尔斯坦恩随即抽出短剑向那个壮汉的胸口刺去，留下一个很深的伤口。那人猛地翻过身，紧紧抓住索尔斯坦恩把他拽到床上，此时那把剑还嵌在伤口上。索尔斯坦恩用力过猛，以至于剑尖都刺进了床板里。但是这个人壮得惊人，他任凭那把剑扎在胸口一动不动，索尔斯坦恩就躺在他和床栏之间。

这个受了重伤的人说道："是谁给了我致命的一击？"

索尔斯坦恩回答说："我叫索尔斯坦恩，是'大个'凯蒂尔的儿子。"

那人说："我想我曾经听说过这个名字，但我认为你没有理由这样对待我。我从未做过伤害你或你父亲的事。你出手太快，而我并未急于回击，因为我已决意放弃这种邪恶的生活。不过现在你的生死完全由我决定。如果我给你应得的惩罚，以其人之道还治其人之身，恐怕人们不会有什么异议吧！但我认为饶你一命才是明智之举。那样，如果一切顺利，或许我还能得益于你。现在我告诉你，我的名字叫尤库尔，是哥特兰雅尔英吉蒙德的儿子。像所有有权势人家的儿子一样，我为自己赢得财富，虽说是以一种暴力的方式。但现在我去意已决。如果我饶你一命对你还有所值的话,你就去求见我的父亲,但要先见到我的母亲维格迪丝。在只有她一个人的时候把我们之间的一切都告诉她,向她转达我的爱和问候。然后请她为你向雅尔说情,求得和解,使他同意你娶他的女儿,也就是我的妹妹为妻。这块金币你拿去作为信物,证明是我交给你的。尽管我的死讯会令母亲悲痛欲绝,但我相信,念及我的爱她会尊重我的意愿,从而宽恕你的所作所为。我的直觉告诉我你会是一个有福运的人。如果将来你或你的兄弟有幸生了儿子,一定要让我的名字延续下去,这正是我希望从你那儿得到的好处,也是我饶你一命的条件。"

索尔斯坦恩说是生是死,悉听尊便,自己决不会摇尾乞怜。尤库尔说:"你的性命现在掌握在我手里。但肯定是你的父亲激怒了你,你才铤而走险的。他这一招的确触到了我的要害。我知道现在即使我们两人同归于尽你也会心满意足的。但你还有更好的前途,如果由你担任头领,就不会群龙无首,因为你勇敢果决。我的妹妹若能有幸成为你的妻子而不是沦为海盗的战利品,她也会得到更好的照顾。此外,即使人们邀请你留在哥特兰主事,你也要坚持返回自己在罗姆斯峡谷的家。因为我父亲的亲戚们在他死后不会把权力交给你,那样等待你的必然是可怕的杀戮,而人们将会失去无辜的亲人。除了在你父亲及我的亲戚面前,不要在公开场合提到我的名字。因为我选择了邪恶的生活,现在罪有应得。作恶的人大多是这种下场。拿着这块金币作为信物,然后把剑拔出来——这样我们的谈话时间就不会太长了。"

于是索尔斯坦恩拔出那把短剑,尤库尔很快就死了。

4

　之后，索尔斯坦恩就骑上马回家了。当他快到农庄的时候，看见许多人骑马向他奔过来。他看到父亲和许多他认识的人正在四处找他。见面时，凯蒂尔热情地同儿子打招呼，并感叹他真是死里逃生。父亲说道："你走后，我马上就对自己的话感到后悔了，我不该对你冷嘲热讽。"

　索尔斯坦恩说，作为父亲，他根本不关心也不知道儿子是否愿意回家，或者何时回来。自己能够安然无恙地返回完全是靠运气好。

　尽管他们最初言辞激烈，但很快就和解了。索尔斯坦恩把此行的一切经历都告诉了父亲。不出所料，他受到人们的交口称赞。随后，索尔斯坦恩召开了一次地区大会，当地的所有住户都参加了。

　会上索尔斯坦恩起身说道："一度困扰我们并使大路无法通行的劫匪已被我铲除了。大家担惊受怕的日子结束了。我召开这次大会的主要目的，就是希望大家前来认领自己的财物，剩下的就归我所有了。"

　他的话得到在场所有人的热烈欢迎，索尔斯坦恩获得了极大的荣誉。由于他一直没有向外泄露尤库尔的名字，所以人们都不知道劫匪究竟是谁。

5

一天,索尔斯坦恩对父亲说,他打算信守对尤库尔的诺言,出发去东部拜见雅尔英吉蒙德。

凯蒂尔说这样自投罗网是不明智的,要他还是留在家里,并且说:"雅尔本人或许不想伤害你,但有些人却可能对你不怀好意。"

索尔斯坦恩回答说:"我一定要履行对尤库尔的诺言。即使粉身碎骨,也在所不惜。"

之后,索尔斯坦恩做好准备,启程前往哥特兰。他日夜兼程,直到一天早晨到达了雅尔的家。不巧,雅尔已经外出打猎,这是当时地位显赫之人的一种习俗。索尔斯坦恩走进大厅,和扈从一起坐到一条长凳上。这时,雅尔之妻走了进来。她看了一眼这些不速之客便断定他们是外乡人。于是她问他们是什么人。

索尔斯坦恩说他是一个挪威人——"我给你带来一个私人消息。我们出去走走吧,就我们两个人。"

于是他们走出屋子。

这时索尔斯坦恩说:"我来是为了向你通报你儿子尤库尔的死讯。"

雅尔之妻说:"这对我的确是个噩耗。但多行不义必自毙,我早就料到会有这一天。不过是什么使你不惜长途跋涉来告诉我这个悲伤的消息呢?"

索尔斯坦恩回答说:"真是一言难尽。我曾郑重地答应尤库尔,一定要找到你并把一切如实相告,绝不隐瞒是我把他杀死的事实。因为我们瓦特恩峡谷的人不愿逆来顺受,任其劫杀。不过,实话对你说,我一度落在他手里,若是他想杀我,那简直易如反掌。但他放了我,还托付我找到你并转达他的口信。你也知道,对我来说,待在家里远比冒险来此求你们宽恕容易得多。他说你会认出这块金币,所以要我带来作为信物,那样你就会为我同雅尔讲和,并让他答应我娶你的女儿索尔迪丝为妻。尤库尔还说,他相信你能尊重他的意愿不会对我耿耿于怀。"

听了这些话,维格迪丝的脸涨红了,她说:"你真是个胆大包天的家伙。不过我相信你说的那是真的。如果尤库尔不想要你的命,我会尊重他的决定。你看起来像是有福运的人。看在我儿子为你求情的分上,我会替你在雅尔面前辩解。但你必须先藏起来。"

雅尔返家的时候,雅尔之妻前去迎接并对他说:"有一个悲伤的消息要告诉你。"雅尔说:"一定是我儿子尤库尔的死讯吧!"

雅尔之妻说,是的。

雅尔又说:"他不可能是病死的吧。"

雅尔之妻回答说:"的确,他是被人杀死的。在弥留之际,他表现得极为高贵。他放过了那个杀他的人,并让他带着可靠的信物来这里由我们发落,这样你就可能宽恕那个人,尽管他的所作所为给我们造成了伤害。如果你能如尤库尔所愿,把女儿嫁给他,从而使他晋身贵族之列,他还可以为你效力。尤库尔相信你会尊重他的遗愿。而且你也看到这个人是多么忠实于自己的诺言,他远离家乡千里迢迢来到一个对他充满敌意的地方，听凭我们发落。为了满足儿子的心愿，希望你能答应我的请求，宽恕他。这是他带来的信物。"说着她把金币递给了雅尔。

雅尔无可奈何地叹了口气，说道："你真是太过分了，竟然要我善待杀死我儿子的凶手。这种人只配赐死，而不是以礼相待。"

雅尔之妻回答说："我的君主，你应该慎重全面地想一想——尤库尔的嘱托和这个人以身赴命所表现出的正直和勇气；而且你年事渐高，需要有人助你一臂之力。此人正是合适的人选。尤库尔本可以置他于死地，却没有那么做。索尔斯坦恩在处境十分不利的情况下仍从尤库尔那儿得到好运。显然，我们也不应让这份好运落空，从而损害了我们儿子的高贵意图。像尤库尔那样宽恕一个给我们带来伤害的人是一种了不起的德行，而报复一个任凭我们发落的人，那将是极大的耻辱。"

雅尔说："你如此袒护这个人，还认为他大有前途，我当然要见见他然后再作结论。至于我对他的评价将很大程度上取决于我对他的印象如何。"

随即索尔斯坦恩被带到雅尔面前。由于雅尔之妻的巧妙周旋，雅尔的怒气此时已消失殆尽。

索尔斯坦恩说："我的君主，我的命运全掌握在你手里。现在你已经知道了我带来的消息，我希望能与你求得和解。但你若无意于此，我也不会畏缩。头领们通常会宽恕那些自己前来听凭发落的人。"

雅尔说："我对你印象很好，这足以使我饶你不死了。种种迹象表明你是一个福运亨通的人。如果你愿意留下来，就由你取代我的儿子。这或许是弥补我丧子之痛的最好的方法。伤害一个任凭发落的人是不光彩的。"

索尔斯坦恩感激雅尔饶他性命,于是留下来住了一段时间,他们两人彼此开始有所了解;雅尔很快就发现索尔斯坦恩是一个睿智的人,在各方面都很出色。

有一次,索尔斯坦恩对雅尔说:"我的君主,现在我想知道我是否有机会成为你的女婿呢?"

雅尔回答说:"对此我无意拒绝,因为这有可能为我们家族带来好运。但我希望你能留在这里。"

索尔斯坦恩说:"你健在的时候,我乐于留下来。但在你辞世以后,你的族人不会再对我表示尊重,那时每个人的命运就只能靠他自己了。"

雅尔说这话很有道理。

6

不久之后,索尔斯坦恩骑马回到家乡。他把一切安排都告诉了父亲,并请求他与自己同行去拜访英吉蒙德雅尔。凯蒂尔同意了。雅尔准备了盛大的欢迎宴会,索尔斯坦恩携罗姆斯峡谷的族人及众多地位显赫人士参加了宴会。席间佳肴美酒、觥筹交错。宴会以极高的礼仪结束,客人们得到丰厚的馈赠。凯蒂尔与雅尔言辞友好,互致分别。索尔斯坦恩留下来与妻子一同生活。雅尔对他总是和蔼亲切。索尔斯坦恩与索尔迪丝之间很快就萌生出深厚的感情。

一天晚上，人们带来了"大个"凯蒂尔的死讯，他们还希望索尔斯坦恩能返家掌管家族事务。索尔斯坦恩向妻子和雅尔转达了这个消息。妻子表示一切由他决定，并告诉他无论他打算怎么做自己都没有异议。索尔斯坦恩说他最想做的就是回家，因为在家乡自己子承父业不会招致族人的嫉恨，并且大家都会认可他的身份。

雅尔同意了他们的安排，并说索尔斯坦恩在家乡会比身处异乡更有可能获得成就。

此后不久，雅尔不幸染病。他把女婿索尔斯坦恩和女儿一同叫到床边说道："现在就准备你们的行程吧！你们会得到大量财富，而我们的族人也会满意地看到，他们将从我手中接管这片地区及隶属于此的一切财产。此外，如果上天能赐给你们一个儿子，就让他随我的名字吧。"

索尔斯坦恩答应了，但表示他不会接受雅尔的头衔，因为他自己的亲属都没有头衔。

7

不久，雅尔英吉蒙德就去世了。索尔斯坦恩返家继承了父亲的遗产。每年夏天他都出外打劫以获取财富与荣誉，而冬天则大多待在家里。人们都认为他很富有。

有一个名叫英杰尔德的人，他住在北部哈鲁加兰一个叫作赫姆内的小岛上。他是个身强力壮的农夫,夏天外出打劫,但冬天却从不出门。英杰尔德和索尔斯坦恩是好朋友,英杰尔德是种庄稼的好手,同时又是一个多才多艺的人。索尔斯坦恩与妻子生了一个儿子,孩子出世后被抱到他面前。

索尔斯坦恩望着儿子说道:"这个孩子就随他的外祖父叫英吉蒙德吧,我希望他会因此获得好运。"

这个孩子在很小的时候就已经十分成熟持重。

每年秋天,英杰尔德和索尔斯坦恩从海上劫掠归来都要举行一次宴会。一次,当英杰尔德与索尔斯坦恩举杯畅饮时,英吉蒙德向他跑过去。英杰尔德对他说:"你是一个有福相的孩子,我同你父亲交情很深,所以我想让你到我家里去,并尽我所能地照顾你。"

索尔斯坦恩接受了这个提议。于是孩子就随英杰尔德回家了。英杰尔德有一个儿子叫格里姆,另一个叫赫罗蒙德。他们都是大有可为的青年,并与英吉蒙德结为义兄弟。索尔斯坦恩与英杰尔德一如既往地相互拜访,一同宴乐。人们渐渐感到在索尔斯坦恩身上他们得到了失去凯蒂尔的补偿,尽管他不像他父亲那样高大强壮。

一次英吉蒙德见到父亲时,对他说:"你把我托付给了一个好人家。现在我想让你送我一条船,今年夏天我想像前辈们那样外出打劫。我已经到了立功建业的年龄。我希望由我们二人而不是我的养父来负担这次行程的花费,虽说我知道他愿意为我付出一切。"

索尔斯坦恩说,这是一个很正当的请求,"我会送你一条船。"

英吉蒙德说这最好不过了,随后他回家把事情告诉了养父。

英杰尔德说:"这是个好主意。我会为格里姆另外准备一条船,那样你们俩就可以一起出发了。但一定要小心谨慎。力不敌众时更要慎行,聚沙成塔似的积累财富,远比好高骛远梦想一步登天却摔得鼻青脸肿更为光彩。"

在一个适当的时候,英吉蒙德和格里姆踏上了出外劫掠的行程。此后他们把海盗生意做得红红火火。他们从不攻打那些无实利可图的地方,这样到了秋天他们就已经拥有了五条船,全都装备精良,配有武器、水手及全套作战装置。很快人们就发现,英吉蒙德是一个行动果敢的人,他运用兵器得心应手而且品质高尚值得信赖,对待朋友忠心耿耿,与古代的大头领如出一辙。那年秋天他告诉格里姆打算带二十个人回家看望父亲并在家过冬,事情就这样定了。

但是在他们逗留期间,索尔斯坦恩明显感到有一种骄傲情绪在儿子身上滋生,需要及时的提醒。

英吉蒙德说:"在我看来,并非如此。你也不该这样说。你应当按照古代武士的习惯,尽情享用我们馈赠的战利品并表示适当的敬意,用我们带来的粮食款待我们。"

索尔迪丝说:"你的言辞高贵,就像你的祖父一样。"

索尔斯坦恩说:"你的话令人肃然起敬,我会按你所说的去做。"

那年冬天他们在那儿一直住到圣诞节,并受到了热情友好的款待。大家对英吉蒙德评价甚高,无论外表还是风度举止。他擅长各种游戏,其他方面也都很出色能干。对那些比自己逊色的人,他从不咄咄逼人；但对敌人却针锋相对，毫不留情。

圣诞节过后，英吉蒙德对父亲说："现在我和这些武士要向你辞行去我养父家。今年冬天剩下的时间我们将在那儿度过，因为他会十分乐于让我们留下。"

索尔斯坦恩说："孩子，我想你最好还是留下来和我们一起过冬吧！"

英吉蒙德说他决心已定，于是他们就动身了。英杰尔德热情地欢迎他们归来，喜悦之情溢于言表。他们在那儿过完了冬天。

春天来临的时候，英吉蒙德说他希望为外出打劫做好安排，并说在各方面他们都比从前准备更加充分。英杰尔德说的确如此。于是他们又一次在夏天出海劫掠。他们从那些抢劫农民商人财物的强盗、贼人手里截获了大量赃物。整个夏天就这样过去了。

后来英吉蒙德说："既然迄今为止在我们的行程中还未遇到任何严峻的考验，就不会再有什么能阻止我们继续大胆地劫掠了。"

大家都对他言听计从。

到了秋天，他们来到斯威斯克。而那儿也有海盗出没，双方都做好了交战的准备。他们用弓箭和石块相互攻击。由于彼此势均力敌，各自都有人员伤亡。交战之日，英吉蒙德声誉大增，他手下的人都坚信，自己是在为一个伟大的首领效力。

天色暗下来之后，战斗暂时停下来。

英吉蒙德说："虽然在这场冲突中，最严峻的时刻已经过去了，但绝不能让对方以为我们放松了警惕。"

这时一艘海盗船上站出了一个身材高大神态果敢的人，他说道："请问今日与我交战的是何方英雄？彼此一言未发就大动干戈实在是有失礼数。就我所知我们之间并无任何积怨。"

英吉蒙德回答说:"若是你想知道谁是这支队伍的首领,那我告诉你,一个叫英吉蒙德,另一个叫格里姆。那么你又是谁呢?"

那人说:"我是这伙人的首领,名字叫塞蒙德,是苏格讷峡湾人。我听说过你们两兄弟。既然我们是同胞,更应该联合力量而不是拔刀相向。我听到人们对你们赞美有加,我希望能与你们结为朋友,这绝不是由于力量悬殊才谋求和平的权宜之计。"

英吉蒙德说:"我们愿意认真考虑这个提议,绝不会对此妄加菲薄。在不能稳操胜券的情况下我们也无意与你对抗,而是希望能够化干戈为玉帛。"

于是他们停战讲和,并一起度过了夏天。他们获得了大量财富并且声名远扬。秋天,他们航行到了苏格讷峡湾附近的地方。

塞蒙德说他们必须就此分手了,但明年夏天还要结伴出行。对此英吉蒙德十分赞同,于是塞蒙德驾船驶入了苏格讷峡湾而英吉蒙德一行则沿着海岸向北驶去。船队浩浩荡荡,携带的财物难以计数,还有五十多人随英吉蒙德一同乘船返家。

格里姆说:"兄弟,难道你不认为你父亲会觉得我们的客人太多了吗?"

英吉蒙德说他认为人数还比较适当不算太多。

索尔斯坦恩热情欢迎儿子归来,殷勤备至。对此英吉蒙德欣然接受。整个冬天,人们都受到了索尔斯坦恩的盛情款待。他还宣称,拥有这样的儿子是他的幸福和骄傲。他说,很早的时候他就在儿子身上看到了使家族红运高照的吉相,"而当我看到你日益成熟,对你也就更加尊重了。"

英吉蒙德在家度过了冬天，他的声誉也似乎与日俱增。而随着财富的增多，他也愈发乐善好施。

到了春天，义兄弟们开始讨论他们的行程。格里姆说他依然会追随英吉蒙德，不改初衷。于是他们便再次外出劫掠并如约与塞蒙德会面。连续三年夏天他们结伴在西部海面上劫掠，掳得了大量财富，名震四方。英吉蒙德见多识广，性情高贵并极擅与人忠告，他们之间的友情十分深厚。到了冬天英吉蒙德就住在父亲那里。索尔斯坦恩觉得自己对儿子怎样褒奖都不为过，因为在英吉蒙德身上他发现了自己所推崇的品格。

8

据说在英吉蒙德与塞蒙德合伙打劫的最后一年夏天，他们获得了前所未有的财富，满载而归。此时在挪威东部耶伦附近已经集结了一支军队。这地区的几乎所有武士都聚集起来分成两派。一派的首领是绰号"金发"的哈拉尔德，他率队与地方上的头领们作战。哈夫斯湾激战是他一统天下前的最后一仗。

如前所述，正当双方剑拔弩张之际，英吉蒙德和塞蒙德的船队靠岸了，与军队集结之地仅咫尺之遥。

英吉蒙德说："各方英雄云集此地，必定要有惊人之举。我认为哈拉尔德国王是其中最值得敬重的，他是我所欣赏的那类人，我要助他一臂之力。因为有人帮他总会比没有任何援助好。"

塞蒙德说他不愿为了国王而冒生命危险，他不打算参加战斗。

英吉蒙德说:"兄弟,国王的力量是十分强大的。你仔细想一想事态是会有利于国王一边的人还是那些与他作对的人。在我看来,他会报答那些向他表示尊敬和支持的人。若违背了他的意愿,则前途叵测。让我们就此分手吧!"

于是塞蒙德率手下驾船驶入苏格讷峡湾,而英吉蒙德则前往哈夫斯湾加入了哈拉尔德国王的舰队。带头与国王作对的主要有"长下巴"索里尔和"胖子"阿斯比约恩,他们的队伍在数量上占优势,且作风强悍。

英吉蒙德将船停靠在国王船只的一侧并向国王高声致意。

国王答道:"你气度非凡,但不知来自何方?"

"我叫英吉蒙德,是索尔斯坦恩的儿子。我刚从海上劫掠归来,我来此是想助你一臂之力,而且我深信支持你的人会得到好运。"

国王热情地接受了他的致意,并说自己对他已有所耳闻,"我会让你的付出得到回报,因为我将一统挪威天下。到时我会区别对待为我尽忠尽力的人和那些投靠敌人阵营的人,或者如你的朋友塞蒙德那样远离战场、在自己的领地明哲保身的人。你的所作所为才更能体现男子气概。"

英吉蒙德说,塞蒙德身上也有许多可取之处。

9

此后不久,号角响彻军营。士兵们严阵以待。这是哈拉尔德国王最伟大的一场战斗。与国王并肩作战的有莫尔的罗根瓦尔德，众多头领们以及那些被称作"狼皮"的猛士们——他们身披狼皮大氅充作盔甲在船头激战。而国王本人则身先士卒、奋勇作战来护卫船尾。一时间双方鏖战，刀光剑影你来我往。士兵们兵戈相向，奋不顾身地互掷石块。很快双方都有了人员伤亡。英吉蒙德英勇地保卫哈拉尔德国王，为自己赢得了极大的赞誉。如后人所知，战斗以哈拉尔德国王大获全胜而告终。此后他成为一统挪威的至高无上的君主。他慷慨地回报了那些支持他的首领们以及所有追随他的人。

他赐予罗根瓦尔德雅尔的官职并说道："你对我鼎力相助，勇气可嘉。你甚至为我牺牲了自己的儿子。虽然他不能死而复生，但我会尽力报答你，让你无比荣耀。我不但给你封官晋爵，还要把延伸到西部海域的奥克尼诸岛赐予你，以此作为你失去儿子的补偿。此外，你还会得到许多其他的荣誉。"

国王信守诺言。罗根瓦尔德把儿子哈拉德派往西部，但他无力抵抗海盗的入侵。于是罗根瓦尔德又派儿子吐尔夫-埃纳前去守岛，并说自己相信他能够不辱使命。吐尔夫-埃纳是奥克尼岛的第一位雅尔，所有后来的奥克尼雅尔都是他的子孙后裔。

哈拉尔德国王封赏了大量土地回报众多帮助过自己的人，他用各种方式酬谢他们。而那些反对他的人则被驱逐出国、罚打致残甚至处以极刑。

国王对英吉蒙德说："在这次战斗中，你对我十分忠诚，同时也使你自己声誉大增，我将永远视你为朋友。你将从战利品中分得三艘船及所有船员。同时你曾与之交战的海盗们的作战装备也将归你所有。此外，作为你参加哈夫斯湾战斗的纪念，你还会得到本属于'胖子'阿斯比约恩的一件宝物。从我手中接受这份馈赠对你将是极大的荣誉。当一切安定下来之后，我再设宴酬谢你的帮助。"

英吉蒙德感谢国王的礼物和夸赞，之后他们互道分别。国王补充说他将派人监视塞蒙德，因为他背叛了自己。

10

哈夫斯湾战役后不久，英吉蒙德见到塞蒙德并对他说，自己的预测证明是十分准确的，"我从国王的话中感到，此后你恐怕不得安宁了。我看你最好还是远走他乡，因为国王扬言要加害于你。但我们的友情使我不愿看到你遭受打击。我认为去冰岛是个不错的主意，当今许多杰出人士由于无法确保自己不受国王势力的辖制而去了那里。"

塞蒙德说："在这件事上，你再次表现出你无所不在的忠诚和友谊。我接受你的建议。"

英吉蒙德督促他尽快出发："如果你当时随我一同参加了哈夫斯湾战斗，现在就不必逃往那个荒凉的小岛了。"

塞蒙德承认在许多方面，英吉蒙德的话都一针见血。他偷偷地卖掉了土地，做好了出发的各种准备。他感谢英吉蒙德的忠告，并希望能够继续与他保持友谊。然后塞蒙德就启程前往冰岛，最终到达了斯卡加峡湾。当时许多地方都有土地无人居住，于是塞蒙德就按着古老的习俗，高举火把四处跋涉，圈占了大片土地，也就是今天斯卡加湾一带被称作塞蒙德里德的地方。他的势力逐渐强大起来。他有一个儿子叫盖尔蒙德，一个女儿叫雷金莱夫，嫁给索尔罗德·赫尔默特为妻，他们的女儿哈尔贝拉就是斯维劳的埃纳尔及莫德罗维勒的大力士古德蒙德的母亲。

哈夫斯湾战役之后，英吉蒙德荣归故里。索尔斯坦恩热情地迎接儿子归来并对他说："你有如此好运是意料之中的事。因为你是英吉蒙德雅尔的外孙，人中尊贵。"

英吉蒙德在家过冬，正好英杰尔德也来看望索尔斯坦恩，于是大家又欢聚一堂。

英杰尔德说，如他所言英吉蒙德果然一帆风顺，"我的孩子，我已竭尽所能为你准备了空前盛大的宴会"。

英吉蒙德答应一定出席。

英杰尔德返家后邀请了许多人参加宴会，所有客人都如约而至。英杰尔德和他的家人按古老的异教方式准备了一个巫术仪式，这样人们就可以预知自己的命运。赴宴的客人中还有一个拉普女巫。英吉蒙德和格里姆携众多扈从来到宴会。那个拉普女人华服盛装坐在首位。人们纷纷离座前去询问自己的命运。她为每个人都做了预测，但人们的反应各不相同。

英吉蒙德两兄弟却一直坐在位子上没有上前请她算命，因为他们不相信她的预言。

女巫说："那两个年轻人为什么不来预测一下自己的未来呢？在我看来，他们是在场所有人中最引人注目的。"

英吉蒙德答道："对我来说，将来之事没有成为现实之前无关紧要,而且我也不认为你仅凭几句花言巧语就可以预测我的命运。"

女巫说:"尽管你不愿开口,我还是要告诉你,你将在一个叫作冰岛的人烟稀少的地方定居下来,在那儿你将成为一个极有威望的高寿之人。你的许多亲戚也都将成为那片土地上的首领。"

英吉蒙德说:"到此为止吧,我早已决定绝不去那种地方,如果我变卖祖传的肥沃土地迁往那片荒芜之地,我就不会是一个成功的商人。"

拉普女人说:"我所预言的一切将会发生,你口袋里的护身符不见了,这就是征兆。哈拉尔德国王在哈夫斯湾赠予你的这个礼物,此刻正埋在你将定居之地的树林里。在这枚银制护身符上刻着弗蕾神像,当你在那儿建立了新的家园,你就会知道我的预言没有错。"

英吉蒙德回答说:"若不是怕冒犯我的养父,我早就让你领教一下我的厉害了,但我不是一个咄咄逼人的人,我就不再追究了。"

女巫说没有必要如此言辞激烈。英吉蒙德说遇见她真是倒运。而拉普女人说一切都将如她所言,不管英吉蒙德愿意与否。

她接着说:"格里姆与他的弟弟赫罗蒙德命中注定也要迁往冰岛,而且他们会成为出色的农夫。"

第二天早晨英吉蒙德想要寻找护身符却发现它不见了。他觉得这不是个好兆头。

英杰尔德要他振作起来,不要因此垂头丧气坏了兴致,并且说现在许多优秀人物都不再将迁往冰岛视作耻辱——"尽管是我执意邀请这个拉普女人，但我的用意是好的。"

英吉蒙德说，对此他无法心存感激，"但我们之间的友情是永远不会破裂的。"

之后英吉蒙德就回到父亲那儿过冬，春天的时候他问两个义兄弟是否愿意出海打劫。

格里姆认为与命运抗争将一无所获，他说："我打算今年夏天同我弟弟一起去冰岛，许多出身高贵的人都不再以此为耻辱了，我听说那个地方有不少引人之处——冬天家畜自己觅食，湖泊中鱼儿成群，还有大片茂盛的森林，人们可以自由自在地生活，没有国王争战，没有强人侵扰。"

英吉蒙德说："我是不会去那儿的，让我们就此分道扬镳吧！"

格里姆说，也许暂时会这样，"但如果有朝一日我们在冰岛相见，我是不会感到惊讶的，因为我相信人是不能违抗天意的。"

英吉蒙德说，与他们分手对自己是一个极大的损失。

那年夏天格里姆与他的兄弟抵达博尔加峡湾，在华内里进港。格里姆说，他要把这片土地据为己有并在此定居，他圈占了大量土地。现今的许多农场就是当时的庄园所在。赫罗蒙德则希望到山区居住，他认为那会很惬意。格里姆说，一切都很顺利，他们将不但拥有上好的土地，还可以在海上打劫获利。赫罗蒙德在思韦拉赫利德定居下来，被认为是一个了不起的人。他很幸运，子孙后辈都十分优秀，黑色伊鲁吉就是他的后代；而格里姆的后裔中也同样拥有许多德高望重的杰出人物。

11

格里姆兄弟启程前往冰岛的那年夏天,英吉蒙德去看望父亲并留了下来。索尔斯坦恩已开始日渐衰老了。

一次,索尔斯坦恩对英吉蒙德说:"知道自己儿子十分幸运,即使死了我也很欣慰,我一生引以为荣的就是我从未咄咄逼人,恃强凌弱。我的生命可能也要这样平平静静地结束了,因为我已经疾病缠身。现在,孩子,我想让你知道我的想法,如果你离开祖传的土地迁往他乡,我丝毫不会觉得有什么不妥。我不会为此烦恼的。"

英吉蒙德说他会尽心尽力,谨遵父命。索尔斯坦恩说,他相信不管英吉蒙德在哪儿定居,都会成为一个了不起的人物,他还为英吉蒙德做了许多预测,此后不久便去世了。英吉蒙德按照古老的异教方式为父亲举行了盛大的安葬仪式。之后,英吉蒙德就接手庄园和家产的管理。他打算从此安定下来,不再外出劫掠。

12

古斯堪的纳维亚的王中之王"金发"国王哈拉尔德逐步建立起稳固的和平与安定。这时他记起了自己对朋友的承诺,便准备了盛大的宴会,以极高的礼仪迎接他们。

他给英吉蒙德发了一份特殊的请柬。英吉蒙德到达后受到热烈的欢迎。国王对他说:"我知道,你现在生活在荣耀之中,但美中不足的是你还未成婚,我已为你想好了一个人选,当你还在为我冒死拼杀时,我就有了这个念头。'寡言'雅尔索里尔有个女儿叫维格迪丝,她既美丽又富有。我会为你撮合这门婚事的。"

英吉蒙德向国王表示感谢并表达了自己急切的心情。宴会结束后,客人们纷纷踏上归途,英吉蒙德也返家着手准备婚礼。一切就绪后,英吉蒙德如期迎娶维格迪丝。哈拉尔德国王及众多显赫人物前来贺喜,婚礼场面十分壮观,国王赠予他们昂贵的礼物和各种荣誉。

英吉蒙德对国王说:"我对自己的婚姻十分满意。有幸蒙您恩宠,是我极大的荣誉,但是那个拉普女人为我做的预言在我脑海中久久挥之不去,因为我不希望远离家园的命运会落到自己的头上。"

国王说:"我不能否认这个预言也许有其实际意义,或许弗蕾神期望他的护身符能留在为他建造荣誉之座的地方。"

英吉蒙德说,他急于知道修建荣誉之座时,是否可以找到那个护身符——"也许这一切都事出有因,所以我恳请陛下派人去寻找那些拉普人。他们可以把我将要定居之地的详细情况告诉我。我打算派他们去冰岛。"

国王同意了,他说:"看来你要在冰岛度过余生了,因此我十分关注你是带着我的祝福上路,还是像其他人那样自行离去。"

"我永远都不会未经你的同意就走掉。"英吉蒙德说。

随后他告别国王返回家乡,住在自己的庄园里。他派人去请拉普人,其中有三个来自北部。英吉蒙德说,他想同他们做个交易,"我将给你们黄油和罐头,而你们去冰岛为我寻找护身符,并把所见所闻向我报告。"

他们回答说:"对我们拉普信使来说,这是一项危险的使命,但应你之邀,我们将尽力一试。现在你必须将我们关进一间小棚子,并且绝不要泄露我们的名字。"

一切都按他们要求的那样做了。三天之后,英吉蒙德去看他们。

他们站起身深深地叹了口气说道:"我们经历了长途跋涉,已是精疲力竭,但我们发现了一些标记。如果你去那儿,就可以通过我们的讲述认出那个地方,但我们难以找到你的护身符。由于那个拉普女巫的咒语极具威力,我们当时的处境十分危险。我们所到之处三面海湾向东北延伸,其间有许多湖泊依稀可见。然后我们进入了一条长长的山谷,在一座山脚下发现了大片林地,那是一处适于居住的山坡,你的护身符就在其中一片树林子里。我们试图把它拿走时,它却飞到另一片林子里,我们紧追不舍,它却总是不翼而飞,而且它上面总覆盖着某种保护物,使我们无法得手,因此你必须亲自去那儿寻找护身符。"

英吉蒙德说,他很快就会动身奔赴该地,并感叹与命运抗争是徒劳的。他款待了那些拉普人,他们离开后,他依旧不动声色地生活在自己的庄园里,富足且受人尊重。后来他去拜见国王,把事情经过和自己的打算都告诉了他。国王说对此他不会感到奇怪,因为天意难违。

英吉蒙德说的确如此——"我已经试过各种办法了。"

国王又说:"无论你在哪儿居住,我都会赐福于你。"

如以往一样,国王又一次给了他极大的荣誉。

此后,英吉蒙德举行了盛大的宴会,邀请亲朋好友和众位头领。宴会上他请求大家安静,然后说道:"我已决定改变我的生活,打算近期迁往冰岛,这样做与其说是由于命运与神秘力量的操纵,不如说是个人意愿使然。愿意追随我的可与我一同前往,愿意留下来的也绝不勉强,无论去留都同样是我的朋友。"

他的话得到众人的喝彩,大家都说,像他这样优秀的人也要离开家乡,这对他们是一个沉重的打击,"但是没有什么力量能比命运更强大"。许多人做好了随英吉蒙德出发的准备——他们都是些有财产的人,既有农民也有无地绅士。

13

就在人们大规模迁往冰岛期间,维格迪丝生了一个模样清秀的男孩。

英吉蒙德端详着儿子说道:"这孩子眼神沉静,若有所思。我不必费心为他起名了,就叫索尔斯坦恩吧。我希望祖父的名字会给他带来好运。"

这个孩子长相英俊,还在很小的时候就已才华初露。他性情平和,才智出众而又富于远见,对友谊十分忠诚。

很快他们又有了第二个儿子,他也被抱到父亲面前。这次英吉蒙德只有为他取一个名字了。他看着儿子说道:"这个孩子身体结实,目光锐利,依我看如果他长大成人,没有谁会是他的对手。他可能不太擅于控制情绪,但对朋友和亲人会十分忠诚,会成为一个伟大的武士。我们的亲戚尤库尔是一个值得纪念的人。就按我父亲的意愿,给孩子取名叫尤库尔吧。"

这个孩子长成了一个身高力大、沉默寡言的人。他性格坚韧,待人严厉,办事勇敢,但难以同人相处。

英吉蒙德婚后的第三个儿子叫索里尔,他相貌英俊,身材高大,具有商人的头脑。第四个儿子叫霍格尼。第五个儿子是庶出,叫施密德。索尔斯坦恩在所有兄弟中最聪明出众。英吉蒙德的第一个女儿随母亲叫索尔迪丝,后来又生了一个女儿叫尤隆恩。

有一个叫尤隆德的人,是"寡言"雅尔索里尔的儿子,维格迪丝的兄弟,他公开表示要随英吉蒙德一同前往冰岛,并说这既是出于亲情又是出于友情,英吉蒙德对此十分高兴。英吉蒙德的两个奴隶赫瓦蒂和阿斯蒙德也准备随他出发去冰岛,有此打算的还有弗里德蒙德、索里尔、雷弗凯尔、乌尔夫凯尔和伯德瓦尔,他们都是很富有的人。

14

英吉蒙德准备就绪后便与同伴们出发了,他们一路顺风到达了冰岛西海岸,驶入博尔加峡,直至莱若沃格,他们到达的消息很快就传开了。

格里姆骑马来到船上,热情地欢迎螟蛉兄弟,并说对他们的

(Thorgerður Sigurðardóttir)

英吉蒙德与同伴们一路顺风到达了冰岛西海岸。

到来自己感到格外高兴——"终于与你在此相聚了,正如俗话所说,人是难以逃避命运的。"

英吉蒙德说的确如此——"命运是无法抗拒的,兄弟。"

格里姆又说:"我邀请你和你的同伴到我家里去。我的所有一切,无论土地还是财宝都可以任你支配。"

英吉蒙德对此十分感激,并说他会留下来过冬,"但是由于这次远征已使我的生活发生了翻天覆地的变化,我必须在适当的时候动身去寻找命中注定的栖身之处。"

于是英吉蒙德便携妻带子随格里姆去了华内里,他的追随者们也散居在附近各处,格里姆慷慨地款待他们,并尽其所能帮助他们度过了冬天。到了春天,格里姆一如既往,让他们尽情享用自己的财富。

英吉蒙德说,不出所料他得到了最好的款待,"但是我必须继续向北行进,当然我们还需要你帮忙解决粮食和车马。"

格里姆说愿意效劳,赫罗蒙德也同样大力支持,因为他们都十分欢迎英吉蒙德的到来。

那年夏天,英吉蒙德继续向北远征去寻找属于自己的土地。他们上行至诺都拉谷,来到一个无人居住的海湾,那天,他们正沿着海湾行进,突然有两只绵羊沿着山坡向他们跑来,那是两只公羊,于是英吉蒙德说:"看来这个海湾应该叫作赫卢塔湾(即公羊海湾)。"

他们来到海湾后,浓雾消散了。在一处海岬他们发现了一块刚刚被冲上岸的厚木板,于是英吉蒙德又说:"一定是天意让我们给这个地方取一个名字——可以一直沿用下去的。就把这处海岬

(Thorgerður Sigurðardóttir)

　　英吉蒙德继续向北远征去寻找属于自己的土地,突然有两只公羊沿着山坡向他们跑来,于是英吉蒙德说:"看来这个海湾应该叫作赫卢塔湾(公羊海湾)。"

叫作波德瑞（即木板湾）吧。"

夏天很快地过去了，由于需要搬迁的东西很多而他们动身又晚，所以当他们最终到达一处长满柳树林的山谷时，冬天已经临近了。英吉蒙德说："这个山谷遍布柳林，就叫它维地谷（即柳林谷）吧。我看这里适合我们冬天居住。"

他们在那儿度过了一个冬天，并修建了一座庄园，现在叫作英吉蒙德霍尔（即英吉蒙德山庄）。

英吉蒙德说："我们在此安家也许不如在挪威生活那么快活惬意，但我们不必为此烦恼，因为许多优秀的人聚集此地寻找快乐。就让我们尽可能地享乐吧！"

大家对此一致赞同，他们在那儿度过了冬天，进行各种游戏，宴乐。

15

到了春天，山坡上的积雪融化了一些的时候，英吉蒙德说："不知道谁能够爬到山顶去看看是否有积雪稀薄的地方，因为我觉得这个山谷不适于作永久居住之处，那样还不如留在挪威。"

于是有人爬上一座山峰，在那儿可以居高远眺。

他们回来后向英吉蒙德报告说，位于东北方向的山峰几乎没有任何积雪，"并且景色十分宜人，不像我们所处的这个地方，似乎总是风雨欲来的样子，那儿的土质看起来也比这里好得多。"

英吉蒙德回答说："那好吧！但愿等待我们的会是一个绿色的

家园。这或许是命中注定的。"

他们在早春就做好了出发的准备。当他们到达北部的瓦特恩峡谷附近时,英吉蒙德说:"拉普人的预言得到了证实,因为根据他们的描述我认出了这个地方。它看起来是那么美丽,我看到一片广阔的土地,如果它的土质也丰厚肥沃,那就是一个适于居住的好地方。"

当他们到达瓦特恩峡谷萨河时,英吉蒙德的妻子维格迪丝说:"我感到不太舒服,必须在这里休息一下。"

英吉蒙德说:"但愿一切平安。"

维格迪丝生了一个女儿,取名叫索尔迪丝。

英吉蒙德说:"这个地方就叫索尔迪萨霍尔特(索尔迪丝之林)。"

人们沿着河谷前进,所到之处,草木丰盛,土地肥沃,令人赏心悦目,大家都喜形于色。英吉蒙德圈占了赫尔瓦特湖和厄达瓦特湖上游、瓦特恩峡谷的全部地区,索迪萨湖中的水从西流入斯密德瓦特湖。英吉蒙德选择了一处美丽的河谷建造庄园,他修建了一座长达一百英尺的庙宇,当他挖地基时,果然如拉普女人预言的那样,发现了他的护身符。

见此情景,英吉蒙德不禁感叹道:"看来的确如此,人是无法与命运对抗的。我们现在可以安心在此居住了,这个庄园就叫霍夫('庙宇'的意思)吧。"

英吉蒙德的手下人分布在山谷各处,按照他的安排选址安家。

那年秋天,地面结了很厚的冰,人们走出来便发现有一只母熊和她的两只幼仔,它们一路跟随英吉蒙德至此,英吉蒙德说,这个湖就叫赫纳瓦特（幼仔湖）吧，"而那个河流汇聚的海湾就叫瓦特恩峡谷湾吧。"

后来他回到家中修建了一座华丽的邸宅，并且很快就成为瓦特恩峡谷及邻近地区人们所推崇的人。他拥有大量家畜——牛、羊和各种动物。那年秋天一些绵羊走失了。第二年春天人们在树林中发现了它们，于是那个地方现在就叫作撒达谷（绵羊谷）。当时所有的绵羊都在户外自行觅食，土地的丰饶由此可见一斑。据说还有一些猪也从英吉蒙德的土地上走失，直到第二年的秋天才被找到，那时它们已经变成了野猪，一共有一百头。一头野生大公猪四处追逐它们，这头野猪被叫作贝盖德。英吉蒙德召集众人围捕野猪，并宣布每个人负责捕两头。他们追逐野猪，把它们驱赶到一个现在叫作斯维纳瓦特（野猪湖）的湖边，打算在那里进行拦截，但是那头公猪跳进了水里，向对岸游去。它渐渐变得疲惫不堪，游得越来越慢，最终它逃到一座现在叫作贝盖达霍尔（贝盖德山）的小山上并且死在那里。直到这时英吉蒙德在瓦特恩峡谷才感到十分舒心和惬意。许多地区已经有人定居，他们还建立起相应的法律和制度。

16

在霍夫居住一段时间之后，英吉蒙德宣布要到国外去搜集建造房屋用的木材，因为他希望自己能住在舒适高雅的环境中，而且他相信哈拉尔德国王会热情地欢迎他。维格迪丝也说国王一定会善待他，于是英吉蒙德指派手下人同维格迪丝一起管理庄园，他自己则带着那几只熊上路了。

他一路顺利抵达挪威，当时整个国家一派安宁。他向人打听国王的住处，最终见到了哈拉尔德国王并受到热情欢迎。英吉蒙德接受了国王的邀请与他同住，整个冬天他都得到国王的盛情款待。国王向他询问他迁往的那个新地方的情况，英吉蒙德夸赞那儿很不错。他说："我来这儿的主要目的就是想寻找一些造房用的木材。"

国王说："好吧！我准许你到我的树林中去砍伐你想要的木材，而且我会派人把它们运到船上，这样你就不必为搬运的事操心了，可以放心地住在我这里。"

英吉蒙德说："陛下，您看，这只母熊是我在冰岛捕获的，我要把它献给您。"

国王回答说："我很乐于接受这礼物并向你表示感谢。"

他们彼此交换了许多礼物，愉快地度过了冬天。到了春天，英吉蒙德的船上装满了他挑选的货物以及最上等的木材。

国王说："我知道，英吉蒙德，你无意再返回挪威了，所以你应该运走足够的木材以满足需要，仅仅一艘船是不够的。我这里有一些船，选一艘你喜欢的吧！"

英吉蒙德说："陛下，劳您为我选一艘吧，那会给我带来好运。"

"那好吧，我比谁都更熟悉这些船，这艘叫作'斯惕甘德'（快跑者）的船是一致公认的能够逆风行驶的好船，而且它比其他船更能航海远征，就选它吧！虽然不大，却绝对是一艘好船。"

英吉蒙德感谢国王的礼物,他带着许多友好的馈赠离开了挪威。

很快他就发现这条船迅疾如风。英吉蒙德说:"国王为我挑选的真是艘好船。称它'斯惕甘德'的确名副其实,它乘风破浪好似快马奔驰。"

他们顺利到达了冰岛海岸,先向北航行再转向西面。人们以前从未尝试过走这条路线,英吉蒙德率领两艘船驶入赫纳瓦特索,在那儿他为一些地方命了名,名称一直沿用至今。船只靠岸的地方被叫作斯惕甘罗夫(斯惕甘德岭)。英吉蒙德回来的消息很快就传开了,人们都为他安然返回而高兴。英吉蒙德拥有一座物品丰富的庄园,现在由于有了足够的材料建房,他极大地改善了自己的住宅,同时他还获得了对众人的绝对权威和戈多尔德①。

随英吉蒙德同来冰岛的人中,尤隆德耐克是声望仅低于他的显赫人物。他听从英吉蒙德的建议,在厄达瓦特湖上游直到莫格斯湖一带圈地安家,居住在瓦特恩峡谷内约隆达菲下游的格兰德。他和他的家人都十分强大有势力。他的儿子叫马尔,居住在瓦特恩峡谷的马斯塔迪尔,是一个值得交往的人。他和英吉蒙德的儿子一同长大。那时瓦特恩峡谷已经人丁兴旺,有一个叫作赫瓦蒂的人随英吉蒙德一同到冰岛。他占据了从莫格斯湖到吉尔加之间的土地。阿斯蒙德则圈占了赫尔瓦特以外、辛格亚附近的地区。撒达谷位于瓦特恩峡谷的东面,然后是斯维纳谷,斯维纳瓦特和贝盖达霍尔就处在这个山谷里。

---

① 原词为 Godord,意为戈狄的职位及权利。

有一个叫作索罗尔夫的人，绰号"黑皮"，居住在福赛路谷。他是一个惹是生非不受欢迎的人，在当地引起许多摩擦与不和，他在南部弗瑞兹蒙河附近修筑了一个城堡，距离瓦特恩谷不远，紧邻一个山壑与河流之间延伸出一块岬地，它的边缘是陡峭的悬崖。人们怀疑索罗尔夫用人做祭祀品，对他十分厌恶。赫瓦蒂居住的地方叫作赫瓦特迪尔；阿斯蒙德住在格纳普。有一个叫作奥托的人，居住在格瑞斯坦格。他娶了来自豪卡格尔的奥拉夫之女阿斯迪丝为妻。他们的儿子就是烦恼诗人哈尔弗里德，哈尔弗里德的女儿叫作瓦尔盖尔德，是一个模样好看，但喜好炫耀的女人。

17

随着时间的流逝，英吉蒙德渐渐有些衰老了，但他热情好客的秉性却丝毫未变。从未听说他在大会上与人对簿公堂，因为他和大家相处愉快，从不冒犯别人。虽然附近不乏德高望重之人，但英吉蒙德的善良、慷慨和清醒的头脑使他最受拥戴。他的儿子们也日渐长大，都很出色。

据说，一年夏天，一个叫赫拉弗恩的挪威人乘船来到了赫纳瓦特索。他生性沉默、傲慢而难以相处，他单枪匹马地在海上抢劫已有很长时间，他的武器精良，衣饰华丽。按照惯例，英吉蒙德总是第一个上船挑选他所喜爱的货物。这次也不例外，他见到了船主并与之交谈，还邀请他到家中做客。赫拉弗恩接受了提议，随英吉蒙德一同回家。他一如既往地傲慢无礼，独来独往。赫拉弗恩总是手握一把宝剑,这一举动吸引了英吉蒙德的目光。一次他要求欣赏宝剑,赫拉弗恩同意了。英吉蒙德握住剑柄,将剑拔出。在他看来这把宝剑虽历经磨砺,但依然锋芒不减。他问赫拉弗恩是否愿意将它出卖,赫拉弗恩断然拒绝,并说自己还不至于困难到转让佩剑。英吉蒙德非常生气,觉得自己受到了侮辱,开始考虑如何对付他。

一次,英吉蒙德去神庙拜祭,他安排那个挪威人与他同去。一路上英吉蒙德装作漫不经心地谈起让他感到高兴的话题——赫拉弗恩总是愿意谈论他在海上抢劫的冒险经历。英吉蒙德走在前面,先进了神庙,紧接着赫拉弗恩佩带宝剑闯了进去。

英吉蒙德转过身对他说:"我们的习俗是不准许有人携带武器进入神庙的,冒犯了神灵,这是无法容忍的,除非你能及时赎罪。"

赫拉弗恩回答说:"我知道你蓄谋已久,处心积虑地想要加害于我。但如果我违反了你们的法律,我甘愿由你处置,因为我听说你是一个公正的人。"

英吉蒙德说,他应该向神灵表示敬意,以此来赎罪,还说他并非有意冒犯,但这可以减轻他的罪责。"你可能受到较轻的惩罚,"英吉蒙德说,如果赫拉弗恩同意把宝剑交付给他,事情就会得到圆满解决。因为那样英吉蒙德就可以说宝剑是自己的,以此来平息神的怒气。

赫拉弗恩说,英吉蒙德已经从他身上赚了一大笔钱,这桩交易也同样对自己不利——"你的其他生意才更令人称道。"

他在夏天悄悄走掉了,从此在这篇萨迦中再也未被提及。英吉蒙德父子拥有了这把宝剑，并把它叫作阿塔昂格。

有一个叫作埃温德的人，素以骄傲著称。他跟随英吉蒙德离开挪威，又在一年夏天与朋友索罗姆一起回到那里。英吉蒙德将"斯惕甘德"借给他们，并说虽然自己不能去，但很想知道这艘船是否真的能够破浪疾行。第二年夏天，他们从挪威驾船返回布龙德诺斯，并对英吉蒙德说，这艘船完美至极。他们这次做生意航行十分顺利。后来埃温德在布龙德谷居住，高特住在高特谷。

18

有一个叫作赫罗莱夫的人，绰号"高个子"。他同母亲约特一起从挪威来到冰岛，在赫维塔河附近安家。约特性情恶劣，行为放纵，与大多数天性善良的人截然不同，他儿子与她如出一辙。赫罗莱夫是英吉蒙德的结义兄弟塞蒙德的侄子，她们母子到斯卡加湾求见塞蒙德，向他做了自我介绍，并说他们是亲戚。

塞蒙德说，他无法否认赫罗莱夫的亲属关系，"但是恐怕你的母亲远比不上你父亲。我担心你更多地继承了她的秉性。"

赫罗莱夫说他不应受到这样恶意的怠慢。塞蒙德答应给他们提供冬季住所。赫罗莱夫是一个身强力壮的人，但是他滥用体力欺负比他弱小的人。他总是挑衅生事，以势欺人，并且受他母亲的影响，以怨报德。他同塞蒙德的儿子盖尔蒙德的关系十分恶劣，无论是游戏还是参加其他活动时都是如此，两人对彼此都十分冷淡。

一次，盖尔蒙德对他父亲说："我们为他提供食宿，可我们的这位亲戚却用威胁和粗暴的言行作为回报，这是大多数人所不齿的。一些人已经受到他的伤害，被打断了骨头，但没人敢说出来。"

塞蒙德说，赫罗莱夫的确行为恶劣，枉费了自己的一番心意。"我不能再忍受下去了。"他说。

赫罗莱夫说为这种不足挂齿的小事发牢骚、不去维护亲属的利益，实在是有失体面。"我当然不会忍受这样打击我的人。"他回答道。

塞蒙德说："你可以这么说，但看来你的性情秉性更随你的母亲，而不像我们家的人，我已经想好了，分给你一块地产让你自立门户，就在尤那谷的北面，霍夫迪那边的霍夫达苏尔特德附近。我奉劝你要和那里的邻居好好相处，那里居住着霍夫迪的农民索尔德，尤那谷的乌尼还有其他居民。你要先征得大家同意，然后再建房安家。"

赫罗莱夫说，他不愿低三下四地去求那些人。后来，他和他母亲还是去了那个山谷，在一个现今叫作赫罗莱夫谷的地方住了下来。他们没有兴趣结交朋友，反而四处危言耸听，对邻居们总是怒目而视，极不友好。很快人们开始对他感到厌恶，抱怨说塞蒙德送来的这个游手好闲之徒，简直是一条臭鱼，腥了一锅汤。起初大家为自己的想法感到歉然，因为赫罗莱夫是塞蒙德的侄子。但是当他们母子的丑恶本性彻底暴露后，人们就想把他们除掉，因为他们宁愿他们母子俩根本就没有来过。

乌尼是一个富有的人，他有一个正值盛年的儿子叫奥德。乌尼的女儿叫赫罗德内,她是一个好看而能干的姑娘。不久,赫罗莱夫就去拜访乌尼,并对他说尽管人们竭尽所能地自取其乐,但在这样一块弹丸之地是无法感到心满意足的。

"我们两家最好能够联姻。如果我娶了你的女儿,那我们的关系就会得到改善。"他说。

乌尼说,以赫罗莱夫的品行,他不配得到一个好妻子,"你身上没有什么可以表明你是一个品格端正的人。况且我的女儿又不是没有希望嫁个好人家,我不会答应你的请求。"

赫罗莱夫说,他这样做十分不明智,"让她做我的情妇吧!对她来说那也不错了。"

从那以后赫罗莱夫养成了习惯,经常去找乌尼的女儿赫罗德内聊天,虽然遭到乌尼全家的反对,他还是我行我素。

19

一次,赫罗莱夫正准备回家,乌尼对他的儿子奥德说:"看来,我们是太迁就了,竟容忍这个家伙三番五次前来骚扰。我年轻时曾冒着生命危险与考尔贝恩作战并打败了他,而他是一个头领,力量也不可小视。可现在这个家伙独自一人,竟敢来羞辱我们!"

奥德说,对付这个可怕的家伙也并非易事,况且他母亲还会施展妖术,"人们说他有一件大氅,刀枪不入,但我还是要会会他。"

他同赫罗莱夫在两条河谷间的一座山上见面了。

奥德说："你总是走这条路，我看还是少走为好。"

赫罗莱夫说："我从九岁起就一直随心所欲，四处游走，今后也不会改变，我才不在乎你说什么呢！即使你亦步亦趋地跟着我，我也照走不误。"

奥德说，他答话应该客气些。

赫罗莱夫回家后告诉他母亲，从今以后他要随身带一个奴隶。他说："当我出外拜访时，让他陪着我，因为乌尼一家人已经开始讨厌我了。"

约特回答说，陪他出行是奴隶的头等大事，"别理那些乡巴佬儿。如果愿意你就穿上那件大氅，试试它的威力。"

奥德去看他的父亲，说自己想去拜见塞蒙德，并把一切都告诉他。乌尼说，他希望一刻也不要耽搁了。

于是奥德去拜访塞蒙德并对他说："由于你的缘故，一个给人带来霉运的家伙闯入了我们的生活，他就是你的侄子赫罗莱夫。我们不得不经常忍受他的侮辱，但由于你们的亲戚关系，我们并没有强烈反对。"

塞蒙德说，对此他并不感到惊讶，"如果这种人被铲除，那将是件很不错的事。"

奥德说，如果真那样做，塞蒙德的看法就会不同了，"这个家伙对谁都心怀叵测。出于对你的敬意，我们才没有采取任何行动对付他。"

说完奥德就回家了。

乌尼说："赫罗莱夫似乎没有丝毫收敛，看来对付他的重任只能由你来承担了。因为你年轻，精力旺盛，而我已经年老体衰。

虽说他是一个难以对付的家伙,他母亲又会妖法,但也不能听之任之了。"

奥德回答说,他会想办法的。一天晚上,奥德和四个家人埋伏在路上,准备袭击赫罗莱夫,他和那奴隶正并肩骑马经过。

奥德跳起来说道:"你的出行恐怕得暂时告一段落了,赫罗莱夫,你的邪恶已经捆住了你的手脚,这就叫作茧自缚。"

赫罗莱夫说,究竟谁能笑到最后还不清楚呢,"尽管你带的人比我多,我不认为有人流血是件坏事。"

随后他们向对方冲去打了起来。赫罗莱夫是一个身强力壮、难以对付的家伙,况且他又身穿他母亲为他制作的铠甲,刀枪不入。

奥德先杀死了赫罗莱夫的随从,然后转向他本人说道:"赫罗莱夫,武器伤不到你,你善用魔法,作恶多端。"

奥德挥剑向赫罗莱夫的脚面刺去,正刺在铠甲保护不到的地方。于是奥德说:"你的铠甲魔力失效了。"

赫罗莱夫也用力向奥德砍去,给了他致命的一击。紧接着他又杀死了一个人,其余的人仓促跑掉了。

这一切发生在一天晚上,在乌尼的农庄附近。赫罗莱夫回家后告诉母亲,交战以对方的失败而告终,约特喜形于色,因为那些粗言秽语辱骂赫罗莱夫的人,无论是农民还是其后代,都不能妨碍他来去自如。

赫罗莱夫说,他已经报了奥德一箭之仇,"他曾羞辱我,说我绝不是勇士的对手,但我告诉他,我们交手后他只能自取其辱,最后果然如此。"

20

乌尼去拜访霍夫迪的索尔德,并且告诉他儿子奥德死后自己的困境。他说:"我想得到你的支持,为民除害,绝不能让这样的无赖在此地如此猖獗,否则你的荣誉也岌岌可危。"

索尔德十分赞同:"我们的确面临着一个棘手的问题,但塞蒙德最应对他侄子的邪恶负责,应该派人把他从这里驱逐出去。"

于是他们去拜见塞蒙德,希望他能主持公道,并说这样做正好能够体现他的威望,塞蒙德说他会采取行动的。他没收了赫罗莱夫的家宅,家产由其他人来管理。这样,他和他母亲只好又和塞蒙德住在一起。在春季的一次讲和会上,这场争端得到了解决。乌尼得到了赫罗莱夫的土地作为补偿,赫罗莱夫被从斯卡加湾附近地区驱逐出去。

这时,塞蒙德想起了他与英吉蒙德之间长久以来的友谊。当他们会面时,塞蒙德说:"兄长,我现在的处境十分困难。我有一个亲戚叫赫罗莱夫,他来投靠我。但他是个不好相处的家伙,我想请你收留他和他的母亲,在你住处附近为他们安个家。"

英吉蒙德回答说:"有关他们的传言不是很好,我不太愿意收留他们。因此这个提议并不合适,况且我自己的几个儿子也绝不是容易相处的人。但如果我执意拒绝,你一定会认为我是个不通情理、胸襟狭窄的人。"

塞蒙德说,英吉蒙德是一个有福运的人,能给大多数人带来好运。英吉蒙德说,但愿能借他吉言,一切顺利。随后赫罗莱夫和他的母亲约特便随英吉蒙德去他家,母子二人都是声名狼藉。

21

赫罗莱夫和母亲在英吉蒙德那儿住了二、三年。他们毫无悔意,对待英吉蒙德的儿子们和对待其他人一样粗鲁无礼。几兄弟对此都耿耿于怀,尤其是尤库尔,他和赫罗莱夫之间总是发生激烈的冲突。尤库尔认定赫罗莱夫是塞蒙德送来的扫帚星,"但是情况是会有所好转的。"他宣称绝不会让这个魔鬼的化身称王称霸。

他同赫罗莱夫无论身高、体力都难分高低,二人都十分强壮有力。

一天,英吉蒙德说:"赫罗莱夫,你性情暴躁,对别人的帮助不知感恩戴德,看来我们的刻意安排是枉费了心机。我会在河对面的阿斯一带为你另外安排一处农舍。"

赫罗莱夫说:"与其和你那些不怀好意的儿子住在一起,还不如接受你的安排。"

"我以前从未放弃过一个自己曾经收留的人,现在让你走我也很难受。"英吉蒙德说。

索尔斯坦恩说,他估计情况会越来越糟。英吉蒙德把赫罗莱夫和他的母亲约特安置在阿斯的农庄里。他们在那儿住了很长一段时间,赫罗莱夫认为自己可以完全同英吉蒙德的儿子们相匹敌了。

那时有两兄弟从挪威来到冰岛,一个叫作哈尔乌尔姆,另一个叫作索罗姆。他们都是很富有的人,并住在英吉蒙德家过冬。哈尔乌尔姆请求英吉蒙德把女儿索尔迪丝嫁给他为妻。他得到了满意的答复,英吉蒙德说联姻后哈尔乌尔姆的财富会使自己实力大增。于是索尔迪丝嫁给了哈尔乌尔姆,陪送的嫁妆是位于坎恩斯内的土地。他们婚后生有一子,叫作索尔格里姆。他们居住在瓦特恩峡谷的特安卡低土地,这里后来便被叫作索罗姆特安卡。

22

据说在瓦特恩峡谷河谷可以捕到大量鲑鱼和其他鱼种,英吉蒙德的儿子们分担了捕鱼工作。因为当时有一种风俗,头领们的儿子也要有自己的事做。于是索尔斯坦恩、尤库尔、索里尔和霍格尼四兄弟轮流出去捕鱼。只有施密德另有安排。他们每次都满载而归,赫罗莱夫则一如既往,行为放纵,危害四邻。英吉蒙德收留他并未听取亲朋好友的建议。他的儿子们对此十分气愤,赫罗莱夫不仅占据了本该属于他们的东西,还到处惹是生非,他们说父亲接纳这个人是个大错误。赫罗莱夫和霍夫的人共同拥有在河中捕鱼的权利。按规定他可以在英吉蒙德的儿子或家人不在的时候去捕鱼。但他对此不屑一顾。因为他看重的只是自己的邪恶愿望,而不是大家的意见。

一次英吉蒙德的家人去河边捕鱼,他们让赫罗莱夫把网收走,遭到他的拒绝。他们警告他,最好不要同霍夫的人挑起争端。还说尽管他在别处恃强凌弱,但在这儿是不会有好下场的。赫罗莱夫让他们滚开,说他们不过是些卑贱的奴隶,不要狗仗人势。他卑鄙无耻地命令他们走开。

他们说:"你蒙受我家主人的恩惠,却还做出这样的事,实在是太不应该。他收留了你,不但给你栖身之处,还给了你许多照顾,允许你撒网捕鱼,而此前你根本就不配与高尚的人交往。"

赫罗莱夫说,他才不会听从低贱的下人的命令离开河道,并用石块打中了其中一个人,使他失去知觉倒在地上。赫罗莱夫又说,让他们如此随便地喋喋不休是礼所不容的。

家人们回到庄园时,英吉蒙德一家正坐在桌旁用餐。他们冲进屋子,英吉蒙德问他们为何如此慌乱。他们说自己遭到了赫罗莱夫的辱骂,并被他用石块从河边赶走。

尤库尔说:"他一定是想成为瓦特恩峡谷的霸主,像对待其他人那样对待我们,但这个恶棍休想在我们头上作威作福。"

索尔斯坦恩也说赫罗莱夫太过分了,但他认为最好还是冷静对待这件事——"和赫罗莱夫交往真是个错误。"

"你说得不错,"英吉蒙德说,"但你们最好还是和他达成妥协,因为你们的处境会更危险,他是个魔鬼一样的人,必然会带来灾难。"

尤库尔说,赫罗莱夫是否会离开河边很快就会见分晓的。说完他从桌边跳起来冲了出去。

英吉蒙德说:"索尔斯坦恩,我的儿子,我相信你处事冷静,和你弟弟一起去吧!"

索尔斯坦恩说,他也无法确定是否能管住尤库尔——"如果他与赫罗莱夫交手,我是不会袖手旁观的。"

他们赶到河边时,看见赫罗莱夫正在那儿捕鱼。

尤库尔说:"你这个恶棍,从河边滚开!量你也不敢与我们争执,否则就让我们分个高低。"

赫罗莱夫说:"虽然你们几个人骂声不绝,我还是照样干我自己的事。"

尤库尔说:"你这个坏蛋,竟敢孤身一人阻止我们捕鱼,一定是仰仗你母亲的魔法。"

尤库尔冲进河里向赫罗莱夫扑去,但他一动未动。索尔斯坦恩说:"不要这样顽固,赫罗莱夫。如果我们不能夺回自己的权利,你就要遭殃。其他的人也要受牵连。你想继续作恶、称王称霸是行不通的。"

尤库尔说:"杀死这个恶棍。"

赫罗莱夫迅速冲上河岸找到一处有石块的地方,开始向尤库尔他们进攻。他们也在对岸还击,并投掷长矛,但赫罗莱夫却总是安然无恙。尤库尔想过河换个地方进攻,并说如果不能战胜赫罗莱夫,那将是奇耻大辱。

索尔斯坦恩说:"我的意见与你不同。我认为我们应从这里撤离并保持冷静,不要与他们母子纠缠。因为我相信他母亲约特就在附近,与她斗法可不同于和光明正大的人交战。"

尤库尔说,他绝不会为此担心。他伺机进攻,他的兄弟们则向赫罗莱夫投掷石块和长矛。

这时一个家人跑回霍夫向英吉蒙德报告说,情况十分危急,双方正在隔河激战。

英吉蒙德说:"给我备马,我要去那儿。"当时英吉蒙德已年老体衰,双眼几乎失明。他已不再管理庄园和族内的一切事务,日常生活由专门指派的仆人服侍。英吉蒙德穿上一件黑色斗篷,仆人把他扶上马。

当他们来到河岸时,他的儿子们看见了他。

索尔斯坦恩说:"我们的父亲来了,我们撤回来吧!我们应遵从他的意愿。但他到这儿来,我很担心他的安全。"他催促尤库尔赶快住手。

英吉蒙德骑马蹚进河里,喝道:"赫罗莱夫,快离开这里,不要太放肆了。"

赫罗莱夫看到他就向他投掷长矛,长矛正刺中他的胸口。

英吉蒙德受伤后,骑马回到岸上,命令仆人立即带他回家。

他避开了自己的儿子们。当他们到家时,已是晚上了。

英吉蒙德下马时说:"我现在腿脚不灵便,上年纪的人走路不稳。"

当仆人扶他下来时,伤口发出一种吸气的声音,这时仆人才发现长矛已经刺穿了他的胸部。

英吉蒙德说:"你对我一直忠心耿耿,今后我有可能再也不会要求你什么了,现在照我说的去做。快去告诉赫罗莱夫,明早之前我的儿子们就有可能追踪而至,为他们的父亲报仇。让他务必在天亮前离开,因为杀了他也于事无补。无论今后如何,只要我还说了算,我就要保护我曾答应帮助的人。"

他啪的一声折断了矛柄,在仆人的帮助下进屋坐到家长的位子上,并告诉仆人,在他的儿子们没有回家前不要点灯。

(Thorgerður Sigurðardóttir)

英吉蒙德啪的一声折断了矛柄,在仆人的帮助下进屋坐到家长的位子上,死了。

仆人返回到河边,看见赫罗莱夫捕获了大量鲑鱼。

仆人说:"你这条疯狗!你给我们造成了无法弥补的伤害。我家主人受到你致命的一击已经气息奄奄,可他却让我来通知你明早之前离开此地,因为他相信他的儿子们会来找你报杀父之仇。我之所以来给你通风报信,使你逃避一死,是我家主人的要求,而绝非我个人的意愿。"

赫罗莱夫说:"我相信你的话。如果你不是来报信的,我早就让你碎尸万断了。"

23

再来说说英吉蒙德的儿子们。到了晚上,他们向家走去,几个人一起咒骂赫罗莱夫是一个卑鄙无耻的小人。索尔斯坦恩说:"我们还不清楚他究竟给我们带来了多大的灾祸,但我总有一种不祥的感觉,很为我们的父亲担心。"

他们到家后,索尔斯坦恩率先走进大厅,他脚下一滑,险些跌倒,他伸手摸了摸,向女仆问道:"地上为什么这么湿?"

她回答说:"我想大概有什么湿东西从你父亲衣服上滴下来吧!"

索尔斯坦恩说:"简直和血一样滑,快去把灯拿来。"家人把灯取来点亮。

这时他们才发现,英吉蒙德坐在家长位子上已经死了,利矛已把他的身体刺穿。

尤库尔说道:"父亲这样高贵的人竟然被赫罗莱夫这种恶棍置于死地,简直令人难以相信。我们马上去杀了他!"

索尔斯坦恩说:"你对父亲的仁慈还不够了解,他肯定已经帮助赫罗莱夫跑掉了。跟随父亲的仆人哪儿去了?"

可四处不见他的踪影。

索尔斯坦恩说:"我们不要指望赫罗莱夫还会待在家里了。我们必须定好计划再去寻找他,不要莽撞行事。我们能够聊以自慰的是,父亲的美德是赫罗莱夫所无法企及的。父亲一定会为此而得到造物主的回报。我相信,日月星辰人间万物必定有其伟大的创造者。"

尤库尔愤怒已极,谁也无法使他平静下来。这时那个报信的仆人回来了,把一切都告诉了他们,尤库尔责备他不应该这样做。

索尔斯坦恩说:"我们不要生他的气,他不过是奉命行事。"

英吉蒙德被安放在大船"斯惕甘德"上面的一艘小船里,他的葬礼同当时许多出身高贵的人一样,非常隆重。他去世的消息传开后,人们都为他默然致哀。

索尔斯坦恩对他的弟弟们说:"在父仇未报之前,我想我们最好不要坐在他的位子上,无论在家还是出门做客。"

他们一直坚持如此,而且他们几乎不再参加任何游戏活动或社交聚会。

当"狂人"埃温德听到这个消息后,对他的养子说:"去告诉我的朋友高特,我要以死为英吉蒙德殉葬,而且我认为他也应该这样做。"

说完他从斗篷下拔出一把短剑,卧剑而亡。

高特知道后说:"对于英吉蒙德的朋友们来说,生活已经失去了意义,我要追随我的朋友埃温德而去。"随即他拔剑自杀。

埃温德有两个儿子,分别叫作赫尔蒙德和"跛脚"赫罗蒙德,我们以后将会提及。

24

现在让我们暂时调转话题,来谈谈赫罗莱夫吧!他见到母亲约特后把事情经过告诉了她。她说人的寿命都是有限的,英吉蒙德已经活得够久了。

"我的建议是,"她说,"首先你必须离开此地。因为血战之夜人们都愤怒得失去了控制。等形势缓和后,你再回来看我。但很难说最终谁会占上风——是索尔斯坦恩的计谋和运气还是我的魔法。"

于是赫罗莱夫出发前往北部的斯卡加湾,最后到达了塞蒙德里德。那时塞蒙德已经去世了,家业由他的儿子盖尔蒙德掌管。他还有一个弟弟叫阿尔纳尔德,盖尔蒙德询问赫罗莱夫为何来此,他回答说是来报告霍夫庄园的英吉蒙德的死讯。

"一个有才干的人去世了!他是怎么死的?"

赫罗莱夫说:"他是被我当作靶子用矛刺死的。"随后他描述了整个事件的经过。

盖尔蒙德说:"你真是一个十足的恶棍。滚开,你这个无耻之徒!这儿永远都不欢迎你。"

赫罗莱夫说，他才不会走呢，"如果我在这儿被人杀死，那将是你的奇耻大辱。我还记得我的父亲就是在随你的父亲及英吉蒙德出外征战时丧生的，你和你的全家要对此负责。"

盖尔蒙德说，勇敢的人命中注定要死在战场上的，"英吉蒙德的儿子们一到这儿，我就把你交给他们。"

赫罗莱夫说他早就料到会受到如此对待，甚至更糟。他在一间马棚里躲了起来。

整个冬天英吉蒙德的儿子们都把自己关在家里。他们情绪低落地坐在矮凳上，既不外出娱乐，也不参加任何聚会。

夏天就要来临的时候，索尔斯坦恩把兄弟们召集起来。他说："现在是为父报仇的时候了，我想大家都会同意，但这绝不是件容易的事。我认为应该由一个足智多谋的人来负责此事。作为回报，他可以从遗产中挑选一件贵重之物。"

大家都说，这正是他们的意愿，"你见多识广，是我们中间最适合的人选。"

25

一天早晨，索尔斯坦恩很早就起床了，并对他的弟弟们说："现在我们做好出发的准备，动身前往北部地区，无论那儿有什么样的困难等着我们。"他们一行五兄弟，再无外人。一天晚上，他们来到了盖尔蒙德的住处，受到了热情的欢迎。他们在那儿过夜，并得到了主人的精心款待。

第二天早晨，索尔斯坦恩对他的弟弟们说："今天你们留在这儿下棋，我去同盖尔蒙德谈谈。"

大家都听从了他的安排。

索尔斯坦恩对盖尔蒙德说："我们几兄弟来此是为了寻找赫罗莱夫，我们相信他在你这儿。你有义不容辞的责任帮助我们，因为是你们一家把那个坑害我们的恶棍托付给我父亲的，尽管这并不是你的意愿。除了你，赫罗莱夫没有其他亲属可以投靠了。"

盖尔蒙德说："你说得不错，你们也很有眼光，但赫罗莱夫现在的确不在这儿。"

索尔斯坦恩说："恐怕他现在正躲在你庄园的某个棚子里吧！把这些银子拿去，然后让他走。我会妥善安排，保证他在你这儿躲避时不被抓住，这样就不会有人指责你了。但我们一定要把他抓住，虽然这也难抵杀父之仇。告诉他你无力保护他不受我们的伤害，也不愿与我们结仇，损害彼此深厚的友谊。"

盖尔蒙德说："现在我得承认他的确在这儿，而且大家也都明白他来此的目的。我会依你所言让他离开这儿，当他走后，你们就可以去抓他了。"

"好吧。"索尔斯坦恩说。

之后盖尔蒙德去看赫罗莱夫，并对他说："英吉蒙德的儿子们已经来这儿找你了，你不能再继续留在这儿了。我不愿由于你的恶行而使自己的生命、财产受到威胁，他们几兄弟全都智勇双全。"

赫罗莱夫回答说："果然不出我所料，你要无耻地把我撵走。虽然你曾帮了我的忙，我也不领情。"

盖尔蒙德说:"马上滚吧。"

随后他去见了索尔斯坦恩,并说道:"我看你们最好不要仓促行事,今天就留在我这儿吧!"

索尔斯坦恩同意了。

第二天,他们准备就绪向西出发,翻过山后他们发现那儿的积雪已经开始融化,雪地上还留有一个人的脚印。

索尔斯坦恩说:"现在我们坐下来休息一会吧!我把同盖尔蒙德谈话的经过告诉大家,当时我就知道赫罗莱夫肯定在他那儿。"

尤库尔说:"你真让人捉摸不透,同杀父仇人近在咫尺竟然无动于衷。要是我知道了,一定会把庄园闹个天翻地覆。"

索尔斯坦恩说,他料到尤库尔会这样,"但是我们最好不要迫使盖尔蒙德公开卷入此事。看!赫罗莱夫的脚印指向他家的方向。我们上路吧!看看我们是否能比他早到。他的母亲约特此时肯定是在施法祭祀,迎接夏天的到来,这是她所信奉的习俗。如果她的祭祀已经结束,我们就报仇无望了。"

尤库尔说:"那就快点吧!"

他走在前面,一路领先,并回头对大家说:"像索尔斯坦恩这样软弱无力、行动迟缓的人注定是要遭灾的。如果我们不加快步伐,就没有机会报仇了。"

索尔斯坦恩答道:"我的精心谋划与你的横冲直撞,到底孰优孰劣,现在还很难说。"

那天晚上他们回到霍夫的庄园,家人正坐在桌旁用餐。

26

索尔斯坦恩在家门外对他的羊倌说:"马上去阿斯,到了赫罗莱夫家先敲门,然后留心过了多长时间有人来开门。等门的时候你可以背诵,对他们说你是去寻找走失的羊。如果有人问你,我们兄弟是否已经返家,你一定要说还没有回来。"

于是羊倌就出发去了阿斯。他敲门后,足足背诵了十二首诗才有人应声。一个农夫走出来问是怎么回事,还问他索尔斯坦恩兄弟是否已经回家了。他回答说,他们还未到家,接着又问那人是否看到他的羊,那个农夫说没有。

羊倌返家后,告诉索尔斯坦恩自己背诵了十二首诗。

索尔斯坦恩说,他在外面等候的时间已足够里面的人做好充分的准备了,"你究竟进去了没有?"

羊倌说他进了屋,还四处看了看。

索尔斯坦恩问:"壁炉里生火了没有?"

羊倌说:"看起来火好像刚刚点着不久。"

索尔斯坦恩又问:"你还注意到什么不同寻常之处吗?"

羊倌说他看见一大堆东西,下面有红色的衣服露出来。

索尔斯坦恩说:"你看到的一定是赫罗莱夫和他祭祀时穿的衣服。大家立刻做好准备。无论有多大危险,我们也要去那搜一搜。"

他们一路疾行来到阿斯,发现外面没有人。他们看到山墙两侧堆着许多木柴，大门前还竖起了一间小屋，在大门与小屋之间隔着一块空地。

索尔斯坦恩说："那间屋子肯定就是祭祀的场所。约特完成巫术仪式后就会让赫罗莱夫到那儿去。绝不能让他们如愿！现在你们去躲在墙角那儿，我拿一根木棍爬到门上面。赫罗莱夫出来时，我把木棍扔向你们，你们就立刻冲过来。"

尤库尔说："显而易见，你总是把功劳据为己有。但这次我不同意，我要拿着棍子爬到门上。"

索尔斯坦恩说："就按你说的办吧！你总是固执己见，自行其是，但事情并未因此有什么起色，因为你常常惹麻烦，让大家措手不及。"

尤库尔爬到柴火堆上。不久，一个人走了出来，他站在门口四处张望，没有发现什么。随后又有一个人走出来，再后面出来的就是赫罗莱夫。尤库尔明白无误地认出了他，不禁一惊而起，身下的柴火堆塌了。但尤库尔仍设法把棍子向兄弟们藏身的地方扔过去，随后他从门上跳下来，奋力抓住赫罗莱夫，使他无法脱身。他们的体力不相上下，两人在斜坡上滚作一团。

当兄弟们赶到门口时，霍格尼叫道："迎面跑过来的这个怪物是什么？"

索尔斯坦恩回答说："是老巫婆约特，她穿得多么古怪！"

约特把衣服卷在头顶，用双腿夹住脑袋倒退而行。她的眼神十分可怕——似乎她可以如巨神一般将对手玩弄于股掌之间。

索尔斯坦恩对尤库尔喊道："快杀死赫罗莱夫！这一刻你已经盼望许久了。"

尤库尔说："我现在就动手。"

很快，他砍下赫罗莱夫的头并大声说，以后这家伙再也无法骚扰他们的生活了。

约特连连叹息着说："唉！我差点就能为我的儿子报仇了，英吉蒙德的儿子们真是幸运。"

索尔斯坦恩说："何以见得？"

约特说，她本打算改变那一带的地势，"那样如果在我看到你们之前，你们没能发现我，你们就会变得情绪狂乱、神志不清。"

索尔斯坦恩说，他们各自的运气不同，这不足为奇。女巫约特在狂怒中死去，至死还沉浸在她巫术中。说到这里，有关这对母子的故事就结束了。

27

杀死赫罗莱夫和约特之后，英吉蒙德的儿子们回到了霍夫，家人看到他们都很高兴。

过了一段时间，索尔斯坦恩对他的弟弟们说："我想，现在该由我从财产中挑选一样东西了吧！"

大家对此都无异议。

"那么我选择霍夫的庄园、附近的土地及上面的所有家畜。"

几个弟弟说，这已不能算是一样东西了，他们觉得索尔斯坦恩有些过于贪婪。

索尔斯坦恩说，土地和家畜是不可分割的，"虽然你们觉得我这样做有些贪婪，但要记住：首先，只有我们兄弟团结和睦，我们才能获得最大的成就；其次，是我的深谋远虑，才使我们得以顺利地替父报仇。这里还有许多珍贵之物，你们可以随意挑选。"

于是大家开始分摊财产。霍格尼得到了大船"斯惕甘德"，因为他是一个商人。"羊腿"索里尔得到了戈多尔德的位置。尤库尔则分到了宝剑阿塔昂格，此后无论参加游戏还是骑马作战，他都随身佩带。而在秋季大会和"庭"的会议上，则由索尔斯坦恩佩带，这是尤库尔的请求。同样，索里尔也表示尽管他拥有戈多尔德的职位，但在解决任何争端时，索尔斯坦恩都拥有至上的权威。

索尔斯坦恩说："显然你们在各个方面都向我表示了敬意。尽管我为自己选择了霍夫的庄园，我也很乐意让你们得到一些家财。我看现在我可以坐到父亲的家长位子上了。"

大家听从了他的建议。索尔斯坦恩成为头领，掌管瓦特恩峡谷、威苏特尔霍普及父亲英吉蒙德生前统领的全部地区。索尔斯坦恩娶了索尔蒙德的女儿尤达为妻。索尔蒙德是古德蒙德的儿子，他还有一个儿子就是"杀手"巴尔德。当时人们都认为与瓦特恩峡谷的人联姻就有可能获得荣誉。尤库尔在特安卡居住。施密德住在施密德斯塔迪尔，而"羊腿"索里尔则住在纳塔布，如今被称作安登菲尔。

28

现在该讲到一个前面提过的叫作"大锤"索罗尔夫的人了。

他是个蛮横难缠的家伙，不但偷窃财物，还到处惹是生非。人们对他在当地居住十分不满，说他做出什么坏事都不足为奇。尽管他没有同伙，但有二十只用来防身的猫，全是体形硕大的黑猫，索罗尔夫用巫术操纵它们。

当时不断有人去索尔斯坦恩那儿抱怨他们所处的困境——他们说索尔斯坦恩掌管这片地区，可索罗尔夫却公然偷盗，作恶多端。

索尔斯坦恩说，他们所言不假，"但要想对付这个家伙和他的那些猫也并非易事，我希望大家一起想办法。"

人们说如果索尔斯坦恩对此袖手旁观，他的声望便难以为继。那之后，索尔斯坦恩召集了一些人希望得到他们的支持，他的弟弟们和挪威侍从随他一起前往斯雷格加斯塔德，但索罗尔夫不愿与他们打交道，他无法容忍与好人为伍。

当索罗尔夫看到骑马赶来的一行人时，他走进屋子里自言自语道："现在我得迎客了。我打算让我的猫来对付他们。我要把所有的猫都放到门口去，有它们挡道，那些家伙就不能轻而易举地进来了。"

随后他便用符咒给猫施加魔法，使它们全都如魔鬼附体般两眼放光，狂叫不休。

尤库尔对索尔斯坦恩说："现在你得想个好办法，不能让这个恶棍再逍遥无事了。"

他们一共来了十八个人。

索罗尔夫说："我要生堆火，不管冒不冒烟。因为瓦特恩峡谷的人一来，这儿就要不得安宁了。"

他把一只水壶放到了火上，又不断把羊毛和垃圾扔进壶中，很快屋内便烟气弥漫了。

索尔斯坦恩走到门口，说："请你出来，索罗尔夫。"

索罗尔夫说，他知道他们此行的用意，来者不善。这时，门口的猫开始嚎叫不止，十分狂乱。

索尔斯坦恩说："真是一群令人毛骨悚然的东西。"

尤库尔说："我们进去吧，别管它们。"

索尔斯坦恩不同意。他说："索罗尔夫是一个强壮的武士，他有许多武器和各种设施，再加上这些可怕的黑猫，我们很有可能被冲散，无法聚在一处。我想最好还是等他放弃抵抗，自己走出来。因为他添加的燃料过多，火势太旺，不久他就会感到气闷不舒服，无法继续待在里面。"

索罗尔夫把水壶从火上移开，然后把它紧紧压放在木柴堆上，令人窒息的烟气从屋内奔涌而出。索尔斯坦恩和他的手下无法靠近大门。

索尔斯坦恩说："注意不要让那些猫近身，我们可以向门口投掷火把。"

尤库尔抓住一块燃着的木头向大门扔去，那些黑猫四散逃去，大门砰的一声关上了。风猛烈地拍打着房子，火势越来越大。

索尔斯坦恩说："大家都站到草堆旁，这儿的烟最大。让我们看看索罗尔夫怎么办。他把火烧得太旺。用不了多久，他就要熬不住了。"

索尔斯坦恩此举正中要害。他的话音刚落，索罗尔夫就抱着满满两箱银币穿过浓烟逃了出来。他一露脸，发现那个挪威人恰好站在他的对面。挪威人叫道:"这个恶棍终于出来了——他的样子多么卑鄙呀!"

挪威人在他后面紧追不舍,直到瓦特恩峡谷萨河。最后索罗尔夫逃到一片沼泽地旁。

这时索罗尔夫突然转过身,紧紧抓住那个挪威人,把他拖在腋下,大声说道:"看来你想和我赛跑。那就让我们同归于尽吧!"说完他纵身跳进了沼泽地,两人一起陷进泥潭再未露头。

索尔斯坦恩说:"我的挪威同伴无法生还了,这真让人痛心。作为补偿,就把索罗尔夫的财产归到他的名下吧!"大家同意了。

从那以后索罗尔夫居住过的地方就被叫作斯雷格斯塔迪尔。那儿总能看见野猫出没,是块凶险之地。这儿的农庄从赫尔瓦特起沿山谷而建。

29

尤隆德之子马尔把家从格兰德搬到马斯塔迪尔,他和英吉蒙德的儿子们关系很好。一年秋天有传言说马尔丢失了一群羊,尽管四处搜寻,却仍一无所获。有一个叫作索尔格里姆的人,绰号"皮帽子",住在赫加拉地。此人善用法术,但为人刻薄,性情卑劣。

人们纷纷谈论羊群丢失一事,因为在这个山谷定居的大都是诚实正直的人。一天晚上,羊倌回家后,马尔问他是否有羊群的消息。

他说,羊群已经找到了,并且全都安然无恙,"但还要告诉你一件事,我在树林里发现了一块十分肥沃的土地,羊群就是跑到那儿去了,现在它们已经吃得十分肥壮了。"

马尔问:"是属于我的土地还是其他人的?"

羊倌说,他认为应该是属于马尔的,"但那块地紧临英吉蒙德儿子们的属地,尽管只有通过你的庄园才能进入。"

马尔去查看了一下那块上好的土地,他十分喜爱,便把它据为己有了。索尔格里姆说他们应该禁止英吉蒙德的儿子们靠近这块土地。

索尔斯坦恩听说此事后说道:"看来我们这位亲戚马尔自作主张,损害了我们的正当利益。"

不久,尤库尔来见索尔斯坦恩,他们一起商议对策。尤库尔说如果容忍他们在瓦特恩峡谷巧取豪夺,那将是极大的耻辱,"那个泼皮索尔格里姆竟然胆大妄为,一再无理取闹,激怒我们。他要为此付出代价。"

索尔斯坦恩说,他的确罪不可恕,"但我不敢确定我们是否能把他绳之以法。"

索尔斯坦恩提议他们应该先找到索尔格里姆,尤库尔说他早已准备就绪。索尔格里姆听到消息后,马上跑去求见马尔,见面后两人都十分热情。

索尔格里姆说,他跑到这儿是为了躲避追杀,"英吉蒙德的儿子们马上就要追过来了。"

马尔问他究竟是怎么回事。

索尔格里姆说:"现在他们正赶往我的农庄,想要置我于死地。

但我总能先知先觉。"

英吉蒙德的儿子们来到农庄后,索尔斯坦恩说:"我们真是碰上了一个狡猾的家伙,索尔格里姆不在家。"

尤库尔说:"不管怎样,我们也得给他点厉害。"

索尔斯坦恩不同意,他说:"我不想让人议论说我们抓不到他本人,只好带走他的财物。"于是他们便两手空空地回家了。

不久,索尔斯坦恩又对他的弟弟们说:"我急于知道我们到底能不能找到索尔格里姆。"

"我马上就出发。"尤库尔说。

这一次索尔格里姆又跑到马尔那里,对他说:"英吉蒙德的儿子们还惦记着我呢!我想请你和我一同回去。那样他们就会明白我并不害怕在家迎候他们了。"

于是马尔便随他一同回到农庄。

很快英吉蒙德的儿子们就到了,他们与马尔在草堆旁会面。

索尔斯坦恩说:"马尔,我们是亲戚,可相互的关系却不尽如人意。我希望我们彼此能互相尊重,不要支持那些想同我们作对的好事之徒。"

马尔说他们此行显然居心不良,他宣称绝不会因为他们而放弃自己应得的权利。

尤库尔说看来马尔一伙人是想同他们一比高低了。

索尔斯坦恩说,他不愿意与亲戚交恶,"但如果我们不能维护自己的权利,那就难免发生不愉快了。"

说完他们愤然离开了农庄。由于马尔在场,而索尔格里姆又会施展法术,他们无法得手。这以后很长一段时间,要么索尔格里姆不在家，要么就是马尔一伙人聚在他那儿。

就在这时，霍格尼乘坐大船"斯惕甘德"回到了冰岛。他在索尔斯坦恩那儿过冬并向他讲述了旅途中的不凡经历。他还说自己从未见过像"斯惕甘德"这么好的船。

瓦特恩峡谷的人纷纷议论索尔斯坦恩兄弟同马尔之间的不和，尤库尔也常常去索尔斯坦恩那儿责备他向马尔妥协。

索尔斯坦恩说："一直以来我们再三忍让。现在是该铲除索尔格里姆的时候了，尽管我觉得这并非上策。"

一天，兄弟们做好了出发的准备。连五兄弟在内，他们一共有二十五个人。

索尔格里姆得知消息后说："就要大难临头了，英吉蒙德的儿子们随时都会从天而降。"

他收拾了几件衣服冲出家门。

他跑到马尔那儿告诉他，英吉蒙德的儿子们已经上路了，"他们居心叵测，妄想抓住我们。我们应该做好迎战准备，让他们为此行感到后悔。"

马尔聚集了一些人，其中有"狂人"埃温德的儿子赫罗蒙德，他是一个身强力壮的武士，娶了马尔的女儿为妻。他说显然霍夫的人是想和他们一试身手了。不算他的两个侄子，马尔一伙共有四十人。他们都是大有前途的年轻人。

索尔格里姆说："最好的对策是出去迎战英吉蒙德家的众兄弟。"他的建议被采纳了。

见此情景，索尔斯坦恩说："现在可以让他们领教一下我们的厉害了，希望大家全力以赴。"

尤库尔随即拔出宝剑说他很想在马尔一伙人的脖子上试试剑刃是否锋利。双方在坎恩斯内遭遇。

索尔格里姆对马尔说,他得躲起来,"也许这样比与你并肩作战更能发挥我的作用。我不擅长打仗。"

马尔没有答话。

随即双方开始交战,战至正酣时,尤库尔说:"这把宝剑实在不能算是锋利。"

索尔斯坦恩说:"我们的剑也不好使,而我们的人却被对方刺伤。"

危急时刻,尤库尔十分机智。他双手握剑,左右冲杀。他强壮而又果敢,但他的剑只能给人皮肉之伤而无法刺进身体。

"阿塔昂格宝剑,难道你不能给人带来好运了吗?"

索尔斯坦恩说:"那些被我击倒的人似乎又都站了起来;你们有谁看到索尔格里姆了吗?"

大家都说没有。

索尔斯坦恩让尤库尔退出战斗去设法找到索尔格里姆,"而你,霍格尼兄弟,要留下来继续同他们交战。"

霍格尼同意了。

于是索尔斯坦恩便同尤库尔一起退出了战斗去找索尔格里姆。

尤库尔说:"我看见那个坏蛋正在那儿探头探脑呢。"

索尔斯坦恩说:"真是只狡猾的狐狸。"索尔格里姆此时正从靠近河边的藏身之处偷偷地向他们张望。

索尔斯坦恩兄弟立即冲了过去;索尔格里姆向河里跑去。尤库尔奔至近旁,挥剑猛刺。剑锋所及之处,血肉飞溅,把他的后背都刺穿了。索尔格里姆跳河的地方此后就被叫作胡夫赫（帽子湾）。

尤库尔说："这回宝剑好使了。"

索尔斯坦恩说："我想此后它会所向披靡的。"

现在来看看双方交战的情况。赫罗蒙德与霍格尼你来我往，打得十分激烈。最终霍格尼倒在了赫罗蒙德的脚下。这时尤库尔赶到了，他怒火中烧，不顾一切地扑向赫罗蒙德。他的宝剑威力无比，对方也不甘示弱。尤库尔一剑刺在赫罗蒙德的脚上，使他从此成了残废，被人叫作"跛脚"赫罗蒙德。马尔的表兄弟们在激战中也相继倒下。后来附近农庄上的人发现了那儿的激战，便赶来把双方分开了。坎恩萨的索尔斯坦恩是第一个到场的。他是英吉蒙德家的亲戚。很快其他农民也相继赶来。双方都有多人受伤，每个人都感到精疲力竭。

坎恩萨的索尔斯坦恩说："马尔，你在同英吉蒙德兄弟作战时表现得十分顽强。但你们之间力量悬殊。我劝你向他们投降并听凭索尔斯坦恩处置吧。"

马尔接受了建议，双方就这样和解了。索尔斯坦恩说他要等到下次议事庭会议时再做决断。于是人们各自返家了。

大会召开的时候，霍夫的人得到了支持。索尔斯坦恩在会上宣布了和解的条件。

他说："这片地区的人都知道我同我的亲戚马尔之间的冲突是如何收场的，也知道这起争端要由我来断决。我的决定是马尔一方的人遭受的大大小小的伤害与我弟弟霍格尼的死相互抵销。但由于赫罗蒙德亲手杀死了霍格尼，他必须被驱逐，离开斯卡加湾一带赫卢塔河与尤库萨河之间的地区。他的残腿也不能得到任何补偿。马尔将拥有赫加拉地,因为那儿只能经由他的土地才能进入。但他得付给我们兄弟一百块银币。'皮帽子'索尔格里姆非但得不到任何补偿,还应受到更严厉的惩罚。"

之后,人们握手言和,各自回家了。"皮帽子"索尔格里姆离开这片地区,迁到北部的莫尔拉卡斯莱塔定居,一直到死。

索尔斯坦恩有两个儿子,一个叫作英戈尔夫,十分英俊;另一个叫古德布伦德,样子也不错。英吉蒙德的女儿尤隆恩嫁给了"浮躁"阿斯杰尔。他们共有三个孩子:卡尔夫,与克雅丹·奥拉夫松结婚的赫莱弗娜,和被称作"农庄骄傲"的索尔比约恩。

30

谈及"黑皮"索罗尔夫就要从他住到福赛鲁谷说起。当地人对他的看法很不好。

住在霍夫的索尔斯坦恩找到他,对他说不欢迎他在那儿居住——"除非你能痛改前非,否则我们不会容许你住在这儿。"

索罗尔夫说,恐怕该决定去留的是索尔斯坦恩自己吧!"我怎样过日子,别人无权干涉。"

这以后索罗尔夫在弗瑞兹蒙河附近为自己修建了一座土堡并搬了进去。他常偷别人的家畜,行为十分恶劣。他还挖筑壕沟用以作法献祭。据说他把人像动物一样当作祭品。正直诚实的人都不愿与他交往。然而还是有九个好事之徒聚集在他周围,全都与他是一丘之貉甚至比他更坏。当这些人得知索尔斯坦恩打算攻打他们时，其中有几个不愿坐以待毙，便匆匆逃离了土堡。当地人纷纷赶到索尔斯坦恩那儿，请求他铲除这个为非歹的恶棍。因为他们已经忍无可忍，却又无能为力。索尔斯坦恩说他们所言不错。他随即派人去找他的弟弟尤库尔和索里尔。

索里尔时常会狂躁发怒，这点美中不足有损于他的声望。尤库尔对索尔斯坦恩说："你做得对，绝不能容许任何恶人在瓦特恩峡谷惹是生非。"

于是他们一行十九人便出发了，当他们看到索罗尔夫的土堡时，索尔斯坦恩说："隔着这条河沟，我们寥寥数人如何能攻下这座土堡呢？"

尤库尔说："问题不大，我来告诉大家怎么办。索尔斯坦恩，你和留在这儿的人必须不断向索罗尔夫一伙投掷长矛并高声谩骂。我带一些人沿河而上，看看是否能从后面进入土堡，那样他们就会腹背受敌。"

索尔斯坦恩认为这是冒险之举，但尤库尔还是带着几个人上路了。

索罗尔夫一伙没有注意到这一切。他敦促手下人说："尽管英吉蒙德兄弟骁勇善战，但该是我们大显身手的时候了。一旦情况危急，我们就躲起来。"

尤库尔在土堡的上游一侧蹚过了河，他手持一把大斧悄悄逼近土堡。他先是设法把斧子嵌进土堡墙面，然后抓住斧柄爬到上面，翻入土堡。他四处寻找索罗尔夫，却看不到他的人影。后来尤库尔终于看到索罗尔夫从他常做祭祀的壕沟里探出头来。索罗尔夫拼命逃跑，尤库尔在后面穷追不舍。尤库尔带来的人也发现了索罗尔夫的同伙，把他们撵得无处藏身。

这时索罗尔夫已经逃到沿河的一片沼泽地，尤库尔也追踪而至。当索罗尔夫发现自己再也无法脱身时，他坐到地上大哭起来。这块地方从此就被叫作格莱斯梅里（哭泣塘）。尤库尔走到近前对他说，他是一个恶棍却胆小如鼠。说完便给了他致命的一斧。此时索尔斯坦恩正率人攻打土堡，因为一些亡命之徒重又集结起来。尤库尔身先士卒冲进土堡。里面的人见此情景都胆战心惊，唯恐丧命。其中有两个人转身就逃，一直跑到海岬的尽头仍未能躲过尤库尔的利斧。第三个人被追得跳下了悬崖。人们都说这次战斗尤库尔锐不可当。英吉蒙德兄弟大获全胜后便动身返家了。他们消灭了"黑皮"索罗尔夫，为当地除掉一害。

31

霍夫的索尔斯坦恩慷慨好客。他总是把自家的物品赠予左邻右舍，还为过往的旅人无偿供应食物，更换马匹，提供各种帮助。外来的人也都一定先去拜访索尔斯坦恩，并告诉他当地发生的新鲜事。埃加兰格是霍夫最好的土地，为了免遭破坏，索尔斯坦恩的家人每年夏天都在那儿搭盖帐篷。

一天，他们注意到有十个人在那儿的草地上喂马，旁边还有一个妇人。这些人衣着鲜艳，其中一人身穿大氅和质地优良的长袍。他们盯着此人的一举一动，只见他抽出佩剑把骑马时弄脏的足有一掌之宽的衣摆割下来扔掉，并声言他可不愿衣着污秽。索尔斯坦恩的家人并没有同这伙人打交道，但觉得他们在别人的草地上喂马实在不妥。一个女仆捡起那块被割下来的衣服，说那人真是个喜好炫耀的家伙。

晚上索尔斯坦恩向他们询问情况。他们说一切正常，只是有一件小事十分奇怪。接着他们向索尔斯坦恩报告了自己的所见所闻，并把那人割下来的衣服给他看。

索尔斯坦恩说，把溅上污泥的衣服扔掉，在别人的草地上喂马，这种事只有傻瓜、骗子或者狂妄自大的人才做得出来。——"这伙人没有像其他远道来客那样拜访我。我猜那一定是今年夏天来到冰岛的'大胆'贝格。他是住在维地谷内玻尔格的'大力士'芬博基的外甥，他强壮而固执。"

索尔斯坦恩的猜测果然不错。

芬博基热情地欢迎贝格到玻尔格来，并向他打听消息。贝格把自己知道的事情告诉了芬博基。芬博基问他是否已经拜访了英吉蒙德的儿子索尔斯坦恩，贝格说还没有，但曾看见他骑马从草垛旁经过。芬博基说通常应该先去拜访索尔斯坦恩并向他讲述自己的见闻。

贝格说他可不愿这样自贬身份，"因为我的事与他毫不相干。"

32

有一个叫作索尔格里姆的人住在维地谷的小玻尔格。他同斯基迪的女儿索尔比约恩订了婚。索尔格里姆邀请芬博基和贝格参加婚礼；他们说一定会前去助兴。婚宴将在斯基迪的庄园持续几天几夜。

随后索尔格里姆又去拜访了英吉蒙德的儿子们，并邀请他们参加婚礼——"因为我觉得如果你们不到场，婚礼就会黯然失色。"

英吉蒙德兄弟答应赴宴。

婚礼之日，天气十分恶劣，瓦特恩峡谷萨河很难通行。情况对维地谷的人十分不利，芬博基和贝格只好把马暂时寄放在家住河边的一农民那里。河道中央是畅通的，但沿岸却有大块的浮冰。

贝格说："我来背大家过河。"说完便开始行动。他的举动让人们领教了他过人的体力。

由于天气寒冷，他身上的衣服都结了冰。斯基迪和许多来宾都赶去欢迎远道的客人，其中就有索尔斯坦恩和他的弟弟们。人们生起火堆把衣服上的冰烤化，索尔斯坦恩忙着四处招呼客人，以尽地主之谊。他帮大家把衣服烤干，对人十分体贴周到。

芬博基走进屋子坐在索尔斯坦恩对面的家长位子上，随后贝格穿着长袍和兽皮大氅也走了进来。由于衣服全都结冰而变得又冷又硬，他穿在身上好似一个庞然大物。他向火堆走去想把衣服烤干。

经过索尔斯坦恩身边时，他说："你这家伙，快给我让地方。"

他用力撞了一下，以至于索尔斯坦恩失去平衡，险些掉到了火堆里。

尤库尔见此情景十分愤怒。他手握宝剑跳起来，冲向贝格，用剑柄把他打趴在地并且嚷道："你这个无赖，要干什么？连瓦特恩峡谷的戈狄都敢冒犯！"

贝格也一跃而起，拔刀相向。人们急忙赶来劝解。但由于贝格蛮横无理，两人剑拔弩张，一触即发，最终他们被人强行分开了。

索尔斯坦恩说："我弟弟尤库尔做事莽撞，又给大家惹麻烦了。我愿意给贝格一个令他满意的补偿。"

贝格说他并不缺钱，还说他要找机会报复。尤库尔说如果他们再次交手，一定会让贝格吃更多的苦头。斯基迪要求芬博基及其手下人马上离开，不愿再和他们有任何交往。索尔斯坦恩说，中断婚宴是不妥当的，"我们兄弟会带着家人骑马前往马斯塔迪尔。"说完他们便动身了。

33

贝格提议召开议事庭会议，并准备在会上控告英吉蒙德兄弟。人们纷纷赶来参加大会，试图找到解决争端的办法。

贝格说他不会接受任何钱财作为补偿。只有尤库尔答应从三块拱形草皮下钻过去，他才会罢手——当时人们常用这种钻草皮的方法来惩治有罪之人。"这样就可以表示他对我的谦恭。"

尤库尔说想让他奴颜婢膝，除非魔鬼附身。

但索尔斯坦恩认为这个提议值得考虑，"我来钻草皮。"他说。

贝格说这样他们就扯平了。

第一道拱门有齐肩高，第二道刚好及腰，第三道刚刚过膝。

索尔斯坦恩弓身钻进了第一道拱门。

见此情景贝格说:"我终于使瓦特恩峡谷的头面人物像猪一样俯首帖耳了。"

索尔斯坦恩说:"你不该说这种话,你的污言秽语使我决定不再钻了。"

芬博基说:"你这样说是不对的,你的妥协不足以洗刷贝格在尤库尔那儿所受的耻辱。在你们瓦特恩峡谷谷人看来,其他一切与你们相比都无足轻重。但我要求和你决斗,索尔斯坦恩。一周后在我庄园附近那个小岛上的草堆旁会面。"

贝格说:"尤库尔,这正是我想对你说的话。我也要在芬博基指定的时间与你决斗,到时你们霍夫的人就要跪地求饶了。"

尤库尔说:"听听这个混蛋说些什么!竟敢把自己同我们相提并论,还不自量力要和我决斗。我看对付你们两个鼠流之辈,我一个人就够了。我不希望我的兄长索尔斯坦恩卷入此事。芬博基是一个胆大包天的家伙。如果同他交手,索尔斯坦恩就可能受到伤害。那将是很糟糕的事。至于我们两个,就不必客气了。贝格,你这条恶狗,方才我刚一出手,你就被吓倒了。如果你还有点男人的骨气,就不要爽约。决斗之日,谁若不到场,就给他竖一根诅咒柱——咒他遭受上天的惩罚,不能与善良的人交往;不但被所有的人当作懦夫,还要承担毁约的骂名。"

随后双方分道扬镳,各自回家。消息很快传遍了整个地区。决斗之日正是索尔斯坦恩每年秋天在霍夫设宴的时间。

有一个叫作海尔嘉的妇人,随贝格一同来到冰岛,是他的情妇。她身高体大,引人注目;不但能预测未来,还善用法术。

她对贝格说:"情况对你和你的亲戚十分不利。你们竟想同英吉蒙德兄弟较量,这绝对不行。因为索尔斯坦恩足智多谋,又总有好运相助。而尤库尔更是名不虚传,在北方地区无人能敌。尽管你本人也并非等闲之辈,但绝不是他的对手。如果你还想同他比试,只能是自取其辱。"

贝格回答说:"尤库尔出言不逊,我实在是忍无可忍了。"

海尔嘉说:"你这个蠢东西,到时恐怕连命都保不住了。还是让我设法阻止这场决斗吧!"

"怎么总是你说了算!"贝格说。

芬博基对他们的争论一无所知。

34

据说,在决斗的前一天早晨,下起了鹅毛大雪。天气十分寒冷,无人敢冒险出行,可很早就有人来到霍夫庄园敲门。索尔斯坦恩去开门,原来是弟弟尤库尔。

他问道:"索尔斯坦恩,准备好了吗?"

索尔斯坦恩说:"天气这么恶劣,你还执意要去吗?"

尤库尔说当然要去。

索尔斯坦恩又说:"先进来吧,弟弟,等等看天气是否会有好转。"

尤库尔说他不想进屋,那样落在身上的雪就要化了。"即使你改变了主意,我一个人也要去。"他说。

索尔斯坦恩说:"我并不是一个缺乏勇气的人,绝不会自己留下来而让你一个人去,等我一会儿!"

说完索尔斯坦恩进屋去做出发的准备。他请求赴宴的客人留在庄园,待天气彻底好转再离开。他嘱咐妻子和儿子们好好款待客人。之后两兄弟便一起动身了。

索尔斯坦恩问:"现在你有什么打算?"

尤库尔说:"你向我征求意见,这可是前所未有的事啊!每到关键时刻,我反而提不出什么建议。不过这一次我还是有些想法的。我们先去安登菲尔找弟弟索里尔,他会加入到我们当中来的。"

于是他们便向安登菲尔的方向行进,在晚上来到了尤库尔的朋友法克西-布伦德的家。他们留在那儿过夜。布伦德有一匹长着彩色鬃毛的马,叫弗雷法克西。他十分喜爱这匹马,将它视作宝贝。这匹马随主人征战时,十分勇敢。在其他方面,也毫不逊色。很多人都相信,对这匹叫作法克西的马,布伦德有着特殊的虔诚感情。第二天早晨,又是风雪交加,而且情况更糟。尽管天气没有丝毫好转,兄弟俩还是坚持要上路。布伦德先把兽皮铺在雪橇上,然后又把法克西牵来套上,并说只要坐在雪橇上就可以到达目的地了。

尤库尔说:"索尔斯坦恩和索里尔坐到雪橇上去,我和布伦德在前面领路。"

那天很早他们就到了草垛旁,但那儿空无一人。那天早晨,芬博基对贝格说:"你认为尤库尔已经到达决斗地点了吗?"

贝格说:"我看不会,这种天气没人会出门。"

芬博基说:"如果他还未到,就不是我所了解的尤库尔了。当初如果没有那样过分地对待他就好了。现在就不必再次遭受羞辱了。"

"你明白得太晚了,"海尔嘉说,"情况会越来越糟的。"

"你认为尤库尔已经来了吗?"贝格问。

"我才不想这事呢,"她说,"但我坚信无论如何你们两个都不是他的对手。"

谈话结束了,但他们谁也没有出门。

英吉蒙德兄弟一直等到下午也未见人影。于是尤库尔和法克西-布伦德就来到围栏旁边的羊圈里。他们在那儿拿了一根木桩,把它竖在草垛旁的地里。羊圈里还有几匹马在躲避风雪。尤库尔在木桩的一头刻出一个人头的形状,还用当地文字在上面写了前面提到的咒语。他还杀了一匹母马并从胸部剖开,随后把马穿在木桩上,让马头对着玻尔格的方向。做完这一切他们便返回了法克西-布伦德的庄园,并在那儿过夜。整个晚上大家都很兴奋。

尤库尔说:"索尔斯坦恩,一直以来你都比我更受欢迎,也拥有更多的朋友。但事实证明,我的朋友毫不逊色,我认为法克西-布伦德值得我们引以为荣。"

"布伦德的确表现得十分勇敢。"索尔斯坦恩说。

布伦德说:"尤库尔这样的人十分难得,帮助他是应该的。"

布伦德和尤库尔都认为这两天的反常天气是玻尔格的海尔嘉作法所致。之后,英吉蒙德兄弟便回家了。众人相见都十分高兴。玻尔格的人再次遭到羞辱的消息很快在当地传开了。

35

此后不久，芬博基和贝格在维地谷聚集了三十多人，海尔嘉问他们打算干什么。芬博基说他们要出发去瓦特恩峡谷。

海尔嘉说："你们一定是想找英吉蒙德兄弟报仇吧！但依我看，再次同他们作对结果只能更糟。"

"我们已无路可退，只能冒一次险了。"芬博基说。

海尔嘉又说："不听劝就去吧！你们走得这么仓促，用不了多久就会铩羽而归。"

消息很快传到霍夫的索尔斯坦恩耳中。他派人送信把弟弟们都召集到自己的庄园，然后把听到的消息告诉了他们，大家一致决定立即召集人马。在芬博基和他的手下从维地谷出发的那一天，已有六十多人集结在霍夫庄园。其中有马斯塔迪尔的马尔，坎恩斯内的埃约尔夫以及众多亲朋好友。

很快大家就注意到芬博基的人马逼近了。

索尔斯坦恩说："我们还是上马去迎战他们吧，我不想让他们践踏我的领地。"

于是大家纷纷纵身上马。

尤库尔说："让我们冲过去打它个措手不及。"

索尔斯坦恩说："我们不要鲁莽行事。让我代表大家去问问他们为何到此，也许根本就没有交手的必要。当然，我知道你已经做好了应战的准备。"

尤库尔回答说:"我早就料到你不会一直让我的意见占上风。"

"兄弟,"索尔斯坦恩说,"上次我们采纳了你的建议,一切都很顺利,但这次就没这个必要了。"

芬博基对他的手下说:"有为数不少的人正从霍夫骑马向我们赶来。看来的确没有什么事能使索尔斯坦恩惊慌失措。现在我们面前有两个差强人意的选择——要么装作什么事都没发生过的样子上马回家,尽管这会使我们丢尽脸面;要么就同他们拼死一战,但在我看来,这样做无异于以卵击石,不但十分危险,而且胜算不大。"

"是该冒险的时候了,"贝格嚷道,"我们应该勇敢地去面对他们。"

芬博基说:"我们先下来把马拴好,无论发生什么事,也不要走散。"

索尔斯坦恩的人见此也纷纷下马,并把马拴住。

索尔斯坦恩说:"我们去会一会他们吧,让我来交涉。"

随即他大声问道:"谁是你们这伙人的头儿?"

芬博基说他是头儿。

"你们到此来做什么?"

"常有些小事要到这一带来办。"芬博基说。

索尔斯坦恩说:"我知道你们在离家之际就已筹划好,此行是来寻找我们兄弟的。这个目的已经达到了,尽管与你们最初的设想有些出入。如果真是这样,那一切都好。芬博基,现在我给你两个选择,尽管这并不是因为剥夺你的选择权而有什么不妥——要么原路返回玻尔格,老老实实待在家里;要么让我们倾尽各自的人力、物力来决一死战。尽管你身高力大也无济于事。到时你就会明白你的下场如何。决战之后，你必须离开维地谷，并永远不得在斯卡加湾的尤库萨河与赫卢塔河之间居住，还要记住永远不许同我们兄弟几个作对。至于你，贝格，对我们一直怀有极大的敌意。你刚刚到达这个地区，就十分放肆地在我的草地上喂马。你一定以为我是一个小气的人，对此会十分恼怒。至于我弟弟尤库尔用剑把你击倒一事，你只能自认倒霉，因为当时我们曾提出补偿，但遭到了你的拒绝。此外，你也同样不得进入芬博基居住的地方。那样你们俩就会记住同英吉蒙德兄弟作对的下场了。尽快做选择吧！"

尤库尔手持宝剑站在索尔斯坦恩身边，随时待命。事已至此，贝格、芬博基及其手下纷纷向自己的马走去。他们骑上马一刻不停地赶回了玻尔格，海尔嘉正站在门口迎接他们，她问情况怎样，他们说没什么值得一提的。

海尔嘉说："在你们看来或许如此，可一旦人们知道你们两个被当作罪人，从这片地区驱逐出去之后，他们可不会这样看，这回你们注定要倒霉。"

英吉蒙德兄弟骑马回到了霍夫，然后各自返回自己的属地。索尔斯坦恩十分感谢大家的支持，在这件事上，他再次维护了自己的荣誉。到了春天，芬博基卖掉了他在玻尔格的土地，向北迁移到特莱克雷斯维克的苏尔特兰德尔，并在那儿定居下来。不久贝格也走了。至于他以后的命运如何，这篇萨迦再未提及。至此，芬博基、贝格同英吉蒙德兄弟间的纠葛也就结束了。

36

据说，一年夏天有两姐妹索莱和格罗阿乘船来到了赫卢塔湾。整个冬天她们都住在霍夫的索尔斯坦恩家中。到了春天，她们请索尔斯坦恩为她们找一处可以长久居住的地方。在索尔斯坦恩的帮助下，索莱买了一块地，在那儿安顿下来。索尔斯坦恩又在附近帮格罗阿置房买地。索尔斯坦恩被格罗阿的巫术迷住了，遭到妻子苏里德的责备与不满。格罗阿买来一些麦芽酒，准备宴请英吉蒙德兄弟，这样就小会有人认为她们姐妹无足轻重了。格罗阿还邀请了马斯塔迪尔的马尔和许多当地人。

在索尔斯坦恩预定出发之日的前三天的夜里，他梦见生前曾照顾过他们家人的老妇人来到他面前，告诉他不要去赴宴，他说自己已经答应要去了。

老妇人说："在我看来，这不是明智之举，此行会给你带来灾祸的。"

连续三夜老妇人都出现在索尔斯坦恩的梦里，极力劝阻他不要去。

瓦特恩峡谷的人有一种习惯。每当索尔斯坦恩要出行的时候，在出发之日，所有同行的人都要先到霍夫集合。那天，尤库尔、索里尔同其他准备赴宴的人一起来到了霍夫。索尔斯坦恩说自己感觉不舒服，让他们都回去。于是大家又都纷纷返回去了。

那天下午太阳落山之际，一个牧羊人注意到格罗阿走了出来，向屋后走去,边走边说道:"英吉蒙德兄弟好运不断,真是天意难违呀!"

她看了一眼不远处的山峰,然后拿出一块包着许多金子的头巾不停挥动,说道:"让命中注定的一切都发生吧!"

说完她走进屋子,把门关上。紧接着山上岩石塌落,将房屋吞没了,里面的人无一幸免。消息传开后,英吉蒙德兄弟将索莱从当地驱逐出去。而格罗阿住过的屋子似乎总是闹鬼,此后再也无人愿意在那儿居住了。

37

坎恩萨的索尔格里姆同他的情妇生了一个儿子叫内莱德。他的妻子坚持要将孩子置于死地。英吉蒙德兄弟常常相互拜访,关系十分融洽。一次,索尔斯坦恩去看望他的弟弟索里尔,返回时索里尔一直把他送上大路。索尔斯坦恩问索里尔,他认为谁是兄弟们的头儿。

索里尔说:"毫无疑问,你见多识广,是我们中间最出色的。"

索尔斯坦恩说:"尤库尔是最勇敢的。"

索里尔说,自己是兄弟中最平庸的,"我常常身不由己,被一种狂躁情绪所控制,我希望你能帮我克服这个毛病。"

"我来此是因为听人说,我们的亲戚索尔格里姆在妻子的指使下,把他和情妇的孩子丢弃了,这实在是天理难容。至于你性情急躁,异于常人,我也觉得十分遗憾。"

索里尔说他愿意不惜一切来根除这个毛病。

索尔斯坦恩说自己可以助他一臂之力，找到补救的办法。"但你打算用什么作为回报呢？"

索里尔说："什么都行。"

索尔斯坦恩说："我只有一个条件，那就是让我的儿子取代你的戈多尔德。"

索里尔同意了。

索尔斯坦恩又说："我将祈求造物主让你远离困扰，因为我相信他是无所不能的。但是作为回报，我们应该收留那个孩子并把他抚养成人，以后造物主自会赐福于他。"

于是他们跳上马，一路疾行来到藏匿孩子的地方。这是索里尔的奴隶在坎恩萨发现了这个孩子后告诉他们的。他们看到孩子已经奄奄一息了，正用小手去抓蒙在脸上的布。他们抱起孩子匆匆赶回索里尔的家。索里尔把孩子养大，并给他起名叫索尔凯尔·斯科莱彻①，而他自己也再未受到狂躁情绪的困扰。就这样索尔斯坦恩得到了戈多尔德的位置。

奥拉夫在豪卡格尔居住，而奥托住在格里姆斯通加。他娶了奥拉夫的女儿阿斯迪丝为妻，于是在议事庭会议上，他们二人共用一个座位。索尔斯坦恩的儿子们渐渐长大了，都很有作为。古德布伦德高大强壮，而英戈尔夫威武英俊，出类拔萃。

在一次秋季大会上，人们组织了一场游戏，英戈尔夫也参加

---

① "斯科莱彻"一词意为"抓"，指他们发现孩子时，他正用小手抓蒙在脸上的布。

了这场游戏，并再次大展身手。一次他奔跑追球时，球恰巧被踢到奥托的女儿瓦尔盖尔德身边。她的斗篷滑落到球上，于是他们在一起谈了一会儿。英戈尔夫觉得瓦尔盖尔德十分美丽出众，此后每天他都来和她交谈。这次活动结束后，他还是不断地去看望她。

奥托对此十分不满。他对英戈尔夫说，请他不要再做这种使双方都很难堪的事了，还说他愿意把女儿体面地嫁给他，但绝不允许他这样卑鄙地欺骗她的感情。英戈尔夫说只要自己觉得合适，他还会照来不误，并说这样做并未玷辱奥托的名声。于是奥托只好去找索尔斯坦恩请他干预此事，使英戈尔夫不再一意孤行。索尔斯坦恩答应了。他对英戈尔夫说："你为什么执意要羞辱奥托和他的女儿呢？你做得很不对。如果你不思悔改，双方就会产生不和。"

这之后英戈尔夫不再去奥托家拜访了，但他写了不少情诗献给瓦尔盖尔德，还大声背诵出来。奥托又去见索尔斯坦恩，说自己无法忍受英戈尔夫的诗作，"我认为你应该及时纠正这种做法。"

索尔斯坦恩说，他也不喜欢这些诗，"而且我已经表明了自己的态度，但毫无效果。"

奥托说："要么你替英戈尔夫做出补偿，要么允许我们把他送交议事庭处理。"

"我劝你不要再对此事念念不忘了，"索尔斯坦恩说，"但如果你愿意，你可以去控告他。"

于是奥托来到霍夫通告英戈尔夫参加大会，并准备在会上对付他。

尤库尔听说此事十分愤怒，说如果他的亲戚在自己的土地上被当作罪人，那将是奇耻大辱，还说索尔斯坦恩的确是上了年纪，"尽管我们不熟悉法规，但我们可以用武力使判决无效。"

到了召开春季大会的时候，英戈尔夫请求索尔斯坦恩给他提些建议，否则他将用斧头劈开奥托的头。

索尔斯坦恩说："我想让你现在就接任戈多尔德的职位并从中获益。"英戈尔夫同意了。

当大会对这起争端进行决断时，英戈尔夫和尤库尔赶到了。他们用武力使会议无法进展下去，事情只好不了了之。

38

不久之后，索尔斯坦恩因病去世。尽管人们总是先谈到他的死，但实际上尤库尔是兄弟中最先亡故的。活得最长的是索里尔。他去世的时候，他的养子索尔凯尔·斯科莱彻已经三岁了，这以后索尔凯尔又被索罗姆家收养。人们不相信有谁能取代索尔斯坦恩和他兄弟们的地位，但认为索尔斯坦恩的儿子们很好地继承了父亲的风范。

英戈尔夫在女人眼中极具魅力，有诗为证：

> 所有成年的姑娘
> 都渴望与英戈尔夫相伴；
> 而无限的忧愁

笼罩在少女的心头。

兄弟俩分割了遗产，英戈尔夫住在霍夫，而古德布伦德住在古德布伦德斯塔迪尔。英戈尔夫娶了哈尔迪丝为妻，她是住在豪卡格尔的奥拉夫的女儿，奥托之妻阿斯迪丝的妹妹，而阿斯迪丝是瓦尔盖尔德和烦恼诗人哈尔弗里德之母。英戈尔夫总是在去参加大会或返家的路上与瓦尔盖尔德见面，瓦尔盖尔德还为他缝制了精美的衣服。奥托十分生气。

39

英吉蒙德之子索尔斯坦恩去世几年后的一个冬天，奥托参加完议事庭大会，骑马穿过布莱斯克荒原时，遇见一个来自东部湾的名叫索里尔的人。据他说他是因为一桩因女人而起的争端遭到驱逐的。他希望奥托能够收留自己。奥托表示可以帮助他，但有一条件——"如果你愿意替我办件事。"

那人问是什么事。

奥托回答说："我想派你到北部的瓦特恩峡谷去见英戈尔夫，那样你就可以设法杀死他或者他的兄弟。如果这一次他们不再走运，而一切又都顺利的话，杀死他们并非不可能。如果你愿意去，我就会帮助你。"

那人说，他完全能够胜任，"因为我并不缺少勇气。"

于是他随奥托回到家并同他达成协议：他去杀死英戈尔

夫——或者古德布伦德，如果接近他更容易的话——而奥托负责帮助他逃到国外。

随后他出发前往北部的瓦特恩峡谷并顺利到达了霍夫。他在那儿过了一夜，请求英戈尔夫招待他，并说自己是个被驱逐的人。英戈尔夫说他不需要外地人，因为这种人很容易就能找到。他让那人马上离开，并说自己不喜欢他那副模样。

索里尔离开霍夫又去找古德布伦德，古德布伦德收留了他。索里尔在那儿住了一段时间。一天早晨，古德布伦德让他为自己准备一匹马，说完就走出了屋子。索里尔悄悄跟在他的后面，当他低头过门槛时，索里尔挥起斧子向他砍去。布伦德听到斧子带着风声向自己打来，他闪身跳到了门外，斧子打在了房梁上，并牢牢地嵌在里面。索里尔仓皇逃出了院子，古德布伦德在后面紧追不舍。索里尔跳过河沟，直挺挺地摔倒在地。古德布伦德用力把剑向他投去，正扎在他的肚子上。在此之前，索里尔已把马缰绳系在了自己身上，这会儿绳圈恰好被飞剑击中。古德布伦德跳过河沟向索里尔跑去，但那时他已经死了。布伦德从他躺的地方抓起几把土扬在他的身上。布伦德的佩剑上面留下一些凹痕，其中一个有手指那么大。此后这把剑打磨得更加锋利，成为兵器中的上品。

古德布伦德找到英戈尔夫，把事情的经过告诉了他，并说这一切都是奥托幕后指使的，所以他们必须做好准备，以防这类事情再次发生。英戈尔夫对此感到十分惊讶。兄弟俩骑马来到南部的博尔加湾向奥托质问此事，但他矢口否认。由于当时有许多人在场，他们无法将奥托抓走。

最后双方达成了协议,由奥托赔付英戈尔夫兄弟一百银币,而索里尔的死不予补偿。协议还规定如果英戈尔夫没有古德布伦德的陪同就擅自拜访瓦尔盖尔德,奥托就可以不必顾忌法律而将他处死。

英戈尔夫说:"你要好自为之,奥托。如果再有类似的不怀好意的举动,你将得不到任何补偿,你若施展诡计只能自作自受。"

他接着说,许多人可以证明在此之前奥托就曾多次冒犯过他们。之后他们就各自回家了。

40

有一个叫作斯瓦尔特的人驾船来到了门萨克斯瑞。他系赫布里底血统,是一个又高又壮的家伙。他没有多少朋友也不太受人欢迎。他到达时,他的船已经受到了严重损害。但人们知道了他的为人之后,没有谁愿意帮助他。他在当地四处求助,最后来到了奥托家。他请求奥托把自己留下并希望得到他的帮助。

奥托说:"我觉得你受到了怠慢。一个像你这样的人竟然得不到任何款待。我愿意对你表示欢迎,因为你绝不是无足轻重之人,而且我相信你的力量可以为我所用。"

斯瓦尔特说,为奥托效力是值得的。他事实上并不是个身无分文的穷光蛋。

斯瓦尔特在奥托家住了不久,他的恩主就对他说:"我想派你去北面瓦特恩峡谷的霍夫庄园,有一个叫作英戈尔夫的人住在那里。他是我的仇人，让我受到了许多不公正的对待却得不到任何补偿。尽管他才智出众，我相信在我的安排下你完全有机会为我雪耻报仇。因为我很看好你。"

斯瓦尔特说他也曾去过一些人们对事物持不同看法的地方，他相信不会辜负奥托的重托。因为在多年的海上劫掠生涯中，他总能化险为夷，死里逃生。在赫维塔湾有一艘船闲置不用。斯瓦尔特和奥托达成了如下协议——斯瓦尔特应设法砍掉英戈尔夫的手或脚，如果无法得手就把古德布伦德杀掉。而奥托应为斯瓦尔特提供住处，帮他过冬，然后再帮助他离开冰岛。如果不能成功，斯瓦尔特只能自谋生计。但如果他不辱使命，则可以继续住在奥托的庄园。

奥托从船上挑选了一些货物并把它们交给斯瓦尔特保管。他安排一些人与斯瓦尔特同去，还准备了两匹马。他向斯瓦尔特详细讲述了霍夫庄园的情况，并且告诉他往返的最佳路线。

斯瓦尔特骑马来到赫瓦恩谷，在那儿他把货物卸下马，查看了一番。那两匹马跑到一边去吃草。天还很早，斯瓦尔特就徒步来到了霍夫。英戈尔夫正在屋外制作长矛。斯瓦尔特上前同他打招呼，说自己在旅行中遇到了麻烦——两匹马在荒地上跑失了，可货物还堆在那儿，有一只箱子和一条皮袋子。他请求英戈尔夫集合一些人和自己一同去寻找丢失的马匹或者帮助他把货物运到英戈尔夫的住处。他说他想去北部的鲍佳湾，并说自己几年前曾在赫拉弗那格住过。

英戈尔夫说这么早庄园附近没有什么人——"而且我也根本不想和你一起去。你最好马上走开。"

"那么请你陪我走到大路，指给我下一个庄园的方向。"于是英戈尔夫便随他一起向大路走去。但冥冥中似乎有某种预兆使得英戈尔夫对斯瓦尔特十分戒备，因为他总想走在后面。英戈尔夫携带佩剑，手握一根宽头长矛，矛杆上包着铁皮。

斯瓦尔特再次请求英戈尔夫收留自己，并说他可以任意挑选自己带来的货物——"你是一个声名远扬的人，应该善待远方的来客，尤其是那些有钱交付伙食费的人。"

英戈尔夫说："我没有收留陌生人的习惯。他们会带来许多麻烦。你神情阴悒，看来也不是个善主。"

说完他把斯瓦尔特匆匆送离了这片地区，并说自己不想和他讨价还价，然后便掉头回家了。

斯瓦尔特离开霍夫来到了古德布伦德的家并编造了同样的遭遇。

古德布伦德说："你们这些外地人从未给人带来过什么好处。不过我可以叫人把你的货物运到这里，之后我还可以为你安排食宿。"

于是他们去找到了货物，本来他们以为马已经跑掉了，但没有想到很快就发现了它们。古德布伦德让人把所有的东西都运到他的庄园，并且收留了斯瓦尔特。

英戈尔夫听说此事后找到他弟弟，并对他说他同斯瓦尔特的交往实在是冒险之举——"我希望他会离开此地。"

古德布伦德说，他相信此人对他并无恶意，还说自他来后也没有任何迹象表明他要加害自己。

英戈尔夫说："我们对这件事的看法截然不同，这个家伙看起来像是受人雇佣来谋害我们性命的，他无疑是个祸根。我不想让他留在你身边，因为他身上的某种东西使我觉得他十分邪恶，况且我认为三思而后行胜过事后反悔。"

但事情并未如英戈尔夫所愿，斯瓦尔特还是留下来过了冬天。春夏之交，古德布伦德举家迁往夏季牧场。出发之际，家中的女主人被安排单独骑一匹马，而古德布伦德则和斯瓦尔特同骑一匹马，斯瓦尔特坐在后面。当他们来到一处现今被称作斯瓦尔特菲尔的沼泽地时，他们胯下的马不堪重负陷进了泥沼。古德布伦德让斯瓦尔特从后面滑下马背，他同意了。当他看到古德布伦德并未注意自己时，就把长矛对准了他。

见此情景，女主人喊道："小心那个狗东西！他要害你。"

话音未落，斯瓦尔特已用长矛将古德布伦德刺穿——从腋下直刺入身体。古德布伦德用尽最后一丝力气抽出佩剑向斯瓦尔特刺去，利剑深深地扎进了他的腹部。

女主人到达牧场后宣告了两人的死讯。众人都认为这是凶信。英戈尔夫得知消息后叹息着说，事情果然像他所担心的那样发生了。他准备在"庭"的大会上控告奥托图谋杀害他和他的弟弟。人们来到大会后，商定了赔偿条件，尽管英戈尔夫并不十分情愿。但是由于许多善良人的劝说，也由于英戈尔夫一直没有遵守他同奥托达成的关于禁止他拜访瓦尔盖尔德的协议，他最终接受了和解的条件——奥托因谋害古德布伦德需偿付三百银币，对英戈尔夫违反约定拜访瓦尔盖尔德之事不再追究。

就此英戈尔夫与奥托取得了和解，之后他们各自回家。英戈尔夫同妻子生有两个儿子，分别叫作苏尔特和霍格尼。他们都很有出息，英戈尔夫被看作是一个伟大的头领。他在许多方面都有父亲的风范，令人肃然起敬。这个时期豪卡格尔的奥拉夫已经日益衰老了。

41

当时，无论北方还是南方都有许多强盗恶人四处出没，以至于人们无法安生。一天晚上，这些人从豪卡格尔偷走了大量食物，因为那儿各种物品应有尽有。奥拉夫找到英戈尔夫把这件事告诉了他。英戈尔夫准备带十四个人一同出发。奥拉夫告诉他要加倍小心，并说与食物的下落相比，自己更关心他是否能够安然返回。英戈尔夫一行骑马向南穿过荒地，一路上大家谈论着奥拉夫家被盗之事。窃贼一共偷走了价值一千五百埃拉的物品。

英戈尔夫和他的手下人发现了窃贼的足迹便循迹追去，但后来足迹向两个不同的方向延伸出去，令他们不知何去何从。于是全部人马分成两队，一队八人，另一队七人。他们分头寻找了很长时间。离他们不远的地方有几个牧羊人住的草棚。他们走过去，看到一个草棚旁有十八匹马。于是大家一致认定这里就是窃贼藏身之处。他们认为最好的对策就是尽快去寻找同伙。

英戈尔夫说，从某些方面看这样做并非明智之举，"因为那样窃贼们就可能跑到离此不远的山洞躲起来。他们一旦得逞就会安然无恙；而我们此行将无功而返——此外我们也无法确定我们的人到底在哪儿。"

说完英戈尔夫跳下马，跑到附近的一座山谷里捡来两块扁平的石头。他把一块绑缚在胸前，另一块系在肩头以此来保护自己。随后他手握家传宝剑冲进了草棚。草棚有两个门，但英戈尔夫身边只有一人相助。同伴建议英戈尔夫设法把这儿的情况告诉其他同伴。英戈尔夫让他去找人，自己留下来守门。

同伴说他不会离开英戈尔夫的——"因为我觉得你这里急需帮手。"

英戈尔夫想要马上攻打草棚，他让同伴紧随其后。他刚进门窃贼们就向他扑了过来，但他绑在身上的石块挡开了敌人的攻击。

盗贼们又从四面围攻英戈尔夫，但他勇敢镇定，以一当十。接着他举剑反击。剑的一端正落在他身后那个人的头上，使他即刻毙命。同时站在英戈尔夫前面的人也倒在了剑锋下面。这样，英戈尔夫一剑就结束了两个人的性命。双方打得十分激烈。到战斗结束时，英戈尔夫已杀死了五个盗贼。但他的同伴也被对方打倒在地。之后他们设法从草棚中冲了出来，但英戈尔夫受了重伤。他的人都向这边聚拢过来，盗贼们仓皇逃走了。英戈尔夫的人夺取了他们的赃物，系在自己的马背上。随后他们掉头向北，踏上了回家的路程。

那年冬天英戈尔夫一直因伤卧床，后来伤势略有好转。但到了春天，随着天气逐渐变暖，伤口再次恶化，很快就到了生命垂危的阶段。临死前，英戈尔夫请求不要把自己葬在家族墓地所在的山上，并且说如果他的墓靠近大路，瓦特恩峡谷的姑娘们就会更好地记住他，说完他就死去了。他安葬的地方现在被称作英戈尔夫之丘。所有的人都为英戈尔夫的死感到悲伤。在他父亲死后的十二年里，他为自己赢得了巨大的荣誉和尊重。奥托终于把女儿嫁给了一个斯塔弗霍特人。

英戈尔夫之死使瓦特恩峡谷谷人失去了自己的头领。英戈尔夫的两个儿子又因年幼无法继承父位。人们设法寻求解决之道。按照当时的法律，如果继承人尚未成年，就由"庭"的成员中最有能力的担任戈狄①的职位。

42

索尔格里姆之子索尔凯尔·斯科莱彻长得又高又结实。上述事件发生时他正好十二岁。索尔格里姆不承认他是自己的儿子，但索尔凯尔比他的嫡生子们勇敢得多。赫尔瓦特的索尔凯尔·西尔弗是一个经常改头换面的人。他善用法术，而且十分富有，但身边没有朋友，许多人都不喜欢他。实际上他是一个值得交往的人。

就在选举戈狄的大会即将在坎恩萨召开的那一天，索尔凯尔·西尔弗的妻子对他说："你今天有何打算？"

索尔凯尔回答说："我要去参加大会。等今晚回来时，我就是瓦特恩峡谷的新任戈狄了。"

"我不希望你抱着这种想法去参加大会，"他妻子说，"因为这种好事不会落到你的头上，况且你也的确不胜任。"

---

① 戈狄本意为神圣的人，此处意为首领。

索尔凯尔说："在其他事情上，我会尊重你的意见，但这件事不行。"

克拉卡-乌尔姆和老英吉蒙德的孙子——坎恩萨的索尔格里姆也打算参加大会。由于同瓦特恩峡谷谷人的亲戚关系，索尔格里姆被认为是头领的最佳人选。但最终结果还要由抽签决定，因为其他人也都认为自己很胜任。大会定于冬季的最后一个月在位于福赛鲁谷内的克拉卡-乌尔姆的庄园里举行。

大会前一天晚上，索尔凯尔·西尔弗做了一个梦，醒来后他告诉妻子西格内，他梦见自己骑着一匹红色的马在瓦特恩峡谷疾驰，"这意味着某种红色的东西正在前方燃烧，我想这是个吉兆，预示着我会获得荣耀。"

西格内说，她不这样想，"我觉得这是一个凶梦，"她说，这匹马叫作梦魇，一匹母马就是一个人死后的灵魂，红色预示着要发生血战，"如果你执意谋求戈多尔德的位置，就有可能在大会上被人杀死，因为许多人会因此对你心生嫉恨。"

索尔凯尔对妻子的话不以为然。他开始为出发准备衣服和武器，因为他是一个喜欢浮华的人。他在最后一刻才到达会场。

索尔格里姆很早就到了。他坐在乌尔姆旁边的主位上。此前他从未承认他是索尔凯尔·斯科莱彻的父亲。索尔凯尔正和其他孩子一起在地上嬉戏，他长得又高又结实，十分英俊。后来他在索尔格里姆面前停下来，久久地凝视着他和他手中的一把小斧子。索尔格里姆问这个女奴的儿子为什么总盯着他看。索尔凯尔说即使如此，也没有什么值得激动的。

索尔格里姆说："看得出你很喜欢这把斧子。如果我把它送给你,并且承认与你的亲戚关系,你准备怎么回报我?"

索尔凯尔请他讲出交换条件。

索尔格里姆说:"你必须用这把斧子劈开西尔弗的头,使他永远无法成为瓦特恩峡谷的戈狄。那样你就可以证实自己无愧于瓦特恩峡谷谷人的血统了。"

索尔凯尔接受了他的条件。索尔格里姆让他同其他的孩子一起尽量做出顽劣的举动。西尔弗一直双腿交叠手托下巴坐在那里。索尔凯尔冲到外面的泥地里,然后返回来用西尔弗的衣服擦拭身上的污泥,看看他是否动怒。

这时人们已开始讨论戈狄的人选。但大家各抒己见,无法达成共识。于是把所有的签都放在一小块布里让人们依次抽取。由于西尔弗施用了法术,他的手气特别好。于是索尔格里姆离开众人,在门口找到索尔凯尔·斯科莱彻和那些孩子。

索尔格里姆说:"我想让你现在就付给我斧子钱。"

索尔凯尔说:"我渴望拥有这把斧子,我现在就全部付清。但你不能指望按照你说的方式来付。"

索尔格里姆回答说:"除了钱物,你还可以用其他方式酬谢我。"

索尔凯尔说:"你想让我现在就去杀死西尔弗吗?"

"是的。"索尔格里姆说。

这时西尔弗已经抽中了戈狄的签。

索尔凯尔·斯科莱彻走进大屋,粗鲁地从西尔弗身边擦过,并且踩了他一脚。西尔弗抬腿把他踢开并骂他是下贱胚。索尔凯尔纵身跳到紧邻西尔弗的位子上,用斧子击中了他的头。西尔弗即刻倒地身亡。索尔凯尔说自己没费吹灰之力就得到了想要的斧子。

索尔格里姆说，他知道索尔凯尔一直为自己的身世深感烦恼，"你觉得无法忍受。但现在你已经证明自己无愧于瓦特恩峡谷谷人的身份。我愿意承认我们的父子关系。"

之后，索尔格里姆接任戈狄一职，被称作坎恩萨的"戈狄"。因西尔弗被杀引起的纠纷得到了和解，因为他的儿子当时还都未成年。索尔凯尔随父亲一起回到坎恩萨的家中。他请求父亲允许自己到国外去。他很想知道是否能遇见他们的亲戚——赫洛德维之子雅尔西古尔德。索尔格里姆说他完全可以按自己的意愿行事。

43

有一个叫比约恩的挪威人拥有一艘船，准备出海远行。索尔凯尔·斯科莱彻便搭他的船离开了冰岛。他们到达了奥克尼群岛。当时西古尔德是岛上的雅尔。比约恩与他相熟，因此请求他款待自己和索尔凯尔，并称赞他是一个家世良好、值得交往的人，远比冰岛人高贵。雅尔表示愿意接待他们并询问了索尔凯尔的家世。索尔凯尔把自己的身份告诉了他，但雅尔并未在意。之后雅尔热情地款待了他们。在雅尔的家人看来，索尔凯尔显得有些固执。他从不擅自走动，除非雅尔要去什么地方，他对雅尔十分忠诚。

到了春天，一次，雅尔的家人都离家去参加游戏。雅尔同少数随从留在后面。他说："索尔凯尔，你没有去参加游戏，看来你比大多数人都更忠心耿耿。你曾提到过你的身世,现在告诉我是怎么回事。"

于是索尔凯尔谈起了他的家人,雅尔听后说道:"你一定同我有亲戚关系,你应该早点让我知道。"

此后雅尔对他的敬意与日俱增。第二年夏天,雅尔打算外出劫掠。他问索尔凯尔是否愿意同去,索尔凯尔表示如果雅尔有意于此,他会欣然从命。

那年夏末他们四处出击。一次他们在苏格兰与人交战。返回船上后,雅尔询问少了多少人。查对人数后发现只有索尔凯尔一人不见了,来的时候他是在雅尔船上的。雅尔的手下人都说失去这种懒人不足为惜。但雅尔让他们立即分头去寻找。他们只好从命。最后他们在一块林间空地发现了索尔凯尔。他正在一株橡树旁与两个人激战。还有四个人已经被他杀死,倒在不远的地方。雅尔的人到达后,与索尔凯尔交手的那两个家伙匆匆逃掉了。雅尔问他因何迟迟不归。

索尔凯尔说:"我听见你命令大家离开船只向岸上进攻,但并未听说可以弃同伴于不顾,争先恐后地跑回船上。"

雅尔回答说:"孩子,你说得对,就应该这样,所有从旗标旁跑开的人都分不到战利品。"

雅尔又问倒在他旁边的那几个人是当地人还是自己人。

索尔凯尔说是当地人。

他告诉雅尔他恰巧从一座城堡下走过,"在我经过的地方,从墙上落下一些石块,我发现里面有数量可观的财宝。城堡里的人发现了我,便向我进攻。交战的结果你已经看到了。"

于是，雅尔当着众人的面表扬了索尔凯尔的勇敢。接着他又问有多少财宝。索尔凯尔说值二十块银币。雅尔说应该全部归索尔凯尔所有。索尔凯尔说应全部献给雅尔，包括他自己的那一份。于是雅尔说那就由他们二人共有吧，其他人不得分享。

由于他的英勇表现，索尔凯尔得到了雅尔的尊重。他同雅尔一起度过了两个冬天。后来索尔凯尔想要返回冰岛，他把自己的想法告诉了雅尔。

雅尔说："我相信你一定会给你的家族带来荣誉。"

雅尔将他收作随从，送给他一把镶金的斧头和漂亮的衣服，并表示永远都会把他当作朋友。雅尔还赠给他一艘商船，让他任意装载货物。他还将一枚重达半马克的金戒指送给索尔格里姆，为内莱德赎取自由。他还以亲戚的身份送给内莱德一套华丽的服装。之后，索尔凯尔起航返家，旅程十分顺利。他将船驶进了赫纳瓦特索。坎恩萨的戈狄索尔格里姆骑马赶到船边，热情地欢迎儿子归来，并邀请他和自己同住，索尔凯尔同意了。如雅尔所愿，内莱德从索尔格里姆那儿获得了自由。不久之后，索尔格里姆患病去世。按照当时的习俗，他的婚生子们继承了家产。

索罗姆是索尔格里姆之父克拉卡-乌尔姆的兄弟，而索尔格里姆又是索尔凯尔的父亲。索罗姆找到索尔凯尔，邀请他住到自己家里去，索尔凯尔欣然接受了邀请。他是一个讨人喜欢的好脾气的人。

44

有一个叫索尔吉尔斯的人居住在斯维纳瓦特,他和妻子生有四个儿子,其中两个——索尔瓦尔德和乌尔姆常被人提起。索尔吉尔斯的弟弟有一个儿子叫格莱蒂尔,他的母亲就是莫德罗维勒的"大力王"古德蒙德的妹妹。格莱蒂尔是一个喜好夸耀的轻浮之徒,他喋喋不休地四处拨弄是非,愚蠢自大而又仗势欺人。索尔吉尔斯和索尔瓦尔德父子二人来到克拉卡-乌尔姆的家向他的女儿西格里德求婚,他们如愿以偿。婚宴定在冬天于福赛鲁谷内举行。乌尔姆家中人手不多,却有许多差事要做:既要派人上山捕获猪、羊,又要兼顾其他活计。索尔凯尔提出和下人一起上山,乌尔姆对此十分高兴。于是索尔凯尔一行就出发了。由于猎物轻易不露头,他们进展十分缓慢。野猪似乎尤其难对付。索尔凯尔比谁都卖力,他不知疲倦地四处搜寻,并总是自愿负担别人不愿做的差事。

当大家准备食物时,索尔凯尔说:"我们宰只小猪吃好不好?"

说完索尔凯尔取来一只小猪准备宰杀后供大家食用。人们都说索尔凯尔帮了他们大忙,之后他们就出发回家了。

有一个叫作阿瓦尔迪的人与克拉卡-乌尔姆住在一起,他是英杰尔德的儿子。他自己经营农场,他的妻子希尔德操持家务。她是"狂人"埃温德的女儿。

婚礼举行前不久,格莱蒂尔从东部湾赶来。他听到了各种各样的消息和有关婚礼的安排。

格莱蒂尔说，他还听说了一些其他的事情，"那就是索尔凯尔·斯科莱彻的山中之行以及他是如何被选中做牧猪人的。"

格莱蒂尔说他是个下贱胚，这样做很符合他作为女佣儿子的身份，又说他杀死的小猪头天夜里还在吃奶，吃完就躺到公猪旁边，"因为它像母猪一样感到了寒冷。"

索尔吉尔斯说："你的玩笑粗俗而愚蠢。据说索尔凯尔表现得十分得体，不论在山上还是其他地方。"

"我觉得这件事是他的耻辱。"格莱蒂尔说。

参加婚礼的人纷纷赶到了。

索尔凯尔对他的养父乌尔姆说："让我来招待客人，我会随时听候吩咐和差遣。"

乌尔姆高兴地接受了他的提议。索尔凯尔将婚宴安排得井然有序，十分精彩。乌尔姆和他的家人坐在主位上，索尔吉尔斯和他的仆从则坐在对面较低的凳子上。索尔凯尔对客人照顾得十分周到，态度也非常恭顺。斯维纳谷的人不停地嘲弄他，并说这次奴隶的儿子可大出风头了。索尔凯尔说他的热情服侍应该得到善意的回报和感激的言辞，而不是嘲弄或辱骂。

格莱蒂尔说，他的确多次作出不凡之举，"你当然可以为此扬扬自得，但不论你如何吹嘘，你却在不久之前杀死了一只刚刚吃了一天奶的小猪——那就是你所谓的壮举！"

索尔凯尔说："我的功绩屈指可数，格莱蒂尔，但至少要比你多，所以你无权这样说。"

格莱蒂尔当着索尔瓦尔德的面嘲弄索尔凯尔，说他是准备食物的高手。索尔瓦尔德认为格莱蒂尔这样做不够明智。到了晚上人们纷纷上床休息。

第二天早晨索尔凯尔走到外面的一间小屋里,把雅尔赠他的斧子磨得十分锋利,然后向门廊走去。格莱蒂尔正在那儿洗浴,人们端着盛肉的食槽从他身边走过。

见到索尔凯尔,格莱蒂尔对他说:"今天早晨你一定是在忙农活吧!现在我们可以享用你准备的猪肉了,一定要把最肥的部位留给我。这是女奴儿子该干的活。"

"你为何不先把猪头砍下来为自己选几块肉呢?"索尔凯尔说,"我从不知道你这样贪吃,看来填饱你的肚子不太容易。"

那一天客人们打算骑马返家。索尔吉尔斯询问是否已准备好早饭,索尔凯尔说:"马上就好。"他从仆人出入的门走出去,又从另一扇门进来,拿起放在门边的斧子。当格莱蒂尔走出来时,索尔凯尔悄悄跟在他后面,挥斧向他的头砍去,格莱蒂尔即刻倒地身亡。

索尔凯尔向北门跑去,因为人们已将南门堵住。房子里到处都是食物。索尔吉尔斯身边有许多人,他们在房内四处追堵索尔凯尔,决心不顾一切将他抓获,绝不让他逃脱。索尔凯尔在长凳间跳来跳去躲避追杀。房中有一条狭窄的通道,还有一些带锁的床头柜,通过其中的任何一个都可以直接跳进通道。索尔凯尔看见一些女眷正坐在对面戴头巾,于是他向希尔德跑去。希尔德问他为何如此匆忙,索尔凯尔把事情的经过告诉了她。她让索尔凯尔从自己的身边跳入通道,索尔凯尔就这样跑掉了。

索尔吉尔斯说:"我们到女眷住的地方去看一看,我觉得那家伙似乎向那个方向跑了。"

希尔德顺手拿起一把斧子,并说谁也休想从她手中夺走它。见此情景索尔吉尔斯认定索尔凯尔一定藏在那儿,于是他命令手下人拿来衣物充作盾牌,以保护自己不被砍伤。众人按他的吩咐行事,但还是没有发现索尔凯尔。

这时索尔吉尔斯才意识到所有这一切不过是骗人的把戏,用以拖延时间。于是他和手下人向屋外走去。到了外面他们确信瞥见河边有人影晃动。于是索尔吉尔斯命令手下人对那儿进行搜查,但却一无所获。原来索尔凯尔早就知道河边不远处有一个山洞——现在被称作科洛鲁勒(即抓者洞之意)。他躲到里面才未被发现。

索罗姆和克拉卡-乌尔姆试图寻求和解之道,但索尔吉尔斯拒绝接受任何补偿,谁也无法动摇他的决心。他们一伙扬言格莱蒂尔之死必须血债血还。索罗姆带领新郎一方的宾客离开了庄园。他一直在寻找和解的办法,结果却枉费心机。在这种情况下他们只好告辞而去。

整个冬天,索尔凯尔轮番住在坎恩萨的兄弟和其他亲戚家。因为大家都想帮助他并希望他能留在当地直至成人,那样他们就不会受到外来人的主宰。随后瓦特恩峡谷谷人又为他向住在斯巴克诺弗的女先知索尔迪丝求助。她是一个值得尊重的女人,聪明而又有见地。他们请她保护、帮助索尔凯尔,并说此事就指望她的计谋了。索尔迪丝说她会尽力而为。

索尔吉尔斯去求见"大力王"古德蒙德,并说他最有责任为亲戚讨回公道,"我也会全力支持你!"

古德蒙德说:"在我看来这件事并不那么容易。我认为,有众多亲戚相助,索尔凯尔会成为一个了不起的人。而且我听说索尔凯尔所为确是忍无可忍之举。现在你可以开始准备对索尔凯尔进行控告。我会在今年夏天的"庭"的大会上为你做主。"

整个春季索尔吉尔斯都在为控告索尔凯尔做准备。参加大会的瓦特恩峡谷谷人很多,他们的对手也不少。索尔吉尔斯带着大队人马来到会场。索尔凯尔也同亲戚们一起骑马赶来,同来的还有女先知索尔迪丝,随后古德蒙德主持审理这起争端。瓦特恩峡谷谷人提出和解条件,但古德蒙德一方的人坚持要将索尔凯尔驱逐出国。

索罗姆见到索尔迪丝后,与她商议这件事。因为她有见识,能够洞察未来,因此经常被推选参与重大事件的决断。

她说:"索尔凯尔一定要到我的棚屋来,让我们看看会发生些什么。"

索尔凯尔很快就过来了。

索尔迪丝对索罗姆说:"去和古德蒙德谈谈和解的条件,并向他提出由我来断决这起纠纷。"

索尔凯尔给了索尔迪丝二百银币。索罗姆当众提议由索尔迪丝担任裁决人,但遭到了古德蒙德的拒绝。他说他无意接受任何钱财作为补偿。

索尔迪丝说:"我无法对古德蒙德心存感激。"

于是,她对索尔凯尔说:"去披上我的黑斗篷,然后再拿上这根叫作霍格努德的木杖。你有胆量这副装扮到古德蒙德那伙人中间去吗?"

索尔凯尔表示自己有胆量按她的吩咐去做。"那就让我们冒一次险吧！你要设法接近古德蒙德，然后用这根木杖在他的左脸敲三次。据我测算，你命中注定不会早亡，我想这会得到应验。"索尔迪丝说。

索尔凯尔来到古德蒙德一伙人中间，没有被人发现。他走到古德蒙德身边，顺利地完成了使命。

这样，对这起纠纷的审理只好暂缓进行。

索尔吉尔斯问："为什么停下来？"

古德蒙德说很快就会恢复正常，但他未能如愿。由于耽搁过久，任何判决都不再有效。

索尔迪丝找到瓦特恩峡谷谷人，请他们到大会上去提议用钱财补偿格莱蒂尔之死，"他们极有可能接受你们的建议，这样就可以使事情得到了结。"

大家依照她的吩咐到了议事庭。见到古德蒙德后，他们提出愿意做出钱财方面的补偿。

古德蒙德回答说："我不知道你们将提出什么样的和解条件，但我听说，这起争端的受害者是由于自己出言不逊才招来杀身之祸的。对此我不会置若罔闻。"

瓦特恩峡谷谷人表示愿意看在他的面上做出补偿，并请他规定赔偿的数额。

古德蒙德意识到这件事无法通过议事庭得以解决。经过一番审时度势，他接受了索罗姆提出的条件——他可以任意规定赔偿的数额，但不能将索尔凯尔流放国外或从本地驱逐出去。他们相互握手，一致同意对此事不再追究。随后索尔迪丝让索尔凯尔再次走到古德蒙德身边，并用木杖击打他的右脸。古德蒙德随即恢复了常态，并对自己一度失忆感到奇怪。

古德蒙德规定索尔凯尔需付一百银币作为格莱蒂尔之死的补偿。索罗姆和索尔迪丝提出异议，但未被接受。他们付清了所有的赔金。双方相互和解，之后就各自回家了。索尔凯尔随索尔迪丝一起回到了斯巴克诺弗。

索尔吉尔斯问古德蒙德："今天你为什么突然间改变了对这件事的看法？"

古德蒙德回答说："当时我的脑子似乎枯竭了，一句话也说不出来。我可能是在同一个强有力的对手较量。"

之后，他们离开了"庭"的会议各自回家了。

45

瓦特恩峡谷谷人尽一切可能给索尔凯尔以各种荣耀。他们为他挑选妻子，还把戈狄的位置留给他。因为当时英戈尔夫的儿子苏尔特和霍格尼还分别只有十一岁和十五岁，无法接受戈狄的职位。人们还为索尔凯尔购买了霍夫的土地，这样他就成为瓦特恩峡谷谷人的首领。

奥托的势力在北部地区不断扩大，但人们对此没有留意。奥托的儿子哈尔弗里德和加尔蒂以及他的其他一些子女也都到了北部。哈尔弗里德常去伯德-阿瓦尔迪家拜访并同他的女儿考尔芬娜交谈。这个女人已经嫁给了格里斯·塞明松为妻，但有许多关于她和哈尔弗里德的传言，这在哈尔弗里德的故事中有所记载。一次哈尔弗里德来到冰岛时，恰好格里斯去参加"庭"的大会，那时哈尔弗里德还是一个水手，他找到考尔芬娜，与她在一间草棚里偷情。格里斯得知此事后，怒不可遏，于是哈尔弗里德在那年夏天离开了冰岛。

在瓦特恩峡谷的一次人数众多的秋季大会上，人们纷纷在棚屋的外面搭盖篷布屋顶，因为他们要在那儿住两夜。索尔凯尔的棚屋是最大、最拥挤的一间，伯德-阿瓦尔迪和他的儿子赫尔蒙德共用一间。当奥托之子加尔蒂正忙着料理自己的事情时，他与赫尔蒙德不期而遇。赫尔蒙德想起哈尔弗里德对自己以及家人的冒犯，按捺不住愤怒之情。他冲过去杀死了加尔蒂，随后返回了自己和父亲的棚屋。索尔凯尔听说此事后，立即跳了起来，他要和手下人一起找赫尔蒙德算账。

赫尔蒙德的母亲希尔德堵在门口，说："索尔凯尔，最好不要这样冲动。当初我们打交道时，你一定没有想到你要当着我的面杀死我的儿子吧！"

索尔凯尔回答说："我们当时并未想到会发生这么多事。马上离开这间屋子，那样你就不会目睹儿子被杀了。"

这时希尔德才明白索尔凯尔所言旨在帮助赫尔蒙德。她觉得这个想法既机敏又大胆。于是摘下头巾给赫尔蒙德披上，然后又坐到他的凳子上。这样，不出所料一些妇女走出了屋子。

索尔凯尔催促她们抓紧时间，他说："别这样站着不动，这个女人已经遭受了许多磨难，不能再让她目睹儿子被杀。"

这时外面有许多人想马上冲进来杀死赫尔蒙德。索尔凯尔走到门口,说:"我们都是当地人又同属一个'庭',不应该自相残杀。让我们大家讲和吧。"

于是人们开始商讨和解的条件,最终达成了一项令双方都十分满意的协定。赔偿数额之大使接受赔偿的一方觉得受到了应有的礼遇。索尔凯尔十分得体地解决了这起纠纷,大家都很高兴。此后当地的所有纠纷都要请他裁决。因为,除了英吉蒙德之子索尔斯坦恩,他是瓦特恩峡谷谷人中最有才干的。

46

大约这个时期,弗雷德里克主教和被称作"远行者"的索尔瓦尔德·考德伦松乘船来到了冰岛。紧接着又有两个武士乘船而来,他们的名字都叫豪克。人们很不喜欢这两个家伙,因为他们让每个人都放弃自己的妻子或财产。谁若不从,他们就向他挑战要求决斗。他们像狗一样地大声号叫,把盾牌叼在嘴里,还光着脚在冒烟的木炭上行走。主教和索尔瓦尔德四处布道,带给人们一种与以往的信仰有所不同的新宗教。他们在吉尔加度过了第一个冬天。冰岛人对主教和他的追随者们所宣扬的这种新奇的信仰采取了回避的态度。考德伦和他的妻子皈依了这种新宗教,他们最先接受了洗礼。这时豪卡格尔的奥拉夫已经十分老迈,只能终日躺在床上用牛角喝水。

到了秋天,在祭冬的日子里,奥拉夫邀请朋友们,尤其是亲戚索尔凯尔,到他家赴宴。主教和索尔瓦尔德也来了。到达的人当中，只有索尔凯尔对他们表示了欢迎，并让他们二人单独待在一起，因为他们的信仰与众不同。宴会召开的第一个晚上，人们谈起了那两个武士。他们马上就要到达，大家对此都十分担心。

索尔凯尔问主教是否能想出什么办法将他们置于死地。

主教再次劝说众人接受新的信仰并允许自己为他们洗礼。他还说，他可以对付这两个作恶多端的无赖，"当然这需要你们的帮助。"

索尔凯尔说："你最好能给大家一些指示。"

主教说："在大厅的地上生三堆火。"

人们照他的话做了。

接着主教在火堆前祈祷。

"现在把长凳都堆在一起，然后再挑一些有胆量的人手持木棒站在四周，因为那两个家伙刀剑不入。若要照此安排，他们必死无疑。"

两位"豪克"到达后，走进了屋子。他们穿过了第一堆火，接着又过了第二堆。两人被烧得胆战心惊，急忙跳出火堆，向长凳跑去。于是人们用木棒把他们打死，并把尸体抬到了一座山谷里。此后这座山谷便被叫作豪卡格尔。

主教认为他已经履行了对索尔凯尔的承诺，所以他会接受新的信仰并同意为他洗礼。

索尔凯尔说英吉蒙德之子索尔斯坦恩和养父索里尔信奉的都是创造了太阳并主宰世间万物的造物主。除此之外，他不会接受任何其他信仰。

主教回答说："我们的信仰根本上是相同的，不同之处只是他

(Thorgerður Sigurðardóttir)

弗雷德里克主教在火堆前祈祷。

们必须信奉上帝——圣父、圣子、圣灵的三位一体,还要以他们的名义接受洗礼。"

索尔凯尔觉得这种在水中浸礼的仪式十分奇特。他说自己还不想改变信仰,但认为这会是一件好事,"而且我相信这个国家会有越来越多的人改信这种教义。我的亲戚奥拉夫是一个上了年纪的人,他将接受这种新的信仰,另外还有那些有意于此的人。但我还要等待时机成熟。"

于是奥拉夫接受了洗礼,他穿着白色的洗礼服安详地死去了。接着宴会上又有更多的人接受了洗礼。基督教在冰岛被正式承认后,索尔凯尔以及所有的瓦特恩峡谷谷人都接受了洗礼。索尔凯尔是一个杰出的头领。他十分虔诚,在自己的庄园修建了一座教堂。

47

在朗格谷的恩格里德住着两兄弟福斯托尔夫和斯罗托尔夫。他们都是令人生畏的家伙。他们收留了一个遭到驱逐的人,并把他保护起来。他们打算参加阿耳庭大会期间把他藏在离雷克雅韦利尔不远的科约尔,并在大会上为他辩解。在朗格谷的莫伯格住着另外两兄弟。他们是老维夫罗德·艾瓦尔松的儿子,分别叫作洪罗德和乌尔夫赫丁。两人当中乌尔夫赫丁更受欢迎。

有一个绰号"顽主"、名叫索罗尔夫的人和他们住在一起。乌尔夫赫丁是杜埃勒尔-斯塔里的好朋友。据说当恶棍索拉林向斯塔里挑战要和他决斗时,乌尔夫赫丁陪他一起前往决斗地点。路上天气突然变得十分恶劣。他们认定是女巫在捣鬼。

随他们同去的还有一个叫巴尔德的人,他被人称作"坏脾气"。由于他会巫术,他们请他设法阻止这种坏天气。于是他让他们拉起手站成一个圆圈,然后他绕着圆圈倒退着走了三次,嘴里念着爱尔兰语。接着他又让他们二人大声说"是的"。他们说完之后他便向山上挥舞手帕,很快天气就变得温和了。

如前所述,斯罗托尔夫和福斯托尔夫前去参加大会而把他们照管的那个人留在了斯约弗谷。因为他们认为如果他本人不到场就可以交付较少的赔金。洪罗德和"顽主"索罗尔夫也骑马赶去参加大会。快到雷克雅韦利尔时,有几匹马突然从他们身边跑掉了。他们四处搜寻却一无所获。这时他们看见离此不远的地方有一个人,便认定他没干好事,并且相信是他带走了他们的马。他们没有下马询问就冲过去把他杀了。随后他们骑马来到会场把一切都告诉了斯罗托尔夫和福斯托尔夫兄弟。他们非常生气并要求赔偿,还说他们已经为这个人同亲戚们讲和了,并替他付了钱。洪罗德说他认为急需赔付的远不止这些,说完就骑马离开了会场。

斯罗托尔夫兄弟在科尔屈米拉尔一个叫作霍尔特的地方购买了土地。有一个叫索尔芬的人是他们亲戚,住在瓦特恩峡谷的布雷达博尔斯德。他有事要去斯卡加苏尔特朗特,恰巧乌尔夫赫丁也要去那个方向,"顽主"索罗尔夫和他同去。当他们到达布伦德达附近的布雷达瓦德湾,索尔芬和福斯托尔夫兄弟正骑马行进在他们后面不远的地方。

福斯托尔夫兄弟说他们很高兴能在这儿遇见乌尔夫赫丁,"因为今年夏天他的弟兄杀死了我们的人。现在让我们追上他们。"

索尔芬说:"我不去。"于是他留在了后面。

福斯托尔夫和斯罗托尔夫拼命追赶乌尔夫赫丁兄弟。

"顽主"索罗尔夫发现了他们,说:"快骑,福斯托尔夫兄弟追来了。"

"不,"乌尔夫赫丁说,"我不会那么做,因为那样他们会骂我是只知逃跑的胆小鬼。"

索罗尔夫骑着马跳进了河里,于是福斯托尔夫两兄弟围攻乌尔夫赫丁一人,直到把他打倒在地。随后两兄弟骑马回到索尔芬那儿并把一切告诉了他。索尔芬说,他们这样对待一个好人极不光彩,说完就返回了瓦特恩峡谷的家。乌尔夫赫丁受到了致命的伤害。

洪罗德赶去把弟弟背回了家。乌尔夫赫丁请他在自己死后妥善处理这件事,不要去寻仇,"因为我记得上次你们路遇的那个人也并非因病致死。"

说完他就死了。洪罗德非但没有丝毫和解的表示,还准备提请阿耳庭大会对此事进行审判。索尔芬提出讲和以及补偿的条件,但洪罗德坚持要将福斯托尔夫和斯罗托尔夫驱逐出国。得到大会首肯后,他骑马离开了阿耳庭。两兄弟在科尔屈米拉尔的霍尔特修造了一座城堡,洪罗德要想攻打他们十分困难。

有一个获得了自由的奴隶叫斯库姆,他积聚了不少钱财,变得十分富有。洪罗德花掉了他的钱,斯库姆只好离开冰岛来到了挪威,并继续向北一直到了特隆德赫姆。他获得了巨大的财富并留在当地,再次成为一个富有的人。洪罗德花光了自己以及斯库姆的钱后,最终落得身无分文。他去求见瓦特恩峡谷戈狄索尔凯尔并把自己的困境告诉了他。

索尔凯尔说:"你的兄弟曾告诫过你不要寻求报复。可你执意不肯接受赔偿,这实在是不明智之举。现在你既身无分文又未能报仇。但既然你来我家求助,我会同你一起去寻求解决的办法。"

于是索尔凯尔找到福斯托尔夫兄弟询问他们,如果有机会是否愿意同洪罗德讲和。他们对此反应冷淡,说现在早已时过境迁,讲和已经失去了意义。

索尔凯尔说:"现在摆在你们面前的只有一个选择——履行大会的决定,离开冰岛,否则我不会再给你们任何忠告。"

他们表示会认真考虑他的建议,"因为我们最不愿意与您产生冲突。"

于是他们离开冰岛到了特隆德赫姆。

斯罗托尔夫说:"洪罗德是一个好人。他沦落到身无分文的地步,我们有很大的责任。而他的奴隶斯库姆却富比王侯,这实在不公平。"

于是他们去杀死了斯库姆,并夺取他的钱财送给了洪罗德。不久之后,斯罗托尔夫回到冰岛。他去看望索尔凯尔·斯科莱彻并请他为自己同洪罗德讲和。索尔凯尔答应了,随后他去找到洪罗德,并凭借自己的机智和诚意使事情得到了彻底解决。双方对他的判决都很满意。

后来,索尔凯尔渐渐衰老了,卧病在床。临终之际,他把亲戚朋友和族人都叫到了自己的身边。

他说:"我希望让你们知道,我已经身染重病,恐怕将不久于人世。你们一直十分信任我的预见并对我表示了极大的尊重和顺从,为此请接受我的感谢。"

说完他就死了。他的死讯令族人和整个地区的居民都感到极大的痛苦,因为他的确是一个伟大的地方首领,并蒙神赐福,好运不断。他具有老瓦特恩峡谷谷人如索尔斯坦恩和英吉蒙德的风范,但在信仰方面又超过了他们。他信奉的是真正意义上的宗教,他热爱上帝并以一个基督教徒的方式来迎接死亡。他的死结束了瓦特恩峡谷谷人的故事。

拉克斯峡谷萨迦

石琴娥 译

1

话说在挪威有个名叫塌鼻梁凯蒂尔的人，他是不打绑腿的比约恩的儿子。凯蒂尔是一个出身高贵又很有权势的领主，在挪威是个算得上的人物。他居住在鲁姆斯达尔，那是一片位于南北两个池塘之间的平川，鲁姆斯达尔的居民都麇居于此地。塌鼻梁凯蒂尔娶了拥有大笔财富的凯蒂尔·威特尔的女儿英格维尔德做妻子。他们生了五个子女。两个儿子是：大儿子叫东方人的比约恩，二儿子叫海尔吉·比约兰。三个女儿是：大女儿长头角的索鲁恩，她嫁给瘦子海尔吉，他是埃温德·伊斯曼和爱尔兰国王克雅瓦尔的女儿拉法塔所生。凯蒂尔的二女儿深思者乌恩嫁给了白色奥拉夫，他是那个被斯维尔特林家族所杀掉的恶人弗罗迪的孙子，英杰尔德的儿子。凯蒂尔的三女儿叫男人昏头的尤隆恩，她的儿子芬兰人凯蒂尔定居在吉尔克比平地。芬兰人凯蒂尔的儿子是阿斯比约恩、孙子索尔斯坦恩、曾孙苏尔特。苏尔特的儿子西格瓦特当上了法律宣讲吏。

2

凯蒂尔晚年时，挪威金发王哈拉尔德[①]的权威迅速上升，任

---

① 挪威国王，约900—945年在位。

何自称为王的君主或者贵族都必须臣服于他一人的统治之下，不论他们的头衔有多么显赫。有消息传到凯蒂尔的耳中，说是哈拉尔德打算像对付其他有权势者一样地收拾他，他非但连亲戚受诛都不许过问而且还要顺从得如同仆佣。于是他把全家老小召集到一起，对他们说道："你们大家都很清楚我同哈拉尔德一直以来的钩心斗角，不消再多讲。眼下我们面临生死存亡关头，急需要我们共同商量想出办法来化险为夷。我得到真实可信的消息说，哈拉尔德国王对我们抱有敌意，在我看来我们已经得不到王宫里的信任。所以在我看来只有两个选择：要么逃离这个国家，要么坐以待毙等着他来杀戮。就我来说，我宁愿像我亲朋一样地去赴死，可是我不情愿由于我的一意孤行而使你们陷于巨大劫难之中，因为我知道我至爱亲朋的性格，他们宁可跟随我经受男子汉的考验也决不会背弃我。"

凯蒂尔之子比约恩回答说："我愿立即让你们知道我的愿望。我愿跟随品德高贵的父亲，效法他的榜样逃离这个国家。因为我若像农奴一般听从哈拉尔德使唤，我将会不得安生，他们要么夺走我的庄园将我赶出来，要么就会在他们手里断送掉性命。"

此话一出，全场喝起彩来，因为大家觉得他讲得非常勇敢。于是大家商议决定要离开这个国家，因为既然凯蒂尔的儿子们都极力主张，没有人会起来反对。

比约恩和海尔吉主张去冰岛，他们说曾耳闻不少令人高兴的消息从那里传过来。人家告诉过他们那里有上好的土地而且不消出钱去买。他们说那里整年都有鲸鱼、鲑鱼和其他鱼类可供捕捞。于是凯蒂尔说道："我这把年纪必定难以活着到达那个渔场。"他说出了自己的想法，说他打算往西横渡过海可以有过上好日子的生机。他知道那里海岛上有大片土地，因为他曾到那一带去打劫骚扰。

3

随后凯蒂尔举行了盛大酒宴，在酒宴上他把大女儿长头角的索鲁恩嫁给瘦子海尔吉，此事前文已表。随后凯蒂尔启碇出海往西而去。二女儿乌恩和其他不少亲戚跟随他而去。

那年夏天，凯蒂尔的儿子和他的女婿海尔吉一起前往冰岛。凯蒂尔的儿子比约恩把船行驶到冰岛西海岸进入布劳德峡湾，沿港湾南岸而上，直到他来到一处地方，那里海湾深入陆地，离陆地不远处有个小岛，海湾内侧有一座高山拔地而起。比约恩说道他们务必在这里停留一段时日。比约恩带领几个人上岸探测。他们看到在滩畲和沼泽地之间有一片狭长的土地，他觉得此处适宜于居住，后来他又发现他神龛的立柱飘浮在一个小湾里，于是他认定要在这里建造家园。后来，比约恩便将在斯塔弗河和拉瓦峡湾之间的土地全都划归自己所有并且在这里居住下来。所以自此之后这个地方就叫作比约恩哈根。他被人称为东方人比约恩。他的妻子杰弗劳格是老人家克雅拉克的女儿。他们的儿子是奥托和克雅拉克。小克雅拉克生了儿子索尔格里姆，他又生了两个儿子：好斗者斯蒂尔和维尔蒙德。小克雅拉克的女儿名叫海尔嘉，她嫁给定居在埃耶尔的维斯塔尔为妻，他是埃耶尔的说空话者索罗尔夫的儿子。海尔嘉和维斯塔尔的儿子是索尔拉克，他又生了儿子埃耶尔的斯坦恩索尔。

比约恩的弟弟海尔吉·比约兰把他的船驶向冰岛南部，占有了从库拉峡湾到鲸峡湾之间的龙骨海岬，并且居住在艾斯尤山，直到寿终正寝。

瘦子海尔吉把他的船驶向冰岛北部，占有了马斯特岬角到罗旺岬角之间的埃斯勒港湾一带，并且在克里斯特岬角定居下来。埃斯勒港湾这一脉人全都起源于海尔吉和索鲁恩夫妻。

4

塌鼻梁凯蒂尔把船驶往苏格兰，受到当地权贵的殷勤接待，因为他名声很大而且出身高贵。他们为他的船只提供了停泊地使他深感满意，于是他和他的亲戚及手下便在那里定居下来，只有他的外孙，二女儿所生的儿子索尔斯坦恩，那个年轻人宁愿东征西战，在苏格兰远近一带劫掠骚扰并且一直获得胜利。后来他同苏格兰人讲和，他分得了苏格兰的一半土地。他娶了埃温德之女，瘦子海尔吉之妹苏里德为妻。苏格兰人并未将和平维持长久，而是背信弃义谋杀了索尔斯坦恩。博学者阿里·索吉尔松[①]在他的著作中曾记载了此事，说道：他在凯依瑟岬角阵亡丧生。当她的儿子阵亡时，深思者乌恩也在凯依瑟岬角。她听到索尔斯坦恩被杀，

---

① 冰岛中古时期历史学家，著有《冰岛人记》（约1122年）。

并且伺候她的父亲咽下最后一口气后，她反复斟酌，料定她在此地决计不会有繁荣兴旺的指望，甚至还可能无法容身下去。于是她叫人在森林里秘密造一艘大海船。当船造好之后，她亲自前来收拾，并且悄悄地把大笔财富转移到船上去。然后她召集起所有没有被杀戮的亲朋至戚一起登上大船扬长而去。许多男人都认为找不到这样的先例，即是在当时战争状况下，有人而且竟是个女人，居然能带领如此众多的跟随者并且携带了那样大笔的财富从容逃走。由此可见，她在女人之中是举世无双的。

乌恩身边有不少富有财产、出身高贵的好汉。有一个名叫考尔，他是她手下随从中最有钱的一个，并且由于他的出身还拥有"赫尔西尔"（头领）的称号。跟随乌恩出海航行的还有另一个好汉名叫霍尔德，他也出身名门而且拥有财富。

当一切就绪之后，乌恩便启碇出发驶往奥克内群岛。她在那里稍事停留，把红色索尔斯坦恩的女儿红头发格罗阿嫁了出去。她后来生下个女儿格蕾洛德。格蕾洛德嫁给了索尔芬雅尔为妻。索尔芬雅尔是吐尔夫·埃纳尔雅尔的儿子，泥塘雅尔罗根瓦尔德的孙子。格蕾洛德和索尔芬雅尔所生的儿子名叫赫洛德维雅尔，他又生了儿子西古尔德雅尔，孙子索尔芬雅尔。于是奥克内群岛雅尔这一族便兴旺起来。

在此之后，乌恩便将船驶到法罗群岛，在那里又停留了一段日子，她把索尔斯坦恩的另一个女儿奥洛芙嫁了出去。从她开始那个家族兴旺起来，成为当地最高贵的盖德比尔茨家族。

5

如今乌恩一心离开法罗群岛，她告诉跟随她的人们说她打算去冰岛。过不多久，她便带着索尔斯坦恩的儿子"菲兰"奥拉夫和他的几个尚未出嫁的妹妹启程出海。在她刚出海时，天气非常好，可是她的船刚到冰岛南部维克拉斯凯侬德便遇上风暴，船破裂成碎片，可是所有的人和货物都被救上岸。她登陆之后便带领二十个随从前去投奔哥哥海尔吉。可是她刚到那里，他便迎出来关照她说只可以有十个手下人随她留在那里。她气愤地回答说她真不晓得原来他是这样一个小气鬼。于是她拂袖而去，想到布劳德峡湾去寻找另一个哥哥比约恩。比约恩听说她已来到，便率领大批随从前来迎接。兄妹见面气氛十分热烈。他热情地欢迎他们并且邀请她和她所有的手下人都来同他居住在一起。因为他知道他的妹妹品德高尚。乌恩满心喜欢，对他气派十足的慷慨深表感激。她在那里过冬，受到了最盛情的款待，不缺任何东西，她哥哥亦舍得花钱。到了春天，她横越过布劳德峡湾，来到一个岬角，他们在那里吃了午饭，于是起名为午餐岬角，由此往东伸展的沼泽地便称为米德尔沼泽。她把船驶入赫瓦姆峡湾，来到一处岬角稍事憩息。乌恩一不小心把梳子落进水里，此处后来就叫作梳子岬角。她走遍了布劳恩峡谷一带，尽她所能占有了大片土地。然后她把船驶到海湾的角地，她的高背座椅支架飘到一处地方，她便选定那里作为居住之地。她在那里建造了一座房屋，称为赫瓦姆农庄。就在那年的春季里乌恩把赫瓦姆农庄的门户支撑了起来。考尔娶了红色索尔斯坦恩的女儿索尔盖尔德为妻，乌恩自己出钱为她举办婚礼酒宴，并且把拉克斯峡谷的全部土地都送给索尔盖尔德以作为嫁妆。后来考尔在拉克斯河南岸兴建房屋支撑起一个门户。他是一个男子汉气概十足的人，他和索尔盖尔德生下的儿子名叫霍斯库尔德。

6

这件事办完之后，乌恩便把她所占有的土地分给更多的人。她把斯克拉姆劳普河一带土地分给了霍尔德，并起名为霍尔德峡谷。他在霍尔德布斯塔德建造房屋安居下来，成为当地最显赫的人物。他的儿子富有者阿斯比约恩居住在乌尔诺弗岬角的阿斯比约恩农庄。他娶了米德峡湾的斯凯吉之女索尔比约格为妻，生了女儿英吉比约格，她嫁给黑色伊鲁吉为妻。他们的儿子是赫尔蒙德和嚼舌头贡恩劳格。这一支人兴旺起来，成了吉尔斯贝金家族。

乌恩对手下人说道："你们的辛勤努力应该得到补报，我手上不缺少钱财，可以为你们每一个人的辛苦和好意支付酬劳。你们大家都知道我已经给了梅尔顿雅尔之子埃尔普以自由，因为像这样一个出身高贵的人竟然成为奴隶，这决非我的愿望。"说完后她把腾加河和米德河之间的绵羊荒原分给了他。他生了乌尔姆、阿斯杰尔、贡恩比约恩和哈尔迪丝，哈尔迪丝嫁给奥达勒谷的阿尔夫为妻。

乌恩把斯考尔夫峡谷分给了斯考尔夫，他在那里一直居住到晚年。洪迪是她手下的一个有苏格兰血统的自由民，她把洪迪峡谷分给了他。

红色索尔斯坦恩的第四个女儿名叫奥斯克。她的儿子是聪明人索尔斯坦恩。斯瓦特·索尔斯坦恩的第五个女儿是索尔希尔德，她生了儿子奥达勒谷的阿尔夫，有不少大人物都可追溯到他，是出自他的子嗣。他的女儿索尔盖尔德嫁给热蒸汽岬角的阿里·马松为妻，他的父亲是阿特利，祖父是斜眼睛乌尔夫，祖母比约格是埃温德的女儿，瘦子海尔吉的妹妹。从他们这一支开始方才有了热蒸汽岬角的这一族人。红色索尔斯坦恩的第六个女儿名叫维格迪丝。从她开始才有了伊斯勒港湾角地的这一支家族。

7

"菲兰"奥拉夫是索尔斯坦恩最小的儿子。他身材魁梧、孔武有力、相貌端正而且品格高贵。乌恩对他的宠爱远胜于其他所有人，而且大家都知道她打算身后把赫瓦姆农庄的所有财产全都交给奥拉夫。

乌恩年迈体弱，不禁要为后事操心，她把"菲兰"奥拉夫叫来，对他说道："孙儿呀，我以为你应该成家立业了。"奥拉夫满口应承说道但凭她做主。乌恩说道："我打算你的喜庆酒宴务必安排在夏天结束之时，因为那时候最容易筹措必须要花销的费用。而且我猜想，前来贺喜的亲朋好友必定多不胜数。再说我已下决心这次婚礼将是我有生之年经手操办的最后一次。奥拉夫说道:"感谢您的一番苦心。可是我决计不肯让我要娶她为妻的那个姑娘破费太多你的钱财,并且使你劳累不堪。"

那年秋天,"菲兰"奥拉夫娶了阿尔夫迪丝为妻。婚礼在赫瓦姆农庄举行。乌恩为婚礼酒宴花费了大笔钱财,因为她把远近一带有身份的头面人物全都请来了。她邀请了她的两个哥哥,比约恩和"比约兰"海尔吉,他们都率领大批随从前来庆贺。达勒谷的考尔、霍尔德峡谷的霍尔德还有许多大人物都移驾莅临。婚礼酒宴非常拥挤,可是来的客人却没有乌恩所邀请的那么多,因为伊斯勒港湾的大批客人路太远以致后来才赶到。

乌恩年事已高,身体不再硬朗,每天要睡到响午时分才起床,到了天黑便早早睡下。在睡下之后和刚起床的时候,她决不允许任何人去禀报打扰。若是有人问起她身体状况她会非常生气。婚礼那天乌恩不得不晚睡晏起,然而客人来到时,她已起身,站在大门口仪态万千地欢迎亲朋前来。她说道:诸亲好友不惮路远前来贺喜,这是他们对她的至爱情谊,"我尤其要感谢比约恩和海尔吉两位哥哥,我也要感谢聚集在这里的所有人。"

她说完之后便步入厅堂,众人跟随她走了进去,每个人都对喜庆婚宴排场气派之大赞不绝口。乌恩说道:"我的哥哥比约恩和海尔吉,诸位亲戚朋友,我请你们作见证。这座庄园和你们眼睛能看到的所有东西我全交给我的孙儿奥拉夫拥有和管理。"

说完之后,乌恩站起身来说道,她要回房安歇了,不过请众人自便务必尽兴,麦酒能使人兴高采烈,请大家多喝一点。据传说她身材高大而且肥胖凝重。她步履匆匆走出厅堂,客人们都说这个老太太至今风度不凡。那天晚上厅堂里非常热闹，众人畅饮直至尽兴才回去睡觉。

一宵无话，第二天奥拉夫到他祖母的卧房里看望乌恩，他踏进房门只见乌恩倚枕而坐，但人却已经死了。奥拉夫奔到厅堂里告诉大家这一奇迹般的去世，乌恩直到临终之日尚且保持了她的尊严。于是一众宾客参加完奥拉夫的喜庆酒宴又接着参加了乌恩的殡葬酒宴。在奥拉夫婚宴的最后一天，乌恩入殓下葬，她的遗体被放在一艘船里，然后埋入圆锥形坟茔，随身有不少珍宝殉葬。

"菲兰"奥拉夫接管了赫瓦姆庄园，在亲戚们的指点下，把门户支撑起来。在酒宴结束、那些身份最显赫的贵客纷纷离去时，奥拉夫都馈赠以十分气派的礼物。奥拉夫后来成为一个很有权势的伟大头领，他一直居住在赫瓦姆农庄，直到晚年。奥拉夫和阿尔夫迪丝的儿子大嗓门索尔德娶了米德岬角的斯凯吉的女儿赫罗德内为妻。他们生下的儿子是灰色埃约尔夫，神思恍惚的索拉林和长胡子索尔凯尔。

"菲兰"的女儿索拉嫁给吃鳕鱼者索尔斯坦恩为妻，索尔斯坦恩是络腮胡须索罗尔夫的儿子。他们两夫妇生下的儿子是矮胖子伯尔克和索尔格里姆，索尔格里姆的儿子是戈狄斯诺里。

奥拉夫的另一个女儿海尔嘉嫁给贡纳尔·赫利法尔松为妻，生下的女儿尤弗里德嫁给了长舌头奥德之子索罗德为妻，后来又改嫁给埃吉尔之子索尔斯坦恩。他们夫妻生有一个女儿名叫索鲁恩，嫁给了手脚忙乱的索尔凯尔之子。

奥拉夫的第三个女儿索尔迪丝嫁给了拉吉的弟弟法律宣讲吏索拉林为妻。

奥拉夫尚还健在、居住在赫瓦姆农庄的时日里，他的姻亲兄弟达勒峡谷的考尔却得了重病一命呜呼了。考尔的儿子霍斯库尔德在他父亲去世之时尚还年青，可是他却老练得超过他的年纪，非但是一个很有出息的人而且体格强健。他接过了考尔留下的家当和产业，原先考尔生前以他名字命名的农庄如今改名为霍斯库尔德庄园。他操持庄园也还得到了手下一批好汉的支持，那些人都是考尔招集在他身边的，既有亲戚也有朋友。

霍斯库尔德的母亲索尔盖尔德是红色索尔斯坦恩的女儿，当时还是个年岁不大的妇女，长得很俊俏。在考尔死后她不情愿在冰岛再居住下去，便告诉她儿子霍斯库尔德说她想要离开冰岛到海外去，并且把她名下的那份财产随身带走。霍斯库尔德说他们母子分离他心里会非常难过，然而他不情愿做任何违背母亲意愿的事情，这件事亦会遵照母亲吩咐办理。稍后不久霍斯库尔德用他母亲的名义购买了一艘停泊在午餐峡湾海滩上的海船的一半股份。索尔盖尔德便携带了大批财产货物登上海船。

索尔盖尔德启碇出海，航行十分顺利，平安抵达挪威。索尔盖尔德在挪威有许多亲戚朋友，其中许多人都是身份显赫的权贵。他们热情地欢迎她回来，并且她想要从他们手里得到什么可以尽由她挑选。索尔盖尔德十分领情，说道她想要在这个国家里定居下来。她守寡时间不久便有一个好汉前来向她求婚。那好汉名叫赫尔约夫，是个富裕而且受人器重的头领。他是一个身材高大、孔武有力的人，长相并不好看，可是他武艺超群，英勇气概异于常人。当他们一起坐在索尔盖尔德住所商量这门亲事时，索尔盖尔德亲自出面回答，因为她是个寡妇。她在同亲戚商议之后回答说，她并不拒绝这一提婚要求。于是索尔盖尔德嫁给了赫尔约夫，搬到他家里来住。婚后，夫妻十分恩爱。不久之后她便显示出持家有方的本事，是位最能干的主妇。赫尔约夫的生活大为改观，他因为有这样一个妻子而更增添了光彩。

8

赫尔约夫和索尔盖尔德婚后不久就生下一个儿子。他们用清水为孩子洒身并且起名为赫鲁特。他从小就长得身高体壮，待到长大之后显得比任何别人都俊美。他身材魁梧，双肩宽阔，四肢颀长，手脚匀称。赫鲁特长相亦比所有别人都英俊，很像他外祖父索尔斯坦恩或者曾外祖父塌鼻梁凯蒂尔。总而言之，他是个最杰出的英豪。

后来赫尔约夫患病去世，大家都认为是一个沉重的损失。在此之后索尔盖尔德想返回冰岛去探望儿子霍斯库尔德，因为她仍然对他母子情深，这份爱意要超过任何别人。她把赫鲁特留在挪威，由亲戚代为照料。

索尔盖尔德航行返回冰岛，前往拉克斯峡谷，在他家中找到了霍斯库尔德。他非常体面地接待了他的生身之母，她仍拥有大量财富，便搬来同霍斯库尔德同住以终天年。索尔盖尔德在返回冰岛几个冬天之后病重不起乃至去世。霍斯库尔德便接受了她所有的钱财，可是其中一半应归在她的二儿子赫鲁特的名下。

9

当时挪威由阿特尔斯坦①的养子哈康王②统治。霍斯库尔德是他的贴身侍卫,必须每隔一年到哈康王宫里去值勤当差,余下时间则居住在家里。因此,他在挪威和冰岛都很有名气。

在比约恩峡湾居住着一个名叫比约恩的好汉,他已抢先占有到大片土地,那个峡湾便是以他的名字而命名的。那峡湾从北面的斯特恩格里姆峡湾切入进来形成了一条颈脖形状的窄长地峡。比约恩出身名门,广有钱财,他娶了洛尤弗为妻,生下女儿名叫尤隆恩。

尤隆恩是所有姑娘之中最美丽的一个,她非常骄傲并且极其聪明。远近公认她是西部峡湾一带最难求的佳偶。对于这位姑娘霍斯库尔德早有耳闻,他还听说比约恩是斯德朗海岸一带最富有的自耕农。于是,霍斯库尔德率领十个好汉离家前往比约恩峡湾的比约恩的农庄。他受到良好的款待,因为比约恩对他的情况亦颇有知晓。于是霍斯库尔德提出娶他女儿的要求,比约恩说道他很高兴听到提亲要求,而且认为他女儿再难寻到更合意的配偶,

---

① 英格兰国王艾尔弗雷德之孙,老前辈爱德华之子,约于924年即位为王,死于约939年,他同挪威金发王哈拉尔德结盟,并收养哈拉尔德(约900—945年在位)的幼子善良王哈康为螟蛉子。

② 善良王哈康(约947—960年在位)金发王哈拉尔德的幼子,947年他击败兄长血斧埃里克(945—947年在位)成为挪威国王。

不过择夫之事还是由她来决定。这门亲事提到尤隆恩面前时，她这样回答说："我曾听说过你的情况，霍斯库尔德，我只能回答说不便拒绝你的求婚，因为我想嫁给你的姑娘必定会受到关怀疼爱，可是在这桩事情上我父亲才最有权说话定夺，我将遵循他的愿望。"此事长话短说，尤隆恩许配给了霍斯库尔德，嫁妆非常丰厚，婚礼将在霍斯库尔德庄园举行。

事情既见分晓，霍斯库尔德便离去返回他的住所，并且在那里一直留等到婚礼酒宴。比约恩率领众多随从，送亲队伍自北而来。霍斯库尔德也邀请了许多宾客，既有亲戚亦有朋友，那次婚礼酒宴极一时之盛。婚礼酒宴过后，每个宾客都乘兴而归，并且得到了丰厚的礼物馈赠。

比约恩之女尤隆恩在霍斯库尔德庄园安顿下来，襄助霍斯库尔德操持庄园一应事务。不消许久便显出了她的聪明才智，她对许多事情都十分在行，而且知识广博。虽说她时常脾气发作，好在霍斯库尔德同她彼此恩爱，在日常生活中不在别人面前吵闹相争。霍斯库尔德如今成为有权势而且进取心很强的头领，他手头不缺乏钱财，大家觉得他慷慨待人决不逊于他的父亲考尔。

霍斯库尔德和尤隆恩结婚不久便生儿育女。他们的大儿子名叫索尔莱克，二儿子名叫巴尔德，大女儿哈尔盖尔德外号叫"女当家"，二女儿苏里德。所有这些子女都大有出息。索尔莱克是个身高力大、相貌英俊的青年，平素沉默寡言，脾气却很粗暴。大家都觉得他的脾气反复无常，而且他绝不是办事公道的人。霍斯库尔德时常说道他禀赋了西部海岸一带男子汉所特有的气概。霍斯库尔德的二儿子巴尔德看样子就是一副伟男模样，从他长相上就可以看得出他很像他父系的祖辈。他长大成人后举止温和文静，而且交游广阔朋友众多。在所有的子女之中霍斯库尔德最疼爱他。

如今霍斯库尔德庄园享有巨大荣誉名声远播。大概就在这段时间里，霍斯库尔德把妹妹格罗阿嫁给了老前辈维烈弗，他们的儿子是决斗者贝斯。

10

在拉克斯峡谷还住着一条好汉，他住在那条河的北岸，与霍斯库尔德庄园遥遥相对。那地方后来叫作赫拉普农庄。赫拉普外号叫作好斗者，是苏玛里德的儿子。他父亲这一系是苏格兰人，而母亲则来自苏多尔岛[①]，他本人也在那里长大。他身材粗壮肥大，是个即使面对不利形势亦决不肯回头的恶汉，他干下的坏事令人无法宽容而他决不肯对他的罪恶勾当认错悔过，于是只好横过大海向西亡命，来到冰岛买下了他后来定居的那块土地。他的妻子是哈尔斯坦恩之女维格迪丝，生下儿子叫苏玛里德。她的弟弟闷闷不乐的索尔斯坦恩住在索尔岬角，前文已有叙述。苏玛里德从小在那里抚养长大，是个很有出息的年轻人。索尔斯坦恩曾经结过婚，不过如今他的妻子去世他成了鳏夫。他有两个女儿，古德里德和奥斯克。三叶草索尔凯尔娶了古德里德为妻，他们居住在斯维格那斯卡德。他是一个伟大的头领而且为人富于心计，是劳

[①] 系英格兰赫布里底群岛中的一个岛屿。

比约恩之子。索尔斯坦恩的二女儿奥斯克嫁给布劳德港湾的一个名叫索拉林的好汉。他是个敢于出头的英勇汉子，十分得人心，居住在岳父索尔斯坦恩家里，因为他已年迈需要有子女照料。

赫拉普受到人人怨恨，邻居对他不堪忍受。有时候他还放出风声说道倘若有人说能找得到比他更好的邻居那么此人大概活得不耐烦了。于是，所有遭殃受罪的人在一起商量之后前来拜谒霍斯库尔德，向他诉说了他们的烦恼。霍斯库尔德请他们告诉他赫拉普是否已对他们造成了伤害，"因为决不能容他从我手中掠劫去我的手下人或者钱财。"

11

在拉克斯峡谷住着一个名叫善良者索尔德的人，他住在那条河的北岸，农庄名叫善良者农庄。他是个很富有的人，农庄土地都是花钱买下的，可是他却没有儿子。他是赫拉普的邻居，常常遭受他欺负，幸亏霍斯库尔德对他多有照应，他所居住的房屋才没有受到骚扰。他的妻子名叫维格迪丝，是"菲兰"奥拉夫的孙女、英杰尔德的女儿、她的叔叔是大嗓门索尔德，姑父是绵羊岬角的红鼻子索罗尔夫。这位索罗尔夫是个大英雄，他身居高位，亲戚们时常去找他寻求保护。维格迪丝的出嫁倒不是为了寻求高贵门第，而是看中了男家的财富。

索尔德带到冰岛来一个奴隶名叫阿斯高特，此人身材高大、雄壮矫健，虽然他是个农奴，可是在自由农之中也找不出能和他旗鼓相当的人物，而且他也很懂得如何伺候自己的主人。索尔德拥有许多别的农奴，可是这里提到的却仅此一人。

在拉克斯峡谷还住着一个名叫索尔比约恩的人，他是索尔德的紧邻，他的农庄位于上首的斯克鲁普。他富有钱财，家产多半是黄金白银。他虽是体格高大并且气力过人的汉子，但是却从不肯把自己的钱财花费在平民百姓的身上。

霍斯库尔德身为达拉考尔的后嗣，总觉得自己的房屋局促窄小不如人意，而且亦已陈旧。于是他便从一个设得兰群岛人手上购买到一艘海船，那艘船停泊在布兰达河的入海口。他把船只收拾停当，告诉众人他将出海，留下尤隆恩在家照顾孩子。他们启程出海，旅途十分顺利，他们往南驶入挪威在霍尔达兰靠岸，那地方日后兴建起一个集市城镇名叫堡格温镇。霍斯库尔德将船停泊在那里，霍斯库尔德在那里有许多亲戚，虽然有些人的名字已叫不大出来。当时哈康国王恰好驻跸在维克，可是霍斯库尔德并未去觐见国王，他的亲戚们都伸出双臂欢迎他来到，他也忙于会亲探友，那年冬天在挪威平静度过。

12

那年夏天才刚开始便有消息传来说，国王率领船队往东而去要到布莱恩群岛去召开盟约大会来使他的国家得到和平，虽说按照法律这样的盟会是每三个夏天才举行一次。那次的君主会议目的在于由各位国王对必须解决的事端作出判断，亦即挪威、瑞典和丹麦之间的国际政治事务。前去出席这次盛会被认为是一个殊荣，因为远近四周闻名的大人物都会来到此地。霍斯库尔德亦很想去看看大会盛况，再说他整个冬天未去觐见国王，于是他便乘船前去。

在大会召开的地方人群拥挤，并且还设置了一个集市，那里各种吃喝、游戏娱乐应有尽有。不过虽则热闹却并没有发生什么令人深感兴趣的事情。霍斯库尔德在那里遇见了许多从丹麦前来的亲戚。

有一天霍斯库尔德和别的几个人外出散心游玩，他见到远离其他棚屋的地方有一座华丽的帐篷。霍斯库尔德便朝那里走去，走进了帐篷看见有一个服饰华贵、头上戴了俄罗斯毡帽的男人坐在他面前。霍斯库尔德询问他的姓名。他说道他叫吉利："可是许多人只消听到我的外号便会想起我来，我叫俄罗斯人吉利。"霍斯库尔德说道他亦早就听人家说起过他，而且还知道他是商贾行会中最富有的人。霍斯库尔德说道："你大概总有些我们想要购买的那类货色吧？"

吉利问道他和他的同伴究竟想要买什么，霍斯库尔德说道他想买个女奴，"倘若你正好有人要卖的话。"

吉利回答说道："瞧你说的，你大概想要找我的麻烦，故意要买你料想我手上不会有存货的东西，可是这一回不见得如此。"

霍斯库尔德这才看到棚屋的后部被帷幔遮住，吉利拉开帷幔竟有十二个女人排坐在后面。吉利说道倘若霍斯库尔德当真要想买一个的话，他不妨过去看看。霍斯库尔德便过去仔细观看这些蜷缩在棚屋另一端的妇女们。他看见有一个妇人坐在帐篷的边缘。

她衣着陈旧破烂可是却掩盖不住天生丽质，霍斯库尔德一眼看出这个女人容貌秀美。于是他问道："倘若我要买的话，那个女人多少价钱？"吉利回答说："你必须拜出三锭白银给我才能买到她。"

霍斯库尔德说道："在我看来，你对这个女奴要价实在太高，须知这个价钱可以买到三个。"

吉利说道："你说得一点不差。因为我对她的估价要远高于其他所有人。你可以在其他十一个人里挑选任何一个，只消付一个银马克我便肯脱手。"

霍斯库尔德说道："我要看看我腰带上的钱袋里银子够不够。"他一边在身上搜寻银子，一边请吉利去把天平拿出来。

吉利说道："在我这边来说，我在这笔交易上不想做什么手脚来欺骗你，因为这个女人虽说样样都好，可是有一大残疾，我想霍斯库尔德你必须三思后再拍板成交。"

霍斯库尔德询问是什么样的残疾。吉利回答道："那个女人是个哑巴。我曾试尽种种办法让她开口，可是她却发不出一点声音。我敢肯定那个女人不会讲话。"

霍斯库尔德说道："快把天平拿来，让我们看看我钱袋里的银子究竟有多少分量。"

吉利遵命照办，他们动手称银子，不多不少恰恰三个马克。

霍斯库尔德说道："我们可以成交了结此事，你把银子拿去，我把那个妇人领走。我以为你做生意很诚实，无意于欺骗我。"

霍斯库尔德离开棚屋返回住所，当晚就叫她上床伴宿。

第二天早上梳洗之时，霍斯库尔德说道："大富翁吉利竟让你穿得如此破烂不堪，虽说他要供十二个女人穿着。而如今我却只消把你一个打扮起来。"

说罢,他打开一个箱笼取出几件上好的女人衣裳给了她。众人见了无不交口称赞说她穿着十分体面。

各国君主们在那里依照法律来商谈种种事宜,然而在喋喋不休的争吵之后终于会议破裂。于是霍斯库尔德便前去觐见哈康国王,按照王宫的礼仪向他致以隆重的敬意。哈康国王朝他斜视一眼,说道:"霍斯库尔德,你若是早点前来致敬,我们本当会更领情。既然现在来了,也就算了。"

13

在此之后,国王以最隆重的方式接待了霍斯库尔德,把他叫到自己的船上对他说道:"你在挪威想逗留多久悉随尊便。"

霍斯库尔德回答说:"感谢国王的厚爱,可是今年夏天我将非常忙。我之所以迟迟未能来见您也是这个缘故,因为我要盖房需要筹措木料。"

国王叫他把船驶到维克来,霍斯库尔德只得在国王身边伺候了一段时日。后来国王赏赐给他盖房用的木料,并且叫人装载到他船上。

于是国王对霍斯库尔德说道:"你既有事不消在此地再多耽搁,虽说我们很难寻找到一个能代替你的位置的人。"

随后,国王又亲自送他上船,说道:"我觉察出来你是个正直体面的人,而且我隐约担心这一次是我在位统治挪威期间你最后一次驶离这个国家。"

　　国王从他的手臂上褪下一只金手镯赐给了霍斯库尔德，这个金手镯重有一个马克。他还赐给他许多别的礼物，其中有一柄利剑，剑上镶有半马克黄金。霍斯库尔德感激国王丰厚的赏赐，以及给他的所有的恩宠。

　　于是，霍斯库尔德登上他的大船启程出海。他们遇到顺风，不多时日便驶抵冰岛南端，沿里克海岬往西经过雪花海岬来到布劳德峡湾。霍斯库尔德在拉克斯峡谷入海口靠岸，他叫手下人把货物卸下船，再把木材推入河里让木材顺流漂浮而下，为此他建造了一座滑道，这座滑道的废墟至今仍可见到。他在那里建造了一些棚屋，所以那个地方叫作棚屋峡谷。霍斯库尔德从那里把木材运回家去相当容易，皆因运输路途不远已不太费力。

　　霍斯库尔德办完这些事情之后便率领几个随从骑马回家。他受到家里的热烈欢迎，正如所预料的一般。他还发现在他离开这段时间家里操持得井井有条一丝不乱。

　　尤隆恩劈面问他道："跟随你回来的那个女人是个什么骚货？"

　　霍斯库尔德回答说："说出来你可能以为我在给你一个嘲弄般的回答，因为我要告诉你我至今还不晓得她姓甚名谁。"

　　尤隆恩说道："事情是两者必居其一：要么灌进我耳朵里的是一堆谎言，再不然是你同她卿卿我我太多甚至忘记问她的姓名。"

　　霍斯库尔德说道他不想否认反驳，并且告诉她事情的原委始末，还要求好意善待那个女人，他希望能把那个女人留在身边伺候他们夫妇。

　　尤隆恩说道："我不打算同你从挪威带回来的那个情妇争吵口

角，不管她是否高兴在我身边伺候，起码我知道她是个聋哑人。"

自从他回家之后，霍斯库尔德每天晚上都和他的妻子同眠，而且很少对那个情妇张口说话。可是合家上下每个人都看得出来她身上有一股不可名状的气质显示出她出身高贵，而且并不愚笨。在冬天残尽之时，那个女人生下了一个男婴。霍斯库尔德被叫去看看那个男婴。如同别的父亲一样，他觉得自己从未看见过更茁壮结实、长相更高贵的男婴。众人询问霍斯库尔德这个孩子该叫什么名字。霍斯库尔德说道他应该起名为奥拉夫，因为他自己的舅舅"菲兰"奥拉夫在不久之前才刚去世。这个奥拉夫要比其他孩子长成得快，霍斯库尔德对他十分疼爱。

转眼已到夏天，尤隆恩说道："那个女人必须去干活，否则就叫她滚。"霍斯库尔德说道，她要伺候他和他的妻子又要带个孩子，不必再多干活。那个男孩到两岁时已经口齿清楚，什么话都会说，而且能够像四岁大的孩子那样奔跑追逐。

有一天清早，霍斯库尔德在四周走了一圈巡视自己的庄园后返回家来。天气非常好，旭日才刚升起，云蒸霞蔚。他忽然听得有人在说话的声音。他顺着声音走过家门口的斜坡来到一条小溪，他看到两个人影，认出来是他自己的儿子奥拉夫和他的母亲。他发现原来她竟然不是不会讲话，因为她对那个孩子说了不少。于是霍斯库尔德走到她的身边询问她姓甚名谁，而且说道再要隐瞒下去是毫无用处的。她说道事已至此亦不必佯装。他们俩在溪边田野上席地坐定。

于是她说道："你想要知道我的名字，我叫梅尔考尔卡。"

霍斯库尔德央求她告诉他自己的亲人家属。她回答说道："我

(Ásta Ólafsdóttir)

　　有一天清早,霍斯库尔德巡视完自己的庄园后返回家来,忽然听得有人在说话的声音。

父亲名叫梅尔·克雅丹,他是爱尔兰的一个国王。在我十五岁那年我被人掳掠去当了俘虏。"

霍斯库尔德埋怨说道她不应该将如此高贵的出身保持缄默如此长久。随后他返回家中将方才散步归来发现事情告诉了尤隆恩。尤隆恩说道,她"无法说得清这一切是真是假",况且她对任何媚术都十分讨厌,于是这桩事情便不再提起。尤隆恩对她比以前更不友善,而霍斯库尔德却常常同她说话。

不久之后有个晚上,尤隆恩就寝时梅尔考尔卡伺候她脱衣裳,把她的鞋履放到地上。尤隆恩忽然抓起袜子猛捆她的头部。梅尔考尔卡亦发起火来,举拳猛击尤隆恩的鼻子,顿时尤隆恩鼻血汨汨流下。霍斯库尔德闻声赶来将她们俩人拉开。这件事情发生之后,他只得将梅尔考尔卡赶出门,在拉克斯峡谷另一个地方为她建造了一处房屋,那地方在拉克斯河南面,如今已成荒地,而昔日那里叫作梅尔考尔卡农庄。梅尔考尔卡自立门户单独过日子,霍斯库尔德叫人送来了她的生活必需品。他们的儿子奥拉夫跟随他的母亲过。很快人们就看出奥拉夫比起别的年轻人要优秀得多,无论在相貌英俊上还是彬彬有礼上都是如此。

14

在布劳德港湾里星罗棋布一群岛屿,名叫绵羊群岛,有个名叫英杰尔德的人就居住在绵羊群岛,并且有绵羊群岛教士的外号。他很富有而且下手决不留情。他的弟弟名叫哈尔,是个细高挑儿身材，看样子亦颇有好汉气概，然而他却囊中羞涩无甚钱财，在大家眼里他是个不善于生财之道的无能之辈。英杰尔德认为哈尔不去效学勇猛的好汉，而哈尔认为英杰尔德毫不顾怜骨肉情谊不肯借钱给他做生意。

布劳德港湾里有一处渔场名叫比约恩群岛。这些岛屿往往聚集成群，各种出息很多，是个容易挣钱的地方。人们蜂拥而来到这里打鱼，这里一年四季都有许多人来从事各种营生。有些精明的人便派了大批手下人到这里设置打鱼泊地，而且都说道，倘若发生争执便会给捕捞带来不幸，因而各家各户虽在一个地方捕捞却能够相安无事，大家都把维持太平约定成俗看得至关重要。

有年夏天绵羊群岛教士英杰尔德的弟弟哈尔也来到比约恩群岛捕鱼。他船上有个船员名叫索罗尔夫，他是布劳德港湾当地人，是个身无分文的流浪汉，又是十分机警敏捷的人。哈尔在那里住了一段时间后，自以为一切都在行，要比任何人都高出许多。有天傍晚，他们两人回到岸上便着手分捕捞到的鱼，哈尔想要先挑拣而且要由他来决定各人分多少。索罗尔夫不肯依从，两人便争吵起来，彼此恶言相诟而且都要按照自己的想法来处置。结果哈尔抡起一把砍刀要朝索罗尔夫头上砍下去，亏得有人跳到哈尔前面这才把他拉开。他虽然暴跳如雷，可是这一回事情并未按照他的意思去办，那堆捕捞上来的鱼只好不分掉。当天晚上索罗尔夫忽然逃走了，哈尔便把原本应他们两人平分的那堆鱼独吞掉了。哈尔另外找了个人来代替索罗尔夫在船上的位置，若无其事地照样捕鱼。索罗尔夫心里怨恨之极，而且他觉得自己遭受了奇耻大辱，所以他逗留在群岛上，下定决心要把违反他自己意志所遭受的屈辱境况扭转过来。而哈尔在此同时却根本没有觉得有任何危险，他以为在他自己的地盘上决计没有人敢来跟他争个高下。

有一天天气非常晴朗，哈尔划船出海，船上有三个人，整整一天鱼儿不断咬钩，到了傍晚回来大家兴高采烈。索罗尔夫却窥探了哈尔的行动已经一整天，等到哈尔靠岸时他已站在停泊地点等待多时。哈尔在船头划桨，他一个箭步跨到岸上想要把船停泊住。不料索罗尔夫就潜伏在附近，他挥刀猛斫，削去哈尔的颈脖笔直斫到肩头，但见哈尔的头颅滚了下来。索罗尔夫马上拔脚就逃。哈尔的手下人慌乱成了一团。哈尔被谋杀的事立即在群岛上传开去，每人都觉得这是真正的特大新闻，因为虽说哈尔运气不佳，但毕竟出身于名门，竟落得这样的下场。

索罗尔夫如今不得不从群岛上逃走，因为他知道犯下这样一桩命案之后岛上决计无人肯收留他，再说他亦没有至亲好友可以指望求得保护。而且在乡里四周有人已扬言要结果他的性命，其中就有哈尔的哥哥绵羊群岛教士英杰尔德这样有财有势的人物。索罗尔夫只得乘船摆渡过海潜逃回到大陆上去。他做这一切都严守秘密，他的行程连自己的亲戚也没告诉。

有一天晚上他来到善良者农庄，因为善良者索尔德的妻子维格迪丝同索罗尔夫有亲戚关系。正因为这个缘故，他在危急之中才前去投奔这个农庄。索罗尔夫对那里的状况亦早就有所耳闻，听说维格迪丝敢于作为，要比她的丈夫索尔德更有勇气。在抵达善良者农庄那天晚上，他便径直去寻找维格迪丝，告诉她自己陷人的困境，并且要求她相帮。在他再三哀求之下，维格迪丝这样回答说道：

"我不打算否认我们之间的亲戚关系，我也只能从亲戚的身份来看待你的所作所为。我看来你似乎亦不见得比别人更坏一些。不过我也看得更清楚凡是收留你的人都要冒身家性命的危险，因为有那些大人物要报血亲之仇。"

她又说道："我的丈夫索尔德不是个能够厮杀的斗士。而我们女人在遇到事情时往往缺乏远虑而拿不定主意。可是我不忍心远远避开你不管此事，因为你毕竟在危急时一心前来投奔这里。"说罢，她把索罗尔夫领到一间外屋，叫他在那里等她，并且还在门上加了锁。

随后，她走到索尔德跟前说道："有个名叫索罗尔夫的人前来做客，他同我有点亲戚关系，我觉得倘若你允许的话他需要在这里居留很长时间。"索尔德说道，既然他投奔到他家里，他不便马上把他撵出门去，倘若他不招惹麻烦的话可以在这里停留一两天，否则他会马上就把他赶走。

维格迪丝回答说道："我已经允许他留下来，我无法收回自己的允诺，虽说他同所有人都已经闹僵。"她旋即告诉索尔德那桩哈尔被谋杀的血案，而前来投奔的索罗尔夫正是杀害哈尔的凶手。索尔德闻听后心里又懊丧又气恼，说道：若是英杰尔德知道他们收留了此人而且还把门锁上，他一定会向他勒索一大笔钱财。

维格迪丝回答说道："英杰尔德决计不会因为你收留了索罗尔夫一夜就从你手里夺走大笔财产，再说索罗尔夫在这里要居住整个冬天。"

索尔德说道："你可以蛮不讲理自作主张。可是让这样一个倒霉鬼留在这里绝不是我的愿望。"话虽如此，索罗尔夫仍留下来在那里过冬。

带头要清算这宗血案的英杰尔德听说杀害他兄弟的凶手已在此地居留下来，便在冬末之时来到达勒峡谷，他此行率领了十二个好汉。他们乘船顺着强劲的西北风从西边过来，在傍晚抵达拉克斯河入海口，靠岸后在天黑时分抵达善良者农庄，虽然事先并未告知却仍受到了良好的款待。英杰尔德把索尔德拉到一旁告诉他此行前来的目的，并且说道，他已听说杀他兄弟的凶手索罗尔夫已经投奔到这里。索尔德说道，真相并非如此。英杰尔德劝他不要再抵赖。

"我们不妨达成一笔交易，倘若你交出此人，省得我再花费力气去抓他，我可以给你三马克白银来犒赏你，并且对你胆敢收留索罗尔夫、同我作对这桩事不予追究。"

索尔德认为这是个好价钱，而且他迄今还在提心吊胆，生怕他不肯罢休，如今得到了不再追究此事的承诺，而且不勒索赔偿，可以不必蒙受钱财的损失。于是他说道："我毫不怀疑人家会因此说我的坏话，然而我们做这笔交易吧。"他们直到离开次日仅有一小时的深夜才回房安歇。

15

第二天清早，在英杰尔德和他手下人起床穿衣梳洗时，维格迪丝询问索尔德头天晚上同英杰尔德交谈了什么。索尔德说道，他们谈了不少事情，谈到哪些地方必须搜寻，还有如果找不到索罗尔夫踪迹，此事该作何了结等等。

维格迪丝心里暗想："幸亏我已叫我的家奴阿斯高特领那个人逃走。"不过她嘴上却仍说道，她不情愿让英杰尔德在自己家里嗅来闻去，然而事已至此索尔德可以按照他的心思去做。

英杰尔德便着手搜查农庄却寻找不到他想抓的那个人。正在此时，阿斯高特却返了回来，维格迪丝连忙问他在何处同索罗尔夫分手。阿斯高特回答说："我按照索罗尔夫吩咐把他领到放牧的羊棚。"

维格迪丝大惊说道："那里恰巧是英杰尔德回到他船上去的必经之路，再说千万不可冒任何风险，说不定他们俩昨天晚上已商量策划停当。我要你立即回去，把他从那里尽快领出来。你马上把他送到绵羊岗交给他的同名者红鼻子索罗尔夫。你若是按照我的吩咐去办，我必将不会亏待你。我会赏给你自由和钱财，你可以随便到哪里去。"

阿斯高特连声答应，马上跑到那个羊棚去找到索罗尔夫，叫他立即跟随他走。就在此时，英杰尔德已骑马驰出善良者农庄，因为他心中焦急，不肯白花一笔钱而空手归去。他策马从农庄往下驰入平川之际看到有两个人影迎面朝他走来，他定睛一看竟是索罗尔夫和阿斯高特。那时尚是破晓时分，天色才蒙蒙亮。阿斯高特和索罗尔夫如今进退两难，因为一边有英杰尔德追赶，而另一边是拉克斯河，河水正在暴涨，两面岸边都有不少浮冰，而河流中间水流湍急，水势汹涌十分吓人，看样子难于泅渡过去。

索罗尔夫对阿斯高特说道："我们面前只有两个选择，要么停留在原地束手就擒，我们会厮杀拼命，显出我们的本事和气概，可是英杰尔德和他的手下人多势众，用不着多大工夫便会结果我们的性命。另一个选择是泅渡过河，我看起来这条路亦是十分危险。"阿斯高特说但凭索罗尔夫定夺，他不会弃他而去，他说："不管你打算如何做，我都跟随你。"

索罗尔夫说道："那么我们决意泅渡过河。"他们两人便下水过河，尽量放轻脚步，他们爬上一块大浮冰，在寒冷刺骨的河流里徐徐漂浮前进。这是因为他们两人英勇无畏，也是命运之神早已安排他们命不该绝，所以他们竟安然渡过河水，踩在那对岸的浮冰登上陆地。他们刚刚爬到对岸，英杰尔德率领手下好汉也赶到了方才他们下水泅渡的地方，同他们隔河相望。

英杰尔德开口询问他的伙伴们说道："我们究竟作何打算，是不是要泅涉渡河？"他的手下好汉回答说一切由他定夺，他们全仰他的深谋远虑，不过这条河看样子是难以泅渡过去的。英杰尔德说道的确如此，"我们还是在河边掉头返回吧。"

索罗尔夫和阿斯高特看到英杰尔德决意不徒涉过河不禁松了一口气。他们两人拧干衣服继续赶路，走了整整一天，直到天黑才抵达绵羊岗。他们受到良好款待，因为这里是一处任意接纳过往好汉的窝点。那天晚上阿斯高特去见了红鼻子索罗尔夫，把事情的原委始末以及派他来的使命统统告禀并且说道："他的亲戚我的女主人维格迪丝打发他到这里来是为了确保他的平安。"阿斯高特还告诉说为了此事维格迪丝和善良者索尔德之间发生了争吵。他还取出了维格迪丝送来表示诚意的信物。

红鼻子索罗尔夫说道："我不会怀疑这些信物，我反正会按照她的请求收留这个人。我也认为维格迪丝在处置这件事情上显出了勇气十足。这样的女人嫁给了一个如此窝囊胆小的丈夫真是太叫人叹息。至于你,阿斯高特,你愿意在这里待多久都可以。"阿斯高特说他不打算在这里多耽搁时日。

红鼻子索罗尔夫如今收留了他的同名者,并且叫他充当自己的侍从。阿斯高特同他们俩都结成了好朋友,然后他赶回家去复命。

回过头来再说说英杰尔德。他同索罗尔夫邂逅之后就返回到善良者农庄。可是这时四周紧邻农庄的人们都已被维格迪丝召集起来,有二十多个好汉已经集合在那里待命。英杰尔德和他的手下人来到那地方之后,便把索尔德叫来说道:"你对我用了最胆小卑怯的手段,索尔德,"他说道,"因为事实的真相是你偷偷地把那个人送走了。"索尔德说这里发生的一切事情他都毫无所知。于是英杰尔德和索尔德俩人之间的密谋便败露在光天化日之下。英杰尔德便要索回他已经付给索尔德的那笔钱财。

维格迪丝在他们交谈之时就站在他们的身边,她说道他们俩人的遭遇真是自作自受,并且规劝索尔德说,他毫无理由要想吞没这笔钱财,"因为你,"她说道,"你做事三刀两面,胆小鬼想发横财。"索尔德说道她不妨按照她的主张去办。维格迪丝便走进房去,打开了一只属于索尔德的箱子,在箱底找到一个大钱包。她取出钱包走出来,径直走到英杰尔德跟前,叫他来接受这笔钱。

英杰尔德一见钱包顿时愁眉舒展,他伸手去接钱包。维格迪丝却把钱包高高举起,猛然朝他鼻子上砸过去,英杰尔德鼻血马上汩汩流到地下。她旋即用挖苦的语言把他狠狠地责骂了一顿,说他休想把这笔钱财要回去,并且叫他立即滚回去。

英杰尔德迫于对方人多势众，自知最好的出路莫过于趁早溜走，因而他只得识相转身狼狈逃窜，一路上都不敢停留，回家之后气得大病一场。

16

大概就在这个时候，阿斯高特返回家来复命。维格迪丝热烈迎接他并询问他在绵羊岗受到如何接待。他一五一十回禀明白，并且把红鼻子索罗尔夫讲的那些话也如实转告。维格迪丝听了非常高兴。

"至于你，阿斯高特，"维格迪丝对他说道，"你赤胆忠心做了自己的本分事情，而且做得非常出色。你现在可以知道你将会得到什么酬劳。我要赐给你自由，所以自今天起，你的身份不再是奴隶而是自由人。这里还有一笔钱财，那是索尔德要用我的亲戚索罗尔夫的性命去换取的代价。现在这笔钱财应该归你所有才算公道。"

阿斯高特感谢她的肺腑之言和丰厚的赏赐。第二年夏天，阿斯高特在一艘海船上购买了一座位从午餐港湾出海去谋生。那艘海船出海后遇到狂风恶浪，可是没有耽搁太久便来到了挪威。后来阿斯高特又去了丹麦，他在那里定居下来，被大家公认是个英勇无畏和正直可靠的好人。阿斯高特的故事到此便告一段落。

善良者索尔德同绵羊群岛教士英杰尔德商量于密室策划把索罗尔夫置于死地的阴谋如今已尽人皆知。维格迪丝对善良者索尔德对她亲戚竟下毒手之举痛恨不已，便要报复这场怨怼。她同善良者索尔德离了婚，回到她的娘家去向她的亲戚诉说这桩案子。大嗓门索尔德听了亦十分气愤，好在事情不久便偃旗息鼓。维格迪丝只携带回去她自己名下的动产，而善良者农庄的其余财产分毫未动。于是赫瓦姆农庄的好汉们放出风声说，他们打算要把索尔德的一半家财分给自己。索尔德听到这个音讯吓得心惊肉跳，他赶快骑马奔赴霍斯库尔德农庄拜谒霍斯库尔德，向他诉说自己的苦恼。

霍斯库尔德说道："以前你也曾几次三番受到过惊吓、遇到不少麻烦，然而却没有像这一次那样棘手。"于是索尔德向霍斯库尔德奉献一笔钱财来求得他的帮助，并且说道只要保全性命他不会不舍得花费钱财。霍斯库尔德却讥笑说道：

"事情十分明显，谅你亦不肯让人共享你的财产，倘若你能得到平安的话。"索尔德回答说道："并非如此，我是深怕你不肯把我所有的财产接受过去。在这桩事情解决之后，我想要领养你的儿子奥拉夫，在我身后把所有的家当都留给他，因为在这个国家里我没有任何继承人，我想与其让维格迪丝的亲戚来把我的财产搜刮走还不如这样大大方方地送人。"

霍斯库尔德终于首肯了这个要求，便召集证人来做证，使之法律上有约束力。梅尔考尔卡却心情沉重十分不情愿，因为她觉得领养者的身份过于低下。霍斯库尔德规劝她不要这样想，"因为索尔德已是一个风烛残年的老人，而且膝下又无子嗣，我希望在他死后奥拉夫能继承他的全部钱财。可是你要时常去看看他，若是你愿意的话。"

于是索尔德便把奥拉夫领回家去，对他疼爱备至，当时奥拉夫年方七岁。那些正要想巧取豪夺索尔德家财的好汉们听到这个消息，方始明白过来如今再要下手去谋夺家财要比以前困难得多。霍斯库尔德向大嗓门索尔德送了一份厚礼，规劝他不必为此事再大动肝火，因为从法律上看他已不能再向索尔德索取财产，况且维格迪丝拿不出真凭实据来指控索尔德，反倒是她背弃丈夫却无法说明是正当的。"再说索尔德亦绝不比别人更无能，若遇到有人扑上来抢夺他的财产时，他会到处找人商量来把那个家伙消除掉，正如同松柏浑身长满刺一样，他也会以命相拼的。"

霍斯库尔德的这些话连同送来的大笔钱财礼物一起传到大嗓门索尔德那里。大嗓门索尔德别无出路只好接受抚慰平静下来，说道他认为善良者索尔德的家当由霍斯库尔德来照管真是再好不过，他收下了礼物，这桩风波遂告平息。可是霍斯库尔德和大嗓门索尔德之间以往的友情亦从此一笔勾销，两家结下了怨仇。

奥拉夫在善良者索尔德家里抚养长大，成了一个身材魁梧，强健有力的美男子，长相如此俊美，难于寻找出一个可以媲美者。他十二岁那年就乘马去参加"庭"的大会，四乡各地的好汉都把前来参加"庭"的大会视为天大的事，竟未曾想到一个年纪幼小的少年能够老成持重、有如此出色的表现，众人无不赞叹。奥拉夫非但相貌出众风姿翩跹，而且武器衣饰无不精美绝伦，在所有别的好汉之中一眼就可把他辨认出来，自从奥拉夫搬来之后索尔德的日子要好过得多了。霍斯库尔德给奥拉夫起了个绰号，叫他为"孔雀"，自此之后这个绰号就一直跟随着他。

17

如同所说，赫拉普是个为非作歹的强梁，他蛮横乖戾，闹得他的邻居们不得安宁，他们又无力对付他，于是只得忍受伤害自认倒霉。可是在奥拉夫长大成人的这段期间，赫拉普已经压制不住索尔德。赫拉普虽然脾气依旧，可是他的力气却迅速减弱，随着年纪增长，他竟然只好卧倒在床上。

有一天，赫拉普把他的妻子维格迪丝叫到跟前，说道："我从未受到疾病缠身之苦，因此这场病大概会要掉我的命。听着，在我死后，我的坟墓要挖在我生火的那个厅堂的大门门前，我就埋在那里可以监视着我的住房。"不久后赫拉普果然死去，一切按照他临终吩咐办理，因为维格迪丝不敢另作主张。

他生前为非作歹，横行霸道，死后比生前更为猖狂，因为在他死后鬼魂不断出没于四周，人们说他的厉鬼模样已经把他家里的一多半仆佣吓死。他把这一带闹得鸡犬不宁，四周邻居无法安宁生活。于是赫拉普农庄很快就荒芜不堪，赫拉普的妻子维格迪丝只好离家去投奔她的兄长黑色索尔斯坦恩。他收留了她，也收下了携带的财物。后来事情愈发不可收拾，众人便前来拜见霍斯库尔德，向他禀告赫拉普死后对他们的滋扰，他们不堪烦恼，因而央求霍斯库尔德做点事情来制止。霍斯库尔德说道这是应该的事情。于是他带了几个手下人前往赫拉普农庄，把赫拉普的尸体挖出来，重新掩埋在一处人畜都不会去的僻隅角落。自此之后，赫拉普的鬼魂出来游荡的次数便大大减少。

赫拉普的儿子苏玛里德继承了赫拉普的所有财产，数量巨大而且都是上等的地产和牲畜。第二年春天苏玛里德重振家门把农庄经营起来，可惜他接手农庄时间不长便患了狂躁症，时日不多便一命呜呼。

如今只好由他的母亲维格迪丝独自来经营这一大笔财富，可是她不情愿再返回到赫拉普农庄上去。黑色索尔斯坦恩便将这大笔财产归由他自己来经管，这时索尔斯坦恩年纪已迈，可是仍是当地最有钱财和身体健壮的人之一。

18

在索尔岬角有两个好汉声名鹊起，其中有索尔斯坦恩的亲戚，名叫矮胖子伯尔克和他的兄弟索尔格里姆。事情很快就显出端倪，原来他们两人想成为当地最显赫的好汉而且也得到众多的支持。黑色索尔斯坦恩觉察出苗头却不愿同那两个人较量，把他们挤到一边去，而是让大家知道他想要改变住地，举家搬迁到拉克斯峡谷的赫拉普农庄去居住。黑色索尔斯坦恩收拾停当在开完春季"庭"的大会后搬家，可是他的牲畜群早已赶到河岸边上去放牧。

那天黑色索尔斯坦恩率领了十二个手下人登上摆渡船。他的女婿索拉林和女儿奥斯克还有他的三岁外孙女希尔德和他们一起上船同行。索尔斯坦恩的船只正好遇到一阵强劲的西南风，便顺风朝着鸟群栖息的礁石屿群驶去，其中有个最大的礁岩屿名叫煤箱屿，那是布劳德港湾湍流里必经之处。然而他们顺风行驶得并不很远，因为正逢落潮而风向又变化不停。忽然间天色大变，风越刮越大，骤然起了风暴，所幸的是在两阵暴风之间仅有点小风。索尔斯坦恩在掌舵，那风帆的支架却顶住了他的肩头，因为船上载货太多而且主要是箱笼成堆，货物堆得非常高之外还堆得几乎不留走路的通道。他们眼看着陆地就在周围并且近在咫尺，可是一股股急流迎面汹涌直冲过来以致无法靠岸。不久后他们的船撞到了一块暗礁上，可是船只还不曾破裂。黑色索尔斯坦恩叫他们尽快降下风帆，并且取出长篙把船撑开去。这番努力却于事无补，那艘船的船头卡住在岩石礁缝里，船帮两侧的海水却十分深，篙伸下去触不到水底。于是他们只好耐心等待涨潮，而如今正好是退潮，船底下的海水愈来愈低。整整一天他们只见到一只海豹在游弋，这只海豹比其他的要更大得多，鳍却非常短小。船上众人都觉得这只海豹的眼睛同人眼无异，似乎正目光灼灼在窥视他们。索尔斯坦恩叫人朝它射箭，那只海豹便摆动鳍尾消失得无影无踪。

涨潮时分终于来到，潮水把船身抬起，正当船身开始滑动之际，猛然间一阵暴风狂吹，那艘船当即倾覆过去，船上所有的人都落入水里淹死了。仅有一个人抱住木板冲到岸上侥幸逃生。他的名字叫古德蒙德，他被冲到岸上的那个地方日后也名叫古德蒙德群岛。

如今三叶草索尔凯尔的妻子古德里德便成了她父亲索尔斯坦恩的遗产继承人。黑色索尔斯坦恩和他率领的人都惨遭溺毙的消息已传开，这一带远近大家都知道此事。索尔凯尔便留了个心眼，他直接去把那个被冲到岸上的古德蒙德找来。他来见到索尔凯尔时，索尔凯尔向他提出了一笔交易，那就是他必须按照所口述的次序来讲授遇难者死亡的故事。古德蒙德同意了这笔交易，于是索尔凯尔便要求他向一大批听众讲述这次海险出事的经过。古德蒙德这样说道：

"索尔斯坦恩第一个淹死，随后是他的女婿索拉林，紧接着是索拉林的女儿希尔德，因为能够继承索拉林钱财的是他的女儿。而她的母亲奥斯克是他们家所有人之中最后一个丧生的。按照这个次序奥斯克是她女儿的继承人，而奥斯克死后则由她的妹妹古德里德继承姊姊的全部遗产，亦就是说全部钱财都可落入三叶草索尔凯尔的手中。"这个故事由索尔凯尔和他的手下人广为传播，可是同古德蒙德以前讲过的却大有出入，露出了破绽。于是索拉林的亲戚们对这个故事产生了怀疑，说道他们不愿相信这个未经证实的次序，并且说索尔凯尔只有权利继承一半遗产，而另一半则应分给他们。可是索尔凯尔坚持说这笔财产应由他独自继承，否则宁可诉诸于神裁之法，按照习惯由神来作出判决。当时神裁法通常是穿行"地链"，即搭起一座架子，架上悬挂密密麻麻的利剑，刀刃朝向地面，接受神裁法的人必须穿行其间而肌肤毛发毫不受伤害。这是一种十分危险的审判。

三叶草索尔凯尔自己对他和古德蒙德第二次所说的众人丧生次序心怀鬼胎，因而对神裁法颇为忐忑不安。异教徒们认为诉诸于神来裁决，他们不消承担任何责任，因为基督教也有这样的仪式。倘若受审者果真能顺利穿过"地链"，悬挂的利剑不掉落到他的身上，那是他的造化。于是索尔凯尔事先作了安排，他叫两个人佯装争吵，甚至动起手来，他们在神裁之法的刀剑架旁边打架,却把架子碰撞倒了,而且要让众目睽睽看清楚是他们把架子碰倒的。

安排停当之后,他便去接受神裁之法。就在他要穿行"地链"的时刻,架子附近却有两个人吵起架来,相互拔出兵刃厮杀起来,他们只顾拼搏却不曾留意那个刀剑架子,结果都被架子绊倒,而那个架子也轰然倒下。众人赶上前去把两人拉开,这真是再容易不过的事情,因为他们两人本来就并不是真正拼命。

索尔凯尔询问众人神裁之法究竟能否算数,他手下人齐声说道,即使没有人撞倒架子结果也必定毫无损伤。于是索尔凯尔便独自接受了所有的牲畜群,但是赫拉普农庄的土地却依然荒芜如旧。

19

如今霍斯库尔德已经成了一个伟大的君主,享有无上的荣誉。他的家财虽然富有,可是其中一半是属于他的同母异父兄弟赫鲁特所有,赫鲁特是赫尔约夫之子。许多人估测倘若霍斯库尔德不得不把他母亲那笔财产,也就是赫鲁特应该继承的财产拱手交出去的话,他的身价将会大大降低。

赫鲁特充任哈拉尔德国王的侍卫,哈拉尔德是贡希尔德王后的儿子。他得到许多恩宠和荣耀,主要是因为他在征战中证明自己是最能经受住考验的勇士,而且除此之外,王后还疼爱他如此深切,一心认定在卫队中再无别人能像他那样谈吐举止得宜。而且即使有人作了比较，举出了一些贵族是如何出色，大家可以一眼看清楚贡希尔德王后的心思。只要有人被说成是可以与赫鲁特相媲美的话，她便认为必定是思想糊涂或者是出于妒忌。

赫鲁特既然在冰岛拥有大笔财产要照料，还有许多身份高贵的亲戚要走动探望，于是他决意到那里去，便打点停当准备启程出发前往冰岛。国王在分别之时赏赐给他一艘船只，说道他已经受考验，不愧是个正直勇敢的人。贡希尔德王后亲自送赫鲁特上船，说道：

"这些话本不应该悄悄地说，而要在大庭广众中讲。我已经看出来你是一个最高贵的人。你的勇猛同这个国家中最好的武士不相上下，然而你的智慧却要远远胜过他们。"

她赐给他一枚赤金戒指，同他依依惜别，然后她用斗篷遮住自己的头匆匆返回王宫。

赫鲁特登船启碇，出海远航，一路上都遇到顺风，不消多日便驶抵布劳德港湾。他沿港湾航行，穿过布劳德海峡，在梳子岬角靠岸停泊，放好跳板走上陆地。

这艘船来到的消息已不胫而走在乡里之间传播开来，而船东竟是赫尔约夫之子赫鲁特更是引人瞩目，人们议论得沸沸扬扬。消息传到霍斯库尔德耳中，他顿时失去了笑容，而且也不去迎接他的弟弟。赫鲁特把船拖上岸来免得受到风寒侵蚀，以便日后再用。他在梳子岬角建造了一幢房屋作为栖身之处。然后他骑马去拜见霍斯库尔德，为的是去索取他母亲应该继承的那笔遗产。霍斯库尔德说道他无需付给他什么钱财，因为他母亲离开冰岛直到与赫尔约夫相遇时并非空手而去，身边带足了家当。赫鲁特听他如此说心里非常不快，却亦无奈，只得忍耐自制未曾发作，此事便耽搁下来。

赫鲁特的亲戚除了霍斯库尔德之外都对他十分友好，非常体面地接待了他。赫鲁特在梳子岬角住了三个冬天，不断催促霍斯库尔德归还这笔财产，无论在"庭"的大会上还是其他的集会上他都慷慨陈词。他把这桩事情说得情理透彻，大多数人也认为赫鲁特说得在理，他应该有权利得到财产。可是霍斯库尔德说道，他是索尔盖尔德的合法监护人，然而她嫁给赫尔约夫为妻却事先未曾征得他的同意。于是众人吱不得声，此事又只好搁置不提。

那年秋天，霍斯库尔德前往善良者索尔德家里去赴酒宴。赫鲁特打听到这一消息后便率领了十二名好汉驰骋突入霍斯库尔德庄园，抢走了二十头牛，只留下了同等数目的牛隐藏在庄园的僻静处。然后他派人去告诉霍斯库尔德他们在哪里可以找得着那批留下的牲畜。

霍斯库尔德手下的家丁已经集合起来，抄起了兵刃，并且飞驰传话要邻近的农庄前来相援助。他们总共召集起十五个人的一支队伍，尽他们可能地飞速追赶而来。赫鲁特和他的手下好汉未曾料到有追兵赶来，直到在梳子岬角的围地之内才看见背后有队伍追赶而来。于是他和他的手下人赶紧跳下马来，把马匹系好，找到一处沙丘。赫鲁特说道这里地势不错可以站立得稳稳当当，他又接着说道虽然问霍斯库尔德讨钱花费时日而并不顺遂，可是厮杀起来他却不会磨蹭，决计不可以说他会抢在他的家奴前头逃命。赫鲁特的伙伴说道追兵人很多，看来不易对付。赫鲁特回答说：他对此毫不在乎，追来的人愈多，他们会蒙受的损失就愈大。

说时迟那时快，追赶前来的拉克斯峡谷的众人已跳下马来摆开阵势准备厮杀。赫鲁特吩咐他手下人不要心有怯敌之想，而要一鼓作气猛冲猛打。说罢他戴上头盔一手举剑一手持盾冲了过去。赫鲁特是所有好汉之中武艺最高强的，他冲杀过去无人能够抵挡得住。双方厮杀时间不长，交手才几个回合，拉克斯峡谷的人已经发觉他们丝毫占不到便宜。非但如此，他们还发觉根本不是赫鲁特的对手，只要赫鲁特一出剑，他们这边总会有一两个人应声倒下。于是拉克斯峡谷的人便求饶讲和。这时霍斯库尔德庄园上的家丁凡是尚还活着的都已经受伤，有四个被杀死。赫鲁特身先士卒，是这场厮杀中最英勇的，他也带着伤返回家去，而他手下的好汉有些仅受到点轻伤，有些人毫发无损。那个地方自此之后被叫作战场峡谷。赫鲁特返回家里之后便叫人把抢来的那些牲畜统统杀掉。

回过头来再说说霍斯库尔德。他在酒宴席上听到禀报遭到抢劫的消息，便匆匆召集起手下心急火燎地赶回家来。就在此同时，那些前去追赶的家丁亦抬尸扶伤回到庄园，向他禀报此次追杀非但没有得手反而损兵折将。霍斯库尔德气得火冒三丈，说道他非要把赫鲁特捉拿归案，让他再也不能抢劫和戕害生灵。他整天都在调集人马，为与赫鲁特作殊死战而忙碌。

他的妻子尤隆恩前来同他交谈，询问他究竟下了什么决断。他说道：

"此刻我心烦意乱拿不定主张，不过我无论如何不能被人背后议论说听任家丁受到杀害而闷声不吭。"

尤隆恩回答说："你若是打算去杀你的兄弟，那么你是在自讨苦吃。别人会说赫鲁特登门索取财物并非毫无道理,在此之前他就一直在这样做。如今他已显示出他出身于这个种族的勇敢。他并不想做个被人逐出家门的遗弃儿,他只是想得到他名分之下应有的权利。眼下他还拿不定主意是否要同你作实力较量,可是一旦他得到了更有权有势的人为他撑腰的话,他就会铤而走险。我已听说赫鲁特和大嗓门索尔德之间在暗通款曲。在我看来,这些微妙之处正是值得注意的地方。毫无疑问大嗓门索尔德会乐于相助一臂之力,因为这宗案子的结局他会看得非常清楚。联起手来对付你是有莫大好处的。再说自从善良者索尔德同他妻子维格迪丝闹翻之后,你同大嗓门索尔德之间便没有什么友谊可言了,虽则你用重金厚礼化解了他和他亲戚的敌意,不过那也只是权宜之计。"

"我还在想,霍斯库尔德,"她又说道,"在这桩事情上他们的怒未消气未平,他们觉得在你和你儿子奥拉夫面前吃了大亏,总是要卷土重来的。因此在我看来最明智的主意是:你向你兄弟作出体面的奉献,让他得到分内的钱财,因为务必要提防的是有一群饿狼在虎视眈眈,找机会扑上来狠狠噬咬。我敢肯定赫鲁特会很稳妥地处置此事,因为我听说他是个聪明人,他必定会保全你们两人的体面荣誉。"

尤隆恩的诤诤苦谏使霍斯库尔德如梦方醒,他沉吟良久终于冷静下来,觉察出她的话句句在理。于是他挽请那些同双方都是朋友的人出面斡旋,把霍斯库尔德刻意求和的打算传达给赫鲁特。赫鲁特对他们待若上宾,说道他真心想同霍斯库尔德言归于好,他一直想要重新踏入家族之门恢复兄弟之间的和睦情谊,只要霍斯库尔德肯交还给他名分下应得的权利。他也准备对自己这边所作的不端行为而向霍斯库尔德赔礼致歉，还他一个体面。于是两兄弟之间终于捐弃前嫌妥善处置了此事，自此之后兄弟和睦相处。

赫鲁特专心致注经营自己的农庄，不久之后便成为一个十分有权势的豪杰。他平时不大参与地方乡里间的事宜，但凡他出面要解决的纠纷则非要照他的意思去办不可。他把住处搬迁到一处新的地方，一直隐居在那里直到寿终正寝，那地方至今还叫赫鲁特农庄。他在家里兴建了一座神庙，遗迹留存至今，那地方名叫精灵小道，不过已造起一条大路。

赫鲁特的第一个妻子是小提琴莫德之女乌恩，后来乌恩离他而去，这场婚变引起了拉克斯峡谷和船队峡湾之间的争吵。

赫鲁特的第二个妻子名叫索尔比约格，是阿尔莫德之女。至于赫鲁特所娶的第三个妻子，我们不必在此提名道姓。

赫鲁特的前两个妻子为他生下了十六个儿子和十个女儿。人们常说起有一年夏天赫鲁特去开"庭"的大会，他马背后竟有十四个儿子相随从。这番美谈流传很广，因为这是身份伟大和权势显赫的标志。他的儿子们都是十分出色的好汉。

20

岁月易逝，霍斯库尔德渐入老景，他只得悄然闭门颐养天年。

大儿子索尔莱克在梳子岬角自立门户，霍斯库尔德把应归属于他名下的那份财产交给了他。索尔莱克娶了杰弗劳格为妻。杰弗劳格乃是阿尔比约恩的女儿，斯莱图·比约恩和索尔劳格的孙女。而索尔劳格是岬角地的索尔德之女。这是攀了一门非常高贵的亲，杰弗劳格美貌端庄而且品德高贵，索尔莱克却不是个轻易好相处的角色，他喜爱寻事惹非，挑起争斗。索尔莱克的人缘十分糟糕，甚至赫鲁特同索尔莱克之间亦毫无叔侄情谊可言。

霍斯库尔德的二儿子巴尔德在家伺奉老父，他把庄园照料得悉心周到，一应事务同霍斯库尔德昔日亲自照料时不遑多让。霍斯库尔德的女儿们与这个故事无甚相干不必提起，然而她们的后嗣却很有名。

霍斯库尔德的小儿子奥拉夫如今亦已长大成人，人们只消一眼便可看出他最英俊潇洒。他的衣着服饰和随身兵刃都华丽精美。奥拉夫的母亲梅尔考尔卡仍居住在梅尔考尔卡农庄，前文已经表过。自从梅尔考尔卡举炊单过之后便不大来看她，同往常无法相比，而霍斯库尔德却说道前去探望她的应该是她的儿子奥拉夫。奥拉夫倒恪守孝道，说道他将尽力提供给母亲一切赡养，这是他应尽的孝心。梅尔考尔卡认为霍斯库尔德对她不闻不问推出门了事的态度非常不满，觉得他既绝情又无耻，她便下决心要对他报复，免得他太自以为得计。

她的管事索尔比约恩·斯克罗普悉心照料她的农庄时日已久，在梅尔考尔卡刚刚举炊单过自立门户时他曾向她提亲求婚，然而却被她一口拒绝了。

此时在拉姆港湾的埃鲁海滩上有一艘海船正在装货。船主名叫厄恩。厄恩是挪威国王哈拉尔德的侍卫，而哈拉尔德国王之母便是贡希尔德王后。

梅尔考尔卡得知这一音讯便对她的儿子奥拉夫讲，她希望他出海远行前去寻找他的权位高贵的亲戚。她说道："因为我曾经告诉过你，我真正的生身之父是梅尔·克雅丹，他乃是爱尔兰国王。如今在埃鲁海滩上停着一艘船要出海，你搭这艘船去是件很容易的事。"

奥拉夫说道："我已经向我父亲谈到过此事，他似乎对此事无动于衷。至于我养父的财产状况，他拥有的财产多半是牲畜和土地而不是冰岛市场上所急需的货色。"

梅尔考尔卡咬牙说道："我再也不忍听到你被人称为女奴之子。倘若你手头拮据一时之间难以凑足盘缠以致无法远行，我宁肯顾不得许多下嫁给索尔比约恩为妻。他会乐于资助你一臂之力，你缺少多少盘缠，可以向他去开口，倘若我答允这门婚事，他是不会拒绝的。不过我想最要紧的是，霍斯库尔德听到这两件事情会气得半死，那就是你要出海、我要出嫁。"奥拉夫说道一切都按照母亲的主意去办。

随后他去找索尔比约恩，张口就问他借盘缠，而且是十分可观的一笔数目。索尔比约恩回答说：

"我乐意效劳，不过有一个条件，就是我要娶梅尔考尔卡为妻，倘若天从人愿，那么我的钱财你可以随意取用。"

奥拉夫说道这门亲事可以敲定，于是他们俩又商量了许多必不可少的事宜，最后两人一致同意他们所商谈的事情务必秘而不宜守口如瓶。

霍斯库尔德打发人来叫奥拉夫跟随他去参加"庭"的大会，奥拉夫说道他正忙于农庄事务分身不开，因为他要在拉克斯河边用篱笆筑起一个围场可供夏季放牧绵羊。霍斯库尔德看到他忙于经营自己的农庄心里十分高兴,他便放心地去参加"庭"的大会。

与此同时在绵羊岗举行了婚礼酒宴,奥拉夫独自一个出面按照协议把事情办理妥帖,他把没有分家的农庄地产抽出部分变卖,换回了相当于三千伊尔银子的货物(亦即相当于四十条牛的价值),这一来他就不必付出现钱。

霍斯库尔德的二儿子巴尔德前来出席了婚宴,而且在这些交易之中都参与了。在婚宴结束之后,奥拉夫便策马直奔那条海船,找到了船主厄恩搭船出海。

在奥拉夫和梅尔考尔卡母子惜别之前,她把一枚赤金戒指交给了儿子,说道:"这是我掉乳牙时我父亲赠给我的礼物,我知道他只消看见它就会认识。"她又把一柄佩刀和一根腰带放到他的手里,要他把这两件东西交给她的养娘,"我可以肯定她不会怀疑这两件信物。"梅尔考尔卡又说道,"我早已在为你回家做准备,使你一去就可以适应,而且我知道怎样做最好。我还教会了你爱尔兰语,因此不管你在爱尔兰什么地方登陆都不会遇上麻烦。"

于是母子惜别分手。奥拉夫登船之后微风吹起,那艘船便启碇出海。

21

霍斯库尔德开完"庭"的大会之后返回家里,他听到这两个消息,不禁怒火中烧,可是他看到连自己的二儿子都参与了其事,就只好忍气吞声不追究此事。

奥拉夫和他的伙伴们航行顺利平安抵达挪威。厄恩催促奥拉夫去王宫觐见哈拉尔德国王，他说由于奥拉夫出身高贵无比，哈拉尔德国王必定会十分体面地接见他。于是奥拉夫在厄恩陪同之下前去王宫，果然受到良好款待。国王立即认出奥拉夫，因为他的长相颇像他的父亲，他要求奥拉夫在王宫里住一段日子。贡希尔德王太后听说赫鲁特的侄子来了，更是把奥拉夫照顾得无微不至。她常与他聊天，觉得乐趣无穷。奥拉夫可以不经禀报引见就到王宫里去。

秋暮冬至，奥拉夫心情更为烦恼，整日郁郁寡欢。厄恩问他为何愁闷，奥拉夫回答说：

"我往西去的航行尚未完成，而我又非常看重这趟远行。务希你能助我一臂之力，在来年夏天能够成行。"厄恩劝奥拉夫不要一门心思放在赶路上，说道他未曾听说有哪条船是往西而去的。

正在此时贡希尔德王太后走了进来参与他们的交谈。她说道："我听到你们的谈话，这种态度以前在这里不曾有过，因为你们两人竟各不相让。"奥拉夫欢迎王太后驾临，可是却不肯就此结束他们的交谈。等到厄恩离去之后，贡希尔德王太后又同奥拉夫谈了半晌。奥拉夫告诉她自己的抱负，以及如何看重这次航行能够得以完成，说道他深信不疑梅尔·克雅丹就是他的外祖父。

于是贡希尔德王太后慨然说道："我愿意出力襄助这次航行，而且你可以十分阔绰地前去，这样使得你称心如意。"

奥拉夫感激不尽她的允诺。过后不久，贡希尔德王太后果真把一艘海船收拾停当，并询问奥拉夫打算带领多少人马西去远征。

奥拉夫将全船的人手确定为六十人，并且说道如此王恩浩荡使他深为不安，这支队伍看样子更像武士而不是商人。王太后回答说王室的风范本该如此。他们还商定由厄恩陪同奥拉夫前往远行。不多时日这支队伍已结集装备完毕。

哈拉尔德国王和贡希尔德王太后引领奥拉夫来到他的船上。他们说道除了以往的赏赐之外，他们还希望能赏赐给他好运气。哈拉尔德国王说道这是一件非常容易的事情，因为已经有很长时间冰岛不曾来过比他更为出色的人物。哈拉尔德国王顺口询问他多大年纪。奥拉夫回答说道："我已度过了十八个冬天。"国王不胜诧异，感慨说道："像你这样的人才真是无价之宝，时光造就了你，因为你刚脱离童年不久就有如此的建树。在你归途上，一定要来看望我们。"国王和王太后同他告别后，奥拉夫便率领人马登船出海。

整个夏天他们没有遇到好天气，整日彤云密布浓雾匝合，大海浩瀚渺茫毫无半点波澜。船上多半人患上了"海洋迷惘症"。直快到秋初，浓雾方始散尽，劲风疾吹，船上挂起了风帆。众人抖擞起精神开始讨论应该朝哪个方向航行才能寻找得到爱尔兰。可是众说纷纭难于达成一致。厄恩独执一词而所有其他人都群起反对，嘲笑说厄恩的海洋迷惘症尚未痊愈。他们主张由人多一方说了算数。于是便请奥拉夫最后作出决断。

奥拉夫说道："我想我们应该听从最明智的人的主见。至于笨人的主意所聚集的人数愈多就只会把事情弄得愈糟糕。"既然奥拉夫如此发话，这桩事情就如此解决。自此之后由厄恩掌舵指引方向。他们继续日夜航行可惜风力太小，船只行驶缓慢。

有一天深夜，负责瞭望的人猛然窜起身来，把众人叫醒，说道他们已经看到陆地，而且近在咫尺，几乎可以与船只碰撞。那时候，风帆仍然挂着，可是风力太小。待到众人都醒过来后，厄恩要求他们将船只从陆地旁边挪开去。

奥拉夫说道："这样做无法使我们脱离困难，因为我已看到船尾四周布满了暗礁。倒不如赶快降下风帆，等到天亮我们知道来到什么地方之后再拿主意。"

于是他们抛锚，铁锚立即锚住海底，整个晚上众人议论纷纷，猜想他们究竟来到什么地方。待到次日天光破晓，他们定睛细看，那片陆地竟是爱尔兰。

厄恩说道："我并不觉得我们来到了一个好地方，因为这里离开港口或者集市太远，而只有在那里，陌生人才能求得平安。我们如今搁浅在这里就像刺鱼蹦出了水，而且离开岸边又近得不能再近。我记得我曾查阅过爱尔兰法律，其中有一条规定说，凡是船只遇难，他们有权索取船上的货物作为奖赏。因而时有发生大海退潮之时，只要海水缩得短于船尾他们便毁船分财，因为他们把那艘船说成是残骸。"

奥拉夫说道：这类伤害务必不许发生。"可是我今天已经看到在岸上结集起了人群，大概爱尔兰人把有船来到看成是件大事，这是毋庸置疑的。在今天退潮时分我还注意到那边有个深坑，深坑里海水并不枯竭，船儿进出自如，不存在海水缩进船尾之内的危险。倘若我们的船只未曾损坏，我们不妨放下小划艇，把大船拖进深坑。"众人仔细检查，发现停泊的地方岩石上有一层厚厚的浮土，船底连一块木板都未曾受到损伤。因此，奥拉夫和他的手下人便把船拖到深坑，在那里下锚。

果然不出所料，天光大亮时岸边已聚集起一大群人，有两个人划着小船来到大船上。他们询问大船上是什么人，来此有何事情。奥拉夫用爱尔兰语回答他们的询问。那两个爱尔兰人听说他们来自挪威，便老实不客气搬出法律说道，他们必须交出全部货物。如果他们遵照办理便不会受到伤害，直到国王亲自来审理此案。

奥拉夫说道这条法律只适用于没有翻译的商人，"可是我能够说得清楚我们都是爱好和平的人，而且未经审讯我们决不肯退让。"

爱尔兰人顿时鼓噪起来，他们发出了打仗的叫嚣，纷纷跳到水里泅渡过来，想要连人带船硬拖到岸上，因为岸边海水很浅，只能及到腋下，最深之处亦仅及腰际。而未曾料到大船停泊的那个深坑却是水深没顶。奥拉夫一声令下，船上的人马亮出兵刃，从船头至船尾排成战斗队列，他们站立得如此密集以至于盾牌相互重叠把船舷四周裹得似铁桶一般，盾牌底下露出明晃晃的矛尖。奥拉夫屹立在船头，威风凛凛，他身上披着锁子甲，头上戴着赤金头盔，腰佩一柄黄金镶嵌的利剑。手持长矛，这柄长矛的矛尖镂金而且雕成锯齿形状。胸前有一面盾牌防护，红色盾牌上绘有一头金色的狮子。

爱尔兰人一见这付阵势，个个吓得心里发慌，他们原先以为这是送到嘴边的猎物可以轻易地吞咽下肚，却不曾想到遇上了凶神恶煞。他们吓得掉转身去逃到附近的一个村落。他们聚在一起惊惶失措地嘟哝起来，说是除非碰上了一艘北欧海盗的战船，若果真如此，后面还会有援兵源源而来。于是他们慌忙派人火速去禀报国王。事有凑巧，国王正在离此不远的地方出席酒宴。于是他带领人马来到那艘船的停泊所在。陆地和船只停泊之间虽有点距离，然而高声讲话仍可相互听见。

前文已经表过，奥拉夫顶盔束甲傲立船头，来者都夸赞说这艘船的船长相貌高贵得有如天神一般。奥拉夫手下看到一彪人马骤驰而至，而且都是最勇敢出色的骑士，不禁颇为担心，眼看一场恶战势必难免，而且来者不善难于对付。奥拉夫听到他手下人的窃窃私议，不禁粲然笑道："我们的事情出现了转机，爱尔兰人正在欢迎他们的国王梅尔·克雅丹到来。"

这支人马驰骋到大船对面，两边都可听清楚对方说话。国王启口问道这艘船的主人是谁。奥拉夫通报了姓名，并且询问眼前这位相貌堂堂的英勇骑士是谁。那人回答说："我的名字叫梅尔·克雅丹。"

奥拉夫又问道："莫非你是爱尔兰国王？"那人回答说他正是国王。

那位国王起先随口问及街谈巷议的寻常事情，奥拉夫有问必答逐一认真奉告。继而那位国王又打听他们从何处动身出海，他们究竟是何许样人。然后国王话锋一转，一反方才随便的态度，对奥拉夫的出身和亲属详细盘问起来，因为国王发现这个人傲骨天生、神情高贵，他答对如流，但决不多嘴饶舌。

奥拉夫说道："您且听我禀告清楚。我们是从挪威海岸动身出海的，船上都是贡希尔德王太后之子哈拉尔德国王的亲兵。至于我的家世门第，我可以自报家门：我的父亲名叫霍斯库尔德，居住在冰岛，他出身名门血统高贵。我的母亲娘家亲戚众多，我想你见到的要比我知道的更多。因为我母亲名叫梅尔考尔卡。她告诉我事情的真相说她是你的亲生女儿。如今我奉慈母之命不惮远行前来认亲，我已把一切说清，我等待你的答复，因为这桩事情对我来说至关重要，分量重若千钧。"

国王听罢竟半晌不曾作声，然后他同身边的谋臣们交谈起来。一众谋臣询问国王那个年轻人所讲的故事究竟是否真实。国王回答说道："姑且不管奥拉夫是不是我的外孙，可是分明看出来他出身于名门。非但如此，他所提到的人，个个都是最出色的爱尔兰人。"

说罢，国王站起身来说道："如今我对你所说的话作个回答。我赐和平给你和你船上的所有人。至于你是否像你所说那样是我的亲戚，要等到我们再作交谈后我才能作出回答。"

他讲完之后，船上就放下跳板，奥拉夫和他手下人都下船上岸。爱尔兰人看到这些战士身手矫健、神态剽悍，全都敬佩赞叹不已。

奥拉夫脱下头盔向国王躬身行致敬礼，国王也十分疼爱地欢迎他到来。随后他们两人又作长谈，奥拉夫再次陈词，诉说他的认亲要求，讲得很长但很坦率，他讲完话时展示手上的戒指，说道这是她母亲梅尔考尔卡在冰岛同他分手时给他的，并且关照他说这是国王在她掉乳牙时送给她的礼物。

国王接过来仔细一看，他的脸登时涨得通红，而且模样也变得异样起来。过了片刻，国王说道："这个信物真实无比一点不假。你的身上具有你母亲家族的许多优秀气质，正因为这些气质，你很容易被辨认出来。由于这两个缘故,我要庄严地承认,奥拉夫,你是我的外孙,在场诸位凡是听到我的讲话者全是我的证人。既然我们是亲人,我要你和你的手下人全都住进王宫。不过你的荣誉还要靠你自己去挣得,你务必建功立业才能证明自己是一个好汉。我会给你更多考验,让你得到莫大的锻炼。"

说罢之后,国王命令为他们准备坐骑,并且派出士卒看守船只保护他们船上的货物。于是国王一行策马扬鞭浩浩荡荡返回都柏林。子民百姓莫不称奇,国王居然认领了自己的外孙,而这个外孙是千里迢迢前来认亲的,皆因国王的女儿十五岁那年在战争中被掳掠去,多少个年头杳无音讯。

然而更令人啧啧称奇的还有另一桩事情:梅尔考尔卡的养娘患有重病久卧在床,然而听到这个喜讯竟然不用人搀扶,跳下床来颤巍巍地走来迎接奥拉夫。

国王对奥拉夫说道:"这里来了梅尔考尔卡的养娘,她想亲耳听到梅尔考尔卡生活状况的一切音信,你不妨对她细细讲述。"

奥拉夫张开双臂拥抱了养娘,把她抱到自己的双膝上,告诉她说她的养女如今定居在冰岛,生活舒适安宁。说罢奥拉夫掏出那柄刀和腰带。老妇人立即认出了信物,高兴得热泪涕泣。她说道梅尔考尔卡的儿子具有高贵的气质,令人可以很容易认出。这也不用奇怪,因为他是天潢贵胄。那年冬天老妇人竟霍然痊愈,身体健朗精神抖擞。

国王宵衣旰食少有休息,因为那时候西方诸国都备受兵燹战乱之苦,不时有入侵者进犯和掠劫骚扰。那年冬天,国王忙于把北欧海盗和别的入侵者逐出国门。奥拉夫和他的手下人跟随着国王东征西战。他和他的手下人都留在国王的船上听候调遣。那些同他厮杀过的对手莫不把他视为一员猛将勇士，只消听到他来讨伐便望风逃遁。国王时常同他和他的手下们商量军机大事，倾听他们的谋划。奥拉夫已经在国王面前显示出他对建功立业雄心勃勃，而且也确实有才能和勇气。

到了那年残冬，国王召开了一次"庭"的大会，各地头领都应召赶来，出席人数非常之多。国王在大会上作了讲话，他说道：

"你们大家谅必都已知道，今秋我们这里来了一个好汉，他就是我的外孙，他的父亲亦是出身于名门世家。奥拉夫不但有勇而且有谋，是一个难得的栋梁之材。我打算在我去世之后把这个王国奉献给他，因为奥拉夫比我的儿子们更适合于担当这个国家的统治者。"

奥拉夫对他的奉献感激不尽，说了许多发自肺腑的话来感激他的慷慨，可是对他的夺国之请却婉言谢绝，说道在梅尔·克雅丹去世之后万一发生夺位之争，他岂非祸国殃民，因而功成身退保全荣誉要比永远蒙受耻辱骂名要好得多。他又说道，如果各国之间已有安全的海上航行的话，他打算返回挪威，然后再回家去探望母亲，倘若他不回到母亲身边，她必定会终生郁郁寡欢倚闾望归。于是国王只得允许奥拉夫按照他的心思去做。这次"庭"的大会遂告结束。

奥拉夫收拾停当自己的船只便要启程。国王亲自送他上船，赠给他一柄黄金镂刻的长矛，一把黄金镶嵌的利剑和许多钱财。奥拉夫请求携养娘归去养老送终，国王说道无此必要，因而她未能偕行前往。奥拉夫登上船后同国王依依惜别，祖孙俩人情谊笃厚。

奥拉夫出海之后一路顺利,不消多日便抵达挪威。奥拉夫此次远行已经声名远播尽人皆知。他将船只停顿妥善之后,便备下坐骑带领手下人等进宫去觐见哈拉尔德国王。

22

奥拉夫·霍斯库尔德松来到哈拉尔德国王的王宫。国王欣然欢迎他,而贡希尔德王太后则安排了更盛大的欢迎。他们两位都说了不少好话,央求他搬去和他们同住,奥拉夫盛情难却,便同厄恩两人住进了王宫。哈拉尔德国王和贡希尔德王太后把他待若上宾,任何一个别的外国人都从未领受到如此恩宠殊荣。奥拉夫进献给哈拉尔德国王许多奇珍异宝,那都是他从爱尔兰得来的。新年之际哈拉尔德国王送给他一身大红色的战袍,华贵鲜艳无比。

奥拉夫在挪威王宫里度过冬天。来年开春奥拉夫向国王面谈,要求国王在夏天准许给他假期返回冰岛。

国王回答道:"我的打算是你应该在这里定居下来,同我们生活在一起。你可以在王宫里挑选任何最合你心意的官职。"奥拉夫感激国王赐给他的莫大荣耀,可是他说自己归心似箭,非常想回冰岛一趟,倘若这个要求并不冒犯国王的意愿的话。

国王说道:"我不会因为你拂逆了我的好意而同你眥目相对,你应该在夏天返回冰岛去,我看得出来你的心思已全放在回家上。不必为准备远航而操心劳神,我会吩咐下去叫他们安排得使你在归途上不会遇到麻烦困难。"说罢，他们结束了这次交谈。

哈拉尔德国王吩咐下，要建造一艘新船在春天下水。这是一艘硕大而优质的商船，船身和装备全都选用最上等的木料，帆缆索具一应俱全。待到船只打造停当，国王召见了奥拉夫，对他说道："这艘船属于你所有，奥拉夫。我不希望今年夏天你再作为搭乘别人船只的旅客而寒酸地离开挪威。"

奥拉夫感激涕零地说道，对国王慷慨恩赐的感激之情非语言所表。待到奥拉夫收拾停当，正值起风季节，他便登船出海。惜别时，他同国王都依恋不舍，惆怅万分。

那年夏天奥拉夫顺利远航返回冰岛。他把船驾进拉姆港湾径直驶向埃鲁海滩。这艘船抵达的消息很快就不胫而走，船主是何许人亦已为人所知。霍斯库尔德听说自己儿子奥拉夫远航归来不禁心头大悦。他立即率领手下骑马朝北而行来到赫鲁特峡湾，父子久别重逢自有一番喜悦。霍斯库尔德邀请奥拉夫回家小住，奥拉夫回答说这是他求之不得之事。于是他把船只停泊安顿，用马匹驮着货物往南而下。把诸般事情办理妥善之后，他带领十二名手下骑马来到霍斯库尔德庄园。霍斯库尔德高兴地接待了自己的儿子。奥拉夫的几个哥哥和别的亲戚亦隆重接待了他，在诸多兄弟之间奥拉夫同巴尔德两人最为手足情深。

此番远航使得奥拉夫声名鹊起，大家都在谈论他的家世血统，原来他竟是爱尔兰国王梅尔·克雅丹的嫡亲外孙。这个音信非但已传遍乡里，而且连他曾经谒见求助过的权贵人物亦都得知，因而他们亦对他另眼相看起来。

不久之后，梅尔考尔卡前来看望奥拉夫，母子相会自有一番唏嘘。她询问了爱尔兰的许多事情，首先问到她父亲身体是否安康，又问遍她的诸多亲戚。奥拉夫逐一作了回答。最后她又问到她的养娘是否健在人世，奥拉夫告诉她养娘尚还活着。梅尔考尔卡质问他为何不把她携带回冰岛以致她们俩无法共叙团圆。奥拉夫回答道："她已年迈，他们不让我把养娘带出爱尔兰。"

"亦许事情合该如此。"她无可奈何回答说道，可是心里却依然颇为耿耿。

梅尔考尔卡和索尔比约恩两人生了一个儿子，名叫拉姆比，他是个身材高大、体魄伟岸的英俊青年，相貌和脾气都酷似乃父。

奥拉夫返回冰岛旬月有余，天气仍非常美好，颇有阳春气息。在同他父亲相聚之时，两人不免谈到一些家常琐事。

"奥拉夫，我非常希望，"霍斯库尔德说道，"给你提一门亲事。这样你才能接管你养父善良者农庄的房舍家当，那里仍旧有大笔钱财出息，你应当把那一家的门户支撑起来，不过要在我的监护之下。"

奥拉夫回答说道："直到眼前我很少把心思放在儿女情长的琐事上。我并不晓得那个将要嫁给我为妻室的姑娘住在何方。但愿她能带给我好运气，可以成为我真正的新娘。你很明白，娶妻是件大事，我的要求苛刻不会退让。不过我看得出来你心里已有主张，而且不达目的不肯罢休，因此你才同我商量计议，否则你决不肯开口，生怕会落下口舌。"

霍斯库尔德说道："你猜得果然不错。在堡加尔岬角的城堡农庄，住着一位长者。他乃是斯卡格里姆之子埃吉尔。埃吉尔有个女儿待字闺中，芳名叫索尔盖尔德。在我心中想要为你去向这个姑娘求婚，因为在堡加尔岬角周围，甚至更远的地方，休想再找得出能和她相媲美的姑娘。再说同梅耶尔家族联姻便会大大增强你的势力，这事不可等闲视之。"

奥拉夫说道："我信任你的眼力，这桩婚姻如能办成倒也符合我的心意。不过你要牢记在心，既然开口提亲就务必能够娶妻成婚，否则我心头会怨气难消。"

霍斯库尔德说道："我去试试又有何妨。"奥拉夫便同意按他的主意去办。

召开"庭"的大会日子日益逼近，霍斯库尔德打点行装，率领一大群随从离家前往，他的儿子奥拉夫亦相随前去。他们在会场里搭起了棚屋。会场上早已人山人海，埃吉尔·斯卡拉格里姆的儿子亦来出席大会。凡是见到过奥拉夫的人莫不交口称赞这个风姿翩翩的美少年，全都注意到他气质高贵、服饰华丽、兵器精美。

23

有一天霍斯库尔德和奥拉夫父子两人走出他们的棚屋来拜访埃吉尔。埃吉尔热情地款待了他们，因为他和霍斯库尔德彼此早有耳闻，两人一见如故。霍斯库尔德便开口为奥拉夫提亲，希求聘索尔盖尔德为儿媳。他们交谈一番方才得知索尔盖尔德自己亦已来到会场。

埃吉尔对此事一口允诺，说道他已久闻人家称赞他们父子俩。

"我亦知道,"埃吉尔说道,"你出身名门拥有大笔家财。而奥拉夫远航归来名声大振。像这样一个出身名门世家而且相貌俊美的青年想找一家高贵门第攀亲求婚,乃是情理中事,毫不令人奇怪。不过此事还需同我女儿商量。索尔盖尔德若不同意,任何人休想犟着性子娶她为妻。"霍斯库尔德说道:"我希望你好好开导她,说服她应允这门婚事。"

埃吉尔派人将他女儿找回来,父女俩作了长谈。埃吉尔说道:"有个名叫奥拉夫的青年如今名气很大,他的父亲霍斯库尔德今天来为奥拉夫求婚,想要聘你为他家的媳妇。我把这桩婚事交给你自己做主。不过你最好给我一个允诺的回答,因为这是来自高贵门第的求婚。"

索尔盖尔德说道:"我常听你说在所有子女中你最疼爱我,可是我看得出来你是多么虚假和伪善,你竟然要我去嫁给一个女奴之子,不管他长得如何俊俏,也不管他是个什么样的纨绔子弟。"

埃吉尔说道:"你在这件事情上不像别的事情上那样消息灵通。难道你未曾听说他是爱尔兰国王梅尔·克雅丹的外孙?所以说他母亲的血统要远远高出于他的父亲,虽说他父亲亦已同我们门当户对。"

索尔盖尔德执拗着性子不肯听从,父女俩的谈话不欢而散,两人心思各不一样。第二天埃吉尔来到霍斯库尔德的棚屋,霍斯库尔德隆重接待他,两人便交谈起来,霍斯库尔德询问求婚之事进展如何,埃吉尔说道看来希望渺茫,便把他们父女之间的谈话经过照实奉告。霍斯库尔德说道如此说来已成定局难于挽回,"不过埃吉尔,有劳你多费心了。"

奥拉夫未曾听到他们的谈话，在把埃吉尔送走之后，奥拉夫便问道："求婚之事进展是否迅速？"霍斯库尔德说道："看起来她并不情愿，因而此事拖宕下来。"

奥拉夫说道："我早已告诉过你，父亲，倘若我的求婚遭到拒绝而且不得不含垢忍辱听到人家耻辱语言的话，我心里会非常难过。登门去提亲的做法并不灵验，它给了被求婚者过分的权利。如今我要试试我自己的法子，免得这桩事情半途而废。有句古谚说得好：只差遣别人去跑腿往往误事，若要取得成功务需全靠自己。眼下我立即到埃吉尔的棚屋去。"霍斯库尔德作不了声，只得按照他的主意去做。

奥拉夫立即梳洗打扮起来。他把哈拉尔德国王赐给他的那件大红色战袍穿到身上，再把梅尔·克雅丹国王赐给他的一顶黄金头盔戴在头上，手里拿起了梅尔·克雅丹国王所赐的黄金镶嵌的利剑。他们父子两人来到埃吉尔的棚屋。霍斯库尔德走在前头，奥拉夫紧随在他身后。埃吉尔欢迎他们到来，霍斯库尔德便在埃吉尔身边坐下。奥拉夫却站着不动举目环视四周，但见有一个姑娘坐在棚屋内厢。她天生丽质，非但容貌美丽而且气质高贵端庄，他暗自思忖谅必这个姑娘就是埃吉尔的女儿索尔盖尔德无疑。于是他竟气宇昂然地踏进内厢挨着她坐了下来。说也稀奇，索尔盖尔德非但没有挪开身躯，反而笑靥颜相迎，并且开口询问他是何人。

奥拉夫告诉她自己的姓名和父亲是何人，随后又说道："姑娘，你谅必在想一个奴隶的儿子怎么居然敢于坐到你的身边而且擅自同你交谈。"

她说道:"你莫非想说你英勇无畏建立了赫赫功勋,却不敢同一个姑娘对面说话?"

于是他们两人就交谈起来,而且谈了整整一天,可是没有人听到他们在交谈些什么。在分手之前,他们两人把埃吉尔和霍斯库尔德叫进内厢聚在一起商谈了奥拉夫的求婚事宜。索尔盖尔德顺从了她父亲的愿望。于是这桩婚事便轻易地得到解决,俩人订了婚约。

婚礼大典将使拉克斯峡谷的居民们脸上大为增光,因为按照法律来说应该是新郎到女家去举行婚礼,而这一回却是新娘要迎娶到新郎家来合卺成婚。婚礼酒宴在夏天第七个星期之后在霍斯库尔德家里举行。这一切谈妥之后埃吉尔和霍斯库尔德相互告别分手。霍斯库尔德父子洋洋得意返回霍斯库尔德庄园。

霍斯库尔德庄园把婚礼操办得铺张奢华,不惜花费钱财,一切都应有尽有。贺喜的宾客们按照约定的日子络绎来到。堡加尔峡湾送亲的队伍更是人数众多浩浩荡荡,埃吉尔走在最前面,他的儿子索尔斯坦恩等人尾随其后。人群拥簇着盛装打扮的新娘按辔徐行迤逦而来。新娘身边有一队伴娘相陪,她们都是从四乡八里精心挑选出来的妙龄少女。霍斯库尔德亦率领人数众多的迎亲队伍远道前去等候,其排场之大在这一带实为罕见。

婚礼的喜庆酒宴隆重丰盛,菜肴精美,好酒醇醪。贺喜的宾客在离去之前都得到丰厚的馈赠。奥拉夫把梅尔·克雅丹国王赐给他的那柄宝剑赠给了老丈人埃吉尔。婚礼皆大欢喜,不曾发生什么事情,众宾客皆高高兴兴归家而去。

24

奥拉夫和索尔盖尔德居住在霍斯库尔德庄园，夫妻恩爱伉俪情深。众人很容易看出她气质高贵才能超群，她并不参与日常事务，然而她经手的事情则必定要按照她的意志去办。

那年冬天奥拉夫和索尔盖尔德在霍斯库尔德庄园和他养父的善良者农庄轮流居住。到了来年春天奥拉夫接手经营善良者农庄，而索尔德在夏天一病不起就此去世。奥拉夫为他举哀发丧，并且在拉克斯河的一处转弯角上为他建造一座圆形卵石坟墓。那个地方如今叫作德拉弗恩岬角，那个如堤岸环绕一般的转弯角如今叫作瓦斯旷野。葬礼之后大批人群来到善良者农庄，表明对他的拥护，于是奥拉夫便成了一位伟大的头领。霍斯库尔德对此并不妒忌，因为他总是希望奥拉夫在一切重大事宜上能事先同他商议，并由他来定夺。

奥拉夫拥有的土地是拉克斯峡谷里最膏腴肥美的平川。奥拉夫手下有两个好汉，他们是两兄弟，白色阿恩和黑色阿恩。还有另一个好汉名叫有力气的比恩，也同他们称兄道弟，他们三人都是奥拉夫的铁匠，也都是骁勇善战的斗士。索尔盖尔德和奥拉夫婚后生下一个女儿名叫苏里德。

上文已经表过，自从赫拉普死后他拥有的大片土地一直荒芜。在奥拉夫眼里如此大片土地荒芜辍耕未免可惜，于是把自己的想法告诉父亲霍斯库尔德之后，便派人去找三叶草索尔凯尔，直言相告奥拉夫打算把赫拉普农庄的全部土地房舍都买下来。这笔交易很快就达成协议，因为三叶草索尔凯尔肚里明白：一只乌鸦在手，胜过两只在林。几经讨价还价，最后商定奥拉夫拿出三马克银子来收购那片土地。这个价钱并不公道，因为这片土地广阔肥美只消种植便有收获，此外还有别的出产如捕捞鲑鱼、捉海豹等。田地四周还有宽阔的森林，它位于霍斯库尔德庄园上首靠拉克斯河以北的地方，在森林里已开垦出一片空地，地势良好距离又近，不管天气温和还是寒冷，奥拉夫的牲畜群都可以在露天放牧，这又是那片土地得天独厚之处。

有一年秋天，奥拉夫在这片坡地朝阳的那一面兴盖了一座庄园。大部分木料都取自于森林里开采的伐木，也有少许是从河里打捞的浮木。那些房屋宽敞高大很有气派。整个冬天那些房屋都闲置晾晒。待到来年开春，奥拉夫来到这里想把在此放牧的牲畜群都赶到一起，却不料只见黑压压一大片。原来牲畜群已繁殖衍生增添了许多。其实在布劳德港湾一带已没有人拥有比他更多的牲畜。奥拉夫派人捎话给自己父亲问道：他将要迁入新居，谅必父亲会给他美好的祝愿，难道父亲不应该站在门外等着观看这支浩浩荡荡的乔迁队伍。霍斯库尔德回答说理该如此。

奥拉夫着手筹划搬家事宜，他把牲畜群中最容易受惊的牲口赶到最前面，然后是奶牛群，再接下来是公牛和牛犊群，再往后是挽马驮畜，最后才是骏马坐骑。迁移的牲畜队伍两侧都有人押解同行，以防止牲畜偏差离群，迷路走失。这支队伍迤逦绵亘前后不见首尾，走在前头的牲畜已经进入了新居，押在队尾的奥拉夫方才上马走出善良者农庄，一路上秩序井然未曾出现走丢牲畜或者队伍豁隙中断。

霍尔库尔德率领他的手下人站立在家门口，迎候这支队伍路过。等到奥拉夫经过时，父子两人互道问候。霍斯库尔德欢迎他儿子借道途经他的庄园，并且对他的新居大加赞美说道：

"我虽不能觉察原因，然而我心中已有预感，这桩大事必会为后人所传诵。奥拉夫的美名不会被人忘记。"

他的妻子尤隆恩冷笑说道："如今那个奴隶的儿子已经财大气粗得可以使人长久记住他的名字了。"

正当手下人从驮马上卸下辎重的时候，奥拉夫骤骋而至。他说道："你们议论了整个冬天这个庄园应该起什么名字，如今你们的好奇心可以得到满足了。我现在将它起名为赫尔霍尔特庄园。"众人一听，交口称赞说这是一个好名字，因为这里要用于放牧他的牲畜，而庄名含有"万牲园"之意。奥拉夫把家安在赫尔霍尔特庄园，过了不久这座庄园便收拾得体面气派，显出兴旺发达的景象。庄园上殷实富足，财源茂盛，一切物品应有尽有。

奥拉夫的名声和荣誉蒸蒸日上，其原因诸多，究其根本不外乎：一则奥拉夫人缘极佳，深受众人爱戴，凡是涉及到大众利益之事他总是让给他们得到好处，结果人人心满意足。其次他的父亲在背后支持，出谋划策致力于培养他成为广受爱戴、极有荣耀的伟大人物。再者他与梅耶尔家族联姻，这个联盟使得他的势力顿时坐大许多。正因如此，奥拉夫被认为是霍斯库尔德的儿子们中最高贵的一个。

奥拉夫在赫尔霍尔特庄园自立门户以来度过了第一个冬天。他拥有许多仆佣和工匠，各人分工不同，有的照料公牛、有的看管奶牛。牲畜棚屋在森林中间，离开庄园房舍有一大段路。有天晚上，照看公牛的家丁前来寻找奥拉夫，央求他改派别人去照看牛棚，而他自己则愿意去干别的活计。

奥拉夫回答说"我希望你把手上的活计再干下去。"那人回答说他一心想早点离开那里，因为实在待不下去了。

"如此说来，你大概觉察出了什么毛病。"奥拉夫说道，"今天晚上你照料牲畜时，我想随你去看看，倘若我觉得确实情有可原，我不会追究，否则你会发现你要倒霉的。"

奥拉夫拎起了那柄国王赐给他的镏金长矛离开家门跟随那个家丁而去。

月朗星疏，积雪满地，他们来到牛厩，厩门却洞开着。奥拉夫叫那个家丁先进去，他说道："我们把牲畜赶过来，待它们走进去时，你把它们一条条系好。"那个家丁走进牛厩。冷不丁，那个家奴又窜出身来扑向奥拉夫。奥拉夫连忙张开双臂把他抱住，并且询问他为什么吓得如此张皇失措。

那个家丁回答道："赫拉普站在门道里，一把揪住我，我拼命挣扎才从他手里脱身出来。"

奥拉夫走向厩门，用那柄长矛朝着赫拉普戳过去。赫拉普闪身躲开，双手紧攥住长矛矛尖，一扭一拧便把长矛的矛杆折成两截。奥拉夫正要去追赶他，只见赫拉普摇晃数下便不见了踪影，不管在他们两人交手的地方还是赫拉普方才站过的地方都空空如也。于是奥拉夫和那个家丁只好把牲畜系牢返回家去。奥拉夫也弄清楚了原来那个家丁不必受到责备。

次日清晨，奥拉夫来到掩埋赫拉普的地方，叫人把他的尸体刨出来。只见赫拉普的尸首完好无损毫不腐烂，身边却有一支长矛的矛尖。于是奥拉夫便命人架起火葬用的大垛柴堆，把赫拉普的遗骸焚烧火化，然后把骨灰纷纷扬入大海之中。自此之后，赫拉普的鬼魅再也没有在这一带地方出没作祟。

25

　　回过头来再表叙一下霍斯库尔德的几个儿子。大儿子索尔莱克一直在海上颠簸谋生，为王公贵族的商船队充当保镖，为了保护货物安全而拼命厮杀，因而成了一个威名远扬的好汉。不过他也时而充当海盗，杀人越货打家劫舍，并以心狠手辣出名。到了后来，他挣下了偌大的家当便上岸定居下来经营农庄，成为一个富翁。

　　霍斯库尔德的二儿子巴尔德也是一个干海上营生的好手。凡是他所到之处都众口称赞他骁勇善战，而且行侠仗义，在所有的事情上都能谦让克己。他娶了布劳德港湾一个好人家的姑娘为妻，她的名叫阿斯特里德。巴尔德生有一子一女，儿子名叫索拉林，女儿古德纳嫁给好斗者斯蒂尔之子哈尔为妻。从古德纳的后嗣中衍生出许多伟大的家族来，不过这是后话。

　　且说赫尔约夫之子赫鲁特忽然赏赐给他的一个名叫赫罗尔夫的奴隶以自由，并且还馈赠给他一笔钱财和一片修建房舍用的宅地，而这片宅地却是属于他哥哥霍斯库尔德的农田。原来他们两家的土地犬牙交错，地产界碑又彼此紧挨，赫鲁特家的人误认为那片土地是他们庄园上的地产，这一来那个新近获得自由民身份的赫罗尔夫便在本该属于霍斯库尔德的土地上建造了房屋居住下来。赫罗尔夫十分勤劳，不消多久便积攒起了财产，日子过得十分殷实。

霍斯库尔德当然咽不下这口气，因为赫鲁特居然鹊巢鸠占欺负到他的头上，还把一个刚成为自由民的奴隶安插到他的眼鼻子底下来居住。因而他要求那个自由民支付给他一笔赔偿金，"因为那块土地是我的产业"，他说道。

那个自由民去见赫鲁特，禀告了他们两人的争执，并央求他出面作出了断。赫鲁特却对这番恳求没有放在心上，也不去向霍斯库尔德支付赔偿金。

"我根本不知道，"他说道，"那块土地究竟属于我们俩人中哪一个的。"于是那个自由民便心安理得返回家里去照料他的农庄，日子过得同过去一样。

不料索尔莱克在他父亲霍斯库尔德指使之下，在不久之后闯进那个自由民家里抓住了他，并且把他处死。索尔莱克并且声称他和他的父亲拥有那个自由民所挣下的全部家当。赫鲁特和他的儿子们对此事气得暴跳如雷，他的儿子们多半已长大成人，可以拼命相搏来出这口怨气，然而又有碍于兄弟关系不便做得赶尽杀绝。于是赫鲁特便转而求助于法律。当这桩案子交给主持诉讼的长者后，他细细研究终于找出了蹊跷所在，若是果真打起官司来，赫鲁特未必能占到上风。这是因为赫鲁特未经许可便擅自让那个自由民在霍斯库尔德的土地上居住下来。这条道理分量重大无法驳倒，再说那个自由民发财致富也是用了霍斯库尔德的土地。而索尔莱克是在他父亲的地段之内把那个擅自闯入者杀死的。

赫鲁特虽不甘心却又无可奈何，只得心头记恨而就此作罢。索尔莱克便在赫鲁特和霍斯库尔德土地的交界处，在那个名叫梳子岬角的地方修造起一座庄园。索尔莱克在此地居住很长时间，前文已经表过。索尔莱克的妻子在这里生下一个儿子，在受洒水礼之日被起命为伯利。这个孩子从小就显出他将来大有出息。

26

霍斯库尔德年迈多病，竟至卧床不起，于是他派人把他的儿子们和别的亲戚都召集到他的病榻之前。待到诸位亲戚到齐之后，他向索尔莱克和巴尔德作临终遗言。他说道：

"我偶患小恙，孰料竟至大病不起。我以往并无疾病缠身，因而自知此番病重必死无疑。临终遗言望你们两人牢记心头。你们知道你们两兄弟是婚生嫡出，有权继承我身后留下的财产。可是我还有第三个儿子奥拉夫，他是个非婚生的庶出之子。如今我请求你们兄弟俩能允许奥拉夫经过公证成为我的养子，让他可同你们一样，得到我的三分之一的遗产。"

巴尔德先回答说道他将遵照父亲的心愿，"因为我把奥拉夫引以为豪，他越是富有越会赢得更多荣誉。"

索尔莱克说道："要想让奥拉夫成为你的螟蛉之子这并不是我的心愿。他早已有了足够的钱财，而且父亲你在很长一段时间里给了他许多，你在很长一段时间里对待我们并不公平。我并不情愿把生来与俱的荣耀拱手让给别人去分享。"

霍斯库尔德说道："既然如此，你总不至于剥夺法律允许我可以给我儿子十二盎司黄金的权利，只消看看奥拉夫母亲那一边出身是何等高贵。"索尔莱克对此表示同意。

于是霍斯库尔德从手上褪下哈康国王赏赐给他的那枚赤金戒措，重量足有一马克。再取过国王赏赐的宝剑，剑身上镶嵌有半马克黄金。他把这两件东西赠给了小儿子奥拉夫，并且祝愿他和他家庭交好运。他说道他早先没有如此讲过，那是因为他不知道好运气已经降临到他头上。奥拉夫接过礼物，说道他甘冒索尔莱克对他横加反对的风险。索尔莱克肚里十分恼火，认定霍斯库尔德仍在对他玩弄花招，行径诡谲异常。

奥拉夫说道："索尔莱克，你听着，我决计不会放弃这些礼物，因为你也当着证人的面表示同意，我甘冒任何风险来保存这两件宝物。"巴尔德说他将遵从父亲临终的遗言。

霍斯库尔德阖然长逝，众人莫不悲伤痛悼。他的三个儿子和诸亲好朋赶来为他举哀发丧。他的儿子们为他建造了一个价值不菲的圆形卵石坟茔，可是并没有放进去多少钱财以作殉葬。在下葬结束之后，兄弟三人便着手讨论为他们的父亲举办祭奠酒宴，因为在当时这是约定成俗非办不可的。

奥拉夫说道："在我看来，我们不必匆忙操办这场酒宴，因为既然要办，理应办得风光体面。如今时值暮秋，凑出这笔花销并非举手之劳。况且许多客人都会觉得在深秋长途跋涉是桩苦差使，许多我们想请来的人或许因此而裹足不前。所以我想这次酒宴应安排在明年夏天，最好是在'庭'的大会召开期间。我情愿为祭奠酒宴承担三分之一花销。"

两个哥哥欣然同意，于是奥拉夫便返回家去。索尔莱克和巴尔德两人分了遗产，巴尔德分到房产田地，索尔莱克分到牲畜群，这正是众人所最希望的，因为巴尔德人缘极佳，奥拉夫同他也互有往来相处得很融洽，而奥拉夫同索尔莱克之间则非常冷淡无甚交往。

倏忽间冬去春来，"庭"的大会召开在即，霍斯库尔德的三个儿子都去出席大会。开会伊始情形便令人看得很分明：众人都把奥拉夫看成是他们兄弟中的领头人。他们三人一到会场，便搭起三座棚屋舒适而又体面地安顿下来。

27

有一天众人聚集在法律岩石面前开会时，奥拉夫站起身来要求大家倾听他讲话。他告诉他们父亲去世的噩耗，然后说道：

"他的至亲好友如此众多，还有一班结交匪浅的英雄好汉，一个个去通知自不方便。我们三兄弟打算安排一场祭奠酒宴，祭祀先父霍斯库尔德，我稽首泣告诸位：各位头领都是威震一方的头领，同他生前都曾结盟起誓。我想告知诸位，你们大驾光临断然少不了馈赠，不会让大人物们空手而归。我亦在此邀请所有的庄园主，还有愿意接受邀请的人，不论贫富贵贱都到霍斯库尔德庄园去参加半个月的祭奠酒宴。日期定在冬天来到之前的第十个星期。"

奥拉夫话音刚落，全场顿时响起一片喝彩，他的邀请被看成是真正像是君主般的慷慨。奥拉夫返回棚屋后就去告诉他的两位哥哥他心中的打算。那两个哥哥怏怏不乐，觉得他出手过于大方，而且生怕他自食其言不舍得掏出钱来。在"庭"的大会结束后，三兄弟策马回家。

夏天转眼即逝，三兄弟忙碌碌准备祭奠酒宴。奥拉夫果然信守诺言，慷慨解囊掏出了由他承担的三分之一花销费用。酒宴准备得一应俱全，各种食物堆积如山，因为预计要有许多人来出席此次盛会。

祭奠酒宴之日凡被邀请的重要贵宾均移趾莅临，其他前来祭奠赴宴的宾客更是人头蜂拥。在场的多半人说足有九百多人，其实是一千零八十人。这是全冰岛自古至今人数最为众多的祭奠酒宴。诚然，雅尔蒂的儿子们为祭祀他们父亲举办的酒宴有一千四百四十位宾客，然而那一次时间很短，排场亦远不能相比。因而这次祭奠酒宴真是惊天动地的壮举。三兄弟因此得到巨大的荣耀，脸上增添了莫大的光彩，奥拉夫更是这次壮举中自始至终的顶梁柱。他们向所有的头领馈赠了丰厚的礼物，这些礼物的花销由奥拉夫分担一半，其他一半由两个哥哥均摊。在多半宾客告辞离别之后，奥拉夫找他的长兄索尔莱克长谈。奥拉夫说道：

"兄长，你很明白我们两人之间缺少兄弟情谊，这令人痛心疾首。如今我恳求你器重我们的兄弟名分。我们兄弟间理应戮力同心。我也晓得，父亲临终赠我两件宝物你至今耿耿于怀。倘若你仍然认为自己受到委屈，我宁愿作出牺牲来赢回你的手足情谊。我将收领你的儿子作为养子，因为古老谚语说得好：收养别人的孩子为螟蛉乃是赔笑脸之举。"

索尔莱克欣然接受这一建议，说道："倘若果真如此，倒真是一项十分体面的奉献。"于是奥拉夫便把索尔莱克的儿子伯利接回家去，那时伯利才只有三岁。如今兄弟两人情谊深长恋恋不舍地分手。伯利跟随奥拉夫返回赫尔霍尔特庄园，他的妻子索尔盖尔德像对待自己亲生儿子一般疼爱伯利。伯利便在那里长大成人。

28

奥拉夫和索尔盖尔德夫妻俩有个儿子，那孩子在行洒水礼时露出两个酒窝，便起名叫作克雅丹。那是随他的外祖父梅尔克雅丹的名字而来的。伯利和克雅丹年龄相同。奥拉夫和索尔盖尔德还生了几个子女，其余的四个儿子名叫：斯坦索尔、哈尔多尔、海尔吉和小儿子霍斯库尔德。三个女儿名叫：贝格索拉、索尔盖尔德和索尔比约格。所有的子女长大成人后都很有出息。

当时在索尔比有个腾加农庄，那里居住着决斗者贝斯。有一天他来寻找奥拉夫，央求奥拉夫收养他的儿子为螟蛉。奥拉夫慨然同意，便把哈尔多尔接回家中，当时哈尔多尔才不满周岁。

那年夏天贝斯患病在身，整个夏天几乎都躺在病榻上度过。据说有一天腾加农庄上所有人都下地搒草去了，只有贝斯和哈尔多尔躺在屋里，一个躺在床上一个躺在摇篮里。不料那摇篮竟在男孩身下倾斜起来把男孩掀翻在地上，而贝斯却没有力气去把哈尔多尔从地上抱起来。他只得老泪纵横瞅着儿子唱起这支谣曲：

你我两人只得平躺,
一个在地一个在床。
不能动弹无人相帮,
哈尔多尔和我奈如何!

我们身上毫无力气,
不饶人的是我年纪。
你尚在襁褓年幼小,
一老一小如何得了!

你来日方长有盼望,
我江河日下病奄奄。

后来有人从地里回来,赶紧把哈尔多尔从地上抱起来,贝斯这才心里略为好受些。哈尔多尔被奥拉夫收养为义子之后,便在他身边长大成人,成了一个身材魁梧、相貌英俊的雄猛武士。

奥拉夫亲生儿子克雅丹是在赫尔霍尔特庄园上长大的。他是在冰岛出生的所有男人中最才貌出众的。他的容貌俊美体格轻盈。他的双眼是男人中最能勾魂摄魄的,他的一头秀发长密得如同真丝般而且还是卷发。他高大伟岸,又雄武有力,颇有外祖父埃吉尔或者舅舅索罗尔夫的特征。克雅丹身材颀长,比任何别的男人都匀称,任何人见到他都不禁要大加称赞。他练就一身好武艺,而且又是个心灵手巧的好工匠。在所有男人中他是最出色的游泳能手。在所有的角力比赛中他都遥遥领先,然而他却又是所有男人中最温文尔雅的,他那么有吸引力,以至于孩子们都对他充满了喜爱。他心地善良温柔,手头又阔绰大方,在所有的子女中,奥拉夫最为钟爱他。

克雅丹的螺蛉兄弟伯利也是一个身材高大的青年,在所有比赛力气和技艺的角逐以及征战拼搏中他也是出类拔萃的,却总稍逊克雅丹一筹。他强壮有力,相貌堂堂,既有阳刚之气又彬彬有礼,既是勇猛武士又是个多情公子。这对兄弟虽然不是亲生,却胜过亲生,他们之间手足情谊深厚。

奥拉夫悄然隐退,在家里一连闲居了好几年。

29

星转物移光荏苒,转眼又到春天,奥拉夫对索尔盖尔德表露了自己的心思,说道他想要出海航行,并说道:"我希望你能支撑门户当好一家之主,并把孩子们照管好。"

索尔盖尔德说道她本不想多揽事情,既然奥拉夫恳请,她只得勉为其难。

奥拉夫把停在西海岸瓦尔第的那艘海船收拾出来,在夏天启碇开船。他们来到挪威的霍尔达兰。

在离海岸不算太远的地方居住着一个名叫咆哮者盖尔蒙德的人,他有财有势,是个威名远播的海盗。此人凶恶狠毒难以对付,不过如今隐居在家,他也是哈康雅尔①的侍卫。

盖尔蒙德威名赫赫平素不大待客,但是他听说奥拉夫来到便亲自到他的船上去拜会他。他一眼就认出了奥拉夫,因为他对奥拉夫的状况早已耳熟能详。盖尔蒙德邀请奥拉夫到他家里去小住一段时间,带领多少人去可由奥拉夫自行定夺。奥拉夫接受了这一邀请,带领七个手下人前去。奥拉夫船上别的人手则在霍尔达兰自行安排食宿。

盖尔蒙德盛情款待了奥拉夫,他的房舍是一幢精美的华厦。他手下养着许多好汉,整个冬天自少不了各种狂欢娱乐。待到残冬已尽,奥拉夫告诉盖尔蒙德说他此番远航前来是希望能得到建造房屋用的上好木料,并且说道他十分想要得到的是同一种树的木材而不是杂木。

盖尔蒙德告诉他说:"我十分清楚哈康雅尔拥有最上好的森林。倘若你去谒见他,他必定对你十分欢迎,因为他礼贤下士,即便出身还不及你一半高贵的客人去求见,他也给予良好款待。"

到了春天,奥拉夫打点停当便去谒见哈康雅尔。那位君主果然将他待若上宾,挽留他到家里来客住一段时间,他想待多久就待多久。奥拉夫告诉国王他此次远航的来意和期望。

"我的君主,我恳求您能准许我从您的森林里砍伐一些建造房

---

① 雅尔是国王以下相当于宰辅的最高行政官职。哈康雅尔是挪威历史上最著名的西古尔雅尔(约935—995年)的儿子,哈康家族击败挪威国王灰衣王哈拉尔德,占有西北部七个郡的地盘,哈康从未获得国王头衔,直到兵败被杀仍叫"雅尔",但却是挪威西部的实际统治者。自995年即位以来,哈康雅尔遵循其父的做法,臣服于当时占有挪威东部的丹麦国王,并向丹麦国王输币纳贡。

屋用的木材。"奥拉夫说道。

哈康雅尔回答道："你可以把木材装满你的船只,我愿奉送给你。因为像你这样来自冰岛的贵客来访绝非是一件日常小事。"

在分手握别之时,那位君主赠送给他一柄黄金镶嵌的战斧,这是最好的纪念物。他们两人依恋不舍互道珍重。

与此同时,盖尔蒙德已秘密地变卖家财,安置了庄园上的手下人。因为他已拿定主意在夏天搭乘奥拉夫的船返回冰岛。他对每个人都守口如瓶,待到奥拉夫得知此事,盖尔蒙德已将全部财产运到奥拉夫的船上,而且这是一笔巨大的财产。奥拉夫只得说道:

"倘若我早点听到风声我决计不肯让你搭乘我的船。我相信在冰岛有不少人对你恨得咬牙切齿,他们决计再也不想见到你。可是你已经上了船,而且有那么多随身行李,我不忍心将你像丧家之犬那样撵走。"

盖尔蒙德说道："你的崇高语言使我难于报答,我只想搭乘这艘便船回家去。"

奥拉夫和他的手下将一切安排停当便启程出海。他们航行顺利,不消旬日便驶抵布劳德港湾,抽出跳板,舍舟登陆,在拉克斯河口安营扎寨。奥拉夫把木材搬运下船,再把船只覆盖严实免遭风雪侵蚀,如同他父亲生前所做的那样。然后奥拉夫询问盖尔蒙德是否愿意来和他同住,盖尔蒙德欣然应允。

那年夏天奥拉夫在赫尔霍尔特庄园建造起一座可以生火取暖的厅堂,它占地之大气派之宏伟是前所未见的。厅堂四周护壁和天花板上都绘有高尚的传奇故事,画得如此精美绝伦以致尚未挂上帝帷就已令人啧啧称赞。

盖尔蒙德既不插手日常事宜，亦很少出头露面，因而一多半人未曾见到过他。他通常这般装束：身穿一袭绛红色战袍，外罩一件灰色大氅，头戴熊皮帽，手持利剑。那柄利剑既是防身武器又是精美宝物。剑柄用整支海象牙制成，并不镶嵌白银。剑刃锋利无比而且决无锈斑污痕。他把这柄剑称为"啮足者之剑"，从来不肯让它离开自己的手边。

盖尔蒙德在奥拉夫家居住不久就坠入情网爱上了他的女儿苏里德。他向奥拉夫求娶她为妻。可是奥拉夫一口拒绝。于是盖尔蒙德便送给奥拉夫之妻索尔盖尔德一笔钱财，冀图她出面转圜以便玉成其事。索尔盖尔德接受了这笔钱财，因为数目委实可观，是慷慨大方的奉献。于是索尔盖尔德向奥拉夫谈起这门亲事，说道他们的女儿不能指望更完美的婚姻，"因为他是一条勇猛的好汉，富有钱财又出身于名门望族。"

奥拉夫说道："如同其余事情一样，我在这件事上亦不会违背你的主见，虽然我倒宁愿把苏里德嫁给别人。"

索尔盖尔德便赶紧去把这个结果告诉盖尔蒙德，因为她以为把这件事处置得十分圆满。盖尔蒙德感激她鼎力玉成并且敢于下决心允婚。盖尔蒙德再次向奥拉夫提亲，这一次就十分顺遂。盖尔蒙德和苏里德订婚之后，把婚礼大典确定在冬天结束时在赫尔霍尔特庄园举行。

婚礼的喜庆酒宴气派隆重排场巨大，前来贺喜的宾客如云。新的厅堂已经落成，筵席便设在厅堂里。乌尔夫·乌加松是专程邀请来的嘉宾。他按照厅堂墙上绘画的传奇故事编写了一首歌颂奥拉夫·霍斯库尔德松的长诗，名叫"厅堂谣曲"，并在婚礼喜庆筵席上当场吟唱。那首诗写得很出色，奥拉夫送了丰厚的酬金给他。对于前来参加婚礼的主要宾客奥拉夫都馈赠了厚礼。这次喜庆酒宴使得奥拉夫又赢得了好名声。

30

盖尔蒙德和苏里德婚后生活并不愉快，彼此间毫无夫妻恩爱可言。盖尔蒙德在奥拉夫家里住了三个冬天后，他希望要离家而去，并且说明白要把苏里德和他们的女儿格罗阿弃之不顾，亦不情愿留下任何钱财来供养她们母女俩。当时这个女婴还不到周岁。索尔盖尔德和苏里德对他这样薄情寡义都非常气愤，并且将此事告诉奥拉夫要他出面做主。

奥拉夫说道："究竟是怎么回事，索尔盖尔德？难道那个东方人如今原形毕露不再像那年秋天急着求婚时那样地慷慨大方？"

她们母女俩未能说动奥拉夫出面干预，因为他素来不会斤斤计较。他说道女儿和外孙女不妨留在庄园里，一直住到她想离开或者寻找出安顿自己的办法。

在分手时，奥拉夫把那艘商船收拾出来送给了盖尔蒙德。盖尔蒙德对此感激不已，说道这真是件高尚的礼物。然后他登上他的船只，由拉克斯河出海口启程。起初尚有轻微的东北风，可是驶到沿海岛屿群时就再无半点风信。他只好停泊在公牛岛。转瞬半个月过去，可是仍不见有风吹来可以扬帆出海。

正在此同时，奥拉夫必须离家到海边去照料一些事务。于是他女儿苏里德趁他不在家的时候召集起他的家丁，下令叫他们跟随她前去。她把那个小女婴格罗阿抱在怀里。这支人马由十个好汉组成，他们都听候苏里德调遣。她叫人把一条属于奥拉夫所有的渡船拖出来下了水。苏里德要他们帆桨并用，沿赫瓦姆峡湾疾驰而去。他们来到沿海岛屿群。她下令将船上的小艇放入水中。她自己率领两名家丁乘小艇而去，并且关照别的家丁照顾好渡船静候她回来。她把小女婴紧紧抱在怀里，命令那两个家丁划艇闯过急流朝向盖尔蒙德的大船驶去。她从小艇的舱里拿出一柄手钻交给一个家丁，吩咐他去把商船上的小艇艇底上钻个洞，这样那大船上的人在仓促间便无法使用小艇。然后她仍紧抱那个小女婴舍舟登岸。这时离日出还有一个钟点光景。

　　苏里德从岸上踏着跳板走到大船上，船上除了打鼾别无其他声息，人人都在梦乡之中。她径直走到盖尔蒙德睡觉的吊床旁边，那柄利剑"啮足者之剑"挂在吊床一端的木柱上。苏里德把小女婴放到吊床上，出手如同电光火花，一把攫住那柄利剑转身就逃。她刚离开大船跳上小艇回到同伴身边，就听得小女婴号哭起来。盖尔蒙德从梦中惊醒过来，认出了小女婴，他立即明白过来是谁把这个女婴扔到自己身边。于是他蹿起身来伸手拔剑。可是利剑却不翼而飞。他奔到船舷伸头张望，但见那艘小艇刚刚划桨驶离大船。

　　盖尔蒙德当即叫醒船上的人，命令他们赶紧跳进小艇前去追赶。他的手下按照吩咐行事，不料刚划出不远，但见暗蓝色的海水从艇底汹涌冒进舱里，他们只得返回大船。

盖尔蒙德没奈何只得连声高喊央求苏里德回去把利剑交还给他。他喊道只要她肯交还"啮足者之剑"并且把小女婴带走,"你想要多少钱财,我都舍得给。"

苏里德回答说道:"难道你舍得抛弃女儿而非要那柄宝剑?"

"我宁肯出大把的银子也舍不得丢失宝剑。"盖尔蒙德叫道。

"如此说来,你休想再得到它。"苏里德回答说,"你对我薄情寡义之极,真是个胆小的懦夫。如今我同你一刀两断,从此结束夫妻情分。"

盖尔蒙德说道:"你拿了利剑会遭到厄运报应。"

苏里德说道她甘愿冒任何风险亦在所不惜。

"这样说来我对此剑起个毒咒,"盖尔蒙德阴鸷诡谲地说道,"此剑必将给你家带去死亡。哪个男人都无福气消受使用此剑,他的死亡必将使你家蒙受最大的损失。"

苏里德返回赫尔霍尔特庄园,奥拉夫早已返回家多时,他听说事情经过后,对她的所作所为大为不满,可是事情很快平息下去。苏里德把"啮足者之剑"送给了义弟伯利,因为她比对别的弟妹更疼爱伯利。伯利在今后的漫长日子里都佩戴此剑。

经过这番折腾之后,盖尔蒙德竟然遇上了好天气。他顺利地在秋天来到挪威。有天深夜他们正在航行,不料海船在暗礁岩上撞得粉碎,盖尔蒙德和船上所有人全都葬身鱼腹。盖尔蒙德的故事到此结束,本文不再提起。

31

如同前文所表，奥拉夫·霍斯库尔德松如今隐居在家。当时在柳树峪以北阿斯比约恩岬角住着索尔蒙德之子古德蒙德。他向苏里德求婚，得到了她的同意。于是苏里德便携带大笔钱财下嫁给他。苏里德是个聪明的女子，可惜秉性凶悍脾气急躁。他们婚后生下四子两女。儿子名叫：哈尔、巴尔迪、斯坦恩和斯坦格里姆。女儿名叫：古德隆和奥洛芙。

奥拉夫的另一个女儿索尔比约格长得容貌端庄，体态丰满凝重，所以她的外号是矮胖子索尔比约格。她远嫁在瓦特尔港湾以西，她的丈夫阿斯杰尔出身于名门贵族，乃是克努特之子。他们夫妻俩生下儿子克雅丹，克雅丹之子索尔瓦尔德又生子名叫索尔德。索尔德的儿子斯诺里又生儿子索尔瓦尔德，和他的曾祖父同名。这便是瓦尔特港湾一脉子嗣的由来。索尔比约格后来又改嫁给索尔格里姆之子维尔蒙德为妻，生下女儿索尔芬娜，她日后嫁给索尔斯坦恩·柯格松为妻。

奥拉夫的另一个女儿贝格索拉亦远嫁到深水海湾以西，是教士索尔哈尔之妻。他们生下一子，名叫克雅丹。克雅丹之子名叫铁匠斯图拉。斯图拉也是索尔德·吉尔松的养子。

孔雀奥拉夫豢养了不少值钱的纯种牲畜。他有一条非常出色的犍牛，名叫哈里。哈里浑身皮毛呈灰色，其间有白色斑点，它的骨骼要比别的公牛大得多。长有四只头角，两只大角雄壮美观，分垂在左右耳边。第三只角竖立在其间。第四只角从前额垂到双眼。它靠这只角在冬天戳破冰层去饮水。它还能像骏马一样用蹄子刨开积雪去啃埋在雪下的草根。

有一年冬天气候酷寒，犍牛哈里从赫尔霍尔特庄园被迁移到布劳德港湾峡谷里的一处放牧地。如今那块地方被命名为哈里牧场，因为哈里犍牛同其他十六头公牛曾在那里度过了整个冬天，回来时非但没有掉膘，反而每条公牛都膘肥肉厚。在春天它又被赶回赫尔霍尔特庄园上，那里的牧场被命名为哈里围栅。

哈里犍牛长到十八岁时，它的那只能破冰的头角折断了，当年秋天奥拉夫便叫人把它屠宰了。屠宰后的第二天晚上奥拉夫忽然梦见一个妇人来到他的面前。那个妇人身材硕朋面貌狰狞，她满脸怒意开口问道："你竟还睡得着觉？"他回答说他已醒过来了，那妇人喝道：

"你仍在睡梦之中，虽说你自以为清醒却混账得很，你把我儿子屠宰掉弄得它皮肉无剩，只留下一些不成形的骨骸回到我手中。我要叫你为此付出高昂代价，也要让你的儿子血流满身来报此怨仇。我要挑选一个你最不情愿失掉的儿子，让你尝到儿子被杀的残忍。"

说完之后她倏然消失，奥拉夫大喊一声从梦中吓醒过来。他整日价眼前全是那个妇人咬牙切齿的凶狠面目。奥拉夫提心吊胆生怕这一噩梦果真应验。他将此事遍告诸亲好友，央求他们一起来详梦，然而竟无人说得出个名堂。有人劝他不必当真，因为梦境只是幻觉。他觉得言之有理，然而心里疑团依然，一直惴惴不安。

32

当时有一个名叫奥斯维夫的人，他是海尔吉之子，奥托之孙。奥托的父亲是东方人比约恩，祖父是塌鼻梁凯蒂尔，曾祖父是"布纳"比约恩。奥斯维夫的母亲名叫尼德比约格，尼德比约格的母亲卡德琳乃是高个子赫罗尔夫的女儿，公牛索里尔的孙女，公牛索里尔是维克以东地方最为大名鼎鼎的头领。他被人称为豪客，因为他拥有三个岛屿，每个岛上都喂养了公牛八十头。有一次他向哈康国王进献礼物，送去了一个岛屿和岛上的全部公牛，这份厚礼足以令人瞠目结舌，在冰岛和挪威一时传为美谈。

奥斯维夫是一个聪明的贤哲，他隐居在沙林斯河谷的洛加，洛加农庄位于沙林斯河谷北岸正好和腾加农庄遥遥相对。他的妻子索尔迪丝是低地来的乔道尔夫之女。他们一共生了五子一女。五个儿子是：奥斯帕克、海尔吉、瓦恩德拉德、索拉德和索罗尔夫。他们个个都是勇士。他的女儿古德隆乃是冰岛出生的最为美丽的姑娘，如同璞玉浑金一般，非但天生丽质而且才华横溢。别的姑娘任凭打扮得多么花枝招展，在她的璀璨夺目的美貌面前也显得黯然失色。她又是所有女人中最聪颖慧黠的，甚至女人们亦莫不交口称赞。她为人慷慨大方舍得花费钱财。

奥斯维夫还有个远亲亦同他居住在一起，她名叫长舌妇索尔哈拉。她有两个儿子：奥德和斯坦恩。他们两人都强壮有力，奥斯维夫家最笨重的活计都由他们两人来做。他们兄弟亦同他们的母亲一样多嘴饶舌喜爱搬弄是非。众人都对他们望而生厌，避之唯恐不及。只有奥斯维夫的儿子们却把他们看成宝贝一样。

在腾加农庄住着一个好汉名叫索拉林，他是好色鬼索里尔的儿子。他是个殷实富有的自耕农，身材肥胖而强壮。他拥有大片上好的土地，可是牲畜太少。奥斯维夫想要从他手上买进点土地，因为他正好相反，拥有大群牲畜却苦于土地不足。于是几经周折，奥斯维夫从索拉林那里买进了一片土地，那块土地从格努帕斯卡德沿峡谷两侧连绵延伸到塔斯克峡流，是上好的膏腴沃土。他在那里安排了一个露天挤奶场。奥斯维夫任何时候都有大批仆佣听候差遣，他的生活是最为高贵的。

在索尔比以西地方有个霍尔农庄，那里住着三个兄弟：狗崽子索尔凯尔和克努特兄弟俩，还有他们的妹夫索尔德也同他们一起主持农庄上的事务。那两兄弟出身于名门，而索尔德是跟随他母亲的姓氏因而姓英贡松，其实他父亲是格鲁姆·吉列松。索尔德长相英俊，身体健壮，而且十分英勇，是个打官司的诉讼能手。他娶了索尔凯尔和克努特的妹妹奥德为妻。奥德是个性格毫不温柔、容貌颇丑的平庸女子。索尔德对她并不怜爱，娶她为妻只是贪图她的家当，因为他们兄弟姊妹并不分家。自从索尔德接手经营以来，这个农庄便日益兴旺起来。

33

在巴尔达海滩以西的哈格，居住着一个好汉名叫盖斯特·奥德莱夫松,他是个伟大的头领,也是一个贤明的隐士,能知过去未来占测天机。他同许多权贵人物都有结交往来,他们之中许多人都前来请教他出主意。每年夏天他都骑马去出席"庭"的大会,而且途中会在霍尔农庄投宿憩息。

有一回情况亦是如此:盖斯特骑马去出席"庭"的大会并投宿在霍尔农庄。他收拾停当准备次日清早就动身,因为路途漫长,他打算在天黑之前赶到锡克夏,以便投宿在他内弟阿尔莫德的农庄上。阿尔莫德娶了盖斯特的一个妹妹索隆为妻,他们生有两个儿子:乌尔诺尔夫和哈尔多尔。

盖斯特从索尔比出发赶了一整天路来到沙林斯峡谷的溪泉边,打算在此地喘口气歇歇脚。

当时古德隆亦正来到溪泉边,她向自己的表兄盖斯特热情地招呼。盖斯特也很热烈地对她表示欢迎。他们寒暄攀谈起来,两人都聪明绝顶又善于辞令。

天色徐徐晦暗下来,黄昏即将来临。古德隆把话转入正题,说道:

"我希望表兄你和你的手下人都骑马到我家里去同我们住在一起。这是我父亲的愿望,虽然他给了我荣誉让我来转达这个邀请。他让我一定要向你说明,他希望你每次从西部路过此地时都能住宿在我家。"

盖斯特对这一邀请和慷慨大方的好意表示心里领受,然而他还是要赶路前去,因为一切早已安排就绪,他不便另作打扰。

古德隆说道:"今年冬天我做了许多梦,然而其中有四个梦使我心神不宁备受困扰。没有人能参详出它们的启示,解释得全都不合我意。可是他们又讲不出任何差强人意的征兆。"

盖斯特说道："你可以把你的梦讲给我听，我将尽力为你效劳。"

古德隆说道："如此我就实言相告了。我曾梦见自己站立在露天户外，紧靠一条溪流旁。我头上戴了一顶卷边兜帽，我觉得那顶兜帽不大合适，便动手去摆弄得舒服一点，许多人劝我休得轻易妄动，我未予理会。我把那顶兜帽从头上摘了下来，把它扔进溪流里面。这就是那个梦的结尾。"

古德隆停顿一下又说道："我再讲下一个梦。我梦见我手臂上戴着一个银镯子，我想它是我自己的首饰，因为它箍在我臂上合适得天衣无缝。我把它看成是最珍贵的宝物，想要佩戴它一辈子。可惜一不留神，它便从我手臂上滑落下来，掉进水里消失得无影无踪，我从此再也未曾看见过它，这个损失岂止是丢失了一个首饰，我心痛得大哭起来，于是我便哭醒了。"

盖斯特接口说道："岂止是个梦！这个梦大有名堂！"

古德隆接着说道："我再讲第三个梦。我梦见自己手上戴了个金戒指，我想它必定是属于我的，我以为我上次丢掉首饰的损失终于得到了弥补，我拿定主意务必把它保存得比那一个更久长。可是我发现这个戒指同上一个毫无相同之处，虽然黄金比白银更为珍贵，然而它对我却毫不合适。后来我摔了一跤，赶紧用手去撑住自己身体，不料那枚金戒指碰撞在石头上，砸成了两截，只见鲜血从那两个断截里汨汨流出来。此后我受到的折磨并不是失去珍宝的遗憾而是撕心裂胆的悲痛。我豁然顿悟：那枚戒指谅必早有裂痕才会一折就断。我细细查看那两个残端，原来上面布满

(Ásta Ólafsdóttir)

古德隆说道:"……我曾梦见自己站立在露天户外,紧靠一条溪流旁。我头上戴了一顶卷边兜帽……"

了大大小小的裂缝，于是我心里更加苦涩难过，倘若我早就珍惜疼爱，说不定它至今还是完好无恙的整个戒指。这个梦到此结束。"

盖斯特长叹一声说道："人生如梦，从来不会结束。"

于是古德隆又说下去："我再讲第四个梦。我梦见自己头上戴了一顶黄金头盔，头盔上镶嵌了许多宝石。我以为这件宝物谅必属于我自己，可是心里却摆不脱这个念头：它的毛病在于分量太重压得我几乎抬不起头来，我只好将头偏向一边。我既不埋怨这顶头盔也不想同它分离，岂知那顶头盔一骨碌就滚了下来落进赫瓦姆港湾里，我就悚然惊醒。我已告诉你我所有的梦。"

盖斯特说道："我看得分明这些梦的征兆。可是，你会发现这些解释却大同小异，因为我必须循同一思路去参详这几个梦。这些梦兆预示：你将会有四个丈夫。我无法断定甚至必存疑惑的是，你第一次结婚究竟是否爱情的结合。正如你梦中所见，你头上戴的那顶兜帽委实太大，你觉得不合适。这表明你怜爱他，然而只有很少一点点。后来你把兜帽脱下扔进水里，这就表明你会同他离异。古老谚语说得好：'干脆将心一横，扔进海里了事。'这就是说丢掉了本当属于自己的东西，却一无所获只落得两手空空。"

盖斯特接着说道："你的第二个梦梦见自己手臂上戴了银镯，这预兆着你会嫁给一个贵胄子弟，你很爱他，可是享受恩爱的时间却不长。倘若他溺水而死我并不会觉得惊奇。对这个梦我只能对你说这么多。

"在第三个梦里，你梦见手上戴上金戒指，这预兆你会有第三个丈夫。他的遭遇不见得会胜过前面那一个，因为你并不觉得黄金比白银更珍贵。可是我头脑中有个预感：到那时候会出现一场信仰的变化，那种信仰在我们看来是无稽之谈，而你的丈夫却接受了那种信仰。

"你梦见那枚戒指摔成两半这才恍然大悟那是由于自己的过失所造成，鲜血从两个残端汩汩流出预兆着你的丈夫将横遭杀害。到了那时候你才会发现你第一次看清楚婚姻里的大小裂缝。"

盖斯特又接着说下去道："你在第四个梦里见到自己戴着黄金宝石镶嵌的头盔，它太沉重压得你喘不过气来。这预兆你会有第四个丈夫。他是四个人中最伟大的显贵人物，他就是压在你头上的头盔使你敬畏惧怕。

"你梦见那顶头盔一骨碌掉进赫瓦姆港湾，这预兆他会在那个港湾走完他一生的最后几天。眼下我对这个梦不便再多谈。"

在盖斯特详梦时古德隆如痴似呆地倾听着，直到盖斯特讲完之前她一声不吭，满脸涨得如同鲜血一般地通红。待到他把话讲完，古德隆说道：

"倘若我能将梦境叙述得更加分明，然后再请你更有依据地详梦，你谅必可以作出更为公正的预言。不管怎样，我对你详梦所作的努力深表感谢。然而这些梦境果真变成如同你说的现实，那将是何等可怕，简直令人不敢去想。"

古德隆挽留盖斯特在此地留宿过夜，并说道，他和奥斯维夫之间有许多富有哲理智慧的话题可以作通宵之谈。

盖斯特说道："我务必骑马赶路，因为我早已拿定了主意不去打扰。不妨烦请你转致你父亲我对他的问候，并且转告他我的几句话：我相信奥斯维夫同我的住所之间的距离终究有朝一日会大大缩短，到那时候我们再作面谈岂非更方便，倘若我们两人都打算谈到一起去的话。"说完之后，盖斯特上马驰骋而去，古德隆亦扭身归家。

盖斯特行走不远，但见奥拉夫手下一个仆佣站在奥拉夫田地的围栅外面等候盖斯特到来。他是奉了奥拉夫之命专程守候在此邀请盖斯特到赫尔霍尔特庄园去住宿。盖斯特说道他可以在次日前去拜会奥拉夫，但是他务必在锡克夏农庄过夜。那个仆佣赶紧回去向奥拉夫禀报一切。奥拉夫便连声吩咐备马。他的马牵来之后，奥拉夫便轻骑简从只带了几个家丁飞驰前去追赶盖斯特。

他在里阿河边赶上了盖斯特。两人相见后奥拉夫向盖斯特热情问候并再次邀请他和他的手下人都到庄园上去。盖斯特感谢他的盛意，说道既然如此厚爱，他只得到那个庄园去稍坐片刻，开开眼界见识一下那里的气派，不过他务必赶到阿尔莫德家留宿过夜。盖斯特到庄园上停留了片刻，然而他已把整个庄园看遍，不禁称赞说："建造这样一个庄园，当然要舍得花钱。"

奥拉夫和盖斯特并肩齐辔来到拉克斯河边。那天有不少年轻人在河里游泳。而这类运动奥拉夫家的几个儿子都是稳当领先的。那里还有不少来自别人家的孩子，他们不甘失败尚在奋力击水。克雅丹和伯利兄弟俩瞅见他们驰骋而来便一齐跃出水面，待到奥拉夫和盖斯特来到他们面前时，他们已经穿戴整齐迎接客人。盖斯特凝视片刻便从那些年轻人中间将克雅丹和伯利指认出来，然后他又用他的长矛矛杆将奥拉夫的儿子们都指出来并且逐个说出他们的名字。这殊非易事，因为别人家来的年轻人此刻亦不再游泳，也都穿好衣服同克雅丹和伯利并肩一起坐在河岸上。奥拉夫抚掌大笑说道：

"不管如何称赞你的智慧都不为过，盖斯特。你竟然能将从未见过面的人逐个指认出来并且说得出名字。如今我想请问你一桩事，望你不吝赐教，在这些年轻人之中，谁将会是最强大的权势者？"

盖斯特回答说道："结果如何要看你自己对他们怎么疼爱。不过克雅丹是最有指望的，只要他能够活下去的话。"说完之后，他猛抽一鞭疾驰而去。

半晌之后，低地来的索尔德纵马追赶上来，问道："究竟发生了什么事情，父亲，你为何眼泪汪汪？"盖斯特回答说道："再多说亦毫无用处。我并不喜欢对自己在世之日即将发生的事情守口如瓶。在我看来必定发生的事情是：伯利也必将有一天把克雅丹杀死，并且把他的头颅抛到自己脚下，而这桩凶杀亦使得自己送掉性命。看到这样生龙活虎的青年注定被杀我心里真不好受。"他们父子前去出席了"庭"的大会。那次大会平静无事。

34

有个叫索尔瓦尔德的人是加普斯峡谷教士哈尔多尔的儿子。索尔瓦尔德居住在吉尔斯港湾的加普斯峡谷。他是个十分富有的人，但却并不是一个英雄好汉。在古德隆十五岁那年的"庭"的大会上，他向奥斯维夫提亲求娶他女儿古德隆为妻。虽然他并没有盛气凌人仗势提出这门亲事，然而奥斯维夫一口拒绝说道古德隆同他并不相匹配，因为两人的财富悬殊太大。索尔瓦尔德非常温和有礼地说道，他求婚是为了娶得一个好妻子，与钱财无关。于是奥斯维夫便同意索尔瓦尔德同古德隆订婚。奥斯维夫还独自同索尔瓦尔德订立了婚姻契约，其中规定：自夫妻成婚之日起所有钱财事务均交由古德隆处理；不管婚姻持续时间短长，一半家财必须划到古德隆名分之下；索尔瓦尔德必须为古德隆购置珠宝首饰，把她打扮得珠光宝气以致没有哪个女人能同她相比；而在此同时，索尔瓦尔德务须保持牲畜数目只增不减，不许因为购买珠宝而使牲畜遭受损失。

男人们商量停当，在"庭"的大会之后便各自回家。此事她的父兄根本没有征询古德隆的想法，她气愤而伤心，然而亦无可奈何。日子悄悄过去。婚礼安排在孪生月（八月下旬至九月下旬）在加普斯峡谷举行。古德隆过门后一点不爱索尔瓦尔德，却对购买珠宝索要无度，极尽铺张之能事，只要西部峡湾一带最昂贵值钱的珠宝她都非要购买到手不可。倘若索尔瓦尔德不肯给她买来，她便对他大发雌威。

英贡恩之子索尔德同索尔瓦尔德和古德隆夫妻俩都能友好相处，并在他们家住了很长时间。周围闹得沸沸扬扬，说是索尔德同古德隆两人有了苟且私情。有一回古德隆非要索尔瓦尔德买件礼物给她，索尔瓦尔德说道她索取无度理应克制自己，并且掴了她一个耳光。古德隆说道：

"如今你居然敢动手打我，这是我们女人记恨一辈子的。你在我脸颊上留下的巴掌印倒教会了我怎样才能不再对你纠缠强求。"

当天晚上古德隆便把自己受到的虐待告诉了索尔德，并且询问他怎样才能报复。

索尔德哑然失笑说道:"我有个绝妙的主意,你不妨给他做一件衬衫,领圈要开得非常大,因为他的颈脖像女人般短粗。他必定以为遭到了羞辱,如此你就有口实同他离异。"古德隆亦以为然,两人就依计行事。

那年春天古德隆果真同索尔瓦尔德离异,并搬回洛加的娘家来住。离异之后,索尔瓦尔德必须分给古德隆一半家当。他们的财产不仅没有比婚前减少反而有所增加,虽然他们两人的婚姻只不过维持了两个冬天。

那年春天,英贡把她在弯柄杖港湾的土地出售。日后那块地方便叫作英贡农庄。她变卖地产之后便迁徙到西部斯加尔姆岬角去住。沉闷者吉列松娶她为妻,前文已表过。

戈狄哈尔斯坦恩当时居住在鳕鱼港湾西部的哈尔斯坦恩岬角。他是个有权势的人,可是为了朋友起见往往义不容辞地出力奔走。

35

有个刚到冰岛不久的人名叫考特凯尔,他妻子名叫格里玛,为他生下两个儿子:磨刀石眼哈尔比约恩和斯梯康第。这家人原本是英格兰的赫布里底群岛的土著居民,个个都会施展蛊惑妖术来骗取钱财。哈尔斯坦恩戈狄[①]收留了他们,并且将他们安置在

[①] 即"神圣者"之意,有此头衔者为当地最权势人物和世俗教士,在930年以前,冰岛没有中央权力,各地由戈狄或尚未获得此头衔的头领所实际统治。

斯加尔姆港湾的乌尔迪尔居住。他们的住地是人们所厌恶趋避的所在。

那年夏天，盖斯特去参加"庭"的大会，乘船来到索尔比。如同往常习惯一样投宿在索尔比的霍尔农庄。那三个姻亲兄弟亦像以往习惯一样骑马前来探望他。索尔德·英贡松当上了盖斯特的随从，跟着他来到沙林斯峡谷的洛加农庄。奥斯维夫之女古德隆要骑马去参加"庭"的大会，索尔德·英贡松便自告奋勇陪伴她并辔而行。有一天，他们俩骑马穿越一片名叫罗肖荒地的原野，那天风和日丽，碧空如洗。古德隆说道：

"索尔德，难道说这竟是真事，你的妻子奥德总是穿着紧身裤衩到处乱跑以致坐下去就会在长凳上留下一摊污渍，她还打着绑腿从小腿裹到脚背？"

索尔德说道："我未曾留心看到。"古德隆冷笑说道："你既然未曾见到过，那么为什么人家都叫她'穿裤衩的奥德'？"

索尔德辩解说："我想她被人叫这个外号还时间不久。"

古德隆说道："她今后终生都会被人叫这个外号，相比之下倒真不算久。"说到这里，已经来到"庭"的会场，于是收住了话题。索尔德在盖斯特的棚屋里消磨掉不少时间，而且往往只同古德隆交谈。

有一天，索尔德·英贡松忽然询问古德隆说道：倘若一个女人总穿着紧身裤衩像男人一样四处乱跑该当受何处罚。古德隆说道：

"她理应受到同那个穿了领口低得把胸脯露出来的男人一样的惩罚。也就是说这两宗案子都是要以离异告终。"索尔德说道："你帮我拿个主意，究竟我在'庭'的大会上宣布离异为好，还是等到回家去后召集众人前来商议？不过那样一来我必须同许多性情火暴而又觉得受到委屈的汉子打交道。"古德隆沉思半晌后说道："懒汉总爱把诉讼拖到晚上。"于是索尔德蹿起身来奔向法律岩石，并且指定了几个证人，宣布说他要同奥德离异，他提出的理由是她不顾体面像男人一样穿着污秽的裤衩到处乱跑。奥德的两个哥哥虽然非常气愤，可是并未当场发作，所以此事就悄然过去。索尔德开完"庭"的大会便跟随奥斯维夫的儿子们一起回去。

奥德直到后来才听到音信，她叫道："天哪，他休想那样轻易地把我抛弃！"

不久之后，索尔德带领十二个人西上索尔比前去分家当。分割财产进展得很顺利，因为索尔德不敢在此事上过于刁难勒索。索尔德从西边赶回来一大群牲畜。他回到洛加农庄后，便立即向古德隆求婚。此事轻而易举，奥斯维夫和古德隆父女焉有不允婚之理。婚礼大典安排在夏天的第十个星期举行，这是一场真正高贵的喜庆酒宴。婚后，索尔德和古德隆夫妻之间十分恩爱。狗崽子索尔凯尔和克努特兄弟本想提出诉讼向索尔德·英贡松讨还公道，可是却找不到靠山支持只得快快作罢。

第二年夏天，霍尔农庄的家丁在赫瓦姆峡谷建造了一个露天挤奶场，奥德住到了挤奶场里。刚好洛加农庄在绵羊峡谷有个露天挤奶场，那绵羊峡谷从西边揳入两彻高山之中，直通沙林斯峡谷，这两个挤奶场相距不远。奥德询问那个照料羊群的家丁是否遇得见洛加农庄的人。家丁回答说几乎天天见面，因为只相隔一个山坳。于是奥德盼咐他说：

"你今天就去找洛加的牧羊人打听清楚，我要你告诉我谁留在洛加农庄看家，而来到露天挤奶场的又是哪些人。你在讲到索尔德的时候务必不露声色免得他们提防你。"

那个家丁应声而去，到了傍晚，他回到挤奶场上。奥德询问他带回什么消息。家丁禀告说道：

"我打听到的消息谅必会使你高兴。如今索尔德和古德隆的两张床不消并排放在一起，他们卧室的地板可以显得十分宽敞，因为她住到了挤奶场，而索尔德睡在厅堂背后的吊床上。他和奥斯维夫两个人留守在洛加农庄。"

"你探听得非常清楚，"她说道，"你赶紧去备好两匹骏马，务必上好鞍辔等到众人上床睡觉之后再牵过来。"

那个家丁按照吩咐行事。待到日沉山间，奥德骑上马背，这一次她倒真的只穿了紧身裤袜。那个家丁骑上另一匹马跟随在后面几乎追赶不上她，因为她奋力加鞭，狂奔疾驰如同风驰电掣一般。

她朝南穿越过沙林斯峡谷荒原，来到洛加农庄的围栏旁边。她翻身下马，吩咐家丁在此照料马匹，她自己走向房舍。奥德走到大门口，发现大门开着。她走进厅堂去寻找墙上的吊床。她发现房门虽已拦住，但却没有把门栓顶住。她走进卧室，索尔德仰面熟睡在房里。奥德大喝一声把他叫醒，索尔德转过身来，但见有个人影在他面前晃动。说时迟那时快，她抽出利剑朝着索尔德刺了下去，把他刺成重伤。那柄利剑从他的右肩胛刺进去穿透左右双乳。这一击用力如此之大以致剑尖戳入床垫。奥德迅速逃走，奔到拴马的地方，跳上马背，疾驰回家。

索尔德猝然遭此重创，想要抬起身来可是已没有力气，因为他失血过多。奥斯维夫听见动静惊醒过来，他询问发生了什么事情。索尔德告诉他说自己遭人暗算受了点伤。奥斯维夫又问他是否知道行刺他的凶手是谁，他嘴里询问的同时赶紧起床来为索尔德包扎伤口。索尔德说他想必定是奥德下的毒手。奥斯维夫便提出由他率领家丁前去追赶，说道她前来行刺谅必带的人很少，所以她难逃应受到的惩罚。索尔德说道前去赶尽杀绝殊为不妥，她此番行刺仅仅做了她早该下手的事情。

奥德在拂晓时分返回家里。两个哥哥询问她到哪里去了。奥德说她去了一趟洛加农庄，并且把这次偷袭的经过告诉了他们。两兄弟闻听皆异常喜悦，却又埋怨她尚手下留情，理应将他杀死方解心头之恨。

索尔德卧床养伤很久，他胸口的伤疤终于愈合，可是手臂上的那个穿孔却久治不愈，因而无法同往昔一样劳作干活。那年冬天就这样过去。

来年开春，索尔德的母亲英贡从西边的斯加尔姆岬角来找他。索尔德热忱款待，可是她却满脸愁容不展，说道此番她是前来寻求儿子出面保护，因为考特凯尔和他的妻子还有两个儿子凭借着施展妖术来窃取她的财物，他们的蛊惑法术折磨得她苦不堪言，可是戈狄哈尔斯坦恩却一味偏袒他们。索尔德听说此事非常恼怒，说道擒捉窃贼乃天经地义之事，不管是否冒犯了哈尔斯坦恩。于是他立即收拾停当，率领十名家丁，随英贡往西而去。

他在雅尔德岬角登上了一艘方型平底渡船，行驶到斯加尔姆岬角。索尔德把他母亲拥有的全部牲畜都装载上船，打算把它们运到港湾的角地上去放牧。船上一共有十二个人，除英贡之外还有另外一个女人。索尔德带领十名家丁来到考特凯尔的住所。事不凑巧，考特凯尔的两个儿子刚好离家外出。于是索尔德便召集乡里，当众谴责考特凯尔和格里玛夫妻俩和他们的两个儿子盗窃财物、施展妖术害人，并且要求判决剥夺他们一切权利和将他们放逐。他把诉讼提交给"阿耳庭"，随后就回到他的船上。

索尔德的船刚离开岸很短一段路，哈尔比约恩和斯梯康第便回到家里。考特凯尔把方才的经过告诉了儿子们。两兄弟气得暴跳如雷，说道这一来四乡八里都不会把他们放在眼里，甚至敢于挺身与他们为敌。于是考特凯尔便做了个绞刑架，架子四周贴满施过魔法的符咒。他们全家一齐登上这座绞刑架，齐声唱起曲调古怪的魔曲，随着他们悠扬起伏的凄厉歌声，在海面上徐徐刮起了一场大风暴。

英贡之子索尔德和他手下好汉惊得目瞪口呆，方才晴空丽日，霎眼之际竟刮起了大风暴，而且暴风径直朝他们这条船猛吹，把他们的平底渡船从斯加尔姆角沿海荡出去，卷向深海。索尔德面对汹涌的海浪表现出大无畏的勇气和娴熟的驾舟技艺。岸上的人都眼睁睁看着他镇定自若，把船上装载的每样东西都扔下海去，却尽力设法营救被风刮下海去的溺水者。站在岸上的人都松了一口气，以为索尔德必定能渡过难关侥幸脱险，因为他们已穿越过了礁石最多的危险地带。不料就在此时，猛然吹来一阵怪风，在离岸不远的岩礁四周滴溜溜地卷起一个漩涡。大家还未弄明白是怎么回事，但见排浪铺天盖地而来，霎时间船上骨架断裂，船身迅速倾覆。索尔德和船上所有人都落水溺毙。那艘渡船裂成碎片残骸无存，只有一根骨架被冲到岸上，那地方日后便叫作骨架海滩。索尔德的盾牌也被海浪冲到一个小岛上，日后那岛屿被叫作盾牌岛。索尔德和别的溺毙者的尸体陆续被冲到岸上。一个硕大无朋的坟茔建造起来，他们全都埋在那里，那个地方至今被称为"坟茔岬角"。

36

这个消息很快就传遍远近乡里，人人对此事痛心疾首、义愤填膺，他们认定那些人遭到了谋害，而且就是考特凯尔全家下的毒手使他们丧生鱼腹。因为如果不是施展巫术决计不会有如此的怪风。古德隆听到索尔德的死讯悲痛欲绝。她如今虽然朱颜犹在，然而却不再年青，她生下了一个索尔德的遗腹子，在行过洒水礼后把他起名亦叫索尔德。

当时戈狄斯诺里居住在神圣沼泽，他是奥斯维夫的亲戚，平时交情匪浅。古德隆和她的家人都十分信任他。有一次斯诺里到洛加农庄来参加酒宴，古德隆便向他诉说了自己的苦恼。斯诺里当即回答说他支持提出诉讼，只有打了人命官司，他才能稍解心头之恨。他还向古德隆提出要领养她的儿子，使得她可得到点宽慰。古德隆表示同意，并且说她将仰仗他的深谋远虑。这个男婴索尔德日后有个外号叫猫咪。他的儿子是诗人斯多夫。

盖斯特·奥德莱夫松也站出来仗义执言。他去找了哈尔斯坦恩，斩钉截铁地要他在两者之间作出选择：要么将那几个巫师撵走，否则就下令将他们处死，"虽然这个要求已提出得太晚了，"盖斯特说道。

哈尔斯坦恩迫于无奈只得当即作出选择下令将他们放逐，不准他们在达勒荒原以西任何地方停留。他还加了一句话说道其实将他们处死就更显得公正。

考特凯尔失去了庇护只得带领妻儿远遁他乡。他随身无法携带太多箱笼细软，只骑了四匹纯种好马。那四匹骏马浑身漆黑乌油发亮，没有一根杂毛。它们骨骼高大体态雄伟，非但是日行千里的良驹宝马，而且暴烈凶暴可以参加斗马比赛。他们被放逐之后，无人知晓他们的去向。直到有一天他们忽然来到梳子峡湾寻找霍斯库尔德的大儿子索尔莱克。索尔莱克一见这几匹骏马便十分中意，因为他善于识马，看出它们是绝顶上等的宝马，他当即提出要购买这几匹骏马。考特凯尔回答说道：

"我们不妨做笔交易，你可以作出选择：收下这几匹骏马，再在这里给我们一块土地安顿，做你的邻居。"

索尔莱克说道："这样一来，区区几匹马的价格岂非太贵，据我所知，你们已被大家公认为有罪而且遭到了放逐。"

考特凯尔回答道："你说的大家公认其实是以讹传讹，只不过是洛加农庄那几个人罢了。"索尔莱克说道那倒也确实如此。于是考特凯尔说道：

"若说我们对古德隆和她的兄长们犯下了罪行，事情的真相恰恰相反。你的耳闻并不确凿，人们用谎言来使我们蒙受不白之冤，如今我们已百喙莫辩再难洗清冤枉。收下这几匹马，不要被谎言所欺骗。这些冤枉你过去亦曾身受其害。再说我们亦不是好欺侮的，倘若我们能得到你作为靠山鼎力庇护的话，这一带居民奈何我们不得。"

索尔莱克此时在这桩事情上已改变了主意，他已没有心思再去追究孰是孰非，因为他实在舍不得那几匹宝马，再说考特凯尔又狡猾地施展出如簧之舌把自己开脱得一身清白。于是索尔莱克收下了那几匹骏马，并且在拉克斯峡谷的莱多尔福农庄划出一块土地给他们居住，还送给了他们一些牲畜。

这个消息传到洛加农庄，奥斯维夫的儿子们顿时要前去同考特凯尔和他的两个儿子拼命。奥斯维夫却喝住了他们，说道：

"我们不妨先按照斯诺里的主意来办，把这桩案子留给别人去处理。因为过不了很久，考特凯尔又会惹出新的事端，他的邻居将不堪其害而群起反对。索尔莱克是那个人最适合下手的对象，他必定最先遭殃而且受到最大伤害。过不了很久许多人会同他反目成仇，因为他们曾有恩于索尔莱克，然而他却以冤报德。

"到那时候我不会阻拦你们去找考特凯尔和他的全家算账拼命。你们想怎样报仇都可以，倘若没有人把他们放逐出这个国家或者干脆结果掉他们的性命。我给的期限是三个冬天。"

古德隆和她的哥哥们说道事情大概真会如他所料的那样变化。

考特凯尔一家并不需要为温饱生计而操劳，那年冬天他们不需要购买干草和食物。可是使他们惴惴不安的是周围邻居对他们充满敌意，虽然碍于索尔莱克的脸面他们一时之间还不会上门来寻衅滋事。

37

有年夏天"庭"的大会召开期间，索尔莱克独坐在自己棚屋里，一个身材高大的汉子走进棚屋，他向索尔莱克致意，索尔莱克接受了问候，并且询问他姓什名谁从何处而来。他告诉说，他名叫艾尔德格里姆，家住在堡格港湾的艾尔德格里姆农庄，那个农庄坐落在朝西揳入莫尔山和匹格腾山之间的峡谷里，那个峡谷如今叫作格里姆峡谷。索尔莱克说道："我久仰大名，而且听说你绝非一个小人物。"

艾尔德格里姆说道："我此番前来登门拜访是为了想从你手上求购一匹种马，就是去年夏天考特凯尔送给你的那几匹价值昂贵的骏马。"

索尔莱克说道："那几匹马并不出售。"

艾尔德格里姆说道："我可以用相等数量的种马来作交换，另外还添加不少别的东西。许多人说我出的价钱起码要超过那几匹马一倍还多。"

索尔莱克沉下脸来说道："我不是个斤斤计较的人，不喜欢讨价还价。那几匹马你决不要想弄到手，哪怕你肯出三倍的价钱。"

艾尔德格里姆步步进逼，说道："倘若人家说你猖傲成性固执强犟，我以为这并非谎言。我本来是想看到你报出一个公道得多的价钱，要远远低于我方才的出价。不过无论如何，这几匹马你是非脱手不可。"

"艾尔德格里姆，你若是想要吓唬我，从我手上强行买走那几匹马，"索尔莱克怒喝道，"那么你应该寻找一个更僻静的地方。"

艾尔德格里姆冷笑说道："你以为你未必会被我打败，那么你就打错了主意。这个夏天我会亲自去看那几匹马，至于它们究竟归谁所有，等我去了再在我们两人之间作出决定。"

索尔莱克说道："悉随尊便，不过休想来惹我的麻烦。"

于是他们的交谈不欢而散。有个听到这番谈话的人说道，这是两个势均力敌的对手之间的一场旗鼓相当的较量。"庭"的大会上未曾发生什么风波，开完会后人们陆续返回家去。

有天清晨，有个汉子跑到赫鲁特庄园来拜见赫尔约夫之子，赫鲁特戈狄。他进屋之后，赫鲁特便询问来意。那个人说道他没有别的事情可以奉告，只有一桩事情十分稀奇。他看见有个骑士从瓦德拉尔农庄背后朝着索尔莱克存放马匹的地方飞驰而去，那个人到了马厩前便翻身下马，把那几匹种马牵了就走。赫鲁特询问那几匹种马现在何处。那人回答说它们安详地在放牧草场上吃草，也就是说正在你的围栅里吃草，赫鲁特惊呼道："天哪，我的侄儿索尔莱克，难道他果真看管不住自己的牲畜！我相信把那些牲口赶到这里来绝不是他下的命令。"

于是，赫鲁特披上衬衫，罩上一袭灰色大氅，手里拿起一柄黄金镶嵌的戟钺，那是哈拉尔德国王赐给他的。他疾步飞奔出去，果然看见有人正从围墙底下过来，那人骑在马背上驱赶着几匹种马过来。赫鲁特走上前去向他问候致意，他定睛一看赶马的人原来竟是艾尔德格里姆。赫鲁特向他打了个招呼，艾尔德格里姆迟疑了半晌才还礼问候。赫鲁特诘问他为何驱赶走这几匹马，艾尔德格里姆说道：

"我用不着对你隐瞒，虽然我知道你和索尔莱克是叔侄。我可以直言相告：我是来偷取这几匹骏马的，为的是他以后休想再见到它们。我亦信守在'庭'的大会期间对他作出的诺言，身边连一个随从都不带。"

赫鲁特正颜厉色规劝说道："你趁索尔莱克还在熟睡之际鬼鬼祟祟去偷他的马，这种毫不光明正大的营生岂不败坏你的一世英名！你最好还是遵守自己的诺言，先去同他本人见见面，然后再把他的牲畜赶出他的地界。"

艾尔德格里姆吼叫起来："倘若你想做的话，你不妨去向索尔莱克报警吧！你睁开眼睛看看清楚，我已经全身披挂，准备万一我和索尔莱克两个人打照面。"说罢，他挥舞起手里那柄带有倒钩的长矛。他的话一点不假：头上戴着铁盔，腰里佩着利剑，胸侧有一面盾牌，身上披着锁子甲。

赫鲁特说道："我想能找出别的更好的办法来解决此事，而不必到梳子湾去跑一趟，我的腿脚没有那样轻浮。我意思是说决不允许索尔莱克遭到抢劫，不论我们之间叔侄情分已多么淡薄。"

艾尔德格里姆说道："难道你竟想要从我手里夺走这几匹马？"

赫鲁特说道："我会另外送给你几匹种马，倘若你肯把这几匹马乖乖地交出来，虽然那几匹马或许稍逊于这几匹。"

艾尔德格里姆说道："你的话十分仁慈，赫鲁特，不过我既然已经把索尔莱克的马匹弄到手，你就休想再从我手里把它们夺走，不管是用贿赂还是恫吓。"

赫鲁特说道："如此说来，你逼得我们两人都别无选择，只好挑选那个最坏的回答。"

艾尔德格里姆急于脱身便朝他胯下的坐骑猛抽一鞭。赫鲁特眼明手疾岂能容他逃逸。他举起手中戟钺朝他肩胛猛戳一下,那袭锁子甲破裂星散,戟钺的尖刃从后背直透过去洞穿胸膛。艾尔德格里姆从马背上滚落下来丧生毙命。随后赫鲁特将他的尸体稍作掩埋。那个地方在梳子湾以南,日后叫作艾尔德格里姆山丘。

于是赫鲁特驰骋到梳子湾,把这桩事情告诉索尔莱克。不料索尔莱克听了却大发雷霆,他认为这次格斗必将给他带来耻辱,而赫鲁特却还未察觉,自以为这样一来可以增添叔侄之间的情谊。索尔莱克指责说道,他这样做是出自于恶毒的用意,而且亦不会有好的结局。赫鲁特说道:索尔莱克爱怎样揣测那是他自己的事情,一切都随他的便。叔侄两人争吵一番不欢而散。

赫鲁特杀死艾尔德格里姆时已年届八十高龄,这次厮杀更使他的声誉增光添色。而索尔莱克却以为赫鲁特是靠了夺去他的荣誉而大出风头的,因为他认定倘若同艾尔德格里姆厮杀起来自己必定获胜,只消稍许用力便可将艾尔德格里姆杀掉。

索尔莱克怨气难消,便去找他的佃户考特凯尔和格里玛夫妻俩,央求他们出力来羞辱赫鲁特。他们俩欣然从命说道乐于效劳,索尔莱克便放心回家去了。

不久之后,考特凯尔和格里玛带了两个儿子在晚上离开家门前往赫鲁特庄园。他们来到赫鲁特的房舍前面便齐声念起咒语。他们念的符咒很快就显出法力,屋里的人都被蛊惑得心驰神移魂不守舍,可是却找不出原因,只觉得门外传来一声声甜蜜的歌声在催促人们到外面去观看一番。赫鲁特心明如镜,知道这是怎么回事，便吩咐众人那天晚上不许出去张望。他说道："只要每个人都保持清醒，按我的吩咐去做，便不会受到伤害。"

可是时间一长，所有的人都沉睡过去，赫鲁特睁着眼睛把守门户，然而到最后他亦支撑不住竟自睡了过去。只剩下赫鲁特的小儿子尚未睡着。他名字叫作卡里，才十二岁，是赫鲁特几个儿子中最有出息的一个，赫鲁特对他异常疼爱。他哪里知道这出念符咒的戏是专为了蛊惑他而来。他虽然睡意蒙眬却心猿意马得按捺不住，便跨出屋门朝向念符咒之处走去，才走了几步就突兀栽倒在地就此猝死。

次日清晨，赫鲁特醒来之后做了一些家务，他忽然发现有个儿子不在身边，找遍屋内各处没有找到，却在门外不远处发现了他的尸体。赫鲁特悲恸不已，为他建造了一座圆形卵石坟茔。随后他骑马去谒见奥拉夫·霍斯库尔德松，向他诉说了事情的原委始末和丧子之痛。奥拉夫听得怒不可遏。他说道只怪他们缺少远见，竟让考特凯尔这样的流氓歹人住到自己身边，又说道索尔莱克竟然对赫鲁特下此毒手，做出亲痛仇快之事，这必定会使自己受到劫难，无法逃脱命运的报应。奥拉夫又加了一句话，说道必须做点索尔莱克不情愿见到的事情。他最后拿定主意：必须把考特凯尔夫妻俩和他们的两个儿全都诛杀，他说道："亡羊补牢却嫌为时已晚。"奥拉夫和赫鲁特挑拣了十五名剽悍强壮的家丁前去追杀。

考特凯尔的全家眼见一彪人马朝着他们房舍飞驶而来情知不妙，便赶紧逃命。他们躲进深山。磨刀石眼哈尔比约恩最先被擒获，众好汉用口袋套住他的脑袋，然后派几个人牢牢看守。其余人再去兜捕考特凯尔、格里玛和斯梯康第。他们在深山幽谷里搜索寻遍，终于在秃鹰峡谷和拉克斯峡谷的汇合处将考特凯尔和格里玛抓住，众好汉朝他们扔石头将他们活活砸死。那处遗址至今仍可见到，被称为斯克拉梯乱石堆。斯梯康第往南逃跑，横越过秃鹰峡谷谷巅，竟然摆脱了他们的追捕。

赫鲁特和他的儿子们将哈尔比约恩拖到海边，把他放到一条船上划离岸边。他们将口袋从他头上摘下，并在他颈脖上吊了一块巨石。哈尔比约恩朝陆地投去恋恋不舍的一瞥。他眼光里充满了畏惧。哈尔比约恩说道：

"自从我们一家人来到梳子湾投奔索尔莱克，我们没有过上舒服日子。为此我发下这个毒咒，"他说道，"我诅咒：从今以后索尔莱克不再会有快乐的日子，将来接替他位子的继承人亦要遭受磨难。"众人认定这个临终的毒咒必定具有巨大效力、自会应验。然后他们将他推入海里淹死。他们自己划船返回陆地。

不久后，赫鲁特又去拜见奥拉夫，告诉他决不能让杀死自己儿子的主谋元凶索尔莱克置身事外，要求奥拉夫借给他几条好汉帮助他去袭击索尔莱克的家。奥拉夫回答说道："你们叔侄骨肉相残终非好事。从索尔莱克那边看来，这次发难并未得手而且倒了霉。我想尽快在你们两人之间调解讲和。你曾为时来运转而等待很长时日，如今亦权宜再耐心稍等。"

赫鲁特说道："这桩案子不会另有结局，我们两人之间的旧恨新仇不会就此罢休。我但愿今后拉克斯峡谷只有我们俩之中的一个活着居住。"

奥拉夫回答说："你要向索尔莱克寻衅报复殊非易事，正如我宁愿袖手旁观一样地难。倘若你一意孤行，结果不会有别的，因为高山和峡谷大概无法碰头相聚在一起。"

赫鲁特明白过来他的冤仇一时难以报复，他只得快快归家。这桩案子也就不了了之，或者看起来如此。那一年众人都悄悄在家过日子，没有发生什么大事。

38

回过头来再表述一下斯梯康第。他成了一个昼伏夜出的逃犯，一个难于对付的歹徒。在洪迪峡谷居住着一个富有的人名叫索尔德，他虽有钱却没有男子汉气概。那年夏天在洪迪峡谷令人吃惊的怪事接二连三地发生。他的奶牛群忽然产奶很少，那个挤奶场是由一个妇人看管的。后来人们又发现那个妇人时常失去踪影不知去向，而且令人不可思议的是那个妇人骤然富有起来，购置了不少珠宝首饰。索尔德把她抓了起来严加讯问，逼她作出交代，她在威逼之下吓破了胆只好供认。她说道有个男人时常来与她相会。"一个身材高大的男人，"她说道，"在我眼里他长得十分英俊。"

索尔德追问那个男人何时再来同她相会，妇人回答说在这一两天里就要再见面。

审讯结束后，索尔德哪敢稍有懈怠，他立即去拜见奥拉夫，告诉他说斯梯康第谅必在这一带出没作案，他央求奥拉夫带领手下好汉前去捕捉他。奥拉夫立即召集人马，他们一起来到洪迪峡谷。那个女奴被带来由奥拉夫问话。奥拉夫询问她斯梯康第的栖身巢穴何在，那妇人回答说她毫不知情。奥拉夫表示，倘若她能把斯梯康第带领到他和他的手下人埋伏的地方，他允诺犒赏她一笔钱财，于是他们两人达成了一笔交易。

第二天，她到田野上去放牧牲畜，斯梯康第果真践约而至。她先同他温柔一番，然后说道要为他梳理头发。他把脑袋枕在她的双膝上很快就坠入梦乡。她连忙从他脑袋下抽出身来，一溜烟奔到奥拉夫埋伏的地方告诉他们一切情形。他们便走向斯梯康第，他们之间商量定当说是不能像对他哥哥那样过于宽厚，让他睁着双眼去死，因为临终一瞥必将使许多东西遭到厄运摧残。

他们拿出一个口袋把它罩在他的头上。斯梯康第惊醒过来却没有挣扎反抗，因为他已看得很清楚，自己力薄势单，哪里是这么多好汉的对手。岂料到那只口袋上有一道缝隙，斯梯康第透过缝隙依然瞅见了对面斜坡。山坡上长满了翠绿的青草，繁花杂开，其间斗妍争艳煞是好看。可是他那阴险恶毒的目光扫过之处恰似卷过一阵旋风把草地翻了过来。从此之后那地方童山濯濯寸草不长，所以被称作大火烧焦荒原。众好汉一齐向斯梯康第扔石头把他活活砸死。奥拉夫果然信守诺言给了那个女奴以自由，并让她返回赫尔霍尔德庄园居住。

磨刀石眼哈尔比约恩淹死后不久，尸体被海浪冲到一处叫作克努尔岬角的岸上。于是他的鬼魂便在这一带地方漂泊游荡作起祟来。在锡克夏有个名叫头盖骨索尔凯尔的人。他继承了父亲的遗产，经营着一个小农庄。他肌肉强健，胆子极大，是个天不怕地不怕的角色。有一天傍晚，一头奶牛在锡克夏放牧场走离了群，索尔凯尔和一个仆佣去寻找它。太阳虽已沉落,可是一轮皓洁的明月却已升起,四周倒还明亮。索尔凯尔吩咐仆佣同他分头去寻找。索尔凯尔独自往前走去,只见前面的山坡上似乎有头奶牛。待到他走上前去一看,哪里有什么奶牛的踪影,那里站的竟是磨刀石眼哈尔比约恩。两人便扭打起来,奋力相搏。这两个人都力大如牛,经过一番恶斗却胜负难分。然而哈尔比约恩始终居于守势防御。待到索尔凯尔打得性起要想拼命时,哈尔比约恩却从他双手中挣扎脱身一头钻入地下逃遁而去。索尔凯尔返回家中,那个仆佣早已回来多时,并且找回了那头走失的奶牛。从此之后哈尔比约恩的鬼魂再也不敢出来作祟害人。

在这个时候,奥拉夫的生身母亲梅尔考尔卡早已撒手尘寰,她的第二个丈夫索尔比约恩·斯克罗普已先她而去。他们夫妻俩合葬在一个圆锥形石堆坟茔之中,那座坟茔坐落在拉克斯峡谷里。他们的儿子拉姆比继承了他们留下的房屋遗产。拉姆比长得十分英武,具有斗士的阳刚之气,他又拥有大笔财富,因而为这一带地方人们所推崇,众人所看重的与其说是他的父亲倒不如说她母亲的家世门第和亲戚关系。他同奥拉夫是同母异父兄弟,情谊十分深厚。妖人考特凯尔受诛那年冬天一晃而过。来年开春,奥拉夫和索尔莱克两兄弟邂逅相遇。奥拉夫询问索尔莱克是不是打算再在家里待下去。索尔莱克说道正是如此。奥拉夫规劝说道:

"我要规劝你一番,哥哥,央求你改变你的生活道路,把家迁移到国外去居住。你不论走到哪里都会被人看成是一个正直体面的人。可是在本土上却并非如此。我们的叔叔赫鲁特对你已恨之入骨,我知道他胸中块垒难消,因为他的杀子之仇至今未报。你不妨反躬自省你对他究竟做下了何等恶毒的勾当。在我看来你们俩彼此居住得太靠近，这样长此以往风险太大。赫鲁特的时运正旺盛，而且他的儿子们都是鲁莽孟浪的好斗之人。一旦你们两家火并厮杀，我夹在中间左右为难，因为我同你是亲兄弟，同他是亲叔侄。"

索尔莱克说道："我倒不害怕同赫鲁特和他的儿子们摆开阵势厮杀一番，所以凭什么道理要我弃国出走投奔异乡。不过既然弟弟你对此事忧心忡忡，并且觉得处境尴尬，我倒不如看在你出面说情的分上成全了你，按照你的劝告去做。我迁居国外后亦会觉得心满意足无愧无恨。我晓得你会像以前一样善待我的儿子伯利，不会因为我不在身边而亏待他，因为在所有子女之中我最疼爱他。"

奥拉夫回答道："你在这桩事情上迈出了体面的步伐，倘若你果然能照我的要求去做的话。至于伯利，你不消操心，我不会亏待他，会像对自己的儿子一样善待他。"说罢之后两兄弟唏嘘相对依恋而别。

索尔莱克卖掉了他的田地，将钱财全都用在出海远行的准备工作上。他买下了一艘在午餐岬角造好的海船。待到一切安排停当，他便带领着妻子和手下人登上那艘宽大的海船。那艘海船航行顺利，在秋天来到挪威。这时候，他的亲朋故旧多半已入土为安，而他往昔一起杀人越货的狐群狗党亦多半被放逐出国。因而他在挪威经济拮据捉襟见肘。后来他又搬到丹麦南部去住，后来又去了哥特兰岛。据不少人说，索尔莱克未能活到寿终天年。虽则他寿命不长，然则他的一生毕竟保全了体面，亦颇为难能可贵。索尔莱克的故事，本文叙述到此为止。

39

在那时候,赫鲁特和索尔莱克之间剑拔弩张吵得不可开交。这场风波成了布劳德港湾一带人人挂在嘴边的最大话题,大家往往谈到赫鲁特在考特凯尔和他的两个儿子的妖术蛊惑之下度日之艰难。奥斯维夫对古德隆和她的兄长们说道他们不妨想想,从事后看来当时当地如果投身进去同考特凯尔的全家这类匪人交锋的危险。于是古德隆说道:

"父亲,凡是依仗你的指点,那人必定变得有深谋远虑。"

奥拉夫如今更加德高名重,他的庄园亦名气很大。他的几个儿子,还有养子伯利都居住在庄园上。克雅丹是奥拉夫的儿子中最佼佼者,克雅丹同伯利情谊最深,他走到哪里伯利必定尾随跟来。克雅丹常常愿意到沙林斯峡谷的涧泉旁边去游览,而且往往是赶在古德隆前去的时候。克雅丹十分殷勤地同古德隆在一起闲聊交谈,因为她既是个秀外慧中的女人,又是个伶牙俐齿的谈话对手。大家议论纷纷,说是在年龄相当的男人中克雅丹是最能匹配古德隆的,他们两人倒是天造地设的一对佳偶。奥拉夫同奥斯维夫亦交情匪浅,他们时常彼此邀请互有酬酢。说也稀奇,随着这两个年轻人之间恋情增长,那两个老友之间交往反倒愈来愈减少。

有一天,奥拉夫找克雅丹谈话把话挑明白。他说道:"我不知为何近来心头很不自在,你每回去洛加农庄找古德隆谈情说爱我就很不愉快。我根本不认为古德隆是所有女人中最拔尖的，在我看来，她至多不过是适合你选偶的姑娘们中间的一个。我隐隐约约有一种不祥的预感，虽然我还不能说是预言，就是我和我的儿子切莫同洛加农庄的人联姻，因为这门亲事决不会给我们带来好运气。"

克雅丹说道他将谨遵父命，他自当留神克制自己，可是他希望事情能朝向合乎人意的方向出现转机，省得他多费心思去妄加猜疑。话虽然这么说，可是克雅丹依然故我，照样不停地朝洛加农庄去拜访。伯利亦如影随形跟他一起前去。

40

话说在柳树峡谷的阿斯杰尔河居住着一个名叫阿斯杰尔的人，他的外号叫绒毛鸭，他的父亲奥顿·斯科考尔是第一批来到冰岛的弟兄们中间的一个。他来到冰岛之后便把柳树峡谷划归自己所有。奥顿还有个儿子是灰白头索尔格里姆，他的儿子是阿斯蒙德，孙子是格里特尔。绒毛鸭阿斯杰尔有五个子女。大儿子名字也叫奥顿，他的孙子也名叫阿斯杰尔，而曾孙又起名叫奥顿，重孙的名字才叫埃吉尔。埃吉尔娶了跛足埃约尔夫的女儿乌尔夫赫丁为妻。他们的儿子埃约尔夫日后在"庭"的大会上遭到杀害，这就是轰动一时的血溅"阿耳庭"事件。

阿斯杰尔的二儿子名叫索尔瓦尔德，他的女儿是达拉，嫁给伊斯莱弗主教为妻，生下儿子吉祖尔日后也当上了主教。

阿斯杰尔的三儿子名叫卡尔夫。阿斯杰尔的儿子个个都有出息。当时卡尔夫·阿斯杰尔松正出门在外羁于旅途,但是大家公认他为几个儿子中最富有者。

阿斯杰尔的女儿名叫苏里德,嫁给大嗓门索尔德的儿子科格·索尔凯尔为妻。他们夫妻生有一子名叫索尔斯坦恩。

阿斯杰尔的二女儿名叫赫莱弗娜,她是北部这一带地方最美丽的姑娘,非但美貌而且妩媚温柔。

阿斯杰尔是个有权有势的人物。这次克雅丹·奥拉夫松南下堡格港湾,事先毫不声张就来到了堡格农庄。那时埃吉尔的儿子索尔斯坦恩居住在堡格农庄,他是克雅丹的舅舅。这次伯利也跟随克雅丹一起来到,因为这两个兄弟总是形影不离,若是另一个不在身边,那一个也会觉得非常扫兴。索尔斯坦恩非常盛情地款待了他们,他非常热爱克雅丹,说道既然来了何妨多待一段时日,他宁愿克雅丹能待得长久一些而不是来去匆匆。于是克雅丹在堡格农庄盘桓了一段时日。那年夏天在蒸汽河入海口,有一艘新船造成。这艘船是卡尔夫·阿斯杰尔松的财产,所以卡尔夫曾在埃吉尔之子索尔斯坦恩的农庄上度过整个冬天。

克雅丹悄悄地告诉索尔斯坦恩说道:他此次南下的目的,主要是为了购买卡尔夫那艘船的一半名分,"因为我拿定主意要出国去走一趟,"他说道,并且询问他卡尔夫是怎样的一个人。索尔斯坦恩说道卡尔夫是个正人君子。

"我很容易理解,"索尔斯坦恩说道,"你想要出国去看看别的国度里子民们是如何生活的。你的远航必将会引人瞩目,你的亲人家属都会热切祝愿盼望你一路成功。"

克雅丹说道此次远航谅必会取得成功。在这次谈话之后，克雅丹着手购买卡尔夫的船只一半名分。几经商量，克雅丹终于成为这艘船的半个合伙人，在夏天的第十个星期登船启程。克雅丹办完这件事情之后就离开堡格农庄，临行时索尔斯坦恩馈赠厚礼。然后克雅丹和伯利骑马返回家里。

奥拉夫听到这一消息后说道：他以为克雅丹下此决心过于仓促，不过他又说道他并不阻止此次远航。稍后不久，克雅丹骑马到洛加农庄去告诉古德隆他打算出国去远航。

古德隆说道："你作此决定过于匆促突然，克雅丹。"然后她绝口不再提此次航行之事，克雅丹方始明白过来，古德隆在为他出海远行而生闷气。

克雅丹说道："不必为此事而不高兴，我将另外做点事情来消消你的气。"

古德隆说道："那么务必说话算数决不食言才行，因为我马上要让你知道我想要什么。"克雅丹央求她赶快说出来。

古德隆说道："我想要在夏天同你一起去出海远航。倘若遂此心愿，我就得到了补偿，便心满意足不会再怪你如此匆忙作出决定，因为我已不想在冰岛再待下去。"

克雅丹说道："这恐怕十分难办，因为你的父亲已经年迈，而你的兄弟们还都没有成家。倘若你要出国远行，他们便会缺人照料。你倘若真想出国远行的话，不妨等待我三个冬天。"

古德隆回答说道她对此不作任何允诺，两人心中都憋着一股气、冷漠不和地分了手，克雅丹怏怏不乐骑马归家。

那年夏天奥拉夫骑马去参加"庭"的大会，克雅丹从赫尔霍尔特庄园伴送他父亲往西而行。父子俩在北河峡谷分手握别。克雅丹再从那里策马往前来到他的船上,他的兄弟伯利随他同去。一共有十个好汉跟随克雅丹出海远航,他们都热爱克雅丹,愿为他驱使奔走而不离他半步。克雅丹率领这批好汉来到船上。卡尔夫·阿斯杰尔松热忱欢迎他们登船。克雅丹和伯利随身携带许多货物上船。他们忙碌收拾停当,待到海上风起,他们便升帆启碇顺堡格峡湾而下。一路上轻风徐拂,船只缓缓驶入大海。

他们航行顺利,不消旬日便来到挪威,沿海岸朝北驶去直达特隆赫姆。他们下碇停泊,然后上岸到集市上去打听消息。他们听人告诉说这个国家正值多事之秋,君主易位国事剧变。哈康雅尔早已垮台毙命,而奥拉夫·特莱格瓦松[①]登上了国王宝座秉政治国,整个挪威国土由他一人君临天下。奥拉夫国王下令推行新政,在挪威全境改变信仰,一时之间国人相互争执沸扬乃至喧哗闹事。克雅丹一行见势不妙便驾舟北上直至尼达罗斯。当时早有许多人来到挪威,在码头栈桥旁边停泊着三艘大海船,全是属于冰岛人

[①] 挪威国王,约995—1000年在位。他的曾祖父是金发王哈拉尔德,父亲是奥斯陆峡湾地区国王特莱格维·奥拉夫松。奥拉夫于968或969年出生后不久,其父即遭杀害,王国被瓜分。他和母亲被当作奴隶卖到俄罗斯。他长大后曾长期在英格兰充当海盗。995年前由英格兰国王主持洗礼,他皈依了基督教。在英格兰的支持下,他率兵击败盘踞在挪威西部的哈康雅尔和占领挪威东部和南部的丹麦国王八字须王斯汶,统一了挪威全境。他不遗余力地推广基督教,不仅使基督教普及到挪威各地,而且也在冰岛、格陵兰、法罗群岛等地进行渗透影响。公元1000年,丹麦国王八字须王斯汶和瑞典国王奥拉夫·舍特科农组成联军在斯澳尔德战役中将他击溃。奥拉夫·特莱格瓦松兵败投海自尽,丹麦遂恢复占领挪威东部,瑞典亦占领了特隆赫姆等地。

所有。

那三艘船中第一艘是慷慨者布伦德的财产,他是维尔蒙德·索尔格里姆松之子。第二艘属于苦吟诗人哈尔弗里德。第三艘属于比约尼和索尔哈尔两兄弟,他们是布劳德河的斯凯杰之子,来自船队湾东面。所有这几个人都想要在当年夏天西行返回冰岛。可是尚未成行前,国王已下令禁止这几艘船出海,因为冰岛人不肯皈依他所致力推广的那个新信仰。

所有的冰岛人都热烈欢迎克雅丹的到来,尤其是布伦德,因为他同克雅丹早已相知多年。冰岛人聚集到一起共同商量,最后达成一致,拒绝接受国王推行的那个信仰。上面提到的那几个人都起誓结盟决不背叛。克雅丹和他的手下人把船只驶至栈桥,将货物卸下后就地变卖。

当时奥拉夫国王正驻跸在城里。他听说了这条船来的消息,并且知道船上的人身份很高贵不容忽视。有一天秋高气爽溽暑全消,大家都离城到尼德河去游泳。克雅丹和他的朋友们看见这种情景不禁也动了游兴。于是克雅丹告诉他的手下人可以消遣休闲一天,他们全都兴高采烈下水游泳。城里来的众人之中,有一个人是最出色的游泳能手,但见他在浪涛里翻腾冲刺。克雅丹询问伯利他是否情愿同那个城里人比赛游泳。伯利摇头说道:"我认为我并非他的对手。"

"我真不明白,你的勇气究竟弄到哪里去了?"克雅丹说道,"那么只好我自己去同他比试比试。"伯利回答说道:"你爱如何做悉随尊便。"

克雅丹跳到河里去,潜水游到那个水性出众的城里人身边,一把揪住那个人把他按入水中，良久之后才放他冒出水面。他们游了一段时间之后，那个城里人如法炮制突然抓住克雅丹将他按入水中。克雅丹已快憋不住气即将要呛水之时才被放开冒出了水面。他刚露头片刻，那人又抓住他再次将他按入水里重来一遍。在整个这段时间里他们两人没有相互说一句话。第三次他们两人彼此扭住双双沉入水中。他们两人潜水憋气之久是以前所未见过的。克雅丹唯恐难以收场，因为他已力气不支即将出乖露丑。就在这一刹那两人忽然同时露出水面，挥臂击水泅至岸边。

那个城里人询问说："你是什么人？"克雅丹告诉他自己的名字。那个城里人说道："你是一个出色的游泳能手，可是你还有什么别的本事，你的武艺是否同你的游泳技术一样高超？"

克雅丹口气冷冰冰地说道："在冰岛的时候人们称赞我的武艺同游泳一样超群，可是我的游泳技术却给别人比下去了。"

那个城里人说道："不过打了个平手而已，你所较量的人是个不好惹的好汉，难道你不想要知道我是谁？"克雅丹说道："我不想知道你的名字。"城里人说道："你不仅是个刚毅沉着的男子汉，而且还非常骄傲自大，不管你怎样犟头倔脑，我还是要告诉你我的名字。眼前同你作过游泳比赛的并非别人而是当今国王奥拉夫，老国王特里格维的儿子。"克雅丹听了扭头就走，竟没有顾得披上大氅，身上只穿了一件大红紧身裤袂。

国王此时已穿戴整齐，他召唤克雅丹回来，叫他不必如此匆忙离开。克雅丹迟疑半晌才转过身来。国王从自己身上脱下一件非常雍容华贵的大氅，披在克雅丹身上，并责怪他不应该不穿外衣就想回去见自己手下人。克雅丹感谢了国王的赏赐，回去之后便叫他自己的同伴们都来观赏一番。他的那般弟兄们看了心里都很不高兴，认为克雅丹已经落入国王的势力影响之中。然而他们嘴上并未明说，这桩事情就悄悄过去。

那年秋天酷冷异常霜冻不断。于是异教徒们纷纷扬言说道：天气如此恶劣毫不令人奇怪，"这是因为国王标新立异推行新信仰，害得神祇们大发雷霆。"整个冬天，城里的冰岛人都聚居在一起，他们奉克雅丹为首领。

那年冬天天气倒渐渐好转，不少人进城来听奥拉夫国王讲道。当时在特隆赫姆有不少人已成了天主教徒，然而有更多的人却在反抗国王。有一天，国王在埃耶拉尔召开布道大会宣讲新信仰，这是长篇大论的说教，却讲得很能令人信服。特隆赫姆居民们踊跃前来听讲，有不少人挺身而出要轮番同国王辩论。于是国王说道他们必须认清时务，国王有重大国事缠身，要率领军队征战，岂能喋喋不休地同特隆赫姆的自由民们打嘴仗。那些头领一听口风不对便心里发怵，表示愿将自己置于国王的权力之下，有不少人当场接受了洗礼。在纷乱过后布道大会宣告结束。

当天晚上，国王派人潜入冰岛人聚居的住所去偷听他们在议论些什么。密探们按命令行事，他们听到住所里一片人声嘈杂。克雅丹正在说话，他问伯利说道："你是否情愿接受国王宣讲的这种新信仰？"

"我想我肯定不情愿接受，"伯利说道，"在我看来他们那个信仰似乎是最软弱无力的。"

克雅丹说道："难道你不认为国王正在对不服从他的人发出恫吓，咄咄逼人地非要他们服从他的意志不可？"

伯利说道："我听出来了他把话已经讲得很明白，无非就是如果他们不肯就范，他要动用自己最极端的手段。"

克雅丹说道："我决不会被吓唬得屈从于别人的大拇指，只要我还有力气站着挥舞利剑。我以为像头绵羊被赶进羊圈或者像狐狸被诱入陷阱都毫无男子汉气概，人生在世终究要死，倒不如在死之前轰轰烈烈干出一番事业，也好博得流芳百世。"

伯利问道："你打算干什么呢？"

克雅丹说道："我并不打算对你隐瞒，我要把国王烧死在他的厅堂里。"

伯利说道："听起来倒并非胆小鬼之举，可是在我看来这恐怕是痴心妄想难于实现。我认为国王如今正在走运，他的保护神必定强而有力，再说他身边有一支忠心耿耿的卫队日夜守卫监视。"

克雅丹说道：历来有不少人平时常逞匹夫之勇，可是紧要关头便缺乏胆识，乃至气馁失败。伯利反唇相讥说道：且莫如此自负，眼下还难断定到头来究竟是谁遭到奚落、被人讥笑说缺少勇气。正好说到这里，有几个人插嘴进来说道，都在闲谈聊天何必要拌嘴认真。

国王的密探们偷听明白他们的讲话之后立即离开，回去向国王禀报他们所讲过的一切。第二天清早，国王宣布要召开一次大会，传唤所有的冰岛人出席。大会开始后，国王站起来讲话，他首先感谢他们的到来，并且称赞了那些已经皈依新信仰的冰岛人，把他们称为自己的朋友。然后国王要求同冰岛人逐个交谈，询问他们是否愿意接受洗礼，可是回答者寥寥无几。国王说道，他们做出这一选择必将会给他们自己带来最坏的回报，他还问道：

"顺便问一句：你们当中是哪一个居然异想天开，认为把我活活烧死在我的厅堂里乃是最轰轰烈烈的壮举？"

于是克雅丹回答说："你谅必确信说这些话的人没有勇气承认，可是你偏偏在这里看到他就在你面前。"

"我果真看到了你，"国王说道，"你胸怀韬略，然而命运注定你不能爬在我的头上，更休想把我杀死。如今你在犯上作乱的道路上已走得够远，以致你必须要受到阻止，以免再多发誓言要去把更多的国王烧死在屋里。不过为了教会你改恶从善，况且我一时之间难于判断你的讲话究竟有几分真心实意还只是危言耸听，再说你还有勇气当众承认了自己的所作所为，因此我不打算将你杀死，权且留下你一条性命。情况或许真是如此，你愈是大言疾呼坦言反对新教，你皈依这一信仰才会更有价值。我也看得出来，只要你肯自愿接受洗礼，那几艘船上的冰岛人也就会在当天接受新教信仰。我想情形会大致如此：你返回冰岛之后，你的亲朋好友会听从你，因为你的讲话他们听得入耳。克雅丹，你不妨带着新信仰离开挪威，它要远远胜过随你来到这里的那个旧教，这是我的旨意。你可以平安无事地离开会场到任何你想要去的地方。眼下你不会遭受折磨苦恼逼得你非入基督教不可，因为上帝早就说过他不情愿看到人们违心情愿地来到他的面前。"

国王的讲话博得了阵阵的喝彩，不过那多半是基督教徒们在壮声势，异教徒毫无动静，等待着克雅丹自己作出回答。

克雅丹说道："我们感谢你，国王，因为你赐予我们和平保障，还有你要让我们最有可能引入接受新的信仰的那种稳妥办法。这就是一方面原谅我们的亵渎冒犯，另一方面还在所有事情上作出了亲善的表示，尽管如此，你仍使得我们所有人都关注到了你的君权威势，虽说也许这正中你的下怀、符合你的心意。至于我自己，在挪威我可以接受这个信仰，不过只有在这样一个谅解之下，那就是到了冬天我返回冰岛后依然要崇拜雷神托尔。"于是国王会心地莞尔一笑说道："可以看得出来，克雅丹的态度无非仍然过分相信自己的武器和力气，而并非是雷神托尔或是主神奥丁。"这次大会遂草草收场。

过了一段时日，有人怂恿国王使用武力强迫克雅丹和他的追随者接受新教，并且认为他身边聚集有如此众多的异教徒，而且又居住在离国王近在咫尺之遥，实在很不明智。国王勃然大怒回答说道，他认为有不少基督教徒还不如克雅丹和他的追随者行为检点。他又加了一句说道："对那样一个人务须耐心等候。"

国王致力于做了许多公益事业，他命人建造了一座教堂，而且把集市扩大了许多。那座教堂在圣诞节前竣工造好。克雅丹说道他们不妨走近教堂去看看，这样可以亲眼目睹那个信仰举行的仪式是什么样的，众人皆以为然，说道这倒是很好的消遣。于是克雅丹便率领手下人和伯利一起前往那座教堂。哈尔弗里德和其他许多冰岛人也跟着去看热闹。

国王正在教堂里向人民传播新的信仰，他的说教虽然冗长却很令人信服。克雅丹同他的手下人返回寓所之后，七嘴八舌地议论起来。他们都喜欢国王当天说教的脸部表情，因为那天正是基督教徒奉为第二个最大欢庆节日的圣诞节。

"国王的布道里说了，我们也听清楚了。今天夜里上帝将诞生人间。倘若我们遵从国王命令的话，我们要去信奉的就是这尊神灵。"克雅丹说道,"我看见国王容貌如此英武,从我第一次看到他就是如此。我立即明白他是一个卓越无比的最崇高的人物,这一感觉从几次布道大会一直保持至今。我非常喜欢他今天的神色,这是他最为美好的表情。我禁不住思索起来:我们的命运和荣辱完全取决于我们是否相信那个'他'才是真正的上帝,也就是国王下命令要我们去相信的那一个。国王其实心里十分焦急,希望我能早点接受洗礼,而我自己却在拖延时间。我恨不得立即去觐见国王,今天时间已经太晚,我猜想此刻他大概正在吃晚饭。所以只能推后一天。伙伴们,明天我们所有人都去接受洗礼。"

伯利十分友善地接受了这一建议,并且请求克雅丹独自对他们的事情作出决定。在晚餐筵席尚未撤下去之前,国王已经听到了克雅丹和他的同伴们谈话内容,因为他在所有异教徒的寓所里都派有密探。国王听到此消息非常高兴,说道:"在克雅丹身上应验了这句古老的谚语'若想捕到鱼儿多,须等潮涨时撒网'。"

翌日清晨,发生的第一件事情就是:国王来到教堂时,克雅丹早已率领了黑压压一大群人鹄候在街道两旁来迎接他。克雅丹以山动地摇的欢呼对国王表示敬意。他还向国王说,有桩急事要即刻面陈奏明。国王满心欢喜地接受他的致敬,说道他已经得到明白无误的消息知道这桩急事指的是什么,"这件事竟被你轻而易举地解决了。"克雅丹要求毫不拖延地把水抬来,而且需要大量的水。国王兴高采烈地笑着作了回答。"好呀,克雅丹,"他说道,"我着实赞赏你的急切心情,我相信在这件事上我们再也不会分道扬镳,哪怕你提出更高的要价。"

克雅丹和伯利接受了洗礼,随后他船上的所有人手,还有一大群别的冰岛人都纷纷接受洗礼。那是在圣诞节的第二天，刚好在礼拜仪式开始之前。在此之后，国王邀请克雅丹和他的兄弟伯利一起去参加他的圣诞酒宴。据许多人说，就在那一天克雅丹脱下了白色洗礼长袍，他同伯利都成为国王的亲信侍从。

哈尔弗里德在当天并没有接受洗礼，因为他提出条件非要国王当他教父不可，因而国王决定将仪式推迟到第二天再说。

那年残冬，克雅丹和伯利都同国王居住在一起，伴随国王过冬。国王对克雅丹推崇备至，比对其他所有人都更为看重，那是因为他出身天潢贵胄的缘故，而且他自己武艺又超群出类。据所有人说，克雅丹是如此受人喜爱，他在王宫里竟未树敌，人人都称赞说，冰岛以前从未来过像克雅丹这样出色的人物。伯利也是好汉中最英勇凶猛的勇士，在所有的头领之中享有很高的声誉。

残冬过去，阳春到来，众人思乡心切，纷纷为远航归去而忙碌收拾。

41

卡尔夫·阿斯杰尔松有一天来见克雅丹询问他到了夏天有何打算。克雅丹说道：

"我一直在盘算此事，我想大致上我们最好把船驶向英国，那里是基督教徒的好市场。可是我先要去觐见了国王才能够把此事确定下来，因为今年春天我同他谈起时，他似乎对我们仍要出海远航而去很不高兴。"

卡尔夫走了之后，克雅丹便去觐见国王，他向国王致敬行礼如仪，国王非常亲切地接待了他，并且垂询说他和他的合伙人卡尔夫究竟谈了些什么。克雅丹如实禀明他们两人心里的打算，并且说道他前来是要央求国王能准许他们请假出海远航。

"这桩事情上我可以给你机会作出选择，克雅丹。要么你今年夏天回到冰岛去在那里推广基督教，不管是使用武力还是劝谕布道，要让那里的人都皈依基督教。倘若你觉得这个使命太困难，我将不会让你离开，因为你更适合为贵人服务而不宜在这里充当买卖人。"

克雅丹只得选择了留在国王身边而不是返回冰岛去在那里传播新教，他说道他决不情愿用武力去对付自己的亲友同胞。他又说道："再说我父亲和其他的头领亦不至于顽固到底地反对您，倘若我还在你的势力控制之下。"国王说道："这才像个伟大的人物的明智的选择。"

国王赏赐给克雅丹一袭用猩红色细布剪裁缝制而成的新衣服，克雅丹穿在身上非常合身，因为国王同克雅丹两人身材一样无法分出高矮胖瘦。在此之后，奥拉夫国王另外遴选了宫廷教士桑布伦德，委以去冰岛传教的重任。

桑布伦德的船只停泊在天鹅港湾，客住在泼水河西多尔·哈尔的家里，他在那里度过了整个冬天。他用友善的语言向人们传播信仰，若不肯听从便苛刑加以惩罚。桑布伦德杀了两个反抗他最剧烈的人以儆效尤。哈尔在第二年春天赶在复活节之前的星期六接受了洗礼，他的全家也都受了洗礼。然后白色吉祖尔接受洗礼，后来雅尔蒂·斯凯格亚松和其他头领相继接受洗礼。虽然反对新教的人还很多。异教徒同基督教徒往来亦非毫无风险。各地的头领聚集起来要把桑布伦德杀死，还有那些站到他一边去的人也要杀掉。于是各地纷起骚乱，桑布伦德便逃回挪威。他到奥拉夫国王面前诉说他此行的遭遇，并且说他认为基督教恐怕无法在冰岛推广。国王听到这一消息气得暴跳如雷，说道除非冰岛人赶快前来求饶，否则必将后悔莫及。

那年夏天，在"庭"的大会上雅尔蒂·斯凯格亚松被宣布剥夺权利予以放逐，因为居住在伊尔斯下侧的达勒庄园的最有权势的头领朗诺尔夫·乌尔夫松提出诉讼，控告他亵渎了本教的诸位神祇。吉祖尔逃离冰岛，雅尔蒂也跟随他一起逃亡。他们来到挪威觐见奥拉夫国王。国王友善地接待了他们，并且称赞他们作出了明智的决定，国王邀请他们住进王宫留在他的身边，他们两人对此殊荣受宠若惊。

达勒庄园的朗诺尔夫之子斯维尔汀那年冬天正好也在挪威，准备在夏天返回冰岛。他的船只已停泊在码头旁边，待到风信一起便可扬帆启程。国王却下令禁止他离开，说道那年夏天任何船只都不准驶往冰岛。斯维尔汀去觐见国王为他的案情说情，恳求国王批准放行，说道：这次航行对他至关紧要，并且亦可省却把货物从船上卸下来的麻烦。国王开口说话发泄了他的怒气，他说道："务必要让甘心为旧教充当牺牲的人的儿子留在他最不愿意待的地方，这才叫痛快。"于是斯维尔汀未能离开挪威一步。

那年冬天无事可表，转眼到了第二年夏天。国王派吉祖尔和雅尔蒂·斯凯格亚松两兄弟返回冰岛去传播新教。却扣留下四个人充当人质，他们是：克雅丹·奥拉夫松、强有力者古德蒙德之子哈尔多尔、达勒的朗诺尔夫之子斯维尔汀，还有弗雷地区戈狄索尔德之子考尔贝恩。

伯利一心想要跟随吉祖尔和雅尔蒂一起远航返回冰岛，于是他去见他的兄长克雅丹，说道："我如今拿定主意准备离去。我将再等待你整个冬天。倘若到了明年夏天仍然没有动静，你不比现在更多分毫自由可以出海远航的话，我便认定国王另有隐情决不情愿放你回去。我相信事情的真相大概是你同国王的妹妹英吉比约格坐在一起娓娓交谈时，你早已把过去在冰岛有过的快乐时光弃之于脑后了。"英吉比约格居住在奥拉夫国王的王宫之中，她是那时候这个国度里最为出众的绝色丽姝。克雅丹说道："你若回去休得提起这类儿女情长的风流事，不过你可以给我的家里和亲戚朋友转致问候。"

42

在克雅丹和伯利分别之后，吉祖尔和雅尔蒂两人便启程驶离挪威。他们航行顺利，不消多日便抵达西人岛，那时"阿耳庭"大会恰好刚开不久。他们从西人岛返回冰岛本土之后，同家属亲戚会晤聚首既毕，就来到"阿耳庭"传播新的信仰，他们作了长篇演讲，虽然长篇大论却很令人信服，于是冰岛所有人都接受了新的信仰。

开完了"庭"的大会之后，伯利跟随分别多年的叔父奥拉夫返回赫尔霍尔特庄园，奥拉夫亲切地款待了他。过了一段时日，伯利骑马到洛加农庄去散散心，因为他回来后哪里都没有去。他在那里受到了亲切热情的欢迎。古德隆十分谨慎地问起他的远航，然后又问到了克雅丹。伯利对古德隆所问的一切早已有准备，便胸有成竹地应声回答。他说自己的远航并无甚新奇之事值得提起。

"可是要说起关于克雅丹的事情，那倒真有许多最好的消息可以奉告，因为他当上了国王的贴身侍卫，而且要比别人更受到器重。如果今后有许多个冬天他不会回到这个国度里来的话，我毫不引以为怪事。"

古德隆问道，除了克雅丹同国王之间君臣情谊深笃之外是否还有其他原因。伯利说道：大家都在议论纷纷，说是克雅丹同国王的妹妹英吉比约格情投意合。他亦不得不相信倘若要让国王在放不放他回来的事情上作出选择的话，国王宁愿把英吉比约格嫁给克雅丹而不是放他回来。

古德隆说道这倒真是个好消息，"克雅丹真会找个好妻子来同他相配。"她旋即收住话头，满脸通红似火疾步走了出去。众人都看得出来她嘴上虽在敷衍，心里却未必认为这是好事。

伯利在赫尔霍尔特庄园度过了夏天，这次远航使得他身价倍增荣耀无比。所有的至亲好友莫不交口称赞他的英勇行为，此外他还带回来一大笔财富。他时常到洛加农庄去陪古德隆聊天。

有一天伯利询问古德隆说他若向她求婚，她将怎样回答。古德隆说道："你若提出此事纯属徒劳，因为只要克雅丹还活在人世间我便不会另嫁别人。"伯利说道："如果你再这样等待下去，那么不知多少个冬天你就不会有丈夫可言，若是他果真一心一意的话，他本当可以叫我带个音信回来。"两人谈得毫不投机，语气愈来愈激烈，伯利只得怏怏而返。

43

不久之后，伯利同他的叔叔奥拉夫谈话，说道："事情是这样的，叔叔，我打算娶亲成家，另立门户安居下来，因为我已长大成人要有自己的家业。在这件事情上我要求得到你的帮助和支持，恳请你出面讲话，因为这一带地方对你的话多半是听从的。"

奥拉夫回答道："我想这桩事情并不犯难，大多数姑娘都巴不得能匹配上你这样的如意郎君。不过我猜想你既然提出此事心里必定早有打算，但不知你看中的是哪家闺女。"

伯利说道："我不会茫茫然离开这一带地方到远处去寻找妻室，因为近在咫尺就有一位堪可相配的女子。我的愿望是向奥斯维夫的女儿古德隆求婚，她是眼下名声最大的美女。"

奥拉夫回答说道："这正是我不情愿过问的那桩事情。其实伯利你知道得比我更为清楚，克雅丹同古德隆之间在谈情说爱。不过倘若你同奥斯维夫商量决定这门亲事时，我不会加以阻拦。不过你可曾同古德隆谈起过婚嫁之事？"

伯利说道：有一次他曾作出了暗示，可是古德隆似乎心不在焉，"可是我认为奥斯维夫在此事上最有权说话，只有他才能够真正做主。"

奥拉夫说道伯利可以按照他自己的心愿去办，而不必有任何顾忌。于是不久之后,伯利同奥拉夫的两个儿子哈尔多尔和斯坦索尔一起从家里驰骋直奔洛加农庄而去,他们率领了许多家丁,一行十二人来到洛加农庄。奥斯维夫和他的儿子们热情款待这些来客。伯利说道他有话要同奥斯维夫谈。待到他们两人交谈时,伯利便提出攀亲之事,欲求娶他的女儿古德隆为妻。奥斯维夫作了这样的回答,他说道:"如你所知,伯利,古德隆乃是个寡妇,她的婚事理应由她自己做主,不过就我自己而言我会尽力促成。"

奥斯维夫走到古德隆房里告诉她说:伯利·索尔莱克松已经来到这里,"他是前来向你求婚的。这门婚事是否应允由你自己作出答复。至于我自己的意愿可以马上说个明白,那就是伯利不应遭到拒绝,倘若我的主意还有人肯听的话。"

古德隆说道:"你对此事倒非常热心想要促成。伯利有一回在我面前也谈起过此事,却被我严词斥回,眼下我的心思依然如此。"

奥斯维夫说道:"许多人会告诉你说,你拒绝伯利这样的人求婚,那是过于狂妄自大傲慢,而并不是深思熟虑。可是只要我还活在人间,我仍将会为你操心,我的孩子,在所有的事情上我都比你看得透彻。"

既然奥斯维夫对这桩婚事的态度如此鲜明强烈,古德隆不便一口拒绝,然而她满肚皮委屈,心里非常不乐意。可是奥斯维夫的儿子们却都急于促成这门婚事,因为同伯利联姻将会给他们带来莫大的好处。长话短说,几经斟酌商量之后,终于把事情商定下来并且订了婚约。婚礼大典定在秋末最后两天和初冬开头两天。伯利骑马回家把婚事已谈妥的消息告诉了奥拉夫。奥拉夫毫不掩饰他对这桩婚事的满腔不悦之情。

伯利一直在家里待到婚礼之期，这才前去，并且也央求他的叔父一起前往。奥拉夫非但没有痛快地同意反而推三阻四，到后来伯利苦苦哀求他才不得不勉为其难。婚礼大典安排在洛加农庄举行，喜庆酒宴隆重而热烈。伯利在那里度过了整个冬天。可是古德隆和伯利之间并不恩爱，因为她心里充满了烦恼。

夏天来到后，冰岛和挪威之间又有船只往来，冰岛人全都皈依基督教的消息传到了挪威。奥拉夫国王闻听此事非常高兴，下令准许所有曾经被他羁押作为人质的冰岛人开释，让他们可以在任何时候启程出海。克雅丹作为人质之首说道："我们非常感激您开恩，我们的君主，我们选择好了日期，想在今年夏天回冰岛去。"

奥拉夫国王说道："我既然作出允诺就不会出尔反尔，克雅丹，不过我的赦命是指向其余的人而非你自己。因为你克雅丹在我的心目中是个朋友而不是个人质，在你整个居留期间都是如此。我的愿望仍旧是你不必一门心思只想着返回冰岛去，虽然那里你有高贵的亲戚。可是你在挪威将飞黄腾达，所能达到的地位是你在冰岛找寻不到的。"

克雅丹回答说："但愿上帝降恩赐福于你，我的国王，自从我在您手下服役以来您赏赐给我无上的荣光。我仍然希望您能够放我归去，就如同其他被您羁押过的人质一样。"

国王说那是不消多说的，可是他又说道，如果让克雅丹这样没有封号的平民同王室结为近亲，那么他自己将冒天下之大不韪。

那年冬天，卡尔夫·阿斯杰尔松也在挪威，他在秋天已经把他和克雅丹共同拥有的那艘船从英吉利驶回了挪威。克雅丹获得恩准放归返回冰岛之事落实之后，他们两人便把船只收拾起来。在准备停当之后，克雅丹便去向国王的妹妹英吉比约格告别。

英吉比约格欣喜地接待了他，把他拉到自己身边坐下，于是两人悄言细语起来。克雅丹告诉英吉比约格自己正在安排远航返回冰岛。英吉比约格说道："我一直坚决相信，克雅丹，你这样做纯系出于自己的固执任性，而不是由于受到想要离开挪威返回冰岛的那些人的煽动摆布。"

说罢这几句话，两人泪眼相对，沉默无言。过了半晌，英吉比约格转身从一只蜜酒桶似的箱笼里取出一顶雪白似绵、有金丝镶嵌的冠状头饰递给克雅丹，说道这条王室的冠冕饰带系在奥斯维夫的女儿古德隆头上未免太抬举她。她又说道："可是你把这条饰带作为新婚的礼物送给她，我要让冰岛人的妻子们见识见识你在挪威曾经同如何高贵的女子朝夕相伴无话不谈，那个女子是天潢贵胄，家里全是金枝玉叶，找不出半点农奴的血缘。"

这顶头饰可以折叠起来贮放在一个用贵重织物做成的口袋里，两者契合得天衣无缝，成了一件最为珍贵的宝物。"我和你就此告别，不再为你送行，"英吉比约格说道，"祝君珍重。"克雅丹站起身来，紧紧拥抱了英吉比约格。他们俩难分难舍，悲伤心碎地分手，据人们说当时的真情确实如此。

克雅丹前去禀告国王一切就绪准备启程。于是国王便率领许多随从前来相送，克雅丹紧随其后来到船边，那艘船仅有一块跳板与陆地相连。国王说道：

"我赠你一柄利剑，克雅丹，这是我们分手时我给你的赏赐。

你务必将此剑随身佩带须臾莫离，因为我感觉得出来，你只要有利剑防身便可保无虞不受别人兵刃所伤。"

克雅丹感激国王的亲切话语，还有一切的赏赐和荣升，这是他在挪威期间所享受到的殊荣。国王说道：

"我要叮嘱你，克雅丹，你务必保持住你的信仰。"然后国王同克雅丹依依惜别，克雅丹登上船只。国王凝视良久，目送他徐徐离去，又说道："克雅丹和他的家族亲人的价值非常巨大，可是同他们打交道却不是件容易的事。"

44

克雅丹和卡尔夫两人扬帆驶入大海，正好遇到顺风，不消旬日便越过大海来到冰岛，他们将船驶进白河直抵堡格港湾。克雅丹返回的消息顿时传遍远近，他的父亲奥拉夫和其他亲戚听到这一佳音无不欢呼雀跃。奥拉夫立即骑马往西穿越达勒荒原，然后往南到达堡格港湾。父子相见自有一番欣喜欢慰。奥拉夫要克雅丹带领尽多的船上人一道前去家里居住。克雅丹满口应承说道：在冰岛的所有地方他唯独想回家去住。于是奥拉夫便骑马返回赫尔霍尔特庄园。整个夏天克雅丹都住在船上。他已经听说了古德隆的婚事，然而他却并未因此事而心烦意乱，虽然已有不少人暗中在为此事提心吊胆。

有一天，索尔蒙德之子古德蒙德和他的妻子苏里德到克雅丹的船上来看他，他们两夫妻是克雅丹的姐姐和姐夫。克雅丹热情欢迎他们来到。此时绒毛鸭阿斯杰尔也来到船上探望他的三儿子卡尔夫。他的小女儿赫莱弗娜也跟随她父亲一起前来。赫莱弗娜已长大，出落得容貌秀丽亭亭玉立。克雅丹请他姐姐苏里德在他的货物中挑拣自己心爱的东西。卡尔夫亦向自己妹妹赫莱弗娜说了同样的话。卡尔夫将一只大箱子打开锁请她们两人观赏。正在此时忽然吹来一阵狂风，克雅丹和卡尔夫忙不迭出去将船只系泊停牢，收拾完毕之后他们两人才转身上岸，卡尔夫走在前头先踏了棚屋。

在此同时，苏里德和赫莱弗娜翻箱倒箧寻找她们喜欢的东西。赫莱弗娜骤然眼前一亮，看中了那折叠整齐的新娘头饰。她眼明手疾地把那条冠冕状的饰物拿了过来。她们两人禁不住连声喝彩，称赞这顶头饰贵重之极。赫莱弗娜说道她真想用这顶头饰来打扮自己。苏里德说道既然如此何不戴上试试。赫莱弗娜便将那条头饰戴到自己头上。这时正好卡尔夫走了进来，他见状连忙告诉她说事情弄错了，他说道："这里面的东西只有一样并不属于克雅丹和我两人所共有的。"他正在说得起劲，不料克雅丹亦走进了棚屋。他早已听到他们兄妹两人的谈话，所以立即跟了进来，对他们说道没有出什么差池。赫莱弗娜弄得莫名其妙，所以仍然戴着冠冕头饰端坐不动。克雅丹目不转睛地对她凝视良久，然后说道："我觉得这顶冠冕戴在你的头上非常合适，赫莱弗娜。我还认为最好的解决莫如连头饰和带着头饰的姑娘都归我所有。"

赫莱弗娜回答说："大家全都在议论纷纷，说是你对娶亲毫不性急，因为不管你向哪个姑娘求婚，她必定乐意嫁给你当妻子。"

克雅丹说道：同哪个姑娘结婚倒关系不大，可是他不能容忍旷日持久的等待，去扮演一个苦苦求婚的角色。他说道："如今我看到这顶冠冕已落到你的头上。我们俩似乎很有缘分，你当我的妻子非常合适。"赫莱弗娜一听此言忙不迭把头饰摘下来，双颊飞红将它归还给克雅丹。克雅丹将头饰放在一个稳妥安全的地方收藏起来。

古德蒙德和苏里德夫妇邀请克雅丹在冬天到他们家去住一段日子，克雅丹欣然接受。卡尔夫要跟随父亲北上，克雅丹便同他均分了货物钱财，结束了他们的合伙者关系，两人情深谊长，惺惺相惜，依恋而别。

克雅丹弃舟骑马西行朝向达勒荒原而去。他带领十二名手下人来到赫尔霍尔特庄园。他们受到了全庄园男女老幼的盛情款待。在秋天，克雅丹将船上的货物也运到西部，那十二个跟随克雅丹回家的好汉也在赫尔霍尔特庄园上过冬。

奥拉夫与奥斯维夫素来有个习俗即是每隔一个秋季要轮流到对方庄上去作客。那年秋天正好轮到洛加农庄安排酒宴邀请奥拉夫和赫尔霍尔特庄园所有人前去作客。

古德隆对伯利责怪不已，埋怨他并没有将克雅丹打算回来的真实情况告诉她，而伯利却一口咬定他所讲的全都是真话。古德隆无法再追究下去，可是看得出来她仍为克雅丹而受到痛苦熬煎，虽然她尽力装得若无其事，脸上却阴郁憔悴。

洛加农庄举行酒宴的日子渐近。奥拉夫打算前往，他要克雅丹亦跟随前去。克雅丹说道他宁可待在家里照料一切家务。奥拉夫规劝他休得把对兄弟的怨怼显露出来。

"你千万要记牢，克雅丹，"奥拉夫说道，"你一直对你的螟蛉兄弟情谊深厚，笃爱之情要远超过其余人。我的心愿是你跟随我前去，你们两兄弟见面之后许多事情就会烟消云散。"

克雅丹无奈，只得遵从父命跟随他前去。他取出奥拉夫国王临别时赐给他的那袭猩红色战袍披在身上，把自己打扮得英俊倜傥无比。他腰际佩有国王赐给的利剑，头戴黄金头盔，身体一侧持有画着金色神圣十字架的红色盾牌，手里紧握一柄矛尖镶嵌有黄金的长矛。他的手下人个个衣着华丽精神抖擞。他们一行总共二十余人驰骋而出离开赫尔霍尔特庄园直奔洛加农庄。待到他们抵达时，那里早已聚集了许多宾客。

45

伯利和奥斯维夫的儿子们出来迎接奥拉夫一行，他们热情地欢迎客人到来。伯利走到克雅丹面前亲吻了他，而克雅丹却默默无言地接受了他的欢迎。随后客人们被迎进屋去，伯利对他们最为殷勤，力求讨得他们的欢心。奥拉夫似乎亦颇有兴致，唯独克雅丹独自向隅。酒宴总算顺利结束。

伯利有几匹种马，被公认为是这一种族的最佳良种。那几匹马骨骼高大，体态轻盈，在斗马场上从未输过。它们浅绛颜色，双耳和额毛却似火般红，浑身皮毛发亮全无半根杂毛。三匹牡马跟随其后，模样大抵相同恰好同种马配对。伯利表示想把这些马匹赠送给克雅丹，可是克雅丹说道他不是个爱马之人，所以不能接受这份厚礼。奥拉夫也劝他收下，说道："因为那几匹马正是最高尚的礼物。"可是克雅丹却执意拒绝。分别之时,他们冷脸相对全无半点笑脸。归途上人人钳口不语,扫兴地返回赫尔霍尔特庄园。

那年冬天克雅丹郁郁寡欢,几乎不大同别人说话。奥拉夫亦心头不安起来,生怕有灾难厄运临头。那年圣诞节之后,克雅丹打算离家出门,收拾停当之后,他率领手下人总共十二骑人马向北而去。他们迤逦驰骋来到柳树峡谷北面的阿斯比约恩岬角。克雅丹在那里受到了最盛情隆重的款待,他们所住的房舍都是最高贵的。

古德蒙德之子哈尔那时年届二十,他对拉克斯峡谷来的亲朋更是欢欣鼓舞,因为大家都说在北部地方再也找不出一个比哈尔更威猛勇式的男子汉。哈尔对他的舅舅克雅丹更是亲热得不得了。

于是,在阿斯比约恩岬角安排了竞技体育比赛,远近四乡八里都前来参加,西边的米德港湾、瓦特纳港湾和瓦特纳岬角直到朗格峡谷都有人前来参加,所以这场比赛赛场上人头攒动十分拥挤,成为当时最大的盛会。人人都在谈克雅丹是如何技艺超群远胜过所有其余人。竞技比赛开始后,哈尔首先下场,他走过来邀请克雅丹下场比试。

克雅丹说道:"我虽然受过体育训练,可惜近来荒疏已久,因为我跟随奥拉夫国王有许多别的事情要做,可是我不便拒绝你的邀请,只能勉为其难破例而为吧。"于是克雅丹更衣下场。那边亦挑选了最精壮的汉子来迎战他。这场比赛进行了整整一天,可是无论在力气上还是动作敏捷上都没有人能比得上他。到了傍晚,在竞技比赛告一段落时,哈尔站起身来说道:

"对于那些远道而来的客人们我父亲愿意为他们提供食宿,他们可以在农庄上过夜以便明朝接着比赛。"他的话音刚落便赢来一阵欢呼,大家都认为这才是个大人物应有的慷慨胸怀。

卡尔夫·阿斯杰尔松亦出席了这场比赛。他同克雅丹彼此惺惺相惜十分投缘。他的妹妹赫莱弗娜亦跟随一起来,她打扮得花枝招展,非常惹人显眼。

当天晚上有上百人(其实是一百二十余人)在农庄上过夜。第二天分好两边队伍之后便接着比赛。克雅丹正坐着看得起劲之时,他的姐姐苏里德却来找他有话要说。

苏里德对他说道:"我的弟弟,我听人说你整个冬天都闷闷不乐。人们都在窃窃私议说是你至今仍心里牵挂着古德隆所以烦恼不堪,而且他们还言之凿凿,说道证据便是你同伯利过去手足情深,而如今你们之间的情谊已荡然无存。如今你要赶快振作起来去做出一番事业,而不要放任自己消沉萎靡。不要因为你的兄弟娶到了好妻子而争风吃醋、自暴自弃。在我看来你最好的对策就是拿定主意结婚娶妻,如你今年夏天所讲的那样。虽说她并不能完全和你匹配,可是你所想要的佳偶在这个国度里是无法找到的。她的父亲阿斯杰尔是个显贵,出身于名门,而且并不缺少财产,这使得婚事还算门当户对。再说他的另一个女儿又嫁给了权势显赫的头领。你还曾亲口告诉我说卡尔夫·阿斯杰尔松是个英武威猛的勇士,他们的生活高贵庄严无比。我希望你去找赫莱弗娜谈谈,我料定你会发现,原来才智出众的男人同妙龄的美貌姑娘是可以缔结良缘的。"

克雅丹对此事十分认真慎重,说道凭她的口才这桩事情必定会如她所愿。

随后克雅丹和赫莱弗娜被安排单独坐在一起，这样他们两人可以促膝谈心，他们交谈了整整一天。到了晚上，苏里德询问克雅丹他是否喜欢赫莱弗娜的言谈举止，克雅丹非常高兴，说道他认为这个姑娘是他所见到的最高贵的淑女之一。

第二天清早，他们便派人去请阿斯杰尔来到阿斯比约恩岬角。他来到之后便同克雅丹两人作了谈话，克雅丹向阿斯杰尔的女儿赫莱弗娜求婚，而阿斯杰尔也就顺水推舟答允了这门婚事。他是个精明人，岂能看不出来这门婚事为他家的门第增添了莫大的荣耀。卡尔夫亦非常赞成和促成这桩婚事，说道："我将竭尽所能使赫莱弗娜的嫁妆丰厚得尽如人意。"赫莱弗娜的回答是，并无不情愿的话，只说她全凭父亲做主。于是这个婚礼便在证人面前宣誓确立。克雅丹当时已经没有心思细听每项详尽安排，仅听清了婚礼将安排在赫尔霍尔特庄园举行，时间定在夏天过后的第五个星期。随后克雅丹携带了赠给他的丰厚礼物骑马回家。

奥拉夫听到这个喜讯不禁松了一口气，而且看到克雅丹一扫离家时那种郁闷心情而变得心情开朗愉悦，他亦深为欣慰。

整个四旬斋期间，克雅丹一直吃斋而不去碰肉食，他的这一举动是开创了这个国度里的先河，据说他是冰岛斋戒禁食的第一人。人们觉得克雅丹居然不吃肉食还可以如此长久而活下来真是不可思议，不少人还远道而来探望这个奇人。克雅丹还有许多别的生活习惯亦惊世骇俗，鲜为别人所理解。

复活节过后，克雅丹和奥拉夫父子便着手准备婚礼酒宴，那个喜庆酒宴排场极大。婚期一到，阿斯杰尔的送亲队伍从北方南下，古德蒙德和哈尔父子亦率众前来，总共有六十多人。奥拉夫和克雅丹亦已另外又邀请了许多宾客聚集在庄园上恭候。

这真是一场豪华铺张的婚礼酒宴，延续了整整一个星期。克雅丹将那顶昂贵的冠冕头饰送给赫莱弗娜作为新娘礼物。这成了一件著名的礼物，因为在座的宾客即便见识广博或者家产万贯，可是没有人曾见到过、更不用说拥有过如此的珍奇宝物。据细心的人说，编织在冠冕头饰里的黄金有八安士之多。

克雅丹在婚礼酒宴上心花怒放欢乐得无法自持，他向筵席上每个人讲述了自己那次出海远航的故事。众人对于他能供职在最高贵的君主奥拉夫·特莱格瓦松身边都啧啧称赞并且记了下来，所以这个故事才能流传至今。在婚礼酒宴结束时，克雅丹馈赠给古德蒙德和哈尔父子丰厚的礼物，凡是其他的头面人物亦各有馈赠。那次婚宴使得奥拉夫和克雅丹父子的名望更大，而克雅丹同赫莱弗娜亦夫妻恩爱伉俪情笃。

46

尽管年轻人之间彼此交恶，奥拉夫和奥斯维夫之间却还是朋友。那年夏天轮到奥拉夫做东，他要在冬天来临之前半个月举行酒宴，而奥斯维夫则在"冬夜"节还席。他们相互邀请对方尽量多带点人来，越是人来得多就越体面风光。于是奥斯维夫便先到奥拉夫的庄园上来出席酒宴。

奥斯维夫在预定的日期率众来到赫尔霍尔特庄园，他的一行之中有伯利和古德隆夫妇以及他的儿子们。

在那天清早，有个女佣走向厅堂，她边走边说道，真不知道这些夫人们应该如何摆座才好。古德隆恰巧走过克雅丹的卧室，克雅丹那时在屋里穿上那件猩红色的战袍。他朝着那个女佣高声喊道：

"赫莱弗娜应该坐在那张高背座椅上，只要我活在世上，她就应该在任何地方都享有最高的荣誉。"他的喊叫给了那个正在嘟哝不知如何为夫人们摆座的那个女佣最直截了当的回答，因为过去凡是古德隆来到赫尔霍尔特庄园或者是任何别的地方，只有她才能享有坐在高背座椅上的殊荣。古德隆听到这番话气得朝屋里的克雅丹瞪了一眼，满脸被怒火染得通红，然而却没有吱声。

第二天古德隆来找赫莱弗娜聊天，她劝赫莱弗娜应该把那顶冠冕戴出来，好让宾客们见识一下这个国外运到冰岛来的无价之宝。克雅丹虽然不在赫莱弗娜身边，却站在近处，他听到古德隆的说话后便抢先回答说：

"她最好不要在酒宴席上戴起那顶冠冕，因为我所珍视的是赫莱弗娜拥有世间最珍贵的宝物而不必到处去炫耀，让宾客们用眼睛去饕餮这顶冠冕。"

奥拉夫家的酒宴要持续一星期之久。过了一天古德隆又来找赫莱弗娜，悄悄地央求她把那顶头饰拿出来让她看看。赫莱弗娜不防有诈便满口答应。又过了一天，她们俩来到储藏贵重物件的外厢房，赫莱弗娜打开一只箱子，取出那只用贵重材料织成的口袋，再从口袋里掏出那顶头饰来给古德隆观赏。古德隆接过冠冕将它摊开来观看了半晌，却未置一词既不赞美亦不挑剔。赫莱弗娜将它收藏起来，然后她们又返回到自己座位上。筵席场面十分热烈，笑语盈室人声喧闹。

最后那天客人们纷纷骑马离去。克雅丹忙得不可开交，他务必要为远道而来的宾客更换马匹，也要为每个宾客准备好途中需要的粮草饮水等物品供应，使得他们很快就能动身不受到耽搁。克雅丹在办理这些杂事时，手上无法拿着那柄"国王赏赐"的利剑。可是他已习惯于剑不离手，所以等到事情一办完他就赶紧回到自己房里，朝着平时挂剑的地方一瞧，顿时吃惊得非同小可。原来那柄利剑竟不翼而飞。他赶紧去告诉他父亲说道他丢失了宝剑。

奥拉夫沉思片刻后说道："我们切莫声张，先悄悄地暗中查访。我要派出手下人去监视查看每一批刚刚骑马离开的客人。"

奥拉夫立即派出各路密探。他吩咐白色阿恩骑马尾随奥斯维夫一行，留神监视他们中途是否有人折回或停下休息。那一行人马驰骋半日，越过高山之后在里肖农庄门前停住，下马入内休息。可是不一会儿工夫，奥斯维夫的儿子索罗尔夫率领几名家丁又从农庄里出来，在别人还在农庄上憩息之际，他们却走出了农庄之外在灌木丛林中穿行。阿恩尾随其后，一直盯住他们，这几个人一直走到拉克斯河从沙林斯峡谷中蜿蜒而出的出口处。阿恩心想他大概应该转回去先回避一下了。果然索罗尔夫嘴里在说再走远一点更好，不过这里也不碍事。说着他们那几个人便转身返回农庄上去了。头天晚上刚下过小雪，地上的脚印清晰可见，阿恩骑马返回那个灌木丛林，顺着索罗尔夫的脚印来到一条沟渠面前，他用手在地上摸索，不久后他摸到了利剑的剑柄。阿恩心想最好要有个证人在场,便又骑马到沙林斯峡谷,去把腾加农庄的索拉林找来。索拉林陪着阿恩一起把那柄利剑从沼泽地里起了出来。

阿恩将利剑交还给克雅丹。克雅丹用块布把利剑裹好,放到一只箱子里。阿恩和索拉林把"国王赏赐"之剑从地下挖掘出来的地方日后被叫作"宝剑沟"。这桩盗窃案在当时秘而不宣未曾张扬出去,可是剑鞘却始终未曾找到。克雅丹亦不像出事之前那样珍惜这柄利剑,不再须臾剑不离手,他对这桩盗窃案心里积怒难消,恨之入骨。

奥拉夫劝说道:"休要让这桩事来折磨你,垒结成你心头上的疙瘩。他们固然使出了奸计,可是你亦并未受到什么损害。我们若是为了这样一件东西吵得天翻地覆,必定会遭到大家的讥笑,因为那一边毕竟还是我们的亲戚朋友。"奥拉夫说清道理规劝忍让,克雅丹也就不好再追究,此事便偃旗息鼓悄然过去。

过了一段时日之后,奥拉夫要动身去洛加农庄出席"冬夜"的还席酒宴,他告诉克雅丹务必跟随同去。克雅丹满肚子不乐意,可是父命难违只得应承。赫莱弗娜亦相伴偕往,但是她想把那顶冠冕头饰留在家里。

"真是个好媳妇,"婆婆索尔盖尔德取笑说道,"你去出席酒宴还不戴上你的头饰,你要等到何时才舍得戴这顶无价之宝而不是把它压箱底呢?"

赫莱弗娜说道:"许多人劝我说在洛加农庄忌妒我的人太多,要戴也宁可到别的地方去时再戴。"

索尔盖尔德说道:"我不大相信那些人的口舌,她们总爱说长道短在各个庄园之间搬弄是非。"

既然索尔盖尔德如此热心敦促，赫莱弗娜只得从箱子里取出那顶冠冕状的头饰。克雅丹这一次并未阻止不许她带，因为碍于母亲已经有了吩咐。

他们一行上路出发，在黄昏时分抵达洛加农庄，受到了热忱的欢迎和款待。索尔盖尔德和赫莱弗娜把她们宴会穿的盛装交给庄上的女佣去妥为保管。次日清早那女佣把她们的服饰捧进房来，赫莱弗娜赶紧寻找那顶头饰，可是衣物已被人翻乱，那头饰并不在原来叠放的地方。于是她便远近里外仔细寻找起来，哪里能找到头饰的踪迹。古德隆虚情假意说道：看样子大概是疏忽大意忘记在家里了。她又埋怨赫莱弗娜扎捆行李过于粗心草率，说不定头饰在半道上滑落下来以致丢失。赫莱弗娜向克雅丹诉说了冠冕丢失之事。他回答说道：要逼他们承认并非容易之事，他们会抵赖得一干二净，岂肯说出事情的真相。他要赫莱弗娜暂先不动声色，他去找父亲商量，看看如何对付人家的鬼魅伎俩。

奥拉夫悲叹一声说道："我的意愿仍和以前一样，你要想开些，休得被这些卑劣的花招而弄得烦恼不堪。我会悄悄地把事情探查明白，因为我不情愿鲁莽行事而使得你同伯利反目成仇。你们两兄弟最好还是保持住手足之情。"

克雅丹说道："我明白你的苦心，父亲，你如此委曲求全是为了每个人好，可是我不晓得我究竟还能够忍耐多久，因为洛加农庄那些人实在欺人太甚。"

在酒宴即将结束、众人要骑马离去之前，克雅丹突然提高嗓门大声说道："伯利堂弟，我向你呼吁，恳请你今后对待我们比以前怀有更大的诚意，你应该当个正人君子，而不该对我们当面一套背后一套。我把这桩事在大庭广众前说清挑明，而不是咬耳朵避开人说。许多人早已知道，我们丢失了一件东西，我们认定这样东西已经落入你的腰包。记得今秋收获季节我们在赫尔霍尔特摆酒宴时，我的利剑被人窃走。如今利剑已找回到我手上，可是剑鞘却不见踪影。眼下又丢失了一件头饰，那件头饰被认为是无价之宝。不管会出什么事，我非要把那两件东西找回来不可。"

伯利厉声答道："克雅丹，你对我欲加之罪，何患无辞，虽然那些事情咎不在我。我本当指望你能胸襟坦荡，竟想不到你居然指责我犯有盗窃。"

克雅丹说道："我可以断定，那些鸡鸣狗盗之人谅必就在你身边。倘若你情愿的话，你本当可以不费吹灰之力将此事消弭于未然。你使得我们无端蒙受耻辱真是欺人太甚。我们对你的恶意作对一直是以德报怨想图个太平。可事到如今只好把话挑明白。此事尚未了结，决不会就此罢休。"

此时古德隆听了他这番话亦挺身对仗，她说道："你分明在煽起一把火，其实我们之间本当连烟都不应该冒。就算你的话句句确实当真，那么这些鸡鸣狗盗的毛贼在偷到头饰后谅必早已带着赃物远走高飞。至于你满口声称那顶头饰如何之贵重那只好随你说去。我虽然不情愿断言我讨厌那顶头饰，可是它却不该受到如此糟蹋，居然让赫莱弗娜有机会得到它而且还想要戴在头上去炫耀她的丑模样。"

宾主就此不欢而散，双方芥蒂已深，彼此戒备重重，人人都心境沉重。赫尔霍尔特庄园的人们败兴归去，酒宴草草收场，所幸的是还尚未撕破脸动起手来，总算还太平无事。从此之后再也听不到那顶头饰的下落。不过许多人都在传说，事情的真相是：索罗尔夫奉他姐姐古德隆之命，把那顶冠冕头饰偷取出来一把火烧掉了。

那年初冬，绒毛鸭阿斯杰尔便去世。他的家业和牲畜群由几个儿子继承。

47

那年冬天圣诞节过后，克雅丹召集起一支人马，总共有六十人骑。克雅丹并没有告诉他父亲私自调动人马究竟干什么去。奥拉夫亦未曾多予过问。克雅丹一行随身携带帐篷口粮，悄悄地疾驰到洛加农庄。他命令所有的人全都下马，并吩咐有人看马喂料、有人支架帐篷。

当时的习惯是茅厕全都设在正屋四周的外屋，虽说离开住房并不太远，上厕所却仍需走一段距离。克雅丹命令众手下分兵把守将进出正屋的所有屋门统统堵住，不让屋里的人外出一步。一连堵了三个昼夜，他逼得他们只能待在屋里，连茅厕都无法去上，只得在屋里通融方便。

奥拉夫听说了这次偷袭气得半死。索尔盖尔德却说道："洛加农庄的人作恶多端，稍加薄惩理所应当，用不着埋怨责备，可惜还嫌太轻，要让他们更出乖露丑才好。"

赫莱弗娜问道："你可曾同洛加农庄的人说过话，克雅丹？"

他回答说："没有多少机会这样做。"不过他又说道他同伯利曾说过几句话。

于是赫莱弗娜笑靥俏动说道:"有人告诉我说你同古德隆曾在一起交谈过。我还听说她居然浓妆艳抹,还把那顶头饰戴在自己头上,那头饰对她倒是很合适的。"

克雅丹气得满脸通红,显而易见他忍受不住她这样的冷嘲热讽。他回答说道:

"你所说的一切,赫莱弗娜,决计没有在我眼前发生过。再说古德隆也用不着靠上那顶头饰才能把自己打扮得比别的女人更漂亮。"赫莱弗娜只好收住话头。

洛加农庄上的人对那次恶作剧恨之入骨,他们认为这是蒙受了奇耻大辱。即使克雅丹杀掉他们一两个人,他们尚且不会觉得如此狼狈。奥斯维夫的儿子们怒不可遏非要去拼命不可,幸亏伯利竭力劝阻,事情才没有闹得不可收拾。古德隆对此事说得最少,可是从她的话里听得出来她恰恰是比任何人都悲哀心碎的。如今在洛加农庄和赫尔霍尔特庄园之间积怨已深,仇恨敌意无法化解。

光阴荏苒,冬天即将结束时赫莱弗娜生下一个男孩起名叫阿斯杰尔。

腾加农庄的庄主索拉林传话通告乡邻,他打算卖掉腾加农庄的土地,因为他手头拮据,急需用钱。其实这并非真正的理由,他心里另有盘算。他觉察出来这一带乡里已经反目成仇形同水火,而他同哪一边都是朋友,夹在中间滋味不好受。伯利听到音讯便打算买下这块土地来自立门户,因为洛加农庄上牲畜多而土地少。

有一天,伯利和古德隆骑马来到腾加农庄。在奥斯维夫的点拨之下,他们俩认识到这个大好机会决不能交臂失掉,因为这块土地与洛加农庄的脏腑之处毗邻相连。奥斯维夫关照他们要不惜花钱务求与索拉林谈成这笔买卖，不要让任何细节小事影响到这笔买卖。他们俩依计行事，同索拉林谈妥了价钱和支付手段等一切事宜，这笔买卖便算成交了。但是这笔买卖却缺少证人在场，因为他们俩带去的人很少，当时在场的还没有达到法律规定的最起码人数。伯利和古德隆以为买地交易办妥便骑马回家。

消息很快传到克雅丹·奥拉夫松的耳中，有天清早他率领十二个好汉来到腾加农庄，索拉林欢迎他们到来并且请求他在庄上住下来。克雅丹说道他务必要在早晨赶回去，不过可以在庄上稍事休息。索拉林询问此行可有正事要办，克雅丹便直截了当地说道：

"我到这里来是为了伯利同你商妥的那笔土地交易，因为这笔交易违背了我的意愿。倘若伯利和古德隆成为这块土地的主人，而你又敢将这块土地卖给他们的话。"

索拉林说道：如果这块土地卖给别人的话，他将吃很大的亏，"因为伯利买这块土地出了大价钱，而且马上就会将钱交清。"

克雅丹说道："倘若你不把土地卖给伯利也未必会吃亏。我情愿出同样的价钱买下这块地。我既然已经拿定主意这样做，即使你要反对亦决不会给你带来什么好处。事实上，很快就会见分晓，在这一带地方究竟是谁说了算数，所以切莫听命于洛加农庄，否则就会尝到苦头。"

索拉林说道："头领的吩咐岂有不遵从之理，不过我同伯利之间的这笔交易只好另作别论，因为我们早已成交无法更改。"

克雅丹冷笑说道："在我看来它根本还说不上是一宗土地买卖，

因为它没有证人在场而不具备法律效力。眼下你只有两个选择：或是按别人一样的条件把土地卖给我，否则你自己就在你的这块土地上居住下去。"

索拉林选择了把土地出售给克雅丹，于是召集齐证人并且在证人面前办理好一切买卖土地的事宜。然后克雅丹便骑马返回家去。

当晚这一消息便传到洛加农庄。古德隆气恼不已，她说道："在我看来克雅丹似乎也给了你伯利两个选择，不过远比给索拉林的苛刻得多：要么你毫不光彩体面地离开这里；要么你赶快去求见他向他表明你像以前一样地对他顺从。"伯利没有吭气，一抬腿便走了出去。在整个四旬斋期间一切显得分外沉寂。

复活节过后第三天，克雅丹带领一名家丁黑色安恩骑马离家外出。晌午时分他们来到腾加农庄。克雅丹想把索拉林叫上跟随他一起去索尔比催讨欠债，因为克雅丹在这一带地方放出去不少债，有不少债款早已到期却拖欠着没有偿付。事不凑巧，索拉林早已骑马外出，克雅丹便在那里停留等着他回来。

亦是合该有事，那一天正好话匣子索尔哈拉也到那里去，她询问克雅丹打算往何处去。他回答说他将去索尔比。她又问道："你要走哪条路？"克雅丹亦未在意随口回答说：

"我大概先往西到沙林斯峡谷，然后再从西边穿过野猪峡谷。"

她又询问他路上要花多少时间。克雅丹回答说道："我大概要在星期四才能从西边回来。"

"你是否愿意帮我做点事情？"索尔哈拉问道。"我有个亲戚住在索尔比往西的白色峡谷，他曾答允给我价值半个马克的家织粗布。我想求你绕道前去催索一下,并且把布匹从西边给我捎带回来。"克雅丹只得应允下来。随后索拉林返回家来便跟随他们一起出发上路。他们骑马往西蹽行,越过沙林斯荒原在傍晚时分来到霍尔农庄。他在那里受到弟弟妹妹的热情欢迎,因为克雅丹同他们向来手足情深。

那天晚上话匣子跑了一趟洛加农庄。奥斯维夫的儿子们询问她白天在干什么。她回答说道她忙着招待克雅丹·奥拉夫松。他们又问克雅丹往何处去。她便作了回答,把她所知道的一切和盘托出还添枝加叶。

"他的模样从不曾像今天那样气势逼人。这样的人把别人看得比自己低下,那是毫不令人奇怪的,"索尔哈拉接着说道,"克雅丹心上只惦记着那笔土地交易,张嘴就唠叨他同索拉林的那笔交易。"

古德隆说道:"克雅丹可以胆大包天地胡作非为,因为事实已经一再证明没有一个男人敢于朝他投出自己的长矛。"

古德隆同索尔哈拉讲这番话的时候,伯利和奥斯维夫的儿子们都在场。奥斯帕克和他的弟弟们一反常态。往日只要提到克雅丹,他们便冷嘲热讽大加挖苦,而这一回他们却不大吱声。伯利同往常一样,他们在说克雅丹坏话时他只当没有听见,却也不反对他们。

48

克雅丹在霍尔农庄度过了复活节后的第四天。他们聚在一起又说又唱,好不热闹。半夜里,黑色阿恩忽然高声呼喊叫痛不止。

他睡下去时还是好端端的,却不料在睡梦之中得了病。众人连忙把他叫醒,并且询问他究竟在梦中看见了什么。他回答说道:

"有个女人朝我走来,她狰狞可怕凶相毕露,一把将我推到床上,她一手拿着短剑,另一只手端着木盆。她将利剑刺进我的胸膛,剖开我的肚皮把我的五脏六腑掏了出来,再往我肚子里塞满灌木枝条,然后她走了出去。"

克雅丹和别人听他讲述梦魇都禁不住哈哈大笑起来,并且戏谑说道:从今往后他应该有个外号叫作"灌木丛肚皮"阿恩,并且还说他们都要用手去摸摸他的肚皮,看看里面究竟是不是七杈八杈地塞满了灌木枝条。阿恩却正色说道:

"你们休要如此讥笑我。我主张克雅丹只能在这两件事情里做其中的一桩:要么在此地多待几天;要么多带些人马,倘若他想马上返回的话。他的随从至少要比来的时候多出好几个才令人放心。"

克雅丹漫不经心地取笑说:"尽管你们把阿恩谑称为'草包肚皮',可是他却十分贤明智慧,能够同你们一本正经地侃侃而谈上整整一天。因为你们都把他的噩梦看成是神圣显灵托梦先兆。可是我已不相信那一套,我务必要动身返回,因为我的主意已定,不管那梦境说些什么。"

克雅丹收拾停当便在复活节过后的第五天动身出发。在奥德还有狗崽子索尔凯尔和他的弟弟克努特再三规劝下,他率领了十二骑人马登程随行。克雅丹先到白色峡谷为话匣子索尔哈拉取来了那些家织粗布,因为他既然答应出去就务必办到。然后他们驰骋南下穿过野猪峡谷。

且说那一天太阳才刚露头,古德隆便早早起来,走到她几个兄弟睡觉的地方。她呼唤了奥斯帕克,他立即惊醒过来,其他几个弟弟也陆续醒了。奥斯帕克一看是他妹妹,便询问她那么早来一定有什么非常之事。古德隆说道.她很想知道他们究竟打算如何度过这一天。奥斯帕克说道他打算休息,"因为眼下要干的活计太少。"古德隆冷笑一声,厉声说道:

"你这样窝囊懦弱的性情倒像是个农夫的女儿。不管人家把你如何欺侮你都能逆来顺受,克雅丹百般羞辱你,而你却依然闷头睡觉,而克雅丹敢于只带着一个手下人路经此地。况且这类手下人见到舞刀弄杖便会狼奔豕突。我看出来克雅丹只带了一个手下人赶路你们尚且不敢前去拦截,若是要你们上门去叫阵厮杀,那是更无指望。你们平时在家里倒摆出一副令人很有希望的架势,这样的脓包真是太多了。"

奥斯帕克说道她讲话用不着这样吞吞吐吐、拐弯抹角,他们是不会反对她的主张。于是他立即起床披挂整齐,各个弟弟亦抄起了自己的兵刃。不消片刻他们已经收拾停当准备去伏击克雅丹。古德隆叫伯利也跟随前去。伯利说道他同克雅丹有兄弟情谊下不了毒手,更何况奥拉夫对他有养育之恩。

古德隆大怒回答道:"你终于说出了心里的真话,可是你休想再有此幸运能够到处送人情。倘若你不跟着前去,我们的夫妻名分便就此完结。"经不住古德隆反复讲述此事,伯利勾起了心里的旧仇新恨,记起了克雅丹的桩桩罪行。他怒火中烧,便抄起兵刃跟随他们一起前去。

这彪人马共有九条好汉,他们是奥斯维夫的五个儿子:奥斯帕克、海尔吉、瓦恩德拉德、索拉德和索罗尔夫。第六个是奥斯维夫的妹妹之子古德劳格，他是这群人当中最有出息的一个。另外两个是话匣子索尔哈拉的儿子奥德和斯坦恩。他们骑马来到野猪峡谷，挑了一处名叫山羊峡谷的深谷里布下了埋伏。他们拴好马匹，席地坐下，伯利一直闷声不吭，自顾自躺在峡谷溪边的高处岸上。

克雅丹一行由北往南而来，穿过米侬奥海峡，那里峡谷徐徐开阔起来。克雅丹告诉众人不必再远送，可以在此地折回。索尔凯尔一定要再伴行一程，于是他们又往南行，来到命名叫诺尔瑟赛尔的露天挤奶场。克雅丹又关照那两兄弟不必再往前送了。

"索罗尔夫那个小毛贼，"他骂道，"他决计没有机会来嘲笑我不敢只带一个随从穿过他的地盘。"

狗崽子索尔凯尔说道："我们将听从你的吩咐不再远送，不过我真担心万一有事你今天急需人手而我们恰恰不在你身边，这将会使我们后悔莫迭。"

克雅丹说道："我的弟弟伯利决计不会同那些阴谋小人联起手来要取我的性命。再说即便奥斯维夫的儿子们果真设埋伏要袭击我，到时候究竟哪一边能够活着吟唱这个故事亦还未可知哩。"于是那两兄弟只好率领部众黯然而别，折身朝西返回。

49

克雅丹策马按辔往南而下穿过那个峡谷。他们一行总共三骑人马：他自己、黑色阿恩和索拉林。当时有个名叫索尔凯尔的人，他居住在野猪峡谷的山羊峰，如今那里已成了一片荒地。那天他整天都在那里放牧他的马群，身边还带了个牧人随行，所以洛加农庄的埋伏和克雅丹一行往伏击圈里钻都被他看得一清二楚。那牧人说道最好是迎上前去向克雅丹和他的手下通风报信，他说道若是把这样大的灾祸化解掉，双方避免碰头火并，岂不是他们两人立身扬名的大好机会。

索尔凯尔把他拉住说道："闭上你的嘴巴，你真是愚蠢透顶，你以为这样做能够救得住一个命中注定要去送死的人的性命？老实告诉你说，我对他们两边都不想偏袒轻饶，因为他们全都作恶多端。在我看来，最好的办法倒不如我们找个对我们毫无危险却又能看得清楚他们相遇厮杀的地方，这样的热闹岂可不看，因为每个好汉都推崇不已，说道克雅丹的武艺已经到了出神入化的地步。我想今天他也只能仰仗他的武艺了，因为我们两人看得见他是如何面对这场压顶之灾的，双方力量实在寡众悬殊太大。"于是他们两人就照索尔凯尔所说的那样在一旁看起热闹来。

此时克雅丹一行三骑已经驰入山羊峡地段。而另一边，奥斯维夫的儿子们却在对伯利猜测怀疑起来，他们担心伯利胸怀鬼胎，这就是为什么他挑选了一个最显眼的地方，因为从西边骑马过来老远就可以瞅得见他。于是他们把几个脑袋凑到一起密谋对策。结果大家都一致认为伯利是在同他们玩弄花招，想要欺骗他们。于是他们一齐来到岸边同伯利掰腕角力和玩其他的游戏，嬉笑胡闹之中拉住了他的双脚把他拖离那岸边高处。

就在这时候，克雅丹他们三骑疾如星火驰到深谷的南边岸上，他们一眼就瞅见了伏击的阵势并且也认出了那几个人。克雅丹立即纵身下马,转身迎向奥斯维夫的儿子们。附近正好有块巨石,克雅丹命令手下背靠巨石倚角站立,作好迎战的准备。在短兵相接之前,克雅丹把手里的长矛投了过去,那枝长矛飕地飞过来一下子刺穿了索罗尔夫的盾牌,并且在握手柄的上端捅了进去。那面盾牌往后一压虽然护住了他的身体却不曾护住胳膊,矛尖刺穿盾牌后戳进了胳膊肘窝,把筋肉全部割断,索罗尔夫顿时盾牌脱手,那条胳膊垂下来不听使唤。

说时迟那时快,克雅丹拔出剑来,可惜他竟未携带那柄"国王赏赐的宝剑"。索尔哈拉的两个儿子围住了索拉林,这是分给他们两人的任务。这场厮杀刚一交手便剧烈异常,因为索拉林身材魁梧力大无穷。那两个人一时间竟占不到半点便宜,结局如何尚难见分晓。

奥斯维夫的儿子们和古德劳格将克雅丹和阿恩团团围住,他们有五个人而克雅丹他们却只有两个人。阿恩厮杀得凶猛无比,而且用自己身体来掩护克雅丹。伯利手持啮足者之剑站在一旁观战压阵。克雅丹把利剑挥舞得如同一团白练一般,可惜他的那柄剑委实太不争气,非但抵挡不住别人的兵刃而且还时时弯曲扭折,克雅丹不得不抽个空隙把剑踩在脚底下扳直过来。在这场厮杀中,奥斯维夫的儿子们和阿恩身上都伤痕累累,而克雅丹却并没有一丁半点挂彩。奥斯维夫的儿子们不敢同克雅丹硬拼,便转过来齐力夹攻阿恩。两边又血战了一阵子,阿恩终于支撑不住栽倒下去,他的肚皮被刺穿,五脏六腑淌了一地。克雅丹厮杀得勇猛无比,出招疾如电光星火,但见他猛一挥剑,古德劳格的一条腿竟在膝盖处被齐齐地削断下来。这样的重伤便足以使那人不久就丧生。

如今只剩下奥斯维夫的四个儿子把克雅丹包围在核心，可是克雅丹防守严密得无隙可乘，他们四个人竟然占不到丝毫便宜。这时克雅丹狂呼叫喊道：

"伯利弟弟，你离家前来难道只是为了来看热闹？现在你面临的选择是你务必帮助哪一边，赶快抽出啮足者之剑出招吧。"

伯利佯作未曾听见。奥斯帕克眼见他们一时之间难于取胜克雅丹，他便千方百计煽动伯利出手相援。他说道伯利决不指望一辈子忍受羞耻，因为既然事先已答应加以援手而厮杀到如此紧要关头却又不敢出手。他喊道："这究竟是为什么？莫非同我们联手对付克雅丹风险太大以致你不敢出手？再不然是否不敢同那样的大人物厮杀？可是伯利你必须明白，万一克雅丹从我们手里溜走，那么通往酷刑处置的路对你伯利和对我们大家都一样地短促。"

伯利闻听此言便脸色骤变，他抽出啮足者之剑朝向克雅丹扑过去。克雅丹对伯利说道：

"你终于拿定主意啦，我的弟弟。一个卑怯的懦夫也要想干出一番惊天动地的业绩！好吧，我成全你，与其我杀掉你，我倒宁可被你杀掉，这样我更心安理得。"

他说罢就把手里的兵器往远处一扔不再抵抗，那时他身上虽有几处伤不过都是皮肉轻伤，只不过长时间厮杀后已筋疲力尽。伯利并不答理克雅丹这番话，手上却丝毫没有放松他的出招，他仗剑向前猛然向克雅丹刺出致命的一剑。刺完之后他又立即搀扶克雅丹的双肩让他坐下。克雅丹倒在伯利的大腿上吐出了最后一口气。伯利立即表示对自己的行为感到懊恼，他宣布这次杀人全是因为他一时失手，他对此后悔莫迭。随后伯利叫奥斯维夫的儿

(Ásta Ólafsdóttir)

克雅丹倒在伯利的大腿上吐出了最后一口气。

子们赶紧逃奔他乡，他和索拉林留在这里看守尸体。

奥斯维夫的儿子们先返回洛加农庄把伏击的前后经过向古德隆说了一遍。古德隆对伏击成功非常高兴，她把索罗尔夫的胳膊包扎好，那条胳膊伤口愈合十分缓慢而且再也无法使用。克雅丹的尸体运往腾加农庄后伯利独自骑马回家。古德隆到屋外去迎接他，并且询问克雅丹是什么时候丧命的，伯利回答说道大概在晌午时分。于是古德隆说道：

"作恶愈多报应就来得愈剧烈。我才织了十二个伊尔的粗毛布，你就把克雅丹杀掉了。"

伯利回答说："用不着你来提醒我这桩不幸的灾祸亦不会在我心中消失。"

古德隆说道："这类事情我倒并不以为是不幸的灾祸。我似乎记得你曾说过在挪威的那一年里你的地位要远远高过于他，可是回到冰岛他却把你踩在脚下，直到如今才总算出了这口怨气。不过最使我心里痛快的事情要算的赫莱弗娜今天晚上再也无法含笑入眠了。"

伯利陡然怒火蹿起来，他吼叫道："我倒觉得在这件事情上她听到这个音信后的脸色是不是会比你更苍白亦未可知。可是我心里疑团难释：倘若是我此番送了命而克雅丹却安全无恙回来报告消息，你究竟会不会吃惊伤心。"

古德隆见到伯利真是大动肝火，便改口说道："不要为这些事情责备我，我对你的作为十分感激，因为我已经明白你决不会做任何反对我的主张的事情。"

血案发生之后，奥斯维夫的儿子们躲进了一个早已秘密挖好的地窖中去，以防遇到不测之虞。与此同时索尔哈拉的两个儿子被派往西行，到神圣荒原去向那里的戈狄斯诺里教士通报音信，并要求他急速调集人马赶来增援，以便同奥拉夫和那些想要藉克雅丹血案掀起风浪之人厮杀对仗。

在沙林斯峡谷的腾加农庄上发生了一桩稀奇的事情。就在那场厮杀结束的当夜黑色阿恩蓦地坐了起来，看守尸体的人大惊失色。因为大家都以为他伤势过重早就一命呜呼了。如今他居然活了过来岂非圣绩显灵。阿恩告诉大家说道：

"我以上帝的名义请求你们不要见了我害怕。在我栽倒在地晕厥过去那一刻起，我的生命和全部智慧又重新回到了我身体里。我又梦见上一次见到过的那个凶恶妇人。我想是她把塞在我肚皮里的灌木枝条取了出来，又把我自己的五脏六腑重新塞进我的肚皮，这次更换使我好受得多，因为那付内脏毕竟天生就是我自己的东西。"

他们把他身上包扎伤口的布条统统解开来，一看所有的伤口竟然都完好如初。阿恩身体逐渐复原又成了一个强壮的人，不过大家都叫他草包肚皮阿恩。

奥拉夫·霍斯库尔德松听到这一噩耗不禁老泪纵横、心如刀绞，然而他如勇士般忍受了丧子之痛。他的儿子们要立即兴兵复仇前去把伯利杀掉。可是奥拉夫说道：

"这种主张我听都不想听，在我心目之中我的儿子是无法偿还的，杀了伯利又与事何补。虽说我疼爱克雅丹要超过任何人，可是却不忍心对伯利作出任何伤害。倘若你们真想要发泄怒火的话，你们不妨去中途拦截住索尔哈拉的两个儿子。他们奉命去调集人马来对付我们，如今正在赶往神圣荒原的路上。你们可以任意给这两个人施加惩罚，我不会加以阻拦而只会满心喜欢。"

于是奥拉夫的儿子们便立即动身出发,他们总共有七条好汉,个个咬牙切齿要去讨回血债。他们乘上一艘奥拉夫拥有的渡船,划桨把船驶出河口,沿赫瓦姆峡谷而下。他们心急如焚地追杀前来,可是风力微小,张篷扬帆亦行驶不快,于是他们桨帆并用,费了偌大劲头才来到斑点礁屿,在那里稍作憩息,并且向四周乡邻打听下一段路程怎样走才更快些。

片刻后,他们忽然瞧见有一艘小船从西横越峡湾朝向礁屿驶来。他们定睛细看,认出了那船上的人原来就是索尔哈拉的两个儿子,还有哈尔多尔和他的手下人在为他们划船。那艘小船似箭一般朝他们驶过来,待到船上发觉苗头不对已无法折回。于是奥拉夫的儿子们以迅雷不及掩耳之势跳上小船向他们扑过去,那船上众人毫无招架之力,刹那工夫斯坦恩和他的弟弟便被杀而且还被割下了首级。奥拉夫的儿子们得胜回家。他们这次远途奔袭传为兵贵神速的亘古佳话。

50

奥拉夫亲自前去接回克雅丹的遗体。他还派人南下到堡格庄园去向索尔斯坦恩·埃吉尔松传达这一切情况,并且央求他在打这宗人命官司中相助一臂之力,倘若有任何一个头面人物将他的人马与奥斯维夫的儿子们纠合在一起对奥拉夫轻启战端的话,那么奥拉夫亦只能除恶务尽毫不手软。他说道他要亲自过问这桩血案,一切都由他来了结。同样的音信也派人北上传达给了他的女婿古德蒙德，还有阿斯杰尔的儿子们，并且告诉他们：他已控告所有参与那次伏击的人都犯有杀害克雅丹的罪行，唯独奥斯维夫之子奥斯帕克除外。

奥斯帕克之所以不在其内倒是因为他早已被判处剥夺一切权利予以放逐。祸根在于一个女人，她名叫阿尔迪丝，是英杰尔德沙滩的霍姆贡加·约特之女。他们缱绻之后生下一子名叫乌尔夫，乌尔夫日后成为挪威哈拉尔德。西古尔德松的宫廷侍从长。乌尔夫娶了索尔伯格的女儿尤隆恩为妻，生下的儿子名叫尤恩，尤恩又生下儿子厄兰德，厄兰德之子是日后的大主教埃斯坦恩。

奥拉夫当众宣布这桩命案要交由索尔岬角的"庭"的法院去处理。他把克雅丹的尸体运回家停放在一顶帐篷的穹隆之下，因为当时在峡谷地带尚没有建造起教堂。奥拉夫听得禀报说索尔斯坦恩义愤填膺，已迅速召集起一支人数众多的兵马要前去攻打洛加农庄。他又听得禀报说柳树峡谷应已起兵响应。于是他事不宜迟，立即召集峡谷地带所有的精壮男子组成一支浩浩荡荡的队伍，他派这支队伍到洛加农庄去传达他的命令：

"我的意愿是你们立即将伯利羁押看守起来以便随时听候召唤。你们务必要像昔日一样地听候我的调遣，不准轻举妄动。如今北边来的队伍已大军压境，他们认为同伯利讲和是一种耻辱，非要血战一场不可。因此当务之急是要在兵祸未起之前赶快讲和，这样才能免除我们之间征战厮杀。"

奥拉夫刚刚着手安排讲和的事情，索尔斯坦恩率领的人马已经来到，柳树峡谷的人马亦接踵而至，他们全都义愤填膺恨不得即刻挥师去踏平洛加农庄。哈尔·古德蒙德的儿子便同卡尔夫一起鼓动大家前往洛加农庄，去强迫伯利允许他们进去抄家搜查，把奥斯维夫的儿子们缉拿归案，因为这一带地方已被重重包围，谅他们插翅亦难逃得出去。

可是奥拉夫亲自出面制止，他竭力反对纵兵冲进洛加农庄去搜索劫掠。于是双方加紧媾和。此时伯利早已慌了手脚，巴不得不立即息兵媾和，他央求奥拉夫代他提出媾和的条件，奥斯维夫亦说道他已无力加以反对，因为他们原先指望斯诺里教士不会坐视不救，岂料他竟不发来一兵一卒，几经周折，和平会议终于在洛加农庄召开，整个进程都在奥拉夫的运筹帷幄之中。克雅丹的血案终于按照奥拉夫的意愿，用支付赔偿金和惩罚凶手来解决。于是和平会议就此结束，会议商定的结果都报告给索尔峡湾的"庭"去审批。按照奥拉夫的主意，伯利没有出席和平会议。

索尔斯坦恩·科格松要求领养克雅丹之子阿斯杰尔为螟蛉子以使得赫莱弗娜得到一些安慰。赫莱弗娜在办完丧事之后搬到北部同她的几个兄长居住在一起。她悲伤过度而变得瘦削憔悴，然而她却尊严地忍受住了悲痛，而且平易近人同每个人都说话。在克雅丹死后，赫莱弗娜矢志不再醮，她搬到北部之后不久便郁郁寡欢黯然死去，人们传说她是因为心碎而死的。

51

克雅丹的遗体在赫尔霍尔特庄园停灵一周，死后哀荣十分风光体面，前来吊唁的人络绎不绝。索尔斯坦恩在城堡格农庄造的一座教堂已经完工，于是他扶柩北上把克雅丹的遗体运到那座教堂里去安葬。因而克雅丹死后未埋葬在自己的故乡而是在堡格农庄入土为安。那座教堂刚刚举行过竣工礼拜仪式未来得及涂上颜色，仍是原来木料的白颜色。

不久之后，索尔峡谷"庭"的大会如期召开，对奥斯维夫的儿子们判决褫夺一切权利放逐出本土，他们得到一笔放逐到国外去的盘缠，但是只要奥拉夫的儿子们或者克雅丹的儿子活在人世，他们便永远不许返回冰岛。对奥斯维夫妹妹之子古德劳格则不付赔偿金，因为他参与伏击杀害克雅丹死有余辜。索罗尔夫虽然身负重伤亦因为同样缘故而不付给赔偿金。

至于凶手伯利，奥拉夫不情愿他受到严惩，便让他付出一笔罚金来赎买性命。哈尔多尔和斯坦索尔，还有奥拉夫的所有儿子们都气愤不过，他们说道倘若伯利能像他们一样地在这一带地方再待下去的话，大家必然会联起手来叫他活不下去。奥拉夫说道：只要他还能站得动，他自会阻止这类事情发生。

在比约恩哈根有艘属于牵绳狗奥登的海船停靠。他前来参加了"庭"的大会，说道："如今事情已很清楚，奥斯维夫的儿子们即使放逐到挪威，他们的罪孽亦不会减轻，克雅丹在那里有朋友们饶恕不了他们。"奥斯维夫听说后破口骂道："你这个牵绳狗难道也配对此事作出预言。要知道我的儿子个个都是英雄好汉之中的出类拔萃之辈，而你牵绳狗多嘴饶舌必将招惹神灵的惩罚，活不过今年夏天。"那年夏天牵绳狗奥登出海航行，在法罗群岛碰上了风暴，那艘船破裂倾覆，船上的男女老少个个罹难，奥斯维夫的预言谶语竟然不幸言中。

奥斯维夫的儿子们在那年夏天流放到国外，从此再也没有回来过。这桩天大血案总算太平地化解掉，未曾引起冤冤相报仇杀联结，这全亏了奥拉夫超过常人之智的伟大，他非但宽容大量而且指挥若定。他对奥斯维夫的儿子们从轻发落，虽惩罚而又留住了性命便是个明证。至于对待伯利，他更是念及骨肉血缘和手足情分，赦免了他的死罪。对于在处置这桩血案时曾出过力的众人，他一一表示了感谢。按奥拉夫的主张，伯利终于买下了腾加农庄那块土地。

据说在克雅丹遇害后，奥拉夫仅仅活了三个冬天。他去世之后，遗产由他的儿子们继承。哈尔多尔接手经营赫尔霍尔特庄园。他的母亲索尔盖尔德跟随哈尔多尔住在一起。她把伯利恨入骨髓，认定他全不顾养育之恩，是个以怨报德的赖小人。

52

翌年春天，伯利和古德隆在沙林斯峡谷的腾加农庄大兴土木，把那里建造成一座非常气派的庄园。伯利和古德隆夫妇又喜添贵子，起名为索尔莱克。他从小就清秀俊俏、生就一副风流倜傥的模样。

如同前文所表，哈尔多尔·奥拉夫松主持经营赫尔霍尔特庄园，在大多事情上他是众兄弟之首。克雅丹被杀的那年春天，埃吉尔之女索尔盖尔德安排了一个远亲少年到山羊峰索尔凯尔那里去干活，那少年放了一个夏天羊。他像别人一样对克雅丹被杀心里充满了悲痛，可是在索尔凯尔面前他不能提到克雅丹，因为索尔凯尔开口闭口总是诅骂克雅丹，说他是"白人"的奸细、丧尽天良。他还时常丑态百出地模仿克雅丹在受到致命一剑时的狼狈相。那少年不堪忍受，便到赫尔霍尔特庄园去哭诉，央求他们收留他。索尔盖尔德要他先留在那里再待一段时间，过了冬天再从长计议。少年说道：他已无法再忍受下去，"你若是知道我心里怒火如何在燃烧的话，你便不会叫我再在那里待下去了。"

索尔盖尔德被他的哀哀哭诉打动了心肠，她说道她倒想在庄园上找个差使给他干。哈尔多尔说道："不必对这个孩子太关注，他不值得正经对待。"索尔盖尔德声色俱厉回答说道："这个孩子倒真算不了什么。"她又说道："不过索尔凯尔那家伙委实可恶之至。他在这桩血案中干下了坏事。他看到洛加农庄的人设下埋伏，明知克雅丹要受害，却幸灾乐祸不去通风报信，害得克雅丹未能躲过这场不幸。他当时隔岸观火看热闹，事后又兴风作浪利用这桩血案来挑拨煽动人们反对你们。倘若你们兄弟连索尔凯尔这样无赖小人都对付不了，哪里还谈得上报仇雪恨。"哈尔多尔便不再多说，只是央求索尔盖尔德按照她的心愿来安置那个少年。

几天以后，哈尔多尔率领一众好汉飞骑前往山羊峰，把索尔凯尔的农舍团团围住。索尔凯尔立即被五花大绑牵了出来。他哀告求饶显出了胆小鬼的本性，然而却未能保全性命还是被杀掉了。哈尔多尔严禁抄家掠劫，便得胜而归。索尔盖尔德对此壮举深为高兴，认为这次出手虽是杀一儆百，但总比无甚作为要好。

那年夏天一切似乎都很平静，然而骨子里并不太平。奥拉夫的儿子们与伯利之间宿怨难消，大有一触即发之势。那兄弟几人处处进逼力图挑衅寻隙，而伯利则委屈退让，只要在面子上没有受到羞辱便忍气吞声，因为伯利亦是个傲慢自尊的人物，何况他如今有财有势，生活十分骄奢，出入有人相随。

奥拉夫有个儿子斯坦索尔，他居住在拉克斯峡谷的丹纳农庄，他娶了阿斯杰尔的女儿苏里德为妻。苏里德的前夫是诈骗者索尔凯尔。斯坦索尔夫妇生有一个儿子亦起名为斯坦索尔，外号叫作"石头人"。

53

转眼一年过去，这是奥拉夫·霍斯库尔德松去世之后的第二个冬天。埃吉尔之女索尔盖尔德派人去传唤她儿子斯坦索尔，叫他急速前来探望母亲。母子见面之后，她告诉斯坦索尔说她打算动身往西部索尔比去探望她的朋友奥德。她亦吩咐哈尔多尔一起前去，哈尔多尔谨遵母命随同前去。他们一行五人迤逦而行，来到沙林斯峡谷的腾加庄园前面的一处地方。索尔盖尔德收缰勒辔将马头对着一座房屋园落厉声问道："这是什么地方，这个地方叫什么名字？"

哈尔多尔回答说："母亲，你分明知道此处乃是腾加庄园。"

"是什么人居住在里面？"她追问道。

"母亲，你是在明知故问。"哈尔多尔说道。

索尔盖尔德怒不可遏地说道："我确实知道得一清二楚。"她略作停顿又说道："这里住的是伯利，那个杀掉你兄长的凶手如今养尊处优地生活在那座庄园里。你们这几个没有出息的弟弟同你们那死去的高尚的兄长相比真有天壤云泥之别。你们对杀兄的血海深仇听之任之,根本没有想为克雅丹这样高尚品质的兄长报仇雪恨。你们的外祖父埃吉尔若是活到今天,他岂肯就此罢休低头认栽!事情还真可悲,你们上对不住长辈,而下也对不住儿子。你们不得不对自己儿子遮掩吞吐免得他们知道自己的懦弱卑怯。与其如此,你们当初真不该生成男子汉,应该生出来就是你们父亲的女儿,远嫁出去不必为报仇而操心。哈尔多尔,这真是古老谚语所说的:'货物成堆必有假货掺杂其间。'这也是奥拉夫的不幸,他生了一大堆儿子,我看得很清楚,能争气的却很少。哈尔多尔,这些话我是说给你听的,因为你一直认为自己是众兄弟之首。如今话已经说明白了,我们转身回去吧,因为这次出来我目的在于提醒你们大仇未报不要忘到脑后去。"

哈尔多尔说道:"母亲,你说的都是心里话,我们不会因此而埋怨你的。"他本来还想多说几句,可是他心里充满了对伯利的仇恨,已顾不得多说了。

星转物移光阴荏苒,转眼冬尽夏至又到了召开"庭"的大会的时候。哈尔多尔和他的兄弟们告知乡里说他们将前去出席大会。他们带领众多随从浩浩荡荡来到会场,旋即把昔日奥拉夫曾拥有的那座棚屋支搭起来。"庭"的大会本身平淡无奇。不过"庭"的大会上从北方来了不少好汉。柳树谷的那些头面人物,还有古德蒙德·索尔蒙德松的儿子们全都来了。古德蒙德有个儿子名叫巴尔迪·古德蒙德松,他虽只有十八岁,可是身材魁梧力大无穷。奥拉夫的儿子们便邀请他们的外甥跟他们一起回去做客。他们一再撺掇，巴尔迪终于接受了他们的盛情邀请，因为他们甥舅之间颇有情谊，而且古德蒙德的长子哈尔当时又不在冰岛。巴尔迪跟随奥拉夫的儿子们从"庭"的会场往西驰骋，返回到霍尔赫尔特庄园，巴尔迪在那里度过了夏天剩余的时日。

54

哈尔多尔非常秘密地告诉巴尔迪说他们兄弟几个已下定决心非要袭击伯利不可，因为他们实在忍受不住他们母亲的讥嘲奚落。他说道：

"我们不想对你有什么隐瞒，巴尔迪外甥，我们邀请你来就是想要在这次报仇中取得你的帮助和拉你进来同我们一起干。"

巴尔迪回答说："这事情本来连谈都不要谈起，因为破坏和平向自己的兄弟下手真是太不应该。何况在我看来，偷袭伯利并不是件轻而易举之事。如今他身边有不少好汉相随，他本人又是个武艺最高强的斗士。他还有古德隆和奥斯维夫相帮他出谋划策。若是把这些事情都考虑得周到一些，那么我以为想要战胜他们是毫无指望的。"

哈尔多尔说道："我们的当务之急并不是坐而论道高谈阔论那诸般困难。况且我还没有把此事正式提出来，直到我心里有数可以万无一失之时，我们才会向伯利发难报仇。我的外甥，我希望你不要抽身撒手而是要同我们一起干到底。"

巴尔迪回答说道："我知道你心里早已断定我不会抽身中辍袖

手不管的。可是我若无法使你们放弃这个念头的话，我亦不想要跟你们去干这事情。"哈尔多尔说道："你已经非常体面地在这件事情上尽了你的本分。因为你直截了当说出了自己的想法。"

巴尔迪仍规劝他要十分谨慎地着手此事。哈尔多尔告诉巴尔迪说道：根据他刺探得知，伯利已把他身边的大多半家丁打发出去。有的到北部伦姆港湾去迎接一艘海船，有些人到米德尔荒原去办事。他说道："他们禀报我说道眼下伯利正住在沙林斯峡谷的露天挤奶场，身边只带了几个翻晒干草的家丁。这正是难得的良机，切不可错过这个机会来对付伯利。"哈尔多尔同巴尔迪商量良久才把这次奔袭行动确定下来。

有个才智过人而有财有势的好汉居住在布劳德峡谷的洪迪谷中，名叫黑色索尔斯坦恩，他一直是孔雀奥拉夫的朋友。索尔斯坦恩的妹妹索尔维格嫁给了哈尔德贝恩之子海尔吉，海尔吉这条好汉非但高大雄健勇武有力，而且是个熟识水性的航海行家。他不久之前来到冰岛借住在他的大舅子索尔斯坦恩家里。哈尔多尔派人去传召索尔斯坦恩和他的妹夫海尔吉。他们来到霍尔赫尔特庄园之后，哈尔多尔告诉他们他正在筹划一场奔袭以及这次行动的安排打算，他还要求他们俩参加此次奔袭。

索尔斯坦恩对此类仇杀厌恶之至，便规劝说道："你们之间骨肉相残真是天下最残忍的事情。不妨看看你们家年青的壮汉已剩下没有几个，伯利家亦是如此。"尽管索尔斯坦恩说得苦口婆心，可是忠言逆耳无人肯听。哈尔多尔又派人去传召他的叔父拉姆比。他很快来到，叔侄相见后哈尔多尔便告诉他一切详情。拉姆比竭力主张非如此做不足以泄愤。索尔盖尔德又义正词严激昂慷慨地鼓励他们前去奔袭，直到众好汉全都发誓保证，她才说道：她一直认为克雅丹的血案至今未曾了结，除非元凶伯利以命相抵才能告慰死者的英灵。

一切收拾停当他们便要登程出发。在这次长途奔袭之中，奥拉夫的四个儿子全都参加了。他们是：哈尔多尔、斯坦索尔、海尔吉和霍斯库尔德。第五位是古德蒙德之子巴尔迪。第六位是拉姆比。第七位是黑色索尔斯坦恩。第八位是索尔斯坦恩的妹夫海尔吉。第九位是草包肚皮阿恩。

索尔盖尔德非要跟随他们一起前去，众人竭力劝阻，说道这类厮杀拼命并非妇道人家应该干的事情。她说道她已拿定主意一定要去，"因为我对你们都知道得十分清楚，儿子们，在紧要关头，你们需要我的鼓励。"于是众人不再反对，只好说一切由她自己决定。

55

这一彪人马飞骑疾驰，离开赫尔霍尔特庄园绝尘而去，九条好汉快马在前，索尔盖尔德紧随不舍。在上半夜他们已沿海滩迂回绕过了里肖农庄，中途他们并不憩息而是马不停蹄一口气在拂晓之前赶到了沙林斯峡谷。那里长着一片葳蕤繁茂的森林。哈尔多尔刺探到手的消息非常确凿，伯利果真住在那个露天挤奶场里。那个挤奶场紧靠河边，位于如今叫伯利土丘的地方，挤奶场背侧倚山，上面是一大片斜坡，一直伸展到斯塔克峡流。在山腰斜坡和山下丘陵之间有一片名叫巴尔姆草场的地方，伯利的家丁们都在那里干活。

哈尔多尔一行按辔徐行越过拉恩草地，驰进公牛树林，那里居高临下把挤奶场面前的槌子草地一览无遗。他们知道挤奶场此时人还很多，便在树丛里下马躲藏起来，要等到那些家丁们离开挤奶场前往山腰的草场干活的时候才能动手。

岂知那天清早伯利的羊倌起身得非常早，他把羊群赶进山边草地，忽然瞅见树丛之中影影绰绰有好几个人躲藏在那里，又看到树林边上拴着马匹。他看到他们行径鬼祟不由得狐疑丛生，于是他拔脚飞奔想跑到挤奶场上去禀告伯利有些来历不明的人大概要上门寻衅。哈尔多尔生来目光敏捷，他一眼瞅见有个人影转身奔向挤奶场，他情知不妙，向同伴们说道："这个人准是伯利的羊倌，他发觉了我们的踪迹，因而我们务必抢在前面把他截住，免得让他走漏风声惊动了挤奶场里的人。"他们立即行动，草包肚皮阿恩一马当先赶上了那个羊倌。他鹘落兔起把那个羊倌抓住往地上一摔，那个少年背脊骨顿时折断而动弹不得。于是他们不失时机地立即朝挤奶场冲了过去。

挤奶场上有间茅舍，前半部是牲口棚，后半部是睡觉的地方。那天清晨，伯利亦起得很早，他对家丁们吩咐安排一番，家丁们便离去干活，而他自己又返回里室躺下再睡，所以当时在挤奶场上的人并不多，只有古德隆和伯利夫妻俩。蒙眬之间，他们俩忽然听见嘈杂声响，那是众好汉突驰而至翻身下马的动静把他们俩从睡梦中惊醒过来。俄而他们听见门口有人说话，他们在商量谁先冲进去扑向伯利。伯利听出来那是哈尔多尔的声音，后来他又听出另外有几个跟随者的声音他似乎也很熟悉。伯利知道事情不妙，便叫古德隆火速逃离挤奶场赶快远走高飞。他说道这场厮杀看来已成定局，他在劫难逃。古德隆说道这样的事情倒实在难逢，她既然遇上便不想走开，而是要在现场观看一番，她又说道她紧靠在伯利身边决计不会对伯利有什么损害。伯利怒喝说道事已至危急关头还要死命纠缠何苦来，他要应付迎战理应照他的意思去做才对。于是古德隆只得抽身从背后潜逃出挤奶场。她一口气奔到河边，趴在那里假装在洗衣服。

如今在挤奶场里只有伯利独自一个人。他取出他的兵器，戴上头盔，胸前持有一面盾牌，手上握着"啮足者之剑"，可是身上却缺少锁子甲可穿。

哈尔多尔同他的伙伴们还在商议他们该如何冲进去，外面这几个人里没有一个热衷于带头往里闯的。于是草包肚皮阿恩说道：

"在这几个人当中几乎都和克雅丹沾亲带故关系非同一般，唯独我与他没有血缘关系，只是朋友一场。可是克雅丹在丧生的时候诸位没有一个人在场，唯独我在现场。我头脑里一直萦绕着当时那种惨烈的景象。我被抬到腾加农庄时已经半死不活，而克雅丹则是被杀掉了。我只有一个想法，那就是若有机会的话我会欣然舍命，管叫伯利尝到我的厉害。所以第一个冲进去的人舍我其谁。"

黑色索尔斯坦恩喝彩道："这番话说得何等壮烈慷慨，可是聪明的做法是不要笔直硬闯进去而疏忽了防御保护自己。我们还是小心谨慎掩身进去为好，因为伯利不会束手待毙。他虽然只有一个人，可是料定他必然会殊死抵抗。他身强力壮武艺高强，再说他手持的兵器又是一把可以依赖的宝剑。"

阿恩旋风一般势不可挡地冲进挤奶茅舍的内屋，他把盾牌高举过头顶，尖端朝向前面。伯利挥动啮足者之剑猛然一击把盾牌的尖端砍断下来，紧接着又反手一剑把阿恩从头到肩胛劈成两片，阿恩当即气绝身亡。此时拉姆比冲了进来，他把盾牌举在胸前另一只手仗剑而入。伯利的啮足者之剑却还嵌在阿恩的躯体之中急切间拔不出来。伯利便顾不得一切使足浑身力气去拔剑，剑虽拔出来了，可是盾牌却荡开去，胸前露出一大片破绽无法防护。拉姆比觑准了这个空隙，眼明手快动作疾如星火，一剑猛刺过去，伯利虽然躲得快却也被刺中了大腿，这一剑刺得力气十足洞穿腿肱。伯利那时已把剑拔出来了，便顺势一挥砍了过来，拉姆比闪避不及正中肩胛，他的利剑脱手飞出。拉姆比的伤势很重只好赶紧退出战斗，那条手臂自此以后再也无法使用。

就在此紧要关头，哈尔德贝恩之子海尔吉举着长矛冲了进来，那柄长矛的矛尖足足有一个伊尔长，矛柄缠有铁丝。伯利一看来势汹汹岂敢稍有怠慢，他只好将利剑先扔在一旁，双手握紧盾牌走到挤奶茅舍的大门边来抵挡。海尔吉摆动长矛猛刺过去，长矛洞穿盾牌后亦刺进了伯利的胸膛。伯利受此重创犹自挣扎将身体支撑在茅舍墙上。哈尔多尔和他的兄弟们都冲了进去，索尔盖尔德也跟随他们走了进来。

伯利开口说道："弟弟们，你们走近一点亦不碍事，这比方才冲杀进来要安全得多。"他还说道他虽想抵抗下去，但已没有力气，他料想自己活在人世的时间已十分短促。

索尔盖尔德回答了他的这番话。她说道：对付伯利这样的恶人切莫心慈手软，在最后一刹那动了恻隐之心以致功亏一篑。她要求儿子们除恶务尽,"应该在首级和躯体之间行走"。

这时候伯利仍然直挺挺站立着,他双手紧捂住战袍,防止内脏流淌出来。于是斯坦索尔便向伯利扑了过去,举起大战斧朝他肩颈之间砍了下去,他的头颅便骨碌碌地滚了下来。索尔盖尔德称赞说他的双手真有无比的力气,并且说道古德隆如今有事可做了,她可以将伯利被鲜血染红的头发梳理整齐。说罢之后,他们走到屋外。

古德隆从小河边赶紧走了过来迎住他们。她若无其事地同哈尔多尔说话,询问他们究竟如何处置伯利。他们告诉她方才所发生的一切。古德隆打扮得俏丽可爱楚楚动人,她身上穿着一件浅褐色的裙袍,外面罩着一件紧身小袄,把那纤细的素腰益发衬托出来。她头戴高顶峨冠,颈脖上围着一条蓝色条纹的围巾,围巾四周饰有流苏。

海尔吉·哈尔德贝恩松走上前来,站到古德隆面前,抓起围巾边上的流苏把长矛上的血渍拭擦干净,那柄长矛正是他方才刺穿伯利胸膛的兵器。古德隆却朝着他做了个媚眼,还妖娆娇笑起来。

哈尔多尔见了这样的情景便发话阻止,说道:"这太不像话,此时此刻还调戏人家未免太卑鄙下流。"海尔吉连忙央求他不要生气,说道:"因为我心里只想着那围巾上的流苏必将是我的索命之物。它迟早会送掉我的性命。"

他们纷纷上马,按辔徐徐而行,古德隆无动于衷地同他们聊天,送出很远才折身返回。

56

哈尔多尔一行骑马回家，一路上闲聊解闷，他们说起古德隆这个女人全然没有心肺，居然全不把伯利被杀放在心上，甚至还前来送行，同他们说笑戏谑，毫无悲伤之感，仿佛他们前来奔袭同她毫不相干。

哈尔多尔却说道："依我看来事情恐非如此。我的感觉倒并不以为古德隆对伯利之死无动于衷。她远送我们一路上同我们聊天自有她的打算，她是想要看清记牢哪些人参与此次行动，是谁动的手。须知人人都说古德隆比别的女人远远富有心计并且深藏不露，这绝非夸大之词。可以断定的唯一事情是古德隆会将仇恨埋藏在心里等待机会。说老实话，像伯利这样的人物惨遭横死确实是个最大的损失。弟弟们，恐怕我们今后好运不会再来，不见得能太平地相聚在一起了。"说罢，他们返回到赫尔霍尔德庄园。

这个音信不胫而走，远近乡里不久便都知道伯利遭到仇杀，众人莫不触目惊心，为伯利之死而深切悲哀。古德隆立即派人去禀报斯诺里戈狄，因为她和奥斯维夫断定在此风雨飘摇的难关面前只能将全部信任都寄托在斯诺里身上。他们恳请他出面折冲樽俎力挽狂澜。斯诺里这一次倒行动神速，他接到古德隆的邀请后，立即率领六十人骑来到腾加庄园。他的来到使得古德隆消除了压在心头的担忧，安心了不少。他向她提出愿意出力斡旋，务求使此次血案得以和平解决。可是他哪里知晓古德隆的心思。她其实从开始起就不曾盘算过要从伯利被杀的血案中索取大笔赔偿金，尽管她是伯利的儿子索尔莱克的代言人。

"在我看来，斯诺里，你若是肯帮我的话，那么给我最好的帮助在于，"她说道，"同我易地而居，因为我不情愿再同赫尔霍尔特庄园的人做邻居。"

当时斯诺里亦在同居住在埃亦尔的那些邻居发生龃龉闹得不可开交。古德隆的想法恰恰正中他的下怀，可是他却不动声色佯装出他是为了和古德隆的友谊而乐意于易地居住的。他又说道："不过，古德隆，今年之内你还仍需要留在腾加农庄。"斯诺里动身返回，古德隆馈赠了丰厚的礼物，于是斯诺里一彪人马便骑马离开。那一年便平静地度过了。

翌年冬天，古德隆生下了伯利被杀后留下的遗腹子，这个儿子起名叫伯利。他从小就长得结实茁壮而且长相俊美清秀。古德隆对他无比疼爱。

冬去春来，斯诺里和古德隆谈妥的那桩交易便付诸实施，斯诺里搬到腾加农庄来住，他一直居住在那里直到寿终正寝。古德隆和父亲奥斯维夫搬到神圣荒原去住。他们在那里盖造了一幢华丽气派的房屋。古德隆的两个儿子索尔莱克和小伯利都是在那里长大的。他们的父亲伯利被杀时索尔莱克年仅四岁。

57

神圣荒原上有个名叫索尔吉尔斯·哈拉松的好汉，他是跟随他母亲的姓氏的,是因为他父亲亡故得早而母亲却一直健在的缘故。他的父亲是达勒峡谷的阿尔夫之子斯诺里,母亲是盖斯特·奥德莱夫松之女哈拉。索尔吉尔斯居住在霍尔德峡谷里一处名叫腾加的地方。索尔吉尔斯是个身材高大相貌堂堂的男人,他善于吹牛拍马,而且还妄自尊大,人家都说他同人交易往来从不光明正大甚至毫不公平。他同斯诺里戈狄之间亦没有什么友情可言,两人结成冤家对头,因为斯诺里戈狄早已察觉出来他爱管闲事而且行为不端。

索尔吉尔斯如今忽然想出一大堆事情要不断地往西边跑,而且每次到西边去总是要到神圣荒原去探望古德隆。他对古德隆大献殷勤,处处要为古德隆分忧,并且想要照料她的事务。古德隆却对他冷淡得很、不大搭理他的好意,不过偶尔也会差遣他一下。索尔吉尔斯要求把她的儿子索尔莱克接到他家里去住,所以索尔莱克有许多时间住在腾加跟随索尔吉尔斯学法律。索尔吉尔斯熟谙法律精通各种诉讼程序,便苦心孤诣地传授给索尔莱克。

当时索尔凯尔·埃约尔夫松正忙于冰岛和挪威之间的海上贸易。他是非常出名的人物,而且出身于高贵的门第。他是斯诺里戈狄的挚友,但每次来到冰岛总是借宿在他的亲戚索尔斯坦恩·科格松的家里。有一回索尔凯尔的一艘货船停靠在巴尔达海滩的瓦第尔卸货,那时堡格峡湾发生了一起血案。里格山岗的埃亦德的儿子被克庹伯的海尔嘉的几个儿子所杀害。动手杀人的是格里姆,他的弟弟尼雅尔亦从旁相帮,不过尼雅尔不久之后就淹死在白水河里。格里姆因杀人罪遭到放逐,他只得逃走,匿身于荒山野岭之间。他素来是鱼肉乡邻的恶霸,再加埃亦德又年迈昏聩,所以对这桩血案亦无力去追究。于是人们窃窃私议,责怪索尔凯尔虽是个大人物却不敢站出来伸张正义。那年春天索尔凯尔把他的船只收拾完毕后便往南穿过布劳德峡湾,在那里买了一匹骏马,便单人独骑匆匆赶路来到里格山岗探望他的亲戚埃亦德。老人一见他来不禁喜出望外,索尔凯尔告知来意,说道此行前来是为了寻找格里姆的匿身所在,要向他清算旧仇,并且询问埃亦德他可知道格里姆的藏身巢穴。

埃亦德回答说:"我已年老体弱不中用了,没有力气去报杀子之仇。在我看来你要想去偷袭他,这类行动风险确实太大,尽管你行动非常神速亦恐怕无济于事。因为你要迎战的是个具有死神海尔般蛮力的恶霸,对付像格里姆这样的凶恶歹人,你务必要多带人马才能立于不败之地,倘若你果真要前往的话。"

"你的主意固然高明,"索尔凯尔说道,"可是我听起来却并不勇敢。出动大批人马去对付一个逃犯岂不令人笑话。我希望的是你肯把那把斯古弗农恩利剑借给我用,我相信我能够制服得住一个逃犯,不管他的臂力如何惊人。"

"你既然主意已定只好悉随尊便,"埃亦德长叹说道,"可是我心里却深为不安,因为我知道你迟早会为自己的固执任性而感到后悔。我亦并不在责怪你,因为你是在为我去报仇。你所提的要求不会遭到拒绝,斯古弗农恩利剑在你手上才能露出它的锋芒。不过这把利剑有几个古怪的禁忌你务必牢记:这把利剑的剑柄不可被阳光照得发亮;不可在妇女身边拔出剑鞘;有人被此剑所刺,伤口永难愈合,除非用附在剑身上的疗伤石摩擦。"

索尔凯尔回答说他会留神遵守这些禁忌。索尔凯尔接过利剑后又央求埃亦德指点出格里姆究竟匿身于哪一带荒泽野林。埃亦德说道他捉摸十之八九会在鱼水河旁双日荒地以北一带。

于是索尔凯尔策马直奔埃亦德老人所指点的那片荒地而来，他朝北在石南花丛覆盖的荒原上驰骋了很长时间，才看见在一条白浪滔滔的大河旁有一幢孤零零的小草棚，于是他便朝向那间草棚疾驰过去。

58

索尔凯尔来到草棚跟前，但见有一个人坐在河边垂钓，一件大氅盖住了他的全身。索尔凯尔翻身下马，将马拴在草棚房檐下，他蹑手蹑脚朝着河边那个人坐着的地方闪掩过去。格里姆忽然看见河水里倒映出个人影，他情知不妙立即纵身窜起，可是已经稍迟了片刻。索尔凯尔已经冲到他身边挺剑朝他刺过去。那剑刺中了他的手腕，伤口并不很大。格里姆转身朝索尔凯尔扑了过去，他们两人彼此扭住胳膊角斗起来，不消多时便显出了气力的悬殊，索尔凯尔气力不支摔倒在地上，格里姆把他压住在自己身下喝问他是什么人。索尔凯尔回答说他是什么人同格里姆毫不相干。

格里姆说道："眼前的事谅必出于你意料之外，你偷袭不成反倒被我逮住，如今你的性命已在我的掌心之中。"

索尔凯尔说道他决不会为了保全性命而哀求讲和，因为"不幸的是我自己把这桩事情沾上了手"。格里姆说道他已经惹出的祸端实在太多，所以这一回不想再闯祸了。他说道："看来命运之神并不想让你死在同我交手之中，而是另有安排，所以我饶你不死，不过你必须报答我给你的不杀之恩，如何报答可以随你的心思。"

他们两人站起身来回到草棚。索尔凯尔看出格里姆失血过多即将晕厥过去，便取出斯古弗农恩利剑的疗伤石为格里姆摩擦伤口，并把它捆在他手臂的伤口上。不消多时，格里姆的伤口竟然愈合，消除了肿胀和疼痛。

他们两人在草棚里过了一夜。翌日清晨，索尔凯尔收拾停当准备离去。他询问格里姆是否愿意投到麾下作他的随从。格里姆回答道这正是他的心愿。于是索尔凯尔径直西行不曾再到埃亦德老人那里去。他亦不敢在路上稍作停留，而是一口气直奔沙林斯峡谷的腾加农庄。

斯诺里戈狄热情欢迎他到来。索尔凯尔告诉他这次偷袭经过和结果是无功而返。斯诺里戈狄说道不必在意，此行反倒成了好事，他说道："因为在我看来格里姆是个运气旺盛之人，我的意思也是你应该宽容大度体面地同他了结这番恩怨。可是我的朋友，我要给你出个主意：你最好抽身出来不要再到海上去干那类勾当。你应该成家立业，并且成为一个头领，这样才能光耀祖先，不致辱没你的高贵出身。"

索尔凯尔回答说道："你的忠告使我茅塞顿开，心里有了主见。"他又问斯诺里应该向哪个女人求婚。

斯诺里戈狄说道："你必须向门当户对能够同你相匹配的女人求婚，而这个佳偶便是奥斯维夫的女儿古德隆。"

索尔凯尔一听便犯了憷，他道同她结婚那倒的确是值得艳羡的体面婚事。他又说道："可是我想她那颗心必定冷酷无情而她的思绪则无所顾忌,因为她一门心思想为她死去的丈夫伯利报仇。再者我还听说她同索尔吉尔斯·哈拉松往来不少,彼此在婚嫁之事上达成了谅解,所以向她求婚必然会遭到她的白眼,虽则我倒很喜欢这个女子。"

斯诺里戈狄说道:"我敢担保不让索尔吉尔斯给你带来危害。至于说为伯利报仇的事,我但愿在今年过完之前会出现转机,使一切都烟消云散。"

索尔凯尔回答说道:"但愿你许下的两个愿都不是空口说白话才好。说起为伯利报仇之事,如今倒不像早先那样一触即发,除非有些更大的人物被拉进这个漩涡里来。"

斯诺里说道:"我很乐意于你今年夏天再到海外去一次,到那时我们看看时势再说。"

索尔凯尔说道他将遵从忠告。于是两人握手道别,所谈的事情亦留待以后再说。

索尔凯尔西行越过布劳德峡谷回到自己船上。他带着格里姆启程出海。那次航行顺利得手所获甚丰,他们来到挪威南部。这时索尔凯尔对格里姆说道:"你知道现在的事情,那桩案子尚未了结。倘若我们的结交被张扬出去,后果如何难以逆料。我不必再多说此事,不过如今比以前一段时间要松动些。我敬重你是个勇敢的血性汉子,为了这个缘故我情愿平静地同你分手,就好像我们之间未曾有过人命冤仇。我会给你许多货物,足敷你加入正经的商人行会。不过切莫在这个国家北部定居,因为埃亦德有许多亲戚来往于那一带地方在做生意,他们仍对你怀有深仇大恨要想报复。"

格里姆感激他的这番肺腑之言，并且说道赏赐是如此丰厚，甚至他自己都不敢开口要求。在分手的时候索尔凯尔果真赏给格里姆一大批货物。许多人称赞说这一举动显出了伟大人物的胸襟度量。后来格里姆往东来到维克，在那里定居下来。他辛勤持家成了一个富有财势的人。格里姆的故事说到这里告一结束，本文不再提起。

索尔凯尔在挪威度过冬天，他广置产业和牲畜，牛羊不计其数，富有得不得了，被公认为是一个举足轻重的头面人物。

按下这头不表，回过头来再讲述冰岛的事情。不妨让我们听听索尔凯尔在海外的时日里，冰岛本土上发生的故事。

59

那年夏天的"双月"期间，奥斯维夫之女古德隆离家来到峡谷地带，她骑马前往锡克夏农庄。这段时日索尔莱克也常住在锡克夏农庄，同阿尔莫德的儿子们哈尔多尔和乌尔诺尔夫一起玩耍，也有时候住到腾加去跟随索尔吉尔斯学习法律。古德隆抵达的当晚就派人去请戈狄斯诺里教士，说道她想当夜就能见到他，免得再要挨到明天。斯诺里得到音信不敢怠慢，便即刻收拾停当带领一名家丁策马疾驰来到秃鹰峡谷的溪流，在溪流的北岸有一块如翼状的巉岩突出在外俯视整个里肖农庄。那岩石名叫头石岩，古德隆在信中指明斯诺里教士来这里同她相会。他们两人几乎同时抵达巉岩下。她随身只带了一个人，那就是伯利的遗腹之子小伯利。小伯利如今已经十二岁，可是他少年老成，非但聪明过人而且力大无穷，有不少人即使到了成年也休想能够赶得上他，如今他已经佩上了啮足者之剑。

斯诺里教士和古德隆见面之后，寒暄问候。小伯利同斯诺里的随行家丁一起坐在头石岩上监视四周的动静。斯诺里教士和古德隆彼此询问了近况之后，斯诺里教士便焦急地问道如此匆匆召唤他前来究竟有何急事，她如此仓促派人传书谅必出了大事。

古德隆说道："实不相瞒，我马上就要相告的那件事是日夜悬挂在我心头的大事。有十二个年头晃眼过去，但这桩事仍像昨天发生的一样在我心里印象鲜明。因为我想讲的是为伯利报仇。这对你来说也许十分突兀，虽然我曾经多次向你说过此事。如今我不得不再次提醒你不要忘记，你曾亲口答应过我情愿出力相帮，只要我耐心等待时机。我但愿我的希望不至于落空，因为我觉得你似乎已不再把我的血案放在心上。我等候了如此长久，我的耐性已经消失。我要你讲出真话，你看这次报仇究竟如何下手。"

斯诺里教士询问她究竟有何打算。古德隆说道："我的愿望是奥拉夫的所有儿子都要杀得一个不剩。"斯诺里教士说道他必须禁止去偷袭那些在地方上最有财有势的伟大人物，况且同前来报仇的人原本就是血亲本家。如今时机已经成熟，他可以明令禁止这类家族的血亲仇杀。

古德隆说道："如此说来，拉姆比应该最先去偷袭杀掉，因为他曾竭力主张要发动那次奔袭。他已恶贯满盈理应遭到清除。"

斯诺里教士说道："拉姆比固然罪大恶极死有余辜，不过我并不认为杀了此人，伯利的仇就会化解了。因为从长远看冤冤相报不是办法，人命官司要通过缔造和平来解决，舍此别无善策。再说即便抵命偿还伯利之死也用不着杀掉那么多人。"

古德隆说道："如今我们势单力薄无法指望从拉克斯峡谷的那批人手里讨回公道，可是必须有人要为这场血案付出高昂的代价，不管那人居住在哪条峡谷里。我们还要对黑色索尔斯坦恩下手，因为在血案之中有他一份，没有人比他更坏。"

斯诺里教士说道："索尔斯坦恩对你来说，所犯下的罪行只不过同参与那次袭击的所有其余人一样，然而他却没有动手去刺伤伯利。我弄不明白为何你偏偏将有些人轻易放过，而在我看来那些人才是要报仇的对象，若是果真想要报仇的话。再说杀死伯利的元凶是海尔吉·哈尔德贝恩松而不是别人。"

古德隆说道："这倒是真的，不过倘若我坐着不动不去做什么事情，那么我纵然磨破嘴皮煽起天大的仇恨，那些参与血案的人都会安然无恙地端坐在家里享福。"

斯诺里教士语塞半晌后说道："我倒有个妙策可以防止这种状况。那就是务必把拉姆比和索尔斯坦恩拉到你的儿子们这一边来。不妨叫他们交出适当数目的赎罪金来同你们了结那桩血案。倘若拉姆比和索尔斯坦恩竟然不识时务，我将不再为饶恕他们的性命而呼吁，你们要如何惩罚他们全由你们去发落。"

古德隆说道："这个计策倒非常好，可是我们究竟怎样才能使那两个人甘心情愿加入我们？"

斯诺里说道："招纳部众乃是领兵出征的头领的分内之事。"

古德隆说道："如此说来我要请教你的高瞻远瞩，何人能担任头领率众去奔袭？"

斯诺里教士微微一笑说道："你心里早已选定了人，何必再来问我。"

古德隆说道："你说的莫非是索尔吉尔斯？"斯诺里说道一点不错。

古德隆说道："我倒已经找了索尔吉尔斯谈过此事，可惜他提出了一个选择，那是我根本不屑一顾的。他说道他情愿把为伯利报仇的担子挑起来，赴汤蹈火在所不计，可是他要求我嫁给他作为报答。这个要求是毫无希望的，所以我亦不会卑贱地去求他作此行动。"

斯诺里说道："我有个好主意可以帮你解围，因为我并不想要阻拦索尔吉尔斯去率领这次出征。你不妨先将这门婚事应承下来。不过你在作出允诺的时候千万要讲得言词暧昧、模棱两可。你可以说在这个国度里你肯嫁的男人只有索尔吉尔斯。这句话虽然是个双关语，其实也不假。因为索尔凯尔·埃约尔夫松暂时还不在国内，而在我心目之中你要嫁的男人就是此人。"

古德隆说道："他会识破这个诡计的。"

斯诺里回答道："休想他能看穿这个小小的花招，因为索尔吉尔斯素来以莽撞蛮干而出名，从不曾听说过他富于心计。不过在商定婚约时，在场的证人愈少愈好，可以把他的螟蛉兄弟哈尔多尔叫来，但是千万不许让头脑机警的乌尔诺尔夫参与其事。倘若这个花招不灵被人识破了，那么你只好把过错全都推到我的身上。"

他们商议停当后，互道珍重依恋而别。斯诺里骑马回家，古德隆则返回锡克夏农庄。

翌日凌晨，古德隆便骑马离开锡克夏农庄，她的两个儿子跟随在背后，母子按辔徐行顺着海滩西去，俄而有数骑人马追赶上来，那几骑马狂奔疾驰快如星火，不消多时就赶到他们面前，他们抬头一看原来是索尔吉尔斯·哈拉松。于是双方互致问候，两彪人马汇合在一起朝向神圣荒原而来。

60

古德隆回家几天之后，有个晚上她把两个儿子叫到她的身边，在果园里同他们进行了一次长谈。他们来到之后但见地下摊着几件亚麻布的衣裳，有件衬衫还有件战袍，衣服都被血渍所染红。

古德隆开口说道："这些衣服你们曾经看见过，同样的衣服又拿出来给你们看，因为它们在向你们痛哭呼号，要你们去报杀父之仇。我不想再多讲什么话，因为我对这件事情已经失望得心凉。倘若眼看到这几件血衣还不足以提醒你们的话，我再多费口舌又有何用？你们全都会弃诸脑后的。"

这两兄弟听完母亲的严词训斥不禁惊恐起来，因为他们没有想到古德隆会说出这样的话来。不过他们仍然作了回答，说道他们年纪太小，若是没有人能充当头领的话他们真不知道该如何去报仇，"不过杀父之仇我们时刻不曾忘记过，时时刻刻都牢记在心。"

古德隆说道："你们的心思都花费在斗马和竞技上了。但愿你们休得把这桩大事抛到脑后。"说毕，他们都回房睡觉。

那天晚上，兄弟俩辗转反侧、难以入寐。索尔吉尔斯闻听到动静之后便走过来询问二人长吁短叹所为何因。他们便把母亲对他们的训话告诉了他，并且说道他们实在忍受不住悲痛和母亲的奚落。

"我们务必去报仇，"小伯利说道，"如今我们已经快长大成人，倘若我们再不处置此事便会遭人笑骂。"

翌日，古德隆又同索尔吉尔斯长谈。古德隆直截了当地提出此事。她说道："我反复思量，索尔吉尔斯，终于想明白，不能再容忍我的儿子们坐着不动不去报杀父之仇，这桩事情所以拖延到如今，那是因为我嫌索尔莱克和伯利年纪尚小，太早去杀人对他们不利。然而时不待人，不能将光阴白白消磨掉。"

索尔吉尔斯回答道："你无须再同我商谈此事，多费口舌亦是枉然，因为你已经一口拒绝同我齐步人生白头偕老。我的想法仍旧同以前丝毫没有改变，你知道得很清楚，因为我们早已商量多次。只要我能够把你娶到手，我便会毫不犹疑地前去把动手杀害伯利的那一个或者两个元凶杀掉。"

古德隆说道："我还想到了对于索尔莱克来说，你当头领去指挥这次行动最为合适，因为这次奔袭谅必十分艰险。我并不想对你隐瞒，那两个孩子认为要先向海尔吉·哈尔德贝恩松下手，因为他端坐在斯科拉峡谷的家里消闲纳福，根本不会疑心到自己会有什么事情。"

索尔吉尔斯说道："我并不在乎那个人叫海尔吉还是别的什么名字，因为不管是海尔吉还是什么别的人，动起手来休想抵挡得住我的力气。至于说到我自己，对于此事我斩钉截铁地讲最后一句话：只要你在证人面前答允婚事，我便率领你的儿子们前去报仇。"

古德隆说道：凡是我同意的事情我自当毫厘不爽地力求做到，即便在场的证人很少也该如此。她说道："事已至此何不说干就干，不要再拖延了。"

于是古德隆立即派人去把索尔吉尔斯的螟蛉兄弟哈尔多尔和她的儿子们叫来。索尔吉尔斯要求把乌尔诺尔夫也一起叫来。古德隆把脸一沉说道大可不必，"因为我疑心乌尔诺尔夫对你三刀两面，并不像你对他那样一片真诚。"索尔吉尔斯只得喏喏称是，说道一切全照她的吩咐办理。

这时候那两兄弟和哈尔多尔都先后来到，他们见到了古德隆和索尔吉尔斯在一起，但不便询问原委。古德隆款款站起身来向他们开口说道："索尔吉尔斯已经说清楚，他情愿率领我的两个儿子前去偷袭海尔吉·哈尔德贝恩松以报复伯利被杀害之仇。索尔吉尔斯提出作为这次行动的报答是要娶我为妻子。在诸位证人面前我公开声明：我向索尔吉尔斯作出承诺：如今在这个国度里的男人之中我非他莫嫁，我也无意于嫁到别的国家里去。"

索尔吉尔斯觉得这番话已有足够的约束力，却听不出来其中的奥妙所在。他们商谈到此结束，所有的事情都已约定。于是索尔吉尔斯便担当起统率偷袭行动的重任。他收拾停当带领古德隆的两个儿子离开神圣荒原，直奔达勒峡谷而来，他们最先落脚之处是腾加庄园。

61

　　第二天是星期日，教堂里举行主日礼拜仪式，索尔吉尔斯一行亦前往参加。前来顶礼膜拜的信徒络绎不绝地来到，然而戈狄斯诺里教士竟未露面。于是索尔吉尔斯只好先去找黑色索尔斯坦恩。在那一天的晌午时分他找到了黑色索尔斯坦恩，便同他长谈起来。他说道：

　　"你亦知道，奥拉夫的儿子们偷袭伯利并且将他杀掉，你也是当事人。时至今日你尚未给过他的儿子们任何赎罪赔偿金。如今时光流逝，离开血案发生之日已经很久。可是我想他的儿子们决计不肯善罢甘休。不管哪个参与偷袭的人他们都不肯从掌心中放过。如今他们兄弟俩似乎打算这样来处置此事：碍于血缘关系他们最不情愿去向奥拉夫的儿子们动手，所以他们兄弟俩打算要找海尔吉·哈尔德贝恩松报仇，因为他给了伯利致命的一击。所以我们要求你，索尔斯坦恩，参与这次奔袭行动，这样来为你自己赎罪赢得和平和善意。"

　　索尔斯坦恩说道："这样做岂非要我背信弃义来对付自己的内弟海尔吉。我宁愿出一大笔钱来买得和平，这笔钱数目不少，足可以让他们体面地收下。"

　　索尔吉尔斯说道："我想那兄弟俩的心思并不是要为自己谋取到利益。所以索尔斯坦恩你不要自欺欺人，在你面前只有两个选择，要么参加这次偷袭行动，要么坐以待毙等着受到最严厉的惩罚，因为他们说干就干，就要动手。我的愿望是你选择生路而犯不着把自己同海尔吉捆缚在一起直到最后。其实在过独木桥的时候还不是各自只顾自己。"

索尔斯坦恩问道："被伯利的儿子们指责为有罪的人当中还有哪几个也给了同样的选择？"

索尔吉尔斯说道："同样的选择亦给予了拉姆比。"

索尔斯坦恩说道既然境况相同的不是他一个人，他必须三思而行。

于是索尔吉尔斯便把拉姆比叫来见他，并且要求索尔斯坦恩亦在座旁听他们的谈话。他说道："拉姆比，我想找你谈谈已经同索尔斯坦恩谈过的同样的一件事情。那就是你情愿给予伯利的儿子们什么赎罪赔偿，因为他们指责你犯下了杀人罪。据我所知，你确实刺伤伯利，而且还竭力怂恿说伯利必须被杀掉，这就更加罪加一等。可是除了奥拉夫的儿子们以外，你同他们也有密切的血缘关系，为此你也可以给予网开一面的照顾。"

拉姆比问道：要他做些什么事情。索尔吉尔斯说道：可以给他以和给索尔斯坦恩相同的选择。拉姆比发怒道："我认为这是为了讲和而不惜付出邪恶的代价，只有懦夫才愿意如此做，我不打算参与这次偷袭。"

于是索尔斯坦恩从旁规劝说道："拉姆比，要把眼界放开阔点，不要只看到了仅仅这件事情，所以切莫断然拒绝参与奔袭，因为在这件事情中有些大人物在插手，他们有财有势，而且他们还都认为他们对这桩不公平的人命案迁就姑息得太长久了。有人还告诉我伯利的两个儿子已成长为武艺高超的斗士，他们还拥有一呼百应的能力。他们想要报仇的决心是巨大的,你我若不做出一些弥补休想躲避得过。我想我是会最遭受人们谴责的,因为我同海尔吉有姻亲关系。可是大多人都是'为保全性命一切皆可抛开'的。如今之计已顾不得许多,只好把手上压得最重的麻烦事最先推开出去吧。"

拉姆比说道:"你说了许多,其实很容易看清你主张做什么。索尔斯坦恩,我认为若是按照你的主张去做,谅必一切都会十分妥当的。你若是认为眼前只有这一条才是生路,那么也只好这样做了,因为我们曾经是长期的患难之交。可是我必须取得这样的谅解,那就是我若果真参与了此次行动,在对海尔吉报仇之后,我的几个侄子也就是奥拉夫的儿子们便可以安然无事。"

索尔吉尔斯代表那兄弟俩表示同意。于是事情便商定下来,拉姆比和索尔斯坦恩保证跟随索尔吉尔斯前去奔袭。他们商定在第三天即是星期二清早到霍尔德峡谷的腾加汇合。然后他们相互分手。索尔吉尔斯那天傍晚赶回到腾加去等候他们来到。

两天时间转眼而过,在第三天(星期二)的清早,也就是预先约定的时间,拉姆比和索尔斯坦恩大清早就来到了腾加。他们两人没有失约,这使得索尔吉尔斯如释重负。

62

索尔吉尔斯收拾停当便离家出发,他们一行十人朝向霍尔德峡谷驰骋而去。一马当先的是这支人马的头领索尔吉尔斯·哈拉松，伯利的两个儿子索尔莱克和小伯利紧跟其后。再后面是狸猫索尔德，这个青年是他们的堂兄弟。第五位好汉是黑色索尔斯坦恩。第六位拉姆比。第七和第八位是哈尔多尔和乌尔诺尔夫。第九位是斯文。第十位洪堡吉。那最后两个是峡谷地带阿尔夫的儿子。

他们一路上穿山越岭跨江过河。他们先越过斯科邦达山口，又穿过兰格瓦特纳峡谷，再穿过堡格峡湾。他们在岩石岛屿群一带浅滩徒涉过诺德河，又从巴克浅滩下水泅渡过维塔河，河水把他们斜冲到离贝尔镇不远的一个地方，然后他们又马不停蹄穿过雷克雅峡谷，进入了斯库拉峡谷的谷颈地带，穿过一片森林就来到偏远僻静的瓦特纳角农庄附近。

此时已经很晚，天在黑下来，众好汉在这里下了马，瓦特纳角农庄的房舍就在那条河南岸的靠近小湖的地方。索尔吉尔斯关照众人在此地休息过夜。"而我要悄悄地潜到房舍旁去刺探一下海尔吉究竟是否在家。据人报告说道他大多时间身边不带什么人，然而他却是所有好汉之中警觉最高的一个，他连睡觉都睡在加固精制的锁床上。"众人齐声说道一切都按照他的深谋远虑去办。

索尔吉尔斯便乔装改扮起来，脱下他身上的蓝色大氅，换上一件破烂不堪的灰色罩衫。然后他脚步跄踉地朝向房舍走过去。在快要走到宅院场地的围栏跟前，猛可地他看见一条人影劈面朝他走来。他们相互施礼之后索尔吉尔斯抢先说道："你大概会觉得我的问题过分离奇，我的朋友，不过我想请问，我来到了何人的地界，这座庄园叫什么名字，何人居住在里面？"那人回答道："你真是个不折不扣的大傻瓜，而且还不会动脑筋。难道你竟不曾听说过大名鼎鼎的海尔吉·哈尔德贝恩松居住在这里！他是一个最英勇的战士，也是一位有身份的大人物。"

索尔斯坦恩接着又问道："若是有外地来的陌生人登门求助海尔吉是否肯收留。"那人回答说道："我不妨如实相告，海尔吉在此类事情上真是值得称赞。他是男子汉中最有宽大度量的。他不仅让他们容身躲藏还慷慨大方地让他们白吃白住。他的行为真有男子汉的气概。"

"海尔吉眼下是否在家？"索尔吉尔斯问道，"我非常想求他放我进门。"那人问他手上犯下了什么案子。

索尔吉尔斯回答道："我今年夏天被'庭'的大会宣判放逐，所以想要寻找一个有权有势又有武艺的显贵人物当靠山取得他的帮助，我情愿投靠在他的门下为他出力效劳。所以烦请你带我到屋里去见见海尔吉。"

"我可以把你带领到屋里去，让你看看那个家，"那人说道，"你还可以有个地方睡觉过夜，不过你见不到海尔吉，因为他眼下并不在家。"

索尔吉尔斯连忙询问他如今住在哪里。那人回答道："他住在他的露天挤奶场上，那地方名叫沙尔普。"索尔吉尔斯又问挤奶场在何处，他身边带着什么人。那人回答说：海尔吉的儿子哈尔德贝恩跟随在他身边，另外还有两个亡命徒，他们是前来求得庇护的。索尔吉尔斯请他指点到挤奶场去的最近的走法，他说道："因为我想要马上能见到海尔吉，向他当面申诉我的案情，以求得他的照顾。"那个家丁不防有诈便指点给他通往挤奶场的路径，然后两人告别分手。

索尔吉尔斯转身返回他的同伙躲藏在那里的那片树林。他将方才刺探到的海尔吉的行踪全都告诉了他们。他吩咐众人说道:"我们只好在此地憩息过夜。明日清晨直奔挤奶场。"众人都按照他的吩咐行事。

翌日凌晨,索尔吉尔斯一行骑马穿过树林来到离开挤奶场不远的地方。索尔吉尔斯吩咐众人下马吃早饭。众人按令而行,在那里停留了片刻。

63

我们不妨回过身来看看挤奶场里的状况,海尔吉确实在那里,身边只有上文提到的那几个家丁。那天清晨海尔吉起身很早,他吩咐他的牧羊人穿过挤奶场附近的树林去放哨巡逻,对过往行人严加监视,务必留神周围的每一桩事情,发现有异常的动静便立即回来禀报,他说道:"这是因为昨天晚上我做了几个兆头不佳的梦。"

那个少年按海尔吉吩咐行事。他刚走了一会儿便匆匆返回来。海尔吉问他怎么回事,可有什么动静要来禀告。那个少年回答道:"我看苗头不对,似乎要出事情。"海尔吉询问他有什么苗头不对之处,那少年说道:"我瞅见有一彪人数不少的人马,他们谅必是远道而来。"海尔吉问道:"你见到他们时,他们正在做些什么?你可曾留意他们每个人的长相和衣着?"

那少年回答说:"我倒真留神细看了他们一番,因为我想你必定要问起的。"他说道：那彪人马已经隐蔽在离挤奶场不远的地方。海尔吉问道他们是围成个圆圈而坐还是排成一行而坐。少年回答说他们倒是围成一个圆圈，不过人人都坐在自己的马鞍上。

海尔吉说道："告诉我他们的外表长相，我看看能否猜得出来他们是一些什么人。"

那个少年说道："有一条好汉坐在布满污渍的旧马鞍上，他身穿蓝色大氅，长得粗壮敦实，模样狰狞可怕，前额已经歇顶，嘴巴是兔唇，中间裂开露出牙齿。"

海尔吉说道："从你说的那副模样我可以知道得很清楚此人是谁。你见到的是西边来的霍尔德峡谷的索尔吉尔斯·哈拉松。我真纳闷这条好汉上门为啥事情，因为我们之间素无往来。"

那少年又说道："在他身边坐着一个年轻人，他坐在金色的马鞍上，身穿一袭猩红色战袍，手臂上戴着一个黄金臂镯，他头上束着一条黄金刺绣束发带。这个人长着一头黄头发，头发长得像波浪般飘垂在他双肩上。他皮肤白皙，相貌端正，鼻梁高隆，鼻尖微微向上翘起。他那双眼睛十分好看，明亮而顾盼自如，一双蓝眼珠显得非常灵活，然而目光飘忽、局促不安。一双剑眉粗而浓密，双颊浑圆丰满，前额的垂发修剪得十分整齐。他两肩宽阔胸脯厚实，双手美观、手臂粗壮。他的举止十分彬彬有礼。"他又说道："总而言之我从未见过如此风姿翩翩的美少年，他是那么年轻，嘴唇上尚未长出唇髭。可是大概由于悲伤而显得分外少年老成。"

海尔吉说道："你确实留意观察得仔细入微。可是此人是谁倒要煞费心思猜度一番，因为我想我从未见过他。我想他谅必是伯利·伯利松，因为我曾听说过他是个风姿出众的美少年。"

那个牧羊人接着说下去："再往下数那个人端坐在法琅的马鞍上，他身穿一件草绿色的战袍。他手上戴着一枚硕大无朋的戒指，长相十分俊美，可是年纪却很轻。一头茶褐色头发，举止优雅潇洒，气派十足。"

海尔吉说道："我想我已知道这个人是谁。你把他的容貌说得一清二楚，你看得十分真切而且还记牢在心里。他是索尔莱克·伯利松。"

那少年又说道："接下来那个也是年轻人，他身穿蓝色战袍，束着黑色围腰，身上裹着一件紧身大氅，此人脸盘扁阔，头发颜色很浅，五官端正，身材瘦削颀长。"

海尔吉说道："我知道此人是谁，因为我曾经见过他。他是斯诺里教士的养子索尔德·索尔德松。西部港湾来的这彪人马地位倒真是显赫。你还有什么要禀报的？"

那少年说道："有个人坐在苏格兰马鞍上，须眉花白，皮肤蜡黄，可是满头黑色卷发，看上去很不顺眼，然而依然保持着武士的风度，他头上戴着一顶灰色褶边软帽。"

海尔吉说道："我已一清二楚知道此人是谁。他是拉克斯峡谷索尔比约恩之子拉姆比。可是我无法弄明白他怎么会投靠到那兄弟俩一边去。"

那少年又说道："有个人横坐在马鞍的前鞒上，他用一件蓝色大氅做外套紧裹住自己的身体，手臂上戴着一个银臂镯。他看起来像个农夫，年纪不轻已经度过了人生最佳的时候。一头蓬松卷发，脸上伤疤累累。"

"你这番话听起来，情况真是愈来愈糟糕，"海尔吉说道，"你看见的准是我的大舅子黑色索尔斯坦恩。我觉得真是一桩不可思议的事情，他竟然也会参与这次偷袭行动，这真是令人吃惊得出奇，反正我是决计不肯到他家里去袭击他的。你还有什么更多的事情要说？"

那少年回答说道："那边坐着两个人模样长相看上去十分相像，大概都是快到壮年，这两个人体态矫健英姿飒爽，虽然满脸雀斑却并不难看。"

海尔吉说道："我可以十分清楚地说出这两个人是谁。他们是索尔吉尔斯的螟蛉兄弟阿尔莫德之子哈尔多尔和乌尔诺尔夫。你真是个值得信赖的好小伙子。你是不是已经把这些人的相貌说完了？"

那少年说道："我还要再说几句。有个人坐在那里眼睛不断地朝着圆圈外面瞧。他身上披着一袭铠甲，头戴钢盔。那副盔甲全都有一巴掌宽的卷边。他肩扛一柄锃亮耀眼的大战斧，刀刃大概有一个里尔长。此人皮肤黑黝黝，一双眼睛也是漆黑的，他的模样最像是个海盗。"

海尔吉回答说道："从你所讲的话中我可以分辨得出那人就是峡谷地带的阿尔夫之子，强者洪堡吉。可是实在弄不明白他们这支七拼八凑起来的人马究竟打算做什么？"

那个少年又说道："还有一个紧挨着那个凶神般模样的人的汉子，他也是满头深色头发，紫膛色的面孔，皮肤粗厚，豹眼虬髯，中等身材。"

海尔吉说道："你不必再往下讲，那人谅必是峡谷地带的阿尔夫的二儿子，洪堡吉的弟弟斯文。可是既然这些个好汉已经找上门来，难道束手无策坐以待毙不成。我已隐约有所预感，他们上门寻仇是朝着我来的，否则他们决不会离开本乡本土长途跋涉前来。再说在这支人马里想要同我决一生死的大有人在，其实这场交锋，本当早就应该动手的。

"如今听我的吩咐：在挤奶场上的所有妇女全都改变装束换上男人的衣裳，到挤奶场后面去牵出骏马，飞速驰回庄园上去。那些前来围攻我们的家伙一时弄不清楚骑马逃走的究竟是男还是女，他们会感到迷惑而迟疑不决，这样就能够拖延一点时间。他们只消让我们得到短暂的片刻，我们就能召集起人马急速赶来救援。到了那时候，究竟谁能制服住谁前景还未见分晓，我们还大有希望。"妇女们一共是四个人，立即上马疾驰而去。

索尔吉尔斯根本未曾怀疑已经走露了行踪，他没有料到海尔吉已经知道他们来到。所以他们吃罢早饭之后他才吩咐众人快点上马，跟随在他身后出发，众人按照吩咐行事。待到他们纷纷跨上马背之际，有一个人飞骑而来闯入众人的视线之中。此人身材短小却十分矫健，显露出一副精明机警的模样，而且目光灼灼闪烁个不停，他骑着一匹驽马，那匹马显得同他毫不相称颇为滑稽。那人向索尔吉尔斯问候致意显得十分亲热。索尔吉尔斯询问了他的姓名和家庭，并且还问到他从何处而来。那人回答说道他的名字叫赫拉普，来自他母亲的娘家布劳德峡湾。他说道：

"我在那里长大成人，因为我是好斗者赫拉普的后嗣，这个名字就证明了我不是好惹的男子汉。我虽然身材矮小但是却秉承了我父亲的南方人火暴性子，而且还在南方住过几个冬天。索尔吉尔斯，如今正好有个走运的机会，我总算在这里把你找到，因为我已经在此等候你很久，我知道你们要去对付一个人，而这次交锋将会有一场恶战。我同我的主人积下了深刻的怨仇，我在他手里所受的是恶劣的待遇。我为了家族的名声岂能忍受这样的耻辱。于是我便去行刺他，可惜我那次行刺没有使他受到多大伤害，甚至一点也没有受伤。因为当时我无法再停留下去，等不及亲眼看看他究竟有没有受伤。我是逃命要紧。直到偷来这匹驽马，我骑上了马背这才算放心。"

赫拉普怒气冲冲地说个不停，却并没有向他们问个究竟，待到他弄明白他们确实前去偷袭海尔吉，他大喜过望表示愿意在前面带路。

64

索尔吉尔斯一行纷纷上马，飞驰狂奔起来，他们才刚冲出树林便发觉有四匹快马从挤奶场里窜出来绝尘而去。索尔吉尔斯一行中有人见到后便说道最好紧追上去弄明白究竟何人逃走了。于是索尔莱克说道："何必如此，倒不如我们赶紧前往挤奶场看看那里留下的是什么人就可以弄明白。因为我想这几个人不大像海尔吉和他的手下。在我眼里看来她们全是妇女。"他们当中便七嘴八舌议论起来，大多半人反驳索尔莱克，认为他说的一点不对。

索尔吉尔斯说道莫如听从索尔莱克的主张为好，因为他素来知道索尔莱克好眼力能够看得很远。于是他们不顾那几匹飞骑，仍然朝向挤奶场猛冲过去。赫拉普一马当先,他挥舞手里拿的长矛,不断地往前投刺,一面嘴里还不断说大显身手的时刻已经来到。

海尔吉未曾料到索尔吉尔斯一行会如此迅速来到,他竟等到索尔吉尔斯那些人把挤奶场的房舍团团包围住了才发觉事情不妙。他想冲出去可惜已经迟了一步。于是海尔吉和他的手下人只好关闭门窗抄起兵刃。赫拉普跳到房顶上开口询问雷纳德可在里面。

海尔吉回答说道:"你可以想象得出来,屋里个个都是不好惹的汉子,他们遇上了猎物便会一口吞下肚去。"说罢,海尔吉从窗户里捅出长矛,把赫拉普对胸刺穿。赫拉普便从房顶滚下来一命呜呼。

索尔吉尔斯告诫众人多加小心,尽力避免发生不幸再出差池。他说道:"因为我们稳操胜券,一定能把挤奶场置于我们的掌心之中,我断定屋里人手极少,要征服海尔吉那是不在话下。"

挤奶场的房舍屋顶一侧是一根横梁桁架在两堵山墙之上,横梁两端都伸出在山墙外面,而屋顶上的干草覆盖得很不厚实,有些地方并没有涂敷泥灰以至于干草凌乱散落开来。于是索尔吉尔斯便吩咐有些人站到横梁跟前,用力猛烈摇晃横梁两端,要把那根横梁折断或者把椽子震得从檩木条中滑脱出来。其余人把守住门口不让屋里的人冲出来。

此时屋里共有五个人:海尔吉、他的年方十二岁的儿子哈尔德贝恩、海尔吉的牧羊人还有两个家丁,他们都是当年夏天才投奔前来的亡命徒,一个逃犯名叫索尔吉尔斯,另一个名叫埃约尔夫。

黑色索尔斯坦恩和峡谷地带阿尔夫之子斯文把守在门口两旁，其他人都去拆那幢挤奶场房舍的屋顶。强者洪堡吉和阿尔莫德的两个儿子去拔横梁一端；索尔吉尔斯、拉姆比和古德隆的两个儿子去拔横梁的另一端。他们拔得如此猛烈以致横梁从中间折断爆裂开来。蓦地从木门的缝隙里刺出一长戟来，刺得非常凶猛犹如火光电石般地快疾。黑色索尔斯坦恩猝不及防无法闪身躲开，长戟刺穿钢盔，深深刺进他的前额，顿时血流如注伤势很重。原来这是海尔吉之子哈尔德贝恩所刺。索尔斯坦恩叹息说他们面对的个个都是出色的好汉，这句话说得一点不错。

紧接着海尔吉不顾一切地跳出门外，站在紧靠门首的人纷纷朝后退。索尔吉尔斯此刻站在他身边不远的地方，他举剑劈过来，正中海尔吉的肩胛，削出了一个很大的伤口。海尔吉朝他转过身来，他手上只有一把砍柴用的斧子。他举起斧子说道："我人虽年老却仍敢于正眼看着迎面砍过来的兵刃。"说罢，他举起斧头斫下去，击中索尔吉尔斯的一只脚，斫出了一条很长的伤口。小伯利一见便跳跃向前举剑朝海尔吉刺过去。"啮足者之剑"果然是一柄锋利无比的宝剑，仅仅一剑就把海尔吉对胸洞穿，海尔吉立即丧生毙命。此时海尔吉手下的两个家丁亦已跳到屋外，哈尔德贝恩亦尾随其后跟着他们出来。

索尔莱克举剑来战埃约尔夫，那个家丁虽然是身高体壮力大无穷的好汉，索尔莱克却毫无惧色。他觑个破绽一剑刺过去正中埃约尔夫的膝盖，挑断了他的大腿筋腱，然后顺势一剐便把埃约尔夫的大腿削了下来。

强者洪堡吉来迎战逃犯索尔吉尔斯，他们两人仅仅一个照面，洪堡吉大战斧横扫过去把索尔吉尔斯拦腰斫成两截。

狸猫索尔德正好站在哈尔德贝恩跳出来的地方，他趁哈尔德贝恩立足未稳便朝他直扑过来。小伯利看在眼里急忙冲过去将身子挡住哈尔德贝恩，他叫喊道："在这里决不许有人做出杀害孩子的卑劣勾当，哈尔德贝恩的性命和身躯四肢决不许受到伤害。"

海尔吉另外一个儿子名叫斯考里，他在英格兰最南端的里克峡谷被抚养长大。

65

奔袭得手之后索尔吉尔斯一行驰骋返回，在经过雷克雅峡谷的狭窄峡颈地带时，他们宣布说这次杀人血案是他们一手所为。然后他们沿着原路往西返回，沿途毫不停息直奔霍尔德峡谷。一路上他们把这次奔袭行动的消息散布出去，于是人们辗转相传，都说这次行动真了不起，居然把像海尔吉这样的英雄杀掉了。

索尔吉尔斯对参与此次奔袭的人着实感谢了一番，小伯利兄弟俩亦然千恩万谢，于是这几个参与奔袭的好汉们便彼此分手各奔东西。拉姆比却不回家，他策马西行来到拉克斯峡谷的赫尔霍尔特庄园，把在斯库拉峡谷所发生的血案经过都告诉了他的那几个侄儿。他们听说他亦参与了此次奔袭便怒不可遏把拉姆比严词痛斥一番，说道他贪生怕死，居然干出如此卑鄙之事，表明他身上只有下贱痞索尔比约恩的血统而没有半点爱尔兰国王梅尔克雅丹的血统。

拉姆比对他们的斥责怒骂亦忍不住反唇相讥，他说道："我这样做是为了把你们拉出死神的掌心。"自此之后他们叔侄之间彼此互不说话断绝了往来，积怨之深较前更甚。

索尔吉尔斯·哈拉松趾高气扬地骑马回到神圣荒原，古德隆的两个儿子，还有他的螟蛉兄弟哈尔多尔和乌尔诺尔夫跟随在他身后。他们一行在深夜众人已酣睡入梦之时才抵达神圣荒原庄园。古德隆闻讯便立即起身，并且吩咐仆佣们赶快起身来伺候他们。她走进客房来招呼索尔吉尔斯和所有回来的人，并且询问事情的经过情况，索尔吉尔斯对古德隆的招呼也还礼致意。

索尔吉尔斯把他的大氅和兵刃放在一边，背靠柱子坐了下来。他身上穿着一袭棕红色战袍，腰间束着一根粗大的白银腰带。古德隆陪坐在他身边的长凳上。于是索尔吉尔斯唱起了这样一首谣曲：

> 我们一行袭击海尔吉之家，
> 把尸体当美食喂了渡鸦。
> 我们用鲜血将剑染得通红，
> 索尔莱克带领着我们厮杀。
>
> 我们亲手消灭掉三个仇人，
> 真正的武士可称得上他们。
> 既然这些人都是好汉豪杰，
> 伯利的深仇已报大功告成。

古德隆询问他们此次长途奔袭的详情细节，每桩事情都不厌其烦地问得十分仔细。古德隆说道此次奔袭真是激动人心的一大壮举，她对他们深深致谢。随后酒食端了上来，他们吃饱喝足之后纳头便睡。

第二天索尔吉尔斯来找古德隆谈话，他说道："如今事情已经进行到了这个地步，古德隆，你已看到我按照你的要求完成了这次奔袭报仇。我现在以男子汉的气概索取我的权利，以便将此事早点了结。你必须记住要兑现你所许下的承诺。我相信如今我得到这份报答作为奖励是当之无愧的。"

于是古德隆显出十分诧异地说道："我们两个人上次交谈以来时间过去并不很久，所以我还不至于把我们谈话全都忘记得一干二净，何况我唯一的心愿是，我答应你的一切事情务必都要付诸实现。你再好好想一想那时候我们之间究竟谈了些什么来着？"

索尔吉尔斯说道：谅必她还记得。古德隆说道："我想我曾经说过在国内所有的男人当中我非你莫嫁，难道你觉得这样说得不对？"

索尔吉尔斯说道：她说得十分正确。于是古德隆说道："如此说来我们两人对这桩事情的记忆都丝毫没有出入。我也不想再将此事拖延下去使得你心里不踏实。那就是说我经过再三思忖觉得我注定无法成为你的妻子。不过为了信守对你说过的每一个字眼，我只好嫁给索尔凯尔·埃约尔夫松，因为此人眼下不在国内。"

索尔吉尔斯一听几乎气炸肚皮，他的脸膛涨得由红发紫，高声大喊道："我很清楚地看出这股寒潮从何而来，因为从那里不断地有阴险恶毒的主意冒出来对付我。这谅必是斯诺里戈狄设下的毒计。"

索尔吉尔斯气冲冲打断谈话，扭身回到他的手下人身边对他们说他要立即备马离开此地。索尔莱克对于事情如此逆转、母亲竟然悔婚十分不以为然，而且觉得这样做对索尔吉尔斯有失公允。而小伯利却唯母命是从。古德隆说道她会馈赠重礼，使得索尔吉尔斯回心转意。可是索尔莱克说道这毫无用处，"因为索尔吉尔斯是一个心气如此高傲的人物，决计不肯自贬身价甘心堕落成为见利眼开的赖小人。"古德隆说道既然事已如此，倒不如叫他快回家去，让他在家里平息一下火气再说。

索尔吉尔斯一怒之下带领他的两个螟蛉兄弟离开神圣荒原庄园，返回到腾加地方自己的庄园上。他心情烦闷自怨自艾竟至大病一场。

66

那年冬天奥斯维夫老人身染重病不治而卒，乡里间都认为他的去世乃一大损失，因为他是个伟大的贤明之人。奥斯维夫被埋葬在神圣荒原，因为古德隆已经在那里盖了一座教堂。

同年冬天，盖斯特·奥德莱夫松亦患了重病，他自知病入膏肓已无药可治，便把他的儿子矮个子索尔德叫到病榻前吩咐说道：

"我自知命在旦夕，这场重病将结束我们父子的缘分。我的遗愿是把我埋葬在神圣荒原，因为那里是这一带地方最好的宝地，我常常见到那里粼粼发光。"他作了这番临终嘱咐后不久就死去了。

那年冬天酷寒异常,天寒地冻冰层厚积,布劳德峡湾早已封冻,船只无法通过宽阔的冰层驶入巴尔达海滩。盖斯特的遗体已在哈格庄园停灵两天两夜,众人还是想不出办法来解决。就在那天晚上忽然狂风大作,那地方的冰层全被大风刮得漂浮到不知何处去了。到了第二天狂风又倏然停止,显出一个大好天。于是索尔德抓紧时机将盖斯特的遗体用船装运驶过布劳德峡湾,在傍晚时分抵达神圣荒原庄园。

索尔德受到热烈欢迎,他在庄园上投宿过夜。翌日凌晨,盖斯特的遗体被埋葬入土。他同奥斯维夫埋葬在一个墓地里。两个老友生前一个住在东部巴尔达海滩,一个住在西部沙林斯峡谷,直到死后才互为比邻。矮个子索尔德办完丧葬之事后不敢耽搁,立即赶回家去。

说也奇怪,那天晚上又刮起风暴,那一带地方又是严冰封冻,整个冬天田野河流全都封冻,船只交通全都断绝。一时间乡里传为美谈,人人称赞说这是上天显灵以至于盖斯特的遗体竟然在严冬的坚冰封冻的水面上用船运载而行,并且只有在那一天才能成行,在此以前和在此以后整个冬天里都是不可能办到的事。

67

在朗格基峡谷住着一个好汉,名叫索拉林。他虽然是个头领,然而却并不是个有势力的人物。他的儿子名叫奥德吉斯尔,天性聪颖机警敏捷。索尔吉尔斯·哈拉松便巧取豪夺把头领的位置从他们父子手里夺了过来。奥德吉斯尔向斯诺里戈狄告状，哭诉了自己所受到的委屈，要求他出面主持公道。斯诺里仅好言相劝，并且一再表示要将此案尽量大事化小。

他说道："如今哈拉生下的那个小崽子越来越狂妄猖狂，已经到了不可一世的地步。难道就没有人敢站出来不向索尔古尔斯俯首听命的吗？再说他固然长得身材高大并且凶猛无比。可是即使像他那样强壮的人也同样可以打发去见死神海尔的。"

奥德吉斯尔离去的时候，斯诺里塞给他一把锋利的斧头。

第二年春天，索尔吉尔斯·哈拉松和黑色索尔斯坦恩一起南下到堡格峡湾去将赔偿金付给海尔吉的儿子们和别的亲戚。他们已经和平了结这桩血案，所付赔偿金的数目也还算公道体面，并没有过分亏待海尔吉这一边。索尔吉尔斯先交血案赔偿金的三分之二，等到"庭"的大会召开之后再交付讫清余下的三分之一。

在夏天，索尔吉尔斯带领着家丁前去参加"庭"的大会。他们策马走过辛克瓦莱附近的火山岩区域时，看见一个女人朝着他们迎面走过来。那个女人身材高大，粗壮无比。索尔吉尔斯拍马向前迎了上去，那女人却扭转身躯站到路边高声唱道：

> 务必多加小心，
> 倘若你再前进。
> 千万提防留神，
> 斯诺里的陷阱。
> 无人能够逃脱，

斯诺里太聪明。

唱毕她匆匆离去,倏忽不见踪影。索尔吉尔斯啧啧称奇,说道:"过去很少发生这类怪事,不过那时候我正在走运。既然如此,你们众人留在会场之外监视戒备,我自己前去出席大会。"

于是他骑马来到"庭"的会场,走进自己的棚屋。"庭"的大会进行得相当平静。有一天,"庭"的大会正在进行,众人把衣服摊出来晾晒。索尔吉尔斯有一件带兜帽的蓝色大氅也摊在棚屋的墙上晾晒。众人忽然听见大氅发出声音唱出这几句谣曲:

湿漉漉摊在墙上晒太阳,
得知有暗算急煞我大氅。
我还晓得毒计乃是成双,
无奈我浑身不干枉断肠。

众人闻听不由得惊骇起来,都认为是圣迹显灵。第二天索尔吉尔斯朝西而去,过河去把赔偿金交给海尔吉的儿子们。他端坐在棚屋顶上的火山岩堆上。他身边有螟蛉兄弟哈尔多尔,还有几个家丁保护。海尔吉的儿子们来到约定见面之处。相见后索尔吉尔斯便开始数钱。不知道什么时候也不知道从什么地方钻出来了奥德吉斯尔·索拉林松。他凑到索尔吉尔斯身边看他点钱。索尔吉尔斯数到"十"时,奥德吉斯尔便从身边抽出那柄利斧朝他斫去。那柄利斧果然锋利无比,众人都还清楚地听到索尔吉尔斯在喊"十一",而头颅却已经从颈脖上搬了家,索尔吉尔斯身首异处立即丧命。奥德吉斯尔返身就逃，朝着瓦特纳峡湾的棚屋飞奔过去。哈尔多尔紧追不舍岂能容他脱身，快要追到身边时哈尔多尔伸手一剑把奥德吉斯尔刺死在棚屋门口。

这桩血案是发生在"庭"的大会会场之内的，前来开会的众人不免喧哗起来奔走相告。这个消息传到身为戈狄的斯诺里教士耳朵里，他不禁深感意外，并惊呼起来："你们谅必以讹传讹弄颠倒了，不是索尔吉尔斯遇害而是索尔吉尔斯杀了人。"别人禀告说案情确凿无疑，索尔吉尔斯的头颅已经不在脖子上。斯诺里这才说道："这么说难道这个消息是真的亦未可知。"

这桩血案后来以支付赔偿金而和平解决，未再酿成新的仇杀。欲知此事详情不妨阅读《索尔吉尔斯·哈拉松的传说》。

68

索尔吉尔斯·哈拉松被杀的那年夏天，有一艘海船来到比约恩哈根港口。这艘船是索尔凯尔·埃约尔夫松的。他早已成为财富无数的巨富，麾下有两艘大海船往来于冰岛和大陆之间。那时另一艘海船也来到了拉姆港湾的埃鲁海滩，两艘船装的都是木材。

斯诺里闻听到索尔凯尔回来便立即骑马来到海船停泊之处。索尔凯尔欣喜异常，热烈欢迎他的到来。他们两人见面便在船上开怀畅饮起来，索尔凯尔的船上醇醪美酒有的是，足够他们喝的。他们边喝边谈把分手后的事情互相告知。斯诺里询问挪威的近况如何，索尔凯尔推心置腹地告诉他自己知道的一切。斯诺里亦同样地把他离开后所发生的种种事情逐一告知。

"如今在我看来,"斯诺里说道,"你最好还是遵照在你远航海外之前我曾为你筹划过的那个主张。你今后不要再去忙碌颠簸于海上营生了,而是要安顿下来成家立业。你该迎娶我们曾经谈过的那个女子为妻。"

索尔凯尔回答说道:"我十分明白你在催促我。当初我们谈到的每一件事情都牢记在我心里,这些事情我都要着手去做。倘若我能够攀成这门高贵的婚事,我将毫无抱怨悔恨。"

斯诺里说道:"我十分乐意于效力替你促成这门婚事。如今你最感烦恼的两个障碍都已不存在。伯利复仇之事已成了昨日黄花,而索尔吉尔斯亦已清除掉了。所以你若想娶她的话谅必会成功。"

索尔凯尔说道:"你的主见总是鞭辟入里深刻透彻的。斯诺里,我将全心全意照你的主张去做。"

斯诺里在船上一连住了数日,然后他们俩带领二十个人坐到海船旁边拖着的一艘十桨船上驶向神圣荒原庄园。

古德隆格外殷勤地欢迎斯诺里的来到,他们在庄园上过夜。第二天斯诺里便找古德隆长谈。

斯诺里说道:"事情是这样的,我特地前来替索尔凯尔·埃约尔夫松做媒,你已见到他自己也来到这里。他登门拜访别无其他用意,一心只想向你求婚。他出身名门望族地位高贵,你知道得很清楚他的家族血缘和他所建立的功勋,再说他并不缺少财富。据我记忆所及,这一带以西的地方全已成了他的地盘,他十之八九会成为这一带地方的头领,而且此后还会更飞黄腾达。索尔凯尔在这一带深受爱戴名声很大。他在挪威的时候也享受到极高的荣誉，在有头衔的贵族之中，他是个出头露面的佼佼者。"

古德隆回答说道："我的两个儿子索尔莱克和小伯利可以在这件事情上代我做主，而你斯诺里是除了他们两人以外的第三个人。你的主意我没有不听的。凡是遇到我认为关系重大的事情，我都要先请你来指点迷津，多少年来你一直是我最好的良师益友。"

斯诺里说道他认为这门亲事不应该拒绝，然后他又把古德隆的两个儿子叫了进来同他们商谈此事。他向他们说明白索尔凯尔拥有巨大的财产，而且富于远见卓识，因此对他们今后的前程必将会有极大的帮助。斯诺里素来擅长辞令又能察言观色，把一番话说得十分委婉动听。

于是小伯利回答说道："我母亲观察事情素来是察微人幽，所以我总是唯母亲的意志是从。况且你又为此事出面游说，我们认为听从你的主意才是十分明智的，因为斯诺里你有恩于我们。"

古德隆说道："在这件事上我们全都仰仗斯诺里的深谋远虑，你为我们出的主意我们都会听从。"

斯诺里又尽力用言词促成这门亲事，最后终于商定古德隆和索尔凯尔缔结良缘。斯诺里又表示他乐意于略尽地主之谊，把这场婚礼大典安排在他的庄园上举行。索尔凯尔十分赞赏这个主意，说道："我并不短少钱财，我要把那座庄园装饰一新，不管花费多少，只要讨得你的欢心。"

古德隆说道："我的心愿是喜庆酒宴安排在这里举行，就在神圣荒原庄园上。我并不心疼花费钱，所有的费用都应由我来承担。我也不想要给别人增添麻烦，索尔凯尔和任何别人都不消为此操心费神。"

"你常常显示出来，古德隆，"斯诺里说道，"你是很有气概的女中丈夫。"

于是婚事安排妥当，婚礼将在夏天结束前六个星期举行。事情既然已经办成，斯诺里和索尔凯尔便告辞离去，斯诺里返回家里，索尔凯尔回到船上。

整个夏天索尔凯尔都往来于他自己的船上和腾加庄园之间，不知不觉夏天便过去了，婚礼大典之期来到。古德隆把婚礼和喜庆酒宴操办得花团锦簇十分风光，并且也收到了许多贺喜的礼物。斯诺里陪伴新郎索尔凯尔前来，他们带领了六十骑人马组成的贺喜队伍，那些跟随来贺喜的家丁个个衣着鲜光服饰华丽。古德隆邀请了大批宾客，仅贵宾就几乎有一百二十人。小伯利和索尔莱克还有几个身份显赫的贵宾站在门口迎接新郎的队伍，他们把斯诺里这彪人马欢迎入庄内，每个人都受到了隆重的款待，马匹也有人另外照料，甚至他们的衣服也安排了人代为洗涤保管。他们都被安顿在布置得焕然一新的客房里，十分舒适惬意。

喜庆酒宴上，索尔凯尔、斯诺里和他们带来的所有随从全都被安排在上首长凳上入座，而古德隆邀请来的客人都被安排在下首长凳上作陪。

69

前一年的秋天残杀西德伦迪的凶手贡纳尔被人推荐前来投靠古德隆。他杀了盖蒂尔的儿子之后被判处放逐于山林荒泽之间，这段故事见诸于柳条枝尼雅尔德的传说。古德隆收留了他,但因他无端杀人,招惹得许多头面人非要惩治他不可,他已声名狼藉只好隐名埋姓充当仆佣。喜庆酒宴的第一个晚上,客人们酒至半酣站起身来去擦脸洗手。一个身材魁梧的汉子站在水边伺候,他双肩宽阔胸脯厚实,头上一顶宽檐帽压到眉梢。索尔凯尔见了好生奇怪,便开口动问他是何人。贡纳尔未加思索顺口捏造了一个名字。不料索尔凯尔将脸一沉厉声喝道:

"我想你讲的不是真话。据传闻所言的长相看来,你必定是贡纳尔无疑,也就是那个血腥杀害西德伦迪的凶手。可惜人人都说你是一条好汉,而你却连真实姓名都不敢说出来。"

于是贡纳尔说道:"既然你已识破真相,我亦不消再作隐瞒。我就是你方才指名道姓说到的那个人。你打算对我如何处置?"

索尔凯尔说道他不必性急,马上就会让他领教到自己的手段。旋即索尔凯尔吩咐他的家丁前来同贡纳尔交手。

古德隆陪同女客们坐在宴会厅堂另一端的高台上,妇女们个个都带着白色亚麻布的冠冕状头饰。她弄明白眼前发生的事情便怒气冲冲从新娘的长凳上抽身站起,喝令她手下的家丁上来相助贡纳尔,并且吩咐说对那些行为不端故意伤人者可以格杀勿论。古德隆手下家丁人多势众,便进逼上来,眼看一场未曾预料到的流血混战一触即发,喜庆婚宴上转眼就要大动干戈。

就在剑拔弩张的危急时刻,斯诺里戈狄站了出来,他将双方的人马拉开劝他们心平气和地停息这场风波。

"有桩事情显然只有你来做才合适,索尔凯尔,"斯诺里说道,"那就是不要把事情闹得不可收拾。现在你可看出古德隆是怎样一个禀性刚烈火暴的女子,她终究会把我们两人全都压倒制服的。"

索尔凯尔说道他已经答应了他的同名者索尔凯尔·盖蒂尔,他来到西边这一带地方时,一定要为他出气报仇,把贡纳尔杀掉。

"贡纳尔是我的最好的朋友,"斯诺里斩钉截铁地回答道,"你不要忘记你承担了义务,必须按照我们的愿望行事。况且你亦必须为你自己着想着想,这是一件至关重要的事情,你若是这次闹翻掉,无论你走得多远,休想再能找到像古德隆这样的女子。"

在斯诺里净言相劝之下,索尔凯尔终于改变主张,因为他觉得斯诺里所讲的话句句在理。当天晚上贡纳尔被遣送到别处去,喜庆酒宴仍旧热闹欢乐地进行下去。酒宴结束之后,宾客们纷纷起身告辞。索尔凯尔赠给斯诺里十分贵重的礼物,对其他的头领人物亦各有馈赠。斯诺里邀请小伯利·伯利松随他回家到他庄园上客住一段时日。小伯利十分感谢并欣然接受了这一邀请,骑马跟随斯诺里返回腾加庄园。

索尔凯尔新婚之后便在神圣荒原庄园安居下来经管起庄园的事务。不消多少时日众人便发觉他果然是个理财能手,把庄园经营得井然有条,绝不比他干海上营生有多少逊色之处。在秋天他吩咐把旧的厅堂拆掉动手盖造新的。到了冬天,一座崭新的厅堂拔地而起,巍峨壮观气象万千、颇有欣欣向荣之感。

古德隆和索尔凯尔婚后十分恩爱,整个冬天平静度过。到了来年春天,古德隆询问索尔凯尔打算如何发落杀人凶手贡纳尔。他回答说道这件事最好还是由古德隆亲自来处置,"既然你对此事如此耿耿于怀不容别人伤害于他,所以还不如体面地将他遣送走掉。"他说道。

古德隆说他猜得很对,她说道:"我的意思是希望你赏给他一艘海船,还有他可以赖以谋生的必不可少的货物。"

索尔凯尔一听便笑了起来,他说道:"你果然不愧是女中豪杰,开口说的都不是区区小数目,古德隆。幸亏你没有找一个吝啬小气鬼当丈夫,否则他岂肯答应。不过话又说回来,你心中也不会中意这样的人。好吧,一切按照你的心意去办。"

待到一切停当,贡纳尔对这般厚赏觉得受宠若惊感激万分。他说道:"我本想说容我日后图报,可是你们给我这样的大恩大德我实在无法报答。"贡纳尔远航海外来到挪威。他购置产业,拥有了自己的庄园,成为一个非常富有和气量很大的人,一个体面的正直好人。

70

索尔凯尔·埃约尔夫松成了一位权势极大的头领,他花费许多精力去赢得人们的拥护和保持自己的荣誉。他在这一带地方俨然是令出必行的君主,他宵衣旰食忙于处理诉讼事务,有不少桩案子是由于他在法庭里据理力争才得以处理妥当,然而他在法庭上的活动并非本文所要说的故事。索尔凯尔在他生前已成了布劳德港湾仅次于斯诺里的第二大富翁。他把神圣荒原庄园上的所有房舍全都拆掉重建,新的房屋都建造得宽敞结实。他还划出一块地基准备建造教堂,并传谕下去说,他决定亲自远航海外去挑选运回兴建教堂用的木材。索尔凯尔和古德隆婚后生下一个儿子,起名叫吉勒尔,他从小就显出长大后必定很有出息。

小伯利在腾加和神圣荒原两个庄园轮流居住,斯诺里对他十分疼爱。他的哥哥索尔莱克一直居住在神圣荒原。兄弟俩都长得身材高大、相貌威猛英伟。小伯利更是聪颖异常,事事都是最卓越出众的。索尔凯尔对这两个儿子十分亲切。古德隆在所有的子女之中最钟爱小伯利。那一年小伯利十六岁,而他的哥哥索尔莱克年满二十。

有一天,索尔莱克找他的继父和母亲谈话,说是自己想要远航海外。他说道:"我已经十分厌烦像个妇女一样居住在家里,我希望能给我点钱让我去闯闯世面,到海外去远航。"

索尔凯尔说道:"自从联姻以来我自问对你们兄弟俩不曾有过半点亏待。不过你想要出去看看别国的风土人情,也亦是十分在理的正经事情,因为我知道即便你在精明能干的好汉们中间也是个杰出人物。"

索尔莱克说道他并不需要很多钱财,他说道:"因为我年纪还轻,说不准能否生财经营,再说有些事情上恐怕一时也还难于拿定主意。"

索尔凯尔说道他需要多少钱尽管自己拿就是了。随后索尔凯尔又替索尔莱克买下了停在午餐峡湾里的一艘海船的一半份额,又从家里运去了大批货物赠送给他,索尔凯尔还亲自送他上船。那年夏天索尔莱克出海远航来到了挪威。当时的挪威国王是圣王奥拉夫①。索尔莱克上岸后就去觐见国王。那位君主从他的血缘关系中知道他是个人物,便待之以礼遇,并且挽留他留在国王的宫

---

① 亦称奥拉夫二世(1016—1028年在位),他击败了丹麦人与艾里克雅尔的联军恢复了挪威统一,但于1028年又被丹麦人和哈康雅尔的联军所推翻。

中。索尔莱克深以为荣，便来到宫中充任侍卫伺候国王身边。圣王奥拉夫十分器重他，宫中也公认索尔莱克是所有侍卫中最英勇敏捷的一个。索尔莱克在挪威逗留下来，一住就是好几个月。

我们不妨回过头来再表叙一下小伯利·伯利松的生活起居。小伯利刚满十八岁的那年春天便对他的继父和母亲提出要他们把他生身父亲留给他的那份遗产交给他。古德隆询问他为什么竟然决心要同他们分家，而且向他们索取数目如此巨大的一笔财产。小伯利回答得十分干脆。他说道："我的愿望是有人出面替我去向一位姑娘提亲求婚。"小伯利停顿片刻又说道："我希望索尔凯尔代替我前去做媒提亲。"

索尔凯尔询问小伯利他究竟看中了哪家的姑娘。小伯利回答说："这位姑娘并不是别人，就是斯诺里戈狄的女儿索尔迪丝，她是我心中的佳偶，我非要把她娶到不可。倘若我娶不到她为妻，婚姻之事不必再提。由于这个缘故我才如此着急想要分家。"

索尔凯尔高兴地回答道："我的儿子，倘若你觉得由我出面提亲分量才会更重一些的话，我愿为你出力玉成其事。我相信斯诺里会很容易就同意这门婚事的，因为他明白这门亲事门当户对十分匹配，像你这样的人物去求婚才不致沾污他的体面。"

古德隆亦十分高兴说道："索尔凯尔，我想说的是为了成全这门亲事使得伯利娶到佳妇，我愿尽我所有倾囊相助，因为有两个原因我才这样做：其一是我最疼爱他；其二是在所有的子女之中他最能顺从我的意愿行事。"索尔凯尔亦说道他要把伯利的婚事办得非常光彩体面。

不久之后，索尔凯尔和小伯利率领大批随从来到腾加庄园。

斯诺里十分热情地欢迎他们来到，并且给予他们最好的款待。斯诺里的女儿索尔迪丝在家里侍奉着她的父亲，她是一个美貌娟秀而又心地善良的姑娘。客人们在腾加庄园逗留几天后，索尔凯尔终于向斯诺里提亲，代替小伯利求娶索尔迪丝为妻。

斯诺里回答说道："原来你们是为了这桩婚事才来登门，那真再好不过。我对攀这门亲也曾心里动过念头，不过我要等待你们开口提出才可以。我的答复是允诺这门婚事，因为我觉得伯利在年轻人中间最有出息，而我要允婚的那个姑娘也足以同他相匹配，是天造地设的一对。她究竟是否允婚，还要看索尔迪丝自己的心思，因为她愿嫁的男人只能是她称心如意的。"

于是这门亲事摆到了索尔迪丝面前，她起先总是含糊其词地回答说婚姻大事但凭父亲做主，因为父亲的远见卓识是她可以完全信赖依仗的。扭捏多时到了后来才说道：不过倘若要远嫁异乡给陌生男人当妻子，倒不如嫁给本乡本土的小伯利算了。斯诺里这才恍然大悟，原来他的女儿对伯利早已芳心暗许。于是这门亲事很快就商量妥当，并且举行了订婚仪式。斯诺里订在夏天最当中的那几天在他的庄园上举行喜庆酒宴。在事情都已办妥之后，索尔凯尔和小伯利便骑马返回神圣荒原。在婚礼之前的这段日子里，小伯利步不出户静心等待大喜之期。

婚礼当天小伯利和索尔凯尔把庄园上能走得开的人统统召集起来，他们俩率领众人前往腾加庄园。这支迎亲队伍人数众多，服饰华丽，浩浩荡荡来到腾加庄园，受到了热烈的欢迎。腾加庄园上早已邀请了大批宾客前来贺喜。这次喜庆酒宴排场之大、铺张之盛都是最为顶尖的。酒宴结束之后宾客们纷纷告辞。斯诺里向索尔凯尔赠送了贵重的礼物,其实应该说是赠送给他和古德隆两夫妻的。别的众亲好友也各有馈赠。喜庆典礼终结束,宾客们都返回家里,在此就不再赘述。

婚后小伯利居住在腾加庄园,他和索尔迪丝新婚燕尔恩爱无比。斯诺里亦曲尽人意将小伯利周到款待,待他甚至比对自己亲生儿女还要疼爱。小伯利在腾加庄园住了一年,对所受到的钟爱和款待心里着实受用和感激。

第二年夏天有一艘海船来到维塔河,那艘船一半份额属于索尔莱克,另一半属于一个挪威人所有。小伯利听说哥哥回来便立即骑马前往堡格峡湾,他登上了那艘海船,兄弟相见不胜欣喜。小伯利在船上住了几个晚上,然后兄弟两人骑马前往神圣荒原庄园。索尔凯尔十分隆重地接待了他们两兄弟,古德隆母子重逢更是喜笑颜开。索尔莱克在神圣荒原庄园上稍住数日后就骑马返回维塔河把船拖到岸上,并且把货物卸下运到西部地方,因为古德隆要他到庄园上同他们一起过冬,索尔莱克亦欣然接受了。这次远航对于索尔莱克说来真是交了好运,名利俱收。他当上了王中之王圣王奥拉夫的侍从,地位显赫荣耀无比;又羄卖掉货物获利巨丰。那年冬天他在神圣荒原庄园住了整整一冬,而小伯利还暂住在腾加庄园。

71

那年冬天,小伯利和索尔莱克两兄弟时常见面,但凡见面必定促膝长谈,他们俩对体育运动和别的消遣都毫无兴趣。有一次索尔莱克来到腾加庄园，他们两兄弟竟然谈了整整一天，又通宵达旦谈了一个整夜。斯诺里当时就觉察出来他们并不是闲谈家常，而是在为一桩重要的大事运筹帷幄，而一时之间又拿不定主意。于是他便闯进房去参与兄弟俩的交谈。

他们都站起身来迎接他的到来，可是却收住了话头。他接受了他们的问候之后等着他们开口，可是等了半晌却听不见声音，于是斯诺里只好自己开口询问道：

"你们两人不吃饭不睡觉昼夜长谈，究竟为了什么事情而犹疑不决？"

小伯利回答说："没有什么事情急需拿定主意，我们两人只是闲谈得太起劲。"

斯诺里觉察出来他们存心掩饰，不想要他知道他们心里的烦恼。然而他十分怀疑他们所商量之事非同小可，倘若他们果真放手去干必定会闯出大祸来，所以他们迟疑不决不敢贸然从事。

于是斯诺里对他们两人说道："我实在疑心你们所谈的既不是无用空话也不是戏谑趣谈，因为你们谈论得如此长久。倘若你们果真有要事商谈我也不会责怪你们，谅必你们自有难言之隐，不肯告诉我也必定别有苦衷。不过我看最好还是开诚布公地告诉我，不要再把我蒙在鼓里。我们几个人聚在一起商量，总不见得主意不是更多而是更少了。凡是你们认为能够增添荣誉之事，我决不会阻拦你们不要去干的。"

索尔莱克觉得斯诺里非常体恤他们的苦衷，便用三言两语说明白他们正在苦思冥想而又拿不定主意的事情。原来他们两兄弟在着手策划去向奥拉夫的儿子们登门寻仇的事，并且要将他们处以极刑,因为他们说道如今他们的地位已经可以同奥拉夫的儿子们旗鼓相当,不消对他们再有任何顾忌,因为索尔莱克已成为圣王奥拉夫驾前宠臣,而小伯利同斯诺里这样地位显赫的人物结亲成了他的女婿。

斯诺里作了这样的回答:"你们的生身之父伯利惨遭仇杀的血案早已了结。海尔吉·哈尔德贝恩松用自已的性命来抵偿了你父亲的命。为了报血亲之仇已经冤冤相报而闹得不可收拾,不如就此罢手今后永远不再仇杀寻衅。"

小伯利怒形于色说道:"斯诺里岳父,我弄不明白是怎么回事?您如今愈来愈不热衷于站在我们这一边了,远不像你在不久以前讲得那样慷慨激昂。倘若索尔莱克先问一下我的想法,他必定不会把我们正在商量之事向你和盘托出。您说到海尔吉的丧命可以偿付我父亲伯利之死,可是尽人皆知我们为海尔吉被杀付出了赎罪金,而我父亲遭到惨死至今还没有得到任何赔偿。"

斯诺里看他们两人难以理喻,而他一时又无法劝说得他们回心转意。于是他提出何不试试用和平的方式索取赎罪金赔偿,总比再相互仇杀下去要好一些。两兄弟勉强表示同意。

斯诺里带领家丁策马来到赫尔霍尔特庄园。哈尔多尔对他礼仪有加,迎入厅堂双方落座寒暄一番后,哈尔多尔便挽留他在庄园上多住几天。斯诺里说道他务必当晚赶回家里,他说道:"我特意前来乃是有桩迫于眉睫的紧急事情要同你商量。"

于是宾主便开门见山谈起血亲复仇的正经事情。斯诺里说道:他得知索尔莱克和小伯利不愿再忍受目前的状况,他们自从父亲被害至今尚未从奥拉夫的儿子们手里得到过赎罪赔偿金。他又说道:"如今我正在努力缔造和平,力图就此了结你们之间骨肉相残的不幸。"

哈尔多尔并没有一口拒绝去追究这桩血案,他说道:"其实我心里知道得很清楚。那个索尔吉尔斯·哈拉松带着伯利的两个儿子原来是打算向我们下手的。直到你出面说项晓以大义他们方才改变主张把报仇的念头动向别处。他们杀了海尔吉·哈尔德贝恩松总算出了点怨气。在往昔你曾为阻止我们兄弟阋墙手足相残而做了不少好事,不管你出过什么样的主意。"

斯诺里说道:"我十分重视我此行的使命,但愿不致徒劳往返。倘若蒙你慨然允诺,我便可以了却这一生中我最大的心愿,那就是在你们两家之间缔造和平,使得你们不再骨肉相残而能够享有太平。我对这桩案子中你的对手们的心思知道得十分透彻,也正是因为这桩血案他们才成为你的对头。这些人说一不二,只要答应下来的和平条款,他们决计会信守不渝。"

哈尔多尔说道:"我可以向你作出这样的承诺:倘若我的兄弟们也愿意为伯利被害而支付钱财的话,那么可以将此案交付由双方挑选的仲裁人来公断,赔偿金多少和如何支付全由他们来操办。可是我提出明确的条件是:不可以把有牵连的任何人宣布放逐,也不可以取消我的头领地位和没收我的财产庄园。我要求这些条件也适用于我的兄弟们。不管这桩案子将来如何了结,我决心要让他们置身事外,他们自由的庄园主地位决不受到损害。双方的仲裁人由各自挑选指定。"

斯诺里说道:"这真是开诚布公的坦率直言,而且所提的条件亦均在情理之中。倘若那兄弟俩还愿意听我的主张的话,他们应该接受这样的选择。"

于是斯诺里匆匆返回家里将此行的结果告诉了兄弟俩,并且说道倘若他们要是不同意已经商妥之事,他将拂袖而去再也不管他们的事情。小伯利央求他按照他的主意行事,并且说道:"我们希望您能成为我们的仲裁人,斯诺里岳父。"

斯诺里派人送信给哈尔多尔说这边已同意和解,他要求他们挑选出一个仲裁人作为他的对手。哈尔多尔挑选了埃亦尔的斯坦索尔·索尔拉克松作为他们这一边的仲裁人。和解会议定在夏天过后四个星期在斯库加海滩德兰加尔农庄举行。在这些事情商定之后,索尔莱克·伯利松便骑马返回神圣荒原。那年冬天一切如常平静无事不再细述。

到了和解会议召开之日,斯诺里教士由伯利的两个儿子陪同来到会场,他们一共是十五人骑。斯坦索尔也带领同样数目的人马来到。斯诺里和斯坦索尔两人会谈良久,在各项事情上都取得了一致的看法。会议之后就立即着手支付赔偿,究竟金额多大他们双方都守口如瓶,因而无从得知。然而据说赔偿金支付得十分爽快。于是天大的冤仇得以消弭,和平终于缔造而且还将保持下去。在索尔岬角"庭"的大会上,赎罪的罚金亦支付清楚。哈尔多尔还赠送给小伯利一柄利剑,斯坦索尔·奥拉夫松赠送给索尔莱克一面盾牌,这些都是用心良好的礼物。"庭"的大会如期结束,大家都认为双方了结这桩冤仇更增添了家族的体面荣誉,博得了众人交口称赞。

72

　　小伯利和索尔莱克同奥拉夫的儿子们缔结了和平，而且索尔莱克已经在冰岛度过了整个冬天。一日，小伯利忽然告诉大家说道他打算去海外远航。斯诺里尽力劝阻说道：

　　"在我们大家看来，你如此急于求成未免要冒过分的风险。倘若你希望拥有比现在手头上更多钱财的话，我可以为你添置一座庄园和成群的牲畜。此外我还可以把头领的头衔转让给你，让你来管束属下的臣民，你还可以在所有的事情上都享有荣誉。我知道这很容易就可以做到，因为大多数人对你抱有好感。"

　　小伯利说道："我头脑里早就有个主意，就是要到南方各国远航，哪怕仅去一次也行，因为一个人倘若只囿于在冰岛的所见所闻，而对再远一点的地方毫无所知，那岂不是像在深夜里摸黑走路一样地愚昧无知。"

　　斯诺里见到小伯利主意已定，任凭他如何阻拦亦无用处，于是他只好要求小伯利多带点盘缠，他愿意拿多少就拿多少。小伯利倒也很爽气，说是出门行路还是多带点钱财为好，"这样一来我就不必仰仗别人施舍恩惠，"他说道，"因为得到人家的好处总免不了要对人家表示出感激涕零的样子，在这里和到了国外都是如此。"

　　于是小伯利骑马南下来到维塔河的堡格峡湾，在那里向其他船东买下了那艘船的另一半产权，这样他同他哥哥便成为共同拥有这艘船的合伙人。等到买船之事办妥后，小伯利又骑马西行回到家里。

小伯利同索尔迪丝婚后生下一个女儿，取名为赫尔迪丝，古德隆想要由她来养育这个女婴长大，因而赫尔迪丝刚满周岁时便被抱到神圣荒原庄园。索尔迪丝亦多半时间居住在那里，古德隆十分疼爱这个儿媳妇。

73

他们兄弟两人来到他们的船上。小伯利果真带了大量钱财去海外。他们将船只收拾停当装上货物。待到一切就绪便启程出海。此时风力很小，那艘船在海上颠簸漂荡行走缓慢，他们在海上花费了很长时间，不过总算在秋天来到了挪威，在北部特隆赫姆靠岸。当时圣王奥拉夫恰好到这个国家的东部去巡幸，驻跸在维克，并且收拾布置行宫准备在那里过冬。兄弟俩一听国王在秋天不会北上到特隆赫姆来不禁颇为失望。索尔莱克说他打算早点往东而去可以赶快觐见国王。小伯利却说道："我没有兴趣在深秋落叶的季节里在各个集市城镇里到处闲荡。对我来说这真是自找烦恼，我会心里十分郁闷。倒不如留在城里安安生生过了这个冬天。我听说国王明年春天要到北方来。倘若到那时候他仍然不来，我不会反对前去寻找他的。"

兄弟俩商量的结果还是按照小伯利的意愿行事，他们把船拖曳上岸，找到了过冬的住所。

过不多久，小伯利便显出他要强爱胜的本性，他事事都要拔尖，亦决不容许别人同他并驾齐驱，只能由他独占鳌头，他花钱慷慨大方得令人咋舌，因而一时之间名噪挪威。小伯利在特隆赫姆过冬租赁的是最豪华的宅第。他来到行会的会所时，大家都看得出来他的手下人服饰鲜美、兵刃精良，远远不是当地市民所能及。他们在行会大厅里饕餮痛饮时，总是由他一个人来为大家掏钱付账。除此之外他又舍得施舍，而且又贵族气派十足，因而备受众人的称赞。

他们兄弟俩在城里待了整个冬天，而那年冬天国王却在东部萨尔普斯堡过冬。后来有消息说国王大概不会到北方来了。于是来年开春两兄弟便早早把船只收拾停当，顺着沿海往东而去。一路上航程十分顺利，不消多日，他们来到了东部萨尔普斯堡前去觐见圣王奥拉夫。国王见到他的心腹随从索尔莱克感到很高兴，便十分热情地接待了他。然后国王问起他同来之人中有一个举止气度十分雍容大方而服饰又非常华贵的人是谁。索尔莱克回答说："他是我弟弟，名叫小伯利。""他看样子确实是个气质非凡的人物。"国王称赞说道。于是国王邀请兄弟俩搬到王宫里来同他住在一起，兄弟俩欣然听命，并感谢了国王所赐予的这一殊荣。那年春天两兄弟便陪伴在国王身边。国王早先就同索尔莱克稔知相熟，因而对他十分和蔼可亲，然而他对小伯利却更为赏识宠信，认为他是个必定能干出一番事业的英才。

春暮夏至，兄弟俩聚在一起商量今后的打算。索尔莱克询问小伯利是否想在夏天返回冰岛，他问道："或许你还想在挪威再多住一段时日？"

小伯利回答道:"我既不想回冰岛也不想在此地久留。实言相告,在我离开冰岛时,我就未曾打算只在近处游历,也就是说,不要让别人从隔壁邻居家就可以打听到我的下落。所以我希望哥哥你把我们的船接管过去。"

索尔莱克听到小伯利想同他分道扬镳,未免心里难过起来,但他只好说道:"小伯利,既然你拿定了主意,那就照你的意思行事。"

于是,他们便将商议之事禀告国王。国王听了之后不胜诧异。"难道你竟然不肯同我们再多相聚一段日子,小伯利?"国王问道,"我本来以为你最好在我身边多留一段时间,我会把给你哥哥一样的头衔赏赐给你。"

小伯利回答说:"倘若我能当你的廷臣,那是我莫大的荣幸,可是我必须先到我心里向往已久而且非去不可的地方去一下。倘若命中注定我会平安回来,我将欣然接受这一恩赐。"

"你可以按照你的心思去航行,小伯利,"国王说道,"你们冰岛人都很任性,在大多事情上都执拗己见。可是我想用这句话来结束我们的交谈,小伯利,我感谢你,因为你是我秉政以来所遇到的冰岛来的最具有特色的人物。"

小伯利得到国王准许之后便着手准备行装,随后他搭乘了一艘南下丹麦的商船,身边携带大量金钱还有随从相伴。他向圣王奥拉夫道别,君臣两人情谊深重。国王在临别之际赠送给小伯利很精美的礼物。索尔莱克仍然留在国王身边听候差遣,而小伯利则南下丹麦。

那年冬天小伯利在丹麦逗留,同那里有权势的显贵人物结交往来，他的言行举止依然贵族气息十足，同在挪威的时候不遑多让。小伯利在丹麦度过冬天之后又继续他的天涯遨游。他踪迹不定飘忽无常，一直辗转来到米凯尔加斯（即君士坦丁堡），他到了那里即投身从戎加入了瓦伦加尼恩人卫队。据我们所听到的一鳞半爪，在伯利之子小伯利之前似乎还没有哪个北欧人跑到那里去为加斯国王当兵领饷的。他在米凯尔加斯待了许多个冬天，而且被公认为是最凶猛的武士，能面对生死考验而勇敢无畏。他骁勇强悍，总是挺身冲杀在最前面。瓦伦加尼恩人把小伯利推崇备至，直到他离开米凯尔加斯时仍对他敬佩不已。

74

现在再回头来讲讲索尔凯尔·埃约尔夫松。他在家过得十分安逸，又是威震一方的君主。他和古德隆所生的儿子吉勒尔亦已长大成人，很早就显示出来他是个男子汉气概十足的年轻人，在庄园上竞技和体育比赛中往往赢得胜利。

据说，有一次索尔凯尔告诉古德隆，他做了一个梦。"我梦见，"他说道，"我的胡须长得那么长以至于把整个布劳德港湾全都覆盖住了。"索尔凯尔要她参详此梦的凶吉如何。

古德隆问道："那么你以为此梦是什么预兆？"

他回答说道："我看起来这个梦是个好兆头，十分明白地预兆出我的势力还会再扩大，直到整个布劳德港湾都成为我的地盘。"

古德隆说道："说不定这就是梦兆所在。不过我却以为此梦预兆你会浸泡在布劳德港湾里而胡须漂浮在水面上。"

那年夏天,索尔凯尔把他的船只拖出来,收拾停当准备去挪威。他的儿子吉勒尔当时已经十二岁,也想跟随父亲去海外远航。索尔凯尔吩咐下去要让他属下的臣民全都知道他此行是为了运回木材来建造教堂。一切就绪后便克日起碇出海。他航行顺利,不过沿路上耽搁了不短时日,最后在挪威北部靠岸。当时圣王奥拉夫驻跸在特隆赫姆。索尔凯尔便前去觐见国王,他的儿子吉勒尔亦跟随前去。国王热情地款待了他们,那年冬天他们父子俩成为国王身边最为显赫的座上客,人们纷纷传闻相告说国王对索尔凯尔恩宠有加,赏赐给他一百个马克的精炼白银。在圣诞节国王赐给吉勒尔一袭大氅,这是一件十分名贵而且做工精良的礼物。

那年冬天,圣王奥拉夫在特隆赫姆城里用原木建造了一座教堂。这座教堂巍峨壮观、宏伟无比,所有的原木都粗大挺拔,全是精选出来的上乘佳品。到了来年春天,国王赐给索尔凯尔的木材也运上船。那些木材也很粗大,质地不错,因为索尔凯尔也都逐根验看过。

一天清早,国王带了几个随从到王宫外面溜达。他看见有个人影在那座尚未竣工的教堂里忙碌奔走。他觉得十分奇怪,因为天色尚早,离工匠上工还有一段时间,于是他走过去看个究竟。原来那个人影竟是索尔凯尔·埃约尔夫松。他正在丈量那些最大的圆木、横梁、檩条和柱木。

国王见状便调侃说道:"索尔凯尔你在干什么?莫非想丈量出尺寸来计算要带多少木材到冰岛去造教堂?"

"是的,一点不错,我的君主。"索尔凯尔回答说道。

于是圣王奥拉夫戏谑道："你不妨把每根主梁都削减掉两个伊尔，就这样盖造出来的教堂仍然是冰岛最大的。"

索尔凯尔回答说："你可以将你赐给我的木材收回去留给自己用，倘若你舍不得，或者心疼得想要取回的话。可是我决计不会把它们削减哪怕一个伊尔，况且我知道到哪里去和怎么样就能够为我自己找寻到上好的木材。"

国王闻听此言脸色骤变，然而他依然强自镇静，用平和的口气说道："原来如此。索尔凯尔你非但是个建功立业的人物，而且你也妄尊僭越、欺君犯上。一个低贱的农夫之子竟敢在我面前说长道短，真是不知天高地厚。你说我吝啬不肯赏赐给你足够的木材，这是信口雌黄。倘若你命中注定能建造起教堂，那你不妨放手去盖。可惜你盖的教堂只会嫌小而不会嫌大，因为任何教堂都无法容得下你的狂妄自大。我头脑里似乎有种不祥之兆，那就是这些木材无法用于造福那里的平民百姓，而你也用不着找人来用这些木材动工兴建。"

此言一出，两人马上就翻了脸，双方相互不再搭理，国王扭身扬长而去。周围的人都已注意到索尔凯尔的失态，他竟敢如此狂妄僭越以至把国王的口谕当作耳边风，甚至还当面顶撞惹得国王大为震怒。然而毕竟讲究体面，并未将君臣失和的风声泄露出去，因而一般臣民百姓并未耳闻索尔凯尔失宠之事。在索尔凯尔启程时，国王同他仍是客客气气地分手。

索尔凯尔登舟启程，出海后便遇到顺风，那艘船一直在风力中心附近往前飞驶，不久便来到拉姆港湾。然后他们改乘划桨小艇前往神圣荒原，庄园上见到他回来，人人高兴并且热情欢迎。

这次出海，索尔凯尔载誉而归平安回家。他吩咐将船拖曳上岸再遮盖严实防止风雪侵蚀。因为时届深秋，那些用以建造教堂的木材无法从北方起运，况且他手头上要做的急事很多，所以他雇人先将木材堆垛起来。索尔凯尔回家来，在庄园上度过冬天。圣诞节他在神圣庄园上大摆筵席，前来出席的宾客人头蜂拥。整个冬天他一直维持这样大的排场。古德隆并不阻止他那样做，她说道钱的用途就在于增加人的声势。她非但如此，还尽力保证随时都拿得出足够的物品来待客，以此来显示她帮助丈夫的高尚美德。那年冬天，索尔凯尔同他的朋友们一起分享了他带回到冰岛来的美酒和佳肴。

75

那年冬天圣诞节后，索尔凯尔离家往北而去，他来到拉姆港湾，准备运回从挪威带回来的那批木材。他先骑马到达勒峡谷，前往里肖农庄去看望他的堂兄索尔斯坦恩。他在那里征集人手和马匹。然后他往北到拉姆港湾着手办理他此行前来要办之事。他在港湾附近一带地方又征集了一些马匹，因为他打算尽量一次把木材全运走，省得枉费功夫还要再多一个来回。可是这件事进展得十分缓慢，直到四旬斋来临，索尔凯尔仍旧在那里忙碌着。后来总算渐渐顺手起来，那些木材从北面用二十余匹马拖运过来，在里肖河的入海口附近堆垛起来。索尔斯坦恩拥有一艘很大的渡船，索尔凯尔打算用这艘渡船把木材运回去。于是索尔凯尔在里肖农庄度过了四旬斋节,因为这两兄弟情谊深长十分投机。

有一天索尔斯坦恩对索尔凯尔说道:他们最好一起到赫尔霍尔特庄园去一趟,他说道:"我想要出几个钱把有些土地从哈尔多尔手上买过来。他替弟弟们为父亲的事情支付了赎罪金,那笔赔偿金额很大,所以如今他手头上十分拮据,而他的那块土地恰恰是我梦寐以求的。"

索尔凯尔请求他按照他自己的心思行事。于是他们两人率领二十名家丁离家前往。他们来到赫尔霍尔特庄园,哈尔多尔礼数周到地对他们表示欢迎,随即同他们海阔天空地闲聊起来。庄园上空空荡荡几乎阒无一人,因为哈尔多尔把他的所有家丁都派到斯登格里姆港湾去干活,那里有一条鲸鱼搁浅在海滩上,哈尔多尔亦可以分到手他应得的份额。

可是强者贝恩纳尔却还在庄园上,他是哈尔多尔的父亲奥拉夫的老家丁,那一辈人如今也只有他一个尚还活在人世。哈尔多尔在索尔斯坦恩和索尔凯尔骑马前来庄园之时就立即对贝恩纳尔吩咐说道:"我能够轻易地看透那兄弟俩心里怀着什么鬼胎。他们是前来胁迫强逼我把土地卖给他们。倘若不幸言而中之,他们必定会拉我出去讲悄悄话。我料定他们落座时必然会分坐在我的两边,所以你要留神盯住,倘若他们果真上门寻事来找我麻烦,你不要怠慢赶紧出手扑向索尔斯坦恩,而我去对付索尔凯尔。你一直忠于我们家族,希望这一次也不要辜负我的厚望。我已经派人到最近的庄园去召集人马。我想这两件事情最好同时进行。那边召集的人马及早赶到,而这边我们在交谈拖延时间直到援兵前来才能破裂。"

宾主说东道西交谈甚欢，时光不知不觉过去许多。索尔斯坦恩沉不住气了，便向哈尔多尔示意他们有要事相商，最好还是出去散步边走边谈。他说道："因为我们确实有事才登门造访。"

哈尔多尔说出去散散步对他来说并无什么不适合之处。于是索尔斯坦恩吩咐他的手下不必寸步不离地跟着他们，可是贝恩纳尔却毫无顾忌地紧跟上来，因为他想既然哈尔多尔料定他们居心叵测，说不定果真会发生什么祸端。他们在田野上走了很远。哈尔多尔身穿一袭用胸针扣住的大氅，也就是胸前有一根长胸针扣住对襟，这是当年的时尚打扮。他们走了很久之后，哈尔多尔在田野上坐了下来，果然不出他所料，那兄弟俩分开左右在他两侧坐下，紧贴在他的身边以至他的大氅下摆被他们俩压住在身底下。贝恩纳尔不敢有稍许懈怠，手里高举一柄大战斧站立在他们背后。

索尔斯坦恩说道："我此行前来为的是想要从你那里买地。我在我堂弟索尔凯尔在场之下向你提出此事。我想这桩买卖对我们来说双方都有利，因为我听说你急需钱用，而你的那块土地经营起来又十分花钱。我将另外给你一处产业作为买下你这块土地的回报，那处产业大概更适合你眼下的状况。倘若你亦同意，我们这就可以成交。"

在开始交谈时，哈尔多尔似乎对此事还很热衷，可是双方对买卖细节交换想法之后，那兄弟俩发觉他对条款的要求同他们的想法相差很远。索尔凯尔亦热切地参与交谈，想促使这桩买卖达成交易。可是哈尔多尔却不肯再多谈，他们俩愈是步步进逼，他就愈节节退缩，到了最后，他似乎根本就不打算卖掉土地。这时索尔凯尔发话说道：

"难道你还看不出来这是怎么回事,索尔斯坦恩堂兄?哈尔多尔是在同我们玩弄花招儿,他纠缠了我们整整一天,而我们却端坐着听他胡说八道,这正中了他的缓兵之计。如果你要买他的土地就必须快刀斩乱麻,不要再同他啰唆。"

于是索尔斯坦恩说道,他必须先弄明白他究竟能够有多少指望,他要求哈尔多尔不要再态度暧昧不明,而是要说个明白他究竟是否愿意把土地卖给他做成这笔交易。

哈尔多尔回答说道:"我想我不必再含糊不清让你们摸不着头脑,在这件事情上你们今天晚上回家去之时必定两手空空,带不回去任何达成交易的契约。"

索尔斯坦恩也翻脸说道:"既然如此我们也没有必要再拖延下去,而是让你现在就知道我们心里的打算,因为我们认为既然我们占尽上风稳操胜券,何不向你晓之以理让你顺从地就范。我们想你眼前只有两个选择。一个选择是你甘心情愿地做好这桩交易,作为报答你可以得到我们的友谊。另一个选择显然要糟糕得多,那就是伸出双拳来捍卫你的意愿,不过到头来你还是要乖乖地把赫尔霍尔特庄园的土地卖给我。"

就在索尔斯坦恩如此横蛮无理地苦苦相逼之时,哈尔多尔忽然从地上一跃而起,他蹿身起得那么突然以至把大氅上的胸针亦一折两断。他说道:"休得再要苦苦相逼,否则在我说出违心情愿的话来之前就会先发生一场祸祟。"索尔斯坦恩问道:"此话怎讲?"

哈尔多尔说道:"一柄长把战斧高悬在你的头顶上,手举战斧的乃是一个杀人不眨眼的好汉。只消手起斧落,你的蛮横凶暴和苦苦相逼都会化作泡影。"

索尔凯尔赶紧说道："这是一个邪恶透顶的预言，我希望你切莫让它实现。事到如今我还是弄不明白，哈尔多尔你有许多理由应该卖地，而你却偏偏不肯卖掉，你不肯卖地究竟所为何来？"

哈尔多尔说道："只要我违心情愿将土地卖掉，整个布劳德港湾都会落入你的怀抱。"说完之后他头也不回径直走回家去。此时他召集前来的人马已经闻讯赶到将庄园团团把守住。

索尔斯坦恩气得七窍生烟，声称非要血溅庄园把哈尔多尔宰了不可。索尔凯尔规劝他平息怒火休得莽撞。他说道：

"这将挑起最大的厮杀械斗，而在眼前马上就进行进攻并不合适。等到过了这个时候我便不会阻拦我们同他之间再动手较量。"

哈尔多尔也说他早已心中有数，倘若要较量他随时奉陪。

于是他们两人策马回家，在路上免不了谈到这次趁势而去却无功而归。索尔斯坦恩说，老实说此行是最令人狼狈不堪的失败。他说道："索尔凯尔堂弟，我不懂为什么你竟如此害怕，不敢猛扑上去把他打翻在地，让他蒙受耻辱？"

索尔凯尔冷笑回答说道："难道你真的没有看到贝恩纳尔当时就站在你的身后边，把战斧高高举在你头顶上。至于你问为什么，那真是天大的蠢话。因为只消他看到我稍有动静，他那柄战斧就会砍下去把你的脑袋一劈两片。"他们骑马回到了里肖农庄。四月斋不久就过去，随后来到的是耶稣受难周。

76

到了濯足节那一天,也就是复活节前的那个星期四,索尔凯尔清早起来就收拾停当准备动身。索尔斯坦恩却竭力阻拦,他一口咬定说:"天气靠不住,看样子很快就要变天。"

索尔凯尔说这样的天气尚还差强人意,他说道:"堂兄你不必再挽留我,因为我急于要在复活节前赶回家去。"于是他匆匆来到渡船停泊之处,吩咐将木材等一切物品全部装上船去。可是索尔凯尔和他的手下人刚把那些东西装到船上,索尔斯坦恩又把它们搬了下来。

于是索尔凯尔忍不住说道:"堂兄,不要再这样了,你休想说不让我走就硬要把我留下,哪怕在此刻即将开船之时。你必须明白这样越俎代庖未免太僭越过分。"

索尔斯坦恩说道:"我们两人都必须服从于避免发生祸患的主张,因为倘若一意孤行非走不可必然会出事。"

索尔凯尔未予理睬,自顾自向他告别,并说下一次再见面。索尔斯坦恩只得闷闷不乐返回家中。他来到客房,躺在索尔凯尔睡过的那张床上,叫人在他头底下垫一个枕头。女佣按照吩咐这么做了。片刻工夫,她便见到眼泪从他双眼流出,淌湿了那个枕头。过不多时,天色骤变,狂风大作如同狼嚎般呼啸,把房屋吹得咔嚓作响,似乎马上就要倒塌。索尔斯坦恩叹息说道:"唉,那个要杀我堂弟索尔凯尔的凶手正在鬼哭狼嚎。"

如今回过头来说说索尔凯尔的海上遭遇。他们启碇出海后顺着布劳德港湾而下。船上一共有十个人。海面上忽然起风，云涌风卷势头愈来愈大，倏然间狂风大作起来，排山倒海浊浪。船上的好汉们依然精神抖擞地破浪前进，因为这些好汉个个生龙活虎，人人都闯过江海，所以胆量极大。索尔凯尔随身携带着那柄斯古弗农恩宝剑，但是没有佩戴在腰际，而是放在船舱的储物箱里。索尔凯东和他手下一众好汉都奋力挣扎，终于把船驶到比约恩岩石礁屿，人们从小屿两侧的岸边看到这艘船缓缓靠近。他们离开岸边只有咫尺之遥，可是就是在这一刹那，一阵狂风从侧面横切过来，把风帆朝斜里硬压下去，把船身兜底翻起。于是索尔凯尔葬身鱼腹，其余的众好汉亦全都罹难，无一幸免。船上装运的木材随波逐浪四散漂流，在岩石礁屿之间翻来滚去。那些大木材被海水冲上了一个小屿，小屿日后便叫作柱石屿。斯古弗农恩宝剑嵌在船上的木板里，也被冲到岸上，发现此剑的地方后来被命名为斯古弗农恩屿。

索尔凯尔和他手下人被淹死的那天晚上，古德隆在神圣荒原庄园上烦躁不安、毫无睡意。那时候其余人都已上床就寝，她便独自一个前往教堂晚祷。她慢行细步登上台阶，推开了教堂墓地的停柩门。忽然她瞅见有个鬼魂站在她的面前。那个鬼魂朝她直扑过来大叫一声："出事啦，古德隆。"她无动于衷地说道："千万守口如瓶，切莫声张，可怜的人儿。"古德隆按照她原来的打算继续朝教堂走过去。她来到教堂门前，但见索尔凯尔和他的手下都已回到家来，他们站立在教堂大门口，个个浑身湿淋淋，海水从他们衣服上淌下来流了一地。古德隆并未同他们说话而是径直走进教堂。她在教堂里停留了很长时间，直到心情有点平静才走了出来。她走到客房，因为她以为索尔凯尔和他的手下人都一定会到那里去。然而她踏进屋里定睛一看，屋里竟阒无一人，她不禁惶惑骇然起来，心里涌起一股不祥的预感。

耶稣受难日那一天，古德隆派她手下四处打听索尔凯尔的踪迹消息，有的人到斯库加海滩，有的人前去岩石礁群。不过那时候，遇难的渡船残骸早已漂浮起来被海水冲上了岩石礁屿和港湾两侧的岸上。复活节前那个星期六，海滩出事的消息传开出去，这一带地方都为这一惊人的噩耗而悲痛，因为索尔凯尔生前曾是一位伟大的头领。

索尔凯尔罹难之时年纪并不算很大，才刚四十八岁。四个冬天之后，挪威国王圣王奥拉夫亦死去，不过他是捐躯在沙场之上。[①] 古德隆对索尔凯尔之死非常伤心，然而她勇敢地忍受住了丧失丈夫的悲痛。那时吉勒尔已经十四岁，他在母亲支持之下撑起了庄园的门户并且接手了头领的地位。不消多时，他便显出了生来与俱的能够担纲率众的才华。古德隆如今虔诚皈依宗教，她是全冰岛第一个能够默诵《圣经》里福音诗篇的女人。她在夜间常常在教堂里消磨很长时间诵读经文，小伯利的女儿赫尔迪丝常在夜间陪伴在她的身边，古德隆对她疼爱备至。

---

① 1028年，丹麦国王克努特大王同挪威小哈康雅尔结盟推翻圣王奥拉夫的统治。圣王奥拉夫被迫流亡，在小哈康雅尔死后他想重新夺回全国政权，便率领一支农民军队同丹麦人作战。1030年，斯蒂克拉斯塔战役中，他阵亡疆场。1035年，他被挪威人称为"圣徒"。

据说，有一个晚上小女孩赫尔迪丝梦见一个身着毛绒织成的大氅、头戴冠冕状头饰的女人。小女孩觉得那个女人长相十分凶恶便不去看她，可是那个女人却开口说道："去告诉你的祖母，我十分生她的气，因为她每天晚上都匍匐在我的身体上面，她掉下的眼泪热得滚烫，使我浑身如同被灼烧一样。我之所以要告诉你，是因为我还有点喜欢你，虽然你身上有一股奇里古怪的神秘力量在荡漾。不管怎么说，尽管我那么讨厌古德隆的浑身邪恶，我觉得同你倒是可以和睦相处的。"

赫尔迪丝从梦中惊醒过来，并且立即告诉了古德隆。古德隆认为那个幽灵的现身是一个好的先兆。

第二天清早，古德隆派人把教堂里她平日跪拜的跪垫底下的地板木条掀开，把泥土挖掉。他们发现了一堆颜色乌青、形状丑恶的骨殖，还有一个圆形胸针、一根巫婆用的魔杖。于是众人回想起来这地方原来是一个女巫的坟冢。他们便把这堆骨殖捧到一处没有什么人过往的僻静地方安葬。

77

索尔凯尔·埃约尔夫松惨遭溺毙过了四个冬天之后，有一艘海船来到岩石礁港湾。这艘船属于小伯利·伯利松所有，船上水手多半是挪威人。小伯利带来了大笔财富，还有外国君主们赏赐给他的奇珍异宝。小伯利如今成了一个气宇轩昂的伟大人物，他这次从海外航运归来，已不屑于再穿家织粗布的衣服，而是身着猩猩红细布衣服和皮毛。他的兵刃全都用黄金镶嵌。他被大家称为"尊贵的伯利"。

他回到冰岛后就吩咐船上的水手说，他必须要到西部回到他的故乡去。他离开海船，把船只和货物都交给他的手下人去照料。小伯利带领十二骑人马离船登岸。他的手下人也全都身穿猩红色战袍，骑在金色的鞍鞯上，这支队伍显得熠熠生辉、光彩夺目。而小伯利在他们中间更是引人瞩目。他的衣服上缀有加斯国王赠送给他的名贵皮毛，他身着一袭猩猩红斗篷，腰间佩有啮足者之剑，整个剑柄都用黄金包了起来，捏手的地方还用黄金细丝相缠。他头上戴一顶镏金头盔，肋前挂有一面红色盾牌，盾上绘有金色的骑士标志。他手持一柄匕首，这是外国的习俗。无论他们在哪里过夜宿营，当地的妇女都目不转睛地盯住了小伯利和他的手下人，仔细地观赏小伯利的飒爽英姿。

小伯利就这样衣锦荣归、返回故里，他骑马来到西边，前呼后拥地来到神圣荒原庄园。古德隆见到自己的儿子回来真是大喜过望。小伯利在家里逗留数日后又策马前往沙林斯峡谷的腾加庄园去探望他的岳父斯诺里，并同他的妻子索尔迪丝相会。

他们翁婿重逢两人都十分欣喜。斯诺里邀请小伯利住在他的庄园上，愿意住多久就住多久。小伯利欣然接受邀请并表示感谢。他和随他前来北方的手下人都住在斯诺里庄园上过冬。小伯利这次远航归来名声大振。斯诺里曲意尽心款待小伯利，疼爱之意同过去完全一样。

78

小伯利返回冰岛已经有一年。在第二个冬天里,斯诺里教士竟然病倒。他起先只是偶感风寒未曾在意,后来病情渐渐加重乃至病入膏肓,不得不缠绵在病榻上。他临终之时把所有的亲戚朋友和下属都叫到病榻跟前,对小伯利托付了后事,他说道:

"我的遗愿是在我死后由你继承这座庄园和承袭头领的头衔。我毫不吝惜将一切荣耀都留给你,待你决不与我亲生儿子有丝毫差别。而且我认为在我的儿子中间没有人能够成为这个国家里最伟大的主宰者,哈尔多尔可以做证。"

说完之后他咽下了最后一口气,终年六十七岁。按照博学者阿里教士[①]的记载,斯诺里死于圣王奥拉夫战死沙场后的那个冬天。他被埋葬在腾加庄园。

小伯利和索尔迪丝按照斯诺里的临终嘱咐接手了腾加庄园,斯诺里的儿子们个个深明大义,同他们夫妻俩亲密相处。小伯利成长为一个建立巨大功勋的君主,深受臣民们的爱戴。小伯利的女儿赫尔迪丝在神圣荒原庄园长成出落得娇艳动人,乃是所有姑娘之中最美丽的。赫尔蒙德之子、伊鲁吉之孙乌尔姆前来向她求婚。赫尔迪丝允婚后便嫁给他为妻。他们生下一子名叫考德伦。考德伦娶了西格蒙德之女古德隆为妻。考德伦夫妇生下一子名叫

---

① 阿里·索吉尔松,冰岛历史学家,著有《冰岛人记》(约1122年)等。

赫尔蒙德。赫尔蒙德娶了凯蒂尔主教的孙女、鲁诺尔夫的女儿乌尔费德为妻。这对夫妻膝下子女成群：四个儿子是凯蒂尔、赫雷恩、考德伦和斯蒂尔梅尔，大儿子凯蒂尔是神圣荒原修道院的主持。他们的女儿索尔沃尔嫁给布伦德之子斯凯吉为妻，从此，他们夫妻子孙繁衍香火不断，人丁逐渐兴旺起来，便形成了斯库加海湾那个家族。

小伯利和索尔迪丝的儿子名叫奥斯帕克。奥斯帕克生有一女，名字也叫古德隆，她嫁给布伦德之子索拉林为妻，他们的儿子名字也叫布伦德，他建立了神圣荒原教区，并且成了那里教堂的主持牧师。

索尔凯尔的儿子吉勒尔娶了雷克雅港湾的索尔吉尔斯·阿里松的女儿瓦尔盖尔德为妻。吉勒尔远航海外曾充任过挪威国王善良王马格努斯①的侍卫。国王赐给他十二盎司黄金和其他许多珍宝。吉勒尔生有两个儿子，名叫索尔凯尔和索尔吉尔斯。索尔吉尔斯的儿子就是名闻遐迩的博学者阿里。阿里的儿子名字也叫索尔吉尔斯。索尔吉尔斯的儿子名叫强者阿里。

回过头来再表叙一下小伯利的母亲古德隆。她如今已经鹤发童颜老态龙钟。如同上文所说，她整日郁郁寡欢、愁肠百结，心如槁木死灰一般。于是她遁世脱俗，当上了冰岛第一个修女。众人竞相传诵说：古德隆是冰岛与她出生门第相当的妇女中品德最高贵者。

据说有一回小伯利回到神圣荒原，古德隆见到儿子前来探望

---

① 圣王奥拉夫之子，1035—1047年在位。

总是有说不出的高兴,因为她们母子俩舐犊情深。两个俱坐在一起谈了很长时间,聊了不少家常。忽然间小伯利问道:

"母亲,有一件事情我倒很热衷于想弄明白,你情愿告诉我吗?你究竟最爱的是哪个男人?"

古德隆回答说道:"索尔凯尔是一位最有权势的男人,也是一位最伟大的君主,可惜在长相体态上都稍有逊色,而伯利的相貌体形是无人能够赶得上的。英贡的儿子索尔德是他们之中最精明的,也是个诉讼能手。至于索尔瓦尔德,我根本没有把他看在眼里。"

小伯利说道:"我十分清楚地听懂了你所讲的一切。你告诉了我每个丈夫的气质,可是你却依然没有说出来哪个男人才是你所最爱的。如今我们母子都已垂垂老矣,用不着再把这个隐私埋藏在心里。"

古德隆回答说道:"你何苦如此相逼非要我讲出心里话不可,我的儿子。倘若我必须要告诉什么人的话,那么此人就是你。"

小伯利便央求她讲出来,古德隆于是说道:"我对哪个男人最狠心便是我对此人爱得最深。"

"如此说来,"小伯利喟然长叹说道,"我觉得整个事情的真相已经不说自明了。"他说道她这句话使他茅塞顿开,明白过来如此长久以来他百思不得其解而又想要弄清的那桩事情的前因后果。古德隆活过古稀之年,有人说她后来耳聋目眇。古德隆死在神圣荒原,死后也埋葬在那里。

索尔凯尔的儿子吉勒尔一直住在神圣荒原庄园,活到了耄耋之年。他一生经历过许多惊天动地的大事。他的业绩已编写成许

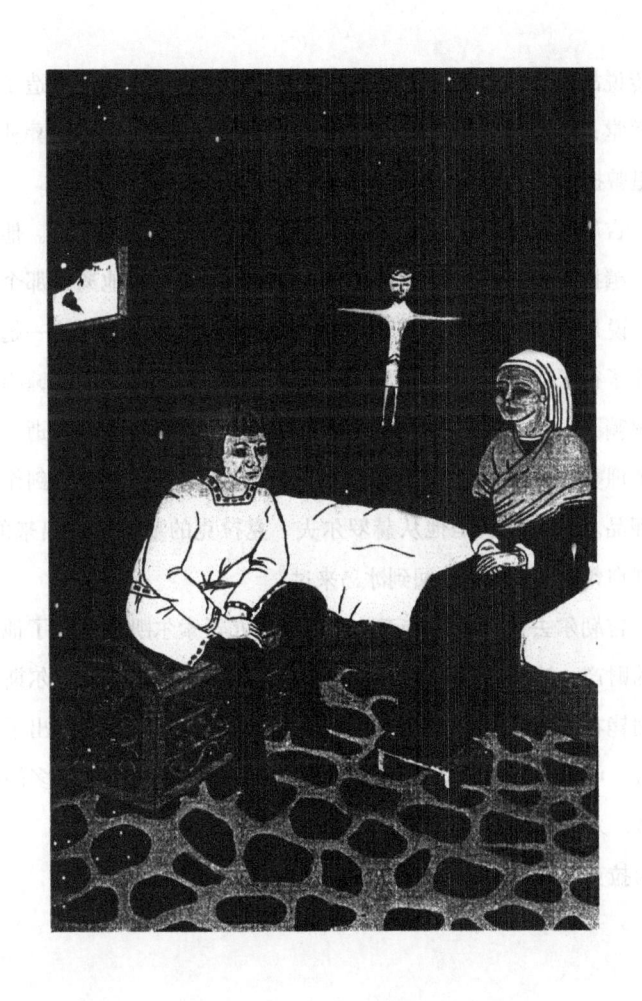

(Ásta Ólafsdóttir)

古德隆于是说道:"我对哪个男人最狠心便是我对此人爱得最深。"

多传说故事世代传诵，本文就不再赘述。他在神圣荒原建造了一座教堂，这座教堂雄伟壮观至极。挪威宫廷诗人阿诺尔在葬礼谣曲里曾提到过吉勒尔，也清楚地说到建造教堂这件事。

吉勒尔渐入老耄之时，他决意要再进行一次海外之行。他去了一趟挪威，不过在那里客住时间并不长久，然后他离开那个国家，说是"要用双脚一直步行到罗马去朝拜圣徒彼得。"这一趟远行花了很长时间。他从南方回到丹麦，在那里身染重病，缠绵于病榻躺了很久，在接受了教堂的临终安息仪式之后阖然长逝。吉勒尔埋葬在丹麦罗斯基勒城，他随身携带去斯古弗农恩宝剑作为殉葬品。那柄宝剑是他从赫罗尔夫·克拉克的墓冢里取出来的。此剑殉葬之后再也不曾回到冰岛来过。

吉勒尔去世的消息传至冰岛，他的儿子索尔凯尔继承了他父亲的财产，接受了神圣荒原庄园。吉勒尔的二儿子索尔吉尔斯早年溺毙在海里。他跌进布劳德港湾，当时船上所有人都伸出手去援救，可惜已经为时太晚。索尔凯尔·吉勒尔松是个博学多问的智者，人人说在所有男人当中就数他最富有学问。

拉克斯峡谷人的传说到此结束。

汉译世界文学名著丛书

萨迦选集

下 册

石琴娥 等译

尼雅尔萨迦

周景兴 译

1

从前，有一个人叫莫德，外号叫乱弹琴。他是红色西格瓦特的儿子，住在朗河平原上一个叫沃尔的地方。莫德是一位头领，权力很大，擅长进行法律诉讼。他对法律非常精通，以至于人们认为，如果没有他的参与，任何判决都是无效的。莫德有一个女儿，名叫乌恩，长相漂亮、举止优雅、天性聪明。人们都把她看作是朗河平原上最优秀的姑娘。

现在，故事的场景向西转到了布雷扎湾山谷。那里住着一个名叫霍斯库尔德的男子，他是达拉-考尔的儿子。霍斯库尔德的母亲叫索尔盖尔德，是红色索尔斯坦恩的女儿。索尔斯坦恩是白色奥拉夫的儿子、英杰尔德·海尔嘉松的孙子。英杰尔德的母亲索拉是蛇目人西古尔德的女儿。西古尔德的父亲叫邋遢鬼拉格纳尔。红色索尔斯坦恩的母亲叫智多星乌恩，是塌鼻子凯蒂尔的女儿。凯蒂尔的父亲叫比约恩·布纳。霍斯库尔德居住的地方叫霍斯屈尔斯塔济，位于拉赫索达尔荒原上的一个谷地里。

霍斯库尔德有一个同母异父的兄弟，名叫赫鲁特，住在赫鲁特斯塔济。赫鲁特的生身父亲名叫赫尔约夫。赫鲁特长得英俊、魁梧、健壮，擅长格斗，骁勇异常，但性格平和。他非常聪明；对待敌人毫不留情；但在重要的事情上，他很愿意听取别人良好的建议。

一天，霍斯库尔德举行宴会招待他的朋友们，他的兄弟赫鲁特也在场，就坐在他旁边。霍斯库尔德有个女儿，名叫哈尔盖尔德，正和几个女孩子在地板上玩儿。她个子高高的，长得妩媚动人，满头丝一样光洁的秀发一直垂到腰间。

霍斯库尔德向她喊道："到这儿来。"

她马上走了过来。霍斯库尔德抚摸着她的脸蛋儿，吻了吻她。然后，哈尔盖尔德就走开了。

霍斯库尔德问赫鲁特道："你觉得这孩子怎么样？难道你没发现她很美吗？"

赫鲁特没有回答，霍斯库尔德就又问了一遍。

赫鲁特这才说道："这孩子的确很漂亮，也会有很多人为了她的美丽而吃尽苦头。但我弄不明白，我们家族的人怎么会长一双贼眼？"

霍斯库尔德听了很生气。有好一阵儿，兄弟俩谁也不理谁。

哈尔盖尔德的兄弟们分别是：索尔莱克、奥拉夫和巴尔德；索尔莱克生了个儿子，起名叫伯利；奥拉夫的儿子叫克雅丹。

2

一天，霍斯库尔德和赫鲁特一起骑马去参加阿耳庭大会[①]。那里人山人海的。

[①] 阿耳庭大会，即全岛大会，与下文中的大会、"庭"的会议和"庭"会意义相同并通用。

霍斯库尔德对赫鲁特说:"兄弟,我希望你能娶个妻子,从而提高你的社会地位。"

赫鲁特答道:"这件事我考虑了很久,但还没拿定主意。我会照你的意愿去做的。可你看我们该找谁呢?"

霍斯库尔德说道:"参加'庭'会的人中有很多头领,所以,你面临着很多不错的选择。不过,我已经为你选中了一位,姑娘名叫乌恩,是乱弹琴莫德的女儿。莫德就在这儿参加大会,他的女儿也来了。你要是愿意,可以先看看她。"

第二天,当人们前往立法会议的时候,兄弟俩看到在朗河平原的棚屋外面站着几个衣着华丽的女人。霍斯库尔德对赫鲁特说:"那个女人就是我跟你说的乌恩,你觉得怎么样?"

"很不错,"赫鲁特说,"但不知道我们在一起生活会不会幸福。"

他们继续往前走,来到了立法会议。莫德跟往常一样,先向人们讲解了一番法律问题,然后,就向自己的棚屋走去。霍斯库尔德和赫鲁特站起身,跟在莫德的后面,走进了棚屋。莫德在棚屋的尽头坐了下来。兄弟俩向他问候,莫德则起身迎接,并友好地向霍斯库尔德伸出手来。霍斯库尔德挨着他坐了下来,赫鲁特则坐在了霍斯库尔德旁边。

他们讨论了很多问题。后来,霍斯库尔德转入了正题:"我建议我们之间达成一项协议:赫鲁特想同你的女儿达成婚约,做你的女婿。对此我是全力支持的。"

莫德说:"我知道你是位伟大的头领,可我一点儿也不了解你的兄弟。"

霍斯库尔德说:"他比我强。"

莫德说:"你得给他一大笔财产,因为我所拥有的一切都将由我的女儿来继承。"

"我会让他拥有坎巴角、赫鲁特斯塔济以及直至斯朗达吉尔的一切财产——这个你不必等得太久;另外,赫鲁特还拥有一艘商船,现在正在海上。"霍斯库尔德答道。

这时,赫鲁特对莫德说:"请记住,我的兄长是出于善意和手足之情才这么大力支持我的。但是,如果你愿意考虑这件事,那就请你谈谈条件吧。"

莫德答道:"我已经想好了。一共得给乌恩六十百锰①,其中的一半必须由你来出。要是你们有了后嗣,那么这笔财产就由你们两个人平分。"

赫鲁特说:"我同意这些条件。咱们找证人吧。"

他们站起来握了握手,这样,莫德就把女儿乌恩许配给了赫鲁特。婚礼定在仲夏过后的第三个星期,地点是在莫德的农场。

这件事情办完之后,双方就离开"庭"会,上马各自回家了。霍斯库尔德和赫鲁特向西取道"哈尔比约恩的石冢"。住在雷恰达尔的持金人比约恩的儿子斯约斯托尔夫纵马赶来迎接他们。他告诉他们说,赫鲁特的那艘商船已经驶抵惠特河,他的叔叔奥祖尔正在船上,要赫鲁特尽快去见他。听到这个消息,赫鲁特就要求霍斯库尔德陪他一起去。于是,他们俩一同向商船停泊的地方扬鞭飞马而去。

---

① 百锰系金币单位。

来到船上,赫鲁特热情、高兴地欢迎他的叔叔。奥祖尔请他们到自己的棚屋里喝一杯。有人为他们的马卸下了鞍子,他们走进棚屋,各自取了些喝的东西。

赫鲁特对奥祖尔说:"叔叔,你一定要到西部来,跟我一起过冬。"

"不行,"他说,"我得告诉你,你的兄弟埃温德去世了。他在古拉大会留下遗言,要把他的财产留给你。你要是不去继承,你的敌人就会把它夺走。"

"哥哥,现在我该怎么办?"赫鲁特问,"情况复杂了,因为我刚刚安排好我的婚礼。"

霍斯库尔德说:"到南部去找莫德,请他改一下婚约,让他承诺婚约在三年之内依然有效。我这就回家,把你的东西搬到船上来。"

赫鲁特说:"我想让你先把这艘船上的面粉和木料搬走,至于其他的,你需要什么就搬什么吧。"

他备好马匹,纵马向南部疾驰而去。霍斯库尔德则上马向西,回到家里。

赫鲁特来到莫德位于朗河平原的家,受到了热烈的欢迎。他把新出现的情况向莫德讲述了一遍,问他有什么建议。

莫德问:"这笔遗产一共有多少?"

赫鲁特回答说,假设全部归他的话,能有两百金马克。

莫德说:"跟我要留给乌恩的相比还是挺多的。你要是想要这笔财产,自然就一定要去。"

于是,他们把婚约的内容做了修改,莫德答应把婚约延长三年。

随后,赫鲁特上马回到了自己的船上,在那儿度过了夏天,直到做好了出海的准备。霍斯库尔德把赫鲁特所有的必需品都搬到了船上;赫鲁特则委托霍斯库尔德在自己在海外期间,照管他在冰岛的财产。这些事情办妥之后,霍斯库尔德就返回了自己的农场。

过了不久,海上刮起了顺风,他们就扬帆启程了。三个星期之后,他们抵达赫恩群岛,接着,又向东驶往维克(奥斯陆峡湾)。

3

那个时候,统治整个挪威的是灰斗篷哈拉尔德。他的父亲血斧艾里克是美髯公哈拉尔德①之子,母亲贡希尔德是奥祖尔·托蒂之女。哈拉尔德和母亲在东部的科侬加海拉施行统治。

一天,有人向维克方面报告说,有一艘船从西面驶抵这里。贡希尔德听了,就问船上都是些什么样的冰岛人。有人告诉她,其中一个是奥祖尔的侄子赫鲁特。

她说:"我很清楚这是怎么回事,他是来继承遗产的,但一个叫索蒂的人已经把那笔财产据为己有了。"

于是,她把仆人奥格蒙德叫了过来,吩咐道:"我派你前往维克,去见见奥祖尔和赫鲁特。你告诉他们,我邀请他们俩跟我一

---

① 在本部传奇中,祖孙、叔侄甚至父子同名的人物较多。这种情况在今天的西方也比较常见。

起过冬,并愿意做他们的朋友。如果赫鲁特听从我的劝告,那么,在他对这笔遗产所提的继承要求方面以及他想做的任何事情上,我都会帮助他,而且,我还会在国王面前替他美言几句。"

这位仆人马上出发,找到了他们。得知他是贡希尔德的仆人,奥祖尔和赫鲁特就向他表示热烈的欢迎。奥格蒙德悄悄地把贡希尔德的口信转告给他们。叔侄两人便商量该怎么办。

奥祖尔对赫鲁特说:"孩子,在我看来,很显然,在这件事情上,她早就替我们做出决定了,因为我了解贡希尔德:如果我们不求助于她,她立刻就会把我们从这块土地上赶走,并抢走我们所有的财产。相反,如果我们向她求助,她就会给予我们她承诺的一切荣耀。"

奥格蒙德上马返回,见到贡希尔德后,就把同赫鲁特他们见面的经过向她讲述了一遍,说他们愿意来。

贡希尔德说道:"这我早就料到了,难怪人们说赫鲁特精明强干。现在,你要密切注意着他们。等他们一到,马上向我报告。"

赫鲁特和奥祖尔向东前往科侬加海拉。赶到那里的时候,亲朋好友都出来热烈地欢迎他们。他们俩问国王在不在城里,人们说他在。不久,他们遇到了奥格蒙德;他向他们转达了贡希尔德的问候,并带来一个口信:因为担心流言蜚语,所以,他们应该在觐见国王之后再去见她。奥格蒙德说:"她还说:'千万别让人们觉得我对他们有什么特殊的照顾。但我还是爱怎么样就怎么样。在国王面前,赫鲁特要大胆直言,请求做国王的侍从。'"

"这儿有一件考究的礼服,"奥格蒙德继续说,"她让你穿着它去觐见国王。"

说完，奥格蒙德就回去了。

第二天，赫鲁特说："我们动身吧，去面见国王。"

"好的，走吧。"奥祖尔说道。

他们一共有十二个人，都是亲朋好友。他们走进大厅，国王正在那里喝着什么。赫鲁特抢先一步，走到众人前头，向国王施礼问候。国王仔细地打量了一下这位衣着华丽的汉子，问他叫什么。赫鲁特做了回答。

"你是冰岛人吗？"国王问道。

他回答说是的。

"你为什么到我们这里来？"

"是为了亲眼目睹你的伟大，陛下。另外，在你的王国，我要处理一件金额巨大的遗产案。要想获得公平的解决，我就需要你的帮助。"

国王说道："我发过誓，在我的王国内，人人都将受到法律的保护。你到这儿来还有什么其他目的吗？"

"陛下，"赫鲁特说，"我想恳求你，接受我加入你的卫队，做你的侍从。"

国王没有回答。

贡希尔德说："我觉得这个人在向你表示极大的敬意。你的卫队中要是多一些这样的人，那它就是精锐之师了——在我看来就是如此。"

"这个人聪明吗？"国王问道。

"既聪明又勇敢。"她答道。

"依我看，我的母亲是想让你得到你所谋求的职位。但是，出于对我们的尊严和王国习俗的尊重,你必须在半个月之后再来一趟,到那时候,你就会当上我的侍从。在你再次见到我之前,我的母亲会关照你们的要求的。"

贡希尔德对奥格蒙德吩咐道:"把他们领到我那儿,设宴款待。"

奥格蒙德和他们一起走了出来,把他们领到一座石头建造的大厅里。厅内悬挂着非常漂亮的挂毯,贡希尔德的宝座就设在这座大厅里。

奥格蒙德说:"你们就会明白,我告诉你们的有关贡希尔德的话都是真的。那是她的宝座——就坐那儿吧。即使她来了,你也可以继续坐在那儿。"

接着,他就款待他们吃饭。刚坐下一会儿,贡希尔德就到了,赫鲁特立即站起身来迎接。

"坐着吧,"她说,"只要你是我的客人,这个座位就是你的。"

贡希尔德挨着赫鲁特坐了下来,两个人推杯换盏地喝了起来。夜幕降临的时候,她说:"你今晚到楼上我的房间里睡觉——就我们俩。"

"听你的。"他说道。

于是,他们就准备上床休息,她则迅速地闩好了门。那天夜里,他们就在那儿睡的觉。第二天早晨,他们又一起下楼去喝酒。这样,整整两个星期,他们都睡在楼上的房间里——就他们两个人。

贡希尔德对她的仆人们说:"你们要是有谁胆敢把我和赫鲁特的事情传出去,我就要他的小命儿。"

赫鲁特送给她一百埃尔①的织布和十二件手工织成的斗篷,她感谢他送礼物给自己。赫鲁特吻了吻她,向她表示感谢,然后就走了。她祝他一切顺利。

第二天,赫鲁特同其他三十个人一起来见国王,向他问候。

国王说:"赫鲁特,看来你现在想让我实现对你的承诺了。"

就这样,赫鲁特当上了国王的侍从。

赫鲁特问道:"我坐在哪儿?"

"由我母亲决定。"国王说道。

贡希尔德让他坐在了一个非常显要的位置上。整个冬天,他都同国王待在一起,极受尊重。

4

春天的时候,赫鲁特听到了一则有关索蒂的消息,说他已经带着那笔遗产南下,去了丹麦。赫鲁特找到贡希尔德,把索蒂的去向告诉了她。

她说:"我送你两艘长舰②,配齐水手;再送你一员猛将——我们'门客'③的首领虎痴乌尔夫。但在出发之前,你一定要去见一见国王。"

―――――――――

① 埃尔,旧时量布的长度单位。
② 长舰,一种大型帆船。
③ "门客"是指当时国王的一些特殊侍从,负责内部的间谍活动,并剔除国王的敌人。

于是，赫鲁特就前去觐见国王。见到国王之后，他讲述了索蒂的动向，并说他要去追赶索蒂。

国王问道："我母亲给你提供了什么帮助？"

"两艘长舰，为首的是虎痴乌尔夫。"赫鲁特答道。

"你受到的待遇很不一般，"国王说，"现在，我再送你两艘船。这些兵力你都会用得上的。"

然后，国王把赫鲁特送上了船，并祝他"一帆风顺"。

于是，赫鲁特带着手下扬帆南下了。

5

有一个人叫阿特利，是哥得兰岛[①]的雅尔阿尔恩维德的儿子，骁勇善战。他的基地设在梅拉伦湖，拥有一支八艘船的舰队。由于他的父亲不再向阿特尔斯坦国王的养子哈康进贡，父子俩就一起从耶姆特兰逃到了哥得兰岛。

阿特利的舰队从梅拉伦湖经斯托克尔松海峡南下丹麦。在那儿，他把舰队驻扎在厄勒海峡。阿特利曾在丹麦和瑞典进行过抢劫，还杀过人，因此，两国国王都把他宣布为不受法律保护的人[②]。

[①] 今属瑞典。

[②] 本书下文多处提及"不受法律保护的人"。按照本书所描述的当时的法律，一旦某人被宣布为"不受法律保护的人"，即意味着在他被人打伤或杀害后，无权获得相应的赔偿。

此时,赫鲁特正在向南驶往厄勒海峡。驶进海湾的时候,他发现湾内停泊着几艘战船。

乌尔夫问:"怎么办,冰岛人?"

"继续前进,"赫鲁特吩咐道,"不入虎穴,焉得虎子。我和奥祖尔率我们的船冲在前头。至于你的船,你愿意带到哪儿就带到哪儿。"

"我很少让别人做我的挡箭牌。"乌尔夫说道。

他把自己的船同赫鲁特的船并行起来。就这样,他们驶进了海湾。

海湾里的人发现有船向他们冲了过来,就报告给阿特利。阿特利说道:"那我们就有机会搞些战利品了。命人把帐篷护罩放下来,船只准备战斗。快点儿!我的船要在舰队的中央。"

他们驾船迎了上去,驶到喊话范围之内的时候,阿特利站了起来,喊道:"你们也太大意了,没看见这儿的海湾里有战船吗?你们的头儿是谁?"

赫鲁特报出了名字。

"你是谁的人?"阿特利问道。

"灰斗篷哈拉尔德国王的侍从。"赫鲁特答道。

阿特利说:"我和父亲以前支持过挪威国王,不过,那已经是很久以前的事儿了。"

"那你可真不幸。"赫鲁特说道。

阿特利说:"我们这次见面的情景,你是没机会活下来向别人讲述的了。"他抓过自己的长矛,向赫鲁特的船上掷了过去。一个水手被长矛刺中,倒地而死。

战斗开始了，但要冲上赫鲁特的船却并非易事。乌尔夫左冲右突，毫无惧色。阿特利手下有一员猛将，名叫阿索尔夫。他纵身跳到赫鲁特的船上，杀了四个人之后赫鲁特才注意到他。赫鲁特随即转身同他对峙着，交手时，阿索尔夫一矛刺穿了赫鲁特的盾牌，赫鲁特则给了他致命的一剑。

虎痴乌尔夫见到了这一幕，说道："赫鲁特，你这一剑很漂亮，但这主要应归功于贡希尔德对你的帮助。"

"我有一种预感，"赫鲁特说，"这些话是从一个注定要死的人的口里说出来的。"

阿特利瞅准乌尔夫的一个破绽，猛地将长矛扔了过去。不偏不倚，长矛一下子刺穿了乌尔夫。

接着，双方又是一阵激烈的搏斗。阿特利纵身跃到赫鲁特的船上，杀散周围的众人。奥祖尔转身挺矛向他猛刺，但就在这时，有个人向他一矛刺来，奥祖尔身子往后一仰，摔倒了。于是，赫鲁特转身迎战阿特利。阿特利猛砍赫鲁特的盾牌，一下子把它劈为两半。就在这时，一块石头飞来，击中了阿特利的手，他的剑随之滑落在地上。赫鲁特拾起剑来，斩断了阿特利的腿，接着又是一剑，结果了他的性命。

赫鲁特和他的手下缴获了很多战利品，他们把两艘最好的船据为己有，并在那里作了短暂的停留。

索蒂和他的手下设法避开赫鲁特等人，返回了挪威，在利姆加德靠了岸。索蒂上岸后，遇到了贡希尔德的仆人奥格蒙德。

奥格蒙德一下子就把他认了出来，便问他道："你打算在这儿待多久？"

"三个晚上。"索蒂答道。

"然后去哪儿?"奥格蒙德问道。

"往西,去英格兰,"索蒂说,"只要挪威还是贡希尔德的地盘,我就永远不再回来。"

奥格蒙德离开索蒂,去找贡希尔德。她正在附近的一个地方和儿子古德罗德参加一个宴会。奥格蒙德把索蒂的计划告诉了她,她就吩咐古德罗德去杀掉索蒂。古德罗德立即出发,乘其不备捉住了索蒂,命人把他带到岸上绞死了。然后,他夺了那笔财产,把它带给了母亲。她命人把它们都带往科侬加海拉,随后,她自己也赶到了那里。

秋天,赫鲁特回来了,带回来大量战利品;他立即去觐见国王,受到了很好的招待。他给国王和他母亲送了很多钱财。他们要多少,他就给多少。后来,国王拿了三分之一。贡希尔德告诉他,她已经夺回了他要的遗产,并让人杀了索蒂。赫鲁特向她表示感谢,把遗产的一半分给了她。

6

那年冬天,赫鲁特跟国王待在一起,极受恩宠。但春天到来的时候,他却变得非常沉默寡言。贡希尔德注意到了他的变化,便趁着没人的时候,向他提起了这件事。

"你不高兴吗,赫鲁特?"她问道。

"有那么一句话,"赫鲁特说,"叫作'梁园虽好,非久恋之家'。"

"你想回冰岛了？"她问道。

"是的。"他答道。

"你在那儿有女人？"她问道。

"没有。"他答道。

"但我敢肯定你是有的。"她说道。说到这儿，他们就停止了交谈。

赫鲁特去见国王，向他问了好。

国王问道："你现在有什么打算呢，赫鲁特？"

"陛下，"他说，"我想请你允许我回冰岛去。"

"你在那里的声望会比在这里更高吗？"国王问道。

"可能不会，"赫鲁特回答说，"但男子汉必须去做他应该做的事。"

"同他进行拔河式的较量你是赢不了的，"贡希尔德说，"他觉得怎么合适，就让他怎么做吧。"

那一年的粮食收成不太好，但国王还是送了他很多面粉，他要多少就给多少。随后，赫鲁特和奥祖尔一起打点行装，准备返回冰岛。一切准备就绪以后，赫鲁特就去觐见国王和贡希尔德。

贡希尔德把赫鲁特拉到一边，悄悄对他说："这儿有一个金臂环，送给你吧。"说着，她把它戴在了赫鲁特的手臂上。

"我从你那儿得到了很多珍贵的礼物。"赫鲁特说道。

她搂住他的脖子吻他，说道："如果我对你的威力能有我想象的那么大，那么我要对你说出这个咒语：你跟你要娶的那个冰岛女人不会有任何性快乐——尽管你可以从其他女人那里得到这种快乐。对此,我们俩都将无能为力,因为你没有跟我说实话。"

赫鲁特咧开嘴笑了笑,转身走开了。他来到国王面前,向他表示感谢。国王和蔼地对他讲了几句话,祝他一路平安。他说,赫鲁特是个非常勇敢的人,而且知道怎样使自己在行为举止上像一个出身高贵的人。之后,赫鲁特立即上船,扬帆启程了。他们一路顺风地抵达了博尔加峡湾。船刚被拖到岸上,赫鲁特就纵马向西往家赶。奥祖尔则留下来负责卸货。

赫鲁特回到了霍斯屈尔斯塔济。霍斯库尔德热情地欢迎他,赫鲁特向他一五一十地讲述了自己的经历。接着,他们派人到东部去找莫德,让他准备喜筵。随后,兄弟俩上马来到了船边。霍斯库尔德告诉赫鲁特,他不在期间,他的财产又增加了不少。

赫鲁特说:"你实际得到的回报太少了。作为补偿,今年冬天,你们全家需要的面粉全部都由我来提供。"

他们把船拖到岸上,在周围筑起了篱笆,然后把所有的货物都运到了西部的达利尔。

赫鲁特在位于赫鲁特斯塔济的自己的家中住了下来。再过六个星期就是冬天了,他和哥哥以及奥祖尔做好了到东部举行婚礼的准备。他们率领六十个人,纵马径直来到了朗河平原。邻近地区的客人都已经赶到了。男人们坐在侧面的长椅子上,妇女们则占据了后面中间的座位,但新娘却面露忧伤。人们痛痛快快地吃着、喝着,宴会进行得非常顺利。莫德给女儿置办了嫁妆之后,乌恩便和丈夫上马到西部去了。他们一路马不停蹄地径直来到了赫鲁特的家。

赫鲁特把家里的事务全都交给乌恩来管,大家对此都感到高兴。但是，她和赫鲁特之间却缺乏一种亲密。这种情况一直持续了整个冬天。

春天到来的时候，赫鲁特得去西部峡湾，把出售货物的钱款收回来。临行之际，他的妻子问他："你会在大家去开'庭'的大会之前回来吗？"

"你为什么要知道这个呢？"赫鲁特问道。

"我想去参加大会，并看看我父亲。"她答道。

"好的，"他说，"我和你一起去。"

"那好吧。"她说道。

随后，赫鲁特离开家，上马赶往西部峡湾，把收回来的钱款贷出去之后，又飞马返回家里。从西部回来之后，他就开始为参加全岛大会做准备，还邀请所有的邻居和他的哥哥霍斯库尔德跟自己一起去。

赫鲁特对妻子说："如果像你说的那样，去参加大会对你非常重要的话，那你就准备准备，跟我一起去吧。"

她很快就准备好了，他们便上马来到了"庭"会。乌恩径直来到了父亲的棚屋。见到女儿，莫德很高兴，但她却情绪低落。他注意到了，就问她："我以前看到的你可不像现在这个样子。你有什么心事吗？"

乌恩哭了起来，但没有回答。莫德对她说："你要是不愿意相信我，那为什么还要到这儿来呢？难道你觉得住在西部不好吗？"

她答道："真希望当初我没去西部，哪怕为此要我放弃自己拥有的一切。"

莫德说："我不久就会弄个水落石出的。"

他派人去找霍斯库尔德和赫鲁特,他们马上赶来了。莫德一见到他们,就热情地起身问好,并请他们坐下。他们谈了很长时间,谈得也很融洽。

后来,莫德问赫鲁特:"为什么我女儿在你们西部那么不高兴呢?"

赫鲁特答道:"要是我有什么可以指责的不是之处,就让她说出来吧。"

但她并没有指责赫鲁特。赫鲁特又让莫德问自己的邻居和家人,了解他是怎样对待她的。他们向莫德介绍的都是关于赫鲁特的好话,并且说,只要是乌恩想管的事,都由她一个人说了算。

莫德对乌恩说:"回家去,为自己的命运感到满足吧,因为这些证据对他更有利。"

然后,赫鲁特就和妻子一起上马离开"庭"会回家了。那年夏天,他们过得还很不错。但到了冬天,同样的问题又在他们俩之间出现了;而且,随着春天的来临,情况变得更糟了。这时候,赫鲁特必须得再去一趟西部峡湾,因此,他说,他今年不去参加阿耳庭大会了。他的妻子乌恩对此什么也没说。赫鲁特一准备好就出发了。

7

又快到召开阿耳庭大会的时候了。乌恩问西格蒙德·奥祖尔松愿不愿意跟她一起去参加大会。他回答说,如果那样做会让他的亲戚赫鲁特不高兴的话,那他就不去。

"我这样恳求你,是因为我觉得在所有这些人当中,你还欠着我一份人情。"她说道。

他答道:"那我要提个条件,你得跟我一块儿回来,而且不许对我或赫鲁特搞什么鬼。"

她答应了。于是,他们上马来到了"庭"会。

她的父亲莫德正在那里。他热情地迎接她,请她在整个会议期间留在自己的棚屋里。这样,她就留了下来。

莫德问道:"关于你丈夫赫鲁特,你想告诉我些什么?"

"在他控制得了的事情上,我说不出他有什么不好。"

莫德默默地听着。

"你有什么心事?"他问道,"我看得出来,除了我,你不想让任何人知道。你可以相信,我是解决这个问题的最佳人选。"

他们走到一个僻静的地方,谁也听不到他们的谈话。

莫德对女儿说:"现在,把你们俩的事全都告诉我。不要夸大其词。"

"那我就实话实说了,"她说,"我要跟赫鲁特离婚。我来告诉你我对他主要有什么不满:尽管他最具有男子汉的性格,但在性生活中,他却无法给我以快感。"

"怎么会呢?"莫德说,"你再讲详细点儿。"

她说:"他靠近我的时候,他的那个东西变得太大了,从我这儿根本得不到满足。我们俩想尽了一切办法,试图从对方那里获得快感,但都不行。可只要我们一分开,他又变得跟其他男人没什么两样了。"

莫德说:"你把这件事情告诉了我,这样做很对。现在,我想好了一个计划,只要你小心翼翼、一丝不苟地按计而行,就能对你大有好处。首先,你必须离开这里上马回家。那时候你的丈夫应该已经回去了,他会热情地迎接你。你要高兴起来,对他百依百顺。这样,他就会觉得情况有了好转。你不要表现出一丝一毫的冷淡。春天到来的时候,你必须假装生病,躺在床上。赫鲁特不会对你为什么生病而去刨根问底,也不会找你的碴儿。实际上,他会要求所有的人都尽心尽力地照看你。然后,他会和西格蒙德一起前往西部峡湾,把他所有的财产都弄回来,这样,夏天中的大部分时间他都不在家。当人们前往'庭'会、那些准备参加会议的达利尔人都已启程了的时候,你就下床叫人跟你一起出发。做好准备后,你就跟将要和你一同出发的那个人上床睡觉。然后,你就在你丈夫的床边指定证人,宣布你跟赫鲁特合法地离婚了。这是'庭'会规则和国家法律所允许的。在大门口,你一定要再次指定证人。然后,你就立刻上马离开家,经过拉赫索达尔荒原,一直赶到霍尔塔瓦德荒原,因为他们是不会追到赫鲁塔峡湾那么远的。接着,你要继续马不停蹄地赶到我这里来。然后,诉讼的事由我来管,你就再也不会落入他的手里了。"

于是乌恩上马离开阿耳庭大会回到了家里。赫鲁特已经回来了,热烈地迎接她。她沉着地应对着,对他笑脸相迎。从夏到冬,他们相处得都很融洽。春天来临的时候,乌恩生病了,卧倒在床上。赫鲁特要去西部峡湾,临行之前,他吩咐别人要好好照顾她。举行"庭"会的日子到了,乌恩做好了出逃的准备,把父亲交代的事情一件一件地都分毫不差地做了。然后,她就飞马离开家里。

人们出来找她,但没有找到。莫德热烈地迎接了女儿,问她是不是严格按照他的计划做的。

"分毫不差。"她答道。

于是,莫德来到法律岩石,宣布他们合法地离婚了。人们都觉得这可是一件大事。乌恩随后就跟父亲回到了家里,再也没有去西部的赫鲁特斯塔济。

8

赫鲁特回到家里,发现妻子不见了。他皱起了眉头,但还是控制住了自己。整个夏天和冬天,他都待在家里,跟谁也没有谈这件事。第二年夏天,他和哥哥霍斯库尔德率领很多人马前往阿耳庭大会。来到大会后,他向别人询问莫德在不在,人们回答说他在。大家都认为他们俩会谈谈这件事,可是他们却没有谈。

一天,趁人们来到法律岩石的时候,莫德指定了证人,宣布要从赫鲁特那里把属于他女儿的财产拿回来。他说,这笔财产价值九十个百镒,而且,不仅这笔钱需要偿还,还要罚款三个金马克。他在依法受理这一案子的地区法庭中宣布了这件事,还在法律岩石那儿当着众人的面做了陈述。

莫德说完之后,赫鲁特说道:"你为你女儿的案子提起诉讼,更多的是出于你的贪婪、好斗,而不是出于什么善意或正派。既然我的财产你还没有拿到手,那我对你的回答是:所有在场的人做证,我在此宣布,我要跟你进行决斗。赌注是所有的嫁妆,其中也包括我给的那一份儿。另外,我还要再加上相同数量的一笔钱。谁赢了,谁就把它们都拿走。要是你不跟我决斗,你就要放弃对财产的所有要求。"

莫德没有回答,转而向他的朋友们询问该怎么办。戈狄尤隆德说:"你没必要跟我们谈这件事,因为你自己清楚,要是同赫鲁特进行决斗,那你的性命和财产都保不住。他天赋高,行为正派,而且英勇无敌。"

于是,莫德宣布他不跟赫鲁特进行决斗。法律岩石那里的人们哄堂大笑,嘘声四起。莫德算是丢尽了脸。

这件事情结束之后,人们纷纷上马离开大会各自回家了。

霍斯库尔德和赫鲁特兄弟俩向西来到雷恰达尔,在伦德过了一夜。持金人比约恩的儿子斯约斯托尔夫就住在伦德。那天正下着大雨,大家全身都湿透了。于是,他们在大厅中央点起了高高的柴火。斯约斯托尔夫坐在霍斯库尔德和赫鲁特之间。

这时,有两个男孩儿正在地上玩儿。他们是斯约斯托尔夫收养的穷孩子。和他们一起玩儿的还有一个小女孩儿。这些孩子非常饶舌,因为他们还不懂事。其中一个男孩儿说:"我来演莫德。我把你叫来,让你放你的老婆走,因为你不跟她过性生活。"

另一个男孩儿说:"我来演赫鲁特。我说,要是你不敢和我决斗,你就必须放弃你对所有财产的要求。"

他们这样重复了好几遍,家人们都大笑起来。赫鲁特生气了,用树枝去打那个自称是莫德的男孩儿。树枝打在他的脸上,打破了皮。

霍斯库尔德对男孩儿说:"到外面玩儿去,不许拿我们取笑。"

赫鲁特对他说："到这儿来。"

那个男孩儿走了过来。

赫鲁特从自己的手指上退下一个金戒指，送给他说："走开，别再招惹我们了。"

男孩儿走开了，说道："我会永远记住你的好处的。"

为此，赫鲁特受到人们极大的赞誉。随后，兄弟俩就回家了。赫鲁特和莫德之间的冲突也就此结束了。

9

现在说说霍斯库尔德的女儿哈尔盖尔德：她已经长大成人，出落得丰采迷人。她个子高高的，人们因此都叫她长腿。她长了一头特别长的秀发，长得都能把自己裹起来。但是，她生性奢侈而又冷酷。

哈尔盖尔德的养父名叫斯约斯托尔夫，是赫布里底群岛①人的后裔。斯约斯托尔夫长得身强体壮，擅长搏击，杀过很多人，却连一笔赔偿费也没付过。据说，有助于改善哈尔盖尔德的性格的事儿他一件也没做过。

有一个叫索尔瓦尔德的人，是奥斯维夫的儿子，住在遥远的费德山的中部海岸。他有很多财产，就连布雷扎湾中的岛屿都是他的。那些岛屿被人们称为比亚德内群岛，为他生产鱼干

---

① 赫布里底群岛，英国岛屿。

和面粉。索尔瓦尔德身体强壮，对人很有礼貌，只是脾气有点儿暴躁。

一天，索尔瓦尔德和父亲谈论到哪儿给自己找个妻子。索尔瓦尔德觉得可供选择的范围相当有限。后来，奥斯维夫问道："你想要霍斯库尔德的女儿长腿哈尔盖尔德吗？"

"我想要的就是她。"他答道。

"你们是不会融洽相处的，"奥斯维夫说，"这个女人很有主见，而你则固执、宁折不弯。"

"可我还是想试一试，"他说，"阻拦我是没有用的。"

"那么，承担风险的可就是你了。"奥斯维夫说道。

于是，他们出发前往霍斯屈尔斯塔济，开始了一次长途的求婚之旅。赶到那里之后，他们受到了很好的接待。他们随即把此行的目的告诉了霍斯库尔德，提出和他联姻。

霍斯库尔德回答说："我了解你的名望，不想欺骗你。事实是，我的女儿性格不好，难以与人相处。至于她的长相和举止，你们可以自己看。"

索尔瓦尔德答道："说说条件吧，因为我是不会让她的性格阻止我们达成婚约的。"

于是，他们讨论了婚约的条件。霍斯库尔德没有跟女儿商量，因为他早就下决心要把她嫁出去。一切谈妥之后，霍斯库尔德伸出手去，索尔瓦尔德握住了他的手。这样，索尔瓦尔德就和哈尔盖尔德订婚了。办完这件事以后，索尔瓦尔德上马回家去了。

10

霍斯库尔德把婚约的事儿告诉了哈尔盖尔德。哈尔盖尔德说:"我一直怀疑的事情现在终于被证实了:你并不像你一贯声称的那样爱我,因为你竟觉得这件事不值得跟我商量。而且,我觉得这次婚姻也没有你曾经许诺的那么好。"

很显然,她觉得自己是屈尊了。

霍斯库尔德说道:"我不会让你的傲慢阻碍我的计划。我们有分歧的时候,说了算的是我,而不是你。"

"你们家族的人都是傲气十足,"她说,"因此,如果我也继承了一点儿傲慢的话也不足为怪。"

说完她就走开了。她找到自己的养父斯约斯托尔夫,向他讲述了事情的经过。她显得没精打采的。

斯约斯托尔夫说:"打起精神来。你会再结一次婚的,到那时候,他们就会跟你商量的,因为我会让你实现自己所有的愿望——除非你的愿望会损害你的父亲或赫鲁特。"

说到这儿,他们就不再谈这件事了。

霍斯库尔德开始着手为喜筵做准备,四处向人们发邀请。他来到赫鲁塔斯塔济,把赫鲁特叫了出来,说要跟他谈谈。赫鲁特走了出来。来到一个僻静的地方之后,霍斯库尔德把婚姻的条件都向他讲了,邀请他参加喜筵,并且说:"另外,商量婚约的时候我没有通知你,希望你不要见怪。"

"我倒宁愿跟这件事一点儿关系都没有,"赫鲁特说,"因为不管对男方还是对女方,这场婚姻都将意味着不幸。但如果你觉得我会给你的喜筵带来荣耀,那我就参加。"

"我当然是这么认为的,"霍斯库尔德说道。然后,他上马回家了。

奥斯维夫和索尔瓦尔德也邀请了客人,至少有一百人受到了邀请。

在斯滕格里姆斯峡湾以北的比亚德纳峡湾,有一处叫斯瓦恩霍尔的农场,农场上住着一个叫斯瓦恩的人。这个人擅长魔法,是哈尔盖尔德的舅舅,生性傲慢而又恶毒。哈尔盖尔德也邀请了他来参加喜筵,并派斯约斯托尔夫去把他请来。斯约斯托尔夫跟他一见面,两个人就臭味相投起来。

客人们都赶来参加宴会了。哈尔盖尔德坐在中间的位子上,俨然一个快乐的新娘。斯约斯托尔夫不断地走过去跟她说话,还不时地同斯瓦恩聊两句,人们发觉他们的谈话怪蹊跷的。宴会进行得很顺利,霍斯库尔德为哈尔盖尔德拿出了非常体面的嫁妆。

然后,他问赫鲁特道:"我还得再送些礼物吗?"

赫鲁特答道:"你为哈尔盖尔德大笔挥霍你的钱财的机会多着呢,现在先免了吧。"

11

喜筵结束后,索尔瓦尔德和妻子哈尔盖尔德以及斯约斯托尔夫一同离开了宴会，上马回家。斯约斯托尔夫和哈尔盖尔德并辔而行，两个人还不时地交谈几句。

奥斯维夫回过头来，问他的儿子道："你对这桩婚事满意吗？你跟她谈得怎么样？"

"谈得不错，"他回答说，"她对我只有温柔。这一点你可以从她听我讲话时笑的样子看出来。"

"可我并不觉得她的笑有你说的那么可爱，"奥斯维夫说，"但是，时间会证明一切的。"

他们一路上马不停蹄，径直回到了家。那天晚上，哈尔盖尔德在自己丈夫的旁边坐了下来，让斯约斯托尔夫坐在自己的另一边。斯约斯托尔夫和索尔瓦尔德毫不相关，也无话可说。整个冬天就这样过去了。

哈尔盖尔德贪得无厌，精力充沛；不管邻居有什么，她都要有，而且挥霍无度。这样，春天的时候，他们的面粉和鱼干就不够了。哈尔盖尔德找到索尔瓦尔德，对他说："你不能这样整天无所事事地呆坐着，家里没有面粉和鱼干了。"

索尔瓦尔德说道："我贮藏的这些东西一点儿也不比往年少，而过去总能维持到夏天。"

"要是你和你父亲为了省那几个钱饿死了，可别怪我。"哈尔盖尔德说道。

索尔瓦尔德生气了，打了她一记耳光。这一下很重，打得她流血了。索尔瓦尔德带上仆人走了出去。他们把一条小船拖下水，一共有八个人上了船，把它划到了比亚德内群岛。在那儿，他们弄到了鱼干和面粉。

现在说说哈尔盖尔德：她坐在屋子外面，情绪低落。斯约斯托尔夫走了过来，看到她脸上受了伤，就问道："你为什么受到这样的毒打？"

"是我的丈夫索尔瓦尔德干的，"她说，"要是你真的关心我，当时你就不会离我那么远了。"

"当时我一点儿都不知道，"他说，"但我会给你报仇的。"

斯约斯托尔夫来到岸边，把一条六桨船拖下了水。他手里拿了一把巨斧——那是他自己的，斧柄上还包着铁皮。他上了船，向比亚德内群岛划去。赶到那里的时候，除了索尔瓦尔德和他的仆人之外，其他人都已经走了。索尔瓦尔德正在装船，他的仆人正在把粮食往他那里运。趁这当儿，斯约斯托尔夫向他们迎了上去，纵身一跃，跳到小船上，边帮索尔瓦尔德装船边说："干这种活儿，你既没力气，又没用处。"

索尔瓦尔德问："你以为你能干得比我强？"

"对，不管干什么，我都比你强，"斯约斯托尔夫说，"你一点儿也配不上你的妻子，因此，你和她在一起生活的时间应该短一些。"

索尔瓦尔德操起身边的一把短剑，直取斯约斯托尔夫。斯约斯托尔夫早有防备，把斧子举到齐肩高，向他回砍过来，一下子砍断了索尔瓦尔德的胳膊，索尔瓦尔德的剑掉在了地上。斯约斯托尔夫随即再次举斧，由上往下劈向索尔瓦尔德的脑袋。索尔瓦尔德立刻一命呜呼了。

12

　　此时，索尔瓦尔德的那几个仆人正背着粮食向这边走来，斯约斯托尔夫动作非常迅速：他双手握斧，猛砍小船的船舷，砍开了一个足有三个座位那么宽的口子。然后，他纵身一跃，又跳回到自己的船上。漆黑的海水立时凶猛地涌入索尔瓦尔德的小船，船和所有的货物一起沉入了海底，索尔瓦尔德的尸体也随之沉了下去。他的仆人虽然没能看见他是怎么被杀死的，但他们清楚地知道他已经死了。

　　斯约斯托尔夫把船向峡湾里面划去。仆人们诅咒他，希望他倒霉。斯约斯托尔夫没有还口，径直划到了家，然后，把船拖上了岸。上岸以后，他朝着索尔瓦尔德的房子走了过去，肩上扛着他的斧子，那上面依然鲜血淋淋。

　　哈尔盖尔德正在屋外，问他道："你的斧子上有血，你干什么了？"

　　"我做了一件能让你第二次结婚的事。"

　　"你是说索尔瓦尔德死了。"

　　"是的。现在，你得负责我的人身安全了。"

　　"我会的，"她说，"我要把你送到北部比亚德纳峡湾的斯瓦恩霍尔去，斯瓦恩会热情地欢迎你。他的势力很大，谁也不会追你到那里。"

　　他给马备好了鞍子，翻身上马，向北部比亚德纳峡湾的斯瓦恩霍尔纵马疾驰而去。斯瓦恩热情地迎接了他,向他询问有什么消息。斯约斯托尔夫就把自己杀死索尔瓦尔德以及事情的来龙去脉向他讲述了一遍。

斯瓦恩说:"这样的人我才称之为男子汉。男子汉做事是不会瞻前顾后的。我向你保证,要是他们胆敢到这儿来追你,那他们是自取其辱。"

现在说说哈尔盖尔德:她盼咐她的亲戚——黑仔约特备马,准备跟她一起出门。她说:"因为我要回家去见我父亲。"

约特为他们做好了出发的准备。哈尔盖尔德走到自己的箱子跟前,打开锁,把所有的仆人都召集起来,送给他们礼物。他们为她的离开感到难过。然后,她上马径直来到了霍斯屈尔斯塔济。她的父亲热情地迎接了她,因为他还不知道这场变故。

霍斯库尔德问哈尔盖尔德:"索尔瓦尔德怎么没跟你一起来?"

"他死了。"她答道。

"那一定是斯约斯托尔夫干的。"

她回答说是的。

霍斯库尔德说:"赫鲁特的预言从来没有错过。他曾经说过,这场婚姻会带来极大的不幸。可是,事已至此,责怪自己也没什么用处了。"

再说索尔瓦尔德的仆人,他们因为自己的船沉了,所以只好一直等着。后来,从梅恩兰岛那边终于来了一艘船。他们解释说,索尔瓦尔德被人杀死了,请求对方借给他们一条船去梅恩兰岛。那些人痛痛快快地就把船借给了他们。于是,他们把船划到雷恰角,找到奥斯维夫,向他讲述了事情的经过。奥斯维夫说:"种玫瑰得花，种蒺藜得刺。我现在明白这是怎么回事了。哈尔盖尔德一定是把斯约斯托尔夫打发到了比亚德纳峡湾，她自己则回家到她父亲那里去了。我们召集人马，到北部去追斯约斯托尔夫。"

于是，仆人们按照他的吩咐行动起来，到四处去求助，召集了很多人手。他们纵马赶到斯滕格里姆斯峡湾和廖塔达尔，从那儿，他们又到了塞拉达尔，接着又赶往巴萨斯塔济；然后，他们打马翻过山脊，来到了比亚德纳峡湾。

就在这时，斯瓦恩打了个呵欠。他宣布说："奥斯维夫一伙追到这儿来了。"

斯约斯托尔夫一跃而起，操起了斧子。

斯瓦恩说："跟我一起出去一趟。这事儿不需要我们大动干戈。"

他们俩来到外面。斯瓦恩拿来一张山羊皮，包在自己的头上，说道：

>让大雾出现吧，
>让魔鬼出来吧，
>让那些追你的人
>看到不可思议的现象吧。

现在说说奥斯维夫和他的同伴们：此时，他们正纵马翻越山脊。忽然，一团大雾向他们迎面涌来。奥斯维夫说："这一定是斯瓦恩干的。要是接下来不发生什么更坏的事情的话，那我们就会平安无事的。"

不一会儿，他们眼前就变得一片漆黑，什么也看不见了。他们从马上跌落下来，马也跑丢了。有的人陷入了沼泽，还有的人莫名其妙地闯进了树林，都差点儿受了伤，还把武器弄丢了。

奥斯维夫说："要是能找到马匹和武器，我就返回去，不追了。"

话音刚落，他们就能看清一点儿了，还找到了马匹和武器。很多人都强烈要求再追一次。于是，他们就又追了一次，但又碰到了刚才那样的怪事。这种情况一共反复了三次。

这时，奥斯维夫说："尽管这次一无所获，但我们必须得回去了。我们再试试另一个计划，我打算现在就去找霍斯库尔德，要他为我的儿子支付赔偿金。只有在充满正义的地方，我们才有望得到正义。"

他们上马离开那里，赶往布雷扎湾的谷地。一路无话，他们来到了霍斯屈尔斯塔济。赫鲁特已经从赫鲁特斯塔济回来了。奥斯维夫大声地叫霍斯库尔德和赫鲁特出来。他们走了出来，向奥斯维夫问候。然后，他们就走到一边交谈起来。霍斯库尔德问奥斯维夫从哪儿来。他回答说，他在追赶斯约斯托尔夫，但还没有找到他。

霍斯库尔德说，他有可能已经去了北部的斯瓦恩霍尔。"但并不是每个人都能在那儿抓得到他。"他说道。

"正因为如此我才到这里来，要你为我被害的儿子做出赔偿。"奥斯维夫说道。

霍斯库尔德答道："我并没有杀你的儿子，也没有策划让人谋害他。但你总得讨个公道，这是可以理解的。"

赫鲁特说："亲爱的哥哥，有句话叫作'唇亡齿寒'①。我们得采取行动，避免出现邪恶的谣言。我们得为他的儿子提供补偿，只有这样，才能恢复你女儿的声誉。我们唯一的选择就是悄悄地自行了结这个案子，因为这件事人们谈论得愈少愈好。"

霍斯库尔德问道："你愿意仲裁这个案子吗？"

"愿意，"赫鲁特答道，"但在裁决结果上我不会偏袒你的，因为说到底，他的死毕竟是由你的女儿引起的。"

霍斯库尔德的脸涨得通红，好一会儿没有说话。然后，他站起身来，对奥斯维夫说："握住我的手，同意不对这个案子进行起诉吧。"

奥斯维夫起身说道："由你的兄弟来仲裁，这对双方来讲并不都是公平的。但是，赫鲁特，由于你刚才讲的话非常得体，因此，我很愿意把这件事委托给你。"

接着，他握了握霍斯库尔德的手。他们商定，赫鲁特应在奥斯维夫离开之前进行仲裁，提出解决办法。

这时，赫鲁特已经拿定了主意。他说："为杀害索尔瓦尔德一事，我裁定赔偿金额为二百盎司银币"——这在当时可是一笔相当可观的赔偿，"兄长，你必须立即支付，而且要爽快。"

霍斯库尔德按照他的裁决，爽快地拿出了钱。

接着，赫鲁特对奥斯维夫说："我要送你一件上等的斗篷，是我从国外带回来的。"

奥斯维夫谢了谢他送的礼物，然后就回家了。他对这件事情

---

① 原文为冰岛谚语，直译为"鼻子就长在眼睛附近"。

的处理方式非常满意。

过了些日子,赫鲁特和霍斯库尔德去找奥斯维夫,分割财产。他们非常圆满地解决了这件事。随后,赫鲁特和霍斯库尔德就回家了。奥斯维夫这个人物则在本部传奇中就此不再出现了。

哈尔盖尔德问霍斯库尔德,斯约斯托尔夫可不可以搬到霍斯屈尔斯塔济来,霍斯库尔德对此表示同意。索尔瓦尔德被害的事人们谈论了很长时间。哈尔盖尔德的财产增值了,变成了相当可观的一笔财富。

13

现在,本部传奇中出现了三兄弟。老大叫索拉林,老二叫拉吉,老三叫格鲁姆。他们都是奥莱夫·雅尔蒂的儿子,很受人们的尊重,也很富有。索拉林被人们昵称为拉吉的兄长,他接替赫拉弗恩·亨格松,担任了法律宣讲吏。索拉林智慧非凡,居住在瓦尔马利克,和格鲁姆共同拥有那处农场。

格鲁姆干了很长时间的远航贸易。他长得高大、健壮、相貌堂堂。他的二哥拉吉则擅长格斗,取人首级如同探囊取物一样容易。三兄弟共同拥有南部的恩格岛和乐伊加角。

一天,格鲁姆和索拉林正在聊天。索拉林问格鲁姆是不是打算像以往那样出海。格鲁姆回答说:"我倒一直在考虑放弃这些商船。"

"你有什么打算?"索拉林问道,"你是想娶个妻子吗?"

"是的,"他答道,"要是我能安排好的话。"

索拉林把博尔加峡湾的未婚妇女一一列举了一遍,问他愿意娶哪一个。"我陪你去求婚。"他说道。

"这些人我谁都不想娶。"格鲁姆答道。

"那就说说你想娶谁吧。"索拉林说道。

格鲁姆答道:"你要是想知道,我就告诉你。她的名字叫哈尔盖尔德,是住在西部达利尔的霍斯库尔德的女儿。"

"俗话说,前车之覆,后车之鉴。可你却不想吸取前车之鉴,"索拉林说,"她有过丈夫,但她却让人把他给杀了。"

格鲁姆说:"也许她不会有第二次厄运。我敢肯定,她是不会让人杀我的。你要是想帮助我,那就陪我一起去向她求婚吧。"

索拉林说:"没法儿阻止了,命中注定的事总是要发生的。"

从此以后,格鲁姆经常向索拉林提起这件事,索拉林则长时间地予以回避。但最终,他们还是召集了二十个人,上马前往西部的达利尔,来到了霍斯屈尔斯塔济。霍斯库尔德热情地欢迎他们,他们就在那里过了夜。第二天一早,霍斯库尔德派人去请赫鲁特,赫鲁特立刻就来了。他骑着马向房子这边赶来的时候,霍斯库尔德正站在屋子外面。霍斯库尔德告诉他说有人来了。

"他们想干什么?"赫鲁特问道。

"他们还一点儿没谈来的目的。"霍斯库尔德答道。

"但他们来找你,肯定是有目的的,"赫鲁特说,"他们会向你的女儿哈尔盖尔德求婚,你将怎么答复呢?"

"你看怎么答复最好?"霍斯库尔德问道。

"详详细细地回答,把哈尔盖尔德优点和缺点全都告诉他们。"

赫鲁特答道。

兄弟俩正谈着的时候，客人们也来到了屋子外面，霍斯库尔德和赫鲁特便迎了上去。赫鲁特向索拉林和他的兄弟表示了问候。然后，他们就走到僻静的地方，交谈起来。索拉林说："我陪我的兄弟到这里来是为了代表他向你的女儿哈尔盖尔德求婚的。你一定知道，我的兄弟很受人敬重。"

"我知道你们俩都是赫赫有名的人物，但我必须告诉你们，我操办了她的第一次婚姻，可结果却给我们带来巨大的不幸。"霍斯库尔德说道。

索拉林说："我们不会让那件事阻止我们达成婚约，因为'事情总是在不断地变化的'。尽管那次婚姻的结果不尽如人意，但也许这一次会有美满的结局。而且，不管怎么说，那次婚姻的失败跟斯约斯托尔夫有很大的关系。"

赫鲁特说："如果你不想让哈尔盖尔德过去的经历妨碍你，那么我来给你提些建议。要是结了婚，你千万别让斯约斯托尔夫跟哈尔盖尔德一块儿搬到南部。而且，除非格鲁姆同意，斯约斯托尔夫去看望她的时间不得超过三个晚上；假如超过了，格鲁姆可以把他作为罪犯处死。当然，格鲁姆也完全可以允许他多待一些时间，但我建议你不要这样。另外，我们也不能像从前那样把哈尔盖尔德蒙在鼓里，不征求她对婚姻的意见。现在就应该让她知道婚姻的所有条件，见一见格鲁姆，让她自行决定是否嫁给他。这样，如果将来有什么不测，她也不能责怪别人。总之，在整个过程中，什么也不要瞒着她。"

索拉林说："跟以往一样，我们最好是听从你的忠告。"

于是，他们派人去请哈尔盖尔德。她和两个女人一同来了。她身披一件手工织成的黑色斗篷，里面穿着猩红色的束腰外衣，腰系一条银质腰带；头发从双乳的两侧垂落下来，束在腰带里面。她在赫鲁特和父亲之间坐了下来，向大家亲切地问好。她说话得体大方。她问了问有什么新的消息，然后就不再言语了。

格鲁姆说："我和我的兄长索拉林跟你父亲谈了谈婚约的事。只要你和他们都愿意，我就娶你。因为你是个有主见的人，所以，你现在一定要告诉我们，这桩婚事你愿不愿意。要是你不想跟我们达成婚约，那我们就不再谈这件事了。"

哈尔盖尔德说："我知道你们兄弟俩很有声望，我也知道这次婚姻比上一次要好得多，但我想知道你们都讨论了些什么、在哪些事情上已经做出了决定。我喜欢你这个人，只要我们俩脾气合得来，我甚至会渐渐地爱上你。"

格鲁姆一五一十地向她介绍了婚约的条件，没有一丝一毫的隐瞒。然后，他问霍斯库尔德和赫鲁特他讲的对不对。霍斯库尔德回答说，他讲得分毫不差。

哈尔盖尔德说："父亲，还有你，赫鲁特，你们在这件事上对我这么好，因此我同意你们的安排。至于结婚的条件，就照你们决定的那样办吧。"

赫鲁特说："我提议由我和霍斯库尔德指定几个证人，证明哈尔盖尔德自己愿意出嫁——如果我们的法律宣讲吏觉得这样做没有什么不妥的话。"

"没有什么不妥的地方。"索拉林说道。

于是，他们把哈尔盖尔德的财产做了估价，格鲁姆得拿出同样数目的一笔财产，加在一起。这些财产将由他们俩各自拥有一半。接着，格鲁姆承诺，他将和哈尔盖尔德结婚。然后，兄弟俩就上马南下回家了。霍斯库尔德准备在他的家里举办喜筵。

在人们参加宴会之前，一切都很平静地过去了。

14

格鲁姆和兄弟们召集了一大群人，上马前往西部的达利尔。等他们来到霍斯屈尔斯塔济的时候，很多客人都已经到了。霍斯库尔德跟赫鲁特坐在同一张长椅上，新郎坐在另一张上，哈尔盖尔德则坐在横过来的椅子上，显得光彩照人。斯约斯托尔夫拿着斧子走来走去，一副穷凶极恶的样子，但谁也不去理睬他。喜筵结束之后，哈尔盖尔德和格鲁姆三兄弟去了南方。抵达瓦尔马利克时，索拉林问哈尔盖尔德愿不愿意管理家务。

"不，我不想管。"她答道。

那年冬天，哈尔盖尔德很注意自我收敛，大家对她也没有什么不满意的地方。

春天的时候，兄弟俩开始讨论财产的分配问题。索拉林说："我想把位于瓦尔马利克的农场送给你，因为你离那儿最近。我准备到南部的乐伊加角去住。恩格岛还是归我们俩共有。"

格鲁姆表示同意这样分配。于是，索拉林就搬到了南部，格鲁姆和哈尔盖尔德则留了下来。哈尔盖尔德雇了更多的仆人，变得奢侈、贪婪起来。夏天，她生了个女孩，格鲁姆问该给孩子起个什么名字。

"得给她起个跟我的祖母相同的名字,就叫她索尔盖尔德吧,因为我的祖母的父亲是大名鼎鼎的斩蛇人西古尔德。"她说道。

于是,女孩儿的身上被洒上水,起名叫索尔盖尔德。她在瓦尔马利克长大,长得越来越像她的妈妈。格鲁姆和哈尔盖尔德相处得不错。这样的生活持续了相当长的时间。

这时,从北部的比亚德纳峡湾传来了消息,说斯瓦恩在春天出海打鱼的时候,受到了一股从东部吹来的巨大的暴风袭击。被刮到韦济劳萨湾之后,他们就失踪。而卡尔德巴克的渔民们却认为,他们亲眼看见斯瓦恩去了卡尔德巴克,在那里受到了热烈的欢迎。但也有人否认这种说法,认为没有根据。但是有一点大家都予以了肯定:他们再也没有找到过斯瓦恩,活不见人,死不见尸。哈尔盖尔德听到这个消息后,觉得舅舅的失踪是一件大事。

格鲁姆向索拉林建议交换农场,但索拉林不愿意,他说:"要是我活得比你长,我会接管瓦尔马利克的。"

格鲁姆把这事告诉了哈尔盖尔德。"索拉林有权这样想。"她说。

15

斯约斯托尔夫动手打伤了霍斯库尔德的一个仆人,因此,霍斯库尔德就把他打发走了。斯约斯托尔夫备好马匹和武器,对霍斯库尔德说:"我这就走,再也不回来了。"

"那样大家都会高兴的。"霍斯库尔德说道。

斯约斯托尔夫上了马,径直来到瓦尔马利克。哈尔盖尔德热情地欢迎了他,格鲁姆对他也没有什么敌意。斯约斯托尔夫告诉哈尔盖尔德说,她的父亲把他赶了出来,求她照顾自己。她回答说,如果不跟格鲁姆商量,她就不能对他的去留做任何承诺。

"你们俩相处得好吗?"斯约斯托尔夫问道。

"是的,我们的爱情很顺利。"她答道。

说完,她就去找格鲁姆,跟他谈这件事。她搂着他的脖子,说道:"我求你一件事,你能答应吗?"

"能,只要是好事,"他问,"是什么事?"

她说:"斯约斯托尔夫被赶出了霍斯屈尔斯塔济,我希望你能让他留在这儿。但如果你不愿意,我也没什么怨言。"

格鲁姆说:"你在这件事上既然这么讲理,那我就答应你的要求。但是我得告诉你,要是他惹乱子,就必须得立即离开。"

她来到斯约斯托尔夫那儿,把情况对他讲了。他回答说:"你做得很好,我早就预料到你会这样做的。"

于是,斯约斯托尔夫就留了下来。有一段时间里,他控制住了自己,但后来,他又开始处处捣乱了。除了对哈尔盖尔德,他对谁都不尊重。然而,当他同别人发生冲突的时候,哈尔盖尔德却也从不替他撑腰。索拉林责怪他的弟弟格鲁姆让斯约斯托尔夫留了下来。他说,要是斯约斯托尔夫继续留在这儿,就会发生一些可怕的变故,格鲁姆就会重蹈他人的覆辙。对兄长的话,格鲁姆彬彬有礼地做着答复,但依然我行我素。

16

　　有一年的秋天,他们费了很大劲才把羊圈起来,但格鲁姆的羊还是少了很多。他对斯约斯托尔夫吩咐道:"你和仆人们一起上山去一趟,看看能不能找到几只。"

　　"找羊的事儿我不管,"斯约斯托尔夫说,"而且,我也不想跟你的奴隶一起去。但要是你亲自去找,那我就跟你去。"

　　这样,他们俩就激烈地争吵起来。

　　哈尔盖尔德正坐在屋子外面;那天的天气很好。格鲁姆来到她那儿,说道:"我和斯约斯托尔夫产生了分歧,没法再在一起相处了。"接着,他就把整个事情的经过告诉了她。

　　哈尔盖尔德替斯约斯托尔夫进行辩解,这样,他们俩又激烈地争吵起来。格鲁姆打了她,说道:"我不想再跟你吵了。"

　　然后,他就走开了。

　　她非常爱他,但却无法使自己平静下来,就大声地哭了起来。斯约斯托尔夫来到她的旁边,说道:"你受到了粗暴的待遇,但今后再也不会发生这样的事了。"

　　"你别去报复,"她说,"我和他之间的事跟你也没有任何关系。"

　　斯约斯托尔夫咧开嘴,冷笑着走开了。

17

　　格鲁姆把仆人们召集了起来，跟他一起去找羊。斯约斯托尔夫也做好了准备，跟着一起出发了。他们登上南雷恰达尔山，然后沿着博尔加尔，一直爬上了斯韦尔山。在那儿，他们开始分头行动：一部分前往斯科拉达尔地区，另一部分则被格鲁姆打发到南部的苏鲁尔丘陵。这两批人都找到了很多羊。

　　后来不知怎么着，只剩下了格鲁姆和斯约斯托尔夫两个人。他们从斯韦尔向南走，发现了几只羊。那些羊一见他们就跑了。他们一直追到了山前，但那些羊又逃到了山上。他们俩互相埋怨起来，斯约斯托尔夫说格鲁姆手无缚鸡之力，只会在哈尔盖尔德的肚皮上动来动去。

　　格鲁姆说："起于萧墙之祸最为严重。弄得我现在不得不忍受你——一个带枷奴隶的侮辱。"

　　斯约斯托尔夫说："你就会知道我是不是奴隶的，因为我不会向你屈服。"

　　格鲁姆大怒，挥起短剑向他砍去，斯约斯托尔夫举斧相迎。短剑击在斧刃上，砍进去一道两指深的口子。斯约斯托尔夫迅速地回砍过来，斧子落在格鲁姆的肩膀上，砍断了他的肩胛骨和锁骨，血从伤口处一下子涌了出来。格鲁姆用另一只手用力抓住斯约斯托尔夫，把他摔倒在地上，但他却没力气把斯约斯托尔夫按住，因为死神已经降临了。斯约斯托尔夫把格鲁姆的尸体用石头盖住,并拿走了他的一个金手镯。

斯约斯托尔夫回到瓦尔马利克。哈尔盖尔德正在屋外,看到了他斧子上的血迹。他把那个金手镯扔给她。

"你带来了什么消息?"她问,"你的斧子为什么沾满了鲜血?"

"我不知道你会怎么看待这件事,但我必须告诉你,格鲁姆被杀死了。"他答道。

"那一定是你干的。"她说道。

"没错。"他答道。

她大笑起来,说道:"你到底没当局外人。"

"你现在有什么建议?"他问道。

"去找我的叔叔赫鲁特,"她说,"让他帮助你吧。"

"我弄不准你这个建议是不是有道理,"斯约斯托尔夫说,"不管怎样,我还是照你说的办吧。"

他备好马,纵马疾驰而去。一路上马不停蹄,在夜里赶到了赫鲁特斯塔济。他把马拴在房子后面,自己绕到前门,很响地打了一下大门,然后又来到房子的北面。赫鲁特已经醒了,挺身一跃而起,穿上紧身衣和靴子,拿过宝剑,用一件斗篷包住自己的左手和左臂。他往外走的时候,别的人也都醒了。

他绕到房子的北面,看到一个身材魁梧的大汉待在那里。他认出来是斯约斯托尔夫。赫鲁特问他带来了什么消息。

"我要告诉你,格鲁姆被杀死了。"斯约斯托尔夫说道。

"谁干的?"赫鲁特问道。

"是我。"斯约斯托尔夫答道。

"你为什么到这儿来？"赫鲁特问道。

"哈尔盖尔德让我来找你。"斯约斯托尔夫答道。

"那就说明这件事不是她引起来的。"赫鲁特说道，随即抽出了宝剑。

斯约斯托尔夫看到了，他不想被动迎战。于是，他迅猛地抡起斧子向赫鲁特砍来，赫鲁特敏捷地一闪身，躲了过去。与此同时，赫鲁特伸出左手，猛击斧刃的一侧，一下子把斧子从斯约斯托尔夫的手里打飞了。随即，赫鲁特右手挥剑砍向斯约斯托尔夫的大腿，一剑几乎把它完全斩断，只留下一点儿皮肉连在一起。同时，赫鲁特猛扑过去，把斯约斯托尔夫击倒在地，接着，他挥剑砍向斯约斯托尔夫的脑袋，给了他致命的一击。

这时，赫鲁特的仆人们都跑了出来，看到了战斗的结局。赫鲁特命人把斯约斯托尔夫的尸体拖出去埋了，然后，他去找霍斯库尔德，把格鲁姆和斯约斯托尔夫被杀的事情告诉了他。霍斯库尔德觉得格鲁姆的死是一个损失，但他感谢赫鲁特除掉了斯约斯托尔夫。

不久，拉吉的兄长索拉林听到了弟弟格鲁姆的死讯，就带了十一个人飞马赶往达利尔，来到了霍斯屈尔斯塔济。霍斯库尔德热情地迎接了他，索拉林就在那里过了夜。霍斯库尔德马上派人去请赫鲁特，赫鲁特立即就赶来了。

第二天，他们就格鲁姆被害的事情谈了很长时间。索拉林说："我蒙受了巨大的损失，你愿意为我的兄弟提供赔偿吗？"

霍斯库尔德答道："我并没有杀害你的兄弟，我的女儿也没有策划杀害他；而且，赫鲁特知道这件事后，还除掉了斯约斯托尔夫。"

索拉林默默无言，觉得事情糟透了。

赫鲁特说道："我们还是不要让他白跑这一趟吧。他的确蒙受了巨大的损失。如果我们给他礼物，让他成为我们终生的朋友，那我们就会因此而受到人们的赞扬。"

于是，兄弟俩送给索拉林一些礼物。然后，索拉林就上马返回了南部。

春天，索拉林和哈尔盖尔德相互交换了农场：她搬到南部的乐伊加角，他则搬到瓦尔马利克。在本部传奇中，索拉林就此不再出现了。

18

现在回过头来再说说乱弹琴莫德：他得了一场病，去世了。人们都把他的死看作是一大损失。他的女儿乌恩继承了他所有的财产。她没有再婚。乌恩非常奢侈，大肆地挥霍钱财。后来，她的财产都被挥霍殆尽，只剩下了土地和一些日常用品，此外她便一无所有了。

19

有一个人名叫贡纳尔，和乌恩是亲戚。贡纳尔的母亲名叫朗恩维格，是西格福斯的女儿，西格福斯是红色西格瓦特的儿子①。西格瓦特在桑德霍拉的渡口被人杀了。贡纳尔的父亲名叫哈蒙德，是贡纳尔·鲍格松的儿子，贡纳尔肖尔特就是以他的名字命名的。哈蒙德的母亲叫赫拉弗恩希尔德，是斯托罗尔夫·亨格松的女儿。斯托罗尔夫是法律宣讲吏赫拉弗恩的兄弟，他的儿子是大力士乌尔姆。

贡纳尔·哈蒙达尔松②住在弗廖特什立德的赫利扎伦迪。他身材魁梧、健壮、擅长格斗，左右手都能舞剑、投掷长矛。他舞起剑来，身手异常敏捷，看起来好像空中同时有三把剑在飞舞。他的箭法也无人能比，总是百发百中。交战中打得兴起时，他纵身一跃，跳得比自己的身躯还高。他向后跳跟向前跃进得一样远。他游起泳来，就像一只海豹。不管什么运动项目，谁也甭想比得过他。

贡纳尔长得相貌英俊、皮肤白皙，鼻梁笔直，鼻尖上翘。他长着一双蓝色的眼睛，目光锐利无比，面颊红润。他有着一头浓密的金发，梳理得整整齐齐。他彬彬有礼、意志坚决、慷慨大度、性情平和，是一个真正可交的朋友，也是一个有眼光的朋友。他还非常富有。

贡纳尔的兄弟名叫考尔斯凯格，长得魁梧、健壮。无论从哪方面来说，考尔斯凯格都是个优秀、可靠的人。贡纳尔的二弟名

---

① 乌恩的父亲莫德也是红色西格瓦特的儿子（见第1章）。

② 冰岛人没有固定的姓。男子通常用其父亲的名字后加上一个后缀"松"来代替姓氏。因此，"哈蒙达尔松"意为"哈蒙德之子"（此处"达尔"为"德"之变异，这种变异在本书中较为常见，一般容易辨认，故不再一一说明），贡纳尔·哈蒙达尔松即指其父亲叫哈蒙德的贡纳尔。女子则在父亲的名字后加上一个后缀"斯多蒂尔"或"多蒂尔"作为其姓氏，意为……之女。

叫赫约特,还是个孩子。贡纳尔还有个哥哥,名叫乌尔姆·斯考加内夫,是个私生子,但在本部传奇中他没有出现。

贡纳尔有个妹妹,名叫阿恩古恩,嫁给了通加的戈狄赫罗尔。赫罗尔是未来之子乌尼的儿子,乌尼则是发现冰岛的加达尔的儿子。阿恩古恩的儿子是跛脚哈蒙德,他住在豪门达斯塔济。

20

有一个人名叫尼雅尔,是索罗尔夫之子索尔盖尔·高尔涅尔的儿子。尼雅尔的母亲名叫阿斯盖尔德,是挪威绅士、缄默者阿斯凯尔的女儿。她来到冰岛以后,定居在厄尔蒂斯坦恩和塞利亚兰之间的马尔卡河的东面。她的儿子霍尔塔-索里尔是索尔莱夫·克劳的父亲。索尔莱夫·克劳的后代是斯科加尔人——大个子索尔格里姆和索尔盖尔·斯考拉盖尔。

尼雅尔住在兰德亚尔的伯格索斯沃尔,他在索罗尔山还有一处农场。他财富殷实、相貌英俊,只是有一点与众不同:他没有长胡子。尼雅尔十分精通法律,无人能与之匹敌。他全身充满了智慧,是一位先知,总能提出正确的建议,而且还和蔼可亲。不管什么事,只要有他的建议,最后都会顺利的。他非常谦虚,情操高尚;他能预见到很远的未来,也记得住遥远的过去;不管谁有什么难题,只要找他,问题都能迎刃而解。

尼雅尔的妻子名叫贝格索拉,是斯卡普赫丁的女儿。贝格索拉是一位杰出、优秀的女性,只是稍微有点儿铁石心肠。他们有六个孩子：三个女儿，三个儿子。在这部传奇中，他们都扮演了一定的角色。

21

现在说说那个把自己的钱财挥霍殆尽的乌恩：她离开自己的农场来到赫利扎伦迪，贡纳尔热情地接待了他的这位亲戚。她在那儿过了一夜。第二天，他们坐在屋子外面交谈起来。她告诉贡纳尔她是多么迫切地需要钱。

"那真糟糕。"他说道。

"你有什么办法？"她问道。

他答道："你需要多少，就从我这里借多少吧。"

"我不想浪费你的钱。"她说道。

"那你想怎么样呢？"他问道。

"我想让你把属于我的钱从赫鲁特那里要回来。"她说道。

"这看起来不大可能，"他说，"因为就连你父亲那么一位熟谙法律的人都要不回来，更何况我对法律所知甚少。"

"赫鲁特是通过武力而不是法律达到他的目的的，"她说，"我父亲当时年纪大了，因此，人们觉得他们俩最好不要决斗。而且，如果连你都没有勇气去要回这笔钱的话，那我的家族中就没有谁敢管这件事了。"

"我倒是有胆量试一试，去把钱要回来，但我不知道该怎么着手。"贡纳尔说道。

乌恩说："你去找住在伯格索斯沃尔的尼雅尔，他会想出办法来的。而且，你跟他的交情很深。"

"我想他会像对待别人那样给我出个妙策的。"他说道。

他们的谈话就此结束了，贡纳尔接手了这件事。他给了她一些钱，足够她的全家之用。然后，乌恩就回家了。

贡纳尔上马去见尼雅尔。尼雅尔热情地欢迎了他。他们俩走到僻静的地方交谈起来。贡纳尔说："我来这里是想请你给我出些好主意。"

尼雅尔答道："我有很多朋友，我的确都可以给他们提些好的建议。但给你出主意将是最让人费神的。"

贡纳尔说："我想告诉你，我已经同意要把乌恩的财产从赫鲁特那里要回来。"

"这可是件大事，"尼雅尔说，"结果如何还很难说。但我会想出一个自己觉得是最好的计划来的。你如果能一丝不苟地按计而行，这个计划就会奏效；否则，你就会有生命危险。"

"我一定会一丝不苟地按计而行的。"贡纳尔说道。

尼雅尔沉默了半晌，然后说道："我把这件事仔细考虑过了，你应该这么做。"

22

"你要带上两个人，上马离开家里。你一定要在外面披一件带头巾的斗篷，里面穿一件手工织成的带条纹的衣服；再里面，你一定要穿上上等的衣服，并带上一把短斧。你们每个人一定要有两匹马，一匹膘肥体壮，另一匹骨瘦如柴。你们一定要从这里带上一些自制的东西，明天一早就出发。向西渡过惠特河的时候，你一定要把头巾放下来。人们会问那个高个子是谁，你的同伴们一定要回答说，这是来自埃亚峡湾的大力士霍克斯特-赫丁，携带着他的货物，他脾气暴躁，多嘴多舌，自称无所不知，与人交易中常常自食其言，事情一不顺心，就出手伤人。你一定要向西赶往博尔加峡湾，到处兜售你的货物，但却常常不遵守诺言。人们就会传言，跟霍克斯特-赫丁做生意很可怕，任何有关他的风言风语都不是假的。

"你一定要骑马先到北部的阿尔达尔，再到赫鲁塔峡湾和拉赫索达尔，最后赶到霍斯屈尔斯塔济。你一定要在那里过夜，坐在大门附近，头要一直低着。霍斯库尔德会宣布说，谁也不许跟霍克斯特-赫丁做生意，并说他对人充满了敌意。第二天早上，你必须离开那里，到离赫鲁特斯塔济最近的农场去。在那儿，你要兜售你的东西，尤其是质量最差的那些，而且，你还要掩盖它们的缺陷。那个农场主会仔细地查看，他会发现这些缺陷。你就从他那儿把东西一把夺过来，再说几句脏话。他会说，你对别人都很粗暴无礼，所以他也没有指望你会对他以礼相待。这时，你一定要出手打他——尽管你不习惯这样；但别用全力，以免被人认出来，引起怀疑。

"他们会派人到赫鲁特斯塔济，告诉赫鲁特最好把你撵走。赫鲁特会立即派人找你，你一定要马上就去。他们会让你坐在低一些的凳子上，赫鲁特坐在你对面的高座上。你一定要向他问好，他也会礼貌地回答。他会问你是不是来自北部,你一定要回答说你来自埃亚峡湾。他会问那里杰出的人士多不多。

"你一定要回答:'他们净干些丑恶的勾当。'

"'你熟悉雷恰达尔吗?'他会问。

"你一定要说:'整个冰岛我都熟。'

"他会问:'雷恰达尔那里有威力无边的英雄吗?'

"你一定要说:'他们都是些小偷和无赖。'

"赫鲁特会放声大笑,觉得很有意思。接着,他会跟你谈起东部峡湾的人。不管谈到谁,你都要嗤之以鼻。然后,你们就会谈到朗河平原区的人。你一定要说,在乱弹琴莫德死后,要在那里找出个杰出的人来就更困难了。赫鲁特会问你,无人能够取代莫德的位置的主要原因是什么。你一定要回答说,莫德智慧过人,擅长诉讼,他的权威从未被怀疑过。赫鲁特会问,你是否知道他和莫德之间的过节。

"你一定要说:'听说他把你的夫人从你身边夺走了,而你却听之任之。'

"赫鲁特会说:'尽管他进行了起诉,但却没能得到那笔钱,难道你不觉得他的名望值得怀疑吗?'

"你一定要说:'这个问题很简单:你向他发出挑战,要跟他决斗,但他年纪大了,他的朋友们劝他不要跟你决斗。你是通过这种方式驳回他的起诉的。'

"'我的确向他发出了挑战,'他会说,'那些愚蠢的人就把这当成了法律。但当时如果他有勇气,他本可以等到下一届大会再去进行起诉的。'

"你一定要说:'这一点我倒想知道是怎么回事。'

"他会问你懂不懂法律。

"你一定要说:'在北部,大家都认为我懂;但是现在,你得告诉我怎么起诉这个案子。'

"他会问你指的是哪个案子。

"你一定要说:'是一件跟我毫不相干的案子:我想知道怎么索回乌恩的财产。'

"'必须要在有我在场的时候或者在我的法定住所宣读一份传票。'赫鲁特会说。

"你一定要说:'你叙述一下传票的内容,我跟着你复述。'

"于是,赫鲁特就会叙述起传票的内容来。你一定要仔细地注意他的每一个措词。接着,他会让你复述。你就开始背,但背得很差劲,没背两个词就开始出错。赫鲁特会哈哈大笑起来,不会有什么怀疑。他会说,你的复述准确的不多。你一定要怪你的同伴,说他们让你分了心。然后,你一定要请赫鲁特再说一遍,并请他让你跟着他背。他会同意的,并背诵起传票来。他背完后,你一定要跟着背,而且要背得准确无误。然后,你问赫鲁特你背得是否准确,他会说谁也找不出什么错来。然后,你要轻声地说,但一定要让你的同伴们听得见,'我特此宣读莫德之女乌恩托付于我的案件的上述传票。'

"之后,你要趁人们熟睡之际悄悄地从床上爬起来,带上你的马鞍子出来,到牧场上找到肥的那匹马,上马离开;其他的马就不要管了。你沿着牧场向北骑,在那里待三个晚上,因为他们大约会花三个晚上的时间找你。然后,你再纵马南下回家。只在夜里赶路，白天秘密地睡觉。我们也将上马赶往'庭'会，继续进行诉讼。"

贡纳尔向尼雅尔表示感谢，然后上马径直回家了。

23

两天后，贡纳尔和两个同伴从家里上马出发了。他们马不停蹄地径直来到了布洛斯科加海地。这时，有一些人骑着马向他们迎面赶来。那些人问他们，那个把自己遮起来的高个子是谁。贡纳尔的同伴们回答说，那是霍克斯特-赫丁，并说他大概是天底下最坏的人。赫丁做出要攻击他们的样子，但双方最终还是分道扬镳了。

贡纳尔一丝不苟地遵循着计划：他在霍斯屈尔斯塔济过了一夜，然后，从那里顺着山谷一直来到了离赫鲁特斯塔济最近的一个农场。他在那里开始兜售自己的货物，并卖出了三件。那个农场主发现它们有毛病，就说这场交易是欺诈行为。于是，赫丁就打了他。赫鲁特听到了这件事，就派人去请赫丁；赫丁马上来到赫鲁特那里，受到了热烈的欢迎。赫鲁特让他在自己对面坐了下来。他们的谈话跟尼雅尔预料的非常一致：赫鲁特给他讲怎样提起诉讼，并叙述了传票的内容；赫丁跟着复述，但错误百出；赫鲁特微笑着，没有起疑心；接着，赫丁请他再叙述一遍，赫鲁特就又叙述了一遍；然后，赫丁又背了一遍，背得分毫不差。他让自己的同伴做证人，证明他已经为莫德之女乌恩托付给他的案子宣读了传票。

当天晚上,贡纳尔和别人同时上床睡觉了。当赫鲁特入睡后,他和同伴们穿上衣服,带上武器,溜了出去,找到了各自的马匹。他们骑马渡过河,沿着位于夏尔扎霍特那一边的河岸纵马飞奔,径直跑到了山谷的尽头。他们来到群山和赫伊卡达尔之间的一个地方藏了起来。那个地方非常隐秘,谁也发现不了他们,除非是巧合。

在霍斯屈尔斯塔济,霍斯库尔德在夜里很早就醒了。他把仆人也叫醒了。"我来给你们说说我做的梦,"他说,"我梦见一只巨大的熊从房子里走了出去,我敢肯定它的块头大得无与伦比。另外还有两只小熊也跟着它一起出去了,他们非常喜欢那只大熊。它朝着赫鲁特斯塔济方向走,走进了那儿的房子。然后我就醒了。现在我想知道,在那个高个子的人身上,你们都发现了什么。"

有一个人答道:"我看到从他的衣袖里露出来金饰带和红布,他的右手上戴着一枚金戒指。"

霍斯库尔德说:"这只熊就是赫利扎伦迪的贡纳尔,不会是别人。现在我终于全都明白了。我们这就去赫鲁特斯塔济。"

他们全都出发赶到了赫鲁特斯塔济,叩打大门。一个仆人走了出来,打开锁,他们随即走了进去。赫鲁特正躺在床上,就问是谁来了。霍斯库尔德告诉他是自己。他问赫鲁特,这里都来过哪些客人。

"霍克斯特-赫丁在这儿。"赫鲁特答道。

霍斯库尔德说:"这个人比赫丁更厉害,我猜他是赫利扎伦迪的贡纳尔。"

"要是那样的话，我就中了他的计了。"赫鲁特说道。

"出了什么事？"霍斯库尔德问道。

"我给他讲了对乌恩案子怎么进行起诉：我亲自传唤了自己，他跟着复述。他会把这作为诉讼的第一步，这样做是合法的。"

"你们俩的智慧相差悬殊，"霍斯库尔德说，"但这个主意不会是贡纳尔自己想出来的。这一切肯定是尼雅尔策划的，他的智慧无人匹敌。"

他们去找赫丁，但人已经不见了。他们聚集了人马，搜寻了三天，也没能抓到他。

贡纳尔离开山区，飞马南下，赶到山口东部的赫伊卡达尔，然后北上霍尔塔瓦德荒原，一路马不停蹄地赶回了家。他找到尼雅尔，说他的计划很成功。

24

贡纳尔上马赶到了全岛大会，赫鲁特、霍斯库尔德还有很多人也都到了。贡纳尔开始了起诉程序，并让邻居们来做证人。赫鲁特和他的手下想动手袭击他，但又不相信自己有这个实力。后来，贡纳尔来到布雷扎湾法庭，要求赫鲁特听他宣誓、阐述对他的指控并出示证据。接着，贡纳尔宣了誓，提出了指控，又叫来证人，让他们证明自己已经发出了传票，并证明原告已将案子委托给自己办理。当时，尼雅尔并没有在法庭上露面。

贡纳尔继续进行案件的诉讼。这时，他请对方进行辩护。赫鲁特指定了证人。他说诉讼无效,因为贡纳尔未能向法庭出具三份本该提交的证人证词:一份在床柱附近,一份在大门,另一份在法律岩石。

这时,尼雅尔来到了法庭。他说,如果他们愿意继续进行诉讼的话,他有办法重新启动诉讼程序和案件的审理。

"我不想那样,"贡纳尔说,"赫鲁特给过我亲戚莫德一个选择,因此,我也要给他同样的选择。赫鲁特和霍斯库尔德,你们能听见我的话吗?"

"我们听得见,"赫鲁特说,"你打算怎样?"

贡纳尔说:"让那些在场的人做证:赫鲁特,我要跟你决斗,就是今天,在厄赫萨拉河中的岛屿上进行。如果你不跟我决斗,你就必须在今天把所有的钱都偿还了。"

说完,贡纳尔和同伴们离开了法庭。霍斯库尔德和赫鲁特也离开了。从此,对这个案子既没有进行起诉,也没有进行辩护。

赫鲁特走进棚屋,说道:"以前,只要有人向我发出决斗的挑战,我从来就没有拒绝过。"

"那你一定是想进行决斗了,"霍斯库尔德说,"但要是你能听我一句的话,你可能就不想跟他决斗了:因为你同贡纳尔决斗的结果和莫德同你的决斗是不会有什么两样的。我们两个人完全有能力把钱还给贡纳尔。"

于是,兄弟俩问从他们地区来的农场主们愿意拿出些什么。他们都回答说,赫鲁特要什么他们就捐献什么。

"那我们去贡纳尔的棚屋吧,"霍斯库尔德说,"把钱还了。"

他们来到贡纳尔的棚屋前,喊他出来。贡纳尔带着几个人来到了门口。

霍斯库尔德说:"现在你可以把钱拿走了。"

贡纳尔说:"那就给我吧,我已准备好接受它了。"

他们把钱一分不少地还给了他。

霍斯库尔德说:"祝你也能像得到这笔钱那样高高兴兴地把它花掉。"

"我们会非常高兴的,因为这是正当要求。"贡纳尔说道。

赫鲁特说:"你为此而得到的奖赏将是厄运。"

"是福是祸,顺其自然。"贡纳尔说道。

霍斯库尔德和他的兄弟回到了他们的棚屋。他心里烦透了,问赫鲁特道:"这件事真是不公,难道贡纳尔永远都不会得到报应吗?"

"肯定会的,"赫鲁特说,"但复仇和荣耀不会属于我们。然而,他很有可能向我们的亲戚寻求友谊和帮助。"

他们就此结束了他们的谈话。

贡纳尔把那笔钱拿给尼雅尔看。

"干得好。"他说道。

"这都是你的功劳。"贡纳尔说道。

后来,所有的人都上马离开大会各自回家了。贡纳尔由于这个案子而备受赞誉。他把所有的钱都交给了乌恩,自己一分也不想留。他说,他现在可以从她和她的亲戚那里期望得到比从别人那里更多的支持了。她回答说的确如此。

25

　　有一个叫瓦尔加尔德的人，住在朗河河畔的霍夫，是戈狄尤隆德的儿子、憨头郎赫拉弗恩的孙子；赫拉弗恩的父亲是瓦尔加尔德，祖父是艾瓦尔；艾瓦尔的父亲是铁嘴韦蒙德，祖父是索罗尔夫·沃格涅夫；索罗尔夫·沃格涅夫的父亲是老叟斯伦德，祖父是战齿哈拉尔德，曾祖父是套圈赫莱里克。战齿哈拉尔德的母亲名叫奥德，是伊瓦尔·维德法德密的女儿；伊瓦尔·维德法德密的父亲叫勇敢者哈夫丹。灰面客瓦尔加尔德的兄弟——住在奥尔的戈狄乌尔夫是奥迪人的祖先。戈狄乌尔夫的儿子叫斯瓦尔特，孙子叫洛德蒙德；洛德蒙德的儿子叫西格福斯，孙子叫博学者塞蒙德。瓦尔加尔德的后代叫小考尔贝恩。

　　瓦尔加尔德和奥尔的戈狄乌尔夫兄弟俩都向乌恩求婚。乌恩没有征求亲戚们的意见就嫁给了瓦尔加尔德。贡纳尔、尼雅尔和很多人都认为这场婚姻不好，因为瓦尔加尔德小气吝啬，大家都不喜欢他。他们生了一个儿子，起名叫莫德，这个莫德将在本部传奇中频频出现。莫德长大成人后，对他的亲戚很不好，对贡纳尔的态度更为糟糕。他生性狡猾，总是提一些恶毒的建议。

　　现在得说一说尼雅尔的儿子们了：长子斯卡普赫丁长得魁梧健壮，擅长格斗。他游起泳来，就像一只海豹；他脚步轻快，思维敏捷，充满自信；他言辞犀利，动作迅速，说到做到——尽管他在多数情况下都克制着自己。他长着一头微微泛红的棕色卷发，眼睛纤细，面色白净，脸上棱角分明，鼻子弯曲，上排牙宽宽的。他的嘴长得很丑，然而，他长得还是非常像个勇士。

尼雅尔的二儿子叫格里姆。他一头黑发，比斯卡普赫丁英俊，身材魁梧、健壮。

尼雅尔的三儿子叫海尔吉。他相貌堂堂，满头秀发，身体强壮，擅长格斗。他头脑聪明，脾气平和。

尼雅尔的这几个儿子还都没有结婚。

尼雅尔的四儿子叫霍斯库尔德，是个私生子：他的母亲叫赫罗德内，外祖父的名字也叫霍斯库尔德。赫罗德内是住在凯尔迪的英杰尔德的姐姐。

一天，尼雅尔问斯卡普赫丁想不想结婚，斯卡普赫丁就请父亲来管这件事。于是，尼雅尔代他向来自索罗尔山的赫拉弗恩之女索尔希尔德求婚，这样，他就在索罗尔山拥有了他的第二处农场。斯卡普赫丁虽然娶了索尔希尔德，但还是继续和父亲生活在一起。后来，尼雅尔又代格里姆向住在迪尤帕巴基的阿斯特里德求婚。阿斯特里德是个寡妇，非常富有。格里姆虽然同她结了婚，但还是继续和父亲生活在一起。

26

有一个人名叫阿斯格里姆，是埃利达-格里姆的儿子。埃利达-格里姆的父亲也叫阿斯格里姆，祖父则叫翁多特·克劳。阿斯格里姆的母亲尤隆恩是泰特的女儿，泰特是来自莫斯山的老叟凯蒂尔比约恩的儿子。泰特的母亲叫海尔嘉,是索尔德·比尔德的女儿;索尔德·比尔德是赫拉普的儿子、比约恩·布纳的孙子。尤隆恩的母亲叫奥洛芙,是绅士伯德瓦尔的女儿、瓦伊金-卡里的孙女。阿斯格里姆·埃利达-格里姆松的兄弟名叫西格福斯;他还有个女儿,名叫索尔盖尔德,是博学者塞蒙德的祖母,塞蒙德的父亲也叫西格福斯。高克·特兰迪尔松是最为勇敢、成就最大的人之一,是阿斯格里姆的奶兄弟。但是,他们之间却产生了敌意,结果,阿斯格里姆杀死了高克。

阿斯格里姆有两个儿子,都叫索尔哈尔,都很有出息。另外,他还有一个儿子叫格里姆,有一个女儿叫索尔哈拉。索尔哈拉长得美丽动人,举止优雅,无所不能。

尼雅尔来到儿子海尔吉那里,对他说:"孩子,我一直在考虑给你娶个妻子——如果你愿意听听我的意见的话。"

"我当然愿意听你的话,"他说,"因为我知道你有智慧,又是出于好意。你一直在哪里找来着?"

尼雅尔答道:"我们向阿斯格里姆·埃利达-格里姆松的女儿求婚吧,她是最好的选择。"

27

过了不久,他们便出发去向她求婚。他们骑上马,向西渡过肖尔萨河,然后继续西行,一直来到了通加。阿斯格里姆正在家里,对他们的到来给予了热烈的欢迎。他们就在那里过了夜。第二天，他们三个人开始交谈起来。尼雅尔提起了婚事，代表儿子海尔吉向索尔哈拉求婚。阿斯格里姆对此做了礼貌的答复，并且说，自己最愿意与之签订婚约的人就是他们。接着，他们讨论了婚约的条件。最终，阿斯格里姆答应把女儿许给海尔吉，而且，他们还确定了婚期。

喜筵进行的那天，贡纳尔赶来出席了，另外还有很多其他杰出人士也来参加了宴会。

喜筵结束后，尼雅尔提出要做索尔哈尔·奥尔格里姆松的养父。这样，索尔哈尔就搬到了尼雅尔的家里，跟他一起生活了很长时间。他爱尼雅尔胜过爱自己的父亲，尼雅尔也尽心地教他法律，把他培养成了冰岛最优秀的律师。

28

一天，一条船划到了位于阿尔纳贝利的河口，船长是来自维克的白色哈尔瓦德。他来到赫利扎伦迪，跟贡纳尔一起度过了那年冬天。他不断地对贡纳尔说，他应该到国外去。贡纳尔没有多说什么，但也并未排除去的可能。春天到了的时候，贡纳尔赶到伯格索斯沃尔，问尼雅尔出国是否明智。

"我认为是明智的，"尼雅尔说，"不管到哪儿，你都会干得很出色。"

"我不在的时候，请你照看我的财产好吗？"贡纳尔说，"我想让我的兄弟考尔斯凯格跟我一起去，请你和我母亲管理农场。"

"没问题,"尼雅尔说,"不管是什么,我都可以替你照管。"

"祝你一切顺利。"贡纳尔说道。然后,他就上马回家了。

那个挪威人①又一次敦促贡纳尔到国外去。贡纳尔问他有没有去过其他国家。哈尔瓦德回答说,位于挪威和俄罗斯之间所有的国家他都去过。"我甚至还驾船去过佩尔米亚。"他说。

"带我到波罗的海各国去好吗?"贡纳尔问道。

"当然可以。"他答道。

于是,贡纳尔就做好了跟他一起到国外去的安排。他的所有财产则由尼雅尔负责照管。

29

这样,贡纳尔就出发到国外去了,他的兄弟考尔斯凯格也跟着他一起去了。他们航行到通斯贝格,在那里度过了冬天。此时,挪威的统治者业已发生了变化;灰斗篷哈拉尔德和贡希尔德已经去世,统治王国的是哈康·西古尔达松雅尔。哈康雅尔的祖父也叫哈康,是格约加德的儿子。哈康雅尔的母亲叫贝格约特,是索里尔雅尔的女儿;贝格约特的母亲奥洛芙·阿尔伯特则是美髯公哈拉尔德的女儿。

哈尔瓦德问贡纳尔想不想在哈康雅尔那里做事。

"不,不想,"贡纳尔说,"你有长舰吗?"

---

① 指来自维克的白色哈尔瓦德船长。

"有两艘。"哈尔瓦德答道。

"那么,我想我们还是进行抢劫吧,"贡纳尔说,"我们召集一些人马,跟我们一起干。"

"我也是这么想的。"哈尔瓦德说道。

于是,他们动身前往维克,把那两艘船弄到手,做好了出发的准备。在招兵买马方面,他们相当成功,因为当时流行着很多有关贡纳尔的溢美之词。

"你打算先去哪儿?"贡纳尔问道。

"到东部的希森,"哈尔瓦德回答说,"去见见我的亲戚奥尔维尔。"

"你想让他干什么?"贡纳尔问道。

"他是个热心肠,"哈尔瓦德回答说,"毫无疑问,他会为我们的旅行提供一些帮助。"

"那我们就去吧。"贡纳尔说道。

一切准备就绪之后,他们便启程向东前往希森,在那儿受到了热情的招待。没过多久,奥尔维尔就非常喜欢贡纳尔了。他向哈尔瓦德询问贡纳尔出行的目的。哈尔瓦德告诉他说,贡纳尔想进行抢劫,获得财富。

"这个想法不太现实,"奥尔维尔说,"你们人手不够。"

"你可以帮助我们。"哈尔瓦德说道。

"我是非常愿意以某种方式帮助贡纳尔的,"奥尔维尔说,"虽然你是我的亲戚,但我觉得他更有出息。"

"那你愿意拿出点儿什么呢?"哈尔瓦德问道。

"两艘长舰,一艘四十座的,另一艘六十座的。"奥尔维尔答道。

"谁来配备水手呢?"哈尔瓦德问道。

"我用我的人配备其中的一艘,另一艘配备农夫。但是我听说现在河上有了麻烦,因此,我还不知道你们俩能不能从这里脱身呢。"

"是谁在挡道?"哈尔瓦德问道。

"是兄弟两个,"奥尔维尔答道,"一个叫瓦恩迪尔,另一个叫卡尔,他们是东部哥得兰岛①的老叟斯奈乌尔夫的儿子。"

于是,哈尔瓦德便告诉贡纳尔,奥尔维尔送给他们两艘船。贡纳尔听了很高兴。接着,他们就开始着手进行准备。一切就绪之后,他们来到奥尔维尔那里,向他表示感谢。奥尔维尔告诫他们,对那兄弟俩要多加小心。

30

贡纳尔率领船队顺流而下,向下游驶去;他和考尔斯凯格同乘一艘船,哈尔瓦德则在另一艘船上。过了不久,他们就发现前方有几艘船。

贡纳尔吩咐道:"做好准备,防备他们向我们进攻。如果他们不动手,我们就不必理睬他们。"

人们按照他的吩咐,在各自的船上做好了准备。那些海盗把

---

① 今属瑞典。

他们的船队分成了两组，贡纳尔的船就在这两组船之间穿行。瓦恩迪尔操起一把飞抓，"嗖"地一声扔到了贡纳尔的船上，钩住他的船，飞快地把它拖到自己的船旁。奥尔维尔曾送给贡纳尔一把锋利的宝剑，此时，他把它抽了出来。尽管没戴头盔，但贡纳尔仍毫不犹豫地纵身跳到瓦恩迪尔的船头，挥剑杀死了一名海盗。这时，卡尔驾船冲到了贡纳尔的船的另一侧。他瞄准贡纳尔的腰部，隔船掷过来一杆长矛。贡纳尔看到长矛直奔自己而来，说时迟，那时快，他敏捷地一转身，左手抓住了长矛，回手向卡尔的船扔了过去。一个海盗当即毙命。考尔斯凯格操起锚来，向卡尔的船上扔了过去。锚爪正好抓破了船体，深蓝色的海水汹涌而入，战船上的人都纷纷跳到别的船上，贡纳尔也跃回到了自己的船上。

这时，哈尔瓦德的船也冲了上来。一场激烈的战斗开始了。贡纳尔的手下见到自己的首领毫无惧色，便都个个奋勇向前。贡纳尔忽而挥舞宝剑，忽而舞动长矛，很多人在他的手下呜呼哀哉了。考尔斯凯格就在他的旁边，也是英勇无敌。

卡尔跳到他哥哥瓦恩迪尔的船上，他们俩以这条船为依托，打了整整一天。考尔斯凯格在贡纳尔的船上稍微休息了一下。贡纳尔一见，说道："你今天净照顾别人了，没顾得上自己。你一直在确保你的手下不感到口渴！"

考尔斯凯格一听，端起满满一杯蜂蜜酒，一饮而尽，然后又继续搏斗起来。最后，兄弟俩都跳到了瓦恩迪尔和卡尔的船上，两个人分头从两个方向冲了上去。瓦恩迪尔向贡纳尔猛扑过来，闪电般地挥剑猛砍，却砍在了盾牌上。贡纳尔拧动盾牌，一下子把嵌在上面的剑从剑柄的根部给拧断了。贡纳尔随即挥剑反击，瓦恩迪尔觉得空中似乎同时有三把剑向自己袭来,不知道该从哪一边来保护自己。贡纳尔一剑斩断了瓦恩迪尔的双腿,考尔斯凯格的长矛也刺穿了卡尔。战斗结束后,他们缴获了大量的战利品。

接着,他们从那里继续南下,抵达丹麦,又从丹麦东行至斯莫兰。他们一路之上所向披靡。秋天的时候,他们并没有返回家乡。

第二年夏天,他们继续航行,来到了雷瓦尔,在那里遇上了海盗。他们立刻同他们打了起来,击败了那些海盗。他们接着离开雷瓦尔,驶往奥塞尔岛,在岬角的背风处停留了一会儿。这时,他们看见有一个人从岬角上走了下来。贡纳尔上岸迎了上去。两个人就交谈起来。贡纳尔问他叫什么名字,他说叫托菲。贡纳尔问他想干什么。

"我想见你,"他说,"在这个岬角的另一侧停泊着几艘战船,我来告诉你谁是他们的首领:统率舰队的是兄弟俩,一个叫哈尔格里姆,另一个叫考尔斯凯格。我知道,他们俩骁勇、彪悍,他们的武器也非常精良,没有什么可以同这些武器相媲美。哈尔格里姆有一杆戟,他给它施过魔法,除了这杆戟,什么武器也杀不了他。另外还有一点,当这杆戟要发出致命一击的时候,你能够马上就知道,因为它在此之前先要高声地鸣叫,这就是它的威力。考尔斯凯格有一把短剑,也是一件十分精良的武器。还有,他们的人马和你们的数量相当。他们拥有大量的金银财宝,藏在岸上的一个秘密地点,而我知道它的确切位置。他们派出了一条船,在岬角周围侦察,因此对你们的一举一动十分清楚。现在,他们正在全力以赴地做准备,打算一旦准备就绪,就来袭击你们。你们现在要么马上逃走,要么尽快做好迎战准备。如果你们获胜,我就带你们去他们藏宝的地方。"

贡纳尔把一个戒指送给他,然后回到了自己的同伴那里。他告诉他们,岬角的另一面停泊着战船。他说:"他们对我们的情况十分清楚。大家拿起武器,充分、迅速地做好准备,因为那里有金银财宝等待着我们去取。"

于是他们便着手准备起来。刚准备好,就看见几艘战船向他们冲了过来。一场激烈的战斗开始了。战斗持续了很长时间,双方都损失惨重。贡纳尔杀死了很多海盗。这时,哈尔格里姆和他的兄弟跳到了贡纳尔的船上,贡纳尔转身迎了上去。哈尔格里姆持戟向贡纳尔刺来,当时,有一条帆的下桁正好横在船上,贡纳尔纵身向后一跃,跳了过去,而他的盾牌还在下桁的另一侧。哈尔格里姆的戟刺穿了盾牌,扎在了下桁上。贡纳尔随即猛击哈尔格里姆的胳膊,把它打得软了下来,但贡纳尔的剑并没有把他砍伤。那杆戟掉在了地上,贡纳尔一把抢了过来,一戟刺穿了哈尔格里姆。从此以后,贡纳尔就一直带着这杆戟。

这时,两个考尔斯凯格打在了一起,两人势均力敌,打得难分难解。贡纳尔冲上来,给了另一个考尔斯凯格致命的一击。

两个首领一死,海盗们便乞求停战。贡纳尔同意了。他命手下对尸体进行搜身,不管是什么都拿走,但对那些幸存下来的海盗,他让他们保留各自的武器和衣服,不再杀他们,并让他们回家。海盗们走后,贡纳尔占有了他们遗留下来的所有财物。

战斗结束后,托菲来找贡纳尔,表示愿意带他去海盗们藏宝的地方。他说,那些财宝比他们缴获到的数量更多、更值钱。贡纳尔说，他很乐意去。于是，他和托菲一起上了岸。托菲在前面领路，走进了一片树林，贡纳尔跟在后面。他们来到一个堆积了很多木料的地方。托菲说，那些财宝就藏在木料的下面。于是，他们把木料搬到一边，然后就发现了藏在那里的黄金、白银、衣服和精良的武器。他们把这些财宝都搬到了船上。

贡纳尔问托菲想要什么作为酬劳，托菲回答说："我本来是丹麦人，请你把我带回到我的亲戚那里去吧。"

贡纳尔又问他怎么到了波罗的海。

"我被海盗绑架了，"托菲说，"到了奥塞尔，他们就把我弃到岸上。从那时候起我就一直住在这里。"

31

于是，贡纳尔便带着托菲一起上了路。他对考尔斯凯格和哈尔瓦德说："我们返回北部吧。"

他们俩都感到高兴，就请他做决定。于是，贡纳尔携带着大量的金银财宝，从波罗的海东部扬帆起航了。这时，他已经拥有了十艘船，整个舰队浩浩荡荡地向丹麦的海泽比驶去。哈拉尔德·戈尔姆松国王正巧也在那里。有人向他介绍了贡纳尔的情况，说他在冰岛无人能敌。于是，国王便派人去请贡纳尔来见他，贡纳尔立刻就赶来了。国王热情地招待他，并在自己的身边给他赐了一个座位。

贡纳尔在那里住了半个月。国王为了消遣，就让贡纳尔跟自己的臣下比赛各种运动。但不管在哪项运动上，他们都不是贡纳尔的对手。

国王对贡纳尔说："在我看来，似乎普天之下没有人是你的对手了。"

国王接着提出，要是他愿意住下来，他就给他娶个妻子，赐给他大量的财富。贡纳尔对国王表示感谢，但是他说，自己首先得回冰岛，去看望他的亲戚和朋友。

"那你永远也不会回到我们这里来了。"国王说道。

"陛下，那要看命运了。"贡纳尔说道。

贡纳尔送给国王一艘坚固的长舰和很多别的贵重礼物。国王把自己的国服送给了他，还送给他镶着黄金的真皮手套、一副带金边的头饰带和一顶俄罗斯帽子。

贡纳尔离开那里，扬帆北上希森，受到了奥尔维尔的热情接待。贡纳尔把奥尔维尔的船只还给他，并说船连同船上的货物都是奥尔维尔的了。奥尔维尔接受了这些战利品，称赞贡纳尔是个好人，还邀请他在那里住一段时间。哈尔瓦德问贡纳尔想不想去哈康雅尔那儿，贡纳尔说他正有此意。"因为现在我已经经受了一点儿考验；而上一次你问我的时候还没有。"他说道。

他们做好了出发的准备，向北驶往特隆赫姆，去见哈康雅尔。哈康雅尔热情地接待贡纳尔，邀请他跟自己一起过冬，贡纳尔接受了邀请。在那里，贡纳尔受到了所有人的尊重。圣诞节那天，雅尔送给他一枚金戒指。

贡纳尔喜欢上了雅尔的亲戚，一个叫贝格约特的女人。人们都认为，要是贡纳尔提出来，雅尔是会把她嫁给他的。

32

春天的时候，雅尔问贡纳尔有什么打算。贡纳尔回答说，他想回冰岛去。雅尔说，那一年的收成不好。"因此，出海到国外去的人不会很多。但是，不管你的船上需要多少面粉和木料，我都会如数给你的。"他说道。

贡纳尔向他表示感谢。他的船很快就准备好了。哈尔瓦德随同他和考尔斯凯格一起出发了。

初夏时分，他们抵达了冰岛。此时，全岛大会还没有开始。他们在位于阿耳纳贝利的河口上了岸。一上岸，贡纳尔便吩咐手下人负责卸船，然后就和考尔斯凯格一起打马扬鞭往家赶。回到家里后，人们见到他们都感到很高兴；他们对家里的人也是笑脸相待，并没有变得目中无人。

贡纳尔问尼雅尔在不在家，有人告诉他说在。他命人把马牵过来，随即便和考尔斯凯格一起飞马赶往伯格索斯沃尔。尼雅尔对他们的到来感到非常高兴，请他们晚上不要走了。于是，他们就留了下来。贡纳尔还向尼雅尔讲述了自己的旅行经历。

尼雅尔称赞他是最勇敢的人，对他说："尽管你已经经受了许多考验，但你还会面临更多的考验，因为很多人会忌妒你。"

"我是愿意跟每个人都和睦相处的。"贡纳尔说道。

"但还是会发生很多意外，"尼雅尔说，"为了你的生存，你将不得不永远战斗下去。"

"即便那样，我的应战理由也一定是正当的。"贡纳尔说道。

"是的，"尼雅尔说，"只要你不必为别人的所作所为而付出代价。"

尼雅尔问贡纳尔要不要去参加阿耳庭大会，贡纳尔回答说要去，他又反问尼雅尔想不想去，尼雅尔回答说，他自己并不想去。"而且，我希望你也别去。"他说。

贡纳尔送给尼雅尔一些贵重的礼品，感谢他照顾自己的财产。然后，他就上马回家了。

考尔斯凯格鼓动他去参加大会，对他说："你在那儿会名声大噪，因为很多人都想跟你说句话。"

"我可不想去自我吹嘘、大肆炫耀，"贡纳尔说，"但我想跟好人见见面总归是不错的。"

此时，哈尔瓦德也来到了赫利扎伦迪，就提出跟他们一起去参加全岛大会。

33

贡纳尔和他所有的同伴都骑马赶来参加全岛大会了。在那里，他们的衣着非常华丽，无人能比；人们从各自的棚屋里走出来，向他们表达敬慕之情。贡纳尔纵马来到朗河平原区的棚屋，跟自己的亲戚们待在一起。很多人都来找他，请他讲述他的经历。贡纳尔此时心情舒畅，对所有的人都笑脸相迎，人们想听什么，他就讲什么。

一天,贡纳尔从法律岩石回来,恰巧经过莫斯山人的棚屋。这时,他看见几个衣着华丽的妇女向自己这边走来,走在最前面的那个穿得最为讲究。两个人相遇的时候,她立即向贡纳尔问了声好,贡纳尔礼貌地接受了她的问候,并问她是谁。她说,她叫哈尔盖尔德,是霍斯库尔德·达拉-考尔松的女儿。她跟他说话的时候显得落落大方。她请他讲讲自己的旅行经历,贡纳尔说,他是不会拒绝她的要求的。于是,他们就坐下聊了起来。

她的衣着是这样的:身穿一件红色长袍,上面缀满了饰物;外罩一件猩红色的斗篷,饰带一直垂到了边缘;一头浓密的秀发飘落在胸前。贡纳尔则穿着哈拉尔德·戈尔姆松国王送给他的那套国服,胳膊上戴着哈康雅尔赠送的那个镯子。

他们畅谈了很久。最后,贡纳尔问她是不是没有结婚。

她点头称是,说道:"但不是很多人都愿意冒这个风险,跟我结婚。"

"是没人配得上你吗?"他问道。

"不是,"她回答说,"是因为在男人的问题上,我非常挑剔。"

"假如我要娶你的话,你会怎么回答?"贡纳尔问道。

"你是不会这么想的。"她说道。

"我的确是这么想的。"他答道。

"如果是真的,"她说,"那你得去见我的父亲。"

说完,他们就不再交谈了。

贡纳尔马上来到达利尔人的棚屋。他找到棚屋前的人,问他们霍斯库尔德在不在里面,他们回答说在。于是,贡纳尔走了进去。

霍斯库尔德和赫鲁特热情地欢迎他，贡纳尔就在他们俩中间坐了下来。人们从他们的交谈中，丝毫看不出他们双方曾经有过什么冲突。最后，贡纳尔切入了正题。他问，如果他请求同哈尔盖尔德结婚，他们兄弟会怎么答复。

"我们会做出善意的答复的，"霍斯库尔德说，"如果你真是这样想的话。"

贡纳尔回答说，他是认真的。他说："但是，我们上次分手的那种情形使得很多人认为我们之间不可能联姻。"

"你觉得这事儿如何，赫鲁特兄弟？"霍斯库尔德问道。

赫鲁特回答说："我看这样的结合不般配。"

"为什么这么说呢？"贡纳尔问道。

赫鲁特说："说句实在话，你是一位勇敢、高尚的男子汉，但她却具有多重性格，这一点我根本不想瞒着你。"

"谢谢你，"贡纳尔说，"但是，如果你不愿促成这桩婚事，那我会认为你还是念念不忘我们的宿怨。"

"事实并非如此，"赫鲁特说，"而是因为我发现你对她的弱点无能为力。即使我们达不成婚约，我们还是想做你的朋友。"

"我已经同哈尔盖尔德谈过了，她也有此意。"贡纳尔说道。

"我知道，你们俩都渴望着这样的结合，但是，说到这场婚姻的最终结果，冒最大风险的还是你们俩。"

接着，没等贡纳尔发问，赫鲁特就把哈尔盖尔德性格的方方面面都讲给他听。尽管一开始贡纳尔觉得他的话里有很多言过其实的地方，但他们最终还是达成了这项婚约。然后，他们派人把哈尔盖尔德叫了来，当面谈了这件事。按照以往的做法，他们让她自己同意嫁给贡纳尔。他们还决定，喜筵将在赫利扎伦迪举行。最初，这件事情是保密的，但过了不久，人们就都知道了。

贡纳尔上马离开全岛大会回到了家里。然后，他又赶到伯格索斯沃尔，把缔结婚约的事告诉了尼雅尔。尼雅尔听后，显得心情沉重。贡纳尔问他，为什么他觉得这样做不明智。

"要是她嫁到我们东部来，就会带来各种各样的麻烦。"尼雅尔说道。

"她永远也不会破坏我们之间的友谊的。"贡纳尔说道。

"只差一点儿罢了，"尼雅尔说，"但你会不断地为她的错误采取补救措施的。"

贡纳尔邀请尼雅尔去参加喜筵，他家里的人想带多少就带多少。尼雅尔回答说，他届时一定去。然后，贡纳尔上马回家，在整个地区四处邀请客人。

34

有一个叫斯莱恩的人，是西格福斯的儿子、红色西格瓦特的孙子，住在弗廖特什立德的格廖特。他是贡纳尔的叔叔，情操高尚。斯莱恩的妻子叫女诗人索尔希尔德，说话刻薄，喜欢嘲弄人，斯莱恩不怎么爱她。斯莱恩受到贡纳尔的邀请，去参加在赫利扎伦迪举行的喜筵，他的妻子则和尼雅尔的妻子贝格索拉·斯卡普赫丁斯多蒂尔一起负责招待客人。

西格福斯的二儿子名叫凯蒂尔，住在马尔卡河以东的莫克，他娶的是尼雅尔的女儿索尔盖尔德。

西格福斯的三儿子叫索凯尔，老四叫莫德，老五叫拉姆比，老六叫西格蒙德，老七叫西古尔德。他们都是贡纳尔的叔叔，也都非常擅长格斗。贡纳尔向他们都发出了邀请，请他们参加喜筵。

贡纳尔还邀请了灰面客瓦尔加尔德和奥尔的戈狄乌尔夫以及他们的儿子莫德和朗诺尔夫。

霍斯库尔德和赫鲁特带了很多人来参加婚礼，其中包括霍斯库尔德的儿子索尔莱克和奥拉夫。新娘也是和他们一起来的，她的女儿索尔盖尔德也来了。索尔盖尔德长得非常漂亮，当时年方十四岁。跟她一起来的还有很多别的女人。

参加婚礼的还有阿斯格里姆·埃利达-格里姆松、尼雅尔的两个女儿索尔盖尔德和海尔嘉。

贡纳尔还邀请了很多邻居来赴宴。他是这样安排客人们的座位的：他自己坐在长椅的正中，挨着他坐在内侧的依次是斯莱恩·西格福松、奥尔的戈狄乌尔夫、灰面客瓦尔加尔德、莫德·瓦尔加尔德松、朗诺尔夫和西格福斯的另外几个儿子，拉姆比则坐在最里面。坐在贡纳尔的另一面、也就是朝向大门的那一边的依次是尼雅尔、斯卡普赫丁、海尔吉、格里姆、霍斯库尔德、智者哈夫、来自凯尔迪的英杰尔德和来自东部霍尔特的索里尔的儿子们。索里尔自己则想坐在这些大人物的外侧，因为那样大家就会觉得他坐了自己应该坐的位子。

霍斯库尔德·达拉-考尔松坐在对面长椅的正中，他的儿子坐在内侧，赫鲁特则坐在他的另一边、也就是朝向大门的那一侧。其他客人怎么坐的就不清楚了。

新娘坐在横过来的长椅的中间，她的旁边坐着自己的女儿索尔盖尔德，另一边坐着阿斯格里姆·埃利达-格里姆松的女儿索尔哈尔。

女诗人索尔希尔德负责招待客人，这时正和贝格索拉一起把吃的东西端到桌子上来。斯莱恩·西格福松两眼紧盯着索尔盖尔德，被妻子索尔希尔德看在眼里。她生气了，对他即席念了一首双行诗。

"斯莱恩，"她说，

> 你的凝视绝非善良，
> 你的双眼充满欲望。

斯莱恩一听，立刻跳到桌子的另一边，指定几个证人，宣布跟她离婚。他说："我再也不想听她的冷嘲热讽了。"

斯莱恩气势汹汹地说，要是不把她打发走，那么他就走。于是，这件事只好按照他的意愿收场，索尔希尔德被打发走了。随后，大家又都在各自的位子上坐下，喝起酒来，每个人都喜气洋洋的。

这时，斯莱恩说："霍斯库尔德·达拉-考尔松，我不想隐瞒我的想法。我想问你：你愿意把你的外孙女索尔盖尔德许给我，让她做我的妻子吗？"

"不知道，"霍斯库尔德说，"在我看来，你跟你前妻的分手不怎么地道。贡纳尔，他是什么样的人？"

贡纳尔答道："我不想说，因为他是我的亲戚。尼雅尔，你来说点儿吧,大家都相信你。"

尼雅尔说:"关于这个人,可以说他富有,在各方面都很成功,而且颇有权势。你完全可以同他联姻。"

霍斯库尔德接着又问:"赫鲁特兄弟,你觉得呢?"

赫鲁特答道:"你可以同他联姻,因为这场婚姻对她来说还是适合的。"

于是,他们就婚约进行了讨论,并最终就所有的条件都达成了一致。接着,贡纳尔和斯莱恩站起身来,走到横着的长椅那儿。贡纳尔问母女俩愿不愿意接受这一婚约。她们回答说,她们一点儿也不反对。于是,哈尔盖尔德就把女儿许配给了斯莱恩。

接着,人们把妇女们的座位进行了调整,让索尔哈拉坐在两位新娘中间。宴会继续顺利地进行着。喜筵结束后,霍斯库尔德和他的人马都返回西部去了,来自朗河平原地区的人们也各自打道回府。

贡纳尔给很多人送了礼物,因此受到了人们的赞扬。哈尔盖尔德接管了日常的家务,她贪婪而又作威作福。索尔盖尔德接管了格廖特的家务,她倒是个优秀的家庭主妇。

35

贡纳尔和尼雅尔之间有着深厚的友谊,因此,每年冬天,其中一个人就会邀请另一个到自己家里去吃冬宴,这已经是他们俩的习惯了。这一年轮到贡纳尔去参加尼雅尔的冬宴。于是,他就和哈尔盖尔德前往伯格索斯沃尔。赶到那里的时候，海尔吉和他的妻子都不在。尼雅尔热情地欢迎他们。过了一会儿，海尔吉和妻子索尔哈拉回来了。

贝格索拉和索尔哈拉一起走到横着的长椅那儿，对哈尔盖尔德说："你不能坐在这个女人旁边，你得坐到别的地方去。"

哈尔盖尔德说："我就不挪开，我不想像个被人抛弃的丑婆娘那样坐在角落里。"

"这里我说了算。"贝格索拉说道。

然后，索尔哈拉坐了下来。

（Jón Axel Björnsson）

哈尔盖尔德抓住贝格索拉的手，说道："你跟尼雅尔没什么两样的。你的指甲全都脱落了，而他连胡子都没长。"

贝格索拉把净手用的水端到桌边。哈尔盖尔德抓住她的手,说道:"你跟尼雅尔没什么两样的。你的指甲全都脱落了,而他连胡子都没长。"

"没错,"贝格索拉说,"但我们并不因此而对对方有什么不满。你的前夫索尔瓦尔德倒是长了胡子,可你却让人把他杀了。"

"贡纳尔,你要是不为我报仇,那么我嫁给你这个冰岛最勇敢的人就没多大用处了。"哈尔盖尔德说道。

贡纳尔呼地站起身来,跳到桌子对面,说道:"我要回家了。要找碴儿吵架,你最好是在自己家里,不要在别人家里。我的很多荣誉都归功于尼雅尔,我不想做你的爪牙。"

说完,贡纳尔就跟哈尔盖尔德动身回家。

"你记着,贝格索拉,"哈尔盖尔德说,"我们的事儿还没完。"

贝格索拉回敬道,哈尔盖尔德不会因此而得到多大好处的。贡纳尔一言不发地回到了赫利扎伦迪的家中。整个冬天,他都待在家里,直到第二年的夏天将要召开全岛大会的时候。

36

贡纳尔打点行装,做好了前往参加全岛大会的准备。临行之前,他对哈尔盖尔德说:"我不在的时候,你要和气一些。在涉及到我的朋友们的问题上,不要发脾气。"

"山精①才会把你的朋友们当回事儿呢。"她说道。

贡纳尔发现,跟她说什么都没有用了,只好上马来到了全岛大会。尼雅尔和他的儿子们也来了。

现在回过头来说说家里的事情:贡纳尔和尼雅尔共同拥有劳达斯科利迪的一片林地,两人并没有划分它的归属。习惯上,他们俩各自需要多少就去砍伐多少,从不责怪对方。

哈尔盖尔德雇了一个工头,名叫考尔,跟了她很长时间,属于最坏的那种人。有一个人叫斯瓦尔特,是尼雅尔和贝格索拉的仆人,他们都很喜欢他。

一天,贝格索拉盼咐斯瓦尔特去劳达斯科利迪砍一些柴来。她说:"我会随后派人去把柴拖回来。"

斯瓦尔特说,他会照她盼咐的去做。于是,他来到劳达斯科利迪,开始砍柴。他要在那里待一个星期。

这时,马尔卡东部的一些穷人来到了赫利扎伦迪。他们报告说,斯瓦尔特正在劳达斯科利迪砍柴,砍了很多。

"看来贝格索拉是在对我进行大规模的抢劫,"哈尔盖尔德说,"我要想点儿办法,让他以后再也砍不成。"

贡纳尔的母亲朗恩维格无意中听到了这句话,便说道:"即使不参与杀人,也能做一个能干的家庭主妇。这样的例子我们这里多着呢。"

一夜无话。第二天早上,哈尔盖尔德对考尔盼咐道:"我给你

---

① 古代北欧神话中居住在山洞中或山上的神,有的身躯巨大,有的身材矮小;有的善良友好,有的邪恶而有敌意。

找了件事儿干，"她边说边把一件武器交给了他，"到劳达斯科利迪去，你会在那里找到斯瓦尔特的。"

"我该怎么对待他？"他问道。

"像你这样十恶不赦的人还用问吗？"她说，"杀了他！"

"可以，"他说，"但我的命可能也保不住了。"

"你把什么事儿都看得太严重，"她说，"我一直在为你撑腰，可你居然说出这种话来，这很不好。你要是不敢去，我就再找别人。"

考尔怒气冲冲地操起斧子，跨上贡纳尔的一匹马，马不停蹄地向东径直来到了马尔卡。他跳下马，在树林中等着。后来，人们把木材都搬走了，只剩下斯瓦尔特一个人。

考尔向他扑了过去，说道："知道怎么起劲用斧子砍东西的人多了，不止你一个。"说着，挥起斧子就向斯瓦尔特的头部砍去，给了他致命的一击。然后，他上马返回，把杀人的经过告诉了哈尔盖尔德。

她说："我会保护你，不让任何人伤害你。"

"也许你能做得到，"他说，"但在杀他之前，我却做了一个结果相反的梦。"

那些搬运木材的人回到林子里，发现斯瓦尔特死了，就把他的尸体运回了家。

哈尔盖尔德打发一个人到大会去找贡纳尔，跟他讲了杀人的事。贡纳尔没有在送信人面前责骂哈尔盖尔德，因此人们一开始并不知道他觉得这件事是好是坏。过了一会儿，贡纳尔站起身，吩咐手下人和他一起走一趟。他们跟着他，一起来到了尼雅尔的棚屋。贡纳尔派了一个人进去,请尼雅尔出来。尼雅尔马上就出来了,跟贡纳尔走到一边,交谈起来。

贡纳尔说:"有一件杀人的事我要告诉你:是我的妻子和我的工头考尔干的,被杀的是你的仆人斯瓦尔特。"

在贡纳尔讲述这一切的时候,尼雅尔始终没有说话。后来,他说:"你千万别让她在所有的事情上都一意孤行。"

贡纳尔说:"你自己来裁决这件事吧。"

尼雅尔说:"让你为哈尔盖尔德所做的一切坏事都进行赔偿,这对你来说不是一件容易的事;而且,有朝一日总会发生一件后果比现在更加严重的事情,并不会像现在这样仅仅涉及到我们两个人——尽管目前这件事本身就很严重。我们俩要记住我们一直相互提醒的事。我知道你会正确对待的,但你会面临巨大的挑衅。"

尼雅尔接受了贡纳尔提出的此案由他自行裁决的建议。他说:"我不想太过分:赔我十二盎司银币吧。但我想约定,要是有一天,你不得不就我这一方的所作所为进行裁决的话,那么,你提的条件不能比我已经提出的苛刻。"

贡纳尔如数交出了赔偿金,然后上马回家了。

尼雅尔和他的儿子离开阿耳庭回到了家里。贝格索拉看到那笔钱后说道:"这样解决还是很公平的,应该在适当的时候把这笔钱花在考尔身上。"

贡纳尔从大会回到家里,责备了哈尔盖尔德。她说,比斯瓦尔特优秀的人多的是,可他们死了的时候,却没有得到什么赔偿。

贡纳尔回答说,她采取什么行动可以由她自己决定。"但事情该怎么解决则由我来定。"他说道。

哈尔盖尔德常常口出狂言，吹嘘杀死斯瓦尔特的事，令贝格索拉非常反感。

尼雅尔和他的儿子到北部的索罗尔山去照看他们的农场去了。凑巧在同一天，贝格索拉在外面看见一个男子骑着一匹黑马向这边走来。她站在原地，没有走开，但没认出那个人是谁。那个人手持一杆长矛，腰间挎着一把短剑。她就问他叫什么名字。

"我叫阿特利。"他答道。

她问他从哪里来的。

"东部峡湾。"他答道。

"你要去哪儿？"她问道。

"我没有工作，"他回答说，"我在找尼雅尔和斯卡普赫丁，看看他们愿不愿意雇我。"

"你最擅长干什么？"她问道。

"地里的活儿，"他答道，"很多别的活儿我也干得很好。但我不想隐瞒这一事实：我脾气暴躁，很多人因为我而受过伤。"

"说你不是懦夫，这我是不会反对的。"她说道。

阿特利问："你在这儿说话算数吗？"

"我是尼雅尔的妻子，"她说，"在雇人方面我说话跟他一样算数。"

"你愿意雇我吗？"他问道。

"我要给你一次机会，"她说，"但条件是：我让你做什么你就做什么，即使我派你去杀人。"

"做那种事你肯定有足够的人手，不需要我去做的。"他说道。

"但雇佣的条件我愿怎么定就怎么定。"她说道。

"那我们就达成一致了吧。"他说道。于是,她就雇了他。

尼雅尔和他的儿子们回到家里后,就问贝格索拉这个新雇的人是谁。

"是你的仆人,"她说,"是我雇的他。他说他擅长干体力活儿。"

"他得卖力地干活儿,"尼雅尔说,"但不知道他是不是干得出色。"

斯卡普赫丁渐渐喜欢上了阿特利。

第二年夏天,尼雅尔和他的儿子们上马前往参加全岛大会,贡纳尔也来了。一天,尼雅尔拿出了一袋钱。

斯卡普赫丁问道:"父亲,这笔钱是怎么回事?"

"这是去年夏天贡纳尔为我们被害的仆人付给我的那笔赔偿金。"尼雅尔说道。

"可能会派上用场的。"斯卡普赫丁说着,咧开嘴笑了。

37

现在说说家里的事:阿特利问贝格索拉,他今天该干点儿什么。

"我给你找了一件活儿,"她说,"你去找考尔,直到找到他为止,因为今天你必须得杀了他——如果你听我的。"

"你说得很有道理,"他说,"因为我跟考尔都是坏人。我会追上他的,不是鱼死就是网破。"

"祝你走运，"她说，"这件事你不会白干的。"

阿特利转身走开，带上武器，上马疾驰而去。他来到弗廖特什立德，遇到了一些从赫利扎伦迪过来的人。他们都居住在东部的莫克。他们问阿特利去哪儿，他说，他出来找一匹驮马。他们说，这件事儿对他这样能干的人来说简直是易如反掌。"但你最好还是问问昨天晚上赶路的人。"他们说道。

"是谁？"他问道。

"哈尔盖尔德的仆人、杀手考尔，他刚刚离开牧场，"他们说，"他一夜都没睡。"

"我可不知道自己有没有胆量去见他，"阿特利说，"他脾气暴躁，我最好是接受别人的前车之鉴。"

"但从你的眼睛可以看出来，说你是什么都行，就是不像胆小鬼。"他们说道。接着，他们就给他指了指考尔所在的方向。

阿特利用马刺刺了一下马，疾驰而去。找到考尔后，他说："你的那份像驮马的工作干得怎么样了？"

"这不干你的事儿，你这肮脏、卑鄙的家伙。也不干你们那儿的人的事儿。"考尔说道。

阿特利说："最难干的那部分活儿你还没干呢。"

说完，阿特利挺起长矛，一矛刺在考尔的腰上。考尔抡起斧子向他砍去，但没有砍中。然后，考尔一头从马上栽了下来，当即一命呜呼。

阿特利上马离开那里，碰到了哈尔盖尔德的几个女仆。"你们上去找找那匹马，"他说，"好好看着点儿。考尔从马上摔了下来，已经死了。"

"是你把他杀了吗?"她们问道。

阿特利答道:"哈尔盖尔德会明白的,考尔并不是完全依靠自己的力量死掉的。"

随后,阿特利上马赶回家里,向贝格索拉讲述了事情的经过。她向他表示感谢,不仅为他办的这件事情,而且为他当时说的那几句话。

"不知道尼雅尔会怎么想。"阿特利说道。

"这件事他是能够处理的,"她说,"为了证明这一点,我告诉你:他把我们去年得到的那个奴隶的赔偿金拿到了阿耳庭,现在,我们就用那笔钱来赔偿考尔的性命。但是,即使案子得到了和解,你自己也一定要警惕,因为哈尔盖尔德是不会遵守任何协议的。"

"你不打算派个人把杀人的事告诉尼雅尔吗?"他问道。

"不想派,"她说,"对我来说,最好是不为考尔的死支付任何赔偿。"

说到这里,他们就不再谈了。

有人把考尔被杀和阿特利所说的话都告诉了哈尔盖尔德。她说,她会以牙还牙的。她派人前往阿耳庭,把考尔被杀的事告诉了贡纳尔。贡纳尔什么也没说,派人把这事告诉了尼雅尔,尼雅尔也没说什么。

斯卡普赫丁说:"这些奴隶比以前活跃多了:那时候,他们只不过吵吵架而已,谁也不觉得有什么危害,可现在他们开始互相杀戮了。"

他边说边露出牙齿,笑了。

尼雅尔取下挂在棚屋里的钱袋,走了出去,他的儿子们跟在后面。他们来到了贡纳尔的棚屋。斯卡普赫丁对站在门口的人说："告诉贡纳尔,我父亲想见他。"

看门人对贡纳尔一说,贡纳尔马上走了出来,热情地向尼雅尔问好。然后,他们俩走到僻静的地方,交谈起来。

"发生了一件糟糕的事情,"尼雅尔说,"我的妻子破坏了我们之间的协定,让人杀死了你的仆人。"

"这不能怪她。"贡纳尔说道。

"你来裁决吧。"尼雅尔说道。

"好的,"贡纳尔说,"我认为斯瓦尔特和考尔是等值的,你得付我十二盎司的银币。"

尼雅尔拿出钱袋,交给了贡纳尔。贡纳尔发现这笔钱正是他先前付给尼雅尔的那笔。然后,尼雅尔回到了自己的棚屋。这件事情解决之后,他们俩的关系又像以前那样融洽了。

回到家里,尼雅尔责怪了贝格索拉。但她说,她永远都不会向哈尔盖尔德屈服。哈尔盖尔德对贡纳尔和平地了结了这桩杀人案很是气愤。贡纳尔说,他永远也不会跟尼雅尔和他的儿子们作对。哈尔盖尔德依然怒气冲冲,贡纳尔则不予理睬。

在贡纳尔和尼雅尔的关注下,那年没有再发生什么别的不测事件。

38

春天到了,尼雅尔对阿特利说:"我想让你到东部峡湾去找份工作，这样，哈尔盖尔德就害不了你了。"

"我不怕，"阿特利说，"要是我可以做出选择的话，我倒宁愿待在这儿的家里。"

"这不太明智。"尼雅尔说道。

"我宁愿在服侍你的期间死掉，也不愿换个主人。但是，我恳求你，如果我被杀了，不要让他们付奴隶的价钱。"

"你会作为一个自由人而得到赔偿的，"尼雅尔说，"但是，贝格索拉会向你保证，要为你血债血还，而且她还会遵守这一诺言的。"

就这样，阿特利成了家族的一员。

现在说说哈尔盖尔德：她差人到西部的比亚德纳峡湾，去请她的亲戚是非精布里恩约尔夫，这个人的品质相当恶劣。贡纳尔对此事则一无所知。哈尔盖尔德说，他能当个非常能干的工头。布里恩约尔夫来到了东部，贡纳尔问他来干什么；布里恩约尔夫回答说，他要留在这里。

"从我听到的来看，你管不好我们的家务，"贡纳尔说，"但是，哈尔盖尔德要留下的亲戚我是不会赶走的。"

贡纳尔没有对布里恩约尔夫以礼相待，但也不能说冷酷无情。就这样，又到了召开全岛大会的时候了。

贡纳尔带着考尔斯凯格上马前往参加大会。赶到那里之后，见到了尼雅尔，他和他的儿子们全都来了。他们常常聚在一起，相处得很好。

贝格索拉对阿特利说："你到北部的索罗尔山去一下，在那儿干一个星期的活儿。"

于是，阿特利来到索罗尔山，秘密地住了下来。他负责在树林中烧木炭。

哈尔盖尔德对布里恩约尔夫说："有人告诉我，阿特利不在家里。那么他一定是在索罗尔山干活。"

"你觉得他会在干什么？"他问道。

"干点儿树林里的活儿。"她答道。

"我该怎么处置他？"他问道。

"杀了他！"她说道。

他没有回答。

"要是斯约斯托尔夫还活着，"她说，"这在他眼里可算不上是什么大事。"

"你用不着再这样奚落我了。"布里恩约尔夫说道。

他带上武器，拉过马匹，飞身上马，向索罗尔山飞驰而去。他发现农场的东边有浓烟，就骑马赶了过去。到了附近，他跳下马来，把马拴好，走到烟雾最浓的地方。他看到了烧炭用的火坑，旁边还有一个人，那个人把自己的长矛插在身边的地里。布里恩约尔夫穿过烟幕径直朝他走去；那人正在卖力地干着活儿，没有看到他。布里恩约尔夫举起斧子，击中了他的脑袋，但由于用力过猛，他的斧子脱手了。阿特利抓过长矛，向他投了过来。布里恩约尔夫往地上一趴，长矛从他头顶上飞了过去。

"算你走运，因为我没有防备，"阿特利说，"哈尔盖尔德会高兴死的，因为你就要把我的死讯告诉她了。但好在过不了多久，你也会有同样的下场的。现在，把你扔在这儿的斧子捡起来吧。"

布里恩约尔夫没有说话。一直等到阿特利咽气之后，他才敢走过去，把斧子拾起来。他纵马来到索罗尔山，宣布他杀死了阿特利。然后，他上马回到了家里，把事情的经过告诉了哈尔盖尔德。哈尔盖尔德派人到伯格索斯沃尔，告诉贝格索拉，考尔被杀之仇已经报了。

接着，哈尔盖尔德又派人赶到全岛大会，把阿特利被杀的消息告诉了贡纳尔。贡纳尔一听就站了起来，考尔斯凯格也跟着站了起来。

考尔斯凯格说："哈尔盖尔德的亲戚们总是给你帮倒忙。"

他们马上去找尼雅尔。贡纳尔说："我不得不告诉你，阿特利被人杀死了。"接着，他告诉了他凶手是谁。"我想付给你赔偿金，并让你亲自裁定金额。"他说道。

尼雅尔说："我们已经尽了很大的力，不让我们之间出现麻烦。但是，我不能按照奴隶的标准来确定阿特利的赔偿金数额。"

贡纳尔说，这样做是公平的。说着，他把手伸了出去；尼雅尔握住他的手，指定了证人。于是，他们同意和平解决这个案子。

斯卡普赫丁说："哈尔盖尔德不想让我们的仆人自然老死。"

贡纳尔回答说："你的母亲会想办法，保证让我们两家轮流攻击对方。"

"会发生很多这样的事的。"尼雅尔说道。

尼雅尔把赔偿金裁定在一百盎司银币，贡纳尔立刻就交付了。很多围观的人都说这笔钱太多了。贡纳尔生了气，说有人还为不如阿特利的人进行过全部赔偿呢。说完，他们就上马离开阿耳庭，返回了家里。

贝格索拉一见到这笔钱，就对尼雅尔说："你觉得你现在已经遵守了自己的诺言，可是我还没有呢。"

"你没有必要遵守你的诺言。"尼雅尔说道。

"可你心里已经猜到我会的，"她说，"事实也将如此。"

哈尔盖尔德对贡纳尔说："你真的为阿特利的死拿出一百盎司银币、并使他成为自由人了吗？"

"他早就是自由人了，"贡纳尔说，"我不想把尼雅尔的仆人弄成没有获得赔偿权利的人。"

"你们俩可真是天造地设的一对儿，"哈尔盖尔德说，"你们俩都很软弱无能。"

"现在下结论还为时尚早。"贡纳尔说道。

这件事发生之后很长一段时间里，贡纳尔对哈尔盖尔德都是冷冰冰的，直到她有所退让。

那一年直到年底，一切都还平静。春天，尼雅尔没有再雇新的仆人；夏天，人们又前往参加全岛大会去了。

39

有一个人叫索尔德，大家都叫他自由人之子。他的父亲名叫西格特里格，曾经是个奴隶，被阿斯盖尔德释放了，后来在马尔卡河中溺水而亡。从那以后，索尔德就一直跟着尼雅尔。他长得身材魁梧、健壮，做过尼雅尔所有儿子的养父。他看上了尼雅尔的女亲戚古德芬纳·索罗尔夫斯多蒂尔。古德芬纳在伯格索斯沃尔给人看家，当时正怀有身孕。

贝格索拉找到自由人之子索尔德,对他说:"你应该去杀了布里恩约尔夫。"

"我不是杀手,"他说,"但如果你希望我去干,那我就去。"

"我希望你去干。"她说道。

于是,他拉过自己的马,上马赶到赫利扎伦迪。他把哈尔盖尔德叫了出来,问布里恩约尔夫在哪儿。

"你要干什么?"她问道。

他回答说:"我要让他告诉我他把阿特利的尸体埋在哪儿了,有人告诉我说,这件事儿他干得草草了了。"

她指了指路,说他在阿克拉通加。

"你得小心点儿,"索尔德说,"别让发生在阿特利身上的事再发生在布里恩约尔夫身上。"

"算了吧,你又不是杀手,"她说,"即使你们俩遭遇了,其结果跟上一次相比也不会有什么不同。"

"我从来没见过人流血,"他说,"我会手足无措的。"说完,他纵马冲出草场,向阿克拉通加疾驰而去。

贡纳尔的母亲朗恩维格听到了他们的对话。她说:"哈尔盖尔德,尽管你千方百计地考验他是否有勇气,但我觉得,他是个天不怕、地不怕的人,你亲戚不久就会发现这一点的。"

布里恩约尔夫和索尔德在一条公共的小路上相遇了。

索尔德说:"布里恩约尔夫,准备自卫吧。我可不想卑鄙地对你进行偷袭。"

布里恩约尔夫飞马直取索尔德,索尔德举起斧子还击,一下子就把对方的斧柄从紧贴着手的位置砍为两截。随即,他又砍出了第二斧,击中并深深地砍进了对方的胸膛,布里恩约尔夫从马上一头摔了下来,当即毙命。

过了一会儿,索尔德碰到了哈尔盖尔德家的一个牧羊人,就告诉他说,他把布里恩约尔夫杀了,还告诉牧羊人尸体现在躺在哪儿,并让他把杀人的事转告哈尔盖尔德。然后,他赶回了伯格索斯沃尔,把杀死布里恩约尔夫的事告诉了贝格索拉等人。

"但愿你的双手能够长期为你尽心服务。"贝格索拉说道。

那个牧羊人把布里恩约尔夫被杀一事告诉了哈尔盖尔德。她听了以后,感到非常悲痛。她说,如果可能的话,这将会带来很多恶果。

40

布里恩约尔夫被杀的消息也传到了阿耳庭。尼雅尔让人把事情的经过给他讲述了三遍,然后说道:"现在,很多人都变成了杀手,其数量超出了我的预料。"

斯卡普赫丁说:"死在我们养父手下的那个人命中注定是个短命鬼,因为索尔德以前从未见过人流血。当初很多人认为,按照我们的脾气,我们兄弟几个会先这样干的。"

"过不了多久就轮到你了,"尼雅尔说,"到那个时候,你就身不由己了。"

他们找到贡纳尔,把杀人的事告诉了他。贡纳尔说,损失并不是很大。"但他却是个自由人。"他说道。

尼雅尔马上提出了解决办法,贡纳尔表示同意。赔偿金额则由贡纳尔来定。贡纳尔提出要一百盎司银币,尼雅尔马上就付了款。这样,他们俩又恢复了和睦相处。

41

有一个人叫西格蒙德,是拉姆比的儿子、红色西格瓦特的孙子,很擅长经营海上贸易。西格蒙德举止礼貌得体、相貌堂堂、身材魁梧健壮。他野心勃勃,同时又写得一手好诗。大部分的体育运动他都精通,但他脾气暴躁,好冷嘲热讽,而且傲慢专横。

他来到东部的霍尔纳潟湖,上了岸。他的同伴名叫斯克约尔德,是个瑞典人,性情恶毒。他们弄到了马匹,上马离开霍尔纳潟湖,赶往西部,一路马不停蹄地来到了弗廖特什立德的赫利扎伦迪。贡纳尔热情地欢迎他们,因为他跟西格蒙德还是近亲。他邀请西格蒙德留下来过冬。西格蒙德回答说,如果他的同伴斯克约尔德也愿意留下来的话,那他就接受这一邀请。

"我听人说起过他,"贡纳尔说,"说他对你的性格一点儿也没有好处,尽管你也需要改改自己的性格。因此,他留下来会惹来麻烦的。我对你和所有亲戚的忠告就是不要受我的妻子哈尔盖尔德的鼓动而轻易采取行动,因为她做的很多事都是违背我的意愿的。"

"对别人提出忠告总不会错的。"西格蒙德说道。

"那就记住我的忠告吧,"贡纳尔说,"你会经常受到这样的考验,所以你要跟着我,听我的劝。"

随后，他们就当上了贡纳尔的随从。哈尔盖尔德对西格蒙德很好，有时候甚至送给他钱，而且还非常用心地服侍他，一点儿也不比对待自己的丈夫差。很多人对此议论纷纷，不知道她到底在搞什么名堂。

哈尔盖尔德对贡纳尔说："关于我的亲戚布里恩约尔夫被害一事，我们不应该满足于你接受的那一百盎司银币。要是可能的话，我要为他报仇。"

贡纳尔回答说，他不想同她争论这件事。说完就走开了。他找到考尔斯凯格，对他说："你到尼雅尔那里去一趟，告诉他让索尔德小心些。尽管我们之间有协议，但我觉得这个协议恐怕得不到遵守。"

考尔斯凯格飞马而去，把这些告诉了尼雅尔，尼雅尔又转告了索尔德。然后，考尔斯凯格骑马返回。尼雅尔为他和贡纳尔的真诚表示了感谢。

凑巧有一天，尼雅尔和索尔德正坐在屋子外面。这时，一只山羊总是围着草场，转来转去，也没有人把它撵走。

索尔德说："这事儿有点古怪。"

"你看到了什么怪事儿？"尼雅尔问道。

"我觉得我看到那只山羊躺在那边的坑里，满身是血。"

尼雅尔说，那边根本就没有什么山羊或别的什么东西。

"那它是什么呢？"索尔德问道。

"你一定是要死了，"尼雅尔说，"你看到的是你自己的鬼魂。现在，你一定要保护好自己。"

"如果命中注定了要死，小心也是没用的。"索尔德说道。

哈尔盖尔德找到斯莱恩·西格福松，对他说："如果你能杀了自由人之子索尔德，我就把你看作是真正的女婿。"

"这我不干，"斯莱恩说，"因为这样我就得忍受我的亲戚贡纳尔的怒火。而且，这样做风险太大了，因为如果我杀了他，我也很快就会受到报复的。"

"谁会报复？"她问，"是那个不长胡子的老家伙吗？"

"不是，"他说，"是他的儿子们。"

接着，他们俩又轻声地交谈了很久，谁也不知道他们最终作出了什么样的安排。

一天，贡纳尔正巧不在家，但西格蒙德和斯克约尔德这对搭档都在，斯莱恩也从格廖特赶了过来。他们和哈尔盖尔德一起坐在屋子外面交谈起来。

哈尔盖尔德说："西格蒙德和斯克约尔德曾经答应过，要干掉尼雅尔儿子的养父、自由人之子索尔德；斯莱恩，你也说过，你会尽力支持的。"

他们都承认自己作出过这样的许诺。

"下面，我来告诉你们该怎么办，"她说，"你们必须带上自己的家伙，上马到东部的霍尔纳潟湖去，然后，在全岛大会刚刚开始的时候返回来；要是在大会召开之前回来的话，贡纳尔就会要求你们跟他一起去参加大会。尼雅尔和他的儿子们都会去参加大会的，贡纳尔也会去的。你们应该趁这个机会把索尔德干掉。"

他们同意按照这一计划进行。然后，他们就出发前往东部峡湾。贡纳尔对此一无所知，上马参加大会去了。

尼雅尔派自由人之子索尔德到东部的埃亚菲欧尔区去，并嘱咐他在外面只住一夜。索尔德到了东部，却回不来了，因为河水涨得很高，有很长一段都渡不过去。尼雅尔等了一天，因为他原打算和索尔德一起前往大会的。过了两夜，索尔德从东部回来了，贝格索拉告诉他，他应该去参加大会。"但你先去一下索罗尔山，照看一下那里的农场，在那儿别超过一两个晚上。"贝格索拉说道。

42

西格蒙德和斯克约尔德从东部回来了。哈尔盖尔德告诉他们，索尔德现在还在家里，但过几天就要去参加全岛大会了。"现在，机会就摆在你们眼前，"哈尔盖尔德说，"错过了这次，就再也抓不到他了。"

这时，有一些人从索罗尔山来到了赫利扎伦迪。他们告诉哈尔盖尔德说，索尔德就在索罗尔山上。哈尔盖尔德找到斯莱恩·西格福松等人，对他们说："索尔德就在索罗尔山上，你们现在就有机会趁他回家的时候干掉他。"

"我们会的。"西格蒙德说道。

他们来到屋子外面，找到武器和马匹，上马去找索尔德。

西格蒙德对斯莱恩说："你什么也不必干，因为这件事儿用不着我们全上。"

"那好吧。"斯莱恩说道。

过了片刻，索尔德骑着马向他们这边走过来。西格蒙德对他说:"你自己投降吧,因为现在你活不了了。"

"妄想,"索尔德说,"上来跟我一对一地较量吧。"

"妄想,"西格蒙德说,"我们就是要利用我们人多的优势。难怪斯卡普赫丁那么勇敢,因为据说一个人性格的四分之一要归功于他的养父。"

"你就会懂得这句话的真正含义的,"索尔德说,"因为斯卡普赫丁会为我报仇的。"

他们一齐扑了上来,索尔德顽强抵抗,砍断了他们俩的长矛。后来,斯克约尔德砍断了索尔德的一只胳膊,但他用另一只手继续抵抗了一阵儿。最后,西格蒙德的长矛刺穿了他的身体,索尔德一头栽倒在地上死了。他们用草和石头把尸体盖了起来。

斯莱恩说:"我们闯祸了,尼雅尔的儿子们听到以后是不会善罢甘休的。"

他们上马回到了家里,把经过告诉了哈尔盖尔德。听到他们杀了索尔德,她显得非常高兴。

这时,贡纳尔的母亲朗恩维格说话了:"西格蒙德,有那么一句话,'打人的手,快乐难长久'。在这件事上,也是这样。尽管如此,贡纳尔还是会替你了结这件事的。但是,如果哈尔盖尔德再让你上一次当的话,那你就死定了。"

哈尔盖尔德派人到伯格索斯沃尔去报告杀人的事,她又派另一个人前往"庭"会去通知贡纳尔。贝格索拉说,她不想用刺耳的语言来回敬哈尔盖尔德,因为对于这么重大的事情来说,那样做算不上报仇。

43

送信人赶到阿耳庭,把索尔德被害的消息告诉了贡纳尔。贡纳尔说:"事情变得糟透了,我觉得没什么比这更糟糕的了。但是,我们还是得马上去找尼雅尔,希望他仍然能够冷静地对待,尽管这对他来说是个极大的挑衅。"

他们赶去面见尼雅尔,让他出来谈谈。他马上走到贡纳尔跟前,交谈起来。开始的时候,除考尔斯凯格之外,别的人都不在场。

"我给你带来了一个令人悲痛的消息,"贡纳尔说,"自由人之子索尔德被杀了。我建议,由你自己对这起杀人案进行裁决。"

尼雅尔沉默了片刻,然后说道:"你的建议很好,我接受。可是,我的妻子和儿子会因此而责怪我,因为他们会觉得这样解决不公平。但我还是愿意冒这个险,因为我知道,我是在同一位令人尊敬的人打交道,我实在不想让我们之间的友谊由于我这一方的原因而遭到破坏。"

"进行裁决的时候,你打算让你的儿子们也在场吗?"贡纳尔问道。

"不想,"尼雅尔回答说,"因为我拿出来的解决方案他们是不会推翻的。但是,如果我们做这个决定的时候他们在场,那他们是不会接受的。"

"那就这样定了,"贡纳尔说,"你多保重。"

他们握了握手,妥善、迅速地达成了一致。

尼雅尔说:"我裁定为二百盎司银币的赔偿金额,这在你看来可能高了些。"

"我不觉得过高。"贡纳尔答道。然后,他回到了自己的棚屋。

尼雅尔的儿子们回到了自己的棚屋。斯卡普赫丁问尼雅尔,他手里那么多的钱是从哪儿来的。

尼雅尔说:"我必须告诉你们,你们的养父索尔德被杀了,我跟贡纳尔刚刚把这件事解决了,他拿出了双倍的赔偿金。"

"是谁杀了他?"斯卡普赫丁问道。

"是西格蒙德和斯克约尔德杀的,但斯莱恩也在场。"尼雅尔答道。

"那是因为他们觉得自己需要很多帮手,"斯卡普赫丁说,"但我们要等到什么时候才能还手呢?"

"用不了太久,"尼雅尔说,"下一次不会束缚你们的手脚了。但现在,重要的是你们不要破坏我和贡纳尔达成的这一和解。"

"那好吧,"斯卡普赫丁说,"但如果我们之间发生什么过节儿,那我们是会记住这一宿怨的。"

"到那时候我也不要求你们什么了。"尼雅尔说道。

44

人们离开"庭"会各自回家了。贡纳尔回到家里,对西格蒙德说:"你的运气比我原来想象的还要差,而且你还滥用自己的天赋。这件事我已经替你了结了，但你一定不要再上哈尔盖尔德的当了。你一点儿也不像我：你喜欢讽刺、挖苦、愚弄别人，而我则不然。你和哈尔盖尔德能相处融洽，是因为你和她更有共同之处。"

贡纳尔批评了他很长时间。西格蒙德老老实实地听着，并且说，从此以后，他会更多地听从贡纳尔的劝告。贡纳尔说，那样他就会一切顺利的。

他们的协议在一段时间之内得到了很好的遵守，贡纳尔和尼雅尔以及尼雅尔的儿子们都友好地相处，但双方的其他人彼此很少打交道。

有一天，几个女乞丐正巧从伯格索斯沃尔来到了赫利扎伦迪。她们多嘴多舌，而且心术不正。哈尔盖尔德有一个房间，她经常去那里坐坐，她的女儿索尔盖尔德和斯莱恩那天也在那里，但贡纳尔和考尔斯凯格都不在。

那些女乞丐走进那个房间。哈尔盖尔德向她们问好，找来座位让她们坐下，然后问有什么新的消息。她们说没什么要讲的。哈尔盖尔德问，她们头天晚上是在哪儿度过的，她们回答说是在伯格索斯沃尔。

"尼雅尔在干什么？"她问道。

"他在十分投入地静坐。"她们答道。

"他的儿子们呢？"她说，"他们总觉得自己是真正的男子汉。"

"他们看起来都非常健壮，只是没有经历过什么，"她们说，"斯卡普赫丁在磨他的斧子，格里姆在给他的长矛安枪杆，海尔吉在用铆钉固定他的剑柄，霍斯库尔德在加固盾牌的把手。"

"他们一定是在准备什么大的行动。"哈尔盖尔德说道。

"我们也不知道。"她们说道。

"尼雅尔的仆人在干什么呢?"哈尔盖尔德问道。

"我们并不知道他们每个人在干什么,"她们回答说,"但是,有一个人在用车子把家畜的粪便运到地里的小山丘上。"

"那有什么用?"哈尔盖尔德问道。

"他说,这样会使那儿的草长得比别的地方的好。"她们答道。

"尼雅尔也并不是事事都聪明,"哈尔盖尔德说,"他还总给别人提建议呢。"

"你这是什么意思?"她们问道。

"我来说一件事实,"哈尔盖尔德说,"他没把牲畜的粪便用车子运到他的胡子那儿,以便让自己长得像一个男人。我们就叫他'没胡子的老头儿',叫他的儿子们'牲畜粪便催成的胡须'[①]吧。西格蒙德,你就这事儿写首诗,也让我们沾沾你这个诗人的光儿。"

西格蒙德说他正在写。他写了三四行,都是充满了恶毒的言辞。

"你可真是个宝贝,"哈尔盖尔德说,"我要的就是这样。"

正在这时,贡纳尔一脚跨了进来。刚才,他一直站在房间的外面,他们讲的话他都听得一清二楚。一见到他闯了进来,他们全都大惊失色,屋子里顿时鸦雀无声。但就在刚才,他们还在放肆地大笑。

[①] 另见第91章。

贡纳尔非常气愤，对西格蒙德说："你不听别人的忠告，想诽谤尼雅尔的儿子们，更有甚者，还诽谤尼雅尔本人，你真是愚蠢。你已经诽谤了他们，这会让你丧命的。如果有谁再说那些话，就把他打发走，而且，我也不会放过他。"

他们大为骇然，谁也不敢重复那番话了。贡纳尔说完之后，走出了房间。

那些女乞丐们在一起商量，要把刚才那些人说过的话告诉贝格索拉，以便从她那里得到些赏钱。她们来到伯格索斯沃尔，私下里主动把那些恶言恶语告诉了贝格索拉。

当男人们在桌子边坐下来的时候，贝格索拉说："有人给你们父子都送了件礼物，要是不回送的话，你们就跟三尺顽童一样了。"

"是什么礼物？"斯卡普赫丁问道。

"孩子们，你们都收到了同一份礼物：你们被称作'牲畜粪便催成的胡须'，我的丈夫则被称作'没胡子的老头儿'。"

"我们可不像女人，对什么事儿都生气。"斯卡普赫丁说道。

"可是贡纳尔生了气，是替你们生的气，"贝格索拉说，"因此，人们都说他很高尚。你们要是不把这件事儿摆平，那就再也甭想为受到任何羞辱而报仇了。"

"老太太总是对这样的事情津津乐道。"斯卡普赫丁说着，笑了一下。但是，他的额头已经渗出了汗水，两颊泛起了红斑，这对他来说是极不寻常的。

格里姆沉默不语，紧咬着嘴唇；海尔吉没什么变化；霍斯库尔德则和贝格索拉走了出去。

贝格索拉再次走进来的时候，变得更加愤怒了。

尼雅尔说："夫人，善有善报，恶有恶报，尽管会需要些时间。在很多情况下，男人的脾气都经受着考验，其结果是具有两面性的，即使进行了报复之后也是如此。"

当天夜里，尼雅尔上床睡觉的时候，听到斧子碰了一下壁橱的墙壁，发出很大的声响。他的屋子里还放着另外一个壁橱，上面挂着盾牌。这时，他发现那些盾牌也都不见了。

他问："谁把我们的盾牌拿走了？"

"你的儿子们带着它们出去了。"贝格索拉答道。

他把鞋套在脚上，立刻走出房间，绕到房子的另一边，看到几个儿子正在往山坡上走。

他问："斯卡普赫丁，你们去哪儿？"

"去找你的羊。"他答道。

尼雅尔说："要是那样，你们是不会带武器的，所以你们一定是为了别的事情。"

"父亲，要是找不到羊，我们就去捕三文鱼。"斯卡普赫丁说道。

"祝你们走运。"尼雅尔说道。

于是，他们继续赶自己的路，尼雅尔则上床睡觉去了。

他对贝格索拉说："你的儿子们全都在外面，而且带着武器，一定是你怂恿他们去干什么去了。"

"要是他们告诉我，他们把西格蒙德杀了，那我会不胜感激的。"贝格索拉说道。

45

现在说说尼雅尔的儿子们：他们来到弗廖特什立德，在那里过了一夜。第二天一大早，他们就接近了赫利扎伦迪。同一天早晨，西格蒙德和斯克约尔德起床后，打算去看看种马。他们带上缰绳，在草场上拉了两匹马，骑上走了。他们在山坡上寻找种马，最后在两条小溪中间找到了它。然后，他们就牵着马匹，朝山下的大路走去，这段距离还很长。

斯卡普赫丁发现了他们，因为西格蒙德的衣服色泽艳丽。他说："你们看到那边那个红色的恶魔了吗？"

他们瞧了瞧，说看到了。

斯卡普赫丁说："霍斯库尔德，你不要同这事儿沾边，因为你经常被单独派出来，毫无保护。西格蒙德归我了，这可是男子汉的活儿。格里姆和海尔吉收拾斯克约尔德。"

于是，霍斯库尔德原地坐了下来，其他人则继续向前走。双方终于碰了面。

斯卡普赫丁对西格蒙德说："亮出你的武器进行自卫吧，这比你写些歪诗来讽刺我们更有必要。"

西格蒙德拿出了武器，斯卡普赫丁静等着他出击。斯克约尔德转身面对着格里姆和海尔吉。双方恶斗起来。西格蒙德戴着一顶头盔，腰挂盾牌和利剑，手持长矛。他转身面向斯卡普赫丁，挺矛便刺，但却刺在了对方的盾牌上。斯卡普赫丁一斧子砍断了他的枪杆，随即，再次抡起斧子向西格蒙德砍去，一下子砍在了盾牌上，把盾牌砍得一直裂到了把手那儿。西格蒙德右手抽出宝剑，猛刺斯卡普赫丁，但他只击中了斯卡普赫丁的盾牌，而他的剑却紧紧地嵌在了盾牌上。斯卡普赫丁把盾牌迅速地一拧，西格蒙德的剑就脱了手。紧接着，斯卡普赫丁挥斧向西格蒙德劈了过来；西格蒙德虽然穿了一身衣甲，但落在他肩头的斧子还是砍进了他的肩胛骨。斯卡普赫丁随即把斧子向自己这边一抽，西格蒙德便双膝着地朝前跪倒了。但他马上又跳了起来。

"你刚才向我跪下了，"斯卡普赫丁说，"在我们干掉那个家伙之前，你会先完蛋的。"

"那可真是糟糕。"西格蒙德说道。

斯卡普赫丁一斧子打在他的头盔上，接着，又给了他致命的一击。

这时，格里姆挥剑砍在了斯克约尔德的腿上，从脚踝处把那条腿砍为两断；海尔吉一剑刺过去，斯克约尔德随即一命呜呼。

后来，斯卡普赫丁看见了哈尔盖尔德手下的一个牧羊人。此时，他早已砍下了西格蒙德的首级。于是，他把它交给那个人，命他把首级带给哈尔盖尔德。斯卡普赫丁说，她会知道这个脑袋有没有作过诗来讽刺他们。他们一走，那个牧羊人就把西格蒙德的头往地上一扔，他们在场的时候，他还不敢这样做。

弟兄几个走到马尔卡的时候，碰到了一些人，就告诉他们发生了什么事。斯卡普赫丁对他们说，他亲手杀了西格蒙德，格里姆和海尔吉杀了斯克约尔德。然后，他们就回家对尼雅尔讲了事情的经过。

他说:"愿你这双手永远为你忠诚地服务。现在看来,这次不会再有什么自我裁决那样的解决办法了。"

现在说说那个牧羊人:他回到赫利扎伦迪,把这件事告诉了哈尔盖尔德。

"斯卡普赫丁把西格蒙德的头交给我,让我带给你,可是我不敢,"他说,"因为不知道你会怎么对待这件事。"

"你没把它带回来太不对了,"她说,"否则我就会把头拿给贡纳尔,这样,他就不得不为他的亲戚报仇;要不然,他就得忍受众人对他的蔑视。"

说完,她去见贡纳尔,对他说:"我一定得告诉你,你的亲戚西格蒙德被害了。斯卡普赫丁杀了他,还想让人把他的头颅带给我。"

"西格蒙德这样的下场是意料之中的事,"贡纳尔说,"种蒺藜得刺。你和斯卡普赫丁经常恶意相向。"

说完,贡纳尔就走开了。

他没有为西格蒙德的死提起诉讼,事实上,他没采取任何行动。哈尔盖尔德常常提醒他这件事,说他们还没有为西格蒙德的死得到赔偿。但是,贡纳尔对她的怂恿不予理睬。

三届全岛大会过去了。每一次,人们都以为贡纳尔会就这一案子提起诉讼。后来,贡纳尔遇到了一件棘手的事情,不知道该怎么办,于是,他就上马去见尼雅尔。尼雅尔热情地招待了他。

贡纳尔对他说:"我来这儿是想听听你对一件麻烦事有什么好的建议。"

"理应效劳,"尼雅尔说道。然后,他就给他出了些主意。贡纳尔站起身来，向他表示感谢。

尼雅尔伸手抓住他的胳膊，对他说："很长时间过去了，而你的亲戚西格蒙德还没有得到赔偿。"

"他那是罪有应得，因此，他早就得到赔偿了，"贡纳尔说，"但是，如果你愿意赔偿，我也不会拒绝这样高尚的意愿。"

贡纳尔从来没有说过尼雅尔的儿子们的坏话；尼雅尔也只是想让贡纳尔确定一下赔偿金的数目。于是，贡纳尔就确定它为二百盎司银币，斯克约尔德则没有权利获得赔偿。他们马上就如数交付了赔偿金。趁着人多的时候，贡纳尔在"庭"会上宣布，这件事就此了结了。他说，尼雅尔和他的儿子们把事情处理得非常得体；西格蒙德说了很多恶毒的话，因此他的死是咎由自取；以后谁也不许再说那些话了，谁要是说了，谁就没有权利获得赔偿。

贡纳尔和尼雅尔都说，不管发生什么事情，他们都能靠自己的力量解决。他们说到做到，一直保持着友谊。

46

有一个人叫吉祖尔，是泰特的儿子、莫斯费尔的老叟凯蒂尔比约恩的孙子。吉祖尔的母亲奥洛芙是绅士伯德瓦尔的女儿，伯德瓦尔则是海盗卡里的儿子。吉祖尔的儿子是伊斯莱夫主教[1]。泰

---

[1] 伊斯莱夫·吉祖尔松是冰岛第一位主教（1056—1080）。

特的母亲是索尔德·比尔德的女儿海尔嘉，索尔德·比尔德是赫拉普的儿子、比约恩·布纳的孙子。白色吉祖尔住在莫斯费尔，是一位很有名望的头领。

本部传奇中还有一个人物，名叫盖尔，大家都叫他戈狄盖尔。他的母亲索尔卡特拉是莫斯费尔的老叟凯蒂尔比约恩的女儿。盖尔居住在赫利德。他和吉祖尔在所有的事情上都相互支持。

那时候，莫德·瓦尔加尔德松居住在朗河平原的霍夫。他性情狡猾，心性恶毒。当时，他的父亲瓦尔加尔德正在国外，他的母亲已经去世。他非常忌妒赫利扎伦迪的贡纳尔。莫德非常富有，但人们并不怎么喜欢他。

47

有一个人叫奥特凯尔，是斯卡尔夫的儿子、哈尔凯尔的孙子。哈尔凯尔曾跟格里姆斯内斯的格里姆打过仗，并在一次决斗中把格里姆杀了。哈尔凯尔和老叟凯蒂尔比约恩是兄弟俩。奥特凯尔居住在基尔丘拜尔，他的妻子索尔盖尔德是马尔的女儿；马尔是布朗多尔夫的儿子、法罗人纳多德的孙子。

奥特凯尔非常富有。他有个儿子名叫索尔盖尔，虽然年纪轻轻，但很有前途。

有一个人叫斯卡姆凯尔，住在另一个叫霍夫的农场，家财万贯。他性情恶毒、出尔反尔、目空一切、阴险毒辣。他是奥特凯尔的朋友。

奥特凯尔有个弟弟，名叫哈尔凯尔，长得身强力壮，跟他一起住在基尔丘拜尔。另外，他们还有一个弟弟，名叫白色哈尔比约恩，他把一个名叫梅尔考夫的奴隶带到了冰岛。梅尔考夫是爱尔兰人，很不招人喜欢。哈尔比约恩找到奥特凯尔，和他住在了一起。梅尔考夫也跟着一块儿来了，他经常说，要是奥特凯尔是他的主人，那他将非常高兴。所以，奥特凯尔对他很好，送了他一把刀、一条腰带和一套衣服，这个奴隶对他也是俯首帖耳的。奥特凯尔请他的弟弟把这个奴隶卖给他。哈尔比约恩回答说，他倒愿意把他赠送给他，但是又说，梅尔考夫没有奥特凯尔想的那么好。奥特凯尔一成为梅尔考夫的主人，这个奴隶的活就干得越来越糟。奥特凯尔常对白色哈尔比约恩说起这个奴隶干的活是多么得少；哈尔比约恩说，他甚至还有更坏的地方呢。

这时候发生了一次大饥荒，人们既缺干草，又缺粮食。饥荒波及到整个冰岛。贡纳尔给很多人都提供了干草和粮食；只要他还有，那些来找他的人都能得到些补给。

后来，贡纳尔的干草和粮食都用光了。于是，他要考尔斯凯格、斯莱恩·西格福松和拉姆比·西古尔达松[①]跟他一起出门。他们来到基尔丘拜尔，把奥特凯尔叫了出来。奥特凯尔向他们问候，贡纳尔也非常礼貌地做了答复。

"事情是这样，"贡纳尔说，"我来这里是想请你卖给我些干草和粮食，如果你还有的话。"

---

① 以前没有提到过拉姆比。他是第34章中提到的西古尔德·西格福松的儿子，因此，他是斯莱恩·西格福松的侄子。

"有是有，"奥特凯尔说，"但干草和粮食我都不卖给你。"

"那你愿意现在先送给我、让我以后再还你吗？"贡纳尔问道。

"不愿意。"奥特凯尔答道。此前，斯卡姆凯尔曾建议他要吝啬点儿。

斯莱恩·西格福松说："我们干脆自己动手拿走得了，他们这是活该。"

"你们这些西格福斯的儿子想抢劫莫斯费尔的人？除非这儿的人都死光了！"斯卡姆凯尔说道。

"我什么都不会抢的。"贡纳尔说道。

"那你愿意从我这儿买个奴隶吗？"奥特凯尔问道。

"这我不拒绝。"贡纳尔答道。于是，他买下了梅尔考夫就走了，没有借到任何干草和粮食。

尼雅尔知道了这件事，说道："他们不卖给贡纳尔粮食和干草，这太不像话了。要是像他这样的人都弄不到这些东西，别的人就没什么指望了。"

"你干吗要喋喋不休地唠叨这件事儿呢？"贝格索拉说，"你既不缺干草，又不缺粮食。你要是能把它们拿出来跟贡纳尔一起分享，那才算高尚呢。"

尼雅尔说："那是毫无疑问的。我正要送给他些东西。"

他和几个儿子来到位于索罗尔山的农场，用十五匹马拉着干草，五匹马拉着粮食，前往贡纳尔的家。来到赫利扎伦迪后，尼雅尔把贡纳尔叫了出来。贡纳尔热情地向他们问候。

尼雅尔说："这儿有一些干草和粮食，我想送给你。你需要它们的时候,我不想让你再撇开我而去求助于别人。"

"你的礼物很珍贵,"贡纳尔说,"但是对我来说,更珍贵的是跟你和你的儿子们的友谊。"

后来,尼雅尔就回家了。春天过去了。

48

那年夏天,贡纳尔上马来参加阿耳庭大会。很多来自东部锡达地区的人一直跟他待在一起,因此,当他们离开大会回家的时候,他又邀请那些人跟自己继续待在一起。尼雅尔和他的儿子们也来参加大会了。那一年的大会进行得很顺利。

现在回到赫利扎伦迪,说说哈尔盖尔德:她对奴隶梅尔考夫吩咐道:"我给你找了一件活儿干,你去一趟基尔丘拜尔。"

"我在那儿该干什么?"他问道。

"你从他们那儿偷些吃的来,黄油和奶酪要足够两匹马驮的。然后,你就放火烧了贮藏室,要让他们以为是由于疏忽造成的,这样就不会有人怀疑是失窃了。"

这个奴隶回答说:"也许我并不是好人,但我还从来没有做过小偷。"

"听听,你把自己说得多好啊!"她说,"可实际上,你不仅是个小偷,还是个杀人犯呢。你要是不敢去做这个差事,我就让人杀了你。"

梅尔考夫对这一点倒是相当清楚,如果自己不去的话,她是会说到做到的。因此，当天夜里，他就带了两匹马，把褡裢绑在马身上，前往基尔丘拜尔。那里的狗认识他，因此不但没有叫，反而向他跑过来，冲他直摇尾巴。他来到贮藏室，打开门，偷了些吃的，让马驮着。然后，他放火烧了贮藏室，又杀了那条狗。

他沿着朗河往回走。后来，他的鞋带走断了，他拿出刀来修好了，但却把刀和带子忘在了那里。直到回到赫利扎伦迪的时候，他才发现刀不见了。但他却再也没有胆量返回去找了。他把那些吃的东西交给了哈尔盖尔德。她显得非常高兴。

第二天早晨，基尔丘拜尔的人们从家里出来的时候，发现了这一巨大的损失。他们派了个人到"庭"会给奥特凯尔送信，当时他正在那里参加大会。他显得很平静，说起火的原因是因为贮藏室挨着厨房。于是，大家也都认为这就是失火的原因了。

人们上马离开"庭"会，各自回家了。很多人来到了赫利扎伦迪。哈尔盖尔德把一些吃的东西拿到桌子上，其中包括奶酪和黄油。贡纳尔知道家里是不会有这些东西的，就问哈尔盖尔德是从哪儿弄来的。

"从那个地方弄来的东西，会让你吃起来感到非常高兴，"她说，"而且男人们也用不着来管做饭之类的事儿。"

贡纳尔生气了，说道："如果我变成了贼的同伙，那可真是糟透了。"说着，打了她一个耳光。

哈尔盖尔德说，她会记住这一耳光，如果可能的话，还要偿还。她走了出去，他跟着她也出去了。桌子上的东西都被拿走了，换上了肉。他们猜测，这是因为这些肉是通过诚实的途径弄来的。

吃完饭之后，那些赶路的人就又上路了。

49

现在说说斯卡姆凯尔:他骑着马,正沿着朗河找他的羊,突然看到路上有个亮闪闪的东西。他跳下马,把那个东西捡了起来,发现是一把刀和一条腰带。他觉得这两件东西他都认识,就把他们带到了基尔丘拜尔。奥特凯尔正在屋子外面,见他来了,就向他热情地打招呼。

斯卡姆凯尔问:"你能认出这些东西吗?"

"当然。"奥特凯尔答道。

"是谁的?"斯卡姆凯尔问道。

"是那个叫梅尔考夫的奴隶的。"奥特凯尔答道。

"应该让更多的人看到这些东西,别只限于我们俩,"斯卡姆凯尔说,"我是在真心实意地给你提建议。"

他们把这些东西拿给很多人看,他们都认出了这是谁的东西。

于是,斯卡姆凯尔问:"现在你打算怎么办?"

奥特凯尔回答说:"我们去找莫德·瓦尔加尔德松,把这件事告诉他。"

他们来到霍夫,把那些东西拿给莫德看,问他认不认得这些东西。莫德回答说认得,并问道:"但那又有什么呢?难道你们觉得能在赫利扎伦迪找到属于你的东西吗?"

"这件事情对我们来说很棘手,"斯卡姆凯尔说,"因为它牵涉到的人都势力强大。"

"你说得对,"莫德说,"但我知道点儿贡纳尔家里的内情,而你们俩都不知道。"

"如果你愿意管这件事,"他们说,"我们会付给你一笔钱。"

莫德说:"这笔钱可不是好挣的,但也许我会考虑考虑的。"

他们给了他三马克银币后,他才同意帮助他们。他给他们出了这样一个主意:打发几个女人到赫利扎伦迪,带上些小玩意儿,送给那儿的女佣,看她们送些什么作为回赠。"因为如果人们家里有偷来的东西,他们总是想先把这些东西处理掉。因此,如果有人偷了东西,她们也会那样做的。这些女人必须把各地送给她们的东西拿给我看。一旦这件事真相大白,就跟我再也没什么关系了。"莫德说道。

他们对此表示同意。然后,斯卡姆凯尔和奥特凯尔回到了家里。莫德派了几个女人到这一地区去。她们去了有半个月的光景就回来了,还带回来很多东西。莫德问她们,在哪儿得到的东西最多。她们回答说,是在赫利扎伦迪,并说哈尔盖尔德对她们非常慷慨。他问,她送给她们的是什么东西,她们回答说是奶酪。他要求看一看,她们就拿给他看,一共有很多奶酪,他把它们收了起来。

过了片刻,他去见奥特凯尔,让他把索尔盖尔德的奶酪模子拿出来。奥特凯尔照办了。莫德把奶酪片放进模子里,正好相符,丝毫不差。他们还发现,那些女人甚至还得到了一个整块的奶酪。

莫德说:"现在你明白了,一定是哈尔盖尔德派人偷了这些奶酪。"

他们搜集了全部的证据。然后,莫德宣布,他同这件事再没有任何关系了。他说完就走了。

考尔斯凯格正在跟贡纳尔交谈。考尔斯凯格说:"我听到了一个坏消息:大家都在议论纷纷,说哈尔盖尔德偷了奶酪,并造成了基尔丘拜尔的损失。"

贡纳尔说,这可能是事实。"那我们该怎么办呢?"他问道。

考尔斯凯格说:"你妻子的错误应该由你来补救。依我看,最好的办法是你去找奥特凯尔,提出一个对他有利的解决办法。"

"说得对,"贡纳尔说,"就这么办吧。"

过了一会儿,贡纳尔派人去找斯莱恩·西格福松和拉姆比·西古尔达松,他们马上就来了。贡纳尔告诉他们他准备去哪儿,他们听了都表示附和。于是,他们一行十二人飞马来到了基尔丘拜尔,让奥特凯尔出来一下。

奥特凯尔正跟斯卡姆凯尔待在一起。斯卡姆凯尔说:"我跟你一块儿出去,我们俩最好是意见一致。你就会知道:我要在你最需要帮助的时候帮助你。我认为你最好姿态要高、态度要强硬。"

接着,奥特凯尔就和斯卡姆凯尔、哈尔凯尔、哈尔比约恩一起走了出来。他们向贡纳尔问了声好,贡纳尔礼貌地应答着。奥特凯尔问他要去哪儿。

"就是这儿,"贡纳尔说,"我是想说明,发生在这里的那场巨大而又可怕的损失是我的妻子和我从你手里买来的那个奴隶干的。"

"我早就料到了。"哈尔比约恩说道。

贡纳尔说:"我想给你提个很好的解决办法,我还建议,由这一地区最优秀的人士来确定赔偿金额。"

斯卡姆凯尔说："你的建议虽然听起来不错，但不公平：这里的农场主有很多是你朋友，而奥特凯尔的朋友却不多。"

"那么我建议，"贡纳尔说，"由我自己来确定赔偿金额，并且马上就告诉你。此外，我还向你保证，你将得到我的友谊，而且我会马上支付赔款：我为你的损失作出双倍的赔偿。"

斯卡姆凯尔说："不要接受。本该由你决定的事却让他来决定，那样做很丢面子。"

奥特凯尔说："贡纳尔，我不让你自己裁决。"

贡纳尔说："我觉得这是别有用心的人的建议，总有一天他们是会为此付出代价的。不过现在先不管这些了，你就自己来定赔偿数额吧。"

奥特凯尔向斯卡姆凯尔俯过身去，问道："我该怎么说？"

斯卡姆凯尔说："你就说这个建议不错，然后你把这个案子交给白色吉祖尔和戈狄盖尔。这样，很多人就会说，你跟你的祖父哈尔凯尔一样，是个大英雄。"

于是，奥特凯尔说："贡纳尔，你这个建议不错，但我想让你给我点儿时间，好让我去找白色吉祖尔和戈狄盖尔。"

贡纳尔说："悉听尊便。但是，如果你拒绝了我的建议，那么有人就会说，你不知道怎么做才能给自己带来荣誉。"

说完，贡纳尔就上马回家了。

他走了以后，哈尔比约恩说："现在我明白人与人之间的差别是多么悬殊了。贡纳尔给你提了几个不错的建议，可你一个都不愿意接受。贡纳尔英勇无双，你觉得跟他继续争吵下去你会得到什么呢？但是，贡纳尔还是个讲信用的人，即使你以后再接受他的建议，他也是会同意的。我觉得你最好是马上就去见白色吉祖尔和戈狄盖尔。"

奥特凯尔让人把他的马牵了过来，做好了一切准备。他的眼神不太好，斯卡姆凯尔陪着他走了一段路，便说道："真是奇怪，你的弟弟居然不想替你去。但我愿意替你走一趟，因为我知道，走路对你来说并不容易。"

"我接受你的帮助，"奥特凯尔说，"但讲述这件事的时候，你一定要实事求是。"

"我会的。"斯卡姆凯尔说道。

于是，斯卡姆凯尔接过了奥特凯尔的马和旅行斗篷继续前行，奥特凯尔则回家去了。

哈尔比约恩正在屋子外面。他对奥特凯尔说："你居然把一个卑鄙无耻的人当成最好的朋友，真是糟透了。而且，我们今后会为你竟然返了回来而后悔不已的：让一个最善于说谎的人去执行这样一件可以说是将影响到许多人的生命的使命实在太不明智了。"

"你如果总像现在这个样子的话，"奥特凯尔说，"那么贡纳尔一举他的戟，你就会被吓破了胆。"

"不知道到时候谁会更害怕呢，"哈尔比约恩说，"但总有一天，你将不得不承认，一旦贡纳尔发起怒来、为他的戟找靶子的时候，他是不会浪费一点儿时间的。"

奥特凯尔说："除了斯卡姆凯尔，你们都害怕了。"

他们俩都生气了。

50

斯卡姆凯尔来到了莫斯费尔,把贡纳尔提出的所有建议都告诉了吉祖尔。

"依我看,"吉祖尔说,"这些建议都不错,可奥特凯尔为什么不接受呢?"

"主要是因为,"斯卡姆凯尔说,"大家都想让你得到这份荣誉,因此,他在等着你来做决定。这对所有人来说都将是最好的结果。"

斯卡姆凯尔在那里住了一夜。吉祖尔派人去请戈狄盖尔。第二天一早,盖尔就从赫利德赶了过来。吉祖尔把事情的经过向他讲述了一遍,问道:"你觉得现在该做些什么?"

"其实你心里已经有了主意,"盖尔回答说,"就是说,要以一种对大家都有利的方式来解决——就该如此。我们还是让斯卡姆凯尔把事情的经过再讲一遍,看看他这次怎么说。"

他们就让他再讲了一遍。

吉祖尔说:"听起来你讲的都是事实,但是我看得出来,你是一个极为恶毒的人。如果你是好人,那么人就真的不可貌相了。"

斯卡姆凯尔上马回家了,但他首先来到基尔丘拜尔,把奥特凯尔叫了出来。奥特凯尔对他很热情。斯卡姆凯尔向他转达了吉祖尔和盖尔的问候。他说:"这件事没有必要悄悄地背着人谈:戈狄盖尔和吉祖尔都希望你不要进行和解。他们的建议是去进行起诉，告贡纳尔收取赃物、告哈尔盖尔德盗窃。"

奥特凯尔说："那我们就严格按照他们的建议做吧。"

"他们认为，你先前的态度那么坚定，这一点尤为高明，"斯卡姆凯尔说，"是我让你在各个方面都成为一个大人物的。"

奥特凯尔把这些话告诉了他的兄弟们。哈尔比约恩说："这一定是个弥天大谎。"

时间一天一天地过去了，"庭"会最后听取申诉的日子到了。奥特凯尔让他的兄弟们和斯卡姆凯尔陪他一起前往赫利扎伦迪，去送传票。哈尔比约恩表示同意一起去，但他说，随着时间的推移，他们会后悔的。

他们一行十二人纵马来到赫利扎伦迪。当他们的马冲进草场的时候，贡纳尔正在屋子外面。但是，直到他们来到房子前面，贡纳尔才注意到他们。他没有进屋，奥特凯尔大声地宣读了传票。

传票宣读完之后，斯卡姆凯尔问道："这样做没错儿吧，农夫？"

"你知道这个问题的答案，"贡纳尔说，"但是斯卡姆凯尔，总有一天，我会提醒你回忆起这次造访和你提出的建议的。"

"只要你那杆戟不举起来，就没什么。"斯卡姆凯尔说道。

贡纳尔非常愤怒，走进屋里，把这一切告诉了考尔斯凯格。考尔斯凯格说："真糟糕，当时我们没有在外面，否则，他们这次来就会丢尽了脸。"

"一切都各有其时，"贡纳尔说，"他们这次来也不会给他们带来什么好处。"

不久，贡纳尔去找尼雅尔，把这件事对他讲了。尼雅尔说：

"别为这件事担心。相反,在大会结束之前,这件事会给你带来更高的荣誉。我们大家都会到场,用我们的建议和力量支持你。"

贡纳尔向他表示感谢,然后就回家了。奥特凯尔则和他的兄弟们以及斯卡姆凯尔一同飞马赶往全岛大会。

51

贡纳尔和西格福斯的儿子们上马前往参加全岛大会。尼雅尔和他的儿子们也离开家前去参加了。他们和贡纳尔并辔而行。人们都说,谁也不如这群人勇敢。

一天,贡纳尔来到达利尔人的棚屋。赫鲁特和霍斯库尔德正在棚屋的外面,他们热情地向贡纳尔问好。贡纳尔把这起官司的来龙去脉全都告诉了他们。

"尼雅尔有什么建议?"赫鲁特问道。

贡纳尔回答说:"他让我到你这里来,并且说不管你提什么建议,他都会赞成。"

"那就是说,他想让我拿主意,因为我们有姻亲关系,"赫鲁特说,"我会想出个办法来的。如果他们不允许你进行自我裁决的话,那么,你就向白色吉祖尔发出挑战,要求同他进行决斗;考尔斯凯格则向戈狄盖尔发出挑战。另外还要找些人来对付奥特凯尔和他的同伙。我们的人手已经很富余了,你想怎么干就怎么干。"

贡纳尔回到自己的棚屋,把赫鲁特的话告诉了尼雅尔。

奥尔的戈狄乌尔夫知道了这些计划，就把它告诉了吉祖尔。于是，吉祖尔就问奥特凯尔道："是谁建议你向贡纳尔发传票的？"

"斯卡姆凯尔告诉我说，这是你和戈狄盖尔想出来的主意。"奥特凯尔答道。

"这个可恶的、说假话的畜生现在在哪儿？"吉祖尔问道。

"他在自己的棚屋里，病倒了。"奥特凯尔答道。

"也许他再也起不来了，"吉祖尔说，"现在，我们大家都去找贡纳尔，允许他自行裁决。只是我不知道他现在还愿不愿意接受这个建议。"

很多人都说，斯卡姆凯尔坏透了。直到大会结束的时候，斯卡姆凯尔的病也没好。

于是，吉祖尔和他的同伴们动身前往贡纳尔的棚屋。有人看到了他们，就报告了待在棚屋里面的贡纳尔。他和他的同伴走出棚屋，做好了迎战的准备。

白色吉祖尔走到最前面，停顿了片刻之后，说道："贡纳尔，我们建议，这个案子由你自己进行裁决。"

"那就是说，给我发传票不是你的主意了。"贡纳尔说道。

"我没提那样的建议，"吉祖尔说，"盖尔也没提。"

"那你得拿出令人信服的证据来。"贡纳尔说道。

"你需要什么证据？"吉祖尔问道。

"你得发誓。"贡纳尔答道。

"如果你接受自我裁决的建议，那么我愿意发誓。"吉祖尔说道。

"这个建议我以前也提过，"贡纳尔说，"但依我看，现在需要进行裁决的可不仅仅是这一件事了。"

尼雅尔说:"不要拒绝进行自我裁决。案子越大,涉及到的荣誉就越大。"

贡纳尔说:"那我就遵从我朋友们的意愿,来裁决此案。但是,我要奉劝奥特凯尔,不要再对我进行挑衅了。"

他们派人去请赫鲁特和霍斯库尔德。他们赶来了。吉祖尔发了誓,戈狄盖尔也发了誓。接着,贡纳尔想好了该怎么进行判决,但跟谁也没有说。后来,他宣布了判决的内容。

"我所做的裁决是,"贡纳尔说,"我应该赔偿贮藏室和室内粮食的损失。对于梅尔考夫那个奴隶的所作所为,我不予赔偿,因为在把他卖给我的时候,你向我隐瞒了他的恶劣品质。现在,物归原主,我把他还给你。我还必须得提到另外一点:你曾经向我发传票,试图让我丢脸。所以,我判决,本人只赔偿贮藏室及室内被烧毁的东西。如果你觉得我们之间达不成协议更好,我也会尊重你的选择。但要是那样的话,我还有另外一个计划来对付你,而且我会把它付之于实施的。"

吉祖尔说:"我们情愿不要你的赔偿,但我们要你做奥特凯尔的朋友。"

"这在我有生之年是办不到的,"贡纳尔说,"但奥特凯尔可以拥有斯卡姆凯尔的友谊,长久以前他一直赖着这份友谊。"

吉祖尔说:"尽管所有的条件都是你自己定的,但我们还是想和平解决这件事情。"

于是,他们就解决这件事情的条件达成了一致,并握了握手。

贡纳尔对奥特凯尔说:"你最好是离开这里,跟你的亲戚们住在一起。但如果你还留在这一地区,就不许再惹我了。"

吉祖尔说:"这是句忠告,他应该听的。"

贡纳尔因为这个案子的解决又获得了很高的声誉。双方达成和解之后,人们就上马各自回家了。贡纳尔待在家里,一切都很平静。就这样,很长一段时间过去了。

52

有一个叫朗诺尔夫的人,是奥尔的戈狄乌尔夫的儿子,住在马尔卡东部的达尔。朗诺尔夫离开全岛大会回家的时候,和奥特凯尔走在一起。奥特凯尔送给他一头九岁口的黑色公牛,朗诺尔夫感谢他送的礼物,并邀请他随时到自己家里做客。但是,很长时间过去了,奥特凯尔也没能应邀前往。朗诺尔夫经常派人来提醒他,奥特凯尔也总是保证说,自己会去的。

奥特凯尔有两匹暗褐色的马,马的后背上长着一条贯穿头尾的黑色的纹路。这两匹马在当地都是最为出色的骏马,它们俩都非常喜欢对方,总是相互追逐、嬉戏。

有一个挪威人和奥特凯尔住在一起,名叫奥多尔夫。奥多尔夫爱上了奥特凯尔的女儿西格内。这个挪威人长得魁梧、健壮。

53

春天里的一天,奥特凯尔对大家说,他们要到东部的达尔去。

大家听了都很高兴。斯卡姆凯尔陪着奥特凯尔一起去,同去的还有奥特凯尔的两个弟弟、奥多尔夫和另外三个人。奥特凯尔骑着一匹暗褐色的马,另一匹跟在他的旁边。他们向东直奔马尔卡河。奥特凯尔一马当先,跑在前面。两匹马跑得性起,离开了大路,直奔弗廖特什立德。奥特凯尔自己并不想跑这么快。

这时,贡纳尔独自一个人离开家,一手拿着个篮子,里面装满了的种子,另一只手拿着他的手斧。他来到自己的地里,把庄稼的种子撒在地里。他把那件做工精致的斗篷和斧子放在地上,种了一会儿庄稼。

再回过头来说说奥特凯尔:他没打算让他的马跑得那么快。他的脚上装有马刺。此时,他的马正好穿过那片地,他和贡纳尔都没有看到对方。就在贡纳尔直起身子的时候,奥特凯尔飞马向他冲了过来,脚上的马刺刮了一下贡纳尔的耳朵,划开了一道很深的口子,鲜血立刻涌了出来。正在这时,奥特凯尔的同伴们也飞马赶了过来。

"你们都看到了,"贡纳尔说,"奥特凯尔,你让我流了血。这一行为是具有攻击性的:你先是向我发传票,现在,你又撞倒了我,骑马从我的身子上飞过去。"

斯卡姆凯尔说:"你现在的反应很是理性,但是在'庭'会上,当你的手里攥着你那杆戟的时候,你却远不像现在这样平静。"

贡纳尔回敬道:"我们下次再见面的时候,你就会见到那杆戟了。"

然后,他们就各奔东西了。

回到家里,贡纳尔对谁也没有讲这件事,大家也没有想到他的伤口会是别人弄的。但是有一天，他把这件事告诉了他的兄弟考尔斯凯格。

考尔斯凯格说："你必须得把这事儿讲给更多的人听，这样，人们就不会指责你在杀完人之后才指控人家，因为，如果你和奥特凯尔之间的过节儿没有证人的话，那么人们就可以对你的指控提出异议。"

于是，贡纳尔就把这件事告诉了他的邻居们，但一开始，人们并没有太多的议论。

奥特凯尔来到了东部的达尔，在那儿受到热烈的欢迎，并住了一个星期。奥特凯尔把自己和贡纳尔之间发生的事情全都告诉了朗诺尔夫。在场有个人问，贡纳尔是怎么反应的。

斯卡姆凯尔说："如果他只是个普通人，那就应该说他哭了。"

"你这样说很不好，"朗诺尔夫说，"下一次你和贡纳尔碰面的时候，你就会有机会说，在他的本性中，一点儿也没有哭的痕迹。如果你的恶毒不给那些比你善良的人带来麻烦、让他们付出代价的话，那就再好不过了。现在，如果你想回家，那我最好是陪你走一趟，因为贡纳尔是不会伤害我的。"

"不用，"奥特凯尔说，"但是，我们会往河的下游再多走一段路，然后再过河。"

朗诺尔夫把一些精美的礼物送给了他，并说，他们不会再见面了。奥特凯尔说，如果他的话被证明是对的，就请他照顾好自己的儿子。

54

现在再回到赫利扎伦迪：贡纳尔正在屋子外面。忽然，他看到自己的牧羊人飞马向房子这边赶来。等牧羊人跑进了草场之后，贡纳尔问他："你那么慌慌张张地干什么？"

"我想向你证明我的忠心，"他说，"我看到一些人骑着马，沿着马尔卡河向下游去了。他们一共是八个人，其中四个人的衣服非常艳丽。"

贡纳尔说："那一定是奥特凯尔。"

"我常听他们说很多挑衅性的话，"牧羊人说，"斯卡姆凯尔在达尔说，他们骑马把你撞了以后，你就哭了。我向你讲这些是因为我讨厌这些坏蛋们说的话。"

"我们不会让他们用几句话就把我们打倒的，"贡纳尔说，"但从现在起，你就去干你想干的事儿吧。"

"要我告诉你的弟弟考尔斯凯格吗？"牧羊人问道。

"你去睡觉，"贡纳尔说，"我来告诉考尔斯凯格。"

于是，牧羊人上了床，马上就睡着了。

贡纳尔带过牧羊人的马，把自己的马鞍子套在了马背上。他取来自己的盾牌，佩上从奥尔维尔那儿得到的那口剑，戴上头盔，拿过自己的那杆戟。戟发出响亮的鸣叫声。他的母亲朗恩维格听到了。

她来到他面前，说道："孩子，你看上去怒气冲冲的，以前可从来没见过你这个样子。"

贡纳尔走出屋子，把戟往地上一戳，纵身跳上马背，打马飞驰而去。朗恩维格走进大房间里，里面是一片喧闹之声。

"你们说话的声音很大，"她说，"但贡纳尔出门的时候，他的戟鸣叫的声音更大。"

考尔斯凯格一听，说道："这可不是件小事。"

"很好，"哈尔盖尔德说，"这样，当贡纳尔离开那些人的时候，他们就会知道贡纳尔会不会哭了。"

考尔斯凯格带上武器，找了一匹马，快马加鞭地去追赶贡纳尔。

贡纳尔穿过阿克拉通加和盖拉斯托夫纳，又从那儿来到朗河，沿着河流来到下游位于霍夫的渡口。有几个妇女正待在挤牛奶用的牛栏里边。贡纳尔跳下马来，把马拴好。

此时，奥特凯尔和他的同伴们骑着马来到了这里。通往渡口的路上铺着黏土制成的土坯。

贡纳尔对他们说："现在是你们进行自卫的时候了，我的戟就在你们眼前。现在，你们马上就会知道我会不会因为你们而哭泣了。"

他们都跳下马，向贡纳尔发起了进攻。哈尔比约恩冲在最前面。

"你不要过来，"贡纳尔说，"我并不想伤害你。但如果是在生死关头，那我是不会放过任何人的。"

"我这是被逼无奈，"哈尔比约恩说，"因为你想杀我的哥哥。要是袖手旁观，我会感到耻辱的。"说着，他双手挺起一杆很重的长矛，向贡纳尔刺了过来。

贡纳尔举起盾牌去挡长矛，结果，盾牌被哈尔比约恩一矛给刺穿了。贡纳尔把盾牌用力猛地往下一拽，竟然一下子把盾牌插在了地上。随即，还没等别人看清楚，贡纳尔已经飞速地抽出宝剑，砍中了哈尔比约恩的胳膊，把它从手腕之上斩断了。

这时，斯卡姆凯尔从贡纳尔的背后猛扑过来，举起一把巨斧向贡纳尔砍去。贡纳尔敏捷地一转身，面对着他，用戟猛磕斧子的下侧；斧子一下子就被打脱了手，飞进了朗河。贡纳尔二次持戟向他扑来，一戟刺穿了斯卡姆凯尔，把他挑到半空，头朝下扔到了黏土坯铺成的路上。

奥多尔夫抓起自己的长矛，"嗖"地一声向贡纳尔掷了过来，但被贡纳尔在半空中接住，又被掷了回去。结果，这杆长矛直贯盾牌和这个挪威人的躯体，把他牢牢地扎在了地上。

奥特凯尔挥剑劈向贡纳尔。他想砍贡纳尔的膝盖下方。贡纳尔纵身高高跃起，奥特凯尔一剑走空。紧接着，贡纳尔挺戟刺去，一戟刺穿了奥特凯尔的身体。

正在这时，考尔斯凯格赶到了。他径直向哈尔凯尔扑去，用自己的短剑结果了他的性命。贡纳尔和考尔斯凯格一起联手，一共杀了八个人。

这时，有一个女人跑到附近的房子里，把这件事告诉了莫德，要他去把他们分开。

"我喜欢、爱护的就是那些能够互相杀戮的男子汉。"他说道。

"你不会是这个意思的，"她说，"是你的亲戚贡纳尔和你的朋友奥特凯尔在那里打架。"

"你这可恶的可怜虫,总是喋喋不休。"他说道。于是,在他们进行搏斗的时候,他始终躺在床上。

战斗结束之后,贡纳尔和考尔斯凯格就上马回家了。他们沿着河岸飞马疾驰。忽然,贡纳尔从马上纵身一跃,双脚稳稳地着了地。

考尔斯凯格说:"真棒,哥哥。"

贡纳尔说道:"我对斯卡姆凯尔说'你骑马撞了我'的时候,他嘲笑了我,他当时说的也是这句话。"

"你已经为此报仇了。"考尔斯凯格说道。

"跟其他人相比,我不知道自己是不是缺少男子汉的气魄,"贡纳尔说,"因为跟他们相比,杀人带给我的是更多的烦恼。"

55

这件事四处传开了。许多人说,这件事发生得一点儿也不突然,而是自然而然的事。贡纳尔上马来到伯格索斯沃尔,把事情的前后经过都告诉了尼雅尔。

尼雅尔说:"你干的这件事很大,但你是在被逼无奈的情况下才这么干的。"

"接下来会发生什么呢?"贡纳尔问道。

"你想让我告诉你今后会发生什么事情吗?"尼雅尔说,"你必须上马赶往全岛大会。你一定要听我的建议,这样,你就会从这件事情中赢得极大的荣誉。这将是你杀人生涯的开始。"

"告诉我该怎么办吧。"贡纳尔说道。

"好吧,"尼雅尔说,"你永远也不要在同一个家族里开两次杀戒;对于那些杰出人士为你和别人促成的和解协议,你永远也不要违背。即使万一你没有听从我的第一条忠告,也千万别忘了这一条。"

"我觉得,违背这两条的更可能是别人,而不是我。"贡纳尔说道。

"你说的对,"尼雅尔说,"但是,你一定要记住,如果这两条描述的情况都发生了,那么你也就活不长了。否则,你会高寿的。"

贡纳尔问:"你知不知道你自己的死因将是什么?"

"知道。"尼雅尔答道。

"是什么?"贡纳尔问道。

"是一种人们都不会想到的原因。"尼雅尔答道。

他们说完之后,贡纳尔上马回家了。

这时,有人派了一个信使,到白色吉祖尔和戈狄盖尔那里去送信,因为奥特凯尔被杀的案子应该由他们提起诉讼。吉祖尔和盖尔见了面,商量该怎么办。他们商定,这个案子应该按照法律进行起诉。接下来的问题就是该由谁来干。他们俩都不愿意。

"我看有两种可能,"吉祖尔说,"一种是诉讼必须由我们两人当中的一个来进行,我们将抽签决定准来负责;第二种是奥特凯尔的死不受任何赔偿。我们能够想象得出,这个案子很难办。贡纳尔的亲朋好友很多,我们俩不管是谁,没有抽到签的那个人一定要坚持下去,不能放弃,直到案子最终了结。"

于是，他们俩就抽了签，结果是由戈狄盖尔提起诉讼。

过了不久，他们上马渡过几条河，来到那场冲突发生的现场——朗河。他们把尸体挖了出来，指定了证人，让他们看了看那些致命的伤口。然后，他们宣布了自己的调查结果，召集了一个由九名邻居组成的陪审团。

这时，有人告诉他们，贡纳尔正待在家里，身边有三十个人。戈狄盖尔问吉祖尔想不想带一百人过去。

"尽管人数相差很悬殊，但我还是不想去。"他答道。

于是，他们上马回到了家里。此时，全冰岛都传开了这一诉讼已经开始了的消息。人们都说，这一年的全岛大会将会是动荡不安的一届。

56

有一个人叫斯卡弗蒂，是索罗德的儿子。索罗德的母亲索沃尔是索尔莫德·斯卡弗蒂的女儿。索尔莫德·斯卡弗蒂的父亲是胖子奥莱夫，祖父是孩子王奥尔维尔。斯卡弗蒂和他的父亲索罗德都是赫赫有名的头领，精通法律。但人们普遍认为，索罗德生性刻薄、狡诈。不管什么事情，他们都支持白色吉祖尔。

从弗廖特什立德和朗高两地来了很多人，他们都准备前往参加大会。大家都非常喜欢贡纳尔，都同意站在他那一边。他们赶到"庭"会后，给各自的棚屋搭上了顶。

跟随白色吉祖尔一起来参加大会的有以下这些头领：斯卡弗

蒂、索罗德、阿斯格里姆·埃利达-格里姆松、基兹亚贝格的奥德以及哈尔多尔·乌尔诺尔夫松。

一天，人们来到了法律岩石。戈狄盖尔站起身来，宣布起诉贡纳尔，指控他因杀害奥特凯尔而犯有杀人罪。他还宣布了对贡纳尔的第二项起诉：因杀害白色哈尔比约恩而犯有杀人罪。接着，他又宣布，因贡纳尔杀害了奥多尔夫和斯卡姆凯尔，因此在这两个案子上，也要起诉他犯有杀人罪。然后，他又起诉考尔斯凯格：因杀害哈尔凯尔而犯有杀人罪。在盖尔全部起诉宣布完毕之后，人们都说，他的起诉言辞非常恰当。接着，盖尔又问了问被告的所在地区和住所。然后，人们就离开了法律岩石。

全岛大会在继续进行。终于有一天，法庭准备开庭听取起诉。双方都来了很多人。戈狄盖尔和白色吉祖尔站在朗高法庭的南面，贡纳尔和尼雅尔则站在北面。戈狄盖尔要求贡纳尔听他发誓，然后他就发了誓。接着，盖尔就提出了各项指控，并举出了进行诉讼的证人，让那些邻居在陪审团席上就座。问了原告是否对陪审团的合法性提出异议之后，他就请该陪审团宣布其所确认的事实。

被指定的这些邻居们来到法庭，出具了证词。他们没有就奥多尔夫作出判决，因为他的诉讼代理人正在挪威，因此他们对这个案子没有管辖权。接着，他们就奥特凯尔的案子作出了判决，认为对贡纳尔的指控是合法的。然后，戈狄盖尔就请贡纳尔为自己进行辩护，并为每一步诉讼都出具证人。

贡纳尔依次要求戈狄盖尔听他发誓及自己对此案所做的辩护。发了誓之后，他说道："我对此案的辩护是，我曾指定了证人，并在各位邻居在场的情况下宣布，由于奥特凯尔用马刺给我造成了伤口流血，他早已被剥夺了受法律保护的权利。因此，戈狄盖尔，按照法律，我反对你就此案提出起诉，反对法官就此案作出判决；我还要在此宣布，你的起诉无效。我反对你这样做是根据一项合法的、不可争辩的、绝对的并具有拘束力的禁止权利。按照全岛大会的规定和普通法，我有权这样做。另外，我还要告诉你另一件事。"

"你是要置法律于不顾、跟我进行决斗吗？"盖尔问，"这是你的一贯伎俩。"

"你猜错了，"贡纳尔答道，"但是，你在法律岩石组成了一个陪审团，来对他们并没有管辖权的奥多尔夫一案进行审理，因此，我要在这儿就此起诉你。为此，我认为，应剥夺你受法律保护的权利三年。"

尼雅尔说："不要这样，因为这只能引发暴力。在我看来，你们俩在某些方面都很有理。贡纳尔，在其中一些杀人行为中，你会被认定为有罪，这一点你是无法脱离干系的。与此同时，你也起诉了盖尔，他也会因此而被认定为有罪。另外，戈狄盖尔，你一定要明白，对你还有另外一条指控，可以把你判为永远不受法律保护的人，只是现在还没有提出来而已。但是，如果你不照我说的去做，就会有人提出这项指控的。"

戈狄索罗德说："在我和斯卡弗蒂看来，要想不动干戈，你们之间就得通过和解来了结此案。吉祖尔，你怎么不说话？"

"依我看，"吉祖尔说，"我们的诉讼遇到了一些巨大的障碍。很清楚，贡纳尔的朋友们都站在他那一边。对我们这一方来说，最有利的解决方案就是由杰出人士进行仲裁，如果贡纳尔愿意的话。"

"我一直都乐于和平解决,"贡纳尔说,"在很多方面,你都可以要求赔偿。但我仍然想说,我当时的确是被逼无奈。"

于是,按照最有智慧的人提出的建议,他们决定通过仲裁来解决这个案子;他们还决定,由六个人进行仲裁,而且要在"庭"会上立即进行。

仲裁的结果是:对斯卡姆凯尔的死不予赔偿,为奥特凯尔的死和为马刺造成的伤害而应支付的赔偿金两相抵消,其他被杀的人所得的赔偿应视各人的价值而定。

贡纳尔的亲戚们拿出了足够的钱,这样,所有被杀的人的赔偿金都立刻在"庭"会缴清了。随后,戈狄盖尔和白色吉祖尔走到贡纳尔面前,向他承诺了这次和解。

贡纳尔上马离开"庭"会回到了家里。他感谢大家对他的支持,给很多人送了礼物,这些都给他带来了很大的荣誉。随后的日子里,贡纳尔在家闭门不出,但声望日盛。

57

有一个人叫斯塔卡德,是蓝牙蓝须伯尔克的儿子,他的祖父是定居在斯里希德宁山区附近的绑腿索凯尔。斯塔卡德已经结了婚,妻子名叫哈尔贝拉,是红色赫罗尔德和希尔迪贡的女儿。希尔迪贡是索尔斯坦恩·斯帕罗的女儿。希尔迪贡的母亲乌恩是埃温德·卡菲的女儿、智者莫多尔夫的姐姐。摩迪尔芬部落的祖先就是智者莫多尔夫。斯塔卡德和哈尔贝拉的儿子分别叫索尔盖尔、伯尔克和索凯尔。他们的姐姐叫和事佬希尔迪贡。兄弟几个动辄使用暴力，他们生性奸诈、目空一切，一点儿也不尊重别人。

58

有一个人叫埃吉尔，是考尔的儿子，他的祖父是定居在斯托塔莱克和雷扎尔湖之间地区的奥托·伯尔。埃吉尔的哥哥是住在索拉斯科格的奥努恩德，奥努恩德的儿子叫大力士哈利。霍尔塔-索里尔被杀的时候，大力士哈利和铁嘴凯蒂尔的儿子们都在场。埃吉尔居住在桑德吉尔，他的儿子分别叫奥托和豪克。他们的母亲是斯塔卡德的姐姐斯坦沃。埃吉尔的儿子们身材魁梧，具有攻击性，最擅长惹是生非，总是和斯塔卡德的儿子们穿一条腿儿的裤子。他们的姐姐叫夜里的太阳古德隆，非常温文尔雅。

埃吉尔曾把两个挪威人带到了冰岛：一个叫索里尔，另一个叫索尔格里姆。他们都是第一次到冰岛来，人们很喜欢他们。两个人都很富有，都擅长格斗，不管干什么都很勇敢。

斯塔卡德有一匹身上略微泛红的牡马。他和儿子们觉得，别的马哪个都不是它的对手。一天，从桑德吉尔来的这几个兄弟凑巧来到了斯里希德宁附近。他们起劲地谈论着弗廖特什立德所有的农场主们，后来就想是否有人愿意让自己的马同他们的马一比高低。在场的人当中，立刻就有人吹捧他们，并拍他们的马屁，说不仅是没人敢让自己的马跟他们的马比试，甚至连拥有这样一匹马的人都没有。

这时,希尔迪贡插口说道:"我知道有一个人有胆量跟你斗马。"

"谁?"他们挑战性地问道。

她回答说:"赫利扎伦迪的贡纳尔有一匹棕色的牡马。他有胆量跟你或其他任何人斗马。"

"你们女人总是以为贡纳尔没有对手,"他们说,"的确,戈狄盖尔和白色吉祖尔跟他作对,结果败得一塌糊涂,但这并不意味着我们也会失败。"

"你们会败得更惨。"希尔迪贡说道。他们为此激烈地争吵起来。

斯塔卡德说:"我实在不希望看到你跟贡纳尔作对,因为他的运气很好,很难让他背运。"

"但你得让我们向他发出挑战、要求同他进行斗马。"他们说道。

"我会的,"他说,"只要你们不捉弄他。"

他们回答说不会的。

于是,他们上马前往赫利扎伦迪。贡纳尔正在家里。他走出屋子,考尔斯凯格他们的兄弟赫约特也跟了出来。他们热情地欢迎他们,问他们去哪儿。

"我们就是来找你的,"他们回答说,"听说你有一匹很好的牡马,所以,我们想跟你斗马。"

贡纳尔说:"我的牡马没什么值得夸耀的地方;它还小,而且根本没经历过什么磨炼。"

"但你会给它一次磨炼的机会的,不是吗?"他们说,"希尔迪贡觉得,你对这匹马颇为骄傲。"

"你们怎么凑巧就谈到这件事了呢?"贡纳尔问道。

"有人说,谁也不敢跟我们斗马。"他们答道。

"我敢,虽然这么讲我自己也不情愿。"贡纳尔说道。

"那我们是不是就可以等着跟你斗马了?"他们问道。

"看来只有照你们说的办,你们才会觉得这趟没有白来。但我有个要求,"贡纳尔说,"我们斗马的目的应该是让别人高兴,不是给自己招惹麻烦,而且你们不要损害我的名誉。要是你们像对其他人那样来对待我,那我将别无选择,只能同你们作对,使你们难以收场。你们怎么对待我,我就怎么对待你们。"

他们上马赶回了家里。斯塔卡德问他们,事情办得怎么样。他们回答说,贡纳尔让他们这趟走得很有意义。"他已经同意跟我们斗马了,我们还约定了时间。但是很明显,他觉得比不上我们,因为他还试图不参加呢。"

"贡纳尔经常这样,"希尔迪贡说,"接受挑战时行动缓慢,但一旦无法摆脱,他就变得难以对付了。"

贡纳尔纵马去找尼雅尔,把斗马的事和他们之间的对话都告诉了他,然后问道:"你认为斗马的结果会是怎样?"

"你将占上风,"尼雅尔说,"但随之而来的是将有很多人丧命。"

"这一次我会死吗?"贡纳尔问道。

"不是这一次,"尼雅尔答道,"但他们会记住跟你的宿仇,还会再加上新的仇恨。除了予以还击之外,你将别无选择。"

贡纳尔上马回到了家里。

59

回到家里以后,贡纳尔得知岳父霍斯库尔德去世了。又过了几天,斯莱恩的妻子、住在格廖特的索尔盖尔德生了个男孩儿,她派人到她母亲①那里,问她应该给这个孩子起个什么名字,是叫格鲁姆还是叫霍斯库尔德。哈尔盖尔德说,应该叫他霍斯库尔德。于是,这个孩子就被起名叫霍斯库尔德了。

贡纳尔和哈尔盖尔德有两个儿子,一个叫霍格尼,另一个叫格拉尼。霍格尼很能干,性格安静,不轻易相信别人,为人可靠。

很多人都赶去看斗马:贡纳尔来了,一起前来的还有他的兄弟们、西格福斯的几个儿子以及尼雅尔和他的儿子们。斯塔卡德和他的儿子们以及埃吉尔和他的儿子们也都来了。他们对贡纳尔说,应该把马带过来了。贡纳尔说可以。

斯卡普赫丁问:"贡纳尔,我的朋友,你想不想让我刺激一下你的马,把它激怒?"

"不,不想。"贡纳尔答道。

"可最好还是让我刺激它一下,"斯卡普赫丁说,"我跟他们一样,属于粗野的那种人。"

"没出现麻烦之前,你和他们都不必说什么,也不必做什么,"

---

① 即贡纳尔的妻子哈尔盖尔德。

贡纳尔说，"对于我，麻烦会来得慢一些，当然，其结果都是一样的。"

这时，马被带到前面，贡纳尔做好了刺激马的准备。斯卡普赫丁把自己的马往前提了提。贡纳尔穿一件红色的短袖束腰外衣，扎一条宽大的银腰带，手里拿着一根棍子。这时，两匹马冲了上来，长时间地相互撕咬着，根本没有必要去刺激它们。那景象颇为壮观。

索尔盖尔和考尔想出了一个主意：他们打算在两匹马再次交锋的时候，猛推一下自己的马，看看贡纳尔会不会在他们的马前摔倒。这时，两匹马冲了上来，索尔盖尔和考尔从后面猛地一推自己的马，贡纳尔则把自己的马也向前一推，索尔盖尔和考尔当即仰面朝天地摔倒在马身子底下。他们纵身跳起来，猛地扑向贡纳尔。贡纳尔往旁边一跳，伸手抓住考尔，把他重重地摔到地上，考尔当即被摔昏了过去。索尔盖尔·斯塔卡达尔松猛力地一击贡纳尔的马，把它的一只眼睛打了出来。贡纳尔一见，举起一根棍子打了过去，把索尔盖尔也打昏在地。

随即，贡纳尔走到自己的马前，对考尔斯凯格说："把这匹马杀了吧，不能让他身有残疾地活着。"

于是，考尔斯凯格就把马杀了。

这时，索尔盖尔从地上站了起来，操起武器，打算向贡纳尔扑过来，但过来一大群人，把他挡住了。

斯卡普赫丁说："我开始讨厌这种毫无意义的推推搡搡了，真刀真枪地打才更像男子汉。"

贡纳尔非常镇静地站着，只用一个人的力量就可以挡住他。

他一句不得体的话也没有说。尼雅尔试图促成一项和解或让双方停火。但是，索尔盖尔说，自己既不作出这样的承诺，也不接受这样的承诺，因为贡纳尔打了他一棍子，所以他要贡纳尔死。

考尔斯凯格说："贡纳尔一向坚不可摧，只用言辞是打不倒他的，现在也是如此。"

后来，人们离开斗马场，各自回家了。谁也没有再去进攻贡纳尔，整个冬天就这样过去了。

第二年夏天，贡纳尔在阿耳庭大会上见到了他的妹夫奥拉夫·皮考克。奥拉夫把他请到自己家里，告诫他要小心警惕，并对他说："为了伤害我们，他们会不择手段，所以你一定要在人多的时候才出门。"

奥拉夫还给他提了些很好的建议。两个人都说，他们已经建立起了深厚的友谊。

60

阿斯格里姆·埃利达-格里姆松在全岛大会上对一起有关继承的案子进行了起诉，被告是乌尔夫·乌加松。但是，阿斯格里姆那一方却出现了一个不同寻常的漏洞：他本该指定九个人来组成陪审团，可他只指定了五个。所以，被告一方就把这一点纳入了自己的辩护中。

贡纳尔说："乌尔夫·乌加松，如果人们无法从你那里得到他们自身的权利的话，我就会要求同你进行决斗。阿斯格里姆，如果尼雅尔和我的朋友海尔吉①来不了，他们会希望由我来为你进行辩护。"

"可这不是你我之间的争执。"乌尔夫说道。

"但就像是的。"贡纳尔说道。

案子的最终结果是乌尔夫得支付全额。

于是，阿斯格里姆对贡纳尔说："我邀请你在今年夏天到我家里去。从今以后，在诉讼案子中我要一直支持你，永远也不同你作对。"

贡纳尔上马离开大会回到了家里。

不久，贡纳尔见到了尼雅尔。尼雅尔让他提高警惕，说有人告诉他，斯里希德宁的那些人正打算对他进行袭击。他提醒贡纳尔，千万不要在人单势孤的时候出门，随身一定要带着武器。贡纳尔回答说，他会按照尼雅尔的建议去做的。他还说，阿斯格里姆邀请自己去他家里。"我准备秋天去。"他说道。

"别让任何人事先知道你要去，"尼雅尔说，"也不要让他们知道你会住多久。总之，我要让我的儿子们跟你一起去，这样你就不会受到袭击了。"

于是，他们就此达成了一致意见。

夏天在一天一天地过去，再过八个星期就是冬天了。贡纳尔对考尔斯凯格说："做好出门的准备，我们去通加。"

"你不告诉一下尼雅尔的儿子们吗？"考尔斯凯格问道。

---

① 第27章中提到，海尔吉·尼雅尔松娶了阿斯格里姆·埃利达-格里姆松的女儿，尼雅尔是阿斯格里姆之子索尔哈尔的养父。

"不用了,"贡纳尔说,"不能让他们因为我而惹上麻烦。"

61

贡纳尔、考尔斯凯格和赫约特一行三人上马出发了。贡纳尔带着他的戟和奥尔维尔赠送的那把利剑,考尔斯凯格带上了他的短剑,赫约特也是全副武装。他们来到通加,受到了阿斯格里姆的热烈欢迎,在那里住了一段时间。后来,他们说想回家了,阿斯格里姆就送给他们精致的礼物,还提出要往东送他们一程。贡纳尔说不必了。于是,阿斯格里姆就没有跟他们一起走。

有一个叫猪头西古尔德的人,家住肖尔萨。他曾经答应过要刺探贡纳尔的行踪。此时,他来到斯里希德宁,告诉那些人说,贡纳尔正在往回走,同行的只有两个人,所以,这是伏击他的最好时机。

"搞伏击我们需要多少人?"斯塔卡德问道。

"在贡纳尔面前,一般人都会显得懦弱无能。"西古尔德回答说,"因此,少于三十人是不明智的。"

斯塔卡德问:"在哪儿伏击他?"

"在克纳法侯拉,"西古尔德说,"因为在那儿,我们进攻之前他是发现不了我们的。"

"你到桑德吉尔走一趟,"斯塔卡德对西古尔德说,"让埃吉尔挑选十五个人出发,我们再带十五个人前往克纳法侯拉。"

索尔盖尔对希尔迪贡说:"我今晚就让你见识见识,我要用这只手结果贡纳尔的性命。"

希尔迪贡说:"这次遭遇战之后,我猜你的脑袋和手都保不住了。"

斯塔卡德、他的三个儿子和另外十一个人离开斯里希德宁,来到克纳法侯拉,在那里埋伏了起来。

西古尔德赶到桑德吉尔,说道:"埃吉尔,斯塔卡德和他的儿子们派我来通知你和你的儿子们,要你们前往克纳法侯拉,在那里埋伏下来,准备伏击贡纳尔。"

"我们该去多少人?"埃吉尔问道。

"算我在内十五个。"西古尔德答道。

考尔说:"今天由我来对付考尔斯凯格。"

"那我得说,你的任务相当艰巨。"西古尔德说道。

埃吉尔请他的挪威客人们一起去。他们回答说,自己跟贡纳尔并没什么嫌隙。"用这么多人去对付区区三个人,这说明要办成这件事,你们一定需要很多帮手才行。"索里尔说道。

埃吉尔怒气冲冲地走开了。他的妻子对索里尔说:"我的女儿把自己的骄傲撇在了一边,对你以身相许。你要是没胆量跟你岳父一起去,那她真是看错了人。你一定是个胆小鬼。"

"那我就跟你丈夫一起去了,"索里尔说,"只是我们俩谁也回不来了。"

他找到自己的同伴索尔格里姆,对他说:"你把我箱子上的钥匙拿走吧,因为我再也用不着打开那些箱子了。我们的财产你想拿多少就拿多少。离开冰岛吧,不要想为我报仇。你要是不走,那你就性命难保了。"

然后，索里尔拿起武器，站到了队列中。

62

现在说说贡纳尔：他向东渡过了肖尔萨河，过河后刚走不远，就感到昏昏欲睡。他让同伴们不要再走了。于是，他们就停了下来。贡纳尔沉沉地睡了过去，但睡得并不安宁。

考尔斯凯格说："贡纳尔正在做梦。"

赫约特说："我把他叫醒吧。"

"别叫，"考尔斯凯格说，"让他把梦做完。"

贡纳尔睡了很长时间。醒来后，他感到全身燥热，就把斗篷扔到了一边。

考尔斯凯格问："哥哥，你梦见什么了？"

贡纳尔回答说："我梦见发生了一件事情。要是在通加就做了这样的梦，那我就不会带这么少的人离开那里了。"

考尔斯凯格说："把梦讲给我们听听。"

"我梦见我骑着马正经过克纳法侯拉，"贡纳尔说，"在那儿，我看见很多只狼，向我发起了进攻。但我还是摆脱了它们，来到了朗河。在那儿，它们又一次从四面八方扑了上来，于是，我们就进行自卫。我把冲在前面的几只都射死了，后来，它们冲到了近前，我的弓用不上了。于是，我抽出宝剑，一手仗剑，一手挺戟。我没有用盾牌保护自己，但冥冥之中的确有什么东西在保护我，只是我不知道是什么。我杀了很多狼。考尔斯凯格，你当时就在我身边。但是它们把赫约特扑倒在脚下,撕开他的胸膛,有一只狼的嘴里还叼着他的心。我愤怒极了,一剑把那只狼从肩头那里砍为两截。然后,那些狼就都逃走了。现在,赫约特兄弟,我建议你返回西部的通加。"

"不,"赫约特说,"尽管我知道自己肯定要死了,但我还是要跟你待在一起。"

他们继续飞马向东。经过克纳法侯拉的时候,考尔斯凯格说道:"贡纳尔,看到山后露出来的长矛和那些全副武装的人了吗?"

"我不觉得奇怪,"贡纳尔说,"我的梦正在变成现实。"

"我们该怎么办?"考尔斯凯格问,"我猜你是不想逃走的。"

"让别人嘲笑我们逃跑?休想!"贡纳尔说,"咱们冲到朗河边的那块空地,那里适合自卫。"

他们纵马赶到那里,做好了战斗准备。他们飞马从那些人身边经过的时候,考尔喊道:"贡纳尔,你想逃跑吗?"

考尔斯凯格答道:"这个问题待会儿你再问吧。"

63

于是,斯塔卡德催促自己的人马冲了过去,直奔站在河边那块空地上的贡纳尔和他的兄弟们。猪头西古尔德冲在最前面,一手拿着一块不大的圆形盾牌,另一只手则握着一杆打猎用的长矛。贡纳尔看到了他,"嗖"地一箭向他射了过去。看到一支箭从高处向他飞过来,西古尔德便举起盾牌来挡,但是那支箭射透了那面盾牌和他的眼睛，从他的颈后飞了出去。他是这场战斗中第一个被杀的人。

贡纳尔又一箭射向斯塔卡德的管家乌尔夫赫丁，正中他的腰部，乌尔夫赫丁"扑通"一声倒在一个农夫的脚下，把农夫绊倒了。考尔斯凯格甩手扔出一块石头，正中那个农夫的脑袋，这个家伙也当即一命呜呼了。

这时，斯塔卡德说："只要贡纳尔在开弓放箭，我们就成功不了。所以，我们现在要勇敢、迅速地逼近他。"

他们都相互敦促着往前冲，贡纳尔运用弓箭进行防卫，直到他们逼近为止。然后，他把弓箭扔在一边，操起他的戟和利剑，左右开弓地进行搏斗。战斗激烈地进行了很长时间，贡纳尔和考尔斯凯格杀死了很多人。

这时，索尔盖尔·斯塔卡达尔松说："贡纳尔，我发过誓，要把你的脑袋带给希尔迪贡。"

"她是不会把你的誓言当真的，"贡纳尔说，"但你总得离我近点儿才行。"

索尔盖尔对他的兄弟们说："咱们一起上；他没有盾牌，我们会干掉他的。"

伯尔克和索凯尔冲了过来，比索尔盖尔的动作更快。伯尔克挥剑直取贡纳尔，贡纳尔持戟用力一挡，伯尔克的剑就被打飞了。这时，贡纳尔看到索凯尔在自己身体的一侧，正在攻击范围之内。他把身体的重心移到一只脚上，横剑一扫，正中索凯尔的脖子，索凯尔的头颅当即飞了出去。

考尔·埃吉尔松说："我来对付考尔斯凯格。很长时间以来，我就一直在说，我们俩会是真正的对手。"

"现在你看看是不是吧。"考尔斯凯格说道。

考尔挺矛向他刺来。考尔斯凯格刚刚击毙了一个人，双手正未得闲，没法举起盾牌。这样，考尔的长矛刺中了他的大腿外侧，一下子把它刺穿了。考尔斯凯格迅速地向他一个箭步猛扑过来，短剑击中了他的大腿，将它砍为两截。然后，考尔斯凯格问道："砍中没有？"

"那是因为我没有防备。"考尔说道。他用另一条腿支撑着站了一会儿，两眼死死盯着那截断腿。

考尔斯凯格说："还看什么？你判断的对，你的腿没了。"

考尔"扑通"一声摔倒在地上，一命呜呼了。埃吉尔一见，猛地扑向贡纳尔，挥剑向他砍去。贡纳尔挺戟一个突刺，正中他的腰部，随即用戟把他挑起来，抛进了朗河。

这时，斯塔卡德说："索里尔，你这个挪威人真没用，竟然坐在那里。你的主人、也就是你的岳父埃吉尔已经被他们杀死了。"

索里尔勃然大怒，挺身一跃而起。此时，赫约特已经杀了两个人。这个挪威人就向他扑了过去，砍中了他的胸膛，赫约特当即倒地而死。

贡纳尔一见，纵身扑向这个挪威人，一剑将他拦腰斩为两段。很快，他又挺戟直取伯尔克，一戟直贯他的腰部，并把他钉在了地上。接着，考尔斯凯格砍掉了豪克·埃吉尔松的头，贡纳尔把奥托·埃吉尔松的胳膊从肘部砍为两截。

这时，斯塔卡德说："我们跑吧，我们不是他们的对手。"

贡纳尔说道："你们空口无凭地去讲这件事儿可不容易。得在你们身上留下些记号,以表明你们的确参加了这场战斗。"

说着,他扑向斯塔卡德和他的儿子索尔盖尔,在他们身上留下了血淋淋的伤口,才让那父子俩狼狈地逃走了。其他许多逃走的人也都被贡纳尔和他的兄弟打伤了。

在这场战斗中,对方一共有十四个人丧命,赫约特是第十五个。

贡纳尔把赫约特放在他的盾牌上,打马扬鞭回到了家里。他们把赫约特的遗体在家乡掩埋了。很多人对他的死感到悲伤,因为人们都非常喜欢他。

斯塔卡德和索尔盖尔回到了家里。希尔迪贡给他们治疗伤口,她说:"你们现在应该明白了,不该那样粗暴地对待贡纳尔。"

"当然。"斯塔卡德说道。

64

一天,桑德吉尔的斯坦沃请挪威人索尔格里姆留下来照管她的财产,不要离开冰岛,不要忘记他死去的同伴和亲戚。

索尔格里姆回答说:"我的同伴索里尔曾经预言,我要是留在这儿,就会死在贡纳尔手中。对此,索里尔一定有所预感,就像他预感到自己的死亡一样。"

斯坦沃说:"我把女儿古德隆和我所有的财产都送给你,怎么样?"

"我真没想到你愿意付出这么多。"他说道。

于是，他们达成了一项协议，索尔格里姆将和古德隆结婚。那年夏天，他们举行了婚礼。

贡纳尔上马来到伯格索斯沃尔，考尔斯凯格和他一同前往。尼雅尔和儿子们正在屋外，看到他们来了，就走上前来热情地迎接他们。然后，他们就走到一边交谈起来。

贡纳尔说："我来这儿的目的是想求得你的帮助，听听你有什么良策。"

尼雅尔回答说，这是他应该做的。

"我闯了一场大祸，杀了很多人，"贡纳尔说，"我该怎么办？我想听听你的意见。"

"很多人会说，当时你是被逼无奈。"尼雅尔说，"现在，给我点时间来想个办法。"

尼雅尔独自走到一边，把这件事前前后后地想了一遍。然后，他走了回来，说道："我想出了一个办法，但我觉得要做到的话需要大胆和勇气。索尔盖尔使我的亲戚索尔芬娜怀了孕，我把这个案子交给你，由你告他诱奸。我再交给你一件有关完全不受法律保护的人的案子，告斯塔卡德砍伐我在斯里希德宁山脊树林里的树木。这两个案子都由你来起诉。另外，你去一趟争斗的那个地方，把那些人的尸体挖出来，指定证人，让他们看到那些致命的伤口；然后，你就宣布这些死去的人都是不受法律保护的人，因为他们袭击你们，目的是想把你和你的兄弟们打伤，并图谋尽快地杀害你们。当这个案子在阿耳庭大会进行审理的时候，如果有人表示反对，说你以前打过索尔盖尔，因此无权就自己和别人的案子进行起诉，那么，我就回答说，早在辛格斯卡拉大会期间，我就恢复了你为自己和别人的案子进行起诉的权利，这样就会驳倒那些反对意见。另外，你一定要去一趟贝尔哈内斯，去找蒂尔芬。他会把一宗起诉住在特勒德拉斯科格的奥努恩德的案子交给你，因为奥努恩德将为他的哥哥埃吉尔被杀而起诉你。"

于是，贡纳尔上马回到了家里。几天后，他和尼雅尔的儿子们来到掩埋尸体的地方，把埋在那里的尸体都挖了出来。贡纳尔说，由于这些人袭击他人并阴谋杀害他人，所以，应据此宣判他们为不受法律保护的人。随后，他就上马回家了。

65

那年秋天，灰面客瓦尔加尔德从国外回到了他位于霍夫的家。索尔盖尔·斯塔卡达尔松前去拜访他和莫德。他告诉他们，贡纳尔非常荒唐地宣布所有被他杀害的人都是不受法律保护的人。瓦尔加尔德说，这一定是尼雅尔的主意，而且尼雅尔一定还给他提了更多的建议。索尔盖尔就向瓦尔加尔德和莫德请求帮助和支持。沉默了很久之后，他们都提出了很高的要价。最终，他们就这样一项计划达成了一致：莫德将向白色吉祖尔的女儿索尔卡特拉求婚，索尔盖尔、瓦尔加尔德和莫德立即上马向西，渡过河去。

第二天，他们一行十二人登程上路，来到莫斯费尔，受到了吉祖尔的热情招待，并在那里过了一夜。然后，他们向吉祖尔提起了婚事；最后，他们同意，婚礼将在两个星期后于莫斯费尔举行。事情办妥之后，他们就上马回家了。

过了不久,他们赶来参加婚礼。邻近的很多客人都来了,喜筵进行得十分顺利。后来,索尔卡特拉和莫德一起回到家里,接手管理家务。那一年夏天,瓦尔加尔德就到海外去了。

莫德敦促索尔盖尔开始起诉贡纳尔,索尔盖尔就去见奥努恩德,让他就他的哥哥埃吉尔和埃吉尔的儿子被杀一事进行起诉。他接着说:"我将就我的哥哥被害、我父亲和我本人受重伤一事进行起诉。"

奥努恩德说,他愿意提起诉讼。于是,他们就出去找人,把杀人的事情公之于众,并找了住在争斗现场附近的九个人组成了陪审团。

诉讼程序开始的消息传到了赫利扎伦迪。贡纳尔飞马去见尼雅尔,把这个消息告诉了他,问他觉得应该做些什么。

"现在,"尼雅尔说,"你必须把你的邻居召集到争斗的地方,指定证人,把考尔认定为杀害你兄弟赫约特的凶手,这样做是合法的。然后,你必须宣布,指控考尔犯有杀人罪,虽然他已经死了。接着,你必须指定证人,召集邻居,骑马赶奔全岛大会,去证明在赫约特被杀的时候,考尔及其同伴们是否在场、他们是不是正在进攻。你还必须指控索尔盖尔犯有诱奸罪;同样,在蒂尔芬将要移交给你的案子中,你也要指控特勒德拉斯科格的奥努恩德。"

贡纳尔一丝不苟地按照尼雅尔的建议进行了起诉。人们觉得这起诉讼进行的方式十分奇怪,但是这些案子最终还是被送到了全岛大会上。

贡纳尔纵马来到大会。尼雅尔、他的儿子们以及西格福斯的儿子们也都来了。贡纳尔还派人通知了他的妻弟们,让他们多带些人赶到大会上来,因为这场官司将会非常难打。这样,冰岛西部就聚集了一支庞大的人马。

莫德·瓦尔加尔德松骑马来到了大会,达尔的朗诺尔夫、斯里希德宁的人和特勒德拉斯科格的奥努恩德也都来了。

66

他们来到阿耳庭之后,马上就跟白色吉祖尔和戈狄盖尔汇合在一起。贡纳尔和西格福斯的儿子们以及尼雅尔的儿子们走在一起,声势浩大,弄得人们不得不四散躲开,免得被撞倒。整个大会期间,人们谈论最多的就是这件大案子。

贡纳尔去见他的妻弟们,受到他们的热烈欢迎。他们向他询问那次交锋的事。他详细而又客观地讲给他们听,接着又告诉他们从那以后他又做了些什么。

奥拉夫说:"尼雅尔跟你站在一起,给你出谋划策,这很难得。"

贡纳尔回答说,他对此永远也无法偿还。他还请求他们帮助和支持他。他们回答说,他们非常愿意。

双方的讼状此时都已送抵法庭,双方分别阐明了各自的理由。莫德问,为什么像贡纳尔这样的人竟然可以有权起诉,因为贡纳尔对索尔盖尔的所作所为理应使他成为不受法律保护的人。

尼雅尔答道:"去年秋天的辛格斯卡拉会议你参加了吗?"

"当然。"莫德答道。

尼雅尔问:"当时,贡纳尔向他们提出建议,表示愿意进行全面的补偿,这你有没有听到?"

"当然听到了。"莫德答道。

尼雅尔说:"那时候我就已经恢复了贡纳尔从事所有法律事务的权利。"

"你那样做是合法的,"莫德说,"但是,杀死赫约特的是那个挪威人,贡纳尔有什么理由反而控告考尔呢?"

"这也是合法的,因为贡纳尔把他认定为凶手时有证人在场。"尼雅尔答道。

"那样做可能是合法的,"莫德说,"但是,贡纳尔把那些人都宣布为不受法律保护的人,他这样做凭的是什么权利呢?"

"这还用问吗?"尼雅尔说,"因为那些人企图伤人、杀人。"

"可是贡纳尔并未受到丝毫伤害。"莫德说道。

"但是,贡纳尔的两个兄弟,考尔斯凯格和赫约特,"尼雅尔答道,"他们一个受了伤,另一个被杀。"

"你讲的这些都是合法的,"莫德说,"但却让人难以接受。"

这时,肖尔索达尔的雅尔蒂·斯凯格亚松走上前来,说道:"我跟你们的这些起诉一点儿关系都没有,但是我想问你,贡纳尔,如果我提出要求的话,为了我的友谊你能做到什么呢?"

"你想让我做什么?"贡纳尔问道。

"是这样,"他说,"你把整个事情交由仲裁,让那些德高望重的人来找解决办法。"

贡纳尔说:"那么不管我以后和谁打交道,你都永远不能跟我作对。"

"我答应。"雅尔蒂说道。随后,他同贡纳尔的对手们仔细地谈了谈这个建议。最终，大家都同意和平解决。接着，双方都向对方作出了保证。索尔盖尔受的伤和对他犯有诱奸罪的指控相互抵消，斯塔卡德受的伤和他非法伤害他人相互抵消。索尔盖尔的兄弟们将得到一半的赔偿，另一半则因为他们对贡纳尔的袭击而被取消了。代表蒂尔芬提出的诉讼和桑德吉尔的埃吉尔被杀相互抵消，赫约特被杀和考尔以及那个挪威人被杀相互抵消。其他人都将得到一半的赔偿。

尼雅尔和阿斯格里姆·埃利达-格里姆松以及雅尔蒂·斯凯格亚松参与了这起案子的解决。

尼雅尔曾经把一大笔钱借给了斯塔卡德和桑德吉尔的人，他现在把债权转交给了贡纳尔，让他来支付罚金。参加大会的人中间很多都是贡纳尔的朋友，这样，贡纳尔马上就支付了应付的赔偿；他还给帮助他的头领们赠送了礼物。这一切使得贡纳尔赢得了很大的声誉。大家都一致认为，贡纳尔在南部地区无人匹敌。

贡纳尔上马离开大会回到了家里，过着平静的生活。但是，他的敌人却非常忌妒他获得的声誉。

67

现在说说索尔盖尔·奥特凯尔松：他已经长大成人，而且颇有声望。他身材魁梧、健壮，性格诚实、坦率，但是有点儿耳软心活。最有名望的人们都很喜欢他，他的亲戚们也都很爱他。

一天，索尔盖尔·斯塔卡达尔松去看望他的亲戚莫德。"我们跟贡纳尔那场官司的结果让我非常恼火,"他说,"我给过你钱,让你在我们俩的有生之年里帮助我们。那么现在,我要你想出一个周密的办法来,你要努力想一想。我这样不加掩饰地说这些话是因为我知道你是贡纳尔最大的敌人,同样,他也是你最大的敌人。如果你能把这件事情办好,我就让你的声誉获得极大的提高。"

"看来我对金钱是欲壑难填啊,"莫德说,"那么在这件事情上只好听之任之了。然而,既不让你违反你们之间的停火,也不破坏和平,但却能达到你的目的,要做到这一点可不容易。但是,已经有人告诉我,考尔斯凯格正准备起诉,想把位于莫伊德沃尔的农场的四分之一再要回来。那块地是为赔偿你兄弟的死而支付给你父亲的。考尔斯凯格已经从他母亲那里接管了这个案子。贡纳尔打算用现金赔偿,不给那块地。我们现在先等着,等这个案子了结之后,就告贡纳尔违反了跟你达成的协议。另外,贡纳尔还从索尔盖尔·奥特凯尔松那里弄走了一块耕地,这样,他又违反了他们俩之间的协议。你一定要去见见索尔盖尔·奥特凯尔松,把他也拉进来,然后就去袭击贡纳尔。如果发生什么意外,你没能制服贡纳尔的话,那就不断地对他进行袭击。

"我可以告诉你:尼雅尔对贡纳尔一生的命运做过预言,告诉他说,假如他在同一个家族中不止一次地开了杀戒,而且他凑巧又违反了为再次杀人而达成的和解,那么他的末日就将很快到来。正因为如此,你一定要让索尔盖尔·奥特凯尔松卷进来,因为贡纳尔已经把他的父亲杀了。如果你们俩一起跟贡纳尔交起手来,你必须保护好自己,让索尔盖尔往前冲,这样,贡纳尔就会杀了他,这将意味着贡纳尔已在同一个家族中开了两次杀戒,而你一定要设法脱身。

"要想让贡纳尔因此而丧命,还得让他违反为这次杀人而达成的和解。这一点,我们只要耐心等待就行了。"

他们商量好了以后,索尔盖尔回到家里,把这件事悄悄地告诉了自己的父亲。他们俩同意,应该秘密地着手实施这个计划。

68

过了不久,基尔丘拜尔的索尔盖尔·斯塔卡达尔松前去拜访另一个索尔盖尔,即索尔盖尔·奥特凯尔松。他们走到僻静的地方,交谈起来。两个人整整谈了一天。结束的时候,索尔盖尔·斯塔卡达尔松送给索尔盖尔·奥特凯尔松一柄镶嵌着黄金的长矛,然后就上马回家了。他们俩从此结成了非常密切的同盟。

在那年秋天召开的辛格斯卡拉大会上,考尔斯凯格提出了诉讼,要求得到莫伊德沃尔的那块土地。贡纳尔指定了证人,提出他可以按照合法确定的价值,付给斯里希德宁的人们一笔钱,或者另外拿出一块地进行交换。于是,索尔盖尔也指定了证人,指控贡纳尔违反了与他们达成的协议。他们的这些指控结束之后,大会就结束了。

一年过去了。两个索尔盖尔频繁地见面,两个人打得十分火热。

考尔斯凯格对贡纳尔说:"我听说索尔盖尔·奥特凯尔松和索

尔盖尔·斯塔卡达尔松成了好朋友，很多人都说他们不可信，因此你要小心些。"

贡纳尔回答说："如果是命中注定的，那么不管我在哪儿，死神都会找上门来的。"

说完，他们就不再谈这件事了。

秋天，贡纳尔命令他的手下先在赫利扎伦迪的家里干一个星期的活儿，再到埃亚尔干一个星期，晾晒干草。他还要求，除了自己和妇女以外，其他所有人都要离开农场。

一天，斯里希德宁的索尔盖尔去找另一个索尔盖尔。跟往常一样，他们俩一见面就聊了起来。索尔盖尔·斯塔卡达尔松说："我想我们应该鼓起勇气去袭击贡纳尔。"

"跟贡纳尔发生冲突的结果从来都是一样的，"索尔盖尔·奥特凯尔松说，"很少有人能捞到好处。而且，我不想让别人把我看成是破坏停火协议的人。"

"破坏协议的是他们，不是我们，"索尔盖尔·斯塔卡达尔松说，"贡纳尔夺走了你的耕地，他又从我父亲和我那里夺走了莫伊德沃尔。"

但最终他们两人还是达成了协议，同意袭击贡纳尔。索尔盖尔·斯塔卡达尔松说，再过几天，贡纳尔就要孤身一人待在家里了。"到那时候，你一定要带十一个人来跟我会合，我也带十一个人。"他说道。

然后，他就上马回家了。

69

考尔斯凯格和仆人们在埃亚尔住了下来。三天之后,索尔盖尔·斯塔卡达尔松得到了这个消息,就传信给另一个索尔盖尔,让他在斯里希德宁的山脊上跟自己汇合。随后,他做好了准备,带领十一个人离开了斯里希德宁的农场。他纵马上了山脊等另一个索尔盖尔。

贡纳尔此时正独自一人待在农场里。两个索尔盖尔纵马冲进了一片树林;他们感到精疲力竭,什么也干不了,只能睡觉。他们把盾牌系在树枝上,把马拴好,把武器放在身边。

那天晚上,尼雅尔正在索罗尔山上过夜,但却无法入睡。他一会儿从房子里走出去,一会儿又走进来。索尔希尔德问他为什么睡不着。

"我的眼前出现了很多景象,"他说,"我看见很多凶恶的鬼魂,它们是贡纳尔的敌人的鬼魂,可是奇怪的是,它们看起来都怒不可遏,但行动起来却漫无目的。"

过了一会儿,有一个人飞马来到门前,跳下马来,走进屋里。来人是斯卡普赫丁和索尔希尔德的牧羊人。

索尔希尔德问他:"找到羊了吗?"

"我找到了一些更有价值的东西。"他答道。

"是什么?"尼雅尔问道。

"我在山上的树林里发现了二十四个人,"他回答说,"他们把马拴好了,正在睡觉。他们还把盾牌系在树枝上。"

这个牧羊人当时从离那些人很近的地方仔细地观察过他们,因此,他连他们所携带的武器和身上穿的衣服都能描述出来。

于是,尼雅尔准确地知道了他们都是谁。他对牧羊人说:"要是多雇一些像你这样的人多好啊!你会永远为你今天这样做而感到高兴的。但现在我要给你件事情去办。"

牧羊人表示愿意去做。

"你去一趟赫利扎伦迪,"尼雅尔吩咐道,"让贡纳尔前往格廖特,派人召集人马。我去找树林子里的那些人,把他们吓跑。这件事将对他们很不利,因为在这次冒险中,他们不仅得不到任何好处,反而会损失惨重。"

牧羊人出发了,把发生的一切向贡纳尔讲述了一遍。于是,贡纳尔飞马来到格廖特。然后,他们派人把人马都召集到那里去。

这时尼雅尔也已纵马前来见那两个索尔盖尔。

"躺在这里可真够麻痹大意的,"他说,"你们这次出来是要干什么?贡纳尔可不是那种可以逼迫的人。说实在的,这是最低级的谋杀计划。你们要知道,贡纳尔正在召集人马,要不了多久就能赶到这里来收拾你们,除非你们马上离开这里,各自回家。"

这一番话把他们都吓坏了。他们立即行动起来,抓过武器,跳上马背,纵马返回了斯里希德宁。

尼雅尔找到贡纳尔,告诉他不要解散他的人马。"我来做中间人,努力达成一项解决方案。现在,那些人已经害怕了。这件事牵涉到了他们所有人,所以,为这次杀害你的阴谋所付的赔偿不应少于为任何一个索尔盖尔被杀而应付的赔偿,假如他们被杀了的话。这笔钱由我来掌握，保证在你需要的时候，能马上拿出来。"

70

贡纳尔对尼雅尔的帮助表示了感谢。尼雅尔上马来到斯里希德宁，告诉两个索尔盖尔说，在他们之间的事情了结之前，贡纳尔不想解散他的人马。两个人吓坏了，主动提出愿意进行和解。他们请尼雅尔把他们提出的解决方案转告给贡纳尔。尼雅尔说，他只肯转达那些背后不设骗局的建议。两个人请尼雅尔参与仲裁，并保证说，不管他作出什么样的裁决，他们都将接受。尼雅尔回答说，只有在全岛大会，而且只有在那些最有声望的人在场时自己才肯进行仲裁。这一点他们也同意了。

于是，尼雅尔就在双方之间进行斡旋。最终，双方都向对方作出了和平与和解的承诺。仲裁将由尼雅尔进行，他还可以挑选任何人来帮助他。

过了不久，两个索尔盖尔去找莫德·瓦尔加尔德松。莫德严厉地斥责他们，说不该把这件事交给尼雅尔去办，因为他是贡纳尔的好朋友。他说，这样的仲裁结果对他们是不会有利的。

人们像往常一样赶来参加全岛大会，当事双方也都来了。尼雅尔要求大家安静，他问在场所有最有声望的人，针对两个索尔盖尔杀害贡纳尔的阴谋，他们觉得贡纳尔可以提出什么样的索赔要求。他们回答说，这样的人享有很大的索赔权利。尼雅尔又问，贡纳尔应该对所有的人提出指控，还是只要领头的人进行应诉就行了。他们回答说，主要是对领头的人提出指控，但其他所有的人也应受到严厉的谴责。

"很多人会说，索尔盖尔他们那样做并非无事生非，"莫德说，"因为贡纳尔违反了同两个索尔盖尔达成的协议。"

"如果一个人合法地同另一个人打交道，那就不是违反协议，"尼雅尔回答说，"有法则国家兴旺，无法则万事皆休。"

接着，尼雅尔告诉他们，贡纳尔曾经提出过以另一块地或者付现金来交换莫伊德沃尔。听到这些，两个索尔盖尔觉得自己被莫德欺骗了。他们狠狠地斥责他，说这笔赔偿是由于他的错误而造成的。

尼雅尔挑选了十二个人来审理这个案子。所有跟着两个索尔盖尔去的人每人要赔偿一百银币，两个索尔盖尔每人赔偿二百银币。尼雅尔拿了这笔钱，并保管起来。双方按照尼雅尔拟定的措辞，向对方承诺从此和平相处。

离开大会之后，贡纳尔上马向西来到达利尔的夏尔扎霍特。奥拉夫·皮考克热情地欢迎他，他就在那里住了半个月。贡纳尔在达利尔走了很多地方，处处受到了人们的热情接待。

分手的时候，奥拉夫说："我要送给你三件礼物：一个金戒指，一件爱尔兰国王梅尔克雅丹曾经拥有过的斗篷，一条别人在爱尔兰送给我的狗。那条狗长得很大，要是讲做伴儿，一点儿也不比健壮的人逊色。而且，它还通人性，会向你的敌人狂吠不止，但永远也不会对你的朋友吠叫。不管是谁，它都能看出他对你是善意还是恶意；它对你忠心耿耿，会为你去死。这条狗的名字叫山姆。"

然后,他就对那只狗说:"从现在开始,你跟着贡纳尔。你要竭尽全力地服侍他。"

那只狗立刻走到贡纳尔那里,趴在他的脚下。

奥拉夫让贡纳尔提高警惕,告诉他说有很多人忌妒他。"因为你被认为是这个国家中最出色的人。"他说道。

贡纳尔感谢他送的礼物和所给予的忠告,然后就上马回家了。他在家里住了一段时间,一切都平平安安的。

71

过了不久,两个索尔盖尔遇到了莫德。他们俩非常不满,觉得莫德使他们损失了很多钱财,而他们俩却什么好处也没捞到。于是,他们要他再想个办法,治治贡纳尔。

莫德说他会想个主意的。他说:"索尔盖尔·奥特凯尔松,我建议你诱奸贡纳尔的女亲戚乌尔姆希尔德,这样,贡纳尔就会对你更加恨之入骨。然后,我就散布谣言,说贡纳尔不会容忍你的这些所作所为。再过不久,你们两个人就必须去袭击贡纳尔,但不要在他的家里袭击他,因为只要他的狗活着,谁也不要去冒这个险。"

他们同意照这个计划去办。

夏天快要过去了,索尔盖尔经常去找乌尔姆希尔德。贡纳尔对此很不高兴,两个人都非常厌恶对方。这种情况持续了整个冬天。当夏天再次来临的时候,索尔盖尔和乌尔姆希尔德之间的幽会越发频繁起来。

斯里希德宁来的索尔盖尔·斯塔卡达尔松和莫德经常见面,两个人打算趁贡纳尔前往埃亚尔察看自己农场之际袭击他。一天,莫德探明贡纳尔去了埃亚尔,就派人到斯里希德宁,告诉索尔盖尔说,这是追踪并干掉贡纳尔的绝妙时机。索尔盖尔和他的手下迅速行动起来,他们一行共十二个人赶了过来。来到基尔丘拜尔的时候,那里已经有十三个人在等候着他们。他们商量在哪儿进行伏击,最终,他们同意前往朗河,在那里等着贡纳尔。

贡纳尔从埃亚尔返回来的时候,考尔斯凯格一路上跟着他。贡纳尔带着他的弓箭和戟,考尔斯凯格挎着他的短剑,也是全副武装。

72

正当他们飞马赶往朗河的时候,贡纳尔的戟上渗出了很多鲜血。考尔斯凯格问这意味着什么,贡纳尔回答说,如果出现在别人的土地上,这种现象就叫作"伤雨"。"奥尔维尔告诉过我,每逢大战前夕就会出现这种情况。"他说道。

他们继续纵马前行,发现河边有人。那些人拴好了马匹,正在等候着。

贡纳尔说道:"是一次伏击!"

考尔斯凯格说:"这些人从来就不值得信赖。我们现在该怎么办?"

"越过他们,赶到渡口那儿,"贡纳尔说,"我们在那儿跟他们较量。"

那些人一见他们往渡口那里飞马而去,就追了过来。贡纳尔给他的弓安上一根弓弦,拿出箭,放在自己面前的地上。等那些人一进入射程,贡纳尔立即开弓放箭。很多人被他射伤,还有几个被射死了。

这时,索尔盖尔·奥特凯尔松喊道:"我们这样干一点儿用处都没有,我们尽量猛冲上去。"

他们尽力向前冲了过来。冲在最前面的是索尔盖尔·奥特凯尔松的亲戚,名叫帅哥奥努恩德。贡纳尔挺戟向他刺去,一戟刺中了他的盾牌,把盾牌豁为两半之后,又刺穿了他的身体。奥格蒙德·弗洛基从背后向贡纳尔扑了过去,但被考尔斯凯格看见。考尔斯凯格一剑斩断了他的双腿,把他推到河里,奥格蒙德·弗洛基随即溺水而死。随后,战斗变得激烈起来。贡纳尔左冲又突;考尔斯凯格杀死了好几个,还刺伤了很多。

索尔盖尔·斯塔卡达尔松对另一个索尔盖尔说:"真看不出来你有什么杀父之仇要报。"

索尔盖尔·奥特凯尔松回答道:"我的确没干什么,但是你还不如我呢。另外,我再也不想受你的奚落了。"

他怒不可遏地扑向贡纳尔,长矛透过贡纳尔的盾牌,刺穿了贡纳尔的胳膊。贡纳尔用力一转盾牌,竟把长矛从根部拧断了。就在这时,贡纳尔瞥见另一个人已冲到他的宝剑攻击的范围之内,就抬手一剑,结果了那个人的性命。然后,他双手握住了那杆戟。

与此同时,索尔盖尔·奥特凯尔松已冲到了近前,正要挥剑砍来。贡纳尔怒火中烧,猛地转过身来,和他打了个照面,随即一戟刺进了他的身体,把尸体高高挑起,扔到了河里。尸体顺流而下,漂到渡口,被一块大石头挡住了。从此,那里就被称作"索尔盖尔峡湾"。

索尔盖尔·斯塔卡达尔松说:"我们跑吧!照这个样子,我们是没有赢的希望的。"

于是他们全都落荒而逃。

"我们追吧,"考尔斯凯格说,"拿着你的弓箭,追到射程之内,射死索尔盖尔。"

贡纳尔答道:"光对这些已经被杀死的人作出赔偿,我们的钱已是不够了。"

"你不会缺钱的,"考尔斯凯格说,"但只要你还活着,索尔盖尔就不会善罢甘休的。"

"要想把我吓倒,他还差得远了。"贡纳尔说道。

他们上马回到了家里,把发生的事情讲给家里人听。哈尔盖尔德听了很高兴,称赞他们干得好。

朗恩维格说:"也许他们干得不错,但我觉得这件事的后果不妙。"

73

有关那场战斗的消息四处传播开来。索尔盖尔的死让很多人感到悲痛。白色吉祖尔和戈狄盖尔上马来到现场，宣布说，这些人是被人杀死的。他们要求附近的居民在"庭"会上做证。然后，他们又上马返回了西部。

尼雅尔和贡纳尔见了面，两个人谈起了那次战斗。尼雅尔对他说："从现在起你要小心了，因为你已经在同一个家族中开了两次杀戒。一定要记住，如果你再不遵守将要达成的和解协议，那么你的性命就有危险了。"

"我从来就不想违反协议，"贡纳尔说，"但是在'庭'会上，我需要你的支持。"

尼雅尔答道："只要我还活着，我就永远忠心地支持你。"

然后，贡纳尔上马回到了家里。

召开"庭"会的时候到了，双方都来了很多人。人们都在谈论这个案子最终会有什么结果。吉祖尔和戈狄盖尔商量他们两人中该由谁来为索尔盖尔的被杀进行起诉，最终的结果是吉祖尔接过了这个案子，并在法律岩石宣布将要进行诉讼。他是这样说的："我宣布贡纳尔·哈蒙达尔松非法地袭击他人。在这次非法袭击中，他袭击了索尔盖尔·奥特凯尔松，给他造成了内伤；据证实，这是致命的伤害，导致了索尔盖尔的死亡。因此我宣布，贡纳尔应该被判为完全不受法律保护的人，人们今后不得向他提供粮食、帮助或其他任何援助。我宣布，贡纳尔的财产应予以没收，一半归我，一半归本地区依法有权获得被没收的财产的那些人。我特此通知将依法审理此案的地区法庭，我亦特此在法律岩石所有人士面前作出法律声明，宣布起诉贡纳尔·哈蒙达尔松，宣判他为完全不受法律保护的人。"

然后，吉祖尔再次指定了证人，宣布起诉贡纳尔·哈蒙达尔松，因为他给索尔盖尔·奥特凯尔松造成了内伤，经证实，这一内伤是致命的，索尔盖尔因此而在贡纳尔对其进行非法袭击的地点死亡。接着，同刚才一样，吉祖尔宣布要采取诉讼行为。随后，他向贡纳尔询问了他所在的地区和住所。这一切结束之后，人们就离开了法律岩石。大家都说，吉祖尔的讼词讲得很好。贡纳尔则显得非常平静，什么话也没有说。

大会继续进行着，最后到了法庭开庭的时间。贡纳尔和他的人站在朗河平原法庭的北面，白色吉祖尔和他的人站在南面。吉祖尔出具了证人，要求贡纳尔倾听他的宣誓、他的指控和他将一步步举出的证据。接着，吉祖尔就宣了誓，向法庭宣读了事先拟好的讼词。他让证人证明他事先已经宣布了有关事宜，然后，他请陪审团里的邻居们就座，请对方就陪审团组成的合法性提出异议。

74

这时，尼雅尔说："坐在这里我们什么也干不了，咱们到陪审团就座的地方去。"

于是，他们走了过去，把陪审团中的四个人撤了下来，宣布由剩下的五人组成贡纳尔的辩护陪审团，调查索尔盖尔·斯塔卡达尔松和索尔盖尔·奥特凯尔松在出发之时是否蓄意寻找贡纳尔、并蓄意在可能的情况下将其杀死。这五个人都很快地宣布说是这样的。尼雅尔说，这是本案中一条非常有力的辩护；他说，除非对方同意进行仲裁，否则他就要把这一条出示给法庭。于是，很多头领要求进行仲裁。双方最终同意由十二个人来审理这个案子。双方随即走上前来，就这一解决方案握了握手。

随后，这十二个人对案子进行了仲裁，确定了赔偿金额。他们裁定，所有的赔偿应在"庭"会立即予以支付，贡纳尔和考尔斯凯格应流亡到国外去，并在国外住满三年。如果贡纳尔有机会离开冰岛但却没有利用这个机会，那么被害人索尔盖尔的亲属就可以将贡纳尔杀死，而不受任何惩罚。

贡纳尔对这种解决办法没有表示任何不满。他向尼雅尔要回自己以前交给他的那笔钱。尼雅尔曾用这笔钱赚了些利息，就连本带利地全都拿了出来。这笔钱和贡纳尔需要支付的赔偿金的数额正好相等。这件事情结束之后，人们就上马回家了。

尼雅尔跟贡纳尔一起离开了"庭"会。尼雅尔说："我的朋友，请确保你自己遵守这一协议，并且记住我们以前说过的话。正像你第一次海外之行给你带来过巨大的声望一样，这一次你会赢得更大的荣耀。然后，当你回国的时候，你就会受到极大的尊重，安度你的晚年，这里谁都比不上你。但是，假如你违反了这一协议，不到国外去，那你就会被人在这块土地上杀害。对你的朋友们来说，那将是件可怕的事情。"

贡纳尔回答说，他不想违反协议。

贡纳尔回到家里，把协议的内容告诉了家里人。朗恩维格说，到国外去对他有好处，让他的敌人暂时先去找别人的碴儿吧。

75

斯莱恩·西格福松对妻子说,他打算夏天到国外去。她说这样很好。他准备搭乘白色霍格尼的船,贡纳尔和考尔斯凯格则搭乘维克人阿尔恩芬的船。

尼雅尔的两个儿子格里姆和海尔吉也要求父亲允许他们到国外去。尼雅尔说:"你们的旅行将困难重重。虽然你们会赢得荣耀和尊重,但是你们能否保住自己的性命还不清楚。而且,当你们返回家乡的时候,你们也有可能把这次海外之行所惹下的祸患带到这里来。"

但他们还是坚持要去。最终,尼雅尔说,如果他们愿意就去吧。他们准备乘坐黑色巴尔德和埃尔达人凯蒂尔之子奥拉夫的船。很多人都说,本地区最优秀的人士正在流失。

贡纳尔的儿子霍格尼和格拉尼都已经长大成人,但他们俩的差别很大:格拉尼的性格很像他母亲,而霍格尼则道德高尚。

贡纳尔命人把他和考尔斯凯格的随身物品搬到船上。等这些东西都搬完、船就要准备就绪的时候,贡纳尔骑上马,赶奔伯格索斯沃尔和其他农场,感谢人们对他的帮助。

第二天一早,他做好了上船的准备,告诉大家说,他要永远地离开他们了。大家都感到难过,希望他有朝一日能够回来。做好出发的准备之后,贡纳尔跟大家一一拥抱。人们陪着他一起走到屋外,贡纳尔把戟往地上一撑,飞身上马,和考尔斯凯格疾驰而去。

他们纵马奔向马尔卡河。忽然,贡纳尔的马一滑,把他从马鞍子上一下子弹了起来。贡纳尔猛一抬头,迎面看到的正巧是赫利扎伦迪的山坡和农场。贡纳尔说:"多么美丽的山坡啊,看山坡上那淡淡的农田、割过的绿草,我以前竟从没觉得它们像现在这样可爱。我要回家,哪儿也不去了。"

"别让你的敌人为你破坏协议而高兴,"考尔斯凯格说,"因为谁都料不到你会这样做。而且,你要知道,尼雅尔的预言是很准的。"

"我不走了,"贡纳尔说,"希望你也别走。"

"不行,"考尔斯凯格说,"我不能违反这个协议,也不能不做任何我应该做的事,这是我们俩将要分手的唯一原因。请转告我的亲戚和我的母亲,我想我不会再回冰岛了,因为我会听到你的死讯,而你要是不在了,那就没有什么能把我再拉回来的了。"

说完之后,两个人就分道扬镳了。贡纳尔拨转马头,返回了赫利扎伦迪的家中;考尔斯凯格则找到船,扬帆出海了。

哈尔盖尔德对贡纳尔去而复返感到高兴,但他的母亲却缄口不语。那年秋天和冬天,贡纳尔都一直待在家里,来找他的人也不多。冬天就这样过去了。

奥拉夫·皮考克派了一个人来见贡纳尔,请他和哈尔盖尔德搬到西部去,把农场交给他的母亲和儿子霍格尼。贡纳尔一开始觉得这个主意不错,就接受了,可真正到了要搬家的时候他又不愿意去了。

在那年夏天召开的全岛大会上,吉祖尔和戈狄盖尔在法律岩石宣布贡纳尔为完全不受法律保护的人。大会结束之前，吉祖尔把贡纳尔所有的敌人都召集到阿尔曼纳陡崖，其中有斯里希德宁的斯塔卡德和他的儿子索尔盖尔、莫德和灰面客瓦尔加尔德、戈狄盖尔和雅尔蒂·斯凯格亚松、索尔莱克的儿子索尔布伦德和阿斯布伦德、艾利夫和他的儿子奥努恩德、特勒德拉斯科格的奥努恩德以及桑德吉尔的索尔格里姆。

吉祖尔说："我向各位建议，我们在今年夏天袭击贡纳尔，把他干掉。"

雅尔蒂说："在阿耳庭大会上，贡纳尔按照我的意愿办了一件事，我当时向他保证，永远不参与针对他的袭击，所以我得遵守我的诺言。"

说完，雅尔蒂离开了他们，留下来的人想好了袭击贡纳尔的计划。为此，他们相互握了握手，还确定了对半途而废的人应进行什么样的惩罚。莫德负责侦察什么时候是对付贡纳尔的最佳时机。这伙人一共有四十个。他们觉得，趁考尔斯凯格、斯莱恩和贡纳尔的许多朋友都在国外的时候收拾贡纳尔并非难事。

人们各自上马，离开"庭"会回家了。

尼雅尔去见贡纳尔，告诉他说，他已经被宣布为不受法律保护的人，还有人策划好要对他进行袭击。

"你提醒得很好。"贡纳尔说道。

"现在，"尼雅尔说，"我想让我的儿子斯卡普赫丁和霍斯库尔德到你这里来，和你共同承担风险。"

"不用了，"贡纳尔说，"我不想让你的儿子因为我而被杀害，你不值得为我这么做。"

"没关系,"尼雅尔说,"因为一旦你死了,麻烦就会转移到我的儿子们那里。"

"不会的,"贡纳尔说,"我也不想让麻烦出自我这里。但我想求你一件事:请你照看我的儿子霍格尼。关于格拉尼,我没什么可说的,他干的很多事我都不喜欢。"

尼雅尔作出了保证,然后上马回家了。

据说,后来所有的聚会和集会贡纳尔都参加了,但他的敌人却始终没有胆量袭击他,贡纳尔就像并未被剥夺法律保护的权利时一样生活着。就这样,很长时间过去了。

76

那年秋天,莫德·瓦尔加尔德松传出话来,说贡纳尔独自一个人待在家里,他家里的其他人都在南部的埃亚尔晒制干草,就要完工了。白色吉祖尔和戈狄盖尔听到这个消息后,立即纵马向东疾驰,渡河之后又穿过沙漠,来到了霍夫。随后,他们通知了斯里希德宁的斯塔卡德。所有打算袭击贡纳尔的人都聚集在霍夫,策划怎么进行。莫德说,要想打贡纳尔一个措手不及,他们就必须抓住邻近农场一个叫索凯尔的农场主,强迫他跟他们一起去,然后让他独自前往贡纳尔的农场,把那条叫山姆的狗偷走。

于是,他们来到了东部的赫利扎伦迪,派人去抓索凯尔。他们抓住他后,给了他两个选择:或者他们杀了他,或者他去偷狗。索凯尔决定保命要紧,就跟着他们一起出发了。

赫利扎伦迪的院子那儿有一段围墙，这些攻击者们在围墙边停了下来。农场主索凯尔向坡下的房子走过去；那只狗正躺在屋顶上。索凯尔把它沿着小路向坡上引。但这只狗一见到那些人，就纵身向索凯尔扑去，一口咬住了他的腹股沟。特勒德拉斯科格的奥努恩德举起斧子砍中了狗的头部，一下子砍到了它的大脑。这只狗发出一声怒吼，随后就倒地死了，他们从未听过类似的声音。

77

此时，在屋子里面，贡纳尔睡醒了，说道："我的养子山姆，你受到了残酷的对待，这可能意味着我们俩都快死了。"

贡纳尔的房子完全是由木头建成的，外面是重叠的木板；沿着天花板上的横梁是一排窗户，安着护窗板。贡纳尔住在大厅上面的一个阁楼里，哈尔盖尔德和他的母亲也住在那里。

攻击者们来到近前，但不知道贡纳尔在不在家，就让人先进去打探一下。挪威人索尔格里姆爬上了屋顶，其他人继续坐在外面的地上。贡纳尔瞥见窗外有一件红色上衣，就挺戟刺了过去，一下子刺中了那件衣服。挪威人的盾牌脱了手，脚下一滑，从房顶上摔了下来。他回到吉祖尔等人坐的地方。

吉祖尔看着他，问道："怎么样，贡纳尔在家吗？"

"我不知道，但他的那杆戟肯定在家。"挪威人说道。

话音刚落，他就一头摔倒在地上，一命呜呼了。

于是，其他人就向房子冲了过来。贡纳尔向他们射箭，保护自己，使得他们的进攻毫无结果。有些人爬到房顶上，想从那里向他攻击，但贡纳尔还是能用箭射到他们，他们也就无能为力了。这样过了很长一段时间。后来，他们稍作休息后，又发起了第二次进攻。贡纳尔继续用箭射他们，他们只得再次无功而返。

白色吉祖尔说道："咱们什么便宜也没捞着，所以一定要攻得再猛一些。"

他们第三次冲了上去，硬撑了很长时间，但最终还是撤了回来。

贡纳尔说："屋顶边缘有一支箭，那是他们射过来的，我现在就要用它来射他们。被自己的武器打伤对他们来说可是一件十分丢脸的事。"

他的母亲说："不要这样。他们已经退走了，不要再激怒他们。"

贡纳尔没有听。他把那支箭抓了过来，向他们射去。那支箭射中了埃利夫·奥努恩德松，把他射成了重伤。他一直独自一个人站在一边，因此他们谁也没有注意到他受了伤。

"我看见有一只手从那里伸出来，抓住了屋顶上的一支箭，"吉祖尔说，"手臂上戴着一个金手镯。如果他的箭还够用，那么他是不会从那儿向外看、去拿那支箭的。现在，进行攻击的时候到了。"

莫德说："我们把他烧死在里面。"

"绝对不行，"吉祖尔说："就算是我知道自己的生死在此一举了也不行。不过，像你这样据称是十分聪明的人应该能够想出个有效的办法。"

这时,他们发现地上放着一些绳子,它们是用来固定房子的。

莫德说:"我们把这些绳子绑在椽子的一头,另一头绑在大石头上,然后用杠子缠绳子,把屋顶的架子拽下来。"

于是,他们拿起绳子,照他说的方法绑了起来。直到他们把整个屋顶都拉下来之后贡纳尔才有所发觉。他不断地用箭射他们,使他们无法近身。后来,莫德再一次说,他们应该把贡纳尔烧死在里面。

吉祖尔回答说:"我不明白为什么你总是喋喋不休地说些别人不同意的事情。绝对不行。"

正在这时,索尔布伦德·索尔莱克松纵身蹿上屋顶,割断了贡纳尔的弓弦。贡纳尔双手持戟,迅速地转身面对着他,把戟插进了他的体内,随即把他从屋顶上扔了下去。这时,索尔布伦德的兄弟阿斯布伦德也跳了过来,贡纳尔挺戟向他刺去,阿斯布伦德举起盾牌招架,但那杆戟穿过盾牌,刺在他前臂和后臂之间。贡纳尔随即用力一转那杆戟,盾牌应声劈为两半,阿斯布伦德前后臂的骨头也被拧断了,他一头从屋顶上栽了下去。

此时,贡纳尔已经重创八人,击毙两人,他自己也受了两处伤。但人人都说,不管是面对受伤还是面对死亡,贡纳尔都毫不退缩。

贡纳尔对哈尔盖尔德说:"把你的头发给我两缕,你和母亲把它们缠成弓弦后给我。"

"有什么用吗?"她问道。

"我的身家性命全靠它了,"他说,"因为只要我能用弓,他们就永远甭想打败我。"

(Jón Axel Björnsson)

哈尔盖尔德说:"你曾经打过我一个耳光,我才不管你能坚持多久呢。"

"那我得提醒你,"哈尔盖尔德说,"你曾经打过我一个耳光。我才不管你能坚持多久呢。"

"人人都有几分尊严,"贡纳尔说,"我不会再求你了。"

朗恩维格对哈尔盖尔德说:"你这个恶毒的人,你的羞耻将与你永伴。"

贡纳尔严密而又勇敢地进行着自卫,又重创了八个人,把他们打得奄奄一息。他继续进行着自卫,直到精疲力竭。他自己也受了重伤,但还是敏捷地摆脱了对方的控制,继续搏斗了很长时间。但是最终,他们还是杀了他。

索尔凯尔·艾尔法拉斯卡尔德用这样的诗句来描写他的自卫:

> 我们听说
> 南方的船长贡纳尔
> 渴望见到敌人凝固的鲜血;
> 他用那杆画戟进行着自卫
> 他的武艺高超绝伦
> 十六位勇士血染征袍
> 两位勇士命丧黄泉。

吉祖尔说:"我们杀死了一位伟大的勇士,这对我们来说是一场残酷的战斗。只要这块土地上还有人生活着,那么,人们就会永远记住他那英勇的自卫。"

接着,他来到朗恩维格那里,说道:"你愿意给我们块地方来掩埋我们战死的那两个人吗?"

"我很高兴为这两个人提供墓地。但如果是给你们所有的人都提供一块墓地的话,那我会更加高兴。"她说道。

"你完全有理由这么讲,"他说,"因为你的损失是巨大的。"接着,他命令他们不许盗窃或破坏任何东西,然后,他们就离开了。

索尔盖尔·斯塔卡达尔松说:"吉祖尔,西格福斯的儿子们还在,因此,除非你或者盖尔在南部住一段时间,否则我们在自己农场的家里是不会安全的。"

"这或许可以办到。"吉祖尔说道。于是,他和盖尔进行抽签,结果是盖尔得留下来。这样,盖尔就来到了奥迪,在那里住了下来。他有个儿子，名叫赫罗尔德，是个私生子；他的母亲比约蒂是在格里姆斯内斯的海斯特莱克被杀的病夫索尔瓦尔德的妹妹。赫罗尔德向人吹嘘说，对贡纳尔的致命一击是他干的。他和父亲一同去了奥迪。索尔盖尔·斯塔卡达尔松也向人吹嘘他如何重创了贡纳尔。

吉祖尔则待在莫斯费尔的自己的家中。

全国的人都在悲伤地谈论着贡纳尔被杀的消息，他的死使很多人感到悲痛欲绝。

78

贡纳尔的死令尼雅尔感到心情抑郁，西格福斯的儿子们也是如此。他们问尼雅尔，他是不是觉得他们应该宣布贡纳尔是被人谋害的，进而提起诉讼。他回答说，对于一个不受法律保护的人来说，这样做是不可能的；最好的办法是杀几个人报仇，从而以这种方式来诋毁敌人的声誉。

他们为贡纳尔堆起了一座坟丘，把他以坐姿放了进去。朗恩维格不想把那杆戟也放在坟里。她说，只有愿意为贡纳尔报仇的人才能得到这杆戟。因此，谁也没有把它拿走。她对哈尔盖尔德异常凶恶，几乎要杀了她。她说，她儿子的被杀是由哈尔盖尔德造成的。哈尔盖尔德和儿子格拉尼一起逃到了格廖特。他们把财产分了，赫利扎伦迪的土地和农场归霍格尼，出租的那些土地归格拉尼。

一天，在赫利扎伦迪，一个牧羊人和一个女佣人正赶着牛群经过贡纳尔的坟墓，他们觉得贡纳尔在坟墓里似乎情绪很高，正在朗诵诗歌。回到家里，他们就把这讲给贡纳尔的母亲朗恩维格听，她让他们去告诉尼雅尔。于是，他们便出发来到了伯格索斯沃尔，把这件事告诉了他。尼雅尔让他们重复了三遍，然后，他和斯卡普赫丁悄悄走到一边，谈了很长时间。

斯卡普赫丁拿着斧子，跟着那两个仆人回到了赫利扎伦迪。霍格尼和朗恩维格热情地欢迎他，见到他都感到高兴。朗恩维格请他多住一段时间，他答应了。他和霍格尼进进出出总是形影不离。霍格尼勇敢、能干，但是疑心较重。出于这个原因，他们不敢把仆人们的幻觉告诉他。

一天晚上，斯卡普赫丁和霍格尼没有待在家里，他们来到了贡纳尔坟墓的南边。尽管偶尔被云彩遮住，但月亮依然明亮地照着。他们觉得坟墓打开了，贡纳尔转过身，望着月亮。他们仿佛看到坟墓中有四盏点燃了的灯，因此那里没有留下什么影子。他们看到贡纳尔似乎很高兴，脸上洋溢着快乐。贡纳尔大声地朗诵了一首诗。尽管有一段距离，但他们还是听清楚了：

> 那个智慧的、赠人以戒指的英雄，
> 那个无畏的、以全部的勇气征杀的男子汉，
> 霍格尼的父亲，发出了预言：
> 那个持着盾牌的幽灵，
> 不久即将顶盔挂甲，
> 他不会在搏斗中退却，

他宁愿为战神而死,

　　为战神而死。

然后,坟墓又合上了。

"如果是别人对你讲的,你会相信吗?"斯卡普赫丁问道。

"如果是尼雅尔告诉我的,那我就相信,"霍格尼说,"人们说他从不说谎。"

"贡纳尔走上前来,告诉我们说在敌人面前他宁死不屈,这样的幻象含义深刻,"斯卡普赫丁说,"他已经告诉了我们该怎么做。"

"没有你的帮助,我什么也干不成。"霍格尼说道。

斯卡普赫丁说:"我还记得当你的亲戚西格蒙德被杀的时候,贡纳尔是怎么做的,因此,我现在会尽我一切所能来帮助你。我的父亲向贡纳尔做过这样的保证,不管你和他的母亲什么时候需要,我们都会帮助你们。"

说完之后,他们就返回了赫利扎伦迪。

79

斯卡普赫丁说:"我们今天晚上就立刻行动,因为如果我在这里的消息透露出去的话,他们就会更加警惕的。"

"你怎么吩咐,我就怎么做。"霍格尼说道。

等大家都上床睡觉后,他们拿起了各自的武器。霍格尼取下了贡纳尔的戟,那杆戟随即鸣叫起来。朗恩维格愤怒地一跃而起,说道："我已经下过命令，谁也不许碰那杆戟。是谁拿了它？"

"我要把它带给父亲，"霍格尼说，"这样他就可以在瓦尔哈拉殿堂①把它带在身边，打仗的时候就用得着了。"

"首先你得自己先拿着，为你父亲报仇，"她说，"你听，这杆戟正在宣布一个人的死亡，也许还不止一个。"

霍格尼走了出来，把他和祖母的对话告诉了斯卡普赫丁。

随后，他们前往奥迪。有两只乌鸦一路跟着他们。子夜时分，他们来到了奥迪，把羊群赶到了屋前。

赫罗尔德和特约尔维冲了出来，把羊撵到了小路上。他们手里都拿着武器。

斯卡普赫丁纵身跳了出来，说道："不必再看了。跟你们料想的一点儿不差。"

随即，他给了特约尔维致命的一击。

赫罗尔德的手里擎着一杆长矛。霍格尼向他猛扑过去，赫罗尔德挺矛刺来，但霍格尼一戟打断了他的枪杆，随即把那杆戟刺进了赫罗尔德的身体，把他刺穿了。

他们撇下这两具死尸，又来到了斯里希德宁。斯卡普赫丁纵身跃上屋顶，开始把里面的草往外抽。里面的人以为是羊群，斯塔卡德和索尔盖尔穿上衣服，拿了武器，沿着墙角跑到了外面。斯塔卡德一眼瞥见斯卡普赫丁，吓得魂飞天外，转身想跑，却被斯卡普赫丁在墙边结果了性命。此时，霍格尼面对着索尔盖尔，抬手一戟将他刺死。

---

① 北欧神话中意指忠烈祠或烈士纪念堂。

他们离开斯里希德宁，赶到了霍夫。莫德已经站在了地里，请求和解，提出愿意进行全面赔偿。斯卡普赫丁把那四个人被杀的事告诉了他，并且说，除非他让霍格尼自己进行裁决，如果霍格尼愿意接受的话；否则，他的下场跟那四个人的将是一模一样。霍格尼说，他不打算跟杀害自己父亲的凶手谈什么和平。但最终，他还是接受了由自己进行裁决的建议。

80

在尼雅尔的推动下，那些因为贡纳尔被杀而不得不采取行动的人最终达成了一项协议，并为此召开了一次地区大会，任命了一些仲裁员。这些人对所有的事实都进行了权衡，甚至也考虑了对贡纳尔的袭击，尽管他早就不受法律保护了。莫德先付了一笔赔偿金，因为直到他们确定了另一个案子的赔偿金额之后，才能最终确定莫德应该支付多少赔偿。仲裁员们在双方之间进行了协调，随后，双方就完全和解了。

在全岛大会上，人们就此谈论得很多，结果是戈狄盖尔和霍格尼达成了和解，他们此后也一直遵守着这项协议。戈狄盖尔住在赫利德，直到去世，他自此不再在本部传奇中出现了。

尼雅尔代表霍格尼向诗人维吐利迪的女儿阿尔菲德求婚，她就嫁给了他。他们生了个儿子，起名叫阿里。后来，阿里乘船到了设得兰，在那里结了婚。骁勇无敌的设得兰人埃纳尔就是他的后代。

霍格尼一直和尼雅尔保持着友谊，他从此也不再在本部传奇中出现了。

81

现在说说考尔斯凯格：他来到了挪威，那年冬天住在维克。第二年夏天，他东行来到丹麦，加入了叉形胡子斯文国王的卫队，获得了很高的荣誉。

一天夜里，他梦见有一个人走到自己的身边，全身闪闪发光。他梦见这个人把他叫醒了。

那个人对他说："起来跟我走。"

"你想让我干什么？"考尔斯凯格问道。

"我要给你找个妻子，你要成为我的骑士。"

考尔斯凯格梦见自己同意了，接着他就醒了。他找到一位颇有智慧的人，把梦中的情形告诉了他。智者认为，这个梦意味着他应该到南部的国家，去做上帝的骑士。

考尔斯凯格在丹麦接受了洗礼，但在那里他并不觉得满足，于是，他又东行来到俄罗斯，在那里度过了一个冬天。然后，他来到君士坦丁堡，做了一名士兵。关于他的最后的消息是他在君士坦丁堡结了婚，成了瓦伦吉恩卫队的一个将领。他在那里一直住到去世。自此，考尔斯凯格就不再在本部传奇中出现了。

82

现在说说前往挪威的斯莱恩·西格福松：他们来到了北部的哈洛格兰，然后南下特隆赫姆，又从那里来到拉德。哈康雅尔听到这个消息后，就派人去打探船上都是些什么人。他们回来之后，便向哈康做了汇报。于是，雅尔就派人去请斯莱恩·西格福松。这样，斯莱恩就来到他那里。雅尔问他的亲戚都是谁。他回答说，自己是赫利扎伦迪的贡纳尔的近亲。

雅尔说："这对你很有帮助，因为尽管我见过很多冰岛人，但谁也比不上贡纳尔。"

斯莱恩问："陛下，你愿意让我留下来和你一起度过这个冬天吗？"

雅尔同意了。那年冬天，斯莱恩就留在了那里，受到了很好的招待。

有一个叫考尔的海盗，是斯莫兰的灰肋阿斯蒙德的儿子。考尔有五艘船，人数众多，在瑞典的戈塔河中伺机而动。一天，他们从那里出发，前往挪威的福尔达，对哈尔瓦德·索蒂进行了突然袭击。他们在一个教堂的顶楼上发现了哈尔瓦德，哈尔瓦德英勇地进行着自卫。后来，他们就在顶楼上放了火。于是，哈尔瓦德投降了，但他们还是把他杀了，并抢走大量的战利品，然后扬帆返回了勒德瑟。

这个消息传到了哈康雅尔那里，他宣布考尔在他的整个国土上都是不受法律保护人,并悬赏要他的首级。

一天,雅尔说:"赫利扎伦迪的贡纳尔现在离我们太远了;要是他在这里的话,他会杀了这个不法之徒的。但现在,他会被冰岛人杀害,不能到我们这里来了,这真让人遗憾。"

斯莱恩回答说:"我虽然不是贡纳尔,但是他的亲戚,我愿意去冒这个险。"

雅尔说:"我很高兴接受你的请战,我要让你装备精良地去完成你的使命。"

这时,雅尔的儿子埃里克说道:"父亲,你对很多人都许过美妙的诺言,但却没有相应地履行它们。这是一次最为艰难的使命,因为这个海盗凶狠、邪恶。你必须极其仔细地挑选你的武士和舰船。"

斯莱恩说:"即使这次出征困难重重,我也一定要去。"

雅尔给了他五艘船,每艘船上都配备了精兵强将。

跟斯莱恩在一起的有贡纳尔·兰巴松和拉姆比·西古尔达松。这个贡纳尔是斯莱恩的侄子,还很年轻,他们都非常愿意跟对方待在一起。哈康雅尔的儿子埃里克帮了他们很大的忙。他亲自查看船员的配备和武器的供给,在他认为有必要的地方做一些变动。最终,他们一切准备就绪,埃里克送给他们一位领航员。

他们沿着海岸向南行驶,不管他们在哪里停靠上岸,雅尔都允许他们需要什么就拿什么。他们向东驶向勒德瑟,发现考尔已经去了丹麦,于是,他们又南下跟踪而至。抵达赫尔辛堡的时候,他们遇见了一艘船。船上的人告诉他们说,考尔就在前面,他还打算在那里逗留一段时间。

那天的天气很好，考尔能够看到正在迫近的船只。他说，他夜里梦见了哈康雅尔，那么这些船上坐着的一定是他的人了。于是，他下令所有的人拿起武器，严阵以待。战斗开始了。打了很长时间之后，双方都没有捞到什么好处。这时，考尔跳到斯莱恩的船上，杀了很多人，在自己周围杀出一块空地。他头上戴着一顶金盔。

斯莱恩一看情况不妙，就敦促手下和自己一起冲。他自己身先士卒，和考尔打了个照面。考尔挥剑向他砍来，落在斯莱恩的盾牌上，把盾牌从上到下一劈两半。这时，一块石头飞来，击中了考尔的手臂，他的剑失手掉在地上。斯莱恩直取考尔，把他的腿砍断了，最后，他们终于杀掉了考尔。斯莱恩砍下考尔的首级，收了起来，把尸体扔到了大海。

他们缴获了大量的战利品，然后，北上特隆赫姆去见雅尔，雅尔给斯莱恩以热烈的欢迎。斯莱恩把考尔的首级拿给他看，雅尔为此向他表示感谢。埃里克说，仅在口头上感谢是不够的。雅尔回答说是的，便邀请他们跟自己一起走一走。他们来到一个地方，雅尔正在那里建造几艘豪华的船。有一艘已经造好了，但不像是长舰；船头像秃鹰的头，船身装饰华丽。

雅尔说："斯莱恩，你是个大英雄，这是你和你的亲戚贡纳尔的共同之处。我要把这艘船送给你，这艘船叫'秃鹰'号；你也随之得到了我的友谊。我要让你想住多久，就住多久。"

斯莱恩感谢雅尔的盛情，他说，目前他还不急于返回冰岛。

雅尔得前往东部边界去会晤瑞典国王了。于是，那年夏天，斯莱恩作为他的船长和他一起去了。他指挥着"秃鹰"号飞速前进，很少有船能跟得上他，人们都很忌妒他。很明显，雅尔非常重视贡纳尔,因为对那些想找斯莱恩碴儿的人,他都毫不手软地予以镇压。

整个冬天,斯莱恩都是和雅尔一起度过的。春天,雅尔问他想继续留下来还是想回冰岛。斯莱恩说他还没有定下来,但他又说,他想先听听冰岛那边有什么消息。雅尔说,他觉得怎么合适就怎么做吧。于是,斯莱恩就继续和他待在一起。

后来,冰岛方面传来消息说,赫利扎伦迪的贡纳尔死了。大家都觉得这个消息很重要。雅尔不想让斯莱恩去冰岛了,于是他就继续住在那里。

83

现在说说尼雅尔的儿子格里姆和海尔吉:在斯莱恩扬帆出海的那年夏天,他们也离开了冰岛。他们和奥拉夫·埃尔达和巴尔德上了同一条船;奥拉夫·埃尔达是凯蒂尔的儿子[①]。他们途中遇上了强劲的北风,把他们径直向南吹去。当时,一场大雾又向他们罩了过来,他们不知道自己在往哪里去,就这样航行了很长时间。后来,他们来到了很大一片浅水区,他们知道一定是离岸不远了。尼雅尔的儿子们问巴尔德知不知道他们到了哪儿。

"经过了这样的天气之后,有很多可能性,"他说,"可能是奥

---

① 参见第75章同样的内容,唯一的区别是巴尔德那时称黑色巴尔德,而奥拉夫没有绰号,埃尔达是他父亲农场的名字。

克尼群岛，可能是苏格兰，也可能是爱尔兰。"

两天后，他们发现船的两侧都有陆地，巨浪汹涌着冲进峡湾。经过巨浪区后，他们抛锚停船。到了晚上，恶劣的天气开始好转；第二天早上，一切都平静下来。这时，他们看到有十三艘船径直向他们驶来。

巴尔德问："我们现在该怎么办？看样子他们似乎是来攻打我们的。"

他们商量是该进行自卫还是投降，但还没等他们决定下来，那些海盗已经来到了近前。双方都问对方的首领是谁。商船的头领们通报了自己的姓名，又问对方谁是他们的头儿。有一个人说自己叫格约加德，另一个说自己叫斯奈考尔夫，都是苏格兰邓肯斯比的莫尔丹的儿子，也是苏格兰国王梅尔考夫[①]的亲戚。

"你们有两个选择，"格约加德说，"或者你们上岸，让我们拿走你们所有的财产；或者我们向你们进攻，把你们全部杀光。"

海尔吉回答说："商人们选择进行自卫。"

那些商人说："该死，你怎么能这么说！我们能进行什么自卫？性命比钱财重要多了。"

格里姆故意冲着海盗们大叫大嚷，不让他们听到商人们可怜的怨言。

巴尔德和奥拉夫对商人们说："你们难道不知道你们的行为会受到冰岛人的嘲笑吗？拿起你们的武器，进行自卫吧。"

于是，他们都拿起了武器，相互约定只要能够进行自卫，他

---

① 可能是马尔科姆二世（1005—1034）。

们就决不投降。

84

海盗们开始向他们射箭，战斗开始了。商人们防守得很严密。斯奈考尔夫奔向奥拉夫，把长矛刺进了他的身体。格里姆把自己的长矛向斯奈考尔夫用力掷去，一下子把他打到了水里。这时，海尔吉来到格里姆身旁，两个人一起联手，把海盗们打得步步后退。战斗中，哪里最需要他们，尼雅尔的这两个儿子就出现在哪里。那些海盗向商人们大声叫喊，让他们投降，但他们回答说，他们决不投降。

这时，他们向海面上望去，只见至少有十艘船从南面经过山岬向他们驶来。船上的人起劲地划着桨，船舷上是一个挨一个的盾牌，径直向他们冲了过来。船首上方的桅杆上站立一人，身穿一件丝绸束腰上衣，戴一顶镀金的头盔，长了一头细密的头发。这个人手里握着一杆镶金的长矛。

他问道："这场力量悬殊的战斗的选手都是谁？"

海尔吉通报了自己的姓名，并说另一方是格约加德和斯奈考尔夫。

"你们的船长是谁？"那个人问道。

海尔吉回答说："两个船长中，黑色巴尔德还活着，但是另一个名叫奥拉夫的已经战死了。跟我在一起的这个人是我的兄弟格里姆。"

"你们是冰岛人吗?"他问道。

"是的。"海尔吉答道。

于是,那个人又问他们是谁的儿子,他们就告诉了他。他认出了这些名字,说道:"你们以及你们的父亲都很有名气。"

"你是谁?"海尔吉问道。

"我叫卡里,是索尔蒙德的儿子。"

"你从哪儿来?"海尔吉问道。

"从赫布里底群岛来。"卡里答道。

"如果你愿意帮助我们,"海尔吉说,"那么我们就欢迎你的到来。"

"你们需要多大的帮助都行,"卡里问,"你有什么要求?"

"向他们进攻。"海尔吉答道。

卡里说声好,随即他们就向海盗们冲了过去,战斗又开始了。打了一会儿之后,卡里纵身跳到了斯奈考尔夫的船上。斯奈考尔夫转身面对着他,随手挥剑向他砍去。卡里一纵身,身子向后越过了一根木桁。斯奈考尔夫用力过猛,一剑砍在了木桁上,整个剑身都嵌了进去。卡里一剑向他劈了过来,正中他的肩膀,把他的胳膊砍了下来,斯奈考尔夫当即毙命。格约加德把长矛向卡里掷过去,但被卡里看到了,纵身跃起,长矛扎空了。

此时,海尔吉和格里姆也和卡里联起手来。海尔吉仗剑直取格约加德,一剑把他刺穿了,格约加德随即一命呜呼。他们随即便在船上横冲直撞起来。这时,海盗们向他们乞求和平,他们同意了,但是拿走了他们所有的东西。随后,他们驶进了群岛中的避风处。

85

那时候,统治奥克尼的雅尔名叫西古尔德,是赫洛德维的儿子、杀手索尔芬的孙子。索尔芬则是吐尔夫-埃纳尔的儿子、住在莫尔的罗根瓦尔德雅尔的孙子,罗根瓦尔德则是埃斯坦恩·格鲁姆拉的儿子。

卡里是西古尔德雅尔的侍卫,在赫布里底从吉利雅尔那里为他收集贡品。卡里请格里姆和海尔吉跟他一起去梅恩兰岛,并且说,西古尔德雅尔会热情地欢迎他们。他们俩同意了,就和卡里一起来到了梅恩兰岛。卡里带他们一同去见雅尔,把他们介绍给他。

"他们是怎么碰见你的?"雅尔问道。

卡里回答说:"我是在苏格兰人海口看见他们的,当时他们正在跟莫尔丹的儿子们开仗。他们防守得很勇敢;他们俩在船上敏捷地移来移去,哪里最需要他们,他们就出现在哪里。我打算在你的卫队中为他们谋个位置。"

"就照你说的办吧,"雅尔说,"你已经帮了他们很大的忙了。"

他们和雅尔一起度过了那年冬天,受到了很好的招待。

冬天过去的时候,海尔吉变得沉默寡言了。雅尔不知道是怎么回事,就问他为什么不大说话,是不是待在那里不高兴了。

"我待在这里很高兴。"海尔吉说道。

"那你有什么心事呢?"雅尔问道。

"你在苏格兰有属地吗？"海尔吉问道。

"我想是有的，"雅尔问，"怎么了？"

海尔吉回答说："苏格兰人已经把你派往那里的总督给杀了，并封锁了消息，不让它传到彭特兰湾。"

雅尔问道："难道你有第三只眼吗？"

海尔吉回答说："没有。"

"如果你说的是真的，我就给你更多的荣誉，"雅尔说，"如果不是真的，你要为此付出代价。"

"他不是那种喜欢危言耸听的人，"卡里说，"他的话肯定是真的，因为他的父亲能掐会算。"

于是，雅尔派人南下斯特罗马岛，去找他派往那里的总督阿恩约特。接着，阿恩约特又派人南下，穿过彭特兰湾。他们发现，洪迪雅尔和梅尔斯纳蒂雅尔在弗雷西克杀害了西古尔德雅尔的妻弟哈瓦尔德。于是，阿恩约特派人送信给西古尔德雅尔，请他派大批人马南下，把这些雅尔赶走。西古尔德雅尔听到这个消息后，就从各个岛上召集了一支军队。

86

于是，雅尔率领军队向南进发，卡里和尼雅尔的两个儿子也都随军出征。雅尔在苏格兰拥有的土地包括罗斯、莫雷山、萨瑟兰和阿盖尔。这些地方的人们也都加入到了他们的行列。他们报告说，不远处就是那两个雅尔统率的强大军队。西古尔德雅尔率军向他们冲了过去,两支军队在一个叫邓肯斯比角的地方相遇,一场激烈的战斗开始了。苏格兰人曾事先派出了一部分人马,现在这批人就从雅尔的背后包抄过来,雅尔的军队损失惨重。后来,尼雅尔的两个儿子向敌人猛扑过去,一阵冲杀,把他们打得抱头鼠窜。战斗这时变得更加激烈了,海尔吉和格里姆向雅尔的大旗冲去,打得非常勇敢。

卡里和梅尔斯纳蒂雅尔相遇了。梅尔斯纳蒂把长矛向卡里掷了过来,卡里伸手接住,又把它扔了回去,正中这位雅尔,把他扎透了。洪迪见此情景立即逃走了。卡里他们便四处追赶那些到处奔逃的敌人。后来,他们听到消息,说梅尔考夫正在邓肯斯比集结军队。西古尔德雅尔跟手下们商量了一下,觉得最好还是返回去,不要与这样庞大的军队交锋。于是,他们就撤了回来。

西古尔德来到斯特罗马岛,把战利品分给大家。然后,他北上来到了梅恩兰岛。尼雅尔的两个儿子和卡里跟他同行。雅尔举行了一次盛大的宴会,他送给卡里一把宝剑和一杆镶金长矛,送给海尔吉一个金手镯和一件斗篷,送给格里姆一个盾牌和一把剑。然后,他让格里姆和海尔吉做了自己的侍卫,以感谢他们的英勇行为。

那年冬天和第二年的夏天,他们都和雅尔待在一起。后来,卡里率兵出征,他们就和他一起去了。那年夏天,他们四处征讨,所向披靡。他们打败了马恩岛的古德罗德国王,满载战利品返回了。他们和雅尔一起度过了那年冬天,极受宠幸。

春天,尼雅尔的两个儿子请求要去挪威。雅尔说,如果他们想去,那就去吧。他还送给他们一艘快船,配备了勇猛善战的水手。卡里说,他要在夏天的时候前往挪威,给哈康雅尔进贡,他们应该在那里会面。他们同意了。这样,尼雅尔的两个儿子就出发驶往挪威,在北部的特隆赫姆登陆了。

87

有一个来自特隆赫姆的人,名叫考尔贝恩·阿恩约特松。就在考尔斯凯格和尼雅尔的两个儿子离开冰岛的那一年夏天,他来到了冰岛,在东部的布雷达尔度过了冬天。第二年夏天,他在高塔维克开始装船,作出发前的准备。将要准备就绪的时候,有一个人划着一条小船向他们靠了过来。那个人把小船系在他们的商船上,然后上船来见考尔贝恩。考尔贝恩问他叫什么名字。

"我叫赫拉普。"那个人答道。

"你找我有什么事?"考尔贝恩问道。

"我想让你把我越海带到挪威去。"赫拉普答道。

"你是谁的儿子?"考尔贝恩问道。

他答道:"是乌尔古姆莱蒂的儿子、武士盖罗尔夫的孙子。"

考尔贝恩问:"是什么麻烦让你到这里来的?"

"我杀了一个人。"赫拉普说道。

"是什么人?"考尔贝恩问,"谁会为他来起诉你?"

他说:"我杀的是乌尔利格,他是奥尔维尔的儿子、白色赫罗德盖尔的孙子;沃普纳湾的人们要替他起诉我。"

"我看得出来,"考尔贝恩说,"不管谁收留了你,肯定会惹上麻烦的。"

赫拉普说:"对我的朋友们来说,我很讲义气;但是如果我受到了伤害,那我就要进行报复。不管怎么说,我是不会白坐你的船的,我有的是钱。"

于是,考尔贝恩就让他上了船。

过了不久,天空刮起了顺风,他们就扬帆出海了。在海上,赫拉普把自己的食物都吃完了,就动手去拿坐在他附近的人的东西吃。他们跳了起来,诅咒他。这样,双方就动起了手,赫拉普很快就把两个人打翻在地。有人把这件事报告了考尔贝恩,他就让赫拉普吃他的东西,赫拉普同意了。

他们在阿格德内斯靠了岸,把锚抛了下去。

考尔贝恩问:"你要交的旅费在哪儿呢?"

赫拉普答道:"落在冰岛了。"

考尔贝恩说:"你不会只骗我一个人的,但是这次我就不收你的旅费了。"

赫拉普向他表示感谢,并问道:"现在你对我有什么忠告?"

"首先,"考尔贝恩说,"你尽快离开这艘船,因为所有的挪威人都会说你的坏话。第二,永远也不要欺骗你的主人。"

于是,赫拉普带着武器上了岸;他手里拿着一把巨斧,斧柄上包着铁皮。他径直来到了达拉纳,去见古德布伦德。古德布伦德是哈康雅尔非常亲密的朋友;他们共同拥有一座神庙,只有在雅尔前去参观的时候,这座神庙才开放。它是挪威第二大寺庙,最大的位于拉德。古德布伦德有个儿子,名字叫斯伦德;他还有个女儿,名叫古德隆。

赫拉普来到古德布伦德面前,热情地向他问好。古德布伦德问他是谁,赫拉普报了名,说自己是从冰岛来的。然后,他请古德布伦德把自己收在他的卫队里。

古德布伦德说:"我看你不像是能给人们带来好运的人。"

"我知道了,很多关于你的传言都是假的,"赫拉普说,"人们传言,所有向你提出请求的人你都会收下,而且没有人像你那样高尚。现在,如果你不收下我,我就把这个与传言不符的事实告诉别人。"

古德布伦德说:"那你就留下吧。"

"你打算让我坐在哪儿?"赫拉普问道。

"在底下的座位上,面对着我的高座。"古德布伦德答道。

于是,赫拉普走到了自己的座位那儿,坐了下来。他很擅长讲故事,因此刚一开始,古德布伦德等人都觉得他很有趣儿;但随着时间的推移,他们发现他的幽默太过夸张了。

时间一天一天地过去了,赫拉普开始跟古德布伦德的女儿古德隆私下交谈,很多人都说他打算诱奸她。古德布伦德发觉后,严厉地斥责他的女儿,不该跟他交谈。他告诫她,除非大家都在场,否则不要跟他说话。她答应要做个听话的女儿。可是过了一段时间,他们又像从前那样交谈起来了。于是,古德布伦德吩咐她的监护人阿斯瓦尔德,她去哪儿,就跟到哪儿。

一天,她要求到坚果林去玩,阿斯瓦尔德就跟着她一起前往。赫拉普出来找他们,在坚果林里找到了他们。他抓住她的手,拉着她跑了。阿斯瓦尔德马上追去,发现他们俩一起躺在灌木丛里。他举起斧子向他们冲了过去,猛砍赫拉普的腿。赫拉普敏捷地一闪身，阿斯瓦尔德没有砍中。随即，赫拉普迅速地挺身站了起来，伸手抓住了他的斧子。阿斯瓦尔德试图挣脱，但却被赫拉普一斧子把他的脊椎砍为两半。

这时，古德隆说："你刚刚干的这件事意味着你不能再和我父亲待在一起了。但是，还有一件事会让他更不高兴：我怀孕了。"

赫拉普说："这件事不能让别人来告诉他；我要回去一趟，把这两件事亲自说给他听。"

"那你就不可能活着离开了。"她说道。

"我要冒一次险。"他说道。

说完，他把她带到别的妇女那里，自己来到了大厅。

古德布伦德正高坐在他的椅子上，大厅里只有为数不多的几个人。赫拉普走到他面前，手里高高地举着他的斧子。

古德布伦德问："你的斧子上为什么血迹斑斑的？"

"我关照了一下阿斯瓦尔德的脊椎骨。"他答道。

"我想不是出于善意的吧，"古德布伦德说，"你一定是把他杀了。"

"是的。"赫拉普说道。

"为什么？"古德布伦德问道。

"在你看来是小事一桩，"赫拉普说，"他想砍断我的腿。"

"在此之前你干了什么？"古德布伦德问道。

"那跟他没关系。"赫拉普说道。

"有没有关系你都得说。告诉我是什么。"古德布伦德说道。

赫拉普说："你要是一定想知道，那我就告诉你：我和你的女儿躺在一起，阿斯瓦尔德不喜欢我们那个样子。"

古德布伦德命令道:"你们都站起来,把他给我抓住,打死他!"

"做你的女婿我一点儿好处也没得到,"赫拉普说,"但是,想这么快置我于死地,你还没有那个能耐。"

人们都"噌"地站起身来,但赫拉普已经溜出了大厅。他们在后面紧紧追赶,但被他逃进了森林,没有抓到。古德布伦德召集了一支人马,命令他们到森林里去搜,但还是没有找到,因为那片林子面积很大,又很茂密。

赫拉普穿过森林,发现前面有一片开垦出来的空地和一座房子,有一个人正在屋子外面劈柴。赫拉普问他叫什么名字,那人回答说,他叫托菲。托菲问他叫什么,赫拉普告诉了他。赫拉普问他,为什么住在离人群这么远的地方。

"因为在这里,我不必和别人打交道。"他答道。

"我们都没有跟对方说实话,"赫拉普说,"我先告诉你我是谁。我一直和达拉纳的古德布伦德待在一起,因为杀了他的监护人,所以逃了出来。我知道,我们俩都属于坏人那一类,因为如果不是被人宣布为不受法律保护的人,你是不会藏到这么一个远离人群的地方的。我给你一个选择:要么这里的一切由我们俩均分,要么我把你的藏身之处告诉给别人。"

那个农夫说:"你说对了,我把一个女人拐了出来,现在就住在这儿。很多人都在抓我。"

接着,他把赫拉普领进屋里。房子不大,但建得很精致。农夫告诉他的妻子,他已经安排赫拉普跟他们住在一起。

"这个人会给很多人带来厄运,"她说,"但既然你答应了,那就照你说的办吧。"

于是,赫拉普就留了下来。他经常出门,从不在家里待着。他常常想方设法去跟古德隆幽会。古德布伦德和他的儿子斯伦德搞了好几次伏击,都没能抓到他。就这样,整整一年过去了。

古德布伦德把他和赫拉普的事情告诉了哈康雅尔,于是,雅尔宣布赫拉普为不受法律保护的人,并悬赏要他的首级。他还答应亲自来抓赫拉普,但却从没来过。他认为,抓住赫拉普应该是件容易的事,因为赫拉普做事非常马虎大意。

88

现在说说尼雅尔的两个儿子:那一年夏天,他们从奥克尼来到了挪威,在那里经营贸易。

斯莱恩·西格福松的船已经准备好了,正要出发驶往冰岛。

这时,哈康雅尔前往古德布伦德家里,参加一个宴会。同一天夜里,杀手赫拉普来到雅尔和古德布伦德的神庙,走了进去。他看到一尊索尔盖尔德·奥特布里奇的坐像,和真人一样高,手臂上戴着一只巨大的金手镯,头上戴着亚麻头巾。他一把把她的头巾扯了下来,拿走了手镯。这时,他又看到了雷神的战车,从他那里拿走了一个手镯,又从伊尔帕那里拿走了第三个手镯。接着,他把三尊神像拖到殿外,把他们身上的服饰都剥了下来,点了一把火把神庙烧毁了。随后就逃之夭夭了。这时候,天快亮了。他经过一块耕地的时候,六个全副武装的大汉从地上一跃而起,向他迅速地猛扑过来。但他防卫得很好。结果他杀了其中的三个人，把斯伦德打成了重伤，把另外两个人赶进了森林，这样，他们就没有办法去给雅尔送信了。

接着，他回到斯伦德身边，说道："我本可以现在就杀了你，但我先不动手。我不会像你和你父亲对待我那样来对待你的，因为我比你们更尊重具有姻亲关系的人。"

赫拉普打算返回森林里去，但他发现有人在他和森林之间守卫着，就不敢冒这个险了。于是，他趴在灌木丛中，在里面藏了一段时间。

那天一大早，哈康雅尔和古德布伦德前往他们的神庙，发现寺庙被烧得墙倒屋塌，但三尊神像却在外面，装饰身上的都不见了。

古德布伦德说："我神功力无边，他们自己从火里走了出来。"

"他们不是自己走出来的，"雅尔说，"一定是有人烧了寺庙并把神像搬了出来。诸神不会马上就为自己复仇，但我们一定要把肇事者赶出瓦尔哈拉，不能再让他回来。"

正在这时，雅尔的四个手下人跑了过来，报告说大事不好，他们在农田那里发现有三个人被杀，斯伦德身受重伤。

"是谁干的？"雅尔问道。

"杀手赫拉普。"他们答道。

"那么烧毁神庙的就是他了。"雅尔说道。

他们都认为好像是他干的。

"他现在会藏在哪儿？"雅尔问道。

他们回答说，斯伦德告诉他们，赫拉普正藏在灌木丛里。雅尔立即赶去找他，但赫拉普已经逃走了。雅尔下令进行搜索，但还是找不到他，于是，雅尔亲自参加了搜捕。他让手下人休息一下，自己离开了大队人马一会儿。他双膝跪倒，手搭凉棚四处观察，然后，他又回到了手下人那里。

他命令道："跟我来。"

他们跟着他沿着一条小路向前走，后来他一个急转弯，来到了一个小山谷里。赫拉普正在他们的正前方，原来他藏在那里。雅尔命令他的手下立即追赶，但赫拉普动作非常敏捷，他们没有追上。

赫拉普向拉德方向逃去。此时，斯莱恩·西格福松和尼雅尔的两个儿子正在拉德，刚要起航。

赫拉普冲到尼雅尔的两个儿子那里——但人还在岸上。他喊道："我的好朋友，快救命，雅尔要杀我。"

海尔吉看了看他，说道："我看你像个扫帚星，不接受你会好一些。"

"那么，"赫拉普说，"我就诅咒你们因为我而厄运不断。"

海尔吉说："到时候，我会有足够的力量为此而报复你的。"

于是，赫拉普又跑到斯莱恩·西格福松那里，向他求救。

"你遇到什么麻烦了？"斯莱恩问道。

赫拉普说："我烧毁了雅尔的神庙，还杀了他的手下人。他很快就要追过来了，是他亲自来抓我的。"

"我不能帮助你，"斯莱恩说，"因为雅尔对我很好。"

于是，赫拉普就把他从神庙里偷来的财宝拿给他看，并说要送给他。斯莱恩说他不想无功受禄。

赫拉普说:"那我就留在这儿,让雅尔在你面前杀了我,你会为此而被天下人耻笑的。"

这时,他们已能看见雅尔和他的人正在向这边赶来。于是,斯莱恩同意照顾一下赫拉普。他们放下一条小船,把他带到了大船上。

斯莱恩说:"最稳妥的办法是把两个桶的桶底打破,把你藏在桶里。"

他们照办了,赫拉普爬进了桶里。两个桶被绑在一起,悬挂在船舷的外面。

这时,雅尔已经率领众人赶到了。他来到尼雅尔的两个儿子那里,问他们赫拉普是否来了,他们回答说他的确来过。雅尔问,他往哪儿跑了,他们回答说没有看见。

雅尔大声说:"不管是谁,只要告诉我赫拉普藏在哪儿,就会从我这里得到巨大的荣誉。"

格里姆轻声对海尔吉说:"我们为什么不说呢?我觉得毕竟斯莱恩对我们也不会有什么好处。"

"我们还是不应该说,"海尔吉说,"因为他现在有生命危险。"

格里姆说:"也许雅尔会向我们报复,他现在愤怒至极,总有人要遭殃的。"

"这我们倒不必担心,"海尔吉说,"等顺风一起,我们就起航离开这里。"

他们把船开到一个小岛,在那里等候顺风。

这时,雅尔说:"现在,我们得问问我的朋友斯莱恩了,如果他知道那个家伙藏在哪儿,他是会把他交给我的。"

他们登上一艘长舰，划到了商船那里。看到雅尔向这边过来，斯莱恩站了起来，热情地向他问候。

雅尔很得体地接受了他的问候，说道："我们在搜捕一个叫赫拉普的冰岛人，他在我们那里干尽了坏事。请你把他交出来，或者告诉我们他藏在哪儿。"

斯莱恩说："陛下，你一定还记得，我曾冒着生命危险杀了一个你宣布为不受法律保护的人，我因此而从你那里获得了巨大的荣誉。"

"你现在将得到更大的荣誉。"雅尔说道。

斯莱恩仔细想了想，他拿不准雅尔最看重什么。①最终，他否认了赫拉普藏在他那里，还请雅尔上船来搜。雅尔只搜了片刻，就回到了岸上。他离开他的手下，非常愤怒，谁也不敢和他说话。

最后，雅尔说："领我去尼雅尔的儿子那里，我要强迫他们对我说实话。"

有人报告说，他们已经开船走了。

"那就算了，"他说，"但是，在斯莱恩的船舷旁有两个水桶，藏一个人很容易。如果斯莱恩窝藏赫拉普，那他一定是藏在那儿。走，我们再到斯莱恩的船上看看。"

斯莱恩看到雅尔又回来了，就说道："雅尔刚才非常生气，现在他更是怒火中烧，我们船上的人都有性命之危了。"

他们都保证不说出来，因为大家都担心各自的死活。他们把一些大粗布袋子从货舱里拿了出来，让赫拉普藏在那里，然后，

---

① 斯莱恩杀死考尔使他赢得了雅尔对他的信任，但他拿不准这种信任是否会让雅尔在赫拉普一事上也相信他。

又把较轻的袋子堆在他身上。他们刚把他藏好,雅尔就到了。斯莱恩向他打着招呼,雅尔沉默了一会儿才向他回礼。他们都看得出来,雅尔已经怒发冲冠了。

雅尔对斯莱恩说:"把赫拉普交出来,我知道你把他藏起来了。"

"陛下,我能把他藏在哪儿呢?"斯莱恩说道。

"这你自己清楚,"雅尔说,"但要是让我猜的话,你上次把他藏在了水桶里面。"

"陛下,我不想让你指责我说谎,"斯莱恩说,"还是请你上船搜查吧。"

雅尔上了船,搜查了一番,但没有搜到赫拉普。

"你现在不再指责我了吧?"斯莱恩说道。

"远非如此,"雅尔说,"只是我不知道为什么总是找不到他。在岸上,我什么都看得清清楚楚,但在这儿却不行。"

他命人把小船划到了岸边。他怒气冲冲,谁也无法跟他说话。

他的儿子斯文跟着他,说道:"对无辜的人大发雷霆,这样做真奇怪。"

雅尔再次离开众人,走到一边。然后,他又回来了,说道:"我们再去一次。"

他们又把船划了过去。

"你认为他刚才藏在哪儿?"斯文问道。

"这并不重要,"雅尔说,"因为现在他已经离开那儿了。但是,刚才货舱边上放着两个粗布袋子,因此他有可能藏在货舱里的袋子那儿。"

斯莱恩说:"他们又开船了,正向我们这边过来。快把赫拉普从货舱里弄出来,在他藏身的地方放些别的东西;但是不要动货舱边上的那两个袋子。"

他们照办了。这时,雅尔已经上了船。他愤怒至极,说道:"斯莱恩,现在你会把那个家伙交出来吗?我比刚才更认真了。"

斯莱恩说:"如果他在这儿,我早就把他交出去了。你觉得他藏在哪儿?"

"在货舱里。"雅尔说道。

"那你刚才为什么不到那儿去搜呢?"斯莱恩问道。

"刚才没有想到。"雅尔说道。

于是,他们又在船上搜了一遍,但还是没有找到赫拉普。

斯莱恩说:"陛下,你可以赦免我了吗?"

"当然不能,"雅尔说,"尽管找不到他,但我知道是你把他藏起来了。但是,宁愿让你负我也不能让我负你。"

然后,他又回到了岸上。

"现在我又能看清楚了,"雅尔说,"他把赫拉普藏在帆里。"

这时候刮起了风,斯莱恩扬帆起航了。他朗诵了一首双行诗,并流传了下来:

让"秃鹰"号向前飞起来吧,
斯莱恩无所畏惧。

听到斯莱恩的诗,雅尔说:"没搜到赫拉普不是因为我缺乏洞察力,而是因为斯莱恩和赫拉普之间的友谊。这种友谊会把他们两个都拖向死亡的。"

斯莱恩很快就回到了冰岛，回到自己的农场。赫拉普跟着他，和他在一起住了一年。第二年夏天，斯莱恩把赫拉普斯塔济的一处农场送给了他。赫拉普住在那里，但大部分时间是在格廖特河度过，他在那里做尽了坏事。有人说，他和哈尔盖尔德要好，还诱奸了她；但也有人说根本没有这码事。斯莱恩把他的船送给了他的亲戚马大哈莫德。这个莫德曾经在东部贝吕峡湾的高塔维克杀死了奥德·哈尔多尔松。

斯莱恩的亲戚们都希望他将来能当上头领。

89

现在接着说说哈康雅尔：把斯莱恩的船放走之后，他对儿子斯文说："带四艘长舰，我们去把尼雅尔的两个儿子干掉。在这件事上他们一定是跟斯莱恩沆瀣一气的。"

斯文说："对无辜的人采取行动却让有罪的人逃脱，这样做有欠考虑。"

"这事儿我说了算。"雅尔说道。

随即，雅尔出发去搜捕尼雅尔的两个儿子，并在一个小岛附近找到了他们。格里姆第一个发现了雅尔的战船。

"有战船正向这边驶过来，"他说，"我认出来了，那是雅尔，他一定是来者不善。"

"人们说，所谓勇敢的人就是面临着任何人的进攻都进行自卫的人。"海尔吉说，"我们也要进行自卫。"

其他人都要求他下命令,并拿起了武器。

雅尔靠近了,向他们喊话,让他们投降。海尔吉回答说,只要还有力气,他们就要进行自卫。雅尔说,所有不为海尔吉卖力的人,都可以获得赦免。但是,海尔吉深孚众望,他们都说宁愿和他一起死去。

雅尔和他的手下发起了进攻,但是对方防守得非常严密。哪里的战斗最激烈,尼雅尔的两个儿子就出现在哪里。雅尔不断地让他们放下武器,但他们作出的回答是一样的:决不投降。这时,朗热来的阿斯拉克猛烈地进攻,三次跳上了他们的船。

格里姆说:"你进攻得很勇敢,但要是能达到目的就好了。"

说着,格里姆抓过长矛,瞄准阿斯拉克的咽喉掷去,阿斯拉克当即毙命。不久,海尔吉杀了雅尔的旗手埃吉尔。后来,哈康的儿子斯文攻了上来,他命令他的手下用盾牌把他们团团包围起来,这样,尼雅尔的两个儿子就被抓住了。

雅尔想立刻就处死他们,但斯文说,千万不要这样,因为现在正是夜里。

雅尔说:"那就明天再杀他们,但晚上得把他们捆结实了。"

"就这么办吧,"斯文说,"但是,我从来没有见过比他们更勇敢的人,杀了他们怪可惜的。"

雅尔说:"我们最勇敢的两个人都被他杀了,为了这个我们也必须杀了他们。"

"那样只会使他们显得更加勇敢,"斯文说,"但尽管如此,还是照你的意思办吧。"

于是,海尔吉和格里姆被绑了起来,并戴上了脚镣。然后,雅尔就去睡觉了。

趁他睡着的时候,格里姆对海尔吉说:"要是可能的话,我想从这里逃出去。"

"我们来想个办法。"海尔吉说道。

格里姆说,那边地上放着一把斧子,斧刃冲上。他爬了过去,用它割断了捆着他的弓弦,但他的胳膊也被割伤了,而且伤得不轻。他又替海尔吉解开了绳索。随后,他们蹑手蹑脚地下了船,逃到了岸上。雅尔和他的手下都没有发现。他们把脚镣打碎,逃到了小岛的另一侧。

黎明时分,他们发现来了一艘船。他们认出来人是卡里·索尔蒙达松,就径直向他走去,把他们受到的羞辱告诉了他,又给他看他们的伤口。他们说,雅尔和他手下人正在睡梦中。

卡里说:"出于坏人的原因而让你们受苦,这样做不对。你们现在打算怎么办?"

"袭击雅尔,杀了他。"他们说道。

"这不可能,"卡里说,"但你们还是很有胆量的。不管怎样,我们去看看他是不是还在那儿。"

他们来到那里,但雅尔已经走了。于是,卡里驾船来到拉德去见雅尔,把进贡的钱财交给了他。

雅尔说:"你收留了尼雅尔的两个儿子,是吧?"

"是的。"卡里答道。

"你愿意把他们交给我吗?"雅尔问道。

"不愿意。"卡里答道。

"你能发誓说你没有打算袭击我吗?"雅尔问道。

雅尔的儿子埃里克开口道:"不该让他这么做。卡里一直就是我们的朋友。如果我当时在场的话,这些事就不会发生了。我们不会去招惹尼雅尔的两个儿子,那些捣乱分子也会受到惩罚。我认为,现在最好的做法是送给尼雅尔的两个儿子一些厚礼,补偿他们所受到的耻辱和创伤。"

雅尔说:"好的,就这么办吧。但不知道他们愿不愿意和解。"

他吩咐卡里去问问尼雅尔的两个儿子是否愿意。于是,卡里问海尔吉,愿不愿意接受雅尔的体面的和解。

海尔吉回答说:"我愿意接受他的儿子埃里克的和解,但不想同雅尔有任何联系。"

卡里把他的话报告给了埃里克。

"就这么办吧,"埃里克说,"要是他愿意,他会从我这里得到体面的和解的。告诉他们,我邀请他们和我住一段时间,我父亲不会伤害他们的。"

他们对此表示接受,于是就去见埃里克,跟他待在一起,直到卡里准备西行。这时,埃里克为卡里举行了一次宴会,给他和尼雅尔的两个儿子送了一些精美的礼物。

卡里和尼雅尔的两个儿子向西航行,来见西古尔德雅尔。他热情地招待他们。他们和他一起度过了那一年的冬天。春天的时候,卡里请尼雅尔的两个儿子和他一起出去讨伐。格里姆说,如果卡里能和他们一起回冰岛的话,他们就愿意和他一起出去打仗。卡里答应了。

于是,他们跟着他一起出征了。他们袭击了南部的安格莱斯地区和整个赫布里底群岛。接着,他们前往金泰尔区。登陆后,他们和当地土人打了一仗，缴获了大量的战利品，并回到了他们的船上。接着，他们又南下威尔士，在那里进行抢劫。从威尔士他们又来到了马恩岛。他们在那里和马恩岛国王古德罗德遭遇，跟他打了一仗。他们取得了胜利，杀了国王的儿子杜恩加尔，缴获了很多战利品。接着，他们又从那里北上科尔，遇见了吉利雅尔。雅尔热情地欢迎他们，他们就和他住了一段时间。后来，吉利雅尔和他们一起前往奥克尼，去见西古尔德雅尔。春天，西古尔德把自己的妹妹内莱德许配给了吉利雅尔。然后，他返回了赫布里底群岛。

90

当年夏天，卡里和尼雅尔的两个儿子准备驶往冰岛。一切准备就绪之后，他们去见雅尔。雅尔赠给他们精美的礼物，双方依依不舍地分手了。然后，他们就起航了。他们在海上没有花费太长的时间，因为正好遇到了顺风。在埃亚尔上岸后，他们弄到马匹，撇下船，上马赶往伯格索斯沃尔。到了家里，大家见到他们都很高兴。他们把货物带回了家，把船拖上了岸。那年冬天，卡里就和尼雅尔一起度过了。

春天，卡里向尼雅尔的女儿海尔嘉求婚，格里姆和海尔吉都替他说好话。最后，他们把她许给了卡里，并确定了婚礼的日期。仲夏到来之前的两个星期，他们举行了喜筵，夫妇俩和尼雅尔一起度过了那年冬天。后来，卡里在迪尔侯马尔买了一块地，一直延伸到东部的美达尔。他在这块土地上建起了农场。他和海尔嘉派人照看他们的农场,自己则继续跟尼雅尔住在一起。

91

赫拉普在赫拉普斯塔济有一处农场,但他总是住在格廖特。人们都觉得他无恶不作,斯莱恩却对他不错。

一次,趁莫克的凯蒂尔来到伯格索斯沃尔之际,尼雅尔的两个儿子把他们在挪威受到的耻辱讲给他听,并且说,一提起这件事,他们就恨透了斯莱恩·西格福松。尼雅尔说,如果凯蒂尔能跟他的兄弟斯莱恩说说这事儿,那是再好不过的了。凯蒂尔满口答应下来。他们让凯蒂尔不必太着急,可以从容地跟斯莱恩谈一谈。

过了些日子,他们跟凯蒂尔提起了这件事。凯蒂尔说,他跟斯莱恩之间的谈话有很多内容他都不想重复,"因为斯莱恩明显地觉得我把和你们的姻亲关系看得过重。"

从那以后,他们再也不谈这件事了。尼雅尔的儿子们发觉情况似乎不妙,就向他们的父亲请教该怎么办。他们对他说,他们不想再忍耐下去了。

尼雅尔说:"这件事情不那么容易。现在就杀了他们显得说不过去。我的建议是,你们尽可能地多派些人去跟他谈谈,这样,假如他们出言不逊,很多人都会亲耳听到。然后,再让卡里把这事向他们提出来,因为他是个性情平和的人。这样,你们之间的敌意会不断地增加，因为随着其他人的干预，他们会越来越多地骂人——毕竟他们很愚蠢。人们也许会说，我的儿子反应迟钝，对此你们必须要忍耐一段时间，因为不管什么事，都有正反两方面的影响。① 除非被逼无奈，而且你真的想采取行动，否则，就不要说出来。要是从一开始你们就听我的，你们现在就没必要讨论这件事了，也不会蒙受什么耻辱了。但是现在，你们面临着非常严峻的考验：你们的耻辱会进一步增加，以至于你们别无选择，只有面对困难，拿起武器去杀人。正因为如此，我们的网一定要撒得小心谨慎。"

他们谈到这里就停住不谈了，但是很多人都在谈论这件事。

一天，兄弟俩对卡里说，他应该去格廖特走一趟。卡里回答说，随便去什么别的地方都比去格廖特好，但如果这是尼雅尔的建议，他还是同意去的。于是，卡里就去见斯莱恩。两个人把这件事详细地谈了谈，但他们观点却很不一致。卡里回来以后，尼雅尔的两个儿子就问他和斯莱恩谈得怎么样。卡里说，他不想重复他们交谈的内容了。"但是总有一天，他们会趁你们在场的时候把那些话再讲出口的。"他说道。

斯莱恩在他的农场里一共豢养了十五个打手，其中八个人总是跟着他，不离左右。他这个人爱炫耀自己，骑马出门时总是身披黑色斗篷，头戴镀金头盔，手拿雅尔送给他的长矛和一面漂亮的盾牌，腰悬利剑。和他一起形影不离的总是贡纳尔·兰巴松、拉姆比·西古尔达松和赫利扎伦迪的格拉尼·贡纳尔松，而同他

---

① 在第44章结尾，尼雅尔向他的儿子提出了同样的建议。

关系最为密切的则是杀手赫拉普。他还有一个叫洛丁的仆人，他走到哪里，洛丁就跟到哪里。此外还有洛丁的兄弟特约尔维。

对尼雅尔的儿子们骂得最凶的是杀手赫拉普和格拉尼，而且，不给尼雅尔的儿子们提供赔偿也主要是这两个人的缘故。

尼雅尔的儿子们经常敦促卡里和他们一起前往格廖特。终于有一天，卡里同意了。他说，让他们亲耳听听斯莱恩说些什么有好处。于是，尼雅尔的四个儿子，再加上卡里，一行五人准备前往格廖特。

格廖特的门廊建得非常宽阔，可以并肩站下很多人。有一个女人正站在门廊外面，一见尼雅尔的儿子们向这边走来，就告诉了斯莱恩。斯莱恩命令手下人拿起武器，都到门廊那里去。他们按照他的吩咐，来到了门廊。斯莱恩站在中间，杀手赫拉普和格拉尼·贡纳尔松分别站在他的两侧，接下来依次是贡纳尔·兰巴松、洛丁、特约尔维和拉姆比·西古尔达松，其他人则并肩而立。斯莱恩的打手们都在家里。

斯卡普赫丁和众人来到他们面前。走在最前面的是斯卡普赫丁，接下来是卡里、霍斯库尔德、格里姆和海尔吉。他们走过来的时候，对面的那些人一点儿也没有表示欢迎。

斯卡普赫丁说道："欢迎我们光临！"

哈尔盖尔德站在门廊里，对赫拉普低声说了些什么。这时，她开口说道："这里没有人会说欢迎你们的。"

斯卡普赫丁说："你的话不算数，因为你不是个被人抛弃的老巫婆就是个娼妇。"

"在你回家之前，你要为这些话付出代价的。"她说道。

海尔吉说："斯莱恩，我来这里的目的是看看你是不是会为我在挪威因为你而受到的羞辱作出些赔偿。"

斯莱恩回答说："我从不认为你们兄弟几个会以男子汉的气概来弄点儿钱；你们打算乞求多久？"

"很多人会说，"海尔吉说，"在你看到自己性命不保的时候，就该识相地把赔偿金拿出来。"

这时，赫拉普说："你们在挪威受到了羞辱，而我们却脱了身，这说明咱们运气不同，你们活该倒霉。"

"他背弃了对雅尔许下的诺言，跟你纠缠在一起也是没什么运气可言的。"海尔吉说道。

"难道你不该向我索赔吗？"赫拉普说，"我会按我觉得合适的方法赔偿你的。"

海尔吉回敬道："我们之间唯一的一次交易将不会给你带来任何好处的。"

斯卡普赫丁开口说道："我们用不着跟赫拉普多费口舌了，跟他只有以牙还牙。"

赫拉普说："住口，斯卡普赫丁。我会毫不犹豫地把我的斧子砍进你的脑袋的。"

"到底我们俩谁能活着把另一个人的脑袋埋起来还不一定呢。"斯卡普赫丁说道。

"滚回家去，你们这些'牲畜粪便催成的胡须'[①]，"哈尔盖尔德喊道，"从现在起，我们就这么称呼你们了，还要叫你们的父亲

[①] 见第44章。

为'没胡子的老头儿'。"

尼雅尔的儿子们和卡里非常愤怒,直到所有和他们对峙的人都承认错误、表示不该使用这样的语言之后才离开。但是,斯莱恩并没有认错,他也不想让别人认错。

尼雅尔的儿子们回到家里,把事情的经过告诉了他们的父亲。

"你们有没有指定证人来证明他们说过那样的话?"尼雅尔问道。

"没有,"斯卡普赫丁说,"我们打算以武力来解决。"

贝格索拉说:"谁都认为,你们不会再有勇气拿起自己的武器了。"

"不用再浪费时间怂恿你的孩子们了,"卡里说道,"他们早就迫不及待了。"

随后,尼雅尔和他的儿子们以及卡里秘密地交谈了很久。

92

很多人都在谈论这场冲突。人们都肯定,既然发生了这么多的周折,这件事是不会就此平静下来的。

朗诺尔夫是居住在东部达尔的奥尔戈狄乌尔夫的儿子,是斯莱恩的朋友,他曾邀请斯莱恩到他那里去。他们商定,斯莱恩将在冬天的第三或第四个星期到东部去。斯莱恩请杀手赫拉普、格拉尼·贡纳尔松、贡纳尔·兰巴松、拉姆比·西古尔达松、洛丁和特约尔维跟他一起去。他们一共有八个人,索尔盖尔德和哈尔盖尔德也去。斯莱恩广而告之，说他要去看他在莫克的兄长凯蒂尔，还让人们知道他打算去多少天。他们都全副武装地出发了。

他们纵马向东渡过马尔卡河，碰到了一群女乞丐。她们求他们帮助她们渡到河的西岸，他们就帮助了她们。

他们继续向东，来到了达尔，受到了热情的接待。莫克的凯蒂尔在他们之前就到了那里。他们在那里住了两天。朗诺尔夫和凯蒂尔让斯莱恩跟尼雅尔的儿子们达成和解，但斯莱恩尖刻地回答说，他一分钱都不给他们，而且，不管在什么地方，只要和尼雅尔的儿子们碰了头，他都准备收拾他们。

"也许是这样，"朗诺尔夫说，"但我觉得，自从赫利扎伦迪的贡纳尔死后，谁也不是他们的对手了；更可能的情况是，这会导致某一方丧命。"

斯莱恩说，他对此并不惧怕。

斯莱恩来到莫克，在那里逗留了两天，然后又回到达尔。这两个地方的人们临别时都送给他贵重的礼物。

马尔卡河在冰雪覆盖着的两岸之间流过，河上到处横跨着冰冻的拱桥。斯莱恩说，他打算当天晚上回家。朗诺尔夫不让他走，并且说，每当他自己决定要走的时候，更谨慎的办法是不要走。

斯莱恩说："这表明我害怕了？那我可不干。"

这时，在他们帮助下渡河的那些妇女来到了伯格索斯沃尔。贝格索拉问她们从哪里来，她们回答说从东部的埃亚菲欧尔地区来。

"谁帮助你们渡过马尔卡河的？"贝格索拉问道。

"是附近最爱炫耀的人。"她们答道。

"他们都是谁?"贝格索拉问道。

"斯莱恩·西格福松和他的同伴们,"她们回答说,"他们无休无止地对你的丈夫和儿子破口大骂,我们一点儿也不喜欢他们那种样子。"

"人们对他们这种人的看法没法不一致。"贝格索拉说道。

后来,这些女乞丐就走了,贝格索拉给她们送了一些精致的礼物。她问她们,斯莱恩离家会待多久。她们回答说是四五天。于是,贝格索拉就把这些情况告诉了她的儿子和女婿,他们在一起秘密地商量了很长时间。

就在斯莱恩和他的同伴上马离开东部的那天早晨,尼雅尔早早就醒来了。他听到斯卡普赫丁的斧子敲击了一下他床头的墙壁。尼雅尔起身来到屋外,看到他的几个儿子和女婿卡里都拿着武器。最前面的是斯卡普赫丁,身穿黑色上衣,手持一面小巧的圆形盾牌,肩扛着斧子。他的身后是卡里,身穿丝绸上衣,戴一顶镀金头盔,手持盾牌,上面画着一头狮子。紧随其后的是海尔吉,身穿红色的短袖束腰外衣,戴着头盔,手拿一面红色盾牌,上面画着一颗心。他们全都穿着色彩鲜艳的衣服。

尼雅尔对斯卡普赫丁喊道:"孩子,你去哪儿?"

"找羊去。"他答道。

"上一次你就这么说来着,"尼雅尔说,"可是后来你却追杀人去了。"

斯卡普赫丁大笑起来,说道:"你们听见老爷子的话了吗?他有些怀疑啊。"

"你什么时候这么说来着?"卡里问道。

"杀死贡纳尔的亲戚白色西格蒙德的时候。"斯卡普赫丁答道。

"为什么?"卡里问道。

"因为他杀了我的养父——自由人索尔德的儿子。"斯卡普赫丁答道。

尼雅尔回到了屋里。他们则向北来到劳达斯科利扎,在那里守候着。在那里,他们能看到从达尔西去的人们。那天阳光灿烂,天空万里无云。

这时,斯莱恩正沿着满是沙砾的旷野从达尔飞马向南而来。

拉姆比·西古尔达松说:"劳达斯科利扎山下有盾牌被太阳照得闪闪发光,那里一定有人在等着进行伏击。"

"那我们就改变方向,沿着河流过去。"斯莱恩说,"如果他们是冲着我们来的,那他们就会过来追我们。"

他们拨转马头,沿着河边纵马而去。

斯卡普赫丁说:"他们一定是发现了我们,因为他们改变了路线。因此,除了追过去,我们别无选择。"

卡里说:"搞伏击的时候,人数多占优势。可是现在,他们是八个人,我们才五个人。"

他们也拨转马头,沿着河边向南追了下去。他们看到下游的河上横跨着一座冰冻的拱桥,就打算从那里过河。

斯莱恩和他的人在拱桥靠近上游那一侧的冰上严阵以待。斯莱恩说:"这些人想干什么呢?他们才五个人,而我们有八个人。"

拉姆比·西古尔达松说:"我猜,即使我们的人再多,他们也敢冒这个险的。"

斯莱恩甩掉斗篷,摘下了头盔。

正当他们沿着河岸疾驰时候,斯卡普赫丁的鞋带突然断了,他被落在了后面。

"你怎么退缩了,斯卡普赫丁?"格里姆问道。

"我在系鞋带。"斯卡普赫丁答道。

"咱们继续走吧,"卡里说,"我相信他一步也不会比我们慢的。"

他们朝着冰冻的拱桥飞驰而去。斯卡普赫丁系好鞋子,飞身上马,并拿起了他的斧子。他来到河边,但是有很长一段河水都很深,过不去。在河的另一边,形成了一个像玻璃一样光滑的巨大冰块,斯莱恩等人就站在冰块的中央。斯卡普赫丁纵身跳起,飞身跃过河水,从冰雪覆盖的一岸跳到了对岸,落地之后,身子继续向前滑行。那块冰异常光滑,斯卡普赫丁像一支离弦的箭,飞速向前冲去。

(Jón Axel Björnsson)

斯卡普赫丁纵身跳起,飞身跃过河水……

斯莱恩正要戴上头盔,但斯卡普赫丁早已冲到了面前,挥斧砍中了他的脑袋,把他的头从上到下一直劈到了下巴,牙齿散落在冰上。这一切发生得快如闪电,还没等他们向斯卡普赫丁反击,斯卡普赫丁已经飞速地滑走了。特约尔维甩手把一面盾牌扔在他的前面,但被斯卡普赫丁一跃躲了过去,然后,他又稳稳地落在地上,一直滑到了冰块的尽头。这时,卡里和其他人都向他迎了上来。

"干得真漂亮!"卡里说道。

"你还没动手呢。"斯卡普赫丁说道。

于是,他们又从后面追了上去。格里姆和海尔吉一眼瞥见了赫拉普,随即猛扑过去。赫拉普挥起斧子,直取格里姆。海尔吉眼疾手快,一斧子砍断了赫拉普的胳膊,赫拉普的斧子"当啷"一声掉在了地上。

赫拉普说:"你这样做很有必要,因为被这只胳膊打死打伤的人多极了。"

"它再也不会有这个本事了。"格里姆说着,把长矛刺进了赫拉普的身体。赫拉普摔倒在地上,死了。

特约尔维转身面对着卡里,把长矛向他掷去。卡里一纵身,身子腾空而起,长矛从他的脚下飞了过去。随即,卡里向特约尔维猛扑过去,挥剑直砍,正中他的胸膛,宝剑深深地刺了进去。特约尔维当即毙命。

斯卡普赫丁擒获了贡纳尔·兰巴松和格拉尼·贡纳尔松。

他问:"我抓了两个傀儡,该怎么处置他们?"

"你要是想就此了结他们的性命,那你可以把他们俩都杀了。"

海尔吉答道。

"我不愿意既帮助霍格尼,同时又杀他的兄弟格拉尼。"斯卡普赫丁答道。

"总有一天,你会后悔当初没有杀他的,"海尔吉说,"因为他永远也不会跟你讲信用的,在场的其他人也一样。"

斯卡普赫丁答道:"我才不怕他们呢。"

于是,他们放了格拉尼·贡纳尔松、贡纳尔·兰巴松、拉姆比·西古尔达松和洛丁。

然后,他们回到了家里。尼雅尔问他们发生了什么事,他们就把事情的经过一五一十地讲给他听。

尼雅尔说:"这事儿严重了,我的一个儿子可能会因此而丧生,也许还会有更坏的后果。"

贡纳尔·兰巴松回到家里,把斯莱恩的尸体运到了格廖特,人们在那里为他堆起了一座土坟。

93

莫克的凯蒂尔娶了尼雅尔的女儿索尔盖尔德,但他同时又和斯莱恩是兄弟关系,因此,他发现自己处在一个颇为尴尬的位置上。他上马来找尼雅尔,问他是否愿意为斯莱恩被杀而支付赔偿。

尼雅尔答道:"为了能够妥善处理这件事,我会这样做的。但是,我想让你说服你的那些有权获得赔偿的兄弟们,让他们接受协议解决。"

凯蒂尔回答说他愿意这样做。于是，他们决定，凯蒂尔去找所有愿意接受赔偿的人，说服他们接受和解。他回到家里后去找他的兄弟们，把他们都召集到赫利扎伦迪，跟他们商量这件事。霍格尼完全赞同他的意见。最终，双方挑选了仲裁员，举行了一次会议，就杀死斯莱恩所应支付的款项作出了裁决。所有具有合法索赔权的人都接受了这一结果。随即，双方保证和解，并发誓遵守。尼雅尔立即支付了全部赔偿。就这样，事情平静了一段时间。

一天，尼雅尔上马来到莫克，和凯蒂尔见了面。两个人谈了整整一天，直到晚上，尼雅尔才上马回家。谁也不知道他们作出了什么计划。

凯蒂尔来到格廖特，对索尔盖尔德说："我一直就非常喜欢我的兄弟斯莱恩，为此，我想收养他的儿子霍斯库尔德。"

"我允许你收养他，"她说，"但是，在他长大成人的时候，你一定要尽你一切可能来照顾他；要是他被杀害了，你一定要为他报仇；他结婚的时候，你要送给他礼物。你应该为这些发誓。"

凯蒂尔全都答应下来。于是，霍斯库尔德跟着他一起回到了家里。他们两个人在一起住了一段时间。

94

一天，尼雅尔上马来到莫克，受到了热情接待。他在那里过了夜。当天晚上，尼雅尔把那个孩子叫来。霍斯库尔德就走到他面前。尼雅尔的手指上戴着一个金戒指,就拿给男孩看。他接了过来,戴在自己的手上。

尼雅尔问:"你愿意把这个戒指作为礼物收下来吗?"

"愿意。"男孩答道。

"你知道你父亲是怎么死的吗?"尼雅尔问道。

男孩回答说:"我知道,是斯卡普赫丁杀了他。但是,我们不必总惦记着这件事,因为事情已经了结了,还支付了全面的赔偿。"

"你的回答比我的问题强,"尼雅尔说,"你会成为一个优秀的人才的。"

"我很高兴你预测我能有一个美好的未来,"男孩说,"因为我知道你能预知未来,从不说假话。"

他说,他愿意接受尼雅尔的善意,而且,不管尼雅尔做什么,他也都接受。结果,霍斯库尔德跟着尼雅尔回了家,尼雅尔把他收为养子。为了这个孩子,尼雅尔倾尽了自己的全部心血,非常爱他。尼雅尔的儿子们带着他到各地去,他们也都尽自己的可能来帮助他。

光阴似箭,日月如梭。霍斯库尔德完全长大成人了。他长得魁梧、健壮,一头浓密的头发,相貌英俊,说话彬彬有礼,性格慷慨大度、镇静自若,他还擅长格斗。他对每个人都言辞恭敬,人们都很喜欢他。他和尼雅尔的儿子们从未在任何事情上产生过分歧。

95

有一个叫弗洛西的人，是住在弗雷的戈狄索尔德的儿子、奥祖尔的孙子。奥祖尔的父亲是阿斯比约恩，祖父是赫伊昂-比约恩。赫伊昂-比约恩是海尔吉的儿产、比约恩·布纳的孙子。弗洛西的母亲叫英贡恩，是住在埃斯皮赫尔的索里尔的女儿。索里尔是黑色哈蒙德的儿子、赫约尔的孙子。赫约尔的父亲就是率领哈夫武士团的哈夫，他的祖父是色鬼赫约尔莱夫。埃斯皮赫尔的索里尔的母亲英贡恩是居住在埃亚峡湾的瘦子海尔吉的女儿。弗洛西娶了锡达的哈尔的女儿斯坦沃为妻。她是个私生女，她的母亲是白色赫尔约夫的女儿索尔沃。

弗洛西居住在斯维纳费德，是个伟大的头领。他身材魁梧、强健，性格坚强。

他有个同父异母的弟弟，名叫斯塔卡德。斯塔卡德的母亲是索尔斯坦恩·斯帕罗的女儿斯拉斯劳格，索尔斯坦恩·斯帕罗是盖尔莱夫的儿子。斯拉斯劳格的母亲乌恩是早期移民埃温德·卡菲的女儿，也是智者莫多尔夫的妹妹。

弗洛西的另外几个弟弟分别叫索尔盖尔、斯坦恩、考尔贝恩和埃吉尔。

希尔迪贡是弗洛西的兄弟斯塔卡德的女儿。她意志坚强，长得非常漂亮。在手工方面，很少有女人能赶得上她。她异常强硬、脾气暴躁，但必要时也会是个温柔贤惠的女人。

96

有一个叫哈尔的人,人们都叫他锡达的哈尔,是索尔斯坦恩·伯德瓦尔松的儿子。哈尔的母亲叫索尔迪丝,是赫罗德劳格的儿子奥祖尔的女儿,赫罗德劳格是莫尔的罗根瓦尔德雅尔的儿子,他的父亲叫埃斯坦恩·格鲁姆拉。哈尔娶的是智者西德伦迪的女儿尤莱德,西德伦迪是凯蒂尔·斯里姆的儿子、韦拉达尔的索里尔·西德伦迪的孙子。尤莱德的兄弟分别是尼亚兹维克的凯蒂尔·斯里姆和索尔瓦尔德,索尔瓦尔德是海尔吉·德罗普劳加尔松的父亲。哈尔卡特拉是尤莱德的妹妹,她是索尔凯尔·盖蒂松和西德伦迪的母亲。

哈尔有个兄弟叫索尔斯坦恩,外号叫大肚子。他有个儿子,名叫考尔,后来被卡里在威尔士杀了。

锡达的哈尔的儿子分别叫索尔斯坦恩、埃吉尔、索尔瓦尔德、约特和西德伦迪,据说西德伦迪被迪塞尔人杀了。

有一个叫索里尔的人,人们都叫他霍尔塔–索里尔,他的儿子叫索尔盖尔·斯考拉盖尔,索尔盖尔·斯考拉盖尔的兄弟分别叫索尔莱夫·克劳和大个子索尔格里姆,索尔莱夫·克劳是斯科加尔人的祖先。

97

现在再说说尼雅尔：他对霍斯库尔德说："我想给你找个女人，安排你们结婚。"

霍斯库尔德回答说，这事应该由尼雅尔来管，他问尼雅尔觉得最好到哪里去找。

尼雅尔答道："有一个叫希尔迪贡的女人，是弗雷的戈狄索尔德的儿子斯塔卡德的女儿。她是我所知道的最好的选择。"

霍斯库尔德说："养父，这事就由你来定吧。你怎么安排，我怎么做。"

"那我们就向她求婚吧。"尼雅尔说道。

于是，尼雅尔就召集人手准备出发，西格福斯的儿子、尼雅尔的所有儿子和卡里·索尔蒙达松跟他一起去。他们上马来到了东部的斯维纳费德，在那里受到了热情的接待。

第二天，尼雅尔和弗洛西交谈起来。最终，尼雅尔说："弗洛西，我们来这儿的目的是想跟你家联姻，向你兄弟的女儿希尔迪贡求婚。"

"为谁求婚？"弗洛西问道。

"为我的养子霍斯库尔德。"尼雅尔答道。

"这个主意不错，"弗洛西说，"但是，你和霍斯库尔德的关系非常不稳定。你觉得霍斯库尔德怎么样？"

"我只能说他很好，"尼雅尔说，"如果你愿意考虑这一婚事的话，那么你觉得多少钱合适，我就拿出多少钱。"

"咱们把她叫来，"弗洛西说，"看看她是否喜欢这个人。"

他们把她叫了过来。弗洛西把求婚的事对她说了。

她回答说，她自己是个骄傲的女人，"我不知道跟这样的人搅和在一起是否适合我，尤其是那个人没有什么威信。你曾经跟我说过，你不会把我嫁给一个没有戈狄地位的人的。"

"有这条理由就足以说明你不想要这门婚事，"弗洛西说，"那么，我就不考虑它了。"

"我并不是说，即使他为霍斯库尔德谋了一个戈狄的位置，我还是不嫁给他。但是，如果他不是戈狄的话，我就不予考虑。"

"那么，我想请你在这件事上等三年。"尼雅尔说道。

弗洛西对此表示同意。

"我想提个条件，"希尔迪贡说，"假如这门婚事成了，我们要住在东部，就是这里。"

尼雅尔回答说，他要让霍斯库尔德来决定这件事。霍斯库尔德说，他信任很多人，但最信任的还是他的养父。然后，他们就上马回到了西部。

此后，尼雅尔想方设法、费尽心机地想为霍斯库尔德谋一个戈狄的位置，可是谁也不愿把自己的戈狄职位卖掉。

夏天很快过去，又到了召开全岛大会的时间了。那一年的案子很多。跟往常一样，很多人都向尼雅尔咨询。尽管看起来不大可能，但实际上，他的意见却使控辩双方都受到了损害；而且，案子解决不了的时候，他的建议还引起了很多争吵。所以，当人们上马离开大会的时候，他们都没能达成和解。

又到了召开下一届阿耳庭大会的时候了。尼雅尔前去参加。刚一开始,一切都还平静。后来,尼雅尔宣布说,现在是他们宣布各自的诉讼案件的时候了。很多人说,这很不值得,因为即使那些被拿到大会进行审理的案子最终也没什么结果。"我们宁愿通过刀剑来满足我们的要求。"他们说道。

"你们千万不要那样,"尼雅尔说,"因为这块土地如果没有了法律,那是没什么好结果的。但是,你们说的也很有道理,我们中懂得法律的人应该将其作出修改。依我看,我们最好是召开一次全体头领会议来商量这件事。"

于是,他们就召开了立法会议。尼雅尔说:"斯卡弗蒂·索罗德松和各位头领,我向你们宣布,我认为我们已经走进了一个死胡同,我们在地区法庭起诉案子的时候,这些案子往往变得错综复杂,以至于无法了结,也无法继续进行审理。依我看,最明智的做法是建立一个第五法庭,来审理那些在地区法庭无法解决的案件。"

斯卡弗蒂说:"地区法庭是建立在传统的戈狄的人数的基础之上的,每个地区有三十六个人,你怎么来建立第五法庭呢?"

"我想我们可以这样,"尼雅尔说,"把各个地区最优秀的人士任命为新的戈狄,不管是谁,只要愿意,就可以宣布效忠于这些新的戈狄。"

"我们接受这一计划,"斯卡弗蒂说,"但应该把什么样的案子起诉或提交到这个法庭呢?"

"所有违反大会程序的案件均应提交该法庭,"尼雅尔说,"伪证罪和误判也应提交该法庭。另外,在地区法庭未能达成一致的案件、有关因在法律诉讼中提供帮助而支付报酬或接受报酬的案件以及向奴隶或债务人提供庇护的案件均应提交给第五法庭。

"在该法庭作出的誓言应最为有效，每个誓言均应由两人以其名誉为发誓人进行担保。

"如果一方对其案件进行了正确的起诉而另一方未能正确起诉，则应对正确起诉方作出判决。

"所有案件的起诉均按照地区法庭的模式进行，区别在于：因为将有四十八人被任命为第五法庭的法官，所以应由原告和被告各自撤掉六名法官。如果被告对此表示拒绝，则应由原告撤掉本应由被告撤掉的六名法官。如果原告未能撤掉六名法官，则该起诉无效，因为法官的数量必须得是三十六人。

"我们还应在第五法庭之下成立一个立法会议，这样可以让那些中立人士就所适用的法律以及豁免作出决定，他们应由那些最富有智慧和最具有才干的人士担任。第五法庭的法官也应担任中立人士。如果立法会议的成员无法就赋予豁免或造法一事达成一致，应由多数票决定。如果某人没有机会向立法会议表达自己的观点或者其诉讼被武力拒绝，那么，在立法会议成员在场的情况下，他可以提出否决，从而推翻立法会议做出的所有豁免及法律判决。"

然后，斯卡弗蒂·索罗德松制订了第五法庭规约，并接受了所有的建议。随后，人们前往法律岩石，任命新的戈狄。在北部地区，他们任命了来自费德山中部海岸的人以及埃亚峡湾的劳法斯人为新的戈狄。

后来，尼雅尔要求大家安静，他说："我的儿子和格廖特的人之间发生的事情大家都很清楚,他们虽然杀了斯莱恩·西格福松,但是我们还是把事情和平解决了,我还把霍斯库尔德带到了家里。现在,我为他安排了一场婚事,但条件是他得成为戈狄。然而,没有哪个戈狄愿意把自己的位置转卖给别人,因此,我想请你们同意为霍斯库尔德在惠塔内斯设立一个新的戈狄位置。"

所有的人都表示同意。于是,尼雅尔就为霍斯库尔德设立了一个新的戈狄位置。从那以后,霍斯库尔德就被称作惠塔内斯的戈狄了。接着,人们就上马离开了大会。

尼雅尔在家里住了不久,就和他的儿子们上马来到了东部的斯维纳费德。他向弗洛西提起了亲事。弗洛西说,他会守信用的。就这样,希尔迪贡被许给了霍斯库尔德,喜筵的日期也确定了。这些事情办完之后,他们就上马回家了。

过了些日子,他们骑上马,又来到了斯维纳费德,去参加婚礼。弗洛西把答应送给希尔迪贡的嫁妆痛痛快快地拿了出来。夫妻两个前往伯格索斯沃尔,在那里住了一年。希尔迪贡和贝格索拉相处得不错。

第二年夏天,尼雅尔在奥萨拜尔买了块地,把它送给了霍斯库尔德。霍斯库尔德就搬到那里,住了下来。他所有的仆人都是尼雅尔为他雇的。他们的关系非常密切,不管什么事,除非对方同意,否则他们决不擅自做主。

霍斯库尔德在奥萨拜尔住了很长一段时间,他和尼雅尔的儿子们的威望都因为对方而有所增长。尼雅尔的儿子们陪着他一起旅行。他们的友谊非常深厚,每年秋天,他们都要邀请对方出席宴会,交换贵重的礼品。这样持续了很长时间。

98

有一个叫莱汀的人,住在萨姆斯塔济。他娶了斯莱恩·西格福松的妹妹斯坦沃为妻。莱汀身材魁梧、健壮,非常有钱,但是心术不正。

一天,莱汀在萨姆斯塔济举行宴会,邀请了霍斯库尔德和西格福斯的儿子参加,他们便都来了。格拉尼·贡纳尔松、贡纳尔·兰巴松和拉姆比·西古尔达松也都在场。

霍斯库尔德·尼雅尔松和母亲赫罗德内在哈尔特拥有一处农场,每次从伯格索斯沃尔前往农场的时候,他总要经过一下萨姆斯塔济的农场。霍斯库尔德有个儿子,名叫阿蒙迪,生来双目失明,但长得身躯长大,力大无穷。

莱汀有两个兄弟,一个叫哈尔斯坦恩,另一个叫哈尔格里姆。他们最擅长的是惹是生非,谁也无法忍受他们,所以他们就一直跟他们的哥哥住在一起。

举行宴会的那天,莱汀大部分时间都待在屋子外面,但不时地也进到屋里去。他坐下来以后,一直待在屋子外面的一个女人走了进来。

她说:"要是你们这些人刚才在外面的话,你们就会看到一个自鸣得意的人骑马刚刚经过农场。"

"你说的这个自鸣得意的人是谁?"莱汀问道。

"是霍斯库尔德·尼雅尔松,"她说,"他刚刚骑马经过农场。"

莱汀说:"他经常经过这里的农场,很让人讨厌。霍斯库尔德,要是你想为你的父亲报仇、杀了霍斯库尔德·尼雅尔松的话,我愿意帮助你。"

"我不想这样做,"霍斯库尔德说,"因为那样我就是对养父以怨报德了。让你和你的宴会见鬼去吧。"说完,霍斯库尔德从桌子旁边跳起身来,拉过自己的马,上马回家了。

莱汀对格拉尼·贡纳尔松说道:"斯莱恩被杀的时候你在场,关于当时的情景,你们,包括贡纳尔·兰巴松和拉姆比·西古尔达松,一定还记忆犹新。我想等霍斯库尔德·尼雅尔松今天晚上返回家里的途中,咱们迎上去杀了他。"

"不,"格拉尼说,"我不想袭击尼雅尔的儿子们,不想破坏杰出人士为我们达成的和解协议。"

贡纳尔、拉姆比以及西格福斯的儿子们也说了类似的话,他们决定离开那里。他们走了之后,莱汀说:"谁都知道,我的姻亲兄弟斯莱恩被杀,而我却没得到任何赔偿。如果不能血债血偿,我永远也不会满意。"

随即,他把他的兄弟和三个仆人召集到一起,准备出发。他们来到霍斯库尔德·尼雅尔松的必经之路,在农场北面的一个土坑中埋伏起来。一直等到晚上六点,霍斯库尔德才骑着马朝他们的方向走了过来。他们手持武器,一起跳起来,向他扑过去。霍斯库尔德勇敢地进行着自卫,他们很长时间都没有捞到任何便宜。霍斯库尔德击伤了莱汀的胳膊,杀了两个仆人,但最终还是被杀死了。他们在他身上留下了十六处伤口,但是没有砍下他的脑袋。随后,他们走进朗河以东的树林子里,在那里藏了起来。

当天晚上，赫罗德内的牧羊人发现了霍斯库尔德的尸体，就跑回家里，告诉赫罗德内说，她的儿子被人杀害了。

她说："他不可能死。他的头被砍掉了吗？"

"没有。"他答道。

"我去看一看就知道是怎么回事了，"她吩咐道，"把我的马和雪橇备好。"

牧羊人把一切准备好之后，他们就前往霍斯库尔德躺着的地方。她看了看他的伤口，说道："不出我所料，他还没有完全死亡。比这更严重的伤尼雅尔也能治好。"

他们把霍斯库尔德抬起来，放在雪橇上，飞速赶往伯格索斯沃尔。他们把他拖进羊棚里，让他靠墙直着身子坐着。然后，他们来到房子那儿敲门，一个仆人应声走了出来。赫罗德内从他身旁冲了进去，径直来到尼雅尔的床前。她问他是不是醒了。

他说，他一直睡到现在，但已经醒了。"可你为什么这么早就来了？"他问道。

赫罗德内说："你起来，离开这个垫子和那个女人，跟我到外面来，让她和你的儿子们也跟着。"

他们都起了床，来到了外面。

斯卡普赫丁说："我们带上武器。"

尼雅尔听了，没有说什么。于是，他们又跑回屋里，再出来的时候已经是全副武装了。她走在前面，一直来到了羊棚。她第一个走了进去，然后让他们也都进来。

然后，她把灯举了起来，说道："尼雅尔，你的儿子霍斯库尔德在这里。他受了很重的伤，需要治疗。"

尼雅尔说："在他的脸上，我看到的是死亡的迹象，没有生命。你为什么不给他做临终仪式呢？他的鼻孔还是开着的。①"

"我想让斯卡普赫丁来做这些。"她答道。

斯卡普赫丁走上前来，为他做了临终仪式。然后，他问他的父亲："你说是谁杀的他？"

尼雅尔说："一定是萨姆斯塔济的莱汀和他的兄弟们干的。"

赫罗德内说："斯卡普赫丁，我把为你兄弟报仇的事交给你了，尽管他不是婚生的，但我希望你能认真对待，把这件事情办好。"

贝格索拉说："你们男人做事真是奇怪，为了一点儿小事，你们就去杀人；但在这么大的事情上，你们居然忍气吞声，无所事事。这件事要是传到惠塔内斯的戈狄霍斯库尔德那里，他就会跑到这里来，要你们达成和解，而你们也会同意他的建议。但是，如果你们愿意，现在就是采取行动的好时机。"

斯卡普赫丁说："母亲的话很有道理。"

于是，他们都冲了出去。赫罗德内和尼雅尔一起走进屋里，在那里过了夜。

99

现在说说斯卡普赫丁和他的兄弟们：他们正在赶往朗河。这时，斯卡普赫丁说道："我们在这里停一下，听听动静。"

---

① 北欧习俗，人死之后应立即合上其眼睛、嘴及鼻孔。

接着,他说:"咱们轻一点儿,因为我听到河的上游有人说话的声音。听着,你们愿意对付谁,莱汀还是他的兄弟们?"

他们回答说愿意对付莱汀。

"这个家伙更难对付,"斯卡普赫丁说,"我可不想让他跑了。我觉得,最好是由我来对付他以确保别让他跑了。"

"如果我们接近了他,就收拾他,不让他脱身。"

他们来到斯卡普赫丁听到声音的地方,发现莱汀和他的兄弟们正在一条小溪旁边。斯卡普赫丁立即纵身跃过小溪,落在对岸满是沙石的斜坡上。哈尔格里姆和他的兄弟们正站在斜坡的上面。斯卡普赫丁猛地挥斧砍中了哈尔格里姆的大腿,一下子把他的腿砍掉了,同时,他用另一只手抓住了哈尔凯尔。莱汀猛刺斯卡普赫丁,但是海尔吉冲了上来,用盾牌挡住了这一击。莱汀拾起一块石头,打在斯卡普赫丁的身上,哈尔凯尔趁机从斯卡普赫丁的手里挣脱出来,向坡上跑,但他跑不上去,于是只好用膝盖爬。斯卡普赫丁一斧子砍在他的后背上,砍断了他的脊椎骨。

莱汀转身逃跑,格里姆和海尔吉随后就追,两个人都在他身上留下了伤口。他逃过河去,找到马匹,上马逃向奥萨拜尔。

霍斯库尔德正在家里。莱汀马上找到他,把他们做过的事情告诉了他。

"你竟干得出这种事来,"霍斯库尔德说,"你实在太草率行事了。真应了那句话,'动手打人的快乐稍纵即逝'。依我看,你还能否保得住性命还难说。"

"是的,"莱汀说,"我差点儿没逃出来。现在,我想请你在我和尼雅尔之间促成和解,让我能保住我的农场。"

"我会的。"霍斯库尔德说道。

随即,霍斯库尔德给马备上鞍子,和另外五个人一起来到了伯格索斯沃尔。此时,尼雅尔的儿子们已经回来,上床睡觉了。霍斯库尔德立刻找到尼雅尔,两个人随即交谈起来。

霍斯库尔德对尼雅尔说:"我来这里是为我的姑父莱汀求情的。他给你造成了极大的伤害:他破坏了你们之间的协议,杀害了你的儿子。"

尼雅尔说:"莱汀肯定觉得,他兄弟们的死意味着他已经付出高昂的代价了。我如果给他一次机会的话,那是看在你的面子上。但是首先,我要提出这样的条件:莱汀的兄弟们的死和莱汀受的伤都不予赔偿,但要为我的儿子霍斯库尔德之死作出全部赔偿。"

霍斯库尔德说:"我想让你自己来定这些条件。"

尼雅尔说:"我就照你希望的那样办。"

"也许你想让你的儿子们也在场?"霍斯库尔德问道。

尼雅尔答道:"那样的话,我们就解决不了了。但是,不管我做出什么决定,他们都是会遵守的。"

于是,霍斯库尔德说:"我们现在就把问题解决了吧。你必须代表你的儿子保证给予莱汀和平。"

"好的,"尼雅尔说,"我要他为杀害霍斯库尔德支付二百银币,他可以继续在萨姆斯塔济居住,但是依我看,更明智的作法是他卖掉那块地,搬到别的地方去,不是因为我或我的儿子们会破坏同他达成的和解,而是因为有人会在这个地区出现,他将不得不小心提防这个人。如果这样看来好像是我想把他从本地区驱逐出去,那就让他留在这里,但那样的话,他就得为他自己的性命负责了。"

他们商量完之后,霍斯库尔德就回家了。

尼雅尔的儿子们睡醒了,问父亲发生了什么事。他告诉他们说,他的养子霍斯库尔德来过了。

"他一定是替莱汀求情来了。"斯卡普赫丁说道。

"是的。"尼雅尔答道。

"这可不好。"格里姆说道。

"你们要是像当初自己计划的那样把莱汀杀了,霍斯库尔德就不能庇护他了。"尼雅尔说道。

"咱们不要责怪父亲。"斯卡普赫丁说道。

据说,他们双方的这一协议得到了遵守。

100

这时,挪威的统治者发生了更替。哈康雅尔去世了,奥拉夫·特莱格瓦松继位。哈康是被一个叫卡克的奴隶在盖于尔河谷的里穆尔割断喉咙致死的。

与此同时传来消息说,挪威的宗教也发生了变化,他们放弃了自己古老的信仰。国王已经把西部的国土转成了基督教的天下,这包括设得兰群岛、奥克尼群岛和法罗群岛。

很多人都说,摒弃古老的信仰是一大丑闻。这些话被尼雅尔听到了,他说:"依我看,这个新的宗教似乎好多了,谁接受了它,谁就会幸福。如果有人到这里来传教,我会表示赞成。"

这些话他经常说，而且常常独自一个人走到一边，冥思苦想。

那年秋天，有一艘船来到东部的贝昌峡湾，在一个叫高塔维克的地方靠了岸。船长名叫桑布伦德，是萨克森的维尔巴尔杜斯雅尔的儿子。他受奥拉夫·特莱格瓦松国王的派遣，到冰岛来宣传新的宗教。跟他一起来的是一个冰岛人，名叫古德莱夫。他的父亲叫阿里，祖父叫马尔；再往前数，他的祖先依次是阿特利、斜眼儿乌尔夫、白色霍格尼、奥特里格、奥布劳德、霍达兰的国王色鬼赫约尔莱夫。古德莱夫是一位伟大的武士，骁勇善战，从各方面来说都称得起是个硬汉子。

在贝昌内斯居住着兄弟两个人，一个叫索尔莱夫，另一个叫凯蒂尔。他们的父亲是霍尔姆斯坦恩，祖父是住在布雷达尔的奥祖尔。兄弟俩召集人开了一次会，禁止他们跟桑布伦德和古德莱夫进行交易。

这件事被锡达的哈尔知道了。他住在奥尔法特峡湾的斯沃塔河。他率领三十人骑马来到那艘船那儿，径直找到桑布伦德，问他："你们的贸易是不是进行得很不顺利？"

桑布伦德承认，他说的是事实。

"我就为这事来这儿的，"哈尔说，"我想邀请你们所有人跟我一起住，然后我来试试，看看能不能给你们的货物找到市场。"

桑布伦德向他表示感谢，然后就跟着他前往斯沃塔河。

那年秋季里的一天，桑布伦德一大早就来到了屋子外面，命人支起了一顶帐篷，在里面做弥撒，那景象颇为壮观，因为那天是一个主要的宗教节日。

哈尔问桑布伦德道："你们庆祝这个日子是为了纪念谁？"

"大天使米迦勒。"他答道。

"这个天使有什么特殊的才能呢？"哈尔问道。

"有很多，"桑布伦德说，"你所做的每一件事，不管是好事还是坏事，他都进行衡量。他心肠好极了，总是把人们做的好事记上功劳。"

哈尔说："我倒想让他作我的朋友。"

"可以，"桑布伦德说，"你今天就可以以上帝的名义把自己交给他。"

"这我可以做到，"哈尔说，"但条件是，你得代表他来答应，让他成为我的护卫天使。"

"我答应。"桑布伦德说道。

于是，哈尔和他家里所有的人都接受了洗礼。

101

第二年春天，桑布伦德四处旅行，传播基督教，哈尔一直跟着他。他们经过隆斯荒原来到了西部的斯塔瓦费德，那里住着一个叫索尔凯尔的人。他措辞严厉地反对基督教，并向桑布伦德发出挑战，要跟他进行决斗。应战的时候，桑布伦德没有带盾牌，却带了一个十字架。但最终他还是在决斗中胜利了，杀死了索尔凯尔。

他们又从那里前往霍尔纳潟湖，在黑奈贝尔格沙滩以西的博尔加赫本被人们待如上宾。老叟希尔迪尔住在那里，他的儿子名叫格鲁姆——就是后来去烧死弗洛西的那个格鲁姆。希尔迪尔和家里所有的人也都接受了基督教。

他们接着从那里前往费德区，在考尔瓦山受到了热情的接待。哈尔的侄子考尔·索尔斯坦恩松住在那里，他和家里所有的人也都皈依了基督教。

他们从那里又前往布雷扎，哈尔的另一个亲戚奥祖尔·赫罗尔德松住在那里。他也接受了圣号。①

他们从那里又前往斯维纳费德，弗洛西也接受了圣号，并保证在阿耳庭大会上支持他们。

他们从那里来到西部的斯科加维尔菲区，在基尔丘拜尔受到了热情的接待。苏尔特住在那里，他是阿斯比约恩的儿子、索尔斯坦恩的孙子，索尔斯坦恩的父亲是憨头郎凯蒂尔。所有这些父子都已成为基督徒。

随后，他们离开斯科加维尔菲，前往赫夫扎布雷卡。还没等他们赶到，他们要来的消息就已经传到了那里。

有一个叫男巫赫丁的人，住在凯德灵加河。一些异教徒付给他一笔钱，让他把桑布伦德和他的同伴们杀了。这样，他便北上来到阿尔纳斯塔克荒原，拿出了很多祭品，做起魔法来。于是，当桑布伦德从东部骑马过来的时候，他坐骑下面的土地忽然断裂开来；桑布伦德从马上掉了下来，费了很大的力气才爬上了裂缝的边缘，但是他的马连同所有的马具都被大地吞没了，此后再也

---

① 指手画十字架的动作（进行洗礼前的一个预备性的仪式，使参加者能同非基督徒和基督徒交往）。

没有见过。于是，桑布伦德开始赞美上帝。

102

古德莱夫立即去找男巫赫丁，在荒原上发现了他，一直追赶他到了凯德灵加河。来到切近，古德莱夫把长矛向他掷去，把他扎了个透心凉。

他们从那里又前往迪尔侯马尔，在那里举行了一次聚会。桑布伦德进行了布道。结果，索尔凯尔·海亚尔-泰迪尔的儿子英杰尔德也成了基督徒。

他们从那里向西，来到弗廖特什立德布道。诗人维吐利迪和儿子阿里极力反对他们，因此，他们就把维吐利迪杀了。下面这首诗就是关于这件事的：

> 那个伟大的英雄①
> 拿起武器南下，
> 去砍那个战士②的胸膛。
> 圣教的这个勇敢的斗士
> 用他的巨斧，
> 砍下了维吐利迪的头颅。

---

① 指桑布伦德。
② 指维吐利迪。

桑布伦德从那里前往伯格索斯沃尔，尼雅尔和家人都接受了基督教。但是，莫德和瓦尔加尔德却非常反对基督教。

他们又从那里向西，渡过几条河后，来到赫伊卡达尔，为三岁的哈尔做了洗礼。

他们从那里前往格里姆斯内斯。病夫索尔瓦尔德召集了一群人马要对付他们，并送信给乌尔夫·乌加松，让他袭击桑布伦德，并杀了他。索尔瓦尔德还给他写了一首诗：

> 我——勇敢的武士，
> 向乌尔夫发出命令：
> 我要他——乌吉的儿子
> 在巨人的悬崖边，
> 摧毁胆小蠼螋的敌人，
> 我来对付剩下的那一个。

乌尔夫·乌加松也给他回了一首诗：

> 尽管我亲爱的诗人朋友
> 发来了命令，
> 但我不想接受这一引诱；
> 我不会倾心于那只
> 海员钓钩上垂下的苍蝇
> ——那是一个正在酝酿着的阴谋，

我最好是小心为妙。

"我可不想做他的傀儡，"他说，"他最好小心点儿，别让风大闪了舌头。"

送信的人听到这些，就返了回去。见到病夫索尔瓦尔德后，他把乌尔夫的话复述了一遍。索尔瓦尔德召集了很多人，宣布要在布洛斯科加海地伏击他们。

桑布伦德和古德莱夫上马离开了赫伊卡达尔，碰到一个人向他们飞马赶了过来。那个人要求见一见古德莱夫。见到之后，那个人说："我要告诉你，他们那里的人搞了很多埋伏。你应该感谢你住在雷恰侯拉的兄弟索尔吉尔斯，他帮你探听到了这一消息。病夫索尔瓦尔德和他的人马现在埋伏在格里姆斯内斯的海斯特莱克河那里。"

"这阻挡不了我们。"古德莱夫说道。

他们拨转马头，朝着海斯特莱克的方向飞驰而去。此时，病夫索尔瓦尔德已经渡过了那条河。

古德莱夫对桑布伦德说："索尔瓦尔德在那儿，咱们去干掉他！"

桑布伦德"嗖"地一声把长矛掷了过去，一下子把索尔瓦尔德穿透了。古德莱夫把他的胳膊从肩头砍了下来，索尔瓦尔德当即一命呜呼。

然后，他们上马来到全岛大会。索尔瓦尔德的亲戚们想杀掉他们，但是尼雅尔和东部峡湾的人们都支持他们。

雅尔蒂·斯凯格亚松念了这样一首诗：

> 我敢于亵渎神灵,
>
> 我惊讶——
>
> 美丽的爱神弗蕾亚竟是母狼。
>
> 肯定只有一种可能:
>
> 奥丁神为狗,
>
> 抑或她为犬。

那年夏天,雅尔蒂和白色吉祖尔去了国外。桑布伦德的船"野牛"号在东部的布兰斯内斯失事了。

桑布伦德走遍了冰岛西部。诗人雷夫的母亲斯坦努恩来见他,花了很长时间对桑布伦德大讲异教教义。她说话的时候,桑布伦德一言不发;但后来也发表了长篇大论,把她的观点全都驳倒了。

"你有没有听说,"她问,"托尔①向基督发出挑战,要跟他进行决斗,可是基督没敢应战?"

"我只听说,"桑布伦德答道,"如果上帝不想让托尔活着,那么托尔就会化为灰烬。"

"你知道是谁毁掉了你的船吗?"她问道。

"对此你有什么要讲的?"他问道。

"我来告诉你。"她说道:

---

① 托尔,北欧神话中的雷神。

> 万能的诸神把牧师①的船
> 拍打到岸边；
> 托尔在海上
> 摧毁了"野牛"号。
> 当船破为碎片的时候，
> 基督却无能为力；
> 我根本不信，
> 你们的上帝在护卫你们的海船。

接着，她又念了另外一首诗：

> 托尔驱赶着桑布伦德的小船
> 远离了它的航线；
> 他摇晃着
> 将它扔到了岸上。
> 那艘可怜的船
> 再也不能远航；
> 托尔带来的风暴
> 已将其击为碎片。

说完之后，斯坦恩努恩和桑布伦德就分手了。桑布伦德和他的同伴向西前往巴尔达斯特隆德。

---

① 指桑布伦德。

103

盖斯特·奥德莱夫松住在巴尔达斯特隆德的海伊，他非常富有智慧，能预测人们的命运。他举行了一次宴会来欢迎桑布伦德和他的同伴。他们一共有六十个人来到了海伊。据说有二百名异教徒已经到了那里，一个名叫奥特里格的暴徒①也会到那里去，人们都惧怕他。关于他的故事很多，据说他不怕火烧、刀枪不入。异教徒们都惧怕他。

桑布伦德问大家，愿不愿意接受基督教。所有的异教徒都坚决反对。

"我给你们一次机会，以证实哪个信仰更好，"桑布伦德说，"我们点起三堆火：你们这些异教徒赐福其中的一堆，我赐福另一堆，第三堆谁也不赐福。如果那个暴徒害怕我赐福的那堆火，而从你们的那堆火中走了过去，那么你们就必须接受基督教。"

"说的好，"盖斯特说，"我以我自己的名义并代表我的家人接受你的建议。"

盖斯特这么一说，很多人也都表示接受，赞成的呼声很大。

这时，有人来报告说，那个暴徒离房子很近了。于是，他们点起了三堆火。人们都手持武器，跳到凳子上等待着。那个暴徒

---

① 意为狂暴的斗士。在北欧传说中，这些人在战前喝烈性酒，使自己性情狂暴，从而不可战胜。

用武器把门撞开，一路走了进来。他走进大厅，毫不犹豫地从异教徒们赐福过的那堆火中间走了过去。接着，他又走到桑布伦德赐福过的火堆前，但他却不敢穿过去；他说，他的全身都被烧着了。他挥剑朝凳子的方向砍去，可是却砍在了半空中的一道横梁上。桑布伦德挥动十字架，打中了他的胳膊，这时一个很大的奇迹发生了：剑从暴徒的手中"当啷"一声掉在地上。紧接着，桑布伦德把剑插进了这个暴徒的胸膛，古德莱夫上前一剑将他的胳膊砍了下来。很多人一拥而上，结果了这个暴徒的性命。

随后，桑布伦德问他们愿不愿意接受基督教。盖斯特回答说，他愿意履行自己的诺言。于是，桑布伦德就为他和他家里所有的人进行了洗礼，还有很多人也都接受了洗礼。

桑布伦德向盖斯特请教，应不应该往西部峡湾去。盖斯特劝他不要去，说那里的人粗鲁而且邪恶。"但是，如果基督教注定要广为传播的话，那么它就会在'庭'会上被人广为接受，因为每个地区的头领都会到那里去的。"他说道。

"我已经在'庭'会上布过道了，"桑布伦德说，"我遇到的最大的麻烦就是在'庭'会。"

"尽管注定会有人通过制定法律来推广基督教，"盖斯特说，"但是大部分的工作都是你做的。正如人们说的那样，'冰冻三尺，非一日之寒'。"

盖斯特给桑布伦德送了一些珍贵的礼物，随后，桑布伦德就又到南部去了。

他首先来到南部地区，又从那里前往东部峡湾。他在伯格索斯沃尔受到了贵宾级的待遇，尼雅尔送给他精致的礼物。接着，他又上马前往东部的奥尔法特峡湾,去找锡达的哈尔。他命人把自己的船修好了。异教徒们都把那艘船称之为"铁篮子"。桑布伦德和古德莱夫乘着这艘船前往国外去了。

104

那一年的夏天,雅尔蒂·斯凯格亚松因为亵渎神灵而被宣布为不受法律保护的人。①

桑布伦德对奥拉夫国王讲了冰岛人是多么糟糕地对待他的,他说,他们都是些巫师,让他脚下的土地突然裂开,吞没了他的马。奥拉夫国王听后大怒,下令逮捕所有从冰岛过来的人,把他们投入地牢,并打算把他们都杀了。但就在这时,白色吉祖尔和雅尔蒂来到近前,提出愿意为这些人做担保,并且说,他们愿意前往冰岛,宣传基督教。国王听了很高兴,这样,所有的冰岛人又都被释放了。

接着,吉祖尔和雅尔蒂准备船只前往冰岛,不久就一切就绪了。夏天过去了十个星期之后,他们在埃亚尔登了陆。他们立即弄到了马匹,找来一些人负责卸船。他们骑上马,一行十二个人一起前往全岛大会。他们还送信给基督徒们,让他们为自己的到来做好准备。

---

① 他在第102章所吟诵的诗句中,骂弗蕾亚是母狼,骂奥丁是狗。在同一章中,据说他去了国外,因此,他是在缺席的情况下被宣布为不受法律保护的人的。

雅尔蒂留在了雷扎尔穆利，因为他得知自己已经由于亵渎神灵而被宣布为不受法律保护的人了。但是，当其他人来到贾巴基以南的韦兰卡特拉时，雅尔蒂又上马跟了过来。他说，他不想让那些异教徒们觉得他惧怕他们。

很多基督徒都出来迎接他们，他们一起浩浩荡荡地飞马赶奔全岛大会；异教徒们也召集了大批人马。一场要把参加全岛大会的所有人都要卷进去的战争似乎迫在眉睫了，但最终这场战争却并没有爆发。

105

有一个叫索尔盖尔的人居住在廖萨瓦，他是特约尔维的儿子、大个子索尔凯尔的孙子。他的母亲索隆是索尔斯坦恩的女儿；索尔斯坦恩是西格蒙德的儿子、格努帕-巴尔德的孙子。索尔盖尔的妻子名叫古德里德，是赫莱德拉加的黑汉子索尔凯尔的女儿。索尔凯尔的兄弟名叫方背乌尔姆；乌尔姆的儿子是萨伊拜亚尔的老叟赫莱尼。索尔凯尔和乌尔姆的父亲是索里尔·斯内皮尔，祖父是凯蒂尔·布利米尔；凯蒂尔是乌尔诺尔夫的儿子、比约诺尔夫的孙子；比约诺尔夫是毛腮格里母的儿子、凯蒂尔·亨恩的孙子；凯蒂尔·亨恩是赫拉布尼斯塔的半个巨人哈尔比约恩的儿子。

基督徒们给自己的棚屋搭上了顶子。吉祖尔和雅尔蒂待在莫斯费尔人的棚屋里。第二天，基督徒和异教徒都来到了法律岩石，双方都指定了证人，宣布在同对方打交道中，他们不再受法律的约束。随后，法律岩石那里一阵喧嚣，谁也听不清别人在讲些什么。

后来，人们都离开了。人人都觉得形势看来十分危险。基督徒们推举锡达的哈尔，让他负责为他们解释法律。可是，他却去找了廖萨瓦的戈狄索尔盖尔，送给他三个银马克，让他来公布一项法律。这是一着险棋，因为索尔盖尔本人也不信基督教。

索尔盖尔头上蒙了一件斗篷，在床上躺了整整一天，谁也没有跟他说话。第二天，人们来到了法律岩石。索尔盖尔要求大家安静，然后说道："在我看来，要是我们没有统一的法律，那我们的问题就没有希望解决了，因为如果法律存在着裂痕，那么和平也会存在裂痕，我们是无法这样生活的。现在，我想问一下异教徒和基督徒，看看他们愿不愿意接受我公布的法律。"

他们都表示愿意。索尔盖尔说，他想让他们发誓，保证遵守这些法律。他们对此也表示赞成，于是，他们就向他起了誓。

"这块土地上的所有人都应成为基督徒，这一点将构成我们法律的基础，"他说，"所有人都要信奉唯一的上帝——圣父、圣子、圣灵三位一体，不要再对虚假的偶像顶礼膜拜，不再遗弃婴儿，不再吃马肉。公开违反这些教规将受到惩罚，三年之内得不到法律的保护；但是，假如是秘密地进行，那么将不受惩罚。"

几年后，异教徒的所有这些作法都被禁止了，这样，他们在公开和秘密的场合都不能按照他们过去的习俗行事了。

接着，索尔盖尔解释了主日、斋日、圣诞节、复活节和其他所有主要的宗教节日。异教徒们觉得他们受到了很大的欺骗，但是，新的法律已经生效，这个国家所有的人都成了基督徒。

106

三年后,霍斯库尔德·尼雅尔松的儿子盲人阿蒙迪参加了辛格斯卡拉会议。他让人领着,在棚屋之间穿行,最后来到了萨姆斯塔济的莱汀的棚屋。他让人把自己领了进去,来到莱汀坐着的地方。

阿蒙迪问:"萨姆斯塔济的莱汀在这儿吗?"

"你找我有什么事?"莱汀问道。

"我想知道你为杀害我的父亲愿意付给我多少赔偿金,"阿蒙迪说,"我是他的私生子,可一分钱的赔偿金也没有得到。"

"我已经为你父亲的死支付了全额赔偿,"莱汀说,"你的祖父和你的叔父们拿了这笔钱,而他们却宣布我的兄弟们没有获得赔偿的权利。我是干了件坏事,但是我也已经为此受到了非常严厉的惩罚。"

"我不是问你有没有给他们赔偿,我知道你跟他们达成了协议,"阿蒙迪说,"我问的是你愿意给我多少赔偿金。"

"一分也不给。"莱汀说道。

"我想上帝要是看到你对我这样狠心,也会觉得这不公平,"阿蒙迪说,"我可以这样说:如果我的眼睛看得见,那么我或者要因为我父亲而得到些赔偿,或者要报仇雪恨。愿上帝了结我们俩之间的过节。"

他说完之后,转身就向外走。来到门口的时候,他转过身来,面对着棚屋里面。正在这时,他的双眼居然奇迹般地睁开了,他又能看见东西了。

他说:"赞美你,我的主啊。我现在知道你想让我干什么了。"

他又冲进了棚屋,径直来到莱汀的面前,一斧子砍在他的头上,斧子都没了进去。接着,他把斧子向自己这边一带,莱汀"扑通"一声向前摔倒,当场毙命。随后,阿蒙迪向门口走去,走到刚才眼睛复明的地方的时候,他的双眼又合上了。此后,在他剩下的岁月里,他的双眼再也没有睁开过。

随后,阿蒙迪让人把他领到尼雅尔和他的儿子们那里,把杀死莱汀的事情告诉了他们。

"不应为此而责怪你,"尼雅尔说,"因为这样的事情都是注定要发生的。一旦这样的事情发生了,那就是在警告我们,不要对近亲的要求不理不睬。"

接着,尼雅尔表示愿意和莱汀的亲属达成和解协议。惠塔内斯的戈狄霍斯库尔德也起了作用,说服他们接受赔偿。于是,这个案子提交给了仲裁。鉴于阿蒙迪的行为有正当理由,因此,他只需支付正常情况下赔偿金额的一半。然后,他们发誓将信守协议,莱汀的亲属们也都向阿蒙迪保证要遵守协议。

人们上马离开"庭"会,各自回家了。在相当长的一段时间里,一切都很平静。

107

灰面客瓦尔加尔德回到了冰岛。他依然是个异教徒,不相信基督教。他来到霍夫的儿子那儿,在那里度过了冬天。

他对莫德说:"我在这个地区骑马走了很多地方,我很难认出它过去的样子了。我去了惠塔内斯,看到很多新的棚屋,那里变化很大;我还去了辛格斯卡拉大会的所在地,看到我们的棚屋坍塌了。怎么会发生这么一件令人耻辱的事?"

莫德回答说:"他们创立了新的戈狄位置,设立了新的第五法庭。人们不再做我们的属民,都去找霍斯库尔德了。"

瓦尔加尔德说:"我把戈狄的职位传给了你,而你却缺乏气魄,没有好好地报答我。现在,我要你对他们进行报复,把他们最终都拖向死亡。方法是利用诽谤,让他们相互对立,让尼雅尔的儿子们杀掉霍斯库尔德。很多人都会为他报仇,这样尼雅尔的儿子们也会因此而丧命。"

"这我可干不了。"莫德说道。

"我告诉你怎么办,"瓦尔加尔德说,"你必须把尼雅尔的儿子们请到家里;走的时候,要送给他们礼物。你一定要等到你们之间的友谊深厚起来、他们对你的信任丝毫不亚于他们相互之间的信任的时候才开始散布谣言。贡纳尔死后,斯卡普赫丁曾拿走了你的金钱,到那时候,你就能为此向他进行报复。只有这些人都死掉之后,你才能恢复你的头领地位。"

于是，他们俩商定照计划进行。

"父亲，我希望你能接受基督教，"莫德说，"你的年纪已经大了。"

"我不想接受，"瓦尔加尔德说，"而且实际上，我想让你放弃这一信仰，看看会怎么样。"

莫德说，他不会这样做的。瓦尔加尔德把莫德的十字架和他所有的圣物都打坏了。不久，瓦尔加尔德得了场病死了，被葬在一座坟茔里。

108

过了不久，莫德上马来到伯格索斯沃尔，见到了斯卡普赫丁和他的兄弟们。他对他们极尽阿谀奉承，谈了整整一天，还说，他希望以后能够经常跟他们见面。斯卡普赫丁非常得体地应对着这一切，但是他说，莫德以前从来没有这样过。后来，莫德和他们建立起了非常深厚的友谊，以至于如果一方不同意，另一方就不做任何决定。每当莫德来访的时候，尼雅尔就显得很不高兴，而且他的不快每次还都露于言表。

一天，莫德来到了伯格索斯沃尔，对尼雅尔的儿子们说："为了纪念我的父亲，我安排了一次宴会，我想邀请你们和卡里同去。我保证在你们临走的时候，一定送给你们礼物。"

他们答应一定去。莫德回到家里准备宴会。他邀请了很多农场主。参加宴会的人很多，尼雅尔的儿子们和卡里也来了。莫德送给斯卡普赫丁一个很大的金质皮带扣，送给卡里一条银质腰带，还给格里姆和海尔吉送了礼物。

他们回到家里，盛赞这些礼物，还拿给尼雅尔看。尼雅尔说，他们最终得为这些礼物付出全部代价。"你们要小心，别让他的阴谋得逞。"他说道。

109

过了不久，霍斯库尔德和尼雅尔的儿子们相互拜访。尼雅尔的儿子们首先邀请了霍斯库尔德。

斯卡普赫丁有一匹深棕色的马，四岁口，身躯高大，长得很漂亮。这是一匹种马，但还没有和其他的马相斗过。斯卡普赫丁把它连同两匹母马送给了霍斯库尔德。其他人也都给霍斯库尔德送了礼物，表达了彼此的友情。

接着，霍斯库尔德邀请尼雅尔的儿子们到他在奥萨拜尔的家里去。他已经邀请了很多客人，因此那里的人很多。他在此之前把大厅拆了，还把三个仓库整理了一下，以便让大家在那里睡觉。

所有受他邀请的客人都来参加宴会了，宴会进行得非常顺利。人们准备回家的时候，霍斯库尔德给他们挑选了精美的礼物，还陪着尼雅尔的儿子们一起走了一段路。西格福斯的儿子们和其他人也都陪着他。双方都说，谁也破坏不了他们之间的友谊。

过了一段时间，莫德来到奥萨拜尔，让霍斯库尔德跟他谈谈。

他们就走到一边,交谈起来。

莫德说:"你和尼雅尔的儿子们之间有一个很大的区别:你送给他们的是精美的礼物,而他们送给你的礼物中却满带着嘲讽。"

"你有什么证据?"霍斯库尔德问道。

"他们送给你一匹深棕色的马,称它是'未经战阵的马驹',他们这样就是想嘲笑你,因为他们认为你也没经历过什么大风大浪。我还可以告诉你,他们忌妒你的戈狄的地位。有一次,你没有参加第五法庭的会议,斯卡普赫丁就趁机抢占了你的戈狄的位子,而且他从来就没有打算放弃。"

"你说的不对,"霍斯库尔德说,"在秋天召开的大会上我就把它收回来了。"

"那一定是尼雅尔干的,"莫德说,"但是,他们还违反了跟莱汀达成的协议。"

"我认为这件事跟他们无关。"霍斯库尔德说道。[①]

"你不会否认这个吧,"莫德说,"你和斯卡普赫丁到东部的马尔卡河的时候,从他的腰里掉出了一把斧子,他本来打算用那把斧子来杀死你。"

"那是他砍柴用的斧子,"霍斯库尔德说,"他往腰里别的时候我还看见。另外,就在此时此地,我要说明一点,不管你讲尼雅尔的儿子们什么坏话,我永远也不会相信。即使你讲了真话、最终他们要杀了我或者我要杀了他们,我也宁愿让他们杀了

---

① 莫德暗示,阿蒙迪是受尼雅尔的儿子们的鼓动才去杀害莱汀的(第106章),霍斯库尔德(正确地)否认他们卷入了这件事。

我，而不愿对他们造成一点儿伤害。你讲的这些话真是再邪恶不过了。"

于是，莫德只好转身回家了。

过了一段时间，莫德去看望尼雅尔的儿子们，跟兄弟几个和卡里讲了很多事情。

"斯卡普赫丁，有人告诉我，霍斯库尔德说你违反了跟莱汀的协议。我还了解到，他认为你们俩前往东部的马尔卡河的时候你打算杀害他。而且，我觉得还有另外一次，绝对是他想阴谋杀害你：他邀请你参加一次宴会，让你住在离房子最远的仓库里，他们花了整整一个晚上往那里搬运柴草，打算把你烧死在里面。但结果，霍格尼在夜里赶到了，这个阴谋就没有得逞，因为他们惧怕霍格尼。后来，在你们回家的路上，霍斯库尔德和一大群人跟着你们；他当时正在筹划另一个阴谋，他让格拉尼·贡纳尔松和贡纳尔·兰巴松杀死你们，可这两个人没有勇气，不敢向你们进攻。"

他说这些话的时候，他们先是表示反对。但最终，他们还是相信了他。于是，他们对霍斯库尔德转而变得非常冷淡，见面的时候，也很少同他讲话。但霍斯库尔德也没有向他们表示多少的顺从。事情就这样过了一段时间。

那年秋天，霍斯库尔德到东部的斯维纳费德去参加一个宴会。弗洛西热情地招待了他。希尔迪贡也在那里。

弗洛西对霍斯库尔德说："希尔迪贡告诉我说，你和尼雅尔的儿子们之间的关系非常冷淡，这我可一点儿也不喜欢。我给你提个建议：别回西部了，我把斯卡夫塔山的农场送给你，让我的兄弟索尔盖尔住到奥萨拜尔去。"

"那样就会有人说，我害怕了，所以逃走了，"霍斯库尔德说，"我不想出现这样的结果。"

"那就极有可能导致更大的灾祸。"弗洛西说道。

"那真是糟透了，"霍斯库尔德说，"因为我宁愿死掉，不享受赔偿的权利，也不愿很多人因为我而受到伤害。"

几天后，霍斯库尔德做好了回家的准备。弗洛西送给他一件猩红色的斗篷，饰带一直垂到了边缘。霍斯库尔德上马回到了奥萨拜尔的家里。一段时间过去了，一切都平平静静的。人们都非常喜欢霍斯库尔德，他几乎没什么敌人，但是，他和尼雅尔的儿子们之间的冷淡却在整个冬天里与日俱增。

尼雅尔曾把卡里的儿子索尔德收为自己的养子，他还收养了阿斯格里姆·埃利达-格里姆松的儿子索尔哈尔。索尔哈尔精力充沛，办事果断。他跟着尼雅尔钻研法律，学得非常好，后来成为冰岛的三大法律专家之一。

那年的春天来得早，人们也就早早地开始播种了。

110

一天，莫德来到了伯格索斯沃尔。他和尼雅尔的儿子们走到僻静的地方，交谈起来。跟往常一样，他说了一些诽谤霍斯库尔德的话，又加上了很多新的谎言，不断地挑动斯卡普赫丁等人去杀了霍斯库尔德。他说，如果他们不立刻采取行动的话，霍斯库尔德就会抢先下手。

(Jón Axel Björnsson)

一天,莫德来到了伯格索斯沃尔。他和尼雅尔的儿子们走到僻静的地方,交谈起来。跟往常一样,他说了一些诽谤霍斯库尔德的话……

"你的愿望会实现的,但条件是你得和我们一起去,也参加这个行动。"斯卡普赫丁说道。

"我已经准备好了。"莫德答道。

他们达成了一项协议,商定当天晚上,莫德应该到这里来。

贝格索拉问尼雅尔:"他们在那儿商量什么呢?"

"我没有参与他们的计划,"尼雅尔回答说,"但如果他们商量的是好的计划,我不会被排除在外。"

当天晚上,斯卡普赫丁没有上床睡觉,他的兄弟们以及卡里也没有睡。到了夜里,莫德·瓦尔加尔德松来找他们;尼雅尔的儿子们和卡里拿起武器，一起上马飞奔而去。他们径直来到奥萨拜尔，在墙旁等候着。那天天气很好，太阳已经升了起来。

111

大约就在同一个时刻，惠塔内斯的戈狄霍斯库尔德醒来了。他穿上衣服，披上弗洛西作为礼物送给他的斗篷，一手拿着装满种子的篮子，一手拿剑，来到自己的田里，开始撒种。

斯卡普赫丁等人已经商定，每个人都要给他留下点儿伤口。斯卡普赫丁从墙后面纵身跳了出来。霍斯库尔德一见，就想转身逃走。但是，斯卡普赫丁冲到他的身边，说道："惠塔内斯的戈狄，你不必跑了。"说着，他挥起宝剑，一剑砍中了他的头部，霍斯库尔德一下子跪倒在地上。

他说："愿上帝帮助我，愿上帝饶恕你们。"

这时他们都向他冲了过来，把他打死了。

然后，莫德说："我刚刚想出了个主意。"

"什么主意？"斯卡普赫丁问道。

"我先回家，然后再前往格廖特，把这件事告诉他们，并说我觉得这是一个罪恶的事件。我知道，索尔盖尔德会请我宣布这一杀人事件，那我就照办，因为这样会给他们的上诉造成严重损害。①我还将派个人前往奥萨拜尔，看看希尔迪贡和那里的人是不

---

① 莫德的想法是，如果他作为杀人犯而担任原告的话，起诉将无效。

是打算很快就采取行动;这个人会从那里听到霍斯库尔德被杀的消息,然后,我就假装这个消息就是这样得到的。"

"你去想方设法照这个思路办吧。"斯卡普赫丁说道。

然后,尼雅尔的儿子们和卡里往家里走。到家之后,他们把发生的事情告诉了尼雅尔。

"这是件悲惨的事,"尼雅尔说,"听到这个消息真是可怕,可以这样说,我感到万分悲痛,只要霍斯库尔德还活着,我宁愿失去两个儿子。"

"可以原谅你说出这样的话,"斯卡普赫丁说,"你上了年纪,所以才把这件事看得很重,这是可以理解的。"

"不是因为我老了,"尼雅尔说,"而是因为对这件事的后果是什么,我比你们看得都更清楚。"

"会出现什么后果?"斯卡普赫丁问道。

"我自己、我的妻子和所有的儿子都会死掉。"尼雅尔答道。

"那我呢?"卡里问道。

"人们很难战胜你的好运气,"尼雅尔说,"因为你会把他们都打败。"

霍斯库尔德被杀成了唯一一件能让尼雅尔感到万分悲痛的事,他一说起来就泪如雨下。

112

希尔迪贡一觉醒来,发现霍斯库尔德已经不在床上了。她说:

"我做了一些噩梦,不是什么好兆头。去把霍斯库尔德找来。"

人们找遍了整个农场也没有找到他。这时,她已经穿好了衣服,带着两个人来到了那堵墙附近。在那儿,他们发现霍斯库尔德被杀了。

正在这时,莫德的牧羊人来到了这里。他告诉她,斯卡普赫丁和他的同伙骑马离开了这里。"斯卡普赫丁对我大声叫喊,说是他杀的霍斯库尔德。"牧羊人说道。

"这件事要是他一个人干的话,那就真是男子汉所为了。"希尔迪贡说道。

她拾起那件斗篷,擦掉了血迹,用它把凝固了的血块包了起来,再把斗篷折叠起来,放在自己的衣柜里。

接着,她派人前往格廖特,把这个消息告诉那里的人。莫德已经赶到了那里,把这件事跟那里的人们说了。莫克的凯蒂尔也来了。

索尔盖尔德对凯蒂尔说:"我们知道,霍斯库尔德已经死了。记住你在把他收为自己的养子的时候所做的保证。"

"当时我也许做了很多保证,因为我从没料到会发生这样的事情,"他说,"事实上,我现在很难办,因为我娶了尼雅尔的女儿为妻,和他们毕竟也是一家人了。"

"那你想让莫德来宣布杀人的案子吗?"索尔盖尔德问道。

"我不敢肯定,"凯蒂尔答道,"因为依我看,莫德这个人身上的邪恶多过善良。"

然而,当莫德跟他一交谈,凯蒂尔就像其他人一样觉得,莫德还是可以信任的。于是,他们同意,由莫德宣布杀人的消息,并准备在全岛大会上进行诉讼。

随后,莫德来到奥萨拜尔,住在杀人现场附近的九个邻居也来了。莫德带了十个人跟他一同前往现场。他让邻居们查验霍斯库尔德的伤口,为致命的伤口指定了证人,还为每个伤口指定了证人,但只有一处伤口除外。他假装不知道那是谁干的——实际上,那正是他自己干的。他指控斯卡普赫丁犯有杀人罪,指控他的兄弟们和卡里犯有伤害罪;接着,他让九个邻居前往大会。随后,他上马回家了。

从那以后,他很少再和尼雅尔的儿子们见面,即使偶尔相遇,也是像他们预先计划的那样,彼此都很冷淡。

人们都知道霍斯库尔德被杀了,全国各地的人们都在谈论这件事,都觉得非常难过。

尼雅尔的儿子们前去看望阿斯格里姆·埃利达-格里姆松,请求他的帮助。

"在所有的大事上,你们都可以指望我帮助你们的,"他说,"但是这件事让我感到为难,因为起诉这个案子的人数将会很多,全国各地的人们都觉得霍斯库尔德被杀是件非常糟糕的事情。"

于是,尼雅尔的儿子们就回家去了。

113

有一个叫大力士古德蒙德的人,住在埃亚峡湾的莫德鲁维利。他是埃约尔夫的儿子、埃纳尔的孙子。埃纳尔的父亲是讨厌鬼奥顿，祖父是索罗尔夫·巴特。索罗尔夫·巴特的父亲是索尔斯坦恩·斯克罗菲，祖父是格里姆·坎班。古德蒙德的母亲是索罗德·赫尔默特的女儿哈尔贝拉，哈尔贝拉的母亲是赫布里底群岛人塞蒙德的女儿雷金莱夫，斯卡加峡湾的塞蒙德希尔德就是以赫布里底群岛人塞蒙德的名字命名的。古德蒙德的祖母是瓦尔盖尔德·朗诺尔夫斯多蒂尔，她的母亲是瓦尔伯格，瓦尔伯格的母亲未来人尤隆恩则是圣奥斯瓦德国王的女儿。尤隆恩的母亲名叫贝拉，是圣人埃德蒙德国王的女儿。埃约尔夫的祖母是移民到埃亚峡湾的瘦子海尔吉的女儿海尔嘉，海尔吉的父亲是挪威人埃温德，母亲是爱尔兰国王克雅瓦尔的女儿拉法塔。海尔嘉是海尔吉的女儿，她的母亲索隆·海尔纳是塌鼻子凯蒂尔的女儿；凯蒂尔的父亲是比约恩·布纳，祖父是绅士格里姆。格里姆的母亲是赫尔沃，赫尔沃的母亲是哈洛格兰的国王哈莱格的女儿索尔盖尔德。

大力士古德蒙德的妻子名叫索尔劳格，她的父亲是尊者阿特利，祖父是埃利夫·伊格尔。埃利夫·伊格尔是住在奥尔的巴尔德的儿子、机灵鬼凯蒂尔的孙子。凯蒂尔是老叟斯基迪的儿子。索尔劳格的母亲名叫赫尔迪丝，是霍夫济的索尔德的女儿，索尔德的父亲是比约恩·比尔杜斯密约尔，祖父是赫罗尔德·赫里格；赫罗尔德·赫里格是铁肋比约恩的儿子、邋遢鬼拉格纳尔的孙子；拉格纳尔的父亲是朗德维尔，祖父是拉德巴尔德。赫尔迪丝的母亲，也就是索尔德的女儿，名叫索尔盖尔德·斯基达多蒂尔；她的母亲是弗里德盖尔德，是爱尔兰国王克雅瓦尔的女儿。

古德蒙德是一位伟大而又富有的头领，拥有一百个奴仆。他对厄赫斯纳荒原以北的其他头领采取了高压政策，迫使一些人逃离自己的农场，有的人还丧了命，还有的人因为他的原因而放弃了自己的戈狄地位。他的后代都成为冰岛最优秀的民族：奥迪人、斯图尔灵家族、瓦姆人、弗廖特人、凯蒂尔主教以及其他许多杰出的人士。

古德蒙德是阿斯格里姆·埃利达-格里姆松的朋友，因此阿斯格里姆打算寻求他的帮助。

114

有一个叫斯诺里的人，人们都称他为戈狄斯诺里，一直居住在海尔加火山。后来，古德隆·奥斯维夫斯多蒂尔从他手里买下了这块地。从那以后，古德隆就住在了那里，斯诺里则搬到了华姆峡湾，住在赛灵斯达斯通加。斯诺里的父亲名叫索尔格里姆，是专吃鳕鱼的索尔斯坦恩的儿子。索尔斯坦恩的父亲是大胡子索罗尔夫，祖父是渔夫乌尔诺尔夫。但据大才子阿里说，索罗尔夫的父亲是鲸肋索尔吉尔斯。大胡子索罗尔夫娶了红色索尔斯坦恩的女儿奥斯克为妻。索尔格里姆的母亲是奥拉夫·菲兰的女儿索拉。奥拉夫·菲兰是红色索尔斯坦恩的儿子、白色奥拉夫的孙子。白色奥拉夫是英杰尔德的儿子、海尔吉的孙子。英杰尔德的母亲名叫索拉，是蛇目人西古尔德的女儿、邋遢鬼拉格纳尔的孙女。戈狄斯诺里的母亲名叫索尔迪丝·苏尔斯多蒂尔，是吉斯利的姐姐。

斯诺里是阿斯格里姆·埃利达-格里姆松的好朋友，因此阿斯格里姆打算寻求他的帮助。

斯诺里被称为是冰岛最有智慧的人，能够预测未来。他对朋友很讲义气，对敌人则残酷无情。

那年夏天，许许多多的人都骑马从全国各地前往参加全岛大会，人们也提起了很多诉讼。

115

弗洛西得知霍斯库尔德被杀的消息之后，非常悲痛，也非常愤怒，但他还是保持了平静。人们告诉他，有关这起杀人案的起诉已经开始了，他对此什么也没说。

他传话给岳父锡达的哈尔和哈尔的儿子约特，让他们多带些人到"庭"会去。在东部地区，约特被认为是最有希望成为头领的人。有人预测说，如果他连续三个夏天都去参加全岛大会并能平安回到家里的话，他就会成为其家族中最伟大、在位最长的头领。他已经参加了一届大会，现在是第二届。

弗洛西给考尔·索尔斯坦恩松、老叟希尔迪尔的儿子格鲁姆、方背奥努恩德的儿子盖尔莱夫以及莫多尔夫·凯蒂尔松都送了信，他们都纵马赶来，和他汇合在一起。哈尔还保证率领大批人马过来。

弗洛西上马去找基尔丘拜尔的苏尔特·阿斯比亚恩松。然后，他又派人去请他的侄子考尔贝恩·埃吉尔松。他马上就来了。

他又从基尔丘拜尔纵马赶往靓仔索尔格里姆居住的赫夫扎布

雷卡,他是帅哥索尔凯尔的儿子。弗洛西请他和自己一起骑马赶往大会,他同意了,并对弗洛西说:"当然,你的形象如何那是你自己的事,可是,过去的你比现在快乐多了。"

弗洛西说:"的确,我真希望手头这件事从未发生过,哪怕让我为此而放弃我的一切。但是,如果播下去的是邪恶的种子,那么长出来的必定是邪恶的果实。"

他们从那里穿过阿尔纳斯塔克荒原,于傍晚时分来到了索尔黑马尔。弗洛西的一位密友洛德蒙德·乌尔夫松住在那里。他就在那里过了夜。第二天早上,洛德蒙德跟他一起来到达尔。奥尔的戈狄乌尔夫的儿子朗诺尔夫住在那里,他们就在那里过了夜。

弗洛西对朗诺尔夫说:"我们现在可以听一下霍斯库尔德被害的真实情况了。你是个老实人,住的地方又离现场不远。告诉我,这些人是怎么争吵起来的。不管你说什么,我都会信的。"

朗诺尔夫说:"无须否认,他完全是无辜被害,大家都为他的死感到悲哀,但最为痛心的是他的养父尼雅尔。"

"那么,那些杀人凶手就很难找到支持他们的人了。"弗洛西说道。

"是的,"朗诺尔夫说,"只要不出现意外情况。"

"至今为止你们都做了些什么?"弗洛西问道。

"邻居们已经被召集起来,"朗诺尔夫答道,"而且已经宣布这是一起杀人案。"

"是谁宣布的?"弗洛西问道。

"莫德·瓦尔加尔德松。"朗诺尔夫答道。

"他可信吗?"弗洛西问道。

"他是我的亲戚,"朗诺尔夫答道,"但我必须得承认,事实上他很邪恶——请暂息雷霆之怒。我们所采用的行为方式,一定要确保其所带来的麻烦最少,因为尼雅尔和其他杰出人士一定会提出妥妥的解决方案。"

弗洛西说:"朗诺尔夫,你上马去参加阿耳庭大会吧,你刚才说的话对我的作用很大——除非情况变得更糟。"

然后,他们就停止了交谈。朗诺尔夫答应跟弗洛西一起去,他还派人去请他的亲戚智者哈夫。哈夫立刻就飞马赶来了。

弗洛西又从那里前往奥萨拜尔。

116

希尔迪贡正在屋子外面,她吩咐道:"等弗洛西赶到农场的时候,所有的男子都要到外面来;女人要打扫房子,把帘帷挂起来,为弗洛西准备好高座。"

过了一会儿,弗洛西纵马冲进了草场。

希尔迪贡迎上前去,说道:"我的亲戚,欢迎你,同时也感谢你。你来了,我从心底里感到高兴。"

弗洛西说:"我们就在这里吃今天的主餐①了,然后继续赶路。"

有人给他们拴好了马。弗洛西走进大厅坐了下来。他用力把

---

① 今天的主餐,指一天中最主要的一顿饭,但时间却是在上午九点左右。

那个高座推到一边,说道:"我不是国王,也不是雅尔。没有理由给我准备这么个高座,没有必要取笑我。"

希尔迪贡正在旁边,说道:"如果这样做冒犯了你,那真是糟糕;可我们的本意是好的。"

弗洛西说:"如果你的意图是好的,那么你的行为自会证明;但如果你的意图是邪恶的,那么你就会自找苦吃。"

希尔迪贡冷笑一声,说道:"这还没怎么着呢;我看还没等我们把这个案子了结,我们自己就会先打起来的。"

她在弗洛西旁边坐了下来。两个人悄悄地谈了很长时间。

后来,人们把饭菜端了上来,弗洛西和他的手下洗了洗手。弗洛西仔细地看了看那条毛巾,见它已经是破烂不堪了,其中一头儿还被撕破了。他把它扔在凳子上,拒绝用它擦手。他撕下一条桌布,把手擦干后,扔给了自己的手下。接着,他在桌子边坐下,吩咐他的手下开始吃饭。

这时,希尔迪贡走进屋里,来到弗洛西的面前,把散落在眼前的头发推到一边,擦了擦眼睛,啜泣起来。

弗洛西说:"你的心情沉重,因此你哭了。为好人而哭是对的。"

"针对霍斯库尔德的被杀你会采取什么行动呢?我从你那里又能得到什么帮助呢?"她问道。

弗洛西回答说:"我将充分地利用法律进行起诉,或者达成杰出人士认为从各方面来讲对我们都很体面的一项和解协议。"

她说:"假如是霍斯库尔德为了你而有义务采取行动的话,他会进行复仇的。"

弗洛西答道:"你的身上一点儿也不缺乏凶猛的气质,你想要什么也很清楚。"

希尔迪贡说:"福索尔湖的阿诺·乌尔诺尔夫松对你父亲弗雷的戈狄索尔德的伤害比不上这次严重,可是你的兄弟考尔贝恩和埃吉尔还是在斯卡夫塔山大会上把他杀了。"

说完,希尔迪贡来到厅堂,打开她的衣柜,从里面拿出弗洛西送给霍斯库尔德的那件斗篷,霍斯库尔德就是穿着这件斗篷被害的。她连同斗篷上面的血块都一直保存着。她拿着这件斗篷回到了大厅,静静地向弗洛西走过去。弗洛西已经吃完了饭,桌子也收拾好了。希尔迪贡把斗篷放在弗洛西的肩上,凝固了的血块洒了他一身。

她说:"弗洛西,这件斗篷就是你送给霍斯库尔德的礼物,现在我把它还给你。他是穿着它被杀害的。以上帝和所有杰出人士的名义,我要你凭借基督的神力以及你本人的勇气和男子汉气概,为霍斯库尔德死前所受到的每一处创伤复仇,否则,你将受到所有人的蔑视。"

弗洛西扯下斗篷,扔到她怀里,说道:"你是个魔鬼,你让我们采取的行动会对我们造成最为严重的后果。蛇毒莫过妇人心啊。"

弗洛西被激怒了,脸上一会儿血红,一会儿苍白,一会儿又阴沉得像地狱。

他和手下找到各自的马匹,飞身上马,疾驰而去。他来到霍尔特斯瓦德,在那里等候西格福斯的儿子们和其他朋友。

英杰尔德住在凯尔迪,他是霍斯库尔德的母亲赫罗德内的哥哥。他和赫罗德内的父亲是白色霍斯库尔德，祖父是大力士英杰尔德。大力士英杰尔德是红色盖尔芬的儿子、索尔维的孙子；索尔维的父亲是义士贡恩斯坦恩。英杰尔德娶了斯拉斯劳格·埃吉尔斯多蒂尔为妻，斯拉斯劳格的父亲是弗雷的戈狄索尔德的儿子。埃吉尔的母亲叫斯拉斯劳格，她是索尔斯坦恩·斯帕罗和乌恩的女儿，乌恩是埃温德·卡菲的女儿、智者莫多尔夫的妹妹。

弗洛西送信给英杰尔德，让他和自己一起去。英杰尔德带着自己家里的十四个人立刻赶来了。他身材魁梧、健壮，在家里很少讲话，但非常勇敢，对朋友也是慷慨大度。

弗洛西热情地欢迎他，对他说："亲戚，我们碰到了个大麻烦，难以找到解决办法。我想请你在这个问题解决之前别离开我。"

英杰尔德回答说："由于我和尼雅尔以及他的儿子们的关系，同时还有一些其他原因，因此我的处境很尴尬。"

弗洛西说："我想，当初我把我的侄女许配给你的时候，你答应过在所有的事情上都支持我。"

"我多半会支持你的，"英杰尔德说，"但我想先回一趟家，再从那里去大会。"

117

西格福斯的儿子莫克的凯蒂尔以及他的兄弟拉姆比、索尔凯尔、莫德和西格蒙德得知弗洛西正在霍尔特斯瓦德，就赶过来跟他汇合。拉姆比·西古尔达松、贡纳尔·兰巴松、格拉尼·贡纳尔松和维布伦德·哈蒙达尔松也来了。弗洛西站起身来,高兴地欢迎他们。

他们沿着河流向南走。弗洛西听他们讲了事件的真实经过。他们讲的跟朗诺尔夫所描述的没什么差别。

弗洛西对莫克的凯蒂尔说:"我想问你,你和你的几个兄弟是否打算极力促成这件事情的解决。"

凯蒂尔答道:"我愿意在我们之间和平解决这个问题,但我已经发过誓,不管最终用什么方法解决,在了结之前我决不放弃,而且我愿意为此付出我的生命。"

弗洛西说:"你是真正的男子汉,跟你这样的人在一起共事是件乐事。"

格拉尼·贡纳尔松和贡纳尔·兰巴松立即说道:"我们希望的最终结果是宣布他们不受法律保护,要他们死。"

弗洛西说:"事情不一定会按照我们的设想发展。"

格拉尼说:"自从他们在马尔卡河杀了斯莱恩,我就觉得,我永远也不会跟他们达成和解。现在,他们又杀害了斯莱恩的儿子,我要亲眼看着他们被杀死。"

弗洛西说:"你曾经有过机会,完全可以报仇雪恨的,只是你缺乏勇气和男子汉的气魄。我想,随着时间的推移,你和很多人会后悔当初参与了这件事,你们现在所追求的将来会让你们付出更大的代价。我可以清楚地看到,即使我们杀了尼雅尔和他的儿子,由于他们如此杰出、出身高贵,因此,好多人会为他们报仇,我们将不得不向很多人跪倒求饶,才有可能摆脱险境。你们还会看到,很多现在富有的人将会一贫如洗,而有的人财富和性命都将不保。"

莫德·瓦尔加尔德松赶来面见弗洛西，说他和自己的手下愿意跟他一起前往"庭"会。弗洛西表示感谢，然后建议莫德把女儿朗恩维格嫁给弗洛西的侄子斯塔卡德——他住在斯塔瓦费德。弗洛西之所以这么做是因为他认为这样可以确保莫德及其众多人手的忠诚。莫德对此感到高兴，就把这件事交给白色吉祖尔去办，让弗洛西在大会期间跟他谈谈这件事。

莫德娶的是白色吉祖尔的女儿索尔卡特拉。

接着，莫德和弗洛西上马一同赶奔"庭"会。每天，他们都聚在一起，商量该怎么办。

118

尼雅尔问斯卡普赫丁："你和你的兄弟们以及你们的妹夫卡里现在有什么打算？"

斯卡普赫丁答道："大部分情况下，我们并不遵照梦中的指引行事。不过我可以告诉你，我们要去通加找阿斯格里姆·埃利达-格里姆松，再从那里前往全岛大会。父亲，你打算去吗？"

尼雅尔答道："我会去参加大会的，因为只要我还活着，要是不管你们的事，那么我的名誉就会受到损害。我想，在全岛大会上会有很多人替我说好话，我在场只会对你们有所帮助，而不会对你们造成伤害。"

尼雅尔的养子索尔哈尔·阿斯格里姆松正站在那里。尼雅尔的儿子们嘲笑他，因为他披了一件劣质的带有棕色斑纹的斗篷。他们问他打算穿多久。

索尔哈尔说："等到我被迫为养父被害采取行动之时，我就会把它扔到一边的。"

尼雅尔说："最需要你的时候，你会一显身手的。"

随后，他们全都做好了离家上路的准备。他们一行将近三十人飞马赶到肖尔萨河，同尼雅尔的亲戚——霍尔塔-索里尔的两个儿子索尔莱夫·克劳和大个子索尔格里姆汇合。索尔莱夫和索尔格里姆把他们带来的人交给尼雅尔的儿子们，还表示支持他们，他们都接受了。接着，他们一起渡过肖尔萨河，来到了拉赫索巴基，在那里停下来休息了一下。雅尔蒂·斯凯格亚松跟他们在那里汇合了。他和尼雅尔一起秘密地交谈了很长时间。

后来，雅尔蒂说："我一直想让人们知道，我的计划中没什么见不得人的事儿。尼雅尔要求我帮助他，我就同意了，答应帮助他。因为他以前常常用他明智的建议帮助我和其他很多人。"

雅尔蒂把弗洛西的所有动向都告诉了尼雅尔。然后，他们就派索尔哈尔先行一步，前往通加，通知那里的人，他们打算在傍晚时分赶到那儿。阿斯格里姆立即着手进行准备，等尼雅尔纵马冲进草场的时候，他已经在外面迎接了。尼雅尔披着一条黑色的披肩，戴着一顶毡帽，手里拿着一把小斧子。阿斯格里姆走上前去，搀着尼雅尔下了马，陪他走进屋里，让他坐在高座上。接着，尼雅尔的儿子们和卡里都走了进来。阿斯格里姆又来到屋子外面，雅尔蒂觉得这里的人太多了，正打算离开的时候，阿斯格里姆一把抓住了他的马缰，叫他别走。接着，阿斯格里姆命人把马鞍子卸了下来，把雅尔蒂领进了屋里，让他坐在尼雅尔的旁边。索尔莱夫和索尔格里姆和他们带来的人坐在另一张长凳上。

阿斯格里姆在尼雅尔对面的凳子上坐了下来，问道："对这个案子你有什么想法？"

尼雅尔答道："相当糟，因为我担心，所有牵涉在内的人命运都会不妙。你派人去把你所有的属民都找来，跟我一起去参加大会。"

"我也是这么想来着，"阿斯格里姆说，"我就此向你保证，我这里只要还有一个人活着，就决不抛弃你。"

屋子里的人都向他表示感谢，说他的行为很高尚。他们就在那里过了夜。第二天早晨，阿斯格里姆的手下全部赶来了。于是，他们全都上马赶往"庭"会。他们的棚屋也已经搭好了。

119

弗洛西已经来到了阿耳庭大会，正在照管自己的棚屋。朗诺尔夫负责达尔人的棚屋，莫德则负责朗河平原地区的人的棚屋。最远的是来自东部的锡达的哈尔，差不多可以说从那里来的只有他一个。但是，他从那里带来了很多人，并且立即同弗洛西的人马汇合在一起。他请弗洛西接受和平解决。哈尔很有智慧，心地善良。弗洛西礼貌地对他的建议作出了答复，但并没有作出什么保证。

哈尔问，答应支持他的人都是谁。弗洛西回答说，有莫德·瓦尔加尔德松。他还说，他已经为自己的侄子斯塔卡德向莫德的女儿求了婚。哈尔说，那个女人不错，但同莫德打交道可不是什么好事，"大会结束之前，你就会相信这一点的。"

说到这里，他们就不再谈了。

一天，尼雅尔、他的儿子们和阿斯格里姆谈了很长时间。后来，阿斯格里姆挺身站了起来，对尼雅尔的儿子们说道："咱们得去找一些朋友，不能让他们在人数上超过我们，因为这场官司将非常难打。"

阿斯格里姆走了出去，海尔吉·尼雅尔松跟在后面。卡里·索尔蒙达松、格里姆·尼雅尔松、斯卡普赫丁、索尔哈尔·阿斯格里姆松、大个子索尔格里姆和索尔莱夫·克劳也都跟了出去。他们来到白色吉祖尔的棚屋，走了进去。吉祖尔起身迎接他们，请他们坐下，喝点东西。

阿斯格里姆说："我们不是来喝水的，我要想说的也不必遮遮掩掩。我的亲戚，我想知道从你那里我能得到什么样的支持？"

吉祖尔答道："我的姐姐尤隆恩①不会让我对你袖手旁观的；我和你不仅现在，而且永远都是同舟共济的朋友。"

阿斯格里姆向他表示感谢，然后就离开了。

斯卡普赫丁问："现在我们去哪儿？"

阿斯格里姆答道："到厄尔弗斯区的人的棚屋去。"

他们赶到了那里。阿斯格里姆问斯卡弗蒂·索罗德松在不在棚屋里。人们告诉他说在，于是他们就走了进去。斯卡弗蒂正坐在横过来的凳子上，一见到他们，就起身迎接，欢迎阿斯格里姆

---

① 吉祖尔的姐姐尤隆恩是阿斯格里姆的母亲。

的到来。阿斯格里姆礼貌地应对着。斯卡弗蒂请他在自己身边坐了下来。阿斯格里姆说，他只待一会儿。"我来这里是有原因的。"他说道。

"那我们就听听吧。"斯卡弗蒂说道。

"我想请你支持我和我的亲戚。"阿斯格里姆说道。

"我所期望的却与此不同，"斯卡弗蒂说，"我不想让自己卷入你们的麻烦之中。"

阿斯格里姆说："这真不是什么好话。最需要你的时候，你却拒绝帮助。"

"那个大块头是谁？"斯卡弗蒂问，"就是排在第五位、面色苍白、一脸晦气、但是看起来勇猛、好像山中巨人①的那个？"

斯卡普赫丁答道："我叫斯卡普赫丁，你经常在全岛大会上见到我。我一定比你聪明多了，因为我不必去问你姓字名谁。你是斯卡弗蒂·索罗德松，但你杀了埃尔达的凯蒂尔之后就自称'刷子头'了。你把头发剃光后，涂上柏油。然后你又拿出钱来，让几个奴隶砍来些青草，支棱起来，这样你好在夜里爬进去，藏在里面。后来，你去找埃亚尔的索罗尔夫·洛夫特松，他把你收留下来，把你藏在他的面袋子里，才把你偷运出国。"

接着，阿斯格里姆就和大家离开了那里。

斯卡普赫丁问："现在我们去哪儿？"

"去戈狄斯诺里的棚屋。"阿斯格里姆答道。

于是，他们就前往斯诺里的棚屋。有一个人站在棚屋的前面。

---

① 北欧神话中居住在洞穴或山中的巨人。

阿斯格里姆问，斯诺里在不在，那个人说在。阿斯格里姆等人就走了进去。斯诺里正坐在横过来的凳子上。阿斯格里姆走上前去，热情地向他问好。斯诺里礼貌地迎接他，请他坐下。阿斯格里姆说，他只待一会儿。"我来这里是有原因的。"他说道。

斯诺里请他说出来。

阿斯格里姆说："我想请你和我一起去法庭，给我以支持，因为你聪明而且在这方面很擅长。"

"我们自己也有一些案子，而且进展不妙，"斯诺里说，"很多人都在向我们施加强大的压力。所以，我们不愿管其他地区人们的麻烦。"

"你这个理由够合理的了，"阿斯格里姆说，"因为你并不欠我们什么。"

"我知道你是好人，"斯诺里说，"我保证不反对你，也不帮助你的敌人。"

阿斯格里姆向他表示感谢。

斯诺里问："排在第五位的面色苍白、棱角分明、龇牙冷笑、肩抗斧子的那个人是谁？"

"我叫赫丁，"那个人答道，"但是有的人叫我的全名，称我为斯卡普赫丁。你有什么想对我说的吗？"

斯诺里说："我看得出来，你勇猛、相貌惊人，但我猜你所有的好运现在都已走到了尽头，你活着的日子不多了。"

"这没什么，"斯卡普赫丁说，"因为我们每个人都终有一死。但是，需要你去做的是为你父亲报仇，而不是预测我的命运。"

"这话很多人都说过了，"斯诺里说，"可我并不生气。"

于是，他们离开了斯诺里的棚屋，没有得到他的支持。

他们从那里又前往斯卡加峡湾人的棚屋。大富翁哈夫拥有这个棚屋，他是索尔凯尔的儿子、戈达尔人埃里克的孙子；埃里克的父亲是赫罗尔德的儿子盖尔蒙德；赫罗尔德的父亲则是在挪威的索肯达尔杀死格约加德的钢髯埃里克。哈夫的母亲是索隆，她是米尔卡的秃头阿斯比约恩的女儿、赫罗斯比约恩的孙女。

阿斯格里姆等人走进了棚屋。哈夫坐在正中的位子上，正在和一个人交谈。阿斯格里姆走上前去，向他问好。哈夫对他表示欢迎，请他坐下来。

阿斯格里姆说："我想请你支持我和我的亲戚。"

哈夫立即回答说，他不想管他们的麻烦事。"但是，"他说，"我想问一下，排在第五位、面色苍白、残酷无情、好像从海边峭壁上下来的那个人是谁？"

斯卡普赫丁答道："你别害怕，胆小鬼。不管你在什么地方等我，我都敢去；而且，碰到像你这样的人我根本就不害怕。对你来说，更应该做的事情是救出你那被铜头铁剑埃迪斯从你家里抢走的妹妹斯瓦恩劳格。"

阿斯格里姆说："咱们走吧，从这里是得不到支持的。"

于是，他们又前往莫德鲁维利人的棚屋，询问大力士古德蒙德在不在。人们告诉他们说他在里面，阿斯格里姆就走进了棚屋。里面正中放着一把高座，古德蒙德正坐在上面。阿斯格里姆走上前去，向他问好。古德蒙德向他表示欢迎，请他坐下来。

阿斯格里姆说："我不想坐，我想来请求你的帮助，因为你是位坚强、伟大的头领。"

古德蒙德说:"我是不会同你作对的。但是,假如我想支持你的话,我们可以那时再谈。"他对他们从各个方面来说都很和蔼。阿斯格里姆为他的话表示了感谢。

古德蒙德问:"你们中有一个人,我一直在看着他。在我看来,他跟我所见过的其他人都不一样。"

"是哪一个?"阿斯格里姆问道。

"排在第五位、长着栗色头发、肤色苍白、身材魁梧、看上去非常强壮的那个。很显然,他在很多方面都很能干,要是让我在任选的十个人和他之间进行挑选的话,我宁愿要他,也不要那十个人。可是,看起来他的运气不佳。"

斯卡普赫丁说:"我知道你是在说我。其实,我们俩的运气都不怎么样,只是表现的方式不同罢了。正像人们预料的那样,我因为杀了霍斯库尔德而受到谴责。但是,牛皮大王索尔凯尔和索里尔·海尔嘉松一直在诽谤你,你一定会为此而受到谴责的。"

然后,他们走出了棚屋。

斯卡普赫丁问:"现在我们去哪儿?"

"去廖萨瓦人的棚屋。"阿斯格里姆答道。

牛皮大王索尔凯尔已经搭起了自己的棚屋,他是戈狄索尔盖尔的儿子、特约尔维的孙子;特约尔维是大个子索尔凯尔的儿子。大个子索尔凯尔的母亲索隆是索尔斯坦恩的女儿;索尔斯坦恩是西格蒙德的儿子、格努帕-巴尔德的孙子。牛皮大王索尔凯尔的母亲是古德里德,她是赫莱德拉加德的黑汉子索尔凯尔的女儿、索里尔·斯内皮尔的孙女。索里尔的父亲是凯蒂尔·布利米尔、祖父是乌尔诺尔夫。乌尔诺尔夫是比约诺尔夫的儿子、毛腮格里姆的孙子。格里姆的父亲是凯蒂尔·亨恩,祖父是半个巨人哈尔比约恩。①

牛皮大王索尔凯尔曾经去过国外,在其他国家赢得了声誉。他曾在东部的耶姆特斯科除掉了一个惹是生非的家伙,然后他又去了瑞典,成了老索尔克维尔的搭档,在波罗的海进行抢劫。一天晚上,在巴拉加尔德斯达的东部②,索尔凯尔出去找水,碰上了一个半人半兽的家伙,和它搏斗了很长时间。最终,索尔凯尔把那个怪物杀了。后来,索尔凯尔南下到了爱沙尼亚,在那儿斩了一只飞龙。然后,他回到瑞典,又接着前往挪威和冰岛。他把自己的这些壮举都雕刻在自己的床柜和高座前面的一个凳子上。

索尔凯尔和他的兄弟们在廖萨瓦会场上跟大力士古德蒙德打了一仗,结果,廖萨瓦地区的人取得了胜利。索里尔·海尔嘉松和牛皮大王索尔凯尔就在当时对古德蒙德进行了诽谤。

索尔凯尔宣称,在冰岛不管跟谁单打独斗,他都来者不拒,也不会屈服。他之所以被称为牛皮大王索尔凯尔是因为他在言行上都不放过任何跟他作对的人。

120

阿斯格里姆·埃利达-格里姆松和他的同伴们来到索尔凯尔的

---

① 这里重复了第105章中索尔凯尔父亲的族谱。
② 疑为芬兰的西南海岸。

棚屋。阿斯格里姆对大家说:"这是牛皮大王索尔凯尔的棚屋。他是位非常伟大的勇士,如果我们能得到他的帮助,那将具有非常重要的意义。我们每走一步都要小心谨慎,因为他性情倔强、刚愎自用。斯卡普赫丁,我得要求你不要参与我们的对话。"

斯卡普赫丁咧开嘴笑了笑。他身穿黑色的束腰外衣和一条带蓝条的裤子,脚上是一双黑色的高鞠儿靴子,腰系一条银质腰带;手持砍死斯莱恩的那把斧子——他称它为"战魔"——和一面小巧的盾牌;他的头上系着一条丝带,头发向耳朵后面梳去。他打扮得完全像个武士,所有的人都认识他,连以前没有见过他的人也不例外。他走在指定给自己的位置,既不靠前也不靠后。

他们走进棚屋,径直来到了里面。索尔凯尔正坐在长椅的中央,两旁侍立着他的手下。阿斯格里姆向他问好,索尔凯尔礼貌地迎接了他。

阿斯格里姆说:"我们来请求你支持我们,和我们一起到法庭去。"

索尔凯尔说:"你们既然已经找过古德蒙德,那又有什么必要再来寻求我的支持呢?他一定答应帮助你们了。"

阿斯格里姆说:"我们没有得到他的支持。"

索尔凯尔说:"那就意味着古德蒙德觉得你们的案子不得人心。他肯定是对的,因为这件案子是这里犯下的最恶劣的罪行。现在我明白是什么风把你们吹到这里来了。你们一定觉得我不如古德蒙德心细,以为我会支持非正义的事情。"

阿斯格里姆没有说什么,觉得情况看起来不妙。

索尔凯尔问:"那个大块头、令人恐惧的家伙是谁?就是排在第五位、面色苍白、棱角分明、面带邪恶与晦气的那个?"

斯卡普赫丁说:"我叫斯卡普赫丁,你没必要对我这样一个无辜的人说侮辱性的语言。我从来没有像你那样威胁过自己的父亲,也没有跟他动过武。另外,你不常参加大会,也不常打官司,所以也许你更擅长在你那位于厄赫萨拉的与世隔绝的农场里做些牛奶工的活儿。在去大会之前,你真应该先把你吃的马粪从牙缝里剔掉——你的牧羊人看到你居然能干这样脏的活儿简直惊讶得不得了。"

索尔凯尔愤怒地挺身站了起来,抓过短剑,说道:"这把剑是我在挪威得到的。我在那儿就用这把剑手刃了一个无敌勇士;从那时候起,死在我剑下的人不计其数。只要我靠得足够近,我就会一剑把你刺穿,这将是你因为自己的污言秽语而得到的下场。"

斯卡普赫丁持斧站立,做好了准备。他咧开嘴笑了笑,说道:"我曾手里拿着这把斧子,纵身跳了十二厄尔①,越过马尔卡河,杀了斯莱恩·西格福松。当时,他的周围有八个大汉,可是谁也没有把我怎么样。不管是谁,只要我一举起武器,就会给他留下点儿记号。"

说着,他离开他的兄弟和卡里,向索尔凯尔扑了过去。

他说:"牛皮大王索尔凯尔,你现在面临着两个选择:要么把剑扔在一边坐下来,要么我就把斧子砍进你的脑袋,一直劈到你的肩头。"

索尔凯尔马上把剑插进鞘里,坐了下来。在此之前和在此之

---

① 厄尔,英国旧时丈量布匹的单位,合45英寸。

后，这对他来说是从来没有过的事情。

阿斯格里姆等人走了出来。斯卡普赫丁问:"现在我们去哪儿?"

阿斯格里姆答道:"回自己的棚屋。"

"那我们只好乞讨不成无功返回自己的棚屋去喽。"斯卡普赫丁说道。

阿斯格里姆转身面对着他,说道:"在我们进行的这几次拜访中,你说的话大部分都是言辞尖刻。但我认为,你对索尔凯尔说的话是他罪有应得。"

他们回到自己的棚屋,把一切都详细地告诉了尼雅尔。尼雅尔说:"命运是无法改变的。"

听了发生在斯卡普赫丁和索尔凯尔之间的事情之后,大力士古德蒙德说:"你们都清楚我们和廖萨瓦人之间的矛盾是怎么来的,但我受过的羞辱从没有像索尔凯尔刚刚从斯卡普赫丁那里受到的那么大。这件事情很好。"

接着,古德蒙德对他的兄弟斯维劳的埃纳尔说:"法庭开庭的时候,你把我所有的手下都带上,去帮助尼雅尔的儿子们;如果明年夏天他们需要帮助的话,那我就亲自去帮助他们。"

埃纳尔答应了,派人送信给阿斯格里姆。阿斯格里姆说:"像古德蒙德这样的头领已不多了。"

然后,他把这件事告诉了尼雅尔。

121

第二天，阿斯格里姆、白色吉祖尔、雅尔蒂·斯凯格亚松和斯维劳的埃纳尔凑在了一起，莫德·瓦尔加尔德松也在场。他此时已经放弃了起诉权，把它交给了西格福斯的儿子们。

阿斯格里姆说："白色吉祖尔、雅尔蒂和埃纳尔，首先，我来向你们通报一下这个案子目前的情况。你们知道，诉讼一开始是由莫德提出的，但事实是，霍斯库尔德被杀的时候，莫德也在场，而且，那处未被确认是谁留下的伤口实际上是莫德干的。因此，在我看来，根据法律，他们这一次诉讼无效。"

"那我们马上就得把这一点指出来。"雅尔蒂说道。

索尔哈尔·阿斯格里姆松说，这个消息应该等到法庭开庭的时候再透露出去，否则是不明智的。

"有什么区别呢？"雅尔蒂问道。

索尔哈尔回答说："如果他们现在发现案子起诉不当，就可以马上纠正过来：只要从'庭'会上派人回去，进行指控，并把邻居们召集到'庭'会上来。这样，起诉就将是有效的了。"

"你真聪明，索尔哈尔，"他们说，"我们就听你的。"

他们谈完之后就返回各自的棚屋去了。

西格福斯的儿子们在法律岩石宣布起诉这个案子，要求被告说出他们所在的地区和住所。法庭定于星期五晚上开庭，听取原告的起诉。到此为止，大会还是相当平静。很多人试图让双方和解,但弗洛西态度强硬——尽管他那一方的其他人更多的是在口头上坚持。和解看起来似乎是毫无希望了。

终于到了星期五的晚上,法庭开庭的时间到了,所有参加"庭"会的人都来到了法庭。弗洛西和他的人站在朗河平原法庭的南面;锡达的哈尔、朗诺尔夫·乌尔夫松和其他答应要帮助他的人跟他站在一起。阿斯格里姆、白色吉祖尔、雅尔蒂和斯维劳的埃纳尔站在朗河平原法庭的北面;尼雅尔的儿子们则和卡里、索尔莱夫·克劳和大个子索尔格里姆回到了自己的棚屋。他们手握武器,严阵以待,看上去不可战胜。

尼雅尔要求法官开始审理案子。于是,西格福斯的儿子们就开始进行申诉。他们指定了证人,要求尼雅尔的儿子们听他们发誓。发誓之后,他们提出了指控,并出具了宣布进行起诉时的证人;然后,他们请邻居组成的陪审团入座,请被告就陪审团的组成提出异议。

索尔哈尔·阿斯格里姆松指定了证人,阻止陪审团宣布其审理结果,因为宣布进行起诉的那个人本身就违反了法律,应该被宣布为不受法律保护的人。

"你指的是谁?"弗洛西问道。

索尔哈尔答道:"莫德·瓦尔加尔德松和尼雅尔的儿子们一起杀害了霍斯库尔德,在为伤口确定证人的时候,不知道是谁留下的那处伤口其实就是莫德留下的。无法争辩的事实是:这一案子的起诉是无效的。"

122

尼雅尔站起身来，说道："我请锡达的哈尔、弗洛西、西格福斯的儿子们以及我们这一方的所有人都不要离开，听我说几句话。"

他们照他说的那样，留了下来。他说："看来这个案子不会有什么结果了——它本来就该如此，因为它产生于罪恶的根源。我想让你们知道，我爱霍斯库尔德胜过爱我的亲生儿子。当我听到他被杀的时候，我觉得我眼中最为美好的那一束光被夺走了。要是可能的话，我宁愿失去所有的儿子去换回他的生命。现在，我请锡达的哈尔、达尔的朗诺尔夫、白色吉祖尔、斯维劳的埃纳尔和智者哈夫允许我代表我的儿子们来了结这起杀人案，我愿意让那些最合适的人来做仲裁员。"

吉祖尔、埃纳尔和哈夫都就此讲了很长时间，请求弗洛西接受和解，为此他们还向他表示了各自的友谊。弗洛西得体地应对着，但没有做出任何承诺。

锡达的哈尔对弗洛西说："你的亲戚索尔格里姆·斯托特-凯蒂尔松杀了红色哈尔后，是我帮助他逃到国外去的，当时你答应过今后要帮助我。现在，你愿意遵守你的诺言、帮助我吗？"

弗洛西说："岳父，我答应你的请求，因为只有那些能使我名声大振的事你才会要求我去做的。"

哈尔说："那我想让你快点儿进行和解，让这些优秀人士进行仲裁，从而赢得这些最优秀人士的友谊。"

弗洛西说："我想让你们都知道，我愿意按照我的岳父哈尔和其他优秀人士的意愿去做，每一方合法地挑选六个人来对此案进行仲裁。我想尼雅尔值得让我作出这一决定。"

尼雅尔向所有的人表示感谢。其他在场的人都说，弗洛西做得很对。

弗洛西说："现在我来挑选我这一方的仲裁员。我先选哈尔，然后是布雷扎的奥祖尔、基尔丘拜尔的苏尔特·阿斯比亚恩松、莫多尔夫·凯蒂尔松"——他当时住在奥萨尔——"哈夫和达尔的朗诺尔夫。大家肯定都同意，他们是我们这方面最合适的人选。"

接着，他请尼雅尔挑选他们一方的仲裁员。

尼雅尔站起身来，说道："我首先选阿斯格里姆·埃利达-格里姆松，然后是雅尔蒂·斯凯格亚松、白色吉祖尔、斯维劳的埃纳尔、戈狄斯诺里和大力士古德蒙德。"

随后，尼雅尔同弗洛西和西格福斯的儿子们握了握手。他是代表自己的儿子以及卡里跟他们握手的。现在，就由这十二个人来就这个案子作出裁决。对此，可以说所有参加大会的人都感到高兴。

接着，他们派人去把斯诺里和古德蒙德请来，因为他们还在各自的棚屋里。他们商定，仲裁员应该在立法会议进行仲裁，其他人都要回避。

123

戈狄斯诺里说:"我们审理这个案子的十二名仲裁员都到齐了。我请求大家,不要提出任何阻碍这些人达成良好的解决方案的反对意见。"

古德蒙德说:"你是赞成驱逐出本地区还是赞成完全的流放?"

"都不赞成,"斯诺里说,"因为这些惩罚措施的后果往往很糟糕,有的人因此被杀了,从而又产生新的敌人。我想判决一笔数额巨大的罚款,使为杀害霍斯库尔德而付出的代价比杀害冰岛任何人的代价都高。"

他的话受到了大家的欢迎。于是,他们就此展开了讨论,但却无法就由谁来宣布罚款以及罚款的数额达成一致。最终,他们进行了抽签,结果斯诺里中了签。

斯诺里说:"对这件事我不能再坐视不管了。我把我的裁定结果讲给你们听:我要求为霍斯库尔德付出三倍的赔偿,即六百盎司银币。如果觉得太多或太少,你们必须现在就进行修改。"

他们回答说,谁也不想修改了。

"除此之外,"斯诺里说,"全部罚款必须就在大会支付。"

这时,吉祖尔说:"我觉得这不行,因为他们身上不会带这么多的钱。"

古德蒙德说:"我知道斯诺里的想法了:他想让我们这些仲裁员尽量慷慨地捐一些钱,这样的话,很多人就会跟着捐钱。"

锡达的哈尔谢了谢他，说他愿意拿出和捐得最多的人同等数额的钱。于是，所有的仲裁员都同意了斯诺里的建议。

然后，他们就解散了。他们商定，由哈尔在法律岩石宣布他们的仲裁结果。

哈尔站起身来，说道："我们已经就这一仲裁案达成了一致意见，我们裁决赔偿额是六百盎司的银币。我们这些仲裁员将支付其中的一半，全部罚款必须在大会支付。因此，以上帝的名义，我恳求大家捐献一点儿钱。"

大家都表示赞成。哈尔为这一解决办法指定了证人，这样就不会有人违反它了。尼雅尔感谢他们了结了这个案子。

斯卡普赫丁站在附近，一直沉默不语，只是咧开嘴笑着。

接着，人们就离开法律岩石，返回各自的棚屋去了。

仲裁员们把答应捐献的钱都拿到了农场主教堂的庭院里。尼雅尔的儿子们和卡里也都把身上的钱拿了出来，一共有一百盎司银币。尼雅尔也倾其所有，又凑了一百。这些钱都被拿到了立法会议。其他人也都慷慨解囊，终于凑足了六百，一分也不少。

尼雅尔拿出一件真丝斗篷和一双靴子，把它们放在那堆钱币上面。

接着，哈尔让尼雅尔去把他的儿子们叫来。"我去把弗洛西领来，这样，他们就可以相互承诺和平了。"哈尔说道。

尼雅尔回到自己的棚屋，对儿子们说："我们的案子现在有了转机，我们已经和解了，所有的赔偿金也都集中到了一个地方。现在双方就要见面，向对方保证真心、和平相待。我请求你们千万不要把这事弄砸了。"

斯卡普赫丁用手敲着自己的前额，咧开嘴笑了一声。然后，他们全都来到了立法会议。

哈尔找到弗洛西，对他说："现在到立法会议去吧。所有的赔偿金都已全部缴齐，放在一个地方了。"

弗洛西请西格福斯的儿子们和他一起去。他们全都离开棚屋，从东面向立法会议走去。尼雅尔和他儿子们则从西面走来。斯卡普赫丁走到中间的长凳①附近站住了。

弗洛西走进立法会议，检查了一下那些钱币，说道："不出我之所料，这笔钱质地好、数量大，而且立即全部付清了。"

接着，他拾起那件斗篷，问是谁给的，可是没有人回答。他又一次挥了挥那件斗篷，问是谁给的，并且笑了起来。但还是没有人回答。

弗洛西说："这是怎么回事？是你们都不知道这件衣服是谁的呢，还是你们不敢告诉我？"

斯卡普赫丁说："你觉得可能是谁给的呢？"

弗洛西说："要是你想知道，那我就告诉你：我猜是你的父亲、没胡子的老头儿给的。很多人看到他时，都分不清他到底是男是女。"

斯卡普赫丁说："他这么大年纪了，你还诽谤他，真是恶毒之至。真正的男子汉从来不会说出这样的话。你完全可以知道他是男的，因为他和他的妻子养育了自己的儿子。而且，掩埋在我们田庄的亲戚中，几乎没有我们没有替他们报仇或者没有获得赔

---

① 立法会议中的中间的长凳是戈狄的座位。

偿的。"

说完，斯卡普赫丁拿起那件斗篷，把一条黑色的裤子向弗洛西扔了过去，并说他更需要它。

弗洛西问："为什么我更需要它？"

斯卡普赫丁答道："因为假如像人们传说的那样，你是住在斯维纳费德的巨人的'心上人儿'的话，那么，每到第九个晚上，他就会把你当作女人来'用一用'。"

弗洛西一把把那堆钱币推到一边，说他一分钱也不要了，现在只会有一个结果：或者霍斯库尔德一点赔偿都得不到，或者他们为他复仇。他既不建议和平，也不接受和平。他对西格福斯的儿子们说："咱们回自己的棚屋去。等待我们的将是共同的命运。"

于是，他们回到了自己的棚屋。

哈尔说："进行这样争吵的人运气真是差极了。"

尼雅尔和儿子们回到了自己的棚屋。尼雅尔说："我一直担心的事情就要发生了，这个案子会给我们带来可怕的灾难。"

"不会的，"斯卡普赫丁说，"根据这个国家的法律，他们永远也没有办法起诉我们。"

"那样的话，"尼雅尔说，"即将发生的事情对所有人来说都会更糟。"

那些捐钱的人在议论纷纷，想把钱再收回来。古德蒙德说："不管是在这儿还是在任何别的什么地方，我都不会把给出去的再拿回来，因为那样会给自己带来羞辱。"

"说得好。"他们说道。于是，谁也不再打算把自己的钱要回来了。

戈狄斯诺里说:"我建议,在下一届大会之前,由白色吉祖尔和雅尔蒂·斯凯格亚松管理这笔钱。我有一种预感,过不了多久,这笔钱就会派上用场的。"

雅尔蒂把这笔钱拿走了一半,由他照管,剩下的一半归吉祖尔照管。然后,人们就回到了各自的棚屋。

124

弗洛西吩咐他的手下全都到阿尔曼纳陡崖去,他自己也去了。等所有人都到齐以后,他们一共凑足了一百人。

弗洛西对西格福斯的儿子们说:"在这件事情中,我该做些什么才能让你们最为满意?"

贡纳尔·兰巴松答道:"除了尼雅尔的几个儿子都被杀死之外,什么都不会让我们感到满意的。"

弗洛西说:"我向你们保证,我决不放弃,一定坚持到最后一刻。我还想知道,在场的是否有人不想跟我们一起干到底。"

他们都回答说,他们愿意跟他们一起干。

弗洛西说:"你们大家都到我这里来,发誓不放弃我们的使命。"

他们全都走到弗洛西面前,对他发了誓。

弗洛西说:"我们还要握握手,说定不管是谁,只要打了退堂鼓,就要剥夺他的性命和财产。"

跟弗洛西一起的头领包括:大肚子索尔斯坦恩的儿子、锡达的哈尔的侄子考尔；布雷扎的赫罗尔德·奥祖尔松；方背奥努恩德的儿子奥祖尔；盖尔莱夫的儿子帅哥索尔斯坦恩；格鲁姆·希尔迪松；莫多尔夫·凯蒂尔松；莫尔通加的索尔德·伊鲁吉的儿子索里尔；弗洛西的亲戚考尔贝恩和埃吉尔；凯蒂尔·西格福松和他的兄弟莫德；索尔凯尔和拉姆比；格拉尼·贡纳尔松、贡纳尔·兰巴松和他的兄弟西古尔德；凯尔迪的英杰尔德；以及赫罗尔·哈蒙达尔松。

弗洛西对西格福斯的儿子们说："推举一个你们觉得最为合适的人选来做我们的首领，因为我们得有人负责统领全局。"

凯蒂尔答道："要是让我们兄弟几个来选，那我们就推举你来领导我们。在这方面，你有很多长处：你出身高贵，是一个伟大的头领，不屈不挠，富有智慧。我们认为在这件事情上，由你来维护我们的利益最适合。"

弗洛西说："那我只好答应你们的要求了。现在，我来讲一讲咱们该怎么办。我建议大家都离开阿耳庭回家，在夏天晾制干草的整个过程中，你们都要照管好各自的农场。我也回去，今年夏天就待在家里。在距冬天第八周的那个主日[①]，我在家里让人为我举行弥撒；然后，我就上马向西，穿过洛马努沙滩。我们每人都要带上两匹马；除了刚才发过誓的人之外，我不再添新的人手了，因为只要每个人都遵守自己的誓言，我们的人手就足够了。我在那个主日要上马赶一天一夜的路，在第二天傍晚时分，我会抵达斯里希德宁山脊。你们所有发过誓的人也应在此之前赶到那里。

---

① 主日，即星期日。

要是有人参与了我们的行动、但那天却没有来,只要让我们碰见,那他就没命了。"

凯蒂尔说:"主日那天离开家里,在第二天就抵达斯里希德宁——这你怎么能做得到呢?"

弗洛西说:"我从斯卡夫陶通加向北,在埃亚菲亚德拉冰盖以北向前赶路;然后我再向南进入戈达兰。如果抓紧点儿,这是可以办得到的。现在,我接着把我的计划讲完:我们聚齐之后就全力赶往伯格索斯沃尔,用火和武器袭击尼雅尔的儿子们,不把他们消灭决不罢休。关于这个计划,你们一定要保密,因为它事关我们所有人的身家性命。现在,我们各自上马回家去吧。"

他们回到了各自的棚屋,弗洛西命人备好了马,然后,也不等其他人,径自上马回家了。弗洛西不想见他的岳父哈尔,因为他知道哈尔反对采取强硬措施。

尼雅尔和儿子们离开大会回到了家里。整个夏天,他们都一直待在伯格索斯沃尔。尼雅尔问卡里想不想返回东部他在迪尔侯马尔的农场。

卡里答道:"不想,我不会去东部的。因为我和你的儿子们一定要有难同当。"

尼雅尔向他表示感谢,说他原来就料到他会这么做的。

在伯格索斯沃尔,能够打仗的包括仆人们在内将近有二十五个人。

一天,赫罗德内·霍斯库尔德斯多蒂尔来到凯尔迪。她的哥哥英杰尔德热情地迎接了她。她没有搭理他的问候,只是让他跟自己出来一下。他照她要求的那样走了出来。离开农场后,她一把抓住了他,两个人都坐了下来。

她问道:"你发了誓要袭击尼雅尔和他的儿子们、还要杀了他们,这是真的吗?"

他答道:"是的。"

"你可真是个忘恩负义的家伙,"她说,"尼雅尔救了你三次,使你没被判为不受法律保护的人。"

"但现在的情况是,"他说,"如果我不这么做,我就有生命危险。"

"不会的,"她说,"只要你不背叛对你最有恩的人,你就会活下来,还会被人们称为一个好人。"

接着,她从身边的袋子中拿出一顶亚麻布的帽子,上面满是血迹,还破了好几个窟窿。她说:"霍斯库尔德·尼雅尔松被他们杀害的时候就戴着这顶帽子。我看,你根本就不该帮助那些挑起这一事件的人。"

他说:"不管出现什么后果,我都不采取针对尼雅尔的行动。但是,我知道他们会让我处境艰难的。"

她说:"你现在可以帮尼雅尔一个大忙,把那些人的计划透露给他。"

"我不想这么做,"英杰尔德说,"因为如果我把他们出于对我的信任而讲的话泄露出去,那我就会受到人们的耻笑。但在知道他们会对我进行报复的情况下,我脱离了他们的勾当,这却是一件具有男子汉气概的事。你告诉尼雅尔和他的儿子们,让他们整个夏天都要小心,身边的人手一定要多——我的这个忠告对他会很有帮助的。"

于是，赫罗德内来到伯格索斯沃尔，把他们的对话全都告诉了尼雅尔。尼雅尔向她表示感谢，并说她做得很对。"因为如果他像那些人一样跟我作对的话，那真是荒谬透了。"他说道。

然后，她就回家了。尼雅尔把这件事告诉了他的儿子们。

当时，在伯格索斯沃尔住着一位老妇人，名叫塞翁。她在很多方面都很有智慧，能够预测未来，但她年纪已经非常大了。尼雅尔的儿子们都说她已经是老态龙钟了，因为她非常爱唠叨，但她讲的大部分话后来都变成了现实。一天，她抓起一根棍子，绕过房子，来到一堆蘩缕①那里，用棍子拍打着，诅咒它们如此地可鄙。

斯卡普赫丁一见，就大笑起来，问她为什么要打这堆蘩缕。

老妇人答道："有人会把这堆蘩缕拿来点着，放火把尼雅尔和我的养女贝格索拉烧死在房子里。你们快点儿把它扔进水里，或者现在就把它烧了。"

"不，我们不干，"斯卡普赫丁说，"因为假如命中注定如此的话，即使这堆蘩缕不在这里，他们也会找到别的东西来放火。"

整个夏天，老妇人都唠唠叨叨地提起那堆蘩缕，说他们应该把它拿进屋里来，但是他们并没有这么做。

125

有一个叫朗诺尔夫·索尔斯坦恩松的人，住在斯凯兹的雷基

---

① 蘩缕，一种鸟喜欢吃的植物。

尔,他的儿子名叫希尔迪格鲁姆。冬天到来之前的第十二周那个主日的夜里,希尔迪格鲁姆走到屋子外面,听到了巨大的爆裂声,好像整个天空和大地都震颤起来。接着,他向西面看去,他觉得自己看到一个燃烧着的火圈,里面有一个人,骑着一匹灰马。那个人飞驰而过,纵马狂奔;他的手里举着一个燃烧着的火把。他离得很近,希尔迪格鲁姆把他看得非常清楚。他长得像沥青一样黑。希尔迪格鲁姆听到他高声地朗诵着:

> 我骑着马儿驰骋,
> 马鬃上挂满了冰霜
> 前颏上流淌着汗水
> ——我带来了邪恶;
> 火把的底部在燃烧,
> 它的中部孕育着祸害;
> 弗洛西的计划
> 就像高高举起的火把;
> 弗洛西的计划
> 就像高高举起的火把。

接着,希尔迪格鲁姆似乎看到那个人把火把扔到了东部的山里,巨大的火柱随即冲天而起,他连山都看不见了。他觉得,自己看见那个人又飞马向东疾驰而去,然后就消失在火焰中了。

希尔迪格鲁姆回到屋里,躺在床上,昏睡了很长时间之后才清醒过来。刚才眼前出现的那一切他还依然记得,就讲给他的父亲听。他让他去告诉雅尔蒂·斯凯格亚松。希尔迪格鲁姆就找到他，把这件事告诉了他。

雅尔蒂说："你看到的是巫师的幻术，它总是出现在大变故之前。"

126

再过两个月就是冬天了，弗洛西开始做好离开东部的准备。他派人去把所有答应和他一起行动的人都找来。他们每个人都带了两匹马，携带着精良的武器。他们全都来到了斯维纳费德，晚上就住在那里。主日一大早，弗洛西让人为自己唱了赞美诗，然后坐到桌前吃饭。他吩咐家里人在自己不在期间每个人都该干些什么；然后他就向自己的马走去。

弗洛西等人上马向西，前往桑德（斯凯达尔沙地）。他告诉他们，先不要骑得太猛，等快到目的地的时候再加速。他说，要是有人掉队，那么其他人都要等等他。他们纵马向西进入斯科加尔区，来到了基尔丘拜尔。弗洛西要求大家都跟他一起去教堂祈祷。他们照办了。

接着，他们又上马进入了山区，来到菲斯基湖，继续向西，把群山和湖泊甩在了东面。他们在埃亚菲亚德拉冰盖的北面向正西方向疾驰，赶奔迈利山沙地（桑德）。随后，他们南下戈达兰，又从那里赶往马尔卡河。第二天中午时分，他们来到了斯里希德宁山脊，在那里等待黄昏的到来。此时，除了凯尔迪的英杰尔德之外，其他人都来了。西格福斯的儿子们破口大骂起来，但弗洛西说，英杰尔德不在场的时候不必谴责他。"回头我们再跟他算账。"他说道。

127

现在回到伯格索斯沃尔：格里姆和海尔吉不在家，他们到侯拉尔去了，他们的孩子是在那里抚养的。他们告诉父亲说，晚上不准备回来了。他们一整天都待在侯拉尔。几个贫穷的女人来到那里，说她们是走了很远的路才赶来的。格里姆和海尔吉问她们有什么新消息没有，她们说没什么，但可以告诉他们一件不同寻常的事。兄弟俩问是什么不同寻常的事情，要她们别藏着不说。几个女人说她们这就告诉他们。

"我们是从弗廖特什立德过来的，看到西格福斯的几个儿子全副武装地骑着马奔向斯里希德宁山脊，他们那一伙一共有十五个人。我们还看见格拉尼·贡纳尔松和贡纳尔·兰巴松等五个人骑着马也赶往同一个的方向。这一切看起来使人觉得好像他们是在准备仓皇逃跑。"

海尔吉·尼雅尔松说："弗洛西一定是从东部赶过来的，其他人都是去跟他汇合的。我和格里姆应该跟斯卡普赫丁待在一起。"

格里姆说是的。于是，他们便马上动身回家。

当时，贝格索拉正在伯格索斯沃尔的家中，她对家里人说："今天晚上吃什么你们自己挑吧，每个人都会得到他最喜欢吃的东西,因为今天晚上将是我最后一次给自己的家人做饭了。"

"不会的。"在场的人说道。

"会的,"她说,"要是我愿意,我还可以多说几句。我们有个征兆:今天晚上,在大家吃完晚饭之前,格里姆和海尔吉就会赶回来的。如果他们真的回来了,那么我说过的其他话也会应验。"

说完,她把吃的东西端到了桌子上。

尼雅尔说:"我感到发生了一些奇怪的事情:当我环视屋子的时候,我觉得我发现那两堵山墙全都不见了,桌子以及吃的东西上沾满了鲜血。"

除了斯卡普赫丁以外,大家都为之一震。斯卡普赫丁要大家不要忧虑,也不要表现得不得体而让别人说长道短。他说:"人们对我们的一举一动比对其他人更加留意,所以我们就该如此的。"

桌子还没来得及收拾,格里姆和海尔吉就回到了家里。大家都吓了一跳。尼雅尔问他们为什么这么匆忙地就回来了,他们就把听到的事情讲了一遍。

尼雅尔吩咐说,今天晚上谁也不要上床睡觉了。

128

现在说说弗洛西:他说:"我们现在上马赶往伯格索斯沃尔,要在天黑之前赶到那里。"

他们上马来到了伯格索斯沃尔。伯格索斯沃尔的小山那里有一块凹地,他们纵马冲进凹地,把马匹拴好,一直等到了深夜。

弗洛西说："我们现在就到尼雅尔的房子那里去，队形要密集，速度要慢，看看他们怎么应对。"

尼雅尔和他的儿子们、卡里以及所有的仆人正站在外面；他们已经在房子的前院里安排好了人，一共差不多有三十个人。

弗洛西停了一下，说道："我们先看看他们打算干什么。要是他们待在外面的话，我觉得我们永远也收拾不了他们。"

"要是我们不敢袭击他们，那我们岂不是白跑了一趟。"格拉尼说道。

"不会的，"弗洛西说，"就算他们待在那里，我们也要向他们进攻。但那样我们就要付出很大的代价，能活下来告诉人们谁获胜了的人将很少。"

尼雅尔问他的手下人道："你们觉得他们的力量如何？"

"他们很顽强，力量也很大，"斯卡普赫丁说，"但他们在那里停住不动了，因为他们觉得难以战胜我们。"

"不是这样的，"尼雅尔说，"我要大家都进屋里去，因为，当初他们也觉得难以战胜赫利扎伦迪的贡纳尔，但当时他是匹马单枪一个人。这座房子跟贡纳尔的房子一样结实，他们是不会打败我们的。"

"这事儿不应这么看，"斯卡普赫丁说，"袭击贡纳尔的人都是品德高尚的头领，他们宁肯败走也不愿把贡纳尔烧死在屋子里。但是现在，如果这些家伙发现别的办法不奏效，他们就会用火来烧我们。为了消灭我们，他们是不择手段的。他们一定认识到，如果让我们逃脱了，那他们的末日就到了——这种情况也不是不可能的。另外，我可不愿像一只狐狸似的把自己憋死在洞里。"

尼雅尔说："孩子们，你们又跟以前一样了，不听我的建议，不尊重我。你们年轻的时候可不是这个样子，所以那时候你们的运气比现在好多了。"

海尔吉说："我们就照父亲希望的那样做吧，那样对我们最好。"

"我可不敢肯定，"斯卡普赫丁说，"因为他现在注定要背运了。但没关系，我愿意让他高兴，让自己跟他一起被烧死在房子里，因为我不怕面对死亡。"

他对卡里说："妹夫，我们靠得近一点儿，这样就不会把谁落下了。"

"我也是这么打算的，"卡里说，"但如果命中注定会有人丧生，那就既来之、则安之吧，我们是无能为力的。"

"你要为我们报仇，"斯卡普赫丁说，"要是活下来的是我们，就为你报仇。"

卡里回答说他会的。于是，他们都走进了屋里，在各个门口占据了有利的位置。

弗洛西说："他们注定活不了了，因为他们进了屋子。我们迅速冲到房子那儿，堵在门口。不管是卡里还是尼雅尔的儿子们，一个都不能让他跑了，否则我们就死定了。"

弗洛西等人冲到房子跟前，在房子四周都布置了人手，以防有什么秘密出口。弗洛西和自己带来的人来到房子的前面。赫罗尔德·奥祖尔松猛地向斯卡普赫丁站的地方冲过去，"嗖"地一声把长矛向斯卡普赫丁掷了过去。斯卡普赫丁一斧子砍掉了枪头，随即，纵身一跃，挥斧向他砍去，一下子砍在他的盾牌上，把它一劈两半；斧刃的上半截击中了赫罗尔德的脸，赫罗尔德身子向后一倒，当场毙命。

卡里说："斯卡普赫丁，谁也甭想从你手里逃脱。你是我们中最勇敢的一个。"

"这我倒不知道。"斯卡普赫丁说着，嘴唇向两边一动，咧开嘴笑了。

卡里、格里姆和海尔吉投出很多长矛，扎伤了很多人。弗洛西等人一点儿办法也没有。

弗洛西说："我们的人员伤亡很重。许多人被打伤了，我们最得力的干将也被杀了。看来我们用武器是赢不了他们的，因为你们很多人的进攻不像你们许诺的那么卖力。现在我们得用别的办法了。有两个选择，哪个都不好：一种选择是我们撤回去，但这样我们大家都活不了；另一种选择是放火把他们都烧死在里面，这将在上帝面前犯下一大罪恶，因为我们都是基督徒。但我们必须得这么干。"

129

于是，他们弄来了火，在各门口燃起了冲天的大火。斯卡普赫丁说："伙计们，在烧火啊？打算做饭吃吗？"

格拉尼答道："你说得对。你会觉得像烘面包一样热。"

斯卡普赫丁说："我替你父亲报了仇，你就这样来报答我。你这种人，不该做的事情却重视得不得了。"

这时，几个女人把一些乳清泼在火上，把它浇灭了。

考尔·索尔斯坦恩松对弗洛西说："我有个主意：我注意到大厅横梁上有个阁楼，我们就在那里放一把火。先从房子后面的那堆蘩缕点起。"

他们把那堆蘩缕弄过来，点着了。屋子里的人直到整个大厅都被大火吞噬之后才发现。接着，弗洛西等人在所有门前都放起了大火。里面的妇女被烧得很厉害。

尼雅尔对她们说："勇敢地忍耐一下，不要表现出任何恐惧来，因为这场风暴转瞬即逝，以后很长时间内都不会再经历类似的风暴了。相信上帝是仁慈的，他不会让我们在今生和来世都被火烧的。"

这就是他对她们说的话，他还说了些别的更能让她们安心的话。

此时，整个房子都烧着了。

尼雅尔走到门口，问道："弗洛西在不在，你听得见我说话吗？"

弗洛西回答说能听见。

尼雅尔问："你究竟愿不愿意跟我的儿子们达成和解呢？你是否可以让一些人离开这座房子？"

弗洛西答道："我不会同你的儿子达成任何协议，我们和他们的交道就要打完了。不把他们全都烧死，我们是不会离开的。但我可以允许女人、儿童和仆人们出来。"

尼雅尔回到屋里，对手下人说："所有获得他允许的人现在就出去。还有你，索尔哈拉·阿斯格里姆斯多蒂尔，你也必须跟他们一起离开这里。"

索尔哈拉说道:"我从来就没有想过会和海尔吉这样分手,但我会让我的父亲和哥哥们替你们报仇的。"

尼雅尔说:"你会干得很好的,因为你是个好姑娘。"

于是,她离开了,还有很多人跟着一起走了出去。

迪尤帕巴基的阿斯特里德对海尔吉说:"跟我来,我给你披一件女式斗篷,再在头上包一条围巾。"

海尔吉先是拒绝,但最终听从了他们的规劝。阿斯特里德在他的头上包了一条围巾,索尔希尔德给他披上了一件斗篷,他夹在她们俩人之间走了出去。接着,他的妹妹索尔盖尔德和海尔嘉以及很多人也都走了出去。

海尔吉刚一出现,弗洛西就说:"那边的那个女人长得块头很大,肩膀宽阔。抓住她!"

海尔吉一听,随手甩掉斗篷。他身上藏了一把利剑,就挥剑直取其中的一个对手,一剑把那人盾牌的下部砍断,那人的腿也被砍断了。弗洛西冲过来,一剑砍在海尔吉的脖子上,当即把他的头砍飞了。

弗洛西来到门前,要尼雅尔和贝格索拉出来,他有话要说。于是,他们就走到了门口。

弗洛西说:"我给你们一次机会,你们可以出来,因为你们是不该被烧死的。"

尼雅尔答道:"我不会离开这儿的,我已经老了,不可能再为我的儿子们报仇了,我不想在羞辱中苟延残喘。"

弗洛西对贝格索拉说:"那么你出来吧,贝格索拉,因为我根本不想把你烧死在你自己的家里。"

贝格索拉答道:"我年轻的时候就嫁给了尼雅尔,我向他保证过,我们要风雨同舟。"

说完,两个人又回到了屋里。

贝格索拉问:"我们现在做什么?"

(Jón Axel Björnsson)

尼雅尔答道:"到我们床上去躺下来。"

尼雅尔答道:"到我们床上去躺下来。"

她转过来对卡里的儿子索尔德说:"有人会带你出去,你不会被烧死在这里的。"

"外婆,你答应过我,说我们永远也不分开,"小男孩说,"所以我们不要分开,我觉得和你们死在一起更好。"

于是,她把小男孩抱到了床上。

尼雅尔对他的管家说:"你现在一定要看清楚我们躺在哪里、我们是怎么躺着的,因为不管烟火怎么烧我,我都不想离开这里。这样,你就会知道在哪儿能找到我们的骨灰了。"

管家说他会的。他们在此之前曾杀了一头公牛,那张牛皮就放在旁边。尼雅尔吩咐管家把牛皮盖在他们身上,他答应了。他们躺在床上,把小男孩放在两人中间。然后,他们把自己和小男孩的身体摆成十字,把自己的灵魂交给了上帝。这是人们听到他们说的最后几句话。管家拿过那张牛皮,盖在他们身上,然后从房子里走了出去。莫克的凯蒂尔一见,就匆忙跟了过来,仔细地向他打听岳父尼雅尔的情况,管家就把刚才发生的一切告诉了他。

凯蒂尔说:"我们遭受了这么痛苦的折磨,我们应该共同面对这么多的不幸。"

斯卡普赫丁刚才看到他的父亲躺在了床上和所做的安排,就说:"我们的父亲早早地就上床了,这一点我早就料到了——他老了。"

一些燃烧着的木头掉了下来,斯卡普赫丁、卡里和格里姆飞快地接住它们,向屋子外面的那些人扔去。他们就这样又僵持了一阵。后来,那些攻击的人向他们投掷长矛,都被他们在半空中接住,又扔了回去。

弗洛西吩咐大家不要扔了。他说:"每次同他们扔来扔去,遭受损失的总是我们。我们就等着吧,让大火来吞没他们。"

他们照他的吩咐停了下来。这时,房上巨大的木梁开始往下掉。

斯卡普赫丁说:"父亲现在一定死了,听不到呻吟,也听不到咳嗽。"

说完,他们冲到大厅的尽头。那儿有一根房梁掉了下来,一头搭在地上,一头还在墙头,但中间部分已经烧得差不多了。

卡里对斯卡普赫丁说:"我们就从这根房梁上逃出去,我在后面帮你。这样我们俩都能逃脱,因为烟都在这边。"

斯卡普赫丁说:"你先跑,我紧跟在后面。"

"这不好,"卡里说,"因为如果这儿跑不出去,我可以从别的地方出去。"

"我不想这样,"斯卡普赫丁说,"你先跑,我紧跟着你。"

卡里说:"大家都要跑出去,我也是。但是我们在这里的分手意味着我们再也见不着了;如果我逃离了火海,我就没有勇气再回来和你在一起了,那样的话,我们俩就得各奔东西了。"

斯卡普赫丁说:"妹夫,一想到如果你逃了出去就会为我们报仇,我就非常高兴。"

于是,卡里抓住一块燃烧着的木头,沿着那根房梁跑上了墙头,随手把手里的木头从屋顶上扔在外面的人群之中,那些人立即四散躲开。此时,卡里的衣服全都烧着了,甚至头发也被点着了。卡里一纵身,跳下屋顶,专往有烟雾的地方跑。

人群中有一个人问:"那边是不是有人从屋顶上跳下来了?"

"根本不是,"另一个人说,"是斯卡普赫丁向我们扔的又一块着火的木头。"

于是,他们一点儿疑心也没有了。卡里径直跑到河边,跳进水里,扑灭了身上的火苗。他借着烟雾的掩护,从那儿逃到了一处凹地,休息了一下。从此,那里就被称作"卡里的凹地"了。

130

　　现在说说斯卡普赫丁：他跟着卡里跑上了那根房梁，但正当他跑到烧得很厉害的那部分时，房梁断了。他双脚落地后，又试了一次——这一次，他想爬上墙头，但一根椽子掉了下来，向他砸了过来，他被绊了一下，向后摔倒。

　　斯卡普赫丁说："现在明白是怎么回事了。"

　　随后，他就沿着侧墙向外走。

　　贡纳尔·兰巴松纵身跳上墙头，看见了斯卡普赫丁，问道："怎么回事？你哭了吗，斯卡普赫丁？"

　　"根本不是，"斯卡普赫丁说，"尽管我的眼睛的确很疼。我觉得你好像是在笑，还是我看错了？"

　　"你没看错，"贡纳尔说，"自从你杀害了斯莱恩之后，这是我第一次笑。"

　　斯卡普赫丁说："那么，这里有件东西，可以让你想着他。"

　　他从钱包里拿出斯莱恩的一颗臼齿——那是他从斯莱恩身上砍下来的——瞄准贡纳尔的一只眼睛扔了过去，一下子就把他的眼珠打了出来，滚落到腮帮子上。贡纳尔一头从屋顶上摔了下去。

　　斯卡普赫丁接着跑到他的兄弟格里姆那里；他们想一起用脚把火踩灭。他们跑到大厅中央的时候，格里姆摔倒在地上，死了。斯卡普赫丁继续跑到房子的尽头，但突然"哗啦"一声，整个屋顶塌落下来。他被夹在了屋顶和山墙之间，一点儿也动弹不得。

弗洛西等人在大火前面站了整整一夜，直到黎明。后来，有一个人骑马向他们这边过来，弗洛西问他叫什么。他回答说叫盖尔蒙德，是西格福斯的儿子的亲戚。他说："你们在这儿干了件很了不起的事情。"

弗洛西答道："人们会把这称作既是一次壮举、又是一个邪恶的行动。但现在，生米已经煮成熟饭了。"

盖尔蒙德问："死在这里的有多少杰出人士？"

弗洛西答道："死在这里的有尼雅尔、贝格索拉，还有尼雅尔的儿子海尔吉、格里姆和斯卡普赫丁，以及索尔德·卡拉松、卡里·索尔蒙达松和自由人索尔德①。另外还有一些我们不太熟悉的人，也不敢肯定他们的身份。"

盖尔蒙德说："有一个人你把他列在死亡的名单里了，但据我们了解，他已经跑掉了。今天早晨我还跟他说话来着。"

"是谁？"弗洛西问道。

"卡里·索尔蒙达松。我和我的邻居巴尔德碰见了他，"盖尔蒙德答道，"巴尔德送了他一匹马，他的头发和衣服都烧光了。"

"他带了什么武器吗？"弗洛西问道。

"他带着他那把'夺命'剑，"盖尔蒙德答道，"有一侧的剑刃发青，我们就说它的韧性一定是没了。但是他说，他要用西格福斯的儿子们和其他纵火犯的鲜血恢复它的韧性。"

弗洛西问道："关于斯卡普赫丁和格里姆，他说了些什么？"

"他说，他逃出来的时候他们都还活着，但觉得他们现在已经

---

① 大概应是自由人索尔德的儿子（见第39—43章）。

死了。"盖尔蒙德答道。

弗洛西说:"你讲的这些话预示着我们不会有和平的日子了,因为逃走的这个人在各方面都最像赫利扎伦迪的贡纳尔。西格福斯的儿子们,还有其他人,你们现在必须仔细考虑考虑,这把火将引起非常强烈的反应,很多人会丧命,也有很多人会倾家荡产。西格福斯的儿子们,现在,我怀疑你们谁都不敢待在家里了,这理由的确很充分。所以我想请你们大家跟我一起到东部去,咱们有难同当吧。"

他们向他表示感谢,莫多尔夫·凯蒂尔松吟出了这样的诗句:

> 强壮的西格福斯的儿子们,
> 放火烧着了尼雅尔的房子;
> 所有的人都被烧死了,
> 但却有一个人活着逃了出来;
> 杀害了勇敢的霍斯库尔德的
> 尼雅尔终于受到了报应;[①]
> 熊熊的火焰在房子里蔓延,
> 耀眼的火花在大厅里飞舞。

"我们必须干点儿别的能让我们感到骄傲的事情,而不是烧死尼雅尔,因为在这件事情上,没有什么荣耀可言。"弗洛西说道。

弗洛西走到了山墙上。格鲁姆等人也跟着走了上去。

[①] 原文如此(实际上是尼雅尔的几个儿子)。

格鲁姆问:"斯卡普赫丁真的死了吗?"

他们回答说,他已经死了好长时间了。此时,火苗时起时落,他们听到从底下的余烬里传来这样一首诗:

> 那个女人不会阻止
> 自己奔涌而出的泪水
> 为了她那英勇的斗士
> 而进行的殊死战斗。

格拉尼·贡纳尔松问:"斯卡普赫丁念这首诗时是死了还是活着?"

"我不想对此妄加猜测。"弗洛西答道。

"我们去找找斯卡普赫丁和其他被烧死在这里的人吧。"格拉尼说道。

"不行!"弗洛西说,"人们此时一定正在从整个地区召集人马,只有傻瓜才会在这种时刻说出这样的话来。现在不管谁留在这里,过一会儿就会被吓破了胆,连逃跑的路都找不着。因此我建议,我们立即上马离开这里。"

弗洛西和他带来的人全都飞快地找到各自的马匹。

弗洛西问盖尔蒙德:"英杰尔德有没有待在他位于凯尔迪的家里?"

盖尔蒙德回答说,他应该在的。

"那个人违背了自己的誓言,"弗洛西说,"对我们不守信用。"

弗洛西问西格福斯的儿子们:"你们想怎么处置他?是放他一

马,还是找到后杀了他?"

他们异口同声地说,他们打算去找英杰尔德算账。

于是,弗洛西等人飞身上马,疾驰而去。弗洛西一马当先,直奔朗河,然后朝着河流的上游方向跑去。这时,他发现有一个人在对岸正向下游纵马飞奔。他认出来了,那人正是凯尔迪的英杰尔德。弗洛西向他大喊一声,英杰尔德停了下来,向河边走过来。

弗洛西对他说:"你违背了你自己对我们许下的诺言,你要为此而失去你的财产和生命。西格福斯的儿子们就在这里,他们迫不及待地要杀了你。但我看得出来,你很为难,如果你让我来进行裁决的话,我愿意饶恕你。"

英杰尔德说:"等我跟卡里汇合之后再让你进行裁决吧。对于西格福斯的儿子们,我的回答是:我不怕他们,相反,他们却很怕我。"

"如果你不是胆小鬼,那你就待在那儿别动,"弗洛西说,"我让人来教训教训你。"

"那我在这儿恭候了。"英杰尔德说道。

弗洛西的侄子索尔斯坦恩·考尔贝恩松手握长矛,催马来到弗洛西面前。他是弗洛西手下最为勇敢、最受敬佩的人物之一。弗洛西从他手里抓过长矛,"嗖"地一声向英杰尔德的左侧掷过去。长矛从盾牌的把手下面穿了过去,把盾牌劈为两半,紧挨着英杰尔德的膝盖,穿过他的大腿,牢牢地扎在马鞍子的侧面。

弗洛西向英杰尔德喊道:"刺中你了吗?"

"刺是刺到了,"英杰尔德答道,"但只是擦破点儿皮,算不上什么伤。"

英杰尔德猛地把那杆长矛从自己的腿上拔了出来,对弗洛西说:"如果你不是胆小鬼,就该轮到你待在那儿不动了。"说着,他把那杆长矛又扔回了河这边。弗洛西见那杆长矛直奔自己而来,慌忙把马往旁边一带,长矛紧贴着他的胸口飞了过去,没有击中他,却一下子扎在索尔斯坦恩的腰上。索尔斯坦恩从马上一头栽了下去,一命呜呼了。英杰尔德随即纵马跑进了树林,他们没有抓到他。

弗洛西对他的手下说:"我们刚刚遭受了巨大的损失,从这件事可以看出我们将会遭受什么样的不幸。我现在建议上马回斯里希德宁山脊去,我们在那里可以观察到这个地区的人们在朝哪个方向集结,因为此时他们一定已经召集了一支庞大的力量。他们会认为,我们将从斯里希德宁山脊向东,赶往弗廖特什立德;然后从那儿北上,进入山区,再前往东部地区。他们大部分人马会沿着这个路线走,但有些人会沿着海岸向东,前往塞利亚兰——即使在那里找到我们的希望比较小。因此,现在我建议:我们上马赶往斯里希德宁山,在那里等三天。"

于是,他们按照他的吩咐,上马出发了。

131

现在说说卡里:他离开那块凹地之后,见到了巴尔德。两个人交谈的内容跟盖尔蒙德报告的一样。与巴尔德分手后,卡里飞马去见莫德·瓦尔加尔德松,把发生的一切告诉了他,莫德显得非常悲痛。卡里说，他们应该勇敢地去做很多事情，而不是为死者哭泣。他请莫德召集人马，把他们都带到霍尔特斯瓦德。

然后，他上马去见肖尔索达尔的雅尔蒂·斯凯格亚松。正当他沿着肖尔萨河赶路的时候，他看见有人在他身后飞马赶来。于是，卡里便停下来等着那个人。他认出来人是凯尔迪的英杰尔德，他的大腿上满是鲜血。他问英杰尔德是谁打伤了他，英杰尔德就把自己跟弗洛西遭遇的经过告诉了他。

"你们俩是在哪儿碰上的？"卡里问道。

"在朗河，"英杰尔德答道，"他从河对岸把一杆长矛向我扔了过来。"

"你有没有回敬他们？"卡里问道。

"我把长矛扔了回去，"英杰尔德说，"他们说击中了一个人，把他扎死了。"

"难道你不知道是谁吗？"卡里问道。

"好像是弗洛西的侄子索尔斯坦恩。"英杰尔德答道。

接着，他们俩一起赶到雅尔蒂·斯凯格亚松那里，把发生的一切告诉了他。他听了很悲痛，说他们应该追上去，把那些人全都干掉。他开始召集人马，能找的他都找来了。随后，他们上马和卡里一起前往霍尔特斯瓦德，见到了莫德·瓦尔加尔德松。莫德业已率领了一支庞大的人马等候在那里了。他们分头进行搜索：一批沿着海岸向东，前往塞利亚兰；一批北上弗廖特什立德；另一批人则再往北，赶往斯里希德宁山脊，再从那里南下戈达兰，然后再北上桑德。还有一批人马前往菲斯基湖，然后再返回来。

其余人马沿着海岸来到了霍尔特，把事情的经过告诉了索尔盖尔，问他弗洛西等人有没有经过这里。

索尔盖尔回答说："也许我这个头领不怎么聪明，但我想，在杀害了我的叔叔和堂兄弟们之后，弗洛西是不敢明目张胆地从我这里经过的。你们唯一的选择是返回去，因为你们已经追得太远了。告诉卡里，他应该到我这里来，如果他愿意，就和我待在一起；如果他不想到东部来，那么只要他愿意，我可以照看他在迪尔侯马尔的农场。另外告诉他，我会前往全岛大会，给他以支持。他一定要明白，我和我的兄弟们将为这次纵火事件提起诉讼。如果我们能够胜诉，我们就将坚持下去，直到那些人被判为不受法律保护的人、我们报仇雪恨之后为止。现在我不跟你们一起去了，因为我知道搜索将毫无结果。他们现在会极其小心的。"

于是，他们上马往回返。全部人马在霍夫汇合了。大家都说，没有抓到他们是莫大的耻辱。莫德说并非如此。很多人敦促说，他们应该前往弗廖特什立德，把所有参加放火的人的农场都抢过来。他们就此征求莫德的意见。莫德说，这样做最欠考虑。他们就问他为什么这么说。

莫德答道："如果他们的农场依然如故，他们就会回来看望他们的女人，那样就可以在适当的时候顺藤摸瓜，抓到他们。请不要怀疑，我对卡里忠心耿耿，因为我自己也得小心。[①]"

雅尔蒂要莫德遵守自己的诺言。然后，雅尔蒂邀请卡里和他待在一起；卡里回答说，他愿意先到他那里去。这时，有人告诉卡里说，索尔盖尔早就邀请他去他那里了。但卡里说，他可以以

---

① 莫德参与了杀害霍斯库尔德·斯莱恩松，因此他是西格福斯儿子们的敌人。

后再去索尔盖尔那里,还说,如果再多几个像索尔盖尔这样的人,他就会振作起来的。

然后,他们便解散了。

弗洛西等人在山上把这一切都看在眼里。

弗洛西说:"我们上马走吧,现在安全了。"

西格福斯的儿子们问,现在是不是应该到各自的农场去照看一下。

"莫德正盼着你们去看望你们的女人,"弗洛西说,"我猜,他的建议是不动你们的农场。我建议,我们谁也不要离开大队人马,大家跟我一起到东部去。"

他们全都表示同意。于是,他们上马离开那里,穿越冰川以北,然后向东来到斯维纳费德。接着,他们立即派人去收集粮草,以便保证有足够的必需品。

弗洛西从不吹嘘自己,也从来没有人从他身上看出任何恐惧。整个冬天,他都待在家里,直到圣诞节来临。

132

卡里请雅尔蒂去把尼雅尔的遗骨找回来。他说:"因为不管你说自己在那里看到了什么,大家都会相信你的。"

雅尔蒂回答说可以,并说要把尼雅尔的遗骨带到教堂里去。他们一行十五人上马出发了。他们向东渡过肖尔萨河,号召别人也加入到他们的行列中来。最后,他们一共聚集了一百人,其中包括尼雅尔的邻居。中午时分,他们来到了伯格索斯沃尔。

雅尔蒂问卡里,在这片废墟中,尼雅尔会在哪里。卡里用手指了指,人们顺着他手指的方向看去,只见那里有一大堆灰烬需要清除。在灰烬的底下,他们找到了那张牛皮,它已经被火烧得起了皱。他们把它掀了起来,发现下面躺着两个人,一点儿也没有被火烧着。他们为此而赞美上帝,觉得这真是一个伟大的奇迹。他们把躺在两人中间的那个男孩抱了出来——他放在牛皮外面的一个手指被烧没了。尼雅尔被抬了出来,接着是贝格索拉。看着他们的遗体,大家都哭了。

雅尔蒂问:"你们觉得这些尸体怎么样?"

他们答道:"我们想听听你的看法。"

雅尔蒂说:"坦率地说,贝格索拉的遗体尽管保存得很好,但没有出乎我的预料。尼雅尔的面容和整个身体显得容光焕发,我从来没有见过这样的死人。"

他们都表示赞同。

然后,他们开始寻找斯卡普赫丁。仆人们把弗洛西等人听到那首诗的地方指给他们看,只见坍塌了的房顶搭在了山墙上。雅尔蒂说,他们应该在这里挖一下。于是,他们动起手来,后来终于找到了斯卡普赫丁的遗体。他靠着山墙站立着,他的双腿在膝盖以下几乎都被烧没了,但身体的其他部分却完好无损。他的牙齿紧咬上唇,睁着眼睛,但双眼并没有肿起来。他曾经使劲地用斧子砍山墙,斧子半截都没入了墙中,但它的韧性依然完好无损。人们就把他连同斧子一起抬了出来。

雅尔蒂拾起斧子,说道:"这可不是一件普通的武器,配得上它的人很少。"

卡里说："我知道谁配得上它。"

"是谁？"雅尔蒂问道。

"索尔盖尔，"卡里说，"我认为现在他是这个家族中最优秀的人。"

接着，他们把斯卡普赫丁身上的衣服脱了下来——它们并没有被烧掉。他右臂在上，两臂交叉成十字。他们还在他身体上发现了两个记号，一个在背后，另一个在胸前，全都烧成十字的形状。他们猜测可能是他自己烧的。大家都说，站在已经死去的斯卡普赫丁面前比他们原来预料的要容易一些，因为谁也不惧怕他了。

他们接着去找格里姆，后来在大厅的中央找到了他的遗体。在他对面的侧墙下面，他们找到了自由人索尔德，随后又在纺织间找到了老太太塞蓊和另外三个人。他们一共找到了十一具尸体。然后，他们把它们都抬到了教堂。

接着，雅尔蒂就上马回家，卡里跟他一起去了。英杰尔德的腿受了感染，就找雅尔蒂给看看。雅尔蒂给他治好了伤，但从那以后，英杰尔德就变成了瘸腿。

卡里来到通加，去见阿斯格里姆。索尔哈拉早就到家了，把纵火的事情也对阿斯格里姆说了。阿斯格里姆热情地欢迎卡里，说他应该在他那里住一年。卡里回答说好。阿斯格里姆还邀请所有居住在伯格索斯沃尔的人都到他那里，和他住在一起。卡里说，他的这个提议很好。"我就代表他们接受了。"他说。于是，他们全家便都搬了过去。

听到自己的养父尼雅尔被人烧死在家里，索尔哈尔·阿斯格里姆松悲痛欲绝，整个身子竟然膨胀起来，鲜血从两个耳朵里喷涌而出。直到他昏倒在地，血才止住不流了。后来，他站起身来，说自己这个样子真不像个男子汉。"但我这笔债也要由那些纵火犯来偿还。"

别人都说，谁也没有觉得他刚才的样子可耻。但他说，他没办法阻止别人对此说三道四。

阿斯格里姆问卡里，从居住在河东的人们那里能得到什么支持。卡里回答说，莫德·瓦尔加尔德松和雅尔蒂·斯凯格亚松会尽其所能地帮助他们，另外还有索尔盖尔·斯考拉盖尔和他的兄弟们。阿斯格里姆说，这些人手都很得力。

"我们从你那里能得到什么帮助呢？"卡里问道。

"我所拥有的一切，"阿斯格里姆答道，"我还愿为此冒生命危险。"

"那就这么干吧。"卡里说道。

"我还让白色吉祖尔参与了进来，"阿斯格里姆说，"我问过他我们该怎么办。"

"这很好，"卡里问，"他建议怎么办？"

阿斯格里姆答道："他建议我们先躲起来，等春天到了的时候，我们就到东部去，开始起诉弗洛西杀害海尔吉，把邻居找来，在大会宣布对纵火一案进行起诉，再让同一批邻居组成陪审团。我问吉祖尔，应该由谁来为杀人案进行起诉。他回答说，应该由莫德来做——即使他不愿意。他说：'最重的责任理应由他来负，因为在这件事情的整个过程中，他发挥了最坏的作用。无论什么时候，只要见到莫德，卡里都要向他表达自己的愤怒。有了这一条，再加上我自己的另一个计划,我们就可以说服莫德,让他承担起诉责任。'"

卡里说:"只要你愿意给我们以指导,我们将尽量听从你的建议。"

据说当天晚上,卡里根本就没有睡觉。有一天夜里,阿斯格里姆醒来后,发觉卡里还没有睡。

阿斯格里姆问:"你在晚上难道不觉得困吗?"

卡里则吟诵了一首诗:

> 睡神避开了我的双眼,
> 战神的强弩彻夜在我面前浮现;
> 我想起了那个人,
> 那个勇敢的尼雅尔。
> 秋天,熊熊的火焰在家中吞没了尼雅尔,
> 从此,对我的伤害
> 深深留驻在我的心头。

卡里最经常提起的就是尼雅尔和斯卡普赫丁,但他从来没有诅咒过他的敌人,也没有对他们发出过什么威胁。

133

现在说说住在斯维纳费德的弗洛西:一天夜里,当他睡得正

熟的时候,格鲁姆·希尔迪松使劲地想把他叫醒。过了很长时间,弗洛西才醒了过来。他让格鲁姆去把莫克的凯蒂尔找来。

凯蒂尔来了。弗洛西对他说:"我想告诉你我做过的一个梦。"

"你说吧。"凯蒂尔说道。

"我梦见我是在洛马努山峰上,"弗洛西说,"我走到屋子外面,抬头看了看山峰。这时,山峰裂开了,从里面走出一个男子,披着一张山羊皮,手里拿了一条铁棍。他边走边对我的手下人大声叫喊——有的人先叫,有的人后叫——他一个一个地叫着他们的名字。他首先喊的是红色格里姆和阿尔尼·考尔松。接着,奇怪的事情发生了:我梦见他喊埃约尔夫·伯尔维克松和锡达的哈尔的儿子约特,还有另外六个人的名字。停了一会儿之后,他又喊了另外五个人的名字,其中包括西格福斯的儿子们,也就是你的几个兄弟。接着,他又喊了五个人,其中包括拉姆比、莫多尔夫和格鲁姆;紧接着,他又喊了三个人。最后,他喊了贡纳尔·兰巴松和考尔·索尔斯坦恩松。

"喊完之后,他走到了我的面前。我问他有什么新的消息,他说他会告诉我的。我问他叫什么,他回答说,他叫雅恩格里姆(钢铁-格里姆)。我问他去哪儿,他说他要去参加全岛大会。

"'你到那儿有什么事呢?'我问道。

"他回答:'我先要解散由邻居组成的那个陪审团,接着解散法庭,然后再为交战双方准备战场。'

"接着,他吟诵了下面这首诗:

一位勇敢的武士[①]
不久将来到这里；
人们将目睹到
地上众多的骸骨；
宝剑的长吟
将回荡在山间；
滴滴鲜血
将打湿众多人的双腿。

"然后，他用铁棍猛地向下一击，发出了一声山崩地裂的爆响。他就走进了山峰。我当时吓坏了。现在你告诉我，你觉得这个梦预示着什么。"

"我有一种预感，"凯蒂尔答道，"所有被他喊出名字的人都注定要丧命的。我认为，明智的做法是目前不要把这个梦告诉任何人。"

弗洛西表示同意。

冬天一天一天地过去，圣诞节也过去了。

弗洛西对他的手下说："我打算咱们现在离开这儿。我觉得我们不会再有和平了，我们应该四处去寻求帮助。我曾经对你们说过的话现在就要变成现实了：我们将不得不跪倒在许多人面前，然后，这一切才能了结。"

[①] 指卡里。

134

他们全都做好了出发的准备。弗洛西穿的裤子和袜子是连在一起的,因为他打算亲自步行,他知道这样就可以让别人觉得步行容易一些。他们先是前往克纳帕沃尔,于第二天傍晚时分来到了布雷扎。离开布雷扎后,他们来到考尔瓦山,又从那儿来到霍尔纳潟湖的比约纳尔内斯;接着,他们来到洛恩的斯塔瓦费德,然后来到了斯沃塔河的锡达的哈尔那里。弗洛西娶的是哈尔的女儿斯坦沃。哈尔热情地接待了他们。

弗洛西对哈尔说:"岳父,我想请你以及你所有的属民跟我一起到阿耳庭大会去。"

哈尔说:"事情终于像那句谚语说的那样:匹夫之乐转瞬即逝。当初那些跟着你、迫不及待地要做坏事的人现在却都成了缩头乌龟。但我还是决定尽我一切力量来帮助你。"

弗洛西问:"在目前情况下,你对我有什么建议?"

哈尔回答说:"你必须北上沃普纳湾,向沿途所有的头领求助。在大会结束之前,这些人的支持你都会需要。"

弗洛西在岳父家住了三个晚上。稍事休息之后,就前往东部的盖特海德勒和贝吕峡湾,在那儿住了一夜。离开那里之后,他们继续东行,来到布雷达尔的海达尔。大力士哈尔比约恩住在那里;他娶的是索尔利·布罗德-海尔嘉松的妹妹奥德内,弗洛西在那里受到了很好的接待。哈尔比约恩问了很多关于火烧尼雅尔的问题,弗洛西详细地一一作答。哈尔比约恩问弗洛西,去北部峡湾的时候,他打算走多远。弗洛西回答说,他打算最北到沃普纳湾。接着,弗洛西从腰里解下一个钱包,说想把它送给哈尔比约恩。哈尔比约恩把钱收下了,但他说,弗洛西并不欠他什么礼物。"我想知道,你打算让我怎么报答你。"他说道。

"我不需要钱,"弗洛西说,"我和你没有姻亲关系,也没有血缘联系,因此我也没有权利向你提出什么要求,但是,我想请你和我一起前往大会,在与我有关的争议中支持我。"

哈尔比约恩说:"我答应和你一起前往大会,在涉及到你的争议中,像帮助自己的兄弟那样竭尽全力地帮助你。"

弗洛西向他表示了感谢。然后,他离开海达尔,来到布雷达尔荒原,接着又来到赫拉芬克尔斯塔济。赫拉弗恩凯尔·索里松住在那里;他的祖父是赫拉弗恩的儿子赫拉弗恩凯尔。弗洛西在那里受到了热烈的欢迎。他请赫拉弗恩凯尔和他一起前往阿耳庭大会,并给他以支持。赫拉弗恩凯尔花了很长时间解释自己不能去,但后来答应说,他的儿子索里尔将率领他们的全部属民前去参加大会,并像本地区其他戈狄一样,给他以同样的支持。

弗洛西向他表示感谢,然后离开那里前往贝尔萨斯塔济。霍尔斯坦恩住在那里,他是智者贝斯的儿子。他热情地欢迎弗洛西,弗洛西就向他请求帮助。霍尔斯坦恩说,自己很早以前就欠下了弗洛西这份人情。

离开那里之后,他们又来到了瓦尔肖夫斯塔济。比约尼的哥哥索尔利·布罗德-海尔嘉松住在那里。他娶的是莫德鲁维利的大力士古德蒙德的女儿索尔迪丝。他们在那里受到了热情的招待。

早上的时候,弗洛西问索尔利,愿不愿意和他一起去参加大会,他愿意付给他钱。

"我不知道该怎么办,"索尔利说,"因为不知道我的岳父大力士古德蒙德支持哪一方。不管他支持谁,我都支持他。"

弗洛西说:"从你的答复中我可以看出,这儿说话算数的是你的妻子。"

弗洛西站起身来,吩咐他的手下带上衣服和武器。随后,他们就离开了那里,没有得到什么帮助。

他们沿着拉加尔湖的南端向前走,然后向北穿过荒原来到了尼亚兹维克。那里住着兄弟两个人:智者索尔凯尔和索尔瓦尔德。他们的父亲是凯蒂尔·斯里姆,祖父是智者西德伦迪。他们的母亲英格维尔德是智者索尔凯尔的女儿。弗洛西在那里受到了热情的招待。他把自己此行的目的一五一十地告诉了他们,请他们帮助他。但他们拒绝了他的请求。后来,弗洛西给他们每人三马克金币,他们就同意帮助他了。

他们的母亲英格维尔德就在附近,听到他们答应前往大会时,就哭了起来。

索尔凯尔问:"母亲,你为什么哭呢?"

她回答说:"我梦见你的兄弟索尔瓦尔德穿了一件红色的紧身上衣。那件衣服可真是紧啊,就像缝在他身体上一样。他的袜子也是红的,用一些碎布条包裹着。一看到他我就觉得心痛,因为他处在极大的痛苦之中,而我却无能为力。"

他们对她大笑起来,说这真是胡说八道,她的蠢话阻止不了他们前往"庭"会。

弗洛西向他们表示感谢，然后离开那里前往沃普纳湾，来到了霍夫农场。比约尼·布罗德-海尔嘉松住在那里。他的父亲是海尔吉，祖父是索尔吉尔斯；索尔吉尔斯的父亲是白色索尔斯坦恩，祖父是奥尔维尔；奥尔维尔的父亲是埃瓦尔德，祖父是公牛-索里尔。比约尼的母亲是哈拉·莱汀斯多蒂尔。布罗德-海尔吉的母亲是索里尔的女儿阿斯沃尔；索里尔的父亲是麦片粥-阿特利，祖父是索里尔·西德伦迪。比约尼·布罗德-海尔嘉松娶了朗恩维格·索尔盖尔斯多蒂尔为妻；她的祖父是戈达利尔的埃里克；埃里克的父亲是盖尔蒙德，祖父是赫罗尔德；赫罗尔德的父亲是钢髯埃里克。

比约尼热情地欢迎弗洛西的到来。弗洛西请他帮助他，并提出愿意付给他钱。

比约尼说："我从来没有为自己的男子汉行为或帮助别人而收受过任何贿赂。但既然你需要帮助，那我将出于友谊，前往大会，像帮且我的亲兄弟那样帮助你。"

"那么我就欠下你一大笔人情了，"弗洛西说，"我预料到你会这么做的。"

随后，弗洛西又前往克罗萨维克。索尔凯尔·盖蒂松一直就是他非常要好的朋友。弗洛西把自己这次来的目的告诉了他。索尔凯尔说，他有义务尽一切力量来帮助他、不抛弃他的事业。他们分手的时候，索尔凯尔送给弗洛西一些精美的礼物。

弗洛西离开沃普纳湾南下，进入弗廖茨达尔冰河区，跟霍尔斯坦恩·贝萨松住在了一起。他告诉霍尔斯坦恩说，除了索尔利·布罗德-海尔嘉松以外，人们都愿意给他以大力支持。霍尔斯坦恩说，这是因为弗洛西不喜欢暴力。霍尔斯坦恩也把一些精美的礼物送给了他。

弗洛西接着北上弗廖茨达尔冰河，然后南下，翻山越岭之后，来到厄赫萨尔劳恩火山岩区；接着，他又南下斯维丁侯纳达尔，沿着奥尔法特峡湾的西面，马不停蹄地来到了斯沃塔河——他的岳父哈尔住在那里。弗洛西和他的手下在那里住了两个星期，进行了休整。弗洛西请哈尔告诉他该采取哪些措施，下一步该干什么。

哈尔说："我建议你和西格福斯的儿子们现在就回去，住在你的农场里，然后再让他们派人去照管各自的农场；你们前往阿耳庭的时候，一定要一起走，不要分散成一个一个的小组。然后再让西格福斯的儿子们去看望他们各自的女人。我和我的儿子约特也将带关餐们的全部属民前往大会，尽我一切可能，召集人手来帮助你。"

弗洛西向他表示感谢。他们分手的时候，哈尔把一些精美的礼物送给了他。

弗洛西随即离开了斯沃塔河，一路无话，回到了他位于斯维纳费德的家中。冬天剩下的日子以及整个夏天，他都一直住在家里，直到全岛大会召开的时候。

135

现在说说卡里·索尔蒙达松：一天，他和索尔哈尔·阿斯格里姆松一起去莫斯费尔看望白色吉祖尔。吉祖尔热情地欢迎他们的到来，他们便在那里住了很长时间。一次，他们在一起谈论尼雅尔被烧死的事。吉祖尔说，卡里能够逃出来，真的很幸运。于是，卡里就吟诵了下面这首诗：

> 我——磨着斧子的勇士
> 怒火中烧，
> 在尼雅尔的住处
> 从烟火中突围：
> 尼雅尔的儿子们——
> 那些勇敢的斗士
> 被大火吞没；
> 请倾听我的哀歌吧！

吉祖尔说："你这样想是很自然的。我们暂时不要再谈这件事了。"

卡里说，他打算回家去。

吉祖尔说："我坦率地给你提些建议。你千万不要回家，但如果你的确想离开这里，那你可以到东部去，到埃亚菲欧尔区的霍尔特，去找索尔盖尔·斯考拉盖尔和索尔莱夫·克劳。你要让他们跟你一起到西部来，因为他们有义务起诉这个案子。他们的兄弟大个子索尔格里姆也应该和他们一起来。你们一起去找莫德·瓦尔加尔德松，把我的这个口信带给他：他应该为弗洛西杀害海尔吉而起诉弗洛西。如果他有任何反对意见，你就要勃然大怒，愤怒得好像就要把斧子砍进他的脑袋。如果他还是不听，你就告诉他，说我也非常生气。再告诉他，我会去把我的女儿索尔卡特拉接回家来。这一点他是忍受不了的，因为他像爱自己的眼睛一样爱着她。"

卡里感谢他的计策。他没有提请求支持的事，因为他知道，吉祖尔在大会上完全会像一个真正的朋友那样帮助他。

于是，卡里向东渡过几条河流，来到弗廖特什立德，接着向东渡过马尔卡河，抵达塞利亚兰。他们随后继续东行，来到了霍尔特。索尔盖尔非常高兴地欢迎他们的到来。他把弗洛西的行程以及他在东部峡湾所得到的支持都告诉了他们。卡里说，弗洛西很有理由寻求帮助，因为他要偿还的孽债太多了。

索尔盖尔说："他们获得的支持越少，对我们越有利。"

卡里把吉祖尔的建议告诉了索尔盖尔。

随后，他们纵马向西，来到朗河平原，去找莫德·瓦尔加尔德松。他热情地欢迎了他们。卡里把莫德的岳父白色吉祖尔的口信带给他。说服莫德可不怎么容易。莫德说，起诉弗洛西一个人要比起诉其他十个人还要难。

卡里说："你这个样子跟吉祖尔预料的一样，无论从哪方面来讲，你都令人感到不快。你懦弱胆小，感到害怕了。现在摆在你面前的是：索尔卡特拉将回家，去和她父亲待在一起。"

她立即开始打点行装，并说她一直就准备跟他分手。这时，莫德突然转变了态度，口气也变了。他请他们不要生气，并立刻接手了这个案子。

卡里说："你既然接手了这个案子，就大胆地进行起诉吧，你的性命能不能保得住就全看这个案子了。"

莫德说，他会全身心地投入、以男子汉的气概把案子处理好的。

说完，莫德找来了九个邻居。他们都住在纵火现场附近。接着，他抓住索尔盖尔的手，指定了两个证人——"我请你们做证，索尔盖尔·索里松把弗洛西·索尔德松犯有杀人罪的案子以及该案的起诉证据都交给了我，由我起诉弗洛西杀害海尔吉·尼雅尔松；由我采取法律行动，充分利用证据，或者进行起诉、或者达成和解，如同我是本案的直接原告一样；本案的移交程序是合法的，我也将合法地接手这一案子。"

然后，莫德第二次指定了证人。"由你们做证，"他说，"我宣布弗洛西·索尔德松采取了一次非法的袭击行动。在这次袭击中，他给海尔吉·尼雅尔松造成了脑部伤害、或者内伤、或者伤及骨髓，这被证明是致命的伤害，海尔吉则因此而死亡。我在五位邻居面前做此宣布，"他一一说出了这五个人的姓名，"我特依法做此宣布；我同时宣布：索尔盖尔·索里松已将此案移交给本人。"

莫德又指定了证人——"由你们做证：我宣布弗洛西·索尔德松给海尔吉·尼雅尔松造成了脑部伤害、或者内伤、或者伤及骨髓，这被证明是致命的伤害，海尔吉因此而死于弗洛西对其进行非法袭击的地点。我在五位邻居（他一一说出了这五个人的姓名）面前做此宣布"，我的宣布是合法进行的；我同时宣布：索尔盖尔·索里松已将此案移交给本人。"

接着，莫德第三次指定了证人。"由你们做证，"他说，"我要求这九位看过袭击现场的邻居（他一一说出了他们的姓名）前往大会，组成邻居陪审团，决定弗洛西·索尔德松是否在现场对海尔吉·尼雅尔松进行了非法袭击：当时，弗洛西·索尔德松给海尔吉·尼雅尔松造成了脑部伤害、或者内伤、或者伤及骨髓；这是致命的伤害，海尔吉因此而死亡。我要求你们，按照法律的要求、应我的请求，在法庭就与本案有关的所有指控作出裁决。在各位在场的情况下，我特依法做此召集。我要求你们审理索尔盖尔·索里松移交给我的案子。"

随后莫德又指定了证人。"由你们做证，我要求这九位看过袭击现场的邻居前往大会做证，以决定弗洛西·索尔德松是否在现场对海尔吉·尼雅尔松进行了非法袭击：当时，弗洛西·索尔德松给海尔吉·尼雅尔松造成了脑部伤害、或者内伤、或者伤及骨髓；这是致命的伤害，海尔吉因此而死亡。我要求你们，按照法律的要求、应我的请求，在法庭就与本案有关的所有指控作出裁决。在各位在场的情况下，我特依法做此召集。我要求大家审理索尔盖尔·索里松移交给我的案子。"

然后，莫德说："按照你的要求，起诉程序现在已经开始。索尔盖尔，你去大会的时候，请你到我那里去一趟，然后我们两组人马聚在一起，一块儿前往大会。我的人马将在大会开幕之前做好准备；在所有的事情上，我都会忠于你的。"

他们说，他们对这一切感到满意。他们相互发誓，除非卡里允许，否则决不放弃相互帮助；他们还发誓，愿意为对方付出自己的生命。然后，他们就带着对彼此的友谊分手了，并为在大会期间见面作出了安排。

随后，索尔盖尔返回了东部。卡里纵马向西，渡过几条河流之后，找到了住在通加的阿斯格里姆。阿斯格里姆热情地欢迎他的到来。卡里把白色吉祖尔的计划和诉讼已经开始的消息全都告诉了阿斯格里姆。

"我早就料到他会干得很漂亮,"阿斯格里姆说,"现在他再次表明他非常能干。关于东部的弗洛西,你听到些什么消息?"

卡里说:"他长途跋涉去了沃普纳湾,那里几乎所有的头领都已答应前往大会,助他一臂之力。另外,弗洛西和他的手下正指望得到雷恰达尔、廖萨瓦和厄赫萨尔峡湾的人们的帮助。"

他们就此谈了很久。已经快到了召开全岛大会的时间了。

索尔哈尔·阿斯格里姆松的腿部感染得非常严重,以至于脚踝以上肿得像女人的大腿一样粗,没有拐杖就走不了路。他身材魁梧,力大无穷;黑头发、黑皮肤;他言辞克制,但脾气暴躁。他是冰岛的三大法律专家之一。

很快到了人们离家前往参加大会的时候了。

阿斯格里姆对卡里说:"你现在就上马出发,以便在'庭'会开始的时候你能在场,把我们的棚屋搭起来。我的儿子索尔哈尔跟你一起去。虽然他的脚坏了,但我知道你会给他以最大的仁慈和照顾。在大会上,我们最需要他的帮助。另外,还有二十人将和你一同前往。"

他们为自己的行程做好了准备;随即,他们上马赶到了"庭"会,把棚屋搭了起来。一切准备就绪了。

136

弗洛西和参加纵火的那一百人一起从东部向这边赶来,径直来到了弗廖特什立德。白天,西格福斯的儿子们照料自己的农场;到了晚上,他们纵马向西,渡过肖尔萨河,在那里过了夜。第二天一早,他们拉过马匹,继续赶路。

弗洛西对手下们说:"我们现在去通加的阿斯格里姆那里,给他找点儿麻烦。"

他们说这很好。于是,他们就飞马赶往通加。直到离通加很近的时候,他们才放慢了速度。

阿斯格里姆正站在房子外面,只有几个人陪着他。弗洛西他们一出现在视野之内,就被他们发现了。

阿斯格里姆的手下们说:"那一定是索尔盖尔·斯考拉盖尔。"

阿斯格里姆说:"我认为根本不是。这些人嘻嘻哈哈的,而尼雅尔的亲戚,像索尔盖尔这样的人,在为尼雅尔报仇雪恨之前是永远也不会笑的。我猜的和你们想的大不一样,你们可能会觉得不大可能:我认为来的是弗洛西那些纵火犯,他们是来找我们的碴儿的。大家都回到屋子里去。"

他们走了进去。阿斯格里姆命人把房子打扫干净,把帘子挂上,然后放好桌子,把吃的端了出来。他又加了一些凳子,从大厅的这头一直摆到了那一头。

弗洛西纵马冲进草场,吩咐手下人下马进屋。他们照他的命令做了。弗洛西和他的手下走进了屋子。阿斯格里姆正坐在横过来的凳子上。弗洛西看了看那些凳子，发现一切都准备齐全了。

阿斯格里姆没有向他们问好，但对弗洛西说道："桌子已经准备好了，吃的也准备好了，谁需要什么就请便吧。"

弗洛西等人都在桌子边坐了下来，把武器靠墙放着。坐不下的人则坐在了另加的凳子上。有四个人拿着武器，吃着东西，站在弗洛西的座位前面。他们吃饭的时候，阿斯格里姆一言不发，脸涨得通红。吃完之后，几个女人进来收拾桌子，另外几个把脸盆端了进来，让他们洗手洗脸。弗洛西就像在自己家里一样，一点儿也不着急。

在横过来的凳子的一角，放着一把劈柴用的斧子。阿斯格里姆双手把它抄了起来，纵身跳到凳子边上，照着弗洛西的脑袋砍了过去。格鲁姆·希尔迪松凑巧看到了这一切，立即跳起来。格鲁姆的确是个力大无穷的家伙，在阿斯格里姆手的上方一把抓住了斧子，随即用力一转，斧刃就对着阿斯格里姆了。很多人也都跳了起来，准备扑向阿斯格里姆。弗洛西说，谁也不要伤害他。他说："我们对他太过分了。他只是不得已才这样的，这表明他是非常勇敢的男子汉。"

弗洛西对阿斯格里姆说："我们现在安然无恙地分手，到大会上再见，那时就把这一切都了结了。"

"是的，"阿斯格里姆回敬道，"我只希望，大会结束的时候，你的威风将不复存在。"

弗洛西没有回答。他们走出门，上马疾驰而去。他们径直来到乐伊加湖，在那里过了夜。第二天早上，他们继续赶路，来到了拜提维利尔,停下来休息了一下。好几批人跟他们在那里汇合了,其中包括锡达的哈尔和所有来自东部峡湾的人。弗洛西热情地欢迎他们,把自己一路上的情形以及同阿斯格里姆见面的经过都告诉了他们。很多人都称赞弗洛西,说他很勇敢。

哈尔说:"我不这么看,我认为这样做非常愚蠢。不必再给他们新的提醒,他们也会把自己的痛苦铭记在心的。这样过分地逼迫他人,只会给自己招惹麻烦。"

很明显,哈尔觉得他们太过分了。

他们一起上马离开那里,径直来到"庭"会的上游那块空地。他们在那里把人马部署好了之后,便飞马直奔大会。弗洛西在来大会之前,已经命人把拜尔吉的棚屋搭了起来。来自东部峡湾的人们都来到了各自的棚屋。

137

现在说说索尔盖尔·斯考拉盖尔:他率领一支庞大的人马离开了东部,跟他在一起还有他的兄弟索尔莱夫·克劳和大个子索尔格里姆。他们纵马径直来到霍夫,来找莫德·瓦尔加尔德松,在那儿一直等到他做好了准备。莫德把每个能拿得动武器的人都召集了起来。兄弟几个发现,莫德在这些方面都极其果断。

他们上马西行,渡过几条河流,然后等着雅尔蒂·斯凯格亚松。刚等了一会儿,他就来了。他们热情地欢迎他。随后,他们一起上马继续赶路,一路马不停蹄地来到了比斯克普斯通加的雷基尔。他们在那里一直等到阿斯格里姆跟他们汇合。

接着,他们向西渡过布鲁拉河。阿斯格里姆把发生在自己和弗洛西之间的事情一五一十地告诉了他们。

索尔盖尔说:"在本届大会结束之前,我倒要看看他们到底有多大的胆量。"

随后,他们径直来到了拜提维利尔。白色吉祖尔率领一支庞大的人马赶到了那里,他们在一起谈了很长时间。然后,他们上马来到上游的空地。把所有人马布置完毕之后,他们纵马来到了大会。弗洛西等人飞快地拿起武器,做好了战斗准备。但是,阿斯格里姆等人根本不予理睬,而是直接前往他们自己的棚屋。那天剩下的时间在平静中过去了,他们之间并没有发生战斗。

全国各地的头领都来了。在人们的记忆里,从来没有过这么多人参加大会。

138

有一个人叫埃约尔夫,是伯尔维克的儿子、奥特拉达尔的灰面客埃约尔夫的孙子。灰面客埃约尔夫的父亲是大嗓门索尔德,祖父是奥拉夫·菲兰;他的母亲是中部峡湾的斯凯吉的女儿赫罗德内。斯凯吉的父亲是兽皮-比约恩,祖父是斯库塔德-斯凯吉。人们对埃约尔夫非常尊重。他熟谙法律,是冰岛的三大法律专家之一。他长得特别英俊,身材魁梧、健壮,很有可能成为一位伟大的头领。跟他的家人一样,他对钱很感兴趣。

一天,弗洛西来到比约尼·布罗德-海尔嘉松的棚屋。比约尼热情地欢迎他的到来,弗洛西就在他身边坐了下来。两个人谈了很多事情。

后来,弗洛西问:"我们现在该怎么办?"

比约尼答道:"很难找到有效的办法。但我认为,最好的办法是你去寻求更多的帮助,因为对方正在召集人马来对付你。我还想问一下,弗洛西,你这一方有没有著名的法律专家?因为对你来说,存在着两种可能:一种是努力和平解决,这将是非常好的结局;另一种是在法庭上为你们这一方进行辩护,如果可以进行辩护的话。尽管这看起来可能颇为蛮横无理,但我认为你必须这么办,因为你已经表现得非常傲慢了,现在谦卑起来对你没有好处。"

弗洛西说:"既然你提到了法律专家的事,我可以马上告诉你,我们这一方一个懂法律的都没有。而且,除了你的亲戚索尔凯尔·盖蒂松之外,我也想不出东部峡湾还有谁是这方面的专家。"

比约尼说:"我们绝对不要考虑他;他尽管精通法律,但他非常谨慎,谁都别指望他做护身。但他会尽力帮助你的,因为他非常勇敢。我可以告诉你,为纵火辩护的人是注定要死的,我不想让我的亲戚索尔凯尔遭受这样的命运。我们再考虑其他地方的人选吧。"

弗洛西说,他不知道谁是最优秀的法律专家。

比约尼说:"有一个叫埃约尔夫·伯尔维克松的人,是西部峡湾地区最好的法律专家。请他出山得付一大笔钱,但这阻挡不了我们。另外,在整个诉讼过程中,我们一定要带上武器,极其小心。但是,除非是为了自卫,否则不要动手。现在,我跟你一起去求助，因为这样无所事事地坐着我们可负担不起。"

于是，他们离开棚屋，去找厄赫萨尔峡湾来的人。比约尼同莱汀、布莱英和赫罗伊·阿恩斯坦恩松说了会儿话，很快，他就从他们那里探听到了他想知道的消息。

接着，他们去找杀手-斯库塔的儿子考尔和戈狄阿斯凯尔的儿子埃温德·索尔凯尔松，向他们求助。有很长一段时间，他们都不愿意，但当他们收下了三马克银币之后，他们就参加到他们的行列中来了。

随后，他们又前往廖萨瓦人的棚屋，在那里待了一会儿。弗洛西请他们帮助自己，但却很难说服他们。

于是，弗洛西十分气愤地对他们说："你们真不是什么好东西！你们在自己的地盘上横行霸道，但在会议期间却不愿帮助别人，甚至在需要你们的时候也不愿意。你们要是无视斯卡普赫丁对你们这些廖萨瓦人的羞辱，①那你们就会沦为人们嘲笑的对象，为人们所不齿。"

但后来，弗洛西还是同他们私下里交谈了一次，表示愿意为他们的支持付钱，并说了一些恭维的话来诱使他们。最终，他们答应帮助他，而且态度变得非常坚决，说如果有必要，他们甚至愿意为了弗洛西进行战斗。

比约尼对弗洛西说："干得好！你真是一位伟大的头领，一个勇敢而又具有坚定意志的男子汉。任何事情阻挡不了你。"

接着，他们离开那儿向西，渡过厄赫萨拉河后，来到了赫拉

---

① 见第120章。

德的棚屋。他们发现棚屋外面站了很多人,其中一个人肩头披着猩红色的斗篷,头上缠着一条金带子,手里拿着一把嵌银的斧子。

比约尼说:"真是走运,这位就是埃约尔夫·伯尔维克松。"

他们走到埃约尔夫面前,向他问好。埃约尔夫立刻认出是比约尼,就欢迎他的到来。比约尼抓住埃约尔夫的胳膊,领他来到阿尔曼纳陡崖。他让弗洛西等人在后面跟着,埃约尔夫的手下也都一起跟了过去。他吩咐他们站在峡谷边上,在那里负责警戒。

比约尼、弗洛西和埃约尔夫继续向前走。后来,他们走上了一条从峡谷上面延伸下来的羊肠小道。弗洛西说,这个地方不错,可以坐下来,而且视野广阔。于是,他们四个人就坐了下来,此外再也没有什么别的人了。

比约尼对埃约尔夫说:"朋友,我们来看你是因为我们非常需要你的全力支持。"

埃约尔夫说:"大会上可供选择的能人很多,要找到比我更能有助于你们的人也并不难。"

比约尼说:"事实并非如此,因为你身上具备的很多素质表明,在参加大会的这些人当中,谁都比不上你。首先,跟邂逅鬼拉格纳尔的所有后代一样,你出身高贵。不管是在全岛大会还是在自己的地区,你的祖先在重大的事件中一贯发挥着作用,而且他们总能最终取得成功。因此,在我们看来,你像你的亲戚们一样,是非常可能赢得各种官司的。"

埃约尔夫说:"你讲得很好,但我却承受不起。"

弗洛西说:"你不需要仔细琢磨,就可以知道我们的目的:我们想请你在我们的案子中支持我们,跟我们一道前往法庭,搜寻可以用来为我们辩护的要点，代表我们进行辩护。另外，在本届大会上，不管发生什么事情，都请你助我们一臂之力。"

埃约尔夫听后大怒，跳起身来说，谁也甭想让他当傀儡，或者让他在没有必要卷入的事情上冒险。

"我现在明白你刚才为什么要奉承我了，"他说道。

大力士哈尔比约恩伸手抓住他，把他按在自己和比约尼之间坐下，然后说道："一斧子是砍不倒一棵树的。朋友，跟我们坐一会儿吧。"

弗洛西从胳膊上取下一个金手镯，说道："埃约尔夫，为了感谢你的友好和对我们的支持，我要把这个手镯送给你，同时也向你表明，我不愿意欺骗你。这个手镯你最好收下，因为在阿耳庭大会上，我还从来没给别人送过如此贵重的礼物。"

这个手镯非常大，做工也非常讲究，抵得上一千二百厄尔带斑纹的家织布。哈尔比约恩随手把它套在了埃约尔夫的胳膊上。

埃约尔夫说："既然你这么友好，那我只好收下这个手镯了。你放心吧，我来负责为你辩护，而且，如果有任何其他必要的事情，我也会去做的。"

比约尼说："这件事你们俩都处理得很好。在场的还有其他人，也就是我和哈尔比约恩，我们俩有资格证明你已经接管了这个案子。"

于是，埃约尔夫站起身来，弗洛西也站了起来，两个人握了握手。这样，埃约尔夫就从弗洛西手里接管了这个案子的辩护以及其他任何可能由此而产生的法律行为——因为任何被告都有变成原告的可能。接着，埃约尔夫把所有诉讼程序中将要用到的证据,不管是要在地区法庭还是在第五法庭出具的,统统接了过去。这样,弗洛西就合法地把这个案子移交了,埃约尔夫也合法地接手了这个案子。

接着,埃约尔夫对弗洛西和比约尼说:"现在,我按照你们的请求,已经接手了这个案子,但我要求你们从一开始就要保密。如果这个案子起诉到了第五法庭,那么,关于你为了得到我的支持而付给我钱的事,你说的时候尤其要小心。"

弗洛西、比约尼和其他人都站了起来。弗洛西和比约尼返回各自的棚屋,埃约尔夫则来到戈狄斯诺里的棚屋,在他身旁坐了下来。他们谈了很多事情。戈狄斯诺里一把抓住埃约尔夫的胳膊,把袖子挽了上去,发现他戴着一个巨大的金手镯。

斯诺里问:"这是买的还是别人送的?"

埃约尔夫吓了一跳,一时不知该如何是好。

斯诺里说:"我明白了,这是你得到的一件礼物。但愿你不要因为这么个手镯而丢了性命。"

埃约尔夫跳起身来,转身就走。他不想谈这件事。

埃约尔夫起身的时候,斯诺里说:"法庭审理结束之前,你很可能会明白你接受的是什么样的礼物了。"

埃约尔夫回到了自己的棚屋。

139

现在说说阿斯格里姆·埃利达-格里姆松和卡里·索尔蒙达

松：他们和白色吉祖尔、雅尔蒂·斯凯格亚松、索尔盖尔·斯考拉盖尔以及莫德·瓦尔加尔德松见了面。

阿斯格里姆说："我们之间没有必要保密，因为在场的各位彼此都了解，大家都是忠诚可靠的朋友。我想问一下，你们知不知道弗洛西等人采取了什么措施？因为也许我们有必要重新考虑一下我们的计划。"

白色吉祖尔答道："戈狄斯诺里派人送信给我说，弗洛西从北部地区得到了很多支持，他的亲戚埃约尔夫·伯尔维克松接受了某人送的一个手镯，但不想让别人知道。斯诺里说，据他猜测，对方选择了埃约尔夫·伯尔维克松来为本案进行辩护，他们送给他手镯正是出于这个目的。"

他们都同意，事情的真相一定是这个样子的。

吉祖尔对大家说："我的女婿莫德已经接手了这个在大家看来最为困难的案子，要起诉弗洛西。现在，我想把其他诉讼在你们之间做一分工，因为不久就要在法律岩石宣布采取诉讼行动了。我们也需要更多的帮助。"

阿斯格里姆答道："你说得对，但我们去寻求帮助的时候想请你跟我们一同去。"

吉祖尔说他愿意去。

于是，吉祖尔便挑选了几个最精明的人手跟他一起去，其中包括雅尔蒂、阿斯格里姆、卡里和索尔盖尔·斯考拉盖尔。

吉祖尔说："我们先去斯卡弗蒂·索罗德松的棚屋。"

于是，他们来到厄尔弗斯人的棚屋。吉祖尔走在前面，后面依次是雅尔蒂、卡里、阿斯格里姆、索尔盖尔和他的兄弟们。他们走进棚屋。斯卡弗蒂正坐在横过来的凳子上,一见吉祖尔走进来,就立即站起身来迎接,热情地欢迎他和他的同伴,并请吉祖尔在自己身边坐下来。于是,吉祖尔就坐了下来。

吉祖尔对阿斯格里姆说:"你向斯卡弗蒂提出我们的请求吧,我再做适当的补充。"

阿斯格里姆说:"斯卡弗蒂,我们来是寻求你的帮助和支持的。"

斯卡弗蒂说:"上一次,我不愿意管你的麻烦事,你当时觉得我很固执。"①

吉祖尔说:"现在是为另外一件事。农场主尼雅尔和他的妻子贝格索拉被人平白无故地烧死了,我们已经为他们俩和尼雅尔的三个儿子以及其他许多好人启动了诉讼程序。你当然不会再拒绝支持你的亲戚和妻弟了。②"

斯卡弗蒂答道:"当初,斯卡普赫丁曾说,我在头上涂了沥青,割了些草放在头上;他说我吓破了胆,索罗尔夫·洛夫特松只好把我藏在面袋里,用他的船把我带回了冰岛。当他讲这些话的时候,我就下定了决心,永远也不参与为他的死而采取的任何行动。"

吉祖尔说:"现在这个时候提这些事情毫无意义,因为说这些话的人已经死了。即使你不愿帮助别人,但你一定会帮助我的。"

斯卡弗蒂答道:"除非你执意参与,否则,这个案子跟你一点

---

① 见第119章。
② 吉祖尔和斯卡弗蒂的妹妹结了婚。

儿关系也没有。"

吉祖尔生气了，说道："你一点儿也不像你父亲；尽管他的性格有点儿变幻无常，但在人们最需要他的时候，他总是乐意提供帮助。"

斯卡弗蒂说："我们俩性格不同。白色吉祖尔，在你袭击赫利扎伦迪的贡纳尔的时候，阿斯格里姆，在你杀死你的同奶兄弟高克的时候，你们俩都觉得自己做了件很了不起的大事。"

阿斯格里姆答道："当人们了解到事情坏的一面的时候，他们往往很少顾及到好的那一面。很多人认为，我是在万般无奈的情况下才杀了高克。你不想帮我们的忙，这我可以接受；但你用这样羞辱的语言来伤害我们却让人接受不了。我希望，本届大会结束之前，你会因为这个案子而声名狼藉，谁也不会为你的耻辱做出什么赔偿。"

然后，吉祖尔等人站起身走了出去。他们接着来到戈狄斯诺里的棚屋，走了进去。斯诺里正坐在横着的长凳上。一见到他们，他就马上认出了是谁，立即起身迎接，欢迎他们的到来。然后，他请他们在自己身边坐了下来，相互询问最近都在谈些什么事情。

阿斯格里姆对斯诺里说："我和我的亲戚吉祖尔是来寻求你的帮助的。"

斯诺里答道："你们是为你们死去的亲戚而进行诉讼的，因此，你们有充分的理由向我求助。我们以前得到过尼雅尔的指点，尽管现在很少还有人记得这些。告诉我，你们觉得自己最需要什么样的支持？"

阿斯格里姆答道："如果我们迫不得已而在大会上动起干戈，

我们觉得那时候最需要你的支持。"

斯诺里说:"的确,到那时候你们将面临极大的危险。毫无疑问,你们对此案的诉讼将非常有力,但同样,对方的辩护也将无懈可击,而且双方都不会屈服。这一点你们是不会忍受的,所以,你们会袭击他们。除此之外你们别无选择,因为他们打算以一种让你们丢脸的方式来为被他们杀害的人支付赔偿,以一种让你们感到耻辱的方式来为你们失去的亲人支付赔偿。"

不难看出,他是在怂恿他们。

吉祖尔说:"斯诺里,你讲得很好。在最重要的时刻,你总是镇定自若,极有领袖风范。"

阿斯格里姆说:"请告诉我,假如形势像你说的那样发展下去,你准备怎么帮助我们?"

斯诺里说:"我会向你们做出一个友好姿态,而你们所有的荣辱将全靠它了。我不会去法庭。但是,如果你们在大会上动起手来,那么,只有在你们有把握的时候才可以袭击他们,因为你们面临的是非常强大的对手。如果你们发现自己寡不敌众,那么就向我们这边撤退,我会把我的人部署好,做好帮助你们的准备。如果是另外一种情况,就是说如果他们撤退了,我猜他们会逃到阿尔曼纳陡崖,在那儿找藏身的地方;假如他们逃到了那里,那么你们就永远也抓不到他们了。因此,我的任务是抢在他们前面,把我的人马集结起来,阻止他们去找藏身之处。但不管他们沿河北上还是南下,我们都不去追赶。然后,待我估摸着你们把他们的人马杀到你们既能赔偿得起、又不会失去你们的戈狄地位和家园的时候,我就率领我的人马冲过去,把你们双方分开。如果我为你做了这么多，那么到时候你必须得听从我的命令。"

吉祖尔向他表示了深深的谢意，说他们需要的就是这些。然后，他们全都离开了斯诺里的棚屋。

吉祖尔问："我们现在去哪儿？"

阿斯格里姆答道："去莫德鲁维利人的棚屋。"

于是，他们来到了莫德鲁维利人的棚屋。

140

走进棚屋里的时候，他们看见古德蒙德正坐在那里，跟他的同奶兄弟、富有智慧的埃纳尔·考纳尔松说话。他们径直走到了古德蒙德面前。他热情地欢迎他们，整理了一下棚屋，给他们腾出座位来。然后，他们就相互询问最近有什么消息。

阿斯格里姆说："坦率地说，我们是来向你寻求坚定的支持的。"

古德蒙德问："你们有没有见过别的头领？"

他们回答说，他们已经跟斯卡弗蒂和戈狄斯诺里见过面。然后，他们又低声地把同他们俩接触的情况全都告诉了他。

古德蒙德说："上次我们见面的时候，我目光短浅，固执己见。这一次我要让你们毫不费力地得到我的支持。我和我所有的属民将和你们一同前往法庭，尽我之所能来帮助你们，和你们并肩战斗。如果需要的话，我还将和你们一样，不惜付出自己的生命。斯卡弗蒂的事由我来处理，我会确保他的儿子兔唇索尔斯坦恩参加到我们这一方来。他不敢违背我的意愿，因为他娶了我的女儿尤迪丝。这样，斯卡弗蒂就会努力去阻止这场争斗的。"

他们向他表示感谢。他们谈论了很长时间，但他们的声音很低，别人什么也听不见。古德蒙德要他们不要再去向别的头领乞求帮助了。他说，这听起来有点儿固执己见。"但是，现有的这些人手已经足够了。另外，在所有的诉讼过程中，你们一定要带着武器，但暂时先不要动手。"他说道。

然后，他们全都离开了古德蒙德的棚屋，回到了各自的棚屋。有一段时间，只有几个人知道这些事。全岛大会则在继续进行。

141

一天，人们都来到法律岩石。头领们找好了各自的位置，阿斯格里姆·埃利达-格里姆松、白色吉祖尔、大力士古德蒙德和戈狄斯诺里坐在台上，就在法律岩石旁边；东部峡湾的人们则站在台下。莫德·瓦尔加尔德松站在岳父白色吉祖尔的旁边。莫德很擅长言辞，吉祖尔就让来他宣布对杀人案进行起诉；他还要求他声音大一些，以便让大家都听清楚。

莫德指定了证人，说："由你们做证，我宣布弗洛西·索尔德松进行了一次非法袭击。在这次袭击中，他在现场袭击了海尔吉·尼雅尔松，给他造成了内伤、或者脑部伤害、或者伤及骨髓；这是致命的伤害，海尔吉因此而死亡。我宣布，为这一袭击行动，应判决弗洛西·索尔德松为不受法律保护的人，今后不得给他提供食品、帮助或任何形式的资助。我宣布，弗洛西·索尔德松的所有财产应予以没收，一半归我，一半归本地区依法有权获得其被没收财产的人。我特此在依法审理这一案件的地区法庭中宣布对这一杀人案进行起诉。我特在法律岩石、在所有人在场的情况下，依法作出此项宣布并进行诉讼。我特此宣布，在本届大会中，起诉弗洛西·索尔德松，剥夺他的一切享受法律保护的权利。我特此宣布，本案诉讼权已由索尔盖尔·索里松移交给我。"

法律岩石那儿的人们议论纷纷，说莫德讲得很好而且非常大胆。

莫德第二次说道："请你们做证，我宣布起诉弗洛西·索尔德松。弗洛西给海尔吉·尼雅尔松造成了内伤、或者脑部伤害、或者伤及骨髓；这是致命的伤害，海尔吉因此而在弗洛西·索尔德松对其进行非法袭击的地点死亡。弗洛西，我宣布，因为这次袭击，应判你为完全不受法律保护的人，不得给你提供食品、帮助或任何形式的资助。我宣布，你所有的财产均应予以没收，一半归我，一半归本地区依法有权获得你被没收财产的人。我特此在依法审理这一案件的地区法庭中宣布对这一杀人案进行起诉。我特在法律岩石、在所有人在场的情况下，依法作出此项宣布并进行诉讼。我特此宣布，在本届大会中，起诉弗洛西·索尔德松，剥夺他的一切享受法律保护的权利。我特此宣布，本案诉讼权已由索尔盖尔·索里松移交给我。"

莫德说完之后坐了下来。在他说话的时候，弗洛西仔细地听着，但一句话也没说。

这时，索尔盖尔·斯考拉盖尔站了起来，指定了证人，说道：

"请你们做证，我宣布起诉格鲁姆·希尔迪松，因为他携带引火之物，将其点燃后投放在位于伯格索斯沃尔的尼雅尔的房子里，尼雅尔·索尔盖尔松、贝格索拉·斯卡普赫丁斯多蒂尔以及其他人被当场烧死。我宣布，由于格鲁姆·希尔迪松的这一袭击行为，应该判他为完全不受法律保护的人，不得向他提供食品、帮助或任何形式的资助。我宣布，他所有的财产应予以没收，一半归我，一半归本地区依法有权获得其被没收财产的人。我特此在依法审理这一案件的地区法庭中宣布对这一杀人案进行起诉。我特在法律岩石、在所有人在场的情况下，依法作出此项宣布并进行诉讼。我特此宣布，在本届大会中，起诉格鲁姆·希尔迪松，剥夺他的一切享受法律保护的权利。"

接着，卡里·索尔蒙达松对考尔·索尔斯坦恩松、贡纳尔·兰巴松和格拉尼·贡纳尔松进行了起诉。人们都称赞他们的讼词说得好。

索尔莱夫·克劳对西格福斯的儿子们进行了起诉。他的兄弟大个子索尔格里姆则对莫多尔夫·凯蒂尔松、拉姆比·西古尔达松和大力士莱多夫的兄弟赫罗尔·哈蒙达松进行了起诉。阿斯格里姆·埃利达-格里姆松对莱多夫、索尔斯坦恩·盖尔莱夫松、阿尔尼·考尔松和红色格里姆进行了起诉。

他们的讼词讲得都很有力。接着，别的人便开始就各自的案子进行起诉。这些耗去了大半天的时光。然后，人们各自回到了自己的棚屋。

埃约尔夫·伯尔维克松陪着弗洛西回到了他的棚屋。当他们走到棚屋东面的时候，弗洛西问他，有没有理由可以针对这些指控进行辩护。

"根本没有。"埃约尔夫答道。

"现在我们该怎么办?"弗洛西问道。

"难啊,"埃约尔夫回答说,"但我来给你提个建议:你必须放弃你的戈狄头衔,把它交给你的兄弟索尔盖尔。然后,你声明自己是来自北部雷恰达尔的阿斯凯尔·凯蒂尔松的属民。如果原告对此没有发觉,那就会给他们带来一定的损失。因为他们把本来应该交由北部的地区法庭审理的案子交给了东部的地区法庭,尽管他们并不知情。这样,由于把案子起诉到了错误的法庭,他们就会在第五法庭转而成为被告。我们将启动这一法律程序,但只是作为最后一招才采用。"

弗洛西说:"也许你已经报答了那个'手镯之恩'了。"

"不知道,"埃约尔夫说,"但在诉讼过程中,我会给你以大力的帮助。大家都会同意,这将是我所能提供的最大的帮助。现在,你必须派人去把阿斯凯尔找来;索尔盖尔必须再带上另一个人,跟你立即汇合。"

过了一会儿,索尔盖尔来了,接受了戈狄这一头衔。随后,阿斯凯尔也来了。弗洛西宣布,自己已经成为他的属民。这件事除了他们自己,别人谁都不知道。

142

一切都平静地过去了。法庭开庭的时间到了。双方都做好了准备，全副武装起来，并在各自的头盔上做了标记。

索尔哈尔对阿斯格里姆等人说："你们不要太草率，一切都要尽量做到准确无误。如果有什么意外，你们要马上告诉我，我来给你们出主意。"

阿斯格里姆等人望着他。他的脸看上去好像沾满了鲜血，眼泪像断了线的珍珠一样夺眶而出。他要来自己的长矛，那是斯卡普赫丁送给他的，是一件很珍贵的武器。

他们转身走开的时候，阿斯格里姆说："我的儿子索尔哈尔待在棚屋里，情绪低落。我不知道他会做些什么。现在，咱们去找莫德·瓦尔加尔德松，我们要做出一种姿态，让他觉得好像只有他的诉讼才重要似的，因为制服弗洛西要比制服很多别的人更重要。"

阿斯格里姆派人送信给白色吉祖尔、雅尔蒂和大力士古德蒙德。他们全都聚在了一起，马上前往东部的地区法庭。他们从南面来到了法庭；而弗洛西和他的手下以及所有来自东部峡湾跟他汇合的人则从北面来到了法庭。弗洛西还带来了雷恰达尔、厄赫萨尔峡湾和廖萨瓦等地的人，埃约尔夫·伯尔维克松也在其中。

弗洛西向埃约尔夫俯下身来，说道："情况看来还好；你预料的结果可能很快就要出现了。"

"先不要谈这件事，"埃约尔夫说，"尽管也许我们最终将不得不用一下那个计策。"

这时，莫德·瓦尔加尔德松指定了证人，要求进行抽签，来决定提起完全剥夺法律保护权利的诉讼人中谁先进行起诉或谁先提起诉讼，谁第二个，谁又是最后一个。莫德是在所有法官都在场的情况下，向法庭提出这一合法要求的。于是，他们进行了抽签，结果是由莫德首先提起诉讼。

于是，莫德第二次指定了证人，他说："我请你们做证，我保留纠正本人申诉中任何错误的权利，不管是由于申诉过多还是由于失误造成的错误。我要求有权纠正我的全部措辞，直至整个诉状的形式完全正确为止。我特此为本人和其他可能利用或受益于本证词的人指定上述证人。"

接着，莫德说道："我请你们做证，我要求弗洛西·索尔德松或任何其他辩护代理人听我发誓、提出指控以及为起诉他而打算出具的证据。我特在法庭上、在诸位法官面前提出这一合法要求。"

莫德继续说道："我请你们做证，我面对《圣经》合法地发誓，在上帝面前宣誓，我将尽我一切努力，诚实、公正地依法进行此案的诉讼；只要我在大会，我将满足法律的所有要求。"

他接着说道："我曾指定索罗德作为证人、索尔比约恩作为第二证人。现在，请他们做证：在弗洛西·索尔德松进行的非法袭击中，弗洛西袭击了海尔吉·尼雅尔松；弗洛西给他造成了内伤、或者脑部伤害、或者伤及其骨髓；这是致命的伤害，海尔吉因此而死亡。我在当时、当地即宣布弗洛西·索尔德松进行了非法袭击。我当时宣布，由于这一袭击行动，应判他为不受法律保护的人，不得给他提供食品、帮助或任何形式的资助。我当时宣布，他所有的财产应予以没收，一半归我，一半归本地区依法有权获得其被没收财产的人。我特在依法审理这一案件的地区法庭中宣布对这一杀人案进行起诉。我特在法律岩石、在所有人在场的情况下，依法作出此项宣布并进行诉讼。我特宣布，在本届大会中，起诉弗洛西·索尔德松，剥夺其享受法律保护的一切权利。我当时宣布，索尔盖尔·索里松已将本案的诉讼权移交给我。在我当时所作的声明中，我使用的措辞同现在所陈述的讼词相同。我特此向法庭提出起诉，要求作出完全剥夺被告法律保护权的判决，内容和我于东部的地区法庭、在当事人在场的情况下所作的宣布一样。"

莫德接着说："我曾指定索罗德作为证人、索尔比约恩作为第二证人。现在，请他们做证：弗洛西·索尔德松在一次非法袭击中，袭击了海尔吉·尼雅尔松，给他造成了内伤、或者脑部伤害、或者伤及其骨髓；这是致命的伤害，海尔吉因此而死亡。我在现场宣布，由于这一袭击行动，应判他为不受法律保护的人，不得给他提供食品、帮助或任何形式的资助。我当时宣布，他所有的财产应予以没收，一半归我，一半归本地区依法有权获得其被没收的财产的人。我特在依法审理这一案件的地区法庭中宣布对这一杀人案进行起诉。我特在法律岩石、在所有人在场的情况下，依法作出此项宣布并进行诉讼。我特宣布，在本届大会上，起诉弗洛西·索尔德松，剥夺其享受法律保护的一切权利。我当时宣布，索尔盖尔·索里松已将本案的诉讼权移交给我。在我当时所作的声明中，我使用的措辞同现在所陈述的讼词相同。我特此向法庭提出起诉，要求作出完全剥夺被告法律保护权的判决，内容和我于东部的地区法庭、在当事人在场的情况下所作的宣布一样。"

随后，为莫德所宣布的内容做证的人来到法庭，其中一人复述了一遍证词，两个人对证词的内容都没有异议。证人是这样说的："莫德曾指定索罗德作为证人，指定我为第二证人；我叫索尔比约恩。"然后，他报了自己父亲的名字，并接着说道，"莫德指定我们为证人，以证明：他已经在当时、当地宣布，弗洛西·索尔德松进行了非法袭击；弗洛西非法地袭击了海尔吉·尼雅尔松，给其造成了内伤、或者脑部伤害、或者伤及其骨髓的致命伤害，海尔吉因此而死亡。莫德宣布，由于这一袭击行动，应判弗洛西为不受法律保护的人，不得给他提供食品、帮助或任何形式的资助。莫德当时宣布，弗洛西所有的财产应予以没收，一半归他，一半归本地区依法有权获得其被没收财产的人。莫德在依法审理这一案件的地区法庭中宣布对这一杀人案进行起诉。他特在法律岩石、在所有人在场的情况下，依法作出此项宣布并进行诉讼。莫德宣布，在本届大会中，起诉弗洛西·索尔德松，剥夺其享受法律保护的一切权利。莫德当时宣布，索尔盖尔·索里松已将本案的诉讼权移交给他。在莫德当时所作的声明中，其所使用的措辞同现在我们所做的证词相同。我们已经正确地出具了证词，我们对其内容不持异议。我们特此为莫德所作的宣布出具上述证词，即他要求作出完全剥夺被告法律保护权的判决，内容跟他于东部的地区法庭、在当事人在场的情况下所作的宣布一样。"

接着，他们又第二次为莫德的话做证。他们首先提到了伤口，然后是那次袭击，其他的措辞和以前的完全一样。他们向东部地区法庭出具了上述证词，内容和莫德所作的宣布一样。

接着，为莫德接手本案起诉权做证的人来到了法庭，其中一人复述了他们的证词，两个人都表示同意证词的内容。他们宣布，莫德·瓦尔加尔德松和索尔盖尔·索里松指定他们为证人，证明索尔盖尔·索里松已委托莫德·瓦尔加尔德松来起诉弗洛西·索尔德松，指控他因为杀害海尔吉·尼雅尔松而犯有杀人罪。这个证人说："索尔盖尔将案子的起诉连同起诉的所有证据均交给莫德进行处理，他还委托莫德有权充分利用所有的证据进行起诉或达成和解，就像他本人是原告一样。索尔盖尔已合法地将案子移交给莫德，莫德也已合法地接手了这个案子。"

接着，按照索尔盖尔和莫德的要求，他们出具了证词，证明案子的起诉在当事人在场的情况下已被东部地区法庭接手。他们让所有的证人在做证之前发了誓，也让法官们发了誓。

这时，莫德·瓦尔加尔德松指定了证人，他说："请你们做证，针对我对弗洛西·索尔德松的指控，我当初召集了九位邻居；现在，我请他们在河的西岸就座。我接着请被告就这一陪审团的组成提出异议。我特在法庭上提出这一合法要求，请各位法官听清楚。"

然后，他又一次指定了证人，说："请你们做证，有关本案诉讼的首要步骤现在均已完成，其中包括听取誓言、发誓、提起诉讼、为有关的宣布做证、为接手诉讼做证、要求邻居就座、要求对方就陪审团的组成提出异议。我要求这些证人对已经采取的这些措施进行确认；另外还要确认，即使为了寻找证据或出于其他任何理由我离开了法庭，我也没有放弃起诉。"

这时，弗洛西和他的同伴们走到由邻居组成的陪审团就座的地方。弗洛西对他们说："西格福斯的儿子们会知道这些被召集来的邻居是否具有合法资格。"

莫克的凯蒂尔答道："这些邻居中，有一个人曾在莫德·瓦尔加尔德松接受洗礼的时候抱着他；还有一个人是他的第二代堂兄。"

于是，他们就把这些关系解释了一下，并为此发了誓。

埃约尔夫指定了证人来做证，在决定陪审团的组成无效之前，该陪审团还应存在。接着，埃约尔夫第二次指定了证人，说："你们做证，我要求这两个人离开陪审团。"然后，他说出了这两个人以及他们父亲的姓名。他接着说："因为其中一人是莫德的第二代堂兄，另一人则跟他有宗教上的联系，因此，应该让他们离开陪审团。现在，按照法律，你们两人已经没有资格参加陪审团了，因为我们已经合法地要求你们离开陪审团了。我按照大会的规则以及本国的法律，解除你们的陪审员资格。在弗洛西·索尔德松委托给我的案子中，我解除你们的陪审员资格。"

这时，所有在场的人都大声地说，莫德属于诉讼不当。他们都认为被告比原告更有理。

阿斯格里姆对莫德说："尽管他们觉得自己占了上风，但事情并非完全对他们都有利。得派个人去找我的儿子索尔哈尔，听听他有什么建议。"

于是，他们派了一个可靠的人去找索尔哈尔，把案子的进展情况以及弗洛西等人是如何认为他们已经使陪审团的组成无效的经过原原本本地告诉了他。

索尔哈尔说："我来想个办法，不让这件事破坏我们的起诉。你告诉他们，尽管他们受到了这些小伎俩的欺骗，但也不要相信这就会破坏我们的起诉，因为那个大圣人埃约尔夫忽略了一点。

你尽快回去,让莫德·瓦尔加尔德松到法庭上指定证人,宣布对方的异议无效。"然后,他详细地给他解释他们应该怎么办。送信人返回后,把索尔哈尔的建议告诉了他们。

于是,莫德·瓦尔加尔德松来到法庭,指定了证人。他说:"请你们做证,我宣布,埃约尔夫·伯尔维克松解除那两个陪审员的要求无效。我的根据是,他解除这两个人所依据的理由同本案的最初原告无关,而只是同提起诉讼的人有关。故此,我特为本人以及任何可能需要这些证词的人指定上述证人。"

随即,他把这些证词出具给法庭。接着,他来到邻居们组成的陪审团就座的地方,说已经站起来的那些人应该重新就座;然后,他宣布他们依然是陪审团的合法成员。所有在场的人都说,索尔哈尔干了件了不起的大事。这样,大家又认为原告比被告更有理。

弗洛西问埃约尔夫道:"你觉得这是符合法律的吗?"

"我想是的,肯定符合,"他说,"我们明显地忽略了这一点。但我们不能放弃。"

随后,埃约尔夫指定了证人,说:"请你们做证,我解除这两个人的陪审员资格。"接着,他说出了他们的姓名,并且:"理由是你们只是这里的房客,而不是财产的所有人。我不允许你们参加陪审团,因为现在你们已经被合法地解除了陪审员的资格。根据大会的规则和本国的法律,我取消你们的陪审员资格。"

埃约尔夫说,如果这一点能被推翻的话,那他将非常惊讶。这时,所有的人都说,被告比原告更有理。大家都非常赞赏埃约尔夫,说在法律上谁也不可能像他那样聪明。

于是，莫德·瓦尔加尔德松和阿斯格里姆派人去见索尔哈尔，告诉他目前的进展情况。索尔哈尔听后，就询问那两个邻居是拥有财产还是一贫如洗。

送信人说，其中一个依靠饲养产奶的牲畜生活，既养奶牛又养奶羊，另一个则拥有他们俩共同居住的土地的三分之一，自己养活自己；他和租借土地的那个人还共同拥有一处矿床和一个牧羊人。

索尔哈尔说："那就没什么问题了，埃约尔夫等人忽略了一点。尽管埃约尔夫夸下海口，说他是多么地正确，但我可以立即使他们对陪审团的异议无效。"

然后，他非常详细地告诉送信人他们应该怎么办。送信人返回后，把索尔哈尔的建议告诉了莫德和阿斯格里姆。

于是，莫德来到法庭，又一次指定了证人，说："请你们做证，埃约尔夫·伯尔维克松对陪审团的异议无效，因为被他要求解除陪审员资格的人是有合法的权利担任陪审员的。任何人只要拥有三百或三百单位的土地，即使不依靠饲养产奶牲畜生活，也有权参加由邻居组成的陪审团；而且，任何人只要依靠饲养产奶牲畜生活，即使没有土地，也有权参加由邻居组成的陪审团。"

他把证词提交给了法庭，然后来到邻居们就座的地方，让那两个人重新坐下，说他们有权参加由邻居组成的陪审团。人群中爆发出一阵欢呼声，大家都说，弗洛西和埃约尔夫的理由受到了很大的挑战。这时，人们都认为，原告比被告更有理。

弗洛西问埃约尔夫道："这样对吗？"

埃约尔夫回答说，他不知道这是不是事实。于是，他们派了个人到法律宣讲吏斯卡弗蒂那里，问他有没有这回事。斯卡弗蒂回答说，尽管知道的人很少，但法律的确有这样的规定。那个人就把他的答复告诉了弗洛西和埃约尔夫。

后来，埃约尔夫向西格福斯的儿子们询问其他几位邻居的情况。他们回答说，还有对四个人的召集也属于非法，"因为住在离现场更近的人并没有被找来，他们还在家里待着呢。"

于是，埃约尔夫指定了证人，为他做证：他要解除这四个人的陪审员资格。他显得非常理直气壮。

接着，他对那些邻居们说："在执法的问题上，你们对双方必须要一碗水端平。当法庭传唤你们的时候，你们必须到庭，指定证人，说明要你们作出判决还有困难。因为你们本来应该是九个人，但现在你们只有五个人的任命是合法的。要是索尔哈尔能解决这个问题，那他就什么案子都能打赢了。"

大家都看得出来，在整个过程中，弗洛西和埃约尔夫显得不可一世。人们纷纷传言，说这一纵火杀人案被撤销了，因为被告比原告更有理。

阿斯格里姆对莫德说："等我们见过索尔哈尔后，他们就会知道他们没什么可吹嘘的。尼雅尔说过，索尔哈尔跟着他学习法律的时候，学得非常出色；如果让他在现实中检验一下的话，人们就会明白，他是冰岛最伟大的法律专家。"

随即，他们派人去见索尔哈尔，告诉他案子目前的进展情况，弗洛西和埃约尔夫是如何自我吹嘘的，还告诉他，人们都觉得这个案子的起诉被驳回了。

"这没什么，"索尔哈尔说，"他们也不会因此而获得什么荣耀。你去告诉莫德，让他指定证人，发誓说大部分陪审员的任命是正确的。然后，他必须把这一证词出具给法庭，这样他就可以挽救这个案子的诉讼。法庭将判他为每一个被错误任命的陪审员支付三个马克的罚款，但这次开庭可能不会审理这件事。你现在回去吧。"

送信人回来后，一字不差地把索尔哈尔的话复述了一遍。

于是，莫德来到法庭，指定了证人，发誓说大部分邻居的任命是正确的。他宣布，这样他已经挽救了这个案子的诉讼。"我们的敌人应该把他们的名誉建立在别的事情上，而不要指望我方犯什么重大错误。"他说道。

人群中出现一阵巨大的骚动。大家都说，莫德处理得很得当，而弗洛西等人只不过是耍了点儿骗术和小花招儿而已。

弗洛西问埃约尔夫这样对不对。埃约尔夫回答说，他不敢肯定，但这个问题应该由法律宣讲吏来负责解答。于是，索尔凯尔·盖蒂松代表他们走到法律宣讲吏斯卡弗蒂那里，把案子目前的进展情况告诉了他，问他莫德所宣称的是否有道理。

斯卡弗蒂答道："这里的法律专家比我想的要多。我必须告诉你，他们在每一点上都是正确无误的，也是无懈可击的。我原来以为，尼雅尔死后只有我一个人了解法律的这个细节，因为当时我敢肯定，尼雅尔是唯一知道这个细节的人。"

索尔凯尔回到弗洛西和埃约尔夫那里，告诉他们说这是有效的法律规定。

接着，莫德·瓦尔加尔德松来到法庭，指定了证人，说："请你们做证，我要求我为起诉弗洛西·索尔德松一案而召集的邻居宣布他们的裁决结果，不管结果是对哪一方有利。我特在法庭上、在各位法官面前，提出这一合法要求。"

这样，莫德召集的那个由邻居组成的陪审团来到法庭。其中一个人宣布了他们的裁决结果，其他人都表示同意。这个人说："莫德·瓦尔加尔德松召集了我们九个自由人；现在，陪审团内有我们五个人，另外四人已经被解除了陪审员资格，因为被告对他们四人的资格提出了异议；否则这四人也将同我们一起宣布我们的裁决。现在，法律要求我们作出裁决。莫德要求我们宣布的是弗洛西·索尔德松是否在现场非法袭击了海尔吉·尼雅尔松——在那次袭击中，弗洛西·索尔德松给海尔吉·尼雅尔松造成了内伤、或者脑部伤害、或者伤及其骨髓的致命伤害，海尔吉因此而死亡。莫德要求我们宣布法律所要求的、与此案有关的裁决，他准备将裁决结果交给法庭；在由索尔盖尔·索里松移交给他的案子中，我们是被他合法地、以一种我们能够听到的方式召集起来的。

"现在，我们已经发了誓，作出了合法的裁决，并就裁决结果达成了一致意见。我们裁定：弗洛西败诉，对他的指控是合法的。我们九位邻居特此在东部地区法庭、在当事人在场的情况下，应莫德的要求而作出这一裁决。这是我们的集体裁决。"

接着，他们又宣布了一次他们的裁决结果。这一次，他们先提伤害，再提袭击，其他部分的措辞跟第一次宣布的完全一样。他们裁定弗洛西败诉，原告对他的指控是合法的。

莫德·瓦尔加尔德松来到法庭，指定了证人，证明在他起诉弗洛西·索尔德松的案子中，他所召集的邻居已经宣布了他们的裁决结果，裁定对弗洛西的指控是合法的。他这样做，既是为自己指定证人，也是为那些"可能有必要使用或受益于这一证词的人"指定证人。

接着，莫德第二次指定了证人，说："我请你们做证，由于目前已经出具了所有的起诉证据，所有的证词均已提交，陪审团已经作出裁决，裁决的宣布以及所有事项均有证人，因此，我特邀请弗洛西·索尔德松或任何接手替他辩护的人在我起诉他的这一案子中进行辩护。但是，如果在他们的合法辩护中出现任何情况，而我在对他们的起诉中可能用到这些情况，那么，我将保留使用这些新情况的权利。我特此在法庭、在诸位法官面前提出这一合法要求。"

"埃约尔夫，"弗洛西说，"等你一出来辩护，他们就会缩头缩脑、抓耳挠腮。一想到他们那个样子我就想笑。"

143

埃约尔夫·伯尔维克松来到法庭，指定了证人。他说："请你们做证，这是合法的辩护：这个案子本来应该起诉到北部的地区法庭，但你们却将其起诉到了东部的地区法庭。因为弗洛西早已宣布过，自己是北部的戈狄阿斯凯尔的属民。这里有两位当时在场的证人，他们将证明，弗洛西首先把自己的戈狄地位送给了他的兄弟索尔盖尔，然后他宣布自己是阿斯凯尔的属民。我特此既为自己、也为那些可能有必要使用或受益于这一证词的人而指定这两位证人。"

接着,埃约尔夫第二次指定了证人,说:"我请你们做证,我邀请本案的诉讼方莫德、或者任何其他可能起诉的人,听我发誓,听我即将作出的辩护,并听我即将出示的所有证据。我特此在法庭上、在诸位法官面前提出这一合法要求。"

随后,埃约尔夫又一次指定了证人,说:"我请你们做证,我面对《圣经》合法地发誓,在上帝面前宣誓,我将尽我一切努力,诚实、公正地依法进行此案的诉讼;只要我在大会,我将满足与我有关的法律上的一切要求。"

埃约尔夫说:"我指定这两个人为证人,证明我提出这一合法的辩护:本案被起诉到了一个没有管辖权的地区法庭之中。我认为,他们的起诉因此无效。我特此向东部的地区法庭作出上述辩护。"

接着,他向法庭出具了与辩护有关的所有证词;然后,他又指定了证人,为到目前为止所进行的所有的辩护步骤做证。

埃约尔夫指定了证人。他说道:"我请你们做证,我禁止本法庭的法官就莫德及其支持者所提起的诉讼作出判决,因为我们已经向法庭作出了合法的辩护。我这样做的依据是一项合法的、无可争辩的、绝对的并富有拘束力的禁止权利,根据大会的规则和本国的法律,我有权这样做。"

然后,他请法庭就他的辩护作出判决。

接着,阿斯格里姆和他的支持者们又对纵火案提出了指控。这些诉讼按照常规进行了。

144

现在说说阿斯格里姆和他的支持者们：他们派人到索尔哈尔那里，把案子的最新进展情况告诉了他。

索尔哈尔说："我离得太远了。我要是在现场，就不会出现这样的意外了。我现在明白他们的策略了：他们还打算把对纵火的起诉也宣布为无效，阻止对这一案子的审理，因为这是他们试图摆脱一切罪恶的策略的一部分。你现在尽快赶回去，告诉莫德，让他起诉弗洛西和埃约尔夫把金钱交易带入了法庭，[①]他应该要求部分剥夺他们享受法律保护的权利。然后，他一定要再次地传唤他们，指控他们出具了与此案无关的证词，这样，他们就违反了大会的程序。你告诉他们，就说是我说的：如果同一个人两次被判为部分剥夺其享受法律保护的权利，那么，该被告就必须被判为完全不受法律保护的人。你们必须抢先提出诉讼，这样才可以先对他们进行起诉并作出判决。"

送信人离开之后，赶到莫德和阿斯格里姆那里，把索尔哈尔的话告诉了他们。于是，他们来到了法律岩石。莫德·瓦尔加尔德松指定了证人："我请你们做证，我指控弗洛西·索尔德松在大会期间向埃约尔夫·伯尔维克松行贿，支付了金钱，以换取他的

[①] 弗洛西雇佣埃约尔夫作他的法律专家时送了他一个金手镯（见第138章），这在本部传奇中被认为是违法的，但在现存的法律中并没有这样的表述。

帮助。我宣布，为此应该对他作出判决，部分剥夺他享受法律保护的权利。在他向负责审理有关没收案件的法庭支付一马克银币以及生计费用之前，人们不得向他提供帮助，或给他以庇护。如若他未能支付上述款项，那么他就成为完全不受法律保护的人了。我宣布，他所有的财产应予以没收，一半归我，一半归本地区依法有权获得其被没收财产的人。我要求在依法审理此案的第五法庭进行起诉。我要求现在就进行审理，对其作出完全的惩罚。我特此在法律岩石、在所有人面前提出这一传唤。"

接着，他又提出了相似的一个传唤，指控埃约尔夫·伯尔维克松接受了那笔钱；同样，他把这个案子起诉到了第五法庭。

他接着指控说，弗洛西和埃约尔夫把与此案双方无关的证词提交给大会，这样就违反了大会的程序。他要求为此判决部分剥夺他们享受法律保护的权利。然后，他们就来到立法会议，第五法庭就是在那里开庭的。

阿斯格里姆和莫德离开以后，地区法庭的法官们对作出什么样的判决意见不一。有的要判弗洛西胜诉，有的要判莫德和阿斯格里姆胜诉。最后，他们不得不宣布法庭出现了分歧。在莫德进行传唤的时候，弗洛西和埃约尔夫都一直在场。

过了一会儿，弗洛西和埃约尔夫被告知，他们在法律岩石受到了传唤，要他们在第五法庭出庭；他们每人都受到了两次传唤。

埃约尔夫说："事情出现了不利于我们的变化。我们待在这里的时候，他们对我们成功地发出了传唤。很显然，这是索尔哈尔的才智，这一点谁也比不上他。现在，他们就可以率先在法庭上提起诉讼了，这是他们的一大胜利。但不管怎么说，咱们现在就去法律岩石，开始起诉他们，尽管这对我们的帮助不会很大。"

于是，他们来到了法律岩石。埃约尔夫宣布，他要指控对方违反了大会的程序。接着，他们又来到了第五法庭。

现在说说莫德：与阿斯格里姆来到第五法庭之后，莫德就指定了证人，要求他们听他发誓、提出指控以及为起诉弗洛西和埃约尔夫而准备出具的所有证据。他在法庭上、在所有法官面前提出了这一合法的要求。

在第五法庭，共同宣誓人要通过自己宣誓来确认誓言。

于是，莫德指定了证人。他说："我请你们做证，我特此在第五法庭起誓。我恳求上帝在我的今生和来世中帮助我，竭尽全力地按照法律，诚实、公正地起诉这个案子。我合法地对弗洛西提起实质性诉讼。在整个过程中，我没有也不会进行金钱交易以换取帮助。不管是为了合法的或是非法的目的，我都没有、也不会接受金钱。"

这时，莫德的两个共同宣誓人来到法庭上，他们指定了证人。"请你们做证，我们面对《圣经》合法地起誓。我们请求上帝在我们的今生和来世帮助我们，我们以自己的名誉担保：我们认为莫德将尽其一切努力，按照法律诚实、公正地起诉这个案子；在整个过程中，他没有、也不会进行金钱交易以换取帮助。不管是为了合法的或是非法的目的，他都没有、也不会接受金钱。"

莫德已经召集了住在辛格韦德利附近的九个人为这个案子组

成了一个陪审团。①于是，莫德指定证人，提出了他对弗洛西和埃约尔夫的四项指控；他的措辞和在进行传唤时的是相同的。他把案子起诉到了第五法庭，要求法庭判决部分剥夺被告享受法律保护的权利。他使用的措辞和在进行传唤时的一样。

接着，莫德指定了证人，邀请九位邻居在河的西岸就座。然后，他又指定证人，邀请弗洛西和埃约尔夫对陪审团的组成提出异议。他们走到陪审团那里，仔细地看了看，但一个也解除不了。于是，他们怒气冲冲地走开了。

莫德指定了证人，要求他召集的九位邻居宣布他们的裁决结果，不管他是胜诉还是败诉。陪审员们来到法庭上，其中一个宣布了他们的裁决结果，其他陪审员都表示赞同。他们全都在第五法庭起了誓。他们认为对弗洛西的指控是合法的，裁决他败诉。他们把裁决结果原样提交给了法庭。在莫德宣布进行起诉的时候在场的那个人此时也在场。随后，他们宣布了所有应该宣布的对所有指控的裁决结果。这一切都合法地进行完了。

埃约尔夫·伯尔维克松和弗洛西一直在寻找机会，以便宣布整个诉讼程序无效，但他们并没有找到。

莫德指定了证人，说："我请你们做证，我为起诉弗洛西·索尔德松和埃约尔夫·伯尔维克松而召集的九位邻居现在已经提交了他们的裁决结果，他们裁定：对他们的指控是合法的。"

他指定这些人来为此做证。

---

① 选择辛格韦德利附近居住的人是因为莫德指控弗洛西和埃约尔夫的不端行为发生在辛格韦德利的大会。

接着，他又一次指定了证人。他说道："我请你们做证，我邀请弗洛西·索尔德松或任何接手替他辩护的人在我起诉他的这一案子中开始辩护，因为至此所有诉讼证据都已出具：包括要求听取起誓、进行起誓、陈述各项指控、为传唤程序指定证人、邀请邻居组成陪审团、邀请被告对陪审团的组成提出异议、宣布陪审团的裁决结果以及为裁决结果指定证人。"

他指定这些人来为已经采取的步骤做证。

接着，提起诉讼时在场的那个人站了起来，把案子作了一下总结。他首先总结了莫德如何让他们听他起誓、听他陈述讼状。并听他出具起诉的各项证据；然后，他又总结了莫德和共同宣誓人如何起誓以及莫德如何提起诉讼。在总结中，他使用了莫德在陈述讼状和进行传唤的过程中讲过的所有措辞："在起诉到第五法庭的时候，莫德使用的措辞和他在进行传唤时所使用的措辞是一致的。"

他又总结了证人是如何为传唤做证的。他一字不漏地重复了莫德在传唤中所说的话以及证人们的证词："现在，我已在总结中将其重复了一遍。证人向第五法庭提交的证词和莫德在传唤中所使用的措辞是相同的。"

他总结了莫德如何邀请由邻居组成的陪审团就座；和由弗洛西或任何接手替他辩护的人对陪审团的组成提出异议。他还总结了邻居们如何出庭、如何公布他们的裁决结果以及如何宣布弗洛西受到了合法的指控。"九位邻居已向第五法庭宣布了他们的裁决结果。"他说道。

他总结了莫德如何为裁决结果的公布指定证人；然后他又总

结了莫德是如何为所采取的步骤、为邀请被告进行辩护而指定证人的。

这时,莫德指定了证人。他说:"我请你们做证,由于属于诉讼的所有步骤现在均已完成,这些步骤均已得到总结和复述,并已提交给法庭,因此,我禁止弗洛西·索尔德松或任何接手替他辩护的人提出反对意见。"

接着,负责总结的那个人就把莫德的这一证词又做了总结。

随后,莫德指定了证人,请法官们就此案作出判决。

这时,白色吉祖尔说:"莫德,这样是不够的,你还得再做点儿别的,因为一个由四十八人组成的法庭是没有审判权的。"

弗洛西问埃约尔夫道:"我们现在怎么办?"

埃约尔夫答道:"很难办。我们最好是等着,因为我怀疑他们在申诉的时候会出现失误:莫德刚才要求立即对案子进行判决,但他们首先得从法庭上撤掉六个人。然后,当着证人的面,他们得邀请我们来撤掉另外六个人,但我们不要去。这样,他们就不得不自行撤掉另外六个人了,但他们很可能忽略这个细节。如果他们真的忽略了,没有撤掉另外六个人,那么整个案子的起诉将是无效的,因为进行判决的人数正确的应该是三十六名法官。"

弗洛西说:"埃约尔夫,你真是个聪明人,很少有人能比得上你。"

莫德·瓦尔加尔德松指定了证人,说:"我请你们做证,我从法庭上撤掉六个人。"然后,他一个一个地叫着他们的名字,并且说道:"我拒绝在法庭上给你们以位置。根据大会的规则和本国的法律,我撤掉你们的法官资格。"

随后,他当着证人的面,邀请弗洛西和埃约尔夫从法庭上撤掉另外六个人,但他们说不想这么干。于是,莫德就要求对此案作出判决。正在法官们作出判决的时候,埃约尔夫指定了证人,宣布法庭的判决以及整个诉讼均为无效。他指出,判决是由四十二人作出的,而本来应该由三十六人作出。"现在,我们要在第五法庭起诉他们,要求判他们为不受法律保护的人。"他说道。

白色吉祖尔对莫德说:"你犯了个错误,如此重要的细节居然被你忽视了,真是倒霉。阿斯格里姆,我的亲戚,我们现在该怎么办?"

阿斯格里姆答道:"我们必须派人到我的儿子索尔哈尔那里,看看他有什么建议。"

145

戈狄斯诺里了解到诉讼的进展情况之后,就把自己的人马部署在阿尔曼纳陡崖和赫拉德棚屋之间,他事先已经给他们讲了该怎么办。

现在说说索尔哈尔:一个送信人找到他,向他讲述了目前的情况、他们将如何被宣布为不受法律保护的人以及他们对杀人案的起诉如何被全部驳回了。索尔哈尔听到这些,心里乱得一句话也说不出来。突然,他从床上一跃而起,双手把斯卡普赫丁送给他的那柄长矛抓了过来,一下子刺进了自己的大腿。腿上的肌肉和那个疖子紧紧地箍着长矛,他猛地转动长矛,把那个疖子割了下来。然后，他双腿稳步、飞快地走出棚屋，连那个送信的人都跟不上。他径直向第五法庭走去。在那儿，他碰见了弗洛西的亲戚红色格里姆。两人刚一碰面，索尔哈尔挺矛便刺，一下子刺穿了格里姆的盾牌，将其劈为两半。长矛随即直贯格里姆的身体，从他的后背露了出来。索尔哈尔一抖长矛，把他扔在地上，格里姆当即毙命。

（Jón Axel Björnsson）

索尔哈尔挺矛便刺，一下子刺穿了格里姆的盾牌……

卡里·索尔蒙达松看到了这一幕，就对阿斯格里姆说："你的儿子索尔哈尔来了，他已经干掉了一个。我们这些人当中，要是只有他一个人有勇气为纵火案报仇的话，那将是天大的耻辱。"

"不会的，"阿斯格里姆说，"咱们上吧。"

他们的手下发出了一声呐喊，然后爆发出一片请战的呼声。

弗洛西等人转过来跟他们对峙着，双方相互大声地搦战。

现在说说卡里·索尔蒙达松：他纵身冲到了阿尔尼·考尔松和大力士哈尔比约恩的面前。哈尔比约恩一见，抡起斧子直砍他的腿部。卡里一纵身，身子跃向半空，哈尔比约恩一斧走空。卡里转身扑向阿尔尼·考尔松，一斧子砍在他的肩头，砍断了他的肩胛骨和锁骨，一直劈到了他的胸部。阿尔尼当即倒地而死。紧接着，卡里挥斧猛砍哈尔比约恩，劈开了他的盾牌，砍掉了哈尔比约恩的大拇指。这时，霍尔斯坦恩把自己的长矛向卡里扔了过去，卡里敏捷地一伸手，在半空里抓住了长矛，随手"嗖"的一声又扔了回来，弗洛西的这个手下应声而倒，当即一命呜呼。

索尔盖尔·斯考拉盖尔冲到大力士哈尔比约恩的面前，单手持斧，直取哈尔比约恩。哈尔比约恩"扑通"一声摔倒在地，费了很大的力气才爬起来，随后落荒逃走了。接着，索尔盖尔又和索尔瓦尔德·斯鲁姆-凯蒂尔松碰了头。索尔盖尔当即挥起斯卡普赫丁那把名叫"战魔"的斧子，直取索尔瓦尔德。索尔瓦尔德举起盾牌来招架，但索尔盖尔的斧子一下子把整个盾牌劈为两半，而且上半截斧刃击中了他的胸膛，并砍进了体内。索尔瓦尔德当即倒地而死。

现在说说阿斯格里姆和他的儿子索尔哈尔：他们同雅尔蒂和白色吉祖尔一起，联手向弗洛西、西格福斯的儿子们以及其他纵火犯发起了进攻。战斗进行得非常激烈。阿斯格里姆一方攻势强劲，锐不可当，弗洛西一方不得不向后节节败退。大力士古德蒙德、莫德·瓦尔加尔德松和索尔盖尔·斯考拉盖尔则猛攻来自厄赫萨尔峡湾、东部峡湾以及雷恰达尔等地的人的阵地，那里的战斗也很激烈。卡里·索尔蒙达松冲到比约尼·布罗德-海尔嘉松的面前，抓过一柄长矛向他刺去，结果刺中了他的盾牌。比约尼慌忙把盾牌往旁边一拉，不然的话，卡里的长矛会把他连同盾牌一起刺穿的。比约尼随即挥剑砍向卡里的腿部，卡里把腿一收，身子一转，比约尼一剑走空。卡里回手就是一剑。突然，旁边一人纵身跳了过来，举起盾牌来挡卡里的剑。但是，卡里的剑把他的盾牌从上到下砍为两半，剑尖擦过那个人的大腿，把他整条腿都豁开了。那个人随即倒在地上，落了个终身残疾。卡里随即双手擎矛，对准比约尼猛刺过去。比约尼发现自己别无选择，身子只好往斜刺里一倒，躲了过去，随后爬起身来，落荒而逃。

这时，索尔盖尔·斯考拉盖尔向以霍尔斯坦恩·贝萨松和索尔凯尔·盖蒂松为前锋的阵地发起了猛攻。结果，他们击退了霍尔斯坦恩和索尔凯尔。大力士古德蒙德的手下看着他们望风逃窜的样子，便大声地嘲笑他们。

廖萨瓦来的索尔瓦尔德·特约瓦松受了重伤；他的胳膊被刺穿了，人们都认为是人力士古德蒙德的儿子哈尔多尔投的长矛，但索尔瓦尔德在有生之年都没有为此得到什么赔偿。

卷入这场战斗的人很多。尽管这里描述了一些当时发生的情况，但还有对很多情景的描述并没有流传下来。

弗洛西曾告诉过他的手下，如果寡不敌众，他们就要想方设法赶到位于阿尔曼纳陡崖的要塞，因为在那儿，他们只会受到来自一个方向的进攻。但锡达的哈尔的手下和他的儿子约特在阿斯格里姆等人的进攻下望风而逃，没有往那里去，而是沿着厄赫萨拉河的东岸向南跑了下去。

哈尔说："整个阿耳庭都在打仗，真是可怕极了。约特，我的儿子，我想我们该去求助，把双方分开，尽管这样会使我们受到一些人的埋怨。你在桥头等着我，我到各个棚屋求救去。"

约特说："要是看到弗洛西等人需要我们帮助的话，我就立即去助他们一臂之力。"

"你想干什么都行，"哈尔说，"但我求你一定要等着我。"

这时，弗洛西的人开始溃逃了。他们都逃往厄赫萨拉河的西岸，阿斯格里姆、白色吉祖尔和他们的全部人马在后面紧紧追赶。弗洛西和他的手下撤到了韦尔吉棚屋和赫拉德棚屋之间的空地上。但是，戈狄斯诺里早已把他的人马部署在那里，把路堵得死死的，他们根本无法从那里逃走。

戈狄斯诺里对弗洛西喊道："你怎么慌慌张张地？谁在追你？"

弗洛西说："你这么问并不是因为你不知道答案。你想阻挡我们前往阿尔曼纳陡崖的要塞吗？"

"我并没有阻挡你们，"他回答说，"但我知道谁在阻挡你们。你不问，我也告诉你，是索尔瓦尔德·克罗平斯凯吉和考尔。"

其实，他提到的这两个人早就死了，而且是属于最坏的那一类人。

戈狄斯诺里再次发话了，这次是对他的手下："带着你们的利剑和长矛向他们冲，把他们从这儿赶走。等其他人从下面袭击他们的时候，他们是坚持不了多久的。但你们不用追他们，就让他们双方自己一决雌雄吧。"

斯卡弗蒂·索罗德松的儿子名叫兔唇索尔斯坦恩；他正和岳父大力士古德蒙德并肩冲杀。斯卡弗蒂听到斯诺里的话之后，就赶往戈狄斯诺里的棚屋,打算请斯诺里和他一道去把交战双方分开。但还没等他走到斯诺里的棚屋门前,最激烈的战斗就开始了。阿斯格里姆等人从山下冲了上来。

索尔哈尔说:"父亲,斯卡弗蒂·索罗德松在那儿。"

阿斯格里姆说:"我看见了,孩子。"说着,他闪电般地把长矛掷向了斯卡弗蒂。长矛正中他小腿最宽厚的部分,把他的两条腿都刺穿了。斯卡弗蒂"扑通"一声摔倒在地,再也站不起来了。他附近的人只好让他平躺着,把他拖进了一个磨剑人的棚屋里。

阿斯格里姆和他的人马迅速地向前推进,弗洛西等人沿着河岸向南败退到了莫德鲁维利人的棚屋。在一个棚屋的外面站着一个叫索尔维的人;他正在一个大锅里煮肉,刚把肉拿出来,但锅里的水已经开到了极点。索尔维抬头瞥见东部峡湾的人们在狼狈逃窜,离他这里已经很近了。

索尔维说:"怎么回事?这些东部峡湾的人在没命地奔逃,难道他们都是胆小鬼吗?甚至连索尔凯尔·盖蒂松也在逃。很多人说,他极其勇猛。可现在他跑得比谁都快。人们说他的那些话肯定有好些不实之词。"

大力士哈尔比约恩正在他附近,就说道:"你敢说我们都是胆小鬼,你这样说逃脱不了惩罚。"他伸手把索尔维抓了过来,高高地举起来,把他头冲前,扔进了那口大锅,索尔维当即毙命。这时,后面追来的人朝他冲了过来,哈尔比约恩只好继续奔逃。

弗洛西瞄准布鲁尼·哈夫立达松,把长矛扔了过去,一矛正中他的腰部,布鲁尼当即倒地而死。他是大力士古德蒙德的手下。

索尔斯坦恩·赫莱纳松从布鲁尼身上抽出那杆长矛,向弗洛西掷了过去，扎在了他的腿上。这一下把他的腿伤得很重，弗洛西"扑通"一声摔倒在地上，但马上又爬了起来。

他们转了个方向，奔向瓦特恩峡湾人的棚屋。约特和哈尔率领他们的人马正在从东岸渡河。他们来到火山岩区的时候，从古德蒙德那里飞来一柄长矛，正中约特的腰部，他当即倒在地上，一命呜呼了。人们永远也没有弄清楚到底是谁杀的他。

弗洛西等人在瓦特恩峡湾人的棚屋附近拐了个弯儿。索尔盖尔·斯考拉盖尔说道："卡里，埃约尔夫·伯尔维克松在那儿。让他为接受那个手镯而遭报应吧。"

卡里说："我也是这么想的。"说着，他抓过一杆长矛，瞄准埃约尔夫投了过去。长矛正扎在他的腰上，把他刺穿了。埃约尔夫当即倒在地上，一命呜呼了。

这时，战斗稍稍缓和了一下。戈狄斯诺里带着自己的手下以及斯卡弗蒂赶来了。他们立即穿插到双方之间，把他们分隔开来，这样，双方就无法相互进攻了。哈尔也加入了他们的行列，他也想把交战双方分隔开来。他们宣布，在大会剩下的日子里实现停火。人们把死者的尸体都集中起来，抬到教堂，并给伤者包扎伤口。

第二天，人们又回到了法律岩石。锡达的哈尔站起身来，要求大家安静。顿时，法律岩石那儿变得鸦雀无声。

他开口说道："在这次诉讼中发生了令人难过的事情，有的人在这一事件中死了。我要告诉你们，我并不是什么伟大的英雄。但我想请阿斯格里姆和其他与这些诉讼有关的人给我们提出一个公平的解决办法。"

接着,他又讲了很多颇有说服力的话。

卡里说:"即使别人都同意和解,我也不同意,因为你们打算把这场战斗中的杀戮和那场纵火案两相抵消。我们不能容忍你们这么做。"

索尔盖尔·斯考拉盖尔也附和着。

这时,斯卡弗蒂·索罗德松站了起来,说道:"卡里,当初你不该从你的姻亲那里逃走,现在你最好不要阻止我们达成和解。"

于是,卡里吟诵了下面这首诗:

> 即使我跑了,
> 你也不要指责我,武士。
> 我的力量和武器
> 暴风雨般地击碎敌人的盾牌。
> 修长、锋利的宝剑
> 长啸如龙吟。
> 而你——红须的懦夫
> 却逃回了自己的棚屋。

接着,卡里又吟诵了另一首诗:

> 武士们不愿停止战斗,
> 而此时的诗人斯卡弗蒂
> 蜷缩在盾牌后面,
> 身子被扎伤。

这位仰面朝天的无畏英雄

被厨子们拖进了小丑的房间。

随后,卡里又吟诵了第三首诗:

当船上的水手们

嘲弄着被烧死的

尼雅尔、格里姆和海尔吉——

他们犯了天大的错误。

如今,在缀满石南花的山丘上①,

在大会结束之后,

人们的嘲讽转向了那一方。

人们哄笑起来。戈狄斯诺里面带微笑,口中吟诵了下面的诗。他的声音很小,但人们还是听得清清楚楚:

斯卡弗蒂不想打了,

阿斯格里姆射中了他的枪杆;

霍尔斯坦恩不情愿地逃走了,

索尔凯尔硬着头皮向前。

人们的笑声更响了。

----

① 指弗洛西的家乡斯维纳费德。

锡达的哈尔说道:"大家都知道我的儿子约特的死让我多么地痛苦。很多人认为,为他所做的赔偿要高于任何其他在这里丧生的人。但是,为了达成和解,我愿意放弃索赔;另外,我还愿意向我的对手们保证和平相处。戈狄斯诺里以及其他最优秀的人士,我要求你们确保在我们双方之间达成和解。"

他说完之后坐了下来。他的话引起了人们的欢呼,大家对他的善意异口同声地表示赞赏。

戈狄斯诺里站起身来,发表了一篇长长的、充满智慧的演说,请阿斯格里姆、吉祖尔以及其他与此案有关的人接受和解。

阿斯格里姆说:"当弗洛西强行闯进我家里的时候,我就决心,永远也不接受跟他的和解。但是现在,戈狄斯诺里,由于你和我的其他朋友们说的这些话,我就不反对了。"

同样,索尔莱夫·克劳和大个子索尔格里姆说,他们也愿意接受和解。他们还敦促自己的兄弟索尔盖尔·斯考拉盖尔也接受和解,但他没有同意。他说,他永远都和卡里保持一致。

这时,白色吉祖尔说:"现在,弗洛西得决定,在有人反对的情况下,他是否愿意进行和解。"

弗洛西说他愿意,"反对我的优秀人士越少,我越欢迎。"

大力士古德蒙德说道:"只要对纵火一案的起诉不被驳回,那我本人愿意为在大会发生的杀人的赔偿进行担保。"

白色吉祖尔、阿斯格里姆和雅尔蒂也都这么说。这样,他们就按照这些条件达成了一项和解。

他们握了握手,把这件事交给了一个由十二人组成的陪审团。戈狄斯诺里负责进行仲裁,还有其他一些优秀人士帮助他。他们把被杀的人相互进行了比较，差额部分通过支付赔偿金加以解决。他们还对纵火案进行了仲裁：被告要为尼雅尔支付三倍的赔偿，为贝格索拉支付两倍的赔偿，斯卡普赫丁和惠塔内斯的戈狄霍斯库尔德两人的被杀相互抵消，为格里姆和海尔吉支付两倍的赔偿，为其他被烧死的人一律支付一倍的赔偿。

他们裁定，为卡里的儿子索尔德之死不支付任何赔偿。

弗洛西和其他纵火犯得离开冰岛，但除非他们愿意，他们并不一定非要在那年夏天离开这个国家。但如果三年之后他们还没有离开冰岛的话，那么他和其他纵火犯就将终身被剥夺法律保护的权利，人们可以在春季大会或者在秋季大会上宣布他们为不受法律保护的人——他们想在什么时候宣布都可以。

弗洛西得在国外待满三年，但贡纳尔·兰巴松、格拉尼·贡纳尔松、格鲁姆·希尔迪松和考尔·索尔斯坦恩松永远也没有权利回国。

他们问弗洛西是否想为他身上的伤要求赔偿。他回答说，他不想用自己的身体赚钱。至于埃约尔夫·伯尔维克松，由于他的不公与不正当行为，因此对他的死不予赔偿。

各方相互握了握手，对上述的这些裁决结果都表示同意。从那以后，他们从来没有违反过这一协议。阿斯格里姆和他的朋友们向戈狄斯诺里赠送了精美的礼物；斯诺里因为这个案子而赢得了极大的尊重。斯卡弗蒂的伤没有得到赔偿。白色吉祖尔、雅尔蒂和阿斯格里姆邀请古德蒙德到他们那里去看看。他接受了邀请，他们每个人都送了一个金手镯给他。然后，古德蒙德上马回北部去了，他也由于处理这件事而受到了广泛赞誉。

索尔盖尔·斯考拉盖尔邀请卡里和他一起走,但他们先跟古德蒙德一起往北,一直到了山区之后才分手。卡里送给古德蒙德一个金质胸针,索尔盖尔送给他一条银质腰带。这两件礼物都极其珍贵。他们怀着对彼此的友谊相互分手了。古德蒙德继续纵马北上,回家去了。在本部传奇中,他再也没有出现过。卡里和索尔盖尔离开山区南下,来到赫雷帕尔,接着又来到肖尔萨。

现在说说弗洛西:参加纵火的那些人都上马来到了东部的弗廖特什立德。弗洛西在那儿吩咐西格福斯的儿子们去照看一下他们的农场。后来,弗洛西听说索尔盖尔和卡里跟古德蒙德去了北方,他们认为,这意味着卡里和索尔盖尔打算住在北方。西格福斯的儿子们问,他们是不是可以到东部的埃亚菲欧尔区,去把赫夫扎布雷卡的人欠他们的钱收回来。弗洛西说可以,但他恳求他们在那儿待的时间要尽量短一些。接着,弗洛西上马经过戈达兰,进入山区后,经过埃亚菲亚德拉冰盖的北部,一路马不停蹄地回到了位于斯维纳费德的家里。

现在说说锡达的哈尔:当初为了达成和解,他说他不要求对方为杀死他的儿子进行赔偿,但是,聚集在大会上的人们都付了他赔偿,总数超过了八百盎司银币,是正常赔偿的四倍。但其他跟随弗洛西的人都没有为自己的损失得到任何赔偿,因此他们很不高兴。

西格福斯的儿子们在家里待了两天。到了第三天的时候,他们上马往东,来到劳法费德,在那里过了夜。他们一共有十五个人,因此一点儿也不担心会有人来取他们的性命。当天晚些时候,他们离开劳法费德,打算在傍晚时分赶到赫夫扎布雷卡。他们在凯德灵加河停留了一下,大家都昏昏沉沉地睡了过去。

146

现在说说卡里:就在同一天,他和他的同伴们纵马向东,渡过马尔卡河之后,继续赶往塞利亚兰。他们在那儿碰见了几个女人。

那些女人立刻认出了他们,对他们说:"你们虽不像西格福斯的儿子们那样无忧无虑,但也够粗心大意的了。"

索尔盖尔问:"你们干吗要替西格福斯的儿子们担心呢?关于他们你们了解到些什么情况?"

她们答道:"他们昨天晚上住在劳法费德,打算于今天傍晚赶到美达尔。令我们感到高兴的是我们发现他们很怕你们,而且他们还打听你们什么时候回家。"

说完,她们继续赶路去了。卡里和索尔盖尔翻身上马,用马刺猛刺一下各自的马,飞奔而去。

索尔盖尔问:"你现在脑子里在想什么?你想让我们去追他们吗?"

卡里答道:"我不会拦着的。"

索尔盖尔问:"我们该怎么干?"

"不知道,"卡里说,"因为事情的结果经常是用口杀人的人长命百岁。但我知道你的打算:你想杀死其中的八个,但这也不如你当初勇猛。那次你用一条绳子把自己顺到一个峡谷里,干掉了七个。你和你的亲戚们就是这样，总是想干些了不起的事。但我会和你一起去，这样我就能够向人们讲述这个故事了。现在我们纵马追吧——就我们俩，因为我知道你就是这么想的。"

他们沿着山上边的一条小路纵马东去，绕过了霍尔特，因为索尔盖尔不想让他的兄弟们为可能发生的事情而受到谴责。接着，他们继续向东，来到了美达尔。他们在那儿碰见了一个人，那个人的马背上驮着一个装泥炭的筐。

那人说道："索尔盖尔，我的朋友，你的人手不够啊。"

"什么意思？"索尔盖尔问道。

"就是说，在这附近可能会有可供劫掠的对象，"那人说，"西格福斯的儿子们从这里经过，他们整个白天都会在凯德灵加河睡觉，因为他们想在今天晚上赶到赫夫扎布雷卡去，不打算再往前走了。"

说完，他们就分道扬镳了。

索尔盖尔和卡里继续飞马向东，前往阿尔纳斯塔克荒原。一路无话，他们来到了凯德灵加河，河水涨得很高。他们沿着河岸缓辔而行，因为他们发现那边有几匹没套鞍子的马。他们纵马来到近前，发现凹地里睡着几个人，长矛直插在凹地的土坡上。索尔盖尔和卡里把它们都拔了起来，扔进了河里。

索尔盖尔问："你想让我们把他们叫醒吗？"

卡里答道："这还用问吗？你已经决定不杀熟睡中的人，以便不损害你的名誉。"

于是，他们俩冲着他们大声地叫喊起来。那些人醒了，跳起身来，抓起武器。直到他们武装好了，卡里和索尔盖尔才向他们进攻。索尔盖尔·斯考拉盖尔猛地扑向索尔凯尔·西格福松。就在这时，另一个人从索尔盖尔的背后向他袭来，但还没等他动手，索尔盖尔已经双手挥起"战魔"，闪电般地往后一击，斧子正砸在那个人的头上，把他的头骨击得粉碎，那人当场毙命。紧接着，索尔盖尔斧子又向前一挥，砍中了索尔凯尔的肩膀，砍断了他的胳膊。

此时，卡里正孤身一人力战莫德·西格福松、西古尔德·兰巴松和拉姆比·西古尔达松。拉姆比从他的身后挺矛便刺，卡里一见，纵身跃起，双腿在空中来了个劈叉，拉姆比的长矛一下子刺到了地上。接着，卡里双脚一收，身子落在枪杆上，只听"咔嚓"一声，枪杆被他踩断了。此时，卡里一手擎矛，一手仗剑，但没有拿盾牌。他右手长矛猛刺西古尔德·兰巴松，正中他的胸膛，矛尖从他的背后直贯而出。西古尔德倒在地上，一命呜呼了。随即，卡里左手挥剑直取莫德·西格福松，一剑正刺在他的臀部上，剑体深深地扎了进去，连他的脊椎骨也被刺穿了。莫德身子往前一倒，当场毙命。

随后，卡里双脚像陀螺一样灵巧地一转，直奔拉姆比·西古尔达松。拉姆比一见，三十六计走为上，转身落荒而逃。

这时，索尔盖尔正和大力士莱多夫打在一起。两个人都同时向对方挥动兵刃。莱多夫力气极大，斧子所到之处，盾牌被打得碎片纷纷。索尔盖尔双手舞动斧子，结果，斧子的下半截击中了对方的盾牌，把它劈为两半；斧子的上半截砍断了莱多夫的锁骨，并一直砍到了他的胸部。这时，卡里纵身向前一跃，一斧子砍断了莱多夫的大腿。莱多夫倒地而死。

莫克的凯蒂尔说道:"我们赶紧上马,这些人的力量太可怕了,我们抵挡不住的。"

他们冲到各自的马匹那里,跳上马背。

索尔盖尔问:"你想让我们追击吗?我们还是可以再多杀死几个的。"

卡里答道:"跑在最后面的那个莫克的凯蒂尔,我不想杀他,因为我们俩的妻子是姐妹,而且在我们这场争端中,他的表现最好。"

于是,他们翻身上马,径直回到了位于霍尔特的家里。索尔盖尔让他的兄弟们到东部的斯科加尔去(他们在那儿还有一处农场),因为他不想让别人指责他的兄弟们破坏停火协议。

索尔盖尔和卡里身边一直带着很多人,能征惯战的从来没有少于三十人。他们整天高高兴兴的。人们认为,索尔盖尔在这一事件中大大树立了自己的形象,卡里也是如此。人们绘声绘色地讲述着他们追赶对方的故事:他们俩如何追赶十五个人,如何杀死五个,又如何把其他人打得落花流水、望风而逃。

现在回过头来说说凯蒂尔等人:他们拼命地纵马飞奔,一直逃到了斯维纳费德。他们告诉弗洛西他们的行程是多么的不顺。

弗洛西说,他早就料到会出现这种情况的。"你们应该引以为戒,不要再那样赶路了。"他说道。

弗洛西是个最大的乐天派,跟他在一起让人感到高兴。据说,他天生就具备了一位伟大头领所应有的大部分素质。那年夏天和冬天,他都一直待在家里。

那年冬天,圣诞节过后,锡达的哈尔和儿子考尔从东部来了。

弗洛西对他的到来感到高兴。他们常常在一起谈论那些案子。弗洛西说，他们付出了沉重的代价。哈尔说，事情的结果跟他料想的一样。弗洛西问他觉得最好该怎么办。

哈尔答道："如果有机会，我建议你和索尔盖尔达成一项和解。但这不会是件容易的事。"

"你认为杀人的事情这样就可以了结了吗？"弗洛西问道。

"我想不会的，"哈尔答道，"但如果只剩下卡里一个人的话，那么你需要对付的人就少了。要是你不跟索尔盖尔和解，那么你的死期就到了。"

"我们该向他提出什么样的和解方案呢？"弗洛西问道。

"一个对你比较苛刻但他可以接受的方案，"哈尔答道，"因为你没有义务为西格福斯的儿子们的被杀而进行诉讼，那是他们兄弟的事；另外，跛子哈蒙德必须为他的儿子莱多夫被杀进行诉讼。但是，你还是能够同索尔盖尔达成和解的，因为我会和你一起去，他多少也会欢迎我的。卷入这起争端的人如果不参加和解，那么他们谁也不敢待在位于弗廖特什立德的家里。因为如果待在那里，那么他们的末日就到了。考虑到索尔盖尔的脾气，这的确会发生的。"

于是，他们派人去找来西格福斯的儿子们，向他们提起了这件事。最终，在哈尔的劝说下，他们同意了哈尔的一切建议，愿意达成和解。

格拉尼·贡纳尔松和贡纳尔·兰巴松说："要是只剩下卡里一个人，那我们就能让他怕我们了。"

"别这么讲，"哈尔说道，"跟他较量，你们会发现很不合算，因为在你们被杀之前，还得支付大量的赔偿。"

说完，他们就不再谈这件事了。

147

锡达的哈尔和儿子考尔等一行六人打马扬鞭向西部飞驰而去。他们穿过洛马努沙滩，接着又向西穿过阿尔纳斯塔克荒原，一路马不停蹄地来到了美达尔。他们在那里向人们打听索尔盖尔有没有待在他位于霍尔特的家里。人们说在，又问哈尔准备去哪儿。

"去霍尔特。"他答道。

他们揶揄道，这可是趟好差事。哈尔在那里停留了片刻，让马休息了一下，随后上马疾驰。傍晚时分，他们来到了索尔黑马尔，在那里过了夜。

第二天，他们上马赶到霍尔特。索尔盖尔跟卡里等人正在屋子外面，这时，他们看见了哈尔。只见他骑在马上，批着一件黑色的斗篷，手持一柄嵌银的小巧的斧子。等他们来到草场的时候，索尔盖尔迎了上去，帮助哈尔下了马。卡里和索尔盖尔都吻了吻哈尔，两个人一左一右，把他领进了大厅。他们让他在横过来的凳子的高座上坐下，向他询问有什么新的消息。那天晚上，哈尔就在那里过了夜。

早上，哈尔向索尔盖尔提起了和解一事，把他们的条件告诉了他。他说这些话的时候，言辞之间充满了欢愉和善意。

索尔盖尔说："你一定知道，我不打算跟那些纵火犯达成任何和解。"

"当时情况不同,"哈尔说,"那时候你怒不可遏地要杀人。可从那时候起,你已经杀了不少了。"

"这倒不假,"索尔盖尔说,"你们准备跟卡里达成什么样的和解呢?"

哈尔回答说:"要是他愿意和解,我们会向他提出体面的和解条件。"

这时,卡里说:"索尔盖尔,我的朋友,我恳求你跟他们和解,因为现在的形势对你最为有利。"

索尔盖尔答道:"我觉得,撇开你而去跟他们达成和解不是什么好事,除非你和我一样接受同样的和解。"

"我不想和解,"卡里说,"尽管可以说我们已经为纵火复了仇,但我不得不说,我儿子的仇还没有报。这件事我要尽自己的所能、一个人来做。"

索尔盖尔也不愿意进行和解,但后来,卡里说,如果他不和解的话,那么自己就和他一刀两断。这样,索尔盖尔只好答应和弗洛西等人在召开和解大会之前实现停火;哈尔代表弗洛西和西格福斯的儿子们也作出了同样的承诺。分手之前,索尔盖尔送给哈尔一个金手镯和一件猩红色的斗篷,卡里送给他一条带有三个金十字架的银项链。哈尔热情地感谢他们送的礼物,带着极大的荣誉上马离开了。他一路马不停蹄地来到斯维纳费德,弗洛西热情地迎接了他。

哈尔把他的整个行程以及跟索尔盖尔的谈话内容都告诉了弗洛西。他告诉他,索尔盖尔一开始不愿意和解,后来卡里出面了,说如果索尔盖尔不接受和解的话，那他就跟他断绝来往。哈尔还告诉弗洛西，卡里不愿和解。

弗洛西说："像卡里那样的人不多，我最希望的倒是自己能具备他那样的性格。"

哈尔和他的手下在那里住了一段时间，然后，当拟定的和解大会召开的时间一到，他们便上马向西，按照双方的协议，赶往赫夫扎布雷卡。索尔盖尔则从西部赶过来跟他们会面。

双方讨论了和解协议。一切都像哈尔说过的那样进行着。在他们就协议条件达成一致之前，索尔盖尔要求说，不管什么时候，只要他愿意，就应该允许卡里跟他待在一起。他说："在我的家里，双方都不得伤害对方。我可不想从你们每个人那里分别收取赔偿金。弗洛西，我要你负责从你的追随者们那里把钱收齐。我还要求在大会上达成的所有有关纵火案的协议都要得到遵守，而且，我要求你向我作为第三人进行赔偿。"

弗洛西全都痛痛快快地同意了。至于他们受到的流放国外和剥夺法律保护的权利的判决，索尔盖尔并没有予以赦免。这件事情处理完之后，弗洛西和哈尔就上马返回了东部。

哈尔对弗洛西说："女婿，这一和解协议中的所有内容你都要遵守，包括流放国外、到罗马朝圣以及支付赔偿金。如果你能勇敢地做到这一切，那么，尽管你现在遭到这么可怕的事，但你还是会被看成是一个勇敢的人的。"

弗洛西回答说，他会做到这一切的。随后，哈尔上马回到了东部自己的家里。弗洛西则回到了位于斯维纳费德的家里，在那儿住了一段时间。

148

现在说说索尔盖尔以及他从和解大会返回后的情景:卡里问他们有没有达成和解,索尔盖尔回答说,他提的全部条件对方都答应了。于是,卡里就想上马离开这里。

索尔盖尔说:"你没必要走,因为我们的协议规定,你愿意什么时候待在这里都可以。"

卡里说:"我的亲戚,不能这样。因为如果我杀了人,他们马上就会说你和我是同伙,我可不想出现这种情况。我想要你做的是,跟我的妻子海尔嘉·尼雅尔斯多蒂尔以及我的女儿们一起照管我的财产,这样,我的对手就不会把它们夺走了。"

索尔盖尔同意了卡里的请求,于是,他就托管了卡里的财产。

然后,卡里上马走了。他带着两匹马,另外还有武器、衣服和一些金银。他向西经过塞利亚兰,沿着马尔卡河向北,径直来到索斯默克。那里有三处农场,都叫莫克。位于中间的那座农场上住着一个叫比约恩的人,人称白色比约恩;他的父亲是卡达尔,祖父是比亚尔菲。比亚尔菲曾经是尼雅尔和霍尔塔-索里尔的母亲阿斯盖尔德的奴隶,后来被释放成了自由人;他娶了一个叫古德劳格的女人为妻。古德劳格的父亲索尔布伦德是阿斯布伦德的儿子;她的母亲也叫古德劳格,是哈蒙德的姐姐,而这个哈蒙德就是赫利扎伦迪的贡纳尔的父亲。古德劳格看中了比约恩的钱,就嫁给了他,并不怎么爱他,但他们还是一起生了几个孩子。在他们的农场里，各种东西应有尽有。比约恩喜好自夸，他的妻子古德劳格对此非常厌恶。比约恩非常精明，行动敏捷。

这时候，卡里来到了这里。夫妇俩热情地欢迎他的到来。他就在那里过了夜。

第二天早上，他和比约恩一起交谈起来。卡里说："我希望你能收留我，因为我觉得我可以帮你很大的忙。我想让你跟我一起出去旅行，因为你精明能干、动作敏捷，而且我觉得你还颇有胆量。"

比约恩答道："我不怀疑我的精明、勇气或者其他什么男子汉的气质。你来这儿，一定是因为你找不到别的可去的地方了。但是卡里，应你的要求，我不会把你当成普通人对待的。不管你有什么样的要求，我都会答应的。"

他的话被他的妻子听到了，就说道："让山中巨人们揭掉你的狂傲与自大吧，你不该用这样的谎话和胡言乱语来欺骗自己，欺骗卡里。我会很乐意给卡里提供食物和其他我认为对他有用的好东西。但是卡里，不要指望比约恩会多么勇敢，因为我担心到时候他就不会像自己宣称的那样坚定了。"

比约恩答道："你经常对我冷嘲热讽，但我对自己有足够的信心。我知道，不管面对的是谁，我都不会逃走，证据是找我打仗的人不多，因为谁都没这个胆量！"

卡里在那里藏了一段时间，很少有人知道。人们大都以为他北上去找大力士古德蒙德了，因为卡里让比约恩告诉他的邻居们：卡里赶路的时候，他见到了他；他正在前往戈达兰，再从那儿去找大力士古德蒙德。于是，这个消息就在全国传开了。

149

现在说说弗洛西：他对他的那些参与纵火的同伴们说："我们不能再让自己无所事事地闲待着了。我们得考虑一下，到国外去、支付赔偿金和尽量体面地履行和解协议中的义务。我们在最适当的时候出发吧。"

他们就请他替他们寻找适当的时机。

弗洛西说："我们上马到东部的霍尔纳潟湖去，那里有一条船，船主是来自特隆赫姆的埃约尔夫·诺斯。他想结婚，但除非他在这里定居，否则他的婚事就得不到批准。我们一起把他的船买下来，因为我们没多少钱，但人很多。那艘船很大，我们这些人全都装得下。"

然后，他们就再也没有谈这件事。过了不久，他们上马往东，径直来到霍尔纳潟湖的比约纳尔内斯，在那里找到了埃约尔夫。那年冬天，埃约尔夫就在那里做客。弗洛西在那里受到了欢迎，他们一行便在那里过了夜。第二天早上，弗洛西向船长提出了买船的事。船长回答说，只要他能够得到应得的价钱，他就可以把船卖掉。弗洛西问他想要什么样的支付方式。那个挪威人回答说，他需要土地，而且是附近的土地。他把自己和农场主的交易全都告诉了弗洛西。弗洛西说，他们共同努力，先把婚事促成，然后他和他的手下再从他手里把船买走。这个挪威人对此感到十分高兴。于是，弗洛西把在博尔加赫本的土地提供给他。随后，挪威人就跟那个农场主谈了谈，弗洛西也在场。弗洛西帮忙说了几句话，婚约就订了下来。

弗洛西把位于博尔加赫本的那块地转交给了挪威人，双方就购买那艘船的事达成了一致。他还从挪威人那里得到了二千单位的家织布——这也是他们合同的一部分。

接着，弗洛西上马往回返。他的朋友们非常喜欢他，不管他需要什么，他都能从他们那里作为礼物得到或借到。他飞马回到了斯维纳费德的家里，住了一段时间。弗洛西派考尔·索尔斯坦恩松和贡纳尔·兰巴松到东部的霍尔纳潟湖去，让他们待在船上，把船准备好，同时搭建棚屋，捆扎家织布，并准备给养。

现在说说西格福斯的儿子们：他们对弗洛西说，他们要到西部的弗廖特什立德，去看看他们的农场，拿些家织布来，再带些别的必需品。"现在没必要提防卡里了，因为他人在北边呢。"他们说道。

弗洛西答道："我不敢肯定那些传言是否真实地反映了卡里的行踪。我看，甚至比这些传言更原始的信息也经常是假的。我的建议是，你们要很多人一起走，不要分散行动，要尽量警惕一些。凯蒂尔，你应该记得我给你讲过的那个梦，你曾让我保密，因为在你的同伴中，在那个梦中被点了名字的人还有好几个。[①]"

凯蒂尔说："死生有命，富贵在天。但你对我们的警告是出于好意。"

于是，他们就不再谈这件事了。西格福斯的儿子们和一同去

---

① 见第133章中描述的弗洛西的梦。

的人都做好了出发的准备，他们一行共有十八个人。他们吻了吻弗洛西，然后上马走了。弗洛西说，在这些纵马离去的人中，有的他再也见不着了。但这并没能阻止他们。那些人还是纵马疾驰而去。

弗洛西曾经吩咐过他们，让他们先到梅德兰，然后再到兰布罗特区和斯科加尔区，把他的一些东西带到东部来。他们纵马来到斯卡夫陶通加，然后北上进入了山区，经过埃亚菲亚德拉冰盖北部之后，又南下戈达兰，穿过了位于索斯默克的森林。

莫克的比约恩发现了这些纵马飞驰的过客，就立即迎了上去。他们相互礼貌地打着招呼。西格福斯的儿子们向他打听卡里·索尔蒙达松的消息。

比约恩答道："我见过卡里，但那已经有一段时间了。他去了北部的加萨沙滩，打算找大力士古德蒙德。依我看，他很怕你们，觉得自己势单力孤。"

格拉尼·贡纳尔松说："过一阵子，让他感到害怕的事情会更多。等他落到我们的手心儿，他就会明白的。现在只剩他一个人了，我们根本就不怕他。"

凯蒂尔让他闭上嘴，不要说大话。

比约恩问他们什么时候回来。

"我们会在弗廖特什立德待将近一周的时间。"他们答道。接着，他们告诉他他们哪一天前往山区。说完，他们就分手了。西格福斯的儿子们回到了各自的农场，家里人见到他们都很高兴。他们就在家里住了一个星期。

比约恩回到家里，见到卡里，就把西格福斯的动向和他们的打算全都告诉了他。卡里说,在这件事上,他向他表示了极大的友谊和忠诚。

比约恩答道:"我知道,要是我答应帮助谁的话,肯定是会有效果的。"

他的妻子说:"即使你算不上叛徒,但你也够坏的了。"

接着,卡里又在那里住了六天。

150

卡里对比约恩说:"我们现在向东翻过几座山,到斯卡夫陶通加去,然后秘密地继续穿过弗洛西的属民居住的地方,因为我打算在奥尔法特峡湾上船出国。"

比约恩说:"这要冒很大的危险。除了你和我,敢这么做的人可不多。"

他的妻子说:"如果你辜负了卡里对你的期望,你就会知道你再也不能睡到我的床上了。我和亲戚们会把财产分掉的。"

比约恩说:"亲爱的,要是你想离婚,恐怕得找点儿别的什么理由,因为我就要向你证明在刀光剑影中我是一个多么勇敢、无畏的武士啦。"

那一天,他们纵马向东,进入了冰川以北的山区,但根本没走别人走过的路。接着,他们又南下斯卡夫陶通加,穿过众多的农场,来到了斯卡夫特河。他们把马牵到一块凹地里,不断地观察周围的情况,把自己藏了起来,以免被人发现。

卡里问比约恩:"要是他们从山上向我们这里直冲过来,我们该怎么办?"

比约恩答道:"不是有两个选择吗?我们或者沿着山坡向北骑,让他们从我们身边溜走;或者如果他们有人掉了队,那我们就向他们进攻。"

他们讨论了很长时间。比约恩一会儿说他会尽快地逃走,一会儿又说他会留下来决一死战。卡里觉得他非常有趣。

现在说说西格福斯的儿子们:正像他们跟比约恩说过的那样,他们按照计划,于同一天离开家里,来到了莫克的比约恩的家。他们敲了敲门,想见一见比约恩。比约恩的妻子走到门前,向他们问好。他们马上说想找比约恩。她回答说,他骑马去了南边的埃亚菲欧尔,再向东经过塞利亚兰,然后再向东去霍尔特。"因为那儿有人欠他的钱。"她说道。

他们也知道比约恩在那边有要收的欠款,因此就相信了她的话。他们上马向东,进入山区之后,马不停蹄地来到了斯卡夫陶通加,然后,沿着斯卡夫特河南下,找到一个地方,让马休息一下。无巧不成书,那儿正好是卡里和比约恩预料的那个地方。随后,他们分为两路:莫克的凯蒂尔和另外八个人向东赶往梅德兰,其他人则躺下来睡觉。直到卡里和比约恩向他们冲过来,他们才发觉情况不妙。

有一块小小的陆地伸进了河里。卡里来到那里,让比约恩站在自己身后,不要冲得太靠前,尽力帮助他就行了。

比约恩说:"我从来没有想过让别人来保护我,但事已至此,你来决定吧。不管怎么说,我用我的智慧和速度,给我们的敌人造成的损失不会很小的。"

那些人全都跳起身,向他们冲了过来。莫多尔夫·凯蒂尔松的速度最快,"嗖"地一声把长矛投向卡里。卡里把盾牌举在身前,长矛扎在了盾牌上。卡里用力一转盾牌,竟把长矛拧断了。与此同时,卡里已经抽出了宝剑,猛劈莫多尔夫,莫多尔夫举剑接架相还。卡里一剑砍在他的剑柄上,顺势向前一推,削在他的手腕上,砍断了他的手,莫多尔夫的手和剑同时落在了地上。卡里继续迅速地把剑向前一推,刺进了他的肋骨。莫多尔夫当即倒在地上,一命呜呼了。

格拉尼·贡纳尔松绰起长矛向卡里掷来。卡里迅速地把盾牌往下一戳,把它立在地上,伸出左手,在半空中一把抓住飞来的长矛,"嗖"地一声又扔给了格拉尼。旋即,他又用同一只手抓起了地上的盾牌。格拉尼把盾牌在面前一举,接住了长矛,但那杆长矛把盾牌刺穿以后,又扎在他的胯骨下面,刺穿了他的大腿,把他牢牢地钉在了地上。他使了使劲,但没有挣脱。后来,他的同伴们过来才把长矛拔了下来,然后把他抬到一处凹地,在他四周竖起了盾牌来保护他。

这时,有一个人猛地冲到前面,从侧面直扑卡里,试图砍断他的腿。比约恩一剑斩断了那人的手,然后又跳回到卡里的身后,所以比约恩没有受伤。卡里就势挥剑猛地一扫,将那人拦腰斩断。

这时,拉姆比·西古尔达松向卡里扑了过来,挥剑就砍。卡里横过盾牌一接,拉姆比没有砍进去。卡里仗剑猛刺拉姆比,宝剑直贯他的胸膛,剑尖从他的背后露了出来。拉姆比当即毙命。

这时,索尔斯坦恩·盖尔莱夫松向卡里扑了过来,想从他的侧面进行攻击。卡里一见，挥剑把他从肩头斩为两半。过了片刻，他又干掉了家住斯考尔的一个叫贡纳尔的很能干的农场主。

比约恩也打伤了三个企图袭击卡里的人，但他一直没有冲到前面，接受考验。在这场战斗中，比约恩和卡里一点儿也没有受伤。但所有跑掉的人都受了伤。他们跳上各自的马匹，飞快地向斯卡夫特河逃去。他们惶惶如惊弓之鸟，即使碰到农场也片刻不敢停留，也不敢跟别人讲发生了什么事。卡里和比约恩看着他们仓皇逃走的样子，就大声地向他们呼喊着。

他们向东逃到了斯科加尔区，一直逃到斯维纳费德才停下来。他们到来的时候，弗洛西并不在家，因此他们就没有从那里出发搜寻卡里和比约恩。所有人都觉得，西格福斯的儿子们这次实在是丢尽了脸。

卡里骑马来到斯考尔，宣布他杀了人。他告诉那里的人说，他们的户主和另外四个人已经死了，格拉尼受了伤；他还说，如果想让格拉尼活命，那他们最好去把他抬到房子里。比约恩说，他没有劳动自己的大驾去杀死格拉尼，但他的确该死。他们回答说，格拉尼以前杀死的人并不多。比约恩说，现在，格拉尼可以想让锡达死多少人，就能死多少人了。他们回答说，那将是一件非常可怕的事。然后，比约恩和卡里就上马离开了。

卡里问比约恩："我来考考你的智力水平。你说，我们现在该干些什么？"

比约恩答道："你是不是觉得最主要的是我们得精明点？"

"当然啦。"卡里答道。

"那就好，"比约恩说，"咱们把他们当作愚蠢的巨人一样骗一下子吧。咱们假装到北部山区去，一碰到小山丘，就返回来，沿着斯卡夫特河南下。如果他们追赶我们的话，他们追得紧的时候，哪儿最安全，咱们就藏在哪儿。"

卡里说道："就这么办吧，我也是这么打算的。"

"你会发现的，"比约恩说，"我的聪明才智跟我的勇敢比起来毫不逊色。"

于是，他和卡里按照计划上马沿着斯卡夫特河南下。这条河在一个地方出现了一条向东的支流和一条向东南的支流。他们顺着中间的支流，径直来到梅德兰和一处名叫克林鲁迈利的沼泽后才停了下来。沼泽的四周到处都是火山岩。

卡里让比约恩看着马匹，并注意观察周围的情况。"因为我觉得困了。"他说道。

于是，比约恩看着马匹，卡里躺了下去。刚睡了一小会儿，比约恩就把他叫醒了。他已经把他们的马匹都带了过来，就在他们身边站着。

比约恩说："离开我你还真不行。幸亏我有这么大的勇气，要是别人，早就撇下你逃命去了。你的敌人正在向你冲过来，你最好是做好准备吧。"

卡里来到一块悬石的下面藏了起来。

比约恩问："我站哪儿？"

卡里答道:"你有两个选择:一个是站在我身后,拿面盾牌保护自己,要是这样做有用处的话;另一个是上马,尽快逃走。"

"我可不想那么干,"比约恩说,"原因很多。首先,我要是上马走了,就会有人恶意地说我胆小如鼠,撇下你自己跑了。第二,我知道,他们会认为抓住我很有价值,这样,他们就会有两三个人来追我,而我对你也就没什么用处了,也帮不了你什么忙了。所以,我宁愿留下来跟你在一起,进行自卫,直到最后一刻。"

没过多久,他们便发现有人赶着几匹驮马穿过沼泽地。他们一共有三个人。

卡里说:"他们没发现我们。"

"让他们先过去吧。"比约恩说道。

这些人继续向前走了。但很快又有六个人骑马赶了过来。那些人刚一过来,就立即跳下马,向卡里和比约恩冲了过来。格鲁姆·希尔迪松率先扑向卡里,把长矛"嗖"地一声向他扔了过去。卡里一转身,格鲁姆没有打着,长矛打在了岩石上。比约恩一见,迅速地挥剑砍掉了枪头。卡里此时尽管还没有站稳,但已经挥起了宝剑,一剑正中格鲁姆的大腿,把他的腿砍掉了。格鲁姆当场毙命。

这时,索尔芬的两个儿子维布伦德和阿斯布伦德向卡里扑来。卡里迎着维布伦德,向前一跃,把剑插进了他的身体,随即一剑斩断了阿斯布伦德的双腿。在这场交锋中,卡里和比约恩都受了伤。

接着,莫克的凯蒂尔向卡里扑来,挺矛便刺。卡里飞身跃起,长矛扎进了地里。卡里身子往枪杆上一落,"咔嚓"一声将其踩为两截。

随即,卡里伸手抓住了凯蒂尔的双臂。比约恩立即冲了过来,想杀死凯蒂尔。

卡里说:"住手。我要给他和平。凯蒂尔,即使下一次我还有机会取你的性命,我也永远不杀你。"

凯蒂尔一句话也没说,跟在别人后面,上马逃走了。他把刚才发生的事告诉了别人。那些人又把这件事讲给那个地区的人们听,他们马上召集了一大批人马,沿着各条河道追了下去,一直追到北部山区,搜捕了整整三天。然后,他们往回返,所有的人便都回家了。凯蒂尔和他的同伴们向东来到斯维纳费德,把发生的事情告诉了那里的人。弗洛西并没理睬他们这些经历,但他说,他还不敢肯定事情是否到此就结束了。"现在,我们冰岛还没有像卡里这样勇敢的人。"他说道。

152

现在说说卡里:他安全地渡过河去,来到沙滩上,把马牵到长满青草的河边,割了些草给它们吃,以免把它们饿死。卡里猜测,他们可以离开那里了。而此时,凯蒂尔等人也刚好放弃了追捕。卡里在夜里纵马穿过那个地区,进入山区。接着,沿着他们东行的路线一路往回赶,一直到了莫克他们才停下来。

这时,比约恩对卡里说:"你见到我的妻子的时候,一定要对得起我,因为不管我说什么她都不信。这事儿对我很重要。现在,你要报答我给予你的大力支持。"

"我会的。"卡里答道。

于是，他们纵马来到农场。比约恩的妻子问他们情况怎么样，并热情地欢迎他们回来。

比约恩说："我们的麻烦来了，老姑娘。"

她什么也没说，只是微笑着。后来，她问："比约恩跟你在一起表现得怎么样？"

卡里回答说："一个好汉三个帮。比约恩表现得非常勇敢。他打伤了三个人，自己也受了伤。像在其他方面一样，他打仗的时候也非常可靠。"

他们在那里住了三个晚上，然后上马赶往霍尔特，去找索尔盖尔，把发生的一切悄悄地告诉了他，因为此时这个消息还没传到那里。索尔盖尔向卡里表示了感谢。很明显，这个消息令他非常高兴。他问卡里，他还有哪些事情要办。

卡里说："有机会的话，我打算干掉贡纳尔·兰巴松和考尔·索尔斯坦恩松。那样，我们就将一共杀死十五个人，其中包括你和我一起杀死的那五个。但我想请你帮个忙。"

索尔盖尔说，不管是什么事，他都愿意帮忙。

卡里说："我想让你把这个人置于你的保护之下，他叫比约恩。我们干掉那几个人的时候，他和我在一起。你和他交换一下农场，在你附近送给他一处十分肥沃的农场，保护他，别让他受到报复。对于像你这样的头领来说，这件事应该很容易。"

"这我办得到。"索尔盖尔说道。

于是，索尔盖尔就把位于奥索尔斯考利的一处非常肥沃的农场送给了比约恩，他自己则把位于莫克的比约恩的农场要了过来。索尔盖尔亲自把比约恩的家小和家当搬到了奥索尔斯考利。在他的安排下，比约恩和别人所有的争议都得到了解决，并和他所有的敌人实现了和解。同以前相比，比约恩被人们看成是个人物了。

然后，卡里上马离开了霍尔特，一路马不停蹄地径直来找阿斯格里姆·埃利达-格里姆松，并受到他诚挚的欢迎。卡里把与杀人有关的事情全都告诉了他。听到这个消息，阿斯格里姆感到十分高兴。他问卡里下一步打算干什么。卡里回答说，如果可能的话，他打算在那些人出国之后跟着出国，追上他们，把他们干掉。阿斯格里姆说，没有人像他这样勇敢。卡里在那里住了几个晚上。

后来，卡里上马去找白色吉祖尔。吉祖尔热情地欢迎他的到来。卡里在那里住了一段时间。他告诉吉祖尔说，他打算去埃亚尔。他们分手的时候，吉祖尔送给卡里一把精致的宝剑。于是，卡里就上马南下，前往埃亚尔。他取道奥克尼，找到了他的终身好友、非常勇敢的黑汉子考尔贝恩。考尔贝恩热情地欢迎他的到来，并且说，他们俩应该分享共同的命运。

153

现在说说弗洛西：他和同伴们飞马向东赶到霍尔纳潟湖。他的大部分属民都跟着他一起来了。他们把各自的物品、给养以及航行中需要的所有东西都搬到了东部。后来，他们把船修好了。弗洛西一直待在船上，直到船修好为止。一刮起顺风，他们就扬帆出海了。他们航行了很远，碰到了恶劣的天气，而且还偏离了航线。

一天，迎面三个巨浪向他们打了过来。弗洛西说，他们应该离陆地不远了，这些算不上什么大浪。这时，海上下起了大雾，天气变得糟透了，一场暴风雨向他们袭来。他们晕晕乎乎地也不知道发生了什么事。到了夜里，他们被海浪推到了岸上。命是保住了，但那艘船却被打成了碎片，什么物品也没能抢救出来。他们只好去找一个可以暖暖身子的地方。

第二天，他们爬上一座山头。这时，天气已经变好了。弗洛西问那些出过国的人认不认得这是哪儿。有两个人认了出来，说他们来到了奥克尼的梅恩兰岛。

"我们本可以在另一个更好的地方登陆的，"弗洛西说，"因为被我杀死的海尔吉·尼雅尔松是西古尔德雅尔的侍卫。"

他们找了个藏身的地方，拔了些苔藓盖在自己身上，在那里藏了一会儿。但过了不久，弗洛西说："我们不能再躺着、坐等当地人来发现我们。"

于是，他们爬起身来，商量下一步该怎么办。

弗洛西说道："我们主动到雅尔那里投案自首。除此之外，我们别无选择，因为不管怎么说，如果他决定跟那些人站在一起的话，那我们的性命就掌握在他的手里了。"

于是，他们离开了那个藏身的地方。弗洛西说，在他把发生的事情和他们的行程讲给雅尔听之前，他们不要告诉任何人。

他们继续向前走，碰到了几个人。那些人给他们指了指雅尔居住的方向。这样，他们就来到了雅尔那里。弗洛西和他的同伴们向他问好。雅尔问他们是什么人。弗洛西报了自己的名字，并告诉他自己来自冰岛的哪一个地区。对于那次纵火的事情，雅尔已经有所耳闻，因此马上就意识到这些人是谁。

于是，他问弗洛西："关于我的侍卫海尔吉·尼雅尔松，你有什么要告诉我的？"

"这……，"弗洛西说，"我把他的脑袋砍掉了。"

雅尔听了，一声令下，把弗洛西等人抓了起来。正在这时，锡达的哈尔的儿子索尔斯坦恩走上前来。弗洛西的妻子斯坦沃是索尔斯坦恩的妹妹。索尔斯坦恩也是雅尔的侍卫之一。他一见弗洛西被抓，就来到雅尔面前，提出愿意用自己的全部财产来换弗洛西的性命。雅尔非常愤怒，好长一段时间都不同意。但最后，在其他优秀人士和索尔斯坦恩的请求之下（索尔斯坦恩周围有很多朋友，很多人都过来和他一起求情），雅尔终于同意进行和解，跟弗洛西和他的同伴们实现了和平。

像其他实权人物一样，雅尔让弗洛西留在自己身边，接替海尔吉·尼雅尔松的位置。这样，弗洛西就成了西古尔德雅尔的一名侍卫。过了不久，他就大受人们的喜爱。

154

现在说说卡里：在弗洛西等人离开诺纳峡湾半个月之后，他和考尔贝恩也一起扬帆出海了。他们遇到了顺风，在海上航行了很短的时间，就在设得兰和奥克尼之间的弗里德利岛登陆了。有一个叫白色大卫的人迎接了卡里，并把他所知道的弗洛西的行程情况全都告诉了卡里。大卫是卡里非常要好的朋友，这样，那年冬天，卡里就住在他那里。在那儿，他们探听到了西部梅恩兰岛上所发生的一切。

现在说说西古尔德雅尔：他邀请赫布里底群岛的吉利雅尔到他那里做客。吉利是他的妹夫，娶的是他的妹妹赫瓦弗洛德。还有一位爱尔兰的国王也来了，他叫西格特里格。他的父亲是奥拉夫·克瓦伦，母亲叫考姆洛德。考姆洛德长得非常漂亮，但她最优秀的品质表现在处理属于她权限之外的事情。可是，人们普遍认为，在处理属于她权限之内的事情上，她的性格却是邪恶的。

她曾经嫁过一个叫布里安的国王，但他们后来离了婚。布里安是最为圣明的国王，宫廷设在金科拉。他有个兄弟叫乌尔夫·赫莱达，非常勇猛善战。布里安有个养子，名叫克特雅尔法德，是凯尔菲尔国王的儿子。凯尔菲尔国王跟布里安国王打了很多年的仗，后来逃出自己的国家，做了修道士。后来，布里安国王到罗马朝圣的时候，遇到了凯尔菲尔国王，两个人就和好了。布里安收养了他的儿子克特雅尔法德，爱他胜过爱自己的儿子。在本部传奇中，克特雅尔法德此时已经长大成人，胆略非凡。

在布里安的儿子中，老大叫杜恩加德，老二叫马尔加德，老三叫塔德克。塔德克是布里安最小的儿子，我们称他为塔恩。布里安国王的两个长子已经完全长大成人，英勇无敌。考姆洛德并不是这几个孩子的亲生母亲。他们离婚以后，她对他恨之入骨，天天盼望他死掉。

对那些因为同一行为而三次被判为不受法律保护的人，布里安国王对他们都加以赦免。但如果他们再犯的话，他就让人对他们依法进行处理。从这一点就可以看出他是个什么样的君主。

考姆洛德竭力地逼迫她的儿子西格特里格干掉布里安国王。她派他去找西古尔德雅尔，目的就是为了寻求他在这件事上的帮助。西格特里格在圣诞节前抵达了奥克尼。如前所述，吉利雅尔也到了那里。

按照座次的安排，国王坐在正中的高座上，两侧坐着几位雅尔。西格特里格和吉利的手下坐在内圈里，弗洛西和索尔斯坦恩·哈尔松则坐在西古尔德一侧靠近门口的地方。整个大厅里都坐满了人。

西格特里格和吉利雅尔想听听那次纵火以及此后发生的事情的详细情况。他们就让贡纳尔·兰巴松来讲。这样，他们就给他搬来一把椅子，让他坐下。

155

现在说说卡里、大卫和考尔贝恩：他们人不知鬼不觉地来到梅恩兰岛，然后立即上了岸，只留下几个人看守船只。他们朝雅尔的官邸走去。他们来到大厅的时候，里面的人正在喝酒。此时，贡纳尔凑巧正在讲纵火的事情，卡里和他的同伴们就在外面听着。这一天正是圣诞节。

西格特里格国王问："火在燃烧的时候，斯卡普赫丁表现得怎么样？"

"一开始很坚强，"贡纳尔说，"但他后来却哭了。"

他讲的完全歪曲了事实，在很多细节上还撒了谎。卡里忍无可忍，仗剑冲了进去，并吟诵了这样的诗句：

> 战斗中大胆的人们
>
> 吹嘘着火烧尼雅尔的经历，
>
> 但你可曾听说
>
> 我们如何不断地攻击他们？
>
> 那些纵火犯
>
> 将一路平安地回老家去：
>
> 他们血淋淋的肉体
>
> 将成为乌鸦的美食。

说时迟，那时快，卡里沿着大厅径直冲到贡纳尔面前，一剑砍在贡纳尔的脖子上。贡纳尔的头颅"嗖"地一声快速地飞了出去，落在国王和雅尔面前的桌子上。

西古尔德一下子认出了杀人的是谁，就大声喊道："把卡里抓住，杀了他。"

卡里曾做过雅尔的侍卫，极受大家的爱戴。因此，尽管雅尔发话了，但还是没有人站起来。

卡里说："雅尔，很多人会说我这样做是为你替你的侍卫海尔吉·尼雅尔松报了仇，雪了恨。"

说完，卡里就走了，没有人出来追他。他和同伴们来到船边。那天天气很好，他们向南驶往凯斯内斯郡，在弗雷西克上了岸，来到著名的斯凯吉的家里，在他那里住了很长时间。

现在回到奥克尼：人们把桌子清理干净，把贡纳尔的尸体抬了出去。有人向雅尔报告说，卡里南下苏格兰去了。

西格特里格国王说："这个家伙非常大胆，行动果断，毫不犹豫。"

西古尔德说："谁也比不上卡里勇敢。"

于是，弗洛西代替贡纳尔，接着讲纵火的事情。涉及到的每一个人他都讲得非常得体，他的叙述人们都相信了。

接着，西格特里格国王向西古尔德雅尔提起了自己此行的目的，请他加入到针对布里安国王的战斗中。有很长一段时间，雅尔表示拒绝，但最终还是同意了，条件是如果他们杀了布里安，他就娶西格特里格的母亲为妻，当爱尔兰的国王。西古尔德的手下都试图阻止他，但没有成功。于是，他们在分手的时候达成了这样的协议：西古尔德雅尔答应参加远征，西格特里格国王答应把母亲嫁给他，并让他当爱尔兰国王。他们商定，西古尔德雅尔应在棕枝全日①那天率领其全部人马赶到都柏林。

于是，西格特里格国王回到了南部的爱尔兰，告诉母亲说，雅尔同意和他们合兵一处，还把自己作为回报所答应雅尔的事情告诉了她。她听了以后感到很高兴，但是说，他们还得寻求更多的帮助。西格特里格问该从哪里求救。

考姆洛德说："在马恩岛附近有两个海盗，他们一共有三十条船。他们勇猛异常，无人能敌。一个叫奥斯帕克，另一个叫布罗

---

① 棕枝全日：复活节前的星期日。

迪尔。你去找到他们，不管他们提出什么要求，一定要想方设法让他们帮助你。"

于是，西格特里格就出发去找这两个海盗，并在马恩岛附近找到了他们。他开门见山地说明了自己此行的目的，布罗迪尔表示一点儿忙也不帮。后来，西格特里格国王提出把王国和他的母亲都送给他，布罗迪尔才同意，并且说，这件事要保密，不能让西古尔德雅尔听到什么风声。他们商定，布罗迪尔应在棕枝全日之前赶到都柏林。

西格特里格回到家里，把这些情况告诉了母亲。

西格特里格走后，布罗迪尔和奥斯帕克在一起商量这件事。布罗迪尔把自己和西格特里格谈话的内容全都告诉了奥斯帕克，并请他和自己一起联手，攻打布里安国王。他说，他们可以从这次行动中得到很多好处。奥斯帕克回答说，他不想去攻打这样一位仁慈的国王。两个人都生了气，就把人马分开了：奥斯帕克带走了十艘船，布罗迪尔带走了二十艘。

奥斯帕克不信基督教，但却非常聪明。他把自己的船停泊在海湾内，布罗迪尔则在海湾之外抛锚停泊。布罗迪尔以前曾经是个基督徒，做过负责弥撒的执事，但他已经抛弃了信仰，背叛了基督教，转而相信了一些邪教，非常擅长巫术。他有一件衣甲，刀枪不入。他长得身材魁梧、健壮，头发极长，他把它们都扎进了腰带。他的头发是黑色的。

156

一天夜里，布罗迪尔和他手下的头顶上空突然爆发出一声巨响，把他们全都惊醒了。他们跳起身来，穿上衣服。伴随着那一声巨响，天上下起了沸腾的血雨。他们举着盾牌，保护自己，但还是有不少人被烫伤了。这一怪现象一直持续到天明，每艘船上都死了一个人。于是，他们就在白天睡了一觉。

第二天夜里，又爆发出一声巨响，他们又跳起身来。他们的剑都从剑鞘中自己跳了出来，斧子和长矛也都飞到半空，叮叮当当地在空中飞舞。这些飞起来的武器向他们猛烈地进攻着，他们不得不设法保护自己，但还是有很多人受了伤，每艘船上又都死了一个人。这一现象一直持续到天明。于是，他们又在白天睡了一觉。

第三天夜里，巨大的声响又像前两天一样出现了。一群乌鸦向他们发起了猛烈的进攻。这些乌鸦的嘴和爪就好像是铁做的一样，它们凶猛地向他们扑来。他们一手仗剑进行自卫，一手举着盾牌保护自己。就这样一直持续到天明。同样，每艘船上又死了一个人；同样，他们又只睡了一会儿。

布罗迪尔睡醒后，深深地吸了一口气，吩咐手下准备一条小船。他说，他要去见见他的同奶兄弟奥斯帕克。他带着几个人上了小船，来到奥斯帕克那里后，把发生的这些怪事都告诉了他，请他告诉自己这意味着什么。奥斯帕克说不想告诉他，除非布罗迪尔发誓跟他保持和平。布罗迪尔答应了，但奥斯帕克却把时间推迟到了黄昏时分，因为布罗迪尔从不在晚上杀人。

黄昏来临的时候，奥斯帕克说："当天空向你们倾倒血雨的时候，那意味着你和别人的手下都会流很多血，你们将伤亡惨重。至于你听到的那一声巨响，那意味着你将亲眼目睹到天崩地裂，你们不久都会命丧黄泉。当天空中飞舞的武器向你们袭来的时候，那意味着你所信赖的那些魔鬼将把你拖进地狱，遭受苦难。"

布罗迪尔听了大怒，气得话都说不出来了。他马上返回到他的手下那里，命令他们用船封锁海湾，把船用绳子系在岸上。他打算在第二天早上把奥斯帕克他们全部杀光。

他们所有的这些准备都被奥斯帕克看在眼里。他发誓接受基督教，去找布里安国王，至死都和他待在一起。他想好了一个使他的船只不被发现的计划：他们沿着海岸用篙撑着船，割断了拴着布罗迪尔的船只的绳子。此时，船上的人正在熟睡，那些船便随波逐流地相互碰撞起来。

接着，奥斯帕克和他的手下把船划出了峡湾，向西部的爱尔兰进发。他们一刻也没有停留，最终来到了金科拉。奥斯帕克把自己了解到的事情一五一十地全都告诉了布里安国王。他从布里安那里接受了洗礼，表示自己愿意接受他的指挥。

于是，布里安国王从他的王国各地把人马召集起来。这支人马要在棕枝全日前一星期赶到都柏林。

157

西古尔德雅尔准备离开奥克尼。弗洛西提出和他一起去，但雅尔不愿意，因为弗洛西还得去罗马朝圣。于是，弗洛西又提出让他手下十五个人参加这次远征，雅尔接受了。随后，弗洛西就和吉利雅尔前往赫布里底群岛去了。

跟西古尔德雅尔一起去参加远征的有索尔斯坦恩·哈尔松、红色赫拉弗恩和斯特罗马岛的厄尔林。雅尔不想让哈里克跟着去。他对哈里克说，他会把发生的事情第一个讲给他听。

雅尔和他的全部人马在棕枝全日那天来到了都柏林，布罗迪尔和他的手下已经到了。布罗迪尔想通过巫术看看战斗的结果如何，他得到的预言是：如果在耶稣受难节①那天开仗，布里安会被杀死，但会赢得胜利；然而，如果在耶稣受难节之前开仗，所有反对布里安的人都会被杀死。于是，布罗迪尔建议不要在星期五之前开仗。

到了星期四的时候，有一个人骑着一匹果灰色的马向他们赶来，手里拿着一杆投枪。这个人跟布罗迪尔和考姆洛德谈了很长时间。

布里安国王已经把他的部队带到了都柏林。到了星期五的时候，他的部队从城里冲了出来。双方都做好了战斗准备。西古尔

---

① 耶稣受难节：复活节前的星期五。

德站在正中，两边分别是布罗迪尔和西格特里格国王。

现在说说布里安国王：他不想在星期五那天开仗。于是，他们在他四周竖起了一道由盾牌组成的围墙，他的前面也部署了军队。乌尔夫·赫莱达站在一侧，对面是布罗迪尔；另一侧站的是奥斯帕克和布里安国王的几个儿子，对面是西格特里格；中间是克特雅尔法德，在他前面是飘扬着的军旗。

这时，双方猛地向对方冲了过去。战斗进行得异常激烈。布罗迪尔在敌阵中一路冲杀，所向披靡，什么兵器也伤不了他。但后来，乌尔夫·赫莱达向他扑了过来，三次用力将他刺倒在地，布罗迪尔几乎站不起来了。当他最终站起身子的时候，就逃进了树林。

西古尔德雅尔和克特雅尔法德的交锋打得非常艰难。克特雅尔法德勇猛地冲杀着，在他面前的人都被他杀死了。他从西古尔德雅尔的队列中杀出一条血路，径直冲到军旗前，杀死了旗手。雅尔随即命令另一个人来掌旗。战斗又变得激烈起来。克特雅尔法德给了这个新旗手致命的一击，然后，又一个一个地砍杀他周围的人。

西古尔德让索尔斯坦恩·哈尔松来掌旗，索尔斯坦恩就做好了准备。

正在这时，白色阿蒙迪说道："别拿那面旗，谁拿谁死。"

"红色赫拉弗恩，"雅尔命令道，"你来掌旗。"

"你还是自己来掌这见鬼的东西吧。"赫拉弗恩答道。

雅尔说:"乞丐要饭的时候还得带上自己的袋子啊。"① 他把旗子从旗杆上拿了下来,插在自己的衣服之间。过了不久,白色阿蒙迪被杀死了;随后不久,雅尔自己也被一杆长矛刺穿了身体。

奥斯帕克在敌人的整个侧翼里左冲右突。他已经受了重伤,布里安的两个儿子都战死了。西格特里格国王一见奥斯帕克,赶紧逃走了;随后,西格特里格的大队人马开始溃逃。就在其他人拼命奔逃的时候,索尔斯坦恩·哈尔松却停下来系他的鞋带。克特雅尔法德问他为什么不跑。

"因为我今天晚上到不了家,"索尔斯坦恩说,"我的家远在冰岛。"

克特雅尔法德撇下他,一个人跑了。

红色赫拉弗恩被人追到了一条河里,他觉得自己见到了下面的地狱,一些魔鬼正要使劲把他往下拽。

他说:"使徒彼得,你的这条忠实的狗已经去了两次罗马,如果你允许,他还会去第三次。"

于是那些魔鬼就放了手,赫拉弗恩这才得以逃过河去。

布罗迪尔发现布里安国王的部队正在追赶溃逃的敌人,"盾牌城墙"那里只剩下为数不多的几个人。于是,他从树林里冲了出来,从"盾牌城墙"杀开一条血路,猛地挥起斧子向国王砍去。国王的小儿子塔德克伸手来挡,被布罗迪尔砍掉了手臂,同时,国王的头颅也被砍掉了。国王的血滴落在那个孩子的残臂上,伤口马上就愈合了。

---

① 意即一切都需要自己动手。

这时，布罗迪尔大声喊道："你们相互通知，布罗迪尔把布里安杀死了。"

周围的人立即去追那些追赶溃敌的人，告诉他们布里安国王阵亡了。乌尔夫·赫莱达和克特雅尔法德立即折回来，在布罗迪尔等人周围组成了一个圆圈，挥舞着树枝将他们包围起来。后来，布罗迪尔被活捉了。乌尔夫·赫莱达割开他的肚子，揪着他绕着一棵橡树不断地走，把他的肠子全都拽了出来。直到他所有的肠子都被拽出来之后，布罗迪尔才咽气。他的手下也全都被杀死了。

人们抬起布里安国王的尸体，将他平放在地上。国王的头已经牢牢地长在了树干上。

在这次布里安之战（克朗塔夫之战）中，一共有十五个纵火犯被杀死了。哈尔多尔·古德蒙达松和斯特罗马岛的厄尔林也阵亡了。

耶稣受难节的那天早晨，在凯思内斯郡发生了这样一件事：一个叫多鲁德的人在外面走路的时候，发现有十二个人一起骑马赶往妇女们工作的地方；到了那里之后，那些人全都走了进去。多鲁德走上去，从一扇窗户望进去，看见里面有几个女人，正支起了一台织布机织布。男人的头颅被用作坠子，肠子被用作经纬线，一把宝剑被用来当作搅拌器，一支箭被用来当作别针。这些女人吟诵着这样的诗句：①

---

① 这首诗通常被称作《多鲁德之歌》。托马斯·格雷（1716—1771）将其译为《不幸的姐妹》，指的是瓦尔库里（北欧神话中奥丁神的婢女）。她们边唱边把克朗塔夫之战（此处称"布里安之战"）用织布的过程描述出来。

一条宽宽的经线
警示着一场屠杀；
鲜血像这细线一样
从织机如雨般地倾盆而下。
战斗着的人们正在编排队形，
奥丁神的婢女们
将用血红的纬线
将其织完。

武士的衷肠
被织成了经线，
下面是武士的头颅
做成的沉重的线坠；
沾满鲜血的长矛
那是综片的插杆，
细长的羽箭
那是经纬的别针。
我们要用我们的利剑
来打造战争的巨网。

西尔德侍女，还有
另三个侍女
准备织布了

她们抽出了宝剑。
枪杆将要断裂,
盾牌将要破碎;
宝剑撕咬着盾牌。

我们缠绕着,缠绕着
编织着战争。
年轻的西格特里格国王
勇敢地投入了。
我们的亲人正在奋勇搏斗,
我们冲过去
跟他们一起并肩向前。

我们缠绕着,缠绕着
编织着战争。
我们和不屈的国王在一起。
两个守卫着国王的侍女
目睹了勇士们
带血的盾牌。

我们缠绕着,缠绕着
编织着战争。
勇敢者的旗帜
直捣敌阵

我们不能让他牺牲——
他们的生死
掌握在我们侍女手中。

西格特里格统率的海盗
从山岬的那一端来了,
他们将主宰这块土地。
我来宣布
无敌的布里安国王
注定要命丧疆场;
那勇敢的雅尔
也已在枪林中阵亡。

爱尔兰人将忍受黑暗
只要有人活着
黑暗就要存在。
现在,网已经织成,
战场已是血红。
这块土地上的人啊
就要听到他们亲人的噩耗。

环顾四周
那是多么地令人恐怖;
血红的云彩

笼罩着天空；
带着勇士的鲜血
那天空将绚烂多彩；
奥丁神的侍女们
轻声吟唱着
哀悼亡灵的歌。

我们的话
是对年轻的王子的善言；①
意志坚定的我们
唱起了凯歌；
听到侍女心声的人啊
请你转达那些勇敢的斗士。

让我们跨上无鞍的骏马
手擎着我们的利剑
离开这里
飞速奔驰吧。

接着，这些女人就把那块布从织机上拽了下来，把它撕得粉碎。每个人都把手里拿着的那条布保留了下来。

多鲁德离开窗口回家了。那些女人也上马走了，六个往南走，

---

① 年轻的王子，指西格特里格。

六个往北走。

在法罗群岛,类似的事情也发生在布伦德·格内斯塔松的身上。

在冰岛的斯维纳费德,在耶稣受难节那天,牧师的长袍上渗出了鲜血,他只好把它脱掉了。

耶稣受难节那天,在斯沃塔河,一个牧师觉得,自己看到圣坛边有一个深深的海洋,他看到海里有很多恐怖的景象。过了好长时间,他才定下神来,接着主持弥撒。

在奥克尼则发生了这样的事:哈里克觉得自己看到西古尔德雅尔和几个人待在一起。他带过自己的马,上马去见雅尔。人们看到他们一起纵马跑到了一个小山的背后,但以后再也没有见过他们,也再也没有发现过哈里克的踪影。

在赫布里底群岛,吉利雅尔梦见一个人向他走来,说他叫赫尔芬,是从爱尔兰来的。雅尔就问他有什么消息没有,赫尔芬说道:

> 当宝剑长鸣于爱尔兰,
> 当勇士们殊死搏斗的时候,
> 我正在那里;
> 在战斗中,盾牌相撞,
> 很多武器破成了碎片。
> 我听说进攻是英勇的,
> 西古尔德重创了敌人,
> 在乱军之中死了;

布里安阵亡了,
但赢得了胜利。

弗洛西和雅尔就这个梦谈论了很久。

一个星期以后,红色赫拉弗恩找到他们,向他们详细讲述了布里安之战的情况以及国王、西古尔德雅尔、布罗迪尔以及所有海盗们死亡的消息。

弗洛西问:"我的手下呢?你有什么消息没有?"

"他们全都死在那里了,"赫拉弗恩说,"只有你的妹夫索尔斯坦恩活了下来。他被克特雅尔法德赦免了,现在正和他待在一起。但哈尔多尔·古德蒙达松死了。"

弗洛西告诉雅尔,他要走了。他说:"我们得去罗马朝圣了。"

雅尔说,他愿意走就走吧。他送给弗洛西一艘船和其他所有的必需品,还有很多银子。于是,弗洛西等人航行到了威尔士,在那里住了一段时间。

158

现在回过头来说说卡里:他让斯凯吉去给他找一条船来。斯凯吉送给他一艘长舰,并配齐了船员。随后,卡里、大卫和考尔贝恩就出国了。他们沿着苏格兰峡湾向南航行,在那儿遇见了从赫布里底群岛来的人,他们把在爱尔兰发生的那场战争告诉了卡里,还说弗洛西和他的手下已经去了威尔士。听到这些,卡里对他的同伴们说，他要南下威尔士去追杀他们。他说，那些不想跟他一起去的人现在就可以离开。他说，他不想向任何人隐瞒这样一个事实，就是他仍然认为自己的仇还没有报完。他的同伴们都决定和他在一起。于是，卡里就南下威尔士，把船开进了一个避风的小海湾里。

那天上午，考尔·索尔斯坦恩松去城里买一些银子。在所有的纵火犯中，他说话最为恶毒。考尔常常去找一个有钱的女人，他打算娶她为妻，并在那里定居下来。这几乎已经是板上钉钉的事了。

就在同一天上午，卡里也进了城。他正好来到了考尔正在数银子的地方。卡里认出来是考尔，就抽出宝剑，猛冲过去，一剑挥在他的脖子上。考尔的头在飞离身体的时候，还依然在数着银子，念着"十"。

卡里说："你们去告诉弗洛西，就说卡里·索尔蒙达松杀了考尔·索尔斯坦恩松。我宣布这件事是我亲手干的。"

接着，他回到自己的船上，把杀死考尔的事告诉了他的同伴。他们又北上航行到伯威克，把船拖到岸上，然后前往苏格兰的惠特贝里，在那里和梅尔考夫雅利一起度过了那年冬天。

现在说说弗洛西：他来到城里，把考尔的尸体弄了回来，将其放平，为他的葬礼花了很多钱。弗洛西一句有关卡里的坏话也没说。他们离开那里，南下渡过英吉利海峡，然后就开始了朝圣之旅。他们步行南下，一路不停地径直来到了罗马。在罗马，他受到了极大的荣誉，教皇亲自免除了他的罪恶，他为此也花了一大笔钱。

他沿着东线①往回走。在很多市镇上，他都做了停留，向大人物们介绍自己，并从他们那里赢得了很大的荣誉。他在挪威度过了第二年的冬天，埃里克雅尔送了他一艘船，以便让他返回冰岛。雅尔还送给他大量的面粉，很多人也都十分慷慨地对待他。

随后，他起航前往冰岛，在霍尔纳潟湖登了陆，来到了自己位于斯维纳费德的家。至此，他已经履行了和解协议中自己的义务，既包括出国也包括支付赔偿。

159

现在说说卡里：第二年夏天，他找到自己的那艘船南下渡过英吉利海峡，在诺曼底开始了自己的朝圣之旅。他步行南下，受到了赦免，然后沿西线②返回，在诺曼底登上自己的船，北上渡过英吉利海峡，来到英格兰的多佛。接着，他离开多佛西行前往威尔士，然后沿威尔士海岸北上，来到苏格兰峡湾，直到抵达凯思内斯郡的弗雷西克见到斯凯吉后才稍做停留。接着，他把那艘货船交给了考尔贝恩和大卫。考尔贝恩驾船去了挪威，大卫则留在了弗里德利。

卡里在凯思内斯郡度过了那年冬天。就在这个冬天，他的妻子在冰岛去世了。

---

① 经过瑞士和德国。
② 经过法国。

第二年夏天,卡里准备返回冰岛。斯凯吉送给他一艘货船,配备了十八个水手。他们的准备工作有点儿晚,但他们还是起航出海了。他们航行了很长时间,但最终还是抵达了英戈尔夫角。他们的船在那里被毁,被海浪击成了碎片,但他们的命还是保住了。

当时,鹅毛大雪漫天飞扬。卡里的手下问他该怎么办。他说,他建议去斯维纳费德,看看弗洛西到底有多大的肚量。于是,他们冒着暴风雪,步行来到了斯维纳费德。

弗洛西正坐在大厅里。他马上认出了卡里,就跳起身来迎接,并且吻了他,让他坐在自己身边的高座上。他请卡里就在那里过冬,卡里接受了他的邀请。

他们完全和解了。后来,弗洛西把他的侄女希尔迪贡嫁给了卡里。希尔迪贡曾经是惠塔内斯的戈狄霍斯库尔德的妻子。他们一开始的时候住在布雷扎。

人们传说,弗洛西是这样死的:他上了年纪之后,到国外去弄盖房子的木材,在挪威过了一个冬天。第二年夏天,他的船准备得晚。人们对他说,那艘船的情况不适合航行。但弗洛西说,对于一个行将就木的人来说,这已经够好的了。于是,他上了船,扬帆出了海。此后,人们就再也没有听到过有关那艘船的消息。

卡里和海尔嘉·尼雅尔斯多蒂尔所生的孩子是:索尔盖尔德、拉根海德、瓦尔加尔德和索尔德;索尔德在伯格索斯沃尔被烧死了。希尔迪贡和卡里生的孩子是:斯塔卡德、索尔德和弗洛西。弗洛西的儿子名叫考尔贝恩,是他们这一支当中最为杰出的一个。

至此,火烧尼雅尔的传奇就结束了。

附录 主要人名译名中英对照表

阿恩贡恩 Arngunn	阿斯格里姆·埃利达-格里姆松 Asgrim Ellida-Grimsson
阿恩杰尔 Arngeir	
阿恩劳格 Arnlaug	阿斯杰尔 Asgeir
阿恩约特 Arnljot	阿斯凯尔 Askel
阿尔迪丝 Aldis	阿斯拉克 Aslak
阿尔恩芬 Arnfinn	阿斯蒙德 Asmund
阿尔恩维德 Arnvid	阿斯特里德 Astrid
阿尔菲德 Alfeid	阿斯瓦尔德 Asvard
阿尔夫 Alf	阿斯沃尔 Asvor
阿尔夫·阿斯克曼 Alf Askman	阿索尔夫 Asolf
阿尔夫盖尔 Alfgeir	阿塔尔 Atal
阿尔莫德 Armod	阿特尔斯坦 Athelstan
阿尔纳尔德 Arnald	阿特利 Atli
阿基 Aki	阿瓦达蒙 Avaldamon
阿里 Ari	阿瓦尔迪 Avaldi
阿里恩比约恩 Arinbjorn	埃德加尔 Edgar
阿蒙迪 Amundi	埃德蒙德 Edmund
阿诺·乌诺尔夫松 Arnor Ornolfsson	埃迪斯 Eydis
阿诺拉 Arnora	埃恩德里迪 Eindridi
阿斯比约恩 Asbjorn	埃吉尔 Egil
阿斯布伦德 Asbrand	埃吉尔松 Egilsson
阿斯迪丝 Asdis	埃里克 Eirik
阿斯盖尔德 Asgerd	埃利达-格里姆 Ellida-Grim
阿斯高特 Asgaut	埃利夫 Eilif
阿斯格里姆 Asgrim	埃纳尔 Einar

埃纳尔·考纳尔松	Einar Konalsson	奥拉夫松	Olafsson
埃塞尔雷德	Ethelred	奥莱夫	Oleif
埃斯坦恩·格鲁姆拉	Eystein Glumra	奥莱夫·赫雅尔蒂	Oleif Hjalti
埃瓦尔德	Eyvald	奥洛芙	Olof
埃温达松	Eyvindarson	奥洛芙·阿尔伯特	Olof Arbot
埃温德	Eyvind	奥努恩达尔松	Onundarson
埃温德·布拉嘎尔特	Eyvind Braggart	奥努恩德	Onund
埃温德·卡菲	Eyvind Karfi	奥努恩德·西约尼	Onund Sjoni
埃温德·索尔凯尔松	Eyvind Thorkelsson	奥斯克	Osk
埃约尔夫	Eyjolf	奥斯帕克	Ospak
埃约尔夫·伯尔维克松	Eyjolf Bolverksson	奥斯瓦尔德	Oswald
		奥斯维夫	Osvif
艾瓦尔	Aevar	奥斯维福尔	Osvifur
奥布劳德	Oblaud	奥特凯尔	Otkel
奥德	Aud	奥特里格	Otrygg
奥德	Odd	奥托	Ottar
奥德比约恩	Audbjorn	奥托·埃吉尔松	Ottar Egilsson
奥德内	Oddny	奥托·伯尔	Ottar Boll
奥德松	Oddsson	奥祖尔	Ozur
奥迪	Oddi	奥祖尔·托蒂	Ozur Toti
奥丁	Odin		
奥顿	Audun	巴尔德	Bard
奥多尔夫	Audolf	贝格	Berg
奥尔维尔	Olvir	贝格-奥努恩德	Berg-Onund
奥凡吉尔	Ovaegir	贝格芬	Bergfinn
奥格蒙德	Ogmund	贝格索拉	Bergthora
奥格蒙德·弗洛基	Ogmund Floki	贝格约特	Bergljot
奥拉夫	Olaf	贝拉	Bera
奥拉夫·埃尔达	Olaf Elda	贝斯	Bersi
奥拉夫·菲兰	Olaf Feilan	比亚尔菲	Bjalfi
奥拉夫·克瓦伦	Olaf Kvaran	比约蒂	Bjartey
奥拉夫·皮考克	Olaf Peacock	比约恩	Bjorn
奥拉夫·特莱格瓦松	Olaf Tryggvason	比约恩·比尔杜斯密约尔	Bjorn Byrdusmjor

比约恩·布纳 Bjorn Buna	厄尔林 Erling
比约尔戈尔夫 Bjorgolf	
比约纳多蒂尔 Bjarnardottir	法克西-布伦德 Faxi-Brand
比约纳尔内斯 Bjarnarnes	凡蒂尔德 Vaetild
比约纳松 Bjamarson	芬博基 Finnbogi
比约尼 Bjarni	福斯托尔夫 Fostolf
比约尼·布罗德-海尔嘉松 Bjarni Brodd-Helgason	弗雷德里克 Frederick
	弗雷法克西 Freyfaxi
比约尼·格里莫尔弗松 Bjarni Grimolfsson	弗雷亚 Freyja
	弗蕾 Frey
比约诺尔夫 Bjornolf	弗蕾迪丝 Freydis
伯德-阿瓦尔迪 Beard-Avaldi	弗里德盖尔 Fridgeir
伯德瓦尔 Bodvar	弗里德盖尔德 Fridgerd
伯尔克 Bork	弗里德雷克 Fridrek
伯尔维克 Bolverk	弗里德蒙德 Fridmund
伯利 Bolli	弗罗迪 Frodi
布莱英 Blaeing	弗洛西 Flosi
布朗多尔夫 Brondolf	
布里安 Brian	盖蒂尔 Geitir
布里恩约尔夫 Brynjorf	盖尔 Geir
布鲁尼·哈夫利达松 Bruni Haflidason	盖尔芬 Geirfinn
布伦德·格内斯塔松 Brand Gneistason	盖尔莱夫 Geirleif
布伦德·塞蒙德松 Brand Saemundarson	盖尔蒙德 Geirmund
布罗迪尔 Brodir	盖罗尔夫 Geirolf
	盖妮 Geiny
达拉-考尔 Dala-Koll	盖斯特·奥德莱夫松 Gest Oddleifsson
大卫 David	高克·特兰迪尔松 Gauk Trandilsson
迪拉 Dylla	高特 Gaut
蒂尔芬 Tyrfing	戈德里克 Godrek
蒂尔基尔 Tyrkir	格拉尼 Grani
杜埃勒尔-斯塔里 Dueller-Starri	格莱蒂尔 Glaedir
杜恩加尔 Dungal	格里玛 Grima
多鲁德 Dorrud	格里姆 Grim
	格里姆·坎班 Grim Kamban

格里姆希尔德 Grimhild	son
格里斯·塞明格松 Gris Saemingsson	哈尔多尔斯多蒂尔 Halldorsdottir
格鲁姆 Glum	哈尔弗里德 Hallfred
格鲁姆·希尔迪松 Glum Hildisson	哈尔格里姆 Hallgrim
格罗阿 Groa	哈尔卡特拉 Hallkatla
格努帕-巴尔德 Gnupa-Bard	哈尔凯尔 Hallkel
格努普 Gnup	哈尔凯尔松 Hallkelsson
格努普松 Gnupsson	哈尔斯坦恩 Hallstein
格约加德 Grjotgard	哈尔瓦德 Hallvard
贡比约恩·乌尔夫松 Gunnbjorn Ulfsson	哈尔瓦德·索蒂 Hallvard Soti
贡恩劳格 Gunnlaug	哈尔维格 Hallveig
贡恩斯坦恩 Gunnstein	哈尔乌尔姆 Hallorm
贡加德 Gungad	哈夫 Haf
贡纳尔 Gunnar	哈夫丹 Halfdan
贡纳尔·鲍格松 Gunnar Baugsson	哈弗格里姆 Hafgrim
贡纳尔·哈蒙达松 Gunnar Hamundarson	哈基 Haki
贡希尔德 Gunnhild	哈康 Hakon
古德布伦德 Gudbrand	哈康·西古尔达松 Hakon Sigurdarson
古德芬纳·索罗尔夫斯多蒂尔 Gudfinna Thorolfsdottir	哈康纳尔松 Hakonarson
	哈拉·莱汀斯多蒂尔 Halla Lytingsdottir
古德莱夫 Gudleif	哈拉德 Hallad
古德劳格 Gudlaug	哈拉尔 Hallar
古德里德 Gudrid	哈拉尔德 Harald
古德隆 Gudrun	哈拉尔德·戈尔姆松 Harald Gormsson
古托尔姆 Guttorm	哈拉尔德松 Haraldsson
	哈莱格 Haleyg
哈达尔松 Hardarson	哈里克 Harek
哈德 Hadd	哈利 Halli
哈尔 Hall	哈蒙德 Hamund
哈尔贝拉 Hallbera	哈瓦尔德 Havard
哈尔比约恩 Hallbjorn	海尔吉 Helgi
哈尔迪丝 Halldis	海尔吉·德罗普劳加尔松 Helgi Droplaugarson
哈尔多尔 Halldor	
哈尔多尔·乌诺尔夫松 Halldor Ornolfs-	海尔嘉 Helga

海尔嘉松 Helgason	赫罗斯凯尔松 Hrosskelsson
海明 Hemming	赫罗伊·阿恩斯坦恩松 Hroi Arnsteinsson
豪克 Hauk	
豪克·埃吉尔松 Hauk Egilsson	赫洛德维 Hlodver
赫布里底 Hebridean	赫洛德维松 Hlodvisson
赫丁 Hedin	赫瓦蒂 Hvati
赫尔迪丝 Herdis	赫瓦弗洛德 Hvarflod
赫尔芬 Herfinn	赫伊昂-比约恩 Heyjang-Bjorn
赫尔蒙德 Hermund	赫约尔 Hjor
赫尔斯坦恩 Herstein	赫约尔莱夫 Hjorleif
赫尔沃 Hervor	赫约特 Hjort
赫尔约夫 Herjolf	洪迪 Hundi
赫克雅 Hekja	洪盖尔德 Hungerd
赫拉弗恩 Hrafn	洪罗德 Hunrod
赫拉弗恩凯尔·索里松 Hrafnkel Thorisson	洪斯约夫 Hunthjof
	霍恩德 Hound
赫拉弗恩希尔德 Hrafnhild	霍尔姆斯坦恩 Holmstein
赫拉普 Hrapp	霍尔姆斯坦恩·贝萨松 Holmstein Bersason
赫莱弗娜 Hrefna	
赫莱里克 Hraerek	霍尔塔-索里尔 Holta-Thorir
赫莱尼 Hlenni	霍格尼 Hogni
赫利法尔松 Hlifarson	霍格努德 Hognud
赫林 Hring	霍克斯特-赫丁 Huckster-Hedin
赫鲁特 Hrut	霍斯库尔德 Hoskuld
赫罗德盖尔 Hrodgeir	霍斯库尔德·达拉-考尔松 Hoskuld Dala-Kollsson
赫罗德劳格 Hrodlaug	
赫罗德内 Hrodny	
赫罗尔 Hroar	吉利 Gilli
赫罗尔·哈蒙达松 Hroar Hamundarson	吉斯利 Gisli
赫罗尔德 Hroald	吉祖尔 Gizur
赫罗尔德·赫里格 Hroald Hrygg	加尔达尔 Gardar
赫罗莱夫 Hrolleif	加尔蒂 Galti
赫罗蒙德 Hromund	贾拉克松 Khallaksson
赫罗斯比约恩 Hrossbjorn	

卡尔	Karl	拉姆比	Lambi
卡尔夫	Kalf	拉姆比·西古尔达松	Lambi Sigurdarson
卡克	Kark	拉普	Lapp
卡里	Kari	莱多夫	Leidolf
卡里·索尔蒙达松	Kari Solmundarson	莱夫	Leif
凯蒂尔	Ketil	莱汀	Lyting
凯蒂尔·斯里姆	Ketil Thrym	朗德维尔	Randver
凯蒂尔比约恩	Ketilbjorn	朗恩维格	Rannveig
凯尔菲尔	Kylfir	朗恩维格·索尔盖尔斯多蒂尔	Rannveig Thorgeirsdottir
考尔	Kol	朗诺尔夫	Runolf
考尔·埃吉尔松	Kol Egilsson	雷夫	Ref
考尔·索尔斯坦恩松	Kol Thorsteinsson	雷弗凯尔	Refkel
考尔贝恩	Kolbein	雷金莱夫	Reginleif
考尔贝恩·阿恩约特松	Kolbein Arnljotsson	罗根瓦尔德	Rognvald
考尔贝恩·埃吉尔松	Kolbein Egilsson	洛德蒙德	Lodmund
考尔芬娜	Kolfnna	洛德蒙德·乌尔夫松	Lodmund Ulfsson
考尔斯凯格	Kolskegg	洛丁	Lodin
考尔斯文	Kollsvein		
考姆洛德	Kormlod	马尔	Mar
克拉卡-乌尔姆	Klakka-Orm	马尔·尤隆恩达松	Mar Jorundarson
克努特	Knut	马尔加德	Margad
克特雅尔法德	Kerthjalfad	梅尔考夫	Melkolf
克瓦伦	Kvaran	梅尔考夫（马尔科姆二世）	Melkolf (Malcolm II)
克维尔德	Kveld		
克维尔杜尔夫	Kveldulf	梅尔克雅丹	Myrkjartan
克雅丹	Kjartan	梅尔斯纳蒂	Melsnati
克雅瓦尔	Kjarval	梅里德	Myrid
		密德菲尔斯	Midfirth
拉德巴尔德	Radbard	莫德	Mord
拉法塔	Rafarta	莫迪尔芬	Modylfing
拉格纳尔	Ragnar	莫多尔夫	Modolf
拉根海德	Ragnheid	莫尔达	Molda
拉吉	Ragi	莫尔丹	Moldan

纳多德 Naddod	斯诺里 Snorri
内莱德 Nereid	斯诺里·卡尔塞夫尼松 Snorri Karlsefnisson
尼雅尔 Njal	斯塔卡德 Starkad
尼约尔德 Njord	斯坦恩 Stein
	斯坦格里姆 Steingrim
皮考克 Peacock	斯坦纳尔·斯约纳松 Steinar Sjonason
	斯坦努恩 Steinunn
塞蒙德 Saemund	斯坦沃 Steinvor
塞葖 Saeunn	斯坦沃·西格福斯多蒂尔 Steinvor Sigfusdottir
桑布伦德 Thangbrand	
施密德 Smid	斯特隆 Sturlung
斯基迪 Skidi	斯特鲁特 Strut
斯卡尔夫 Skarf	斯托罗尔夫·海格松 Storolf Haengsson
斯卡弗蒂 Skafti	斯瓦恩 Svan
斯卡拉格里姆 Skallagrim	斯瓦恩劳格 Svanlaug
斯卡姆凯尔 Skammkel	斯瓦尔特 Svart
斯卡普蒂 Skapti	斯维尔汀 Sverting
斯卡普赫丁 Skarphedin	斯维尼尔 Thvinnil
斯凯吉 Skeggi	斯文 Svein
斯考古尔 Skogul	斯文松 Sveinsson
斯考拉盖尔 Skorargeir	斯约斯托尔夫 Thjostolf
斯克约尔德 Skjold	苏尔特 Surt
斯库利 Skulli	苏尔特·阿斯比亚恩松 Surt Asbjarnarson
斯库姆 Skum	
斯库塔 Skuta	苏里德 Thurid
斯库塔德-斯凯吉 Skutad-Skeggi	索蒂 Soti
斯拉斯劳格 Thraslaug	索尔比约恩 Thorbjorn
斯莱恩 Thrain	索尔比约恩·卡尔塞夫尼松 Thorbjorn Karlsefnisson
斯莱恩·西格福松 Thrain Sigfusson	
斯伦德 Thrand	索尔比约格 Thorbjorg
斯罗托尔夫 Throttolf	索尔比约格·格罗拉 Thorbjorg Glora
斯奈考尔夫 Snaekolf	索尔布伦德 Thorbrand
斯奈乌尔夫 Snaeulf	索尔德 Thord

索尔德·格伦纳松 Thord Granason	索尔凯尔 Thorkel
索尔德·吉列尔 Thord Gellir	索尔凯尔·艾尔法拉斯卡尔德 Thorkel Elfaraskald
索尔德·卡拉松 Thord Karason	索尔凯尔·盖蒂松 Thorkel Geitisson
索尔德·拉姆巴松 Thord Lambason	索尔凯尔·海亚尔-泰迪尔 Thorkel Haeyjar-Tyrdil
索尔德·伊鲁吉 Thord Illugi	索尔凯尔·西尔维 Thorkel Silver
索尔迪丝 Thordis	索尔克维尔 Sorkvir
索尔迪丝·苏尔斯多蒂尔 Thordis Sursdottir	索尔拉克·朗诺尔夫松 Thorlak Runolfsson
索尔芬 Thorfinn	索尔莱夫·克劳 Thorleif Crow
索尔芬娜 Thorfinna	索尔莱克 Thorleik
索尔夫·沃加涅夫 Thorlf Voganef	索尔劳格 Thorlaug
索尔盖尔 Thorgeir	索尔利·布罗德-海尔嘉松 Sorli Brodd-Helgason
索尔盖尔·奥特凯尔松 Thorgeir Otkelsson	索尔蒙德 Solmund
索尔盖尔·高尔涅尔 Thorgeir Gollnir	索尔莫德·斯卡弗蒂 Thormod Skafti
索尔盖尔·斯考拉盖尔 Thorgeir Skorargeir	索尔斯坦恩 Thorstein
索尔盖尔·斯塔卡达尔松 Thorgeir Starkadarson	索尔斯坦恩·伯德瓦尔松 Thorstein Bodvarsson
索尔盖尔德 Thorgerd	索尔斯坦恩·赫莱纳松 Thorstein Hlennason
索尔盖尔德·布拉克 Thorgerd Brak	索尔斯坦恩·斯克罗菲 Thorstein Skrofi
索尔盖尔德·斯基达多蒂尔 Thorgerd Skidadottir	索尔斯坦恩·斯帕罗 Thorstein Sparrow
索尔盖斯特 Thorgest	索尔斯坦恩·英吉蒙达松 Thorstein Ingimundarson
索尔格里姆 Thorgrim	索尔瓦尔德 Thorvald
索尔格里姆·斯托持-凯蒂尔松 Thorgrim Stout-Ketilsson	索尔瓦尔德·考德伦松 Thorvald Kodransson
索尔贡娜 Thorgunna	索尔瓦尔德·克罗平斯凯吉 Thorvald Kroppinskeggi
索尔哈尔 Thorhall	索尔瓦尔德·斯鲁姆-凯蒂尔松 Thorvald Thrum-Ketilsson
索尔哈尔·阿斯格里姆松 Thorhall Asgrimsson	索尔维 Solvi
索尔哈拉 Thorhalla	
索尔吉斯 Thorgils	
索尔卡特拉 Thorkatla	

索尔维格 Solveig	瓦尔伯格 Valborg
索尔沃 Solvor	瓦尔迪蒂达 Valdidida
索尔沃 Thorvor	瓦尔盖尔德 Valgerd
索尔希尔德 Thorhild	瓦尔盖尔德·奥托斯多蒂尔 Valgerd Ottarsdottir
索拉 Thora	
索拉尔娜 Thorarna	瓦尔盖尔德·朗诺尔夫斯多蒂尔 Valgerd Runolfsdottir
索拉林 Thorarin	
索莱 Thorey	瓦尔加尔德 Valgard
索里尔 Thorir	瓦尔加尔德松 Valgardsson
索里尔·蒂德伦迪 Thorir Thidrandi	瓦伦吉恩 Varangian
索里尔·赫罗阿尔德松 Thorir Hroaldsson	威廉 William
	维布伦德 Vebrand
索里尔·斯鲁马 Thorir Thruma	维布伦德·哈蒙达尔松 Vebrand Hamundarson
索里尔·斯内皮尔 Thorir Snepil	
索里松 Thorisson	维尔巴尔杜斯 Vilbaldus
索隆 Thorunn	维夫罗德·艾瓦尔松 Vefrod Aevarsson
索隆·海尔纳 Thorunn Hyrna	维弗尔 Vifil
索罗德 Thorodd	维格迪丝 Vigdis
索罗德·赫尔默特 Thorodd Helmet	维蒙德 Vemund
索罗尔夫 Thorolf	维吐利迪 Veturlidi
索罗尔夫·巴特 Thorolf Butter	翁多特·克劳 Ondott Crow
索罗尔夫·洛夫特松 Thorolf Loftsson	乌恩 Unn
索罗姆 Thororm	乌尔夫 Ulf
	乌尔夫·比雅尔法松 Ulf Bjalfason
塔德克 Tadk	乌尔夫·赫莱达 Ulf Hraeda
塔恩 Tann	乌尔夫·乌加松 Ulf Uggason
泰勒 Teit	乌尔夫赫丁 Ulfhedin
特朗德赫姆 Trondheim	乌尔夫凯尔 Ulfkel
特约尔维 Tjorvi	乌尔夫松 Ulfsson
吐尔夫-埃纳尔 Turf-Einar	乌尔古姆莱蒂 Orgumleidi
托菲 Tofi	乌尔利格 Orlyg
托斯蒂 Tosti	乌尔姆 Orm
	乌尔姆·斯考加内夫 Orm Skogarnef
瓦恩迪尔 Vandil	乌尔姆希尔德 Ormhild

乌尔诺尔夫 Ornolf	雅尔蒂·斯凯格亚松 Hjalti Skeggjason
乌吉 Uggi	伊鲁吉 Illugi
乌尼 Uni	伊鲁加松 Illugasson
	伊斯莱夫主教（伊斯莱夫·吉祖尔松）
西德伦迪 Thidrandi	Isleif bishop (Isleif Gizurarson)
西尔克伯德 Silkbeard	伊瓦尔·维德法德密 Ivar Vidiadmi
西格福斯 Sigfus	英戈尔夫 Ingolf
西格里德 Sigrid	英格瓦尔 Yngvar
西格蒙德 Sigmund	英格维尔德 Yngvild
西格蒙德·奥祖尔松 Sigmund Ozurarson	英贡恩 Ingunn
	英吉比约格 Ingibjorg
西格内 Signy	英吉蒙德 Ingimund
西格特里格 Sigtrygg	英杰尔德 Ingjald
西格瓦尔蒂 Sigvaldi	英杰尔德·海尔嘉松 Ingjald Helgason
西格瓦特 Sighvat	尤达 Gyda
西古尔德 Sigurd	尤尔菲 Gylfi
希尔德 Hild	尤弗里德 Jofrid
希尔迪尔 Hildir	尤库尔 Jokul
希尔迪格鲁姆 Hildiglum	尤莱德 Joreid
希尔迪贡 Hildigunn	尤隆德 Jorund
希尔迪里德 Hildirid	尤隆恩 Jorunn
	玉尔 Yr
雅恩格里姆 Jarngrim	约特 Ljot

汉译文学名著

第二辑书目（30种）

枕草子	〔日〕清少纳言著	周作人译
尼伯龙人之歌	佚名著	安书祉译
萨迦选集		石琴娥等译
亚瑟王之死	〔英〕托马斯·马洛礼著	黄素封译
呆厮国志	〔英〕亚历山大·蒲柏著	李家真译注
波斯人信札	〔法〕孟德斯鸠著	梁守锵译
东方来信——蒙太古夫人书信集	〔英〕蒙太古夫人著	冯环译
忏悔录	〔法〕卢梭著	李平沤译
阴谋与爱情	〔德〕席勒著	杨武能译
雪莱抒情诗选	〔英〕雪莱著	杨熙龄译
幻灭	〔法〕巴尔扎克著	傅雷译
雨果诗选	〔法〕雨果著	程曾厚译
爱伦·坡短篇小说全集	〔美〕爱伦·坡著	曹明伦译
名利场	〔英〕萨克雷著	杨必译
游美札记	〔英〕查尔斯·狄更斯著	张谷若译
巴黎的忧郁	〔法〕夏尔·波德莱尔著	郭宏安译
卡拉马佐夫兄弟	〔俄〕陀思妥耶夫斯基著	徐振亚、冯增义译
安娜·卡列尼娜	〔俄〕列夫·托尔斯泰著	力冈译
还乡	〔英〕托马斯·哈代著	张谷若译
无名的裘德	〔英〕托马斯·哈代著	张谷若译
快乐王子——王尔德童话全集	〔英〕奥斯卡·王尔德著	李家真译
理想丈夫	〔英〕奥斯卡·王尔德著	许渊冲译
莎乐美 文德美夫人的扇子	〔英〕奥斯卡·王尔德著	许渊冲译
原来如此的故事	〔英〕吉卜林著	曹明伦译
缎子鞋	〔法〕保尔·克洛岱尔著	余中先译
昨日世界：一个欧洲人的回忆	〔奥〕斯蒂芬·茨威格著	史行果译
先知 沙与沫	〔黎巴嫩〕纪伯伦著	李唯中译
诉讼	〔奥〕弗兰茨·卡夫卡著	章国锋译
老人与海	〔美〕欧内斯特·海明威著	吴钧燮译
烦恼的冬天	〔美〕约翰·斯坦贝克著	吴钧燮译

图书在版编目（CIP）数据

萨迦选集 / 石琴娥等译. —— 北京：商务印书馆，2022
（2024.5重印）
（汉译世界文学名著丛书）
ISBN 978-7-100-20698-3

Ⅰ.①萨… Ⅱ.①石… Ⅲ.①民间故事—作品集—冰岛—古代 Ⅳ.①I535.73

中国版本图书馆CIP数据核字（2022）第026342号

权利保留，侵权必究。

汉译世界文学名著丛书
萨迦选集
（全三册）
石琴娥　等译

商务印书馆出版
（北京王府井大街36号　邮政编码100710）
商务印书馆发行
北京中科印刷有限公司印刷
ISBN 978-7-100-20698-3

2022年3月第1版　开本 850×1168　1/32
2024年5月北京第3次印刷　印张 40⅛
定价：188.00元